AVENTURA

Colmillo Blanco
JACK LONDON

Moll Flanders
DANIEL DEFOE

El último mohicano
J. FENIMORE COOPER

ISBN colección: 84-9764-874-9
ISBN: 84-9764-877-3
Depósito legal: M-20478-2006

Colección: Obras Maestras
Título: Novela Aventura
Introducción: Graciela Guido
Diseño de cubierta: El Ojo del Huracán
Impreso en: Cofás S. A.

INTRODUCCIÓN

Graciela Guido

Se señala al siglo XVIII como el momento en que la novela, como género prosístico, se desarrolla tal y como actualmente se conoce. Es entonces cunado asistimos a un aumento significativo de la escritura en prosa ligada directamente, y de manera indiscutible, a los cambios y circunstancias políticas, sociales y económicas del momento. Es cierto que en cada época hay géneros más representativos que otros. La conocida revolución burguesa que rodea y acompaña a la Revolución Industrial, trajo a la superficie del mundo literario una serie de personajes antiguamente alejados del poder y que han hecho que la vida y circunstancias de los desplazados «segundones» y o «aventureros» empezaran a despertar un verdadero interés para los lectores que podían verse representados en sus testimonios.

De esta forma, la novela accede y cuenta aquellas historias que no habían sido tocadas por otros géneros literarios anteriores. Todo esto, además, acompañado y gracias a la ampliación de los horizontes geográficos posibles que se fueron atisbando con el transcurso de los años. No es casual que la mítica y famosísima historia de *Robinson Crusoe*, el hombre que logra sobreponerse a un destino y salir victorioso con su viveza e ingenio, o *Los viajes de Gulliver*, o las peripecias de la ladrona y castigada Moll Flanders, o el astuto y entrañable *Huckleberry Finn* se transformen en los modelos de hombres hechos a sí mismos dentro del horizonte de la sociedad moderna.

Se dice que la novela europea comienza con el magistral *Don Quijote de La Mancha* de Miguel de Cervantes, una pieza donde conviven, sin lugar a dudas, la imaginación y la racionalidad junto al protagonismo del espacio, las aventuras desopilantes y las formas y tradiciones literarias anteriores que, como las novelas de caballerías, conducen al peculiar Alonso Quijano al encuentro de situaciones y seres propios de la ficción novelesca. Si bien, y durante el siglo XVII, en Francia se produjeron varias obras de este tipo, fue en Inglaterra donde la novela va a adquirir su mayor firmeza y empuje. Daniel Defoe, Samuel Richardson o Henry Fielding, por citar a los grandes clásicos, fueron los primeros autores que se atrevieron con estos nuevos prototipos, sus condicionamientos, particularidades y límites.

Verdaderos autores que establecieron el género en su forma y modo, ya que fue en gran medida gracias a ellos que la novela se popularizó y masificó, y desde donde se dio el puntapié para que en el siglo XIX se afianzara y cobrara la perfección formal y temática dentro de todo el continente europeo.

La gran acogida de la novela se debió en parte, y como ya anticipamos, a que tocaba temáticas que habían quedado fuera de la consideración literaria clásica. Los nuevos héroes o heroínas eran fácilmente reconocibles como hombres y mujeres reales, fuera de modelos mitológicos o religiosos. En este sentido, Aránzazu Usandizaga escribe lo siguiente:

La novela inventa un nuevo mundo a la vez que la identidad moderna, y relata sus contradicciones y ansiedades más ocultas. Por primera vez un género se compromete con la originalidad temática y el relato se centra en el destino individual de personajes cualesquiera, no príncipes o nobles.

Según estas palabras, el género viene a ser una forma de espejo del nuevo mundo que se inaugura con la modernidad, con la caída del paradigma oscurantista de la Edad Media y con el surgimiento de nuevas formas de pensar y de entender el mundo. Se atreve a cuestionar formas de vida imperantes y a pensar en aquellos mundos marginados por la gran tradición y en poderoso auge con la ampliación de los horizontes geográficos, y por ende, económicos.

La gran novela de aventuras se relaciona directamente con la literatura de viajes y los textos de caballerías. Ya hemos mencionado a Daniel Defoe y a su *Robinson Crusoe* como uno de los grandes hitos en el nacimiento del género ya que representa, como dice A. Usandizaga, «el hombre individual y moderno, destinado a transformar su entorno con su capacidad y esfuerzo», y es también «el primer personaje completo de la literatura inglesa; coherente precisamente por sus incoherencias, sus neurosis y culpabilidades inconfesadas, como la de su inquietud viajera y explotadora». Es decir, a partir de estas historias, los héroes no deberán ya ser perfectos en virtudes, sino que al nuevo protagonista de «la epopeya de la modernidad» –como también se llama a la novela– se le permite caer en la duda, en las contradicciones y, lo más importante, tener miedo e intentar sobrevivir confiando en las fuerzas del más allá minutos previos al hundimiento definitivo, del que sale, siempre, victorioso.

Las grandes novelas de aventuras

Aventura es una voz latina que designa aquello que ha de llegar u ocurrir. Cuando se habla de una novela de aventuras se hace referencia a un tipo de relato con una estructura determinada y muy precisa, donde predomina una entelequia que hay que resolver en medio de situaciones inesperadas y completamente insólitas para los protagonistas. Los finales suelen ser inciertos hasta el último momento, y atrapan al lector en una cadena de realidades nuevas.

Dentro del esquema básico de este tipo de relato de ficción, predomina la sorpresa como actitud y recurso para capturar y hacer más atrayente la aventura. Ésta se da por medio de acciones extrañas y diferentes que cuentan con la figura del héroe que generalmente desconoce los ambientes en los que se encuentra y debe sortear todo tipo de dificultades para salir adelante y sobrevivir. Porque siempre se trata de eso: el debate de la vida y la muerte como una metáfora muy influyente de las distintas formas de ganarse la existencia.

Otro componente muy común y utilizado en las novelas de aventuras es el viaje hacia territorios desconocidos, alejados e inexplorados donde habita, o bien una naturaleza feroz y desmedida, o hombres y mujeres extraños, o se desatan fenómenos climáticos y o geográficos desopilantes. Es el recurso de los grandes representantes del género: *Robinson Crusoe*, sobre quien volveremos más adelante, o el *Yanqui* en la famosa *Corte del Rey Arturo* de la novela de Mark Twain.

Las novelas también centran todo su atención en el desarrollo de la acción y su desenvolvimiento, sin importar demasiado cuáles han sido los motivos o móviles que conducen a los protagonistas a semejante encuentro. El ciudadano de Connecticut, agente de la fábrica de armas, de la novela de Twain se despierta cierto día en la Inglaterra medieval; los jóvenes protagonistas de *Arthur Gordom Pym* salen de un momento a otro a la aventura y padecen la peor de las pesadillas al límite de la muerte. Milan Kundera sintetiza este rasgo en *El Arte de la Novela*:

> *Don quijote partió hacia un mundo que se abría ampliamente ante él. Podía entrar libremente y regresar a casa cuando fuera su deseo. Las primeras novelas europeas son viajes por el mundo que parece ilimitado. El comienzo de* Jacques el Fatalista *de Diderot sorprende a los dos protagonistas en medio del camino; se desconoce de donde vienen ni adonde van. Se encuentran en un tiempo que no hay principio ni fin, en un espacio que no conoce fronteras, en una Europa en la cual el provenir nunca puede acabar.*

Las novelas de aventuras también se remontan a la antigüedad griega desde donde se hereda la estructura del tipo: huída (por razones lógicas o confesas o por ocurrencia repentina), sorpresas inesperadas (propias del medio natural o relacionadas con él mismo como pueden ser tormentas, tifones, terremotos, naufragios, etc.), un héroe (generalmente hombre que resuelve la situación en el último minuto posible), superación del conflicto por mediación del héroe o extrañas conjunciones fenoménicas, leve calma, descanso y disfrute, y presentación de una nueva situación extraña.

La mayoría de las obras míticas de la literatura de aventuras se construyen siguiendo el modelo de episodios donde se narran el ciclo completo de la estructura mencionada formando los diferentes modelos de progresión y resolución del conflicto. Estas fórmulas han sido ampliamente utilizadas por las series televisivas y las películas de cine de tramas más tradicionales. Las obras de aventuras tienen, generalmente, un final feliz, breve, pero en calma, que se ve aplazado desde el comienzo en el momento en que se plantea o un objetivo a cumplir o una aventura que sortear que se va complicando hasta la conclusión y desenvolvimiento final.

Si los modelos más explotados por la literatura de aventuras y el cine y la televisión ya estaban en la Grecia clásica, es de suponer que entre una etapa y otra el género siguió gozando de representantes y creciendo en producción y popularidad. En la Edad Media, las historias de aventuras se vieron actualizadas mediante la recreación de ciertas leyendas como la del *Rey Arturo y Los Caballeros de la Mesa Redonda* y el desfile de los ya famosos personajes de *Camelot* como *Lancelot* o el poderoso mago *Merlín*.

Estas historias y otras muchas más, sirvieron de inspiración a las cada vez más populares novelas de caballerías que Alonso Quijano invoca desde el comienzo del *Quijote de la Mancha*, grandes héroes a seguir en valentía y aventuras. Y como también parodia la mejor novela de todos los tiempos, recupera la figura femenina que todo caballero que se precie de tal debe tener como destinataria de sus afrentas y peligros.

Pero, más allá de este recorrido y como ya se ha mencionado, la verdadera proliferación de novelas de aventuras debe situarse en la moderna Inglaterra con nombres como Daniel Defoe, T. G. Smollet, Walter Scott, James Fenimore Cooper, Alejandro Dumas, Jules Verne, o Robert Louis Stevenson, entre otros.

En el siglo XX, este tipo de obras se reactualizan al otro lado del Atlántico, en la joven y extensa nación norteamericana con sus lemas estrictos para la Conquista del Oeste y la exploración de los territorios gélidos al Norte del continente o más allá del Pacífico, en los mares tropicales y cálidos de islas desconocidas y todavía salvajes. Estos relatos han quedado magistralmente representados por Edgar Allan Poe, Mark Twain y Jack London, tres grandiosos escritores de aventuras que retoman los esquemas clásicos de la lucha por la supervivencia localizada dentro de otros territorios como las aguas caudalosas del Mississippi, las Islas del Pacífico Sur o el cabo de Hornos.

La literatura de aventuras mucho le debe a escritura de viajes que también establece como sus primeros referentes a hombres de la antigüedad como Herodoto o Ptolomeo, pasando por Marco Polo, Cristóbal Colón y toda la saga de viajeros que aún hoy en día siguen compartiendo las delicias de sus experiencias recorridas en tierras lejanas.

Las grandes obras de aventuras

Es imprescindible para comprender los pilares del género hacer una referencia a la gran novela que lo representa y que continúa siendo, a casi trescientos años de su escritura y publicación, un *best seller*. Nos estamos refiriendo, sin duda, a *Robinson Crusoe*, la novela que el inglés Daniel Defoe (1660-1731) escribe en 1719, cuyo título original se pronunciaba en lo siguienete: *The Life and Strange Surprising Adventures of Robinson Crusoe, of York, Mariner* (Vida y extrañas aventuras de Robinson Crusoe de York, marinero). Este libro recoge la historia verdadera del marinero escocés *Selkirk*, que tras una serie de episodios trágicos, fue dejado solo en una isla cercana a las costas chilenas a comienzos del siglo XVIII. El naúfrago, curiosamente, fue rescatado por un intrépido navegante cuatro años después en un estado irreconocible. El salvador contó la historia en una narración que inmediatamente se transformó en un éxito de ventas y donde se contaba cómo el marinero *Selkirk* vivió y subsistió esos largos años en la isla.

Daniel Defoe conoció la historia y, aprovechándose de su capacidad imaginativa y comercial, –debemos aclarar que también existió un móvil económico para explotar este tipo de literatura–, decide presentarse ante un editor con un resumen de la historia que contaba la odisea de un hombre que tras un naufragio del que queda como único sobreviviente, se refugia durante 28 años en una isla hasta que es rescatado por unos piratas. Esta creación no narra solamente las condiciones de vida y supervivencia del marinero naúfrago, sino que también recurre a otros elementos para hacer más intrigante y apasionante la trama, como por ejemplo, la presencia de caníbales y el recurso literario del compañero o contrapunto amistoso en la figura del servil salvaje Viernes-Friday.

Es interesante reseñar aquí también, que la fidelidad y la veracidad eran elementos y recursos muy apreciados tanto para los escritores como para los lectores, y que el buen manejo del verismo favorecía las ventas. Ocurrió entonces que la primera edición de *Robinson Crusoe* aparece sin autor para dar mayor fiabilidad al relato que se consideraba como un hecho real. La obra se escribió en tono simple y casi documental, muy cercano a la crónica periodística que tanto explotarán los exitosos americanos como fueron Mark Twain o Jack London.

Daniel Defoe escribe también una segunda parte de la novela que se llamó *Las Aventuras de Robinson Crusoe* que constituyen la segunda y última parte de su vida y las extrañas y sorprendentes memorias de sus viajes alrededor del mundo, escritas por el mismo. Fue otro éxito de ventas que Defoe escribe también en 1719 sin salir de casa, inaugurando así la tradición del escritor de aventuras que no se mueve de su despacho pero recorre el mundo con la imaginación. La fórmula de éxito de este tipo de novelas suele señalarse en la triple confianza que el hombre moderno establece para su vida: en sí mismo, en los negocios y en Dios.

Sin embargo, *Moll Flanders*, la otra gran novela de Daniel Defoe titulada originalmente *The fortunes and Misfortunes of the Famous Moll Flanders*, escrita en 1722, cuenta la historia de una heroína castigada y triste. Moll Flanders nace en la prisión de Newgate, donde Defoe pasó un tiempo y también explotada literaria y vitalmente por Dickens. A partir de allí, su vida es un verdadero periplo para conseguir la subsistencia y la felicidad. La obra se inspira en la vida de Mary Frith (1584-1659), una ladrona que nace en la cárcel cuando su madre es condenada a muerte, más tarde raptada por un grupo de gitanos, para pasar luego a la caridad estatal donde aprende el oficio de costurera hasta que una señora rica la lleva a servir a su casa.

Aquí la aventura no pasa de ser la verdadera aventura por salir adelante siendo una mujer y contando con la belleza y los dones naturales como únicos recursos para la supervivencia. Es bastante triste pensar que las mujeres nunca protagonizaron grandes epopeyas y nunca pudieron más que hablar de su condición de mujeres e intentar superarse. Como dice *Virginia Woolf* en *Una habitación propia*, mientras los hombres invertían sus recursos en cátedras, becas y universidades, las mujeres debían atender a los hijos que heredarían los beneficios de la fortuna, y cuando se reunían, en lugar de hablar de ciencias, negocios y o aventuras, desentrañaban los motores de estas desigualdades. Sin duda, distintos tipos de vida, y distintas aventuras.

En el presente volumen se dan cita tres grandes clásicos del género de aventuras escritos por diversos autores, escenarios y tradiciones literarias. Por un lado, la fantástica historia de *Moll Flanders* del mítico Daniel Defoe, una historia peculiar y distinta que como ha quedado señalado anteriormente, trae a la narrativa de aventuras nuevas consideraciones y reflexiones. Por otro, *El último Mohicano*, de James Fenimore Cooper (1789-1851), donde aparece la visión de la selva y sus pobladores, los pieles rojas, entramando y desarrollando la acción. Y por último, *Colmillo Blanco*, un clásico de aventuras en Alaska donde los animales cobran un protagonismo y una importancia indiscutible.

Bibliografía

KUNDERA, M.: Milan Kundera: *El arte de la novela*, Barcelona, Tusquets, 1994.

USANDIZAGA, A.: Aránzazu Usandizaga: «La novela inglesa del siglo XVIII», en Jordi Llovet (ed): *Lecciones de Literatura universal*, Madrid, Cátedra, 1995.

Colmillo Blanco

JACK LONDON

PRIMERA PARTE

CAPÍTULO PRIMERO

EL RASTRO DE LA PRESA

A ambos lados del helado río se extendía un tétrico bosque de coníferas. Poco tiempo antes, el viento había desnudado los árboles de su capa de nieve, por lo que parecían inclinarse los unos hacia los otros, cual negras sombras fatídicas a la luz del crepúsculo. Sobre la tierra reinaba un vasto silencio. Era toda una desolación sin vida, sin movimiento, tan solitaria y fría que no se desprendía de ella ni siquiera un espíritu de tristeza. Había en ello algo como una carcajada, más terrible que la misma tristeza, más desolada que la sonrisa de la esfinge; una risa tan fría como el hielo, que tenía el espanto de lo inexorable. Era la sabiduría superior incomunicable de la burla eterna, de la futilidad de lo viviente y de sus esfuerzos. Era la selva, la salvaje selva boreal cuyo corazón está helado.

Pero allí mismo, desafiante, se encontraba la vida. Aguas abajo, por el río helado, avanzaba trabajosamente un trineo tirado por perros de aspecto lobuno. Su hirsuta pelambre estaba recubierta de hielo. Su aliento se congelaba en el aire, en cuanto salía de las fauces y se depositaba, formando cristales, sobre su piel. Los perros llevaban un arnés de cuero que los unía al trineo, carente de patines. Estaba formado de resistente corteza de abedul y descansaba con toda su superficie sobre el suelo. La parte delantera era redondeada, para impedir la carga de la nieve blanda que parecía oponérsele como un mar embravecido. Sobre el trineo se encontraba, cuidadosamente asegurada, una caja de madera, larga y estrecha, de forma oblonga. Se encontraban además allí otras cosas: mantas, un hacha, una cafetera y una sartén. Pero entre todas se destacaba la caja larga y estrecha, que ocupaba la mayor parte del trineo.

Delante de los perros, calzado con amplios mocasines, avanzaba penosamente un hombre. Otro más hacía lo mismo, detrás del trineo. En él, en la caja oblonga, yacía un tercer ser humano, cuyos trabajos habían terminado, al que había vencido y derrotado la selva hasta que ya no se movió más o no era capaz de seguir luchando. A la selva boreal no le gusta el movimiento. Para ella la vida es un insulto, pues lo que vive se mueve y la selva siempre destruye cuanto goza de movilidad. Hiela el agua para impedir que corra hacia el mar; arranca la savia de los árboles hasta que se hielan sus poderosos corazones. Pero la naturaleza boreal ataca de la manera más feroz y terrible al hombre, aniquilándole y obligándole a la sumisión; al hombre, que representa la vida en su más alta capacidad de movimiento, el eterno rebelde, que lucha continuamente contra la ley según la cual el movimiento termina siempre en reposo.

A pesar de ello, delante y detrás del trineo, indomables y sin dejarse atemorizar, avanzaban los dos que todavía no estaban muertos. Sus pestañas, las mejillas y los labios estaban tan cubiertos de cristales de hielo provenientes de su propia respiración, que era imposible distinguir sus caras. Ello les daba la apariencia de fúnebres máscaras, de sepultureros de un mundo espectral, que asistían al entierro de algún espíritu. Mas, a pesar de todo, eran hombres que penetraban en la tierra de la desolación, de la burla y del silencio, aventureros de Liliput, si se les comparaba con la colosal empresa en la que estaban empeñados, ofreciendo el sacrificio de su esfuerzo contra el poder de un mundo tan lejano, extraño y carente de vida como los abismos del espacio.

Marchaban sin pronunciar una palabra, ahorrando la respiración para el trabajo corporal. A su lado reinaba el silencio, que los oprimía con su presencia tangible y que afectaba sus mentes, como la profundidad del agua influye sobre el buzo. Los apretaba con el peso de una soledad infinita y de un destino inexorable. Su presión llegaba hasta los más remotos ámbitos de sus almas, arrancando, como de la uva el jugo, los falsos ardores y exaltaciones y los injustificados valores propios del espíritu humano, hasta que ellos mismos se consideraban simplemente como manchas, finitas y limitadas, que se movían con débiles muestras de ingeniosidad y sabiduría entre el juego de las grandes fuerzas elementales y ciegas.

Pasó una hora y otra. Empezaba a palidecer la débil luz de aquel día corto y sin sol, cuando un débil grito lejano resonó en el aire tranquilo. Elevose rápidamente, hasta alcanzar su nota más alta, donde persistió, tensa y palpitante, para morir después lentamente. Pudiera haber sido un alma en pena que se quejaba, si no hubiera poseído una cierta tristeza tétrica y un tono de hambre. El hombre que avanzaba delante del trineo volvió la cabeza, hasta encontrar los ojos de su compañero. Por encima de la caja oblonga cambiaron un signo de inteligencia.

Oyóse a poco un segundo grito, que atravesó el silencio como una fina aguja. Ambos localizaron en seguida su origen. Se encontraba detrás de ellos, en algún punto del desierto nevado que acababan de atravesar. Por tercera vez sonó la voz como si fuera una respuesta, también detrás de ellos, pero a la izquierda del segundo grito.

—Nos buscan, Bill —dijo el hombre que iba al frente.

La voz era ronca e irreal, aunque había hablado sin ningún esfuerzo aparente.

—La carne está escasa —respondió su compañero—. Hace días que no veo huellas de conejos.

Después no hablaron ya más, aunque sus oídos estaban atentos para percibir los gritos de caza, que se oían detrás de ellos.

En cuanto desapareció la luz del sol avanzaron con los perros hacia un amontonamiento de coníferas en la orilla del río, disponiéndose a pasar la noche. El féretro les servía de asiento y de mesa. Los perros lobunos se amontonaron lejos del fuego, mostrándose mutuamente los dientes y peleando, pero sin revelar ninguna intención de alejarse en la oscuridad.

—Me parece, Enrique, que los perros se mantienen muy cerca de nosotros —comentó Bill.

Enrique, que masticaba y que estaba ocupado en poner la cafetera con un pedazo de hielo dentro sobre el fuego, inclinó la cabeza en señal de asentimiento.

—Ellos saben dónde están seguros —dijo—. Les gusta más comer que ser comidos. Son perros muy inteligentes.

Bill sacudió la cabeza:

—Realmente, no lo sé.

Su camarada le observó con curiosidad:

—Es la primera vez que te oigo decir que no son inteligentes.

—¡Oye, Enrique! —dijo el otro masticando la comida con lentitud—. ¿Te fijaste cómo se alborotaron los perros cuando les daba de comer?

—Hicieron más ruido que de ordinario, es cierto —reconoció su compañero.

—Enrique, ¿cuántos perros tenemos?

—Seis.

—Bueno, verás... —y Bill se detuvo un momento para que sus palabras adquirieran mayor significación—. Como te decía, tenemos seis perros. Tomé seis pescados de la bolsa. Le di uno a cada perro y me faltó un pescado.

—Te habrás equivocado al contar.

—Tenemos seis perros —insistió su compañero desapasionadamente—. Saqué seis pescados de la bolsa. «Una Oreja» se quedó sin pescado. Volví a la bolsa y le di el que le tocaba.

—Tenemos sólo seis perros —insistió Enrique.

—Enrique —prosiguió su camarada—, yo no digo que todos fueran perros, pero había siete animales, que consiguieron cada uno su pescado.

Enrique dejó de comer para echar una mirada a través del fuego y contar los perros.

—Ahora sólo hay seis.

—Vi al otro escaparse a través de la nieve —dijo Bill con insistencia. Vi siete perros.

Enrique le miró compasivamente.

—Me alegraré muchísimo cuando haya terminado este viaje.

—¿Qué quieres decir con eso? —preguntó Bill.

—Quiero decir que este cargamento nuestro se te está subiendo a la cabeza y estás empezando a ver cosas imaginarias.

—También a mí se me ocurrió eso —dijo Bill gravemente—. Por eso, cuando echó a correr a través de la nieve, observé las huellas. Conté otra vez los perros y eran seis. Todavía pueden observarse en la nieve. ¿Quieres verlas?

Enrique no respondió. Siguió masticando en silencio, hasta que habiendo terminado, acabó la comida con una taza de café. Se limpió los labios con la mano y dijo:

—Así que tú crees que era uno de esos...

Le interrumpió un grito, más bien un aullido, de una tristeza desgarradora, que provenía de algún lugar en la oscuridad que les rodeaba. Se detuvo para escuchar y terminó la frase con un movimiento de la mano hacia el probable lugar de donde provenía el grito:

—... ¿Uno de ellos?

Bill inclinó la cabeza.

—Que me condene, si pensé otra cosa. Tú mismo oíste el ruido que hicieron los perros.

Los gritos continuados empezaban a transformar aquella soledad en un manicomio. Provenían ahora de todos lados; los perros demostraron su miedo acurrucándose los unos al lado de los otros y tan cerca del fuego, que el calor les quemaba el pelo. Bill echó más leña antes de encender su pipa.

—Me parece que ya te hubieran comido... —dijo Enrique.

—Enrique... —dijo Bill, chupando meditabundo su pipa, antes de proseguir—. Estaba pensando que éste es mucho más feliz que nosotros.

Con un movimiento del índice, señaló la caja sobre la cual estaban sentados.

—Tú y yo, Enrique, seremos felices si nos ponen suficientes piedras sobre nuestros cadáveres para alejar a los perros.

—Pero nosotros no tenemos familia ni dinero, ni nada parecido, como él —repuso Enrique—. El transporte de un cadáver a larga distancia es algo que no está al alcance de nuestros bolsillos.

—Lo que no entiendo es por qué este hombre, que en su tierra es lord o cosa parecida, y que nunca tuvo que preocuparse acerca de la comida o de las mantas, viniera a esta tierra dejada de la mano de Dios. Yo no puedo comprenderlo ni aunque me ahorquen.

—Hubiera podido llegar a viejo si se queda en su casa —dijo Enrique, abonando la opinión de su compañero.

Bill abrió la boca como para hablar, pero cambió de intención. Indicó hacia el muro de oscuridad que les rodeaba por todos lados. Aquella espesa negrura no sugería ninguna forma; en ella sólo se veían un par de ojos que llameaban como carbones encendidos. Con un movimiento de cabeza. Enrique hizo notar a su compañero la existencia de otro par y de un tercero más. Alrededor del campamento se había formado un círculo de ardientes pares de ojos, que relucían como ascuas. De cuando en cuando se movían, aparecían o desaparecían más tarde.

La inquietud de los perros crecía por momentos. En un ataque súbito de miedo echaron a correr hacia el fuego, arrastrándose por entre las piernas de los dos hombres. En la confusión, uno de ellos cayó sobre el fuego, aullando de dolor y de miedo, en cuanto el olor a pelo quemado empezó a impregnar el aire. La conmoción obligó al círculo de ojos a moverse inquietos durante un momento, e incluso a retirarse un poco, pero se acercaron otra vez en cuanto los perros se tranquilizaron.

—Es maldita desgracia habernos quedado sin municiones.

Bill había acabado de fumar y ayudaba a su compañero a hacer la cama de pieles y mantas sobre las ramas de pinos que habían colocado en la nieve antes de empezar a cenar. Enrique gruñó y empezó a soltarse los mocasines.

—¿Cuántos cartuchos dices que nos quedan? —preguntó.

—Tres —le respondió su compañero—. Quisiera que fueran trescientos. ¡Entonces les enseñaría algo!

Amenazó agriamente con el puño hacia el círculo de ojos brillantes y empezó a desatar sus propios mocasines delante del fuego.

—Y me gustaría que este frío cesara de una vez —prosiguió—. Hace más de dos semanas que no sube de cincuenta grados bajo cero. Y quisiera que nunca hubiéramos iniciado este viaje, Enrique. No me gusta el aspecto que tiene. No me siento bien. Mientras tanto, quisiera que estuviéramos en el Fuerte McGurry, al lado del fuego y jugando a la baraja. Eso es lo que quiero.

Enrique gruñó y se metió en la cama. Cuando empezaba a dormirse le despertó la voz de su compañero.

—Oye, Enrique, ese otro que se llevó un pescado..., ¿por qué no le atacaron los perros? Eso es lo que me preocupa.

—Tú te preocupas demasiado, Bill —le respondió su compañero—. Nunca te has portado así. Cállate de una vez y duérmete; ya te sentirás mejor mañana. Tienes acidez de estómago; eso es lo que te preocupa.

Se durmieron respirando pesadamente, el uno al lado del otro, cubiertos con la misma manta. Extinguiose el fuego y el círculo de ojos brillantes se hizo más estrecho alrededor del campamento nocturno. Los perros, acobardados, se acurrucaron más cerca los unos de los otros, mostrando amenazadoramente los dientes, de cuando en cuando, mientras se cerraba el círculo. Llegó un momento en que el ruido fue tan intenso que despertó a Bill. Se levantó cuidadosamente para no interrumpir el sueño de su compañero y echó más leña al fuego. Cuando empezaron a elevarse las llamas, los ojos se alejaron. Casualmente se le ocurrió mirar al montón de perros, acurrucados los unos al lado de los otros. Se restregó los ojos y los examinó más atentamente. Luego arrastrose nuevamente hacia donde dormía su compañero.

—¡Enrique! ¡Enrique...!

Su compañero gruñó como el que pasa del sueño a la vigilia y preguntó:

—¿Qué ocurre ahora?

—¡Oh, nada! —respondió su camarada—. Sólo que hay otra vez siete perros. Acabo de contarlos.

Enrique recibió la noticia con un gruñido que se transformó en un ronquido, volviendo a quedarse dormido otra vez.

A la mañana siguiente Enrique se despertó primero y arrancó a su camarada de la cama. Todavía faltaban tres horas para que amaneciera, aunque eran ya las seis de la mañana. En la oscuridad, Enrique empezó a preparar el desayuno, mientras Bill enrollaba las mantas y se preparaba para atar los perros al trineo.

—¡Oye, Enrique! —exclamó de repente—. ¿Cuántos perros decías tú que teníamos?

—Seis.

—Estás equivocado —afirmó Bill triunfalmente.

—¿Hay siete otra vez? —preguntó Enrique.

—No, cinco. Uno ha desaparecido.

—¡Al diablo con los perros! —gritó Enrique furioso, dejando de cocinar para contar los animales.

—Tienes razón, Bill —dijo, finalmente—. El «Gordito» ha desaparecido.

—Debe de haber corrido como el aire, en cuanto se escapó del campamento. Ni siquiera hubiéramos podido verlo.

—Claro —asintió Enrique—. Se lo comieron vivo. Apuesto a que aullaba todavía cuando pasaba por sus gargantas.

—Siempre fue un perro muy tonto —dijo Bill.

—Ningún perro, por muy tonto que sea, puede serlo tanto como para que se escape y se suicide de esa manera.

Observó atentamente el resto de la traílla de perros, estableciendo en un instante los rasgos característicos de cada animal.

—Apuesto a que ninguno de los otros haría eso —continuó.

—No los apartarías del fuego ni a palos —asintió Bill—. Siempre dije que el «Gordito» tenía algún defecto.

Éste fue el epitafio de un perro muerto en las tierras boreales, menos conciso que el de muchos otros congéneres suyos o de muchos hombres.

CAPÍTULO II

LA LOBA

En cuanto hubieron desayunado y atado al trineo los escasos objetos que formaban su campamento, los dos hombres se alejaron del fuego y avanzaron en la oscuridad. En seguida empezaron a oírse los gritos de tristeza salvaje, que eran una llamada a través de la noche y del frío y que encontraron respuesta al instante. Cesó la conversación entre los dos hombres. A las nueve era de día. A las doce, hacia el Sur, el cielo adquirió un color rosa purpúreo. Pero pronto desapareció también la coloración rosácea. La luz del día se transformó en un gris uniforme que duró hasta las tres de la tarde, hora en que también desapareció y el manto de la noche ártica descendió sobre la tierra solitaria y silenciosa.

A medida que aumentaba la oscuridad, los gritos de caza a la derecha y a la izquierda sonaron cada vez más cerca, tanto que más de una vez los perros se sintieron asustados, si bien sólo durante cortos espacios de tiempo.

Al terminar uno de esos ataques de pánico, cuando ambos compañeros pudieron hacerlos marchar otra vez, Bill dijo:

—Quisiera que encontrasen caza en alguna parte y nos dejaran tranquilos.

—Esos gritos le ponen a uno la carne de gallina —asintió Enrique.

No cambiaron una palabra más hasta que hicieron campamento.

Enrique se inclinaba sobre el fuego y agregaba pedacitos de hielo al puchero, donde hervía la comida, cuando le sobresaltó el ruido de un golpe, una exclamación de Bill y un grito, casi un aullido de dolor que partía de entre los perros. Se levantó a tiempo para ver una forma confusa que desaparecía a través de las nieves para refugiarse en la oscuridad. Vio a Bill, con un aire que tenía tanto de triunfo como de pena, en pie entre los perros, con un palo en una mano y un pedazo de salmón ahumado en la otra.

—Casi lo agarro —anunció—. Pero de todas maneras, le aticé un buen golpe. ¿Oíste cómo aulló?

—¿Qué aspecto tenía? —preguntó Enrique.

—No pude verlo. Pero estoy seguro de que tenía cuatro patas, una boca, pelo y que parecía ser un perro.

—Debe ser un lobo domesticado, supongo yo.

—Tiene que haberlo domesticado el mismo diablo para que se reúna con los perros a la hora de repartir la comida y llevarse su pedazo de pescado.

Aquella noche, al terminar de comer, cuando estaban sentados sobre la caja oblonga y fumaban sus pipas, el círculo de brillantes ojos se acercó aún más que antes.

—Quisiera que descubrieran algún rebaño de renos o cualquier otra cosa y que se fueran —dijo Bill.

Enrique gruñó con una entonación que quería dar a entender algo más que simpatía; durante un cuarto de hora permanecieron sentados en silencio. Enrique observaba el fuego y Bill el círculo de ojos que brillaban en la oscuridad, un poco más allá del fuego.

—Quisiera que estuviéramos ahora mismo a la vista del Fuerte McGurry —empezó a decir.

—¡Cállate de una vez y no continúes diciéndome lo que deseas y lo que temes! —estalló Enrique agriamente—. Tienes acidez de estómago. Eso es lo que te pasa. Trágate una cucharada de soda; te pondrás bien en seguida y serás un compañero más agradable.

Al amanecer, una catarata de maldiciones y juramentos despertó a Enrique. Provenían de la boca de Bill. Aquél se enderezó sobre el codo y observó a su compañero, que se encontraba entre los perros, al lado del fuego, al que había echado más leña, levantando los brazos en ademán de protesta, contraída la cara por la rabia.

—¡Hola! ¿Qué pasa ahora?

—«Rana» ha desaparecido.

—¡No...! ¡No puede ser!

—¡Te digo que sí!

Enrique saltó de la cama y se acercó a los perros. Los contó cuidadosamente, después de lo cual hizo coro a las maldiciones de su compañero sobre el poder de la selva, que les privaba de otro perro.

—«Rana» era el más fuerte de todos —dijo finalmente.

—Y tampoco era tonto —agregó Enrique.

En dos días éste fue el segundo epitafio.

Desayunaron con malos presentimientos, después de lo cual ataron los cuatro perros restantes al trineo. El día fue exactamente como los otros anteriores. Ambos compañeros se arrastraron penosamente, sin hablar, a través de la superficie de aquel mundo helado. Sólo rompían el silencio los gritos de sus perseguidores, que se mantenían invisibles a su retaguardia. Cuando se hizo la oscuridad a media tarde, los perseguidores se acercaron más, como era su costumbre. Los perros se acobardaron y pasaron momentos de verdadero pánico, que los apartó de su camino y que contribuyó a deprimir aún más a ambos compañeros.

—Eso impedirá que estos tontos se escapen —dijo Bill con satisfacción, observándolos después de haber terminado su tarea.

Enrique dejó la comida, que estaba preparando en el fuego, para examinar la labor de su compañero, que no sólo había atado los perros, sino que lo había hecho a la manera de los indios. A cada animal le había puesto un collar de cuero, al que había atado un palo grueso de casi un metro de longitud, tan cerca del cuello del animal, que éste no podía alcanzar la correa con los dientes. El otro extremo del palo estaba fijado a otro clavado en el suelo mediante otra correa de cuero. El perro no podía roerla por el extremo del palo que tenía más cerca. Por otra parte, el palo le impedía acercarse a la que le sujetaba al otro extremo.

Enrique asintió con la cabeza en señal de aprobación.

—Es la única manera de impedir que «Una Oreja» se escape. Es capaz de cortar una correa de cuero con los dientes tan limpiamente como con un cuchillo, y en la mitad de tiempo. Así no habrá desaparecido ninguno mañana.

—Puedes apostar lo que quieras que así será —afirmó Bill—. Si desaparece alguno me quedaré sin café.

—Los malditos saben que carecemos de municiones —hizo notar Bill, cuando se acostaban, indicando el círculo de brillantes ojos que los encerraba—. Si pudiéramos mandarles un par de tiros, nos tendrían un poco más de respeto. Cada noche se acercan más. Déjate de mirar el fuego y obsérvalos. ¿Ves a ése?

Durante algún tiempo, ambos hombres se divirtieron observando los movimientos de aquellas formas vagas que no traspasaban el límite de luz que arrojaba el fuego. Observando fija e intensamente el lugar donde brillaban un par de ojos en la oscuridad, lentamente adquiría forma la silueta del animal. A veces podían ver incluso cómo se movían.

Un ruido que provenía de los perros atrajo la atención de ambos hombres. «Una Oreja» emitía aullidos cortos, ansiosos, luchando con su palo, como si quisiera lanzarse hacia la oscuridad, desistiendo, a veces, para volver nuevamente a atacar el palo con los dientes.

—¡Fíjate, Bill! —murmuró Enrique.

A plena luz del fuego se deslizaba un animal parecido a un perro con movimientos laterales y huidizos. Se movía con una mezcla de audacia y de desconfianza, observando fijamente a los hombres, concentrada su atención en los perros. «Una Oreja» se estiró hacia el intruso todo lo que pudo, todo cuanto se lo permitía el palo, y aulló ansiosamente.

—Ese tonto no parece estar muy asustado —dijo Bill en voz baja.

—Es una loba —comentó Enrique en el mismo tono—. Eso explica la desaparición de «Gordito» y de «Rana». Ella es la carnada de los lobos. Les atrae afuera y entonces sus compañeros le devoran.

Restalló el fuego. Un leño se deshizo con un gran chisporroteo. Al oírlo, aquel extraño animal desapareció de un salto en la oscuridad.

—Oye, Enrique, a mí me parece… —empezó Bill.

—¿Qué?

—Creo que fue a ése a quien di con el palo.

—No tengo la menor duda —respondió Enrique.

—Me gustaría hacer constar —prosiguió Bill solemnemente— que la familiaridad de ese animal con los campamentos y el fuego es sospechosa e inmoral.

—Por lo menos sabe mucho más de lo que debería saber un lobo decente —asintió Bill—. Un lobo que se acerca cuando se da de comer a los perros debe de haber tenido amplias experiencias.

—El viejo Villan tuvo una vez un perro que se escapó y se fue a vivir con los lobos —dijo Bill como si pensara en voz alta—. Yo lo sé. Le maté de un tiro, en un lugar donde acostumbraban a pacer los renos. El viejo Villan lloró como una criatura. Me dijo que no lo veía desde hacía tres años. Todo ese tiempo había estado con ellos.

—Creo que tienes razón, Bill. Ese lobo es un perro. Más de una vez habrá comido pescado de las manos de un hombre.

—Y si tengo la oportunidad de pescarle, ese lobo, que es un perro, será muy pronto carroña —afirmó Bill—. No podemos permitirnos el lujo de perder más animales.

—Pero sólo tienes tres cartuchos —dijo Enrique.

—Esperaré hasta tenerle a buen tiro —replicó su compañero.

Por la mañana, Enrique echó más leña al fuego y preparó el desayuno, mientras su compañero roncaba ruidosamente.

—Dormías tan profundamente —le dijo Enrique cuando se levantó y se acercó al fuego— que no tuve corazón para despertarte.

Bill empezó a comer, todavía medio dormido. Vio que su taza estaba vacía y se levantó para alcanzar la cafetera. Pero entre ella y él se interponía Enrique.

—Oye, Enrique —observó cortésmente—: ¿No te has olvidado de algo?

Enrique echó una mirada cuidadosa a su alrededor y sacudió negativamente la cabeza. Bill le presentó su taza vacía.

—Hoy no tomarás café —dijo su compañero.

—¿Ya no queda más? —preguntó Bill ansiosamente.

—Todavía hay.

—¿No creerás tú que puede cortarme la digestión?

—Tampoco.

La cara de Bill se coloreó de indignación, poniéndose como la grana.

—Pues entonces, ardo por saber la explicación.

—«Veloz» ha desaparecido —respondió Enrique.

Lentamente, con el aire de resignación de un hombre que acepta la desgracia, Bill volvió la cabeza y, desde donde se encontraba, contó los perros.

—¿Cómo ocurrió? —preguntó apáticamente.

Enrique se encogió de hombros.

—No lo sé. A menos que «Una Oreja» le haya soltado. Lo cierto es que no pudo hacerlo él mismo.

—¡Maldito sea! —dijo Bill lenta y gravemente, sin que su tono dejara traslucir la rabia que le atormentaba por dentro—. Claro, como no pudo soltarse él, hizo lo que pudo para que se escapara el otro.

—Bueno, ése ya no tiene por qué preocuparse. Creo que a estas horas estará digerido y dando saltos por esta región, en los estómagos de veinte lobos diferentes —dijo Enrique, a manera de epitafio sobre el último perro perdido—. Toma tu café, Bill.

—¡Vamos! —insistió el otro, levantando la cafetera.

Bill echó a un lado la taza.

—Que me ahorquen si lo hago. Dije que no tomaría café si desaparecía alguno de los perros y no lo tomaré.

—Es un café muy bueno —opinó Enrique tentándole.

Pero Bill era terco y tragó su desayuno con una sarta de maldiciones sobre «Una Oreja» por la jugarreta que les había hecho.

—Esta noche los ataré de tal modo que no estén al alcance los unos de los otros —dijo Bill cuando se pusieron en camino.

Apenas habían recorrido unos cien metros, cuando Enrique, que esta vez marchaba delante del trineo, recogió del suelo algo con lo que habían tropezado sus mocasines. Como todavía no había mucha luz, no pudo reconocer lo que era, pero se dio cuenta por el tacto. Lo arrojó hacia atrás y el objeto cayó sobre el trineo y rebotó hasta alcanzar los mocasines de Bill.

—Creo que eso te hará falta para lo que te propones —dijo Enrique.

Bill gritó asombrado. Era todo lo que quedaba del perro: el palo al que se le había sujetado.

—Se lo comieron con piel y todo —exclamó Bill—. El palo está tan limpio como un pito. Se han comido hasta la correa de cuero a ambos extremos. Deben de tener un hambre de todos los demonios. Nos darán mucho que hacer antes de que termine este viaje.

Enrique se rió en son de desafío.

—Es la primera vez que me persiguen los lobos de esta manera, pero las he pasado peores y todavía vivo. Hace falta algo más que eso para liquidar a este amigo tuyo.

—No lo sé, no lo sé —murmuró Bill con un tono de mal agüero.

—Ya lo sabrás cuando lleguemos al Fuerte McGurry.

—No tengo mucha fe en eso —insistió Bill.

—Estás perdiendo el coraje; eso es lo que te pasa —dijo Enrique con un tono doctoral—. Lo que necesitas es una buena dosis de quinina, que te voy a dar en cuanto lleguemos al fuerte.

Bill expresó su disconformidad con el diagnóstico mediante un gruñido, y se calló. La jornada fue como todas. A las nueve de la mañana era de día. A las doce, por el Sur, el sol invisible calentaba el horizonte. Empezó a extenderse un gris frío, que tres horas más tarde se convertiría en la sombra nocturna.

Después de aquel fútil esfuerzo del sol por brillar un poco, Bill sacó el rifle del trineo y dijo:

—Sigue adelante, Enrique. Yo veré lo que puedo hacer.

—Será mejor que no te apartes del trineo —repuso enfáticamente su compañero—. Sólo tienes tres cartuchos y nadie puede decir lo que va a pasar.

—¿Quién ha perdido el coraje ahora? —exclamó triunfalmente Bill.
Enrique no replicó. Siguió adelante con el trineo, no sin echar de vez en
vez ansiosas miradas hacia atrás, hacia la oscuridad gris, en la que había desaparecido su compañero. Una hora más tarde, aprovechando las vueltas
que tenía que dar el trineo, llegó su camarada.

—Están esparcidos por una región muy amplia —dijo Bill—. Se mantienen a nuestro alrededor, mientras se dedican a cazar lo que pueden. Ya
ves, están seguros de nosotros, pero saben que tienen que esperar. Mientras tanto, están prontos para agarrar cualquier cosa comestible que se ponga a su alcance.

—Tú quieres decir que ellos creen que están seguros de nosotros —objetó Enrique, yendo derecho al asunto.

Pero Bill hizo caso omiso de la observación.

—He visto a algunos —dijo—. Están sumamente flacos. Creo que no
han comido nada en varias semanas fuera de los tres perros nuestros, que
no es mucho para tantos. Están horriblemente flacos. Las costillas parecen
una tabla de lavar. Se les aprieta el estómago contra la espina dorsal. Te digo
que están completamente desesperados. Todavía es de temer que se pongan
locos de hambre y entonces verás lo que es bueno.

Unos minutos más tarde, Enrique, que marchaba ahora detrás del trineo, silbó por lo bajo, advirtiendo a su compañero. Bill volvió la cabeza,
observó y detuvo a los perros. Detrás del trineo, saliendo del último recodo del camino, de tal modo que era perfectamente visible, sobre la misma
huella que acababa de dejar el vehículo, trotaba una forma peluda y grácil.
Inclinaba la nariz sobre la huella, avanzando al mismo tiempo, con un paso
peculiar, como si se deslizara, que parecía no costarle ningún esfuerzo. Se
detuvo, en cuanto ellos dejaron de avanzar, levantando la cabeza y observándoles continuamente, mientras movía la nariz para captar y estudiar el
olor peculiar de los hombres.

—Es la loba —dijo Bill.

Los perros se habían echado sobre la nieve. Bill pasó al lado del trineo
para unirse a su compañero. Ambos examinaron aquel extraño animal que
les había perseguido durante varios días y que tenía en su haber la destrucción de la mitad de sus perros.

Después de un examen atento, el animal avanzó unos pasos y se detuvo. Repitió esta maniobra varias veces hasta encontrarse a una distancia de
unos cien metros de ambos hombres. Se detuvo otra vez, alta la cabeza, cerca de un bosquecillo de pinos, estudiando con la vista y el olfato a ambos
hombres, que no dejaban de observar al animal. Les miraba con una mirada extrañamente inteligente, como si fuera un perro, pero en su picardía no
había nada de la afección del can. Era una inteligencia que provenía del hambre, tan cruel como sus propios colmillos, tan carente de misericordia como
el mismo frío.

Era muy grande para un lobo. Su ágil cuerpo denotaba las líneas de un
animal de los mayores de su raza.

—Debe de tener casi setenta y cinco centímetros de altura —comentó Enrique—. Apostaría a que tiene más de metro y medio de largo.

—Presenta un color raro para ser lobo —observó Bill por su parte—. Nunca he visto un lobo rojo. Parece casi canela.

Ciertamente, el animal no tenía ese color. Su pelo era verdaderamente el que corresponde a un lobo, predominando el gris, aunque con un leve y sorprendente tono rojizo, que aparecía y desaparecía casi como una ilusión visual, pues ahora era gris, definidamente gris, y después daba una impresión vaga de color rojo, que era imposible reducir a ninguna experiencia sensorial anterior.

—Parece un verdadero perro de trineo —dijo Bill—. No me extrañaría que empezase a mover la cola.

—¡Eh! ¡Tú! —exclamó Bill—. Ven hacia aquí, como quiera que te llames.

—No te tiene ni pizca de miedo —dijo Enrique riéndose.

Bill movió las manos haciendo un ademán de amenaza y gritó con voz muy alta, pero el animal no dejó traslucir ningún sentimiento de miedo. El único cambio que pudo notarse en él consistió en que pareció redoblar su cuidado. Todavía les miraba con la inteligencia sin misericordia del hambre. Ellos eran alimento y el animal tenía hambre, por lo que le gustaría avanzar y comérseles, si se atreviera.

—Escúchame, Enrique —dijo Bill, bajando inconscientemente el tono de voz, debido al tema de sus meditaciones—. Nos quedan tres cartuchos. Pero es imposible fallar. No puedo dejar de matarle. Ya se ha llevado a tres de nuestros perros y debemos acabar con él de una buena vez. ¿Qué te parece?

Enrique asintió con la cabeza. Cuidadosamente, Bill sacó el rifle del trineo. Empezó a levantar el arma para apuntar, pero nunca llevó a cabo el movimiento, pues en aquel momento la loba se echó a un lado del camino, ocultándose en el montón de árboles.

Los dos hombres se miraron. Enrique silbó durante un largo rato, expresando así que había comprendido.

—Debí habérmelo imaginado —dijo Bill, criticándose a sí mismo, mientras colocaba el arma en su sitio—. Naturalmente, un lobo que sabe tanto como para acudir a la hora en que se da de comer a los perros, conoce las armas de fuego. Te lo digo yo: ese maldito animal es la causa de todas nuestras dificultades. Si no fuera por esa maldita loba, tendríamos ahora seis perros en lugar de tres. Te digo más: no se me va a escapar. Es demasiado inteligente para poder pegarle un tiro en un sitio abierto. Pero ya la seguiré. Ya estaré al acecho y la mataré, tan seguro como que me llamo Bill.

—No necesitarás alejarte mucho cuando intentes hacerlo —le advirtió su compañero—. Si los lobos te atacan, tus tres cartuchos no te valdrán más que dar tres gritos en el infierno. Tienen un hambre terrible y una vez que hayan empezado a atacarte nada les detendrá hasta el fin, Bill.

Aquella noche acamparon temprano. Tres perros no podían arrastrar el trineo ni tan velozmente, ni durante tanto tiempo, como seis. Daban ya indudables muestras de cansancio. Ambos hombres se acostaron temprano. Bill se preocupó primero de que los perros se encontraran atados a tal distancia mutua que no pudieran liberarse los unos a los otros. Pero aumentaba la audacia de los lobos. Más de una vez ambos hombres se despertaron en la noche. Tanto se acercaron los animales hambrientos, que los perros parecían enloquecer de terror. Era necesario echar de cuando en cuando más leña al fuego para mantener a prudente distancia a los merodeadores audaces.

—He oído a los marineros contar de tiburones que persiguen tenazmente a un barco —dijo Bill metiéndose otra vez entre las mantas, después de haber echado más leña al fuego—. Bueno, estos lobos son tiburones terrestres. Conocen su oficio mejor que tú y que yo el nuestro. Siguen nuestras huellas porque conviene. Presiento que no saldremos de ésta, Enrique. No saldremos de ésta.

—Parece que ya te hubieran comido por la manera como hablas —replicó Enrique enérgicamente—. Cuando un hombre dice que está derrotado, está vencido a medias. Ya te han comido por la mitad, por la forma en que hablas.

—Se han comido a hombres más valerosos que tú y que yo —respondió Bill.

—¡Deja de lamentarte de una vez! Ya me cansas con tus estupideces.

Enrique se echó enojado hacia el otro lado de las mantas. Se sorprendió de que Bill no demostrara su enojo de la misma manera, lo que le extrañó, tanto más cuanto que sabía que se enojaba fácilmente por cualquier palabra dura. Enrique reflexionó largo rato antes de dormirse. Mientras se le cerraban los párpados y cabeceaba, se le ocurría: «Bill está terriblemente asustado. No hay posibilidad de equivocarse. Tendré que animarle un poco mañana».

CAPÍTULO III

EL GRITO DEL HAMBRE

El día se inició venturosamente. Ningún perro había desaparecido durante la noche. Emprendieron la jornada en el silencio, la oscuridad y el frío con espíritu bastante optimista. Bill parecía haber olvidado sus fúnebres presentimientos de la noche anterior. Hasta bromeó con los perros cuando éstos volcaron el trineo, al mediodía, en un sitio bastante malo del camino.

Era una situación complicada. El trineo había quedado encerrado entre un tronco de árbol y una gran roca. Tuvieron que desatar a los perros para poder enderezar el vehículo. Los dos hombres estaban inclinados sobre él, cuando Enrique notó que «Una Oreja» intentaba escaparse.

—¡Aquí, «Una Oreja», aquí! —gritó poniéndose en pie y tratando de cortar el paso al perro.

Pero éste echó a correr a través de la tierra cubierta de nieve, dejando sus huellas sobre ella. Allí fuera le esperaba la loba. Cuando se acercó a ella, el perro aumentó sus precauciones. Redujo su marcha, hasta convertirla en un trotecillo alerta y afectado, deteniéndose luego. La observaba cuidadosamente, como dudando, lleno de deseo. Ella parecía sonreírle, mostrando los dientes de una manera más agradable que amenazadora. Como jugando avanzó unos pasos hacia él, y luego se detuvo también. «Una Oreja» se acercó aún más, siempre alerta y cauteloso, manteniendo erguida la cabeza, la cola y las orejas.

Trató de olerle el hocico, pero ella se retiró juguetona y tímidamente. Cada vez que el perro avanzaba, la loba retrocedía. Paso a paso la atracción de la hembra le alejaba de la segura compañía de los hombres. Por un instante, como si una advertencia hubiera despertado vagamente su inteligencia, el perro volvió la cabeza, observando el trineo volcado, a sus hermanos de raza y a los hombres que le llamaban a gritos. Pero cualquiera que fuera la idea que acudió a su mente, la disipó la loba, que se le acercó, restregó su hocico con el de él, durante un momento cortísimo, reanudando su tímida retirada ante los renovados avances del perro.

Entre tanto, Bill se acordó del rifle, que se encontraba debajo del trineo volcado, y mientras Enrique le ayudaba a levantarlo, «Una Oreja» y la loba se encontraban demasiado cerca el uno de la otra y demasiado lejos como para arriesgarse a tirar.

El perro comprendió su error demasiado tarde. Antes que comprendieran la causa, ambos hombres le vieron dar vuelta de pronto y emprender veloz carrera hacia ellos. Aparecieron entonces en ángulo recto, como para cortarle la retirada, una docena de lobos, grises y flacos, que corrían a través de la nieve. Desapareció inmediatamente la timidez y las ganas de jugar de la loba. Rechinando los dientes se arrojó sobre «Una Oreja». Éste se la sacudió del lomo, donde había intentado morderle, y viendo que tenía cortada la retirada, pero proponiéndose siempre alcanzar el trineo, cambió de dirección intentando describir un círculo alrededor de él. A cada momento aparecían más lobos, que tomaban parte en aquella caza furiosa. La loba se mantenía a muy poca distancia de «Una Oreja».

—¿Adónde vas? —preguntó Enrique repentinamente, agarrando a su compañero por un brazo.

Bill se desprendió con un movimiento brusco.

—No pienso aguantar esto —gritó—. Ya no devorarán más nuestros perros, si yo puedo evitarlo.

Con el rifle en la mano se dirigió hacia el bosque de arbustos, que corría a lo largo del sendero. Su intención era muy clara. Tomando el trineo como centro del círculo que «Una Oreja» intentaba describir, se proponía cortarle en un punto, antes de que llegaran a él los lobos. Con su arma de fuego, en pleno día, era posible asustarlos y salvar al perro.

—¡Oye, Bill! —gritó su compañero, cuando ya se había alejado algo—. ¡Ten cuidado, no te arriesgues!

Enrique se sentó en el trineo y esperó. Nada podía hacer. Ya no veía a Bill. De cuando en cuando, «Una Oreja» aparecía y desaparecía entre los arbustos y los desperdigados grupos de árboles. Enrique pensó que el perro estaba perdido. El animal comprendía plenamente el peligro en que se encontraba, pero corría por el círculo de mayor diámetro, mientras que los lobos le perseguían por el menor. Era imposible imaginarse que «Una Oreja» pudiera sacar tal ventaja a sus perseguidores como para poder cruzar el círculo de los lobos antes que ellos y refugiarse en el trineo.

Ambas líneas se aproximaban rápidamente a un mismo punto, cubierto de nieve, en el cual iban a encontrarse los lobos, Bill y el perro, punto que Enrique no podía distinguir por impedirle la vista los árboles. Todo ocurrió muy rápidamente, más rápidamente de lo que había esperado. Oyó un disparo y otros dos después en rápida sucesión, con lo cual comprendió que su compañero ya no tenía cartuchos. Oyó entonces aullidos. Reconoció a «Una Oreja», que gritaba de dolor y de terror, y un lobo cuyo grito denunciaba que estaba gravemente herido. Eso fue todo. Cesaron los aullidos y los gritos. Sobre la tierra solitaria cayó otra vez el silencio.

Siguió sentado durante largo rato en el trineo. No era necesario que fuera a ver lo que había ocurrido. Lo sabía como si hubiera sucedido delante de sus ojos. Una vez se levantó rápidamente y sacó el hacha del trineo. Pero aún permaneció más tiempo sentado reflexionando, mientras estaban acurrucados a sus pies los dos últimos perros, que temblaban de miedo.

Finalmente, se levantó con un aire cansino, como si su cuerpo hubiera perdido toda su resistencia. enganchó los dos perros al trineo y se pasó por los hombros una de las correas del mismo para ayudarles. No llegó muy lejos. A la primera indicación de oscuridad se apresuró a acampar, preocupándose de tener una generosa provisión de leña.

Dio de comer a los perros, preparó la comida para sí y cenó. Luego hizo la cama bien cerca del fuego.

Pero estaba escrito que no iba a dormir en aquella cama improvisada. Antes de que pudiera cerrar los ojos, los lobos se habían acercado demasiado. Ya no era necesario esforzar la vista para distinguirlos. Se encontraban formando un estrecho círculo alrededor del hombre y del fuego. A la luz de la fogata podía distinguirlos claramente echados, sentados, arrastrándose hacia delante, sobre el vientre, avanzando y retrocediendo furtivamente. Aquí y allá podía distinguir un lobo, arrollado como un perro, que gozaba del sueño, que le estaba negado a él.

Mantuvo el fuego, pues comprendía que era lo único que separaba la carne de su cuerpo de sus afilados colmillos. Los dos perros se encontraban muy cerca de él, uno a cada lado, arrimados a sus pies, buscando su protección, aullando a veces y mostrando desesperadamente los dientes cuando un lobo se acercaba más de lo usual. En esos momentos, cuando sus perros mostraban los dientes se agitaba el círculo, levantándose todos los lobos e intentando acercarse más, mientras un coro de gritos se elevaba a su alrededor. Pronto se restablecía la quietud y aquí y allá un lobo reanudaba su interrumpido sueño.

Pero el círculo tenía una tendencia continua a acercarse a nuestro hombre. Un lobo, vientre a tierra, se acercaba un poco más, un centímetro cada vez, hasta que las fieras se encontraban a una distancia que podían alcanzarle de un salto. Entonces Enrique sacaba astillas ardientes del fuego y las arrojaba a los lobos. Rápidamente se alejaba el círculo, acompañado de gritos de rabia y de miedo, cuando el fuego volante golpeaba y quemaba a un animal demasiado audaz.

Por la mañana el hombre se encontraba cansado y harto, con los ojos muy abiertos por falta de sueño. En la oscuridad preparó el desayuno. A las nueve, cuando salió el sol, después de que se hubieron retirado los lobos, emprendió la tarea que había planeado en las largas horas de la noche. Cortando árboles jóvenes, preparó una alta plataforma, atando los troncos a otros aún más altos. Utilizando el correaje del trineo como si fuera la cadena de una polea, con la ayuda de los perros, levantó el féretro hasta allí arriba.

—Han devorado a Bill y es probable que hagan lo mismo conmigo, pero lo cierto es que nunca te comerán a ti, chico —dijo, dirigiéndose al cadáver que yacía en aquel sepulcro aéreo.

Siguió entonces la senda, mientras el trineo aligerado era arrastrado por los perros, que demostraban la mejor voluntad en alejarse de allí, pues también ellos sabían que la salvación consistía en llegar cuanto antes al Fuerte McGurry. Los lobos les perseguían ahora abiertamente, trotando tranquilamente detrás del trineo o avanzando con la roja lengua fuera por los costados, a la vez que mostraban a cada momento las costillas, que ondulaban con cada movimiento. Estaban escuálidos y parecía que la piel era una simple bolsa vacía extendida sobre el esqueleto, cuyas cuerdas eras los músculos. Tan flacos estaban, que Enrique tenía por milagro que pudieran seguir caminando y no se cayeran exhaustos sobre la nieve.

No se atrevió a proseguir su viaje hasta que fuera totalmente de noche. Al mediodía, no sólo el sol calentó el horizonte por el Sur, sino que elevó por encima de aquella línea su mitad superior, pálida y dorada. Para Enrique fue un signo. Los días empezaban a ser más largos. Volvía el sol. Pero apenas se había disipado la confianza que proporcionaba su luz, cuando Enrique acampó. Todavía quedaban algunas horas de grisácea luz diurna y de sombrío crepúsculo, que utilizó para cortar una enorme cantidad de leña.

Con la noche vino el horror. No sólo crecía la audacia de los lobos, sino que la falta de sueño empezaba a ejercer sus efectos sobre Enrique. Acurrucado cerca del fuego, con una manta sobre los hombros, el hacha entre las piernas, un perro a cada lado, cabeceaba a pesar suyo. Se despertó una vez, observando a una distancia menor de cuatro metros a uno de los lobos, un gran animal gris, uno de los mayores de todos. Mientras le miraba, la bestia se estiró como un perro cansado, bostezando todo lo que daba la boca y mirándole con ojos en los que brillaba la posesión, como si en verdad fuera una comida aplazada que había de devorar muy pronto.

Los demás lobos demostraban estar poseídos de esta misma certidumbre. Enrique contó veinte animales, que le miraban hambrientos o que dormían tranquilamente sobre la nieve. Le parecía que eran chiquillos, reunidos delante de una mesa, donde se encontraba ya dispuesta la comida y que esperan permiso para empezar a comer. ¡Él era la comida! Se preguntó cuándo y cómo empezaría el festín.

Mientras amontonaba leña sobre el fuego, sintió por su cuerpo una admiración completamente nueva en él. Observó sus músculos en movimiento y se interesó por el inteligente mecanismo de sus dedos. A la luz del fuego cerró lentamente el puño, una y otra vez, ya todos los dedos a un tiempo, ya uno por uno, extendiéndolos todo lo posible o haciendo como si agarrara algo. Estudió las uñas y se pinchó las puntas de los dedos, unas veces con mucha delicadeza, otras más enérgicamente, estimando mientras tanto la sensación nerviosa producida. Todo aquello le fascinaba; repentinamente se enamoró de su carne y de su sutil mecanismo, que obraba de una manera tan delicada, bella y suave. Echaba entonces una mirada de miedo al círculo de lobos, que esperaban a su alrededor; con la velocidad del rayo, como si cayera sobre él un mazazo, comprendió que aquel cuerpo maravilloso suyo, aquella carne viviente, no era más que alimento, una presa de animales hambrientos, que desgarrarían y harían trizas con sus agudos colmillos, exactamente como él mismo se había alimentado muchas veces con renos y liebres. Se despertó de un sueño intranquilo, que era casi una pesadilla, para encontrar delante de sí a la loba roja, a una distancia menor de dos metros, echada en la nieve y observándole con una mirada inteligente. A sus pies los dos perros aullaban y mostraban los dientes, pero ella parecía no notar su existencia. Miraba al hombre y, durante algún tiempo, éste sostuvo la mirada. La de la loba no tenía nada de amenazadora. Le observaba simplemente con una gran curiosidad, mas él sabía que ese sentimiento provenía de un hambre igualmente intensa. Él era el alimento y su presencia excitaba en ella las sensaciones gustativas. La loba abrió la boca, de la cual goteó la saliva, mientras se pasaba la lengua por las fauces, con un placer anticipado.

El hombre sintió un espasmo de miedo. Rápidamente echó mano a una astilla del fuego para arrojársela. Pero en cuanto extendió la mano, antes que sus dedos hubieran podido cerrarse sobre el improvisado proyectil, la loba saltó hacia atrás, poniéndose en seguridad. Enrique sabía que aquel animal estaba acostumbrado a que le arrojasen cosas. Mientras saltaba hacia atrás mostró los blancos colmillos hasta la raíz, desapareciendo como por encanto toda su curiosidad, a la que reemplazó una malignidad de carnívoro que le hizo temblar. Miró la mano que sostenía la astilla ardiente, observando el inteligente mecanismo de los dedos que la sostenían, cómo se ajustaban a todas las desigualdades de la superficie, encorvándose por encima y por debajo de la áspera madera, y cómo el meñique, que se encontraba demasiado cerca de la parte ardiente de la madera, retrocedía automáticamente, como si tuviera una sensibilidad propia, hacia un lugar más frío. En aquel mismo momento le pareció ver cómo los blancos colmillos de la loba deshacían y desgarraban aquellos mismos dedos sensibles y delicados. Nunca había sentido tanto cariño por su cuerpo como entonces, cuando su suerte era tan precaria. Durante toda la noche ahuyentó con el fuego a los hambrientos lobos. Cuando cabeceaba de sueño a pesar de toda su voluntad de resistirse, le despertaban los aullidos de sus propios perros. Llegó el día, pero por primera vez la luz no consiguió ahuyentar a los lobos. En vano esperó el hombre que se fueran. Permanecieron en círculo alrededor de él y del fuego, mostrando tal arrogancia como si ya fuera suyo, que hizo vacilar su coraje, nacido a la luz del día.

Hizo una tentativa desesperada para ganar la senda. Pero en cuanto abandonó la protección del fuego, el más audaz de los lobos se echó sobre él, felizmente, con un salto demasiado corto. El hombre se salvó por haber retrocedido a tiempo, mientras las mandíbulas de la fiera se cerraban de un golpe a una distancia de apenas quince centímetros de su muslo. Los demás lobos intentaron atacarle, por lo que fue necesario arrojar astillas ardientes a derecha e izquierda para mantenerlos a respetuosa distancia.

Ni siquiera a plena luz del día se atrevió a abandonar el fuego para cortar más leña. A unos seis metros de distancia se encontraba un tronco de pino. Tardó casi medio día en llevar el fuego hasta allí, teniendo a cada momento media docena de astillas ardientes para arrojarlas contra sus enemigos. En cuanto llegó al árbol, estudió la selva que le rodeaba para hacer caer el tronco en la dirección en la que abundara más leña.

La noche fue una repetición de la anterior, excepto que el sueño se convirtió en una necesidad poderosa. Perdía eficacia la voz de sus perros. Además, como aullaban continuamente, sus sentidos embotados y cansados ya no notaban la diferencia de timbre o de intensidad. Se despertó sobresaltado. La loba se encontraba a menos de un metro de distancia de él. Maquinalmente, sin dejar traslucir ninguno de sus movimientos, le tiró un montón de brasas en la boca, abierta en un bostezo. El animal retrocedió, aullando de dolor, mientras Enrique se deleitaba en el olor a carne y pelo quemado, y la loba sacudía la cabeza y aullaba rabiosamente, a unos cinco metros de distancia.

Esta vez, antes de dormirse nuevamente, se ató a la mano derecha una astilla ardiente de pino. Sus ojos se cerraron unos pocos minutos, antes que le despertara el calor de la llama sobre su carne. Durante muchas horas se atuvo a este procedimiento. Cada vez que la llama le despertaba, hacía retroceder a los lobos arrojándoles astillas encendidas, echaba más leña al fuego y se ponía una nueva rama de pino en el brazo. Todo fue bien, hasta que una vez no aseguró la madera a su brazo. Cuando cerró los ojos, la astilla cayó de su mano.

Soñó. Le pareció que se encontraba en el Fuerte McGurry. Se sentía cómodo, pues reinaba allí un calorcito agradable. Jugaba a los naipes con el jefe de la factoría. También soñó que los lobos rodeaban el fuerte. Aullaban en las mismas puertas. Algunas veces él y el jefe dejaban de jugar para reírse de los inútiles esfuerzos de los lobos por querer entrar. Tan extraño era el sueño, que le pareció oír un ruido, como de algo que se derrumbara. Había caído la puerta. Veía a los lobos que entraban corriendo en la gran sala del fuerte. Saltaban directamente sobre el jefe y sobre él. Al ceder la puerta, el ruido producido por sus aullidos había adquirido una intensidad enorme, tanto que ahora le causaba una molestia insufrible. Comprendía que su sueño se convertía en alguna otra cosa, que no sabía lo que era, pero a través de aquella transformación, como si lo persiguiera, persistían los aullidos.

Se despertó entonces y comprobó, con no poca sorpresa, que el peligro era real. Se oían los aullidos y los gritos. Los lobos atacaban. Los dientes de uno de ellos estaban a punto de cerrarse sobre su brazo. Instintivamente se inclinó sobre el fuego, mientras sentía la desgarradura producida por los dientes de otro que se clavaban en la pierna. Empezó una enconada lucha alrededor del fuego; sus mitones le protegieron las manos, por lo menos durante algún tiempo. Empezó a tirar astillas en todas direcciones, hasta que el campamento parecía un volcán en actividad.

Pero no podría resistir mucho tiempo. Se le formaban ampollas en la cara, el fuego había destruido ya sus cejas y pestañas y el calor en los pies se hacía insoportable. Con una astilla ardiente en cada mano se lanzó hacia la parte exterior de la fogata. Los lobos habían retrocedido. A cada lado, donde habían caído las ascuas, la nieve silbaba. A cada momento un lobo que se retiraba, a grandes saltos, aullando y mostrando los dientes, anunciaba que había pisado uno de aquellos carbones encendidos.

Echando las astillas llameantes sobre sus enemigos más cercanos, el hombre arrojó sus mitones sobre la nieve y pateó para desentumecerse los pies. Habían desaparecido los dos últimos perros. Sabía muy bien que eran un plato de la larga comida en la cual «Gordito» había sido el aperitivo y probablemente él sería el postre.

—¡Todavía no me habéis vencido! —gritó salvajemente, mientras sacudía los puños amenazando a las bestias.

El círculo de los lobos se agitó al oír su voz, mostraron los dientes y la loba se acercó furtivamente hasta muy poca distancia de él, observándole con una mirada inteligente, producto del hambre.

En seguida empezó a poner en práctica una nueva idea que se le había ocurrido. Extendió el fuego formando un amplio círculo, dentro del cual se metió colocando en el centro su bolsa de dormir para protegerse contra la nieve. En cuanto hubo desaparecido detrás de aquel muro de llamas, los lobos se acercaron curiosos para saber lo que había sido de él. Hasta ahora se les había negado el acceso al fuego, por lo que se echaron a tierra formando un círculo muy cerca de las llamas, como si fueran otros tantos perros, brillantes los ojos, bostezando y estirando los flacos cuerpos ante aquel color extraño. La loba replegó sus patas y con la nariz dirigida hacia la Luna empezó a aullar. Uno por uno, los lobos comenzaron a hacerle coro, hasta que todos ellos, echados y con la nariz hacia el cielo, anunciaron su hambre.

Vino la noche y luego el día. Las llamas ya no alcanzaban tanta altura como antes. Enrique intentó salir de su círculo de fuego, pero los lobos salieron a su encuentro. Las ramas encendidas les obligaban a apartarse, pero ya no retrocedían. En vano intentó hacerles perder terreno. Cuando el hombre renunció a su empresa y volvió a encerrarse en su defensa de fuego, un lobo saltó hacia él, pero se equivocó en la distancia y fue a dar con las cuatro patas sobre las brasas. Gritó de terror al mismo tiempo que enseñaba, rabioso, los dientes y se alejó arrastrándose para enfriar sus extremidades en la nieve.

Enrique se sentó sobre la manta. A partir de las caderas, el cuerpo se inclinaba hacia delante. Tenía los hombros caídos; la cabeza inclinada sobre las piernas indicaba que había perdido toda esperanza de sobrevivir a aquella lucha. De cuando en cuando alzaba la mirada para observar el fuego, que daba las últimas boqueadas. El círculo de llamas y de brasas se rompía en segmentos, que dejaban amplios claros entre ellos. Disminuía la amplitud de los arcos del círculo en llamas y crecía la de aquellos en los cuales se había apagado el fuego.

—Creo que ahora podéis entrar y devorarme en cualquier momento —murmuró el hombre—. Sea como sea, voy a dormir.

Se despertó una vez, viendo entonces, a través de una de las partes donde se había apagado el fuego, que la loba le miraba ansiosamente.

Se despertó otra vez, un poco más tarde, aunque a él le parecieron horas. Había ocurrido algún cambio misterioso, tan extraño que se despertó inmediatamente. Algo había pasado. Al principio no pudo entenderlo. Pero lo comprendió finalmente: los lobos habían desaparecido. Lo único que quedaba de ellos eran las huellas sobre la nieve, que demostraban desde qué corta distancia habían abandonado el asalto. Le apretaba el sueño, que se apoderaba de él por momentos: nuevamente hundía la cabeza entre las rodillas, cuando se levantó de un salto.

Oía gritos de seres humanos, las sacudidas de los trineos, el ruido peculiar de los correajes y los aullidos anhelantes de los perros. Cuatro trineos se dirigían desde el río hacia el campamento. Pronto rodearon al hombre que se encontraba dentro del círculo de mortecino fuego media docena de sus congéneres. Le sacudían y trataban de despertarle a golpes. Él los miraba como si estuviera borracho, mientras farfullaba con una voz extraña y somnolienta:

—La loba roja... Primero vino a comer junto con los perros... Después se los comió... Y después devoró a Bill...

—¿Dónde está lord Alfred? —vociferó uno de los hombres en sus oídos, sacudiéndole violentamente.

Enrique movió la cabeza lentamente.

—No, a ése no se le pudo comer... Está esperando en un árbol del último campamento.

—¿Muerto?

—Muerto y en una caja —contestó Enrique.

Levantó los hombros con petulancia, poniéndose fuera del alcance de los brazos de aquel inquisidor:

—¡Oiga usted! Déjeme usted solo... Estoy agotado... Buenas noches a todos...

Le temblaron los párpados antes de cerrarse definitivamente. La mandíbula cayó sobre el pecho. Mientras trataban de echarle sobre las mantas, sus ronquidos llenaban el aire frío.

Pero además se oía otro ruido. Era débil y sonaba a lo lejos, a gran distancia. Era el grito de los lobos hambrientos mientras trataban de encontrar la huella de otro alimento, puesto que habían perdido al hombre.

SEGUNDA PARTE

CAPÍTULO PRIMERO

LA BATALLA DE LOS COLMILLOS

Fue la loba la primera que oyó las voces de los hombres y los aullidos de los perros que tiraban de los trineos. Fue ella la primera en alejarse del círculo de mortecino fuego, dentro del cual se había refugiado nuestro hombre. Los lobos no tenían ganas de abandonar la presa, que habían acorralado, por lo que todavía se mantuvieron varios minutos por los alrededores, hasta asegurarse del verdadero origen de los ruidos. Cuando comprendieron la causa, también se alejaron, siguiendo a la loba.

Al frente de ellos corría un gran lobo gris, uno de los jefes de la horda. Detrás de la loba, dirigía a los demás. Como advertencia, mostraba los dientes o atacaba con los colmillos a sus congéneres más jóvenes, que trataban de adelantársele. Aceleró el paso cuando observó a la loba que trotaba sin prisa a través de la nieve.

Ella se dejó alcanzar, como si fuera una posición que le pertenecía por derecho, adaptando su paso al de la horda. Él no le enseñaba los dientes cuando ella se le adelantaba. Por el contrario, parecía estar poseído de un sentimiento de bondad para con ella, quizá excesiva, pues el lobo se le acercaba demasiado, y cuando lo hacía, era la loba quien le mostraba los colmillos. A menudo le clavaba los dientes en la paletilla, pero entonces él no mostraba enojarse. Se limitaba a echarse a un costado, corriendo hacia delante y saltando de una manera extraña, con lo que daba la impresión de un enamorado campesino que no sabe manejarse.

Ésta era una de las dificultades de correr delante de la horda. La loba tenía otras. Del otro lado corría a la par un lobo gris viejo, marcado con las cicatrices de numerosas batallas. Siempre se colocaba a su lado derecho, lo que es explicable si se tiene en cuenta que sólo le quedaba un ojo: el izquierdo. También él acostumbraba a acercarse a ella, volverse hacia la loba, hasta que su hocico lleno de cicatrices tocaba su cuerpo, sus paletillas o su pescuezo. Ella repelía los ataques de ambos lados con sus dientes, pero cuando los dos prodigaban sus atenciones al mismo tiempo, se sentía encerrada por ambos flancos y le era preciso alejar a los dos amantes con rápidos mordiscos, manteniendo el paso de la horda y fijándose dónde ponía los pies. Entonces ambos compañeros se mostraban los dientes y gruñían por encima del cuerpo de la loba. Hubieran luchado, mas, incluso el amor y la mutua rivalidad debían ceder ante el hambre de la horda.

Después de cada repulsa, cuando el viejo lobo se apartaba del objeto de su deseo que poseía colmillos tan agudos, chocaba con un lobo de tres años que corría por el lado del ojo desaparecido. Este lobezno había llegado a su desarrollo completo: teniendo en cuenta el estado de debilidad y de hambre de la horda, poseía mucho más que el término medio de vigor y de coraje. No obstante corría sin que su cabeza pasara de la paletilla del viejo «Tuerto». Cuando se atrevía a avanzar más, lo que ocurría muy rara vez, un mordisco le obligaba a retroceder a su posición anterior. A veces avanzaba lenta y cautelosamente detrás de ambos, hasta colocarse entre el viejo jefe de la horda y la loba. Esto conducía a una doble y a veces a una triple demostración de resentimiento. Cuando la loba enseñaba los dientes, el viejo jefe se arrojaba sobre el joven intruso. A veces le acompañaba ella. Otras, el más joven que la seguía por el otro flanco, se unía a los dos.

Entonces, teniendo que enfrentarse con tres salvajes dentaduras, el lobezno se detenía repentinamente y se apoyaba sobre las patas traseras, rígidas las anteriores, la boca amenazante y erizadas las crines. Esta confusión en la vanguardia de la horda conducía siempre a un desbarajuste en la retaguardia. Los lobos que venían detrás chocaban con el lobezno, expresando su disgusto mediante enérgicos mordiscos en los flancos y en las patas traseras. Él mismo se buscaba el lío, pues el mal humor y la carencia de alimento van siempre juntos, pero con la ilimitada fe de la juventud persistía en repetir la maniobra frecuentemente, aunque nunca sacaba nada en limpio, sin mordiscos.

Si hubieran tenido alimento, las peleas y el amor habrían mantenido un ritmo uniforme y la horda se hubiera esparcido. Pero la situación era desesperada. Estaban flacos debido al hambre prolongada. Corrían a una velocidad menor que la corriente. En la retaguardia se arrastraban los débiles, los muy jóvenes o los muy viejos. A la vanguardia marchaban los fuertes. Sin embargo, todos parecían más esqueletos ambulantes que lobos. Excepto los que no tenían fuerzas para correr, los movimientos de los animales que formaban el resto de la manada eran incansables y parecían efectuarse sin esfuerzo. Los músculos nudosos parecían fuentes inagotables de energía. Detrás de cada contracción muscular, que semejaba la de un mecanismo de acero, venía otra y otra, aparentemente sin fin.

Corrían distancias enormes cada día. Corrían durante toda la noche. La luz del día siguiente los encontraba todavía corriendo. Atravesaban la superficie de un mundo muerto y helado. Nada viviente se movía. Sólo ellos seguían su interminable viaje, a través de aquel mundo inerte. Sólo ellos poseían vida y seguían buscando otras cosas vivientes para devorarlas y sobrevivir.

Cruzaron una docena de pequeños riachuelos, en unas tierras bajas, antes de que encontraran lo que buscaban. Toparon con renos. Primero apareció un macho enorme. Aquí había carne y vida, que no estaba guardada por el fuego o por misteriosos proyectiles. Los lobos conocían la cornamenta bifurcada y los cascos encorvados hacia fuera de aquel animal. Dejaron de lado su acostumbrada paciencia y sus precauciones habituales. Fue una batalla dura y corta. Atacaron al corpulento macho por todos lados. El reno les abría de arriba abajo o les deshacía el cráneo con hábiles movimientos de sus cascos. Les pisoteaba o les despedazaba con sus cuernos. En el ardor de la lucha, les reducía a papilla sobre la nieve. Pero estaba condenado y cayó, mientras la loba le desgarraba la garganta y los otros animales se prendían por todos lados, devorándolo vivo antes de que hubiera cesado de luchar o de que se le hubiera infligido una herida mortal.

Ahora había alimento en abundancia. El reno pesaba más de cuatrocientos kilos, por lo que tocaban casi a diez kilos de carne para cada uno de los cuarenta y pico lobos. Pero si su ayuno tenía algo de milagroso, también lo era la manera como devoraban. Pronto, sólo unos pocos huesos esparcidos fue cuanto quedó de la espléndida bestia que unas pocas horas antes había hecho frente a la manada.

Los lobos se dedicaron ahora a dormir y descansar. Con el vientre lleno, los lobeznos empezaron a pelearse entre sí, lo que continuó durante unos pocos días, hasta que el hato se deshizo. Había pasado el hambre. Se encontraban ahora en un país de caza abundante. Aunque todavía cazaban juntos, lo hacían con más precauciones, arrinconando alguna hembra gorda o algún macho impedido de alguna de las manadas que encontraban en su camino.

En esta tierra de promisión ocurrió que un día la horda se dividió en dos grupos, que siguieron caminos diferentes. La loba, el lobezno que marchaba a su izquierda y el «Tuerto» a su derecha, dejaron que la mitad de la horda se dirigiera por el Mackenzie hacia abajo, a través de los lagos, hacia el Este. Día a día disminuía el número de individuos que formaban esta porción. Por parejas, macho y hembra, desertaban los lobos. A veces los agudos dientes de sus adversarios expulsaban a uno de los viejos machos. Finalmente sólo quedaron cuatro: la loba, el jefe joven, el «Tuerto» y el ambicioso lobezno.

Por aquel entonces la loba había adquirido un carácter feroz. Sus tres aspirantes llevaban la marca de sus dientes. Sin embargo, ninguno de los tres respondía a sus ataques. Oponían sus pescuezos a sus más salvajes mordiscos y trataban de aplacar su rabia moviendo la cola y dando pasitos cortos. En su orgullo, el lobezno fue el más audaz. Atacó al «Tuerto» por el lado que no veía y le hizo pedazos una oreja. Aunque el viejo «Tuerto» sólo veía por un lado para oponerse a la juventud y el vigor del lobezno, tenía la sabiduría de largos años de vida. El ojo que le faltaba y las cicatrices de su hocico demostraban la clase de experiencia que poseía. Había sobrevivido a demasiadas batallas como para dudar un momento sobre lo que tenía que hacer.

La lucha empezó noblemente, pero no terminó así. Es imposible predecir lo que hubiera ocurrido si el tercer lobo no se hubiera unido al viejo para atacar juntos al lobezno y despedazarlo. De ambos lados atacaban sin misericordia los colmillos de los que hasta hacía poco tiempo habían sido sus camaradas. Se habían olvidado de los días en que habían cazado juntos, de las piezas que había cobrado la horda, del hambre que habían sufrido. Aquello pertenecía al pasado. Ahora se trataba del deseo, de algo más cruel y terrible que conseguir alimento.

Mientras tanto, la loba, a causa de todo, estaba tendida satisfecha sobre las patas posteriores y vigilaba la lucha, que la divertía. Aquél era su día, que no era frecuente, cuando se erizaban las crines, chocaban los colmillos contra otros o desgarraba la carne que cedía, todo por poseerla.

El lobezno, que por primera vez se aventuraba en los campos del deseo, perdió la vida en la empresa. A cada lado de su cuerpo se erguían ambos rivales. Observaban a la loba, que sonreía sobre la nieve. Pero el viejo jefe estaba lleno de sabiduría, tanto en el deseo como en la batalla. El jefe joven giró la cabeza para lamerse una herida en la paletilla. La curva de su cuello mostraba su convexidad a su rival. Con su ojo único, éste apreció la oportunidad. Salió como una flecha y cerró los colmillos. Fue un mordisco largo, desgarrante y profundo. Al clavarse, los dientes cortaron la vena yugular. Después retrocedió limpiamente.

El joven jefe aulló terriblemente, pero su grito quedó cortado con un golpe de tos. Sangrando y tosiendo, herido ya de muerte, saltó sobre el viejo, luchando mientras se le escapaba la vida, debilitándosele las piernas, oscureciéndose ante sus ojos el mundo, acortándose sus golpes y sus saltos.

Mientras tanto la loba seguía echada y sonreía. Se alegraba de una manera vaga por la batalla, pues así es el amor de la selva, la tragedia del sexo en el mundo de la naturaleza, que es tan sólo para los que mueren. En cambio, para los que sobreviven no es trágico, sino que implica la satisfacción del deseo y la perfección.

Cuando el jefe joven cayó sobre la nieve y no se movió más, el «Tuerto» se dirigió hacia la loba. Su comportamiento denotaba una mezcla de triunfo y precaución. Era claro que esperaba un rechazo y se sorprendió cuando la loba no le mostró los dientes enojada. Por primera vez le recibió agradablemente. Se restregaron los hocicos y hasta condescendió a saltar y jugar con él como si fuera un cachorro. Él mismo, a pesar de sus años y de su experiencia, se comportó de la misma manera y hasta quizá un poco más tontamente.

Ya habían olvidado los rivales vencidos y aquel cuento de amor escrito con sangre sobre la arena, salvo durante un momento, en que el «Tuerto» se detuvo a lamerse las heridas. Sus belfos se entreabrieron como si fuera a mostrar los dientes, se le erizaron las crines y se enderezó como para saltar, afirmando las patas sobre la nieve para tener mejor apoyo. Pero lo olvidó en seguida, mientras saltaba detrás de la loba, que tímidamente le invitaba a correr por los bosques.

Después de esto siguieron, codillo con codillo, como buenos amigos que hubieran llegado a un entendimiento. Pasaron los días y seguían juntos, cazando y matando, para compartir la comida. Después de algún tiempo la loba empezó a dar muestras de intranquilidad. Parecía buscar algo que no podía encontrar, y sentirse atraída por las cavidades debajo de los árboles caídos, y perdía mucho tiempo husmeando las cavernas de las rocas. El viejo «Tuerto» no compartía su interés, pero la seguía alegremente, y cuando sus investigaciones en algún lugar eran particularmente largas, se echaba al suelo y esperaba hasta que estuviera pronta a proseguir.

No permanecían mucho tiempo en un sitio, sino que recorrieron toda la comarca, hasta llegar otra vez al Mackenzie, a lo largo del cual se dirigieron río abajo, abandonándolo a menudo para cazar por las orillas de sus afluentes, pero volviendo siempre a él. A veces encontraron otros lobos, a menudo en parejas, pero nadie demostraba alegrarse del encuentro o deseo de formar otra vez una horda. Varias veces encontraron lobos solitarios. Siempre eran machos, que insistían en unirse a la loba y al «Tuerto», a quien no le gustaba nada esto; mientras ella se arrimaba a su paletilla, mostrando los dientes, el animal solitario retrocedía con el rabo entre las piernas y se decidía a continuar su viaje.

Una noche de luna, mientras corrían a través de la silenciosa selva, el «Tuerto» se detuvo de repente. Levantó el hocico, la cola se puso rígida y olfateó el aire detenidamente. Tenía un pie en el aire, como es costumbre en los perros. No quedó satisfecho y siguió husmeando, tratando de comprender el mensaje que el aire le traía. Un soplo bastó a su compañera, que se le adelantó para convencerle de que no había peligro. El «Tuerto» la siguió, aunque dudando, sin dejar de detenerse de cuando en cuando, para considerar más cuidadosamente aquella advertencia.

Ella se deslizó cautelosamente hasta el extremo de un espacio abierto en medio de los árboles. Allí permaneció sola. Entonces, el «Tuerto», arrastrándose, con todos sus sentidos alerta, irradiando suspicacia cada uno de sus hirsutos pelos, se le unió. Permanecieron juntos, observando, escuchando y oliendo.

Hasta sus oídos llegó el ladrido de perros que se peleaban entre ellos, los gritos guturales de varios hombres, las voces más agudas de mujeres enojadas y una vez el lloriqueo intenso y quejoso de un niño. A excepción de los toldos y de las llamas del fuego, interrumpidas por los movimientos de los cuerpos interpuestos o del humo que se elevaba lentamente en el aire, era poco lo que podía verse. Pero hasta sus narices llegaban los millares de olores de un campamento indio, trayendo consigo una larga historia, que en gran parte era incomprensible para el «Tuerto», pero de la cual la loba conocía todos los detalles.

Se sentía extrañamente conmovida y olfateaba con placer creciente. Pero el viejo dudaba todavía. No ocultó su aprensión y echó a correr, invitándola a seguirle. Ella volvió la cabeza y tocó su cuello con el hocico, tratando de tranquilizarle y observando otra vez el campamento indio. Demostraba ahora una nueva expresión de inteligencia, que no provenía del hambre. La poseía el deseo de avanzar, de acercarse a aquel fuego, de pelearse con los perros, de evitar y seguir los vacilantes pies de los hombres.

El «Tuerto» se movía impaciente al lado de ella. La loba empezó a sentir nuevamente aquel desasosiego y comprendió la urgente necesidad de encontrar lo que buscaba desde hacía días. Dio vuelta y se dirigió a la selva, con gran satisfacción de su compañero, que iba un poco delante, hasta que ambos se sintieron protegidos por los árboles.

Mientras avanzaban silenciosos como sombras, a la luz de la luna, fueron a parar a un sendero. Olisquearon las huellas en la nieve, que eran muy frescas. El «Tuerto» marchaba delante, pisándole los talones su compañera. Ensanchaban los pies al pisar, que al tocar la nieve parecían ser de terciopelo. En aquel blanco uniforme descubrió algo más blanco que se movía débilmente. Se había deslizado rápidamente hasta entonces, con una apariencia engañosa de lentitud, pero ahora echó a correr. Ante él saltaba aquella débil mancha blanca que había descubierto.

Corrían por un estrecho sendero, flanqueado a ambos lados por árboles jóvenes, a través de los cuales se veía desembocar la alameda en un claro, alumbrado por la luz de la luna. El viejo «Tuerto» alcanzó rápidamente aquella forma blanca que volaba. Ganaba distancia saltando con agilidad. Se encontraba ya exactamente debajo de ella: bastaría un solo salto para que sus dientes se hincasen en ella. Pero no llegó a saltar. Aquella forma blanca ascendió verticalmente, convirtiéndose en una liebre que saltaba y rebotaba, ejecutando una danza fantástica por encima del lobo y sin volver nunca a la tierra.

El «Tuerto» retrocedió de un salto, súbitamente aterrorizado, y se acurrucó en la nieve, mostrando amenazadoramente los dientes a aquella cosa que metía miedo y que no podía entender. Pero la loba se le adelantó en actitud despreciativa. Se detuvo un momento y luego saltó, tratando de alcanzar la liebre bailarina. También ella se elevó a gran altura, pero no tan alto como la presa, por lo que sus dientes se cerraron en el vacío con un ruido metálico. Repitió otras dos veces la tentativa. Lentamente, su compañero había abandonado su posición horizontal y la observaba. Empezó a mostrarse descontento por los repetidos fracasos de la loba, por lo que concentró todas sus fuerzas en un salto definitivo. Sus dientes se cerraron sobre la presa, haciéndola descender a tierra con él. Pero al mismo tiempo se oyó un ruido sospechoso como de algo que se rompe, y entonces observó el «Tuerto», con asombrados ojos, que uno de los jóvenes árboles se inclinaba por encima de él para golpearle. Sus dientes dejaron escapar la presa y retrocedió para librarse de aquel extraño peligro, elevando los labios y dejando al descubierto los colmillos, a la vez que su garganta emitía sonidos roncos, erizado el pelo de miedo y de rabia. Inmediatamente el árbol volvió a erguirse en toda su gracia y la liebre empezó a bailar otra vez a gran altura.

La loba se enojó. Hundió sus colmillos en el cuello de su compañero para demostrar su reprobación. El «Tuerto», aterrorizado, desconociendo el origen de este nuevo ataque, volvió ferozmente los dientes contra ella, tanto, que le desgarró el hocico. Para ésta era igualmente inesperado que él se defendiera de sus ataques, por lo que devolvió el golpe, denotando su indignación con aullidos y mordiscos. El «Tuerto» descubrió su error y trató de calmarla. Pero ella estaba empeñada en castigarle severamente, hasta que el lobo renunció a calmarla y empezó a dar vueltas, manteniendo la cabeza lejos de sus dientes, recibiendo varias mordeduras en la paletilla.

Mientras tanto, la liebre seguía bailando en los aires, por encima de ellos. La loba se echó en la nieve. El «Tuerto», que tenía más miedo ahora de su compañera que de la amenaza que pudiera encerrar aquella extraña presa, saltó nuevamente para alcanzarla. Mientras caía otra vez hacia tierra con ella, no apartaba la vista del árbol. Se echó a tierra esperando el golpe que debía llegar, erizado el pelo, sin soltarla. Pero el golpe no llegaba.

El árbol permanecía siempre encima de él. Se movía cuando él lo hacía. El «Tuerto» gruñía a aquel extraño árbol tanto como se lo permitía la presa que tenía entre los dientes. Cuando el lobo no se movía, el árbol no se agitaba, por lo que dedujo que lo mejor era quedarse quieto. Sin embargo, la sangre caliente de la víctima producía un gusto agradable en la boca. Su compañera le liberó de la situación dificultosa en que se encontraba. Se la sacó de entre los dientes y mientras el árbol oscilaba amenazadoramente por encima de ella, con los dientes le cortó la cabeza. Inmediatamente, el árbol se enderezó, después de lo cual ya no les molestó más, permaneciendo en la posición erecta que debe tener todo árbol que se respeta. Entre la loba y el «Tuerto» devoraron la caza que aquel misterioso árbol había puesto a su disposición.

Había otros senderos y alamedas, en los cuales las liebres colgaban de los aires. La pareja se las comió todas. La loba abría la marcha, mientras el «Tuerto» la seguía observando y aprendiendo el arte de robar trampas, arte que debía serle muy útil en el futuro.

CAPÍTULO II

EL CUBIL DE LA LOBA

Durante dos días la loba y el «Tuerto» se mantuvieron en las cercanías del campamento indio. El lobo estaba preocupado y no perdía sus aprensiones, aunque el campamento atraía a su compañera, que se resistía a alejarse. Pero ya no dudaron más cuando una mañana se llenó el aire del estampido de un disparo de rifle, cuya bala fue a incrustarse en el tronco de un árbol a unos pocos metros de la cabeza del «Tuerto». Escaparon por un sendero paralelo que en muy poco tiempo puso gran distancia entre ellos y el peligro.

No fueron muy lejos; sólo unos dos días de correría. La necesidad de la loba de encontrar lo que estaba buscando era imperativa ahora. Estaba muy pesada y no podía correr. Una vez, al perseguir una liebre, que en condiciones normales hubiera sido para ella cuestión fácil, tuvo que detenerse y echarse al suelo para descansar. El «Tuerto» se le acercó, pero cuando tocó galantemente su cuello, la loba le echó un mordisco, con tal rapidez, que tuvo que retroceder, tambaleándose, mientras hacía esfuerzos ridículos por escapar a sus dientes. El carácter de la loba era ahora peor que nunca, aunque, en cambio, el «Tuerto» cada día se mostraba más paciente y solícito.

Ella encontró, finalmente, lo que buscaba. Fue unos pocos kilómetros aguas arriba de un arroyo, que en verano desemboca en el Mackenzie, pero que entonces estaba helado desde la superficie hasta el fondo: muerta corriente de un blanco compacto desde la fuente hasta la desembocadura. La loba seguía cansadamente al «Tuerto», que iba muy adelante, cuando ella encontró uno de los bancos de la ribera. Se volvió y lo recorrió lentamente. Las tormentas de la primavera y la fusión de las nieves habían socavado la roca y en uno de los lugares una pequeña fisura se había convertido en una cueva.

Se detuvo a la entrada y miró detenidamente los muros. Recorrió por ambos lados la base, donde su abrupta masa se elevaba sobre el paisaje de líneas más suaves. Volviendo a la cueva entró allí. Durante un metro debió avanzar a gatas, pero después se ensanchaban los muros, formando una cámara circular de casi 1,20 metros de diámetro. La altura de la cámara era exactamente la de la misma loba. La caverna era seca. La loba examinó todos los detalles con extremo cuidado, mientras el «Tuerto» la observaba pacientemente. Dejó caer la cabeza, el hocico dirigido hacia abajo, hacia un punto cerca de sus patas muy juntas, alrededor del cual dio varias vueltas; después, con un suspiro de cansancio, que era casi un gruñido, encorvó el cuerpo, estiró las patas y se dejó caer, con la cabeza hacia la entrada. El «Tuerto», que mantenía las orejas erectas, la observaba contento. Destacándose sobre la luz blanca, la loba podía distinguir su cola, que se movía, denotando satisfacción. Sus orejas se acercaban y alejaban de la cabeza, mientras abría la boca y extendía pacíficamente la lengua, con lo que quería expresar que estaba contenta y satisfecha.

El «Tuerto» tenía hambre. Aunque se había echado a la entrada de la caverna y tenía sueño, sólo conseguía conciliarlo durante breves instantes. Le mantenía despierto y le hacía enderezar las orejas el mundo luminoso que se extendía más allá de la caverna, donde el sol de abril brillaba sobre la nieve. Cuando podía dormirse, llegaban hasta sus oídos los débiles murmullos de ocultas corrientes de agua, que le inducían a levantarse y a escuchar atentamente. Volvía el sol y con él despertaba la Tierra del Norte que le llamaba. La vida empezaba a agitarse otra vez. La primavera se sentía en el aire. Llegaba hasta él la pulsación de las cosas vivientes que crecían bajo la nieve, de la savia que ascendía por los troncos de los árboles, de los capullos que hacían estallar la capa de hielo que aún los cubría.

Echaba ansiosas miradas a su compañera, que no demostraba ningún deseo de levantarse. Miró hacia fuera y observó media docena de pinzones de las nieves que cruzaban su campo visual. Pareció como si quisiera levantarse, echó una nueva mirada a su compañera, se tiró al suelo y se durmió otra vez. Un canto agudo y débil llegó hasta sus oídos. Una o dos veces, semidormido, se rascó el hocico con una de las patas delanteras. Entonces se despertó. En la misma punta de su nariz un mosquito solitario cantaba su melodía. Era un miembro adulto de su especie, que se había mantenido todo el invierno en un tronco seco y que se había despertado al sentir el calor del sol. Ya no podía desoír el llamamiento del mundo. Además, tenía hambre.

Se arrastró hasta su compañera y trató de persuadirla para que se levantara. Pero ella se limitó a mostrarle los dientes. El lobo salió solo hacia aquel mundo iluminado por el sol. Encontró que la nieve se había ablandado y que era difícil transitar. Se dirigió río arriba, por el cauce congelado, donde la nieve, protegida del sol por los árboles, era todavía dura y cristalina. Permaneció ocho horas fuera de la cueva, y cuando volvió tenía más hambre que la que le había impulsado a salir. Encontró caza, pero no pudo apoderarse de ella. Rompió la capa de nieve que se fundía y se restregó en la tierra, mientras allá arriba las liebres bailaban tan inalcanzables como nunca.

Se detuvo súbitamente sorprendido a la entrada de la cueva. De allí dentro salían extraños y débiles sonidos, que no procedían de su compañera y que, sin embargo, le eran vagamente familiares. Se arrastró cautelosamente sobre el vientre, advirtiéndole un aullido de ella para que no siguiera avanzando. Lo escuchó sin perturbarse, aunque obedeció, manteniendo la distancia, sin perder el interés por aquellos extraños sonidos, que parecían débiles sollozos ahogados.

Su irritada compañera le advirtió que se alejara, por lo que se acurrucó en la entrada, donde se quedó dormido. Cuando llegó la aurora, una débil luz invadió la cueva, se dedicó a buscar el origen de aquellos extraños ruidos, extrañamente familiares. Los aullidos de advertencia de su compañera encerraban una nueva nota, de celo, por lo que tuvo mucho cuidado en mantenerse a una respetuosa distancia. Sin embargo, al avanzar con el cuerpo recogido entre las piernas, pudo distinguir cinco pequeños seres vivientes, muy extraños, muy débiles, incapaces de vivir por sí mismos, que producían un sonido como si sollozaran y cuyos ojos no se abrían a la luz. El lobo se sorprendió mucho. No era la primera vez en su larga vida de combates, de los cuales había salido siempre victorioso, que ocurría eso. Por el contrario, había sucedido muchas veces, siendo, sin embargo, siempre una sorpresa para él.

Su compañera le miraba ansiosamente. De cuando en cuando emitía un gruñido ronco. A veces, cuando él parecía querer aproximarse más, el gruñido se convertía en su garganta en un aullido amenazador. Ella no tenía ninguna experiencia anterior que le permitiera predecirle lo que iba a ocurrir, pero su instinto, la experiencia reunida de todas las lobas, le traía el recuerdo de lobos que habían devorado a sus congéneres, incapaces de defenderse, poco después de nacer. En ella se manifestaba un miedo cerval a que el lobo se acercara demasiado a observar los lobeznos de los cuales era padre.

Pero no existía tal peligro. El viejo «Tuerto» sentía la intensidad de un impulso que había recibido de todos los padres de lobos. Ni se extrañaba de aquel sentimiento ni trataba de analizarlo. Estaba allí, en todas las fibras de su ser. Era la cosa más natural del mundo que, obedeciendo a aquel impulso, se alejara de su cría y se dirigiera a la búsqueda de alimento, del cual vivía.

A una distancia de ocho o diez kilómetros de la caverna se bifurcaba el río, dividiéndose los dos brazos en las montañas casi en ángulo recto. Siguiendo el de la derecha, encontró huellas frescas. Las olfateó y encontró que eran tan recientes, que se apresuró a agacharse y a observar en la dirección en que desaparecían. Deliberadamente se volvió y siguió el brazo derecho. Eran mayores que las que hacían sus propios pies y por experiencia sabía que era difícil conseguir alimento siguiéndolas.

A casi un kilómetro de distancia, siguiendo el afluente de la derecha, su sensible oído percibió el ruido que hacían unos colmillos al morder algo. Se acercó furtivamente a aquella presa y encontró que era un puerco espín que afilaba sus dientes en la corteza de un árbol. El «Tuerto» se acercó cautamente, pero sin grandes esperanzas. Conocía aquella especie, aunque nunca la había encontrado tan al Norte. Jamás en su larga vida había podido utilizarla como alimento. Pero también había aprendido mucho tiempo antes que existe algo que se llama la ocasión o la oportunidad, por lo que siguió acercándose. Era imposible decir lo que podría ocurrir, pues con las cosas vivientes, en general, no hay regla posible.

El puerco espín se enrolló sobre sí mismo formando una bola, de la cual irradiaban en todas direcciones largas y afiladas agujas, que impedían el ataque. En su juventud, el «Tuerto» se había acercado demasiado a olisquear una bola idéntica, aparentemente inerte, lo que no debía ser así, pues de repente la cola le golpeó en la cara. Durante semanas llevó en el hocico una de las agujas, que fue para él una llama lacerante, hasta que, finalmente, se desprendió por sí sola. Por todas estas razones se tiró al suelo cómodamente, manteniendo el hocico a una distancia de treinta centímetros. Esperó así, sin mover un músculo. Era imposible prever. Podía ocurrir cualquier cosa. Era probable que el puerco espín aflojara sus defensas, dándole la oportunidad de abrirle de un zarpazo el vientre, que carece de púas.

Pero después de media hora se levantó, gruñó rabioso en dirección a aquella bola inmóvil y se alejó. Había esperado y perdido demasiado tiempo, confiado en que un puerco espín se desenrollara para seguir vigilando. Siguió el brazo derecho, siempre aguas arriba. Transcurría el día y nada premiaba sus esfuerzos.

La intensidad del instinto paternal que se había despertado en él era muy grande. Debía encontrar alimento. Por la tarde se encontró de sopetón con una gallinácea. Saliendo de un bosquecillo topó con un representante de esa poco inteligente especie, que se encontraba sobre un tronco, a menos de treinta centímetros de su nariz. Ambos se observaron mutuamente. El pájaro intentó elevarse repentinamente, pero el lobo tuvo tiempo de asirle con un golpe de sus patas, echarse sobre él y agarrarle con los dientes mientras el ave intentaba arrastrarse sobre la nieve. En cuanto sus dientes se acercaron sobre la carne, que ofrecía poca resistencia, y sobre los frágiles huesos, empezó naturalmente a devorar. Entonces recordó su obligación, se detuvo y emprendió el viaje de regreso.

A unos dos kilómetros de distancia del punto de bifurcación de los ríos, cuando corría con patas que parecían de terciopelo, como una sombra que se deslizara cautelosamente, observando todo detalle del paisaje, volvió a encontrar las grandes huellas que había descubierto aquella mañana. Como seguían el mismo camino que llevaba, se preparó a hacer frente al animal que las había dejado, en cualquier punto del río.

Guareciéndose detrás de una roca, asomó la cabeza, observando un trecho de la corriente donde ésta formaba una amplia curva. Vio algo que le indujo a echarse inmediatamente: un lince hembra de gran tamaño, que había producido las huellas, estaba echado como había estado él mismo unas horas antes, frente a la encogida bola de espinas. Si antes el «Tuerto» había sido una sombra que se deslizaba, ahora era el espíritu de ella. Se arrastró y dio una vuelta alrededor de ambos, hasta que se encontró muy cerca, del lado opuesto al viento.

Se echó en la nieve, depositando su presa a su lado. Sus ojos atravesaron la espesura, vigilando aquel juego de vida y de muerte que se desarrollaba delante de él: el lince y el puerco espín que esperaban, cada uno luchando por su vida. Era intensa la curiosidad que despertaba aquel juego, que para el lince consistía en devorar y para el puerco espín en que no lo devorasen. Mientras tanto, el «Tuerto», el viejo lobo, echado sobre la nieve, a cubierto de una sorpresa, esperaba algún extraño juego de la suerte que pudiera conducirle sobre la huella del alimento, que era su modo de vivir.

Pasó una media hora y una hora; nada ocurrió. En lo que respecta a sus movimientos, aquella bola espinosa podría ser una piedra. En cuanto al lince, se hubiera dicho que estaba convertido en piedra. El «Tuerto» parecía muerto. Sin embargo, los tres animales estaban poseídos de tanta exuberancia vital, que era casi dolorosa. Quizá nunca estuvieron tan plenos de vida como en aquel momento, en que parecían carecer de ella. El «Tuerto» se movió ligeramente y observó con interés creciente. Algo estaba por ocurrir. Finalmente el puerco espín creyó que su enemigo se había retirado. Lentamente, con infinitas precauciones, entreabría aquella armadura impenetrable. Procedía lentamente, sin ninguna de las vacilaciones de quien tiene prisa. Lentamente, muy lentamente, la bola de agujas se enderezaba y se extendía. El «Tuerto», que seguía vigilando, sintió que se le humedecía la boca y que se le caía la saliva, involuntariamente excitada por la carne viviente que se ofrecía ante él como una comida bien servida. .

El puerco espín no acabó de desenrollarse enteramente, cuando descubrió a su enemigo. En aquel mismo instante atacó el lince con un golpe cuya rapidez pudiera compararse a la del rayo. La pata armada de uñas rígidas, como los espolones de un gallo de pelea, desgarró el vientre indefenso, retrocediendo con un movimiento que lo abrió casi enteramente. Si el puerco espín hubiera estado enteramente desenrollado o si hubiera descubierto a su enemigo una fracción de segundo antes de recibir el golpe, la pata del lince hubiera escapado sin lesiones, pero un movimiento lateral de la cola hundió las afiladas agujas antes de que el lince pudiera retirarla.

Todo había ocurrido en una fracción de segundo: el ataque del lince, el contraataque del puerco espín, el grito de agonía de éste, el aullido de dolor y de sorpresa del gran gato. El «Tuerto» casi se levantó excitado, irguiendo las orejas y enderezando la cola que temblaba. El lince perdió la paciencia. Se arrojó salvajemente sobre lo que le había herido. Pero el puerco espín, que seguía gruñendo, con el vientre deshecho, intentando débilmente enrollarse otra vez, sacudió nuevamente la cola: otra vez el gran gato aulló de dolor y de sorpresa. Se echó hacia atrás, estornudando, mientras su nariz, cubierta de agujas, parecía un monstruoso alfiletero. Se rascó el hocico con las patas, tratando de desprender aquellos agudos dardos, lo hincó en la nieve y lo frotó contra las ramas, mientras se movía hacia todos lados en un verdadero ataque de dolor y de miedo. Estornudaba continuamente; tan violentos y rápidos eran los movimientos de su corta cola, que parecía que se le iba a desprender en cualquier momento. Dejó de dar aquel movimiento espasmódico y teatral y se quedó quieto durante un momento. El «Tuerto» no lo perdía de vista. Ni siquiera el lobo pudo evitar que involuntariamente y de repente se le erizaran todos los pelos, cuando, sin ninguna advertencia previa, el lince saltó, lanzando al mismo tiempo un aullido largo y terrorífico. Después se alejó a grandes saltos, sin dejar de gritar a cada momento.

Sólo cuando sus gritos ya no eran audibles debido a la distancia, el «Tuerto» se atrevió a abandonar su escondite. Sus pasos eran tan delicados como si la nieve estuviera alfombrada con agujas de puerco espín, dispuestas para atravesarle las patas. El animal herido le recibió con furiosos gruñidos y rechinando los dientes. Había conseguido enrollarse otra vez, pero no de manera tan compacta como antes, pues su musculatura estaba demasiado desgarrada para eso. El lince le había abierto casi en dos mitades y sangraba abundantemente.

El «Tuerto» chupó la nieve empapada de sangre, la paladeó y la degustó en la boca, lo que le produjo una gran satisfacción y aumentó enormemente su hambre, pero era demasiado viejo como para dejar de lado las precauciones. Se echó a tierra y esperó, mientras el puerco espín rechinaba los dientes y gruñía y emitía débiles sonidos que parecían sollozos. Después de un corto tiempo, el «Tuerto» notó que las agujas ya no estaban erizadas y que todo el cuerpo de la presa temblaba, hasta que finalmente ya no se movió más. Los dientes rechinaron de manera desafiante por última vez. Todas las agujas cayeron flácidamente, el cuerpo se estiró y quedó rígido.

El «Tuerto», nervioso y dispuesto a saltar hacia atrás a la menor indicación de peligro, lo extendió con las patas cuan largo era y le dio la vuelta. Nada ocurrió. Ciertamente estaba muerto. Le miró intensamente durante un momento, le hincó los dientes con cuidado y se dirigió río abajo, llevando o arrastrando al puerco espín, con la cabeza hacia un lado para no herirse con las púas. Recordó algo, dejó caer su presa y se dirigió al lugar donde había dejado a la gallinácea. No dudó ni un momento. Sabía lo que tenía que hacer y lo hizo inmediatamente, comiéndose el pájaro. Volvió y recogió otra vez su carga.

Cuando arrastró el producto de su caza dentro de la cueva, la loba lo inspeccionó, volvió hacia él el hocico y le lamió ligeramente la paletilla. Pero en seguida le advirtió que se alejara de los cachorros, mostrándole los dientes de una manera que era menos dura que lo usual y que encerraba una disculpa más que una amenaza. Disminuía el miedo instintivo de la hembra por el padre de su cría. El «Tuerto» se portaba como corresponde a un lobo y no manifestaba ningún deseo malvado de devorar aquellas vidas jóvenes que ella había traído al mundo.

CAPÍTULO III

EL LOBEZNO GRIS

Era muy distinto de sus hermanos y hermanas. Su pelo mostraba ya el color rojizo que habían heredado de la madre, mientras que él, el único de la lechigada, se parecía en ello a su padre. Era el único lobezno gris de la camada. Pertenecía a la verdadera raza de los lobos, tanto, que de hecho era idéntico al viejo «Tuerto», diferenciándose de él tan sólo en que tenía dos ojos y los dos sanos.

Aunque no hacía mucho tiempo que el lobezno gris había abierto por primera vez los ojos, veía ya claramente. Mientras permanecieron cerrados utilizó sus otros sentidos: el tacto y el olfato. Conocía muy bien a sus dos hermanos y a sus dos hermanas. Empezó a retozar con ellos de una manera débil, completamente inseguro de sus músculos, y aun a pelearse con ellos, mientras vibraba su garganta con un sonido curioso como si se raspase algo (precursor de futuros aullidos) cuando empezaba a enfurecerse. Mucho antes de que se abrieran sus ojos, aprendió a conocer a su madre por el tacto y por el olfato: fuente de ternura y de alimento líquido y cálido. Poseía una lengua cariñosa y acariciadora, que le calmaba cuando se la pasaba por su cuerpo pequeño y blando y que le inducía a apretarse contra ella y a dormitar.

Pasó en sueños la mayor parte del primer mes de su vida. Pero ahora que ya podía ver bien, se alejaba durante mucho tiempo, adquiriendo completos conocimientos sobre lo que le rodeaba. Su mundo era oscuro, pero él no lo sabía, pues no conocía otro. Estaba iluminado muy débilmente, pero sus ojos no habían necesitado acomodarse a otra luz. Era muy pequeño: sus límites eran los muros de la caverna, pero como no sabía que existiera algo fuera de ella, no le oprimían los estrechos confines de su existencia.

Muy pronto descubrió que uno de los muros de la caverna era distinto de los demás. Era la entrada y la fuente de luz. Antes de tener ideas o voliciones propias, descubrió que era distinto de los otros. Antes de que sus ojos se abrieran y lo observaran, había ejercido una irresistible atracción sobre él. La luz que provenía de allí incidió sobre sus párpados semicerrados, provocando en los nervios ópticos destellos parecidos a rayos, de un color intenso y extrañamente agradables. La vida de su cuerpo y toda fibra de él, la vida, que era la base de su propio cuerpo, algo enteramente distinto de su existencia personal, tendía hacia la luz e impelía su carne hacia ella, de la misma manera que la estructura sutil de la planta la induce a buscar el sol.

Siempre, aun antes de la aurora de su vida consciente, se arrastró hacia la entrada de la cueva. Sus hermanos y hermanas hacían lo mismo. Durante aquel período ninguno se arrastró hacia los rincones oscuros de la cueva. La luz les atraía como si fueran plantas. La estructura química de la vida que les movía exigía la luz como una condición de su existencia. Sus cuerpecillos de cachorros se arrastraban ciegamente, impulsados por una energía química, como los sarmientos de la vid. Más tarde, cuando cada uno desarrolló una personalidad propia y adquirió conciencia de sus impulsos y deseos personales, aumentó la atracción que sobre ellos ejercía la luz. Siempre se arrastraban hacia ella, trayéndoles su madre de vuelta.

Así, el lobezno gris aprendió a conocer otras particularidades de su madre, además de la lengua suave y acariciadora. Al intentar insistentemente alcanzar la luz, descubrió que ella poseía un hocico, con el cual le enviaba de un golpe otra vez hacia atrás; más tarde encontró que poseía una pata que le tiraba al suelo y le hacía rodar por allí con un movimiento rápido y bien calculado. Así aprendió a conocer el dolor y a evitarlo, primero no incurriendo en riesgo de castigo, y segundo, arrastrándose y retirándose. Procedía, sí, conscientemente, resultado de sus primeras generalizaciones. Retrocedía automáticamente ante el peligro, así como se dirigía, como movido por un mecanismo, hacia la luz. Después, retrocedía ante el dolor, porque sabía que hacía daño.

Era un lobezno feroz, lo mismo que sus hermanos y hermanas, lo que no es de extrañar, pues era carnívoro. Procedían de una raza que mataba para comer y que se alimentaba de carne. Sus padres no comían otra cosa. La leche que mamó cuando su vida era todavía una llama vacilante era carne transformada directamente en alimento. Ahora, cuando ya tenía un mes, cuando apenas hacía una semana que había abierto los ojos, empezaba también a comer carne, que la loba digería a medias y luego devolvía para alimentar a sus cinco cachorros, que ya exigían demasiado de sus pechos. Pero además era el más malo de toda la camada. Podía hacer un ruido, como si se raspara algo, más sonoro que el de los otros cuatro. Sus impotentes rabietas eran mucho más terribles que las de sus hermanos y hermanas. Fue el primero que aprendió la manera de tirar al suelo y hacer rodar de una patada a cualquiera de los otros cuatro. Fue el primero que aprendió a prenderse de una oreja y a tirar y arrastrar y a gruñir a través de la dentadura herméticamente cerrada. Ciertamente fue el que más trabajo dio a su madre para impedir que toda la camada escapara por el agujero por donde entraba la luz.

Día a día aumentaba la fascinación que la misma ejercía sobre el lobezno gris. Continuamente emprendía vastas exploraciones hacia la abertura de la cueva hasta una distancia de un metro de su madre, a la que al llegar la loba le mandaba a su sitio. Sólo que él no sabía que era la entrada. No sabía nada acerca de entradas o salidas, acerca del camino que se recorre cuando se va de una parte a otra. No conocía ningún otro lugar y muchísimo menos un camino para llegar hasta allí. Para él la entrada de la cueva era un muro de luz. Lo que es el sol para los que habitan fuera de la cueva, era para él la entrada luminaria de su mundo. Le atraía como la vela encendida a una polilla. Continuamente trataba de alcanzarla. La vida, que tan velozmente se desarrollaba en él, le inducía siempre a acercarse al muro de luz. Pero nada sabía acerca de ello, ni siquiera que existía algo más allá.

Había algo extraño en este muro. Su padre (ya le reconocía como uno de los habitantes de su mundo, criatura muy parecida a su madre, que dormía cerca de la luz y que traía la carne) tenía la costumbre de caminar en dirección a aquel cerco luminoso y desaparecer. El lobezno gris no podía comprenderlo. Aunque su madre nunca le permitía que se aproximara a aquel muro de luz, había explorado todos los otros, encontrando que el extremo de su nariz chocaba con algo duro, que causaba dolor. Después de varias aventuras, no se preocupó más en husmear las paredes. Sin pensar mucho sobre ello, aceptó la desaparición de su padre en el muro luminoso como una peculiaridad de su progenitor, así como la leche y la carne semidigerida eran propias de su madre.

En realidad, el lobezno gris no era muy propenso a pensar, por lo menos a la manera propia de los hombres. Aunque su cerebro funcionaba de una manera algo nebulosa, sus conclusiones eran tan netas y diferenciadas como aquellas a las que llegan los hombres. Tenía un método propio de aceptar las cosas, sin preguntarse el cómo y el para qué. En realidad, era una especie de clasificación. Nunca se preocupaba por saber cómo ocurría una cosa, sino por qué ocurría, lo que le bastaba. Por ejemplo, después de chocar varias veces su nariz contra los muros, aceptó como un hecho inevitable que no desaparecería dentro o a través de ellos. De la misma manera aceptaba que su padre desapareciera a través de los muros luminosos. Pero no le acuciaba el deseo de saber dónde residía la diferencia entre su padre y él. Ni la lógica ni la física formaban parte de su estructura mental.

Como la mayor parte de las criaturas de la selva, muy pronto trabó conocimiento con el hambre. Llegó un tiempo durante el cual no sólo cesó el suministro de carne, sino que se agotó la leche de su madre. Al principio los cachorros gimieron y se quejaron, pero después durmieron la mayor parte del tiempo. No pasó mucho sin que se encontraran en una verdadera agonía, provocada por el hambre. Ya no jugaban o se peleaban entre ellos, ya no se oían sus impotentes rabietas, ni sus tentativas de gruñir o de aullar. Cesaron por entero las expediciones de descubrimientos hacia el muro de luz. Los lobeznos dormían, mientras vacilaba la llama de la vida en ellos y amenazaba apagarse enteramente.

El «Tuerto» estaba desesperado. Dormía muy poco en la cueva, que ahora daba una impresión de miseria y que carecía de alegría para hacer grandes recorridos. También la loba abandonó la camada y se dedicó a buscar alimento. El primer día, después de nacer los cachorros, el «Tuerto» visitó varias veces el campamento indio, robando las trampas para liebres. Pero al fundirse la nieve y ser navegables los ríos, los indígenas habían trasladado su campamento, por lo que quedó cerrada aquella fuente de abastecimiento.

Cuando revivió el lobezno gris y empezó a interesarse nuevamente por la vida, encontró que había disminuido la población de su mundo. Sólo quedaba una hermana; el resto había desaparecido. Cuando aumentaron sus fuerzas, se vio obligado a jugar solo, pues su hermana no levantaba la cabeza ni recorría la cueva. El cuerpo del lobezno se redondeaba con lo que comía, pero el alimento llegó demasiado tarde para ella. Dormía continuamente y no era más que un esqueleto recubierto de piel, en el cual la llama de la vida vacilaba, hasta que, finalmente, se extinguió por completo.

Llegó un tiempo en el cual el lobezno ya no vio a su padre aparecer y desaparecer en el muro luminoso o yacer durmiendo a la entrada de la cueva. Esto ocurrió al final de un segundo y menos severo período de hambre. La loba sabía por qué no volvía el «Tuerto», pero no poseía ningún medio de comunicárselo al lobezno gris. Mientras ella se dedicaba a cazar, encontró huellas del «Tuerto», que debían proceder del día anterior y que se extendían junto al afluente de la margen derecha, donde vivía el lince. La loba encontró al «Tuerto», o mejor, lo que quedaba de él, al final de las huellas. Había muchos indicios de una encarnizada lucha y de la retirada hacia su cueva, con los honores del vencedor, del lince. Antes de alejarse, encontró el refugio de ella misma, pero como parecía encontrarse dentro, no se atrevió a entrar.

Después la loba evitó el afluente derecho, cuando iba de caza. Sabía que en la cueva del lince se encontraba una camada y que ese animal es una malísima criatura, de pésimo carácter y terrible luchador. Media docena de lobos pueden obligar a un lince a refugiarse en un árbol, enarcando el lomo como un gato, con toda la pelambre erizada, pero es algo enteramente distinto que un lobo solo haga frente a un lince, especialmente cuando se sabe que este último tiene una camada hambrienta que alimentar.

Pero la selva es la selva, la maternidad es la maternidad, siempre dispuesta a proteger a su prole, sea allí o en un ambiente civilizado. Llegaría el día en el cual, por el lobezno gris, la loba arrostraría el peligro del afluente derecho, la caverna del lince y su rabia.

CAPÍTULO IV

EL MURO DEL MUNDO

Cuando su madre empezó a abandonar el cubil para dedicarse a sus expediciones de caza, el lobezno había aprendido perfectamente la ley según la cual estaba prohibido acercarse a la entrada. No sólo su madre se la había enseñado con el hocico y las patas, sino que además empezaba a desarrollarse en él el sentimiento del miedo. En su breve vida en la cueva no había encontrado nada que le produjera ese sentimiento que, sin embargo, existía en él. Llegaba hasta él, desde sus más remotos ascendientes, a través de millares de millares de vidas. Era una herencia que recibió directamente del «Tuerto» y de la loba, y que, a su vez, ellos tenían de todas las generaciones anteriores de lobos. El miedo es un legado al que no escapa ninguna criatura de la selva.

Así pues, el lobezno conoció el miedo, aunque no sabía a qué se debía. Es probable que lo aceptara como una de las restricciones de la vida, pues sabía ya que existían limitaciones. Había conocido el hambre, y cuando no pudo calmarla, comprendió que existía una barrera. El obstáculo de los muros, los enérgicos golpes del hocico de su madre, sus patadas que le hacían revolcarse por el suelo, el hambre insatisfecha de varios períodos le hicieron comprender que no todo era libertad en el mundo, que la vida estaba sujeta a limitaciones y a restricciones, que eran verdaderas leyes. Obedecerlas significaba escapar a lo que hacía daño y ser feliz.

No razonaba al respecto a la manera de los seres humanos. Se limitaba a clasificar las cosas en dos grupos: las que hacen daño y las que no lo hacen. Después de eso se concretó a evitar las primeras —las restricciones y limitaciones— para poder gozar de las segundas: de las satisfacciones y premios de la vida.

Así, obedeciendo a la ley establecida por su madre y a la otra de aquella cosa desconocida y sin nombre, el miedo, se mantuvo alejado de la entrada de la caverna, que seguía siendo para él un muro de blanca luz. Cuando su madre no se encontraba junto con él, pasaba el tiempo durmiendo. Si estaba despierto se mantenía silencioso, ahogando los lamentos que le cosquilleaban la garganta y su tendencia a hacer ruido.

Una vez, estando despierto, oyó un sonido extraño en la boca de la cueva. No sabía que era un glotón, que temblaba de su propia audacia y que olisqueaba cautelosamente cuanto había en la caverna. El lobezno sabía tan sólo que era algún extraño, algo que no había clasificado todavía; en consecuencia, desconocido y terrible, pues lo que no se ha experimentado previamente es uno de los elementos que componen el miedo.

Silenciosamente se erizaron las crines del lobezno gris. ¿Cómo sabía él que la cosa que olisqueaba era una de aquellas ante las cuales debe erizarse el pelo? No procedía de ningún conocimiento anterior, pero era la expresión visible del miedo que sentía y del que no poseía ninguna explicación en su vida. Acompañaba al terror otro instinto: el de ocultarse. El lobezno se encontraba en el paroxismo del miedo, tirado en el suelo, sin hacer ningún ruido o movimiento, helado, petrificado hasta la inmovilidad, aparentemente muerto. Cuando volvió su madre gruñó, al sentir el olor del animal extraño, se metió corriendo en la cueva y paseó su hocico por todo el cuerpo de su hijo, con casi excesivas demostraciones de afecto. De manera algo nebulosa el lobezno comprendió que había escapado a un gran peligro.

Pero dentro de él se desarrollaban otras fuerzas, la mayor de las cuales era el crecimiento. El instinto y la ley exigían que obedeciera. Pero el crecimiento demandaba desobediencia. El miedo y su madre le impelían a que se alejara del muro blanco. Mas el crecimiento equivale a la vida y ésta está destinada a correr hacia la luz. No había ninguna posibilidad de frenar aquella vida tumultuosa que hervía en él, que se acrecentaba con cada bocado de carne que tragaba, con cada inspiración que entraba en sus pulmones. Finalmente, un día, impulsado por la fuerza vital, dejó de lado el miedo y la obediencia a su madre, y el lobezno avanzó a trompicones hacia la entrada.

A diferencia de los otros muros que había conocido, éste parecía retroceder a medida que avanzaba. Ninguna superficie dura se oponía a la frágil nariz, que él mandaba cautelosamente como vanguardia. La materia del muro parecía tan permeable y huidiza cual la luz. Como, a sus ojos, parecía tener forma, entró en lo que había sido un muro para él y se bañó en la sustancia que lo componía.

Era para volverse loco. Se arrastraba a través de lo que él creía sólido. La luz era cada vez más intensa. El miedo le inducía a volverse, pero el crecimiento le obligaba a seguir avanzando. De repente se encontró en la entrada de la cueva. El muro dentro del cual había creído encontrarse se alejó de improviso a una distancia infinita. La luz era tan clara que hacía daño, tanto que se sentía repentinamente ciego. Igualmente le mareaba la abrupta y tremenda extensión del espacio. Automáticamente sus ojos empezaban a ajustarse a la intensidad de la luz, enfocándose para acomodarse a la mayor distancia de los objetos. Al principio el muro parecía haber desaparecido de su campo visual. Volvió a distinguirlo, pero a una distancia notable. También había cambiado su apariencia. Era un muro abigarrado, compuesto por los árboles que crecían en las márgenes del río, por las montañas opuestas, que se elevaban por encima de los árboles y por el cielo que estaba aún más arriba que los perros.

Se sintió presa de un gran miedo. Aparecía otra vez lo terrible y lo desconocido. Se echó a la entrada de la cueva y examinó el mundo que se presentaba ante él. Puesto que era desconocido, le era hostil. En consecuencia, se le erizó el pelo, sus labios se contrajeron, como si pretendiera mostrar los dientes y gruñir a aquel mundo feroz, que le intimidaba. Su misma pequeñez y miedo le inducían a desafiar y a amenazar al universo entero.

Nada ocurrió. Continuó observando, y tan grande era su interés, que se olvidó de los gruñidos y de sus temores. En aquel momento el ansia de vida había desplazado al terror, disfrazándose de curiosidad. Empezó a notar la existencia de objetos cercanos: una parte del río, libre de hielos, que centelleaba a la luz del sol; el pino semidestruido, que se encontraba en la base de la escarpa, y esta misma, que se levantaba hasta él y que terminaba a unos sesenta centímetros por debajo de la parte inferior de la entrada de la cueva en la cual él se encontraba.

El lobezno gris había vivido hasta ahora en un suelo completamente plano. No había experimentado nunca la desagradable sensación de una caída. No sabía lo que significaba caer, por lo que continuó avanzando audazmente en el aire. Mientras sus patas traseras se apoyaban todavía en la entrada de la cueva, las delanteras se encontraban en el vacío, por lo que cayó con la cabeza hacia delante. La tierra le golpeó duramente en la nariz, lo que le indujo a aullar lastimeramente. Empezó a rodar hacia abajo por la escarpa. Se encontraba poseído de un terror pánico. Al fin lo desconocido se había apoderado de él, dominándole sin ninguna consideración, y se preparaba a herirle terriblemente. El miedo había desplazado al crecimiento. El lobezno se quejaba como cualquier otro cachorro aterrorizado.

Lo desconocido iba a herirle en seguida de una manera terrible e inimaginable, por lo que no dejaba de quejarse y aullar. Era algo muy distinto a estarse quieto, acurrucado en un terror que obligaba a la inmovilidad, mientras lo desconocido esperaba fuera. Ahora aquello que no tenía nombre le había asido fuertemente entre sus garras. El silencio no servía de nada. Además, no era el miedo, sino el terror lo que le poseía.

Pero la escarpa era cada vez menos pronunciada, uniéndose al nivel general mediante una superficie cubierta de hierba, donde el lobezno perdió velocidad. Cuando se detuvo finalmente, lanzó un último grito de agonía y después una exclamación prolongada y temblorosa. Además, de la manera más natural, como si se hubiera limpiado ya mil veces en su vida, procedió a desprender con la lengua el barro que le ensuciaba.

Después se sentó y empezó a observar el lugar en que se encontraba con la misma atención que prestaría el primer hombre que llegase a Marte. El lobezno había atravesado el muro que le separaba del mundo, lo desconocido le había soltado y se encontraba allí sin sentirse herido. Pero el primer terrícola que llegase a Marte se sentiría menos extrañado que el lobezno.

Sin ningún conocimiento previo, sin ninguna advertencia acerca de su existencia, se encontraba explorando un mundo enteramente nuevo.

Ahora que había escapado de las garras de lo desconocido, se olvidó que encerraba peligros. Se sentía poseído tan sólo por la curiosidad acerca de lo que le rodeaba. Husmeó la hierba, las plantas que crecían un poco más allá, el tronco semidestruido del pino que se encontraba en el límite de un espacio abierto entre los árboles. Una ardilla que corría por el pie del árbol cayó sobre él, aterrorizándole y obligándole a echarse a tierra y a mostrar los dientes. Pero su contrario tenía tanto miedo como él. Se subió al árbol y desde aquel punto seguro insultó ferozmente al lobezno.

Esto contribuyó a elevar su moral, y aunque su próximo encuentro, un pájaro carpintero, le dio otro susto, prosiguió confiadamente su camino. Tal era su confianza, que cuando un nuevo pájaro chocó audazmente con él, el lobezno extendió una pata de modo amigable, como si pretendiera jugar. Éste le respondió con un picotazo en la nariz, que indujo al lobezno a echarse a tierra y a gritar. El ruido fue tan intenso, que el pájaro, asustado, decidió poner tierra de por medio, echando a volar.

Pero el lobezno aprendía. Su mente nebulosa había establecido ya una clasificación. Existían cosas vivientes y otras que no lo eran. Además, era necesario cuidarse de las primeras. Las cosas inanimadas permanecen siempre en el mismo lugar, pero las vivientes se desplazan, siendo imposible predecir lo que harán. Siempre ha de esperarse de ellas lo inesperado, para lo cual se ha de estar siempre en guardia.

Se movía de una manera muy desmañada. Caía sobre los arbustos y sobre las cosas. Una rama, que él se imaginaba que se encontraba muy lejos, le golpeaba en el momento menos pensado, dándole en el hocico o azotándole las costillas. La superficie distaba de ser uniforme. Muchas veces se equivocaba y se caía hacia adelante sobre la nariz, o sus patas se enredaban en los obstáculos. Había guijarros que giraban debajo de sus pies cuando los pisaba. Así vino a aprender que no todas las cosas que carecían de vida se encontraban en el mismo estado de equilibrio estable como la cueva, y que las cosas inertes de pequeñas dimensiones eran más propensas que las grandes a caer o a dar vueltas. Aprendía con cada fracaso. Cuanto más tiempo hacía que caminaba, tanto mejor se desempeñaba. Empezaba a acomodarse a sí mismo, a calcular sus propios movimientos musculares, a apreciar la distancia mutua entre los objetos y entre éstos y él mismo.

Era la suerte, que parece favorecer a todo principiante. Aunque no lo sabía, había nacido para ser cazador. En su primer viaje de exploración por el mundo, por obra de la casualidad cayó sobre una presa, a la misma entrada de la cueva. Por pura suerte encontró el nido de una gallinácea, cuidadosamente oculto. Lo encontró intentando caminar a lo largo del tronco del pino caído. Bajo sus pies, cedió la corteza podrida; con un grito de desesperación se sintió caer, atravesó la hojarasca y se encontró en un nido, en el cual había siete polluelos.

Hicieron mucho ruido, lo que al principio asustó al lobezno. Pero después se dio cuenta de que eran muy pequeños, lo que le proporcionó una cierta audacia. Se movían. Colocó sus patas sobre uno de ellos, lo que contribuyó a que aceleraran sus movimientos. Esto era una fuente de placer para él. Olió uno de ellos y se lo metió en la boca. El polluelo se debatía y le hacía cosquillas en la lengua. Al mismo tiempo, el lobezno sintió una sensación de hambre. Se le cerraron las mandíbulas. Crujieron los frágiles huesos del pájaro y la sangre cálida le llenó la boca. Le gustaba. Era carne, la misma que le traía su madre, sólo que ésta estaba viva en sus dientes y, en consecuencia, le gustaba más. Se comió aquel polluelo y no paró hasta haber devorado todos los habitantes del nido. Se relamió de la misma manera que lo hacía su madre y empezó a arrastrarse hacia fuera.

Se encontró con un torbellino de plumas. Le confundieron y le cegaron la velocidad del ataque y los golpes de las furiosas alas. Escondió la cabeza entre las patas y gimió. Aumentaron los golpes. La madre de los polluelos estaba furiosa. Pero entonces el lobezno empezó a compartir ese sentimiento. Se levantó, mostrando los dientes y golpeando con las patas. Hundió sus dientecillos en una de las alas y la desgarró con todas sus fuerzas. El pájaro luchaba dejando caer sobre él un diluvio de golpes con el ala que le quedaba libre. Era la primera batalla del lobezno. Se sentía orgulloso. Olvidó toda la impresión que le había hecho lo desconocido. Ya no tenía miedo de nada. Luchaba, prendido a una cosa viviente, que le golpeaba. Además, era alimento. Se sentía poseído del deseo de matar. Acababa de aniquilar cosas vivientes. Ahora estaba empeñado en hacer lo mismo con otro objeto mayor. Estaba demasiado ocupado y era demasiado feliz como para darse cuenta de que lo era. Se exaltaba y enardecía de una manera que le era extrañamente nueva y superior a cualquiera que hubiese conocido.

Siguió prendido al ala, mientras gruñía por entre sus dientes fuertemente apretados. El pájaro le arrastraba fuera del bosquecillo. Cuando se volvió tratando de llevar al lobezno nuevamente hacia allí, éste se empeñó en salir fuera del conjunto de arbustos. Mientras tanto, el pájaro continuaba gritando y golpeándole con el ala saltando las plumas como durante una nevada. El lobezno podía precisar la intensidad emotiva de lo que hacía. Surgía en él toda la sangre luchadora de su raza. Esto era la vida, aunque no lo supiera. Empezaba a comprender el sentido de su existencia en el mundo: matar las cosas vivientes y luchar para poder hacerlo. Justificaba su existencia, lo más que puede hacer la vida, pues ésta alcanza su intensidad máxima cuando ejecuta aquello para lo que ha sido creada.

Después de algún tiempo, el pájaro dejó de luchar. El lobezno no había soltado el ala; ambos estaban en el suelo y se miraban fijamente. Intentó gritar de tal modo que sonara amenazadora y ferozmente. El pájaro le picoteó la nariz, que ya había salido bastante mal parada de aventuras anteriores. Retrocedió, pero sin soltarle. El pájaro siguió picoteándole, ante lo cual el lobezno dejó de retroceder y empezó a aullar lastimeramente. Quiso escapar, olvidando que como no soltaba su presa ésta lo seguiría continuamente. Sobre su desdichada nariz cayó un nuevo diluvio de picotazos. El deseo de lucha decreció en él y abandonando a aquel pajarraco dio la vuelta y echó a correr en una ignominiosa derrota.

Se echó a descansar en el otro lado del bosquecillo, cerca del extremo donde crecían los últimos árboles, con la lengua fuera, respirando fatigosamente, sin dejar de dolerle la nariz, lo que le obligaba a seguir gritando. Mientras permanecía tirado allí, sintió de repente que algo terrible estaba a punto de sucederle. Nuevamente cayó sobre él la sensación de lo desconocido, por lo que instintivamente se refugió en el bosquecillo. Un soplo de aire pasó cerca de él y un largo cuerpo alado se deslizó silenciosamente como un símbolo de mal agüero. Un halcón, descendido del azul del cielo, le había errado por una distancia pequeñísima.

Mientras yacía entre los arbustos, tratando de recuperar el aliento y sin perder de vista nada de lo que ocurría, la gallinácea salió del nido al otro lado del espacio descubierto. Debido a la pérdida que acababa de comprobar, no prestó la menor atención al rayo alado que caía del cielo. Pero el lobezno lo vio, lo que fue una advertencia y una lección para él. Observó la picada del halcón, su ligero vuelo a corta distancia del suelo, su ataque sobre la gallinácea, el grito de agonía y de terror de ésta y la forma veloz como el halcón ganó altura, llevándosela.

Pasó algún tiempo antes de que el lobezno abandonara su refugio. Había aprendido muchas cosas. Las cosas vivientes eran el alimento, y buenas para comer. Pero algunas de ellas, demasiado grandes, podían hacer daño. Era mejor devorar las cosas vivientes de pequeño tamaño, como los polluelos, y dejar pasar de largo a los adultos. Sin embargo, sentía ganas y ambición de continuar su pelea con aquella ave, sólo que el halcón se la había llevado. Es posible que hubiera otras. Podía proseguir sus exploraciones y averiguarlo.

Por un sendero resbaladizo descendió hasta el río. Era la primera vez que veía agua. Parecía ofrecer una excelente superficie para caminar sobre ella; por lo menos era bastante lisa. Echó a andar audazmente sobre la capa líquida, pero se hundió, gritando de terror, en los brazos de lo desconocido. Estaba fría. El lobezno abrió la boca, respirando agitadamente. El líquido entró en sus pulmones en lugar del aire que había llegado siempre hasta allí con cada movimiento respiratorio. La sofocación que experimentó fue como una agonía. Para él equivalía a eso. No tenía un conocimiento consciente de la muerte, pero como todos los animales de la selva, la conocía instintivamente. Para él era el más grande de los males, la misma esencia de lo desconocido, la suma de los terrores, la catástrofe mayor e inimaginable que podía ocurrirle, acerca de la cual nada sabía y todo lo temía.

Volvió a la superficie y el aire vivificante entró a borbotones por su boca abierta. Y ya no se hundió más. Como si hubiera sido una vieja costumbre suya, empezó a mover las patas y a nadar. La orilla se encontraba a un metro de distancia, pero llegó a ella de espaldas, porque la primera cosa en que se fijaron sus ojos fue la opuesta, hacia la cual empezó a nadar inmediata-

mente. El arroyo no era muy caudaloso, pero en aquel punto se ensancha-
ba hasta alcanzar varios metros. En la mitad de su travesía le agarró la corriente y le arrastró aguas abajo. Aquel torbellino en miniatura en la mitad
del arroyo trabó sus movimientos y no le permitió nadar. Las aguas estaban muy turbulentas allí. A veces se hundía, otras veces se encontraba a flo-
te, pero siempre en un movimiento violento volcándole unas veces, dándole vuelta otras o haciéndole chocar con una roca. Cuando ocurría esto
último, aullaba. Avanzaba, aguas abajo, con una serie de alaridos, de cuyo
número se podría deducir el de las rocas contra las que chocó.

Más allá de los rápidos se encontraba un remanso donde le capturó el
movimiento circular de las aguas que lo llevó gentilmente hasta la orilla,
depositándole con el mismo cuidado en un montón de piedras. Se arrastró
enérgicamente hasta quedar fuera del alcance del líquido y se tiró al suelo.
Había aprendido algo más acerca del mundo. El agua no era una cosa viva,
y sin embargo se movía. Parecía tan sólida como la tierra, pero carecía de
su resistencia. Dedujo que las cosas no son siempre lo que parecen. El miedo que sentía el lobezno por lo desconocido era parte de su herencia, que
el experimento reciente acababa de reforzar. En consecuencia, poseería de
ahora en adelante una desconfianza permanente acerca de la naturaleza de
las cosas y de sus apariencias. Previamente debería conocer la realidad de
una cosa antes de depositar su fe en ella.

Aquel día estaba destinado a tener otra aventura más. De repente se acordó que existía en el mundo su madre. Se sintió poseído por el deseo de estar cerca de ella más que ninguna otra cosa. No sólo se sentía cansado cor-
poralmente, sino que el esfuerzo había sido demasiado para su diminuto
cerebro. En todos los días de su vida no había trabajado tan duramente
como en aquél. Además, tenía sueño. Se dedicó a buscar su cubil y a su madre, sintiéndose atacado por un sentimiento de soledad y de impotencia.

Atravesaba penosamente un grupo de arbustos cuando oyó un grito
agudo de intimidación. Ante sus ojos pasó un relámpago de color amarillo. Vio una comadreja que se alejaba de él a saltos. Era una cosa viviente
pequeña, por lo que no debía tener miedo. Entonces, ante él, ante sus mismos pies, distinguió una cosa viva extraordinariamente pequeña, de unos
pocos centímetros de largo: una comadreja joven, que como él había salido en busca de aventuras, desobedeciendo órdenes expresas. Intentó retirarse ante el lobezno, que le hizo dar vueltas con un movimiento de sus patas. La comadreja joven produjo un ruido extraño, como algo que se frotara.
En aquel mismo momento reapareció ante sus ojos el relámpago amarillo.
Oyó otra vez el grito de intimidación y en el mismo instante recibió un golpe en el cuello y sintió los agudos dientes de la madre de la comadreja que
cortaban su carne.

Mientras aullaba y sollozaba y se arrastraba hacia atrás, vio que la madre se alejaba con su vástago y desaparecía en la espesura próxima. Todavía le dolía la dentellada en el cuello, pero más herido estaba su orgullo. Se
sentó y se lamentó en voz alta. La madre era tan pequeña y tan feroz... Aún

tenía que aprender que a pesar de su tamaño y de su peso la comadreja es uno de los más feroces, vengativos y terribles asesinos de la selva. Pero pronto ese conocimiento formaría parte de su acervo de experiencias.

Aún seguía lamentándose cuando reapareció la comadreja. No le atacó de improviso ahora que su hijo estaba a salvo. Se acercó cautelosamente, por lo que el lobezno tuvo ocasión de observar su cuerpo elástico, como el de una serpiente, y su cabeza erguida, interesada en todo lo que la rodeaba, y que también tenía algo de reptil. Su grito agudo y amenazador hizo que se le erizaran todos los pelos y que le mostrara los dientes a manera de advertencia. Ella se acercaba cada vez más. Dio un salto, mucho más rápido de lo que podía percibir la vista inexperta del lobezno, de cuyo campo visual desapareció. En seguida la comadreja estaba prendida de su cuello, clavando los dientes en su pelo y su carne.

Al principio el lobezno aulló y trató de pelear, pero era muy joven; aquél era su primer día en el mundo, por lo que su voz sólo pareció un sollozo y su lucha una tentativa de escapar. La comadreja no soltaba lo que había apretado entre sus dientes. Seguía colgada, intentando llegar hasta la gran vena por donde corría la vida del lobezno, pues bebe sangre y prefiere siempre sorberla en la fuente misma de la vida.

El lobezno hubiera muerto, con lo que nos quedaríamos sin tema para este libro, si la loba no hubiera llegado a saltos a través de los arbustos. La comadreja abandonó al lobezno, pero en cambio se echó sobre la loba, intentando, con la velocidad del rayo, prenderse de su cuello, aunque calculó mal la distancia, por lo que sus dientes se hincaron en la mandíbula de la loba, que sacudió la cabeza como si fuera un látigo, hasta que su enemiga se soltó y se elevó por el aire, arrojada muy alto por la fuerza de la loba. Mientras descendía a tierra, los dientes se cerraron sobre el cuerpo ágil y amarillo, encontrando la comadreja la muerte entre las mandíbulas de la loba.

El lobezno aguantó otro acceso de afecto de parte de su madre. La alegría de la loba por verle nuevamente parecía aún mayor que la suya propia por haber sido encontrado. Le acarició con el hocico y le lamió las heridas que le habían inferido los dientes de la comadreja. Después, entre los dos, la loba y el lobezno, devoraron a la bebedora de sangre, volvieron a la cueva y durmieron.

CAPÍTULO V

LA LEY DEL SUSTENTO

El lobezno se desarrollaba rápidamente. Descansó dos días, después de los cuales se atrevió a abandonar otra vez la cueva. Durante el segundo viaje de aventuras encontró al joven cuya madre habían devorado la loba y él. Cuidó que el hijo siguiera el mismo destino que la madre. Pero no se perdió en esta segunda serie de aventuras. Cuando se cansó, encontró el camino de regreso a la cueva, donde durmió. Después salía todos los días, recorriendo distancias cada vez mayores.

Empezó a estimar adecuadamente su fuerza y su debilidad y a saber cuándo podía ser audaz y cuándo debía ser cauteloso. Encontró que valía más tener siempre cuidado excepto en los raros momentos cuando, seguro de su propia intrepidez, se abandonaba a sus rabietas o a sus deseos. Se convertía siempre en un demonio furioso cuando encontraba alguna gallinácea aislada. Nunca dejó de responder salvajemente al palabrerío de la ardilla que encontró por primera vez en el pino semidestruido. Ver un pájaro carpintero le producía casi siempre una rabia furiosa, pues nunca pudo olvidar los picotazos en la nariz que le administró el primer animal de esa especie que encontró.

Pero había veces en que ni siquiera eso podía despertar su rabia: era cuando se sentía él mismo en peligro proviniente de algún otro cazador. Nunca olvidó al halcón, y su sombra le hacía siempre esconderse en el bosquecillo más cercano. Ya no andaba de cualquier manera ni vagaba sin dirección fija, sino que empezaba a adoptar el paso de su madre: veloz y furtivo, aparentemente sin esfuerzo, y que sin embargo se deslizaba con una rapidez que era tan engañosa como imperceptible. En lo que respecta al alimento, su provisión se agotó el primer día. Los siete polluelos de la gallinácea y la joven comadreja era cuanto había podido matar hasta entonces. Con el transcurso del tiempo aumentaba su deseo de matar. Tenía voraces intenciones respecto a la ardilla, que parloteaba tan volublemente y que siempre informaba a todo el bosque de su proximidad. Pero los pájaros volaban y la ardilla lograba subirse a los árboles, por lo que el lobezno sólo podría atacarla por sorpresa cuando estuviera en el suelo.

Tenía un profundo respeto por su madre. Podía conseguir alimento y nunca dejaba de traerle su parte. Además ella no tenía miedo. No se le ocurría al lobezno que la loba adeudaba eso a la experiencia y a la sabiduría. Al lobezno le causaba una impresión de potencia. Su madre representaba la fuerza. Mientras creció la sintió en las severas advertencias de sus patas, aunque a veces la reprobación de su hocico se transformaba en el castigo de sus colmillos. Por esta razón, también la respetaba. Ella le obligaba a obedecer, y cuanto más crecía el lobezno, tanto mayor era su enojo.

Volvió el hambre, que esta vez el lobezno experimentó con plena conciencia. La loba enflaquecía en la busca de alimento. Rara vez dormía ya en la cueva, perdiendo inútilmente la mayor parte del tiempo en la caza. Este nuevo período de escasez no duró mucho tiempo, pero fue muy severo. El lobezno ya no encontraba leche en los pechos de su madre, ni recibía de ella su acostumbrado pedazo de carne.

Antes el lobezno se había dedicado a la caza por pura distracción, por el placer que le causaba. Ahora que lo hacía seriamente, impelido por la dura necesidad, no encontraba nada. Sin embargo, su fracaso aceleró su madurez. Estudió con mucho cuidado los hábitos de la ardilla e intentó con gran habilidad acercarse sigilosamente a ella y sorprenderla. Acechó a los roedores y trató de hacerlos salir de sus cuevas. Aprendió mucho acerca de las costumbres de los pájaros. Llegó un día en que ya no tuvo miedo de la sombra del halcón ni se escondió en la espesura al verle. Había aumentado su fuerza, su saber y su confianza en sí mismo. Se mostró a la vista de todos en un espacio abierto y desafió al halcón a que bajara de las alturas; el lobezno sabía que allá en lo alto, flotando en el espacio azul que se encontraba por encima de él, estaba la carne que su vientre apetecía tan insistentemente. Pero el halcón se negó a bajar y a librar batalla, por lo que el lobezno se dirigió a un bosquecillo para lamentarse de su hambre y de su desengaño.

Terminó el período del hambre. La loba llegó a la cueva con un alimento muy extraño, distinto de cuanto había cazado antes. Era uno de los hijos del lince, casi de la misma edad que el lobezno, pero no tan grande. Era todo para él. Su madre había satisfecho ya su hambre, aunque el lobezno ignoraba que había devorado el resto de la camada del lince. El lobezno tampoco podía comprender hasta qué punto era desesperada la acción de su madre. Sabía sólo que aquello era alimento, por lo que comió, sintiéndose más feliz a cada bocado.

Un estómago lleno invita a la inactividad, por lo que se echó en la cueva y se quedó dormido al lado de su madre. Le despertó un aullido de ella, que nunca le pareció más terrible. Es probable que la loba no aullara nunca de manera tan horripilante como aquella vez. Había razón para ello y nadie lo sabía mejor que la misma loba. No se despoja impunemente el cubil de un lince. A plena luz del día, el lobezno observó a la atacante, la hembra cuyos hijos habían devorado, que se encontraba junto a la entrada de la cueva. El pelo del lomo se le erizó en cuanto la vio. Aquí había algo de lo que debía tenerse miedo: no hacía falta que se lo advirtiera el instinto. Por si no bastara verla, el grito de rabia de la intrusa, que empezó con un aullido y que se convirtió bruscamente en un rugido ronco, era por sí mismo bastante convincente.

El lobezno sintió el aguijón de la vida que había estado latente en él: se levantó, intentó aullar y se puso valientemente al lado de la madre. Pero ella le rechazó ignominiosamente, colocándole tras de sí. Debido a que el techo de la cueva era muy bajo, el lince no podía entrar y cuando pretendía arrastrarse hacia dentro la loba saltaba sobre la intrusa y a mordiscos la obligaba a desistir. El lobezno no vio gran cosa de la batalla. Ambas hembras se mostraron los dientes, se los clavaron mutuamente y profirieron gritos histéricos de rabia. Ambas se revolcaron atacándose mutuamente a golpes: el lince hendiendo y desgarrando con sus dientes y con sus uñas mientras que la loba no utilizaba sino sus colmillos.

Llegó un momento en el cual el lobezno pudo mezclarse en la pelea y clavó los dientes en una de las patas traseras del lince. Quedó prendido, aullando salvajemente. Aunque nunca lo supo, el peso de su cuerpo impidió la libre acción de la pata, con lo que evitó muchas heridas a su madre. Un cambio en la batalla le hizo soltar su presa y quedar debajo de ambas combatientes. En seguida las dos se separaron y antes de que volvieran a trenzarse en la pelea, el lince con una de sus patas delanteras atacó al lobezno causándole una herida en la paletilla, que dejaba al descubierto el hueso y que lo arrojó rodando entre gimoteos a uno de los muros de la cueva. Así, los gritos de miedo y de dolor se agregaron a la barahúnda general. Pero la lucha duró tanto, que el lobezno tuvo tiempo de cansarse de gritar y de experimentar un segundo impulso de valor. Al final de la batalla aún seguía prendido con los dientes a una de las patas posteriores y tratando de aullar al mismo tiempo por entre sus dientes apretados.

El lince estaba muerto. Pero la loba había quedado muy débil y enferma. Al principio acarició al lobezno y lamió sus heridas. Pero con la sangre que había perdido desapareció su fuerza. Durante todo el día y la noche siguiente yació al lado de su enemiga sin moverse, respirando apenas. Durante una semana no salió de la cueva, excepto para beber, y aun entonces sus movimientos eran lentos y penosos. Al terminar aquella semana ambos habían acabado de devorar al lince y las heridas de la loba estaban ya suficientemente curadas como para que pudiera dedicarse otra vez a cazar.

La paletilla del lobezno estaba todavía rígida y dolía. Durante algún tiempo cojeó, debido a la terrible desgarradura que había sufrido. El mundo parecía distinto ahora. Marchaba con una mayor confianza en sí mismo con un sentimiento de coraje que no era propio de él antes de la pelea con el lince.

Había observado la vida en su aspecto más terrible, había luchado, había clavado sus dientes en la carne de su enemigo y había sobrevivido. Debido a todo esto marchaba más audazmente con un aire de desafío que era nuevo en él. Ya no temía las cosas pequeñas; había desaparecido gran parte de su timidez, aunque lo desconocido nunca dejó de impresionarle con sus terrores y misterios, intangible y eternamente amenazador. Empezó a acompañar a su madre en la caza, viendo cómo se mataba y desempeñando su parte en ella. A su manera, débil y confusa aprendió la ley del sustento. Había dos clases de vida: la de su especie y la de las otras. La suya incluía a su madre y a él. La otra estaba formada por todas las cosas que se movían y que se dividía en aquellos seres que su propia especie devoraba y que se subdividía en animales que no mataban o que si lo hacían eran pequeños. La otra parte mataba y devoraba a su propia especie o era devorada por ella. De esta clasificación se infería la ley. La vida necesitaba el alimento. Y era alimento. La vida vivía de la vida. Existían seres que devoraban y otros que eran devorados. La ley era: devora o te devorarán. No la formuló en términos unívocos y fijos, ni tampoco trató de obtener la moraleja de ello. Ni siquiera la pensó. Vivía la ley, sin pensar en ella.

Notaba que a su alrededor se cumplía la ley. Él mismo había devorado los polluelos de la gallinácea. El halcón se había tragado a la madre y pudo haberle devorado a él. Después, cuando el lobezno se sintió más fuerte, intentó devorar al halcón. Se había comido al hijo de la hembra de lince, que le hubiera devorado a él si la loba no la hubiera matado antes. Así seguía la cadena. Todas las cosas vivientes cumplían la ley a su alrededor: él mismo no era más que una parte de ella, pues era un asesino. Su único alimento era la carne; la carne viviente que corría velozmente ante él o que volaba por los aires, o que se subía a los árboles, o que se ocultaba en el suelo, o que le hacía frente y luchaba contra él, o ante los que tenía que huir cuando se volvían las tornas.

Si el lobezno hubiera tenido el cerebro de un hombre, hubiera definido la vida como un apetito voraz y el mundo como un lugar donde se desplazaban una multitud de esos apetitos, perseguido y siendo perseguido, dando caza y siendo su víctima, devorando y siendo devorado, en el que todo ocurre ciega y confusamente, con violencia y desorden, un caos de glotonería y de sangre regido por la casualidad, sin merced, plan o fin. Pero el lobezno no pensaba como los hombres. Carecía de una visión amplia de las cosas. No tenía más que un propósito y le preocupaba sólo una idea o un deseo cada vez. Además de la ley del sustento había muchísimas otras menores que él debía aprender y obedecer. El mundo estaba lleno de sorpresas. La vida bulliciosa que había en él, el juego de sus músculos, era un goce interminable. Correr detrás de la presa equivalía a experimentar intensas emociones y el orgullo del triunfo. Sus rabietas y batallas eran verdaderos placeres. El mismo terror y el misterio de lo desconocido le inducían a su modo peculiar de vida. También existían para él momentos de expansión y de satisfacción. Tener el estómago bien repleto, estar tirado al sol, eran premios a sufrimientos y trabajos que en sí mismos encerraban su propia recompensa. Eran expresiones de la vida, y ésta siempre es feliz cuando se expresa a sí misma. Por ello el lobezno no sentía ninguna hostilidad por su mundo. La vida tenía una intensidad excepcional en él; era muy feliz y estaba muy orgulloso de sí mismo.

TERCERA PARTE

CAPÍTULO PRIMERO

LOS DIOSES DEL FUEGO

El lobezno tropezó de repente con ello. Fue su propia falta, pues no había tenido cuidado. Había salido de la cueva para ir a beber. Es probable que no lo notara, pues tenía mucho sueño (había estado cazando toda la noche y acababa de despertarse). Su falta de cuidado pudo deberse a que estaba muy familiarizado con el sendero hasta el río. Lo había recorrido muchas veces y nada le había pasado.

Bajó, pasó de largo al lado del pino semidestruido y siguió trotando por entre los árboles. En el mismo momento lo vio y lo olió. Ante él estaban sentadas cinco cosas vivientes, de una especie que hasta entonces no había visto. Fue su primera visión de los hombres. Al ver al lobezno, los cinco no se echaron sobre él de un salto, ni le mostraron los dientes, ni tampoco aullaron. Ni siquiera se movieron, sino que permanecieron sentados, silenciosos, como si fuera la advertencia de algo terrible.

Tampoco el lobezno se movió. Todos los impulsos de su naturaleza le habrían inducido a echar a correr de modo veloz, si de repente no hubiera aparecido en él otro que los contradecía. Un gran miedo le dominó. Estaba derrotado hasta la inmovilidad por el sentido aplastante de su propia debilidad y pequeñez. Allí había una voluntad de dominio y una fuerza que estaban muy lejos de él.

El lobezno nunca había visto un hombre con anterioridad, y sin embargo poseía instintivamente conocimiento de él. De manera confusa reconocía en el hombre al animal que había luchado hasta obtener la supremacía sobre los demás de la selva. No sólo miraba al hombre con sus ojos, sino además con los de todos sus antepasados, con los que describieron círculos en la oscuridad alrededor de innumerables fuegos de campamento, con los que observaron desde una distancia segura, ocultos entre la espesura, a aquel extraño animal de dos patas que era el amo de las cosas vivientes. Se apoderaba del lobezno el encanto mágico que el hombre había ejercido sobre sus antepasados, el miedo y el respeto que provenía de los siglos de lucha y de la experiencia acumulada de numerosas generaciones. La herencia tenía una fuerza que no podía resistir el lobezno. Si hubiera sido adulto, se hubiera escapado a toda prisa. Pero como era joven se echó a tierra, paralizado por el miedo, recitando a medias la fórmula de sumisión que profirió el primer lobo que se acercó a un hombre y se calentó a su fuego.

Uno de los indios se levantó, se dirigió hacia él y se detuvo cuando se encontró a su lado. El lobezno se apretó aún más sobre la tierra. Era lo desconocido, que finalmente se objetivaba, que adquiría forma de carne y hueso, que se inclinaba para apoderarse de él. Involuntariamente se le erizó el pelo. Sus labios se encogieron, mostrando los pequeños colmillos. La mano quedó suspendida sobre él como una amenaza y dudó un momento, después de lo cual el hombre habló, riéndose: ¡Waban wabisca ip pit tah! («Fijaos en los colmillos blancos!»).

Los otros indios rieron ruidosamente e indujeron al que había hablado a levantar al lobezno. Cuanto más cerca se encontraba la mano, tanto más intensa era la batalla de los instintos que se desarrollaban dentro del animal. Experimentaba dos grandes impulsos: uno de entregarse y otro de luchar. La acción, por la que se decidió, fue un compromiso; hizo ambas cosas. Se entregó hasta que la mano estuvo exactamente encima de él. Entonces luchó, mostrando los dientes con la velocidad de un relámpago e hincándolos profundamente en la mano. Inmediatamente recibió un golpe en la cabeza que le hizo dar una vuelta completa. Le abandonó su deseo de pelea. Se apoderaron de él su carácter de cachorro y el instinto de sumisión. Se echó en el suelo y se quejó. Pero el hombre cuya mano había mordido estaba muy enojado. Recibió otro golpe en la cabeza, después de lo cual se levantó y se quejó más fuertemente que antes.

Los cuatro indios se rieron aún más ruidosamente, tanto que hasta el hombre que había sido mordido empezó a reírse también. Rodearon al cachorro y se rieron de él, mientras el animal se quejaba de terror y de dolor. De repente oyó algo, que tampoco escapó a los indios. Pero el lobezno sabía lo que era. Con un último lamento, que era casi un canto triunfal, dejó de quejarse y esperó que llegara su madre: la feroz e indomable, que luchaba contra todas las cosas y las mataba, y que nunca tenía miedo. La loba aullaba mientras corría. Había oído el grito de su hijo y se apresuraba a salvarle.

Casi chocó con el grupo de indios. Su instinto maternal ansioso y combativo no la embellecía, sino que le daba un aspecto terrible. Pero para el lobezno era agradable el aspecto de su rabia. Profirió una exclamación corta de alegría y saltó para salir a su encuentro, mientras los indios retrocedían varios pasos. La loba se colocó delante de su hijo, haciendo frente a los hombres, erizado el pelo, mientras de su garganta se escapaba un profundo ronquido. Contraída la cara con una maligna expresión de ferocidad, hasta el puente de la nariz de la loba formaba ondulaciones desde la punta hasta los ojos; tan prodigioso era su ronquido.

Entonces uno de los hombres gritó:

—¡Kiche! —Era una exclamación de sorpresa. El lobezno observó que al oír esa palabra su madre perdió parte de su enojo—. ¡Kiche! —gritó el hombre otra vez, pero ahora con su tono agudo de mando.

Entonces el lobezno vio que su madre, la loba, la que no tenía miedo de nada, se echaba a tierra, hasta que su vientre tocó el suelo, profiriendo aullidos de reconciliación, moviendo la cola; en una palabra, ofreciendo sumisión y no la lucha. El lobezno no podía entenderlo. Estaba completamente asombrado. Le dominó otra vez el terror que proviene del hombre. Su instinto no le había engañado; hasta su madre era una demostración de tal acatamiento, pues ella también se sometía los hombres.

El hombre que había hablado se acercó a ella. Puso su mano sobre la cabeza de la loba y ésta sólo se apretó más contra el suelo. No mordió ni trató de hacerlo. Se acercaron los otros hombres y la rodearon, la palparon y la acariciaron, cosa que ella no pareció tomar a mal. Los indios estaban muy excitados y hacían extraños ruidos con sus bocas, que el lobezno no consideró señales de peligro, por lo que decidió echarse al lado de su madre, sin poder evitar que se le erizara el pelo de cuando en cuando, pero haciendo todo lo posible por someterse.

—Es extraño —dijo uno de los indios—. «Kiche» es hija de un lobo. Es cierto que su madre era una perra. Pero ¿no la ató mi hermano tres noches seguidas en el bosque, durante la época de celo? En consecuencia, el padre de «Kiche» es un lobo.

—Hace un año, Nutria Gris, que se escapó —comentó otro de los indios.

—No es extraño, Lengua de Salmón —respondió Nutria Gris—. Era la época del hambre y no había nada que dar de comer a los perros.

—Ha vivido con los lobos —dijo el tercero de los indios.

—Así parece, Tres Águilas —asintió Nutria Gris, poniendo su mano sobre el cachorro—. Ésta es la demostración.

El lobezno mostró un poco los dientes al sentir el contacto de la mano, que se volvió para pegarle, pero ocultó sus colmillos y se hundió sumisamente mientras la mano volvió a tocarle, acariciando las orejas y el lomo de arriba abajo.

—Ésta es la demostración —repitió Nutria Gris.

—Está claro que «Kiche» es su madre. Pero su padre ha sido un lobo. En consecuencia tiene mucho de lobo y poco de perro. Sus colmillos son blancos, por lo que se llamará «Colmillo Blanco». Está dicho. Es mi perro. Pues ¿no pertenecía «Kiche» a mi hermano? ¿Y no está muerto mi hermano?

El lobezno, que acababa de recibir su nombre, seguía echado y vigilaba. Durante algún tiempo aquellos animales que se llaman hombres siguieron haciendo ruido con sus bocas. Entonces Nutria Gris sacó un cuchillo que llevaba atado a una cuerda alrededor de su cuello, se dirigió al bosquecillo más cercano y cortó un palo. «Colmillo Blanco» no le perdía de vista. Perforó el bastón por sus dos extremos, por los que introdujo una tira de cuero crudo. Ató al cuello de «Kiche» uno de los extremos y el otro a un pequeño pino.

«Colmillo Blanco» siguió a su madre y se echó al lado de ella. La mano de Lengua de Salmón se extendió hasta él y le hizo dar la vuelta. «Kiche» les observaba ansiosamente. «Colmillo Blanco» sintió que se apoderaba otra vez el miedo de él. No pudo impedir que se le escapara un ronquido, pero no intentó morder. La mano, cuyos dedos estaban ampliamente extendidos, le hacía cosquillas en el vientre y le hacía oscilar de un lado para otro. Era ridículo e incómodo estar tirado allí, patas arriba. Además era una postura en la que no se podía defender, tanto que toda la naturaleza de «Colmillo Blanco» se rebelaba contra ello.

«Colmillo Blanco» sabía que así era imposible escapar a cualquier mala intención que pudiera tener aquel animal que se llamaba hombre. ¿Cómo podría escaparse de un salto, estando con las cuatro patas en el aire? Sin embargo, la sumisión se sobrepuso a su miedo y se limitó a gruñir levemente. No podía suprimirlo enteramente y el hombre tampoco parecía molestarse por ello; por lo menos no le pegó otra vez. Además, «Colmillo Blanco» sentía una inexplicable sensación placentera mientras la mano subía y bajaba a lo largo del pecho y del vientre. Cuando le hizo dar una vuelta, cesó de gruñir; cuando los dedos apretaron y acariciaron la base de las orejas, aumentó la sensación de placer; cuando finalmente el hombre se alejó después de haberlo frotado por última vez, todo el miedo de «Colmillo Blanco» había desaparecido. En sus tratos con el hombre aún habría de experimentarlo muchas veces, aunque esto sólo fue una muestra de la amistad con el hombre, no enturbiada por el miedo, que había de ser su experiencia definitiva.

Después de algún tiempo, «Colmillo Blanco» oyó el ruido de algo extraño que se aproximaba. Pronto lo clasificó, pues lo reconoció como peculiar de aquellos animales que se llamaban hombres. Algunos minutos más tarde apareció el resto de la tribu, que había decidido seguir viaje. Aparecieron más hombres, mujeres y niños, cuarenta almas en total, todos pesadamente cargados con sus utensilios. También había muchos perros; a excepción de los cachorros, todos estaban pesadamente cargados con bolsas atadas a los lomos y fijas mediante correajes, como la cincha de un caballo. Cada animal transportaba así de diez a quince kilos.

«Colmillo Blanco» nunca había visto perros antes, pero comprendió en seguida que eran de su propia raza, sólo que ligeramente distintos. Sin embargo, en cuanto descubrieron a la madre y a su cachorro, no demostraron diferir mucho de los lobos. Se produjo una verdadera embestida. «Colmillo Blanco» erizó el pelo, mostró los dientes y roncó frente a la ola que se les vino encima. Cayó debajo de ellos, sintiendo cómo los dientes de sus atacantes se le hincaban en las carnes, mordiendo él también y desgarrando con los suyos las patas y los vientres de sus enemigos. Se produjo un tremendo alboroto. Oyó los aullidos de «Kiche» que trataba de defenderle, los gritos de los hombres, el ruido de los garrotazos que repartían éstos y los gritos de dolor de los perros al recibirlos.

Pasaron sólo unos pocos segundos hasta que pudo ponerse nuevamente en pie. Vio a los hombres que, a garrotazos y pedradas, le salvaban de las dentelladas de los de su especie, que por alguna extraña razón no le reconocían como igual. Aunque no cabía en su cerebro ningún concepto claro de la justicia, sin embargo reconoció, a su manera, la equidad de los animales llamados hombres y comprendió que eran los autores de la ley y sus ejecutores. Se admiró también del poder que tenían para administrar la ley. Se diferenciaban de los otros animales que «Colmillo Blanco» había conocido en que no mordían ni se servían de garras. Reforzaban su potencia vital con la de las cosas inertes que obedecían sus mandatos. Los bastones y las piedras, dirigidos por aquellas extrañas criaturas, volaban por el aire como si tuvieran vida, produciendo terribles heridas.

Para el cerebro de «Colmillo Blanco» esta potencia era inconcebible, sobrenatural, propia de dioses. Por su misma naturaleza no podía comprender nada acerca de Dios; cuando mucho, podía darse cuenta de que había cosas que estaban más allá de su conocimiento, pero la idea que él se formaba y el miedo que tenía de aquellos extraños animales que se llamaban hombres se parecía al que sentiría un ser humano ante una divinidad que, desde la cima de una montaña, arrojara rayos con las dos manos sobre un mundo asombrado.

Se había alejado el último perro. Volvió la calma. «Colmillo Blanco» se lamió las heridas y reflexionó sobre su primera experiencia de la crueldad gregaria de los perros y del conocimiento que acababa de trabar con sus congéneres, tomados en conjunto. Nunca se había imaginado que existieran otros seres de su especie fuera del «Tuerto», su madre y él, que constituían una especie aparte. Por lo visto éstos era también de su raza.

Se sentía poseído de un resentimiento inconsciente contra los individuos de su misma especie que a primera vista se habían echado sobre él y habían intentado aniquilarle. De la misma manera le molestaba que su madre estuviese atada con un palo, aunque lo hubieran hecho aquellos animales superiores que se llamaban hombres. Olía a trampa, a esclavitud, a servidumbre, aunque él no sabía nada de eso. En su herencia existía el amor por la libertad, por el derecho a correr o a echarse a voluntad. Aquí se le negaba todo eso. Los movimientos de su madre estaban restringidos por la longitud del palo, que también le ataba a él, pues todavía no había pasado la época en que podría alejarse de ella.

No le gustaba. Le gustó aún menos cuando uno de los animales de corta edad que se llamaban hombres agarró el palo por uno de los extremos y condujo a «Kiche» en cautividad, seguida de «Colmillo Blanco», sumamente preocupado y harto de aquella aventura en la que se había metido.

Siguieron por el valle del río, mucho más allá de cuanto se había atrevido a llegar «Colmillo Blanco» en sus correrías, hasta que alcanzaron el punto donde el río desembocaba en el Mackenzie. Allí había canoas suspendidas a gran altura, en el extremo de palos altos, y artefactos para sacar el pescado. «Colmillo Blanco» lo examinaba todo con ojos muy abiertos de admiración. La superioridad de aquellos animales llamados hombres aumentaba por momentos. Había podido observar ya su dominio sobre los perros, por muy afilados que fueran sus dientes. Todo ello denotaba su poder. Pero lo que más suscitaba la admiración de «Colmillo Blanco» era su dominio sobre las cosas inanimadas, su capacidad para ponerlas en movimiento, para cambiar el aspecto del mundo.

Era esto último lo que más le afectaba. En seguida se percató de la altura de aquellos palos, aunque en sí mismo no tenía mucho de notable, puesto que eran obra de las mismas criaturas que hacían volar palos y piedras a tan gran distancia. Pero cuando los cubrieron con paños y pieles para convertirlos en toldos o habitaciones, «Colmillo Blanco» se asombró. Era su tamaño colosal lo que le admiraba. Se encontraban por todas partes a su alrededor, como si fueran alguna monstruosa forma de vida, de crecimiento muy rápido. Les tenía miedo. Arrojaban sobre él una sombra que parecía de mal agüero. Cuando los movía la brisa, provocaba en ellos gigantescas contorsiones. «Colmillo blanco» se echaba a tierra aterrorizado, manteniendo fija la vista en ellos y muy atento para alejarse de un salto si intentaban echarse sobre él.

Pero pronto desapareció el miedo que les tenía. Vio que las mujeres y los niños entraban y salían de ellos sin que les ocurriera nada, y que los perros, al intentar entrar, eran ahuyentados por los indios a palos y pedradas. Después de algún tiempo «Colmillo Blanco» se separó de «Kiche» y se arrastró cautelosamente hasta el más cercano. Era la curiosidad propia del crecimiento lo que le indujo a ello, la necesidad de aprender, de vivir y de hacer, que trae consigo la experiencia. Los últimos centímetros de distancia los recorrió con una lentitud y una precaución casi dolorosa. Los hechos del día, le habían preparado para esperar que lo desconocido se le manifestase de la manera más estupenda e inimaginable. Finalmente, su nariz tocó el tejido. Esperó, no ocurrió nada. Oyó aquella tela extraña saturada de olor a hombre. Afirmó sus dientes en ella y tironeó. Nada ocurrió, aunque las partes adyacentes se movieron ligeramente. Tiró con más fuerza. Se produjo un fuerte movimiento, que le causó gran satisfacción. Tiró más enérgica y repetidamente hasta que toda la estructura empezó a moverse. Entonces, desde dentro, los agudos gritos de una india le hicieron echar a correr, yendo a refugiarse el lado de «Kiche». Pero después de esto ya no le asustaron más.

Instantes después volvió a separarse de su madre. El palo de la loba estaba atado a una estaca clavada en el suelo, por lo que no podía seguirle. Un cachorro, al que le faltaba muy poco para ser ya perro, algo más grande y naturalmente más viejo que él, se le acercó lentamente desplegando toda la importancia de un beligerante. Como «Colmillo Blanco» se enteró después, se llamaba «Bocas». Ya tenía una cierta experiencia en peleas entre cachorros y era algo así como un matón.

Era de la misma raza que «Colmillo Blanco» y cachorro, por lo que no parecía peligroso. Se preparó a recibirle amistosamente. Pero cuando el extraño empezó a caminar con las patas rígidas y levantó los belfos, dejando al descubierto los colmillos, el lobezno hizo exactamente lo mismo. Dieron media vuelta el uno alrededor del otro como si buscasen sus puntos débiles, mostrando los dientes y erizando el pelo. Esta exhibición duró varios minutos. Empezó a gustarle a «Colmillo Blanco», a quien le pareció un juego agradable. Pero, de repente, con una rapidez notable, «Bocas» atacó mordiéndole y alejándose otra vez. Le mordió en la misma paletilla en la que había hincado los dientes el lince y que todavía le dolía hasta el hueso. La sorpresa y el dolor indujeron a «Colmillo Blanco» a gritar, pero en seguida, en un verdadero ataque de rabia, se echó sobre «Bocas», mordiendo con toda la mala intención de que era capaz. Mas su enemigo había vivido siempre en el campamento y tenía una amplia experiencia en aquellas peleas de cachorros. Sus dientecillos se hundieron tres, cuatro, seis veces en el recién llegado, hasta que «Colmillo Blanco», aullando lastimosamente, perdido enteramente su orgullo, huyó buscando la protección de su madre. Fue ésta la primera de las muchas peleas que mantuvo con «Bocas», pues fueron enemigos desde el principio, por ser enteramente opuestas sus naturalezas desde el día en que nacieron.

«Kiche» lamió las heridas de «Colmillo Blanco» y trató de persuadirle para que se quedara junto a ella. Pero la curiosidad le dominaba y algunos minutos más tarde se aventuró nuevamente a escapar. Se encontró entonces con uno de los animales llamados hombres, Nutria Gris, que, sentado en cuclillas, estaba empeñado en hacer algo con unos bastones y musgo seco, esparcido en el suelo delante de él. «Colmillo Blanco» se acercó a vigilarle. Nutria Gris hacía ruidos con la boca que no le parecieron hostiles, por lo que se acercó aún más.

Las mujeres y los niños llevaban más leña al lugar donde se encontraba Nutria Gris. Evidentemente se trataba de un asunto de importancia. «Colmillo Blanco» se acercó hasta tocar la rodilla del indio, tanta era su curiosidad, olvidando que aquél era uno de esos terribles animales llamados hombres. De repente vio que entre los palos y el musgo se elevaba una cosa tenue como la niebla. Entonces, en el mismo lugar, apareció algo viviente que se retorcía y daba vueltas, de un color parecido al del sol en el cielo. «Colmillo Blanco» no sabía nada acerca del fuego. Le atraía, como le había fascinado el muro luminoso de la cueva en los primeros días de su vida. Se arrastró hasta la llama. Oyó que Nutria Gris se reía y comprendió que aquel ruido no era nada hostil. Entonces su nariz tocó la llama y extendió la lengua para lamerla.

Durante un momento se quedó paralizado. Lo desconocido, agazapado en aquello que emergía de los bastones y del musgo, le había agarrado ferozmente del hocico y no le soltaba. Se echó hacia atrás, estallando en una explosión de quejidos de asombro. Al oírlos, «Kiche» saltó tratando de escapar, poniéndose furiosa al ver que no podía acudir en su ayuda. Nutria

Gris se reía ruidosamente, se golpeaba las piernas y contó a todos los habitantes del campamento lo que había ocurrido, hasta que todos se rieron como él. «Colmillo Blanco» se sentó y aulló miserablemente, pareciendo aún más pequeña y lastimosa su figura en medio de los animales llamados hombres.

Era la peor herida que se le hubiera infligido jamás. La cosa viviente del color del sol, que crecía entre las manos de Nutria Gris, le había quemado la nariz y la lengua. «Colmillo Blanco» gritaba sin cesar; cada nuevo aullido suyo era saludado por un coro de carcajadas de los animales llamados hombres. Intentó calmar el dolor de la nariz pasando la lengua por encima, pero como estaba herida también, al reunirse ambas lesiones le causaron un molestar mayor. Gritó aún más fuerte que antes, con mayor desesperanza y sintiéndose más abandonado que nunca.

Entonces se avergonzó. Conocía la risa y su significado. No nos es dado saber cómo algunos animales la conocen y comprenden cuándo uno se burla de ellos, pero de todas maneras «Colmillo Blanco» estaba enterado. Se avergonzó de que los animales llamados hombres se rieran de él. Dio media vuelta y se alejó no del peligro del fuego, sino de la burla que se hundía aún más profundamente en su espíritu que la herida en la carne. Corrió hacia «Kiche», que tiraba del palo como un animal que se había vuelto loco; «Kiche» era la única criatura del mundo que no se reía de él.

Llegó el crepúsculo y la noche, sin que «Colmillo Blanco» se apartara del lado de su madre. Todavía le dolían la nariz y la lengua, aunque eso era muy poco comparado con otra preocupación. Sentía nostalgia, un vacío, la necesidad del silencio y de la quietud del río y de la cueva. La vida abundaba en demasiados seres. Había excesivo número de aquellos animales llamados hombres, mujeres y niños, todos los cuales hacían ruido y le irritaban, sin contar los perros que discutían continuamente y se mordían entre ellos, armando camorra y creando confusiones. La soledad tranquila había desaparecido. En el campamento, el mismo aire palpitaba de vida. Incesantemente había un ruido como de colmena o de enjambre de mosquitos. Cambiaba continuamente de intensidad, variaba repentinamente de tono, hiriendo sus sentidos y sus nervios, poniéndole nervioso e intranquilo, continuamente preocupado con la sensación de que iba a ocurrir algo.

Observaba las entradas y salidas y los movimientos de los animales llamados hombres. De una manera que guardaba una cierta semejanza con la que los hombres adoran los dioses que ellos mismos crean, «Colmillo Blanco» creía que los humanos estaban por encima de él. En verdad eran criaturas superiores, verdaderos dioses. Para su débil cerebro, eran tan grandes taumaturgos como los dioses lo son para los hombres. Eran criaturas que dominaban, que poseían toda clase de poderes desconocidos e imposibles, amos y señores de lo animado y de lo inanimado, que obligaban a obedecer a las cosas, que creaban la vida, tenían el color del sol que mordía y que salía del musgo muerto y de la madera. Eran los creadores del fuego, verdaderos dioses sobre la Tierra.

CAPÍTULO II

LA ESCLAVITUD

Para «Colmillo Blanco» los días estaban llenos de experiencia. Mientras «Kiche» estuvo atada al palo, recorrió todo el campamento, estudiando, investigando, aprendiendo. Pronto conoció muchos de los métodos de los animales llamados hombres, pero su familiaridad no le condujo al desprecio. Cuanto más los conocía, más evidente era su superioridad, mayor el número de sus misteriosos poderes, más intensa la ominosa luz de su divinidad.

A menudo se experimenta la desgracia de ver caer por tierra a los dioses y sus altares derribados. Pero el lobo y el perro salvaje, que vinieron a postrarse a sus pies, jamás han experimentado esa desdicha. A diferencia del hombre, cuyos dioses son invisibles o producto de una concepción demasiado audaz, vapores y jirones de niebla de la fantasía, que eluden el contacto con la realidad, muertos espíritus del deseo de divinidad y de potencia, producto intangible del yo en el campo del espíritu, el lobo y el perro salvaje que se acercaron al fuego encontraron dioses de carne y hueso, tangibles, que ocupan un determinado espacio y que requieren un cierto tiempo para ejecutar los fines propuestos y vivir. No se necesita ningún esfuerzo de fe para creer en él. Ningún esfuerzo de voluntad puede negarle. No es posible escapar de él. Allí está, en pie sobre sus dos patas traseras con un palo en la mano, apasionado, rabioso, capaz de amar, dios, misterio y poder en una pieza, estructura de carne, que sangra cuando se la muerde y que es tan buena para comer como cualquier otra.

Así le pasó a «Colmillo Blanco». Los animales llamados hombres eran dioses, de los que no se podía escapar, a los que no se podía menos que asignarles esas cualidades. Puesto que «Kiche», su madre, les había prestado obediencia en cuanto oyó por primera vez que la llamaban por su nombre, él estaba dispuesto a hacer lo mismo. Les cedía el paso, como un privilegio que les pertenecía sin lugar a dudas. Cuando caminaban, se apartaba de su camino. Cuando le llamaban, acudía. Cuando le amenazaban, se echaba a tierra. Cuando le ordenaban que se fuera, echaba a correr, pues detrás de cualquier deseo de los hombres existía el poder de hacerse obedecer, un poder que podía herir, que se expresaba en piedras, palos y latigazos que eran como una quemadura.

Pertenecía a ellos como todos los otros perros. Sus actos eran simples órdenes suyas. El cuerpo de «Colmillo Blanco» les pertenecía para hacer con él lo que quisieran: ponerlo azul a golpes, patearle o soportar su presencia. Tal era la lección que le metieron muy pronto en la cabeza. Fue difícil de aprender si se tiene en cuenta todo lo que había en su propia naturaleza de energía y de voluntad de dominio. Aunque le disgustaba aprenderlo, sin darse cuenta aprendía a disfrutarlo. Equivalía a colocar su destino en manos de otro, a desplazar las responsabilidades de la existencia. Esto era en sí una compensación, pues siempre es más fácil apoyarse en otro que erguirse solo.

Pero todo esto no ocurrió en un día. No se entregó, en un momento, en cuerpo y alma a los animales llamados hombres. No podía olvidar en un instante su herencia salvaje y sus recuerdos de la selva. Muchas veces se arrastraba hasta el principio del bosque, donde se detenía y escuchaba la llamada lejana de algo desconocido. Volvía siempre al lado de «Kiche», sin haber encontrado el reposo, para quejarse lastimeramente junto a su madre y lamer su cara con una lengua activa e interrogante.

«Colmillo Blanco» aprendió rápidamente la rutina del campamento. Conoció la injusticia padecida y el hambre de los perros viejos, cuando se les arrojaba carne o pescado. Aprendió que los hombres eran más justos, los niños más crueles y las mujeres más bondadosas, pues era más probable que éstas le arrojaran un trozo de carne o un hueso. Después de dos o tres dolorosas aventuras con las madres de algunos cachorros, comprendió que la mejor política consistía en dejarlas solas, en mantenerse tan lejos de ellas como fuera posible y evitarlas al cruzarse.

Pero «Bocas» le envenenaba la vida. Por ser más grande, más fuerte y de más edad, había elegido a «Colmillo Blanco» como objeto especial de su persecución. El lobezno ponía toda su voluntad en la pelea, pero no podía sobrepasar a su rival, pues éste era tan grande, que se convirtió en una pesadilla. En cuanto se apartaba de su madre, aparecía «Bocas» corriendo por detrás, mostrándole los dientes, atacándole y esperando a que no hubiera ningún hombre cerca para obligarle a pelear. Como su enemigo ganaba siempre, se complacía en ello. Llegó a ser su diversión principal y el martirio mayor que tenía que soportar «Colmillo Blanco».

El efecto sobre éste no consistió en acobardarle. Aunque sufría numerosas heridas y salía siempre derrotado, su espíritu no se doblegaba. Pero a la larga fue malo. Su carácter se transformó, adquiriendo una buena dosis de malignidad y de pésimo humor. Su temperamento era salvaje de nacimiento, lo que se intensificó por aquella interminable persecución, o podía manifestarse el impulso juguetón, lo que había en él de cachorro. Nunca jugó o correteó con los otros, pues «Bocas» nunca lo hubiera permitido. En cuanto «Colmillo Blanco» se acercaba a ellos, le asaltaba «Bocas», haciéndose el matón y el jefe con él, obligándole a pelear hasta que tenía que alejarse.

Todo esto condujo a que «Colmillo Blanco» no conociera las diversiones propias de su edad y a que en su comportamiento pareciese más viejo de lo que era. Como se le negaba la válvula de escape del juego, se recogió en sí mismo y desarrolló su inteligencia. Adquirió una verdadera astucia, pues no tenía tiempo libre para ocuparse de jugarretas. Como se le impedía obtener su parte de carne o de pescado cuando se daba de comer a los perros del campamento, se convirtió en un pícaro ladrón. Tenía que alimentarse por su cuenta y se alimentaba bien, aunque se convirtió en una verdadera calamidad para las mujeres.

Aprendió a meterse por todas partes, sin llamar la atención, a tener habilidad, a saber lo que ocurría, a verlo y oírlo todo, a razonar de acuerdo con las circunstancias y a tener éxito en encontrar medios y recursos para evitar a su implacable perseguidor.

En los primeros días de la persecución, «Colmillo Blanco» hizo su primera jugada grande, consiguiendo así una sabrosa venganza. Como lo hizo «Kiche» cuando vivía con los lobos, atrayendo a los perros fuera del alcance de los hombres. «Colmillo Blanco» atrajo a «Bocas» hasta que éste se encontró a tiro de los dientes de su madre. Como si huyera de «Bocas», «Colmillo Blanco» dio vueltas alrededor de todos los toldos del campamento. Era un excelente corredor, más veloz que cualquiera de los otros cachorros del campamento y, por tanto, más que su enemigo. Pero esta vez no dio de sí todo lo que podía. Se limitó a conservar la distancia necesaria para que «Bocas» no pudiera hacerle el menor daño.

Excitado por la persecución y la persistente cercanía de su víctima, dejó de lado toda precaución y se olvidó de dónde se encontraba. Cuando lo recordó era demasiado tarde. Corriendo a toda velocidad alrededor de uno de los toldos, chocó con «Kiche», que estaba echada sobre el extremo del palo. Lanzó un grito de consternación antes que las mandíbulas, que ansiaban castigarle, se cerraron sobre él. A pesar de estar atada, «Bocas» no pudo escapar fácilmente. De un zarpazo le arrojó patas arriba, para que no pudiera correr, mientras le clavaba los dientes y le desgarraba las carnes con ellos.

Cuando finalmente, a fuerza de dar vueltas, pudo ponerse fuera de su alcance, intentó levantarse, con todo el vientre abierto, herido tanto en el cuerpo como en el espíritu. Tenía el pelo erizado en mechones, allí donde había sido mordido. Se puso en pie, abrió la boca y lanzó el largo aullido propio de los cachorros, capaz de partir el corazón. Pero ni siquiera pudo terminarlo. Cuando estaba en lo mejor de ello, «Colmillo Blanco» se le echó encima, hundiendo los dientes en la pata trasera; como ya no le quedaban ganas de pelear, echó a correr, perdida ya por completo la vergüenza, mientras su víctima corría detrás de él, sin darle descanso hasta que llegaron al toldo de su dueño. Allí las indias acudieron en auxilio de «Bocas», alejando con una granizada de piedras a «Colmillo Blanco», que en esos instantes se había convertido en un demonio furioso.

Llegó un día en el cual Nutria Gris creyó que había pasado ya el peligro de que «Kiche» se escapara, por lo que la dejó suelta. «Colmillo Blanco» estaba encantado de ver a su madre libre otra vez. La acompañó por todo el campamento. Mientras permaneció al lado de ella, «Bocas» se mantuvo a una distancia respetuosa. «Colmillo Blanco» se mostró con el pelo erizado y empezó a caminar con las piernas encogidas, pero el otro ignoró el desafío. No era ningún tonto, y por ganas que tuviera de vengarse, decidió esperar hasta que pudiera encontrarse a solas con «Colmillo Blanco».

Aquella misma tarde «Kiche» y su hijo pasearon hasta llegar al extremo del bosque, que se encontraba cercano al campamento. «Colmillo Blanco» condujo a su madre hasta allí paso a paso y trató entonces de inducirla a ir más lejos. Le llamaban el río, el cubil y los pacíficos bosques, y él no podía resistir su atracción. «Colmillo Blanco» corrió unos cuantos pasos y esperó que se le reuniera su madre. Siguió corriendo, se detuvo y echó una mirada hacia atrás. Ella no se había movido. El lobezno aulló lastimeramente, corrió jugetonamente hacia los primeros arbustos y volvió. Se acercó a ella, lamió su hocico y echó a correr otra vez. Se detuvo y la miró, expresando con sus ojos toda la intensidad de su deseo, que se desvaneció lentamente en él, mientras ella volvía la cabeza para observar el campamento.

Allí en el bosque había una voz que le llamaba. También su madre la oía. Pero «Kiche» oía también la otra, más fuerte, del fuego y del hombre, la llamada que el lobo ha sido el único en responder entre todos los animales, mejor dicho, el lobo y el perro salvaje, que son hermanos.

«Kiche» se volvió y se dirigió lentamente al campamento. La atracción que el hombre ejercía sobre ella era más fuerte que el palo con el que la ataban. Los dioses, aunque ocultos e invisibles, no la dejaban partir. «Colmillo Blanco» se echó a la sombra de un árbol y se lamentó en voz baja. El aire estaba lleno de un intenso olor a pino saturado de sutiles fragancias, que le recordaban sus viejos días de libertad antes de caer en la esclavitud de los hombres. Pero «Colmillo Blanco» era un cachorro; todavía no había alcanzado la plenitud de su desarrollo. Más intenso que las voces de los hombres o del bosque era la llamada de la sangre. Hasta entonces había dependido siempre de ella. Ya llegaría la hora de la independencia. Se levantó y se dirigió tristemente al campamento, deteniéndose una y otra vez para echarse en el suelo y lamentarse y escuchar la voz que sonaba todavía desde las profundidades de la selva.

En la naturaleza la convivencia de madre e hijo es corta; bajo el dominio del hombre lo es aún más. Así le pasó a «Colmillo Blanco». Nutria Gris tenía una deuda pendiente con Tres Águilas, que emprendía un viaje por el Mackenzie hasta el Gran Lago de los Esclavos. Un pedazo de tela roja, una piel de oso, veinte cartuchos y «Kiche» constituyeron el pago de la deuda. «Colmillo Blanco» vio cómo metían a su madre en la canoa de Tres Águilas e intentó seguirla. Con un golpe el indio le echó a tierra otra vez. La canoa se apartó de la orilla y el cachorro se echó al agua, nadando detrás de ella, sordo a los agudos gritos de Nutria Gris, que le ordenaba que volviese. «Colmillo Blanco» ignoraba los gritos de uno de esos animales, llamados hombres, aun los de un dios, ante el terror que le inspiraba la simple idea de perder a su madre.

Pero los dioses están acostumbrados a que se les obedezca. Lleno de rabia, Nutria Gris saltó a su canoa para salir en persecución de «Colmillo Blanco». Cuando le alcanzó, metió la mano en el agua y le subió, agarrándole como si fuera un conejo. Pero no le colocó en seguida en el fondo de la canoa. Mientras le sostenía con una mano, con la otra procedió a darle una buena azotaina. Su mano era pesada, y cada golpe que administraba estaba destinado a causar daño, sin tener en cuenta que no fueron pocos.

Impelido por los golpes que caían sobre él, de un lado y de otro, «Colmillo Blanco» oscilaba de aquí para allá, como un péndulo que hubiera perdido su sincronismo. Muy diversas eran las emociones que experimentaba. Al principio se sorprendió. Después se asustó, aunque sólo momentáneamente, aullando varias veces al sentir el contacto de la mano. Pero en seguida se sintió poseído por la rabia. Su naturaleza libre se despertó y mostró los dientes, roncando sin miedo en la misma cara de aquel dios enfurecido, lo que sólo contribuyó a acrecentar la rabia del hombre. Se multiplicaron los golpes, que eran más pesados y que tenían una intención aún más maligna de herir.

Nutria Gris siguió pegando, mientras «Colmillo Blanco» continuaba mostrando los dientes, lo que no podía durar indefinidamente. Uno de los dos tenía que ceder: fue «Colmillo Blanco». Nuevamente se apoderó de él el miedo. Por primera vez en su vida se sentía en las manos de un hombre. Los golpes fortuitos que había recibido hasta ahora, fueran de un palo o con piedras, eran simples caricias comparados con los que le daban ahora. Se abatió su orgullo y empezó a gemir. Durante algún tiempo cada golpe provocó un grito de cachorro. El miedo se transformó en verdadero terror hasta que, finalmente, emitía sus quejidos en una sucesión ininterrumpida, sin ninguna relación con los golpes.

Al fin, Nutria Gris dejó de castigarle. «Colmillo Blanco», que todavía seguía colgado de su mano, continuó lamentándose. Esto pareció satisfacer a su amo, que lo arrojó brutalmente al fondo de la canoa. Mientras tanto, la corriente les había conducido río abajo. Nutria Gris agarró el remo, pero como «Colmillo Blanco» le impidiera el libre juego de sus movimientos, le apartó salvajemente de una patada. En aquel momento, su naturaleza libre despertóse, una vez más, hundiendo sus dientes en el pie de su amo.

La paliza que había recibido no fue nada comparada con la que Nutria Gris le administró entonces. La rabia del hombre era terrible, pero no lo era menos el horror de «Colmillo Blanco». El indio no sólo utilizó sus manos sino que recurrió también al remo. El cuerpecillo del cachorro estaba lleno de mataduras cuando fue a parar nuevamente al fondo de la canoa. Otra vez, pero ésta con verdadera intención, Nutria Gris le pateó. «Colmillo Blanco» no repitió el ataque sobre el pie que le había castigado. Había aprendido otra lección de su esclavitud.

Nunca, absolutamente en ninguna circunstancia, debía atreverse a morder al dios, que era su amo y señor. No debía profanar su carne con dientes como los suyos. Evidentemente ése era el mayor de los crímenes, el delito que no se podía perdonar o pasar por alto.

Cuando la canoa tocó la orilla, «Colmillo Blanco» permaneció en el fondo de ella inmóvil y quejándose débilmente, esperando la manifestación de la voluntad de Nutria Gris, que consistió en que fuera a tierra, lo que se le demostró con un golpe en el costado que le hizo volar por los aires y doler nuevamente todas sus heridas. Se arrastró temblando hasta los pies del hombre y se quedó allí quejándose débilmente. «Bocas», que había observado todo el suceso desde la costa, le atacó inmediatamente, derribándole y clavándole los dientes. «Colmillo Blanco» era ya incapaz de defenderse. Le hubiera ido bastante mal si no hubiera intervenido el pie de Nutria Gris, que hizo volar por el aire a «Bocas», cayendo tres o cuatro metros más lejos. Así era la justicia de los animales llamados hombres. Aun en la terrible situación en que se encontraba, «Colmillo Blanco» no pudo menos que sentir agradecimiento. Detrás de los talones de Nutria Gris, le siguió hasta su toldo, a través de todo el campamento. Así aprendió que los dioses se reservaban el derecho al castigo, negándolo, en cambio, a las criaturas menores que vivían con ellos.

Aquella noche, cuando todo estuvo tranquilo, «Colmillo Blanco» se acordó de su madre y se lamentó a gritos, tan intensamente, que despertó a Nutria Gris, quien le pegó otra vez. Después de ello aprendió a lamentarse en voz baja cuando los dioses estaban cerca. Pero a veces se escapaba hasta el lindero del bosque, donde daba rienda suelta a su congoja, aullando intensamente.

Durante ese período pudo haber recordado el cubil y el río y haber vuelto a la selva, pero le retenía la memoria de su madre. Así como los animales llamados hombres, cuando se dedicaban a la caza, iban y volvían, así tornaría ella al campamento, por lo que permaneció en esclavitud esperándola.

Pero, en resumidas cuentas, no era muy desgraciado. Había muchas cosas que le interesaban. Siempre ocurría algo. No se agotaban las cosas extrañas que podían hacer los dioses, y «Colmillo Blanco» siempre tenía curiosidad por verlas. Además, aprendió a arreglárselas con Nutria Gris. Se le exigía una obediencia rígida, que no se apartara ni un ápice de lo ordenado, en pago de lo cual escapaba a los castigos y se le dejaba vivir.

Aún más: a veces Nutria Gris le arrojaba un pedazo de carne y le defendía de los otros perros que querían arrebatárselo. Ese pedazo de carne era muy valioso. Por alguna extraña razón, valía más que una docena de trozos que le hubiera dado cualquier india. Nutria Gris nunca le acariciaba. Tal vez era el poder de su mano, su justicia, o las cosas de que era capaz, lo que infundía respeto a «Colmillo Blanco». Lo cierto es que empezaba a formarse un cierto lazo de afecto entre él y su orgulloso amo.

Insidiosamente, por remotos caminos, así como por el poder de las piedras, los palos y las manos de Nutria Gris, se cerraban sobre «Colmillo

Blanco» los eslabones de su cadena de esclavo. Las virtudes de su raza que, en un principio, hicieron posible que sus antepasados buscaran refugio al lado de los fuegos de los hombres, eran capaces de desarrollarse. De hecho progresaban en él. Sin sentirlo empezaba a encariñarse con la vida del campamento, a pesar de todas sus miserias. Pero «Colmillo Blanco» no se daba cuenta. Sólo lamentaba la desaparición de «Kiche», esperando que volviera, así como sentía un deseo irreprimible de una intensidad tan grande como la del hambre, por la vida libre que había sido suya.

CAPÍTULO III

EL VAGABUNDO

Como «Bocas» seguía siendo su sombra negra, «Colmillo Blanco» se hizo aún más malo y feroz que lo que por naturaleza tenía derecho a ser. El salvajismo era una parte de su naturaleza, pero llegó a un grado tal que excedió su propia herencia. Aun entre los animales que se llaman hombres adquirió reputación de malo. Siempre que se armaba algún escándalo en el campamento, o gritaba alguna india porque le habían robado la carne, era seguro que «Colmillo Blanco» estaba entreverado en el asunto, o probablemente que era el autor de todo. Los indios no se preocupaban en investigar las causas de su conducta; les bastaba con ver los efectos, que eran bastante malos. Era un ladrón que se deslizaba sigilosamente, que armaba siempre escándalos y que fomentaba las peleas. Las indias enfurecidas le decían en plena cara que era un lobo, que no servía para nada y que iba a tener un mal fin, mientras él no las perdía de vista, atento a esquivar cualquier proyectil que le arrojaran.

No tardó en comprender que era un animal de rapiña en aquel campamento tan numeroso. Todos los perros jóvenes seguían a «Bocas». Existía una diferencia entre ellos y «Colmillo Blanco». Tal vez veían en él lo indómito de su raza y sentían instintivamente la enemistad que el perro doméstico experimenta por el lobo. Sea como fuera, todos se unían a «Bocas» para perseguirle. En cuanto se unieron una vez contra él, tuvieron muy buenas razones para seguir unidos. Cada uno de ellos había sentido, alguna vez, los dientes de «Colmillo Blanco». Conviene decir en favor de éste que siempre dio más que recibió. Hubiera podido derrotar a muchos de ellos peleando uno contra uno, pero se le negaba este derecho. El comienzo de una lucha de esa clase era la señal para que acudieran todos los perros jóvenes del campamento y se echaran sobre él.

De este odio de la masa aprendió dos cosas: cómo cuidarse cuando le atacaban muchos y cómo infligir el mayor daño posible a un solo perro, en el más corto espacio de tiempo. Aprendió muy bien que tenerse en pie en una pelea equivalía a la vida. Su habilidad para mantenerse sobre sus patas, en estas condiciones, tenía algo de felino. Incluso los adultos entre los perros podían hacerle retroceder o ceder terreno hacia un costado, saltar por el aire o deslizarse, mediante el choque de sus pesados cuerpos, pero nunca cedían sus piernas y siempre caía de pie sobre la madre tierra.

Cuando los perros pelean nunca omiten los preliminares de costumbre, tales como mostrar los dientes, erizar el pelo y caminar con las patas rígidas. «Colmillo Blanco» aprendió a omitir todo eso. Cualquier pérdida de tiempo significaba un aumento del número de atacantes a los que tendría que hacer frente. Tenía que hacer rápidamente su labor y echar a correr. Aprendió a no anunciar de ninguna manera sus intenciones. Atacaba, mordía y desgarraba en el mismo instante, sin previo aviso, antes de que su enemigo estuviera preparado para recibirle. Así aprendió a infligir heridas rápidas y graves. Un perro sorprendido cuando no estaba en guardia, al que se le desgarra el lomo o se le hace trizas una oreja, es un animal semiderrotado.

Además, era facilísimo derribar a un perro al que se le sorprende, posición en la cual el animal expone invariablemente la parte blanda del cuello, el punto vulnerable donde se destruye la vida, que «Colmillo Blanco» conocía muy bien. Era algo que le habían enseñado por herencia muchas generaciones de lobos. El método de «Colmillo Blanco», cuando tomaba la ofensiva, consistía en lo siguiente: primero, encontrar solo a uno de los perros jóvenes; segundo, sorprenderle y derribarle; tercero, atacar con sus dientes las partes blandas del cuello.

Como todavía no había llegado a la edad adulta, sus mandíbulas no eran ni lo suficientemente grandes ni poderosas para que su ataque fuera mortal. Sin embargo, más de un perro joven andaba por el campamento con una herida en el cuello que demostraba las intenciones de «Colmillo Blanco». Un día, al encontrar a uno de sus enemigos solo en el límite del bosque, mediante ataques repetidos consiguió cortarle la yugular, por la que se escapó la vida de su contrincante. Aquella noche se armó un gran escándalo en el campamento. Muchos habían sido testigos de la hazaña de «Colmillo Blanco», otros habían llevado la noticia al dueño del perro muerto, las mujeres recordaron los casos de robo de carne que se le debían y muchas voces furiosas exigieron a Nutria Gris que se castigara al culpable. Pero el indio se mantuvo en la puerta de su vivac, dentro del cual había encerrado a «Colmillo Blanco», y se negó a permitir la venganza que le exigía la tribu. Hombres y perros le odiaban. Durante esta etapa de su desarrollo nunca tuvo un momento de seguridad. El diente de cada perro y la mano de cada hombre estaban contra él. Los de su raza le recibían mostrando los dientes; los dioses, con maldiciones, palos y pedradas. Vivía intensamente. Siempre estaba a tono, alerta para atacar, harto de que le atacasen, vigilando con un ojo los posibles proyectiles, dispuesto a obrar rápida y fríamente, a atacar como un rayo con los dientes o a echarse atrás, roncando amenazadoramente.

En cuanto a esto último, podía hacerlo de manera más terrible que cualquier otro perro, joven o viejo, del campamento, con objeto de advertir o de asustar. Se necesita una cierta discreción para saber cuándo hay que usarlo. «Colmillo Blanco» tenía una idea muy clara de cómo y cuándo utilizarlo. Ponía en su voz todo lo malvado y horrible. Agitada la nariz por violentos espasmos, erizado el pelo por ondas paralelas, sacando y volviendo a sacar la lengua como si fuera una serpiente, gachas las orejas, con los ojos que echaban llamas, contraídos los labios para dejar al descubierto los colmillos, podía obligar a detenerse a la mayor parte de sus asaltantes. Una pausa, por corta que fuera, si le relevaba del deber de estar en guardia, le daba tiempo para pensar y determinar su método de ataque. Pero a menudo esa tregua se alargaba tanto que el ataque no se producía. Ante alguno de los perros adultos, su voz daba a «Colmillo Blanco» la oportunidad para una honrosa retirada. Puesto que era un animal de rapiña, en lo que respecta a la sociedad de los perros adultos, sus métodos sanguinarios y su éxito en la lucha eran el precio que los otros debían pagar por haberle perseguido. Como no le dejaban marchar junto a ellos, se produjo un hecho curioso: él no permitía que ningún perro abandonara la formación. Los perros jóvenes le temían y no se atrevían a andar solos, sea que tuvieran miedo de sus emboscadas o de sus ataques solitarios. Con excepción de «Bocas», todos los demás se apretujaban para protegerse contra el terrible enemigo que se habían creado. Un cachorro que anduviera solo por la orilla del río equivalía a un muerto o a uno que ponía en conmoción todo el campamento con sus agudos gritos de dolor y de miedo, mientras huía del lobezno que le había atacado.

Pero la venganza de «Colmillo Blanco» no cesó ni siquiera cuando los perros jóvenes aprendieron por amarga experiencia que no podían andar solos. Los atacaba cuando estaban aislados y ellos hacían lo mismo cuando se encontraban juntos. Bastaba que le vieran para correr tras él, salvándose «Colmillo Blanco» gracias a su agilidad. Pero ¡ay del perro que se adelantaba a sus compañeros en la persecución! Había aprendido a dar la vuelta rápidamente, a atacar al perro que se encontraba a gran distancia del grueso de sus atacantes y a abrirlo en canal antes que pudieran llegar los otros. Esto ocurría con mucha frecuencia, pues en cuanto se sentían poseídos de ganas de pelear, los perros eran muy capaces de olvidar las precauciones más elementales, cosa que no le ocurría a «Colmillo Blanco». Mientras corría, miraba furtivamente hacia atrás, siempre dispuesto a dar la vuelta con la velocidad de un torbellino y a derribar al perseguidor que, poseído de demasiado celo, se había adelantado de los otros.

Los cachorros gustan de los juegos, por lo que dar caza a «Colmillo Blanco» se convirtió en la máxima diversión: juego mortal y siempre serio. Por otra parte, como era el más ligero de todos, no temía meterse en cualquier lugar. Durante los tiempos en que había esperado vanamente a su madre, los perros le persiguieron muchas veces por los bosques que rodeaban el campamento, sin alcanzarle nunca. Sus gritos advertían a los otros su presencia, mientras corría solo, con patas que parecían de terciopelo, una sombra que se movía entre los árboles, como lo habían hecho sus secretos y estratagemas. El recurso favorito de «Colmillo Blanco» consistía en meterse en una corriente de agua, con lo cual sus perseguidores perdían la pista, y ocultarse entonces en cualquier bosquecillo cercano, mientras los gritos de los otros perros resonaban a su alrededor.

Odiado por los de su especie y por los hombres, indomable, continuamente perseguido, persiguiendo él mismo sin descanso a los demás, el desarrollo de «Colmillo Blanco» fue rápido y unilateral. En él no podían fructificar la bondad o el afecto, cosas de las cuales no tenía la menor idea. El código que había aprendido era muy sencillo: obedecer a los fuertes y oprimir a los débiles. Nutria Gris era fuerte y divino, por lo que «Colmillo Blanco» le obedecía. Pero el perro que era más joven o más pequeño que él era débil y había que aniquilarle.

«Colmillo Blanco» se desarrollaba exclusivamente en el sentido de la potencia. Para poder hacer frente al peligro constante de que le hirieran o de que le mataran, se desarrollaron excesivamente sus cualidades predatorias y protectoras. Sus movimientos adquirieron una rapidez mayor que la de los otros perros; se hizo más fuerte; su ataque era ya mortal; sus músculos eran más flexibles, más finos, acompañados de nervios de acero; adquirió más resistencia, mientras que en lo moral era más cruel, más feroz, más inteligente. Debía llegar a adquirir esas cualidades, pues de lo contrario no hubiera podido mantenerse o sobrevivir en aquel ambiente hostil en que se encontraba.

CAPÍTULO IV

EL CAMINO DE LOS DIOSES

Al terminar el año, cuando los días empezaban a ser más cortos y se sintieron los primeros fríos, «Colmillo Blanco» tuvo una oportunidad de recuperar su libertad. Durante varios días reinó en el campamento una actividad inusitada. Los indios iban a abandonar su residencia de verano para dedicarse a la caza. «Colmillo Blanco» no perdió detalle. Cuando vio cómo se desarmaban las cabañas y se cargaban las canoas, lo comprendió. Algunas de las embarcaciones habían desaparecido ya aguas abajo.

Con toda intención, determinó quedarse. Esperó una ocasión para escaparse a los bosques. Allí, en la corriente, donde el hielo empezaba a formarse, hizo desaparecer sus huellas. Se deslizó hasta lo más denso de la selva y esperó. Pasó el tiempo, del cual «Colmillo Blanco» dedicó algunas horas al sueño. Le despertó la voz de Nutria Gris que le llamaba por su nombre. Además, resonaban varias voces. «Colmillo Blanco» podía oír la de la mujer de Nutria Gris y la de Mit-sah, su hijo, que le ayudaban a buscarle.

«Colmillo Blanco» tembló de miedo. Aunque sintió el impulso de salir de su escondite, se resistía a ello. Después de algún tiempo ya no se oyeron los gritos, que se perdían en la distancia, por lo que finalmente salió de la espesura para gozar la libertad entre los árboles. Repentinamente se sintió solo. Se echó a tierra para pensar con calma, escuchando el silencio de la selva, que le molestaba. Parecía anunciar algo terrible el que nada se moviera o hiciera ruido. Sentía que el peligro, invisible e insospechado, estaba al acecho. Desconfiaba de los enormes troncos de los árboles y de las oscuras sombras, en las que podían ocultarse toda clase de cosas peligrosas.

Hacía frío. No existía allí ninguna cabaña abrigada donde arrimarse. Sentía que se le helaban los pies, por lo que los mantuvo en movimiento, uno después de otro. Encorvó la peluda cola para protegerlos y al mismo tiempo vio algo que en sí no tenía nada de extraño. Dentro de sí mismo, mediante una serie de representaciones mnemónicas veía el campamento, las chozas y las llamas del fuego. Oyó las voces estridentes de las indias, las de bajo profundo de los hombres, los aullidos de los perros… Tenía hambre y recordó los pedazos de carne o de pescado que le habían arrojado allí.

Donde se encontraba ahora no había carne, sino un silencio amenazador que no era comestible.

La esclavitud le había ablandado. La irresponsabilidad le había debilitado. Se había olvidado de como proveer sus propias necesidades. La noche abría su negra boca alrededor de él. Sus sentidos, acostumbrados al bullicio del campamento, al efecto continuo de colores y sonidos sobre la vista y el oído, estaban inactivos. No había nada que ver u oír. Los aguzó para captar cualquier interrupción del silencio y la inmovilidad de la naturaleza. Comprendía que sus sentidos perdían su agudeza por aquella inmovilidad y por la premonición de algo terrible que iba a ocurrir.

El terror le hizo dar un gran salto. Una cosa enorme y amorfa corría a través de su campo visual. Era la sombra de un árbol iluminado por la Luna, que las nubes habían ocultado hasta entonces. Recuperó la tranquilidad y aulló suavemente, pero dejó de hacerlo en el acto temeroso de que el sonido pudiera atraer la atención de los peligros que le acechaban.

Un árbol, cuya madera sufría el ataque del frío de la noche, produjo un ruido intenso, directamente por encima de él. Aulló de miedo. El pánico se apoderó de él y echó a correr locamente hacia el campamento. Se sentía poseído de un deseo incontenible de encontrarse bajo la protección y en compañía del hombre. Sentía en sus narices el olor del humo que se desprendía del campamento. Sonaban intensamente en sus oídos los ruidos y los gritos de las chozas. Atravesó el bosque y el claro alumbrado por la luz de la Luna, donde no había sombras ni estaba oscuro. Pero sus ojos no llegaron a distinguir la aldea india. Lo había olvidado. Los indios se habían ido.

Cesó súbitamente su loca carrera. No existía ningún lugar en el que pudiera refugiarse. Se arrastró por todo el campamento abandonado, husmeando los montones de basura y los restos de objetos, que los dioses habían abandonado. Se hubiera alegrado de recibir en aquel momento un diluvio de piedras, arrojadas por cualquier india enojada, o los golpes de la furiosa mano de Nutria Gris, o de un ataque de «Bocas» y de toda la jauría de perros gritones y cobardes.

Llegó hasta el lugar donde se encontraba la cabaña de Nutria Gris. Se sentó en el mismo centro. Sacudían su garganta espasmos rígidos, se le abría la boca, y con un grito que partía el corazón expresó su soledad y su miedo, su amor por «Kiche», todo lo que había sufrido, todas sus miserias, todo lo que temía que le trajera el futuro en sufrimientos y peligros. Era el largo y tétrico aullido del lobo, que sale del fondo de la garganta, y que «Colmillo Blanco» emitía por primera vez.

La aurora hizo desaparecer sus temores, pero aumentó su sensación de soledad. La tierra desnuda, que hacía tan poco tiempo estaba densamente poblada, imponía su soledad sobre «Colmillo Blanco» con una opresión ya inaguantable. No tardó mucho tiempo en decidirse. Siguió la orilla del río durante todo el día, sin descansar. Sus músculos de acero no conocían la fatiga. Cuando llegó el cansancio, su heredada resistencia le indujo a acrecentar su esfuerzo y a obligar a correr a su cuerpo que se quejaba.

Cuando la corriente de agua se precipitaba por rápidos, «Colmillo Blanco» seguía las montañas de la orilla. Cuando se encontraba con arroyos que desembocaban en el principal, buscaba un paso o los atravesaba a nado. A menudo marchó por encima de la débil capa de hielo que empezaba a formarse; más de una vez cedió bajo su peso y tuvo que luchar por su vida en la corriente helada. Nunca perdía de vista su objeto, que era encontrar la huella de los dioses, que probablemente habían abandonado el río en un cierto punto y se internaron tierra adentro.

«Colmillo Blanco» era más inteligente que el término medio de su especie. Sin embargo, su cerebro no alcanzó a percibir la posibilidad de que su amo hubiera desembarcado en la otra orilla. ¿Qué pasaría si los dioses habían hecho eso? Más tarde, cuando hubiese viajado y conocido más, cuando tuviese más años y adquirido mayor sabiduría, es probable que pudiera percibir esa posibilidad. Pero estaba muy lejos el día en que poseería esa capacidad mental. Por ahora corría ciegamente por la misma ribera del Mackenzie, donde se habían asentado los indios.

Corrió toda la noche, tropezando en la oscuridad, que dilataba su viaje, pero que no podía detenerle. A mediados del segundo día había estado corriendo desde hacía ya cuarenta horas. Su musculatura de hierro empezaba a ceder. Sólo la resistencia de su cerebro le mantenía aún. Hacía cuarenta horas que no comía y sentía debilidad. Las repetidas inmersiones en el agua fría empezaban a producir su efecto. Su piel estaba cubierta de barro. Sus patas, llenas de heridas y sangraban. Empezaba a cojear, y el efecto era peor a cada hora que pasaba. Para empeorarlo todo, se oscureció el cielo y empezó a nevar. Era una nieve nueva, húmeda, que se fundía al instante, se quedaba pegada y hacía que el suelo fuera resbaladizo; que le ocultaba el paisaje y que por tapar las desigualdades de la tierra hacía que su recorrido fuera aún más difícil y doloroso.

Nutria Gris quería acampar aquella noche en la lejana ribera del Mackenzie, pues por allí andaba la caza. Pero poco antes del anochecer, Klukuch, su mujer, observó un reno que se acercó al río para beber. Si no hubiera bajado a beber, si Mit-sah no hubiera cambiado el rumbo debido a la nieve, si Klu-kuch no lo hubiera visto, y si Nutria Gris no lo hubiera matado de un certero disparo, todos los hechos posteriores hubieran sido distintos. Nutria Gris no hubiera acampado en aquel mismo lado del Mackenzie y «Colmillo Blanco» hubiera seguido de largo, para morir o para encontrar a sus salvajes hermanos de raza, convirtiéndose en uno de ellos: un lobo más hasta el fin de sus días.

Cayó la noche. La nieve descendía en copos más espesos. «Colmillo Blanco», tratando de reprimir sus aullidos y cojeando, fue a dar sobre una huella fresca en la nieve, tan nueva, que inmediatamente reconoció su naturaleza. Aullando de deseo abandonó la ribera de la corriente y se internó en el bosque. Llegaron a sus oídos los ruidos peculiares del campamento. Vio el fuego, en el cual Klu-kuch cocinaba algo, y a Nutria Gris, sentado en cuclillas, que mordía un pedazo de carne grasienta y cruda. ¡En el campamento tenía qué comer!

«Colmillo Blanco» esperaba una buena paliza. Se echó a tierra y erizó el pelo cuando pensó en ello. Siguió avanzando. Temía y le repugnaban los golpes que sabía que le esperaban. Pero, además, deseaba la comodidad del fuego que sería suya, la protección de los dioses y la compañía de los perros, de sus enemigos, más compañía al fin, que podía satisfacer su instinto gregario.

Se acercó al fuego, arrastrándose. En cuanto le vio Nutria Gris dejó de masticar. «Colmillo Blanco» siguió arrastrándose lentamente, humillado y sumiso. Mientras se arrastraba en línea recta hasta Nutria Gris cada centímetro que avanzaba era más doloroso y de un recorrido más lento. Finalmente se encontró a los pies de su amo, en cuya posesión se entregó total y voluntariamente. Por su propia voluntad se había acercado al fuego del hombre para que él le gobernara. «Colmillo Blanco» temblaba esperando el castigo que había de caer sobre él. La mano que estaba por encima de su cuerpo se movió. «Colmillo Blanco» se encogió involuntariamente, esperando el golpe, que no llegó. Miró hacia arriba. ¡Nutria Gris cortaba el pedazo de carne en dos!

Con mucha precaución y sospechando alguna trampa, «Colmillo Blanco» le olió primero y después empezó a comer. Nutria Gris ordenó que le trajeran más carne y le protegió de los otros perros mientras comía. Después, agradecido y harto, se echó a los pies de Nutria Gris, mirando el fuego que le calentaba, mientras los ojos se le cerraban de sueño, seguro de que al día siguiente estaría, no recorriendo algún sitio solitario de la selva, sino en el campamento de los animales llamados hombres, a los cuales se había entregado y de los que dependería de ahora en adelante.

CAPÍTULO V

EL CONTRATO

Cuando había transcurrido ya gran parte de diciembre, Nutria Gris emprendió un viaje por el Mackenzie, aguas arriba. Le acompañaban su hijo y su mujer.

Él mismo dirigía uno de los trineos, tirado por perros que había adquirido por canje o que le habían prestado. Mit-sah estaba a cargo del otro, mucho más pequeño y arrastrado por cachorros. Era más un juguete que otra cosa, pero, sin embargo, hacía las delicias de Mit-sah, a quien le parecía que empezaba a hacer ya un trabajo de hombres. Aprendía así a manejar un trineo y a adiestrar los perros, con lo cual los mismos cachorros se hacían al correaje. Además, aquel trineo, al parecer de juguete, prestaba sus servicios, pues transportaba casi cien kilos de enseres domésticos y de alimentos.

«Colmillo Blanco» había observado muchas veces cómo los perros tiraban de los trineos; por tanto, no se preocupó gran cosa la primera vez, cuando le ataron a él también. Le pasaron por el cuello una especie de collar unido por dos correas a un arnés que le cruzaba el pecho y el lomo, y al que se sujetaba finalmente la larga correa, mediante la cual tiraban del trineo.

Siete cachorros estaban encargados de aquella labor. Los otros habían nacido en el mismo año, pero tenían ya nueve y diez meses de edad cuando «Colmillo Blanco» tenía sólo ocho. Cada uno estaba atado al trineo por una correa única, siendo todas de longitud diferente, de tal modo que cada dos se diferenciaban entre sí por lo menos en la longitud del cuerpo de un perro o un múltiplo de ella. El trineo mismo no tenía rieles, estando formada la parte inferior por una superficie muy lisa que en su extremo delantero se encorvaba hacia arriba para no atrancarse en la nieve, tal como la proa de un navío corta las aguas. Esta construcción permitía que el peso de la carga se repartiera por una superficie muy grande de nieve cristalina y blanda, lo que era una ventaja. Para mantener el mismo principio de amplia distribución de la carga, los perros formaban una especie de abanico, por lo que ninguno pisaba las huellas de otro.

Esta formación en abanico tenía además otra ventaja. Las correas de diferente longitud impedían que los perros se echasen sobre los que marchaban delante de ellos, pues para esto hubiera sido necesario que el delantero estuviera atado a una correa más corta, en cuyo caso se hubieran encontrado ambos animales cara a cara y al alcance del látigo de quien los conducía. Pero la virtud más peculiar consistía en que para que un perro pudiera alcanzar a otro tenía que tirar más enérgicamente del trineo, y cuanto más corría el vehículo tanto más inalcanzable era el animal delantero. El perro que iba atrás nunca podía alcanzar al que estaba delante de él. Cuanto más corría, más velozmente escapaba el delantero y tanto más ligeramente se deslizaba el trineo. Así, por un astuto método indirecto, aumentaba el hombre su dominio sobre las bestias.

Mit-sah se parecía mucho a su padre, poseyendo gran parte de su gris sabiduría. Mucho tiempo antes había observado cómo «Bocas» perseguía a «Colmillo Blanco», pero el primero pertenecía a otro indio, por lo que nunca se había atrevido más que a arrojarle alguna piedra de cuando en cuando. Pero ahora le pertenecía. Dio comienzo a su venganza poniéndole en el extremo de la correa más larga, lo que le convirtió en el jefe de la traílla y era al parecer un honor, pero en lugar de ser el matón y el amo de ella encontró que todos los perros le odiaban y perseguían.

Como corría en primer lugar, los otros no veían de él sino la cola peluda y las patas traseras, menos feroces e intimidadoras que sus pelos erizados o sus brillantes colmillos. Por otra parte, estaba en la naturaleza de los perros que al verle correr sintieran ganas de perseguirle y creyeran que huía de ellos.

En cuanto el trineo se puso en movimiento echaron a correr detrás de «Bocas», lo que no terminó sino con la llegada de la noche. Al principio «Bocas», lleno de rabia y celoso de su autoridad, pretendió dar vueltas y hacer frente a sus perseguidores, pero en cuanto hacía el menor ademán de ello, Mit-sah hacía restallar su látigo largo de casi diez metros sobre su hocico, lo que le obligaba a dar media vuelta y a correr. «Bocas» podía hacer frente a todos los perros juntos, pero no al látigo; la energía que le restaba la empleaba en mantener tensa la larga correa a la que estaba atado y los flancos lejos de los dientes de sus compañeros.

Pero la cabeza del indio era capaz de inventar algo aún más malo. Para que los perros no dejaran de perseguir a su jefe, Mit-sah le favorecía abiertamente, lo que despertaba el odio y los celos de los demás. En presencia de todos, Mit-sah daba carne a «Bocas» y sólo a él, lo que ponía al resto locos, furiosos. Echaban espumarajos de rabia, mientras el favorecido devoraba la carne protegido por el látigo de Mit-sah. Si no había carne, mantenía a los otros animales a distancia y hacía como si la diera.

«Colmillo Blanco» se adaptó voluntariamente al trabajo. Había recorrido una distancia mayor que los otros perros para entregarse a la voluntad de los dioses y había aprendido muy bien que era inútil oponerse a su voluntad. Además, la persecución de que había sido objeto por parte de sus congéneres le había inducido a disminuir su respeto por ellos y a aumentar el que tenía por el hombre. No había aprendido a depender de sus compañeros en lo que se refería a la compañía. Asimismo había olvidado completamente a «Kicke»; sus emociones, o lo que quedaba de ellas, se expresaban en la fidelidad con que servía a los dioses, que había aceptado como amos. Así pues, trabajaba duro, aprendía la disciplina y era obediente. Su actividad se caracterizaba por la fidelidad y la buena voluntad. Son éstos rasgos esenciales del lobo y del perro vagabundo, cuando han sido domesticados, y que «Colmillo Blanco» poseía en alto grado.

Existía una cierta hermandad entre él y los otros perros, pero consistía exclusivamente en compartir las peleas y la enemistad. Nunca había aprendido a jugar con ellos. Sólo sabía luchar, y eso era lo que hacía, pagándoles centuplicados los mordiscos que le habían proporcionado a él cuando «Bocas» era el matón de los cachorros. Pero éste ya no era su jefe, excepto cuando huía ante todos sus compañeros, tirando del extremo de su correa. En los campamentos se mantenía cerca de Nutria Gris, de su mujer o de su hijo. No se aventuraba a separarse de los dioses, pues ahora estaban contra él los colmillos de todos los perros, experimentando hasta la saciedad la misma persecución de la que él había hecho objeto en otros tiempos a «Colmillo Blanco».

Con el destronamiento de «Bocas» pudo haberse convertido en el jefe de los perros, pero su mal humor era demasiado pronunciado y le gustaba estar solo. Sus relaciones sociales con los otros animales se limitaban a desgarrarles las carnes de cuando en cuando. Por lo demás, ignoraba su existencia. Se apartaban de su camino en cuanto aparecía. Ni el más audaz de ellos se atrevía a disputarle su pedazo de carne. Por el contrario, la devoraban apresuradamente por miedo a que «Colmillo Blanco» se la quitase, pues éste conocía muy bien la ley: oprimir al débil y obedecer al fuerte. Comía su ración de carne con toda la prisa posible. Después, ¡ay del que no hubiera terminado! Un aullido, un relampagueo de dientes y el perro tendría que tomar a las estrellas, que no podían consolarle, por testigos de su indignación mientras «Colmillo Blanco» acababa de devorar la parte del otro.

Sin embargo, de cuando en cuando, cualquiera de los perros se rebelaba y se sometía rápidamente. Así «Colmillo Blanco» no perdía el adiestramiento adquirido. Tenía celos del aislamiento en que él mismo se había colocado y que, a veces, luchaba por mantener, aunque esas peleas eran de corta duración. Era demasiado rápido para los otros perros. Les abría la carne con los dientes haciéndoles sangrar profusamente antes que comprendieran qué era lo que había pasado, derrotados antes de que hubieran empezado a pelear.

Tan rígida como la disciplina que mantenían los dioses al tirar del trineo era la que mantenía «Colmillo Blanco» entre sus compañeros. Nunca les permitía nada. Les obligaba a tenerle respeto sin desfallecimientos. Entre ellos podían hacer lo que quisieran. Eso no le importaba. Pero sí le interesaba que le dejaran solo en su aislamiento, que se apartaran cuando se mezclaba entre ellos y que reconocieran siempre que era el mejor. Bastaba que los otros pusieran rígidas las patas, levantaran el labio superior o erizaran un solo pelo, para que se echase sobre ellos sin misericordia y sin cuartel, convenciéndoles rápidamente del error que habían cometido.

Era un tirano monstruoso. Su dominio era tan rígido como el acero. Oprimía a los débiles como si se tratara de una venganza. No en balde, cuando era un simple cachorro, había estado expuesto a una lucha por la vida en la cual se desconocía la misericordia, cuando su madre y él, solos y sin ayuda extraña, se mantuvieron y sobrevivieron en el feroz ambiente de la selva. No en balde había aprendido a caminar suavemente cuando pasaba alguien que podía más que él. Oprimía al débil, pero respetaba al fuerte. Durante todo el largo viaje con Nutria Gris se deslizó muy suavemente entre los perros adultos, que encontró en los diferentes campamentos de los animales llamados hombres, en los cuales se detuvo su señor.

Pasaron los meses. Continuaba el viaje de Nutria Gris. Las largas horas de trabajo desarrollaron el cuerpo de «Colmillo Blanco». Por otra parte parecería que en lo psíquico había llegado también a la adultez. Poseía un conocimiento completo del mundo en el cual vivía. Sus ideas eran groseras y materialistas. Tal como él lo veía, el mundo era terrible y brutal; carecía de cariño; no existían las caricias, los afectos y la extraña dulzura del espíritu.

No sentía ningún cariño por Nutria Gris. Es cierto que era un dios, pero una divinidad muy salvaje. «Colmillo Blanco» aceptaba voluntariamente su predominio, que se basaba en una inteligencia superior y en el empleo de la fuerza bruta. Había algo en el carácter de «Colmillo Blanco» que le hacía deseable la sujeción a otro, pues de otra manera no hubiera vuelto de la selva para someterse. En su naturaleza existían rincones que nadie había explorado. Una palabra bondadosa, una caricia con la mano de parte de Nutria Gris hubiera podido llegar hasta ellos, pero el indio no hacía esas cosas. No era su modo de ser. Su predominio se basaba en el salvajismo con que gobernaba, con que administraba justicia, usando un palo, castigando una falta con el dolor de un golpe y premiando los méritos, no con la bondad, sino dejando de pegar.

Por ello «Colmillo Blanco» no conocía la dicha que podía encerrar para él la mano del hombre. Por otra parte, no le gustaban esas manos, sino que recelaba de ellas. Es cierto que muchas veces daban carne, pero a menudo administraban golpes. Las manos eran cosas de las que había que apartarse. Arrojaban piedras, manejaban palos, garrotes y látigos, administraban golpes y porrazos y cuando le tocaban era para herirle. En campamentos extraños había conocido las manos de los niños y visto que eran crueles para herir. Uno de ellos, que apenas podía caminar, casi le sacó un ojo. Estas experiencias le hicieron desconfiar de todos los niños. No podía tolerarles. En cuanto se acercaban con sus manos, que parecían una advertencia de algo malo que iba a ocurrir, «Colmillo Blanco» se alejaba instintivamente.

En uno de los campamentos sobre las orillas del Gran Lago de los Esclavos, al defenderse contra la maldad de las manos de aquellos animales llamados hombres, vino a modificar la ley que había aprendido de Nutria Gris, según la cual era un crimen imperdonable morder a uno de los dioses. En aquel campamento, como es costumbre de todos los perros en todo lugar, «Colmillo Blanco» se dedicó a buscar comida. Un muchacho cortaba con un hacha un pedazo de carne congelada de reno: las astillas volaban por la nieve. «Colmillo Blanco» se detuvo y empezó a comérselas. Observó que el muchacho dejaba el hacha y agarraba un palo. Saltó y se alejó en el momento preciso para evitar el golpe que iba a caer sobre él. El muchacho le persiguió; como desconocía el campamento, se metió entre dos cabañas, encontrando que la huida era imposible por aquel lado, pues estaba cerrada por un alto bardal de tierra.

«Colmillo Blanco» no podía escapar. El muchacho le cerraba la única salida. Manteniendo el palo preparado para golpear, le acorraló. Furioso, hizo frente al muchacho, utilizando toda su táctica de intimidación, profundamente herido en su sentido de justicia. Conocía la ley: todos los desperdicios de carne, tales como las astillas que se producen cuando está helada la carne, pertenecen al perro que las descubre. «Colmillo Blanco» no había quebrantado ninguna ley, no había cometido ningún delito y, sin embargo, allí estaba el muchacho dispuesto a darle una paliza. «Colmillo Blanco» nunca supo exactamente lo que ocurrió. Lo que hizo aconteció en un repentino ataque de rabia, tan rápidamente que el muchacho no lo comprendió tampoco. Todo lo que vio el joven indio fue que algo o alguien le tiró sobre la nieve y que los dientes del perro le desgarraron la mano en la que tenía el palo.

Pero «Colmillo Blanco» sabía que había quebrantado la ley de los dioses. Había clavado sus dientes en la carne sagrada de uno de ellos, y lo único que podía esperar era un terrible castigo. Huyó a refugiarse entre las piernas de Nutria Gris, desde donde vio al muchacho y a su familia pidiendo venganza. Pero tuvieron que irse sin verla satisfecha. Nutria Gris, así como Mit-sah y Klu-kuch, defendieron a «Colmillo Blanco» mientras éste escuchaba aquel altercado y observaba los gestos airados comprendiendo que su acto estaba justificado. Así aprendió que hay dioses y dioses. Existían los suyos y los otros, y entre ambos grupos había una diferencia. Justo o injusto, siempre era lo mismo, debía tomar las cosas de las manos de sus propios dioses. Pero no estaba obligado a tragar una injusticia de divinidades extrañas. Tenía el privilegio de defenderse con los dientes. Esto era parte del código de los dioses.

Antes que terminara el día, «Colmillo Blanco» aprendió algo más acerca de esta ley. Salió sólo con Mit-sah, que había ido al bosque a juntar leña. Encontraron allí, junto con algunos amigos suyos, al muchacho que había sido mordido. Se insultaron mutuamente, después de lo cual todos ellos atacaron a Mit-sah, que entonces lo pasó bastante mal, pues de todas partes llovían golpes sobre él. Al principio, «Colmillo Blanco» se limitó a observar, pues se trataba de un asunto de los dioses, que nada le importaba, pero comprendió que estaban maltratando a Mit-sah. Sin razonar, «Colmillo Blanco», poseído de una rabia loca, se arrojó entre los combatientes.

Transcurridos apenas cinco minutos, los muchachos huyeron en todas direcciones, dejando huellas de sangre sobre la nieve, demostrativas de la eficacia de los dientes de «Colmillo Blanco». Cuando Mit-sah se lo contó a su padre, Nutria Gris ordenó que se le diera carne a «Colmillo Blanco», mucha carne. Harto y somnoliento, cerca del fuego, comprendió que la ley se había cumplido.

Al mismo tiempo aprendió a conocer la ley de la propiedad y su deber de defender la que pertenecía a su dios. No había más que un paso entre proteger al cuerpo del hijo de su amo y la propiedad de éste, paso que «Colmillo Blanco» dio muy pronto. Lo que pertenecía a su dios debía defenderlo contra todo el mundo, aunque tuviera que despedazar a otros dioses. No sólo ese acto era sacrílego, sino que además encerraba un gran peligro. Los dioses eran omnipotentes y un perro nada podía contra ellos. Sin embargo, «Colmillo Blanco» aprendió a hacerles frente sin miedo. El deber estaba por encima de cualquier consideración por la seguridad personal. Los dioses ladrones aprendieron a respetar la propiedad de Nutria Gris.

En lo que a esto respecta, «Colmillo Blanco» aprendió muy pronto que las divinidades que se dedican al robo son generalmente cobardes y que tienden a escapar en cuanto se da la voz de alarma.

También aprendió que transcurría muy poco tiempo entre la alarma y la llegada de Nutria Gris. Comprendió que el ladrón no huía por temor a él, sino al indio. «Colmillo Blanco» no daba la alarma mediante aullidos. Nunca aullaba. Su método consistía en atacar al intruso y clavarle los dientes. Puesto que estaba siempre de mal humor y eternamente solo, puesto que no jugueteaba con los otros perros, era el más indicado para guardar la propiedad de su amo, cualidades que Nutria Gris fomentaba y educaba, pero de lo que resultó que se hizo aún más huraño, feroz e indomable.

Pasaron los meses, haciendo más y más efectivo el contrato que unía al perro y al indio. Era el mismo que el primer lobo salido de la selva celebró con el hombre e idéntico al que han mantenido todos los otros lobos y perros fugitivos que han hecho lo mismo. Las condiciones eran muy simples. Entregaba su libertad a cambio de la posesión de un dios de carne y hueso. El alimento y el fuego, la protección y la compañía eran algunas de las cosas que recibía de los dioses. En pago de ellas custodiaba su hacienda, defendía su cuerpo y le obedecía.

La posesión de un dios implica servicio. El de «Colmillo Blanco» se componía del deber y del respeto que le infundía su amo, pero en el que no entraba el amor, pues no sabía lo que era. «Kicke» era sólo un recuerdo remoto. Además, no sólo había abandonado la selva cuando se entregó al hombre, sino que los términos del contrato eran tales, que no podía desertar del servicio de su dios ni siquiera para seguir a «Kicke» si la encontrara. Su fidelidad al hombre parecía ser una ley de su naturaleza, más imperiosa que el amor por la libertad o por los de su sangre.

CAPÍTULO VI

EL HAMBRE

Nutria Gris terminó su largo viaje al llegar la primavera. Era en abril cuando «Colmillo Blanco» cumplía un año. Estaba atado al trineo, del que le desató Mit-sah, cuando entraron en el viejo campamento. Aunque todavía faltaba mucho para llegar a su desarrollo completo, era después de «Bocas» el perro más grande de su edad. Tanto de su padre, el lobo, como de «Kiche», había heredado estatura y fortaleza, por lo que ya hacía buena figura al lado de los adultos. Pero todavía no tenía mucho cuerpo; el suyo era esbelto y alargado, y su fuerza residía más en sus tendones que en los voluminosos músculos. Su pelo era verdaderamente gris, como el de los lobos, pareciéndose en todo a estos animales. La porción de sangre de perro que había heredado de «Kiche» no se reflejaba de ninguna manera en lo físico, aunque formaba una gran parte de su psiquismo.

Atravesó el campamento, reconociendo con satisfacción a los diversos dioses que había conocido antes de emprender el viaje. Había bastantes perros: cachorros como él, en el período de crecimiento, y adultos, que no parecían tan grandes ni tan formidables como se los pintaba su imaginación. Les tenía menos miedo que antes, permaneciendo entre ellos con una soltura descuidada, que era para él tan nueva como agradable.

Allí estaba «Baseek», un viejo perro gris, que antes no tenía más que mostrar los dientes para que «Colmillo Blanco» se echara en tierra. De él había aprendido mucho el joven, en cuanto a su propia insignificancia. Él mismo le enseñaría ahora el cambio que se había operado. En tanto «Baseek» se debilitaba por la edad, «Colmillo Blanco» aumentaba en fuerzas.

Mientras se cortaba la carne de un reno recién cazado, «Colmillo Blanco» entendió el cambio que se había operado en sus relaciones con el mundo canino. Había conseguido una de las pezuñas y parte de la pata, de la cual pendía un gran trozo de carne. Se retiró del alboroto que producían los perros, poniéndose a cubierto de sus miradas, detrás de un bosquecillo. Devoraba su parte, cuando «Baseek» le atacó. Sin comprender lo que hacía, saltó sobre su atacante, le desgarró la piel en dos puntos y se echó hacia atrás, esperando. «Baseek» se quedó sorprendido de la temeridad del otro y de la rapidez de su ataque. Se quedó parado mirando estúpidamente a «Colmillo Blanco», separándoles la carne por la que disputaban.

«Baseek» estaba viejo. Comprendía que había aumentado el valor de los perros con los que antes podía hacerse el malo. Varias amargas experiencias, que tuvo que tragar sin quejarse, le habían obligado a desplegar toda su sabiduría para poder enfrentarse con ellos. En otros tiempos se habría arrojado rabiosamente sobre «Colmillo Blanco». Pero su capacidad de lucha, que se desvanecía, no le permitía ahora seguir ese camino. Erizó ferozmente el pelaje y echó una mirada fúnebre al hueso que les separaba. «Colmillo Blanco», que empezaba a sentir el peso del miedo que le había tenido, pareció empequeñecerse y recogerse en sí mismo, mientras buscaba mentalmente cualquier salida que le permitiera retirarse de manera no muy ignominiosa.

En este punto «Baseek» cometió un error capital. Si se hubiera contentado con mostrarse feroz y terrible, todo le hubiera salido bien. «Colmillo Blanco», que iniciaba ya la retirada, le hubiera dejado la carne. Pero «Baseek» no quiso esperar. Creyó que la victoria ya era suya y se echó sobre el alimento. Cuando inclinó la cabeza para olerlo, «Colmillo Blanco» erizó levemente el pelo. Aun entonces, no hubiera sido demasiado tarde para que «Baseek» hubiera salvado la situación. Si se hubiese quedado parado delante de la carne, con la cabeza alta y atenta, su joven enemigo hubiese terminado por retirarse. Pero el olor de la carne fresca ascendía hasta las narices del más viejo y la gula le indujo a probarla.

Esto era demasiado para «Colmillo Blanco». La conducta de «Baseek» venía a producirse justamente después de aquel período de predominio de «Colmillo Blanco» sobre todos sus compañeros en el arrastre del trineo, y no podía observar tranquilamente cómo otro se comía la carne que le pertenecía. Según su costumbre, atacó sin previo aviso. Del primer mordisco la oreja derecha de «Baseek» quedó reducida a tiras. Le dejó asombrado la rapidez del ataque. Pero ocurrieron otras cosas, igualmente desagradables, con la misma rapidez. Perdió el equilibrio, mientras «Colmillo Blanco» le mordía en el cuello. Cuando intentaba ponerse en pie, el joven volvió a clavarle dos veces los dientes en la paletilla. La rapidez con que ocurría todo quitaba el aliento. Intentó un ataque inútil contra «Colmillo Blanco», cerrando el aire entre sus mandíbulas furiosas. Un instante después los colmillos de su enemigo le abrieron el hocico, mientras trataba de retroceder.

Se habían invertido los papeles. «Colmillo Blanco» se encontraba al lado del hueso, amenazador, con todo el pelo erizado, mientras «Baseek», más lejos, intentaba emprender la retirada. No se atrevía a entablar una lucha con este joven, cuyos movimientos tenían la rapidez del rayo. Una vez más comprendió la amargura del debilitamiento que viene con la vejez. Su tentativa por mantener su dignidad fue heroica. Volvió las espaldas calmosamente al joven y al hueso, como si no merecieran su atención, y se alejó lentamente con orgullosa arrogancia. Sólo cuando estuvo fuera de la vista de su contrincante se detuvo a lamerse las heridas.

Esto condujo a que «Colmillo Blanco» adquiriera una mayor fe en sí y más orgullo. Ya no andaba tan suavemente entre los demás perros, sin que esto significara que buscara camorra. Todo lo contrario. Pero exigía que se le tuviese la consideración debida. Insistía en su derecho de que no se le molestase y en no ceder el camino a ningún otro perro. Había que tenerle en cuenta, eso era todo. Era imposible despreciarle o ignorarle, como pasaba con los demás cachorros y con sus propios compañeros en el trabajo de arrastrar el trineo. Estaban obligados a apartarse del camino de los adultos y a entregarles la comida, so pena de castigo. Pero sus extrañados mayores aceptaban como igual a «Colmillo Blanco», el insociable, el solitario, el de mal humor, que no miraba ni a derecha ni a izquierda, al que todos temían, de un aspecto que infundía miedo, que parecía no ser de su raza.

Pronto aprendieron a dejarle solo, a no abrir las hostilidades, ni a darle muestras de amistad. Si le dejaban solo, él no les molestaba, modus vivendi que todos encontraron altamente deseable, después de algunos encuentros.

A mediados del verano «Colmillo Blanco» tuvo una experiencia particular. Cuando se dirigía silenciosamente a husmear un nuevo vivac, que habían levantado en un extremo de la aldea, mientras él estaba fuera con los cazadores que habían dado muerte al reno, se encontró con «Kiche». Se detuvo y la miró. Se acordaba vagamente de ella, pero se acordaba, lo que era mucho más de lo que pudiera afirmarse de ella. «Kiche» levantó el labio superior, mostrándole los dientes, la vieja mueca de ella, que hizo que el recuerdo de «Colmillo Blanco» fuera aún más nítido. Como un torbellino, recordó aquel período cuando era sólo un cachorro, todo lo que su mente asociaba con aquel gesto familiar. Antes de conocer a los dioses ella fue el eje alrededor del cual giraba su universo. Volvieron los sentimientos familiares de aquel tiempo, cubriéndole como una ola. Se acercó alegremente a ella, pero «Kiche» le recibió con los colmillos descubiertos. Él no podía entenderlo, por lo que retrocedió asombrado.

Pero eso no era ninguna falta de «Kiche». Una loba no recuerda a sus lobeznos del año anterior, por lo que no se acordaba de «Colmillo Blanco», que para ella era un animal intruso, un extraño. Tenía ahora una nueva camada, lo que le daba derecho a sentir disgusto por los avances de «Colmillo Blanco».

Uno de los cachorros se arrastró hasta «Colmillo Blanco», sin saber que eran medio hermanos. Éste le olfateó con curiosidad, al verlo, «Kiche» se le echó encima hiriéndole en el hocico. Retrocedió aún más. Murieron en él todos los antiguos recuerdos, cayendo en la tumba de la que habían resucitado. Observó como «Kiche» lamía a su cachorro, deteniéndose de cuando en cuando para mostrarle los dientes. «Kiche» había perdido el valor que tenía para él. Había aprendido a vivir sin ella. Había olvidado su significado. En su mundo no había ya lugar para ella, y lo mismo le pasaba a su madre.

Aún seguía detenido allí, estúpidamente, observándola embobado, olvidado del motivo de su asombro, preguntándose extrañado qué pasaba, cuando «Kiche» le atacó otra vez, decidida a alejarle del lugar. «Colmillo Blanco» no se opuso a que le echaran. Era hembra y, según las leyes de su raza, no se puede luchar contra ellas. En realidad, no sabía nada de semejante cosa, pues ni era una generalización de su mente ni algo que hubiera aprendido por experiencia. Lo comprendió como una necesidad urgente, como una imposición del instinto, el mismo motivo que le hacía aullar a la Luna y a las estrellas y a temer la muerte y lo desconocido.

Pasaron los meses. «Colmillo Blanco» crecía, aumentaba su peso y sus fuerzas, mientras su carácter se desarrollaba, siguiendo la inclinación que le imponían su herencia y el medio. En cuanto a la primera, se la podría comparar con la arcilla, pues poseía muchas posibilidades, por lo que era posible darle muy diversas formas. El medio actuaba como modelo, dándole una forma particular. Si «Colmillo Blanco» no se hubiera acercado nunca a los fuegos de los hombres, la selva le hubiera convertido en un verdadero lobo. Pero los dioses le habían proporcionado un medio distinto, por lo que adquirió la forma de un perro, que aunque tenía mucho de lobo, pertenecía al grupo del primero.

De acuerdo con su naturaleza y con la influencia que sobre él ejercía el medio, su carácter adquirió una forma particular. No había posibilidad de escape. Cada día era más feroz, más insaciable, más solitario, lo que significaba que tenía peor carácter. Los perros aprendían todos los días que era mejor estar en paz con él. Nutria Gris le apreciaba más y más cada día.

Aunque las fuerzas de «Colmillo Blanco» parecían crecer a cada instante, padecía una debilidad: no podía aguantar que se rieran de él. La risa de los dioses era algo odioso. No le preocupaba que se rieran entre ellos de cualquier cosa, pero en cuanto se burlaban de él se apoderaba de «Colmillo Blanco» una rabia que lindaba con la locura. Grave, digno y sombrío, una carcajada le exasperaba hasta una locura casi ridícula. Le ofendía y desequilibraba de tal manera, que durante muchas horas se portaba como un demonio. ¡Ay del perro que no se portara bien con él en esos momentos! Conocía demasiado bien la ley para desquitarse con Nutria Gris, pues era un dios armado de un palo. Pero detrás de los perros sólo había tierra para correr, y hacia ella huían cuando «Colmillo Blanco» aparecía en la escena, enloquecido por aquella risa.

En el tercer año de su vida, los indios del Mackenzie pasaron por un período de hambre. Durante el verano faltó el pescado. En el invierno el reno no acudió a sus acostumbrados pastos. Los ciervos eran escasos. Casi desaparecieron enteramente las liebres. Murieron de hambre los animales de presa. Como carecían de alimento y estaban debilitados por el hambre, se atacaban mutuamente y devoraban a los vencidos. Sólo sobrevivían los fuertes. Los dioses de «Colmillo Blanco» habían sido siempre animales de presa que vivían de la caza. En las chozas todo eran lamentos, pues las mujeres y los niños dejaban de comer para que lo poco que quedaba fuera a parar al estómago de los cazadores, flacos y de ojos hundidos, que recorrían inútilmente la selva en busca de carne.

El hambre llevó a los dioses a un extremo tal, que devoraron el cuero sobado, muy suave, de sus mocasines y de sus mitones, mientras los perros se contentaban con sus arneses y hasta con los látigos. También los perros se devoraban los unos a los otros y hasta los comían los dioses. Primero debieron morir los más débiles y los de menos valor. Los perros sobrevivientes observaban y comprendían. Algunos de los más audaces y más inteligentes abandonaron las fogatas de los hombres, que no eran ya más que mataderos, y huyeron a la selva, donde, finalmente, murieron de hambre o se los comieron los lobos.

En estos tiempos de miseria también «Colmillo Blanco» se refugió en el bosque. Podía adaptarse mejor a tal vida que los otros perros, debido a las enseñanzas recibidas siendo cachorro. Se adaptaba especialmente para atacar a las pequeñas cosas vivientes. Se ocultaba durante muchas horas, siguiendo los movimientos de un pájaro precavido, esperando con una paciencia tan grande como su intensa hambre, hasta que se aventuraba por tierra. Ni aun entonces hacía «Colmillo Blanco» un movimiento prematuro. Esperaba hasta estar seguro de dar el golpe antes de que su presunta víctima pudiera subirse a un árbol. Entonces, y no antes, salía como un relámpago de su escondite, con la velocidad de un proyectil gris, increíblemente ligero, sin que jamás se le escapara su presa: el pájaro que no podía huir con bastante celeridad.

Por mucho éxito que tuviera en esa clase de caza, resultaba una dificultad que impedía que viviera y engordara a costa de ella: no había bastantes animales de esa especie, por lo que se vio obligado a dedicarse a la caza de sabandijas aún más pequeñas. Algunas veces su hambre era tan intensa, que no consideró impropio de su dignidad hacer salir con el movimiento de las patas a los ratones de sus cuevas. No desperdició la oportunidad de dar batalla a una comadreja tan hambrienta como él y muchas veces más feroz.

En los peores períodos del hambre se arrastraba hasta las fogatas de los dioses, pero sin acercarse mucho. Vigilaba desde el extremo del bosque, evitando que le descubrieran y robando las trampas en los raros casos en que habían cazado algo. Una vez saqueó una trampa del mismísimo Nutria Gris, donde había caído una liebre mientras su amo se arrastraba por la selva hacia ella, sentándose a menudo para descansar de puro débil y sin aliento.

Un día «Colmillo Blanco» encontró un lobezno, flaco y desmirriado por el hambre. Si no hubiera tenido tantas ganas de comer, habría marchado con él, encontrando así quizá el camino hacia sus congéneres de la selva. Tal como estaban las cosas, atacó al lobezno, le mató y le devoró.

La fortuna parecía favorecerle. Siempre, cuando la necesidad era mayor, encontraba algo que matar. Cuando estaba debilitado por el hambre, tenía la suerte de no encontrarse con animales más fuertes que él que le dieran caza. Cuando se sintió muy fuerte, por haberse alimentado dos días con un lince, una manada de lobos cayó sobre él. Fue una caza larga y cruel, pero como estaba mejor alimentado pudo correr más que ellos. No sólo esto, sino que dando una vuelta de gran radio pudo matar y devorar a uno de sus agotados perseguidores.

Después de eso abandonó aquella parte de la región y recorrió aquella en que había nacido. Allí, en el antiguo cubil encontró otra vez a «Kiche», la que, siguiendo sus costumbres de antaño, había huido de las inhospitalarias fogatas de los dioses y se había refugiado allí para parir. De la camada sólo quedaba uno con vida cuando «Colmillo Blanco» apareció, y aun éste no estaba destinado a vivir mucho tiempo. El lobezno no tenía ninguna posibilidad de sobrevivir durante el hambre.

El saludo de «Kiche» no tenía nada de cariñoso, aunque «Colmillo Blanco» no se preocupó de ello. Ya era adulto. Filosóficamente dio media vuelta y siguió recorriendo la ribera del arroyo, aguas arriba. En la desembocadura se dirigió a la izquierda, donde encontró el cubil del lince contra el que había luchado junto con su madre. Allí descansó durante un día.

Al principio del verano, en los últimos días del período de hambre, encontró a «Bocas», que también había huido al bosque, donde llevó una existencia miserable. «Colmillo Blanco» topó inesperadamente con él. Corrían en direcciones opuestas, a lo largo de una muralla natural de piedra, cuando al dar vuelta a una esquina se encontraron frente a frente. Se detuvieron un instante, alarmados, y se examinaron descontroladamente.

«Colmillo Blanco» se encontraba en un espléndido estado. Había tenido suerte en la caza, y en la última semana se había alimentado bien. Había quedado harto de su última hazaña cinegética. En cuanto vio a «Bocas» se le erizó todo el pelaje. Fue un acto involuntario por su parte, el estado físico que siempre habían producido en el pasado las persecuciones de «Bocas». Así como antes, en cuanto le veía, se le erizaba el pelo y mostraba los dientes, así lo hizo también en aquella ocasión. «Colmillo Blanco» no perdió tiempo. Lo hizo de una manera completa e instantánea. Su antiguo enemigo intentó retroceder, pero «Colmillo Blanco» le golpeó sin misericordia, cayendo al suelo con las patas al aire, lo que aprovechó para clavarle los dientes en el cuello. No le perdió de vista ni bajó su guardia durante la agonía de su enemigo, después de lo cual siguió su camino, a lo largo del muro de piedra.

Un día, poco después, se acercó al extremo de la selva, donde una estrecha franja de tierra desciende hasta el Mackenzie. Ya había estado otras veces allí cuando no estaba habitado, pero ahora se encontraba un campamento en su lugar. Todavía oculto entre los árboles, se detuvo para estudiar la situación. La vista, el oído y el olfato le transmitían sensaciones familiares. Era el viejo campamento, instalado en otra parte. Pero era algo distinto de cuando había estado allí por última vez. Ya no se oían sollozos o gritos. Hasta sus oídos llegaban voces de alegría. Cuando oyó la voz enojada de una mujer comprendió que debía tener el vientre lleno. Llenaba el aire un olor a pescado. Había alimento. Había terminado el hambre. Audazmente salió de entre los árboles y se dirigió al campamento, directamente a la choza de Nutria Gris. El indio no estaba, pero Klu-kuch le saludó con alegres gritos y le arrojó pescado. Se echó a esperar a que volviera su amo.

CUARTA PARTE

CAPÍTULO PRIMERO

EL ENEMIGO DE SU RAZA

Si hubiera existido cualquier posibilidad, por remota que fuera, de que alguna vez «Colmillo Blanco» llegara a crearse amigos entre los de su especie, se perdió cuando le convirtieron en jefe de los perros del trineo, pues ahora todos le odiaban por la ración extraordinaria que le daba Mit-sah, por los favores reales o imaginarios que recibía y porque siempre huía a la cabeza de ellos, enloqueciéndoles la visión de su cola y de sus patas traseras en continua fuga.

Cierto es que se lo devolvían con creces. Su puesto no tenía nada de agradable para él. Era más de lo que podía aguantar estar obligado a correr delante de los perros ladradores, a los que había dominado y castigado durante tres años. Pero debía aguantarlo o morir y la vida que alentaba en él no tenía ganas de desaparecer. En cuanto Mit-sah daba la orden de partir, los perros se echaban sobre «Colmillo Blanco» gritando ansiosa y salvajemente.

No podía defenderse. Si se daba vuelta para atacarlos, Mit-sah le castigaba con el látigo en el mismo hocico. Sólo podía huir. Le era imposible hacer frente a aquella horda con la cola y las patas traseras, pues eran armas nada adecuadas para compensar los colmillos inmisericordes de sus enemigos. Así pues, corría, a despecho de su propia naturaleza y de su orgullo, lo que tenía que hacer todo el día.

Es imposible faltar a los dictados de la propia naturaleza sin que se repliegue en sí misma. Esa inversión es como la de una uña, que debe crecer hacia fuera por su naturaleza y que cuando lo hace en otro sentido, antinatural, se convierte en algo que duele y hace daño. Así le pasaba a «Colmillo Blanco». Toda su naturaleza le impelía a dar la vuelta y arrojarse sobre la horda que aullaba detrás de él, pero era voluntad de los dioses que no lo hiciera. Detrás de la orden de los dioses estaba el látigo de tripa de reno, de una longitud de más de diez metros, que mordía donde tocaba. Así pues, «Colmillo Blanco» sólo podía apretarse el corazón en su amargura y favorecer el desarrollo de un odio y de una malignidad proporcionados a la ferocidad y al carácter indomable de su naturaleza.

Si alguna vez hubo un ser que odiara a su propia especie, fue «Colmillo Blanco». No pedía ni daba cuartel. Continuamente le aterrorizaban los dientes de la horda así como siempre los marcaba él. A diferencia de la mayor parte de los jefes de perros de trineo, que cuando se desata a los animales buscan la protección de los dioses, «Colmillo Blanco» la despreciaba. Recorría audazmente el campamento, resarciéndose en la noche de lo que había sufrido durante el día. Antes de ser jefe la horda había aprendido a apartarse de su camino. Excitados por la persecución que había durado todo el día y dominados inconscientemente por la insistente repetición de la imagen, en la que «Colmillo Blanco» huía delante de ellos, los perros no podían ceder ahora. En cuanto aparecía entre ellos se producía una verdadera batalla. Cada uno de sus pasos era un gruñido o un mordisco. El mismo aire que respiraba estaba sobresaturado de odio y de malignidad, lo que sólo servía para acrecentar en él la intensidad de esos mismos sentimientos.

En cuanto Mit-sah daba la orden de detenerse, «Colmillo Blanco» obedecía. Al principio esto producía dificultades a los otros perros. Todos se echaban sobre el odiado jefe, para encontrar que las cosas habían variado. Detrás de él estaba Mit-sah con el gran látigo que entonaba su canción de castigo. Así aprendieron los perros que cuando se detenía el trineo por alguna orden no había que molestar a «Colmillo Blanco». Pero cuando éste se detenía sin que Mit-sah lo hubiera ordenado, les estaba permitido arrojarse sobre él y destrozarle si podían. Después de varias experiencias, no se detenía sin recibir órdenes. Estaba en la naturaleza de las cosas que aprendiera rápidamente si había de sobrevivir en las condiciones extremadamente severas en las que se le permitía vivir.

Pero los perros nunca pudieron aprender a dejarle solo en el campamento. Diariamente, al marchar y ladrar detrás de él, olvidaban la lección de la noche anterior que «Colmillo Blanco» tendría que enseñarles otra vez para que la olvidasen de nuevo inmediatamente. Los perros eran lógicos al odiarle. Sentían que existía entre ellos y él una diferencia de raza: causa suficiente en sí misma de hostilidad. Como él, sólo eran lobos domesticados, mas ellos habían vivido durante generaciones al lado de las fogatas de los hombres, habiendo perdido mucha de la herencia de sus antepasados, por lo que la selva era lo desconocido, lo terrible, eternamente amenazador, que luchaba sin tregua. En cambio, en «Colmillo Blanco», tanto en el aspecto como en las acciones o en los impulsos, aún se veía claramente la selva, la simbolizaba, era su encarnación, por lo que cuando le mostraban los dientes no hacían más que defenderse contra las potencias destructivas que acechaban en las sombras de la selva y en las tinieblas que se extendían más allá del fuego.

Pero una cosa sí aprendieron los perros: a mantenerse unidos. «Colmillo Blanco» era demasiado terrible para que cualquiera de ellos le hiciera frente solo, por lo que luchaban contra él en formación cerrada; de lo contrario los hubiera matado a todos, uno por uno, en una sola noche. Tal como se presentaron las cosas, nunca tuvo oportunidad de matar a ninguno. Podía derribar a uno, pero la horda se le echaba encima antes que pudiera asestar el golpe mortal al cuello. Al primer indicio de pelea se reunía toda la horda y le hacía frente. Los perros tenían sus peleas propias, pero las olvidaban en cuanto se trataba de «Colmillo Blanco».

Por otra parte, por mucho que lo intentaran no podían matarle. Era demasiado rápido, demasiado formidable, demasiado inteligente. Evitaba los espacios cerrados y buscaba un espacio abierto cuando mostraban ganas de pelea. En cuanto a derribarle, ningún perro de la horda podía hacerlo. Sus patas se aferraban a la tierra con la misma tenacidad con la que él se agarraba a la vida. En lo que a esto respecta, mantenerse en pie y vivir eran sinónimos en aquella eterna guerra con la horda y nadie lo sabía mejor que «Colmillo Blanco».

Así se convirtió en el enemigo de su raza, de los lobos domesticados que habían perdido su acometividad en contacto con el hombre y cuya sombra protectora los había debilitado. «Colmillo Blanco» era duro e implacable, pues así había sido plasmada su sustancia. Declaró una guerra a muerte a todos los perros, tan terrible, que hasta el mismo Nutria Gris, que no era más que una fiera, no podía menos que maravillarse de su ferocidad. Juraba que nunca había visto un animal igual, y los indios de los diferentes campamentos visitados coincidían con él al contar el número de sus perros que había matado.

Cuando «Colmillo Blanco» tenía casi cinco años de edad Nutria Gris le llevó consigo. Durante mucho tiempo se recordaron en el Mackenzie, en el Porcupine y en las chozas los desastres que «Colmillo Blanco» dejó a su paso. Se regocijaba de la venganza de que hacía víctima a su propia especie. Eran perros comunes, que no sospechaban nada. No sabían que era un rayo aniquilador. Se le acercaban desafiantes, erizado el pelo, rígidas las patas, mientras él, que no perdía el tiempo en preparativos inútiles, iniciaba la pelea, saltando sobre ellos como un resorte de acero, mordiéndoles en el cuello antes de que comprendieran lo que pasaba y cuando aún no se habían repuesto de su sorpresa.

Se convirtió en un adepto de la lucha. Economizaba sus fuerzas, nunca gastaba su energía ni la perdía en ceremonias preliminares, pues era demasiado rápido para eso, y si por casualidad erraba el golpe, atacaba otra vez con mayor velocidad. Poseía en altísimo grado el horror del lobo por la lucha cuerpo a cuerpo. No podía aguantar durante mucho tiempo el estrecho contacto con otro cuerpo, pues le parecía peligroso y le ponía loco de furor. Debía estar lejos, ser libre, fuera del contacto de cualquier cosa viviente. Era la selva, que no le había abandonado enteramente aún y que afirmaba su existencia en él. La vida solitaria que había llevado desde que era cachorro acentuó este rasgo de su carácter. El peligro se ocultaba en la vecindad de otros. Era la trampa, la eterna trampa, cuyo miedo se ocultaba en lo más profundo de su vida, entrelazado en las fibras de su carne.

En consecuencia, los perros que se encontraban con él no tenían ninguna posibilidad de escapar. Eludía sus colmillos, los vencía y escapaba siempre incólume. Claro está que algunas veces fueron excepcionales. En algunas ocasiones, varios perros le atacaron antes de que pudiera huir; en otras, un solo perro le hería profundamente. Pero éstos eran gajes del oficio. En general, por haberse convertido en un luchador muy capaz, escapaba sin un rasguño.

Otra ventaja suya consistía en apreciar adecuadamente el tiempo y la distancia, sin que, claro está, lo hiciera conscientemente, pues no calculaba esas cosas, haciéndolo automáticamente. Sus ojos observaban sin deformar las cosas y sus nervios transmitían también fielmente lo observado hasta el cerebro. Sus músculos estaban mejor ajustados que los de cualquier otro perro, colaborando de manera más continua y suave. Poseía una mejor coordinación nerviosa mental y muscular. Cuando sus ojos transmitían a su cerebro una imagen en movimiento, su sistema nervioso, sin esfuerzo consciente de ninguna clase, delimitaba el espacio en que debía tener lugar la acción y determinaba el tiempo necesario para llevarla a cabo. Así podía evitar el salto de otro perro o el ataque de sus colmillos y, al mismo tiempo, establecer la fracción infinitesimal de segundo en la que debía atacar. Su cuerpo y su cerebro eran un mecanismo cercano a la perfección. No merecía ninguna alabanza por ello: la naturaleza había sido con él más generosa que con los otros. Eso era todo.

En verano, «Colmillo Blanco» llegó al Fuerte Yukón. Nutria Gris había cruzado la región situada entre el Mackenzie y Yukón a fines del invierno, dedicándose en la primavera a cazar entre las últimas estribaciones de las Montañas Rocosas. Cuando, por la fusión del hielo, era posible navegar por el Porcupine, construyó una canoa y se dirigió aguas abajo, hasta desembocar en el Yukón, exactamente en el Círculo Polar Ártico. Allí se encontraba el antiguo fuerte de la Compañía de Hudson, donde abundaban los indios, el alimento y la agitación. Era en el verano de 1898. Muchos buscadores de oro subían por el Yukón hasta la ciudad de Dawson y la región de Klondike. Aunque se encontraban todavía a centenares de kilómetros del punto al que se dirigían, algunos estaban en viaje desde hacía un año, y el que menos había recorrido ocho mil kilómetros para llegar hasta allí, pues venían del otro extremo del mundo.

Aquí se detuvo Nutria Gris. Había oído rumores según los cuales se habían descubierto minas de oro. Llegó allí con varios paquetes de pieles y otro de mocasines y mitones bien cosidos. No se habría atrevido a emprender un viaje tan largo si no hubiera esperado grandes ganancias. En sus más locos sueños nunca creyó que pasarían del ciento por ciento. En realidad, ganó el mil por cien. Como verdadero indio, decidió quedarse para negociar lenta y cuidadosamente, aunque necesitara todo el verano y parte del invierno para liquidar lo que tenía en venta.

En el Fuerte Yukón, «Colmillo Blanco» vio por primera vez hombres de raza blanca. Comparados con los indios que había conocido, parecían pertenecer a una especie distinta, a una clase de dioses superiores. Le parecía que eran aún más poderosos, cualidad característica de las verdaderas deidades. «Colmillo Blanco» no se devanó los sesos ni procedió por generalización para comprender que esos dioses de tez blanca poseen poderes especiales. Era un sentimiento suyo y nada más. Así como cuando era cachorro le habían impresionado las chozas levantadas por el hombre, que tuvo por manifestaciones de su poder, así le afectaban ahora las casas y el inmenso fuerte construido de troncos. Allí se veía la potencia. Aquellos dioses blancos eran poderosos. Poseían un dominio mayor sobre las cosas materiales que los que él había conocido hasta entonces, entre los cuales el más fuerte era Nutria Gris, que parecía un dios infantil entre los blancos.

Seguramente sólo sentía esas cosas. Carecía de la conciencia de ellas. Pero los animales obran más a menudo guiados por el sentimiento que por el pensamiento, por lo que, desde aquel entonces, los actos de «Colmillo Blanco» se basaron en el sentimiento según el cual los hombres blancos eran dioses superiores. En primer lugar desconfiaba de ellos. Era imposible predecir de qué métodos desconocidos usaban para producir el terror o qué dolores desconocidos podrían causar. Les observaba curiosamente, temeroso de que notaran su presencia. Durante las primeras horas se limitó a deslizarse suavemente por todas partes y a vigilarlos desde una prudente distancia. Viendo que los perros que se les acercaban no sufrían ningún mal, se atrevió a ir más cerca de ellos.

Inmediatamente fue objeto de gran curiosidad. Notaron en seguida su apariencia lobuna. Los unos se mostraban a los otros. Esta acción de señalarle con el dedo puso en guardia a «Colmillo Blanco», y en cuanto trataron de acercarse retrocedió y les mostró los dientes. Ninguno pudo ponerle la mano encima, lo que no dejó de tener sus ventajas.

Muy pronto comprendió que pocos de aquellos dioses, no más de una docena, vivían allí. Cada dos o tres días llegaba un barco (otra colosal manifestación de poder) hasta la orilla, donde permanecía varias horas. Los hombres blancos llegaban y se iban en él. Parecía que su número era infinito. En el primer día vio más de ellos, que indios había visto en su vida. En el curso del tiempo continuaron llegando, deteniéndose en el fuerte y siguiendo aguas arriba para desaparecer definitivamente.

Pero si los dioses blancos eran omnipotentes, sus perros no valían gran cosa, lo que «Colmillo Blanco» descubrió muy pronto, mezclándose entre los que bajaban a tierra con sus amos. Eran de todas las formas y tamaños. Algunos tenían patas cortas, demasiado cortas, y otros extremidades largas, demasiado largas. Tenían el pelo muy distinto del suyo y algunos demasiado poco. Ninguno de ellos sabía luchar.

Como enemigo de su raza, era obligación de «Colmillo Blanco» pelear contra ellos. Inició muy pronto su tarea sintiendo un gran desprecio por ellos. Eran tan blancos como incapaces; hacían mucho ruido y daban vueltas tratando de hacer por la fuerza lo que él conseguía con destreza y astucia. Se echaban sobre él ladrando. «Colmillo Blanco» se retiraba. No sabían lo que había sido de él; en aquel momento los atacaba haciéndoles caer al suelo y mordiéndoles entonces en el cuello.

A veces el mordisco era mortal, quedando su contrincante en el barro, para que se echaran sobre él como un rayo y le deshicieran los perros de los indios, que esperaban el final. «Colmillo Blanco» era más inteligente que todo eso. Sabía desde mucho tiempo atrás que los dioses se enfurecen cuando se mata a sus perros, y que los hombres blancos no eran ninguna excepción a esa regla, por lo que se contentaba con alejarse, en cuanto había derribado y abierto el cuello de su enemigo, mientras se acercaban los otros y terminaban la sucia tarea. Entonces acudían corriendo los hombres blancos, descargando su rabia sobre la horda, mientras él seguía su camino. Se detenía a corta distancia observando cómo caían sobre sus compañeros los golpes, los palos, las hachas, las piedras y toda clase de armas. «Colmillo Blanco» era muy inteligente.

Pero sus compañeros aprendieron a su manera y «Colmillo Blanco» con ellos. Comprendieron que podían divertirse cuando un buque atracaba a la orilla. Después de atacar y matar a dos o tres perros de a bordo, los hombres silbaban a sus canes para que volvieran al barco y se vengaban de los atacantes. Un hombre blanco que vio morir despedazado a su setter sacó el revólver y disparó seis veces: otros tantos perros quedaron tendidos en el barro, manifestación de poder que a «Colmillo Blanco» se le grabó profundamente.

A éste le divertía enormemente el espectáculo, pues no amaba a los de su especie y era lo bastante inteligente como para escapar al castigo. Al principio fue una diversión matar a los perros de los hombres blancos, pero más tarde se convirtió en una ocupación, pues no tenía nada que hacer. Nutria Gris estaba muy atareado negociando y haciéndose rico, por lo que «Colmillo Blanco» tenía tiempo para pasearse por el desembarcadero acompañado por otros perros, propiedad de indios, todos los cuales tenían malísima fama, esperando que llegara un barco. Después de unos pocos minutos, cuando los hombres blancos se reponían de su sorpresa, la horda había desaparecido. Había terminado la diversión hasta que llegara el próximo vapor.

Pero no puede decirse que «Colmillo Blanco» perteneciera a la horda. No se mezclaba con ellos, sino que permanecía solitario, pues le temían. Cierto es que colaboraba con ellos, pues iniciaba la pelea con los perros de los forasteros, mientras la horda esperaba. En cuanto había derribado al extraño los demás se precipitaban para rematarle. Pero es igualmente cierto que se retiraba entonces, dejando que la horda aguantara el castigo de los dioses ultrajados.

No costaba mucho trabajo iniciar la pelea. En cuanto los perros extraños bajaban a tierra, todo lo que tenía que hacer era dejarse ver, pues en cuanto le observaban se echaban sobre él. Era su instinto, pues representaba la selva, lo desconocido, lo terrible, la eterna amenaza, lo que acecha en la oscuridad alrededor de los fuegos del mundo primitivo, cuando ellos, echados muy cerca de las llamas, educaban sus instintos, aprendiendo a temer la selva de la que provenían, de la que habían desertado y traicionado. De generación en generación, a través de las edades, se había enraizado en sus naturalezas ese miedo a la selva. Durante siglos ella significó el terror y la aniquilación. Durante todo aquel tiempo, sus amos les habían dado permiso para matar a los seres que venían de ella, pues haciéndolo se protegían a sí mismos y a sus dioses, cuya compañía compartían.

Así pues, estos perros que acababan de llegar del país más apacible del Sur, que bajando por la planchada pisaban las tierras del Yukón, no tenían más que ver a «Colmillo Blanco» para experimentar el irresistible impulso de echarse sobre él y matarle. Podían ser perros que habían vivido hasta entonces en ciudades sin que por eso carecieran del miedo instintivo por la selva, pues no sólo veían con sus propios ojos a aquella criatura lobuna a plena luz del día, delante de ellos, sino que le contemplaban con los de sus antepasados, cuya memoria transmitida de generación en generación afirmaba que «Colmillo Blanco» era un lobo y que debían renovar el viejo feudo entre las especies.

Todo esto servía para hacer agradables los días de «Colmillo Blanco». Si los perros extraños se arrojaban sobre él en cuanto le veían, tanto mejor para él y peor para ellos. Si se consideraban presa legítima, él podía hacer lo mismo.

No en balde había abierto los ojos por primera vez en una solitaria guarida y hecho sus primeras armas contra el lince y otros animales. No en balde «Bocas» y los otros perros de la horda habían amargado los primeros años de su vida. Pudo haber sido de otra manera y, en tal caso, él hubiera sido distinto. Si no hubiese existido «Bocas», hubiera pasado los primeros años de su vida con los otros cachorros y en su edad adulta hubiera tenido más de perro que de lobo y hubiera sentido más cariño por los primeros. Si Nutria Gris hubiera sido capaz de dar afecto o amor, hubiera podido sondear la naturaleza de «Colmillo Blanco» y despertar en él muchas buenas cualidades. Pero no fue así. Creció «Colmillo Blanco» hasta convertirse en lo que era: un amargado, solitario, cruel y feroz enemigo de su raza.

CAPÍTULO II

EL DIOS LOCO

En el Fuerte Yukón vivía un pequeño número de hombres blancos, que residían en el país desde hacía tiempo. Se llamaban a sí mismos los ácimos, de cuyo título se enorgullecían mucho. No sentían sino desprecio por los otros, los recién llegados, que arribaban con el barco, a los que llamaban chechaquos, nombre que no les gustaba nada. Eran los que preparaban el pan con levadura. Ésta era la envidiosa diferencia entre ellos y los ácimos que cocían el pan sin ella, pues no la tenían.

Todo lo demás es otra historia. Los habitantes del fuerte despreciaban a los recién llegados y se alegraban en cuanto les ocurría un percance. Les divertían especialmente las tragedias que producían «Colmillo Blanco» y sus mal afamados compañeros entre los perros foráneos. En cuanto llegaba un vapor, los habitantes del fuerte consideraban su deber acudir al desembarcadero y observar el divertido espectáculo. Lo esperaban con tanta ansiedad como los perros de los indios, aunque comprendieron rápidamente el papel cruel y potente que desempeñaba en ello «Colmillo Blanco».

Pero había entre ellos un hombre al que divertía particularmente el espectáculo. Corría al oír el primer silbido de la sirena del vapor. En cuanto terminaba la pelea y «Colmillo Blanco» y sus compañeros se escondían por el fuerte, volvía a él con expresión de pesadumbre. Algunas veces, cuando algún delicado perro que venía del Sur lanzaba su grito de agonía entre los dientes de la horda, aquel hombre era incapaz de contenerse: saltaba y gritaba de júbilo. Su mirada, aguda y ansiosa, se fijaba siempre en «Colmillo Blanco».

Los otros hombres del fuerte le llamaban el Bonito. Nadie conocía su nombre de pila. En toda la región era Smith, el Bonito, aunque resultaba totalmente diferente a lo que indica ese apodo, que se debía, precisamente, a la antítesis. Era eminentemente feo. La naturaleza había sido avara en sus favores con él. Para empezar, era esmirriado de cuerpo, sobre el cual alguien había colocado, como en un descuido, una cabeza diminuta, que terminaba en punta como una pera. De hecho, en su juventud, antes de que sus compañeros actuales le llamaran Bonito, sus amigos le conocían por el apodo de Pera.

Por detrás, desde su altura máxima, la cabeza descendía en un plano inclinado hasta la nuca; por delante formaba una frente baja y notablemente ancha. En este punto, como si la naturaleza hubiese lamentado su tacañería, empezó a mostrarse pródiga. Sus ojos eran grandes, y entre ellos había distancia suficiente para otro par. Comparada con el resto, la cara era prodigiosa. Para disponer de espacio suficiente la naturaleza le había dado una mandíbula prognata de enormes dimensiones, ancha y pesada, que parecía apoyarse en el pecho. Es probable que su aspecto se debiera a la fatiga del fino cuello, incapaz de soportar semejante peso.

Su mandíbula daba la impresión de una voluntad enérgica. Pero le faltaba algo. Tal vez fuera excesiva. O, quizá, la quijada fuera demasiado grande. En todo caso era una mentira. En toda la región se sabía que Smith el Bonito era el más débil y llorón de todos los cobardes. Para completar su descripción hay que decir que sus dientes eran largos y amarillentos; los dos caninos grandes, sin proporción con los otros, se destacaban entre los finos labios como si fueran colmillos. Sus ojos eran amarillentos, de un color de nieve sucia, como si la naturaleza hubiera carecido de pigmentos y le hubiera echado el último resto de sus tubos. Otro tanto ocurría con su pelo, escaso y de crecimiento irregular, del mismo color que los ojos, que se elevaba sobre su cabeza y le salía por la cara en montones irregulares, sin orden ni concierto, como grano que ha aventado el viento.

En una palabra, Smith el Bonito era una monstruosidad, cuya justificación había que buscar en otra parte, pues él no tenía la culpa, Así había sido modelada su cabeza y su rostro. Preparaba la comida para los otros hombres del fuerte, lavaba la ropa y realizaba el trabajo de limpieza. No le despreciaban por ello, sino que más bien le toleraban, así como se tiene paciencia con una criatura mal conformada. Además, le temían, pues sus rabias cobardes les hacía suponer que un día les apuñalaría por la espalda o les pondría veneno en el café. Pero alguien tenía que encargarse de hacer la comida y lavar la ropa, y cualesquiera que fueren sus defectos, Smith el Bonito sabía cocinar.

Éste era el hombre que observaba a «Colmillo Blanco» y se deleitaba de su feroz habilidad y que deseaba poseerlo. Empezó por tratar de congraciarse con él, lo que «Colmillo Blanco» fingió no comprender. Más adelante, cuando se mostró más insistente, erizó el pelo, le enseñó los dientes y retrocedió. No le gustaba aquel hombre. Sus sentimientos eran malos. «Colmillo Blanco» sentía toda la perversidad que había en él y tenía miedo de aquella mano extendida y de sus intentos de hablar suave y cariñosamente. Debido a eso odiaba a aquel hombre.

Las criaturas simples comprenden perfectamente la diferencia entre el mal y el bien. Lo bueno representa todas las cosas que producen paz y satisfacción y que suprimen el dolor. En consecuencia, gustan de ello. Lo malo representa todas las cosas que conducen al desasosiego, al dolor, por lo que, en consecuencia, se las odia. «Colmillo Blanco» sentía que Smith el Bonito era malo. Así como de un pantano se elevan miasmas pútridos, «Colmillo Blanco» sentía la maldad que emanaba de aquel cuerpo contrahecho y de aquel alma deforme. Aquel sentimiento provenía no del intelecto o de sus cinco sentidos, sino de otros más sutiles y desconocidos que le advertían que dicho hombre estaba poseído por el mal lleno del deseo de hacer daño y que, en consecuencia, era algo maligno que era prudente odiar.

«Colmillo Blanco» se encontraba en el toldo de Nutria Gris cuando Smith el Bonito se presentó allí por primera vez. Al oír el imperceptible ruido de sus pisadas antes de que fuera visible, «Colmillo Blanco» comprendió quién llegaba y empezó a erizar el pelo. Había estado cómodamente echado hasta entonces, pero se levantó rápidamente, y en cuanto el hombre se acercó, se alejó furtivamente como un verdadero lobo, hasta donde empezaba el bosque. No comprendió lo que hablaron entre ellos, pero vio que conversaban. Una vez el hombre señaló con el dedo a «Colmillo Blanco», ante lo cual éste erizó el pelo, como si la mano fuera a caer sobre él, en lugar de estar a quince metros de distancia. El hombre se rió de ello y, al oírle, «Colmillo Blanco» se dirigió hacia el bosque, donde creía estar seguro, volviendo la cabeza de cuando en cuando, mientras se deslizaba suavemente sobre el suelo.

Nutria Gris se negó a vender el perro. Se había hecho rico con sus negocios y no necesitaba nada. Además, «Colmillo Blanco» era un animal valioso, el perro más fuerte que hubiera arrastrado jamás un trineo y el mejor jefe de traílla. Por otra parte, no había otro como él en toda la región del Mackenzie y del Yukón. Podía luchar y mataba a los otros perros con la misma facilidad con la que un hombre extermina mosquitos. Los ojos de Smith el Bonito relucieron al oírlo y se pasó la ansiosa lengua por los labios resecos. No, «Colmillo Blanco» no estaba en venta a ningún precio.

Pero Smith el Bonito conocía las costumbres de los indios. Visitó con frecuencia el campamento de Nutria Gris, llevando siempre oculta entre las ropas alguna botella de whisky o cosa parecida, una de cuyas cualidades consiste en despertar la sed del bebedor, sin que Nutria Gris escapara a esa ley. Su boca afiebrada y su estómago convertido en una llama viva empezaron a exigir a gritos aquella bebida ardiente. Su cerebro, que había perdido toda lucidez, debido a aquel estimulante al que no estaba acostumbrado, le concedía entera libertad para seguir adelante. Empezó a desaparecer el dinero que había obtenido de la venta de sus pieles, mitones y mocasines. Desaparecía rápidamente, y cuánto más se vaciaba su bolsa, tanto más se enojaba.

Finalmente perdió la paciencia, el dinero y los bienes. No le quedaba sino la sed, algo prodigioso que crecía con cada aspiración de aire, en cuanto estaba fresco. Entonces Smith el Bonito habló otra vez con él acerca de la venta de «Colmillo Blanco»; ofreció pagar el precio en botellas, no en dólares, ante lo cual los oídos de Nutria Gris se dispusieron a escuchar.

—Usted le agarra perro y lleva usted con él, bien —fue su decisión definitiva.

Pasaron a su poder las botellas, pero al cabo de dos días Smith el Bonito insistió en que Nutria Gris «le agarra perro».

Una tarde «Colmillo Blanco» se acercó al vivac y se tiró al suelo, satisfecho. El dios blanco, a quien él temía, no estaba allí. Desde hacía varios días aumentaba la intensidad de las manifestaciones de poner la mano sobre «Colmillo Blanco», por lo que éste dejó de acercarse a la choza. No sabía qué diabólica jugarreta se proponían aquellas manos insistentes. Sabía únicamente que le amenazaba algún mal, por lo que era mejor ponerse fuera de su alcance.

Pero apenas acababa de echarse, cuando Nutria Gris se acercó furtivamente y le puso una correa al cuello. Se sentó al lado de «Colmillo Blanco», manteniendo con una mano la correa y con la otra una botella, que empinaba de cuando en cuando, con un ruido como el de un hombre que hace gárgaras.

Pasó alrededor de una hora. Se sintió el ruido de pasos que precedió a la llegada de una persona. «Colmillo Blanco» lo oyó primero, erizando el pelo en señal de haberle reconocido, mientras Nutria Gris cabeceaba estúpidamente. «Colmillo Blanco» trató de arrancar la correa de manos de su amo, pero los dedos, que hasta entonces no habían mantenido muy rígidamente la correa, se cerraron sobre ella. Nutria Gris se levantó.

Smith el Bonito avanzó hacia la choza y se detuvo delante de «Colmillo Blanco», que gruñó y mostró los dientes a aquella cosa, de la que tenía miedo, mientras observaba atentamente los movimientos de las manos, una de las cuales empezó a bajar hasta él. Su gruñido adquirió una intensidad y una dureza mayor. La mano siguió bajando lentamente, mientras él seguía echado observándole malignamente, adquiriendo un tono más profundo su ronquido, cada vez más corto, hasta llegar al timbre más alto. De repente mordió con la rapidez de una serpiente. La mano retrocedió, por lo que sus mandíbulas se cerraron en el aire, con un ruido metálico. Smith el Bonito se asustó y se enojó muchísimo. Nutria Gris golpeó a «Colmillo Blanco» en la cabeza para que se echara a tierra y se mantuviera en esa posición de respetuosa obediencia.

Los ojos de «Colmillo Blanco» seguían recelosos todos los movimientos de ambos hombres. Vio alejarse a Smith el Bonito y volver armado con un recio palo. Entonces Nutria Gris le entregó el extremo de la correa. Smith el Bonito echó a andar, siguiendo hasta que la correa se puso tirante, pues «Colmillo Blanco» se negaba a seguirle. Nutria Gris le golpeó a derecha e izquierda para que se levantara y le siguiera. Obedeció, saltando y echándose sobre el intruso que intentaba arrastrarle. Smith el Bonito no retrocedió, pues esperaba el ataque. Manejó bien el palo cortando el salto a mitad del camino y arrojando a «Colmillo Blanco» al suelo. Nutria Gris se rió ruidosamente e inclinó la cabeza en señal de aprobación. Smith el Bonito tiró de la cuerda y «Colmillo Blanco», cojeando y atontado por el golpe, le siguió.

No se le ocurrió atacar por segunda vez. Un golpe del palo bastó para convencerle de que el dios blanco sabía manejarle. Era demasiado inteligente para luchar contra lo inevitable. Siguió de mal humor a Smith el Bonito, con el rabo entre piernas, pero gruñendo en voz muy baja. Su nuevo dueño no le perdía de vista, teniendo siempre pronto el palo.

Cuando llegaron al fuerte le ató cuidadosamente y se fue a dormir. «Colmillo Blanco» esperó una hora, después de lo cual se dedicó a morder la correa, bastándole diez segundos para ser libre otra vez. No había perdido tiempo: estaba cortada transversalmente, por la distancia mínima, con un corte tan limpio como el de un cuchillo. «Colmillo Blanco» elevó la vista hasta el fuerte, mientras al mismo tiempo se le erizaba el pelo y gruñía. Después dio media vuelta y se dirigió al rancho de Nutria Gris, pues no debía vasallaje a aquel dios extraño y terrible. Libremente se había dedicado al servicio del indio, a quien, según él, todavía pertenecía.

Pero se repitió lo que había ocurrido una vez. Nutria Gris le ató nuevamente con una correa y a la mañana siguiente le entregó a Smith el Bonito. Hasta aquí todo había sido igual. Pero ahora surgió una diferencia: Smith el Bonito le dio una paliza. Atado, de manera que no podía defenderse, «Colmillo Blanco» no tuvo más remedio que aguantar y rabiar inútilmente. Se le castigó con palo y látigo, recibiendo la peor tunda de toda su vida. Hasta la primera, que recibió de manos de Nutria Gris, cuando era cachorro, era algo suave comparada con ésta.

Smith el Bonito se alegraba de aquella tarea, se complacía en ella. No perdía de vista a su víctima, y mientras sacudía el látigo o el palo, escuchaba los gritos de dolor o de rabia impotente de «Colmillo Blanco», pues era cruel a la manera de todos los cobardes. Se hundía y achicaba frente a los golpes o la voz enojada de un hombre, pero se desquitaba con los que eran más débiles que él. Toda vida posee la voluntad de potencia y Smith el Bonito no era ninguna excepción. Como le estaba negada su expresión entre sus iguales, caía sobre los que podían menos, con los que se vengaba la vida que había en él. Pero no se había creado a sí mismo, por lo que no se le podía echar la culpa. Había venido al mundo con un cuerpo deforme y una inteligencia oscurecida, su idiosincrasia, que el medio no había podido moldear en forma favorable.

«Colmillo Blanco» sabía por qué le castigaba. Cuando Nutria Gris le ató con una correa alrededor del cuello que entregó a Smith el Bonito, «Colmillo Blanco» comprendió que la voluntad de su dios era que perteneciera al otro. Cuando se le ató fuera del fuerte, «Colmillo Blanco» comprendió que su voluntad era que permaneciera allí. Había desobedecido la voluntad de ambos dioses. Ésa era la razón por la que se le castigaba. Había visto muchas veces cómo los perros cambiaban de dueño y cómo se castigaba a los desertores. Era inteligente, pero en su naturaleza había fuerzas más intensas que toda su sabiduría. Una de ellas era la fidelidad. No amaba a Nutria Gris, pero le era fiel, a pesar de que había expresado claramente su voluntad y su enojo. No podía hacer otra cosa. Esa fidelidad era uno de los componentes de la pasta de la que estaba hecho. Era una cualidad peculiar de su especie, que la separaba de todas las otras y que indujo al lobo y al perro vagabundo a convertirse en compañeros del hombre.

Después de recibir la paliza le arrastraron al fuerte otra vez. Pero ésta, Smith el Bonito le ató con un palo. No se abandona fácilmente a un dios a pesar de la voluntad expresa de Nutria Gris; éste seguía siendo el dios particular de «Colmillo Blanco», que no estaba dispuesto a cambiarle. Cierto es que le había abandonado, pero esto no le hacía ningún efecto. No en balde se había entregado a él en cuerpo y alma, sin ninguna reserva, por lo que no era fácil romper aquel lazo.

Cuando dormían los habitantes del fuerte, «Colmillo Blanco» dedicó su atención al palo que le sujetaba. Aquella madera era dura y seca y estaba atada tan estrechamente al cuello, que sólo muy difícilmente podía hincar sus dientes en ella. Únicamente mediante el más severo ejercicio muscular y dando vueltas al cuello pudo ponerla entre los dientes. Con inmensa paciencia, que debió ejercitar durante varias horas, pudo cortarla en dos con los dientes. Generalmente se cree que los perros son incapaces de hacer eso —por lo menos no se recuerda ningún otro caso—, pero «Colmillo Blanco» lo hizo alejándose del fuerte antes de la aurora, colgando de su cuello el otro extremo del palo.

Era muy inteligente. Pero si no hubiera sido más que eso no habría vuelto al rancho de Nutria Gris, que ya le había traicionado dos veces. Su fidelidad le indujo a volver por tercera vez a los dominios del traidor. Una vez más permitió que Nutria Gris le atara una correa al cuello. Smith el Bonito volvió a reclamarle. Esta vez recibió una azotaina mucho peor que la anterior.

Nutria Gris observaba estúpidamente mientras el blanco manejaba el látigo. No le protegió, pues ya no era su perro. Cuando terminó el castigo, «Colmillo Blanco» estaba enfermo. Un perro menos resistente, que proviniera del Sur, hubiera muerto por los golpes. Pero él no. Había sido educado en una escuela más severa, era de fibra más resistente. Tenía mayor vitalidad y se aferraba a la vida con gran energía. Pero estaba muy enfermo. Al principio pareció incapaz de arrastrarse, por lo que Smith el Bonito tuvo que esperar hora y media hasta que pudo ponerse en pie. Después, medio ciego y vacilando sobre sus patas, le siguió hasta el fuerte.

Pero ahora le ató con una cadena, que era un desafío a sus dientes. «Colmillo Blanco» intentó en vano arrancar del suelo el poste al cual estaba atado. Después de algunos días, Nutria Gris, ya disipados los efectos del alcohol y completamente arruinado, se dirigió por el Porcupine, agua arriba, hacia el Mackenzie, del cual estaba tan lejos. «Colmillo Blanco» permaneció en el Yukón. Era propiedad de un hombre que estaba más que medio loco y que era una bestia. Pero ¿qué conciencia puede tener un perro de la locura humana? Para «Colmillo Blanco», Smith el Bonito era un verdadero dios, aunque terrible. Aun considerándole favorablemente, era un dios loco, pero «Colmillo Blanco» no sabía nada de la locura, sino simplemente que debía someterse a la voluntad de su nuevo amo y obedecer a todos sus caprichos.

CAPÍTULO III

EL REINADO DEL ODIO

Bajo la tutela del dios loco, «Colmillo Blanco» se convirtió en una furia. Se le tenía atado, con una cadena, en una casilla, fuera del fuerte. Smith el Bonito le atormentaba, le irritaba y le volvía loco con pequeños aunque continuos sufrimientos. Su amo descubrió muy pronto que la risa le causaba exasperación, por lo que se acostumbró a burlarse de él después de hacerle sufrir. Su risa era ruidosa y burlona. Al mismo tiempo el dios señalaba con el dedo a «Colmillo Blanco», que en tales momentos perdía la razón, hasta tal punto, que en aquellos accesos de rabia estaba aún más loco que su dueño.

Anteriormente «Colmillo Blanco» había sido el enemigo de su raza, un enemigo feroz. Ahora lo era de todas las cosas y más feroz que nunca. Se le atormentaba hasta tales extremos, que odiaba ciegamente a todos y a todo, sin el más leve motivo. Odiaba la cadena con la cual se le tenía atado, a los hombres que le examinaban a través de las tablas de la casilla, a los perros que les acompañaban y que le mostraban los dientes, sabiendo que no podía atacarles. Odiaba hasta la misma madera de la casilla. Y, ante todo y sobre todo, odiaba a Smith el Bonito.

Pero su amo se proponía hacer algo de «Colmillo Blanco». Un día, varios hombres se reunieron alrededor de la casilla. Armado de un palo, Smith el Bonito entró y soltó a «Colmillo Blanco». Cuando salió su amo, dio vueltas, tratando de acercarse a los hombres que estaban fuera. Parecía terrible en su poderío. Tenía un metro y medio de largo y sus hombros se levantaban a setenta y cinco centímetros del suelo. En cuanto al peso, sobrepasaba a cualquier otro lobo de su tamaño. Había heredado de su madre las proporciones más macizas de los perros, por lo que su peso excedía de cuarenta y cinco kilos. Todo en él eran músculo, hueso, tendón, una máquina hecha para la pelea, mantenida en las mejores condiciones.

Al abrirse la puerta de la casilla, «Colmillo Blanco» se detuvo. Algo extraordinario iba a ocurrir. Arrojaron dentro a un perro grande y volvieron a cerrar la puerta. «Colmillo Blanco» nunca había visto esa raza. Era un mastín, pero ni el tamaño ni el aspecto feroz del intruso le detuvieron. Era algo distinto del hierro o de la madera, en que podía desahogarse del odio acumulado. Saltó, mostrando los colmillos, sólo una fracción de segundo, lo suficiente para desgarrar el cuello del perro. Éste sacudió la cabeza, gruñó roncamente y se echó sobre su enemigo, que estaba aquí y allí y en todas partes, siempre eludiéndole, siempre atacándole y abriendo anchas heridas, pero saltando siempre a tiempo para escapar al castigo.

Los hombres gritaron y aplaudieron, mientras Smith el Bonito contemplaba admirado la obra de destrucción. Desde el principio el mastín no tuvo ninguna probabilidad de ganar, pues era demasiado lento y pesado. Finalmente, mientras Smith el Bonito arrinconaba a «Colmillo Blanco» armado de un palo, su dueño arrastró hacia fuera al can. Se pagaron las apuestas y el dinero cayó en manos de Smith el Bonito.

«Colmillo Blanco» llegó a tales extremos, que esperaba ansiosamente que los hombres se reunieran alrededor de la casilla. Era la señal de la lucha, la única ocasión que le quedaba de expresar la vida que bullía en él. Atormentado, sometido a una excitación continua para que odiase, mantenido prisionero no tenía ninguna oportunidad de satisfacer su odio sino cuando a su amo le convenía echarle otro perro para pelear. Smith el Bonito había apreciado exactamente sus cualidades: siempre era vencedor. Un día le echaron tres perros, uno después de otro. Otro hicieron entrar un lobo que acababan de cazar vivo en la selva. Un tercero le echaron dos perros al mismo tiempo. Ésta fue su más terrible pelea, y aunque finalmente pudo matar a los dos, salió él mismo medio muerto de ella.

A fines de aquel año, cuando empezaron a caer las primeras nevadas y a formarse hielo en el río, Smith el Bonito tomó pasaje para Dawson, llevando consigo a «Colmillo Blanco», que ya tenía su fama hecha por toda la región y al que se conocía con el remoquete de «El lobo peleador». La jaula en la que se le mantuvo a bordo estaba siempre rodeada de curiosos, a los cuales mostraba los dientes o a los que observaba con un odio reconcentrado y frío. ¿Por qué no había de odiarles? Era ésta una pregunta que nunca se planteó a sí mismo. Sólo conocía el odio y este sentimiento solía dominarle totalmente. La vida se había convertido en un infierno. No había sido creado para aquel confinamiento estrecho que los animales del bosque deben soportar cuando caen en manos del hombre. Sin embargo, se le trataba exactamente de esa manera. Le miraban, luego metían palos por entre los barrotes, para que les mostrara los dientes y pudieran reírse de él. Éste era el ambiente en el que vivía. Su idiosincrasia adquiría así una forma más feroz que la intentada por la naturaleza que, sin embargo, le había dado plasticidad. Allí donde otro animal hubiera muerto o perdido su combatividad, se adaptó y vivió sin que su espíritu sufriera por ello. Es probable que Smith el Bonito, su tormento y archienemigo, fuera capaz de doblegarle, pero hasta entonces no había ninguna indicación de que pudiera tener éxito.

Si Smith el Bonito tenía un demonio dentro de sí, «Colmillo Blanco» poseía otro y ambos estaban poseídos de un infinito odio mutuo. En otros tiempos tenía la sabiduría de echarse a tierra y someterse a un hombre con un palo en la mano, pero pronto la perdió. Bastaba ahora que viera a Smith el Bonito para que se sintiera poseído por una furia satánica. Cuando se acercaba para encerrarle otra vez, con el palo en la mano, gruñía y mostraba los dientes, siendo imposible hacerle callar definitivamente. Por muy grande que fuera la paliza, siempre disponía de otro ronquido. Cuando Smith el Bonito renunciaba a seguir castigándole y se alejaba, le seguía aquella voz desafiante o «Colmillo Blanco» se erguía contra los barrotes escupiendo su odio.

Cuando el barco llegó a Dawson, «Colmillo Blanco» bajó a tierra. Pero seguía viviendo una vida en público, en una caja, rodeada de curiosos. Se le exhibía y la gente pagaba cincuenta centavos en polvo de oro para verle. No tenía descanso. Si se echaba a dormir, se le despertaba con un palo de punta aguzada, de modo que el auditorio recibiera algo por su dinero. Para que la exhibición fuera interesante se le mantenía continuamente enfurecido. Pero aún peor que eso era la atmósfera en que vivía. Se le consideraba como la más feroz de las bestias de la selva, lo que se le daba a entender a través de los barrotes. Toda palabra, todos los actos, cuidadosamente estudiados de los hombres, le demostraban su propia ferocidad. Era otro tanto combustible que se agregaba a la llama de su ferocidad. Todo esto sólo podía tener un resultado: aumentarla, pues se alimentaba de sí misma. Era otra demostración de la plasticidad de su carácter, de su capacidad para dejarse moldear por la influencia del ambiente.

Además de las exhibiciones, era un luchador profesional. A intervalos irregulares, siempre que podía concertarse una pelea, se le sacaba de la caja y se le llevaba al bosque, a unos cuantos kilómetros de la ciudad, generalmente de noche, para evitar cualquier dificultad con la Policía Montada del territorio. Después de algunas horas de espera, cuando ya era de día, llegaban los espectadores y el perro contra el que tenía que luchar; sus contrincantes eran de toda raza y tamaño. Era una tierra sin ley, no teniéndola tampoco los hombres que vivían en ella, por lo que las peleas sólo terminaban con la muerte.

Puesto que «Colmillo Blanco» seguía luchando, es evidente que eran los otros perros a los que les tocaba morir. Nunca conoció la derrota. Le sirvió de mucho el adiestramiento que recibió en su juventud por parte de «Bocas» y de los demás perros y cachorros. Poseía, además, una tenacidad notable en aferrarse a la tierra. Ningún perro podía hacerle perder el equilibrio. Ésta es la maniobra favorita de los descendientes del lobo: correr hacia él, sea directamente o dando una vuelta inesperada, esperando chocar con el costado de su contrincante y derribarle. Los perros del Labrador y del Mackenzie, los de los esquimales, todos intentaron la misma treta con él y fracasaron. Nunca se le vio perder el pie. Los hombres lo comentaban entre sí y no perdían ningún detalle de la pelea, para observarlo si ocurría, pero «Colmillo Blanco» nunca les dio ese gusto.

Además era ligero como el rayo, lo que le daba una enorme ventaja sobre sus contrincantes. Por mucha que fuera su experiencia en peleas entre perros, nunca habían encontrado un animal tan rápido como él. También debían tener en cuenta que atacaba al instante y sin preparativos. Por lo general el perro está acostumbrado a ciertas ceremonias preliminares: mostrar los dientes, gruñir, erizar el pelo..., por lo que «Colmillo Blanco» lo derribaba y mataba antes de que hubiera empezado a pelear o se hubiera recobrado de su sorpresa. Tan a menudo ocurrió esto, que se estableció la costumbre de tener atado a «Colmillo Blanco» hasta que el otro perro, habiendo liquidado ya las ceremonias preliminares, procedía a atacar.

Pero la más importante de las ventajas de que gozaba «Colmillo Blanco» era su experiencia. Sabía más acerca del modo de pelear que cualquier otro de los perros que le hacían frente. Había luchado más veces, sabía cómo anular todas las fintas y poseía unas cuantas propias mientras que era sumamente difícil superar su propia manera de luchar.

Cuando pasó el tiempo se hizo más difícil concertar peleas con él. Los hombres dudaban de que algún perro pudiera derrotarle, por lo que Smith el Bonito se vio obligado a recurrir a los lobos, que los indios cazaban vivos en sus trampas con ese propósito y que siempre atraían a gran número de espectadores. Una vez le pusieron frente a un lince, una hembra adulta. En esa ocasión, «Colmillo Blanco» tuvo de pelear duramente por su vida. Su rapidez era tanta como la suya y no le cedía en ferocidad, pero él luchaba sólo con los colmillos, mientras ella, además, utilizaba las uñas.

Afortunadamente para «Colmillo Blanco», después del lince cesaron las luchas. No quedaban ya animales con los que luchar, por lo menos que tuvieran oportunidad de vencerle, por lo que siguió en exhibición hasta la primavera, cuando llegó a Dawson un tal Tomás Keenan, jugador de profesión, que trajo consigo un bull-dog, el primero que llegó al Klondike. Era inevitable que se concertara una pelea entre este perro y «Colmillo Blanco». Una semana antes de la fecha convenida para el espectáculo era la comidilla de ciertos sectores de la población.

CAPÍTULO IV

EL ABRAZO DE LA MUERTE

Smith el Bonito soltó la cadena del cuello de «Colmillo Blanco» y retrocedió. Por primera vez no atacó en seguida. Se detuvo, levantó las orejas y examinó con curiosidad al extraño animal que se le enfrentaba, pues nunca había visto otro semejante. Tomás Keenan echó a su perro hacia delante, murmurando: —¡Vete!— El animal, moviendo la cola, se dirigió al centro del círculo, sobre sus cortas patas, como si cojeara y, al parecer, sin gran entusiasmo. Se detuvo y miró a «Colmillo Blanco».

Los espectadores gritaron:

—¡Mátale, «Cherokee», mátale, devórale!

Pero el bull-dog no parecía tener muchas ganas de pelear. Volvió la cabeza, miró a los hombres que le gritaban y movió la cola alegremente. No tenía miedo; simplemente era demasiado haragán. Además, no podía comprender que se le hiciera luchar con el animal que tenía delante. No conocía aquella raza y esperaba a que le trajeran un perro de verdad.

Tomás Keenan se inclinó sobre «Cherokee» y empezó a acariciarle a ambos lados de las paletillas, pasando las manos a contrapelo con movimientos suaves dirigidos hacia delante. Su efecto debía ser irritante, pues «Cherokee» empezó a roncar suavemente desde lo más profundo de su garganta. Existía una correspondencia rítmica entre la culminación de cada uno de aquellos movimientos, dirigidos hacia delante, y la voz de «Cherokee», pues el rugido crecía en intensidad al avanzar la mano y cesaba para empezar de nuevo en cuanto se iniciaba una nueva caricia. El final de cada movimiento era el acento de la voz terminando repentinamente el primero y elevándose también súbitamente la voz del perro.

Esto no dejó de tener su efecto sobre «Colmillo Blanco». Empezó a erizársele el pelo en el cuello y en el lomo. Tomás Keenan empujó por última vez a su perro y volvió a su puesto. Aunque si hubiera sido por los esfuerzos de su amo, «Cherokee» no habría llegado muy lejos, éste siguió avanzando por su propia voluntad, con un trotecillo corto de sus patas encorvadas. Entonces «Colmillo Blanco» atacó. Se elevó un grito de admiración, pues había salvado la distancia y atacado más como un gato que como un perro, clavando los dientes y escapando a distancia segura.

El bull-dog sangraba de una oreja, herida que se extendía hasta el nacimiento de ella en el cuello. «Cherokee» no demostró sentir absolutamente nada, ni siquiera gruñó; limitose a dar la vuelta y a seguir a «Colmillo Blanco». La táctica de ambos, la rapidez de uno y la constancia del otro excitaron el espíritu de partido de los espectadores, por lo que se cruzaban nuevas apuestas y se aumentaba el importe de las anteriores. Una y otra vez «Colmillo Blanco» atacó, desgarró con sus dientes y escapó. Pero siempre le seguía aquel extraño enemigo, sin prisa, pero tampoco sin lentitud, deliberada y determinadamente, como si se tratara de un asunto de negocios. Había un propósito en sus métodos, algo que tenía que hacer, que quería hacer y de lo que nada en el mundo podría apartarle. Toda su conducta, cada una de sus acciones, lo demostraba, cosa que asombraba a «Colmillo Blanco». Nunca había visto un perro de esa clase: no tenía pelo que le protegiera; era blando y sangraba fácilmente. Su piel no estaba recubierta de pelambre espesa, donde no tenían efecto los dientes. Cada vez que pretendía morderle, sus colmillos se hundían fácilmente en la carne. Por otra parte, parecía incapaz de defenderse. Otra cosa desconcertante era que no gritaba, como acostumbraban a hacerlo los otros canes contra los que había luchado. Aceptaba en silencio el castigo, sin emitir más que un débil gruñido. Pero nunca dejaba de perseguirle.

«Cherokee» no era tardo. Podía dar la vuelta bastante velozmente, pero «Colmillo Blanco» nunca estaba allí. El bull-dog también estaba extrañado. Nunca hasta entonces había tenido que pelear con un perro al que no pudiera acercarse. El deseo de llegar a la lucha cuerpo a cuerpo era siempre mutuo. Pero ahora tenía que vérselas con uno que se mantenía a distancia, que bailaba y se escurría, estando aquí, allí y en todas partes. En cuanto le clavaba los dientes, en lugar de aferrarse, se escapaba instantáneamente con la velocidad de una flecha.

Pero «Colmillo Blanco» no podía morderle bajo el cuello, pues el bull-dog era demasiado corto de patas, contando además con la protección de sus mandíbulas macizas. Se precipitaba sobre él, le hería y escapaba sin un rasguño, mientras aumentaban las heridas de «Cherokee», cuya cabeza y ambos lados del cuello estaban desgarrados por amplias heridas. Sangraba profusamente, pero no daba señales de estar vencido. Continuaba su agotadora persecución, aunque en un cierto momento se detuvo asombrado y miró a los hombres que le observaban, moviendo al mismo tiempo la cola rabona, como una manifestación de su voluntad de luchar.

En ese momento «Colmillo Blanco» se echó y se apartó de él desgarrando lo que le quedaba de oreja. Con una expresión como si se hubiera enojado un poco, «Cherokee» empezó otra vez a perseguir a su enemigo recorriendo la parte interior del círculo que describía su contrincante y tratando de dar el golpe mortal en el cuello. El bull-dog erró por el espesor de un cabello. Se oyeron gritos, cuando «Colmillo Blanco», con un salto lateral en dirección opuesta, se puso fuera de su alcance.

Pasó el tiempo. «Colmillo Blanco» seguía bailando, esquivando, atacando y alejándose, y siempre haciendo daño. Y el bull-dog, poseído de una certidumbre siniestra, le seguía. Más tarde o más temprano conseguiría su propósito y daría el golpe que le haría ganar la batalla. Mientras tanto, aceptaba todo el castigo que el otro pudiera infligirle. Sus orejas cortas estaban convertidas en una llaga viva, el cuello y los hombros, desgarrados en numerosos puntos y tenía cortados los labios, que sangraban profusamente. Todas sus heridas provenían de mordiscos de la rapidez del relámpago, que no podía prever ni evitar.

«Colmillo Blanco» había intentado numerosas veces derribar a «Cherokee», pero la diferencia de altura entre ambos era demasiado grande, pues el último era demasiado bajo, muy pegado al suelo. «Colmillo Blanco» realizó la treta bastantes veces. Pareció presentársele una oportunidad en uno de sus rápidos cambios de dirección. Agarró a «Cherokee», cuando éste había vuelto la cabeza, mientras él variaba lentamente de dirección. Quedó expuesta una paletilla de su contrincante, sobre la que se arrojó, pero mientras la suya quedaba a gran altura, la energía con la que había iniciado este ataque le llevó por encima de su contrincante. Por primera vez en su vida de luchador se vio a «Colmillo Blanco» perder pie. Su cuerpo dio una especie de media vuelta en el aire. Habría caído de espaldas, si no se hubiera enderezado en el aire, como si fuera un gato para caer sobre las patas. Golpeó fuertemente con el costado sobre el suelo. Se puso inmediatamente en pie, pero en aquel mismo instante «Cherokee» atacó cerrando sus dientes sobre la parte inferior del cuello de su enemigo.

No fue un golpe muy afortunado, pues era demasiado bajo, pero no aflojó los dientes. «Colmillo Blanco» saltó y dio vueltas como loco, tratando de deshacerse de «Cherokee» de una sacudida. Aquel peso, que no se desprendía, le volvía loco. Limitaba sus movimientos y restringía su libertad. Era como una trampa: todo su instinto se debatía contra ello. Era la reacción de un loco. Durante varios minutos puede decirse que era realmente un maniático furioso. Lo elemental de la vida que había en él determinó su conducta. Surgía en él aquella voluntad de vivir que residía en cada una de sus fibras. Estaba dominado por el deseo de su carne de sobrevivir. Había desaparecido su inteligencia. Era como si ya no tuviera cerebro. Nubló su razón el ciego deseo de la carne de vivir y de moverse, cualquiera que fuera el peligro, pues el movimiento es la demostración de la existencia.

«Colmillo Blanco» dio vueltas y vueltas, en esta dirección y en la inversa, tratando de desprenderse de aquel peso de veinticinco kilos que llevaba colgado del cuello. El bull-dog se limitaba a no soltarse. Algunas raras veces pudo poner los pies en el suelo, momentos durante los cuales se abrazó a «Colmillo Blanco». Pero en seguida los movimientos de su enemigo le llevaban por el aire arrastrado por uno de los locos torbellinos de «Colmillo Blanco». «Cherokee» se identificaba a sí mismo con su instinto. Sabía que hacía bien en aferrarse con sus dientes y hasta sentía una satisfacción agradable. Entonces cerraba los ojos y permitía que su enemigo le sacudiera para todas partes, como si fuera una cosa muerta, despreciando cualquier peligro que pudiera resultar de ello. Lo que importaba era no aflojar las mandíbulas, y eso hacía.

«Colmillo Blanco» dejó de dar vueltas cuando se cansó. No podía oponer la menor resistencia, lo que era incomprensible para él. Nunca le había ocurrido tal cosa en todas sus luchas. Los perros con los que había tenido que enfrentarse no peleaban de esa manera. Con ellos bastaba acercarse, morder y alejarse. Estaba medio echado luchando por conseguir tomar resuello. «Cherokee», que no aflojaba, se apretaba contra él, tratando de tumbarle. «Colmillo Blanco» se resistía, mientras sentía la dentadura del otro, que variaba de punto de apoyo cediendo un poco y avanzando como si masticara. Cada uno de esos movimientos llevaba las mandíbulas más cerca del punto vital del cuello. El método del bull-dog consistía en no perder lo ganado y avanzar todo lo que fuera posible en cuanto se presentaba la oportunidad, lo que ocurría cuando «Colmillo Blanco» se quedaba quieto, mientras que cuando su enemigo se movía, «Cherokee» se limitaba a mantener lo ganado hasta entonces.

La parte superior del voluminoso cuello de su enemigo era lo único que estaba al alcance de «Colmillo Blanco». Se prendió de la base, donde empieza el tronco, pero no conocía aquel procedimiento de morder masticando, ni tampoco estaban adaptadas sus mandíbulas para ello. Espasmódicamente desgarraba con sus colmillos buscando espacio, cuando le distrajo un cambio de posición. El bull-dog había conseguido hacerle dar vuelta y sin soltar el cuello se encontraba ahora encima de él. Como si fuera un gato recogió las patas traseras y apoyándose en el vientre de su enemigo empezó a desgarrárselo con amplios movimientos de las extremidades, que pudieron haber abierto las entrañas a «Cherokee» si éste no hubiera dado un cuarto de vuelta, sin dejar de agarrarse con los dientes, poniéndose en ángulo recto con «Colmillo Blanco», fuera del alcance de sus patas.

No había posibilidad de escapar a aquellas mandíbulas, inexorables como el destino. Lentamente buscaban la yugular. Se salvó de la muerte por la piel colgante de su cuello y el espeso pelo que la cubría, que formaban un cilindro en la boca de «Cherokee» desafiando particularmente el pelaje la capacidad de sus dientes. Pero poco a poco, absorbía más de la papada y de la piel que la cubría, con lo que conseguía ahogar lentamente a «Colmillo Blanco», cuya respiración era cada vez más difícil.

Los espectadores empezaron a creer que la batalla había terminado. Los que habían apostado por «Cherokee» se alegraron y ofrecieron cotizaciones ridículas para nuevas apuestas. Los que habían jugado a favor de «Colmillo Blanco» empezaron a asustarse y se negaron a aceptar apuestas de diez a uno y de veinte a uno, aunque Smith el Bonito fue lo suficientemente audaz como para cerrar una apuesta de cincuenta a uno. Se metió en el cuadrilátero e indicó con el dedo en la dirección de «Colmillo Blanco», empezando después a reírse despectivamente a carcajadas, lo que tuvo el efecto deseado, pues se puso rabioso, llamando en su auxilio todas las reservas y consiguiendo ponerse en pie. Mientras seguía luchando alrededor del cuadrilátero sin que se soltaran de su cuello los veinticinco kilos de peso de su enemigo, su rabia se convirtió en pánico. Lo elemental en él le dominó otra vez y su inteligencia se nubló ante la voluntad de vivir que estaba en su carne. Dio vueltas y vueltas, tropezando y cayendo y levantándose otra vez, apoyándose en sus patas traseras y elevando a su enemigo por los aires, pero sin poder deshacerse de aquel enemigo, que amenazaba ahogarle.

Al fin cayó exhausto. El bull-dog no desperdició la oportunidad: hizo avanzar un poco más las mandíbulas, tragando más de la carne cubierta de pelo, ahogando aún peor a «Colmillo Blanco». Se oyeron gritos en honor del vencedor: «¡«Cherokee»!, ¡«Cherokee»!», a lo que éste respondió sacudiendo vigorosamente su cola rabona, sin dejarse distraer por las exclamaciones, pues no existía ninguna relación entre ellos y sus macizas mandíbulas. La una podía moverse, pero las otras no cedían.

En aquel momento, un ruido de cascabeles distrajo a los espectadores, oyéndose, además, los gritos de un hombre que animaba a los perros de un trineo. Todos, excepto Smith el Bonito, echaron una mirada preocupada en aquella dirección, pues tenían miedo a la policía. Pero se calmaron cuando vieron que por el camino venían dos hombres a cargo de un trineo, que evidentemente volvían de alguna expedición de estudios mineros. Al ver la muchedumbre, ambos se detuvieron y se acercaron, deseando conocer el motivo de la reunión. El encargado de los perros llevaba bigote, pero el otro, un hombre más alto y más joven, estaba completamente afeitado, lo que permitía ver por completo la piel de su cara, sonrosada por la circulación de la sangre y el ejercicio al aire libre.

Virtualmente «Colmillo Blanco» había dejado de luchar. Espasmódicamente, sin ningún resultado práctico, se resistía de cuando en cuando. Casi no podía respirar, cosa que cada vez se le hacía más difícil, debido a aquellas mandíbulas sin misericordia que cada vez se cerraban más. A pesar de su armadura de pelo, «Cherokee» habría mordido ya la yugular, de no haber empezado su ataque desde muy bajo, casi a la altura del pecho. «Cherokee» necesitó mucho tiempo para subir, impidiéndole además el pelo y la piel que debía tragar que su avance fuera más rápido.

Mientras tanto, todo lo bestial que había en Smith el Bonito se le había subido a la cabeza, dominando allí el poco juicio que tenía incluso en sus momentos de lucidez. Cuando vio que los ojos de «Colmillo Blanco» se ponían vidriosos, comprendió que la pelea estaba perdida. Entonces se despertó el instinto bestial en él: saltó sobre «Colmillo Blanco» y empezó a patearlo sin misericordia. Algunas voces entre los concurrentes protestaron, pero eso fue todo. Mientras Smith el Bonito seguía castigando al vencido, se produjo un movimiento entre los reunidos. El recién llegado se abría paso a fuerza de codazos, a derecha e izquierda, sin ceremonias y sin cortesía. Cuando llegó a primera fila, Smith el Bonito estaba a punto de dar otra patada poniendo todo su peso en un pie, encontrándose en un estado de equilibrio inestable. En aquel momento el recién llegado descargó en su cara un golpe, dado con todas sus fuerzas. La pierna izquierda de Smith el Bonito no se movió mientras todo su cuerpo pareció elevarse por los aires, cayendo de espaldas sobre la nieve. El recién llegado se dirigió a la muchedumbre.

—¡Cobardes!, ¡bestias! —gritó.

Estaba poseído de una furia insana. Sus ojos grises parecían tener un color metálico de acero mientras echaban relámpagos sobre la muchedumbre. Smith el Bonito consiguió ponerse en pie y avanzó hacia él, arrastrándose cobardemente. El recién llegado no comprendió el sentido de su avance. No sabía cuán cobarde era y creyó que volvía dispuesto a pelear. Gritando: —¡Bestia!—, le encajó un segundo golpe en la cara y le acostó otra vez sobre la nieve, por lo que Smith el Bonito consideró que el suelo era el lugar más seguro para él y se quedó donde le había echado la mano del otro, sin hacer ningún esfuerzo por levantarse.

—¡Ven, Matt! ¡Ayúdame! —gritó el recién venido al encargado de los perros de su trineo que le había seguido al cuadrilátero.

Ambos hombres se inclinaron sobre los perros. Matt se encargó de «Colmillo Blanco», dispuesto a tirar de él en cuanto «Cherokee» aflojara las mandíbulas. El otro trató de conseguir esto apretando las del vencedor y tratando de abrirlas. Era una tentativa absolutamente inútil. Mientras hacía toda clase de esfuerzos, no dejaba de exclamar con cada espiración:

—¡Bestias!

La muchedumbre empezó a intranquilizarse y algunos de los presentes protestaron contra aquel acto, que les echaba a perder su diversión, pero se callaron cuando el recién llegado levantó la cabeza y los miró:

—¡Malditas bestias! —estalló finalmente, y siguió trabajando.

—Es inútil, señor Scott. Usted puede romperle los dientes y no conseguirá nada —dijo Matt finalmente.

Ambos se detuvieron y observaron a los dos perros.

—No ha sangrado mucho —afirmó Matt—, todavía le falta bastante para expirar.

—Pero puede ocurrir en cualquier momento —repuso Scott—. ¿Ves? Ha aflojado un poco las mandíbulas.

Crecía la excitación y la preocupación del joven por «Colmillo Blanco». Sin compasión, golpeó a «Cherokee» en la cabeza varias veces. El animal se limitó a mover la cola como advirtiendo que comprendía por qué se le golpeaba, pero que sabía que estaba en su derecho y que se limitaba a cumplir con su deber al no abrir las mandíbulas.

—¿No quiere ayudarme ninguno de ustedes? —gritó desesperado Scott a la muchedumbre.

Pero ninguno se ofreció. Por el contrario, algunos empezaron a animarle sarcásticamente con gritos o le dieron consejos completamente ridículos.

—Debiéramos usar alguna clase de palanca —aconsejó Matt.

El otro se llevó la mano al costado, sacó el revólver y trató de introducir el caño entre las mandíbulas. Trabajó duramente hasta que se oyó el frotamiento del acero contra los dientes. Tanto Scott como Matt estaban inclinados sobre los dos perros. Tomás Keenan se les acercó. Se detuvo delante de Scott y, tocándole en el hombro, le dijo amenazadoramente:

—¡No le rompa usted los dientes!

—Entonces le romperé el cogote —replicó Scott, continuando lo que se había propuesto hacer, que era introducir el cañón del arma como una cuña entre los dientes.

—Le he dicho que no le rompa los dientes —repitió el jugador, aún más amenazadoramente que antes.

Pero si intentaba una treta no dio resultado. Scott no desistió de su empresa, aunque levantó la cabeza y preguntó fríamente:

—¿Es su perro?

El jugador murmuró que sí.

—Entonces venga y ayúdeme.

—Bueno —dijo el otro, arrastrando las palabras—. No me importa decirle que eso es algo que no he intentado nunca. No sé cómo hacerlo.

—Entonces, retírese —replicó Scott—. No me moleste.

Tomás Keenan siguió en pie al lado de Scott, quien no se preocupó de su presencia. Había conseguido meter el cañón del arma a través de las mandíbulas y trataba ahora de sacarlo por el otro lado. Una vez obtenido esto, empezó a ejercer una presión suave y continua tratando de separarlas poco a poco, mientras Matt retiraba cuidadosamente a «Colmillo Blanco».

—Prepárese para hacerse cargo de su perro —ordenó Scott perentoriamente al dueño de «Cherokee».

El jugador obedeció, agarrando fuertemente al bull-dog.

—¡Ahora! —advirtió Scott mientras aplicaba la presión final.

Pudieron apartar a ambos perros, aunque «Cherokee» se debatía vigorosamente.

—¡Lléveselo! —ordenó enérgicamente Scott, y Tomás Keenan arrastró a «Cherokee» hasta donde se encontraban los espectadores.

«Colmillo Blanco» intentó ponerse en pie. Una de las veces lo consiguió, pero sus patas estaban muy débiles para sostenerle, por lo que se tambaleó y cayó otra vez sobre la nieve. Tenía los ojos semicerrados y vidriosos. Las mandíbulas estaban muy separadas y por entre ellas caía la lengua sucia de barro. Parecía un perro estrangulado. Matt lo examinó.

—Está medio muerto —dijo—, pero todavía respira.

Smith el Bonito se levantó y se acercó para observar a «Colmillo Blanco».

—Matt, ¿cuánto vale un buen perro de trineo? —preguntó Scott.

Matt, todavía de rodillas, inclinado sobre «Colmillo Blanco», calculó.

—Trescientos dólares —respondió.

—¿Cuánto costará uno como este que está medio muerto? —preguntó Scott, indicando con el pie a «Colmillo Blanco».

—Ni la mitad —opinó Matt.

Scott se dirigió a Smith el Bonito.

—¿Ha oído usted eso, señor Bestia? Me quedaré con su perro y le daré a usted ciento cincuenta dólares por él.

Smith el Bonito cruzó las manos detrás de la espalda, negándose a aceptar el dinero.

—No le vendo —dijo.

—Pues le digo que usted lo vende —aseguró Scott—, puesto que yo se lo compro. Aquí está el dinero. El perro es mío.

Smith el Bonito, sin sacar las manos de la espalda, empezó a retroceder.

Scott corrió hacia él, levantando los puños como para pegarle. Smith el Bonito se agachó, anticipándose al golpe.

—Es mi derecho —dijo con tono llorón.

—Usted ha perdido cualquier derecho que pudiera tener sobre ese perro —repuso Scott—. ¿Va usted a aceptar el dinero o tendré que pegarle otra vez?

—Bueno —dijo Smith el Bonito, apresurándose—. Pero acepto el dinero bajo protesta —agregó—. Ese perro es una mina de oro. No me dejaré robar. Al fin y al cabo todos tenemos nuestros derechos.

—Ciertamente —repuso Scott, entregándole el dinero—. Todos tenemos nuestros derechos. Pero usted no es como nosotros; usted no es un hombre: es una bestia.

—Espere usted que llegue a Dawson —dijo Smith el Bonito amenazadoramente—. Le perseguiré judicialmente.

—Si abre usted la boca cuando se encuentre otra vez en Dawson, haré que le echen de la ciudad. ¿Entendido?

Smith el Bonito respondió con un gruñido.

—¿Entendido? —amenazó el otro repentinamente.

—Sí —gruñó Smith el Bonito alejándose.

—¿Sí, qué…?

—Sí, señor —aulló Smith el Bonito.

—¡Tenga usted cuidado, que le va a morder! —gritó uno de los espectadores. Un coro de carcajadas resonó por el lugar.

Scott dio media vuelta y se acercó a Matt, que trataba de que se levantase «Colmillo Blanco».

Algunos de los presentes se disponían a retirarse, otros formaban grupos y charlaban. Tomás Keenan se acercó a uno de ellos.

—¿Quién es ése? —preguntó.

—Weedon Scott —le respondieron.

—¿Y quién, por todos los diablos, es Weedon Scott? —preguntó el jugador.

—Es uno de los ingenieros de minas al servicio del Gobierno. Es muy amigo del gobernador y de todos los que tienen alguna importancia. Si quieres vivir tranquilo apártate de su camino. Eso es lo que te digo. Es uña y carne de todos los funcionarios del territorio. El comisario de minas fue compañero suyo de colegio.

—Ya me imaginé yo que era alguien —comentó el jugador—. Por eso le dejé tranquilo desde el principio.

CAPÍTULO V

EL INDOMABLE

—Es un caso perdido —concedió Weedon Scott.

Estaba sentado en los escalones, a la entrada de su habitación, mirando a Matt, que le respondió con un encogimiento de hombros que era igualmente desesperado.

Ambos observaban a «Colmillo Blanco» que, tirando de la cadena, a la cual estaba atado, con el pelo erizado, mostrando los dientes, con la ferocidad de siempre, trataba de alcanzar a los otros perros que tiraban del trineo. Por haber recibido varias lecciones de Matt, acompañadas de un palo, los otros animales habían aprendido a dejar solo a «Colmillo Blanco». Estaban echados a una cierta distancia, como si no se percataran de su existencia.

—Es un lobo y no se le puede domesticar —afirmó Weedon Scott.

—No estoy muy seguro de eso —objetó Matt—. Yo diría que tiene mucho de perro, pero en fin... Sin embargo, hay una cosa de la que estoy seguro y de la que nadie me convencerá de lo contrario.

Matt se detuvo y, con gesto de cabeza, señaló las montañas lejanas.

—Bueno, no seas tan avaro de lo que sabes —dijo Scott, después de haber esperado un tiempo razonable—. Desembucha. ¿Qué es?

Matt indicó hacia «Colmillo Blanco» con el dedo pulgar, hacia atrás.

—Lobo o perro, es igual. Ya ha sido domesticado.

—¡No!

—Le digo que sí. Está hecho al arnés. Fíjese usted bien. ¿No ve usted las marcas a través del pecho?

—Tienes razón, Matt. Era un perro de trineo antes de que Smith el Bonito se apoderara de él.

—Y yo no veo ninguna razón que le impida tirar otra vez.

—¿Crees tú eso? —preguntó Scott interesado, perdiendo en seguida toda esperanza y sacudiendo negativamente la cabeza—. Hace dos semanas que está aquí y creo que precisamente ahora está peor que nunca.

—Habría que darle una oportunidad —aconsejó Matt—. Dejarlo suelto por un momento.

Scott le miró incrédulamente.

—Sí —dijo Matt—. Ya sé que lo ha intentado, pero usted no se sirvió de un palo.

—Inténtalo tú entonces.

Matt buscó una vara y se dirigió al animal encadenado. «Colmillo Blanco» no perdía de vista el instrumento de castigo, como lo haría un león con el látigo del domador.

—Fíjese usted cómo observa el palo —dijo Matt—. Eso es un buen signo. No tiene un pelo de tonto. No me atacará mientras no lo suelte. No está loco, ni mucho menos.

Cuando la mano del hombre se aproximó a su cuello, «Colmillo Blanco» erizó el pelo, mostró los dientes y se echó al suelo. Pero mientras vigilaba la mano que descendía sobre él, no perdía de vista la vara con la que se le amenazaba. Matt soltó la cadena del collar y retrocedió.

«Colmillo Blanco» no podía comprender que estuviera libre. Había pasado muchos meses en poder de Smith el Bonito, durante los cuales no había gozado de un instante de libertad, excepto cuando tenía que luchar. Inmediatamente después se le encadenaba otra vez.

No sabía qué pensar de ello. Tal vez los dioses estaban por perpetrar con él algún acto diabólico nuevo. Avanzó lenta y cuidadosamente, dispuesto a hacer frente a lo que viniera en cualquier momento. No sabía qué hacer, pues todo era completamente inesperado. Tuvo la precaución de apartarse de ambos dioses y de dirigirse cautelosamente a un rincón de la cabaña. Nada ocurrió. Estaba completamente perplejo. Volvió sobre sus pasos, deteniéndose a unos cuatro metros de ambos y mirándoles fijamente.

—¿No se escapará? —preguntó su nuevo dueño.

Matt se encogió de hombros.

—Hay que correr ese riesgo. La única manera de saber lo que va a pasar es que ocurra.

—¡Pobre diablo! —exclamó Scott, compadeciéndole—. añadió, entrando en la cabaña.

Salió con un pedazo de carne, que tiró a «Colmillo Blanco». Éste se alejó de él de un salto y le miró a distancia detenidamente.

—¡Eh, tú! ¡«Mayor»! —gritó Matt, advirtiendo demasiado tarde a uno de los perros.

«Mayor» había saltado hacia la carne. En el momento en que cerró las mandíbulas sobre ella, «Colmillo Blanco» le golpeó, derribándole. Matt echó a correr hacia ellos, pero «Colmillo Blanco» fue más ligero. «Mayor» consiguió levantarse trabajosamente, pero la sangre que le caía del cuello manchaba la nieve formando un gran círculo.

—Mala suerte; se lo tiene merecido —dijo Scott precipitadamente.

Pero Matt ya había levantado el pie para golpear a «Colmillo Blanco». Un salto, unos dientes blancos y una exclamación. «Colmillo Blanco» retrocedió unos metros, mientras Matt se detenía para examinarse la pierna.

—Me ha mordido —dijo indicando con el dedo el pantalón y el calzoncillo desgarrados, de los que manaba sangre.

—Ya te dije que era inútil —dijo Scott con voz en la cual se traslucía su desencanto—. He estado pensando en ello sin querer. Ahora hay que hacerlo. Es lo único.

Mientras hablaba, sacó de mala gana el revólver y lo abrió para asegurarse de su contenido.

—Oiga usted, señor Scott —objetó Matt—. Ese perro ha pasado por las de Caín. Usted no puede esperar que se porte ahora como un ángel. Déle tiempo.

—Fíjate en «Mayor» —replicó el otro.

Matt examinó el perro al que «Colmillo Blanco» había atacado. Estaba echado en la nieve, en un círculo rojo formado por su sangre. Era evidente que estaba en agonía.

—Se lo tiene merecido. Usted mismo lo dijo. Trató de sacarle la carne a «Colmillo Blanco». Era de esperar. Yo no daría ni un centavo por un perro que no estuviera dispuesto a luchar por su alimento.

—Fíjate en ti mismo, Matt. Pase lo del perro, pero hay cosas que no podemos aguantar.

—Me lo tengo merecido —arguyó Matt tercamente—. ¿Por qué había de darle una patada? Usted mismo dijo que había hecho bien. Entonces, yo no tenía derecho a pegarle.

—Es una obra de misericordia pegarle un tiro —insistió Scott—. Es indomable.

—Oiga usted, señor Scott: déle una oportunidad de rehabilitarse. Hasta ahora no la ha tenido. Ha pasado por el infierno. Es la primera vez que está suelto. Déle una buena oportunidad y si no se porta bien, yo mismo lo mataré.

—Dios es testigo de que no quiero matarle o que le mate otro —dijo Scott, guardando el revólver—. Vamos a dejarle suelto, a ver qué hace.

Se dirigió hacia «Colmillo Blanco» y empezó a hablarle suave y gentilmente.

—Será mejor que tenga usted un palo en la mano —le advirtió Matt.

«Colmillo Blanco» sospechaba. Algo le amenazaba. Había matado a uno de los perros de aquel dios y mordido a su compañero. ¿Qué podía esperar sino un terrible castigo? Pero aun frente a eso, era indomable. Erizó el pelo, mostró los dientes, siempre sin perder de vista al dios, preparados todos los músculos para lo que pudiera ocurrir. Como el hombre no tenía ningún palo en las manos, permitió que se acercara mucho. La mano del hombre descendía sobre su cabeza. «Colmillo Blanco» se encogió, con todos los músculos en tensión, mientras se acostaba. Allí estaba el peligro: alguna traicionera jugarreta o algo por el estilo. Conocía las manos de los dioses, su habilidad, su destreza para herir. Además tenía siempre la antigua antipatía a que alguien le tocara. Gruñó aún más amenazadoramente y se echó aún más, mientras la mano seguía descendiendo. No quería herirla, por lo que aguantó el peligro hasta que el instinto estalló en él, dominándolo con su insaciable anhelo de vida.

Weedon Scott había creído que era lo suficientemente ligero como para evitar cualquier mordisco. Pero todavía le quedaba por conocer la notable destreza de «Colmillo Blanco», que atacaba con la rapidez y la seguridad de una víbora.

Scott gritó agudamente, con sorpresa, aprestándose con la mano sana la mano desgarrada por el mordisco. Matt lanzó un juramento y se puso inmediatamente a su lado. «Colmillo Blanco» retrocedió y se echó al suelo, erizado el pelo, mostrando los dientes, brillándole los ojos de malignas amenazas. Suponía que ahora le esperaba una paliza tan terrible como cualquiera de las que había recibido de las manos de Smith el Bonito.

—¡Eh! ¿Qué vas a hacer? —exclamó Scott de repente.

Matt había echado a correr hacia la cabaña y salió armado de un rifle.

—Nada —dijo lentamente, con una calma que era puramente afectada—. Sólo que voy a cumplir mi promesa. Creo que me toca a mí matarle, como dije que lo haría.

—¡No lo harás!

Así como Matt había pedido por la vida de «Colmillo Blanco» cuando éste le mordió, ahora le había tocado el turno a Scott.

—Dijiste que había que darle una oportunidad. Dásela. No hemos hecho más que empezar y no podemos abandonar la empresa al iniciarla. Me está bien merecido, como tú dijiste. ¡Fíjate!

«Colmillo Blanco», a unos doce metros de la cabaña, gruñía de tal manera que helaba la sangre en las venas, tal era la maldad que se desprendía de su voz, no a Scott, sino dirigiéndose a Matt.

—¡Que me maten! —exclamó éste profundamente sorprendido.

—Fíjate lo inteligente que es —prosiguió Scott apresuradamente—. Conoce tan bien como tú lo que significan las armas de fuego. Debemos darle una oportunidad. Baja esa arma.

—Bueno, está bien —asintió Matt, apoyando el rifle en un montón de leña.

—Pero ¡fíjese usted en eso! —exclamó en seguida.

«Colmillo Blanco» se había calmado y había dejado de gruñir.

—Vale la pena investigar eso. Fíjese.

Matt levantó el rifle y en aquel mismo momento «Colmillo Blanco» gruñó. Se apartó de la trayectoria de la posible bala, después de lo cual dejó de mostrar los dientes.

—Ahora, sólo para ver lo que hace...

Matt levantó lentamente el rifle hasta colocarlo a la altura del hombro. «Colmillo Blanco» empezó a gruñir en cuanto vio lo que hacía Matt, llegando su voz a la máxima potencia cuando el arma estuvo en posición de tiro, momento en el cual saltó de costado, ocultándose detrás de uno de los ángulos de la cabaña. Matt se quedó mirando hacia el espacio vacío, cubierto de nieve, donde antes se encontraba «Colmillo Blanco». Bajó solemnemente el arma, volvió la cabeza y dijo a Scott:

—Estoy de acuerdo con usted. Ese perro es demasiado inteligente para que le maten.

CAPÍTULO VI

EL DIOS DEL AMOR

Cuando «Colmillo Blanco» vio acercarse a Scott, erizó el pelo y mostró los dientes para demostrar que no estaba dispuesto a aceptar ningún castigo. Habían pasado veinticuatro horas desde que había desgarrado con sus dientes la mano que ahora estaba vendada y en cabestrillo. Anteriormente se le había castigado también por faltas cometidas mucho tiempo antes. Comprendió que el castigo había sido aplazado, pero que no podía faltar. ¿Cómo podía ser de otra manera? Había cometido lo que era para él un sacrilegio, hundiendo sus dientes en la carne sagrada y, lo que era peor, de dioses blancos. De acuerdo con la naturaleza de las cosas y de sus conocimientos sobre ellas se esperaba algo terrible.

El dios estaba sentado a algunos metros de distancia, en lo que «Colmillo Blanco» no podía ver nada de peligroso. Cuando los dioses castigaban estaban en pie. Además, no tenía ningún palo, ningún látigo, ninguna arma de fuego. Por otra parte, «Colmillo Blanco» estaba libre: no le ataba ninguna cadena o palo. En cuanto el dios se levantara se pondría en seguridad. Mientras tanto, esperaría.

El dios permanecía inmóvil, sin hacer ningún movimiento. La voz de «Colmillo Blanco» descendió de tono hasta morir en su garganta. Entonces, habló el dios. Al oír sus palabras, erizó el pelo y volvió a gruñir. Pero el dios no hizo ningún movimiento hostil y prosiguió hablando con toda calma. Durante algún tiempo le hizo coro «Colmillo Blanco», estableciéndose una correspondencia entre el ritmo de la voz del hombre y la del animal. Pero el dios seguía hablando sin detenerse, diciéndole cosas que no había oído nunca. Hablaba suave y calmosamente, con una bondad que de alguna extraña manera llegó al corazón de «Colmillo Blanco». A pesar de sí mismo y de todas las punzantes advertencias del instinto, llegó a abrigar confianza en este dios. Tenía un sentimiento de seguridad, desmentido por toda su experiencia con los hombres.

Después de mucho tiempo el dios se levantó y entró en la cabaña. «Colmillo Blanco» lo examinó atentamente cuando volvió a salir. Tampoco tenía esta vez palo alguno, látigo o arma, ni llevaba detrás de la espalda la mano herida. Se sentó en el suelo, en el mismo lugar que antes, a unos metros de distancia de él. Tenía en la mano un trozo de carne. «Colmillo Blanco» levantó las orejas y lo inspeccionó, sospechando algo, mirando al mismo tiempo al alimento y al dios, alerta, en previsión de cualquier acto hostil, tenso el cuerpo, atento para alejarse de un salto al primer signo de hostilidad.

Sin embargo, todavía no había recibido el castigo esperado. El dios se limitaba a mantener cerca de sus fauces un pedazo de carne, que no parecía tener nada de malo. Empero, «Colmillo Blanco» no las tenía todas consigo. Aunque se le ofrecía la carne con movimientos cortos, que eran una invitación, se negaba a tocarla. Los dioses eran omniscientes. Era imposible predecir qué jugarreta diabólica ocultaba aquel pedazo de carne, aparentemente inofensivo. En sus experiencias anteriores, particularmente con las mujeres indias, iban muy a menudo juntos la carne y el castigo.

Finalmente el dios la tiró sobre la nieve a las patas de «Colmillo Blanco». La olió cuidadosamente, sin mirarla, manteniendo la vista fija en el dios. Nada ocurrió. La tomó en la boca y se la tragó. Tampoco ocurrió nada. El dios le ofreció otro pedazo. Nuevamente se negó a aceptarlo de la mano y otra vez se lo arrojó a las patas, maniobra que se repitió un cierto número de veces, hasta que, finalmente, el dios se negó a tirarla, manteniéndola en su mano y ofreciéndola con insistencia.

La carne era buena y «Colmillo Blanco» tenía hambre. Paso a paso, con infinitas precauciones, se acercó a la mano, decidiendo finalmente tomarla de allí. No apartaba los ojos del dios, avanzando la cabeza, las orejas gachas, mientras el pelo del cuello se le erizaba involuntariamente. De su garganta salía un gruñido ronco, que quería dar a entender que no estaba dispuesto a que se jugase con él. Comió la carne pedazo a pedazo, sin que ocurriera nada. Todavía no se le castigaba.

Se relamió y esperó. El dios seguía hablando. En su voz había bondad, cosa que «Colmillo Blanco» no había conocido nunca y que despertaba en él sentimientos que tampoco había sentido jamás. Estaba poseído por un extraño bienestar, como si se satisficiera una necesidad que había notado largo tiempo, como si se llenara un vacío de su ser. Pero nuevamente le aguijonearon sus instintos y la advertencia de la experiencia pasada. Los dioses eran sumamente astutos y recurrían a procedimientos para alcanzar sus fines, de los que él no tenía la menor idea.

¡Claro que estaba en lo cierto! Allí bajaba la mano del dios, hábil para herir, que descendía sobre su cabeza. Pero aquél proseguía hablando. Su voz era suave y tranquilizadora. A pesar de la amenaza de la mano, la voz inspiraba confianza, que no bastaba para disipar el otro sentimiento. «Colmillo Blanco» se sentía desgarrado por dos impulsos completamente contradictorios. Le parecía que iba a estallar hecho pedazos, tan grande era el dominio que debía ejercer sobre sí mismo, para mantener el equilibrio de aquellas fuerzas enemigas que luchaban dentro de él por el predominio.

Llegó a una solución intermedia. Gruñó, erizó el pelo y bajó las orejas. Pero ni mordió ni se alejó de un salto. La mano descendió, acercándose más y más. Tocó el extremo de sus erizados pelos, al sentirlo se replegó sobre sí mismo. La mano siguió bajando, apretándose contra él. Se encogió aún más, casi temblando, pero pudo, sin embargo, dominarse, ante el tormento de aquella mano que le tocaba y rebelaba todos sus instintos, pues no podía olvidar en un día todo el mal que le habían hecho las manos de los hombres. Pero era la voluntad del dios y trató de someterse.

La mano se elevó y descendió nuevamente, acariciándole. Esto continuó durante algún tiempo, pero siempre que la mano se levantaba, se erizaba el pelo de «Colmillo Blanco». Cada vez que descendía, replegaba las orejas y salía una voz cavernosa de su garganta. Era imposible predecir qué era lo que se proponía hacer finalmente aquel dios. En cualquier momento, aquella voz suave que inspiraba confianza podía estallar en un rugido de rabia y aquella mano gentil y acariciadora transformarse en una garra maligna que le mantuviera inmóvil, mientras se le castigaba.

Pero el dios seguía hablando suavemente, mientras la mano se levantaba y bajaba en caricias que no tenían nada de hostiles. «Colmillo Blanco» experimentaba sentimientos contradictorios. Era algo que iba contra todos sus instintos. Le oprimía, se oponía a la voluntad que había en él de libertad personal. Sin embargo, no era una cosa que molestara o fuera dolorosa físicamente. El movimiento acariciador, lento y cuidadoso, se transformó en un frotamiento de las orejas, alrededor de su base, lo que aumentó un poco el placer físico. Sin embargo, todavía temía y se mantenía en guardia, esperando alguna maldad desconocida, sufriendo y gozando alternativamente, según el sentimiento que le dominara.

—¡Que me ahorquen!

Así habló Matt, saliendo de la habitación, arrolladas las mangas, con un balde de agua de lavar los platos en una mano, mientras se detenía asombrado al ver cómo Weedon Scott acariciaba a «Colmillo Blanco».

En cuanto su voz rompió el silencio, «Colmillo Blanco» saltó hacia atrás, gruñendo rabiosamente en dirección a Matt, quien miró a su amo con expresión de desaprobación.

—Si usted me permite que le diga lo que pienso, señor Scott, me tomaré la libertad de expresarle que es usted peor que diecisiete locos juntos.

Weedon Scott se sonrió con aire de superioridad, se levantó y se acercó a «Colmillo Blanco», siempre hablando suavemente. Luego extendió la mano y la posó en la cabeza del lobo, volviendo a acariciarle otra vez. El animal aguantó la caricia, sin apartar la vista, no del hombre que le acariciaba, sino del que se encontraba en la puerta de la cabaña.

—Es posible que sea usted el mejor ingeniero de minas del mundo —dijo Matt, hablando como un oráculo—, pero lo cierto es que se perdió la gran oportunidad de su vida por no escaparse de su casa cuando era muchacho y haberse puesto a trabajar en un circo.

«Colmillo Blanco» gruñó al oír el sonido de aquella voz, pero esta vez no se escapó de la mano que le acariciaba la cabeza y el cuello con largos movimientos tranquilizadores.

Fue el principio del fin de «Colmillo Blanco»: el fin de la antigua vida y del reino del odio. Se anunciaba para él una nueva vida incomprensiblemente más bella. Se necesitaron muchas reflexiones por parte de Weedon Scott y una paciencia infinita para conseguirlo. De parte de «Colmillo Blanco» equivalía a una verdadera revolución. Debía ignorar el aguijón del instinto y de la razón, desafiar la experiencia, desmentirse a sí mismo.

La vida, tal como él la había conocido, no ofrecía mucho espacio para las cosas que hacía ahora. Todas las corrientes de su ser habían fluido en sentido contrario al que experimentaba. En pocas palabras, considerándolo todo, tenía que proceder a un cambio de orientación mucho mayor que el que le llevó a retirarse voluntariamente de la selva y a aceptar a Nutria Gris como amo y señor. En aquellos tiempos era sólo un cachorro, que podía adaptarse fácilmente, sin forma propia, pronto para que la mano de las circunstancias le modelara. Pero ahora era distinto. El trabajo estaba hecho, y demasiado bien, pues ella lo había transformado y endurecido, había hecho de él un lobo, feroz e implacable, incapaz de sentir amor o de inspirarlo. Aquel cambio equivalía a rehacer todo su ser cuando carecía ya de la plasticidad de la juventud, cuando sus fibras eran duras y nudosas, cuando su naturaleza había adquirido la dureza del diamante, rígida e incapaz de ceder, cuando su espíritu era de hierro y sus instintos y valores habían cristalizado en tendencias fijas, en precauciones, disgustos y deseos.

En estas condiciones distintas, la mano de las circunstancias modificó su índole, ablandando lo que era rígido y dándole mejor forma. Es cierto que Weedon Scott era esa mano. Había llegado hasta las raíces de la naturaleza de «Colmillo Blanco» y, con bondad, tocó las potencias vitales que habían languidecido y casi desaparecido, una de las cuales era el amor, que reemplazó a la apetencia, que hasta los últimos tiempos había sido el sentimiento más noble que caracterizó su comercio con los dioses.

Pero el amor no llegó en un día. Empezó con la apetencia y se desarrolló de ella. «Colmillo Blanco» no huyó, aunque estaba en entera libertad, pues le gustaba este nuevo dios. Ciertamente era una vida mejor que la que había vivido en la jaula de Smith el Bonito. Por otra parte, era necesario que tuviera un dios, pues una de las necesidades de su naturaleza era estar a las órdenes de un ser humano. Su dependencia quedó definitivamente confirmada en aquellos primeros días de su vida, cuando se alejó de la selva y se arrastró hasta los pies de Nutria Gris, sabiendo que le esperaba un castigo. Nuevamente quedó sellado aquel pacto entre «Colmillo Blanco» y el hombre cuando volvió otra vez de la selva, después del período de hambre, cuando abundó otra vez el pescado en el campamento del indio.

Puesto que necesitaba un dios y prefería Weedon Scott a Smith el Bonito, se quedó en la casa del primero. En demostración de sumisión, se hizo cargo de la guardia de la propiedad de su amo. Rondaba alrededor de la cabaña, cuando dormían los perros que servían para tirar del trineo. El primer visitante que llegó de noche a la vivienda tuvo que defenderse con un palo, hasta que Weedon Scott vino a rescatarle. Pero «Colmillo Blanco» aprendió muy pronto a distinguir a los ladrones de la gente honrada, a juzgar por el modo de caminar o de presentarse. Dejaba seguir su camino al hombre que marchaba pisando fuerte y que se dirigía directamente hacia la puerta de la habitación, aunque no le perdía de vista, hasta que aparecía su amo y le daba el visto bueno. Pero, en cambio, hacía huir repentina y apresuradamente, sin dignidad, sin esperar lo que decía Weedon Scott, al hombre que caminaba suavemente, mirando a todos lados, tratando de ocultarse.

Scott se había propuesto la tarea de redimir a «Colmillo Blanco», o mejor dicho, de redimir a la humanidad del mal que le había hecho. Era una cuestión de principios y de conciencia. Creía que el mal infligido era una deuda de la humanidad y que había que pagarla. Perdía tiempo para ser especialmente bondadoso con él. Se había propuesto acariciarle todos los días y tomarse para ello todo el tiempo necesario.

Al principio, receloso y hostil, «Colmillo Blanco» empezó a gustar de sus caricias. Mas había algo que nunca pudo dejar de hacer: gruñir, empezando con la caricia y terminando con ella. Pero se oía una nueva nota, que un extraño no hubiera advertido, pues para él la voz de «Colmillo Blanco» sería una manifestación de salvajismo primitivo que crispaba los nervios y helaba la sangre. Mas su garganta se había endurecido por emitir sonidos roncos durante muchos años, desde su primer gruñido de enojo cuando era un cachorro, en el cubil, por lo que no podía suavizar ahora su voz para expresar la bondad que sentía. Sin embargo, la simpatía y el oído de Weedon Scott eran lo suficientemente finos como para distinguir la nueva nota de ferocidad apagada, que era sólo la más débil de un suave canto de felicidad y que únicamente él podía oír.

Con el tiempo se aceleró la evolución de apetencia en amor. El mismo «Colmillo Blanco» empezaba a darse cuenta de ello, aunque no tuviera conciencia de lo que era. Se manifestaba en él como un vacío de su ser, como una especie de hambre, como un vacío doloroso de deseo, que exigía satisfacción. Era dolor e intranquilidad, sentimientos que se calmaban sólo mediante la presencia del nuevo dios. En esos momentos el amor era un placer para él, una satisfacción agudamente intensa. Pero cuando se separaban volvía a sentirse poseído de dolor y de intranquilidad, a abrirse nuevamente en él aquel vacío en el que se ahogaba. El hombre le torturaba.

«Colmillo Blanco» estaba en camino de encontrarse a sí mismo. A pesar de su madurez, en cuanto a los años, y a la salvaje rigidez del molde que le había formado, su naturaleza experimentaba una expansión. Florecían en él extraños sentimientos e impulsos involuntarios. Cambiaba su viejo código de conducta. Antes, tendía a buscar su comodidad y a evitar el sufrimiento, le repugnaban el dolor y el esfuerzo, ajustando siempre sus acciones a esas reglas. Ahora era diferente. Los nuevos sentimientos que le dominaban le inducían muchas veces a aceptar la incomodidad y el dolor por su dios. De madrugada, en lugar de dar vueltas o dedicarse a cazar o echarse en un rincón abrigado, esperaba en los desabridos escalones de la cabaña sólo para ver la cara del hombre. De noche, cuando volvía, «Colmillo Blanco» abandonaba el plácido lugar donde dormía, que él mismo se había construido en la nieve, sólo para gustar de la caricia en la cabeza o para oír las palabras de saludo. Hasta olvidaba la carne, la misma carne, para estar con él, o para recibir una caricia, o para acompañarle a la ciudad.

El amor había reemplazado a la apetencia, pues era la sonda que podía llegar a las capas más profundas de su ser, hasta donde nunca había alcanzado la segunda, pero de donde emergía ahora, como respuesta, aquella cosa nueva. Devolvía lo que se le daba. Ciertamente, éste era un dios del amor, radiante y lleno de afecto, a cuya luz, la naturaleza de «Colmillo Blanco» se expandía como una flor al sol.

Pero no demostraba sus afectos con grandes extremos. Era demasiado viejo para eso, su carácter había adquirido ya demasiada rigidez para que pudiera expresarse de forma desusada. Poseía un dominio demasiado grande de sí mismo, se sentía demasiado fuerte en su propio aislamiento. Había cultivado durante mucho tiempo la reticencia, la soledad y el mal humor, lo que hacía imposible que cambiara ahora. Nunca había aprendido a ladrar en su vida y ya no podía hacerlo, ni siquiera para saludar a su dios. Nunca se cruzaba en su camino, la expresión de su afecto nunca era extravagante o tonta. Nunca corría a su encuentro, sino que esperaba a una cierta distancia, que mantenía siempre, pues en todo momento se le encontraba cerca de él. Su amor parecía algo así como una adoración, muda, profunda, silenciosa. Expresaba sus sentimientos sólo mediante la luz de sus ojos, que seguían sin cesar todos los movimientos de Scott. A veces, cuando su amo le hablaba, demostraba estar poseído de una cierta clase de vergüenza, causada por la lucha de su amor que quería expresarse y su incapacidad física para demostrarlo.

Aprendió a ajustarse a su nuevo método de vida. Entendió que no debía molestar a los perros de su amo, no sin que primero se afirmase su naturaleza, y a fuerza de castigo les obligase a reconocer su superioridad y sus condiciones de jefe, conseguido lo cual tuvo muy pocas dificultades, pues le cedían el paso cuando andaba entre ellos y le obedecían sin chistar.

De la misma manera, llegó a tolerar a Matt, como algo que pertenecía también a su mismo amo. Éste rara vez le daba de comer. Lo hacía Matt, puesto que era su obligación. «Colmillo Blanco» adivinaba de quién era el alimento que comía, aunque se lo diera otro. Matt le ató al trineo e intentó que le arrastrara junto con los otros perros, pero fracasó, hasta que Scott le puso el arnés y le dio a entender que quería que tirara. Lo aceptó como voluntad de su amo, no sólo en el sentido de que contribuyera a arrastrar el trineo, sino también en el de que Matt le diera órdenes, como lo hacía con los otros perros.

Los trineos del Klondike diferían de los del Mackenzie en que tenían patines y, además, en el sistema de atar los perros, que no se desplegaban en abanico, sino que formaban una fila, uno detrás de otro, atados mediante correas dobles, a cada lado. Además, en el Klondike, el jefe de los perros era verdaderamente un jefe, pues se elegía para ello al más fuerte y al más inteligente de todos los animales, al que los otros temían y obedecían. Fue inevitable que «Colmillo Blanco» llegase rápidamente a ese puesto, pues no podía satisfacerse con menos, como aprendió Matt a costa de muchos disgustos y sinsabores. «Colmillo Blanco» tomó aquel puesto para sí mismo, sin muchas ceremonias, teniendo Matt que declararse conforme con ello, no sin proferir numerosos juramentos y después de haber intentado otras cosas. Pero aunque trabajaba de día en el trineo, no por eso dejaba de vigilar la propiedad de su amo durante la noche, por lo que no descansaba un momento, siempre en guardia y fiel, el más valioso de todos los perros.

—Si usted me permite decir lo que tengo en la punta de la lengua —manifestó Matt un día—, le diré que usted hizo un excelente negocio cuando pagó aquel precio por este perro. Además de romperle la cara, usted estafó a Smith el Bonito.

En los ojos grises de Weedon Scott brilló una chispa de odio, mientras murmuraba: —¡Esa mala bestia!

A finales de la primavera «Colmillo Blanco» se sintió muy preocupado. Sin previo aviso desapareció su amo. No faltaron signos de advertencia, pero él no entendía esas cosas y no comprendía lo que significaba meter cosas en una maleta de mano. Después recordó que se había procedido a llenarla antes de que se marchara Scott, pero en aquel momento nada sospechó. Esa noche esperó que volviera. A medianoche el viento helado le obligó a refugiarse detrás de la cabaña, donde dormitó, sin conciliar por completo el sueño, alerta el oído para escuchar aquellos pasos familiares. A las dos de la mañana su ansiedad le llevó a echarse en los fríos escalones, donde decidió esperar.

Pero el amo no vino. De mañana se abrió la puerta y salió Matt. «Colmillo Blanco» le miró. No poseía ningún lenguaje común mediante el cual hubiera podido enterarse de lo que quería saber. Pasaron los días pero el amo no aparecía. «Colmillo Blanco», que no sabía lo que era estar enfermo, no pudo moverse. Se puso tan mal, que finalmente Matt se vio obligado a meterle en la cabaña. Al escribir a Scott no dejó de dedicar las líneas finales a «Colmillo Blanco»: —Ese maldito lobo no trabaja, ni come, no le queda ni coraje; todos los otros perros le corren. Quiere saber noticias suyas y no sé cómo decírselo. Creo que se va a morir.

Como decía la carta, «Colmillo Blanco» había perdido el apetito y el valor, por lo que le derrotaba cualquiera de los otros perros. Estaba echado en la cabaña, cerca de la estufa, sin interesarse ni por el alimento, ni por la vida, ni por Matt, que podía hablarle suavemente o gritarle, pues todo le era indiferente. No hacía más que volver en la dirección de donde provenía la voz, mirando con sus ojos sin brillo y dejando caer otra vez la cabeza sobre las patas delanteras, su posición favorita.

Una noche, mientras Matt leía, moviendo los labios, le hizo saltar de su asiento un gruñido ronco de «Colmillo Blanco», que se había levantado, enderezando las orejas hacia la puerta y escuchando con toda la atención de que era capaz. Un momento más tarde, Matt oyó pasos en los escalones, se abrió la puerta y entró Weedon Scott.

—¿Dónde está el lobo? —preguntó.

Lo descubrió cerca de la estufa, donde había estado siempre, pues no echó a correr hacia él, como hacen los otros perros. Le vigilaba y esperaba.

—¡Por todos los santos! —exclamó Matt—. ¡Fíjese cómo mueve la cola!

Weedon Scott avanzó hasta el medio de la habitación, mientras llamaba a «Colmillo Blanco», que se acercó a él rápidamente, pero sin grandes saltos. Comprendía que era demasiado seco en la expresión de sus sentimientos, pero mientras se acercaba sus ojos adquirieron un extraño brillo. Algo enorme, aparecía en sus ojos, que la transmitía a los dos hombres.

—A mí nunca me miró así mientras usted estuvo fuera —comentó Matt.

Weedon Scott no le oía. Se puso en cuatro patas, cara a cara con «Colmillo Blanco», acariciándole, flotándole las orejas en su nacimiento, pasándole la mano desde el cuello al lomo, dándole golpecitos en el espinazo, con los nudillos. «Colmillo Blanco» gruñía acentuando gradualmente la nota más aguda de su voz.

Pero esto no fue todo. Su alegría, el cariño que sentía pugnaban por encontrar un nuevo modo de expresión, y lo encontraron. De repente metió la cabeza entre el brazo y el cuerpo de Weedon Scott. Oculto allí, pues no se le veían de la cabeza más que las orejas, continuó apretándose contra su amo.

Ambos hombres se miraron. A Scott le brillaban los ojos.

—¡Vaya! —atinó únicamente a decir Matt de puro asombrado.

Momentos más tarde, cuando se hubo repuesto de su asombro, agregó:

—Siempre dije que ese lobo era un perro. ¡Fíjese usted en él!

Con la vuelta de su amo «Colmillo Blanco» recuperó rápidamente las fuerzas. Pasó dos noches y un día en la cabaña, después salió. Los otros perros se habían olvidado ya de quién era, recordando sólo las últimas impresiones que tenían de él, de un perro débil y enfermo. Al verle abandonar la habitación se echaron sobre él.

—Que me vengan a contar ahora las peleas que se arman en las tabernas —murmuró Matt, mientras observaba desde la puerta—. ¡Dales una buena, lobo! ¡Un poco más!

«Colmillo Blanco» no necesitaba que lo envalentonaran: bastaba que hubiera vuelto el amo. La vida, espléndida e indomable, corría otra vez por sus venas. Luchaba por exuberancia de alegría, encontrando en ello expresión y desahogo para muchas cosas que de otro modo no tenían salida.

No podía terminar sino de una manera: los perros se dispersaron, ignominiosamente derrotados. Sólo a la noche se atrevieron a volver, dando a entender con su bondad y humildad que se reconocían vasallos de «Colmillo Blanco».

Como éste había aprendido a meter la cabeza entre el brazo y el cuerpo de su amo, lo practicó con mucha frecuencia.

Era todo lo que podía hacer, pues le era imposible pasar de ahí. Siempre había sido particularmente celoso de su cabeza. Nunca le gustó que se la tocaran. Era un resabio de la selva, el miedo al dolor y a la trampa, convertido en un pánico, que no le permitía aguantar el contacto de otro ser. Era un mandato de su instinto que la cabeza debía estar libre. Cuando la escondía entre el brazo y el cuerpo de su amo, se ponía deliberadamente en una posición en la que hubiera sido inútil e imposible toda lucha. Era la expresión de su absoluta confianza en él, de su entrega absoluta; como si hubiera abdicado su voluntad, entregándosela al hombre.

Una noche, poco después de la vuelta de Scott, mientras se encontraba con Matt en la habitación, jugando a los naipes antes de irse a la cama, oyeron un grito y un gruñido fuera. Se levantaron de un salto.

—¡El lobo ha atacado a alguien! —dijo Matt.

Un horrible grito de miedo y de angustia llegó hasta ellos.

—¡Trae una luz! —gritó Scott mientras corría.

Matt le siguió con una lámpara, a cuya luz vieron a un hombre echado de espaldas sobre la nieve. Tenía cruzados los brazos sobre la cara y cuello, con lo que pretendía protegerse de los dientes de «Colmillo Blanco», lo que era evidentemente necesario, pues éste se encontraba poseído de una rabia feroz y trataba malignamente de alcanzar aquel punto vulnerable. Desde el hombro hasta el codo, las mangas de franela azul estaban hechas jirones, mientras que los brazos chorreaban sangre.

Todo esto lo vieron ambos hombres en un instante. Weedon Scott se apresuró a agarrar a «Colmillo Blanco» por el cuello y sacarle de allí, no sin grandes esfuerzos, pues se resistía y mostraba los dientes, aunque bastó finalmente una palabra enérgica de su amo para que se quedara quieto rápidamente.

Matt ayudó a la víctima a levantarse, que bajó los brazos descubriendo la cara bestial de Smith el Bonito. Y Matt le soltó con la rapidez de un hombre al que le han caído carbones encendidos en las manos. Smith el Bonito pestañeó cuando la luz de la lámpara le dio en la cara. Echó una mirada alrededor, y al ver a «Colmillo Blanco» se pintó en su rostro una expresión de terror.

Al mismo tiempo Matt descubrió dos objetos tirados en la nieve. Acercó la lámpara a ellos y los señaló con el pie a Weedon Scott: una cadena de acero para perros y un buen palo.

Weedon Scott los vio e inclinó la cabeza. No se habló una palabra. Matt asió a Smith el Bonito por los hombros y le hizo dar media vuelta. No era necesario decir nada. El otro echó a andar.

Mientras tanto, Scott acariciaba a «Colmillo Blanco» y le hablaba.

—¿Así que quería robarte, eh? Y a ti no te gustó eso. Bueno, bueno. Parece que cometió un error, ¿eh?

—Smith debe haber creído que le atacaban diecisiete demonios juntos —dijo Matt burlonamente.

«Colmillo Blanco», todavía excitado y erizado el pelo, gruñía, mientras su pelambre volvía a su posición normal, resonando cada vez más débilmente la nota más alta, que expiraba en su garganta.

QUINTA PARTE

CAPÍTULO PRIMERO

EL LARGO VIAJE

Estaba en el aire. «Colmillo Blanco» presentía la futura calamidad antes de tener alguna demostración evidente de ella. De una manera vaga comprendió que se avecinaba un cambio. No sabía cómo ni por qué, pero los dioses mismos le comunicaron lo que iba a ocurrir. De un modo más sutil de lo que ellos sospechaban, delataron sus intenciones al perro-lobo que rondaba la cabaña y que, aunque ahora nunca entraba en ella, comprendía lo que pasaba en la mente de ambos hombres.

—¡Oiga usted eso! —exclamó Matt una noche mientras cenaban.

Weedon Scott escuchó. A través de la puerta se oía un aullido prolongado y ansioso, parecido a un sollozo reprimido que fuera escasamente audible. Se vio después olisquear a «Colmillo Blanco», como si quisiera convencerse de que su dios estaba todavía dentro y no había emprendido su largo y solitario viaje.

—Creo que ese lobo está por usted —dijo Matt.

Weedon Scott echó una mirada a su compañero con ojos que querían expresar un ruego, aunque sus palabras le desmentían.

—¿Qué diablos puedo hacer con un lobo en California? —preguntó.

—Eso es lo que digo yo —respondió Matt—. ¿Qué diablos puede usted hacer con un lobo en California?

Pero esto no era una satisfacción para Weedon Scott. El otro parecía juzgarle sin comprometerse.

—Los perros de allí no podrán hacerle frente —prosiguió Scott—. Los mataría en cuanto los viera. Me obligaría a declararme en quiebra, a fuerza de pagar daños y perjuicios. La policía me lo quitaría para hacerle electrocutar.

—Ya sé que es un verdadero asesino —comentó Matt.

Weedon Scott le miró inquisitivamente.

—Es imposible —dijo, dando muestras de haber llegado a una decisión.

—Es imposible —corroboró Matt—. ¡Vaya! Usted tendría que tomar un hombre nada más que para que le cuidase.

Weedon Scott ya no se mostraba receloso. Inclinó la cabeza en señal de rotundo asentimiento. En el silencio que siguió a las últimas palabras se oyó nuevamente lo que parecía un sollozo ahogado y después el olfateo insistente e inquisitivo.

—Es imposible negar que está por usted —insistió Matt.

El otro le miró, poseído repentinamente de rabia.

—¡Maldita sea! ¡Si sabré yo lo que me conviene!

—Conformes, sólo que...

—¿Sólo qué? —inquirió Scott súbitamente.

—Sólo... —dijo Matt suavemente, pero en seguida cambió de idea, dejando percibir su propia rabia—. Bueno, usted no necesita enojarse por ello. A juzgar por sus maneras se podría decir que no sabe qué hacer.

Weedon Scott luchó consigo mismo durante un momento, diciendo después:

—Tienes razón, Matt. No sé qué hacer y ahí está todo. ¡Vaya! Sería completamente ridículo llevarme ese perro —estalló después de una pausa.

—Conforme —contestó Matt, sin que por ello Scott quedara satisfecho.

—Pero ¿de dónde diablos sabe que usted se va? He aquí lo que no entiendo —prosiguió ingenuamente Matt.

—Es más de lo que puedo entender —respondió Scott sacudiendo tristemente la cabeza.

Finalmente llegó un día en el que «Colmillo Blanco», a través de la puerta abierta, vio el baúl fatal en el suelo, dentro del que su amo metía las cosas. Llegaba y se iba gente, y la atmósfera antes tan tranquila de la habitación estaba extrañamente perturbada. Era ya imposible cerrar los ojos a la evidencia, que «Colmillo Blanco» había presentido mucho antes, pero que ahora razonaba. Su dios se preparaba para un largo viaje. Puesto que no le había llevado consigo la primera vez era de esperar que ahora le dejase también.

Aquella noche lanzó el largo aullido del lobo, como había hecho cuando era cachorro, cuando volvió aterrorizado de la selva al campamento, para encontrar que había desaparecido y que no quedaban de él sino montones de escombros, que indicaban dónde había estado situada la cabaña de Nutria Gris. Elevó el hocico hacia las estrellas y les cantó su congoja.

Dentro de la habitación los dos hombres se disponían a acostarse.

—Ha dejado de comer otra vez —hizo notar Matt desde su catre.

Scott murmuró algo incomprensible y se revolvió dentro de las mantas.

—A juzgar por lo que hizo cuando usted se fue, no me extrañaría que se muriese.

En el otro catre se agitaron las mantas aún más intensamente.

—¡Cállate de una vez! —grito Scott en la oscuridad—. ¡Eres peor que una mujer!

—Conforme —respondió Matt, y Scott se preguntó si su compañero se burlaba.

Al día siguiente la ansiedad y la intranquilidad de «Colmillo Blanco» fueron aún más evidentes. No perdía pisada a su amo, en cuanto salía de la cabaña, y no se apartaba de la puerta en cuanto entraba. Al baúl se habían unido ahora dos maletas grandes y una caja. Matt arrollaba las mantas y el abrigo de pieles formando un pequeño paquete, mientras «Colmillo Blanco» no podía ocultar su angustia al ver aquello.

Más tarde llegaron dos indios. Les observó cuidadosamente mientras llevaban, por el camino que conducía al valle, los dos baúles sobre los hombros, guiados por Matt, que conducía el atado de las mantas, las pieles y la maleta. «Colmillo Blanco» no les siguió, pues el amo estaba dentro de la cabaña. Al cabo de algún tiempo regresó Matt. El amo salió a la puerta e hizo entrar a «Colmillo Blanco».

—¡Pobre animal! —dijo amablemente, mientras le acariciaba las orejas y le daba palmadas en el lomo—. Voy a emprender un largo viaje, y tú no puedes seguirme. Dame un buen gruñido, el último, el de despedida.

Pero «Colmillo Blanco» se negó a hacerlo. En vez de eso, después de echarle una mirada inteligente y escrutadora, metió su cabeza entre el brazo y el cuerpo de su amo.

—¡Eso es el colmo! —gritó Matt. Desde el Yukón llegó el ruido de la ronca sirena de un barco—. ¡Apresúrese usted! Cierre bien la puerta delantera, que yo haré lo mismo con la de atrás. ¡Vamos!

Las dos puertas se cerraron de un golpe en el mismo momento. Scott esperó a que Matt llegara al frente de la cabaña, desde cuyo interior se oían otra vez aquellos sollozos ahogados y el olfateo intenso de «Colmillo Blanco».

—Debes cuidarle bien, Matt —dijo Scott cuando se pusieron en camino—. Escríbeme cómo le va.

—Claro que lo haré —aseguró Matt—. ¡Pero escúcheme...!

Ambos se detuvieron. «Colmillo Blanco» aullaba como un perro a quien se le ha muerto el amo. Clamaba su profundo dolor, quebrándose el grito a medida que se elevaba, en gemidos que destrozaban el corazón, para morir en un lamento tristísimo, elevándose otra vez con cada nuevo ataque de dolor.

El Aurora era el primer barco que llegaba desde el exterior en aquella estación del año. Sus puentes estaban llenos de aventureros sin fondos y de empobrecidos buscadores de oro, tan ansiosos los unos como los otros por salir de allí, con ganas de penetrar en la región. Cerca de la planchada Scott iba a dar un apretón de manos a Matt, que se preparaba a abandonar el barco. Pero ambas manos nunca se encontraron, pues la de Matt quedó en el aire al distinguir algo sobre el puente: sentado allí, a varios metros de distancia, observándoles con mirada inteligente, estaba «Colmillo Blanco».

Matt lanzó por lo bajo un juramento, verdaderamente asustado. Scott estaba tan asombrado que no atinaba a decir palabra.

—¿Cerró usted con llave la puerta delantera? —preguntó Matt.
El otro asintió con la cabeza y preguntó:
—¿Y la puerta de atrás?
—Puede usted apostar lo que quiera: quedó cerrada.
«Colmillo Blanco» bajó las orejas, como si quisiera congraciarse, pero no intentó acercarse.
—Tendré que llevarle a tierra conmigo.
Matt avanzó unos pasos hacia «Colmillo Blanco», pero éste se alejó tranquilamente y sin prisa. Su perseguidor echó a correr detrás de él, pero lo que trataba de alcanzar se deslizaba velozmente entre las piernas de los hombres. Agachándose, dando vueltas, encorvándose, se deslizaba por el puente, eludiendo los esfuerzos del hombre por apresarle.
Pero cuando habló el dios del amor, «Colmillo Blanco» obedeció al instante.
—No acude a las manos que le han alimentado durante todos estos meses —exclamó resentido Matt—. Usted nunca le dio de comer, excepto los primeros días, cuando trabaron amistad. Que me ahorquen si comprendo cómo sabe que usted es el amo.
Scott, que acariciaba a «Colmillo Blanco», se inclinó de repente, notando entonces que tenía varias heridas recién hechas, particularmente una entre los ojos.
Matt se inclinó y pasó la mano por el vientre del animal.
—Claro, nos olvidamos de la ventana. Tiene varias heridas en el vientre. Debe haber pasado por ella como un proyectil.
Pero Scott no le escuchaba. Pensaba rápidamente. La sirena del Aurora dio la última señal para que los visitantes abandonaran el barco. Los hombres corrían por la planchada. Matt se quitó la bufanda que llevaba alrededor del cuello y se dispuso a ponérsela a «Colmillo Blanco», a manera de collar, pero Scott le detuvo.
—Bueno, adiós, Matt... En lo que respecta al lobo, no hace falta que escribas..., verás... Me he decidido...
—¡Cómo! —estalló Matt—. ¿No irá usted a llevárselo?
—Eso es lo que pienso hacer. Aquí está tu bufanda. Yo te escribiré acerca de él.
Matt se detuvo en la mitad de la planchada.
—No aguantará el clima —gritó—. A menos que le corte usted el pelo al rape en verano.
Levantaron la planchada. El Aurora se separó de la orilla mientras Weedon Scott saludaba por última vez. Después se dirigió hacia «Colmillo Blanco» y se detuvo a su lado.
—Ahora puedes aullar todo lo que quieras, maldito —dijo mientras le acariciaba la cabeza y las orejas.

CAPÍTULO II

LAS TIERRAS DEL SUR

«Colmillo Blanco» desembarcó en San Francisco. Estaba asustado. En lo más profundo de su ser, más allá de cualquier razonamiento o acto consciente, asoció siempre el poder con la divinidad. Pero nunca los hombres blancos le habían parecido tan maravillosos como entonces, cuando recorría las estrechas calles de la ciudad. Las cabañas de troncos que había conocido eran aquí edificios, verdaderas torres. Las calles estaban llenas de peligros: camiones, coches, automóviles, grandes y poderosos caballos que arrastraban enormes cargas, tranvías eléctricos que parecían colgar de un cable, que aullaban y hacían sonar sus campanas a través de la niebla, con el mismo grito agudo de los linces que él conoció en las tierras del Norte.

Todo eso era una manifestación del Poder. Detrás de ella estaba el hombre, gobernando e inspeccionando, expresándose a sí mismo, como siempre, mediante su dominio sobre la materia. Era algo colosal y gigantesco, que aterrorizaba a «Colmillo Blanco». Así como había sentido su pequeñez y debilidad cuando siendo todavía cachorro llegó desde la selva a la aldea de Nutria Gris, ahora, cuando había llegado a la edad adulta alcanzando el máximo desarrollo, se sentía igualmente indefenso. ¡Había tantos dioses…! Le mareaba su abundancia. El ruido de las calles le rompía los oídos. Le daba vértigo aquel continuo fluir y moverse de las cosas. Como nunca, sintió que dependía de su amo, cuyas pisadas no perdía, aunque ocurriese cualquier cosa.

Pero «Colmillo Blanco» no había de tener más que una visión de pesadilla de aquella ciudad: algo así como un mal sueño, terrible e irreal, que le persiguió aún mucho tiempo después cuando dormía. Su amo le metió en un vagón de carga, encadenándole en un rincón, entre un montón de maletas y baúles. Allí mandaba un dios gordo y de color bastante oscuro, que hacía mucho ruido pasando la carga de un lado para otro, metiéndola por la puerta y amontonándola, o al revés, echándola fuera, con un estrépito enorme, donde la agarraban otros dioses, que estaban esperando.

Su amo abandonó a «Colmillo Blanco» en aquel infierno donde se guardaba la carga. Por lo menos, así lo creyó el lobo, hasta que por el olfato descubrió que sus baúles se encontraban a su lado, procediendo entonces a montar guardia sobre ellos.

—Ya era hora de que viniera usted —gruñó el dios oscuro, una hora más tarde, cuando apareció Weedon Scott por la puerta—. Este perro de usted no me deja tocar ninguna de sus cosas.

«Colmillo Blanco» quedó asombrado al salir del vagón, pues había desaparecido la ciudad de pesadilla. El coche de ferrocarril no había sido para él más que una habitación como cualquier otra, rodeada por la ciudad, cuando entró en ella, pero que mientras tanto había desaparecido. Por lo menos ya no le dolían los oídos del ruido. Ante él se desplegaba un sonriente paisaje campesino, donde brillaba el sol, poseído de una quietud que daba la impresión de haraganería. Pero tuvo muy poco tiempo para maravillarse de la transformación. La aceptó resignado, como tantas otras cosas inexplicables de los dioses. Era su manera de obrar.

Les esperaba un coche. Un hombre y una mujer se acercaron al amo. La última pasó su brazo por la espalda del dios y lo atrajo hacia sí; un acto de hostilidad. Weedon Scott se separó inmediatamente y se apoderó de «Colmillo Blanco», que estaba convertido en un demonio furioso.

—Está bien, mamá —dijo, sin soltar a «Colmillo Blanco», tratando de calmarle—. Creyó que ibas a hacerme daño, cosa que él no podría aguantar. Está bien. Está bien. Ya aprenderá.

—Mientras tanto, espero que podré abrazarte cuando el perro no esté cerca —dijo la señora riendo, aunque estaba pálida y asustada.

Miraba a «Colmillo Blanco», que mostraba los dientes y tenía una mirada amenazadora.

—Tendrá que aprender, y empezaremos en seguida, sin dejarlo para más adelante —dijo Scott.

Habló suavemente a «Colmillo Blanco», hasta que éste se calmó. Entonces su voz se hizo firme, ordenándole que se echara, una de las cosas que su amo le había enseñado, y que hizo esta vez resistiéndose y de mala gana.

—Ven, mamá.

Scott abrió los brazos sin perder de vista a «Colmillo Blanco», a quien ordenó otra vez que no se levantara.

«Colmillo Blanco» erizó el pelo en silencio, levantó la cabeza y volvió a echarla otra vez, mientras observaba cómo se repetía aquel acto hostil, del cual no pareció resultar ningún daño, así como tampoco del otro dios. Se colocó el equipaje en el coche, al que subieron su amo y los extraños dioses. «Colmillo Blanco» le siguió siempre vigilando, unas veces detrás del coche, otras al lado de los caballos, que arrastraban tan velozmente el vehículo, para advertirles que él estaba allí y que no iba a permitir que hicieran ningún daño a su amo.

Después de un cuarto de hora el coche pasó por un portón de piedra y entró por una avenida, a ambos lados de la cual crecían nogales. Más allá se extendían praderas, en las que, a intervalos irregulares, se elevaban grandes robles. Cerca, los campos de heno lucían su áureo color al sol, formando contraste con el verde que se interponía entre ellos y el camino. Aún más allá se observaban colinas pardas y altos terrenos de pastos. En una suave elevación del valle se encontraba la casa, de numerosas ventanas.

«Colmillo Blanco» apenas tuvo oportunidad de observar todo aquello. En cuanto el coche atravesó el portón, le atacó un perro pastor, de ojos brillantes y hocico fino, poseído de una justa indignación, que se colocó entre el coche y él, cortándole el camino. «Colmillo Blanco» no mostró los dientes ni dio ninguna otra señal de advertencia, sino que sólo erizó el pelo, mientras corría hacia el otro animal, dispuesto a dar el golpe mortal. Pero nunca llegó al final de su carrera, sino que se detuvo bruscamente, rígidas las piernas, tratando de frenar su impulso, casi sentándose sobre las patas traseras, tantos deseos tenía de evitar el contacto con aquel a quien estaba a punto de atacar. Era una perra, sobre la cual la ley de su raza extendía su mano protectora, por lo que hubiera sido necesaria una verdadera rebelión contra sus inclinaciones naturales para atacarla.

Pero ella no pensaba así, pues como hembra no tenía ese instinto. Por otra parte, por pertenecer a la raza de los perros pastores, su miedo inconsciente de la selva, y especialmente del lobo, era extraordinariamente intenso. Para ella «Colmillo Blanco» era un lobo, el merodeador hereditario, que había atacado sus rebaños, desde el primer día en que un hombre confió a sus antepasados el cuidado de sus ovejas. Mientras trataba de evitar su contacto, ella saltó sobre él. «Colmillo Blanco» mostró involuntariamente los dientes al sentir los de ella en su cuello, pero no pasó de ahí por miedo a hacerle daño, sino que retrocedió avergonzado, rígidas las patas, tratando de seguir al coche, sin tener que vérselas con ella. Se desvió del camino, dio vueltas e intentó pasarla: todo fue inútil; ella siempre se encontraba entre el vehículo y él.

—¡Ven aquí, «Collie»! —gritaron desde el coche.

Weedon Scott se rió.

—No se preocupe usted, padre. Es una buena disciplina. «Colmillo Blanco» tendrá que aprender muchas cosas y es mejor que lo inicie ahora mismo. Ya aprenderá.

El coche seguía su camino, pero «Collie» se interponía siempre entre el vehículo y él. Intentó salir del paso metiéndose por la pradera, a ambos lados de la senda y describiendo allí un arco de círculo que le llevara otra vez al camino, pero todo era inútil: «Collie» estaba siempre delante de él, mostrándole sus dos hileras de blancos dientes. Cruzó la senda y trató de adelantarse por el campo del otro lado, con el mismo resultado negativo. El coche donde iba el amo se perdió de vista a lo lejos.

«Colmillo Blanco» todavía pudo observarlo, antes de que desapareciera entre los árboles. La situación era desesperada. Intentó dar otra vuelta, pero lo seguía siempre, corriendo velozmente. Repentinamente, se echó sobre ella, golpeando su paletilla contra la de ella, utilizando su vieja treta. No sólo la volteó, sino que la hizo dar varias vueltas sobre sí misma, mientras trataba inútilmente de aferrarse, gritando agudamente de indignación y de orgullo herido.

«Colmillo Blanco» no esperó más. Quedaba libre el camino y eso era lo que necesitaba. Echó a correr seguido por «Collie», que no cesaba de gritar. El camino se abría en línea recta ante él, por lo que podía enseñarle unas cuantas cosas a su enemiga, que corría con toda la energía de que era capaz, histéricamente, denunciando a cada paso el esfuerzo que le costaba mientras «Colmillo Blanco» se deslizaba sin esforzarse, alejándose silenciosamente de ella, como si fuera una sombra que corriera por la senda.

Divisó el vehículo al dar vuelta a la casa acercándose al pórtico de entrada, donde se había detenido para que descendieran sus ocupantes. En aquel momento, mientras corría con toda la velocidad de que eran capaces sus patas, «Colmillo Blanco» comprendió que era inminente un ataque de flanco. Era un galgo, utilizado para la caza de venados, que se le venía encima y cuyo ataque trató de evitar. Pero corría demasiado ligero y el perro estaba ya muy cerca. Le golpeó en el costado con tal fuerza y velocidad que «Colmillo Blanco» cayó al suelo, donde dio una vuelta completa. Se levantó inmediatamente, poseído de una rabia de loco, las orejas echadas hacia atrás, vibrándole los labios y la nariz, mientras se cerraban convulsivamente sus mandíbulas, que por milagro no habían apretado entre sí el blanco cuello de su atacante.

El amo corrió a toda velocidad hacia el lugar del encuentro, pero se encontraba demasiado lejos, por lo que fue «Collie» la que salvó la vida del perro. Llegó exactamente en el momento en que «Colmillo Blanco» se disponía a echarse otra vez sobre su enemigo para cortarle la yugular, sin errar el golpe esta vez. «Colmillo Blanco» la había engañado con sus maniobras y había corrido más velozmente que ella, sin contar con que la había tirado al suelo sin contemplaciones. Cayó sobre él como un huracán de indignación, ofendida, rabia justificada y odio instintivo por aquel merodeador de la selva. Chocó con «Colmillo Blanco» en ángulo recto con él, derribándolo una vez más.

En aquel momento llegó el amo, que con una mano apartó a «Colmillo Blanco», mientras su padre llamaba a los otros.

—Creo que es una buena recepción para un pobre lobo solitario del Ártico —dijo el amo mientras calmaba a «Colmillo Blanco», acariciándole—. En toda su vida sólo se sabe que lo hayan derribado una vez, y en cuanto llega aquí le hacen perder el equilibrio dos veces.

El coche se alejó. Otros dioses extraños salieron de la casa. Algunos se mantuvieron a una respetuosa distancia, pero dos mujeres realizaron el acto hostil de abrazar al amo. Sin embargo, «Colmillo Blanco» empezaba a tolerarlo, pues no parecía resultar nada malo de ello. Por otra parte, los ruidos que hacían los dioses no tenían nada de amenazador. Pretendieron acercarse a «Colmillo Blanco», pero éste, mostrando los dientes, les advirtió que no lo hicieran, corroborándolo su amo con palabras. En esta ocasión «Colmillo Blanco» se arrimó estrechamente a las piernas de Scott, mientras éste le tranquilizaba con golpecitos en la cabeza.

El perro, que se llamaba «Dick», obedeciendo órdenes se había echado en el porche, sin dejar de gruñir y de vigilar estrechamente al intruso. Una de las mujeres se había acercado a «Collie», abrazándola y acariciándola. Pero ella estaba todavía profundamente ofendida, sin encontrar la perdida tranquilidad, herida en sus sentimientos por la presencia de aquel lobo y plenamente convencida de que sus amos cometían un gravísimo error.

Todos los dioses subieron las escaleras para entrar en la casa, siguiendo «Colmillo Blanco» los pasos de su amo. En el porche «Dick» gruñó, a lo que no dejó de responder «Colmillo Blanco» de la misma manera, y erizando el pelo además.

—Haz entrar a «Collie» y que esos dos arreglen sus diferencias como puedan —sugirió el padre de Scott—. Después serán amigos.

—En ese caso, para demostrar su amistad, «Colmillo Blanco» será uno de los principales asistentes del funeral de Dick —respondió su hijo, riéndose.

—Quieres decir que...

Weedon asintió:

—Eso mismo. «Dick» estaría muerto en un minuto, o dos, cuando mucho.

—Vamos, lobo, es a ti a quien hay que encerrar —dijo, dirigiéndose a «Colmillo Blanco».

Éste subió por los peldaños con las patas rígidas, levantada la cola, sin apartar los ojos de «Dick», en guardia contra un posible ataque de flanco, preparado, al mismo tiempo, contra cualquier cosa desconocida que pudiera asaltarle desde el interior de la casa. Pero no ocurrió nada. En cuanto estuvo dentro exploró cuidadosamente los alrededores, buscándolo sin encontrar nada. Entonces se echó con un gruñido de satisfacción a los pies de su amo, observando todo lo que pasaba, siempre atento a saltar y a luchar por su vida contra los peligros que sentía debían de estar ocultos en aquella casa, que a él le parecía una trampa.

CAPÍTULO III

EL DOMINIO DE LOS DIOSES

No sólo «Colmillo Blanco» era adaptable por naturaleza, sino que además había viajado mucho y conocía el significado y la necesidad de acomodarse al ambiente. Allí en Sierra Vista, nombre de la propiedad del juez Scott, aprendió pronto a sentirse como en su casa. No tuvo ningún otro conflicto serio con los perros. Ciertamente, ellos sabían mucho más que él acerca de los métodos de los dioses de las tierras del Sur. A sus ojos «Colmillo Blanco» adquirió carta de ciudadanía cuando los dioses le hicieron entrar en la casa. Aunque era un lobo, y se tratase de un caso sin precedentes, habían sancionado su presencia y ellos, sus perros, no podían hacer otra cosa que reconocer su voluntad.

Naturalmente, «Dick» tuvo que pasar por algunos malos trances antes de aceptar a «Colmillo Blanco» como parte de la hacienda. Si las cosas hubieran ocurrido como deseaba el perro, hubieran sido buenos amigos, pero a «Colmillo Blanco» no le gustaban las amistades. Todo lo que pedía a sus congéneres era que le dejasen tranquilo. Toda su vida se había mantenido alejado de los de su raza y ahora tampoco deseaba otra cosa. Le aburrían las tentativas de «Dick» de entablar amistad, por lo que le obligaba a alejarse mostrándole los dientes. En las tierras del Norte había aprendido que no debía molestar a los perros de su amo, lección que por cierto no había olvidado. Pero insistía en su propia soledad, y aparentaba ignorar la presencia de «Dick», de tal modo que aquel perro tan bueno acabó por no hacerle caso tampoco interesándose tanto por «Colmillo Blanco» como por el poste donde se ataban los caballos y que se encontraba cerca del establo.

«Collie» obró de distinta manera. Le aceptaba por ser una orden de los dioses, pero eso no significaba que debía dejarle en paz. Entrelazados en su memoria estaban los innumerables crímenes que «Colmillo Blanco» y los de su raza habían cometido contra la de «Collie». Ni en una generación era posible olvidar los destrozos que habían causado en las majadas. Todo esto la aguijoneaba, la inducía a tomar venganza. No podía atacarle delante de los dioses, que permitían su presencia, pero eso no era impedimento para que le hiciera la vida imposible con pequeñas molestias. Entre ellos se alzaba un feudo, que provenía de muchas generaciones anteriores, y en cuanto a ella, no lo olvidaría.

«Collie» se aprovechaba de su sexo para atacar a «Colmillo Blanco». Su instinto no le permitía pagarle con la misma moneda y su insistencia impedía que se la ignorase. Cuando le atacaba, él se volvía exponiendo sólo a sus dientes su paletilla bien protegida por el pelo, y luego se alejaba con las patas rígidas orgullosamente. Cuando insistía demasiado, «Colmillo Blanco» estaba obligado a describir un círculo presentando siempre la paletilla y alejando la cabeza de ella, con una expresión resignada y aburrida en sus ojos. Sin embargo, a veces un mordisco en los cuartos traseros apresuraba su retirada, en la que «Colmillo Blanco» perdía todo su orgullo. Pero generalmente se las arreglaba para mantener una dignidad casi solemne. En cuanto le era posible, fingía ignorar su existencia y acostumbraba apartarse de su camino. Si la oía o la veía venir, se levantaba y se alejaba.

En otras cosas tenía también «Colmillo Blanco» mucho que aprender. La vida en las tierras del Norte era la simplicidad misma comparada con la complejidad de Sierra Vista. Ante todo debía conocer a la familia de su amo, para lo cual estaba relativamente preparado, pues así como Mit-sah y Klukuch pertenecían a Nutria Gris y compartían su fuego, su alimento y sus mantas, todos los habitantes de Sierra Vista pertenecían a su amo.

Pero había algunas diferencias. Sierra Vista era una cosa mucho más compleja que el vivac de Nutria Gris, pues había que considerar un número mayor de personas: el juez Scott y su esposa; las dos hermanas de su amo, Isabel y María; su esposa Alicia y sus hijos, Weedon y Maud, de cuatro y seis años de edad, respectivamente. No había nadie capaz de explicarle la existencia de todas esas personas y de sus mutuos lazos de sangre, pues «Colmillo Blanco» no sabía lo que era el parentesco y nunca sería capaz de entenderlo. Sin embargo, comprendió muy pronto que todas aquellas personas eran posesión de su amo. Por la observación, en cuanto se ofrecía la oportunidad, estudiando los ademanes y el tono de la voz, comprendió lentamente el grado de intimidad y de confianza que les unía a él. Según esta norma les trataba. Lo que era valioso para su amo lo era para él; lo que él amaba, «Colmillo Blanco» lo estimaba y vigilaba.

Así ocurrió con los dos niños. Siempre había odiado a las criaturas, pues temía sus manos. No eran de cariño las lecciones que había aprendido de ellas, sino de tiranía y crueldad, en los campamentos de los indios. Cuando Weedon y Maud se le acercaron por primera vez, gruñó como una advertencia y su mirada adquirió un fulgor maligno. Un golpe del amo y unas palabras enérgicas le indujeron a permitir sus caricias, aunque gruñó y gruñó, mientras aquellas manitas paseaban por su lomo, sin que su voz tuviera ninguna nota de ternura. Más tarde comprendió que el chico y la chica eran de gran valor para su amo. Desde entonces no se precisaron voces de orden para que tolerase sus caricias.

Sin embargo, el afecto de «Colmillo Blanco» no era muy efusivo. Cedía a los deseos de los hijos con mala cara, aunque honradamente. Aguantaba sus tonterías de chiquillos, como un hombre que se somete a una operación dolorosa. Cuando ya no podía soportar más, se levantaba y se alejaba con su paso altivo. Pero después llegó a amarles, sin hacer por ello ningún aspaviento. Nunca se levantaba para recibirles, pero en lugar de alejarse al verles, esperaba que se le reunieran. Más adelante, alguien notó que se le iluminaban los ojos cuando les veía acercarse y que les seguía con una mirada triste, como si se sintiera abandonado cuando se alejaban para dedicarse a otros juegos.

Todo esto era una cuestión de aprendizaje y necesitaba tiempo. Después de los niños, a quien tenía más respeto era al juez Scott, para lo que probablemente había dos razones: ante todo era una valiosa posesión de su amo y además, como él, era muy poco expansivo. A «Colmillo Blanco» le gustaba echarse a sus pies, cuando leía el periódico, sentado en el porche, favoreciéndole, de cuando en cuando, con una mirada o con una palabra, demostraciones no molestas de que reconocía su presencia y existencia. Pero sólo hacía eso cuando el amo no estaba cerca, pues en cuanto aparecía, todas las otras cosas dejaban de existir para «Colmillo Blanco».

Ahora permitía que todos los miembros de la familia le acariciasen, pero nunca les pagaba como al amo. Ninguna de sus caricias podía hacer que apareciera en su voz aquella nota de ternura, y por mucho que se esforzaran, no podían conseguir que metiera su cabeza debajo del brazo. Esta expresión de languidez y de entrega la reservaba sólo para él. De hecho consideraba a los demás miembros de la familia como posesión suya.

«Colmillo Blanco» distinguía perfectamente a los familiares de la servidumbre, que le tenían miedo aunque él se abstenía de atacarlos, pues los consideraba también parte de la propiedad. Entre ellos y «Colmillo Blanco» existía una neutralidad armada: nada más. Preparaban la comida del amo, limpiaban los platos y hacían las mismas cosas que había hecho Matt allá en el Klondike. En una palabra, pertenecían a la casa.

Fuera de ella «Colmillo Blanco» tenía aún mucho que aprender. Los dominios del amo eran vastos y complejos, aunque tenían sus límites. La tierra cesaba en el camino real, dominio común de todos los dioses: las calles y caminos. Más allá de los alambrados o de las rejas empezaban los dominios de otros dioses. Un número infinito de leyes regulaba todas estas cosas y determinaba la conducta de cada cual. Pero él no dominaba su lenguaje ni tenía ningún medio de aprenderlas sino por experiencia. Obedecía sus impulsos naturales hasta que comprendía que había violado alguna ley. Después de varios errores la aprendía y la observaba siempre.

Pero el método más eficaz de su educación era un golpe o una palabra de censura de su amo. Un simple golpe del amo era para él más doloroso que cualquiera de los azotes que había recibido de Nutria Gris o de Smith el Bonito, pues ellos sólo herían su carne, debajo de la cual el espíritu rabiaba siempre, espléndido e indomable. Pero los golpes de Scott eran siempre demasiado livianos como para herirle en la carne: llegaban aún más profundamente. Eran una expresión de desaprobación por parte del amo y el espíritu de «Colmillo Blanco» se retorcía debajo de ellos.

De hecho, muy rara vez le golpeaba, pues bastaba con una advertencia verbal, por la que «Colmillo Blanco» sabía si obraba bien o no, y a la cual ajustaba su conducta y sus acciones. Era la brújula y la carta mediante las cuales se orientaba y aprendía a sortear los peligros de las costumbres de aquella nueva tierra y de su vida, tan distinta de la anterior.

En las tierras del Norte el único animal domesticado era el perro: todos los otros vivían en la selva, y si bien no eran muy grandes, constituían la presa legítima de cualquier can. Durante toda su vida «Colmillo Blanco» había matado las cosas vivientes para poder alimentarse. No le cabía en la cabeza que allí fuera distinto. Pero tuvo que aprenderlo en aquella hacienda del Valle de Santa Clara. Paseando alrededor de la casa tropezó con un pollito que se había escapado del gallinero. El primer impulso natural de «Colmillo Blanco» fue comérselo. Un par de saltos, unos dientes que brillaban, un polluelo asustado y se tragó aquella avecilla que, como había sido criada artificialmente, estaba gorda y tierna. «Colmillo Blanco» se pasó la lengua por los labios y hubo de convenir que aquel alimento era excelente.

Aquel mismo día se encontró con otro aventurero cerca de las caballerizas. Uno de los encargados de ellas echó a correr para salvar al pollo. Como no conocía la raza de «Colmillo Blanco», tomó un látigo corto. Al sentir el primer latigazo abandonó al pollo y atacó al hombre, que hubiera podido detenerle con un palo, pero no con eso. En silencio, sin retroceder un paso, atacó por segunda vez. Cuando el hombre comprendió que quería saltar a la garganta, tiró el látigo, se la cubrió con las manos y gritó:

—¡Dios mío!

Consecuencia de aquel encuentro fue que salió de la pelea con la carne del brazo desgarrada hasta el hueso.

El hombre estaba profundamente aterrorizado, no tanto por la ferocidad de «Colmillo Blanco» como por la forma silenciosa en que atacaba. Trató de refugiarse en la caballeriza, protegiéndose la cara y la garganta con el brazo destrozado que sangraba. Se habría ido bastante mal si no hubiera aparecido «Collie» por allí, que le salvó la vida como lo había hecho con «Dick». Se arrojó sobre «Colmillo Blanco», poseída de una rabia furiosa. Ella había tenido razón; había acertado donde aquellos dioses tontos se habían equivocado. Quedaban justificadas todas sus sospechas: aquel viejo merodeador volvía a las andadas.

El hombre se refugió en la caballeriza, mientras «Colmillo Blanco» retrocedía ante los malignos dientes de «Collie», le presentaba el costado y daba vueltas y vueltas. Pero contra su costumbre, no cejó esta vez, como solía hacerlo después de castigarle. Por el contrario, aumentaba su enojo, hasta que, finalmente, «Colmillo Blanco», perdida por completo la dignidad, huyó delante de ella a través de los campos.

—Tiene que aprender a no comer los pollos —dijo el amo—, pero no puedo darle una lección hasta que le agarre con las manos en la masa.

Dos noches más tarde se ofreció la oportunidad, aunque en una escala más amplia de lo que el amo había anticipado. «Colmillo Blanco» había observado los gallineros y las costumbres de sus habitantes. De noche, cuando todas las aves dormían, subió a una pila de cajones, desde donde saltó hasta el techo del gallinero, pasó por el palo horizontal que le sostenía y se arrojó adentro de un salto. Un momento más tarde, empezó la degollina.

De mañana, cuando el amo salió de casa, se encontró con cincuenta gallinas Leghorn muertas, puestas en fila por el hombre a quien «Colmillo Blanco» había herido en el brazo. Silbó, primero de asombro y después de admiración. Mirando a su alrededor observó a «Colmillo Blanco», cuya mirada era absolutamente inocente sin demostrar ni vergüenza ni culpabilidad. Se mantenía orgullosamente sobre sus patas, como si hubiera hecho alguna cosa meritoria y digna de elogio. Nada en él denotaba conciencia del pecado. El amo apretó los labios al tener que hacer frente a aquella desagradable necesidad. Habló duramente al culpable, sin que se notara en su voz otra cosa que una rabia divina. Obligó a «Colmillo Blanco» a oler nuevamente las gallinas muertas, mientras le propinaba algunos buenos golpes.

Nunca volvió a saquear un gallinero. Había aprendido que era un acto contrario a la ley. Entonces el amo le llevó allí. Su impulso natural, en cuanto vio aquel alimento viviente, fue echarse sobre él. Obedeció al instinto, pero la voz de su amo le detuvo. Continuaron paseando por allí durante media hora, mientras su naturaleza pretendía imponerse a «Colmillo Blanco». Pero en cuanto cedía a ella le detenía la voz de su amo. Así aprendió la ley y, antes de abandonar el gallinero, comprendió que debía ignorar su existencia.

—Es imposible reformar a un animal que está acostumbrado a matar pollos —dijo tristemente el juez Scott durante el desayuno. Su hijo había contado la lección que había dado a «Colmillo Blanco»—. En cuanto degustan la sangre por primera vez...

Pero Weedon Scott no estaba conforme con la opinión de su padre.

—Le diré a usted lo que voy a hacer —dijo desafiándole—. Encerraré a «Colmillo Blanco» toda la tarde en el gallinero.

—Piensa en las pobres gallinas —objetó el juez.

—Además —prosiguió su hijo—, por cada gallina que mate le daré a usted un dólar.

—Entonces papá debería pagar algo si pierde —le interrumpió su hermana Isabel.

La otra hermana la secundó, manifestándose conformes todos los que estaban sentados alrededor de la mesa. El juez inclinó la cabeza en señal de asentimiento.

—Muy bien —dijo su hijo, después de reflexionar un momento—. Si a la caída de la tarde «Colmillo Blanco» no ha hecho daño a ningún pollo, por cada diez minutos que haya estado allí usted tendrá que decirle una vez, con la misma seriedad que si estuviera pronunciando una sentencia, que es más inteligente de lo que usted piensa.

Desde ocultos puestos de observación, toda la familia vigiló la experiencia, que fue muy aburrida. Encerrado en el gallinero, en ausencia de su amo, «Colmillo Blanco» se echó en el suelo y se quedó dormido. Se levantó una vez a beber agua. Con toda calma aparentó ignorar a los pollos. Para él no existían. A las cuatro de la tarde ganó de un salto el techo del gallinero, de donde descendió al otro lado, fuera de él, y volvió a la casa. Había aprendido la ley. En el porche, delante de toda la familia, que se divirtió lo indecible, el juez Scott, frente a «Colmillo Blanco», dijo dieciséis veces:

—Eres más inteligente de lo que yo creía.

Pero la multiplicidad de las leyes confundía a «Colmillo Blanco», y a menudo le conducía a la desgracia. Tuvo que aprender que tampoco podía meterse con los pollos de otros dioses. Había, además, gatos, conejos y pavos, a todos los cuales debía dejar en paz. De hecho, cuando hubo aprendido la ley, la entendía de tal manera que no podía atacar a nadie. En los pastos una liebre podía pasar sin peligro delante de sus narices. Con todos los músculos en tensión, temblando de deseo, dominó sus instintos y se quedó quieto: obedecía la voluntad de los dioses. Un día, recorriendo los pastizales, vio que «Dick» corría detrás de una liebre. Como el amo le miraba, no se atrevió a intervenir, pero Scott le azuzó para que tomara parte en la caza. Finalmente comprendió exactamente la ley. Le estaba prohibido perseguir a los animales domésticos. Si no se hacía amigo de ellos, por lo menos debía mantener la neutralidad. Pero todos los otros seres del bosque nunca habían prestado juramento de fidelidad al hombre, por lo que eran presa legítima de cualquier perro. Los dioses sólo protegían a los animales domesticados a los que no se podía matar. El dios era señor de vida y muerte sobre los que le estaban sometidos y, además, sumamente celoso de su poder.

Después de la vida primitiva de las tierras del Norte, el valle de Santa Clara parecía muy complejo. La principal exigencia de estas complejidades de la vida civilizada era el dominio de sí mismo, un equilibrio del yo, que era tan delicado como el vuelo de alas de muselina y tan rígido como el acero. La vida tenía mil facetas, que «Colmillo Blanco» debía conocer cuando iba a la ciudad, a San José, corriendo detrás del coche o paseando por las calles cuando se detenía. La vida fluía a su lado, profunda, ancha y variada, haciendo vibrar dolorosamente sus sentidos, exigiendo de él infinitas adaptaciones y obligándole casi continuamente a reprimir sus impulsos.

A su paso encontraba carnicerías donde colgaba el alimento, que le estaba prohibido tocar. En las casas que su amo visitaba había gatos: debía dejarlos en paz. Por todas partes encontraba perros, que le mostraban los dientes, a los que no debía atacar. En las aceras, llenas de gente, encontraba personas cuya atención atraía inmediatamente. Se detenían, le señalaban con el dedo, le examinaban, le hablaban y, lo peor de todo, pretendían tocarle. Debía aguantar todos aquellos contactos peligrosos de manos extrañas, consiguiendo siempre dominarse. Además pudo sobreponerse a su vergüenza y a su carácter huraño. Recibía orgullosamente las atenciones de la multitud de dioses desconocidos. Aceptaba su condescendencia con el mismo sentimiento. Por otra parte, había algo en él que impedía tomarse mucha familiaridad. Le acariciaban la cabeza y seguían su camino sumamente satisfechos de su propia audacia.

Pero no todo era tan fácil para «Colmillo Blanco». Corriendo detrás del coche, en las afueras de San José encontraba ciertos chiquillos que habían tomado la costumbre de tirarle piedras. Sin embargo, «Colmillo Blanco» sabía que no podía correr detrás de ellos y hacerles daño. En este caso estaba obligado a desobedecer su instinto de propia defensa, pues la doma empezaba a hacer sus efectos, convirtiéndole en un animal civilizado.

Pero «Colmillo Blanco» no estaba satisfecho de cómo iban las cosas. No tenía ideas abstractas acerca de la justicia o del juego limpio, mas la vida posee un cierto sentido de la equidad, por lo que «Colmillo Blanco» sentía que no era justo que se le prohibiera defenderse contra los que le arrojaban piedras. Olvidaba que en el convenio entre él y los dioses éstos se comprometían a cuidarle y defenderle. Un día, el amo descendió del coche con el látigo en la mano y repartió algunos zurriagazos entre los chiquillos que apedreaban a «Colmillo Blanco», después de lo cual ya no lo hicieron más. Él lo comprendió y quedó satisfecho su anhelo de justicia.

Tuvo otra experiencia análoga. En el cruce de caminos por el que se debía pasar para ir a la ciudad se encontraba una taberna, en cuya puerta se detenían siempre tres perros que tenían por costumbre atacar a «Colmillo Blanco» en cuanto pasaba. Como sabía de lo que era capaz, el amo insistía siempre en que no debía pelear, de lo que resultaba que «Colmillo Blanco» se encontraba sometido a una dura prueba cuando pasaba por allí. Siempre, sin embargo, después del primer ataque, bastaba que «Colmillo Blanco» mostrara los dientes para que los tres se mantuvieran a respetuosa distancia sin que dejaran de seguirle, mordiéndole y gruñendo como si le insultasen. Estos ataques se prolongaron durante un cierto tiempo, pues los parroquianos de la taberna los azuzaban para que atacaran a «Colmillo Blanco». Un día que lo hicieron abiertamente, el amo detuvo el coche:

—¡Dale! —dijo a «Colmillo Blanco».

Pero éste no pudo entenderlo. Miró a su amo y luego a los perros. Echó hacia atrás una mirada llena de deseo y observó interrogativamente a su amo, que inclinó la cabeza:

—¡Vete hombre, acomételos!

«Colmillo Blanco» no dudó más. Dio vuelta y, sin previo aviso, se echó sobre sus enemigos. Los tres le hicieron frente. Se oyeron aullidos y ladridos, crujir de dientes, y se vio correr a alguno de ellos. El polvo de la carretera se levantó formando nubes y ocultó la refriega. Pero al cabo de algunos minutos dos perros estaban tirados en el suelo y un tercero corría todo lo que le daban de sí las patas. Saltó una zanja, después una reja y luego echó a correr por el campo abierto, perseguido por «Colmillo Blanco», que se deslizaba como un lobo y con la misma velocidad, rápidamente y sin ruido. No tardó en alcanzarle, y entonces lo derribó y lo mató.

Con esta triple muerte terminaron sus principales preocupaciones acerca de los perros. Se corrió la voz por el valle y la gente se cuidó de que sus canes no molestaran al lobo.

CAPÍTULO IV

LA LLAMADA DE LA SANGRE

Pasaron los meses. En las tierras del Sur abundaba el alimento y no había nada que hacer. «Colmillo Blanco» engordaba y vivía feliz. No sólo estaba en las tierras del sol, sino que se encontraba en el mediodía de la vida. La bondad humana era como un sol que alumbraba, por lo que se desarrollaba como una flor que crece en buen clima.

Sin embargo, era distinto de los otros perros. Conocía la ley mucho mejor que los gozques, que no habían vivido sino en el valle, y la observaba con más rigor aún que sus congéneres. No obstante, siempre daba la impresión de que detrás de él había algo feroz, un espacio de la selva que estaba en acecho como si el lobo durmiera y fuera a despertarse en cualquier momento.

No fraternizaba con los otros perros. En cuanto a su especie, había vivido siempre como un solitario y quería seguir siéndolo. Sentía una profunda aversión por ellos desde que le persiguieron «Bocas» y los demás cachorros y después de las peleas con canes, en los días de Smith el Bonito. Se había desviado el curso natural de su vida. Apartado de su especie, se había unido a los hombres.

Además, los perros de las tierras del Sur le consideraban sospechoso. Despertaba en ellos el miedo instintivo por la selva, por lo que siempre le recibían con gruñidos, mostrando los dientes y manifestando odio beligerante. Por otra parte, muy pronto comprendió «Colmillo Blanco» que no era necesario clavarles los dientes. Bastaba, en todos los casos, mostrar los colmillos y entreabrir los labios, lo que casi nunca dejaba de tener el efecto deseado: hacer que cayera patas arriba y echara a correr un can que un momento antes avanzaba con intención de pelear.

Pero la vida de «Colmillo Blanco» tenía un punto doloroso: «Collie», que nunca le daba un momento de tranquilidad. Ella no obedecía la ley tan estrictamente como él, pues ni todos los esfuerzos del amo pudieron conseguir que hiciera las paces con «Colmillo Blanco», en cuyos oídos resonaba siempre su gruñido seco y nervioso. «Collie» no olvidó nunca el episodio de los pollos, y mantenía insistentemente que «Colmillo Blanco» iba a acabar mal. Siempre le encontraba culpable antes de que hiciera algo, y le trataba de acuerdo con ese criterio. Se convirtió en una verdadera peste que, como si fuera un policía, no le dejaba ni a sol ni a sombra, siguiéndole a cualquier parte que fuera, a los establos o los pastos, y estallando en un torrente de indignadas imprecaciones en cuanto observaba cómo «Colmillo Blanco» seguía con la vista a una paloma o a un pollo. El método favorito de él para deshacerse de ella consistía en echarse en el suelo, poniendo la cabeza sobre las patas delanteras, fingiendo dormir, lo que siempre la confundía y la reducía al silencio.

Si se exceptúa a «Collie» todo marchaba perfectamente para «Colmillo Blanco». Había aprendido a dominarse y a mantener el equilibrio en su conducta. Conocía la ley. Había alcanzado la verdadera calma, la tolerancia filosófica, la plenitud... Ya no vivía en un ambiente hostil. El peligro, el dolor y la muerte ya no le acechaban por todas partes. Con el tiempo, el terror de lo desconocido como una amenaza omnipresente palideció hasta desaparecer. La vida era ahora fácil y suave. Fluía deleitosamente, y ni el peligro ni los enemigos le acechaban en el camino.

Sentía la falta de la nieve, sin darse cuenta de ello. «Un verano excesivamente largo», hubiera pensado, de haber sido capaz de ello; pero como no podía se contentaba con notar su ausencia de una manera inconsciente y vaga. Igualmente, cuando el sol le hacía sufrir sentía una indefinida nostalgia por las tierras del Norte. Su único efecto consistía, sin embargo, en ponerle intranquilo e inquieto, sin que él mismo pudiera darse cuenta de la causa.

«Colmillo Blanco» nunca había sido muy expansivo. Fuera de meter la cabeza debajo del brazo de su amo y de poner un acento de cariño en sus gruñidos, no tenía ningún procedimiento para expresar lo que sentía. Sin embargo, aún había de descubrir uno más. Siempre había sido muy irritable ante la risa de los dioses, que le ponía loco y provocaba en él una rabia de maniático. Pero no podía enojarse con el amo por tal causa, y cuando éste se rió de él, con toda buena intención, en son de broma, «Colmillo Blanco» se quedó estupefacto. Sintió el cosquilleo de la antigua rabia que subía en él y que pugnaba contra el cariño. No podía enojarse, pero algo tenía que hacer. Al principio adoptó una actitud seria y digna, lo que indujo a su amo a reírse, aún más y mejor. Intentó elevar la dignidad de su apostura, con lo que el amo se rió más ruidosamente. Finalmente, Scott le hizo abandonar su dignidad a carcajadas. Se le abrieron las mandíbulas, se elevaron un poco sus labios y en sus ojos apareció una expresión extraña, que tenía más de cariño que de humor. Había aprendido a reírse.

Igualmente aprendió a pelear con el amo, a que le tirara por el suelo y se echara encima de él; a ser la víctima de innumerables juegos bruscos. Por su parte aparentaba estar enojado, erizaba el pelo, aullaba furiosamente, abría y cerraba las mandíbulas con movimientos que parecían mortales, sin olvidarse nunca de sí mismo, pues jamás mordía otra cosa sino aire. Tales peleas terminaban con un diluvio mutuo de mordiscos, golpes, aullidos y gritos, después de lo cual se separaban varios metros y se observaban mutuamente, hasta que, de repente, como si apareciera el sol sobre un mar tormentoso, empezaban a reírse. Finalmente, el amo abrazaba a «Colmillo Blanco», que gruñía su canción de cariño.

Pero nadie, fuera de aquel hombre, podía hacer eso con «Colmillo Blanco», pues no lo permitía, por prohibírselo su dignidad. Cualquiera que lo intentara oía un gruñido y veía un par de colmillos, que no denotaban, precisamente, ganas de jugar. Que permitiera esas libertades a su amo no era ninguna razón para que lo tomaran por un perro cualquiera, que acariciaba a éste y a aquél, y que estaba para divertir a todos. Quería con todo su corazón y se negaba a rebajarlo o rebajarse a sí mismo.

El amo salía frecuentemente a caballo. Uno de los principales deberes de «Colmillo Blanco» consistía en acompañarle. En las tierras del Norte demostró su fidelidad tirando del trineo. En las del Sur no existían esos vehículos ni era costumbre confiar a los perros el transporte de cargas, por lo que demostraba su fidelidad acompañándole. «Colmillo Blanco» nunca estaba cansado, ni aun después de la más larga marcha, pues corría con el paso del lobo, suavemente, sin esfuerzo, sin cansarse. Después de una carrera de ochenta kilómetros todavía se adelantaba a la cabalgadura.

En una de estas ocasiones «Colmillo Blanco» utilizó otro modo de expresión, en verdad notable, puesto que en total se sirvió de él dos veces en su vida. La primera ocurrió cuando el amo intentó enseñar a un caballo de raza las maniobras necesarias para abrir y cerrar un portón, sin necesidad de que el jinete desmontase. Muchas veces llevó al caballo hasta allí intentando cerrarle, pero el animal se asustaba y retrocedía. Cuanto más repetía la prueba, tanto más nervioso y excitado se ponía el caballo. Cuando pretendía retroceder, el amo le aplicaba las espuelas haciéndole bajar las patas delanteras, ante lo cual empezaba a dar coces con las de atrás. «Colmillo Blanco» observó el espectáculo con ansiedad creciente, hasta que no pudo contenerse más y se puso delante del bridón, ladrando salvajemente, a manera de advertencia.

Aunque intentó ladrar nuevamente, y el amo le instaba a que lo hiciese, lo repitió sólo una vez, cuando Scott no estaba delante. El amo montaba uno de esos caballos que no sirven para nada, cuando una liebre saltó a pocos pasos de la cabalgadura, asustándola tanto que al intentar escapar al supuesto peligro derribó al jinete, que se rompió una pierna en la caída. «Colmillo Blanco», furioso, quiso saltar al cuello del jamelgo, pero se lo impidió la voz perentoria de su amo.

—¡A casa! ¡Vete a casa! —le ordenó Scott, cuando se dio cuenta de que no podía moverse.

«Colmillo Blanco» no parecía tener ganas de abandonarlo. Scott pensó en escribir una nota, pero en vano buscó en sus bolsillos papel y lápiz, por lo que le ordenó nuevamente que fuera a casa.

«Colmillo Blanco» le miró, echó a correr, volvió y aulló débilmente. El amo le habló con voz muy suave, pero enérgica. Él levantó las orejas y escuchó con profunda atención.

—Está bien, está bien, chico, vete a casa —le dijo—. Vete a casa y cuéntales lo que me ha pasado. Vete a casa, lobo. ¡A casa!

«Colmillo Blanco» conocía el significado de la palabra casa, y aunque no entendió todo lo demás que le decía su amo, sabía que era su deseo que fuera allí. Dio vuelta y echó a andar, con bastante mala voluntad. Luego se detuvo indeciso, y echó una mirada hacia atrás por encima de los hombros.

—¡Vete a casa! —ordenó Scott enérgicamente, y esta vez obedeció.

La familia se encontraba en el porche tomando el fresco, cuando llegó «Colmillo Blanco», agotado y cubierto de polvo.

—Weedon ha vuelto —dijo su madre.

Los niños recibieron a «Colmillo Blanco» con alegres gritos y salieron corriendo para acariciarle. Él trató de evitarlos, pero le arrinconaron entre una mecedora y la baranda. «Colmillo Blanco» gruñó y trató de alejarlos a empujones. Su madre, que no las tenía todas consigo, les observaba.

—Confieso que me pone nerviosa por los chicos —dijo—. Tengo miedo de que el día menos pensado se va a echar sobre ellos para herirles.

Aullando de forma salvaje, «Colmillo Blanco» abandonó el rincón, atropellando a ambas criaturas. La madre los llamó y trató de consolarlos, advirtiéndoles, además, que no debían meterse con él.

—Un lobo es un lobo —comentó el juez Scott—. No se puede uno fiar de ninguno.

—Pero no es enteramente un lobo —le interrumpió Isabel, decidida a defender a su hermano ausente.

—Para afirmar eso te basas exclusivamente en la opinión del propio Weedon —replicó el juez—. Él tampoco sabe nada seguro. Supone, simplemente, que algunos de los antepasados de «Colmillo Blanco» fueron perros. Pero él mismo dice que sólo lo supone, pero no que lo sabe. En cuanto al aspecto...

No pudo terminar la frase. «Colmillo Blanco» se plantó ante él, aullando ferozmente. El juez le ordenó que se echara, pero no le hizo caso.

«Colmillo Blanco» se dirigió a la esposa de su amo, que gritó aterrorizada cuando él se prendió de la falda, tirando hasta romper el débil tejido. Entonces se convirtió en el centro del interés. Dejó de gruñir y con la cabeza alta miraba a todos. Su garganta se movía espasmódicamente, pero ningún sonido salía de ella, mientras luchaba con todas las fuerzas de su cuerpo por librarse de aquel algo incomunicable que quería salir de él.

—Espero que no se haya vuelto loco —dijo la madre de Weedon—. Siempre he dicho que un clima cálido como éste no es sano para un animal del Ártico.

—Pues yo diría que está tratando de hablar —afirmó Isabel.

En aquel momento le fue dado el don de expresión a «Colmillo Blanco», que empezó a ladrar ruidosamente.

—Algo le ha pasado a Weedon —dijo su esposa muy convencida.

Todos se pusieron en pie. «Colmillo Blanco» echó a correr escaleras abajo, mirando hacia atrás, de cuando en cuando, para ver si le seguían. Por segunda y última vez en su vida había ladrado y se había hecho entender.

Después de este suceso los corazones de los habitantes de Sierra Vista latieron aún más enérgicamente por «Colmillo Blanco». Hasta el encargado de las caballerizas, cuyo brazo había mordido «Colmillo Blanco», concedió que era un perro muy inteligente, no obstante de ser un lobo.

El juez Scott seguía siendo de la misma opinión. Mediante medidas y descripciones tomadas de enciclopedias y de diversas obras sobre historia natural demostró, a satisfacción de todos, que «Colmillo Blanco» era un lobo.

Pasaron los días, trayendo sin interrupción la luz y el calor del sol al valle de Santa Clara. Cuando aquéllos se acortaron e iba a empezar su segundo invierno en las tierras del Sur, «Colmillo Blanco» hizo un extraño descubrimiento. Los dientes de «Collie» ya no le mordían. Se había puesto juguetona y había en ella una suavidad que impedía que sus ataques hirieran realmente a «Colmillo Blanco», que olvidó que le había convertido la vida en un infierno. Cuando ella se le acercaba, él respondía solemnemente, tratando de ser juguetón, sin conseguir otra cosa que ponerse en ridículo.

Un día, ella le condujo, en una loca carrera, a través de los pastos y de los bosques. El amo montaba todas las tardes a caballo, y «Colmillo Blanco» lo sabía. El corcel estaba ya ensillado y esperaba en la puerta. Pero había en él algo más profundo que todas las leyes que hubiera aprendido, que las costumbres que le habían moldeado, que el cariño que sentía por el amo, que el mismo deseo de vivir. Cuando «Collie» se le acercó, le tocó con el hocico y echó a correr, él, que un instante antes no sabía qué decidir, dio media vuelta y la siguió. Aquel día el amo anduvo solo a caballo. En los bosques, «Colmillo Blanco» corría junto a «Collie» como, muchos años antes, «Kiche», su madre, y el viejo «Tuerto» habían recorrido las selvas de las tierras del Norte.

CAPÍTULO V

EL LOBO DORMIDO

Por aquellos tiempos los periódicos estaban llenos de noticias acerca de la audaz fuga de un preso de la cárcel de San Quintín. Era un hombre feroz, cuyos orígenes habían sido bastante malos. No había nacido bien, y la mano de la sociedad no le había ayudado a moldearle; por el contrario, él mismo era una demostración notable de la dureza del efecto de las causas sociales sobre un ser humano. Era una bestia, mejor dicho una bestia humana, tan terrible que podría calificársele de carnívoro.

En la prisión de San Quintín había demostrado ser incorregible. Los castigos no podían alterar su espíritu. Podía morir en silencio y pelear hasta el mismísimo fin, pero no podía vivir y experimentar una derrota. Cuanto más ferozmente luchaba, más dura era la sociedad con él, consistiendo el único efecto en hacerle aún más feroz. Para Jim Hall las camisas de fuerza, los largos períodos a pan y agua y los golpes resultaban un tratamiento equivocado, pues era lo mismo que le habían dado desde niño, cuando vivía en el barrio de San Francisco, blanda arcilla en manos de la sociedad, que hubiera podido adquirir la forma que ésta quisiera darle.

Durante su tercera condena en la prisión, Jim Hall encontró a un guardia casi tan bestia como él que le trató injustamente; mintió acerca de su conducta ante el jefe de la prisión, haciéndole perder la poca confianza que merecía aún y persiguiéndole en toda forma. La diferencia entre los dos consistía en que el guardia llevaba un manojo de llaves y un arma. Jim Hall tenía sólo sus manos limpias y sus dientes. Pero un día saltó sobre el carcelero utilizando los dientes, como cualquier animal de la selva.

Después de esto, Jim Hall pasó tres años en la celda de los incorregibles, cuyos muros, techo y suelo eran de hierro, y que nunca se le permitió abandonar durante aquel período, durante el que no vio el sol o el cielo. El día era un crepúsculo gris y la noche un silencio negro. Se le había enterrado vivo en un ataúd de hierro. Nunca vio una cara humana ni habló con nadie. Cuando se le alcanzaba la comida gruñía como un animal. Odiaba a todos y a todas las cosas. Durante días y noches escupió su rabia contra la humanidad. Durante meses no pronunció una palabra, devorando su propia alma en aquel negro silencio. Era al mismo tiempo un ser humano y un monstruo, algo tan terrible como las elucubraciones de una mente enloquecida.

Una noche pudo escapar. El jefe de la prisión dijo que era imposible, pero, sin embargo, la celda estaba vacía, aunque no del todo, pues dentro de ella se encontraba el cadáver de uno de los guardias. Otros dos indicaban el trayecto que había seguido para salir de la prisión. Había matado a los tres con sus manos.

Estaba armado con los revólveres de los tres carceleros. Era un arsenal viviente que huía a través de las colinas, perseguido por todas las fuerzas de la sociedad. Se había puesto un alto precio a su cabeza. Los avarientos aldeanos recorrían los alrededores con armas de fuego en la mano. Con el importe de la recompensa se podía pagar la hipoteca o mandar al hijo a la Universidad. Personas poseídas de un alto espíritu de justicia sacaron a relucir sus rifles y se echaron al campo. Una traílla de sabuesos seguía las huellas que dejaban sus pies, que sangraban. Y los sabuesos de la ley, los animales de presa de la sociedad, seguían estrechamente sus pasos, utilizando el teléfono, el telégrafo y los trenes especiales.

Algunos llegaron a encontrarse frente a frente con él, luchando entonces como héroes, o echaron a correr atravesando hasta alambradas de púa, para mayor regocijo de los tranquilos ciudadanos de la república que leían la aventura en el periódico durante el desayuno. Llegaban a las ciudades los muertos o los heridos, llenando otros las raleadas filas que se interesaban por la caza del hombre.

Entonces desapareció Jim Hall. Los sabuesos perdieron la pista. Hombres armados detenían a los inofensivos habitantes de remotos valles y les obligaban a identificarse. Mientras tanto, mucha gente ansiosa de dinero descubrió una docena de veces el cadáver de Jim Hall en la ladera de alguna montaña.

Entre tanto, en Sierra Vista se leían esas noticias no con interés, sino con ansiedad. Las mujeres estaban realmente asustadas. El juez Scott parecía echarlo todo a barato y tomarlo a broma, aunque sin razón, pues en los últimos tiempos del ejercicio de su profesión debió juzgar el caso Jim Hall y pronunciar sentencia. Al oírla, el penado, cuando todavía se encontraba en la sala y podían oírle todos los presentes, juró que llegaría el día en que tomaría venganza del juez que le condenaba.

Aquella vez Jim Hall tenía razón. Era inocente del crimen de que se le acusaba. En la jerga peculiar de los ladrones y de la policía era un caso de descarrilamiento. Se había descarrilado a Jim Hall atribuyéndole un delito que no había cometido. Teniendo en cuenta sus dos condenas anteriores, el juez Scott le sentenció a cincuenta años, lo que equivalía de hecho a cadena perpetua.

El magistrado no podía saberlo todo: que él mismo era cómplice de una conspiración policial; que las acusaciones de los testigos eran amañadas, y que Jim Hall era inocente del crimen del que se le acusaba. Por otra parte, el condenado no podía saber que el juez ignoraba todo eso. Jim Hall creía que estaba confabulado con la policía para perderle y para cometer aquella monstruosa injusticia. Cuando oyó la sentencia de cincuenta años, que equivalía a enterrarle en vida, Jim Hall, odiando todas las cosas, en particular aquella sociedad que abusaba de él, se puso en pie y se desató en improperios, hasta que tuvieron que sacarle de la sala del juzgado media docena de sus uniformados enemigos. Para él, el juez era la piedra angular de la injusta construcción. Contra él desahogó todo su odio y su rabia, y sobre él aulló la amenaza de su futura venganza. Después, Jim Hall fue a aquel cementerio de vivos... y escapó.

«Colmillo Blanco» no sabía nada de todo eso. Entre él y Alicia, la esposa del amo, existía un secreto. Todas las noches, después de que la familia se había ido a dormir, ella se levantaba y hacía entrar a «Colmillo Blanco» para que durmiera en el porche. Como no era un perro muy amable, no se le permitía dormir en casa, por lo que Alicia debía levantarse antes que todos, bajar y echar afuera otra vez a «Colmillo Blanco».

Una noche, mientras todos dormían, «Colmillo Blanco» se despertó y se quedó echado, sin hacer ruido. Husmeó el aire y leyó el mensaje que le traía, según el cual había un dios extraño en la casa. Hasta sus oídos llegaron los sonidos que hacía al moverse. «Colmillo Blanco» no gritó, pues no era su costumbre. El dios extraño se movía suavemente, pero «Colmillo Blanco» era capaz de hacerlo aún mejor, pues no usaba ropa que produjera ruido al frotar contra su cuerpo. Le siguió silenciosamente. En la selva había perseguido carne viviente infinitamente tímida, por lo que conocía el valor de la sorpresa.

El dios extraño se detuvo delante de la escalera y escuchó, mientras «Colmillo Blanco», tan inmóvil como si estuviera muerto, le vigilaba y esperaba. Allá arriba, donde terminaba la escalera, dormía el amo y los seres que él más amaba. Erizó el pelo y esperó. El dios extraño levantó el pie para empezar a subir.

Entonces, «Colmillo Blanco» atacó, sin advertencia previa, sin gruñir. Saltó cayendo sobre las espaldas del dios extraño. Apretando sus patas delanteras sobre los hombros del intruso, mientras hundía sus dientes en la nuca, consiguió que se volviera y le hiciera frente. Luego ambos cayeron al suelo. El animal atacante se desprendió de un salto y con sus dientes impidió que el hombre se levantara.

Sierra Vista se despertó alarmada. El ruido que venía del nacimiento de la escalera parecía el de una batalla entre demonios. Se oyeron disparos de armas de fuego y la voz de un hombre, que gritaba horrorizado y angustiado, a la vez que aullidos, sobre lo cual resonó el estruendo de vidrios rotos.

Pero la conmoción cesó casi tan rápidamente como se había iniciado. La lucha no había durado más de tres minutos. Los asustados habitantes de la casa se reunieron en el lugar del piso superior donde empezaba la escalera. De allá abajo, como de un abismo en tinieblas, llegó un ruido, como el de burbujas que se desprenden del agua y que poco a poco se convertían en un silbido que también cesó muy pronto. Nada se oía ya, salvo la respiración entrecortada de algún ser vivo.

Weedon Scott encendió la luz, que inundó la escalera y el vestíbulo. Entonces el juez y su hijo bajaron cautelosamente, cada uno armado con un revólver. Las precauciones eran innecesarias, pues «Colmillo Blanco» había hecho un buen trabajo. En medio de los muebles deshechos, tirado sobre un costado, oculta la cara por un brazo, estaba un hombre. Weedon Scott se acercó, le separó la mano de la cara y le puso boca arriba. Una horrible herida en la garganta explicaba la causa de la muerte.

—¡Jim Hall! —dijo el juez Scott.

Padre e hijo se miraron significativamente.

Entonces se dirigieron a «Colmillo Blanco», que se encontraba en la misma posición. Tenía los ojos cerrados, aunque intentó abrirlos cuando se inclinaron sobre él tratando de mover también la cola, sin producir más que una vibración insignificante. Weedon Scott le acarició, y «Colmillo Blanco» trató de agradecérselo, como acostumbraba a hacerlo, con un gruñido, que resultó muy débil y que cesó inmediatamente. Se le cerraron los ojos y todo su cuerpo pareció descansar y extenderse por el suelo.

—¡Pobre animal! Está muriéndose.

—Eso lo veremos —exclamó el juez Scott, dirigiéndose al teléfono.

—Francamente creo que se puede apostar mil contra uno —dijo el veterinario después de trabajar hora y media sobre el cuerpo de «Colmillo Blanco».

La aurora empezaba a hacer palidecer la luz eléctrica. Excepto los niños, toda la familia rodeó al veterinario, para oír su opinión.

—Tiene rota una de las patas traseras, y tres costillas, una de las cuales debe haber perforado el pulmón. Ha perdido casi toda la sangre. Es sumamente probable que existan lesiones internas. Creo que cuando se encontraba en el suelo, el intruso debió haberle pisoteado. Sin contar tres perforaciones de bala. Decir que se puede apostar mil contra uno es demasiado optimismo. Sería arriesgado apostar diez mil contra uno.

—Pero no debe desperdiciarse ninguna oportunidad, por pequeña que sea —exclamó el juez Scott—. No se preocupe por los gastos, utilice rayos X o lo que sea preciso. Weedon, telegrafía en seguida al doctor Nichols, de San Francisco. Como usted comprenderá, no es que no estemos satisfechos de usted, pero debemos hacer todo lo posible.

El veterinario sonrió indulgentemente.

—Lo comprendo muy bien. Merece todo lo que se haga por él. Ustedes tienen que cuidarle como si fuera un ser humano, un niño enfermo. No se olviden de tomarle la temperatura. Volveré a las diez.

«Colmillo Blanco» se dejó cuidar. Las mujeres rechazaron indignadas la sugerencia del juez Scott de traer una enfermera profesional, encargándose ellas mismas de cuidar al herido. En mérito de aquella probabilidad de uno contra diez mil que le concedía el veterinario, «Colmillo Blanco» ganó la batalla.

No debe censurarse al doctor por haberse equivocado. Durante toda su vida había atendido y operado a los delicados hijos de la civilización, que vivían continuamente protegidos y que descendían de generaciones sometidas a las mismas condiciones. Comparados con «Colmillo Blanco», eran frágiles, débiles, y tendían sus brazos a la vida sin poder aferrarse a ella. Pero «Colmillo Blanco» provenía de la selva, donde los débiles perecen y no se concede cuartel a nadie. Ni en su padre, ni en su madre, ni en todos los progenitores de ambos se encontraba un solo individuo débil. La herencia de «Colmillo Blanco» era una constitución de hierro y su vitalidad la de la selva. Se aferraba a la vida con todas sus fuerzas, con todo su cuerpo, en carne y espíritu, con la tenacidad que desde la Creación fue dada a las criaturas.

«Colmillo Blanco» pasó varias semanas atado, impedidos sus movimientos por el yeso y las vendas. Dormía largas horas y soñaba mucho, pasando por su mente, como en una interminable procesión, las figuras de las tierras del Norte. Surgieron en su cerebro todos los espectros del pasado. Vivió otra vez con «Kiche» en el cubil y se arrastró temblando a los pies de Nutria Gris, prometiendo serle fiel; huía delante de «Bocas» y de los otros cachorros que hacían un ruido como el de un manicomio.

Seguía corriendo en silencio, cazando para mantenerse en los meses de hambre. Corría siempre a la cabeza del trineo, mientras detrás de él restallaba el látigo de Mit-sah o de Nutria Gris, que gritaban: —¡Ra!, ¡ra!— cuando llegaban a un punto donde se estrechaba la senda, y los perros, que antes se desplegaban en abanico, se ponían ahora el uno detrás del otro para poder pasar. Vivió otra vez los días de Smith el Bonito y volvió a librar todas aquellas luchas. Entonces aullaba y enseñaba los dientes, y las personas que estaban a su alrededor opinaban que tenía alguna pesadilla.

Pero sufrió intensamente de una particular: de los monstruos ruidosos, los tranvías eléctricos, que le parecían linces gigantescos. Se ocultaba en un bosquecillo para esperar que saliera algún pájaro. Cuando saltaba para cazarle se transformaba en un tren, amenazador y terrible, que se elevaba como una montaña, gritando y echando fuego sobre él. Ocurría lo mismo cuando desafiaba al halcón a que descendiera de los cielos. Bajaba del azul como un rayo, transformándose en un tranvía en cuanto le tocaba. En sueños le parecía encontrarse en la celda, donde le mantuvo Smith el Bonito. Afuera se reunían los hombres, por lo que él comprendía que le esperaba una pelea. Vigilaba la puerta para ver entrar a su enemigo, pero cuando se abría aparecía por ella un tranvía, uno de aquellos horribles coches eléctricos. Soñó mil veces con ello, y siempre era igualmente intenso y vívido el terror que le inspiraba.

Finalmente llegó el día en que le quitaron la última venda y el último pedazo de yeso. Fue un día de fiesta. Todos los habitantes de Sierra Vista se encontraban alrededor del animal curado. El amo le acarició las orejas, y «Colmillo Blanco» respondió con su gruñido de cariño. La esposa del amo le llamó Bendito Lobo, nombre que todas las mujeres aceptaron entusiasmadas.

Intentó levantarse, pero después de muchos esfuerzos volvió a caerse, tan débil estaba. Había estado tanto tiempo tumbado, que sus músculos habían perdido la destreza y la fuerza. Se sintió un poco avergonzado de su debilidad, como si fracasara en el servicio que debía a los dioses, por lo que hizo esfuerzos heroicos para levantarse, lo que finalmente consiguió, no sin tambalearse un poco.

—¡Bendito lobo! —exclamaron las mujeres a coro.

El juez Scott las observó triunfalmente.

—Me gusta que lo digáis —dijo—. Exactamente como yo lo he afirmado siempre. Ningún perro hubiera podido hacerlo. Es un lobo.

—Un lobo bendito —le corrigió su esposa.

—Sí, un Bendito Lobo —corroboró el juez—. De ahora en adelante, le llamaremos así.

—Tendrá que aprender a caminar otra vez —dijo el veterinario—. Puesto que así ha de ser, vale más que empecemos ahora mismo. No le hará daño. ¡Afuera con él!

Como un rey rodeado por todos los habitantes de Sierra Vista, abandonó la casa. Estaba muy débil, y en cuanto llegaron al jardín tuvo que echarse a descansar.

Prosiguió la procesión. A medida que la sangre empezaba a circular más activamente por sus venas, «Colmillo Blanco» sentía renacer sus fuerzas. Llegaron a los establos, donde se encontraba tirada «Collie», tomando el sol, rodeada de media docena de cachorros.

«Colmillo Blanco» los miró asombrado. «Collie» gruñó advirtiéndole que no se acercara y él fue lo suficientemente cauto como para mantenerse a una prudente distancia. Con los pies, el amo le alcanzó uno de los cachorros. Erizó el pelo, pero la voz de Scott le tranquilizó. «Collie», a quien una de las mujeres abrazaba para que no se precipitara sobre él, lanzó un gruñido a modo de advertencia.

El cachorrillo se arrastró hasta él. «Colmillo Blanco» levantó las orejas y le observó con curiosidad. Se tocaron las narices, sintiendo la cálida lengüecilla del cachorro en las fauces. Sin saber por qué lo hacía, «Colmillo Blanco» sacó también la lengua y lamió la cara del animalillo.

Los dioses saludaron aquel hecho, aplaudiendo encantados. «Colmillo Blanco» les miró sorprendido. Su debilidad se manifestó de nuevo, por lo que se echó enteramente, bajando las orejas, inclinada la cabeza de un lado, mientras seguía vigilando al cachorro, al que se unieron sus hermanos con gran disgusto de «Collie». Sin perder nada de su grave dignidad, «Colmillo Blanco» permitió que se le subieran encima. Al principio, en medio de las risas de los dioses, dejó traslucir algo de su antigua vergüenza, pero tal sentimiento se desvaneció mientras los cachorros seguían jugando con él. «Colmillo Blanco» cerró los ojos y se quedó dormitando al sol.

Moll Flanders

DANIEL DEFOE

PREFACIO

El mundo está tan absorto últimamente en novelas y romances que será difícil que una historia personal donde se ocultan los nombres y otras circunstancias de la persona se tome por genuina, y a este respecto tenemos que conformarnos con dejar que el lector forje su propia opinión sobre las páginas siguientes, y que las tome como guste.

Se supone que la autora está escribiendo su propia historia, y en el mismo comienzo de su relato nos da las razones por las que considera adecuado ocultar su verdadero nombre, después de lo cual ya no hay ocasión para insistir más sobre ello.

Es cierto que se presenta la historia original con nuevas palabras, y el estilo de la famosa dama de la que hablamos aquí está algo cambiado: especialmente se le hace contar su propia historia con palabras más modestas que las que empleó al principio; la primera copia estaba escrita en una lengua que se parece más a la de Newgate que a la de una penitente y humilde en evolución, como pretende ella ser después.

La pluma empleada para terminar la historia, y hacer de ella lo que usted va a leer ahora, no ha tenido pocas dificultades en adecuarla a lo que se ve y con una lengua adecuada para la lectura. Cuando una mujer se corrompe desde joven, mejor dicho, incluso es hija de la corrupción y del vicio, viene a informarnos de todas sus prácticas reprobables e incluso atenuará las ocasiones particulares y circunstancias por las cuales llegó a ser así, y la evolución de la criminalidad por la que atravesó durante sesenta años, el autor tiene que envolverlo de una forma tan limpia que no dé lugar, especialmente a lectores viciosos, a que se vuelva perjuicio suyo.

No obstante, se ha puesto todo el cuidado posible para no provocar ideas lascivas ni giros impúdicos en la nueva adaptación de esta historia, sobre todo en sus expresiones más impúdicas. Para este fin se ha omitido parte de su vida licenciosa, que no se podría contar con pudor, y otras partes se han resumido mucho. Lo que se espera es no ofender al lector más casto o al oyente más pudoroso y se hace el mejor uso incluso de su peor momento; así se espera mantener la moralidad del lector serio, incluso cuando la historia tienda a lo contrario. Para contar la trayectoria de una mala vida arrepentida, se requiere por necesidad que la parte mala se destaque tanto como lo es la historia real, para ilustrar y dar belleza a la parte del arrepentimiento, que es sin duda la mejor y más brillante, si se cuenta con el mismo espíritu y vigor.

Se supone que no puede haber la misma vida, la misma brillantez y belleza al contar la parte arrepentida como la hay en la parte criminal. Si hay algo de cierto en esta suposición, se me ha de permitir decir que es porque no existe el mismo gusto y sabor en la lectura, y de hecho es cierto también que la diferencia no yace en el valor real del tema tanto como en el gusto y paladar del lector.

Pero como esta obra se recomienda principalmente a aquellos que saben cómo leerla y hacer el buen uso de ella que se recomienda durante toda la historia, se espera que estos lectores queden más satisfechos con la moraleja de la fábula, con la aplicación, que con el relato, y con el fin del escritor que con la vida de la persona de la cual se escribe.

Hay en esta historia muchos incidentes encantadores y todos ellos se aplican de una forma útil. Con ingenio se les da un giro agradable al narrarlos, que de manera natural instruye al lector de una forma u otra. A la primera parte de su vida lasciva con el joven caballero de Colchester se le han dado tantos giros felices para exponer el delito, y advierte a todos aquellos que se adapten a las circunstancias, del fin ruinoso de tales cosas y de la conducta insensata, desconsiderada y aborrecida por ambas partes, que expía sin duda toda la alegre descripción que ella da de su insensatez y maldad.

El arrepentimiento de su amante de Bath, que conlleva el abandono de ella por una inoportuna enfermedad, la precaución precisa dada allí incluso contra las intimidades lícitas de los amigos más queridos, y lo incapaces que son de mantener las más solemnes proposiciones de virtud sin ayuda divina, son partes que, para oportuno discernimiento, parecerán tener más belleza real que toda la cadena amorosa de la historia que la introduce.

En una palabra, como toda la narración se ha desvirtuado con cuidado de toda la frivolidad y libertinaje que contenía, así se aplica todo, y con él máximo cuidado, a empleos virtuosos y religiosos. Nadie puede hacer ningún reproche sobre ella o sobre nuestro plan para publicarla sin ser culpable de manifestar injusticia.

Los defensores del escenario, en todas las épocas, han hecho de esto el gran argumento para convencer a la gente de que sus obras eran útiles y que se deberían permitir en el gobierno más refinado y en el más religioso, concretamente porque se aplican a fines virtuosos, y mediante las representaciones más animadas, no dejan de recomendar virtud y principios generosos, y de desalentar y exponer toda clase de vicio y corrupción de costumbres, y es cierto que son así y que constantemente observan esa regla, como puede demostrar su actuación en el teatro; mucho podría decirse a su favor.

A través de la infinita variedad del libro, este fundamento se observa de la manera más estricta. No hay un acto malvado en ninguna parte que no se transforme en desgracia y desventura en todos los aspectos. No hay sobre el escenario un villano supremo que no llegue a un final desgraciado o se arrepienta. No se menciona algo malo que no se condene, incluso en la narración; ni algo virtuoso, justo, que no conlleve sus elogios con él. ¿Qué más puede responder exactamente a la regla mencionada, incluso recomendar *estas representaciones de cosas que tienen tantas otras objeciones en contra de ellas? concretamente de ejemplo, de mala compañía, de lenguaje obsceno y cosas así.*

Sobre esta base se recomienda este libro al lector como una obra de la que en cualquier parte se puede aprender algo, y se sacan conclusiones justas y religiosas, por las cuales el lector tendrá algo de instrucción, si le agrada hacer uso de ella.

En todas las proezas de esta dama famosa, en sus estragos a la humanidad, hay tantas advertencias para prevenir a la gente honrada, insinuándoles con que métodos engañan a la gente inocente, saquean y roban, y como consecuencia cómo evitarlos. Robar a una niña inocente, bien vestida por la vanidad de la madre, para ir a la escuela de baile, es un buen recuerdo para la gente en lo sucesivo, como lo es sacarle el reloj de oro a la dama joven en el parque.

Coger el paquete de una muchacha atolondrada en los coches de St. John Street, su botín conseguido en el incendio, y de nuevo en Harwich, todo nos advierte para en esos casos tener presentes las sorpresas repentinas de cualquier clase.

Su dedicación a una vida sobria, dirigida con diligencia al final en Virginia, con su cónyuge deportado, es una historia fructífera en cuanto a instrucción para todas las criaturas desgraciadas que se ven obligadas a buscar su restablecimiento en el extranjero, bien por la desgracia de la deportación o por cualquier otro desastre, haciéndoles saber que la diligencia y dedicación tienen su debido valor, incluso en las partes más remotas del mundo, y que el caso no puede ser tan bajo, tan vil o tan vacío de perspectivas como para que una diligencia incansable no lleve a la liberación, eleve con el tiempo a la criatura más mezquina para que aparezca de nuevo en el mundo y le dé un nuevo papel en su vida.

Éstas son sólo unas cuantas conclusiones serias de este libro, y son suficientes para justificar que cualquier hombre lo recomiende en el mundo y mucho más que justifique su publicación.

Todavía hay dos partes como continuación de la obra, de las cuales esta historia da alguna idea, pero son demasiado largas para introducirlas en el mismo volumen, y de hecho son, como podría llamarlas, volúmenes enteros por sí mismos: primera, la vida de su gobernanta, como la llama ella, que recorrió, al parecer en unos pocos años, todos las categorías eminentes de señora, prostituta y alcahueta; comadrona y dueña de comadronas, como las llaman. Prestamista, interesada en niños, receptora de ladrones y de lo que conseguían los ladrones, es decir, de mercancías robadas, y, en una palabra, ella misma ladrona, criadora de ladrones y cosas así, y sin embargo al final arrepentida.

La segunda parte narra la vida de su marido deportado, un salteador de caminos quien, al parecer, vivió una vida de doce años de villanía con éxito en los caminos, e incluso al final salió tan bien que lo hizo como deportado voluntario, no como convicto, y en su vida hay una variedad increíble.

Pero, como he dicho, hay cosas demasiado largas para publicarlas aquí, y tampoco puedo prometer que salgan por sí mismas.

En realidad no podemos decir que esta historia llegue hasta el final de la vida de esta famosa Moll Flanders, como ella se llama, porque nadie puede escribir de su propia vida hasta el final de ella, a menos que la escribieran después de muertos. Pero la vida de su marido, al ser escrita por una tercera mano, da mucha cuenta de los dos, cuánto tiempo vivieron juntos en aquel país y cómo vinieron a Inglaterra de nuevo, después de unos ocho años, en cuyo tiempo se habían hecho muy ricos y donde ella vivió, al parecer, hasta muy anciana, pero ya no fue una penitente tan extraordinaria como al principio. Parece ser que, en realidad, ella solamente hablaba con aversión de su vida anterior, y de cada parte de ella.

En su última escena, en Maryland y Virginia, suceden muchas cosas agradables, que hacen que esa parte de su vida lo sea también, pero no se cuentan de una manera tan refinada como las que cuenta ella misma; así que es mejor que se interrumpa aquí.

CAPÍTULO PRIMERO

Mi verdadero nombre es muy conocido en los registros de Newgate y en el Old Bailey, y como hay algunas cosas de tales consecuencias que todavía se tienen en cuenta allí, respecto a mi conducta particular, no se ha de esperar que figure mi nombre o el de mi familia en esta obra. Quizá, después de mi muerte, puede que sea conocido, pero por el momento no sería apropiado, no, aunque se otorgara un perdón general, incluso sin excepciones ni reservas de personas o crímenes.

Es suficiente con que diga que algunos de mis peores compañeros, quienes no tienen forma de hacerme daño (al haber dejado el mundo en el cadalso, como a menudo esperaba para mí), me conocían por el nombre de Moll Flanders; por tanto se me ha de permitir hablar de mí misma con este nombre hasta que me atreva a dar el mío propio, así como decir quién soy yo.

Me han dicho que en una de nuestras naciones vecinas, no sé si será Francia o alguna otra, por una orden del rey, cuando se condena a algún criminal a morir o a galeras, o a ser deportado, si deja algún niño, como en general quedan desamparados por la pobreza de sus padres, entran inmediatamente al cuidado del Gobierno y los llevan a un hospital llamado Casa de Huérfanos, donde los crían, visten, alimentan, enseñan y, cuando están preparados para salir, los colocan en comercios o a servir, para que puedan mantenerse por sí mismos con un comportamiento honrado y diligente.

Si hubiera existido esta costumbre en nuestro país, no me hubiera quedado pobre y sola, sin amigos, sin ropa, sin ayuda en el mundo, como fue mi destino, y por tanto no sólo me expuse a desgracias muy grandes, incluso antes de ser capaz de comprender mi caso o de cómo remediarlo, sino que tomé un rumbo de vida que no sólo fue escandaloso en sí, sino que en su curso normal tendió a mi rápida perdición tanto de alma como de cuerpo.

Pero el caso fue otro aquí. Mi madre fue declarada culpable de delito grave por cierto robo insignificante que no merece la pena ni nombrar: tener una oportunidad de tomar prestadas tres piezas de fino holandés de cierto pañero de Cheapside. Las circunstancias son demasiado largas para repetirlas, y las he oído contar de tantas maneras que apenas puedo estar segura de lo que sucedió en verdad.

Sin embargo, ocurrió que, al estar todos de acuerdo en defender el embarazo de mi madre, fue respetada durante unos siete meses, en cuyo tiempo me trajo al mundo, y luego la convocaron de nuevo, como dicen ellos, a su primer juicio, pero logrando el trato de favor de ser deportada a las plantaciones, me dejó con medio año de edad, y en malas manos.

Los primeros momentos de mi vida que puedo narrar apenas son más que habladurías. Basta con que mencione que nací en un lugar tan desventurado, que no había parroquia a la que recurrir para que me alimentara en mi infancia, ni tampoco puedo dar cuenta de cómo me mantuve viva, sólo lo que me han dicho, que algún pariente de mi madre me cuidó durante algún tiempo y fue mi niñera, pero a cuenta o por orden de quién, yo no sé nada de nada.

Lo primero que puedo recordar, o que pude saber por mí misma alguna vez, era que había vagado entre una multitud de esa gente a la que llaman gitanos, o egipcios, pero creo que estuve muy poco tiempo entre ellos, porque mi piel no se oscureció como dicen que ocurre con los niños que van en su compañía.

Fue en Colchester, Essex, donde me abandonaron, y tengo la idea de que fui yo la que les abandoné (es decir, que me escondí para no ir más lejos con ellos), pero no puedo detallar todo esto. Sólo recuerdo que, al recogerme unos de los agentes de la parroquia de Colchester, dije que entré en la ciudad con los gitanos, pero que no quería volver con ellos, y por tanto me habían abandonado; pero no sabía donde habían ido, ni ellos podían esperarlo de mí, porque aunque enviaron gente a buscarlos, parece ser que no los pudieron encontrar.

Ahora estaba en una situación en la que tenían que mantenerme, porque aunque por ley no estaba a cargo de nadie en la ciudad, sin embargo llegó a conocerse mi caso, y que yo era demasiado joven para hacer algún trabajo, al no tener más de tres años, por lo que la compasión conmovió a los magistrados de la ciudad; ordenaron que se me cuidara, y me convertí en uno de los suyos igual que si hubiera nacido en el lugar.

Tuve la buena suerte de que me pusieran al cuidado de una mujer que era pobre pero había vivido tiempos mejores, se mantenía de lo que conseguía por la manutención de niños como yo hasta que podían entrar en el servicio o conseguir su propio pan.

Esta mujer tenía también una pequeña escuela, la cual mantenía para enseñar a los niños a leer y a trabajar, y habiendo vivido antes, como he dicho, con buenas costumbres, criaba a los niños que recogía con gran arte, así como con mucho cuidado.

Pero también merecía la pena todo lo demás; nos criaba muy religiosamente, al ser ella mujer sobria y piadosa, muy ama de casa y limpia, educada y con buen comportamiento. Así que, en una palabra, a excepción de una dieta sencilla, un hospedaje tosco y ropas malas, nos criábamos de una forma tan educada y tan refinada como si hubiéramos estado en una escuela de baile.

Seguí allí hasta que tuve ocho años, cuando me aterrorizó la noticia de que los magistrados (como creo que los llamaban) habían ordenado que me pusiera a servir. Mas poco podría servir yo dondequiera que fuera, a excepción de hacer recados y ser esclava de alguna cocinera, y esto me lo decían con frecuencia, lo cual me asustaba mucho, porque tenía una aversión total a entrar en el servicio, como ellos lo llamaban (es decir, trabajar como criada), aunque fuera tan joven. Y le decía a mi niñera, como la llamábamos, que yo creía que podía ganarme la vida sin entrar a servir, si a ella le agradaba permitirlo, porque me había enseñado a trabajar con mi aguja y mi estambre, que era el comercio principal de aquella ciudad, y le dije que si se quedaba conmigo, trabajaría para ella, y con mucho afán.

Hablaba con ella de trabajar duro casi todos los días, y, en resumen, no hacía otra cosa que trabajar y llorar todo el día, lo que tanto apenaba a la buena y amable mujer, que al final empezó a preocuparse por mí, porque me quería mucho.

Un día entró en la habitación donde estábamos trabajando todos los niños pobres, se sentó justo enfrente de mí, no en su sitio normal de maestra, sino que fue como si se colocara para observarme y verme trabajar. Estaba haciendo algo que ella me había empezado, según recuerdo, marcando algunas camisas, cuando después de un rato comenzó a hablarme:

—¿Cómo eres una niña tan tonta? ¿Por qué estás siempre llorando?

—Porque ellos me llevarán, me pondrán en el servicio y yo no sé trabajar en tareas domésticas.

—Bueno, chiquilla, pero aunque no sepas trabajar en tareas domésticas, como tú las llamas, aprenderás con el tiempo, y ellos no te pondrán a hacer cosas difíciles al principio.

—Sí, lo harán —dije—, y si no sé, me pegarán; las criadas me obligarán a hacer trabajos pesados, y como soy una niña pequeña no podré hacerlos.

Entonces lloré de nuevo, hasta que ya no pude hablarle más.

Esto conmovió a mi buena y maternal niñera, que desde ese momento decidió que no entraría de criada todavía; así pues, me pidió que no llorase, y dijo que hablaría con el señor alcalde y que no entraría a servir hasta que fuese mayor.

Mas esto no me convenció, porque pensar en entrar en el servicio era algo que me asustaba tanto, que si me hubiera asegurado que no iría hasta que no tuviera veinte años, habría sido lo mismo para mí. Lloraría, creo, todo ese tiempo, con el temor de que así sería finalmente.

Cuando vio que no me tranquilizaba todavía, empezó a enfadarse conmigo.

—¿Qué te pasa? —me dijo—. ¿No te he dicho que no entrarás en el servicio hasta que no seas mayor?

—¡Ay! —respondí—, pero al final tendré que ir entonces.

—Pero, ¿estás loca? ¿Vas a ser... una señora?

—Sí —contesté, llorando con ganas hasta casi ahogarme.

Esto hizo que la anciana señora se riera de mí.

—Bueno —dijo burlonamente—... y, ¿cómo llegarás a serlo? ¿Lo harás con las puntas de tus dedos?

—Sí —dije de nuevo, muy inocentemente.

—Porque, ¿qué puedes ganar? ¿Qué puedes conseguir de tu trabajo?

—Tres peniques cuando hile y cuatro peniques cuando haga el trabajo completo.

—¡Ay, pobre señora! —dijo, riendo de nuevo—. ¿Qué podrás hacer con eso?

—Me mantendrá, si me permite vivir con usted.

Dije esto con un tono tan conmovedor, que el corazón de la pobre mujer se llenó de compasión, como me dijo después.

—Pero con eso no podrás mantenerte y comprar ropa también. Pues, ¿quién le tiene que comprar a la pequeña señora la vestimenta? —dijo, sonriéndome todo el rato.

—Entonces trabajaré más duro y lo tendré todo.

—¡Pobre niña! Eso no te mantendrá, apenas cubrirá tu comida.

—Pues no tendré comida —respondí, de nuevo muy inocentemente—, pero déjeme vivir con usted.

—¿Por qué? ¿Puedes vivir sin alimentos?

—Sí, todavía soy pequeña —repliqué, llorando con ganas.

Yo no tenía experiencia en todo esto, como es natural, pero reuní tanta inocencia y pasión que, en resumen, la buena señora rompió a llorar tanto como yo; luego me llevó fuera de la clase, diciéndome:

—Vamos, no entrarás en el servicio. Vivirás conmigo.

Estas palabras me tranquilizaron, por el momento.

CAPÍTULO II

Algún tiempo después, ella estaba conversando con el alcalde, y hablando de muchas cosas correspondientes a sus asuntos, al final surgió mi historia, que la buena niñera narró completa al señor alcalde. A él le gustó tanto, que llamó a su señora y a sus dos hijas para que la escucharan, y esto provocó bastante regocijo entre ellos.

Sin embargo, no había pasado una semana cuando de repente llegaron la señora alcaldesa y sus dos hijas a la escuela para visitar a mi anciana niñera y a los niños. Después de observarnos un rato, dijo la alcaldesa a mi niñera:

—Bien, señora, ¿quién es la pequeña muchacha que pretende ser una dama?

Yo la oí, y me asusté terriblemente al principio, aunque no sabía por qué. Pero la señora alcaldesa vino hacia mí.

—Veamos, señorita —dijo—, ¿en qué estás trabajando?

La palabra "señorita" apenas se había oído en nuestra escuela, y me asombré por el triste nombre por el que me llamaba. Sin embargo, me levanté e hice una reverencia; ella me cogió el trabajo de la mano, lo miró y dijo que estaba muy bien. Luego levantó una de mis manos y dijo:

—Más aún, la niña podría llegar a ser una señora, quién sabe... Tiene manos de dama.

Esto me agradó mucho, pero la señora alcaldesa no se detuvo allí, sino que devolviéndome mi trabajo, metió la mano en su bolsillo y me dio un chelín; luego me pidió que cuidara mi trabajo y aprendiera a hacerlo bien, diciéndome que según ella creía, yo podría ser una señora.

Ahora bien, en todo este tiempo mi buena y anciana niñera, la señora alcaldesa y todos los demás no me entendieron del todo, porque ellos querían decir una cosa con la palabra "señora", y yo otra completamente diferente, pues yo entendía que ser una señora era ser capaz de trabajar por mí misma y conseguir lo suficiente para mantenerme sin esa pesadilla terrible de entrar a servir, mientras que ellos querían decir vivir bien, con riquezas y clase, y no sé qué más.

Después de irse la señora alcaldesa, entraron sus dos hijas y buscaron a la señora también; hablaron mucho tiempo conmigo, y yo les contestaba a mi manera inocente, pero siempre que me preguntaban si había decidido ser una dama, contestaba que sí. Al final una de ellas me preguntó qué era una señora. Eso me desconcertó mucho; sin embargo, expliqué que era una mujer que no entraba en el servicio a hacer tareas domésticas. A ellas les agradó tratarme con familiaridad y les gustó mi charla; al parecer, les resultó bastante agradable y me dieron dinero también.

Respecto a mi dinero, se lo di todo a mi niñera, y le dije que ella tendría todo lo que consiguiera por mí misma cuando fuera una señora. Por esta charla y por alguna otra, mi anciana tutora empezó a entender lo que para mí significaba ser una señora: que sólo entendía por ello el ser capaz de conseguir mi pan por mi propio trabajo, y al final me preguntó si no era eso.

Le contesté que sí, e insistí en ello; que hacer eso era ser una señora.

—Porque hay una —dije, nombrando a una mujer que hacía encajes y lavaba las cintas de la cabeza de las damas— que es una señora, y ellos la llaman *madame*.

—Pobre niña —dijo mi buena niñera—, podrías ser pronto una señora como ella, porque es persona de mala fama y ha tenido dos o tres hijos bastardos.

No entendí nada de aquello, pero contesté:

—Estoy segura de que la llaman *madame*, y no va a servir ni hace tareas domésticas.

Y por tanto yo insistía en que era una señora y yo sería una señora como aquélla.

Les contaron todo esto a las damas de nuevo, y ellas se divirtieron mucho con ello; de cuando en cuando las damas jóvenes, las hijas del señor alcalde, venían a verme y preguntaban dónde estaba la pequeña señora, lo que me producía mucho orgullo.

Esto duró mucho tiempo; estas jóvenes damas me visitaban con frecuencia, y algunas veces traían a otras con ellas. Así pues, me conocía casi toda la ciudad.

Por entonces tenía unos diez años y empezaba a parecer más mujer, porque yo era muy seria, humilde y educada, y como con frecuencia oía decir a las damas que era bonita y sería una mujer muy atractiva, aquello me producía orgullo. Sin embargo, esto no ejercía mal efecto en mí todavía. Ocurría que como ellas me daban dinero con frecuencia, y yo se lo daba a la anciana niñera, ella, mujer honrada, era tan justa conmigo que todo lo invertía de nuevo en mí comprándome tocados y ropa blanca, guantes y cintas; yo iba muy arreglada, y siempre limpia, aunque llevara harapos, pero digo que mi buena niñera, cuando me daban dinero, muy honradamente lo invertía en mí, y siempre les decía a las damas que esto o aquello se compró con su dinero, por lo que algunas veces me daban más.

Finalmente, me llamaron los magistrados, como entendí, para salir a servir, pero como había llegado a ser una buena trabajadora y las damas eran tan amables conmigo, quedaba claro que podía mantenerme por mí misma (es decir, podía ganar tanto para mi niñera como para que ella pudiera alimentarme), así que les dijo que si la dejaban mantendría a la señora, como me llamaba, para que fuera su ayudante y enseñara a los niños, para lo cual yo estaba capacitada porque era muy diestra en mi trabajo y tenía buena mano con la aguja, aunque todavía era muy joven.

Pero la amabilidad de las damas de la ciudad no terminó aquí, porque cuando llegaron a comprender que a mí ya no me iban a mantener los donativos públicos como antes, me daban dinero con más frecuencia, y a medida que crecía me traían telas para coser, encajes y tocados, y no sólo me pagaban por ello, sino que incluso me enseñaban a hacerlos. Así pues, ahora era una señora de verdad, según entendía yo la palabra, y como deseaba que fuera; por esa época tenía doce años, y no sólo me costeaba mi ropa y pagaba a mi niñera por el mantenimiento, sino que además tenía dinero ahorrado.

Las damas también me daban ropas suyas y de sus niños con frecuencia: algunas daban calcetines; otras, enaguas, vestidos, y mi anciana mujer las arreglaba y guardaba para mí como una madre, y me obligaba a arreglarlas y a modificarlas para sacar el mejor provecho de ellas, porque era un ama de casa poco común.

Al final, una de las damas se quedó tan prendada de mí que me iba a llevar a su casa, durante un mes, dijo, para que estuviera entre sus hijas.

Ahora bien, aunque esto era muy amable por su parte, como le dijo mi anciana y buena mujer, a menos que ella decidiera mantenerme, haría a la pequeña señora más mal que bien.

—Bueno —dijo la dama—, eso es cierto, y por tanto sólo la tendré en mi casa una semana, para que yo pueda ver cómo se llevan mis hijas y ella, y si me gusta su carácter; luego le contaré más. Mientras tanto, si alguien viene a verla como suelen hacerlo, decidles que la habéis enviado a mi casa.

Esto se llevó a cabo con bastante prudencia. Fui a casa de la dama, pero estaba tan encantada allí con sus hijas, y ellas estaban tan a gusto conmigo, que yo no quería irme y ellas no querían separarse de mí.

Sin embargo me fui y viví casi un año más con mi honrada anciana; ahora empezaba a serle de mucha ayuda, porque tenía casi catorce años, era alta para mi edad y parecía una mujercita, pero me había gustado tanto la vida refinada de la casa de la dama, que ya no estaba tan tranquila en mis viejos cuartos como solía estarlo, y pensé que era excelente ser una señora de verdad, porque yo tenía otras ideas distintas a las de antes de lo que era ser una señora, y pensaba que sería estupendo llegar a serlo; así que me encantaba estar entre las señoras y por tanto estaba deseando ir allí de nuevo.

Por esa época en la que yo tenía catorce años, mi buena niñera anciana, a la que podría llamar madre, cayó enferma y murió. Entonces me quedé en un triste estado, porque como no hay gran agitación para poner fin a la familia de un pobre cadáver cuando le llevan a la tumba, así, al ser enterrada la pobre y buena mujer, los niños de la parroquia que ella mantenía fueron sacados inmediatamente por los coadjutores. La escuela terminó y los niños no tenían otra cosa que hacer que quedarse en casa hasta que fueran enviados a alguna otra parte, y respecto a lo que ella dejó, su hija, una mujer casada con seis o siete niños, vino y vació todo en seguida, y sacando los bienes, no hicieron más que bromear conmigo y decirme que la pequeña señora podía instalarse por sí misma si lo deseaba.

Yo estaba asustada casi de muerte, y no sabía qué hacer, porque me expulsaban al ancho mundo, y lo que era peor todavía, que la anciana y honrada mujer tenía veintidós chelines míos en su poder que era todo el patrimonio que la pequeña señora tenía en el mundo, y cuando se los pedí a la hija, resopló, se rió de mí y me dijo que no tenía nada que hacer con ello.

Era cierto que la buena mujer le había hablado a la hija de ello, y que estaba en cierto lugar, que era dinero de la niña y que me había llamado una o dos veces para dármelo pero que yo, desgraciadamente, estaba en otro sitio y cuando regresé a ella se le había pasado decirlo. Sin embargo, la hija fue tan honrada después que me lo dio, aunque al principio empleara esa crueldad.

Ahora sí que era una señora pobre, y aquella misma noche estaba a punto de entrar en el ancho mundo, porque la hija sacó todos los bienes, y no tenía ni dónde alojarme ni un trozo de pan para comer. Pero, al parecer, alguno de los vecinos, que se había enterado de mis circunstancias, tuvo tanta compasión de mí que informó a la dama en cuya familia había estado una semana, como mencioné antes, e inmediatamente envió a su doncella a recogerme, y dos de sus hijas vinieron con ella por iniciativa propia. Así que me fui con ellas, con bolsa y equipaje, y con el corazón alegre. El miedo a mi situación me había causado tal impresión, que ahora ya no quería ser una señora, sino una criada, y de cualquier categoría que ellos pensaran fuera adecuada para mí.

Pero mi nueva señora era generosa, y superaba en todo a la buena mujer con la que estuve antes, digo en todo a excepción de la honestidad, y por eso, aunque era una dama igual de justa, sin embargo no tengo que olvidar decir en toda ocasión que la primera, aunque pobre, fue tan honesta y recta como es posible serlo.

Tan pronto como me acogió esta buena señora, la primera dama, es decir, la alcaldesa, envió a sus dos hijas para que me cuidasen; otra familia que se había fijado en mí cuando era la pequeña señora y me había dado trabajo, fue a buscarme después de ella; así que todos me querían. Y no, no hubo ni un pequeño enfado, especialmente de la señora alcaldesa, porque su amiga me hubiera alejado de ella, porque, como dijo, yo era suya por derecho, al haber sido la primera que se había fijado en mí. Pero no me llevarían con ellas, y respecto a mí, aunque hubiera sido muy bien tratada por cualquiera de las dos, no podía estar mejor que donde estaba.

Aquí continué hasta que tuve diecisiete o dieciocho años, y tuve todas las ventajas para mi educación que se pudiera imaginar. La dama mandaba maestros a casa para que enseñara a sus hijas a bailar, hablar francés y escribir, y otros para enseñarles música. Y como yo estaba siempre con ellas, aprendía lo mismo, y aunque no había maestros señalados para enseñarme, me educaba imitando y preguntando todo lo que ellas aprendían mediante instrucción y dirección. Así que, en resumen, llegué a bailar y a hablar francés tan bien como ellas, y a cantar mucho mejor. No pude llegar a tocar tan fácilmente el clavicordio o la espineta, porque no tenía instrumento con el que practicar, y sólo podía acceder a ellos en los intervalos de tiempo en que ellas los dejaban, que eran inciertos, pero no obstante aprendí a tocar de una forma tolerable; las jóvenes damas consiguieron finalmente dos instrumentos, es decir un clavicordio y una espineta, y entonces me enseñaban ellas mismas. Pero respecto a bailar, no pudieron evitar que aprendiera bailes regionales, porque siempre me querían para completar el número, y por otro lado, deseaban mucho que aprendiera lo que les habían enseñado a ellas.

Por estos medios, como dije, tuve todas las ventajas de la educación que podría haber tenido si hubiera sido una señora como aquellas con las cuales vivía, y en algunas cosas tenía las ventajas de mis damas, aunque eran mis superiores. Pero hay dones de la naturaleza que no pueden conseguir todas las fortunas juntas: primero, al parecer yo era más atractiva que cualquiera de ellas; segundo, estaba mejor formada, y tercero, cantaba mejor, quiero decir que tenía mejor voz. En todo esto no hablo con presunción de mí misma, sino que era la opinión de todos los que conocían a la familia.

Yo tenía la vanidad normal de mi sexo, es decir, que al tenerme por atractiva, o, si se desea, por una gran belleza, yo lo sabía muy bien, y tenía una opinión tan buena de mí misma como cualquier otro pudiera tener de mí, y especialmente me encantaba oír a cualquiera hablar de ello, lo que no podía evitar escuchar algunas veces y era una gran satisfacción para mí.

CAPÍTULO III

Hasta aquí he contado una historia de mí misma sin conflictos, y en toda esta parte de mi vida no sólo gozaba de la reputación de vivir en una familia muy buena, conocida y respetada en todas partes por su virtud y sobriedad, sino que tenía también el carácter de una joven muy sobria, modesta y virtuosa, pues no había tenido ocasión todavía de pensar en otra cosa o de conocer lo que significa la tentación del mal.

Pero el ser demasiado vanidosa fue mi perdición, o mejor dicho mi vanidad fue la causa de ello. La dama de la casa donde estaba tenía dos hijos, caballeros jóvenes que prometían y de un comportamiento extraordinario, y fue mi desgracia llevarme muy bien con los dos, pero ellos me trataban de una manera muy diferente.

El mayor, un caballero alegre que conocía la ciudad tan bien como el campo, aunque tenía la frivolidad suficiente para hacer algo malintencionado, sin embargo calculaba muy bien las cosas para no pagar demasiado por sus placeres. Empezó con esa trampa infeliz para todas las mujeres, a saber, fijarse siempre en lo bonita que era, lo agradable, el buen porte que tenía, y cosas así; actuaba de una forma tan hábil, que parecía saber muy bien cómo atrapar a una mujer en su nido igual que una perdiz cuando se posa, porque él se las ingeniaba para hablar de esto con sus hermanas cuando, aunque yo no estuviese allí, sin embargo él sabía que no estaba muy lejos y que con seguridad le oía. Sus hermanas le contestaban suavemente: «Calla, hermano, te va a oír ella, está en la otra habitación.» Entonces se callaba y luego hablaba más suave, como si no lo hubiera sabido y empezase a reconocer que estaba equivocado. Luego, como si se le hubiera olvidado, hablaba en voz alta de nuevo, y yo, que siempre gustaba de oír aquello, estaba segura de que le escuchaba en todas las ocasiones.

Después de haber lanzado el anzuelo y encontrar con la suficiente facilidad el método que emplearía para ponerse en mi camino, utilizó una treta: un día, pasando por la habitación de su hermana, cuando yo estaba allí haciendo algo para arreglarla, entró con aire alegre.

—¡Oh, señorita Betty! —me dijo—. ¿Cómo está, señorita Betty? ¿No se le encienden las mejillas, señorita Betty?

Yo le hice una reverencia y me sonrojé, pero no dije nada.

—¿Qué te hace hablar así, hermano? —dijo la dama.

—El hecho de que hemos estado hablando de ella abajo esta última hora.

—Bueno, no puedes decir nada malo de ella, estoy segura; así que no importa sobre lo que hayas estado hablando.

—No, ni mucho menos hemos hablado mal de ella, sino todo lo contrario, y se han dicho muchas cosas excelentes de la señorita Betty, te lo aseguro; especialmente, que es la joven más atractiva de Colchester y, en resumen, que empiezan a brindar por su salud en la ciudad.

—Me asombras, hermano. Betty tiene necesidad de todo, porque el mercado está ahora en contra de nuestro sexo, y si una joven tiene belleza, cuna, buena crianza, inteligencia, sentido, buenas maneras, modestia, y todas hasta el último extremo, pero no tiene fortuna, no es nadie; ella tiene tanta necesidad de todo porque nada, a excepción del dinero, es recomendación ahora para una mujer. Los hombres no juegan limpio.

Su hermano más joven, que estaba cerca, exclamó:

—¡Alto, hermana!, vas demasiado deprisa; yo soy una excepción a tu regla. Te aseguro que si encontrara una mujer tan completa como de la que hablas, no me preocuparía del dinero.

—¡Oh! —dijo ella—, entonces no te preocuparás de imaginarte a una que no lo tenga.

—Eso tú no lo sabes —respondió él.

—Pero, ¿por qué, hermana? —dijo el hermano mayor—. ¿Por qué manifiestas indignación con los hombres que tienen como objetivo la fortuna? No eres de las que carecen de ella, aunque no dispongas de cualquier otra cosa.

—Te entiendo, hermano —replicó la dama con mucha agudeza—. Supongo que tengo dinero y carezco de belleza, pero tal como son los tiempos ahora, se puede tener lo primero sin lo segundo, así que tengo lo mejor de mis vecinos.

—Bueno —dijo el hermano más joven—, pero tus vecinos, como tú les llamas, pueden incluso estar contigo, porque la belleza robará un marido algunas veces a pesar del dinero, y cuando da la casualidad de que la doncella es más atractiva que la señora, algunas veces hace un buen negocio y va en un carruaje delante de ella.

Pensé que era hora de retirarme y dejarles, y así lo hice, pero no tan lejos como para no oír toda su conversación, en la cual escuché muchísimas cosas maravillosas de mí, lo que sirvió para provocar mi vanidad; mas, como descubrí pronto, no era el modo de mejorar mi situación en la familia, porque la hermana y el hermano más joven riñeron acaloradamente sobre ello. Y como él le dijo a ella algunas cosas muy desagradables en beneficio mío, pude ver claramente que a ella le sentaron mal por su posterior conducta conmigo, que de hecho fue muy injusta porque nunca había tenido la más mínima idea de lo que ella sospechaba respecto a su hermano menor. De hecho, el hermano mayor, a su modo distante y remoto, había dicho muchas cosas bromeando, que yo tuve la locura de creer que eran serias, o de crearme esperanzas sobre lo que debería haber supuesto que él nunca tendría intención de llevar a cabo y quizá nunca pensó.

Sucedió que un día él subió corriendo las escaleras, hacia la habitación donde sus hermanas solían sentarse a trabajar, como hacían con frecuencia, y llamándolas antes de entrar, como tenía siempre por costumbre, yo, al estar allí sola, di unos pasos hacia la puerta y dije:

—Señor, las damas no están aquí, están paseando por el jardín.

Según avanzaba hacia la puerta para decir esto, él ya estaba en la puerta, y sujetándome en sus brazos, como si hubiera sido por casualidad, dijo:

—¡Oh, Betty! ¿Estás aquí? Mejor todavía. Quiero hablar contigo más que con ellas.

Entonces, al tenerme en sus brazos, me besó tres o cuatro veces.

Luché por librarme, pero no conseguí nada; él me agarró con más fuerza, y me besaba aún, hasta que casi se quedó sin aliento, y luego, sentándose dijo:

—Querida Betty, estoy enamorado de ti.

Tengo que confesar que sus palabras me encendieron la sangre; todo mi ánimo volaba alrededor de mi corazón y me dejó tan confusa que pudo verlo con claridad en mi cara. Me repitió después, varias veces, que estaba enamorado de mí, y mi corazón hablaba tan claro como una voz: aquello me gustaba.

Sin embargo, nada más pasó en ese momento, pero fue una sorpresa, y cuando se fue me recuperé pronto. Él hubiera estado más tiempo conmigo, pero sucedió que miró por la ventana y vio que sus hermanas subían del jardín, así que me besó de nuevo, me dijo que hablaba en serio y que yo sabría más de él muy pronto, y se fue, dejándome infinitamente satisfecha, aunque sorprendida, y si no hubiera habido una desgracia en ello, yo habría estado en lo cierto, pero el error estaba aquí, que la señorita Betty iba en serio y el caballero no.

Desde este momento, por mi cabeza pasaban extraños pensamientos; podría decirse realmente que ya no era la misma: un caballero como aquel decía estar enamorado de mí y que yo era una criatura encantadora. Éstas eran cosas que no sabía cómo llevar, y mi vanidad se elevó al máximo. Es cierto que mi cabeza se llenó de orgullo; mas, no sabiendo nada de la maldad de los tiempos, no pensaba en mi propia seguridad o mi virtud, y mi joven señor se podría haber tomado alguna libertad conmigo, pero no lo hizo, lo cual fue mi fortuna en ese momento.

CAPÍTULO IV

Despues de su ataque, no había pasado mucho tiempo cuando encontró otra oportunidad para sorprenderme de nuevo, y casi en la misma situación; había planeado más su actuación, aunque no la mía. Fue así: las jovenes damas se habían ido de visita con su madre, su hermano estaba fuera de la ciudad, y respecto al padre, estaba en Londres desde hacía una semana. Él me había vigilado tan bien que sabía dónde estaba, aunque yo no hice mucho por saber que él estaba en casa; subió las escaleras con brío y, al verme en mi trabajo, entró en la habitación y se dirigió a mí; empezó igual que la vez anterior, tomándome en sus brazos y besándome durante casi un cuarto de hora.

Era la habitación de su hermana menor donde estábamos, y como no había nadie en la casa a excepción de las criadas del piso de abajo, fue, se podría decir, más rudo. En resumen, empezó en serio conmigo. Quizá descubrió que yo era un poco fácil, porque Dios sabe que no le opuse resistencia mientras sólo me tenía cogida en sus brazos y me besaba; en realidad, era demasiado agradable para mí como para resistirme mucho.

Sin embargo, cansados de esa clase de juegos, nos sentamos y habló conmigo un buen rato. Dijo que estaba encantado conmigo y que no podía descansar ni de noche ni de día hasta que no me confesó cuánto estaba enamorado de mí, y si yo podía amarle y hacerle feliz. Yo sería la salvación de su vida y muchas cosas maravillosas como ésta. De nuevo yo le dije poco, pero fue evidente que era una insensata y que no me daba cuenta de lo que él quería decir.

Entonces paseó por la habitación, y tomándome de la mano, paseé con él; en un momento, aprovechando la situación, me tiró sobre la cama y me besó con más violencia, pero hay que reconocer que no fue rudo conmigo, sólo me besó durante mucho rato. Después de esto creyó haber oído a alguien subir las escaleras; así pues, se levantó de la cama, me levantó a mí, profesándome mucho amor, pero me dijo que era un afecto honesto y que no quería hacerme ningún mal, y con eso me puso cinco guineas en la mano y se fue escaleras abajo.

Yo me quedé más confundida con el dinero que antes con el amor, y empecé a sentirme tan elevada que apenas sabía el suelo que pisaba. Hago mucho hincapié en esta parte, porque si cualquier joven inocente llega a leer mi historia, puede aprender de ella a guardarse contra el daño que causa un conocimiento temprano de su propia belleza. Si una mujer joven se cree atractiva, nunca duda de la veracidad de cualquier hombre que le dice estar enamorado de ella, porque si se cree lo suficientemente encantadora como para cautivarle, es natural que se esperen los efectos de ello.

Este joven caballero había avivado su inclinación tanto como mi vanidad, y, como si hubiera descubierto que tenía una oportunidad y sintiera no aprovecharse de ella, subió de nuevo en media hora más o menos, y se puso a retozar conmigo de nuevo como antes, sólo que con un poco menos de introducción.

Cuando entró en la habitación, dio media vuelta en seguida y cerró la puerta.

—Señorita Betty —dijo—, antes imaginé que subía alguien por las escaleras, pero no era así. Sin embargo —añadió—, si me encuentran en la habitación contigo, no creerán que sólo estoy besándote.

Le dije que no sabía quién podría subir las escaleras, porque yo creía que no había nadie en la casa excepto la cocinera y otra doncella, y ellas nunca subían aquellas escaleras.

—Bien, querida, es bueno asegurarse, sin embargo.

Así que se sentó y empezamos a hablar. Y ahora, aunque yo estaba encendida todavía por su primera visita, y decía poco, él hizo como si pusiera palabras en mis labios, diciéndome lo apasionadamente que me amaba, y que aunque no podía mencionar una cosa como aquella hasta que no heredara su propiedad, no obstante estaba decidido a hacerme feliz entonces, y a sí mismo también, es decir, a casarse conmigo, y otras muchas cosas maravillosas, de las que yo, pobre loca, no entendía su significado, sino que actuaba como si no existiera otra clase de amor que el que tiende hacia el matrimonio, y si él había hablado de eso, no había lugar para mí, ni tenía poder, para decir que no, pero no habíamos llegado hasta ese punto todavía.

No estuvimos sentados mucho tiempo, sino que él se levantó, y dejándome sin aliento con los besos, me tendió sobre la cama de nuevo, pero entonces al estar los dos muy excitados, fue más lejos conmigo de lo que la decencia me permite mencionar; si no hubiera estado en mi poder rechazarle en ese momento, se me habría ofrecido mucho más de lo que lo hizo.

Sin embargo, aunque se tomó aquellas libertades conmigo, no llegó hasta lo que ellos llaman el último favor, que, para hacerle justicia, no intentó, y él hizo de ese sacrificio un pretexto por todas sus libertades conmigo en otras ocasiones después de aquélla. Cuando esto terminó, sólo se quedó un momento, pero puso un puñado de oro en mi mano, y me dejó, haciendo mil declaraciones de su pasión por mí y de que me amaba más que a ninguna mujer en el mundo.

No extrañará que ahora yo empezara a pensar, pero, ¡ay!, lo hacía con una reflexión muy poco sólida. Tenía vanidad y orgullo sin límites, pero muy poca virtud. De hecho algunas veces meditaba en lo que mi joven señor se proponía, pero no pensaba en otra cosa que en las buenas palabras y en el oro; si pretendía casarse conmigo o no, no parecía un asunto de gran importancia para mí; tampoco mis pensamientos me sugerían la necesidad de hacer alguna capitulación por mí misma; hasta llegó a hacerme una especie de proposición formal, como explicaré ahora.

Así pues, me abandoné a la disposición de destruirme sin la más mínima preocupación, y soy un buen ejemplo para todas las mujeres jóvenes cuya vanidad prevalece sobre su virtud. Nada fue nunca tan estúpido por ambas partes. Si yo hubiera actuado de una forma apropiada y opuesto resistencia, como la virtud y el honor requerían, este caballero habría desistido en sus ataques al no lograr la consecución de su plan, o me hubiera hecho proposiciones de matrimonio honorables, en cuyo caso, aunque alguien le culpase a él, nadie me habría podido culpar a mí. En resumen, si él hubiera sabido con qué facilidad se iba a realizar la nimiedad que pretendía, no se hubiese preocupado más, sino que con cuatro o cinco guineas se habría acostado conmigo la siguiente vez que vino a mí. Y si yo hubiera conocido sus pensamientos, y lo difícil que creía él que iba ser conseguirme, le habría puesto mis propias condiciones; por otro lado, si yo no hubiera capitulado por un matrimonio inmediato, me podría haber mantenido hasta el matrimonio y hubiese tenido lo que quisiera, porque él era ya muy rico, aparte de lo que tenía en expectativa; mas parecía que yo había abandonado por completo todos estos pensamientos y me fijaba solamente en el orgullo de mi belleza y en ser amada por un caballero como aquél. Respecto al oro, yo pasaba horas enteras mirándolo. Contaba las guineas una y mil veces al día. Nunca una pobre criatura vanidosa estuvo tan ciega en aquel momento como yo lo estaba, sin pensar en lo que tenía delante y lo cerca que estaba de mi perdición; de hecho, parecía querer atraerla antes que evitarla.

Al mismo tiempo, sin embargo, era lo suficientemente astuta para no dar lugar a que nadie de la familia sospechara de mí, o a que imaginara que yo tenía la más mínima relación con este joven caballero. Apenas le miraba en público, o le contestaba si me hablaba cuando no había nadie cerca de nosotros, pero aun así, teníamos un pequeño encuentro de cuando en cuando en el que tenían lugar una o dos palabras, y alguna vez un beso, pero sin llegar a más. Él se mostraba igualmente precavido, aunque era evidente que le costaba hacerlo.

Pero como el diablo es un tentador incansable que nunca deja de buscar la oportunidad para invitar a la maldad, una tarde estaba yo en el jardín con sus dos hermanas divirtiéndonos de una manera inocente, halló el modo de ponerme una nota en la mano, por la cual me indicaba que entendiera que públicamente iba a expresar su deseo de que al día siguiente fuera a hacer un recado para él a la ciudad, y que le vería en algún lugar por el camino.

Por consiguiente, después de cenar, me dijo seriamente, estando sus hermanas presentes:

—Señorita Betty, tengo que pedirle un favor.

—¿Cuál es? —preguntó la segunda hermana.

—Nada, hermana —dijo él, muy serio—, si no podéis prescindir de la señorita Betty hoy, ya lo hará en otro momento.

—Afirmaron que podían prescindir de ella y la hermana le pidió perdón por preguntar, lo que había hecho por hablar, sin querer decir nada.

—Bueno, hermano —dijo la hermana mayor—, pero le tendrás que decir a la señorita Betty de qué se trata. Si es un asunto privado que no tengamos por qué oír, puedes hablar con ella aparte. Allí está.

—¿Por qué, hermana? —dijo el caballero muy serio—. ¿Qué quieres decir? Sólo deseo que vaya a la calle mayor a cierta tienda.

Entonces, presentando una factura, contó una larga historia de dos pañuelos de cuello finos por los que había ofrecido dinero; quería que fuese yo con la factura que él enseñaba, para ver si aceptaban mi dinero por los pañuelos, ofrecer un chelín más y regatear con ellos, y así siguió pretextando asuntos insignificantes como éstos para asegurar que yo estuviera fuera un buen rato.

Cuando me dio los recados, les contó una larga historia de la visita que iba a hacer a una familia que todos ellos conocían, y donde iban a estar tal y tal caballero, y lo que iban a disfrutar, y preguntó formalmente a sus hermanas si iban con él; ellas se excusaron formalmente porque habían tenido noticias de que iban a venir a visitarlas aquella tarde, lo cual, por cierto, había arreglado él a propósito.

Apenas había terminado de hablar con ellas y me había hecho el encargo, cuando su criado vino a decirle que el coche del señor W... estaba en la puerta, así que bajó corriendo y subió de nuevo al momento.

¡Ay! —dijo en voz alta—, se ha esfumado toda mi alegría en un momento. El señor W... me ha enviado su coche y desea hablar conmigo sobre algún asunto serio.

Al parecer este señor W... era un caballero que vivía a unas tres millas de la ciudad; había hablado con él a propósito el día anterior y habían acordado que fuera a buscarle, como hizo, a las tres de la tarde.

De inmediato se fue a buscar su mejor peluca, sombrero y espada, ordenando a su criado que fuera al otro lugar a presentar sus excusas (para enviar lejos a su criado), y se dispuso a entrar en el carruaje. Según se iba, paró un momento y me habló seriamente sobre su asunto; buscó una oportunidad para decirme muy suavemente:

—Ven, querida, tan pronto como puedas.

Yo no dije nada, sino que le hice una reverencia, como si lo hubiera hecho a lo que dijo en público. En un cuarto de hora salí yo también. No tenía otro vestido, pero sí una capucha, una máscara, un abanico y un par de guantes en mi bolsillo, así que no hubo la más mínima sospecha en casa. Él me esperaba en el coche en un sendero por el que sabía que yo tenía que pasar, y había indicado al cochero el lugar al que íbamos, llamado Mile End, en el que vivía un confidente suyo, y donde al entrar vimos toda clase de comodidades para consumir mi perdición.

Cuando estuvimos juntos él empezó a hablar muy seriamente y a decirme que no me había llevado allí para traicionarme; que no permitiría que su pasión le llevara a abusar de mí; que había decidido casarse conmigo tan pronto como tuviera su herencia; que mientras tanto, si yo aceptaba su petición, él me mantendría con toda honorabilidad, y me hizo mil declaraciones de su sinceridad y afecto hacia mí; que nunca me abandonaría, y, en resumen, hizo mil preámbulos innecesarios.

Sin embargo, como me presionó a hablar, le dije que no tenía razones para cuestionar la sinceridad de su amor hacia mí después de tantas declaraciones, pero... y aquí me detuve, como si dejara que adivinara el resto.

—¿Pero qué, querida? —dijo—. Adivino lo que quieres decir. ¿Qué pasaría si te quedaras embarazada? ¿No es eso? Porque entonces, te cuidaré y te mantendré a ti y al niño también, para que puedas ver que no estoy bromeando. Aquí tienes una prenda —sacó un monedero de seda, con cien guineas dentro, y me lo dio—. Y te daré otro todos los años hasta que nos casemos.

Mi color iba y venía al ver el monedero y el ardor de su proposición todo junto, así que no pude decir una palabra, y él se dio cuenta de ello fácilmente. Así que al ponerme el monedero en el pecho, no opuse ninguna resistencia, sino que le dejé hacer lo que deseaba, y con tanta frecuencia como quiso; así empezó mi propia perdición, porque desde este día, al haber renunciado a mi virtud y a mi modestia, no me quedaba nada de valor que ofrecer, ni bendición de Dios, ni ayuda humana.

Pero las cosas no terminaron aquí. Regresé a la ciudad, hice lo que me había indicado en público, y estaba en casa antes de que nadie pensara que había pasado mucho tiempo. Respecto a mi caballero, permaneció fuera, como me dijo que haría, hasta bien entrada la noche, y no hubo la más mínima sospecha en la familia ni por su parte ni por la mía.

Después de esto, tuvimos frecuentes oportunidades de repetir nuestro crimen (principalmente por sus arreglos) especialmente en casa, cuando su madre y las jóvenes damas salían de visita, a las cuales él vigilaba muy estrechamente, sabiendo siempre de antemano cuándo salían, y luego no fallar en encontrarme a solas y con la suficiente seguridad; así que nos dedicamos de lleno a nuestro malvado placer durante cerca de medio año, pese a lo cual, para mi satisfacción, no me quedé embarazada.

CAPÍTULO V

Antes de que expirase el medio año, su hermano menor, de quien he hecho alguna mención al principio del relato, vino a tratar conmigo, y encontrándome sola en el jardín una tarde, empezó con una historia parecida; me hizo manifestaciones honestas de que estaba enamorado de mí y, en resumen, me propuso de manera limpia y honorable que me casara con él haciéndome antes alguna que otra oferta.

Ahora estaba confundida, como no lo había estado nunca. Resistí la proposición con obstinación y empecé a armarme con argumentos. Le expuse la desigualdad de clases, el trato que encontraría en la familia, la ingratitud que sería para su buen padre y su madre, quienes me habían tenido en su casa con principios tan generosos cuando yo estaba en una condición tan baja, y, en resumen, le dije todo lo que pude imaginar para disuadirle de su plan, a excepción de contarle la verdad, que sí hubiera puesto fin a todo, pero que no me atrevía ni a pensar en mencionarlo.

Mas sucedió aquí una circunstancia que yo no esperaba y que hizo cambiar mi situación, porque este joven caballero, como era sencillo y honesto, no pretendía nada conmigo a excepción de lo que dijo, y, conociendo su propia inocencia, no tuvo tanto cuidado de mantener en secreto su amabilidad para con la señorita Betty como lo hizo su hermano. Y aunque él no permitió que supieran que me había hablado de ello, sin embargo dijo lo suficiente a sus hermanas como para percibirse que me amaba; su madre lo vio también, y aunque ellas no me habían hablado de esto, sí le informaron a él, e inmediatamente noté su cambio de comportamiento hacia mí, más que nunca antes.

Vi la nube, aunque no preveía la tormenta. Era fácil notar que su comportamiento había cambiado conmigo y que cada día iba a peor, hasta que al final descubrí por los sirvientes que en muy poco tiempo iban a echarme.

No me alarmé con la noticia, al estar totalmente convencida de que me mantendría de otra manera; tenía razones para esperar quedarme embarazada, y entonces me vería obligada a trasladarme sin ningún pretexto por ello.

Después de algún tiempo el caballero más joven tuvo la oportunidad de decirme que la atención que tenía conmigo se había extendido por toda la familia. Él no me acusó de ello, dijo, porque sabía bastante bien de dónde había salido. Me explicó que su forma sencilla de hablarme había sido ocasión de ello, porque no me había expresado sus respetos tan en secreto como debería haberlo hecho, y la razón era que estaba en un punto que si consentía en aceptarle, les diría abiertamente que me amaba y que pretendía casarse conmigo; que era cierto que a sus padres podría molestarles, pero que ahora estaba preparado para vivir, al haberse educado para las leyes, y no temía mantenerme bien; en resumen, como creía que yo no me avergonzaría de él, estaba decidido a no avergonzarse de mí y desdeñaba poseerme ahora, sería después de que fuera su esposa; por tanto, yo sólo tenía que concederle mi mano y él respondería por todo lo demás.

Yo estaba en una situación espantosa ahora, y me arrepentía de corazón por mi soltura con el hermano mayor, no por una reflexión de conciencia, sino ante la vista de la felicidad de la que podría haber disfrutado, y que ahora era imposible, porque aunque no tenía grandes escrúpulos, como he dicho, con qué luchar, sin embargo no podía pensar en ser una ramera para un hermano y una esposa para el otro. Luego me vino al pensamiento que el primer hermano me había prometido hacerme su esposa cuando tuviera su herencia, pero recordé en seguida que había pensado con frecuencia que él nunca me dijo una palabra sobre tenerme por esposa después de haberme conquistado como amante, y de hecho, hasta ahora, aunque digo que lo pensé con frecuencia, sin embargo no me molestaba del todo, porque como parecía que él no disminuía en lo más mínimo su afecto por mí, tampoco menguaba su regalo, aunque tenía la discreción de desearme que no gastara un penique de lo que me daba en ropas, o en hacer algo extraordinario, porque por necesidad daría celos en la familia, ya que todo el mundo sabría que yo no podía acceder a aquellas cosas de una forma ordinaria, sino por medio de alguna amistad personal, la cual habrían sospechado en seguida.

Pero ahora estaba yo en un gran apuro, y realmente no sabía qué hacer. La dificultad principal era que el hermano menor no sólo me acosaba, sino que sufría al verle. Entraba en la habitación de su hermana y en la de su madre; se sentaba dedicándome amables palabras y me galanteaba incluso delante de ellas. Esto se hizo tan público, que toda la casa hablaba de ello; su madre se lo reprochaba, y su comportamiento hacia mí cambió por completo. En resumen, su madre había hecho algunos comentarios, como si tuviera intención de echarme de la familia. Ahora estaba segura de que esto no podía ser un secreto para su hermano, sólo que él no podría pensar, como de hecho nadie más tampoco, que el hermano menor me había hecho alguna proposición al respecto; mas, como podía ver fácilmente que iría a más, de igual forma vi que era absolutamente necesario hablar de ello con él, pero dudaba entre dar yo el primer paso o esperar a que lo diese él.

Después de serias reflexiones, porque de hecho ahora empezaba a considerar las cosas seriamente, decidí hablar yo primero, y no fue mucho tiempo después cuando tuve la oportunidad, porque al día siguiente su hermano se fue a Londres para algún asunto, y la familia había salido de visita.

Vino, como de costumbre, a pasar una hora o dos conmigo, y cuando se hubo sentado un rato, percibió claramente que había cambiado mi semblante, que no era tan libre ni tan agradable con él como de costumbre, y especialmente, que yo había estado llorando. No pasó mucho tiempo antes de que se diera cuenta de ello, y me preguntó con términos muy amables qué pasaba y si algo me preocupaba. Yo lo hubiera aplazado si hubiera podido, pero no lo iba a ocultar, así que después de sufrir muchas importunidades para sacar aquello de mí, lo cual estaba deseando revelar, le dije que era cierto, que algo me preocupaba, y de tal naturaleza que no podía ocultárselo a él, y no obstante que yo no sabía cómo contárselo; que era algo que no sólo me sorprendía sino que me dejaba muy perpleja, y que no sabía qué rumbo tomar, a menos que él me dirigiera. Respondió con gran ternura que lo dejara estar; yo debía dejar de preocuparme porque él me protegería de todo el mundo.

Entonces le dije que me temía que las damas tuvieran alguna información secreta de nuestra relación, porque se veía claramente que su conducta había cambiado muchísimo conmigo ya hacía bastante tiempo y que ahora sucedía que con frecuencia encontraban faltas en mí, y algunas veces reñían bastante conmigo, aunque yo nunca les daba la más mínima ocasión; que mientras yo siempre solía dormir con la hermana mayor, últimamente me habían mandado acostarme sola, o con una de las criadas, y que varias veces les había oído decir cosas muy poco amables sobre mí, pero lo que confirmaba todo era que una de las criadas había oído que me iban a echar y no era seguro para la familia que yo permaneciese más tiempo en la casa.

Él sonreía mientras oía todo esto y le pregunté cómo se lo podía tomar tan a la ligera, cuando él tenía que saber que si se descubría algo yo estaría perdida para siempre y que incluso le dañaría a él, aunque no le destruiría como a mí. Le reproché que era igual al resto de su sexo que, cuando tienen el carácter y el honor de una mujer a su merced, con frecuencia hacen de ello una broma, y al final parece una nimiedad y consideran la perdición de aquellas que han tenido a su voluntad como algo que no tiene valor.

Me vio cariñosa y seria y cambió de actitud inmediatamente. Me dijo que sentía que hubiera pensado aquello de él, pues nunca le había dado la menor ocasión de ello, sino que había sido tan sensible a mi reputación como lo podía ser con la suya propia; que estaba seguro de que nuestra relación se había manejado con tal habilidad que nadie de la familia tenía ninguna sospecha sobre ello; que si sonreía cuando yo le contaba mis pensamientos, era por la seguridad que tenía de que nuestro entendimiento ni se conocía ni se adivinaba, y que, yo le sonriera como él a mí, porque estaba muy seguro de que me convencería totalmente.

—Éste es un misterio que no puedo entender —dije—, o en qué me beneficiaría a mí que me echaran de casa, porque si nuestra relación no se descubre, no sé qué más he hecho para que cambie el comportamiento de toda la familia hacia mí, o que me traten como lo hacen ahora, quienes antes me trataban con tanta ternura, como si hubiera sido uno de sus propios hijos.

—Mira, criatura —contestó—, hay un preocupación sobre ti, es cierto, pero no tienen la más mínima sospecha de este caso, y en lo que se refiere a ti y a mí, está muy lejos de ser cierto; ellos sospechan de mi hermano Robin, y, en resumen, están totalmente convencidos de que te hace el amor, mejor dicho, el loco se lo ha metido en sus cabezas, porque está bromeando continuamente sobre ello. Creo que está equivocado al hacer eso, porque no puede dejar de ver que ello les saca de quicio y hace que sean poco amables contigo, pero es una satisfacción para mí por la seguridad que me da el que ellos no sospechan de mí lo más mínino y espero que esto te convenza a ti también.

—Así es —dije yo—, en cierto modo, pero no es del todo mi caso; no es eso lo que más me preocupa, aunque he estado pensando sobre ello también.

—¿Qué es entonces? —preguntó.

Con lo cual me eché a llorar y no pude decirle nada. Él se esforzó por tranquilizarme como pudo, pero luego empezó a presionarme mucho para que le contase qué era. Al final contesté que pensaba que debía decírselo también, y que tenía algún derecho a saberlo; además yo quería su consejo en este caso, porque estaba tan transtornada que no sabía qué rumbo tomar, y entonces le conté todo el asunto. Le hablé de lo imprudente que había sido su hermano al manifestarse públicamente, porque si lo hubiera mantenido en secreto, como se debería hacer con una cosa así, yo podría haberle rechazado definitivamente, sin dar razones por ello, y con el tiempo hubiera dejado de hacer sus solicitaciones, pero que él tenía tanta vanidad, que contaba con que yo no le rechazaría, y entonces se había tomado la libertad de contar a la casa entera su propósito de hacerme suya.

Le dije cuánto me había resistido y lo sincera y honrada que era su oferta.

—Pero —añadí— mi caso será doblemente duro, porque si ellos lo llevan mal ahora, porque él desea tenerme, lo llevarán peor cuando descubran que le he rechazado, y dirán en seguida que hay algo más en ello; entonces creerán que estoy casada ya con otro, pues nunca rechazaría un partido como aquél tan por encima de mí como estaba.

Esta conversación le sorprendió muchísimo. Me dijo que sí era un punto crítico el que tenía que manejar yo y que no veía qué camino debería tomar para salir de él, pero lo pensaría y me haría saber a qué solución había llegado la próxima vez que nos encontrásemos; mientras tanto, deseaba que no le diera mi consentimiento a su hermano, ni tampoco una negativa clara, sino que le mantuviese en suspenso durante un tiempo.

Yo le dije que él sabía muy bien que no había consentimiento que dar, pues me había comprometido a él, quien me había dicho durante todo este tiempo que yo era su esposa, y yo me veía así, efectivamente, como si hubiera pasado la ceremonia; que aquello que decía yo había salido de su propia boca; que él me había convencido para llamarme a mí misma su esposa.

—Bueno, querida mía —dijo él—, no te preocupes por eso ahora; seré tan bueno como un marido para ti, y no permitas que estas cosas te preocupen ahora; déjame que mire más a fondo este asunto y podré decirte más la próxima vez que nos reunamos.

Me tranquilizó como pudo con esto, pero me di cuenta de que estaba muy pensativo y aunque era muy amable conmigo, y me besó mil veces y me dio dinero también, sin embargo no me ofreció más en todo el tiempo que estuvimos juntos, unas dos horas, considerando lo que solía ser y la oportunidad que teníamos.

CAPÍTULO VI

Su hermano no regresó de Londres en cinco o seis días, y pasaron dos más antes de que tuvieran la oportunidad de hablar a solas los dos hermanos; esa misma tarde tuvo la oportunidad (porque tuvimos una larga reunión) de repetirme toda su conversación, que, hasta donde puedo recordar, era para el siguiente fin. Dijo que oía extrañas noticias de él desde que se fue, a saber, que hacía el amor a la señorita Betty.

—Bueno —dijo su hermano un poco enfadado—, y así es. ¿Y qué pasa entonces? ¿Le importa a alguien?

—No —dijo su hermano—, no te enfades, Robin, no pretendo tener nada que ver, ni enfadarme contigo por esto. Pero me he dado cuenta de que a ellas les preocupa, y de que han tratado mal a la pobre chica por ello, lo cual yo me tomaría como si me lo hubieran hecho a mí mismo.

—¿Qué quieres decir con «ellas»? —dijo Robin.

—Quiero decir nuestra madre y las chicas —dijo el hermano mayor.

—Pero escucha, ¿vas en serio? ¿Realmente también la amas? Entonces seré sincero contigo —dijo Robin—. La amo como a ninguna mujer en el mundo, y la tendré, deja que digan y hagan lo que quieran. Creo que ella no me rechazará.

Eso me golpeó en el corazón cuando me lo dijo, porque aunque era más lógico pensar que no le rechazaría, no obstante yo sabía que en mi propia conciencia tenía que hacerlo y vi mi perdición si se me obligaba a hacer aquello, pero sabía que era hora de que hablara yo entonces, así que interrumpí su historia así:

—¡Ay! ¿Piensa que no puedo rechazarle? Pues descubrirá que puedo hacerlo a pesar de todo.

—Bueno, querida mía —dijo él—, pero permite que te cuente toda la historia tal como ocurrió entre nosotros y luego di lo que quieras.

Entonces continuó contándome que él había contestado así:

—Pero, hermano, sabes que ella no tiene nada y tú puedes casarte con cualquier dama de fortuna.

—Eso no importa —dijo Robin—, amo a la chica, y nunca me casaré por dinero.

A continuación me dijo el hermano mayor:

—Por tanto, querida mía, no hay quien se le oponga.

—Sí, —dije yo—, verás como puedo oponerme a él. He aprendido a decir «no» ahora. Si el mejor señor del mundo se me ofreciera en matrimonio en este momento, podría decirle «no» alegremente.

—Bueno, querida mía... pero, ¿qué puedes decirle? Sabes, como dijiste cuando hablamos de ello anteriormente, que él te hará muchas preguntas y que toda la casa se asombrará por el significado que pueda tener aquello.

—¿Por qué? —dije sonriendo—. Puedo cerrar todas las bocas de golpe diciéndole a él, y a los demás también, que ya estoy casada con su hermano mayor.

Él sonrió un poco ante estas palabras, pero pude ver que se sobresaltó y que no podía ocultar el desconcierto que le provocó aquello. Sin embargo, contestó:

—Aunque eso pueda ser verdad en cierto sentido, no obstante supongo que estás de broma cuando hablas de dar una contestación así; no sería conveniente por muchas razones.

—No —contesté en tono agradable—, no estoy deseando sacar a la luz el secreto sin tu consentimiento.

—Pero, entonces, ¿qué puedes decirles cuando te encuentren tan firme en contra de un partido que aparentemente te beneficiaría tanto?

—¿Qué puedo perder? —dije yo—. En primer lugar, no tengo que darles razones; por otro lado, puedo decirles que ya estoy casada, poniendo punto final, porque ya no tendrán ninguna razón para preguntarme después de eso.

—¡Ay! —dijo él—, pero toda la casa intentará sonsacarte sobre ello, incluso mis padres, y si los rechazas categóricamente, se disgustarán contigo y además sospecharán.

—¿Por qué? —dije yo—. ¿Qué puedo hacer? ¿Qué crees que tendría que hacer? Estaba perpleja y en bastantes apuros antes, y te informé de las circunstancias para que pudieras darme consejo.

—Querida mía —contestó—. He estado pensando mucho sobre ello, puedes estar segura, y aunque es un consejo que me produce una gran pena, y puede que al principio te parezca extraño, no obstante, considerando todas las cosas, no veo mejor salida para ti que dejarle continuar, y si le encuentras bueno y sincero, casarte con él.

Le miré llena de horror por estas palabras, y, empalideciendo de muerte, estuve a punto de caerme de la silla en la que estaba sentada, cuando, sobresaltándose, dijo en voz alta:

—Querida mía, ¿qué te pasa? ¿Qué tienes?

Luego, llamándome, hizo que volviera un poco en mí, aunque pasó un buen rato antes de que recuperara plenamente mis sentidos, y no fui capaz de hablar durante varios minutos más.

Cuando me recuperé por completo, empezó de nuevo:

—Querida mía, ¿qué te ha sorprendido tanto de lo que he dicho? ¡Tendrías que considerarlo seriamente! Puedes ver claramente la posición de la familia en este caso; ellos se volverían locos si fuera mi caso, como es el de mi hermano, y por lo que veo, sería mi perdición y la tuya también.

—¡Ay! —respondí, hablando todavía con enfado—. ¿Se van a debilitar todas tus declaraciones y votos por el disgusto de tu familia? ¿No te ponía yo siempre objeciones y tú hacías que fuera algo liviano sin valorarlo y ahora llegas a esto? ¿Es ésta tu fe y tu honor, tu amor y la solidez de tus promesas?

Él continuó totalmente calmado, a pesar de todos mis reproches, pero por fin contestó:

—Querida mía, yo no he roto ninguna promesa contigo todavía. Te dije que nos casaríamos cuando tuviera mi herencia, pero ya ves que mi padre es un hombre con una salud de hierro y puede vivir treinta años más todavía; tú nunca propusiste que me casara contigo antes porque sabes que eso podría ser mi perdición, y respecto a lo demás, yo no te he fallado en nada y no has carecido de nada.

No podía negar ni una palabra de todo esto y no tenía nada que decir en general.

—Pero entonces —le dije—, ¿por qué puedes convencerme para que dé un paso tan horrible como el de dejarte si tú no me has dejado? ¿Permitirás que no haya ningún afecto, ningún amor por mi parte, donde ha habido tanto por la tuya? ¿No te he correspondido? ¿No te he dado testimonio de mi sinceridad y de mi pasión? Los sacrificios que he hecho sobre mi honor y modestia, ¿no son prueba de que estoy atada a ti con unos lazos demasiado fuertes como para que se rompan?

—Pero, querida mía, puedes aparecer con honor y con esplendor a la vez, y el recuerdo de lo que hemos hecho puede envolverse en un eterno silencio, como si nunca hubiera ocurrido; siempre tendrás mi respeto, y mi afecto sincero; sólo entonces será honrado y totalmente justo para mi hermano. Serás mi querida hermana, como ahora eres...

Y ahí se detuvo.

—Tu querida —dije yo—. Lo podías haber dicho si hubieras continuado, pero te entiendo. Sin embargo, deseo que recuerdes las largas conversaciones que has tenido conmigo, y las muchas horas que te ha llevado convencerme de que me creyera una mujer honrada, de que era tu esposa intencional, aunque no ante los ojos del mundo, y de que era un matrimonio tan válido el que había entre nosotros como si nos hubiera casado en público el párroco de la parroquia. Sabes, y no puedes dejar de recordar, que éstas han sido tus propias palabras.

Comprendí que esto le afectó un poco. Se quedó inmóvil durante un rato sin decir nada, y yo continué así:

—No puedes creer que yo cedería a todas estas persuasiones sin que se cuestionara mi amor, que no temblaría por lo que pudiera suceder después. Si has tenido esos pensamientos tan deshonestos de mí, tengo que preguntarte si en mi comportamiento hay algo que te haya sugerido tal cosa. Si luego yo he cedido a las importunidades de mi afecto, y si me has convencido para creer que yo soy realmente, y en esencia, tu esposa, ¿demostraré ahora la falsedad de todos esos argumentos y me llamaré tu querida, o tu amante, que es lo mismo? ¿Y me traspasas a tu hermano? ¿Puedes traspasar mi afecto? ¿Puedes pedirme que deje de amarte y que le ame a él? ¿Está en mi poder, piensas, hacer tal cambio con sólo pedirlo? No, señor, contar con ello es imposible, y cualquiera que pueda ser el cambio por tu parte, nunca será el mío; yo hubiera preferido mucho más. Ya que esto tiene un fin tan infeliz, prefiero ser tu querida que la esposa de tu hermano.

Él pareció complacido e impresionado por este último discurso y me dijo que se mantenía donde estaba antes, que él no me había sido infiel en ninguna promesa de las que me había hecho, pero se le presentaban tantas cosas terribles a la vista por mí en particular, que había pensado en el otro como un remedio tan efectivo como no podría surgir ninguno. Él pensaba que esto no sería una despedida para siempre, sino que podríamos querernos como amigos durante toda nuestra vida, y quizá con más satisfacción que en las condiciones en las que estábamos ahora; se atrevía a decir que yo no podía temer nada de él en cuanto a traicionar el secreto, que sólo podría causar la perdición de ambos si se descubría; que tenía una pregunta de la que podía depender el camino a seguir, y si se contestaba negativamente, seguía pensando que era el único paso que yo podía dar.

Adiviné la pregunta en seguida, y era si estaba segura de no estar embarazada. Respecto a eso, le dije que no era necesario que se preocupara, porque no lo estaba.

—Entonces, querida mía —dijo—, no tenemos tiempo para hablar más ahora. Considéralo y piensa bien en ello. No puedo dejar de opinar todavía que es el mejor rumbo que puedes tomar.

Y con esto se fue, más deprisa aún al llamar su madre y sus hermanas a la verja, justo en el momento en que se había levantado para irse.

Me dejó en la mayor confusión, y así lo percibió al día siguiente, y el resto de la semana, porque sólo era la tarde del martes cuando hablamos, pero no tuvo oportunidad de venir a mí en toda la semana, hasta el domingo siguiente, cuando al estar yo indispuesta, no fui a la iglesia, y él, poniendo una excusa parecida, se quedó en casa.

Hablamos durante hora y media de nuevo y caímos en los mismos argumentos una y otra vez. Al final le pregunté con cariño qué opinión tendría de mi decencia si suponía que yo abrigaba la idea de acostarme con los dos hermanos, y le aseguré que eso nunca podría ser. Añadí que si él me iba a decir que nunca me vería más, nada salvo la muerte podría ser tan terrible; sin embargo, nunca abrigaría un pensamiento tan deshonroso de mí misma y tan vil para él; por tanto, le supliqué que si tenía una pizca de respeto o afecto por mí, no me hablara más de ello, o era mejor que sacara su espada y me matase. Pareció sorprendido por mi obstinación, como él la llamaba. Me dijo que era cruel conmigo misma y con él, que era una crisis inesperada para ambos, aunque no veía otro camino para salvarnos de la perdición, pero que si no tenía nada más que decirle sobre ello, añadió con una frialdad poco corriente, no sabía de qué más teníamos que hablar, y por tanto se puso en pie para marcharse. Yo me levanté también, como si sintiera la misma indiferencia, pero cuando vino a darme el beso de despedida, empecé a llorar con vehemencia, sin poder hablar, y sólo le apreté la mano para darle el adiós.

Se conmovió con esto, se sentó de nuevo y me dijo muchas cosas amables para calmarme, pero todavía insistía en la necesidad de lo que había propuesto. Reiteró que si yo no aceptaba, él me mantendría a pesar de todo, pero dejándome ver claramente que me rechazaría, incluso como amante, haciendo una cuestión de honor el no acostarse con la mujer que, por lo que él sabía, podría llegar a ser la esposa de su hermano.

CAPÍTULO VII

Su mera pérdida como galán no me afligió tanto como la de su persona, a quien en realidad amaba con locura, y la ausencia de todas las expectativas que tenía y sobre las cuales siempre había construído mis esperanzas de tenerle algún día por marido. Estas cosas me presionaban tanto que caí muy enferma. La agonía de mi mente, en una palabra, me llevó a una fiebre alta y tanto duraba que nadie de la familia tenía esperanza de que viviera.

Con frecuencia deliraba y me mareaba, pero nada temía yo más decir que algo en perjuicio suyo inconscientemente. Él me visitaba y sufría conmigo, porque realmente me amaba mucho, pero no habría ninguna posibilidad de solución para ambos.

La fiebre me tuvo casi cinco semanas en cama, y aunque su fuerza disminuyó a las tres semanas, sin embargo volvió varias veces; los médicos dijeron que no podían hacer nada más por mí, que debían dejar que lucharan la naturaleza y el malestar, sólo que fortaleciendo a la primera con cordiales para mantener la lucha. Después de cinco semanas me encontraba mejor, pero estaba tan débil, tan cambiada, tan melancólica, y me recuperaba tan lentamente, que los médicos temían que me consumiera, y lo que más me desconcertaba es que opinaban que mi mente estaba oprimida, que algo me preocupaba, y, en resumen, que estaba enamorada. Ante esto, toda la casa empezó a examinarme y presionarme para que les dijera si era cierto o no, y de quién. Pese a todo, yo lo negaba rotundamente.

Un día tuvieron una riña sobre este asunto, cuando estaban sentados a la mesa, que puso en alboroto a toda la familia durante un tiempo. Sucedió que estaban todos salvo el padre. Respecto a mí, estaba enferma en mi habitación. Al principio de la conversación, que fue justo después de acabar de cenar, la anciana señora, quien me había enviado algo para comer, llamó a su doncella para que subiera a preguntarme si tomaría algo más, pero ésta bajó para decir que no me había comido ni la mitad de lo que me había enviado.

—¡Ay! —dijo la anciana dama—. ¡Esa pobre chica! Me temo que nunca estará bien.

—¡Bueno! —dijo el hermano mayor—. ¿Cómo iba a estar bien la señorita Betty? Dicen que está enamorada.

—No creo nada de ello —dijo la anciana señora.

—No sé qué decir al respecto —dijo la hermana mayor—; han insistido tanto en que es tan atractiva, encantadora y no sé qué más, lo que ha llegado a sus oídos, que se le ha subido a la cabeza, creo, y quién sabe en qué puede desembocar esto. Por mi parte no sé qué hacer.

—Tienes que reconocer, hermana, que es muy atractiva —dijo el hermano mayor.

—¡Ay!, y mucho más atractiva que tú, hermana —dijo Robin—, y eso es tu mortificación.

—Bueno, no es ésa la cuestión —dijo su hermana—; la chica está bastante bien, y ella lo sabe. No es necesario decírselo para hacerla vanidosa.

—No estamos hablando de que sea vanidosa —dijo el hermano mayor—, pero respecto a estar enamorada, puede que lo esté de ella misma, parece que mis hermanas piensan eso.

—Ojalá estuviera enamorada de mí —dijo Robin—. Le libraría de su dolor rápidamente.

—¿Qué quieres decir con eso? —dijo la anciana dama—. ¿Cómo puedes hablar así?

—Porque, señora —dijo Robin de nuevo, muy honradamente—, ¿piensa que dejaría que esta pobre chica se muriera de amor, y por alguien que está tan cerca, también?

—¡Señor, hermano! —dijo la segunda hermana—. ¿Cómo puedes hablar así? ¿Te casarías con una criatura que no tiene cuatro peniques en el mundo?

—¡Por favor, niña! —dijo Robin—, la belleza es una parte y la alegría con ella es una parte doble. Me gustaría que tuvieras la mitad de sus virtudes.

Estas palabras la acallaron.

—Creo —dijo la hermana mayor—, que si Betty no está enamorada, mi hermano lo está. Me pregunto si no se le habrá ido la cabeza por Betty. Garantizo que ella no dirá que no.

—Aquellas que ceden cuando se les pregunta —dijo Robin—, están un paso por delante de aquellas a las que nunca se les pide, hermana, y a dos pasos por delante de las que ceden antes de que se les pregunte, y con eso te respondo.

Esto encendió a la hermana, que se encolerizó y dijo que estaban pasando cosas y que era hora de que la muchacha, refiriéndose a mí, saliera de la familia; como ella no era la adecuada para expulsarla, esperaba que su padre y su madre lo consideraran, y que lo hicieran tan pronto como fuera posible.

Robin replicó que era asunto del señor y de la señora de la familia, a quienes no iba a enseñar una persona que tenía tan poco juicio como su hermana mayor.

Aquello llegaba cada vez más lejos: la hermana reprendía y Robin recuperaba terreno y bromeaba, mientras mi situación en la familia se hacía insostenible. Yo lo oía y lloraba de corazón. La anciana dama subió a verme, al haberle dicho alguien que estaba muy preocupada por ello. Me quejé a ella por la opinión los doctores, porque ellos no tenían ninguna razón, y era todavía más duro considerando las circunstancias en las que estaba yo en la familia; esperaba no haber hecho nada que disminuyera su estima hacia mí o diera ocasión a peleas entre sus hijos e hijas, y le dije que era más necesario que yo pensara en un ataúd que en estar enamorada, rogando que no me permitiera sufrir por los errores de nadie salvo por los míos propios.

Ella se conmovió ante la justicia de lo que decía, pero me dijo que desde que había habido un clamor tal entre ellos, y que su hijo menor habló de esa forma tan rotunda como lo hizo, deseaba que yo le fuera tan fiel como para contestar a una pregunta con sinceridad. Le dije que lo haría, con todo mi corazón. La cuestión era si había algo entre su hijo Robin y yo. Le conté con toda la sinceridad de que era capaz, que no había nada ni lo había habido nunca. Le dije que el señor Robin había hecho mucho ruido y bromeado, como ella sabía que era su forma de ser, y que yo siempre lo tomé, como suponía que él quería expresarlo, como una forma airada de hablar que no tiene ningún significado, y de nuevo le aseguré que no había ni la más mínima pizca de lo que ella creía entre nosotros, y que aquellos que lo habían supuesto se habían equivocado conmigo y al señor Robin no le habían hecho ningún servicio.

La anciana dama se quedó totalmente convencida; me besó y habló cariñosamente, dijo que cuidara de mi salud y que no me preocupara de nada, y con eso se fue. Pero cuando llegó abajo encontró al hermano y a las hermanas enemistados. Estaban enfadados, casi encolerizados, porque él les había reprendido por su fealdad y por no haber tenido nunca un enamorado; nadie les había hecho nunca la corte, y todavía estaban lejos de que alguien se la hiciera por primera vez. Se concentraron de nuevo en el tema de la señorita Betty: lo hermosa que era, su buen humor, cómo cantaba y bailaba mejor que ellas, y al hacer esto no omitió ninguna cosa maliciosa que pudiera sacarlas de quicio; de hecho, siguió adelante de una forma demasiado dura. La anciana dama bajó cuando la discusión estaba en su punto más álgido, y para poner fin, les contó toda la conversación que había mantenido conmigo y cómo contesté que no había nada entre el señor Robin y yo.

—Ella se equivoca —dijo Robin—, porque si no hubiera trato entre nosotros, seríamos más reservados de lo que somos. Yo le dije que la amaba inmensamente, pero nunca pude convencerla de que iba en serio.

—No sé cómo lo harías —dijo su madre—, nadie en sus cabales podría creer que ibas en serio; hablar así a una pobre chica, cuyas circunstancias conoces tan bien. Pero, por favor, hijo —añadió—, ya que tú me dices que no podías hacerle creer que ibas en serio, ¿qué tenemos que pensar? Porque tú has divagado tanto en tu conversación que nadie sabe si vas en serio o estás de broma; mas como comprendo, por tu propia confesión, que la chica me contestó con la verdad, me gustaría que tú lo hicieras también y me dijeras seriamente, para que yo pueda convencerme de ello, ¿hay algo o no? ¿Vas en serio o no? ¿Estás trastornado en realidad o no? Es importante y deseo que nos lo aclares.

—Por mi fe, señora —dijo Robin—, que es en vano andarse con rodeos o contar más mentiras sobre ello. Voy en serio, igual que lo va un hombre al que van a colgar. Si la señorita Betty me dijera que me ama y que se casaría conmigo, no esperaría a mañana para hacerlo.

—Bueno —dijo la madre con un tono profundamente triste, de gran preocupación—, entonces hay un hijo perdido.

—Espero que no —dijo Robin—; ningún hombre se pierde cuando ha encontrado una buena esposa.

—Pero muchacho —dijo la anciana dama—, ella es una mendiga.

—Entonces, señora, más necesita caridad —replicó Robin—. Me la llevaré de manos de la parroquia y mendigaremos juntos.

—Es malo bromear con esas cosas —dijo la madre.

—No bromeo, señora —dijo Robin—. Vendremos a pedir su perdón y su bendición, señora, y la de mi padre.

—Todo esto está fuera de lugar, hijo —dijo la madre—. Si hablas en serio estás perdido.

—Me temo que no —respondió él—, porque realmente pienso que ella no me tendrá a mí; después de todo el enojo y bravuconería de mi hermana, creo que nunca seré capaz de convencerla.

—Es un bonito cuento —dijo la hermana menor—. Ella no está tan fuera de sus sentidos. La señorita Betty no está loca. ¿Crees que ha aprendido a decir que no, más que otras personas?

—No, señorita ingeniosa —dijo Robin—, la señorita Betty no está loca, pero puede estar comprometida de algún otro modo, y entontes, ¿qué?

—No —dijo la hermana mayor—, no puedes decir nada de eso. ¿Quién tendría que ser, entonces? Nunca sale de casa. Tiene que estar entre vosotros.

—No tengo nada que decir a eso —dijo Robin—. A mí ya me habéis examinado bastante. Ahí está mi hermano. Si tiene que estar entre nosotros, id a preguntarle a él.

Esto sobresaltó al hermano mayor y llegó a la conclusión de que Robin había descubierto algo. Sin embargo, disimuló para no parecer inquieto.

—Por favor —dijo—, no vayas a lanzar tus historias sobre mí. No tengo nada que decir a la señorita Betty, ni a ninguna señorita Betty de la parroquia.

Con esto se levantó sin hacer caso.

—No —dijo la hermana mayor—. Me atrevo a responder por mi hermano, él conoce mejor el mundo.

Así terminó la conversación, que dejó al hermano mayor bastante confundido. Llegó a la conclusión de que su hermano lo había descubierto y empezó a dudar si no sería yo la culpable. Al final estaba tan perplejo que decidió entrar en mi habitación y preguntármelo, fuera lo que fuese. Para este fin, un día después de cenar, vigilando a su hermana mayor hasta que la pudo ver subir las escaleras, fue tras ella mientras le decía:

—Oye, hermana, ¿dónde está la enferma? ¿No puede verla nadie?

—Sí —dijo ella—. Creo que puedes, pero déjame ir delante y te lo diré.

Así pues, corrió hasta la puerta, me informó a mí y luego le llamó a él de nuevo:

—Hermano, puedes venir si lo deseas.

De modo que entró, simulando una especie de sermón:

—Bueno, ¿dónde está ese cuerpo enfermo de amores? ¿Cómo está, señorita Betty?

Yo me habría levantado de la silla, pero estaba tan débil que no pude hacerlo durante un buen rato. Ambos lo advirtieron, y la hermana dijo:

—Vamos, no te esfuerces por levantarte; mi hermano no desea ninguna ceremonia, especialmente ahora que estás tan débil.

—No, no, señorita Betty, por favor quédese sentada —dijo él.

Por tanto, él se sentó en una silla enfrente de mí y parecía estar muy alegre. Nos habló de muchas cosas vanas a su hermana y a mí, y de cuando en cuando volvía a la vieja historia:

—Pobre señorita Betty, es algo triste estar enamorada, porque ello la ha desmejorado mucho.

Al final yo hablé un poco:

—Me complace verle tan alegre, señor, pero creo que el doctor podría haber encontrado algo mejor que hacer que jugar con sus pacientes. Si no hubiera estado enferma, conozco el proverbio demasiado bien como para haberle permitido venir.

—¿Qué proverbio? —dijo él—. ¡Oh!, ahora lo recuerdo:

Donde amor es el caso
el doctor es un asno.

—¿No es ése, señorita Betty?

Yo sonreí y no dije nada.

—No —dijo él—, creo que la impresión ha demostrado que es amor, porque parece ser que el doctor le ha servido de poco y se recupera muy lentamente, dicen. Dudo que sea una enfermedad incurable, y que es amor.

Yo sonreí y dije:

—No, señor, ése no es mi mal.

Proseguimos conversando sobre éste y temas parecidos. De cuando en cuando me pedía que le cantara una canción, ante lo cual yo sonreía diciendo que mis días de canto habían pasado. Al final preguntó si me gustaría que tocase la flauta. Su hermana dijo que creía que eso me dañaría y que mi cabeza no podría soportarlo. Yo me incliné y dije:

—No, no me dañaría. Y por favor, señora, no se oponga, me gusta muchísimo la música de la flauta.

Entonces dijo su hermana:

—Bueno, hazlo pues, hermano.

Él sacó la llave de su armario y dijo:

—Querida hermana, soy muy perezoso; ve a mi armario y trae mi flauta. Está en aquel cajón —y le indicó el lugar donde sabía que no estaba la flauta para que ella la buscara durante un rato.

Tan pronto como se fue, él me contó toda la conversación que mantuvo con su hermano sobre mí y la preocupación que le causó, obligándole ello a visitarme. Le aseguré que nunca había dicho nada ni a su hermano ni a nadie. Le hablé de la emergencia espantosa en la que estaba; que mi amor por él y su ofrecimiento de que olvidara su afecto y lo traspasara a otro, me había destrozado; que yo había deseado mil veces poder morir en vez de recuperarme y tener que luchar con las mismas circunstancias que tenía antes, y que este poco deseo de vivir había sido la razón de la lentitud de mi recuperación. Añadí que preveía que tan pronto como estuviera bien, tendría que abandonar la familia, y que respecto a casarme con su hermano, aborrecía el pensar sobre ello después de cómo había sido mi relación con él; que podría contar con que yo nunca hablaría a su hermano de nuevo sobre ese tema; que si él rompía todas sus votos, juramentos y compromisos conmigo, sería entre su conciencia y su honor y yo misma, pero que él nunca podría decir que yo, a quien él había convencido para llamarme esposa a mí misma, y quien le había dado la libertad de tratarme como tal, no le era tan fiel como debería serlo una esposa, tanto si él me lo era a mí como si no.

Él empezó a hablar y dijo que sentía que no me pudiera convencer, e iba a decir más, pero oyó que venía su hermana, y yo también. Entonces forcé estas pocas palabras como respuesta: nadie podría convencerme nunca de amar a un hermano y casarme con el otro. Él movió la cabeza y dijo:

—Entonces estoy perdido.

En ese momento su hermana entró en la habitación y le dijo que no podía encontrar la flauta.

—Bueno —dijo él alegre—, este perezoso lo hará.

Así que se levantó y fue él mismo a buscarla, pero regresó sin ella también, no porque no pudiera encontrarla, sino porque su mente estaba un poco inquieta y no tenía ganas de tocar, y además, el recado que mandó a su hermana respondía a otro fin, ya que sólo quería tener una oportunidad para hablarme, lo que consiguió, aunque no para mucha satisfacción suya.

Sin embargo, yo me quedé muy satisfecha al haberle hablado con toda libertad y con una claridad tan honesta como la que he contado, y aunque no correspondió del todo a mis deseos, sin embargo aparté de él toda posibilidad de librarse de mí si no era por medio de una violación del honor descarada, y dedicarme toda la fe de un caballero, que con tanta frecuencia había prometido diciendo que nunca me abandonaría, sino que me haría su esposa tan pronto como heredase.

CAPÍTULO VIII

No pasaron muchas semanas después de esto antes de que yo anduviera por la casa de nuevo. Empezaba a recuperarme, pero continuaba melancólica, silenciosa, apagada y retirada, lo cual asombraba a toda la familia, excepto a aquel que conocía la razón de ello. No obstante, pasó tiempo antes de que él se diera cuenta de ello, y yo, reacia a hablar al igual que él, le trataba con respeto, pero nunca le dirigía una palabra especial, fuera lo que fuere, y así continuamos durante dieciséis o diecisiete semanas; de modo que como yo esperaba cada día que me echaran de la familia, por el recelo que tenían, del cual yo no era culpable, esperaba no oír más a este caballero, después de todos sus votos y declaraciones solemnes, si no era para mi perdición y abandono.

Finalmente rompí el silencio con la familia aunque pudieran echarme, porque al haber hablado un día seriamente con la anciana dama, sobre mis propias circunstancias en el mundo y cómo mi malestar me había dejado tan gran pesadez de espíritu que ya no era la misma de antes, la anciana me dijo:

—Me temo, Betty, que lo que te he dicho sobre mi hijo te ha influido y estás meláncolica por ello; por favor, permíteme saber cómo está el asunto entre vosotros, si no resulta inadecuado. Porque, respecto a Robin, no hace más que reírse y bromear cuando le hablo de ello.

—En realidad, señora —respondí—, ese asunto está como yo no lo deseaba, y seré muy sincera con usted, suceda lo que suceda. El señor Robin me ha propuesto matrimonio varias veces, lo cual yo no tenía razón para esperar, teniendo en cuenta mis pobres circunstancias; pero siempre me he resistido a él, y quizá en términos más categóricos de los que me hubieran correspondido, considerando el trato que me ha dado cada miembro de su familia; mas —añadí—, señora, nunca podría olvidar mi agradecimiento a usted y a toda la casa, y ocasionar que consintieran algo que yo sé tendría que disgustarles a ustedes, y éste fue el argumento que utilicé; le dije de forma categórica que nunca albergaría un pensamiento de esa clase a menos que tuviera el consentimiento de usted, y el del padre también, a quienes tan ligada estoy por tantos compromisos inquebrantables.

—¿Y es esto posible, señorita Betty? —dijo la anciana dama—. Entonces tú has sido mucho más justa con nosotros que nosotros contigo, porque todos te hemos mirado como a una especie de trampa para mi hijo, y tenía la intención de echarte por miedo a ello, pero no te lo había mencionado porque pensaba que no estabas demasido bien y temía agravarte demasiado y que te quedaras destrozada de nuevo, porque todos sentimos respeto por ti todavía, aunque no tanto como para que hubiera sido la perdición de mi hijo; pero si es como dices, todos nos hemos equivocado contigo.

—Respecto a la veracidad de lo que digo, señora —dije yo—, acuda a su hijo; si él me hace alguna justicia, tendrá que contarle la historia exactamente igual que yo se la he contado.

Se fue la anciana señora y contó a sus hijas toda la historia, que les sorprendió tanto como yo imaginaba. Una dijo que nunca lo hubiera pensado; otra, que Robin estaba loco; la tercera, que no creía una palabra y que estaba segura de que Robin contaría la historia de otra manera. Pero la anciana señora, que estaba decidida a llegar al fondo de la cuestión antes de que yo pudiera tener la más mínima oportunidad de informar a su hijo de lo que había pasado, decidió también que hablaría inmediatamente con él, y para ese fin envió a buscarle, porque estaba en el despacho de abogados de la ciudad por algún asunto.

Cuando llegó, todos estaban ya sentados.

—Siéntate, Robin —le dijo la anciana dama—. Tengo que hablar contigo.

—Con todo mi corazón —dijo Robin muy contento—. Espero que sea sobre una buena esposa, porque estoy muy perdido en ese asunto

—¿Cómo puede ser? —dijo su madre—. ¿No dijiste que habías decidido casarte con la señorita Betty?

—¡Ay, señora! —dijo Robin—, pero he ahí alguien que ha prohibido las amonestaciones.

—¡Prohibido las amonestaciones! —repitió su madre—. ¿Quién puede ser?

—La señorita Betty misma —dijo Robin.

—¿Cómo es eso? —dijo la madre—. Entonces, ¿se lo has preguntado?

—En realidad, sí, señora —contestó Robin—. La he requerido formalmente cinco veces desde que estuvo enferma, y me ha rechazado. Es tan firme que no se rendirá ni cederá a mis términos, si no puedo concederle lo que quiere.

—Explícate —dijo la madre—, porque estoy sorprendida. No te entiendo. Espero que no hables en serio.

—¿Por qué, señora? —replicó él—. Ella no será mía. El caso está bastante claro y es muy duro también.

—Bueno —dijo la madre—, pero hablas de condiciones que no puedes aceptar. ¿Qué quiere? ¿Un acuerdo? Su condominio debería ser conforme a su dote; pero, ¿qué fortuna tiene ella?

—No, no es sobre la fortuna —dijo Robin—, ella es bastante rica para mí. Estoy satisfecho en ese punto, pero no puedo llegar a sus términos, y ella es categórica: no será mía sin ello.

Entonces entraron las hermanas.

—Señora —dijo la segunda—, es imposible hablar en serio con él, nunca dará una respuesta clara a nada; sería mejor que le dejara solo y no hablarle más de ello. Sabe cómo librarse de ella.

Robin se encolerizó un poco por la rudeza de su hermana, pero contestó dirigiéndose a su madre:

—Hay dos clases de personas, señora, con las que uno no se puede enfrentar, y son un sabio y un loco. Sería un poco duro luchar con las dos a la vez.

Entonces habló la hermana más joven:

—Tenemos que estar locos, según la opinión de mi hermano, si piensa que podemos creer que le ha pedido en serio a la señorita Betty que se case con él y que ella le ha rechazado.

—Cuando tu hermano —replicó Robin— le dijo a tu madre que no se lo había preguntado menos de cinco veces, y ella le había rechazado categóricamente, a mi parecer no es necesario que una hermana más joven cuestione la verdad de ello cuando la madre no lo ha hecho.

—Mi madre, como ves, no lo entendió —dijo la segunda hermana.

—Hay alguna diferencia —contestó Robin— entre desear que lo explique y decirme que no se lo cree.

—Bueno; pero, hijo —dijo la anciana dama—, si estás dispuesto a revelarnos el misterio, ¿cuáles son esas condiciones tan duras?

—Sí, señora —respondió Robin—, yo lo hubiera dicho antes, si las bromistas que hay aquí no se hubieran ocupado de interrumpirme. Las condiciones son que consiga que mi padre y usted lo consientan, y que sin eso ella declara que nunca me verá más, y estas condiciones, como dije, supongo que nunca las podré cumplir. Espero que mis encolerizadas hermanas contestarán ahora y se ruborizarán un poco; si no, no tengo más que decir hasta que oiga algo más.

Esta respuesta les sorprendió a todos, aunque menos a la madre a causa de lo que yo le había dicho. Respecto a las hijas, se quedaron mudas durante un rato, pero la madre dijo con cierta ira:

—Bueno, había oído esto antes, pero no podía creerlo. Si es así, entonces nos hemos confundido mucho con Betty, y ella se ha comportado mejor de lo que yo hubiera esperado.

—No —dijo la hermana mayor—, si es así, ella ha actuado noblemente de verdad.

—Confieso —dijo la madre— que no ha tenido la culpa de que él sea tan loco de quedarse prendado de ella, pero darle una respuesta así demuestra más respeto hacia tu padre y hacia mí del que puedo expresar. Valoraré más a la chica por ello de lo que lo he hecho desde que la conozco.

—Pero yo no la tendré —replicó Robin—, a menos que usted convenga en ello.

—Lo pensaré durante un tiempo —dijo la madre—. Te aseguro que si no hay ninguna otra objeción, esta conducta suya sería un gran paso para dar mi bendición.

—Ojalá se llevara a cabo —dijo Robin—. Si usted lo desea tanto como hacerme rico, pronto daría su consentimiento.

—¿Por qué, Robin? —dijo la madre de nuevo.— ¿Realmente hablas en serio? ¿Estarías tan dispuesto a tenerla como aparentas?

—Realmente sí, señora —contestó Robin—. Creo que es muy duro que me pregunte sobre ello después de lo que he dicho. No puedo asegurar que me casaré con ella, pues eso depende del consentimiento de ustedes. Pero esto diré, y hablo en serio: no tendré a nadie más si puedo evitarlo. Betty o ninguna es la palabra, y la cuestión sobre cuál de las dos será estará en su corazón el decidirlo, señora, siempre que mis joviales hermanas que están aquí no puedan tener voto en ello.

Todo esto era horrible para mí, porque la madre empezó a ceder y Robin la presionaba. Por otro lado, ella consultó con el hermano mayor, y él usó todos los argumentos del mundo para convencerla de que consintiera, alegando el amor apasionado de su hermano por mí y mi gran respeto por la familia, al rechazar mi propio beneficio con tal honor, y mil cosas así. Y respecto al padre, como era un hombre siempre con prisas dedicado a asuntos públicos y a conseguir dinero, rara vez estaba en casa; conocía el riesgo principal, pero dejaba todas estas cosas a su esposa.

Puede creerse claramente que, cuando la trama había estallado así, como ellos pensaban, y todo el mundo creía que sabía cómo iban a ir las cosas, no fue tan difícil o tan peligroso para el hermano mayor, de quien nadie sospechaba nada, tener un acceso más libre hacia mí que antes. La madre, que era lo que él deseaba, le propuso que hablara conmigo.

—Porque puede ser, hijo, que tú veas más lejos en esto que yo, y adviertas si ha sido tan sincera como dice Robin que lo ha sido, o no.

Esto era lo que él más podía desear, hablar conmigo por petición de su madre, que le llevó a mi propia habitación, diciéndome que su hijo tenía un asunto que tratar conmigo por petición suya y deseaba que fuera muy sincera con él; luego nos dejó solos y él fue a cerrar la puerta tras ella.

Regresó hacia mí, me tomó en sus brazos y me besó con mucha ternura, pero me dijo que tenía que mantener una larga conversación conmigo y que ahora había llegado el asunto a tal crisis que yo me haría feliz o desgraciada a mí misma durante toda mi vida; que las cosas habían llegado tan lejos que si yo no podía cumplir su deseo, estaríamos perdidos los dos. Entonces me contó lo hablado entre Robin, su madre, sus hermanas y él mismo.

—Y ahora, querida niña, considera lo que será casarte con un caballero de buena familia, en buena situación económica y con el consentimiento de toda la casa, y disfrutar de todo lo que el mundo pueda darte, y, por otro lado, lo que sería hundirte en la oscura situación de una mujer que ha perdido su reputación, y aunque yo te consideraré una amiga íntima mientras viva, sin embargo, como siempre seré sospechoso, temerás verme y yo temeré verte a ti.

No me dio tiempo a responder, sino que continuó así:

—Lo que ha ocurrido entre nosotros, niña, durante tanto tiempo como hemos estado de acuerdo en hacerlo, deberá enterrarse y olvidarse. Siempre seré tu amigo sincero, sin tender a una intimidad mayor cuando te conviertas en mi hermana, y evitaremos hacernos ningún reproche por haber actuado mal. Te ruego lo consideres y no seas un obstáculo para tu propia seguridad y prosperidad. Y para demostrarte que soy sincero —añadió—, te ofrezco quinientas libras en dinero, para enmendar las libertades que me he tomado contigo, que miraremos como una locura de nuestras vidas, de la cual espero que nos podamos arrepentir.

Habló de esto con unos términos más conmovedores de lo que me es posible expresar, y con una fuerza mucho más grande en sus argumentos de lo que puedo repetir. Durante más de hora y media de conversación, contestó a todas mis objeciones y fortificó su discurso con todos los argumentos que la sabiduría y el arte humanos pueden concebir.

Sin embargo, puedo decir que nada de lo que habló me impresionó lo suficiente como para que pensara algo distinto, hasta que al final me dijo claramente que si no aceptaba, sentía añadir que nunca continuaría conmigo en la situación en que habíamos estado antes; que aunque él me amaba como nunca y yo era tan agradable para él como siempre, sin embargo el sentido de la virtud ya no le abandonaría tanto como para sufrir el acostarse con una mujer a la que su hermano cortejaba para hacerla su esposa, y si él se iba ahora con una respuesta negativa a este asunto, cualquier cosa que pudiera hacer por mí en lo que se refería a su apoyo, fundado en su primer compromiso de mantenerme, se vería obligado a decirme que no podía permitirse el verme más, y que, por tanto, yo no podría esperar nada de él.

Recibí aquellas palabras con alguna sorpresa y confusión, y con gran dificultad evité hundirme, porque en realidad yo le amaba hasta tal extremo que no es fácil imaginar, pero él se dio cuenta de mi confusión. Me suplicó que pensara seriamente en ello, que estuviera segura de que era el único camino para conservar nuestro afecto mutuo, pues en esta situación podríamos querernos como amigos, con toda la pasión y con un amor no mancillado, libre de nuestros reproches y de las sospechas de otras personas; siempre reconocería que su felicidad se debía a mí, y estaría en deuda conmigo mientras viviera. Esto me produjo gran confusión, pues intuí con claridad los peligros que me amenazaban al verme en el amplio mundo como una simple amante abandonada, porque no era menos, y quizá expuesta como tal, privada de medios, sin amigos en el mundo y fuera de la ciudad, pues allí no podía pretender quedarme. Todo esto me aterrorizó y él se cuidó en toda ocasión de explicármelo con el peor color que era posible pintarlo. Por otro lado, no dejó de exponerme la vida fácil y próspera que me esperaba si seguía sus consejos.

Él contestaba a todo lo que yo podía objetar sobre el afecto y sobre los anteriores compromisos, diciéndome que era necesario que tomáramos ahora otras medidas, y respecto a sus promesas de matrimonio, dijo que la naturaleza de las cosas había puesto punto final a aquello, por la probabilidad de ser la esposa de su hermano, antes de llegar la hora a la que se referían sus promesas.

Así que, en una palabra, puedo decir que rebatió todos mis argumentos y empecé a ver el peligro en el que estaba, el cual no había considerado antes, y era ser dejada por los dos y quedarme sola en el mundo para moverme por mí misma.

Esto, y su persuasión, al final me convencieron para consentir, aunque con tanta desgana que era fácil ver que iría a la iglesia como un buey al sacrificio. Tenía pocos temores, también, a excepción de que mi nuevo esposo, por el cual, por cierto, no sentía el más mínimo afecto, fuera lo suficientemente hábil para descubrir cierto asunto nuestra noche de bodas. Pero tanto si él sabía sobre ello como si no, el hermano mayor se cuidó de que se embriagara mucho antes de ir a la cama; así yo tendría la tranquilidad de tener a un compañero de cama borracho la primera noche. Cómo lo hizo, no lo sé, pero llegué a la conclusión de que lo había arreglado para que su hermano no pudiera ser capaz de juzgar la diferencia entre una doncella y una mujer casada, como así ocurrió, pues nunca albergó sospecha alguna sobre ello.

CAPÍTULO IX

Regresaré un poco a donde me quedé. El hermano mayor, después de lograr mi consentimiento, tenía como siguiente tarea la de convencer a su madre, y nunca lo dejó hasta que consintió aceptar el asunto, incluso sin informar al padre de otra forma que no fuera por carta; así pues, ella consintió nuestro matrimonio en privado y después ya se lo diría al padre.

Entonces engatusó a su hermano y le convenció del servicio que le había hecho, y cómo había llevado a su madre a consentir, lo cual, aunque cierto, no le había hecho un favor a él en realidad, sino que se lo había hecho a él mismo, pero así le engañó con diligencia, y consiguió que le diera las gracias como a un amigo fiel por haber pasado a su amante a los brazos de su hermano como esposa. Así pues, es cierto que el interés destierra toda forma de afecto, y con tanta naturalidad abandonan los hombres el honor y la justicia, la humanidad e incluso la cristiandad, para asegurarse ellos mismos.

Ahora tenemos que volver al hermano Robin, como siempre le llamaba él, quien al haber conseguido el consentimiento de su madre, como dije antes, vino a mí engrandecido con las noticias, y me contó toda la historia, con una sinceridad tan visible que tengo que confesar que me entristeció que tuviera que ser el instrumento para abusar de un caballero tan honesto. Pero no había remedio, él me tendría y yo no estaba dispuesta a decirle que era la amante de su hermano, aunque no tendría otro camino para apartarlo. Así que para satisfacción suya fui haciéndome a la idea y se contempló que nos casaríamos.

La decencia me prohíbe revelar los secretos del lecho matrimonial, pero nada podía haber sucedido de una forma tan apropiada en mis circunstancias. Mi marido, como he dicho antes, estaba tan embriagado cuando vino a la cama que no podía recordar por la mañana si había tenido trato carnal conmigo, y estuve dispuesta a decirle que sí, aunque en realidad no lo hubo, para asegurarme de que nunca pudiera hacer ninguna pregunta sobre ello.

Interesa poco la historia para entrar en más detalles sobre la familia o sobre mí misma durante los cincos años que vivimos juntos; sólo hay que observar que tuve dos niños con él y que al final de los cinco años él murió. En realidad había sido muy buen marido para mí y llevamos una vida muy agradable, pero como él no había prosperado mucho durante ese tiempo, mi situación no era buena, ni me había beneficiado mucho aquel partido. Yo había conservado el dinero de su hermano mayor, quinientas libras, que me ofreció por consentir casarme con su hermano, y esto junto con el dinero que había ahorrado de lo que me dio anteriormente, y otro tanto de mi marido, me quedé viuda con unas mil doscientas libras en mi poder.

A mis niños me los quitaron de las manos felizmente el padre y la madre de mi marido, y eso, por cierto, es todo lo que consiguieron de la señorita Betty.

Confieso que no me afectó mucho perder a mi marido, ni siquiera puedo decir que lo amé alguna vez como debería haberlo hecho, o que lo hiciera en proporción al buen trato que recibía de él, porque fue un hombre tan tierno, amable y jovial como cualquier mujer pudiera desear; pero al estar su hermano siempre en mi pensamiento, al menos mientras vivimos en el campo, era una trampa continua para mí y nunca estaba en la cama con mi marido sin desear estar en los brazos de su hermano, y aunque éste nunca me ofreció el más mínimo favor después de nuestra boda, sino que lo llevó como debería hacerlo un hermano, sin embargo a mí me era imposible hacer lo mismo con él. En resumen, yo cometía adulterio e incesto con él todos los días moralmente, lo cual, sin duda, era de una naturaleza tan culpable y criminal como si lo hubiera hecho físicamente.

Antes de que mi marido muriera se casó su hermano mayor, y al habernos trasladado a Londres entonces, recibimos una carta de la anciana dama para que asistiésemos a la boda. Mi marido fue, pero yo fingí estar indispuesta y aduje que no podía viajar; así que me quedé, porque no podría soportar el ver que se daba a otra mujer, aunque yo sabía que nunca le tendría para mí.

CAPÍTULO X

Ahora, como dije antes, me había quedado perdida en el mundo, y al ser todavía joven y atractiva, como todo el mundo me decía, y al estar yo segura de ello también y con una fortuna tolerable en mi bolsillo, no me valoraba en poco. Me cortejaron varios comerciantes muy importantes, y especialmente de una manera muy afectuosa uno, un pañero, en cuya casa estuve alojada después de la muerte de mi marido, al ser su hermana una conocida mía. Aquí tenía toda la libertad y oportunidad de divertirme y aparecer en la compañía que pudiera desear, al ser la hermana del casero una de las personas más alocadas y alegres, y no tan dueña de su virtud como pensé al principio. Me metió en un mundo de malas compañías, e incluso llevó a casa a varias personas, para que conociesen a la hermosa viuda, porque así le gustaba llamarme; con ese nombre me presenté en público durante un tiempo. Ahora bien, como la fama y los locos se juntan, yo me sentía adulada intensamente, tenía muchos admiradores, y como se llamaban ellos mismos, amantes, pero no encontré una proposición justa en ninguno de ellos. Respecto a sus manejos, yo entendía demasiado bien que no iba a caer en más trampas de esa clase. Disponía de dinero y no tenía nada que decirles. Me había engañado una vez ese tramposo llamado amor, pero el juego había terminado. Estaba decidida ahora a casarme o nada, y de hacerlo, sería de una forma beneficiosa para mí.

Me encantaba la compañía, es verdad, de hombres alegres e inteligentes, hombres corteses y de figura, y con frecuencia me entretenía con ellos, así como también con otros, pero observando descubrí que los hombres más brillantes se acercaban con las peores intenciones. Por otro lado, aquellos que venían con las mejores proposiciones eran los más aburridos y desagradables del mundo. No era reacia a un comerciante, pero que fuera un poco caballero también, para que cuando mi marido tuviera idea de llevarme a la corte, o al teatro, pudiera llevar espada y parecer tan caballero como cualquier otro, y no ser de los que tenían la muesca de las cuerdas del mandil en el abrigo, o la marca de su sombrero en la peluca, que pareciera que al ponerse su espada supiera utilizarla y que no llevara su oficio en su semblante.

Finalmente, encontré esta criatura ambigua llamada caballero-comerciante, y como castigo a mi presunción quedé atrapada en el mismo lazo que, como se podría decir, me puse a mí misma. Digo que me puse a mí misma porque no fui inducida, lo confieso, sino que fui yo quien causó mi propia perdición.

Era un pañero también, porque aunque mi compañera había llegado a un acuerdo con su hermano sobre mí, sin embargo cuando llegó el momento, lo fue, al parecer, para ser una amante y no una esposa. Y me mantuve firme en esta idea: que una mujer nunca debería tenerse por amante cuando tiene dinero propio.

Por tanto mi orgullo, no mis principios, y mi dinero, no mi virtud, me mantuvieron honrada, aunque, como se demostró, descubrí que hubiera sido mucho mejor ser vendida por mi compañera a su hermano, que venderme a mí misma como lo hice a un comerciante que era vividor, caballero, tendero y mendigo, todo junto.

Pero tenía prisa (por imaginarme un caballero) en perderme de la manera más ordinaria que una mujer se puede perder, porque mi nuevo marido, al tener dinero rápido, cayó en tal profusión de gastos, que todo lo mío, y lo que él tenía antes, si fuese algo que mereciera la pena mencionar, no duró más de un año.

Él fue muy cariñoso conmigo durante tres meses, y lo que yo conseguí con eso fue que tuve el placer de gastar una gran cantidad de dinero en mí.

—Vamos, querida —me dijo un día—. ¿Por qué no no nos vamos a dar una vuelta por el país durante una semana?

—¡Ay!, cariño —contesté—. ¿A dónde iremos?

—No te preocupes por eso —dijo—, he pensado que iremos a Oxford.

—¿Cómo iremos? —dije yo—. No soy jinete y está muy lejos para ir en coche.

—¡Demasiado lejos! —respondió—. Ningún lugar está demasiado lejos para un coche y seis caballos. Si te llevo, viajarás como una duquesa.

—¡Uy! —dije yo—, querido, esto es una aventura, pero si tienes pensado hacerlo, no me importa.

Pues bien, se fijó el tiempo de la partida; teníamos un coche rico, muy buenos caballos, cochero, postillón y dos lacayos con muy buenas libreas, un caballero a caballo y un paje con una pluma en el sombrero a lomos de otro caballo. Todos los criados le llamaban señor, y yo era su señora la condesa. Así fuimos a Oxford, y tuvimos un viaje muy agradable, porque ningún mendigo vivo sabía mejor que mi marido cómo ser un señor. Vimos todo lo notable de Oxford, hablamos con dos o tres miembros del cuerpo docente de varios colegios universitarios sobre colocar a un joven sobrino, que habían dejado al cuidado de su señoría, en la Universidad y de que ellos fueran sus tutores. Nos divertimos bromeando con varios otros alumnos pobres con esperanzas de ser al menos capellanes de su señoría y ponerse una bufanda. Así, habiendo vivido con clase realmente, y gastando, partimos hacia Northampton, y, en una palabra, en una excursión de unos doce días llegamos a casa de nuevo habiendo gastado unas noventa y tres libras.

La vanidad es el rasgo típico de un petimetre. Mi marido tenía este defecto, que no valoraba ningún gasto, y como su historia tiene muy poco peso, es suficiente con decir que en unos dos años y tres meses cometió una infracción, y no tuvo la suerte de recuperarse, sino que entró en una cárcel de deudores, al ser arrestado en un acto demasiado grave como para dejarle libre bajo fianza; así pues, él mandó a buscarme.

No me sorprendió, porque había previsto desde hacía tiempo que todo se iba a venir abajo, y me había cuidado de reservar algo si podía, aunque no demasiado, para mí misma. Pero cuando fui a verle, se comportó mucho mejor de lo que esperaba; me dijo claramente que había obrado mal y ahora estaba pagando las consecuencias, aconsejándome que fuese a casa por la noche y recogiese todo lo que había de algún valor, por lo que obtendría cien o doscientas libras.

—Sólo te pido —me dijo— que no me digas a dónde vas, porque yo he decidido marcharme cuando salga de aquí y es mejor que nunca vuelvas a saber de mí; únicamente siento el mal que haya podido causarte.

Luego me dedicó algunas palabras afectuosas, pues ya dije que era un caballero y siempre me trató con buenas maneras; pero ése fue todo el beneficio que obtuve de él, porque al gastarse todo lo que teníamos, finalmente me vi obligada a esquivar a los acreedores para retener algo con qué subsistir.

Sin embargo, hice lo que me pidió, y habiéndole dejado así, nunca le vi más, porque encontró los medios para escaparse de la casa del alguacil aquella noche o la siguiente, y marcharse a Francia, dejando que los acreedores se arreglasen como pudieran. Luego supe, porque no pude enterarme más que de esto, que llegó a casa a las tres de la mañana, recogió todas las mercancías que pudo y después de hacerlas efectivas se fue, como dije, a Francia, desde donde recibí una o dos cartas de él y nada más.

No le vi llegar a casa, porque al haberme dado las instrucciones que cité antes, y habiendo aprovechado el tiempo, no tenía que regresar para ningún asunto más, sin saber que podía haber sido detenida allí por los acreedores, porque al hacerse pública una comisión de quiebra poco después, ellos podrían haberme detenido por orden de los comisarios. Pero mi marido fue muy hábil al escaparse de la casa del alguacil descendiendo de forma desesperada desde el tejado de la casa al de otro edificio, y saltando desde allí, donde había una altura de casi dos plantas, que era la suficiente para haberse roto el cuello, vino a casa y se llevó sus bienes antes de que los acreedores pudieran llevárselos, es decir, antes de que hicieran pública la comisión y estuvieran preparados para enviar a sus oficiales a tomar posesión.

Mi marido fue tan cortés conmigo, porque sigo diciendo que era muy caballero, que en la primera carta que me escribió desde Francia, me hacía saber dónde había empeñado veinte piezas de paño holandés fino por valor de treinta libras, que en realidad valían más de noventa, y me adjuntaba el vale y un pedido para recogerlo, pagando el dinero, lo cual hice; en ese momento conseguí cien libras, mediante el procedimiento de cortar las telas y venderlas, poco a poco, a familias privadas, según se presentaba la oportunidad.

Sin embargo, con esto y todo lo que había asegurado antes, descubrí que mi situación, después de sumarlo todo, había cambiado mucho y mi fortuna había disminuido, porque, incluyendo los paños holandeses y un paquete de muselinas finas, que me había llevado antes, y algo de plata y otras cosas, descubrí que apenas reunía quinientas libras; mi condición era muy extraña, porque aunque no tenía niños (había tenido uno con mi comerciante-caballero, pero estaba enterrado), sin embargo era una viuda fascinante. Tenía marido y no lo tenía, y no podía pretender casarme de nuevo, aunque sabía bastante bien que nunca más vería a mi marido en Inglaterra, aunque viviera cincuenta años. Por tanto, digo, estaba limitada para el matrimonio, cuya proposición podrían hacerme pronto, y no tenía ningún amigo con quien consultar en qué condición estaba, al menos no uno con el que me atreviera a confiar el secreto de mis circunstancias, porque si los comisarios se hubieran enterado de dónde estaba, me hubieran cogido e interrogado bajo juramento, quitándome todo lo que había ahorrado.

Ante estos temores, lo primero que hice fue borrar todo conocimiento sobre mí cambiando de nombre. Después busqué alojamiento en un lugar reservado de Londres, me vestí con ropas de viuda y me llamé a mí misma señora Flanders.

Aquí me oculté, y aunque mis nuevos conocidos no sabían nada de mí, pronto tuve mucha compañía a mi alrededor, pues ya sea que las mujeres escasean entre los tipos de personas que se iban a encontrar allí en general, o que el consuelo en la miseria del lugar se necesitaba más que en otras ocasiones, aquellos que necesitaban dinero para pagar media corona a sus acreedores y contraían deudas con la firma de la Bula para sus cenas, no obstante encontraban dinero para una cena ligera si les gustaba la mujer.

Sin embargo, me mantuve a salvo todavía, aunque empezaba, como la amante de Lord Rochester que amaba su compañía pero no admitía nada más, a gozar de la fama de una meretriz, sin tener su alegría, y como resultado, cansada del lugar, y en realidad de la compañía también, empecé a pensar en trasladarme.

Fue de hecho un tema de extraña reflexión para mí ver a los hombres abrumados en circunstancias desconcertantes, que se rebajaban hasta llegar a la perdición, cuyas familias eran objeto de su propia desidia y de la caridad de otras personas; no obstante, mientras les quedaba un penique, lo gastaban ahogando sus penas en el vicio, sin pensar en su regeneración.

Pero no es lo mío predicar; estos hombres eran demasido viles, incluso para mí. Había algo horrible y absurdo en su forma de pecar, porque una fuerza superior a ellos mismos, les obligaba a actuar de esta forma. Bebían para ahogar las reflexiones que sus circunstancias les ofrecían continuamente, y nada era más fácil que ver la forma en que los suspiros interrumpían sus canciones, y la palidez y angustia en sus frentes, a pesar de sus sonrisas forzadas. Más aún, algunas veces inconscientemente confesaban que habían salido con su dinero para un asunto indecente. Yo les oía, al dar media vuelta, dar un profundo suspiro y gritar: «¡Qué perro soy! Bueno, Betty, querida, beberé a tu salud», mientras su honrada esposa quizá no tenía ni media corona para ella misma y sus tres o cuatro niños. A la mañana siguiente estaban arrepintiéndose otra vez, porque acaso su pobre mujer venía llorando a decir que los acreedores les obligaban a dejar su casa o cualquier desgracia del mismo tenor, lo que contribuía a renovar sus propios reproches, y así continuaban todos los días dando un paso hacia delante camino de su propia destrucción.

Yo no estaba tan envilecida todavía como estos individuos. Por el contrario, empecé a considerar muy seriamente qué haría, cómo me irían las cosas y qué rumbo debería seguir. Sabía que no tenía amigos, no, ni un amigo ni pariente en el mundo, y que a poco que gastase me encontraría en una situación embarazosa. Con estos pensamientos, digo, y llena de horror en el lugar en el que estaba y las cosas desagradables que tenía siempre delante de mí, decidí marcharme.

Había hecho amistad con una buena mujer, muy sobria, que era viuda también, pero en mejor situación que la mía. Su marido había sido capitán de un barco mercante y habiendo tenido la desgracia de naufragar al regresar a casa después de viajar a las Antillas, cuyo viaje hubiera sido muy provechoso si hubiera llegado seguro, quedó tan decaído por la pérdida que aunque había salvado su vida entonces, se le rompió el corazón y murió poco después. La viuda, al ser perseguida por los acreedores, se vio forzada a buscar refugio en el mismo barrio que yo, pero pronto superó la situación con la ayuda de amigos y estuvo en libertad de nuevo. Descubrió que yo vivía allí para ocultarme y también que estaba de acuerdo con ella en la aversión que teníamos al lugar y a la compañía, y me invitó a su casa hasta que pudiera situarme e instalarme en el mundo, diciéndome además que había una probabilidad de diez a uno de que algún buen capitán de barco quedara prendado de mí y me cortejara en esa parte de la ciudad donde ella vivía.

Acepté su oferta, y estuve en su casa medio año; hubiera estado más tiempo, pero en ese intervalo de tiempo lo que supuso que me iba a pasar a mí le ocurrió a ella, y se casó para gran beneficio suyo. Mas su fortuna aumentaba mientras que la mía parecía menguar, y no encontré a nadie, salvo dos o tres contramaestres, o individuos así; pero respecto a los capitanes, siempre eran de dos clases en general: una, los que, al tener buen negocio, es decir, un buen barco, decidían no casarse si no había beneficio, es decir, una buena fortuna; dos, los que, al no tener empleo, querían una esposa que les ayudara con el barco. Quiero decir: una esposa que, al tener algo de dinero, pudiera controlar, como ellos lo llamaban, una buena parte de un navío para animar a entrar a los propietarios, o una esposa que, si no tenía dinero, tuviera amigos relacionados con los navíos marítimos, y así poder ayudar a un joven a embarcar en una buena nave. Como ninguno de estos casos era el mío, no encontré quien se fijase en mí.

Pronto aprendí por experiencia que las cosas no se encontraban fáciles para el matrimonio y que no iba a hallar en Londres lo que había encontrado en el campo, pues los matrimonios en la ciudad eran consecuencia de intereses previos, y se llevaban a cabo por negocio, y que el amor no tenía sitio, o muy poco, en el asunto.

Eso era lo que había dicho mi cuñada en Colchester: que la belleza, la inteligencia, las buenas maneras, la sensatez, el buen humor, el buen comportamiento, la educación, la virtud, la piedad, o cualquier otra calificación, tanto del cuerpo como de la mente, no tenía poder para recomendar a nadie; que el dinero era lo único que hacía agradable a una mujer; que los hombres eligen amantes en realidad para darse gusto, y era requisito para una mujer ser atractiva, bien formada, tener buen semblante y un comportamiento digno; mas para la esposa, ninguna deformidad impactaría a la imaginación, ni malas cualidades al juicio: el dinero era todo, la dote no era ni mala ni monstruosa, pero la fortuna era siempre agradable, fuera como fuese la esposa.

Por otro lado, como el mercado por desgracia se inclinaba hacia el lado de los hombres, comprendí que las mujeres habían perdido el privilegio de decir «no»; que era un favor ahora para una mujer que le hicieran la proposición de matrimonio, y si alguna dama joven tenía tanta arrogancia como para fingir una negativa, nunca se le daría una segunda oportunidad de rechazar, y mucho menos de recuperar, ese paso en falso y aceptar lo que parecía haber declinado. Los hombres tenían tantas oportunidades por todas partes que el caso de las mujeres era muy triste, porque ellos podían recorrer cada puerta; si por casualidad el hombre era rezachado en una casa, estaba seguro de que le recibirían en la siguiente.

Además de esto, observé que los hombres no tenían escrúpulos por ir a cazar fortuna, cuando realmente ellos no la tenían para demandarla, ni mérito para merecerla, y llegaban a tal punto que apenas se le permitía a la mujer preguntar por el carácter o situación de la persona que la pretendía. De esto tuve yo un ejemplo en una dama joven de la casa vecina a la mía, y con quien había intimado. La cortejaba un joven capitán, y aunque ella tenía cerca de dos mil libras de fortuna, preguntó a algunos de sus vecinos sobre su carácter, su moralidad y medios de vida, y él tuvo ocasión en la siguiente visita de hacerle saber, realmente, que se lo había tomado mal y que ya no le daría más preocupaciones con sus visitas. Yo me enteré del caso, y como había empezado a conocerla, fui a verla para hablar sobre ello. Conversamos seriamente del asunto y se desahogó con libertad. Percibí en realidad que aunque pensaba que la habían tratado mal, no podía sentirse contrariada, y estaba muy resentida por haberle perdido, especialmente porque otra de menos fortuna le atraería.

Le di ánimos contra tal mezquindad, como yo lo llamé, y le dije que en una posición tan baja como estaba yo en el mundo, habría despreciado a un hombre que pensara que yo debiera tomarle según sus propias recomendaciones solamente, sin tener la libertad de informarme por mí misma de su fortuna y de su carácter; también le dije que como ella tenía buena fortuna, no debía sentirse decepcionada, pues ya era suficiente que los hombres pudieran insultarnos diciendo que teníamos poco dinero como recomendación; pero si ella toleraba que sucediera tal afrenta sin ofenderse, haría que se rebajase a sí en posteriores ocasiones, y sería despreciada por todas las mujeres de aquella parte de la ciudad, ya que una mujer no puede carecer nunca de una oportunidad para vengarse de un hombre que la ha tratado mal, y que habría formas suficientes para humillar a un individuo así, o realmente las mujeres éramos las criaturas más desgraciadas del mundo.

Comprendí que estaba encantada con el discurso y me dijo seriamente que se alegraría de hacerle consciente del justo resentimiento de ella y atraerlo de nuevo, o de tener la satisfacción de que su venganza fuera lo más pública posible.

Le respondí que si seguía mi consejo, le diría cómo conseguir sus deseos; yo me dedicaría a traer al hombre a su puerta de nuevo y hacerle rogar que se le permitiera la entrada. Ella sonrió ante esto, y pronto me hizo ver que si él venía a su puerta, su resentimiento no sería tan grande como para permitir dejarle mucho tiempo allí.

Sin embargo, escuchó con gusto mi consejo; así que le dije que lo primero era hacerse un poco de justicia a sí misma, es decir, considerando que ella se enteró por varias personas que él divulgó entre las damas haber sido el que la había dejado y pretendía aprovecharse de la negativa, ella se cuidaría de extender bien entre las mujeres (lo cual no era difícil en un vecindario tan adicto a las noticias familiares como aquel en que vivía) que había investigado la situación de él y descubierto que no era el hombre que fingía ser. Déjeles que hablen, señora —añadí—. Diga que usted se había informado bien y que no era el hombre que usted esperaba; que pensaba que no era seguro mezclarse con él, pues oyó que tenía mal carácter y presumía de haber tratado mal a mujeres en muchas ocasiones, y especialmente que había corrompido su moralidad, etc.

Esto último tenía algo de verdad, en realidad, pero al mismo tiempo no vi que a ella pareciera gustarle.

Como yo le había insistido mucho, estuvo dispuesta en seguida a buscar el instrumento, y tuvo muy pocas dificultades en hallarlo, porque contando su historia en general a una pareja de chismosas del vecindario, fue la charla de la mesa de té en esa parte de la ciudad, y yo me encontraba con ella dondequiera que fuera de visita. También, como se sabía que yo conocía a la joven dama, me preguntaban mi opinión con frecuencia y yo lo confirmaba con todos los agravantes necesarios: expuse su carácter con los colores más oscuros, pero luego, en secreto, añadía lo que otras chismosas no sabían, o sea, que yo había oído que estaba en una situación económica muy mala; que necesitaba una fortuna que apoyara sus intereses con los propietarios del barco que capitaneaba; que no había pagado su parte y que si no se abonaba rápidamente, sus propiatarios le echarían del barco y su piloto tendría el mando probablemente, pues se ofreció a comprar la parte que él había prometido aportar.

Añadí, porque confieso que estaba resentida de corazón con el granuja, como yo le llamaba, que había oído también el rumor de que tenía una esposa viva en Plymouth, y otra en las Antillas, algo que todos sabían no era raro en esa clase de caballeros.

Esto funcionó como las dos esperábamos, porque en seguida se le cerró la puerta de la joven vecina, que tenía un padre y una madre que la gobernaban tanto a ella como a su fortuna, y su padre le prohibió entrar en casa. También en otro sitio al que fue, la mujer tuvo el valor, aunque resultara extraño, de decir «no», y ya no podía ir a ningún sitio sin que se le reprochara su orgullo y pretensión de que las mujeres no preguntaran sobre su carácter, y cosas así.

Por esta época él empezó a ser consciente de su error, y habiendo alarmado a todas las mujeres de ese lado del río, se fue a Ratcliff y tuvo acceso a algunas damas de allí; pero aunque las mujeres jóvenes del lugar, según la suerte del día, deseaban mucho que les hicieran una proposición matrimonial, su mala fama le siguió hasta allí, y aunque podría haber tenido esposas suficientes, no ocurrió con las mujeres que tenían grandes fortunas, que era lo que él pretendía.

Pero esto no fue todo. Ella, por su parte, ideó otra cosa de manera ingeniosa, porque consiguió que un caballero joven pariente suyo, en realidad un hombre casado, viniera a visitarla dos o tres veces a la semana en un carruaje excelente y con buenas libreas; los dos lacayos, y también yo, extendimos la información por todas partes de que este caballero venía a cortejarla; que disponía de mil libras al año y estaba muy enamorado, y que ella se iba a ir a la casa de su tía en la ciudad, porque era un inconveniente para su caballero venir hasta su casa con su carruaje, ya que las calles eran estrechas y difíciles.

Esto se supo de inmediato. Se reían del capitán en todas las visitas y él estaba dispuesto a colgarse. Intentó por todos los medios posibles volver a ella de nuevo y le escribió las cartas más apasionadas del mundo, excusándose por su irreflexión anterior; en resumen, con gran diligencia, consiguió que le permitieran esperarla de nuevo, como él dijo, para salvar su reputación.

En esta reunión ella se había vengado totalmente, porque le dijo que estaba asombraba de que hubiera pensado que ella no admitiría a ningún hombre en un acuerdo de consecuencias mayores como es el matrimonio sin investigar muy bien su situación; que si él pensaba que iba a ser maltratada en el matrimonio y que estaba en las mismas circunstancias de sus vecinos, a saber, quedarse con el primer buen cristiano que viniera, estaba confundido; que, en una palabra, su carácter era malo realmente o sus vecinos le miraban muy mal, y que a menos que él pudiera aclarar algunos puntos, en los cuales ella había salido perjudicada, no tendría nada más que decirle, sino hacerse justicia a sí misma y darle la satisfacción de saber que no temía decirle que «no», ni a él ni a ningún otro hombre.

Después le contó lo que ella había oído, aumentando casi lo que yo quería decir, de su carácter: no haber pagado la parte que él pretendía poseer del barco que dirigía; la decisión de sus propietarios de echarle del mando y poner al piloto en su lugar; el escándalo sobre su moralidad; el haberle reprochado ciertas mujeres que tenía una esposa en Plymouth y otra en las Antillas, y cosas así; ella le preguntó si podía negar que tenía buenas razones para rechazarle, si estas cosas no se aclaraban, y al mismo tiempo insistir en que demostrara esos puntos tan significativos.

Él estaba tan confundido con su discurso que no pudo responder una palabra, y ella, ante su desconcierto, casi empezaba a creer que todo era cierto, aunque al mismo tiempo sabía que había sido el origen de toda aquella información.

Después de un rato se recuperó un poco, y desde ese momento se convirtió en el hombre más humilde, modesto y pertinaz en su cortejo.

Ella llevó su broma más lejos. Le preguntó si pensaba que ella era así o debía soportar aquel trato, y si no veía que no quería a aquellos que pensaban que merecía la pena ir más allá de lo que él había ido, refiriéndose al caballero que había traído para que la visitara por medio de una farsa.

Con estos trucos ella hizo que se sometiera, para satisfacción suya, a todas sus exigencias. Él llevó pruebas innegables de haber pagado su parte del barco, le mostró los certificados de sus propietarios, y dijo que la información de su intención de quitarle del mando del barco y de poner al piloto era falsa e infundada; en resumen, él era totalmente al revés de lo que había sido antes.

Así la convencí de que si los hombres se benefician de nuestro sexo en el asunto del matrimonio, con la suposición de tener que hacer tal elección y de que las mujeres sean tan fáciles, sólo se debe a que las mujeres necesitaban valor para mantener su terreno y representar su papel, y según mi Lord Rochester:

Nunca se perderá una mujer que pueda
vengarse de su provocador, el hombre.

Después de esto, la joven dama representó tan bien su papel, que aunque decidió conquistarle, que era la intención principal de su plan, no obstante hizo que para él fuera la cosa más difícil del mundo. Y lo hizo no con porte reservado y altivo, sino con una forma de actuar justa, volviendo las tornas y pagándole con la misma moneda. Él había pretendido que el hacer preguntas sobre su carácter era como una especie de afrenta, pero la dama le forzó a descubrirle sus actividades y evitó, igualmente, que hiciese averiguaciones sobre ella.

Fue suficiente para él conseguirla por esposa. Respecto a lo que ella tenía, le dijo claramente que conocía su situación, y era justo que ella conociera la suya; por tanto, no pudo pedir nada más excepto su mano y el paseo de rigor según la costumbre de los amantes. En resumen, no se le dio lugar a que hiciera más preguntas sobre la situación de ella, y la dama se aprovechó de eso como mujer prudente, porque puso parte de su fortuna en fideicomiso, sin permitir que él supiera nada de ello, fuera de su alcance por completo, e hizo que se contentara con el resto.

Es cierto que a ella le iba bien, es decir, tenía unas mil cuatrocientas libras en dinero, que le dio a él, y lo demás, después de algún tiempo, lo sacó a la luz, lo cual tuvo que aceptar él como un favor enorme, pues aunque no iba a ser suyo, podría facilitarle los gastos particulares de ella. Y tengo que añadir que por esta conducta el caballero mismo se convirtió no sólo en el más humilde a la hora de pedirla, sino que también fue un marido de lo más servicial cuando la consiguió. No puedo dejar de recordar cuánto se rebajaban a sí mismas las damas de aquí en su situación como esposas, que, si se me puede permitir no ser parcial, era bastante baja ya. Digo que ellas se rebajaban tanto en su situación normal, y preparaban sus propias mortificaciones, al someterse así a ser ofendidas por los hombres con antelación, que confieso que no veo la necesidad de ello.

Esta relación, por tanto, puede servir para permitir ver a las damas que la ventaja no está tanto en la otra parte como los hombres creen, y aunque pueda ser cierto que ellos tienen para elegir, y que algunas mujeres pueden tropezarse con hombres que las deshonren, no deja de ser cierto que si adoptamos una postura firme, conseguiremos aprovechar nuestra situación.

Nada es más cierto que las damas siempre conquistan a los hombres manteniendo su terreno, y permitiendo que sus supuestos amantes vean que a ellas les puede molestar ser despreciadas y que no temen decir «no». Me doy cuenta de que ellos nos ofenden enormemente hablándonos de la abundancia de mujeres, a causa de las guerras, el mar, el comercio y otros incidentes que llevan muy lejos a los hombres; que no hay proporción entre la cantidad de cada sexo, y por tanto las mujeres tienen desventaja, pero me cuesta aceptar que la cantidad de mujeres sea tan grande y la de hombres tan pequeña. Mas si quieren que diga la verdad, la desventaja de las mujeres es un escándalo terrible en los hombres, y aquí está y sólo aquí, a saber, que la edad es tan mala y el sexo tan libertino, que, en resumen, la cantidad de esos hombres con los que una mujer honrada debería tratar es pequeña en realidad, y sólo de cuando en cuando se va a encontrar a un hombre que sea apropiado para que una mujer se aventure.

Pero incluso la consecuencia de eso no llega más que a esto, que las mujeres deberían ser las más exigentes, porque, ¿cómo sabemos el carácter real del hombre que hace la oferta? Decir que las mujeres serían las más flexibles en esta ocasión es decir que nosotras seríamos las promotoras de la aventura a causa de la grandeza del peligro, lo que, a mi modo de razonar, es absurdo.

Por el contrario, las mujeres tienen diez mil razones más para ser precavidas y poder dar marcha atrás, porque el peligro de ser traicionadas es más grande y si las damas consideraran esto, y actuaran de forma cautelosa, descubrirían cada engaño ofrecido, porque, en resumen, las vidas de muy pocos hombres de hoy tendrán una reputación, y si las damas investigaran sólo un poco, pronto serían capaces de distinguir a los hombres y librarse de ellos. Respecto a las mujeres que no creen que merece la pena pensar en su propia seguridad, que, impacientes por llegar a su estado perfecto, deciden, como ellas lo llaman, quedarse con el primer buen cristiano que llega, que se precipitan al matrimonio como los caballos a la batalla, no puedo decirles más que esto: son de esa clase de damas por las que hay que rezar junto con el resto de las personas enfermas, y a mí me parece que se juegan toda su hacienda en una lotería donde hay cien mil papeletas para un solo premio.

Ningún hombre con sentido común valorará menos a una mujer por no entregarse al primer ataque, o por aceptar su proposición sin investigar su persona o carácter; por el contrario, tiene que pensar que ella es la criatura más débil del mundo, según como van ahora las cosas. En resumen, él tendrá una opinión muy deleznable de las capacidades de ella, mejor dicho, incluso de su entendimiento, pues, al tener a uno que se quede con su vida, le quitará ésta en seguida y hará que el matrimonio sea, como la muerte, un salto en la oscuridad.

Me gustaría tener un poco más controlada la conducta de mi sexo a este respecto, de la cual pienso que de todas las partes de la vida, es cuando más sufrimos. No es más que falta de valor, el miedo a no casarse y el temor a la condición de vida llamada de solterona, de la cual yo tengo una historia que contar. Ésta, digo, es la trampa de la mujer. Pero si las damas superaran de una vez ese temor y lo controlaran correctamente, lo evitarían con toda seguridad quedándose en su terreno, en un caso tan necesario para su felicidad, y no se expondrían a sí mismas como lo hacen; y si no se casaran tan pronto como hubieran podido de otra manera, lo enmendarían casándose más seguras. Siempre se casa demasiado pronto la que consigue un mal marido, y nunca se casa demasiado tarde la que consigue uno bueno; en una palabra, no hay mujer, a excepción de la deforme y la de mala reputación, que si lo controla bien, no pueda casarse de una forma segura en un momento u otro; pero si se precipita, hay una probabilidad de diez mil a uno de que se pierda.

CAPÍTULO XI

Pero ahora vuelvo a mi propio caso, en el cual no faltan detalles en esta época. Las circunstancias en las que estaba hacían que fuera lo más necesario del mundo que se me ofreciera un buen marido, pero pronto descubrí que el subestimarse y ser flexible no era el camino. Pronto empezó a descubrirse que la viuda no tenía fortuna, y decir esto era decir que todo iba mal para mí, porque empezaron a disminuir las conversaciones sobre matrimonio. Estaba bien alimentada, era atractiva, inteligente, modesta y agradable; pero, en resumen, la viuda, decían ellos, no tenía dinero.

Decidí, por tanto, que según el estado de mis circunstancias actuales, era absolutamente necesario cambiar de condición y aparecer de nuevo en algún otro lugar donde no me conociera nedie e incluso pasar por otro nombre si encontraba la ocasión.

Le comuniqué mis pensamientos a mi amiga íntima, la esposa del capitán, a quien había servido con tanta fidelidad en su caso, y estuvo dispuesta a servirme en lo que yo pudiera desear. No sentí escrúpulo alguno en exponerle mis circunstancias. Mis reservas eran muy bajas, porque sólo había conseguido unas quinientas libras al terminar mi último asunto, y había gastado parte de eso. Sin embargo me quedaban cuatrocientas sesenta libras, gran cantidad de ropas muy ricas, un reloj de oro y algunas joyas, aunque no de extraordinario valor, y unas treinta o cuarenta libras en telas que no había vendido.

Mi querida y fiel amiga, la esposa del capitán, que apreció tanto el servicio que le había hecho en el asunto mencionado, resultó ser no sólo una amiga firme, sino que, conociendo mi estado, con frencuencia me hacía regalos cuando llegaba dinero a sus manos, cantidad suficiente para mantenerme y así no gastar el mío; al final me hizo esta propuesta desafortunada para mí: como habíamos observado que los hombres no sentían escrúpulos de mostrarse como personas que merecían la fortuna de una mujer, cuando en realidad ellos no tenían fortuna alguna propia, era justo tratar con ellos de igual manera y, si era posible, engañar al impostor.

En resumen, la esposa del capitán puso este proyecto en mi cabeza, y me dijo que si ella me dirigía, yo podría conseguir con seguridad un marido con fortuna, sin dejar lugar a que me reprochara que yo carecía de fortuna propia. Le dije que como tenía razones para hacerlo, me abandonaría a sus instrucciones y que mi lengua no hablaría ni daría un paso en este asunto que no correspondiera a su dirección, contando con que ella me sacaría de cualquier dificultad en la que me metiera, de lo cual dijo que respondería.

El primer paso que dio fue llamarme prima e ir a casa de un pariente suyo del campo, donde llevó a su marido para que me visitara; luego hizo que su marido y ella me invitaran de todo corazón a venir a la ciudad y estar con ellos, porque ahora vivían en un lugar diferente del que habían estado antes. En segundo lugar, dijo a su marido que yo tenía una fortuna de por lo menos mil quinientas libras, y que después de algunas de mis relaciones era probable que tuviera una buena cantidad más.

Fue suficiente decirle esto a su marido, no fue necesario hacer nada por mi parte. Sólo tenía que sentarme y esperar, porque en seguida corrió por todo el vecindario el rumor de que la joven viuda de la casa del capitán tenía una fortuna de por lo menos mil quinientas libras, quizá más, y que el capitán así lo dijo; y si le preguntaban alguna vez sobre mí, él no sentía escrúpulos al afirmarlo, aunque no sabía ni una palabra del asunto, nada más que lo que su esposa le había contado; en esto él pensaba que no había daño, porque realmente así lo creía, ya que se lo había dicho su esposa. Con la reputación de esta fortuna en juego, de repente me encontré bendecida de admiradores suficientes, y tenía hombres para elegir, tan escasos como dicen que eran, lo cual, por cierto, confirma lo que dije antes. Al ser éste mi caso, yo, que debería actuar sutilmente, lo único que tenía que hacer ahora era seleccionar al hombre más adecuado para mi propósito, es decir, aquel que se fiara con más probabilidad de las habladurías de una fortuna y que no preguntara demasiado sobre los detalles, porque mi caso no permitía muchas preguntas.

Elegí a mi hombre sin mucha dificultad, por el juicio que hice de su forma de cortejarme. Dejé que continuara con sus declaraciones y juramentos de que me amaba más que a nada en el mundo y que si le hacía feliz era suficiente, todo lo cual sabía yo que era suposición, mejor dicho, una plena satisfacción de que yo fuera muy rica, aunque nunca le dije una palabra de ello.

Éste era mi hombre, pero tenía que probarlo hasta el fondo, y de hecho en eso consistía mi seguridad, porque si él ponía obstáculos, sabía que estaba perdida, como seguramente lo estaba él si se quedaba conmigo, y si no yo sentía escrúpulos por su fortuna, era la forma de guiarle a aumentar algo la mía; primero, por tanto, fingí en toda ocasión dudar de su sinceridad, y le decía que quizá sólo me cortejaba por mi fortuna. Él me interrumpía con declaraciones estruendosas, como las citadas, pero yo todavía fingía dudar.

Una mañana se quitó su anillo de diamantes y escribió sobre el cristal de la ventana de mi habitación esta línea:

A ti te amo, y sólo a ti.

Yo lo leí, y le pedí que me prestara su anillo, con el cual escribí debajo:

Y todos dicen que es amor.

Él cogió de nuevo el anillo y escribió otra línea:

La virtud sola es lo importante.

Se lo tomé prestado de nuevo y escribí debajo:

Pero la virtud del dinero es más convincente.

Él se ruborizó al verme contestarle tan deprisa, y en una especie de furia me dijo que me conquistaría, escribiendo de nuevo lo siguiente:

Desprecio tu oro, y todavía te amo.

Me arriesgué en el último toque poético, como se verá, y escribí de forma atrevida:

Soy pobre, veamos lo amable que resultas ser.

Ésta era una triste verdad para mí; si él la creyó o no, no puedo decirlo. Supuse que no lo hizo entonces. Sin embargo, corrió hacia mí, me cogió en sus brazos y besándome con mucho entusiasmo, y con la mayor pasión imaginable, me agarró fuerte hasta que pidió una pluma y tinta; entonces me dijo que no podía esperar la fastidiosa escritura sobre el cristal, así que sacó un trozo de papel y empezó a escribir de nuevo:

Sé mía, con toda tu pobreza.

Tomé su pluma, y le seguí así al momento:

Sin embargo, en secreto esperas que mienta.

Él me dijo que era cruel, porque no era justo, y que le ponía en contradicción; que no tenía que ver con los buenos modos, sólo con su cariño, y por tanto, ya que yo le había lanzado insensiblemente a estos garabatos poéticos, rogó que no le obligara a interrumpirlo, así que escribió de nuevo:

Permite que el amor sea nuestra conversación.

Yo escribí de nuevo:

Ella ama lo suficiente al que no odia.

Esto lo tomó él como un favor, y así bajamos las armas, es decir la pluma. Digo que se lo tomó como un favor, y grande, si hubiera sabido todo. Sin embargo, lo tomó con el significado que yo le di, es decir, dejarle pensar que me sentía inclinada a continuar con él, como en realidad tenía todas las razones del mundo para creer, porque era la persona más alegre y de mejor humor que me he encontrado nunca, y con frecuencia reflexionaba sobre lo vergonzoso que era engañar a un hombre como aquél; pero esa necesidad, que me presionaba a un acuerdo apropiado a mi condición, fue lo que me empujó a ello, y ciertamente su afecto por mí y la bondad de su carácter no dejaban de atraerme.

Además, aunque había bromeado con él a menudo sobre mi pobreza, sin embargo, cuando descubrió que era verdad, evitó toda clase de objeción, pues, tanto si era broma como si no, él había declarado que me tomaría sin tener en cuenta mi dote, y yo en broma o en serio, me había declarado muy pobre; así que, en una palabra, yo le tenía firme por ambos lados, y aunque él pudiera decir después que le habían engañado, nunca podría decir sin embargo que yo lo hubiese hecho.

Me asedió insistentemente después de esto, y como vi que no había temor a perderle, representé un papel indiferente durante más tiempo de lo que la prudencia podría haber dictado de otra manera. Pero consideré cuánta ventaja sobre él me daría esta cautela e indiferencia, cuando estuviera en la necesidad de reconocer mi propia situación, y lo controlé cautelosamente, porque descubrí que él deducía de ello, como era lógico, que yo tenía más dinero o más discreción, y no lo arriesgaría.

CAPÍTULO XII

Un día, después de haber hablado en profundidad sobre el asunto, me tomé la libertad de decirle que era cierto que yo había recibido de él los halagos de un enamorado, es decir, que él me tomaría por esposa sin preguntar sobre mi fortuna y que yo le respondería de forma adecuada, a saber, que le haría pocas preguntas salvo las razonables; que él contestaría o no según lo creyera apropiado, y que yo no me ofendería si no me contestaba a algo. Una de las preguntas se refería a nuestra manera de vivir y el lugar en que lo haríamos, porque sabía que él tenía una gran plantación en Virginia, y como había hablado de ir a vivir allí, le dije que no me preocupaba trasladarme.

A partir de esta conversación él empezó a meterme en sus asuntos voluntariamente y a contarme de una forma franca y abierta su situación económica, por lo cual descubrí que las cosas le iban bien; gran parte de su hacienda la constituían tres plantaciones en Virginia, que le producían buenos ingresos, unas trescientas libras al año, pero que viviendo allí, le producirían cuatro veces más.

«Muy bien —pensé yo—, podrás llevarme allí tan pronto como lo desees, pero no te lo diré con tanta antelación.»

Yo bromeé mucho sobre la cifra que conseguiría en Virginia, pero descubrí que haría todo lo que yo deseara, aunque no pareció alegrarse cuando subestimé sus plantaciones; así que volví a mi historia. Le dije que tenía buenas razones para no ir a vivir allí porque si sus plantaciones merecían la pena, yo no tenía la fortuna apropiada para un caballero con una renta de mil doscientas libras al año, que era el valor de su hacienda según él.

Contestó con generosidad que no me preguntaría a cuánto ascendía mi fortuna. Me dijo desde el principio que no lo haría, y se mantendría en su palabra, pero cualquiera que fuera, aseguraba que nunca desearía que yo fuera a Virginia sin él o ir allí sin mí, a menos que yo estuviese completamente segura.

Puede comprenderse que esto es lo que yo deseaba, y en realidad nada podía haber sucedido de una forma más satisfactoria. Yo actuaba con tanta indiferencia que con frecuencia se extrañaba, más que al principio; pero pero no encontraba ningún otro apoyo para su galanteo, y prefiero mencionarlo para dar a entender de nuevo a las damas que sólo la falta de valor para tal indiferencia hace a nuestro sexo tan subestimado y nos prepara para ser tan maltratadas. (Si nos arriesgásemos a rechazar de cuando en cuando a algún petimetre altanero, ciertamente seríamos menos despreciadas y más cortejadas.)

Aunque le hubiera descubierto real y verdaderamente cuál era mi fortuna, que en total no llegaba a quinientas libras cuando él esperaba mil quinientas libras, le habría ganado igualmente, pues se habría sentido satisfecho de tenerme incluso en las peores circunstancias.

En resumen, nos casamos, y felizmente por mi parte, porque era el hombre de mejor carácter que tuviera nunca una mujer; pero su situación no era tan buena como yo imaginaba, ya que, por otro lado, él no había mejorado la suya tanto como esperaba al casarse.

Después de la boda, consideré justo entregarle mi dinero, por lo que cierto día mantuvimos el siguiente diálogo:

—Querido, llevamos casados una semana. ¿No es hora de que sepas el estado de mi fortuna?

—Será la hora para ti, querida. Yo me contento con tener a la esposa que amo, y espero no haberte molestado con preguntas sobre ello.

—Es cierto —dije—, pero tengo una inquietud que no sé cómo dominar.

—¿Cuál es, querida?

—Es un poco difícil para mí —respondí— y quizá no resulte agradable para ti. Tengo entendido que el capitán (refiriéndome al marido de mi amiga) te dijo que yo tenía mucho más dinero del que en realidad disponía, y te aseguro que yo nunca me serví de él para que hiciera algo semejante.

—Bueno —replicó—, el capitán puede habérmelo dicho; pero, ¿y qué? Si no tienes tanto, será un perjuicio para ti; pero como tú nunca me dijiste lo que tenías, no tengo razones para culparte incluso si no dispones de nada.

—Eso es tan justo —dije yo— y generoso, que aumenta mi angustia y el cariño que ya sentía hacia ti.

—Cuanto menos tengas, querida, peor para los dos, mas espero que la angustia de la que hablas no esté causada por el temor a que sea desagradable contigo, por carecer de dote. Si no tienes nada, dímelo claramente y en seguida. Puede que diga quizá que el capitán me ha engañado, pero nunca podré decir que me has engañado tú, porque, ¿no me dijiste que eras pobre? Y así debo esperar que sea.

—Bueno, querido, me alegro de no haberte engañado antes de la boda. De haberlo entonces, sería peor. Es cierto que soy pobre, pero no tanto como para no tener nada.

Dicho lo cual, saqué algunos billetes de banco y le di unas ciento sesenta libras, diciéndole:

—Esto es una parte, querido, pero dispongo de algo más.

Tanto le había llevado a no esperar nada, por lo que había dicho antes, que el dinero, aunque en una cantidad tan pequeña, fue muy bien recibido por él. Era más de lo que esperaba y me dijo que siempre pensó que mis ropas buenas, el reloj de oro y un anillo de diamantes o dos habían sido toda mi fortuna.

Dejé que se contentara con esas ciento sesenta libras durante dos o tres días, y posteriormente le entregué otras cien en monedas de oro, diciéndole que aún me quedaba algo; una semana después, le llevé ciento ochenta libras más, y otras sesenta, aproximadamente, en telas, las cuales le hice creer que me había visto obligada a tomar con las cien libras de oro, para la transacción de una deuda de seiscientas libras.

—Y ahora, querido —concluí—, siento mucho decirte que esto era cuanto tenía y que te he entregado toda mi fortuna. Si la persona que me adeudaba las seiscientas libras no hubiese abusado de mi candor, te habría dado otras mil libras; después de todo, he sido leal contigo y no me reservé nada para mí. De haber tenido más, te lo hubiese dado igualmente.

Él quedó tan complacido por las palabras y tan contento con la suma, pues había temido que no hubiera nada, que lo aceptó muy agradecido.

Y así terminó mi intento de hacerme pasar por persona con fortuna sin tener dinero, engañando a un hombre para que se casara conmigo simulando lo que no era; pues, ciertamente, di uno de los pasos más peligrosos que puede dar una mujer, y en el cual corre el gran peligro de ser perjudicada después.

CAPÍTULO XIII

Mi marido, tengo que reconocerlo, era un hombre de infinito buen carácter, pero no tonto; comprendió que sus ingresos no se adecuaban a la forma de vivir que él hubiera deseado, y descubrió muchas veces su inclinación de marcharse a Virginia para vivir de sus haciendas; con frecuencia exageraba las ventajas de la vida allí, donde todo era más barato, agradable y cosas así.

Pronto entendí lo que quería decir y una mañana le hablé claramente diciéndole que comprendía que su hacienda no se podía controlar a esta distancia, comparado con lo que sería si viviera en el lugar, y que aceptaba su idea de ir a vivir allí; añadí que era consciente de que le había desilusionado con la dote aportada al matrimonio, por lo que deseando compensarle de alguna forma, le acompañaría a Virginia para vivir allí juntos.

Me dijo mil cosas amables sobre tal proposición por mi parte, y añadió que aunque se había sentido desilusionado por esperar una fortuna, no le había decepcionado como esposa, pues yo era todo lo que pudiera desear para él, y, en general, estaba más que satisfecho por todo, pero que esta oferta tan amable era más de lo que podía esperar.

En resumen, estuvimos de acuerdo en ir. Me dijo que tenía allí una magnífica casa, muy bien amueblada, en la que vivían su madre y una hermana, que eran sus únicos familiares; añadió que tan pronto llegásemos, su madre se trasladaría a su propia casa, que él heredaría a su muerte, por lo cual yo dispondría de toda la vivienda. Pude comprobar después que todo lo que dijo era cierto.

Para abreviar esta parte de la historia, subimos a bordo del barco que nos traladaría una gran cantidad de mobiliario para nuestra casa, con telas de reserva, utensilios necesarios y un buen cargamento para vender, y allí nos fuimos.

Contar nuestro viaje, que fue largo y estuvo lleno de peligros, es algo remoto ya que no guardo un diario ni mi marido tampoco. Todo lo que puedo decir es que después de una terrible travesía, padecimos dos horribles tormentas y una vez fuimos atacados por piratas, que subieron a bordo y se llevaron casi todas nuestras provisiones, además de tomar prisionero a mi esposo, al que logramos rescatar después de un trato con ellos.

Después de estos terribles acontecimientos, arribamos a York River, en Virginia, y al llegar a nuestra plantación fuimos recibidos por la madre de mi esposo con las mayores muestras de cariño y afecto que es posible expresar.

Vivimos todos juntos aquí, pues mi suegra, por súplicas mías, continuó en la casa, porque era una madre demasiado amable como para desprenderse de ella; de igual manera, mi marido continuó como al principio, y cuando creí que yo era la persona más feliz del mundo, un acontecimiento raro y sorprendente puso fin a toda esa felicidad en un momento y convirtió mi estado en el más incómodo, si no, el más desgraciado.

Mi suegra era una anciana de buen carácter, muy alegre (puedo llamarla anciana porque su hijo tenía más de treinta años), y solía entretenerme especialmente con muchas historias que me divertían, tanto del país en el que estábamos como de su gente.

En cierta ocasión, me contó que la mayor parte de los habitantes de la colonia llegaron aquí desde Inglaterra en circunstancias muy diferentes. Por un lado, estaban aquellos que trajeron los capitanes de barco para venderlos como esclavos, y de otra parte, los presos que trasladaban de Newgate y de otras prisiones, después de haberles declarado culpables de delitos graves y otros crímenes castigados con la muerte.

—Cuando llegan aquí —me dijo— no hacemos diferencias; son comprados por los colonos y trabajan juntos en el campo hasta que cumplen su condena. Después se les anima a que planten por su cuenta, porque la colonia les adjudica cierta cantidad de acres de tierra repartida por el país, y van a trabajar para limpiar y preparar la tierra; luego plantan en ella tabaco y maíz para ellos, y como los comerciantes y mercaderes les proporcionan herramientas, ropas y otras cosas necesarias, con créditos sobre su cosecha antes de que crezca, vuelven a plantar cada año un poco más que el anterior y así compran todo lo necesario con la cosecha que tienen por delante. Por tanto, niña, muchos granujas de Newgate se convierten en grandes hombres y tenemos varios jueces de paz, oficiales de milicias y magistrados a los que les han quemado la mano, prueba de que habían trabajado como reos en las plantaciones.

Iba a continuar con esa parte de la historia cuando la interrumpió, y con mucha confianza y de buen humor me contó que ella era de esa segunda clase de habitantes: arriesgó tanto en cierto caso que se había convertido en delincuente.

—Y aquí está la marca de ello, niña, mira aquí —dijo, y quitándose el guante volvió hacia arriba la palma de la mano, donde tenía grabado un pequeño brazo y una mano, como ocurría en tales casos.

Esta historia me conmovió mucho, pero mi suegra, sonriendo, añadió:

—No pienses que es algo extraño, hija, porque como te digo, los mejores hombres de este país tienen quemaduras en la mano y no se avergüenzan de ello. Ahí esta el mayor..., un eminente carterista, o el juez... que era un ladrón; los dos tienen las marcas, y podía citarte varios más.

Teníamos conversaciones frecuentes de esta clase, y me daba muchos ejemplos parecidos. Después de algún tiempo, según me estaba contando algunas historias de uno que fue deportado hacía solo unas semanas, empecé a pedirle de una forma amable que me contara algo de su propia historia, lo cual hizo con la máxima claridad y sinceridad. Me contó cómo había caído en muy malas compañías en Londres en sus días jóvenes, porque su madre la enviaba con frecuencia a llevar víveres y otras ayudas a una pariente de ellas que estaba prisionera en Newgate, en un estado miserable y muerta de hambre, que después fue condenada a la horca, pero al haber pedido una prórroga por estar embarazada, murió después en la prisión.

Aquí mi suegra empezó a contar extensamente las crueles prácticas de aquel horrible lugar y cómo además habían echado a perder a muchos jóvenes de la ciudad.

—Y niña —prosiguió—, quizá no lo sepas, pero se hacen más ladrones y granujas en esa prisión de Newgate que en todos los clubes y sociedades de villanos de la nación; es ese lugar maldito, del que procede la mitad de esta colonia.

Así continuó con su propia historia, y de una manera tan detallada que empecé a intranquilizarme mucho, pero llegando a un detalle que requería decir su nombre, pensé que me hundía en el sitio. Ella se dio cuenta de que estaba fuera de mí y me preguntó si no me encontraba bien y qué me sucedía. Le dije que estaba tan afectada por la melancólica historia que me había contado y por las cosas horribles por las que había pasado, que la angustia se había apoderado de mí y le rogué que no hablara más de ello.

—¿Por qué, querida? —dijo muy amablemente—. ¿Por qué te van a preocupar estas cosas? Sucedieron mucho antes de tu época y no te van a inquietar ahora, no; yo miro atrás con una satisfacción particular, ya que han sido el medio que me trajo a este lugar.

Entonces continuó explicándome que con mucha suerte tuvo acogida en una buena familia, y que, al comportarse bien, cuando murió la señora, su señor se casó con ella, con quien tuvo a mi marido y a su hermana, y por medio de su diligencia y buena administración después de la muerte de su esposo, había mejorado las plantaciones hasta el punto en que estaban ahora; así que la mayor parte de la hacienda era de ella, no de su marido, porque se había quedado viuda hacía dieciséis años.

Escuché esta parte de la historia con muy poca atención porque deseaba mucho retirarme y dar rienda suelta a mis pasiones, lo que hice pronto; puede juzgarse cuál sería mi angustia, cuando supe que mi suegra era mi propia madre, que mis dos hijos eran sus nietos y yo estaba embarazada de otro, que era de mi propio hermano, con el que dormía todas las noches.

Ahora era la mujer más infeliz del mundo. ¡Oh!, si nunca me hubieran contado la historia, todo habría ido bien. No sería ningún crimen haberme acostado con mi marido, pues yo no sabía que fuera familiar mío.

CAPÍTULO XIV

Ahora tenía tal peso en mi mente que me mantenía siempre desvelada. Revelarlo, que hubiera sido relativamente fácil para mí, no hubiera respondido a ningún fin, y sin embargo ocultarlo sería casi imposible; no dudaba de que hablaría de ello en mis sueños y se lo diría a mi marido tanto si quería como si no. Si lo descubría, lo mínimo que podía esperar era perderle, porque era un hombre demasido bueno y honrado para continuar siendo mi marido después de saber que yo era su hermana; así pues, estaba consternada al máximo.

Dejo que el lector juzgue las dificultades que se me presentaban a la vista. Estaba fuera de mi país, a una gran distancia y el regreso me era imposbile. Vivía muy bien, pero en un estado insufrible. Si me hubiera descubierto a mi madre, podría haber sido difícil convencerla de los detalles, ya que no tenía forma de demostrarlos. Por otro lado, si ella me hubiese preguntado o dudado de mí, habría estado perdida porque la mera insinuación me hubiera separado inmediatamente de mi marido; así pues, entre la sorpresa por un lado y la incertidumbre por otro, tenía la certeza de estar perdida de cualquier forma.

Mientras tanto, como yo estaba absolutamente segura del hecho, vivía así en claro incesto y concubinato bajo la apariencia de una esposa honrada, y aunque no me responsabilizaba del crimen, sin embargo el acto tenía algo de espeluznante en sí mismo, lo que hacía que las relaciones con mi marido me produjeran náuseas.

Sin embargo, tras reflexionar sobre ello, decidí que era absolutamente necesario ocultarlo todo y no hacer el más mínimo descubrimiento ni a mi madre ni a mi marido; así viví con la mayor presión imaginable durante otros tres años, pero no hubo más niños.

Durante este tiempo mi madre me solía contar con frecuencia historias de sus aventuras anteriores, que, sin embargo, no eran agradables para mí de ninguna manera, porque, aunque ella no me lo decía con términos claros, yo podía comprender fácilmente que se correspondían con lo que había oído a mis primeros tutores: en sus días jóvenes había sido prostituta y ladrona, pero creo de verdad que había vivido para arrepentirse sinceramente de ambas cosas y que era entonces una mujer muy piadosa, sobria y religiosa.

Mas, fuera cual fuese su pasado, lo cierto es que yo me encontraba muy intranquila, porque vivía, como he dicho, en el peor de los concubinatos, y como no esperaba nada bueno de ello, realmente así ocurrió, y toda mi aparente prosperidad desapareció terminando en miseria y destrucción. En realidad fue algún tiempo antes de esto, cuando, no sé por qué mal destino, todo empezó a ir mal entre nosotros, y lo que fue peor, mi marido estaba alterado de forma extraña, rebelde, celoso y desagradable, y yo no tenía paciencia para soportar su conducta, al ser tan irrazonable e injusta. Las cosas fueron tan lejos que al final llegamos a tales términos el uno con el otro que le reclamé la promesa que me hizo de buen grado cuando consentí venirme con él, a saber, que si no me encontraba a gusto en el país, o no me gustara vivir allí, regresaría a Inglaterra de nuevo cuando lo deseara, dándole un plazo de un año para resolver sus asuntos.

Digo que ahora le reclamé esta promesa, y tengo que confesar que no lo hice en los términos más amables, pues insistía en que me trataba mal, que estaba lejos de mis amigos y que estaba celoso sin motivo, por lo cual consideraba que volver a Inglaterra sería la solución adecuada para ambos.

Insistí en ello de una forma tan imperiosa, que no pudo evitar llegar al punto en que o bien mantenía su palabra o la rompía, y esto a pesar de que utilizó toda su habilidad y empleó a su madre y a otras personas para que tratasen de cambiar mi decisión.

En realidad el fondo de la cuestión yacía en mi corazón, y eso hizo que sus esfuerzos fueran infructuosos, porque mi espíritu estaba alejado de él como marido. Me resistía a la idea de dormir con él, y empleaba mil excusas para evitar que me tocara, no temiendo más que quedarme embarazada de nuevo, lo que con seguridad evitaría, o al menos retrasaría, mi vuelta a Inglaterra.

Sin embargo, al final le puse de tan mal humor, que tomó una decisión rápida y fatal; en resumen, yo no iría a Inglaterra y aunque me lo había prometido, era sin embargo algo irrazonable que yo lo deseara, pues arruinaría sus asuntos, desquiciaría a toda la familia y estaría próximo a su perdición en el mundo; por tanto, yo no debería desearlo, y ninguna esposa del mundo que valorara su familia y la prosperidad de su marido insistiría en tal cosa.

Esto me hizo dudar de nuevo, porque cuando pensaba en ello con calma y tomaba a mi marido como realmente era, un hombre diligente y cuidadoso cuyo principal trabajo era dejar una hacienda para sus hijos, y que no sabía nada de las horribles circunstancias en las que yo estaba, no podía sino confesarme a mí misma que mi proposición era irrazonable, y que ninguna esposa que tuviera en cuenta el bien de su familia pretendería lo que yo deseaba.

CAPÍTULO XV

Pero mis quejas eran de otra naturaleza. Ya no le miraba como a un esposo, sino como a un pariente cercano, el hijo de mi propia madre, y decidí que de una forma u otra me libraría de él, mas no sabía cómo hacerlo ni si ello era posible.

Los malintencionados del mundo dicen de nuestro sexo que si nos proponemos una cosa, es imposible cambiar nuestras decisiones; en resumen, nunca dejé de estudiar los medios para conseguir mi viaje, e incluso llegué al extremo de proponer a mi esposo que me autorizase a partir sin él. Esto le provocó al máximo, y no sólo me llamó esposa cruel, sino madre antinatural, y me preguntó cómo podía albergar tal pensamiento sin horror, dejar a mis dos hijos (porque uno había muerto) sin una madre, para que los criaran extraños, y nunca volver a verlos. Era cierto; si las cosas hubieran ido bien, no lo habría hecho, pero ahora mi verdadero deseo era no verlos nunca más, ni a él tampoco, y respecto al cargo de antinatural no podía contestarme a mí misma fácilmente, mientras pensaba que toda la relación era de lo menos natural que pudiera admitirse.

Sin embargo, estuvo claro que no convencería a mi marido. Ni iría conmigo ni me dejaría ir sin él, y estaba totalmente fuera de mi alcance salir sin su consentimiento, considerando las características del país en que me hallaba.

Teníamos muchas disputas sobre ello, y con el tiempo empezaron a llegar a un extremo peligroso, porque a medida que disminuía mi afecto hacia él, le dirigía palabras que cada vez resultaban más provocadoras. En fin, intentaba por todos los medios conseguir nuestra separación, que era lo que más deseaba en aquellos momentos.

Él se tomó muy mal mi conducta, y de hecho bien podía hacerlo, porque al final me negué a dormir con él. Llevando las cosas al extremo en toda ocasión, me dijo una vez que pensaba que yo estaba loca, y si no cambiaba mi conducta, me pondría en tratamiento, es decir, me llevaría al manicomio. Le respondí que descubriría que estaba bastante lejos de la locura, y que no podría, ni él ni cualquier otro villano, quitarme de en medio. Confieso que al mismo tiempo me asusté de verdad ante su idea de ingresarme en un manicomio, lo que en seguida hubiera acabado con toda posibilidad de sacar a relucir la verdad, cualquiera que pudiera ser la ocasión, porque entonces nadie daría crédito a mis palabras.

Por tanto, esto me llevó a tomar una decisión, cualesquiera que fuesen sus consecuencias: la de exponer abiertamente la situación; pero de qué forma lo haría, o a quién se lo diría era una dificultad que tardé muchos meses en resolver. Mientras tanto tuve otra discusión con mi marido, que llegó a tal extremo de locura que casi me empuja a decírselo todo, pero aunque me lo guardé para no llegar a detalles, le di una serie de indicios hasta que, finalmente, le conté toda la historia.

Al comienzo de la discusión, empezó a objetar con tranquilidad el que yo estuviera tan decidida a ir a Inglaterra. Yo lo defendí, y una palabra dura trajo a otra, como es normal en un conflicto familiar. Me dijo que no le trataba como a un esposo, ni hablaba a mis hijos como una madre; en resumen, que yo no merecía ser tratada como esposa; que había empleado todos los medios posibles conmigo y se había expresado con toda la amabilidad y calma con la que un marido o un cristiano se podía expresar, y que le había dado una respuesta tan vil, que le trataba más como a un perro que como a un hombre, y más como a un perfecto extraño que como a su marido; que se resistía a usar la violencia conmigo, pero, si veía la necesidad de ello ahora, en el futuro se veía obligado a tomar medidas para conducirme a mi deber.

Mi sangre se alteró al máximo entonces, aunque sabía que lo que había dicho era muy cierto. Le dije, respecto a sus medios injustos y su vileza, que yo los desdeñaba igualmente; que respecto a mi marcha a Iglaterra, estaba decidida a ello, a costa de lo que fuese, y que respecto a no tratarle como a un marido y no mostrarme como madre para mis hijos, podía significar algo que comprendería en seguida; mas, para su mayor consideración, pensaba que era apropiado decirle que ni él era mi marido legítimo ni lo eran mis hijos, y que tenía razones para no considerarlos a ninguno de ellos más de lo que lo hacía.

Confieso que me conmoví y sentí pena por él cuando hablé porque palideció como un muerto, se quedó mudo y atónito, y una o dos veces pensé que se desmayaba. En resumen, le acometió algo parecido a una apoplejía; temblaba, gotas de sudor le corrían por el rostro y, sin embargo, estaba frío como un témpano, tanto que me vi forzada a traerle algo para mantenerle vivo. Cuando se recuperó, vomitó, y un poco después lo tendimos en la cama; a la mañana siguiente tenía una fiebre muy alta, como de hecho la había tenido toda la noche.

Sin embargo, se recobró, aunque muy lentamente, y cuando se encontró un poco mejor, me dijo que le había herido de muerte con mis palabras y que sólo tenía que preguntarme una cosa antes de exigir una explicación. Yo le interrumpí diciéndole que sentía haber ido tan lejos, ya que veía el trastorno que le había causado, pero deseaba no hablar de explicaciones, porque empeoraría las cosas.

Esto aumentó su impaciencia, y de hecho, se quedó más perplejo de lo que podía soportar, porque ahora empezaba a sospechar que había algún misterio, sin revelar todavía, que no acertaba a descubrir; todo lo que se le ocurría era que yo tenía otro marido vivo, lo cual no podía decir yo que no fuera verdad, en realidad; pero le aseguré, sin embargo, que no había nada de eso; de hecho, respecto a mi otro marido, estaba muerto para mí, por lo que no sentía la más mínima inquietud al respecto.

Pero ahora comprendía que el asunto había llegado demasiado lejos como para ocultarlo mucho más tiempo, y él mismo me dio la oportunidad, para plena satisfacción mía. Me había insistido durante tres o cuatro semanas, pero sin resultado. Yo sólo le decía que aquellas palabras fueron efecto de mi cólera, pero que había algo de verdad en el fondo de ellas. Mas continué inflexible, y no explicaría nada a menos que consintiera primero que me fuera a Inglaterra, lo cual él nunca haría, dijo, mientras viviera. Por otro lado, añadí que estaba en mi poder obligarle a dejarme marchar cuando yo quisiera, mejor dicho, hacer que suplicara que me fuese; esto aumentó su curiosidad y le inquietó, pero todo ello sin resultado.

Finalmente, le contó esta historia a su madre, con la intención de que me interrogase, pero aunque ella empleó conmigo su gran capacidad de persuasión, puse punto final en seguida diciéndole que la razón por la que yo lo había ocultado fue el respeto que le profesaba; en resumen, no podía ir más lejos y, por tanto, le conminaba a no insistir sobre ello.

Mi madre se quedó muda con mi insinuación y no podía decir ni pensar nada, pero creyendo que fuese una estrategia mía, insistió en ello, pues quería arreglar la brecha que había entre nosotros. Respecto a eso, le dije que sus intenciones eran buenas, pero que aquello ya no era posible, y que si yo le revelaba toda la verdad reconocería que era imposible y dejaría de pedírmelo. Por fin, me dejé vencer por su insistencia y le dije que me atrevería a confiarle un secreto de la mayor importancia, mas sólo si ella me prometía solemnemente no informar a su hijo sin mi consentimiento.

Tardó en prometerlo, pero como de otra manera no llegaría a conocer la naturaleza de mi revelación, se mostró de acuerdo también, y después de algunos preliminares, le conté todo. Primero le dije cómo le concernía a ella la brecha que se había abierto entre su hijo y yo al contarme su propia historia y decirme el nombre que tenía en Londres, y la sorpresa que me llevé en aquella ocasión. Luego le conté mi propia historia, y le aseguré, por otros recuerdos que ella no podía negar, que yo no era otra, ni más ni menos, que su propia niña, su hija, nacida de su cuerpo en Newgate. La misma que le había salvado de la horca por estar en su vientre y que ella abandonó cuando fue deportada.

Es imposible expresar su asombro; se sintió inclinada a no creer la historia, o a recordar los detalles, porque intuyó en seguida la confusión que iba a provocar en la familia. Pero todo coincidía de una forma tan exacta con las historias que me había contado de ella misma, que, si no lo hubiera hecho, quizá se habría conformado con negarlas; mas ella cerró la boca y no hizo otra cosa que cogerme del cuello, besarme y llorar con mayor vehemencia sobre mí, sin decir una palabra durante largo tiempo, hasta que por fin estalló:

—¡Pobre criatura! ¿Qué desgraciada casualidad te pudo traer aquí? ¡Y en brazos de mi propio hijo...! ¿Por qué? ¡Estamos todos perdidos! ¡Casada con tu propio hermano! ¡Tres niños, y dos de ellos vivos, todos de la misma carne y de la misma sangre! ¡Mi hijo y mi hija yaciendo juntos como marido y mujer! ¡Desgraciada familia! ¿Qué será de nosotros? ¿Qué dirán? ¿Qué vamos a hacer? —Y así continuó durante largo rato.

Yo no tenía fuerzas ni para hablar, pero aunque las hubiese tenido, no habría sabido qué decir, porque cada palabra me hería en el alma.

En medio de esta confusión nos despedimos por el momento. Sin embargo, cuando se marchó me prometió de nuevo que no le contaría nada de aquello a su hijo hasta que no hubiéramos hablado de ello otra vez.

CAPÍTULO XVI

No pasó mucho tiempo antes de que tuviéramos una segunda conversación sobre el mismo tema. Como si hubiera estado deseando olvidar su propia historia o porque supuso que yo me había olvidado de algunos detalles, empezó a contarlos con alteraciones y omisiones, pero yo le refrescaba la memoria y rectificaba muchas cosas que suponía había olvidado; después, al surgir de nuevo el hecho con toda su crudeza, empezó a lamentarse y a lanzar exclamaciones por la severidad de sus desgracias.

Cuando se calmó, hablamos sobre lo que se debería hacer antes de informar del asunto a mi marido. Pero, ¿qué fin podían tener nuestras consultas? Ninguna de las dos podíamos vislumbrar una solución y tampoco sabíamos cómo explicarle a él nuestra desgracia. Era imposible hacer cualquier juicio o adivinar cómo recibiría aquello, ni qué medidas adoptaría al respecto. Por otro lado, si se difundía la noticia, era segura la perdición de nuestra familia, exponiéndonos a mi madre y a mí a la vergüenza pública. Si al final él se aprovechaba de lo que la ley le otorgaba, podría repudiarme sin que yo recuperase mi pequeña dote conviertiéndome con ello en una mendiga, y los niños estarían perdidos también al no tener ningún derecho legal sobre sus bienes. Finalmente, estaría en brazos de otra mujer en unos cuantos meses, mientras yo sería la criatura más desgraciada del mundo.

Mi madre percibía todo esto como yo, y no sabíamos qué hacer. Después de algún tiempo llegamos a decisiones más prudentes, pero la opinión de mi madre y la mía eran totalmente diferentes, y de hecho contradictorias, porque ella pretendía que yo enterrara el asunto por completo y continuara con mi marido hasta que sucediese algo que pudiera hacer más conveniente su revelación, mientras ella intentaría reconciliarnos de nuevo y restablecer la paz familiar. Debíamos seguir manteniendo nuestras costumbres para que el asunto se mantuviera en sumo secreto, porque las dos estábamos perdidas si se descubría.

Para convencerme de ello, prometió ayudarme en mi situación, tanto como le fuera posible, y dejarme todos los bienes que pudiera a su muerte, asegurándolo para mí de una forma separada de mi marido, para que, si se descubría después, no me quedara en la indigencia, sino que fuera capaz de mantenerme por mí misma e incluso procurar que él me hiciese justicia.

Esta propuesta no se correspondía del todo con mi opinión sobre el asunto, aunque era muy amable por parte de mi madre, pero mis pensamientos iban por un camino diferente.

Respecto a ocultar el asunto y dejar todo como estaba, le dije que era imposible, pues cómo podía pensar ella que yo podía soportar la idea de acostarme con mi propio hermano. En segundo lugar, le dije que el hecho de que ella estuviera viva era la única prueba de mis declaraciones, y mientras ella me tuviera por su hija, nadie más lo dudaría, pero si ella moría antes del descubrimiento del hecho, yo sería tomada por una mujer infame que había fraguado aquello para alejarme de mi marido, o me considerarían loca y trastornada. Entonces le dije que él me había amenazado ya con enviarme a un manicomio y cómo aquello me había llevado a la necesidad de confesarme a ella como lo había hecho.

De todo lo que hablamos, y después de serias reflexiones, yo había llegado a una resolución intermedia, la cual esperaba que le gustaría, y era que ella se esforzara por convencer a su hijo para que permitiera mi regreso a Inglaterra, como yo deseaba, y proveerme de fondos suficientes, en bienes o en metálico, para mi manutención allí; todo esto sugiriendo que él podría volver conmigo cuando lo considerase oportuno.

Añadí que cuando yo me hubiera ido, entonces ella, con mucho tacto, y después de obligarle primero a guardar el secreto de la forma más solemne posible, le descubriría el caso a él, haciéndolo poco a poco, como su propia discreción se lo indicase, para que él no cometiese ningún exceso cegado por la pasión del momento, y que ella se preocupara de evitar que él despreciara a los niños o que se casara de nuevo, a menos que tuviera noticias seguras de que yo estaba muerta.

Éste era mi plan, y mis razones eran buenas. Estaba dispuesta a alejarme de él realmente a consecuencia de nuestro parentesco; le odiaba a muerte como marido, y era imposible eliminar la aversión que le tenía. Al mismo tiempo, el hecho de vivir de forma ilegal e incestuosa, sumado a esa aversión, aunque no preocupaba mucho a mi conciencia, hacía que cohabitar con él fuera la cosa más nauseabunda del mundo para mí; había llegado a tal extremo que casi podría haber abrazado a un perro antes que meterme entre las sábanas con él. No puedo decir que tuviera razón en este punto para llevarlo a tal extremo, mientras que al mismo tiempo no se lo decía claramente, pero sólo estoy contando lo que ocurría realmente.

Mi madre y yo seguimos manteniendo opiniones opuestas, y era imposible reconciliar nuestros juicios; tuvimos muchas discusiones sobre ello, pero no podíamos ceder ninguna de las dos, o convencer la una a la otra.

Yo insistía en mi aversión a acostarme con mi propio hermano, y ella repetía que era imposible que él permitiera mi regreso a Inglaterra, y en esta incertidumbre continuamos, no discrepando hasta el punto de discutir, o algo parecido, sólo que no éramos capaces de decidir lo que haríamos para superar la terrible brecha que teníamos delante.

CAPÍTULO XVII

Finalmente, ante lo incierto de la situación, decidí que se lo contaría todo a mi marido. Mi madre se asustó mucho sólo de pensar en ello, pero le pedí que tuviera calma, pues lo haría de forma gradual y suave, con todo el arte y buen carácter del que yo era capaz, y en el momento que considerase más adecuado. Le dije que no podía ser tan hipócrita como para fingir más afecto por él del que realmente tenía; si todo resultaba como yo esperaba, podríamos separarnos de mutuo acuerdo, y con un buen trato, porque yo le querría lo suficiente como hermano, aunque no podía amarle como marido.

Todo esto sucedía mientras él instigaba a su madre a que descubriera, si era posible, el significado de aquella horrible expresión mía, como él la llamaba, la cual mencioné antes, a saber, que yo no era su esposa legítima y sus hijos tampoco. Mi madre lo aplazaba diciéndole que no podía conseguir explicaciones mías y que descubrió que algo me inquietaba mucho, y esperaba poder sonsacármelo con el tiempo; mientras tanto, le recomendaba seriamente que me tratara con más ternura, que me ganara con el buen comportamiento de siempre. Añadió que me había aterrorizado y asustado mucho con sus amenazas de enviarme a un manicomio, y cosas así, y le aconsejaba que intentase no exasperarme más.

Él prometió suavizar su comportamiento y aseguró que me amaba tanto como siempre y que no tenía planeado enviarme a un manicomio, por muy grande que fuera su ira. También deseaba que mi madre empleara su persuasión conmigo para que se pudiera renovar nuestro afecto y poder vivir juntos con la buena comprensión que solíamos tener.

Pronto comprobé los efectos de este trato. La conducta de mi marido cambió radicalmente, y era otro hombre para mí; nadie podía ser más amable ni más considerado conmigo como lo era él en toda ocasión, y yo lo menos que podía hacer era responder a ello, lo cual hice tan bien como pude, pero de una manera incómoda, porque nada me asustaba más que sus caricias y el temor a quedarme embarazada de nuevo; esto me hizo ver que era absolutamente necesario aclarar el caso con él sin más dilación, lo cual, sin embargo, haría con la mayor cautela y reserva imaginables.

Su amable comportamiento conmigo duró cerca de un mes, y empezamos a vivir una nueva vida. Si pudiera haberme convencido a mí misma de haber continuado así, creo que habría durado tanto tiempo como hubiéramos continuado viviendo juntos.

Una tarde, sentados y hablando de forma muy amistosa debajo de un pequeño toldo que servía de cenador en la entrada del jardín, él estaba de buen humor y me dijo cosas agradables relacionadas con el placer de nuestro buen acuerdo actual y los desórdenes de nuestra pasada querella, y la satisfacción que sentía con la esperanza de que no volviera a repetirse.

Yo di un profundo suspiro y le dije que no había nadie en el mundo que pudiera estar más a gusto que yo con el buen trato que habíamos tenido siempre, o más afligida con su ruptura, pero sentía decirle que se daba una desgraciada circunstancia en nuestro caso, que me oprimía el corazón y no sabía cómo resolver, pues me hacía muy desgraciada y me robaba toda la tranquilidad y el descanso.

Él insistió para que se lo confesara. Le dije que no sabía decirle cómo hacerlo, porque mientras estuviese oculto para él, yo sola era infeliz, pero si lo sabía él también, lo seríamos los dos, y por tanto, mantenerle en la oscuridad era lo más sensato que yo podía hacer y era por su causa únicamente por lo que se lo mantenía en secreto, pensando que el guardarlo simplemente sería mi perdición.

Es imposible expresar su sorpresa ante mis palabras y la insistencia con que me rogó de nuevo para que se lo descubriera. Me dijo que yo no sería fiel si se lo ocultaba. Le contesté que pensaba eso también, y sin embargo no podía hacerlo. Él volvió a lo que yo había dicho antes y me dijo que esperaba que no estuviera relacionado con lo que yo había dicho en un momento de arrebato, y que él había decidido olvidar. Le respondí que ojalá yo pudiera olvidarlo todo también, pero la impresión era demasiado profunda y no podía hacerlo, era imposible.

Entonces me dijo que estaba decidido a no disentir conmigo en nada y que, por tanto, no me importunaría más sobre ello, decidiendo tolerar cualquier cosa que yo hiciera o dijese; sólo me rogaba el acuerdo de que, fuera cual fuese el secreto, no se interrumpiría más nuestro buen trato y consideración mutuas.

Esto fue lo peor que podía haberme dicho, porque realmente yo quería que me diese un motivo para revelarle el secreto que no me dejaba vivir. Así pues, le contesté claramente que no podía decir que me alegrara de su tolerancia, pues no sabía cómo decírselo.

—Pero, veamos, querido —le dije—. ¿Con qué condiciones aceptarías este asunto?

—Con cualquier condición —respondió— que puedas desear de mí con razón.

—Bueno, prométeme que si no encuentras falta en mí o que estoy involucrada por voluntad propia en las causas de la desgracia que voy a referirte, no me culparás, ni me tratarás mal haciéndome sufrir lo que no es falta mía.

—Ésa es la petición más razonable del mundo —contestó—, no culparte de lo que no es falta tuya. Dame una pluma y tinta.

Yo me apresuré a traer lo que pedía y entonces escribió esta condición con las mismas palabras que le había propuesto, firmándolo con su nombre.

—Bien, ¿qué es lo siguiente, querida?

—Lo siguiente es que no me culparás por no haberte descubierto antes el secreto.

—Muy justo de nuevo —dijo—, con todo mi corazón.

Dicho esto, volvió a escribir y firmó de nuevo.

—Bueno, querido, entonces sólo tengo una condición más que imponerte, y es que como el asunto sólo nos concierne a nosotros, no se lo descubrirás a nadie, excepto a tu propia madre, y que en las medidas que puedas adoptar después de conocerlo, aunque soy tan inocente como tú mismo, no harás nada llevado por la ira ni que nos perjudique a mí o a tu madre, sin mi conocimiento y con mi asentimiento.

Esto le soprendió un poco y escribió las palabras con claridad, pero las leyó una y otra vez antes de firmarlas, vacilando varias veces y repetiéndolas:

—¡Perjuicio de mi madre! ¡Y tu perjuicio! ¿Qué puede ser esto tan misterioso?

Sin embargo, finalmente lo firmó.

—Bien, querido, te pediré sólo una cosa más. Como vas a oír lo más inesperado y sorprendente que quizá haya sucedido alguna vez en alguna familia del mundo, te ruego que me prometas que lo recibirás con la serenidad y el aplomo propios de un hombre con sentido común.

—Lo haré, con la condición de que no me mantengas más en esta incertidumbre, porque me estás asustando con los preliminares.

—Pues bien, éste es mi secreto —y proseguí—: como te dije una vez en un momento de arrebato, yo no soy tu esposa en el sentido legal y nuestros hijos no son legítimos. Ahora debo hacerte saber, con calma y mesura, pero con gran dolor, que soy tu propia hermana y tú mi propio hermano; en realidad, somos hermanastros, o sea, hijos de una misma madre, la cual vive ahora en nuestra casa y está convencida de esta verdad, por lo que no es posible contradecirlo.

Su rostro palideció y extravió la mirada, ante lo cual añadí:

—Ahora recibe la noticia con aplomo y recuerda tu promesa, porque, ¿quién podría haberte dicho más para prepararte de lo que yo lo he hecho?

Después llamé a un criado para que le trajera una copita de ron (que era bebida corriente en el país), porque estaba a punto de desmayarse.

Cuando se recuperó un poco, le dije:

—Esta historia, puedes estar seguro, requiere una larga explicación; por tanto, ten paciencia y serenidad para escucharla, que yo la abreviaré cuanto pueda.

Le conté lo que creí necesario para el caso, y especialmente el modo en que mi madre llegó a descubrírmelo, como cité antes.

—Y ahora, querido, ¿comprendes la razón de mis temores, que yo nunca he sido la causa de este asunto, ni podía serlo, y que no supe nada de ello antes de ahora?

—Estoy totalmente convencido de eso, pero es una sorpresa espantosa para mí; sin embargo, conozco un remedio que pondría fin a todas tus dificultades, sin que te vayas a Inglaterra.

—Eso sería extraño —respondí—, como todo este asunto.

—No, no. Te lo facilitaré, pues no hay nadie que se interponga en mi camino.

Me miraba un poco trastornado mientras decía esto, pero yo no temí nada en ese momento, creyendo, como solía decirse, que los que hacen las cosas nuncan hablan de ellas, mientras que los que hablan de tales cosas nunca las hacen.

Pero su inquietud aumentó con el tiempo y observé que se volvía pensativo y melancólico, en resumen, parecía trastornado. Intentaba animarle y razonar con él alguna solución a nuestro problema, y algunas veces que se encontraba mejor hablaba con valor sobre ello, pero su ansiedad era demasiado grande, tanto que llegó a atentar dos veces contra su vida; en uno de esos intentos habría muerto ahorcado si su madre no hubiera entrado en la habitación justo en ese momento, pues con la ayuda de un criado negro aflojaron la cuerda logrando que reaccionase.

La situación familiar había llegado ahora a un extremo lamentable. Mi compasión hacia él empezaba ahora a revivir el afecto que al principio le profesara, y traté sinceramente, con todos los medios a mi alcance, de mitigar sus sufrimientos; pero su estado empeoraba, lo que le llevó a una consunción larga y prolongada, aunque no parecía ser mortal.

En esta angustiosa situación yo no sabía qué hacer, pues su vida parecía declinar poco a poco. De haber fallecido, quizá yo podría casarme allí de nuevo con gran ventaja para mí, y en ese caso sin duda mi decisión habría sido quedarme en el país. Pero mi mente estaba inquieta y no anhelaba otra cosa que volver a Inglaterra.

Para ser breve diré que mi marido, al parecer agonizante, finalmente se recuperó, y así, impelida por mi propio destino hacia el camino que deseaba, y con el consentimiento de mi madre y el suyo, conseguí pasaje en un buque que partía hacia Inglaterra.

Cuando me separé de mi hermano (porque así le llamaré en adelante), acordamos que a mi llegada él fingiera haber recibido la noticia de mi muerte en Inglaterra, para que pudiera casarse de nuevo si lo deseaba. Por su parte, se comprometió a corresponderme como a una hermana y a ayudar en mi manutención mientras yo viviera, y dijo que si él moría antes que yo, dejaría lo suficiente a su madre para que cuidara de mí. En un principio cumplió su promesa, pero más adelante sufrí algunas decepciones, como se comprobará en su momento.

CAPÍTULO XVIII

Salí hacia Inglaterra en el mes de agosto, después de haber estado ocho años en Virginia, y ahora me esperaba un nuevo escenario de desgracias, que quizá pocas mujeres hayan atravesado como yo lo hice.

Tuvimos un viaje sin incidencias hasta que avistamos la costa de Inglaterra, después de treinta y dos días de navegación, pero entonces una tormenta nos empujó a la costa de Irlanda y anclamos en Kinsale. Permanecimos allí unos tres días y, después de cargar provisiones, nos hicimos a la mar, aunque encontramos muy mal tiempo de nuevo, durante el cual se soltó el palo mayor del barco, como lo llamaban los marineros, porque yo no sabía lo que significaba.

Finalmente, llegamos a Milford Haven, en Gales, lugar que, aunque estaba lejos de nuestro puerto, era la tierra firme de mi país natal, Gran Bretaña, y decidí no aventurarme más en el mar, que había sido terrible para mí. Así, llevándome mi ropa y mi dinero, con mis billetes de carga y otros papeles, decidí salir hacia Londres y dejar que el barco llegara a puerto como pudiera. Su destino era Bristol, donde vivía el corresponsal principal de mi hermano.

Tardé unas tres semanas en llegar a Londres, donde supe que el barco había llegado a Bristol, pero con tan mala fortuna que, navegando con un tiempo tan revuelto, rompió el palo mayor y había sufrido un gran daño a bordo, por lo que gran parte de su cargamento se había perdido.

Ahora tenía delante una nueva escena en mi vida, pero su aspecto era espantoso. Lo que traía conmigo era considerable, si hubiera llegado seguro, y con ello podría haberme casado de nuevo bastante bien, pero tal como iban las cosas, me quedé con doscientas o trescientas libras en total, y esto sin ninguna esperanza de recuperar más. No tenía amigos, porque comprendí que era absolutamente necesario que no renacieran anteriores relaciones; respecto a mi ingeniosa amiga, la que me había labrado una fortuna anteriormente, había muerto, y su marido también, según me informó una persona desconocida que envié para que investigara.

Cuidar de mi cargamento de bienes pronto me obligó a hacer un viaje a Bristol, y durante mi estancia allí para ese asunto me desvié a Bath, porque todavía estaba lejos de ser vieja, ya que mi carácter, que siempre fue alegre, continuaba intacto, y siendo ahora una mujer de fortuna, aunque no excesiva, esperaba que pudiera encontrar algo en mi camino que pudiera arreglar mi situación, como me había ocurrido anteriormente.

Bath es un lugar de bastante galantería, caro y lleno de trampas. Fuí allí en realidad con la intención de tomar lo que pudieran ofrecerme, pero tengo que confesar mi ignorancia sobre los perjuicios que ello podría causarme.

Aquí me quedé toda la temporada, como lo llaman allí, e hice algunas amistades infelices que provocaron las locuras en las que caería después. Vivía bastante bien, disfrutaba de buena compañía, es decir, alegre y elegante, pero descubrí que esta forma de vivir me ahogaba demasiado y, como no tenía ingresos establecidos, gastar tanto de mis reservas era una especie de sangría constante; esto hizo que reflexionase profundamente en los intervalos de mis diversiones. Sin embargo, alejaba de mí estos pensamientos y pensaba que aún podría conseguir aquello que me beneficiase.

Pero aquél no era el lugar adecuado para lograrlo. Ahora no estaba en Redriff, donde, si me hubiera instalado de una forma tolerable, algún que otro capitán de barco honrado hubiera hablado conmigo sobre los honrosos términos del matrimonio; estaba, por el contrario, en Bath, donde los hombres acudían en busca de una amante, pero rara vez de una esposa; en consecuencia, todas las amistades que una mujer podía encontrar tendrían un cariz deshonesto.

Pasé la primera temporada bastante bien, porque aunque conocí a un caballero que llegó a Bath por diversión, no había concertado ningún trato con él. Me había resistido a algunas ofertas de galantería casuales y había manejado aquello bastante bien. No era tan vil como para entregarme al vicio por puro placer y tampoco tuve ninguna oferta lo suficientemente tentadora como para desviarme de mi objetivo.

Sin embargo, hice amistad con la mujer en cuya casa me alojaba, quien, aunque no mantenía un burdel, como suele llamarse, no gozaba de excelentes principios morales. Yo me había comportado bien en toda ocasión para no dar lugar a la más mínima duda sobre mi reputación bajo ningún concepto, y todos los hombres con los que había conversado eran de tan buen nombre que no había ocasionado el más mínimo reproche por su compañía; tampoco ellos parecían pensar en una relación escandalosa, porque nunca la ofrecieron. No obstante, había un caballero, como dije antes, que siempre me elegía porque le entretenía mi compañía y al que le resultaba muy agradable, pero en aquel momento eso era todo.

Pasé muchas horas melancólicas en Bath después que se fueron todas mis amistades, porque aunque fui a Bristol algunas veces para disponer de mis efectos y abastecerme de dinero, sin embargo preferí regresar a Bath para residir allí, pues al estar en buenos términos con la mujer en cuya casa me alojé en el verano, descubrí que durante el invierno gastaba menos en éste que en cualquier otro lugar. Aquí, digo, pasé el invierno de una forma tan aburrida como había pasado el otoño alegremente, pero al haber alcanzado más intimidad con la citada mujer en cuya casa me alojaba, no pude evitar comunicarle algo que me preocupaba tanto, especialmente la estrechez de mi situación y la pérdida de mi fortuna por el daño ocasionado a mis bienes en el mar. También le dije que tenía madre y un hermano en Virginia en buena situación; cómo en realidad había escrito de vuelta a mi madre en particular para contarle mi estado, y la gran pérdida que había sufrido, que en realidad ascendía a casi quinientas libras. No dudé en hacerle saber a mi nueva amiga que esperaba provisiones de allí, pues en realidad era así, y como los barcos salían de Bristol a York River, en Virginia, y regresaban de nuevo en menos tiempo que desde Londres, y mi hermano tenía corresponsal en Bristol, pensé que era mucho mejor para mí esperar aquí el retorno que ir a Londres, donde tampoco tenía ningún conocido.

Mi nueva amiga pareció muy afectada por mi estado, y de hecho fue tan amable que redujo la tarifa de mis comidas a un precio tan bajo durante el invierno, que me convenció de que no quería lucrarse conmigo, y respecto al hospedaje, durante el invierno no pagué nada.

Cuando llegó la temporada de primavera, ella continuó siendo tan amable conmigo como de costumbre, por lo que seguí en su casa durante un tiempo. Algunas personas de buena reputación se hospedaban con frecuencia en su casa, especialmente el caballero que, como dije, me elegía por compañera el invierno anterior. Él llegó de nuevo acompañado de otro caballero y de dos criados, y se alojaron allí. Sospeché que mi casera le había invitado, haciéndole saber que yo estaba en la casa, pero ella lo negó y él también.

En una palabra, continuó haciéndome objeto de su peculiar confianza y distinguiéndome con su amena conversación. He de confesar que era un completo caballero y su compañía me era muy agradable, igual que la mía, si había de creerle, lo era para él. No me hizo más demostraciones que las de un respeto extraordinario, y tenía tal opinión de mi virtud, que, como confesaba a menudo, creía que si me ofrecía algo más, le rechazaría con desdén. Pronto se enteró de que yo era viuda, que había llegado a Bristol desde Virginia en los últimos barcos, y que esperaba en Bath hasta que llegara la siguiente flota de la colonia, pues esperaba efectos importantes. Entendí por él, y por otros, que tenía una esposa, pero que la dama estaba trastornada y la cuidaban sus propios parientes, lo cual él consintió, para evitar cualquier rumor que pudiera recaer sobre él (como era corriente en tales casos) por obstaculizar su curación; mientras tanto, venía a Bath para desviar sus pensamientos del trastorno de una situación conyugal tan desgraciada como la suya.

Mi casera, que por cuenta propia fomentó nuestra amistad, me describió sus cualidades de la forma más positiva. De hecho, yo tenía muchas razones para confirmarlo, porque aunque vivíamos los dos en el mismo piso, había entrado con frecuencia en mi habitación, incluso estando yo acostada, y también yo en la suya cuando él estaba en la cama; nunca me ofreció nada más allá de un beso, ni tampoco pretendió otra cosa hasta mucho tiempo después, como ya explicaré.

Con frecuencia yo informaba a mi casera de la exquisita discreción del caballero y ella solía decirme que debería esperar alguna gratificación suya por mi compañía, porque en realidad él, por decirlo así, me absorbía y rara vez me alejaba de sí. Le dije que yo no le había dado la más mínima ocasión para creer que esperaba un pago por esto. Ella me dijo que tomaría cartas en el asunto, y así lo hizo, llevándolo a cabo con tanta destreza, que la primera vez que estuvimos juntos a solas, después que hubo hablado con ella, él empezó a investigar un poco mis circunstancias. Quería saber cómo había subsistido desde mi llegada a Inglaterra y si necesitaba dinero. Yo guardé las distancias en este sentido. Le dije que aunque mi cargamento de tabaco estaba dañado, no se había perdido por completo; que el mercader encargado del envío había actuado tan honradamente que no estaba arruinada completamente, y que esperaba, con una buena administración, que mis reservas durasen hasta que llegara el próximo cargamento, embarcado en la siguiente flota; que mientras tanto yo había reducido gastos, y aunque había tenido una doncella la temporada anterior, ahora vivía sin ella, y en tanto que antes había tenido una habitación y una sala de estar en el primer piso, como él sabía, ahora sólo disponía de una habitación en la segunda planta, y cosas así.

—Pero vivo —concluí— tan cómodamente como lo hacía antes.

Luego añadí que su compañía había sido un medio de hacerme vivir de una forma mucho más alegre, por lo cual yo le estaba muy agradecida. Y así no di lugar a ninguna oferta por el momento.

Sin embargo, no pasó mucho tiempo antes de que volviese a las andadas y me dijera que había descubierto que no le confiaba el secreto de mi situación, lo cual sentía mucho, asegurando que me preguntó sin propósito de satisfacer su curiosidad, sino simplemente para ayudarme, si había ocasión, pero puesto que yo no reconocía estar en necesidad de ayuda, tenía una cosa más que pedirme, y era que le prometiera que cuando estuviese pasando algún tipo de apuro se lo diría con franqueza, y que yo se lo pediría con la misma libertad que él había hecho la oferta, añadiendo que siempre encontraría en él a un verdadero amigo, aunque conocía mi desconfianza.

No le oculté mi agradecimiento y contesté que reconocía su amabilidad. De hecho, no me mostré tan reservada como lo había estado antes; mas, a pesar de su franca oferta, yo no podía aceptar que necesitaba dinero, aunque en secreto estaba muy contenta con su ofrecimiento.

Pasaron algunas semanas después de esto, y todavía no le había pedido nada. Entonces mi casera, mujer taimada que a menudo me había presionado sobre ello, pero que comprendió que yo no podía aceptarlo, se inventó una historia y se presentó sin rodeos cuando estábamos juntos diciendo:

—¡Oh, viuda! Tengo malas noticias que contarte esta mañana.

—¿De qué se trata? ¿Han sido apresados los barcos de Virginia por los franceses? —porque ese era mi mayor temor.

—No, no —contestó—, pero el hombre que enviaste a Bristol ayer a por dinero ha regresado y dice que no ha traído nada.

Ahora no me podía gustar su proyecto de ninguna manera. Pensé que parecía demasiado provocador para él, lo cual no quería en realidad, y vi claramente que no perdería nada preguntando, así que lo hice más breve.

—No puedo imaginar por qué te diría eso —dije— porque te aseguro que me trajo todo el dinero que le envié traer, y aquí está —mostré mi monedero con unas doce guineas dentro y añadí—: es mi intención darte después lo que te corresponde.

A él pareció desagradarle un poco la forma de hablar de mi casera, pues debió de pensar que estábamos de acuerdo, pero cuando escuchó mi respuesta volvió a su anterior cordialidad.

A la mañana siguiente hablamos nuevamente de ello, cuando comprendí que él estaba plenamente satisfecho y, sonriendo, dijo que esperaba que yo no necesitara dinero. Le dije que había estado muy descontenta el día anterior cuando mi casera habló tan públicamente de lo que no le incumbía, pero suponía que ella quería lo que le correspondía, unas ocho guineas, las cuales le había entregado la misma noche en la que ella habló de una forma tan inconsciente.

Él se puso de muy buen humor cuando me oyó decir que le había pagado, y entonces cambiamos de conversación. Pero a la mañana siguiente, al oírme subir antes que él, me llamó, y al contestar yo, me pidió que entrara en su habitación. Estaba en la cama cuando entré e hizo que me acercara y me sentara junto al cabecero porque tenía que decirme algo de cierta importancia. Después de algunas expresiones muy amables, me preguntó si sería honesta con él y le daría una respuesta sincera a una cosa que él deseaba saber de mí. Luego de algún reparo por la palabra «sincera», y de preguntarle si alguna vez yo le había dado respuestas que no lo fueran, le dije que lo haría. Entonces me dijo que le permitiera ver mi monedero. En seguida metí la mano en el bolsillo y, riéndome, lo saqué: había tres guineas y media. Me preguntó si allí estaba todo el dinero que tenía y le dije que no, riéndome de nuevo.

Entonces, me rogó que le trajese todo el dinero que tenía, cada cuarto de penique, y así lo hice. Entré en mi habitación, cogí un pequeño cajón donde tenía unas seis guineas más y algo de plata, y se lo tiré todo sobre la cama, diciéndole honradamente que era toda mi riqueza, hasta el último chelín. Él lo miró, sin contarlo, y agrupándolo todo lo metió al cajón de nuevo; luego, abriendo su monedero, sacó una llave y me pidió que abriera una cajita de nogal que tenía sobre la mesa, y que se la llevara, lo cual hice. En esta caja había gran cantidad de dinero en oro, cerca de doscientas guineas, aunque no sabría precisarlo. Él cogió la caja y, tomándome de la mano, hizo que cogiera un puñado entero. Me retraje ante esto, pero con su mano sujetó la mía con fuerza y la metió en la caja, obligándome a sacar tantas guineas como pude de una vez. Cuando hubo hecho esto, me hizo colocarlas en mi falda, cogió mi pequeño cofre y echó todo mi dinero entre el suyo, pidiéndome que lo llevara a mi habitación.

Cuento esta historia con más detalle a causa de la gracia que me produjo y para mostrar el tono afectuoso de nuestras conversaciones.

No pasó mucho tiempo cuando él empezó a encontrar faltas en mi ropa todos los días, presionándome para que comprase algo mejor, lo que, por cierto, estaba deseando hacer, aunque no lo aparentaba, porque no amaba otra cosa más en el mundo que la ropa buena. Le contesté que tenía que economizar el dinero que me había prestado, o nunca sería capaz de devolvérselo. Él me dijo en pocas palabras que como sentía un profundo respeto por mí, y conocía mi situación, no me había prestado ese dinero, sino que me lo había regalado, pues pensaba que lo había merecido por darle mi compañía de una forma tan plena como lo había hecho. Después de esto me hizo tomar a una doncella y llevar la casa, y al haberse marchado el amigo suyo que vino con él a Bath, me obligó a comer con él, lo cual hice encantada creyendo, como parecía, que no perdería nada con ello.

CAPÍTULO XIX

Vivimos así casi tres meses, hasta que nuestros amigos comenzaron a irse de Bath. Entonces habló de regresar a Londres y me propuso que le acompañase. Yo no estaba muy segura de aquella proposición, pues desconocía cómo viviría allí y cuál sería su trato conmigo. Pero mientras se debatía esto cayó muy enfermo y hubo que trasladarle a un lugar de Somersetshire, llamado Shepton, donde tenía algún negocio. Como no podía viajar, envió a su criado a Bath con el recado de que alquilara un coche y me fuese para estar con él.

Antes de irse me había dejado todo su dinero y otras cosas de valor, pero como no sabía qué hacer con ellas, las aseguré todo lo que pude y cerrando con llave las habitaciones me fui, encontrándole a mi llegada muy desmejorado. Sin embargo, le convencí para trasladarlo en una litera a Bath, donde había más ayuda y mejor asesoramiento.

Él consintió, por lo cual nos trasladamos de nuevo a Bath, que estaba a unas quince millas según recuerdo. Aquí continuó muy enfermo y con una fiebre que le mantuvo en cama cinco semanas; en todo este tiempo yo le atendía y cuidaba con tanto esmero como si hubiera sido su esposa, aunque, de serlo, no podría haber hecho más. Durante este tiempo le acompañé en todo momento, hasta el punto de instalar un camastro en su habitación y dormir a los pies de su cama.

Estaba muy afectada por su estado, pues temía perder a un amigo como aquél, y solía sentarme y llorar por él durante muchas horas. Sin embargo, finalmente mejoró y dio señales de recuperarse, como lo hizo en realidad, aunque muy lentamente.

Si hubiese ocurrido de otra manera lo que voy a relatar, no vacilaría en revelarlo, como en ocasiones anteriores a lo largo de este relato, pero afirmo que durante este tiempo, incluso con la libertad de compartir la habitación y de atenderle noche y día cuando estuvo enfermo, no hubo ni la más mínima palabra o acto impúdico entre nosotros. ¡Oh, si hubiera sido así hasta el final!

Después de algún tiempo recuperó las fuerzas, y yo me hubiera trasladado mi camastro, pero no me lo permitió hasta que fue capaz de levantarse del lecho sin ayuda de nadie. Fue entonces cuando me trasladé a mi propia habitación.

Pasado un tiempo me expresó sus sentimientos por mi amabilidad y preocupación para con él, y cuando se recuperó bastante, me hizo un regalo de cincuenta guineas por mis cuidados y, como el decía, por poner en peligro mi vida para salvar la suya.

Después me hizo unas profundas declaraciones de afecto sincero e inviolable, pero dando fe de que todo era con la máxima reserva de mi virtud y de la suya propia. Le dije que estaba totalmente convencida de ello. Llevó esto tan lejos que declaró que si estuviera desnudo en la cama conmigo, preservaría mi virtud de una forma sagrada igual que la defendería si yo fuera agredida por un violador. Le creí, y así se lo dije, pero esto no le convencía. Dijo que esperaría a tener alguna oportunidad para darme un testimonio indudable de ello.

Pasó mucho tiempo antes de que tuviera ocasión de ir a Bristol por mis asuntos, para lo cual él alquiló un coche en el que viajamos juntos, y entonces nuestra intimidad aumentó. Desde Bristol me llevó a Gloucester, en un viaje de placer. Aquí el destino hizo que no hubiera habitaciones libres en la posada, salvo una grande con dos camas. El dueño de la casa subió con nosotros para enseñarnos la habitación, y entrando en ella, le dijo con toda franqueza:

—Señor, no es asunto mío preguntar si la dama es su esposa o no, pero si no lo es, pueden dormir de una forma tan honesta en esas dos camas como si estuvieran en dos habitaciones.

Entonces tiró de una gran cortina que cruzaba casi por completo la habitación y dividía, efectivamente, las dos camas.

—Bueno —dijo mi amigo inmediatamente—, estas camas servirán, y respecto a lo demás, nuestro parentesco es tan cercano que nos permite dormir en la misma habitación, aunque no en la misma cama.

Esto otorgó una apariencia honrada al asunto. Cuando fue la hora de irnos a la cama, él salió de la habitación decentemente hasta que yo estuve acostada; luego se metió en el lecho de su lado y me habló durante un buen rato.

Finalmente, repitiendo su dicho de que podía acostarse desnudo conmigo en la cama y no ofrecerme el más mínimo agravio, salió de la suya, diciéndome:

—Ahora, querida, verás que digo la verdad y puedo mantener mi palabra.

Dicho esto, se acercó a mi cama. Me resistí un poco, pero debo confesar que sin mucha fuerza, pues confiaba en sus promesas; así que después de una pequeña lucha, le permití que se tumbase a mi lado. Entonces me cogió en sus brazos, y así estuvimos toda la noche, pero no intentó nada más, sólo estrecharme, como digo, entre sus brazos. Por la mañana se levantó, se vistió y me dejó tan inocente, por lo que a él se refería, como lo era el día en que nací.

Esto fue algo que me sorprendió, y quizá pueda asombrar a quienes conocen cómo trabajan las leyes de la naturaleza, porque él era una persona fuerte, vigorosa, enérgica, y no actuaba así por un principio religioso exactamente, sino por mero afecto, pues aunque yo fuera para él la mujer más agradable del mundo, como me amaba, no podía hacerme daño.

Reconozco que era un principio noble, pero al ser desconocido para mí, lo encontraba verdaderamente asombroso. Viajamos el resto del viaje como hicimos antes, y regresamos a Bath, donde, como él tenía la oportunidad de acudir a mí cuando lo deseaba, a menudo repetía estos encuentros, durmiendo juntos, y aunque era normal para nosotros toda la familiaridad entre marido y mujer, sin embargo nunca se ofreció a ir más allá, y se valoraba mucho por ello. Yo no digo que estuviera tan encantanda con aquello como él creía que lo estaba, porque reconozco que era más pícara que él, como se verá en seguida.

CAPÍTULO XX

Vivimos así cerca de dos años, con la excepción de tres ocasiones en que viajó a Londres en ese tiempo, en una de las cuales se quedó allí cuatro meses; mas, para hacerle justicia, siempre me proporcionó dinero para subsistir magníficamente.

De haber continuado así, confieso que habríamos tenido mucho de lo que jactarnos, pero como dicen los sabios, es malo acercarse tanto al precipicio, y así lo descubrimos. De nuevo tengo que hacerle justicia reconociendo que la primera brecha no surgió por su parte. Fue una noche en la que estábamos en la cama juntos, calientes y contentos, y creo que habiendo bebido los dos un poco más de vino de lo normal, aunque no como para afectarnos tanto, después de algunas otras tonterías que no puedo nombrar y al estar entre sus brazos le dije (lo repito con vergüenza y horror) que podía perdonar la ruptura de su compromiso por una noche y nada más.

Me tomó la palabra inmediatamente, y después de no oponerle ninguna resistencia, pues de hecho no tenía ninguna intención de continuar así, cedí a sus deseos, como lo hice en lo sucesivo.

Así acabamos con el dominio de nuestra virtud, y yo cambié el lugar de la amiga por el de ese título poco grato y de sonido tan fuerte como el de querida. Por la mañana, los dos estábamos arrepentidos. Yo lloraba de corazón y él se expresaba muy apenado, pero eso fue todo lo que pudimos hacer en ese momento, y al despejarse el camino así, eliminadas las barreras de la virtud y de la consciencia, tuvimos menos dificultades con las que luchar después contra la tentación y el pecado.

El trato que mantuvimos el resto de la semana no fue muy agradable. Le miraba con sonrojo, y a cada momento pensaba con inquietud: «¿Qué pasaría si me quedase embarazada ahora? ¿Qué sería de mí entonces?» Él me animaba diciéndome que mientras yo le fuera sincera, él lo sería conmigo, y que si habíamos llegado tan lejos (lo cual él nunca pretendió), sin embargo, si estuviera encinta, él se ocuparía del niño y de mí también. Esto nos endureció a los dos. Le aseguré que si aquello ocurría, moriría antes que nombrarle a él como padre, y me aseguró que nunca carecería de una comadrona. Estas garantías mutuas nos fortalecieron, y después de esto repetimos el delito con tanta frecuencia como nos placía, hasta que finalmente, como yo me había temido, quedé encinta.

Después de estar segura de que lo estaba y de haberle convencido a él también, empezamos a pensar en qué medidas tomar para controlarlo; yo le propuse confiar el secreto a mi casera y pedirle consejo, y él estuvo de acuerdo. Mi casera, una mujer (como descubrí) acostumbrada a estas cosas, nos aclaró algo. Sabía que esto sucedería al final, e hizo que nos alegráramos por ello. Como dije antes, descubrimos que era una anciana dama experta en tales menesteres. Ella se hizo cargo de todo, comprometiéndose a conseguir una comadrona y una niñera, a dejar satisfechos a todos los que preguntaran y a sacarnos de aquello con reputación, y lo hizo de una forma muy hábil en verdad.

Llegado el momento del parto propuso que mi caballero se fuera a Londres, o que simulase que lo hacía. Después, informó a la parroquia de que había una dama a punto de parir en su casa; que ella conocía muy bien a su marido, al que denominó sir Walter Cleave, caballero muy rico; que ella contestaría todas las preguntas, y cosas así. Esto contentó a los funcionarios de la parroquia por el momento, y me proporcionaba tanto crédito como si hubiera sido realmente lady Cleave. Me atendieron en el parto tres o cuatro de las mejores comadronas de Bath, lo cual, sin embargo, hizo que fuera un poco más caro. Yo le expresaba a él con frecuencia mi preocupación sobre ello, pero él me rogaba que no me inquietase en absoluto.

Como me había proporcionado suficiente dinero para los gastos extraordinarios de mi parto, hizo que todo fuera muy agradable para mí, pero no significó que lo gastara de una forma alegre o extravagante. Además, conociendo mi propia situación, y sabiendo el mundo cómo había actuado, me preocupé de ahorrar tanto dinero como podía para los días de lluvia, como yo los llamaba, haciéndole creer a él que se había gastado todo en mi parto. De esta forma, e incluyendo lo que me había dado antes, disponía tras el parto de unas doscientas guineas, sumando también lo que yo tenía.

Tuve un precioso niño, realmente encantador, y cuando él se enteró de ello me escribió una carta amable y atenta; luego me dijo que le parecía mejor que yo saliera hacia Londres tan pronto como estuviese levantada y bien, pues había provisto alojamiento para mí en Hammersmith, y que después de un tiempo regresaríamos juntos a Bath.

Me sentí muy complacida con su ofrecimiento; por consiguiente, alquilé un coche a propósito, y partí con mi niño hacia Londres, junto con un ama de cría para que lo atendiera y amamantara, y una sirvienta.

Él se reunió conmigo en Reading y, tras dejar al niño con la nodriza en el coche de alquiler, me llevó en su propio carruaje a mi nuevo alojamiento de Hammersmith, con lo que tuve muchas razones para estar muy agradecida porque tenía unas habitaciones espléndidas y estaba muy bien acomodada.

CAPÍTULO XXI

Ahora sí que estaba en la cima de lo que podía llamarse mi prosperidad, y no quería otra cosa más que ser esposa, lo que, sin embargo, estaba fuera de lugar; por tanto, en toda ocasión estudiaba la forma de ahorrar lo que pudiera, como he dicho antes, contra una época de escasez, pues sabía que situaciones tan favorables como la que gozaba no duran siempre, ya que los hombres que mantienen amantes con frecuencia llegan a cansarse de ellas, por cualquier razón, retirándoles su prodigalidad, porque hay damas en estas circunstancias que no se cuidan de tener una conducta prudente para conservar la estima de su benefactor, razón por la cual su abandono resulta justificado.

Mas, yo estaba segura a este respecto, porque no tenía intención de cambiar y tampoco había forma de conocer a nadie en toda la casa; por tanto no había lugar a la tentación. No tenía otra compañía que la familia en cuya casa me alojaba y la esposa de un clérigo en la puerta contigua. Así pues, cuando él estaba ausente yo no visitaba a nadie; nunca me encontraba fuera de mi habitación o sala cuando llegaba, y si salía a alguna parte a pasear, siempre era con él.

Vivir juntos de esta manera resultaba sin duda de lo más sencillo. Con frecuencia me decía que al principio de conocerme, e incluso hasta la misma noche en la que quebrantamos nuestras reglas por primera vez, nunca tuvo la más mínima intención de mantener relaciones íntimas conmigo, pues siempre tuvo un afecto sincero por mí y no se sentía inclinado a hacer lo que finalmente ocurrió. Le aseguré que nunca sospeché de él, pues de haberlo hecho no habría cedido con tanta facilidad a las libertades que ocasionaron aquello, sino que fue toda una sorpresa y se debió al hecho de haber cedido ambos a nuestros mutuos deseos aquella noche.

Desde entonces observé con frecuencia, y lo expongo como consejo para los lectores de esta historia, que deberíamos ser prudentes a la hora de complacer nuestros deseos lascivos porque de lo contrario podemos encontrarnos con serias dificultades.

Es cierto, tengo que confesarlo, que desde el primer momento en que empecé a tener intimidad con él, decidí permitirle ser mi amante, si él se ofrecía, mas era porque necesitaba su ayuda y asistencia, y no conocía otra manera de hacerlo que ésa. Pero cuando estuvimos juntos aquella noche y llegamos tan lejos, descubrí mi debilidad, pues no me resistí a mis deseos sino que me vi forzada a ceder en todo incluso antes de que él lo pidiera.

Sin embargo, fue tan justo conmigo que jamás me reprendió por ello ni expresó la más mínima aversión a mi conducta en ninguna otra ocasión, pues siempre declaraba que estaba tan encantado con mi compañía como la primera vez que estuvimos juntos como compañeros de cama.

Es cierto que él no tenía esposa, es decir, ella no podía considerarse como tal, y por tanto no me sentía amenazada en ese aspecto, pero algunas veces la conciencia arranca a un hombre, especialmente si tiene sentido común, de los brazos de una amante, como ocurrió con mi caballero finalmente.

Por otro lado, aunque yo también me hacía reproches por la vida que llevaba, tenía siempre la terrible perspectiva de la pobreza y el hambre, que aparecían frente a mí como un espectro terrible, por lo que decidí mantenerme en el mismo camino. De la misma forma que fue la pobreza lo que me llevó hasta aquí, así el miedo a la miseria me mantenía en ello, y con frecuencia decidía dejarlo todo si conseguía ahorrar el dinero suficiente para mantenerme. Mas eran unos pensamientos sin consistencia, y siempre que venían a mí se desvanecían, porque cuando él estaba a mi lado no había lugar para la melancolía. Estas tristes reflexiones sólo las tenía cuando me encontraba sola.

Viví durante seis años en esta ambigua situación. En este tiempo tuvimos tres hijos, pero sólo sobrevivió el primero de ellos, y aunque me mudé dos veces de casa, al sexto año regresé a mi primer alojamiento de Hammersmith. Aquí fue donde una mañana me sorprendió una carta amable aunque melancólica de mi caballero, insinuándome que estaba muy enfermo y que temía una recaída, pero que al estar en su casa los parientes de su esposa le era imposible retenerme a su lado, expresando su gran descontento, pues deseaba que pudiese atenderle y cuidarle como hice antes.

Esta misiva me produjo una gran inquietud y estaba impaciente por saber lo que le pasaba. Esperé quince días aproximadamente, y no supe nada, lo que me preocupó y empezó a intranquilizarme de verdad. Durante los quince días siguientes estuve trastornada. Mi principal dificultad era que no sabía exactamente dónde estaba él, porque al principio entendí que se había alojado en la casa de su suegra, pero al haberme trasladado a Londres, pronto encontré el modo de preguntar por él, con la ayuda de la dirección que tenía para escribirle mis cartas, y descubrí que estaba en una casa de Blommsbury, donde, poco antes de caer enfermo, había trasladado a toda su familia, aunque no se permitió que la esposa supiera que estaba en la misma casa con su marido.

Pronto comprendí que él estaba en el trance final, lo que me hizo sentir en la misma situación, a decir verdad. Una noche tuve la osadía de disfrazarme de criada, con una cofia redonda y un sombrero de paja, y llamé a su puerta, como si me enviara una dama del vecindario donde él vivía antes, y prestando servicio a su señor y a su señora, dije que iba enviada a saber el estado del señor y cómo había descansado aquella noche. Al entregar este mensaje conseguí la oportunidad que deseaba, porque, hablando con una de las criadas, obtuve todos los detalles de su enfermedad: padecía una pleuresía, con tos y fiebre. Me dijo también quién vivía en la casa y que tenían alguna esperanza de que su esposa pudiera recuperar el entendimiento, pero respecto al caballero los doctores decían que había muy pocas esperanzas, pues a pesar de que por la mañana pareció recuperarse un poco, no esperaban que pudiera vivir hasta la noche siguiente.

Estas eran noticias muy duras para mí. Empecé a vislumbrar el fin de mi prosperidad, y comprobé lo acertado de mi buena administración, ahorrando lo que pude mientras él estaba vivo, porque ahora ignoraba cómo subsistiría en el futuro.

Pensaba mucho también en mi hijo, un niño excelente y encantador, de cinco años, y sin ninguna provisión, al menos que yo supiera. Con estas consideraciones y el corazón triste, me fui a casa aquella tarde pensando cómo viviría y a qué me dedicaría el resto de mi vida.

Es fácil suponer que no podía descansar sin interesarme por su estado, y evitando ir yo misma, envié a varios falsos mensajeros, hasta que pasados quince días comprendí que tenía esperanzas de vida, aunque estaba todavía muy enfermo. Entonces dejé mis indagaciones y al poco tiempo supe que se le veía en el vecindario y después me informaron que partió de viaje.

Tuve la seguridad de que pronto recibiría noticias suyas y empecé a animarme al pensar en su recuperación, pues ello podría ser beneficioso para mí. Esperé cerca de dos meses con gran desconcierto y no tuve ninguna nueva, salvo que había partido al campo para recuperarse mejor después de su enfermedad. Pasaron dos meses más y entonces comprendí que debió de regresar otra vez a su casa de la ciudad, pero todavía seguía sin ninguna comunicación por su parte.

Le había escrito varias cartas a la dirección acostumbrada y comprobé que dos o tres las habían devuelto, pero no las demás. Insistí con otras misivas presionando más que nunca, y en una de ellas le hacía saber que me veía forzada a esperarle dada mi situación, pues tenía que pagar el alquiler y la manutención del niño, además de mi lamentable situación, que esperaba resolviese después de su solemne compromiso de cuidarme y proveerme de medios. Hice una copia de esta carta, y tras cerca de un mes sin recibir contestación, hallé los medios de ponerla en sus propias manos en un café, donde me informaron que solía ir.

Esta carta le forzó a darme una respuesta, por medio de la cual descubrí que, aunque iba a ser abandonada, me había enviado otra misiva previamente, pidiéndome que regresara a Bath de nuevo. Su contenido aparecerá más adelante.

Ciertamente, en el lecho de enfermo es cuando unas relaciones como las que nosotros manteníamos se ven con otros ojos, o de diferente manera a como aparecían antes. Mi amante había estado en las puertas de la muerte, y al parecer esto le había provocado un fuerte remordimiento sobre su pasada vida de galanteo y frivolidad, incluida nuestra vergonzosa relación, que no era ni más ni menos que un prolongado adulterio, el cual, contemplado fríamente, ahora veía con un sentimiento de aversión.

No pude sino observar también, y lo expongo como consejo para las mujeres en igual situación a la mía, que después de un sincero arrepentimiento por un delito de este tipo, nunca dejaba de sentirse un aborrecimiento hacia el antes amado, y cuanto mayor fuese el afecto anterior, superior sería el odio experimentado hacia esa persona. Siempre ocurrirá así, pues no puede existir una aversión real y sincera hacia una persona a la que todavía se sigue amando. Con la aversión al pecado, se encontrará un odio al compañero pecador, no puede esperarse otra cosa.

Yo lo comprendí así, aunque los buenos modos y justicia del caballero evitaron que las cosas llegaran a posturas extremas. Resumiendo, él comprobó por mi última carta, y por las anteriores, que yo no había recibido la misiva en que me pedía que regresara a Bath, por lo cual me escribió lo siguiente:

«Señora, me sorprende que mi carta de fecha 8 del mes pasado, no llegara a sus manos. Le doy mi palabra de que se entregó en su casa, y en manos de su criada.

No es necesario que le informe de mi estado durante este tiempo pasado. Tras estar al borde de la muerte, por una inesperada e inmerecida gracia del Cielo, me he recuperado de nuevo. En el estado en que he permanecido, no puede extrañarle que nuestra desgraciada relación haya sido lo último que tuviera en mi pensamiento. No es necesario que diga más, pues las cosas de las que uno se tiene que arrepentir, han de reformarse.

Desearía que regresara a Bath. Le adjunto un billete de cincuenta libras para liquidar el alquiler y los gastos del viaje. Confío no se sorprenda si añado que, aunque sin tener ninguna queja por su comportamiento, no puedo verla más.

Cuidaré del niño debidamente; déjele donde está o llévele con usted, como prefiera. Deseo su aquiescencia y que esto no le perjudique.

Suyo affmo.»

Esta carta me hirió como no podría describir. Los reproches de mi propia conciencia eran tantos que no puedo expresarlos, porque no estaba ciega ante mi propio delito, y pensaba que podría haber continuado con mi hermano con menos ofensa y vivir con él como esposa, ya que no había delito en nuestro matrimonio en aquel aspecto, al no saberlo ninguno de los dos.

Pero no pensé ni una sola vez que yo era durante todo este tiempo una mujer casada, la esposa de un tal señor..., el pañero, quien, aunque me había abandonado por sus circunstancias, no tenía poder para librarme del contrato matrimonial que había entre nosotros o darme libertad legal para casarme de nuevo; así que no había sido más que una prostituta y una adúltera todo este tiempo. Entonces me reprochaba a mí misma las libertades que me había tomado, y cómo había sido una trampa para este caballero, pues en realidad yo era la primera culpable de este delito; ahora él me había arrojado sin piedad al abismo obligado por las circunstancias, pero yo quedé abandonada por el Cielo para continuar hundida en mi pecado.

Después de estas reflexiones continué pensativa y triste durante cerca de un mes, y no regresé a Bath, pues no quería ver a mi antigua casera, por si ella, como yo creía, provocaba de nuevo otro cambio lamentable en mi vida, como había hecho, y además, me resistía a que supiera que me habían abandonado.

Además, estaba muy preocupada por mi hijo. Era la muerte para mí tener que separarme del niño, y sin embargo, tenía en cuenta el peligro de quedar abandonada con él en un momento u otro sin poder mantenerle; entonces decidí dejarle donde estaba, pero luego llegué a la conclusión de que podría estar con él de cuando en cuando sin obligarme a su manutención.

Envié, por tanto, a mi caballero una carta diciéndole que había obedecido sus órdenes en todo excepto mi regreso a Bath, lo cual no podía realizar por muchas razones, y que separarme de él era una herida de la que nunca podría recuperarme; sin embargo, estaba totalmente convencida de que su decisión era justa, y no deseaba en absoluto interferir en su reforma y arrepentimiento.

Luego le presenté mis propias circunstancias en los términos más conmovedores de los que fui capaz. Le dije que aquella angustia que le instó al principio a ser tan generoso y honesto conmigo, esperaba que le movería a preocuparse un poco por mí, ahora que nuestra vergonzosa relación se había roto; que yo deseaba arrepentirme tan sinceramente como él lo había hecho, pero le suplicaba que no me pusiera en una situación en la que me viera expuesta a las tentaciones que el demonio nunca deja de provocar ante la perspectiva de la pobreza y la desgracia, y si él tenía el más mínimo temor a que yo le causara problemas, le rogaba que me ayudase a regresar con mi madre a Virginia, lo que pondría fin a todos sus temores sobre este asunto. Terminé diciendo que si me enviaba cincuenta libras más para facilitar mi marcha, le dejaría en total libertad, y prometía no molestarle nunca más, a menos que tuviera noticias del niño, a quien, si encontraba a mi madre viva y en buena situación, enviaría a buscar para que viviera conmigo.

Esto no era más que un pretexto, en realidad, porque no tenía intención de ir a Virginia, a causa de mis anteriores problemas allí; pero la cuestión era obtener de él estas últimas cincuenta libras, si era posible, pues sabía bastante bien que sería lo último que podía esperar.

Sin embargo, el argumento que empleé, es decir, darle total libertad y no volver a causarle problemas, le convenció de manera efectiva y me envió el dinero mediante una persona que portaba un documento de puesta en libertad para que lo firmara, lo que hice con satisfacción. De esta forma, aunque con gran pesar por mi parte, se puso fin a este asunto.

CAPÍTULO XXII

Llegados a este punto, no puedo sino reflexionar sobre las desgraciadas consecuencias de unas libertades excesivas entre las personas, aun con intenciones inocentes, porque hay muchas probabilidades de que la tentación de la carne prevalezca sobre las resoluciones más solemnes, y de que, finalmente, el vicio acabe con la decencia, pues la amistad sincera debería conservarse con la mayor rigurosidad. Pero dejo a los lectores estas consideraciones, ya que serán más capaces de hacerlas efectivas que yo misma, quien tan pronto las olvidaba.

En este momento, podía considerarme de nuevo una persona soltera. Había dejado atrás todas las obligaciones, tanto del matrimonio como de amante, excepto el lazo que me unía a mi marido el pañero, aunque, al no haber tenido noticias suyas desde hacía casi quince años, nadie podía culparme de pensar que era completamente libre, pues también me había dicho cuando se marchó que si no tenía noticias suyas con frecuencia, debería llegar a la conclusión de que estaba muerto, y podría casarme de nuevo libremente con quien quisiera.

Ahora empecé a calcular mis reservas nuevamente. Obtuve, por medio de muchas cartas e insistencia, y con la intercesión de mi madre también, una segunda devolución de algunos de los bienes de mi hermano (como le llamo ahora) en Virginia, para reparar el daño del cargamento que traje conmigo, con la condición de firmar la total libertad para él y de enviársela por medio de su corresponsal de Bristol, lo cual, aunque pensé que era duro, me vi obligada a prometer. Sin embargo, llevé tan bien el asunto, que conseguí mis bienes antes de firmarse la libertad, y entonces siempre encontraba un motivo u otro para eludir la cuestión y evitar la firma.

Con estos ingresos y las últimas cincuenta libras que conseguí de mi caballero, reuní más de cuatrocientas cincuenta libras. Había ahorrado otras cien, pero ocurrió que el orfebre en cuyas manos las había confiado quebró, por lo que sólo pude recuperar treinta libras de las cien. Tenía, además, algo de plata, no mucha, y bastantes reservas de ropas y telas.

Debía comenzar de nuevo con estas reservas, pero ha de tenerse en cuenta que yo no era ahora la misma mujer que cuando vivía en Redriff, porque tenía casi veinte años más, mi aspecto no era el más adecuado para mi edad y aunque no omitía nada que pudiera mejorarme, excepto pintarme, porque eso nunca me gustó y tenía el orgullo suficiente para pensar que no lo necesitaba, resultaba evidente que siempre habría alguna diferencia entre los veinticinco años y los cuarenta y dos.

Busqué innumerables caminos para mi vida futura, y empecé a pensar muy seriamente lo que haría, pero no se me ofrecía nada. Me cuidé mucho de adoptar la apariencia de una mujer de alcurnia e hice correr el rumor de que estaba en buena posición económica. No tenía amigos, que era una de mis mayores desgracias, y sobre todo, no podía contar a nadie con plena confianza el secreto de mis circunstancias; comprendí, por experiencia, que estar sin amigos era la peor de las situaciones a la que se podía ver reducida una mujer, porque es evidente que los hombres pueden ser sus propios consejeros y saben cómo obrar para salir de dificultades, pero si una mujer no tiene un amigo a quien comunicar sus asuntos, que le aconseje y ayude, tiene muchas probabilidades de perderse.

Además de esto, cuando a una mujer la abandonan tan desconsolada y falta de consejo, es como una bolsa de dinero o una joya tirada en el camino, que es presa del siguiente que llega; si sucede que la encuentra un hombre de virtud y principios rectos, avisará y el dueño podrá recuperarla, pero, ¿cuántas veces tal cosa caerá en manos de quien no tiene escrúpulos y lo toma para sí?

Éste era mi caso, claramente, porque ahora era un criatura perdida, sin ayuda ni guía para mi conducta. Sabía cuál era mi objetivo, pero no cómo perseguir un fin por medios directos. Quería disfrutar de una vida estable, y si hubiera encontrado un marido sobrio y bueno, habría sido una esposa tan fiel y sincera como la virtud misma pudiera haber formado. Si me sucedió todo lo contrario fue porque el vicio llama siempre a la puerta de la necesidad, y no a la de las inclinaciones naturales, y comprendía demasiado bien, por carecer de ello, el valor de una vida recta y sin tacha; más aún, hubiera sido la mejor esposa debido a todas las dificultades por las que había pasado, y esto lo probaba el hecho de que en ninguna de las ocasiones en las que había sido esposa di a mis maridos el menor motivo de intranquilidad por mi comportamiento.

Mas estas reflexiones tenían poco valor, pues no encontraba ninguna perspectiva que me animara. Vivía moderadamente y con tanta frugalidad como lo exigían mis circunstancias, pero no se me ofrecía nada, y mis fondos se agotaban a un ritmo acelerado. No sabía qué hacer y el miedo a la pobreza me atenazaba el espíritu. Tenía todavía algún dinero, pero no sabía dónde colocarlo, aparte de que los intereses que produjese no servirían para mantenerme, al menos no en Londres.

Finalmente, vislumbré una nueva perspectiva. Había en la casa donde me alojaba una mujer del Norte, con pretensiones de dama, que acostumbraba a mencionar en su conversación lo sencillo y módico que resultaba vivir en su condado, el buen carácter de sus gentes y cosas así, hasta que por fin le dije que casi me tentaba vivir en aquel lugar, porque siendo yo viuda, aunque tenía lo suficiente para vivir, no podía incrementarlo, y Londres era un lugar demasiado caro y lujoso; que no podría continuar aquí por menos de cien libras al año, a menos que viviera sin criado, evitase las reuniones, no apareciera en ningún sitio y me enterrase a mí misma en privado, como si estuviera obligada a ello por necesidad.

Había observado que ella siempre creyó, como todos los demás, que yo tenía una gran fortuna, o que al menos disponía de tres mil o cuatro mil libras, si no más, y fue extremadamente dulce conmigo cuando pensó que, finalmente, estaba dispuesta a ir a su condado. Dijo tener una hermana que vivía cerca de Liverpool; que su hermano era un caballero importante allí y tenía una buena situación económica también en Irlanda; que ella regresaría en unos dos meses y si yo la acompañaba, sería tan bienvenida como ella misma durante un mes o más tiempo si gustaba, hasta que yo viera si me acomodaba el campo, y si lo creía adecuado para vivir, ella se comprometía a resolverlo, pues aunque no tenían inquilinos, ellos me recomendarían a alguna familia agradable, donde me situarían si me satisfacía.

Si esta mujer hubiese sabido mi verdadera situación, nunca hubiera tendido tantas trampas ni dado tantos rodeos para atraer a una pobre criatura abandonada que se contentaba con poco cuando la atrapaban. De hecho yo, que me encontraba en una situación casi desesperada y pensaba que no podía ser mucho peor, no estaba muy preocupada por lo que podría sucederme, siempre que no sufriese ningún daño. Así pues, me dejé convencer, pero no sin muchos ruegos y demostraciones de sincera amistad; por consiguiente, hice mi equipaje y me preparé para viajar, aunque sin saber qué me depararía el destino.

CAPÍTULO XXIII

Ahora pude ver lo difícil de mi situación. Lo poco que tenía en el mundo consistía en el dinero mencionado, algo de plata, algunas telas y mi ropa; respecto a enseres domésticos, carecía de ellos, porque había vivido siempre en pensiones, pero no tenía ningún amigo en el mundo a quien confiar lo poco que tenía o que me indicara cómo disponer de ello, y esto me afligía en extremo. Pensaba en un banco o alguna compañía de Londres, pero no tenía amigo a quien encomendar la administración de mis fondos, y llevar conmigo el dinero, órdenes de pago y demás me parecía muy arriesgado, pues la pérdida de mis bienes significaba también la mía; por otro lado, me lo podrían robar y quizá asesinarme por su causa. Todo ello me preocupaba y no sabía qué hacer.

Una mañana decidí que iría al banco personalmente, pues había estado con frecuencia para recibir el interés de algunos bonos que poseía, y me encontré con un amable empleado que en cierta ocasión se había comportado honestamente conmigo devolviéndome un resto que yo había olvidado sobre el mostrador, cuando podía haberlo guardado en su propio bolsillo.

Fui a él y, tras exponerle mi caso claramente, le pregunté si le importaría ser mi consejero, pues yo era una pobre viuda sin amigos y no sabía que hacer. Me dijo que si deseaba saber su opinión sobre algo relacionado con su oficio, procuraría que yo no me equivocara, pero que me ayudaría mediante una persona formal y buena, un hombre serio conocido suyo, colega de profesión aunque no en el mismo banco, con cuyo buen juicio y honestidad yo podría contar.

—Porque, señora —añadió—, respondo por él y las operaciones que realice; si se confunde en un cuarto de penique, la responsabilidad será mía. Puedo asegurar que le gusta ayudar en tales casos y lo hace como un acto de caridad.

Yo me mantuve dudosa ante este discurso, pero después de una pausa le dije que prefería contar con él porque le había encontrado honesto, aunque si eso no podía ser, aceptaría su recomendación antes que la de cualquier otro.

—Me atrevo a decir, señora —contestó—, que estará tan satisfecha con mi amigo como si fuese yo mismo, y él puede ayudarle a conciencia, pero yo no.

Parece ser que se dedicaba por completo a su trabajo en el banco y no le quedaba tiempo para otros asuntos que no fueran los de su oficina. Añadió que su amigo no me cobraría nada por su consejo o ayuda, y esto me animó mucho.

Me citó esa misma tarde, después de cerrar el banco, para que me encontrase con él y con su amigo. Tan pronto como nos reunimos le empezó a hablar del asunto, y yo me convencí totalmente de que iba a tratar con un hombre honrado, pues su semblante así lo decía, y su carácter, como oí después, era tan bondadoso en todas partes que no había lugar para más dudas por mi parte.

Después del primer encuentro, nos separamos y él me citó para el día siguiente, diciéndome que podría hacerle cuantas preguntas considerase oportunas, lo cual, sin embargo, yo no sabía muy bien cómo hacer, pues desconocía por completo el mundo de los negocios.

Por consiguiente, me encontré con él al día siguiente, y le puse al corriente de mi caso. Le expliqué detalladamente mi situación: que era una viuda venida de América, totalmente desconsolada y sin amigos; que tenía algo de dinero, pero tan poco que estaba casi transtornada por miedo a perderlo, al no tener ningún amigo en el mundo a quien confiar su administración; que me iba al norte de Inglaterra a vivir de forma más módica, para que no se terminaran mis reservas; que dejaría mi dinero en el banco de buen grado, pero que no me atrevía a llevarme los bonos y cosas así, como dije antes, y no sabía cómo mantener correspondencia sobre ello, o con quién.

Él me dijo que podía dejar el dinero en el banco en una cuenta, y al estar registrado en los libros me daría derecho a disponer de él en cualquier momento, y si yo estaba en el Norte podría sacar dinero en caja y recibirlo cuando quisiera, pero que entonces se consideraría como dinero en movimiento y el banco no me daría interés por él; que yo podría comprar acciones y así se quedaría en deposito para mí, pero que cuando quisiera disponer de él, tendría que venir a la ciudad con el fin de transferirlo, e incluso eso tendría alguna dificultad, y recibiría el dividendo de medio año, a menos que estuviera aquí en persona o tuviese algún amigo en el que poder confiar para tener las acciones en su nombre y que actuara por mí. Finalmente, me miró sonriendo y dijo:

—¿Por qué no busca a una persona que administre directamente su dinero y entonces se quitaría el problema de encima?

—¡Ay, señor! —contesté—, pero quizá podría perder mi capital, porque realmente encuentro el mismo peligro.

Mas recuerdo que pensé: «Ojalá me hiciese la pregunta claramente, pues habría accedido de inmediato.»

Él continuó hablando, y finalmente descubrí que estaba casado, pero cuando lo confesó movió la cabeza y dijo, con cierta preocupación, que en realidad tenía esposa y no la tenía. Yo empecé a pensar que su situación era parecida a la de mi último amante, y que su esposa había estado enferma o era una demente, o algo parecido. Sin embargo, interrumpimos la conversación, pues me dijo que tenía mucha prisa por resolver un asunto, pero que podríamos vernos en su casa después de terminar el negocio y entonces consideraría cómo poner mis asuntos en una situación segura. Contesté que iría y le pregunté dónde vivía. Me entregó un papel con su dirección y dijo:

—Aquí está, señora, si se atreve a confiar en mí.

—Sí, señor, creo que puedo arriesgarme a confiar en usted, porque tiene esposa, según dice, y yo no quiero marido. Además me atrevo a confiarle mi dinero, que es todo lo que tengo en el mundo, y si aquél desapareciese, yo estaría perdida.

Me dijo algunas palabras jocosas y corteses, que me hubieran gustado más si las hubiera pronunciado en tono serio. Terminada la conversación, nos citamos en su casa a las siete esa misma tarde.

Cuando llegué me hizo varias propuestas para que colocara mi dinero en el banco, con el fin de obtener un interés por él, pero siempre se presentaba una dificultad u otra, ante lo cual él objetaba que no era seguro. Al encontrar una honestidad tan sincera y desinteresada en él, pensé que, ciertamente, había encontrado al hombre honrado que necesitaba y que no podía ponerme en mejores manos; por tanto, le dije con mucha franqueza que nunca me había encontrado con un hombre o mujer en quien confiar, mas como veía que él se preocupaba de una manera tan desinteresada por mi seguridad, le confiaría la administración de lo poco que tenía, si aceptaba ser el asesor de una pobre viuda que no podía pagarle un salario.

Él sonrió y, levantándose, me hizo un saludo con gran respeto. Me dijo que no podía sino tomar como una amabilidad muy grande por mi parte el tener tan buena opinión de él, que no me engañaría y haría todo lo que estuviera en su poder para servirme sin esperar un salario, pero que de ninguna manera podía aceptar el fideicomiso, pues ello podría llevarle a que sospecharan que actuaba por propio interés y que si yo moría él podría tener problemas con mis albaceas, lo cual le resultaría muy gravoso.

Yo le dije que si aquellas eran todas sus objeciones las eliminaría pronto y le convencería de que no tendría lugar ninguna dificultad, porque, primero, si albergaba alguna duda, sería ahora el momento de exponerla, y si alguna vez sospechaba algo él podría renunciar y negarse a ir más lejos. Respecto a los albaceas, le seguré que no tenía herederos, ni parientes en Inglaterra, y no tendría más albaceas que a él mismo, a menos que cambiase mi estado antes de morir, pues entonces cesarían su fideicomiso y sus problemas a la vez. Pero si yo moría en mis actuales circunstancias, él dispondría de todo, con mi reconocimiento por haberse mostrado tan fiel y considerado conmigo.

Su semblante cambió tras escuchar mis palabras, y me preguntó cómo tenía tanta confianza en él; mirándome muy agradecido, dijo que después de conocerme desearía ser un hombre soltero. Yo le sonreí diciendo que como no era el caso, pretenderlo como él hacía, no tendría sentido, pues sería una deslealtad hacia su esposa. Me respondió que estaba equivocada y continuó en estos términos:

—Como dije antes, señora, tengo y no tengo esposa, y no sería pecado para mí si deseara verla ahorcada.

—No conozco sus circunstancias, señor, pero no puede ser algo inocente que desee la muerte de su esposa.

—Le digo —respondió— que es mi esposa y no lo es; usted no sabe realmente quiénes somos.

—Es cierto, señor, no lo sé, pero creo que es un hombre honrado, y por eso confío en usted.

—Bueno, bueno, así lo creo yo también. Pero hay algo más, señora, porque para ser claro con usted, soy un cornudo y mi esposa una ramera.

Lo dijo como bromeando, pero con una sonrisa tan forzada, que me di cuenta de que le afectaba mucho aquello y que parecía desalentado cuando lo dijo.

—Eso cambia algo las cosas, señor, respecto a lo que estábamos hablando, pero un cornudo, que yo sepa, puede ser un hombre honrado. Además, creo que si su esposa tiene un comportamiento tan deshonesto, es usted demasiado íntegro con ella para tenerla por esposa. Pero eso —concluí— es algo en lo que yo no tengo que ver.

—De todas formas, señora, pienso librarme de ella, porque no me agrada en absoluto ser un cornudo. Por otro lado, le aseguro que me provoca al máximo, pero no puedo evitarlo. Si ella quiere ser una ramera, que lo sea.

Yo dejé a un lado la conversación y empecé a hablar de mis asuntos; pero me di cuenta de que él no podía; así pues, dejé que continuase contándome todas las circunstancias de su caso, demasiado largas para relatarlas aquí. Para resumir, me dijo que estuvo fuera de Inglaterra algún tiempo antes de que desempeñar el puesto que ahora ocupaba, y mientras tanto, ella había tenido dos niños con un oficial del ejército; a su regreso, ella le suplicó tanto que la aceptó de nuevo y la mantuvo con todas las comodidades. Sin embargo, al poco tiempo se fugó con un aprendiz de pañero, le robó lo que pudo y continuó viviendo de él todavía.

—Así pues —concluyó—, es furcia no por necesidad, que es el cebo más común de su sexo, sino por inclinación y vicio.

Sentí pena por él y le deseé que se librara de su mujer; intenté seguir hablando de mis asuntos, pero me interrumpió:

—Mire, señora, viene a pedirme consejo, y le serviré con la misma fidelidad que a una hermana, pero tengo que volver las tornas; como me muestra tanta amistad, creo que tengo que pedirle consejo. Dígame, ¿qué puede hacer un pobre individuo maltratado con una furcia? ¿Qué puedo intentar para que se haga justicia contra un mentiroso?

—¡Ay, señor! —respondí—. Es un caso demasiado delicado como para que yo le aconseje, mas parece ser que ha huido de usted, por tanto se ha librado de ella realmente. ¿Qué más puede desear?

—Sí, ella se ha ido, de hecho, pero todavía no me he librado de esa mujer.

—Eso es cierto —dije—; ella podría contraerle deudas, por ejemplo, pero la ley dispone de medios para evitar eso también.

—No, no —contestó—, ése no es el caso, ya me he preocupado de todo eso; no es de esa parte de la que hablo, sino de cómo librarme de ella para poder casarme de nuevo.

—Bien, señor, entonces tiene que divorciarse de ella. Si puede demostrar lo que dice, lo puede conseguir con seguridad, y entonces, supongo, usted sería libre.

—Eso es muy tedioso y caro —respondió.

—Si se le presenta la oportunidad de casarse de nuevo, supongo que su mujer no discutiría con usted la libertad que ella misma se tomó antes.

—¡Ay! —exclamó—, pero sería difícil conseguir que una mujer honrada accediese a ello, y respecto a las de la otra clase, bastante he tenido con ella como para mezclarme con más rameras.

En ese momento pensé: «Le tomaría la palabra con todo mi corazón, si me lo hubiese propuesto.» Pero respondí:

—Usted cierra la puerta a cualquier mujer honesta, porque las condena a todas debido al riesgo que corrió una vez, y llega a la conclusión de que la mujer que le acepte ahora no puede ser honrada.

—Me halaga usted suponiendo que una mujer honrada accedería a mis requerimientos. Así pues, me arriesgaré —y entonces dijo de repente—: ¿Usted me aceptaría, señora?

—Ésa no es una pregunta justa —respondí—, después de lo que me ha contado; sin embargo, ya que la ha hecho, le contestaré claramente que no. Mi relación con usted es de otra clase, y espero que no haya tomado mi triste asunto por una comedia.

—Señora, mi caso es tan angustioso como puede ser el suyo; necesito tanto consejo como usted, porque creo que si no tengo consuelo en alguna parte me volveré loco, y no sé qué hacer, se lo aseguro.

—Señor, es fácil dar consejo en su caso, mucho más fácil que lo es en el mío.

—Hable entonces —dijo él—, se lo ruego, porque ahora me anima usted.

—Ya que su caso es tan sencillo como dice, podría divorciarse legalmente, y entonces encontrar suficientes mujeres honradas a las que hacerles la pregunta con toda sinceridad.

—De acuerdo, señora, seguiré su consejo; pero, ¿puedo hacerle una pregunta en serio antes?

—Cualquier pregunta, a excepción de que la hizo antes.

—No, eso no me sirve, pues, en verdad, quiero preguntarle lo mismo.

—Usted puede hacer las preguntas que desee, pero ya tiene mi contestación a ésa. Además, señor, ¿piensa tan mal de mí como para que le diese mi contestación con tanta rapidez? ¿Puede alguna mujer consciente creer que va usted en serio o que no planea otra cosa sino bromear con ella?

—Señora, yo no bromeo con usted, puede creerlo; por tanto, espero que considere mi proposición.

—Pero, señor —dije con gravedad—, recurrí a usted para resolver mis propios asuntos, por lo cual, le ruego que me aconseje sobre ello.

—Lo haré la próxima vez que venga.

—No —repliqué—, usted mismo me ha impedido que regrese.

—¿Por qué? —preguntó sorprendido.

—Porque no puede pretender que le visite después de lo que ha dicho.

—Bueno —dijo—, no obstante me prometerá volver y no le hablaré más de ello hasta que haya conseguido el divorcio, pero me gustaría que estuviese preparada cuando eso ocurra, porque usted será la mujer elegida, o no me divorciaré, porque se lo debo a su amabilidad conmigo, aunque también tengo otras razones.

No podía haber dicho nada que me agradase más. Sin embargo, sabía que la forma de asegurarle era apartarme mientras las posibilidades de matrimonio eran tan remotas como parecía y que había tiempo para aceptarlo cuando a él le fuera posible; así que le dije con todo respeto que habría tiempo para pensar en ello cuando estuviera él fuese libre, y como yo me iba muy lejos, él encontraría suficientes objetivos que le agradaran más.

Lo dejamos así por el momento, y me hizo prometerle que regresaría al día siguiente para aconsejarme sobre mis propios asuntos, a lo cual accedí después de ofrecer alguna resistencia, pues no quería precipitar los acontecimientos.

CAPÍTULO XXIV

Al día siguiente, por la tarde, fui de nuevo a su casa y me hice acompañar de una doncella, pues quería presumir de que mantenía a una, pero le dije que se fuera tan pronto como entré. Él hubiera permitido que se quedara, pero yo no quería; así que le ordené en voz alta que fuera a recogerme sobre las nueve. Pero él no lo consintió, asegurando que me acompañaría hasta mi casa, lo cual, por cierto, no me agradaba mucho, pues suponía que si lo hacía sabría donde vivía yo, y conocería mi situación. Sin embargo, me arriesgué y acepté, porque todo lo que la gente de los alrededores sabía de mí era favorable, y después de informarse, llegó a la conclusión de que era una mujer de fortuna, modesta y sobria, lo cual, tanto si era cierto como si no, explicaba lo necesario que es para las mujeres que pretenden una posición conservar la fama de su virtud, incluso cuando quizá la hayan sacrificado.

Observé con agrado que había preparado una cena ligera para mí, y también que vivía de una forma muy agradable, pues tenía una casa amueblada con buen gusto. Me alegré mucho, porque lo miraba todo como si fuese mío.

Entonces hablamos sobre la misma cuestión que la víspera. Él expuso las cosas muy sinceramente declarándome su afecto, del que yo no tenía razones para dudar, que afirmaba comenzó en el primer momento en que habló conmigo y mucho antes de haberle mencionado lo de su asesoramiento. Yo le contesté que no importaba cuándo empezó si sus palabras eran sinceras.

Luego me explicó que mi petición de confiarle mis bienes le había conquistado por completo. «Así pretendía que fuera —pensé—, pero entonces creía que eras un hombre soltero.» Después de la cena, insistió mucho en que bebiese varios vasos de vino, de los cuales, sin embargo, sólo acepté uno o dos. Entonces me dijo que tenía que hacerme una proposición y que le prometiese que no me la tomaría a mal si no estaba de acuerdo con ella.

Contesté que esperaba no fuese una proposición deshonesta, especialmente en su propia casa, y si lo era, deseaba que no la propusiera, pues me vería obligada a mostrarle mi rechazo y perder la confianza que había demostrado al venir a su casa; le rogué que me permitiera marchar, y por consiguiente me puse los guantes y me preparé para irme, aunque por otra parte yo no tenía más intención de partir que él de permitírmelo.

Me respondió que no le hablara de marcharme y aseguró que no había nada deshonesto en lo que pensaba proponerme, sino todo lo contrario, y si yo pensaba así, decidiría no hablar más de ello.

Esto no me hizo mucha gracia y le dije que estaba preparada para escuchar cualquier cosa que tuviera que decir, si no era nada indigno de sí mismo o algo no conveniente que yo escuchase. Seguidamente me expuso su proposición: yo me casaría con él aunque no hubiera conseguido todavía el divorcio de su esposa, y para convencerme de que su propuesta era honrada, me prometió no intentar compartir la cama conmigo hasta conseguir divorciarse.

Mi corazón dijo sí a esta oferta a la primera palabra, pero era necesario ser un poco más solapada con él, por lo cual aparenté rechazarla, y condenando el hecho como algo desleal, le dije que tal proposición no podía tener ningún significado, pues nos envolvería a los dos en grandes dificultades, porque si al final no conseguía el divorcio, no podríamos disolver el matrimonio ni llevar adelante nuestra vida conyugal. Por otra parte, si después se arrepentía y no quería seguir adelante con el divorcio, nuestra situación sería muy delicada. En resumen, llevé mis argumentos tan lejos, que le convencí del poco sentido de la proposición.

Puesto que la primera propuesta no surtió el efecto que pretendía, pasó a ofrecerme otra: firmaría un contrato en el que constase la condición de casarme con él tan pronto se divorciase, documento que sería anulado en caso de que no pudiera conseguirlo.

Le dije que esto me parecía más razonable que lo anterior, pero como era la primera vez que pude comprobar sus buenas intenciones, no iba a responder afirmativamente de buenas a primeras, por lo cual tendría que pensarlo seriamente.

Jugué con mi pretendiente como un pescador con una trucha. Comprendí que le había hecho picar el anzuelo rápido, así que bromeé con su nueva proposición y le desanimé. Le dije que como no me conocía mucho, se informase sobre mí. Permití también que me acompañase a casa, aunque no le dejé entrar diciendo que no era muy decorosa.

En resumen, me negué a firmar el contrato de matrimonio, y la razón era que la dama que me había invitado con tanto interés a acompañarla a Lancashire insistía mucho sobre ello y me prometió cosas tan extraordinarias allí, que me sentí tentada a intentarlo. «Quizá —pensé— pueda solucionar mi situación de esta forma.» Y en ese momento no sentí ningún escrúpulo en librarme de mi honrado ciudadano, de quien no estaba tan enamorada como para no dejarle por uno más rico.

Así pues, aunque eludí el contrato, le dije que iría al Norte y que le notificaría mi dirección para que me escribiese sobre el asunto que le había confiado, lo que probaba mi respeto hacia él, porque dejaría en sus manos casi todo lo que poseía en el mundo, y prometiéndole que tan pronto hubiera conseguido el divorcio de su primera esposa, si él me informaba de ello, vendría a Londres y entonces hablaríamos seriamente de su propuesta.

Mi plan era bastante mezquino, pero la invitación que recibí para viajar a Lancashire ocultaba, incluso, peores intenciones, como se descubrirá más adelante.

Pues bien, partí con mi amiga, porque así la consideraba, hacia Lancashire. Durante todo el camino me trató con las mayores muestras de un afecto, aparentemente, sincero; su hermano trajo el coche de un caballero a Warrington para recibirnos, y desde allí fuimos conducidas a Liverpool con tanta ceremonia como mi vanidad pudiera desear.

Nos detuvimos durante tres o cuatro días en casa de un mercader de Liverpool (omito su nombre, por lo que sucedió allí), donde pasamos momentos muy agradables. Después ella me dijo que iríamos a la residencia de un tío suyo, donde nos recibirían de forma principesca, y así lo hicimos. Su tío, como ella le llamaba, nos envió un coche de cuatro caballos en el que recorrimos unas cuarenta millas hasta llegar a su casa.

CAPÍTULO XXV

La residencia del caballero era una magnífica mansión, con un gran parque, habitada por una numerosa familia y donde a mi amiga la trataban como prima. Le dije que sabiendo que iba a estar en tan excelente compañía, debería haberme avisado para haberme provisto de mejores vestidos. Las damas se dieron cuenta de eso y me dijeron muy gentilmente que en su tierra no valoraban tanto a la gente por las ropas como lo hacían en Londres; su prima les había informado por completo de mis cualidades y yo no necesitaba ropa elegante para quedar bien. En resumen, ellos me trataron no como lo que era a la sazón, sino como pensaban que yo había sido, es decir, una dama viuda de gran fortuna.

Mi primer descubrimiento aquí fue que toda la familia era católica romana, y la prima a quien llamaba mi amiga, también. Sin embargo, tengo que decir que nadie en el mundo pudo portarse mejor conmigo, y tuvieron hacia mí la misma deferencia que si hubiese pertenecido a su mismo credo. La verdad es que yo no tenía muchos principios en materia de religión, y en seguida aprendí a hablar con respeto de la Iglesia católica, especialmente que sólo observaba prejuicios en las diferencias existentes entre los cristianos sobre religión, y si hubiera ocurrido que mi padre fuese católico romano, no dudaba que estaría tan satisfecha con su religión como con la mía propia.

Esto les agradó mucho, y con frecuencia me acompañaban dos o tres ancianas damas que gustaban de hablar conmigo de asuntos religiosos. Yo era tan sumisa que, aunque no me comprometía totalmente, no sentía escrúpulos en asistir a su misa y cumplir con todos sus ritos cuando ellos me enseñaron a hacerlo; incluso llegué a insinuarles que me convertiría al catolicismo, pero ahí quedó todo.

Permanecí aquí unas seis semanas, y luego mi guía me llevó de regreso a un pueblo, a unas seis millas de Liverpool, donde su hermano (como ella le llamaba) venía a visitarme en su propio carruaje, con muy buen porte y dos lacayos vestidos con buenas libreas, y lo siguiente fue hacerme el amor. Podría pensarse que no iba a ser engañada de nuevo, y de hecho lo creía yo misma, al tener una carta segura en casa, que decidí no abandonar a menos que pudiera arreglarme muy bien. Sin embargo, el hermano era un partido que merecía la pena tener en cuenta, pues su fortuna estaba valorada en al menos mil libras al año, aunque la hermana decía que eran mil quinientas, procedente en su mayor parte de Irlanda.

Como yo pasaba por tener una gran fortuna, se había estado preguntando a cuánto ascendía ésta, y mi falsa amiga, extendiendo un burdo rumor, la había aumentado de quinientas a cinco mil libras. El irlandés, porque así entendí que era su origen, se trastornó por completo ante este cebo. En resumen, me hizo regalos y contrajo deudas de forma inconsciente por los gastos de tan caro galanteo. Tenía, porque hay que reconocerlo, el aspecto de un elegante caballero; era alto, muy apuesto y bien formado; hablaba con toda naturalidad de sus jardines y establos, así como de sus caballos, guardabosques, arrendatarios y criados, como si hubiéramos estado en la mansión y yo estuviese contemplando todo esto a mi alrededor.

Nunca preguntó sobre mi fortuna o situación, pero me aseguró que cuando fuésemos a Dublín me donaría un condominio de seiscientas libras al año de buena tierra, y que podríamos hacer un contrato aquí para llevarlo a cabo.

Éste era un lenguaje al que yo no estaba acostumbrada, por lo que me sentí verdaderamente impresionada. Por otra parte, notaba en mi interior un duende maligno que a cada momento me repetía con qué grandeza vivía el hermano de mi amiga. En cierta ocasión, ella me sugirió cómo tendría que pintar mis coches y de qué irían revestidos, y otra vez qué ropas llevaría mi paje. En resumen, estaba deslumbrada, y había perdido mi poder de decir «no».

Con objeto de abreviar la historia, diré que consentí en casarme, y para que la boda fuera más íntima, nos trasladamos más al interior del país, donde nos casó un clérigo católico, quien me aseguró que la ceremonia sería tan legal como si la realizase un párroco de la Iglesia de Inglaterra.

No puedo decir que olvidase el deshonroso abandono de mi fiel burgués, quien me amaba sinceramente y estaba intentando dejar a su ramera esposa, por quien había sido tratado de una forma tan ruin, pero tenía el consuelo de evitarle una relación conmigo casi tan escandalosa como la que ella misma provocó.

Mas el brillante horizonte de una gran hacienda y la vida cómoda que ello conllevaba, me impidió pensar en Londres, y mucho menos en el compromiso que tenía con una persona de un mérito infinitamente mayor de la que ahora tenía junto a mí.

Pero el paso se había dado. Estaba en brazos de un nuevo esposo, quien parecía ser todavía el mismo que antes, grande incluso hasta la magnificencia, y con nada menos que mil libras al año para soportar los gastos ordinarios.

Un mes, aproximadamente, después de la boda, él empezó a hablar de marcharnos a West Chester con el fin de embarcar hacia Irlanda. Sin embargo, no me metía prisa, porque estaríamos aquí cerca de tres semanas más; luego encargó un coche a Chester para que nos recogiera en Black Rocks, como ellos lo llaman, frente a Liverpool. Allí entramos en una elegante barca con seis remos que llaman pinaza. Sus criados, caballos y equipaje irían en un transbordador. Me puso la excusa de que no tenía conocidos en Chester, sino que seguiría adelante y conseguiría algún apartamento agradable para mí en una casa privada. Yo le pregunté cuánto tiempo nos quedaríamos allí, y me respondió que no más de una noche o dos, pues él alquilaría en seguida un coche para viajar a Holyhead. Entonces contesté que bajo ningún concepto le ocasionaría los gastos de un alojamiento privado para una noche o dos, porque al ser Chester una ciudad grande, no dudaba que habría buenas pensiones con comodidades suficientes, por lo cual nos alojamos en una pensión de West Street, no lejos de la catedral, cuyo nombre no recuerdo.

Entonces mi esposo, hablándome de nuestro viaje a Irlanda, me preguntó si no tenía asuntos que tratar en Londres antes de marcharnos. Le dije que no dejaba atrás nada importante, pues lo que necesitase podía solicitarlo por carta desde Dublin.

—Supongo —repuso con todo respeto—, que la mayor parte de tu capital, que según mi hermana ha sido depositado en el Banco de Inglaterra, está suficientemente seguro, pero en caso necesario, para transferirla o cambiar su propiedad de algún modo, sería necesario ir a Londres y arreglarlo antes de marcharnos.

Aquello me pareció extraño y le dije que no sabía nada de eso, pues que yo supiera no tenía efectos en el Banco de Inglaterra, y esperaba que no creyera que yo se lo había dicho alguna vez. Él contestó que no lo hice, pero sí su hermana.

—Yo sólo lo mencioné, querida —añadió—, porque si hubiera algo que solucionar, sería mejor hacerlo ahora y evitar los peligros y problemas de un nuevo viaje, pues no quiero que te arriesgues demasiado en el mar.

Me sorprendió esta conversación y empecé a pensar muy seriamente qué significado tenía. De repente se me ocurrió que mi amiga, quien le llamaba hermano, me había presentado con unas cualidades que no eran las mías, y pensé que, llegados a ese punto, descubriría el secreto antes de salir de Inglaterra y trasladarme a un país desconocido para mí.

Así pues, a la mañana siguiente, llamé a su hermana a mi habitación, y haciéndole saber la conversación que él y yo habíamos mantenido la tarde anterior, la conminé para que me dijera lo que ella le había contado y con qué fin había planeado este matrimonio. Ella reconoció haberle comunicado que yo tenía una gran fortuna, pues así se lo habían dicho en Londres.

—¡Que le habían dicho! —exclamé furiosa—. ¿Se lo dije yo alguna vez?

Ella respondió que, ciertamente, no se lo había dicho, pero que varias veces afirmé que el capital de que disponía estaba a mi propia disposición.

—Eso es verdad —contesté rápidamente—, pero nunca hablé de que tuviese una fortuna. ¿Cómo se puede explicar que siendo yo rica viniera al norte de Inglaterra con usted, sólo para vivir de una forma más modesta?

Ante estas palabras, pronunciadas con voz airada, mi marido entró en la habitación; le pedí que tomara asiento, porque tenía algo importante que decirles a los dos.

Él pareció inquietarse un poco por el tono de mi voz y, tras cerrar la puerta, se sentó a mi lado, por lo cual comencé a hablar en tono airado, aunque al dirigirme a mi marido lo hacía con amabilidad:

—Me temo, querido, que has sido víctima de un grave engaño y te ha perjudicado en gran medida casarte conmigo, pero puedo asegurarte que yo no he tenido nada que ver en ello; por lo cual, sólo deseo que la responsabilidad recaiga en el culpable y en nadie más.

—¿Qué perjuicio, querida, puede causarme nuestro matrimonio? Creo que es honroso y me beneficia en todos los aspectos.

—Pronto lo sabrás, querido, y me temo que tendrás razones para cambiar de opinión; pero insisto en que yo no he tenido nada que ver en el asunto.

Observé en su rostro una expresión de alarma y creo que empezó a sospechar lo que vendría a continuación; sin embargo, me dijo que continuase con lo tenía que decir, ante lo cual proseguí:

—Te pregunté anoche si alguna vez alardeé contigo de mi riqueza o si te dije que tenía alguna fortuna en el Banco de Inglaterra o en cualquier otro sitio, y reconociste que no, como es bien cierto; ahora deseo que me digas aquí, delante de tu hermana, si en alguna ocasión te di razones para pensarlo o hemos hablado sobre ello.

Él reconoció de nuevo que no, pero como yo siempre aparenté ser una mujer rica, no tuvo razones para dudarlo y esperaba no haber sido engañado.

—No estoy cuestionando si has sido engañado o no, aunque me temo que sí, y yo también, pero rechazo cualquier cargo hacia mí que se refiera a tu engaño. He preguntado antes a tu hermana si alguna vez le hablé de cualquier fortuna o hacienda que yo tuviera, o si le di algún detalle sobre ello, y reconoce que nunca lo hice. Y le ruego, señora —dije volviéndome hacia ella—, que sea justa conmigo, delante de su hermano, y diga si puede acusarme de haber pretendido nunca tener una gran fortuna, pues, ¿por qué si no vendría a este condado con usted procurando no gastar lo poco que tenía?

Ella no pudo negarlo y repitió que le habían dicho en Londres que yo tenía una fortuna considerable en el Banco de Inglaterra.

—Y ahora, querido —dije volviéndome de nuevo hacia él—, sé justo conmigo y dime quién te ha engañado hasta el extremo de hacer que creyeras que yo tenía fortuna y te animó a que me cortejaras para llegar a este matrimonio?

Él no podía pronunciar palabra, pero la señaló, y después de un silencio, estalló en el mayor arrebato de cólera que nunca vi en un hombre, insultándola con epítetos que no es lícito reproducir. Dijo que ella le había arruinado, afirmando que yo tenía un capital de quince mil libras, y que pretendía conseguir quinientas como pago por sus manejos. Luego añadió, dirigiéndose a mí, que ella no era su hermana, sino que fue su amante durante los dos últimos años; le había pagado cien libras como parte de este trato y él estaba completamente perdido si lo que yo decía era cierto. En su delirio juró que la mataría, lo cual nos asustó por igual a las dos. Ella gritó y dijo que así se lo habían dicho en la casa donde me alojaba. Pero esto le enfureció más y continuó insultándola, hasta que volviéndose a mí de nuevo dijo muy seriamente que sentía que ambos estuviésemos arruinados.

—Porque, para ser claro, querida —añadió—, yo no tengo hacienda; lo poco que tenía, este demonio ha hecho que se escapara cortejándote y preparando esta trama.

Mientras nosotros hablábamos, ella aprovechó la oportunidad para salir de la habitación y jamás volví a verla.

Ahora yo estaba tan confundida como él y no sabía qué decir. Pensé que yo llevaba la peor parte, pero cuando me repetía que estaba perdido y no tenía hacienda ninguna, me angustié en extremo, por lo cual dije:

—Esto ha sido un doble fraude, porque ambos creíamos ser ricos, y aunque uno de los dos hubiese tenido fortuna, igualmente quedaría defraudado ante la pobreza del otro.

—Si hubieras tenido quince mil libras, no estaríamos tan perdidos como nos encontramos ahora, pues habría utilizado cada cuarto de penique para hacerte feliz. No hubiera malgastado ni un chelín tuyo en toda mi vida.

Esto era muy honesto por su parte, y realmente creo que decía lo que pensaba, pues era un hombre idóneo para hacerme feliz, tanto por su carácter como por su comportamiento, pero el no tener hacienda, y haberse endeudado de una forma tan ridícula en el condado, hacía que toda perspectiva de futuro resultase nula, lo que me provocaba una gran angustia.

Le dije que era una desgracia que tanto amor y tan buena disposición como encontré en él, terminasen de aquella forma, pues no veía nada delante salvo ruina, porque respecto a mí, lo poco que tenía no podría aliviarnos ni una semana; entonces le enseñé un pagaré de veinte libras y once guineas, fruto de los ahorros de mis pequeñas rentas, reserva que según su falsa hermana habría de mantenerme aquí durante tres o cuatro años; añadí que si me faltase, quedaría en la indigencia, y él no ignoraba cuál sería la situación de una mujer entre extraños si carecía de medios. Sin embargo, le dije que si necesitaba el dinero, podía disponer de él.

Me respondió, casi con lágrimas en sus ojos, que no lo tocaría, pues aborrecía el pensamiento de despojarme de mis bienes y dejarme en la ruina; por el contrario, como a él le quedaban cincuenta guineas, que era todo lo que tenía en el mundo, me las ofreció, rogándome que las aceptara, aunque se muriese de hambre por dármelas a mí.

Yo contesté, con la misma preocupación por él, que no podía soportar oírle hablar así; por el contrario, si él podía proponer alguna solución viable, yo haría cualquier cosa que estuviese a mi alcance y viviríamos con tanta modestia como fuese necesario.

Entonces me pidió que no hablara más del asunto, porque ello le trastornaba. Dijo que le habían criado como a un caballero, aunque su fortuna había ido a menos, y que sólo quedaba un camino en el que pudiera pensar, pero no lo tomaría a menos que le contestase a una pregunta. Le dije que le contestaría honradamente, fuese o no la respuesta de su agrado.

—Pues bien, querida, dime claramente si lo poco que tienes nos mantendrá a los dos en algún lugar.

Para satisfacción mía, él no conocía del todo mi situación, pues me había limitado a dar mi nombre, y viendo que no podía esperar nada de mi marido, a pesar de lo agradable y honesto que me parecía, sino vivir con lo poco que teníamos, decidí ocultarle que disponía de algún dinero más, aparte del que le había mostrado antes.

De hecho, tenía otro billete de treinta libras, que era todo lo que llevé conmigo para subsistir en el condado al ignorar qué podría ofrecerse. Ocurrió que la alcahueta que nos había traicionado a ambos me había hecho creer con falsos argumentos que podría contraer un matrimonio ventajoso en el condado, y no deseaba estar sin dinero, por lo que pudiese suceder. Escondí, pues, este billete, y permití que mi marido se quedase con el resto, en consideración a sus circunstancias, porque realmente sentía compasión por él.

Pero volviendo a la pregunta que me había formulado, le dije que lo poco que tenía no nos mantendría, pues no sería suficiente ni para mantenerme a mí sola en el sur del país, y ésa había sido la razón que me hizo atender las razones de aquella mujer que le llamaba hermano; ella me aseguró que podría vivir en un alojamiento confortable de una ciudad llamada Manchester, donde no había estado todavía, por unas seis libras al año, y al ser todos mis ingresos de no más de quince libras anuales, pensé que podría seguir su consejo.

Él movió la cabeza pensativo y sin decir palabra. Después pasamos una tarde triste y melancólica; sin embargo, aquella noche cenamos y nos acostamos juntos, pero antes de concluir la cena, él parecía estar un poco más alegre y pidió una botella de vino.

—Vamos, querida —dijo luego—, aunque la situación es pésima, no es mi propósito dejarme abatir. Tranquilízate cuanto puedas, y si logras subsistir con tu dinero, mejor para ti. Yo intentaré salir adelante; tendré que buscar fortuna de nuevo, pues un hombre debe pensar como tal, y desanimarse es ceder a la desgracia.

Dicho esto, llenó un vaso y brindó a mi salud, cogiéndome la mano y apretándola con fuerza mientras bebía el vino, declarando después que su principal preocupación era yo.

Realmente tenía un espíritu sincero, noble, y eso era lo que más me dolía. Incluso resultaba un consuelo verse arruinada con un hombre de honor mejor que con un sinvergüenza, pero la peor parte se la llevó él, porque realmente había gastado una gran cantidad de dinero engañado por su concubina, la cual procedió tan vilmente, primero, al recibir las cien libras, y después, haciéndole gastar tres o cuatro veces más, lo que quizá era todo lo que él tenía en el mundo, y más aún, sin la menor base, más que pequeñas charlas de té, para decir que yo tenía hacienda o fortuna, o cosas así.

Es cierto que el plan de engañar a una mujer de fortuna, si yo lo hubiera sido, era bastante ruin, pero su caso era diferente, porque él no era un vividor que hacía negocio engañando a mujeres y, como muchos han hecho, consiguiendo seis o siete fortunas una después de otra para salir huyendo después; él era un caballero realmente, desgraciado y venido a menos, pero había vivido dignamente, y aunque yo hubiera tenido fortuna, me hubiera enfurecido con la ramera por traicionarme, pero respecto a él no tenía nada que objetar, pues era una persona adorable, de generosos principios, buenos sentimientos y excelente buen humor.

Mantuvimos una larga conversación aquella noche, porque ninguno de los dos dormimos mucho. Él estaba tan arrepentido por haberme engañado como si hubiera cometido un delito y fueran a ejecutarle. Me ofreció de nuevo hasta el último chelín que poseía y dijo que se enrolaría en el ejército en busca de fortuna. Yo le pregunté si me hubiese llevado a Irlanda a pesar de que no podría haberme mantenido allí. Me tomó en sus brazos y respondió:

—Querida mía, en realidad nunca planeé ir a Irlanda y mucho menos llevarte allí, pues vinimos aquí con el fin de evitar a la gente que sabía lo que yo pretendía, y para burlar a mis acreedores hasta poder pagarles.

—Entonces —dije—, ¿dónde pensabas que iríamos después?

—Te confesaré todo mi plan, querida, tal como lo había concebido. Tenía intención de preguntarte algo sobre tu fortuna, como de hecho hice, y cuando tú me hubieras contado algún detalle, que era lo que yo esperaba, habría puesto alguna excusa para aplazar nuestro viaje a Irlanda durante algún tiempo, viajando primero hacia Londres; más adelante, te confesaría mi situación y los artificios que había utilizado para que aceptases casarte conmigo. Pero ahora no puedo más que pedirte perdón y decirte cuánto me gustaría que olvidaras lo ocurrido y fueses feliz en el futuro.

—Verdaderamente, querido, comprendo que me hubieras conquistado muy pronto, y ahora me apena no estar en condiciones de reconciliarme contigo y perdonar todas las trampas que me habías tendido. Pero, ¿qué podemos hacer ahora? Los dos estamos arruinados y aunque estemos en buena armonía, ¿de qué vamos a vivir?

Propusimos muchas cosas, pero nada nos convenció pues no había con qué comenzar. Por fin me pidió no hablar más de ello, porque se le encogía el corazón. Así que hablamos un poco de otras cosas, hasta que, finalmente, nos fuimos a dormir.

Él se levantó antes que yo por la mañana, pues al haber estado despierta casi toda la noche, tenía mucho sueño y me quedé acostada hasta cerca de las once. En este tiempo cogió sus caballos, toda su ropa y equipaje, y se fue con tres criados, dejándome encima de la mesa una carta breve pero conmovedora que decía así:

«Querida mía, soy un perro. He abusado de ti, pero me ha lanzado a ello una criatura vil, contraria a mis principios y costumbres. ¡Olvídame, querida! Pido tu perdón con la mayor sinceridad. Soy el hombre más desgraciado por haberte engañado. He sido tan feliz teniéndote, y ahora soy tan malvado que me veo obligado a huir de ti. Una vez más te lo digo, ¡olvídame! No soy capaz de verte arruinada por mí y soy incapaz de soportarlo. Nuestro matrimonio no significa nada. No podré volver a verte nunca. Te libero del compromiso; si puedes casarte para beneficio tuyo, no rehúses por mí. Yo te juro por mi fe, y te doy mi palabra de hombre de honor, que nunca turbaré tu tranquilidad. Por otro lado, si no te casaras y consigo fortuna, la compartiré contigo dondequiera que estés.

Te he dejado en el bolsillo algo del dinero que me quedaba. Toma billetes para ti y tu doncella en la diligencia y vete a Londres. Espero que allí te vaya mejor. De nuevo te pido perdón sinceramente, y lo haré siempre que piense en ti. Adiós, querida, para siempre.

Tuyo, afectuosamente,

J. E.»

Ningún suceso en mi vida anterior me llegó tanto al corazón como su despedida. Le reproché mil veces en mi pensamiento haberme abandonado, porque me hubiera ido con él por todo el mundo, aunque tuviera que pedir limosna. Toqué mi bolsillo, y allí encontré diez guineas, su reloj de oro y dos anillos, uno con un diamante pequeño que sólo valía unas seis libras, y el otro un sencillo anillo de oro.

Me senté y miré estas cosas durante dos horas quizá, hasta que mi doncella me interrumpió para decirme que la comida estaba preparada. Comí poco, y después estallé en un llanto vehemente, llamándole una y otra vez por su nombre:

—¡Oh, Jaime, vuelve, vuelve! —repetía—, te lo ruego. Compartiré contigo todo lo que tengo. Pediré limosna si es preciso, pero vuelve, por favor.

Continué de esta guisa, paseando desconsolada por la habitación, sentándome a ratos y levantándome de nuevo, llamándole y llorando sin cesar. Así pasé la tarde, hasta que a las siete, cuando ya casi oscurecía pues era agosto, él regresó a la posada, para mi gran sorpresa, pero sin criado, y vino directamente a mi habitación.

Yo estaba en la mayor confusión imaginable, y también él. No podía imaginar cuál sería la razón de su regreso, y empecé a preguntarme a mí misma si debería alegrarme o sentirlo, pero mi cariño se impuso a todo lo demás y no pude ocultar mi júbilo, que al ser demasiado grande para sonreír, estalló en lágrimas. Tan pronto como hubo entrado en la habitación corrió hacia mí y me cogió en sus brazos, agarrándome con fuerza y casi deteniendo mi respiración con sus besos, pero no dijo una palabra. Finalmente, dije yo:

—Querido, ¿cómo pudiste huir de mí?

Estaba tan emocionado que no pudo responder, porque le era imposible hablar.

Cuando logró serenarse, me dijo que se había alejado unas quince millas, pero que no tenía fuerzas para ir más lejos sin volver para verme otra vez y despedirse de nuevo.

Le conté cómo había pasado el tiempo y cuántas veces imploré su regreso. Contestó que me oyó claramente en Delamere Forest, un lugar a unas doce millas de distancia. Yo sonreí.

—No —añadió—, no pienses que bromeo, porque si es verdad que conozco tu voz, yo te oí gritar mi nombre, y algunas veces pensaba que te veía correr tras de mí.

Le pregunté qué palabras utilicé, porque no se las había mencionado.

—Tú me llamabas en voz alta —respondió—, diciendo: ¡Oh, Jaime, vuelve, vuelve!, y lo repetías una y otra vez.

Yo me reí, pero él me dijo seriamente:

—No te rías, querida, porque puedes estar segura de que oí tu voz tan clara como tú oyes la mía ahora. Si lo deseas iré ante un magistraado y lo juraré.

Esto me causó gran sorpresa, y de hecho comencé a asustarme; le conté que, efectivamente, grité su nombre como él había dicho.

Cuando nos divertimos un rato a costa de esto, dije:

—Ahora no huirás más de mí. Te acompañaré allí donde vayas.

Respondió que sería muy difícil para él dejarme, pero si tuviera que ser así, esperaba que le hiciese la separación lo más fácil posible, porque de lo contrario sería su perdición. De todas formas, no estaba dispuesto a que viajase sola a Londres, pues era un trayecto demasiado largo y quería dejarme segura, ya que tanto le daba tomar una dirección u otra; luego me hizo prometer que le permitiría marchar sin oponer resistencia.

A continuación me refirió que había vendido sus caballos y despedido a sus tres criados, con lágrimas en los ojos, enviándoles a que buscaran fortuna y pensando cuánto más felices eran ellos de lo que lo era su amo, porque les sería fácil encontrar a otro señor al que ofrecer sus servicios, mientras que él no sabía a dónde ir ni qué hacer.

Le respondí que me había sentido muy desgraciada al separarme de él, y ahora que había vuelto otra vez, tendría que llevarme con él allá donde fuese. Mientras tanto, acordamos ir juntos a Londres, pero no consentiría que se fuera de mi lado como se proponía hacer. Le dije en broma que si lo hacía yo le llamaría de nuevo para que volviera como había hecho antes. Entonces le devolví su reloj, los anillos y el dinero, pero no los aceptó, lo que me hizo sospechar que había decidido abandonarme de nuevo.

La verdad es que viendo sus circunstancias, las expresiones tan apasionadas de su carta, el trato amable y cortés que recibí de él en todo momento, la preocupación que mostraba por mí, el hecho de compartir conmigo el poco dinero que le quedaba, todo esto unido me produjo tal impresión, que mi amor creció y no podía soportar la idea de separarme de él.

Dos días después abandonamos Chester, yo en la diligencia y él a caballo. Antes despedí a mi doncella, aunque él se opuso, pero le dije que, al ser ella una muchacha de campo, habría sido cruel llevarla hasta Londres y despedirla tan pronto llegásemos a la ciudad. Así pues, le convencí y aceptó mis razonamientos.

Me acompañó hasta Dunstable, a treinta millas de la capital; entonces me explicó que su triste destino le obligaba a dejarme, pues no podía ir a Londres por razones que no merecía la pena que yo conociera, y que me preparase para la despedida. La diligencia no paraba normalmente en Dunstable, pero a petición mía se detuvo durante un cuarto de hora en una posada, mientras nosotros entrábamos en ella.

Una vez dentro, le dije que tenía que pedirle un favor, y era que como él no podía ir más allá, me permitiese acompañarle en la ciudad una o dos semanas para que durante ese tiempo pudiéramos pensar en una solución a nuestro problema, pues la separación no haría otra cosa que agravarlo; además, tenía algo importante que ofrecerle, cosa que nunca le había dicho, y que quizá fuese beneficioso para ambos.

Era una proposición demasiado razonable como para rechazarla, así que llamó a la dueña del hostal y le dijo que su esposa había caído enferma, tanto que no podía continuar viaje en la diligencia, pues se había cansado casi hasta la muerte; preguntó si no podría proporcionarnos alojamiento durante dos o tres días en una casa particular, donde yo pudiera descansar un poco, porque el viaje había sido demasiado duro para mí. La dueña, una buena mujer, bien alimentada y muy dispuesta, vino a verme al instante diciéndome que tenía dos o tres habitaciones muy buenas en una parte tranquila de la casa, y que si las veía, no dudaría que me gustarían; además, tendría a mi disposición a una de sus criadas, que no haría otra cosa que atenderme. Fue muy amable de su parte, y no pude sino aceptar y darle las gracias; después fui a ver las habitaciones, que fueron de mi agrado, pues estaban muy bien amuebladas, pagamos la diligencia, sacamos nuestro equipaje y decidimos quedarnos aquí un tiempo.

Una vez instalados, le dije que viviría con él hasta que se agotara todo mi dinero, y no le permitiría gastar ni un chelín del suyo. Tuvimos una amable discusión, pero le dije que era la última vez que iba a disfrutar de su compañía, y yo deseaba ocuparme de eso mientras él lo hacía de todo lo demás; así pues, consintió en ello.

Cierta tarde, paseando por los campos, le dije que ahora le haría la proposición de la que le había hablado; por consiguiente, le hablé de mi vida en Virginia y de mi madre, la cual creía que todavía vivía allí, aunque mi marido había muerto hacía algunos años. También le referí que si no se hubieran perdido mis efectos, cuya cifra, por cierto, exageré bastante, podría haber tenido una fortuna lo bastante considerable como para haber evitado que nos separásemos de esa manera. Continué explicándole de qué manera llegaba la gente a aquellos países para asentarse; cómo las autoridades de aquel lugar les otorgaban cierta cantidad de tierra o, en su defecto, el bajo precio al que se podía adquirir, y de qué forma un hombre trabajador podría mantener a su familia, y aumentar su capital en pocos años, no llevando más de doscientas o trescientas libras de valor en artículos ingleses y con sólo el apoyo de algunos criados y herramientas.

Hice un relato pormenorizado de los productos de la tierra, cómo se trataba y se preparaba el suelo, y cuál era el incremento normal de su valor; en resumen, le demostré que en muy pocos años seríamos ricos con tanta seguridad como ahora éramos pobres.

Se quedó absolutamente sorprendido con mi discurso, y durante la semana siguiente fue el tema central de nuestras conversaciones. Pude convencerle casi por completo de que era prácticamente imposible que no prosperásemos allí si se trabajaba bien.

Entonces le hablé de las medidas que tomaría para conseguir las trescientas libras que necesitábamos para comenzar. Agregué que tras unos veinte años, si aún vivíamos, podríamos alquilar nuestra hacienda y volver a Inglaterra para disfrutar de las rentas, y le di ejemplos de personas que habían hecho lo mismo y ahora vivían en Londres en muy buena posición.

En resumen, le presioné tanto que casi estuvo de acuerdo con ello, pero siempre surgía una cosa u otra que lo estropeaba de nuevo, hasta que finalmente volvió las tornas y empezó a hablar de Irlanda con el mismo propósito.

Me dijo que un hombre con intenciones de vivir en el campo podría arrendar una finca por cincuenta libras al año, que aquí equivaldrían a doscientas; que la producción era tal y la tierra tan rica, que si no enfermaba, viviríamos tan bien como podría hacerlo un caballero con tres mil libras de renta en Inglaterra. Había planeado dejarme en Londres e intentarlo, y si comprobaba que podía establecerse de forma apropiada según lo deseaba para mí, regresar para llevarme con él.

Yo temía que se fuera él solo a Irlanda con mi dinero, pero era demasiado justo para aceptarlo si yo se lo hubiera ofrecido, y se anticipó a mí, porque añadió que intentaría hacer fortuna por sus propios medios, y si comprendía que podía asentarse allí, entonces, sumando mi capital cuando me reuniese con él, viviríamos con desahogo, pero que no pondría en peligro ni un chelín mío hasta que él no hubiera hecho el experimento con lo suyo, asegurándome que si no era posible establecerse en Irlanda, regresaría conmigo y aceptaría mi proyecto para Virginia.

Su propuesta de intentar primero aquello, y sin utilizar mis fondos, era tan sincera que no pude resistirme. Me prometió que tendría noticias suyas en muy poco tiempo y me haría saber si las perspectivas respondían a su plan; si no había probabilidad de éxito, yo podría tener ocasión de preparar el otro viaje, y entonces, me aseguró, iría conmigo a América con todo su corazón.

Aquellos proyectos nos entretuvieron cerca de un mes, durante el cual disfruté de su compañía, que de hecho era la más amena que había encontrado en mi vida. En este tiempo me permitió saber toda la historia de su propia vida, que era sorprendente y con la variedad suficiente para llenar un libro mucho más brillante, por sus aventuras e incidentes, de los que había visto impresos. Pero tendré ocasión de referirme a él más adelante.

CAPÍTULO XXVI

Finalmente, nos separamos, con gran pesar por mi parte; de hecho, él se despidió también de mala gana, pero la necesidad le obligaba, porque sus razones para no ir a Londres eran bastante fundadas, como comprendí algún tiempo después.

Le di una dirección donde escribirme, aunque todavía conservaba mi gran secreto, y nunca quebrantaría mi decisión, que era no permitirle saber mi verdadero nombre, quién era yo o dónde encontrarme. De igual forma, él me hizo saber dónde escribirle, porque estaba seguro de recibir mis cartas.

Llegué a Londres al día siguiente de nuestra separación, pero no fui directamente a mi antigua pensión, sino que tomé una habitación privada en St. John's Street, cerca de Clerkenwell, pues deseaba mantener el anonimato; aquí, al estar completamente sola, tenía tiempo para reflexionar seriamente sobre mi último viaje de siete meses, porque no había estado fuera menos tiempo. Recordaba con infinito placer las horas agradables que pasé con mi último marido, pero ese gozo disminuyó muchísimo cuando descubrí, después de algún tiempo, que estaba embarazada.

Esto representó para mí un grave problema, a causa de la dificultad de encontrar un lugar donde dar a luz, pues en esa época una de las cuestiones más delicadas para una mujer extraña y sin amigos era contemplar esa circunstancia sin la suficiente seguridad, que por cierto yo no tenía.

Me había preocupado durante este tiempo de mantener correspondencia con mi honesto amigo del banco, o mejor, él se preocupó de mantenerla conmigo, porque me escribía una vez a la semana, y aunque yo no había gastado mi dinero tan deprisa como para necesitar de él, sin embargo, le escribía con frecuencia para hacerle saber que estaba viva y había dejado instrucciones en Lancashire para que me remitiesen allí sus cartas. Durante mi oculta estancia en St. John's recibí una misiva suya muy atenta asegurándome que su proceso de divorcio transcurría con éxito, aunque se encontró con algunas dificultades que no esperaba.

No me desagradó que este proceso fuera más tedioso de lo esperado, porque yo no podía casarme con él cuando sabía que estaba encinta de otro hombre, como alguna que conozco se había arriesgado a hacer; sin embargo, no deseaba perderle y, en una palabra, decidí retenerle si continuaba con la misma idea, tan pronto como estuviera recuperada, porque tenía la sensación de que no sabría más de mi otro marido, y como durante este tiempo él había estado presionando para que me casara asegurando que no se disgustaría ni me reclamaría de nuevo, no sentí escrúpulos en hacerlo si mi otro amigo seguía con su oferta, y tenía muchas razones para pensar que así era, por las cartas que me escribía, llenas de amabilidad y de lo más atentas.

Ahora empezaba a notarse mi embarazo y la gente que vivía donde me alojaba se dio cuenta de ello; empezaron a prestarme atención y, hasta donde la educación permitía, me insinuaron que debía pensar en mudarme. Esto me produjo un gran desconcierto y después una fuerte melancolía, porque en realidad no sabía qué rumbo tomar. Tenía dinero, pero no amigos, y pronto tendría entre mis brazos a un niño al que cuidar, lo cual era una dificultad que no había tenido todavía, como se habrá observado a lo largo de esta historia.

En el transcurso de mi embarazo caí muy enferma, y mi melancolía aumentaba mis males. Finalmente, sólo resultó ser una fiebre intermitente, pero realmente temía un mal parto. No podría decir que temía, porque en realidad me habría alegrado no tener la criatura, pero me aterraba la idea de abortar y más aún de provocarlo, pues sentía horror sólo de pensarlo.

Hablando de ello con mi casera, me propuso llamar a una comadrona. Vacilé al principio, pero después de algún tiempo acepté, diciéndole que como yo no conocía a ninguna, habría de ser ella la que se encargase de buscarla.

Al parecer, la dueña de la casa no era tan ignorante en estas cuestiones como yo pensaba al principio, como se verá posteriormente, pues mandó llamar a una comadrona de la clase que convenía en estos casos.

La comadrona parecía conocer muy bien su profesión, pero además era una experta en otra actividad inconfesable. Mi casera le dijo que yo estaba muy melancólica, y añadió:

—Creo que el problema de esta dama es de los que usted puede resolver; por tanto, le ruego haga lo posible por ella, puesto que lo merece por su gentileza.

Y dicho esto, salió de la habitación dejándome con la partera.

Realmente no la entendí, pero empezó a explicarme muy seriamente lo que quería decir, tan pronto como se había ido.

—Señora —me dijo—, parece que no ha entendido lo que su casera ha querido decir; significa que está usted en unas circunstancias que pueden hacer que su parto sea difícil y que no desea que se descubra. No necesito decir más, sólo que si considera apropiado encomendarme su caso, aunque no deseo entrometerme en estas cosas, quizá pueda ayudarla y solucionarlo a su entera satisfacción.

Cada una de las palabras que pronunció esta mujer fue un bálsamo para mí y colmaron mis esperanzas. Mi sangre empezó a circular inmediatamente y me sentí otra mujer. Volví a comer con apetito, por lo que me recuperé mucho. Ella continuó hablando del mismo asunto y, tras pedirme que fuese sincera con ella, me prometió que guardaría mi secreto. Después calló, en espera de mi respuesta.

Estaba demasiado preocupada como para no aceptar su oferta; así pues, le conté que mi caso era en parte lo que ella pensaba, y en parte no, porque realmente estaba casada, aunque en las actuales circunstancias y estando tan lejos en aquel momento, mi marido no podía aparecer públicamente.

Ella me interrumpió diciendo que no era asunto suyo, pues todas las damas que se ponían bajo sus cuidados, tuviesen marido o amante, eran mujeres casadas para ella.

Comprendí en seguida que tanto siendo amante como esposa, yo estaba pasando aquí por lo primero, así que lo dejé correr. Le conté que era cierto, como ella decía, pero que sin embargo le contaría mi caso tal como era; así pues, se lo referí de la manera más abreviada que pude, y concluí diciendo:

—Le explico esto, aunque haya dicho antes que no es asunto suyo, no porque tema lo que pueda pensarse de mí, sino porque no tengo ningún conocido en esta parte de la nación.

—Comprendo, señora, que usted quiere evitar las impertinencias de las autoridades de la parroquia en estos casos, y quizá no sabe muy bien qué hacer del niño cuando llegue.

—Me preocupan ambas cosas por igual —contesté.

—Bien, señora, ¿desea ponerse en mis manos? Yo no haré indagaciones sobre su persona, pero usted puede preguntar sobre mí cuanto guste. Mi nombre es B... y vivo en la calle L..., en Cradle. Mi profesión es la de comadrona, y tengo muchas señoras que vienen a mi casa para dar a luz. He dado garantía a la parroquia, en términos generales, para protegerles de cualquier responsabilidad sobre lo que ocurra en mi casa. Sólo tengo que hacerle una pregunta, y si la contesta todo lo demás estará resuelto.

En seguida entendí lo que quería decir, y respondí:

—Creo entenderla. Gracias a Dios, aunque necesito amigos en esta ciudad, no me falta el dinero que pueda ser necesario, aunque tampoco me sobre.

Esto último lo añadí para no hacerle esperar grandes cosas.

—Bien, señora —dijo entonces—, eso es lo que esperaba oír; de otra forma, no se puede hacer nada en estos casos. Usted será tratada con toda consideración, sin que se vea forzada en ningún momento, y si lo desea, conocerá todo de antemano, para que pueda saber a qué atenerse.

Le contesté que me parecía tan acertado en mis condiciones que no tenía nada que preguntar, salvo que como le había dicho que tenía dinero suficiente, pero no una gran cantidad, lo dispusiera todo de forma que no resultase excesivamente gravoso para mí. Ella replicó que tenía varios tipos de tarifa, entre los que podría elegir el que considerase más adecuado.

Al día siguiente trajo copia de tres facturas, la primera como sigue:

	Libras	Chelines
1. Alojamiento durante tres meses en su casa, incluída mi dieta, a 10 chelines a la semana	6	0
2. Por una niñera durante un mes, y uso de ropa de cama de niño	1	10
3. Por un ministro que bautizara al niño y padrinos y sacristán	1	10
4. Por una cena en el bautizo asisten cinco amigos	1	0
5. Por sus honorarios como comadrona y suprimir los problemas de la parroquia	3	3
6. Por la ayuda de su sirvienta	0	10
	12	33

La segunda iba redactada en los términos siguientes:

	Libras	Chelines
1. Por tres meses de alojamiento y comida, etc., a 20 chelines a la semana	13	0
2. Por una niñera durante un mes, y uso de ropa blanca	2	10
3. Por un ministro que bautizara al niño, etc., como antes	2	0
4. Por la cena y dulces	3	3
5. Por sus honorarios como antes	5	5
6. Por una sirvienta	1	0
	26	18

La tercera, dijo ella, era para una categoría más alta, y cuando el padre o amigos aparecían:

	Libras	Chelines
1. Por tres meses de alojamiento y comida, dos habitaciones y una buhardilla para un criado	30	0
2. Por una niñera durante un mes, y ropa blanca de niño de la mejor calidad	4	4
3. Por el ministro para bautizar al niño, etc.	2	10
4. Por la cena, los caballeros mandan el vino	6	0
5. Por sus honorarios, etc.	10	10
6. La doncella, además de su propia doncella, solamente	0	10
	52	34

Miré las tres facturas, sonreí y le dije que veía muy razonables sus demandas, considerándolo todo, porque no dudaba de que su hospedaje era muy bueno. Ella respondió que tendría ocasión de comprobarlo muy pronto. A mi vez, repuse que tendría que utilizar su tarifa más económica, aunque ello significase no recibir la mejor atención, a lo que respondió:

—En absoluto, pues por cada una de la mejor tengo dos de la segunda y cuatro de la suya, y proporcionalmente gano lo mismo, pero si duda de mis cuidados, permitiré que cualquier amigo suyo compruebe si está bien atendida o no.

Entonces me explicó los detalles de la factura:

—En primer lugar, señora, el alojamiento dura tres meses a diez chelines por semana, incluida la comida. Asumo que no se quejará de mi tarifa, pues supongo que no tiene menos gasto donde vive ahora.

—En efecto, porque pago seis chelines a la semana por mi habitación, pero al no incluir la manutención, me cuesta bastante más.

—Por otro lado, señora, si el niño falleciese o naciera muerto, como sabe que ocurre algunas veces, entonces se ahorraría el servicio del clérigo, y si no tiene amigos que acudan, incluso el gasto de la cena; así pues, sin estos servicios el parto no le costará más de cinco libras y tres chelines en total.

Esto me pareció razonable, por lo cual sonreí y le dije que sería su cliente, pero quizá me viese obligada a prolongar mis estancia más de los tres meses, y deseaba saber si ella no me despediría antes de que fuera apropiado. Respondió que no, pues su casa era grande, y además, nunca echaba a ninguna mujer después del parto hasta que se iba por propia voluntad, y si fuese necesario, era tan apreciada entre sus vecinos como para proporcionar alojamiento incluso a veinte damas, llegada la ocasión.

Comprendí que estaba muy capacitada en su profesión, por lo cual le prometí ponerme en sus manos. Entonces habló de otras cosas, miró alrededor de la habitación en que me alojaba y encontró faltas en cuanto a mis comodidades, asegurando que yo no sería tratada así en su casa. Aproveché para explicarle que estaba incómoda, porque mi casera me trataba con cierto recelo, o al menos así lo creía yo, desde que supo lo de mi embarazo, y temía que le contase inconveniencias sobre mi persona.

—¡Oh, querida! —exclamó—. Su casera no desconoce estas cosas, pues ha intentado recibir a señoras en sus condiciones varias veces, pero no podía protegerlas de la parroquia, y además, no es tan buena como aparenta; sin embargo, ya que usted se va a ir, procuraré que esté mejor atendida y sin pagar un penique más.

No entendí muy bien lo que significaban sus palabras, pero se lo agradecí y nos separamos. Al día siguiente, me envió un pollo asado y una botella de jerez, y ordenó a la doncella que me atendiese durante tanto tiempo como estuviera allí.

Esto me sorprendió agradablemente y, por supuesto, lo acepté de buena gana. Por la noche mandó preguntar cómo estaba o si necesitaba algo, y dio orden a la doncella de hacerme chocolate por la mañana antes de irse; al mediodía, me trajo ternera y un plato de sopa, y continuó con sus atenciones, por lo cual yo estaba muy satisfecha y mejoré rápidamente, porque en realidad mi abatimiento anterior era la causa principal de mi enfermedad.

Yo pensaba, como es normal entre estas personas, que la sirvienta que me enviaba sería una muchacha insolente y descarada criada en Drury Lane, por lo que me sentía muy intranquila con ella, así que no permití que se quedase conmigo la primera noche.

La comadrona adivinó en seguida lo que pasaba, y la envió de regreso con un nota breve en la que respondía de la honestidad de su criada, pues ella no metía a sirvientes en su casa sin estar muy segura de su fidelidad, lo cual me tranquilizó por completo, y de hecho el comportamiento de la criada habló por sí mismo, pues era una muchacha modesta, tranquila y sobria, como descubrí después.

Tan pronto como estuve lo suficientemente bien como para salir, fui con la criada a ver la habitación que iba a ocupar, y resultó tan acogedora y limpia que no tuve nada que objetar a lo que encontré allí, pues, considerando la penosa situación en que había estado, era mucho más de lo que hubiera imaginado.

Podría dar alguna información sobre la naturaleza de las malas prácticas de la mujer en cuyas manos había caído ahora, pero significaría difundir en exceso el vicio si el mundo supiera cuántas medidas se toman para eludir la carga de un hijo que no era bienvenido por la mujer al tenerlo clandestinamente. Esta matrona utilizaba varios métodos, y uno de ellos era que si el niño nacía fuera de su casa (porque también era reclamada para trabajos privados), contaba con personas que por cierta cantidad de dinero se hacían cargo del recién nacido atendiéndole con gran esmero. Qué sería de estas criaturas, considerando que nacían tantas, no puedo ni imaginarlo.

Hablamos en muchas ocasiones sobre esta cuestión, pero ella utilizaba el argumento de que salvaba la vida de muchos niños inocentes, corderitos los llamaba, que de otra forma quizá hubieran fallecido, y de muchas mujeres que desesperadas por la desgracia, se veían tentadas a acabar con sus hijos arriesgándose a morir en la horca. Me mostré de acuerdo con ella en que era algo encomiable procurar que los niños pobres cayeran en buenas manos y evitar que fuesen víctimas de la miseria y de nodrizas sin escrúpulos. Contestó que siempre se preocupaba de eso y no tenía niñeras en su negocio que no fueran buenas y honradas, por lo cual, estando en completo acuerdo con ella, respondí:

—Señora, no pongo en duda que usted haga su parte honestamente, pero la cuestión principal es qué hace esa gente después.

Me interrumpió afirmando que también se preocupaba de esto.

Lo que me preocupó de aquellas conversaciones fue que, en cierta ocasión, me dijo que había llevado mi embarazo demasiado lejos, es decir, que ella hubiera resuelto mi problema, de haberlo yo deseado, haciéndome abortar, poniendo fin de este modo a todos mis problemas; pero inmediatamente le dejé ver que sentía aversión con sólo pensar en ello, y, para hacerle justicia, diré que soslayó el asunto de una forma tan inteligente que pareció como si nunca lo hubiese propuesto o que solamente lo mencionó como una práctica repudiable.

A fin de hacer más breve esta parte de mi historia, diré que abandoné mi antiguo alojamiento en la calle St. John's y me fui a la de mi nueva gobernanta, que así la llamaban en la casa. Allí me trataron con tanta cortesía y amabilidad, que estaba sorprendida, y no acertaba a comprender qué beneficio obtenía la comadrona de todo esto; pero luego descubrí que ella presumía de no ganar mucho con la manutención de las parturientas, sino que su beneficio estaba en los demás servicios que regentaba, cosa nada extraña, pues conocía a la perfección los manejos de su oficio.

Mientras estuve alojada en su casa, cerca de cuatro meses, atendió a no menos de doce damas, y creo que cuidaba de otras treinta en sus propios domicilios, de las cuales una, que era tan agradable conmigo como ella, estaba alojada con mi antigua casera de St. John's.

Esto constituía un claro testimonio de las costumbres depravadas de la época, y aunque yo no era un ejemplo de virtud, aquello me provocó un fuerte rechazo. No obstante, tengo que decir que en ningún momento observé la más mínima indecencia en la casa durante todo el tiempo que estuve allí.

Nunca vi a ningún hombre subir arriba, excepto para visitar a las parturientas durante el mes posterior al parto, y siempre en presencia de la comadrona, que alardeaba de no permitir a hombre alguno tocar a una mujer, aunque fuera su propia esposa, durante el periodo del parto; tampoco toleraba las relaciones íntimas bajo ningún pretexto, pues solía decir que no le importaba cuántos niños naciesen en su casa, pero sí que ninguno se engendrase allí, si ella podía evitarlo.

Es posible que fuese excesivamente rigurosa al respecto llevando las cosas tan lejos, pero de esta forma mantenía su reputación, que consistía en atender a las mujeres descarriadas, mas no contribuyendo a que se envileciesen en su propia casa, a pesar de lo poco lícito de sus actividades.

Mientras estuve aquí, y antes de dar a luz, recibí una carta de mi fideicomisario del banco, llena de palabras amables y atentas, pidiéndome que regresara a Londres. Estaba fechada quince días antes, pues cuando llegó a mis manos había sido enviada primero a Lancashire y luego remitida a la casa en que vivía. El administrador concluía diciéndome que había conseguido un mandato (creo que así lo llamaba) contra su esposa, y que estaría dispuesto a llevar adelante su compromiso conmigo si le aceptaba, añadiendo más frases cariñosas, lo cual habría estado lejos de ofrecer si hubiese sabido las circunstancias en que yo me encontraba.

Envié contestación a su carta fechándola en Liverpool, pero la mandé con un mensajero, alegando como pretexto que era un amigo de la ciudad. Me alegraba por su liberación, pero oponía reparos sobre la legalidad de su nuevo matrimonio y suponía que tendría en cuenta seriamente ese punto antes de decidirse, pues las consecuencias serían demasiado graves para un hombre de su juicio. Concluí deseándole lo mejor y sin dar respuesta a su proposición de viajar a Londres, aunque mencionaba como algo remoto mi intención de regresar a finales de año, estando fechada la carta en abril.

CAPÍTULO XXVII

Hacia mediados de mayo di a luz a un precioso niño, sin la menor complicación y encontrándonos ambos en perfecto estado. Mi comadrona llevó a cabo su labor con el mayor arte y destreza imaginables, pues fui atendida mucho mejor que en ocasiones anteriores. Tanto durante el parto como después, cuidó de mí como mi propia madre no podría haberlo hecho.

Creo que hacía veintidós días que había dado a luz cuando recibí otra carta de mi amigo del banco, con la sorprendente noticia de que había obtenido una sentencia final de divorcio contra su esposa; por fin tenía una respuesta que dar a todos mis escrúpulos sobre el nuevo matrimonio; respecto a su esposa, tan pronto se enteró de ello, sintió algún remordimiento por el trato que le había dado y, desgraciadamente, había acabado con su vida aquella misma tarde. Aseguraba sentir profundamente el desdichado fin de su esposa, pero aclaraba no haber tenido nada que ver en ello, ya que él sólo había demandado justicia por las injurias y abusos sufridos de forma tan notoria. Estaba muy afligido por el suceso y su único consuelo era mi compañía, por lo que me rogaba encarecidamente viajar a la ciudad y encontrarnos para mantener una conversación más detallada sobre el asunto.

Me quedé muy sorprendida con las noticias, por lo que empecé a reflexionar seriamente sobre mi situación actual y, más que nada, la responsabilidad añadida de tener a un hijo recién nacido en aquellos momentos. Estuve abatida durante varios días, mientras mi gobernanta se preocupaba por mí y no cesaba de hacerme preguntas al respecto.

Finalmente, le expuse mi caso con ciertas reservas, pues no podía revelarle que tenía una oferta de matrimonio, después de haberle dicho con tanta frecuencia que estaba casada; así que no sabía qué contarle exactamente. Después de muchas dudas, reconocí que había algo que me preocupaba, pero de lo que no podía hablar con nadie.

Continuó insistiendo durante varios días, pero yo siempre le decía que me era imposible revelar mi secreto a nadie, lo que aumentaba su curiosidad. Ella presumía de que le habían confiado los mayores secretos, y como su oficio consistía en ocultarlo todo, descubrir cosas de esa naturaleza sería su ruina. Me preguntó si alguna vez había descubierto que contase algún chisme sobre otras personas y añadió que podía confesarle mi secreto con toda confianza, pues era tan silenciosa como una tumba, y que tenía que ser un caso muy raro para que ella no pudiera ayudarme a resolverlo; pero ocultarlo era privarme a mí misma de cualquier posible ayuda y a ella de la oportunidad de servirme. En resumen, tenía tanta elocuencia y capacidad de persuasión, que no había nada que se le pudiese ocultar.

Así pues, decidí abrirle mi corazón. Le conté la historia de mi matrimonio en Lancashire, es decir, cómo nos conocimos, la decepción de ambos, nuestra posterior separación dejándome en absoluta libertad para casarme de nuevo y declarando que nunca me molestaría o me pondría al descubierto. Por último, le aseguré que me consideraba libre, pero me asustaba terriblemente arriesgarme por miedo a las consecuencias que pudieran derivarse en caso de descubrirse mi situación.

Luego referí las excelencias de la oferta de mi amigo, mostrándole las dos cartas con la invitación de que viajase a Londres, para comprobar el cariño y seriedad con que las escribió; sin embargo, tuve la precaución de borrar su nombre y también oculté la historia del suicidio de su esposa, mencionando sólo que había muerto.

Ella se rió de mis escrúpulos sobre el matrimonio, diciendo que el anterior no fue sino un engaño por las dos partes y que, al separarnos de mutuo acuerdo, se había extinguido la naturaleza del contrato y ambos estábamos libres de todo compromiso. Utilizó argumentos de todo tipo y, en resumen, intentó persuadirme por todos los medios a su alcance de que yo estaba equivocada.

Luego surgió el principal obstáculo, o sea, la existencia de mi hijo. Ella dijo que no me preocupase, pues se encargaría de que nunca fuese descubierto. Yo sabía que el matrimonio no era posible con la criatura de por medio, y mucho menos si mi amigo comprobaba, por la edad del niño, que había sido engendrado en la misma época de nuestra relación, lo que habría echado a perder todo el asunto.

Pero me llegó al corazón de una forma tan honda pensar en separarme por completo del niño, sin saber si le matarían o le dejarían morir de hambre por negligencia y maltrato, que no podía pensar en ello sin horror. Ojalá todas esas mujeres que consienten en separarse de sus hijos a causa de una fingida decencia, considerasen que eso sólo es un método fácil para deshacerse de ellos sin dejar rastro.

Resulta evidente para todos aquellos que entiendan algo de niños, que nacemos al mundo indefensos e incapaces de solventar nuestras propias necesidades, ni siquiera de hacerlas saber, y que sin ayuda hemos de perecer; pero esta ayuda requiere no sólo de una mano que asista, tanto si es una madre como otra persona, además necesita cuidado y habilidad; sin ellas, la mitad de los niños que nacen morirían, aunque no se les negara la comida, y la otra mitad resultarían lisiados o dementes, perderían sus miembros y quizá su sentido. No me cabe duda de que éstas son en parte las razones por las que la naturaleza pone tanto amor en los corazones de las madres para dárselo a sus hijos, sin el cual nunca sería posible soportar el enorme sacrificio que supone sacarlos adelante.

Ya que este cuidado es imprescindible para la vida de los niños, no prestarles la asistencia debida es un crimen, y entregarlos para que los críen otras personas que no les aman por naturaleza, es incluso peor, pues significaría dejarlos en la indefensión total, tanto si el niño vive como si muere.

Todo esto se presentaba a mi vista de la forma más negra y horrorosa, y como ya tenía mucha confianza con mi gobernanta, a quien había comenzado a llamar «madre», le expuse mis temores y la angustia en que me encontraba. Ella pareció preocupada, pero estaba demasiado endurecida en este aspecto para mostrar algo más que un rostro impasible, y me preguntó si no me había cuidado y sido tierna conmigo en el parto como lo hubiera hecho con su propia hija. Tuve que reconocer que así fue.

—Bueno, querida —prosiguió—, no te preocupes por eso. ¿No sabes, acaso, que hay mujeres cuyo trabajo es precisamente cuidar de los niños de otras como si fuesen sus propias madres? Sí, niña, no temas. ¿Cómo nos hemos criado nosotras? ¿Estás segura de que te amamantó tu propia madre? Y, sin embargo, pareces bien alimentada y hermosa —mientras decía esto me dio un golpecito en la cara—. Olvida tus temores, pues empleo a las mejores y más honradas niñeras que se pueden tener, y se malogran tan pocos niños en sus manos como sucedería si les atendieran sus propias madres, porque no nos falta destreza en ello.

Me afectó que ella me preguntara si estaba segura de que me había criado mi propia madre. Por el contrario, yo estaba segura de que no, por lo cual temblé y el color huyó de mi rostro. «Seguro —pensé— que esta mujer es una bruja que habla con espíritus, pues sabe de mi infancia más que yo misma.» Por tanto, la miré con temor intentando leer en su rostro; pero después de unos momentos de reflexión, me dije que aquello era imposible y empecé a tranquilizarme.

Ella se dio cuenta de la confusión en que estaba, pero sin conocer su significado, así que continuó hablando de mi falta de sentido al suponer que las criaturas morían al carecer de los cuidados de su madre, y quería convencerme de que los niños que ella tenía a su cargo eran tratados igual o mejor que lo harían sus propias madres.

—Es posible que tenga usted razón —dije—, pero mis dudas no carecen de fundamento.

—Entonces, oigamos algún caso de los que te inducen a sospecha.

—Primero —proseguí—, usted da dinero a esas personas, alejando al niño de sus padres, para que cuiden de él mientras viva. Pero sabemos, madre, que ellos son pobres y su ganancia consiste en librarse de la carga tan pronto sea posible; ¿cómo no dudar, entonces, si es mejor para ellos que muera el niño y eludir la responsabilidad?

—Eso no son más que imaginaciones tuyas —respondió—. Te digo que su crédito depende de la vida del niño, y se preocupan de ellos tanto como cualquier madre.

—¡Ah! —exclamé—, si yo estuviera segura de que mi bebé era bien cuidado y se le hacía justicia, sería feliz, pero es imposible que me pueda convencer a menos que lo viera con mis propios ojos, y ponerme en evidencia sería la perdición total para mí en estas circunstancias; así pues, no sé qué decisión tomar.

—¡Bonita historia! —exclamó—. Ver al niño y no verle; ocultarle y estar con él al mismo tiempo. Eso es imposible, querida; por tanto, tienes que hacer lo que otras madres sensatas han hecho antes que tú, o sea, admitir las cosas como son, aunque a ti no te agraden.

Entendí lo que quería decir por madres sensatas. Ella hubiera dicho concubinas, pero no quería ser desatenta, aunque realmente yo no tenía que darme por aludida, porque estaba casada legalmente, a excepción de la vigencia de mi matrimonio anterior.

Sin embargo, yo no había llegado al punto de impiedad de otras mujeres como para no preocuparme de la seguridad de mi niño, y mantuve este cariño honesto durante tanto tiempo que estuve punto de dejar a mi amigo del banco, quien me imponía con tanta fuerza que me casara con él, que, en resumen, apenas había lugar para rechazarle.

Finalmente, mi vieja gobernanta me dijo, con su seguridad habitual:

—Venga, querida, he encontrado el modo que te asegure el buen cuidado del niño, y sin embargo, la persona que le cuide nunca sabrá quién es su madre.

—¡Oh, madre! si puede hacer eso estaré siempre en deuda con usted.

—Bien, ¿estás dispuesta a entregar una pequeña cantidad anual, algo más de lo que nosotros abonamos normalmente a las personas que se encargan de las criaturas?

—¡Ay! con todo mi corazón, siempre que no llegue a saber que soy su madre.

—Respecto a eso —contestó—, puedes estar segura, porque la niñera no se atreverá nunca a preguntar por ti y podrás ver al niño una o dos veces al año, para comprobar cómo le tratan y convencerte de que está en buenas manos, no sabiendo nadie quién eres.

—¿Cree que cuando vea al niño se podrá ocultar que soy su madre? ¿Lo cree posible?

—Bueno, si tú no lo revelas, la niñera nunca lo hará, pues obraría en contra de sus propios intereses al perder el dinero que se supone va a recibir y alejarla del niño.

Quedé muy satisfecha con estas palabras; así pues, a la semana siguiente trajeron a una campesina de Hertford que se haría cargo de la criatura mediante el pago de diez libras, pero si yo podía permitirme cinco libras más al año, estaría obligada a traer al niño a la casa de mi gobernanta con tanta frecuencia como tuviésemos por conveniente o visitar a mi hijo para comprobar cómo era tratado.

La mujer tenía un aspecto saludable; era esposa de un labrador, pero su ropa no lo denotaba. Esto sólo me tranquilizó un poco, pues derramé abundantes lágrimas al ver que se llevaba a mi hijo. Anteriormente, viajé a Hertford para ver su casa, que me agradó bastante, y le prometí grandes cosas si era amable con el niño, así que desde un principio observó que yo era su madre; pero como pareció indiferente ante ello, me sentí segura.

En resumen, consentí en dejarle al niño y le entregué las diez libras, estando ella de acuerdo en que nunca me reclamaría nada más por su manutención. Por mi parte, le prometí que si ella cuidaba bien del niño, le daría algo más cuando fuese a verle. Así fue como me liberé de mi gran preocupación, de una forma que, aunque no me convencía del todo, era la más conveniente para mí, tal como se presentaban las circunstancias.

CAPÍTULO XXVIII

Entonces empecé a escribir a mi amigo del banco, y ahora con un estilo más amable; a principios de julio le mandé una carta en que le refería mi propósito de viajar a la ciudad en agosto y pasar allí algún tiempo. Él me contestó, en los términos más apasionados que se pueda imaginar, que se lo hiciera saber con tiempo para encontrarse conmigo a dos días de viaje. Esto me desconcertó y no sabía qué respuesta darle. En seguida pensé en tomar la diligencia a West Chester, con el propósito de que me viese venir del campo, porque tenía la sospecha de que él no creía realmente que estaba donde le había dicho, idea no tan infundada, como se verá posteriormente.

Intenté eludir aquel pensamiento, pero fue en vano. La impresión era muy fuerte en mi mente, tanto que no podía resistirla. Finalmente, decidí irme al campo, que sería un escondite excelente ante mi vieja gobernanta, porque ella no sabía exactamente dónde vivía mi nuevo pretendiente, y pensó que residía en Lancashire, y no en Londres, como así era.

Cuando hice los preparativos para el viaje, se lo comuniqué, y envié a la criada que me atendía desde el principio a reservar sitio en la diligencia. Mi gobernanta sugirió que me acompañase, pero la convencí de que no sería conveniente. Al marcharme, no me pidió la dirección a donde iba, pues el cariño que sentía por mi hijo haría que la escribiera y visitase cuando fuera a verle a la ciudad. Le aseguré que así lo haría y partí satisfecha de aquella casa, a pesar del buen trato que había tenido allí.

No tomé pasaje en la diligencia hasta el final del trayecto, sino sólo hasta un lugar llamado Stone, en Cheshire creo recordar, lugar donde no había estado nunca; pero sabía que con dinero en el bolsillo se puede ir a cualquier sitio. Así pues, me alojé allí dos o tres días hasta que, cuando lo consideré oportuno, me trasladé nuevamente a Londres, anunciando por carta a mi caballero que estaría cierto día en Stony-Stratford, donde él me esperaría.

Sucedió que, por casualidad, el coche en que viajaba había sido alquilado por algunos caballeros que se dirigían a West Chester, por lo que al regresar ahora sin seguir el trayecto ni el horario habitual de las diligencias, me había visto obligada a quedarme todavía el domingo, y mi amigo no pudo llegar a Stony-Stratford con tiempo suficiente para estar conmigo por la noche, sino que se encontró conmigo en un lugar llamado Brickhill a la mañana siguiente, justo cuando entrábamos en la ciudad.

Confieso que me alegré mucho de verle, pues no estaba muy satisfecha de la forma en que preparé mi regreso. Me agradó en extremo su aspecto, porque venía en un soberbio carruaje de cuatro caballos y acompañado de un criado que le atendía.

Hizo que me trasladase inmediatamente a su coche y luego nos detuvimos en una posada de Brickhill, donde pidió alojamiento y nos sirvieron la comida. Le pregunté si no continuaríamos nuestro camino, y respondió que yo necesitaba descansar y que no era indispensable continuar el viaje esa noche.

No le presioné mucho, porque ya que había venido desde tan lejos a encontrarse conmigo y habiendo hecho tantos gastos, era razonable que se lo agradeciese de alguna forma para compensarle.

Tras la comida, paseamos por los campos y la ciudad, ofreciéndose nuestro posadero como guía en la visita que hicimos a la iglesia. Observé que mi caballero hacía muchas preguntas sobre el párroco; por tanto, deduje que deseaba concertar el matrimonio, lo cual yo aceptaría de inmediato pues no estaba en condiciones de rechazarle en mis circunstancias.

Mientras pensaba en ello, observé que mi casero se lo llevaba aparte y le susurraba algo, aunque no lo bastante bajo como para que yo no lo escuchase:

—Señor, si usted desea...

El resto no pude oírlo, pero creo que le estaba ofreciendo los servicios de un clérigo que vivía en un lugar apartado, donde podría celebrarse la ceremonia con total intimidad.

Mi caballero contestó con voz lo suficientemente alta como para oírlo yo:

—Muy bien, estoy de acuerdo.

Tan pronto como regresamos a la posada, empezó a hablarme con palabras halagadoras diciendo que como había tenido la buena suerte de encontrarme y todo había resultado según lo tenía previsto, sería una decepción que me negase a seguir adelante.

—¿Qué quiere decir? —pregunté sonrojándome ligeramente—. ¿En una posada y en el camino? Dios bendito, ¿cómo puede hablar así?

—Naturalmente que puedo hacerlo. He venido con este objeto y le demostraré que es cierto lo que digo —respondió mostrándome un gran fajo de papeles.

—Me asusta usted. ¿Qué es todo esto?

—No se asuste, querida —y al decir esto me besó.

Ésta era la primera vez que se había tomado la libertad de llamarme de ese modo, y luego lo repitió:

—No temas, querida. Verás qué es todo esto.

Entonces extendió los papeles. Primero la sentencia del divorcio de su mujer y todo el testimonio de sus malas artes; luego, los certificados del clérigo y coadjutores de la parroquia donde vivía, probando que había sido enterrada y la forma en que falleció; a continuación, la orden judicial del oficial de justicia, y por último, el veredicto del jurado considerándola perturbada mental.

Hizo todo esto, en realidad, con el propósito de darme satisfacción, aunque yo no tenía tantos escrúpulos y le hubiese aceptado de igual forma sin aquellos requisitos. Sin embargo, examiné los documentos con la mayor atención y le dije que todo estaba muy claro, pero que no era necesario que se hubiera molestado en traerlos consigo, porque había tiempo para ello. Contestó que podría haber tiempo suficiente para mí, mas no para él.

Había otro papel enrollado y le pregunté qué era, a lo que respondió:

—Ésa es la pregunta que deseaba escuchar.

A continuación desenrolló el papel, mostrando un estuche del que sacó un anillo de diamantes. No pude rechazarlo, aunque hubiese pensado en hacerlo, pues sin decir palabra me lo puso en el dedo. Así que le hice una reverencia y lo acepté. Después extrajo otro anillo de la caja diciendo:

—Éste es para otra ocasión —y lo guardó en su bolsillo.

—Bueno, déjeme verlo —dije sonriendo—, aunque adivino lo que es. Creo que está loco.

—Habría estado loco si hubiera hecho menos —dijo sin enseñármelo todavía.

Yo tenía muchas ganas de verlo, así que repuse:

—Bueno, pero déjeme verlo.

—Espere, primero mire esto.

Entonces sacó otro documento, y al leerlo vi que era nuestra licencia de matrimonio.

—Pero, ¿está usted loco? ¿Pensaba que accedería en el acto?

—Pues sí, eso creí —respondió.

—Mas podría estar equivocado.

—No, no, ¿cómo puede pensar así? No puede rechazarme, no es posible —y empezó a besarme con tanta fuerza que no podía librarme de él.

Había una cama en la habitación, y nos acercábamos y alejábamos de ella mientras manteníamos esta conversación. Finalmente, cogiéndome por sorpresa en sus brazos me tendió en el lecho sujetándome con fuerza, pero sin intentar nada indecente, mientras declaraba su amor por mí y juraba que no me soltaría hasta que aceptase su petición, a lo que respondí:

—Realmente, creo que tiene decidido que no le voy a rechazar.

—En efecto, no admitiría una negativa.

—Pues bien —respondí besándole suavemente—, en ese caso accedo, pero deje que me levante.

Al oír esto, sintió tal entusiasmo que comenzó a besarme sin cesar, al tiempo que me agradecía haber accedido a su petición. Estaba tan emocionado que sus ojos se inundaron de lágrimas.

Yo le di la espalda, porque mis ojos también estaban húmedos, y le pedí que me dejase a solas unos momentos. Si alguna vez tuve una pizca de verdadero arrepentimiento por la vida reprobable que había llevado, fue entonces.

«¡Oh, qué felicidad es para la humanidad —me dije a mí misma—, no ver en los corazones de los demás! ¡Qué feliz hubiera sido al tener un esposo tan honesto y cariñoso desde el principio!»

Entonces pensé en lo abominable que era al abusar de este inocente caballero. No sabía él que habiéndose divorciado de una cualquiera, estaba cayendo en brazos de otra, pues se iba a casar con una que se había acostado con dos hermanos y había tenido tres hijos con su hermanastro; una mujer que nació en Newgate, cuya madre era una ramera y ahora una ladrona deportada; que se había acostado con trece hombres y tenido un niño después de conocerle a él. ¡Pobre caballero!

Después de este reproche sobre mí misma, pensé: «Bueno, si Dios me otorga la gracia de ser su esposa, no le defraudaré y le corresponderé como se merece por el gran amor que siente hacia mí. Voy a compensarle por todos los engaños y abusos de que le he hecho objeto.

Él esperaba impaciente que saliese de mi habitación, pero al ver que tardaba, fue al piso de abajo y habló sobre el asunto del párroco con el posadero. Éste, hombre servicial, había mandado buscar al clérigo vecino, adivinando las intenciones de mi caballero; así pues, cuando empezó a hablarle de ello, le interrumpió:

—Señor, mi amigo el clérigo está en la casa.

Y después de unas palabras, fue en su busca. Cuando presentó a ambos, le preguntó si se arriesgaría a casar a una pareja de extraños. El párroco dijo que el señor S... le había referido algo de ello y esperaba que no fuera un asunto clandestino, pues él parecía un caballero serio y suponía que la señora no era una muchacha que necesitase el consentimiento de los padres.

—Para solventar sus dudas, le ruego lea este papel, —dijo mi caballero mostrando la licencia de matrimonio.

—Estoy conforme —aseguró el clérigo—. Y ahora, dígame dónde se encuentra la dama.

—La verá en seguida.

Después subió a mi habitación, explicándome que el clérigo estaba abajo y, tras ver la licencia, había consentido en casarnos sin traba alguna, pero antes quería verme.

—Hay tiempo suficiente por la mañana, ¿no? —pregunté.

—Tenía algún escrúpulo por si eras una joven escapada de casa de sus padres, pero yo le aseguré que los dos teníamos edad suficiente para darnos el consentimiento, y eso hizo que me pidiera verte.

—De acuerdo —concluí—, haz lo que creas conveniente.

Así pues, fue a buscar al clérigo, que era un caballero amable y simpático. Al parecer, le habían dicho que nos habíamos encontrado allí por casualidad, pues yo venía en el coche de Chester y mi caballero en el suyo. Después de explicarle lo fallido de nuestra cita en Stony-Stratford, dijo:

—Bueno, todos los males tienen remedio. De no haberse malogrado su cita, yo no podría casarlos —y dirigiéndose al posadero, añadió—: ¿tiene un libro de oraciones?

Yo fingí estar asustada y exclamé:

—¡Ay, señor! ¿Quiere decir que va a casarnos en una posada y de noche?

—Señora —respondió—, si quiere que sea en la iglesia, puede hacerse; sin embargo, le aseguro que su matrimonio será tan válido aquí como en el templo, pues nuestros cánones no imponen restricción alguna a este respecto. Pero repito que si desea que la boda se celebre en la iglesia, se hará en público, y respecto a la hora no tiene importancia, pues nuestros príncipes suelen casarse en sus aposentos a las ocho o las diez de la noche.

Pasó un buen rato antes de que me dejase convencer, pues yo insistía en casarme en la iglesia, a pesar de que mi obstinación era fingida. De modo que, cuando accedí, vinieron a la habitación los posaderos y su hija, pues él era sacristán y ayudó en la ceremonia, y nos casamos, con gran alegría nuestra y de todos los presentes.

He de confesar que me hacía reproches a mí misma cuando tenía al lado a mi marido, y de cuando en cuando me arrancaban un suspiro, lo cual no le pasó inadvertido, pues intentaba animarme, pensando el pobre hombre que yo tenía alguna vacilación por el paso tan apresurado que había dado.

Disfrutamos de la tarde por completo, y sin embargo todo se llevó tan en privado que nadie se enteró, porque solamente mi posadera y su hija me atendieron, no permitiendo que subiera arriba ninguna criada, excepto mientras estábamos cenando. La hija fue mi dama de honor, y a la mañana siguiente le regalé un bonito vestido, tan bueno como se podía encontrar en el pueblo; también regalé a la madre una mantilla de encaje de bolillos, que era la especialidad local.

No podíamos despertarnos a la mañana siguiente, porque, en resumen, al habernos molestado las campanas por la mañana y no haber dormido antes mucho, teníamos tanto sueño después que nos quedamos en la cama hasta casi las doce. Después de levantarnos, un suceso inesperado vino a turbar mi tranquilidad. La habitación grande de la casa daba a la calle, y al irse mi nuevo esposo, abrí la ventana para tomar un poco el aire, cuando vi a tres hombres que venían a caballo y, tras desmontar, entraban en una posada justo enfrente de la nuestra.

Observé con gran asombro que uno de ellos era mi marido de Lancashire y me llevé un susto de muerte. Nunca en mi vida me había visto en una situación semejante y creí que me iba a desmayar allí mismo, pues mi sangre corría fría por mis venas y temblaba como una hoja. No tenía ninguna duda de que era él, pues reconocí su vestimenta, su caballo y, evidentemente, su rostro.

Mi primer pensamiento fue esconderme para no ser descubierta. Los caballeros alquilaron una habitación enfrente de la mía, por lo cual cerré mi ventana, pero a hurtadillas seguí espiando, y allí le vi de nuevo, llamando a uno de los criados de la casa para algún encargo, mientras quedé completamente convencida de que, en efecto, era mi anterior marido.

Mi siguiente preocupación era saber qué asunto le había llevado hasta allí, pero eso era imposible por el momento. Mi mente bullía con pensamientos extraños, y algunas veces creía que me había descubierto y venía para recriminar mi comportamiento; le imaginaba a cada momento subiendo las escaleras para insultarme y no me explicaba cómo me había localizado, a menos que el demonio se lo hubiera revelado.

Estuve en aquel estado de pánico cerca de dos horas, y apenas podía quitar la vista de su ventana. Finalmente, oyendo una gran confusión en el pasillo de su posada, corrí a la ventana y, para gran satisfacción mía, observé cómo salían los tres y reemprendían la marcha. Suspiré con alivio, pues no tomaron la dirección de Londres, lo que hubiera supuesto la posibilidad de encontrarnos en el camino y que me reconociese, pero al irse en sentido contrario, me tranquilicé.

Mi marido y yo decidimos irnos al día siguiente, pero a las seis de la tarde nos alarmó un gran alboroto en la calle, provocado por un numeroso grupo de personas que iban en persecución de tres bandoleros que habían asaltado dos coches y a algunos viajeros cerca de Dunstable Hill, y que, al parecer, fueron vistos en una posada de Brickhill, refiriéndose a la casa donde se habían hospedado mi antiguo marido y sus dos acompañantes.

Se procedió inmediatamente al registro de la casa, pero había testimonios suficientes de que los caballeros se habían ido hacía más de tres horas. Al haberse reunido una multitud por los alrededores, nos enteramos de las noticias al momento. Yo estaba ahora muy inquieta por otra cosa. En seguida dije a la gente de la casa que aquéllas no podían ser las personas que buscaban, pues yo sabía que uno de los caballeros era una persona honrada y de buena situación en Lancashire.

El alguacil que estaba al mando fue informado inmediatamente y se acercó a mí para convencerse por mis propias palabras. Yo le aseguré que vi a los tres caballeros mientras cenaban, a través de la ventana de su habitación, y luego montar a caballo, asegurando que conocía a uno de ellos, un reputado caballero de muy buena posición en Lancashire, donde yo había estado en mi último viaje.

La seguridad con que hablé convenció al alguacil, que inmediatamente ordenó retirarse a todo el mundo, asegurando que le habían informado de que aquéllos no eran los bandidos que buscaban, sino honrados caballeros.

Yo desconocía la verdad de aquel asunto, pero lo cierto era que dos carruajes fueron asaltados en Dunstable Hill desapareciendo quinientas sesenta libras; de otra parte, algunos de los comerciantes que viajaban siempre por ese camino también habían sido atracados.

Este incidente nos detuvo otro día en el pueblo, aunque mi esposo quería viajar; me explicó que era siempre más seguro hacerlo después de un robo porque los ladrones seguro que estarían lo suficientemente lejos al haber alarmado al condado, pero yo estaba intranquila, pues sabía que mi antiguo conocido estaría en el camino todavía y tendría oportunidad de reconocerme.

Nunca viví cuatro días seguidos más agradables en toda mi vida. Me sentía como una novia durante este tiempo, y mi nuevo esposo se esforzaba para facilitarme las cosas en todo. ¡Oh, si hubiera continuado aquella vida! ¡Cómo habría olvidado todos mis problemas pasados y evitarme futuras penas! Pero tenía una vida pasada indigna y debía responder de ella, parte en este mundo y parte en el otro.

Partimos al quinto día, y como yo me hallase intranquila, mi casero, junto a su hijo y tres amigos honrados de la zona tomaron sus armas y nos acompañaron a Dunstable. No podíamos hacer otra cosa que tratarlos allí con mucha generosidad, por lo cual les ofrecimos una buena comida que costó a mi esposo unos diez o doce chelines; luego entregó una pequeña suma a los hombres por su tiempo, pero el posadero no aceptó ningún dinero.

CAPÍTULO XXX

Ésta fue la circunstancia más feliz que podía haberme ocurrido, pues llegué a Londres en calidad de esposa y pude tomar posesión en seguida de una casa bien amueblada y de un marido en muy buena situación; así pues, tenía ante mí un futuro muy prometedor, si sabía cómo manejarme, y tiempo libre para considerar el valor real de la existencia que probablemente me esperaba. Qué lejanos quedaban aquellos días de zozobra y privaciones que había vivido no hacía mucho, y cuánto más atractiva me parecía una vida de virtud y sobriedad que la llamada «vida de placer».

Sin embargo, sentí mucho que aquella etapa de mi existencia durase tan poco, pues ni siquiera pude llegar a saborearla como hubiera deseado. Mientras viví esta feliz situación me arrepentí de toda mi vida pasada. Miraba atrás con aversión, es más, podría haber dicho ciertamente que me odiaba por ello. A menudo pensaba en cómo mi amante de Bath, golpeado por la mano de Dios, se arrepintió y me abandonó, negándose a verme más aunque me quería al máximo, pero yo, provocada por el peor de los demonios, la pobreza, volvía a la vil práctica, y me aproveché de lo que ellos llaman una cara bonita para que fuera el alivio de mis necesidades, al ser la belleza una alcahueta del vicio.

Ahora parecía haber desembarcado en puerto seguro, después de haber terminado un viaje tormentoso por la vida, y empecé a estar agradecida por mi liberación. Me sentaba muchas horas sola y lloraba al recordar las locuras pasadas y las horrorosas extravagancias de una mala vida, y algunas veces me enorgullecía de haberme arrepentido sinceramente.

Pero hay tentaciones que no está en poder de la naturaleza humana resistir, y pocos saben qué harían en las mismas circunstancias. Como la codicia es la raíz de todo mal, así la pobreza, creo, es la peor de todas las trampas. Pero renuncio a este discurso hasta llegue el momento adecuado.

Mientras tanto, vivía con mi marido en la mayor tranquilidad. Él era un hombre tranquilo, modesto y sincero, y en su oficio, diligente y justo. Su negocio era de alcance limitado y sus ingresos suficientes para llevar una vida cómoda y agradable, dentro de los cánones normales. Yo no pretendía ahora una existencia brillante, porque sentía aversión por la frivolidad y extravagancia de mi anterior vida; así pues, elegí vivir retirada, sencillamente y con frugalidad. No tenía compañía, no hacía visitas y cuidaba de mi marido, y esta clase de vida se convirtió en un placer para mí.

Vivimos de esta forma tranquila y feliz durante cinco años ininterrumpidamente, cuando el golpe repentino de una mano casi invisible derribó nuestra felicidad dejándome en la situación opuesta a la que había estado disfrutando.

Al haber confiado mi marido a uno de sus compañeros una suma de dinero, demasiado para que nuestras fortunas soportaran su pérdida, el negocio falló y la pérdida cayó como un gran peso sobre mi marido; sin embargo, el mal no sería tan grande si hubiese mirado de frente a sus desgracias, pues su crédito era tan bueno que se recuperaría fácilmente, como yo no cesaba de explicarle. Pero es sabido que ceder ante un obstáculo es hacerlo mayor, y a quien le ocurre esto es frecuente que no levante cabeza.

Fue en vano que le hablase con todo mi afecto para intentar reanimarle, pues la herida producida era muy profunda y le llevó primero a la melancolía, después al letargo y, finalmente, partió al otro mundo. Yo estaba desconsolada, porque sabía, sin ninguna duda, que si él moría estaba perdida.

Había tenido sólo dos hijos con él, porque tenía ahora cuarenta y ocho años, y supongo que aunque él hubiera vivido no habría tenido más.

Entonces me encontré en la más desesperada de las situaciones; en cierta forma estaba peor que nunca. En primer lugar, había pasado la época floreciente en que podía esperar ser cortejada por mi hermosura, pero ese aspecto agradable había decrecido con el tiempo; por otra parte, estaba tan desalentada que no me encontraba con fuerzas para enfrentarme a los acontecimientos. Yo, que había animado a mi marido e intenté mantener su moral alta cuando fue necesario, no podía hacerlo conmigo misma, pues carecía del valor suficiente para soportar aquello.

Pero en realidad mi caso era más lamentable, porque estaba completamente desvalida y carecía de amigos, y la pérdida de mi marido me había dejado en tan mala situación que, aunque de hecho no tenía deudas, podía prever fácilmente que con los fondos restantes no me mantendría mucho tiempo. Dado que tenía que gastar en mi manutención diaria y no veía la forma de aumentarla ni un chelín, pronto se gastaría todo, y entonces no veía nada delante de mí salvo la miseria más absoluta, y esto se me representaba de una forma tan viva en mis pensamientos, que lo sufría antes de que ocurriese realmente, hasta el extremo de que cada moneda de seis peniques que pagaba por un pan creía que era la última y al día siguiente ayunaría hasta morir de hambre.

En esta situación tan angustiosa no tenía ayuda, ni amigo que me consolara o aconsejase. Me sentaba a llorar atormentada día y noche, retorciéndome las manos, y algunas veces desvariando como una mujer trastornada; de hecho, me he preguntado con frecuencia si aquello no habría afectado a mi razón, porque las insensateces llegaron a un punto en que mi mente, en ocasiones, se perdía por completo en ideas incoherentes.

CAPÍTULO XXXI

Viví dos años en estas condiciones deprimentes, gastando lo poco que tenía, llorando continuamente sobre mi situación y sin esperar la menor ayuda de Dios o de los hombres; derramé tantas lágrimas que llegué a pensar que se me habían agotado, y empecé a desesperarme, porque me arruinaba a un ritmo acelerado.

Con el fin de hacer algún ahorro, dejé mi casa y me trasladé a una pensión, y a medida que lo necesitaba, vendía la mayor parte de mis bienes, lo que aumentó algo mis ingresos; con ello viví cerca de un año, gastando con mucha moderación y estirando las cosas al máximo, pero cuando pensaba en el futuro, mi corazón se partía ante la inevitable llegada de la miseria y la necesidad.

Desearía que nadie leyese esto sin reflexionar seriamente sobre las penas de quien carece de ayuda, amigos y alimento; de esta forma, no desperdiciarán sus bienes, sino que podrán considerarlos un bien del Cielo y no tendrán que exclamar aquella plegaria que dice:

No me hagas pobre, para que no tenga que robar.

Una tarde, mientras desvariaba pensando en mi triste situación y provocada por no sé qué espíritu, me vestí (porque tenía todavía buenos vestidos) y salí a la calle. Estoy segura de que al hacerlo no tenía ningún plan en la cabeza, pero sin duda era el diablo quien me conducía, pues eché a andar como si llevase un rumbo determinado.

Vagando por las calles, no sé muy bien por dónde, pasé por la tienda de un boticario en Leadenhall Street, donde vi un bulto pequeño envuelto con un trapo blanco, colocado sobre un taburete justo delante del mostrador; más allá había una sirvienta de espaldas, mirando hacia arriba, donde el aprendiz de boticario, subido encima del mostrador y con un candil en la mano, buscaba algo en un estante, también de espaldas a la puerta; no había nadie más en la tienda.

Aquélla fue la trampa que me tendió el diablo, y nunca olvidaré que escuché algo así como una voz que me susurraba por encima del hombro: «Toma el bulto, rápido, éste es el momento.» Tan pronto como oí aquello entré en la tienda, y de espaldas a la criada, como si estuviera despidiendo a alguien que se marchaba, pasé mi mano por detrás de mí y cogí el bulto, saliendo rápidamente, sin que la criada ni el mancebo se enterasen de nada.

Es imposible expresar el horror que me produjo lo que hice. Cuando salí, no tenía fuerzas para correr, ni siquiera podía apresurar el paso. Pasé a la otra acera y bajé por la primera callejuela que encontré, desembocando en Frenchurch Street. Desde allí crucé y atravesé tantos caminos y bocacalles que ignoraba dónde estaba; no sentía el suelo que pisaba, y cuanto más lejos estaba del peligro, más rápido iba, hasta que cansada y sin respiración, me vi obligada a sentarme en un pequeño banco, donde me recuperé algo. Observé que me encontraba en Thames Street, cerca de Billingsgate. Descansé un poco y continué. Mi sangre ardía y mi corazón palpitaba como si hubiera recibido un susto repentino. En resumen, estaba tan sorprendida que todavía no sabía qué hacía o adónde me dirigía.

Agotada de tanto caminar y por la tensión nerviosa, decidí regresar a mi pensión, donde llegué sobre las nueve de la noche.

No sabía aún qué contenía el bulto o con qué motivo estaba donde lo encontré; así pues, cuando lo hube abierto descubrí que había un juego de ropa de cama de niño, muy bueno y casi nuevo, con encajes muy finos; un vestido amplio y tres pañuelos de seda, junto a otras telas; un cuenco, una jarra y seis cucharas de plata, y en la jarra, envueltos en papel, dieciocho chelines y seis peniques en monedas.

Mientras observaba el contenido del paquete, el terror me atenazaba, aunque estaba completamente a salvo. Me senté y lloré con vehemencia. «Señor —pensé—, ¿qué soy ahora? ¡Una ladrona! ¡La próxima vez me descubrirán y seré condenada a prisión perpetua en Newgate!» Lloré de nuevo durante mucho tiempo, y estoy segura, tan pobre como era, de que si me hubiera atrevido, sin duda habría devuelto todo, pero deseché esta idea después de un rato. Luego me fui a la cama, pero aquella noche dormí poco.

El horror por lo que había hecho no se apartaba de mi mente, y no puedo recordar qué hice al día siguiente. Esperaba impaciente oír alguna noticia sobre el robo, especialmente si eran bienes de un pobre o de un rico. «Quizá —pensé— sea una pobre viuda como yo la que ha empaquetado estas cosas para venderlas y conseguir un trozo de pan para ella y su pobre niño, y ahora se están muriendo de hambre, con el corazón roto por la pérdida de sus escasas pertenencias.» Este pensamiento me atormentaba más que los demás y me persiguió durante tres o cuatro días.

Pero mi propia angustia silenció todas estas reflexiones, y la perspectiva de morirme de hambre, lo cual se acercaba cada día más, endurecía mi corazón. Entonces pensaba que no me había reformado ni arrepentido lo suficiente de mi disipada vida anterior. Es bien cierto que, durante varios años, viví de forma sobria, seria y retirada, pero ahora me dejaba llevar por la espantosa necesidad de mis circunstancias y me hallaba a las puertas de la perdición, tanto del alma como del cuerpo, y dos o tres veces caí de rodillas, rezando a Dios, tan bien como podía, por mi liberación; mas he de decir que no confiaba en que mis oraciones me proporcionasen algún consuelo, y pensé que el Cielo estaba empezando a castigarme incluso antes de mi muerte, por lo que sería ahora tan desgraciada como antes había sido perversa.

De haber seguido así quizá hubiera sido una penitente verdadera, pero tenía un satánico consejero en mi interior que me provocaba continuamente a liberarme de mis escrúpulos; así pues, una tarde sentí de nuevo el mismo impulso malvado y decidí salir otra vez en busca de alguna oportunidad.

Deambulé sin saber dónde ir ni qué buscaba, cuando el demonio puso ante mí un nuevo cebo. Cruzando Aldersgate Street, vi a una preciosa niña que asistía a una escuela de baile y regresaba a su casa completamente sola. Mi provocador demonio me puso sobre esta inocente criatura. Empecé a hablarle cariñosamente hasta que, tomándola de la mano, nos dirigimos a un callejón pavimentado que desembocaba en Bartholomew Close. Ella dijo que aquél no era el camino de su casa, pero yo le contesté que sí y se lo mostraría.

La niña tenía un pequeño collar de cuentas de oro en el que yo me había fijado, y en la oscuridad del callejón me incliné haciendo que se lo arreglaba, pero lo que hice realmente fue quitárselo sin que ella lo notase. Hubo un momento en que el diablo me dio la idea de matar a la niña en el callejón para que no pudiera gritar, mas sólo pensar en ello me asustó tanto que estuve a punto de desmayarme, por lo cual le dije que, ciertamente, aquel no era el camino de su casa y la solté; ella caminó hasta Bartholomew Close, y una vez allí se perdió entre la multitud.

Esta acción tan deleznable no produjo en mí el menor remordimiento, pues la pobreza, como he dicho, endureció mi corazón, y mis propias necesidades me hacían no tener nada en cuenta. Como no había hecho ningún daño a la niña, sólo me decía a mí misma que les había dado a los padres una justa reprimenda por su negligencia al permitir que la criatura caminase sola por la calle, y les enseñaría a tener más cuidado en otra ocasión.

El collar podía valer unas doce o catorce libras, y supongo que pertenecería a la madre, porque era demasiado grande para que lo llevara una niña de su edad, pero quizá la vanidad de la madre por hacer que su niña apareciera elegante en la escuela de baile, le había hecho permitir que lo llevara la pequeña. Es indudable que la niña iba acompañada de una criada, pero ésta, eludiendo su responsabilidad, se habría detenido quizá charlando con alguna amiga que se hubiera encontrado por el camino, y así la pobre niña deambuló hasta que cayó en mis manos.

Pese a todo, como ya dije, no causé ningún daño a la niña. Tampoco hice nada por asustarla, pues todavía conservaba algún resto de bondad, y estas malas acciones eran sólo consecuencia de la necesidad.

Volví a realizar muchas veces acciones de la misma índole después de esto, pero era novata en el oficio y no sabía desenvolverme con soltura. Sin embargo, sólo actuaba cuando mi demonio interior me lo dictaba, aunque he de confesar que esto se repetía cada vez con más frecuencia.

Una de estas aventuras me produjo un considerable beneficio. Iba por Lombard Street en la oscuridad de la noche, justo al final de Three King Court, cuando de repente un individuo se acercó corriendo tan veloz como un rayo y tiró un bulto que llevaba en la mano justo delante de mí, diciendo:

—Dios la bendiga, señora, deje eso ahí un momento —y se fue corriendo tan rápido como el viento.

Detrás de él venían dos hombres más, y a continuación apareció un individuo joven sin sombrero, gritando:

—¡Alto, ladrones! ¡A ellos!

El joven iba seguido por un grupo de hombres, y todos ellos perseguían tan de cerca a los dos últimos individuos, que éstos se vieron obligados a tirar lo que llevaban; uno de ellos fue atrapado y los otros escaparon.

Yo permanecí inmóvil durante todo este tiempo, hasta que el grupo regresó arrastrando al pobre individuo, mientras recogían los objetos robados, muy satisfechos por haber recuperado el botín y capturado al ladrón; pasaron a mi lado siguiendo su camino, porque yo sólo parecía alguien que se había quedado allí observando el incidente. Una o dos veces pregunté qué pasaba, pero no obtuve ninguna respuesta; de forma que, cuando el grupo se dispersó, aproveché la oportunidad de volverme para recoger lo que había detrás de mí y continué mi camino.

Esta vez todo resultó más sencillo que en anteriores ocasiones, porque yo no robé estas cosas, sino que me limité a recoger lo que ellos, prácticamente, habían puesto en mis manos.

Llegué segura a mi pensión con el bulto, que se componía de una pieza de excelente seda negra brillante y otra de terciopelo que medía cerca de diez metros. Al parecer, los ladrones habían desvalijado la tienda de un mercero; digo desvalijar, porque los objetos eran tantos que los habían perdido, aunque se recuperaron bastantes. Por mi parte, desconocía el método que siguieron para hacerse con tal botín, pero como yo sólo había robado a un ladrón, no sentí escrúpulos al quedarme las telas; por el contrario, sentí una gran satisfacción.

Durante este tiempo tuve suerte y cometí más tropelías de este tipo, aunque no tan fructíferas como la que acabo de relatar; sin embargo, vivía con el temor a ser descubierta y, como consecuencia, colgada en la horca. Este miedo impedía que realizase fechorías que podrían haberme sido muy beneficiosas.

Yo caminaba con frecuencia a los pueblos que rodean la ciudad para ver si podía conseguir algo, y al pasar por una casa cerca de Stepbey, vi en la repisa de una ventana dos anillos, uno con un pequeño diamante y otro de oro sencillo, quizá dejados allí por alguna dama descuidada, que tenía más dinero que prudencia, mientras se lavaba las manos. Pasé varias veces al lado de la ventana para ver si había alguien en la habitación, y no pude ver a nadie, mas todavía no estaba segura. De repente pensé golpear el cristal, como si quisiera hablar con alguien, y si aparecía una persona, diría que recogiesen los anillos, porque había visto a dos individuos sospechosos merodeando por allí. Era una buena idea, así que golpeé una o dos veces y no vino nadie; entonces, rompí el cristal con muy poco ruido, saqué los dos anillos y me fui impunemente. El anillo del diamante valía cerca de tres libras y el otro unos nueve chelines.

Tenía prisa por vender mis artículos, especialmente las dos piezas de seda. Me resistía a desprenderme de ellas por una nimiedad, como hacen generalmente los ladrones de poca monta, quienes después de haber arriesgado sus vidas por algo de escaso valor, lo venden de buen grado por una miseria, pero yo no quería proceder así, como no fuese en caso de extrema necesidad; sin embargo, no sabía muy bien qué rumbo tomar. Finalmente, decidí acudir a mi antigua gobernanta y darme a conocer de nuevo. Le había pagado puntualmente las cinco libras al año para mi hijo durante tanto tiempo como me fue posible, pero al final me vi obligada a suspenderlo. Sin embargo, le había escrito una carta, en la cual le explicaba que mi situación era precaria, pues había perdido a mi marido y no podría seguir entregándole el dinero por más tiempo, y así rogaba que el pobre niño no sufriera demasiado por las desgracias de su madre.

Así pues, fui a visitarla y observé que dirigía todavía algo del antiguo negocio, pero que no estaba en una situación tan floreciente como antes, porque había sido demandada por cierto caballero al que habían robado a su hija, la cual, al parecer, ella había ayudado a trasladar, escapando de la horca por poco, y los gastos del juicio habíanla dejado casi en la pobreza. Su casa apenas estaba amueblada y ya no tenía tanta reputación en su actividad como antes; sin embargo, se mantenía en pie, digamos, y como era una mujer decidida, y le quedaba alguna reserva, se convirtió en prestamista y vivía bastante bien.

Me recibió cortésmente, y con sus modales atentos me contó que no habría tenido la menor preocupación por haberse rebajado mi condición, pues ella se había preocupado de que mi hijo estuviera bien cuidado, aunque yo no pudiera pagar por él, y que la mujer a cuyo cuidado se lo había confiado era tolerante; por tanto, no era necesario que me preocupase por él hasta que yo pudiera ser capaz de hacerlo efectivo en mejor situación.

Le dije que no me había quedado mucho dinero, pero que tenía algunas cosas de valor, si ella podía decirme cómo convertirlas en efectivo. Me preguntó qué tenía, y entonces le enseñé el collar de oro, asegurando que era uno de los regalos de mi marido; los dos paquetes de seda, que dije procedían de Irlanda, y el pequeño anillo con el diamante. El paquete pequeño de plata y cucharas había encontrado el medio de venderlos antes por mí misma, y respecto a las ropas de cama para niño, me ofreció quedárselas creyendo que eran mías. Me dijo que al dedicarse a hacer préstamos, vendería aquellas cosas por mí como si se las hubieran empeñado a ella, y así trabó contacto con personas sin escrúpulos que compraron los objetos a buen precio.

Empecé a pensar entonces que esta mujer podría ayudarme a encontrar un empleo o actividad honrada que me permitiese hacer frente a la mala situación que atravesaba, mas en esto me equivocaba. Si yo hubiera sido más joven, quizá podría haberme echado una mano, pero al rebasar ya los cincuenta años, no podía ofrecerme nada.

A pesar de esto, me invitó a su casa hasta que pudiera encontrar algo que hacer, diciendo que me cobraría lo menos posible, y acepté encantada. Ahora, viviendo con un poco más de comodidad, tomé medidas para que se hiciesen cargo del hijo que había tenido con mi último marido, lo que aceptó con facilidad, sin incrementar el pago de las cinco libras anuales y sólo si podía pagarlas. Esto supuso tal ayuda para mí, que durante un tiempo abandoné la sórdida actividad que me había ocupado últimamente, y estaba contenta porque conseguiría mi pan con la ayuda de mi aguja si podía conseguir trabajo, aunque esto era muy difícil para alguien que no tenía conocidos en el mundo.

Finalmente, conseguí algunos trabajos de costura a los que me dediqué con placer y abnegación; así empecé a vivir de nuevo como una mujer honrada, pero el incansable demonio decidió que continuaría a su servicio, incitándome con insistencia a proseguir mis actividades fuera de la ley por si se ofrecía algo, como en ocasiones anteriores.

Una tarde obedecí ciegamente aquel impulso haciendo un largo recorrido por las calles, pero no encontré ninguna oportunidad y regresé a casa con las manos vacías y muy fatigada; mas no contenta con eso, salí también a la tarde siguiente, y al pasar delante de una taberna pude ver, a través de la puerta abierta de un reservado, que sobre una mesa había una jarra de plata de las que se utilizaban en estos establecimientos. Al parecer, alguien estuvo bebiendo allí y un camarero despistado olvidó retirarla.

Entré en la taberna con seguridad y me senté de tal forma que ocultaba la jarra en la esquina de la mesa; después llamé para que me atendiesen. Un chico vino en seguida y le pedí una pinta de cerveza templada, porque hacía frío; el muchacho se alejó y observé cómo bajaba a la bodega en busca de la cerveza. Luego entró otro mozo y preguntó:

—¿Llamó usted?

—Sí —dije con aire melancólico—, el chico ha ido a por una pinta de cerveza para mí.

Mientras estaba sentada allí, oí decir a la mujer en el bar: «¿Se han ido los de la cinco?», que era el reservado donde estaba sentada yo, y el chico respondió: «Sí.» «¿Quién recogió la jarra?», dijo la mujer. «Yo lo hice. Es ésa», repuso otro chico señalando, al parecer, una jarra que había recogido de otro reservado por error.

Yo escuché todo esto con la mayor satisfacción, porque comprobé que no echaban de menos la jarra, así que bebí mi cerveza, llamé para pagar y cuando me fui dije al chico señalando el recipiente:

—Ten cuidado con la jarra.

—Sí, señora —respondió—, muchas gracias.

Y tras esto abandoné la taberna.

Llegué a casa de mi gobernanta y pensé que era el momento de probar si, en caso de apuro, podría ofrecerme ayuda. En cuanto tuve ocasión de hablar con ella, le conté que tenía algo muy importante que confiarle si no lo divulgaba. Respondió que si había guardado mis otros secretos fielmente, ¿por qué no lo haría esta vez? Entonce le dije que me había ocurrido la cosa más extraña del mundo y que, sin proponérmelo, me había convertido en una ladrona, refiriéndole la historia de la jarra.

—¿Y la has traído contigo, querida?

—Puede estar segura —respondí, mostrándole la jarra—. Pero, ¿qué haré ahora? ¿No tendría que devolverla?

—¡Devolverla! —exclamó—. ¿Pretendes que te encarcelen en Newgate por robo?

—¿Por qué? No pueden hacer eso si la devuelvo.

—Ignoras cómo actúa esa clase de gente, querida —repuso—. No sólo te encarcelarán, sin tener en cuenta tu gesto de honradez al devolverla, sino que podrían acusarte de otros robos que no has cometido, con lo que te llevarían a la horca.

—¿Qué tengo que hacer entonces?

—Nada. Si has sido lo bastante audaz para robarla, ahora tienes que guardarla, pues ya no puedes volverte atrás. Además, querida, ¿no lo necesitas tú más que ellos? Ojalá pudieras hacer una operación así una vez a la semana.

Esto me dio una nueva idea de mi gobernanta: desde que se había convertido en prestamista, tenía una clase de gente a su alrededor que no eran tan honrados como los que me había encontrado allí antes.

No llevaba mucho tiempo allí cuando comprendí esto con más claridad, porque de cuando en cuando veía a personas que traían empuñaduras de espadas, cucharas, tenedores, jarras y toda clase de loza, no para ser empeñados, sino vendidos; ella compraba todo sin hacer preguntas, realizando buenos negocios.

También descubrí que después de este comercio siempre fundía los objetos de plata que compraba, para que no pudieran ser reconocidos. Una mañana que iba a realizar esta operación, me preguntó si quería meter mi jarra para que no pudiera verla nadie. Acepté encantada, y después de pesarla me entregó el dinero correspondiente a su valor, aunque era una excepción porque no hacía lo mismo con los demás clientes.

Algún tiempo después, mientras trabajaba con aire melancólico, me preguntó qué me pasaba, como solía hacer. Le dije que me pesaba el corazón. Tenía poco trabajo y escasos ingresos para vivir, y no sabía qué rumbo tomar. Ella se rió y me dijo que tenía que salir de nuevo a probar fortuna, pues pudiera ser que me encontrara con otra pieza de plata.

—¡Oh, madre!, ése es un negocio en el que no tengo habilidad, y si me cogieran estaría perdida.

—No te preocupes por eso. Conseguiré una maestra que te hará tan experta como ella misma.

Temblé ante la proposición, porque hasta ahora no había tenido cómplices. Pero ella calmó todos mis temores, y en poco tiempo, con la ayuda de una veterana, me convertí en una ladrona tan diestra como la célebre Moll Cutpurse, aunque, si la fama no exageraba, ni la mitad de bien parecida.

La compañera me enseñó tres clases de artes, a saber: robo en tiendas, robo de carteras y robo de relojes de oro a las damas. Esto último lo hacía ella con tal habilidad que ninguna mujer llegó nunca a superarla. A mí me atraían mucho la primera y la última de estas actividades, y durante algún tiempo le ayudé en su práctica, igual que un aprendiz ayuda al maestro sin ningún pago por ello.

Finalmente, me puso a practicar. Ella me había enseñado su arte y yo le había sustraído el reloj varias veces con gran habilidad. Después me mostró una presa para que empezase a trabajar; se trataba de una señora embarazada que llevaba un reloj de mucho valor, y el robo debía efectuarse cuando saliera de la iglesia.

Ya en el exterior del templo, al llegar a los escalones, cayó sobre la dama con tal violencia que le dio un gran susto y ambas gritaron. En la confusión que se produjo yo le agarré el reloj sin que se percatara y me fui inmediatamente, dejando a mi compinche con la señora dándole excusas y simulando reponerse del susto. Cuando la dama echó en falta su reloj, mi cómplice exclamó:

—¡Ah!, entonces han sido esos pillos que me han empujado, se lo aseguro. Si la señora hubiese notado antes la falta de su reloj, podríamos haberlos cogido.

Llevó la simulación tan bien que nadie sospechó de ella, y llegó a casa mucho más tarde que yo. Ésta fue mi primera aventura en compañía. De hecho el reloj era muy bueno y tenía muchos dijes alrededor, y mi gobernanta nos dio veinte libras por él, de las cuales yo conseguí la mitad. Así me convertí en una auténtica ladrona, sin el menor poso de conciencia u honestidad, y hasta tal punto que nunca pensé que pudiera ocurrirme.

El demonio, que comenzó instigándome en momentos de debilidad por mi pobreza, me llevó e extremos como los que acabo de relatar, incluso cuando mis necesidades ya no eran tan grandes ni las perspectivas de miseria tan aterradoras, porque ahora tenía abundante trabajo como costurera y podría haberme ganado el pan con la suficiente honradez.

CAPÍTULO XXXII

He de confesar que si tal perspectiva de trabajo se hubiera presentado al principio, cuando empezaba a encontrarme en una situación desesperada, nunca hubiera caído en este oficio malvado ni estaría rodeada de bribones como ahora me ocurría, pero la práctica me había endurecido y hacía crecer mi audacia hasta límites insospechados, máxime cuando después de muchas fechorías mi compinche y yo habíamos tenido la suerte de no ser atrapadas, porque no sólo nos hicimos más atrevidas, sino más ricas, y en cierta ocasión tuvimos hasta veintiún relojes de oro en nuestras manos.

Recuerdo que un día, reflexionando más seriamente que de costumbre, pensé que con las doscientas libras que había reunido y teniendo un trabajo honrado para mantenerme, como ahora ocurría, podría dejar la vida indigna que llevaba mientras todavía estaba a tiempo. Era evidente que no iba a escapar siempre de mis fechorías, y con una sola vez que me atrapasen, estaría perdida para el resto de mis días.

Éste era, sin duda, el momento crucial en que, si hubiese escuchado la voz de mi conciencia, habría tenido aún la oportunidad de llevar una vida honrada. Pero mi destino estaba decidido de otra manera, y de ello se encargaba sin descanso el ocupado demonio que con tanta diligencia me guiaba, pues me había agarrado demasiado fuerte como para permitirme retroceder; mas igual que la pobreza me tiró al lodo, así la avaricia me mantenía en él, hasta que no hubo retorno. Respecto a los argumentos que mi razón me dictaba para persuadirme de dejarlo, la avaricia daba un paso y decía: «Continúa en ello. Has tenido buena suerte y puedes seguir así hasta que hayas conseguido cuatrocientas o quinientas libras; luego puedes retirarte y vivir muy bien sin trabajar.»

Así pues, cada vez me veía más atrapada en las garras del demonio y no tenía poder para salir del círculo, hasta que estuve envuelta en un laberinto de problemas demasiado grandes como para salir de ellos.

Sin embargo, estos pensamientos dejaron alguna huella, y me hacían actuar con más precaución que antes, más de la que mis mentores tenían para sí mismos. Mi compinche, como yo la llamaba, aunque en realidad había sido mi maestra, fue la primera en caer en manos de la ley, junto a una novata a la que estaba aleccionando. Ocurrió que estando a la caza para conseguir algo, lo intentaron con un pañero en Cheapside, pero un oficial con ojos de lince no las dejó escapar, y las cogieron con dos piezas de batista que habían logrado llevarse.

Esto fue suficiente para ingresarlas a las dos en el penal de Newgate, donde descubrieron que tenían algunos delitos pendientes. Se presentaron otras dos acusaciones contra ellas, y al ser probados los hechos, fueron condenadas a muerte. Pero las dos pidieron clemencia por estar embarazadas, y a las dos respetaron su embarazo, aunque mi tutora no estaba más embarazada que yo.

Yo iba a verlas con frecuencia, y les expresaba mis condolencias, esperando que me llegaría el turno después, pero la prisión me producía tanto horror, al recordar que era el lugar de mi infeliz nacimiento y de las desgracias de mi madre, que no podía soportarlo, por lo que me vi obligada a dejar de ir a verlas.

La situación de mis compañeras debió servirme de lección, pues todavía estaba libre y no había ningún cargo en mi contra, pero no fue así porque todavía no había llegado al colmo de mi depravación.

Mi tutora, al tener la marca de delincuente antigua, fue ejecutada. La joven ladrona fue perdonada, al haber conseguido un indulto, pero se estuvo muriendo de hambre durante mucho tiempo mientras estuvo en prisión, hasta que al final incluyeron su nombre en lo que llaman perdón de jurisdicción y salió.

El terrible ejemplo de mi compañera me asustó de verdad, y durante un tiempo suspendí mis andanzas, pero una noche, en el vecindario se oyeron voces gritando «¡fuego, fuego!» Mi gobernanta miró afuera, porque estábamos todas arriba, y dijo que la casa de una señora amiga suya estaba en llamas por la parte superior, y así era en realidad. Entonces me dio con el codo diciéndome:

—Ahora que el fuego está tan cerca, tienes una buena oportunidad de conseguir algo antes de que la multitud bloquee la calle. Vamos, ve a la casa y di a la señora, o a quien veas, que vienes a ayudarles de parte de señora L..., que es una de sus conocidas que vive en su calle, un poco más arriba.

Luego me dio indicaciones parecidas para la siguiente casa, mencionando otro nombre que era también el de un conocido de la señora.

Fui corriendo hacia allí y, entrando en la casa, les encontré confundidos, como puede suponerse. Encontré a una criada y exclamé:

—¡Dios santo! ¿cómo ha ocurrido una desgracia semejante? ¿Dónde están la señora y los niños? Vengo de parte de la señora L... para ayudar en lo que pueda.

La criada se alejó gritando tan fuerte como podía:

—¡Señora, señora, aquí hay una dama que viene de parte de la señora L... para ayudarnos!

La pobre mujer, fuera de quicio, con un bulto debajo del brazo y dos niños pequeños de la mano, se acercó a mí.

—Deprisa, señora —le apremié—. Deje que lleve a los niños con la señora L... Ella los cuidará bien.

Agarré a uno de ellos de la mano y ella me puso al otro en los brazos.

—Hágalo, por Dios, lléveselos a ella. ¡Oh!, gracias por su amabilidad.

—¿Tiene algo más que poner a salvo? —le pregunté—. La señora cuidará de ello.

—¡Oh, querida! —respondió—. Dios la bendiga y se lo agradezca. Tome este bulto con objetos de plata y lléveselo también. Ella es una buena mujer. ¡Oh, Señor, estamos perdidos, completamente arruinados!

Después se alejó corriendo fuera de sí, seguida por las criadas, mientras yo me marchaba lo más rápidamente que pude con los dos niños y el bulto.

Tan pronto como salí a la calle vi a una mujer que se acercaba a mí, exclamando en tono piadoso:

—¡Pobre señora, va a perder a los niños! Vamos, deje que le ayude —e intentó coger el bulto que llevaba bajo el brazo.

—No —repuse—, si quiere ayudarme, traiga a los niños de la mano y acompáñeme hasta el final de la calle. Yo recompensaré sus molestias.

Después de oír esto no pudo negarse, pero debía de tener el mismo oficio que yo, pues no quería otra cosa que el bulto; sin embargo, fue conmigo hasta la puerta. Cuando estábamos cerca le susurré:

—¡Vamos, chica! Sé a qué te dedicas, y tú puedes encontrar mercancía suficiente en otro sitio.

Ella pareció entenderme y se marchó. Entonces llamé a la puerta de la señora L...., y me abrieron en seguida, pues con la alarma del fuego estaban todos levantados.

—¿Está despierta la señora? —pregunté—. Díganle que su vecina me encarga que se haga cargo de los niños, pues ella está trastornada a causa del incendio que ha destruido su casa.

Ellos acogieron a los niños muy cortésmente, se apenaron del desastre de la familia y, mientras yo me disponía a marchar con mi bulto, una de las criadas me preguntó si no iba a dejarlo también, pero yo le respondí:

—No, esto tiene otro destino. Es propiedad de otras personas.

Salí de allí, exhalando un suspiro de alivio, y me dirigí a la casa de mi gobernanta con mi bulto en brazos; nada más llegar, se lo entregué, y ella me dijo que lo miraría, pero que lo intentase de nuevo en otra casa por si podía conseguir algo más.

Así lo hice, mas en ese momento el fuego era tan intenso y la calle estaba tan abarrotada de gente, que no pude ni acercarme a la casa, por lo cual regresé y, subiendo el bulto a mi habitación, empecé a examinarlo.

Me quedé completamente asombrada al abrirlo. Además de contener casi toda la vajilla de plata de la familia, había una cadena de oro con el cierre roto, una cajita con anillos, entre ellos el de boda de la señora, un reloj de oro y un monedero con unas veinticuatro libras de oro en monedas antiguas, aparte de otras cosas de valor.

Este era el botín más grande que había conseguido hasta entonces; pero, de otro lado, aunque, como he dicho antes, me había endurecido bastante, no dejaba de pensar en la desgracia de la pobre señora que había perdido todo lo que tenía en aquel voraz incendio que había destruido su casa. ¡Cómo sufriría al enterarse de que la persona que rescató a sus hijos, y también sus pertenencias, no era en realidad enviada por la vecina en que confiaba!

Confieso que lo inhumano de este acto me conmovió mucho e incluso me costó lágrimas, pero aun así, no tuve la suficiente entereza para restituir lo que no era mío. Poco a poco se desvanecieron mis escrúpulos y pronto olvidé las circunstancias que rodearon aquel asunto.

Y esto no fue todo, porque, a pesar de que este último trabajo me había proporcionado bastantes ganancias, todavía ansiaba más, y la avaricia se unió tanto al éxito, que ya no pensaba en llegar con el tiempo a un cambio de vida, aunque continuando con mi actividad delictiva no podía esperar una existencia tranquila para disfrutar de lo que conseguí de forma tan deshonrosa.

Finalmente, cediendo algo a la voz de mi conciencia, decidí abandonar la vida que llevaba cuando me hiciese con otro botín; pero cuando lo conseguía, pensaba de nuevo en el siguiente, y como hasta el momento la suerte me acompañaba, nunca encontraba el momento de abandonar mis actividades.

Todavía permanecía con mi gobernanta, que durante un tiempo estuvo preocupaba por la ejecución de mi compañera, pues ésta sabía bastante de sus actividades como para haberla enviado a ella por el mismo camino, y eso la intranquilizaba mucho, más aún, estaba realmente muy asustada.

Es cierto que cuando desapareció mi tutora sin decir lo que sabía, se tranquilizó mucho, y quizá se alegró de que la colgaran, ya que podía haber conseguido el perdón a costa de sus amigos; pero, por otro lado, su generosidad al no revelar nada que la comprometiese a ella, conmovió a mi gobernanta e hizo que la llorara sinceramente. Yo la consolaba como podía, y ella a cambio me aconsejaba prudencia para no acabar igual.

Sin embargo, como he dicho, ahora actuaba con más precaución, sobre todo en los hurtos a merceros y vendedores de paños, pues era muy difícil burlar su vigilancia. Hice un par de incursiones en una sombrerería y una tienda de encajes, y después en el comercio de dos mujeres jóvenes que se habían establecido recientemente, donde conseguí una pieza de tela por la que conseguí seis o siete libras.

Después de algunos golpes en los que no conseguí más que nimiedades, aunque suficientes para ir viviendo, no se ofreció nada importante durante mucho tiempo, y empecé a pensar en serio dejar el oficio, pero mi gobernanta, que no quería perderme y esperaba grandes cosas de mí, llegó un día en compañía de una mujer joven y de un individuo que pasaba por su marido, aunque, como se descubrió después, no era su esposa, sino que eran compañeros en el delito y algo más. En resumen, robaban y dormían juntos, los apresaron a la vez y, finalmente, los colgaron a ambos al mismo tiempo.

Pues bien, instigada por mi gobernanta, entré en una especie de asociación con esta pareja, y llevamos a cabo tres o cuatro incursiones, en las que pude comprobar su torpeza, pues sólo una enorme negligencia por parte de la gente a la que robaban pudo hacer que tuvieran éxito. Así que decidí desde ese momento ser muy precavida al trabajar con ellos, y de hecho, cuando me propusieron dos o tres proyectos nefastos, decliné la oferta y les previne contra ello. Una vez en particular me propusieron robar tres relojes en la tienda de un joyero, pues habían observado el lugar donde los guardaba. Él tenía todo tipo de llaves y aseguró que no tendría ninguna dificultad en abrir el cajón donde estaban los relojes, por lo cual en un principio me mostré de acuerdo, pero cuando observé más de cerca el asunto, descubrí que se proponían abrir forzando la casa, y en esto, que no era mi estilo, yo no me embarcaría; así pues, se fueron sin mí.

Consiguieron entrar en la casa forzando la cerradura, así como el cajón donde estaban los relojes, pero sólo pudieron llevarse uno de oro y otro de plata, y salieron de nuevo de la casa con facilidad. Pero algunos miembros de la familia oyeron ruido y se levantaron gritando:

—¡Al ladrón! ¡Al ladrón!

Entonces el hombre fue perseguido y apresado. La mujer había huido también, pero no tuvo suerte y la detuvieron a cierta distancia hallando los relojes en su poder.

Así fue como escapé por segunda vez, porque ellos fueron condenados y colgados, al ser delincuentes habituales, a pesar de su juventud.

Como dije antes, vivieron y robaron juntos, y así fueron ahorcados. Y de esta forma terminó nuestra asociación.

CAPÍTULO XXXIII

De nuevo empezaba a mostrarme más cautelosa, sobre todo al haber escapado por tan poco de una batida y con el ejemplo que había tenido, pero otro espíritu tentador me provocaba todos los días; me refiero a mi gobernanta, que ahora me presentó un nuevo asunto del que esperaba una buena parte del botín, por ser suyo el plan. Había una buena cantidad de encaje de Flandes almacenado en una casa privada, de donde ella había conseguido información, y al estar prohibida esta mercancía, los agentes de aduana estaban siempre alerta para confiscarla. Ella me proporcionó toda la información, tanto de la cantidad como del lugar exacto en el que se hallaba, por lo cual le di todos los detalles a un oficial aduanero con la condición de que me asegurase una recompensa. Era una proposición justa, así que se mostró conforme, y en compañía de un agente de policía nos dirigimos a la casa. Como yo sabía exactamente dónde estaban las telas, me introduje con un candil en el oscuro cuarto donde las habían escondido, y después fui sacando las piezas con mucho cuidado. El valor de los encajes ascendía a trescientas libras, de las que yo percibí cincuenta posteriormente. Los dueños de la casa no eran los propietarios de la mercancía, sino que un mercader se la había confiado, por lo que su pérdida no les afectó demasiado.

El oficial se mostró satisfecho de la operación, y me citó para reunirme con él cuando hubiese desaparecido toda sospecha sobre mi persona, según sus instrucciones. Cuando llegué empezó a capitular conmigo, creyendo que yo no entendía mi derecho a una parte de lo confiscado. Se imaginaba que me despacharía con veinte libras, pero le hice ver que no era tan ignorante como él suponía; así pues, le pedí cien libras, y él subió a treinta; bajé a ochenta, y él aumentó a cuarenta. Finalmente, me ofreció cincuenta y yo acepté, pidiéndole además una pieza de encaje que valía unas ocho o nueve libras, la cual dije que destinaría a mi propio uso, y estuvo de acuerdo. De forma que esa noche conseguí cincuenta libras en efectivo y así se puso fin al asunto. Él no supo nunca quién era yo, pues no hizo indagación alguna, y con esto quedé completamente tranquila.

Dividí puntualmente la recompensa con mi gobernanta, y desde aquel momento fui para ella una de sus pupilas favoritas. Observé que este último fue uno de los trabajos más sencillos que había realizado hasta el momento; por lo cual, hice averiguaciones con ánimo de repetirlo, pero en ninguno de los casos que se me presentaron el beneficio fue tan sustancioso como en el caso anterior.

El siguiente asunto de importancia que llevé a cabo fue el intento de sustraer el reloj de oro a una señora. Sucedió entre la multitud, donde yo corría gran peligro de ser descubierta. Había sacado el reloj del bolsillo de la señora, pero al tirar de él comprobé que estaba fuertemente sujeto; observé que se percataba de que algo raro ocurría, por lo cual caí sobre ella, como si alguien me hubiera empujado a mí también, y saqué mi propio reloj gritando desaforadamente que habían intentado robarme y era seguro que allí había carteristas, pues he de confesar que mi aspecto no denotaba la condición de mi oficio, ya que en nuestras incursiones siempre íbamos muy bien vestidas. Tan pronto como dije eso, la señora gritó que habían intentado llevarse su reloj de un tirón, por lo que entre la multitud empezaron a oírse voces exclamando: «¡Un ratero! ¡Al ladrón!»

En ese momento, algo más allá de donde nos encontrábamos, atraparon a un joven con las manos en la masa. Esto, aunque una desgracia para el infeliz, resultó providencial para mí, porque había quedado fuera de toda sospecha. La multitud se lanzó con ira contra el muchacho profiriendo insultos y golpeándole, lo que para muchos era preferible a ingresar en la prisión de Newgate, donde podían permanecer mucho tiempo o incluso ser ahorcados.

Aquella vez escapé por poco, como habrá podido observarse, y estaba tan asustada que no me arriesgué a robar más relojes durante mucho tiempo. En esta ocasión, realmente, coincidieron algunas circunstancias que me ayudaron a escapar, pero la principal fue que mi víctima ignoraba por completo que era yo quien intentaba sustraerle el reloj. Si, por el contrario, hubiese tenido la calma suficiente para volverse cuando sintió el tirón y sujetar a la persona que tenía al lado, habría comprobado que era yo, y entonces mis posibilidades de escapar hubieran sido nulas.

Ésta no es la mejor indicación para los de mi gremio, pero sí orienta sobre los movimientos de un carterista, y cualquiera que la siga atrapará fácilmente al ladrón.

Posteriormente, tuve otra aventura que corrobora esta afirmación y puede servir de ejemplo a los que, como yo, se dedican a esta actividad. Mi buena y ya anciana gobernanta era una ladrona nata, aunque había abandonado el oficio, y, como comprendí después, había recorrido todos las categorías de ese arte; sin embargo, no la cogieron nunca, a excepción de una vez, en que fue declarada culpable y se ordenó que fuera deportada, pero al ser una mujer muy persuasiva y disponiendo de algún dinero, encontró el medio de salir del barco que la trasladaba cuando llegó a la costa de Irlanda para cargar provisiones. Allí vivió y practicó su oficio durante algunos años hasta que, al conocer otras compañías, se convirtió en comadrona y alcahueta, realizando cientos de faenas en estas actividades, todo lo cual me contó en confianza cuando tuvimos más intimidad. Y era a esta malvada mujer a la que yo le debía todo el arte y la destreza a la que llegué, en los que había pocos que pudieran aventajarme.

Fue después de estas aventuras en Irlanda, que la hicieron muy conocida en ese país, cuando abandonó Dublín y regresó a Inglaterra, donde, al no haber expirado todavía el tiempo de su deportación, abandonó su antiguo oficio, por miedo a caer de nuevo en manos de la justicia, ya que si esto ocurría no evitaría la horca. Cuando se sintió segura, volvió a ejercer sus malas artes, en las que llegó a lo más alto, como ya he descrito, y de hecho empezó a enriquecerse, aunque, finalmente, las circunstancias adversas hicieron que lo abandonase.

Menciono aquí la historia de esta mujer porque fue quien me introdujo en la mala vida, consiguiendo que me convirtiese en una verdadera artista en mi oficio y aprendiese a escaparme con gran maestría de las situaciones más comprometidas tras cinco años de incursiones, mientras mis compinches, con sólo unos meses de actividad, iban siendo, sucesivamente, recluidos en la prisión de Newgate.

Uno de los peligros más grandes que ahora me acechaban era ser demasiado bien conocida entre los de mi oficio y que algunos de ellos sintieran cierto resentimiento hacia mí por la suerte que siempre parecía acompañarme. Éstos fueron los que me dieron el nombre de Moll Flanders, que no tenía ninguna afinidad con el mío propio o con cualquier otro que hubiese utilizado antes, salvo una ocasión en que me hice llamar señora Flanders para ocultarme; pero lo cierto es que nunca supe la razón de que estos estos bribones me llamasen de esa forma.

Pronto me informaron de que algunos recluidos en Newgate habían jurado acusarme, y como sabía que dos o tres de ellos eran muy capaces de hacerlo, me recluí en casa durante una buena temporada por temor a las consecuencias. Pero mi gobernanta, a quien yo siempre hacía partícipe de mi éxito y que obtenía ahora buenos beneficios con mi trabajo, pues participaba de las ganancias sin asumir ningún riesgo, estaba un poco impaciente por mi inactividad. Por tanto, pensó en una nueva artimaña para que actuase de nuevo, y fue vestirme con ropa de hombre para iniciar un nuevo tipo de práctica.

CAPÍTULO XXXIV

Yo era alta y agradable, pero con un rostro demasido suave para ser un hombre; sin embargo, como rara vez salía al exterior salvo por la noche, no se apreciaba mucho. Pasó bastante tiempo antes de que me familiarizase con aquellas ropas. Era imposible ser tan hábil, diestra y dispuesta en estas cosas vestida de una forma tan contraria a mi naturaleza, y como actuaba con torpeza, no tenía ni el éxito ni la facilidad para escapar que tenía antes, por lo que decidí dejarlo, resolución que se vio confirmada después del accidente que contaré a continuación.

Como mi gobernanta me había disfrazado de hombre, hizo que trabajase con un joven lo bastante hábil en el oficio, y durante unas tres semanas actuamos juntos con relativa fortuna. Nuestra ocupación principal era vigilar los mostradores de las tiendas y apoderarnos de los artículos que se dejaban encima de los mismos de forma descuidada, e hicimos varias operaciones con éxito. Y como siempre estábamos juntos, llegamos a intimar; sin embargo, él nunca supo que yo no era un hombre, pese a que alguna vez fui a su casa, y cuatro o cinco veces dormimos juntos toda la noche. Era absolutamente necesario que yo le ocultara mi sexo, como se verá después, por las circunstancias en que nos hallábamos, de manera que lo hice con eficacia.

Pero su mala fortuna y mi buena suerte, pronto pusieron fin a esta asociación, de la que he de reconocer que estaba cansada por otros motivos. Conseguimos algunas buenas presas en esta nueva actividad, pero la última hubiera sido extraordinaria. Había una tienda en cierta calle con un almacén detrás que daba a otra calle, y la casa hacía esquina.

Por la ventana del almacén vimos, colocadas sobre el mostrador que estaba justo delante, cinco piezas de seda, además de otras mercancías, y aunque casi había anochecido, los dependientes de la tienda, al estar ocupados en la parte delantera de la tienda con clientes, no habían tenido tiempo de cerrar la ventana u olvidaron hacerlo.

Mi compañero se alegró tanto de esto, que no pudo contenerse. Estaba todo a su alcance, decía, y me juró que lo tendría aunque tuviese que destruir la casa por ello. Yo intenté disuadirle, pero vi que estaba decidido, así que se deslizó por el marco de la ventana con gran habilidad y, sin hacer ruido, sacó cuatro piezas de seda, pero al momento fue perseguido con un terrible alboroto. Yo no había cogido todavía ninguna de las piezas y le grité:

—¡Estamos perdidos! ¡Huye, por Dios!

Él corrió cuanto pudo, y yo también, pero el perseguidor iba tras él con más ardor porque era quien llevaba la mercancía. Se le cayeron dos piezas, lo que le detuvo un poco, pero la multitud aumentaba y nos perseguían a los dos. Le atraparon poco después con las otras dos piezas encima, y luego los demás siguieron tras de mí. Entré rápidamente en casa de mi gobernanta, mientras algunas personas seguían en mi persecución. No llamaron a la puerta en seguida, con lo cual yo tuve tiempo de quitarme el disfraz y vestirme con mi ropa; además, cuando preguntaron por el hombre que había entrado en la casa, mi gobernanta, que ya tenía preparada una excusa, mantuvo la puerta cerrada y desde dentro les dijo que allí no había entrado ningún hombre. La gente afirmaba que sí, y juraban que echarían la puerta abajo.

Ella, no muy soprendida, les explicó con mucha calma que entrarían con toda libertad y podrían buscar en la casa si traían con ellos a un agente de policía, y no permitiría que entrara nadie a quien el agente no admitiera, porque no era razonable que entrase toda una multitud. No se podían negar a esto, a pesar de su número. Así que fueron al momento en busca del policía y cuando regresaron ella les abrió la puerta con toda libertad. El agente se quedó en la puerta y los hombres que él indicó buscaron en la casa, yendo mi gobernanta con ellos de habitación en habitación. Cuando llegaron a la mía llamó a la puerta y dijo:

—Prima, abre, por favor, y deja que estos caballeros registren tu habitación.

Tenía a una niña conmigo, a la que mi gobernanta llamaba nieta, y le pedí que abriera la puerta. Me encontraron sentada rodeada de un montón de cosas, como si hubiera estado trabajando todo el día, y vestida sólo con un camisón. Mi gobernanta se excusó por las molestias, contándome en parte lo que sucedía: no había tenido más remedio que abrirles la puerta y dejar que se convencieran por sí mismos, pues a ella no la creían. Me quedé sentada y les pedí que buscaran todo lo que quisieran, porque si había alguien en la casa, estaba segura de que no se ocultaba en mi habitación, y respecto al resto de la casa, nada tenía que decir, pues no entendía qué buscaban exactamente.

Todo pareció tan inocente y honrado a mi alrededor, que me trataron de una forma más cortés de lo que esperaba, pero no hasta que hubieron buscado en la habitación con todo detalle, incluso debajo de la cama, y en cualquier sitio donde fuese posible que algo se pudiera esconder. Finalmente, no pudiendo encontrar nada, pidieron perdón por molestarme y se fueron.

Cuando hubieron registrado la casa de arriba abajo sin hallar nada, se apaciguaron mucho, pero llevaron a mi gobernanta ante la justicia. Dos personas juraron que vieron al hombre que perseguían entrar en su casa. Ella contestaba con gestos teatrales que su casa era insultada y había sido tratada injustamente, pues si de verdad entró un hombre, pudo salir de nuevo por la otra puerta que daba al callejón, y estaba dispuesta a jurar que ningún hombre, que ella supiera, había estado en su casa aquel día, lo que en realidad era muy cierto.

Esta explicación resultaba bastante lógica, y convenció al juez; éste le hizo jurar que no recibiría ni admitiría a ningún hombre en su casa para protegerle u ocultarle de la justicia, y hecho el juramento, fue puesta en libertad.

Es fácil imaginar mi angustia ante aquella situación, y fue imposible que mi gobernanta lograse que me vistiera otra vez con ropas de hombre porque, como le dije, me traicionaría a mí misma.

CAPÍTULO XXXV

Mientras tanto, el caso de mi pobre compañero se agravaba por momentos, porque le llevaron ante el alcalde, y su señoría le condenó a ser recluido en Newgate, al tiempo que todos sus captores se comprometieron a declarar en su contra.

Sin embargo, la sentencia fue aplazada si prometía descubrir a su cómplice, el hombre que participó con él en este robo; él no dudó en colaborar dando el nombre por el que me conocía, es decir, Gabriel Spencer. Y esto corrobora que mi precaución al ocultarle mi nombre y sexo evitó que fuese descubierta, ya que de haberlos conocido, habría estado perdida.

Él hizo todo lo que pudo por descubrir al supuesto Gabriel Spencer. Describió mis características físicas, indicó el lugar donde le dije que me hospedaba y, en resumen, aportó todos los detalles que sabía sobre mí, pero como estaba convencido de que yo era un hombre, no le sirvió de gran cosa, sino que incrementó la confusión. Intentó comprometer a dos o tres familias por su empeño de encontrarme, pero ellos no sabían nada de mí, salvo que tenía un amigo al que habían visto conmigo, pero del que no sabían nada. Y respecto a mi gobernanta, pretendió que aportase alguna pista, pues fue la responsable de nuestro encuentro, pero como es de suponer ella eludió manifestar algo que pudiese perjudicarme.

Esto se volvió en su contra, porque al haber prometido dar alguna pista y no ser capaz de hacerlo bien, pareció como si estuviera jugando con la justicia, y fue acusado con mucha más fiereza por los comerciantes que le atraparon.

Por mi parte, estuve terriblemente intranquila durante todo este tiempo, y pensé que debería quitarme del medio y marcharme de la casa de mi gobernanta durante un tiempo, pero no sabiendo muy bien adónde ir, tomé a una doncella y me fui en la diligencia hacia Dunstable, a casa de mis antiguos caseros, donde había vivido tan felizmente con mi marido de Lancashire.

Mi casera se alegró mucho de verme y mi casero armó tal revuelo por mí que si hubiera sido una princesa no habría sido tratada mejor, asegurando que podía quedarme un mes o dos si lo consideraba oportuno.

Urdí una historia contándoles que había escrito a mi marido a Irlanda citándole en la casa de ellos, allí en Dunstable, recibiendo contestación de que llegaría en barco muy pronto, si el viento era favorable, por lo que yo me había propuesto pasar unos cuantos días con ellos hasta su llegada.

Pero mis planes eran otros, pues estaba muy intranquila por si mi antiguo compinche me delataba achacándome algún robo que no había cometido. No tenía recursos, ni amigos o confidentes a excepción de mi anciana gobernanta, así que decidí escribirle para mantenernos en contacto. Algunas de sus cartas me inquietaban, pero finalmente recibí una en la que me comunicaba que mi compinche en el último robo había sido ejecutado, lo cual fue para mí la mejor noticia que había recibido en mucho tiempo.

Permanecí allí durante cinco semanas, que transcurrieron de forma agradable a excepción de mi secreta ansiedad, pero cuando recibí esta última carta volví a mostrarme tan alegre como siempre, y le dije a mi casera que había recibido noticias de que mi esposo se encontraba en perfecto estado, si bien sus negocios no le permitían viajar tan pronto como esperaba, por lo que tendría que reunirme con él sin esperarle.

Mi casera me felicitó por la buena salud de mi marido, al tiempo que decía:

—He observado, señora, que ha estado usted intranquila, sin duda a causa de la falta de noticias de su esposo, pero me alegra ver que ha recobrado la sonrisa.

Por su parte, el casero añadió:

—Siento que el señor no pueda venir todavía. Me hubiera alegrado de corazón verle, más espero que cuando tenga noticias ciertas de su llegada, se acercará aquí de nuevo, señora. Será muy bienvenida siempre que desee venir.

Con estos amables cumplidos nos separamos, y llegué a Londres felizmente encontrando a mi gobernanta tan contenta como yo lo estaba. Me dijo que no volvería a hacerme trabajar con otro compañero, porque había comprobado que tenía mejor suerte cuando me arriesgaba yo sola. Y era verdad, porque rara vez estuve en peligro mientras trabajé por mi cuenta, y aunque fuese así, salía de él con más habilidad que cuando me enredaban los torpes modos de otras personas, quienes quizá eran menos precavidas o más impetuosas e impacientes que yo.

Muchas veces me preguntaba cómo, habiendo escapado por poco de la justicia en tantas ocasiones, y tras haber visto caer a muchos compañeros de aventuras, seguía sin decidirme seriamente abandonar el oficio, especialmente considerando que ahora estaba muy lejos de ser pobre, porque tenía cerca de quinientas libras en efectivo, con las cuales podría haber vivido muy bien si me hubiese propuesto cambiar de vida. Por tanto, me parecía evidente que cuando uno se endurece en el delito, no hay miedo ni ejemplo que le convenza para abandonarlo.

De hecho, tuve una compañera cuyo destino estuvo muy cerca de causarme más de un disgusto, aunque pude escapar a tiempo. Fue un caso realmente lamentable. Yo me había hecho con una pieza de damasco de excelente calidad en la tienda de un mercero, y al salir traspasé el bulto a esta compañera, escapando cada una por un camino diferente. No transcurrió mucho tiempo cuando el mercero echó de menos su pieza de paño y envió en su busca a sus empleados, que no tardaron en localizar a mi compinche con la pieza de tela. Respecto a mí, tuve la suerte de entrar en una tienda, desde cuyo interior pude ver a través de la ventana cómo un grupo de personas llevaban al juez, a rastras y de forma triunfante, a la pobre criatura, que fue inmediatamente recluida en Newgate.

Por supuesto, no intenté nada en la tienda donde me refugié, sino que me entretuve observando los artículos que allí había para perder tiempo; compré luego unas piezas de puntilla y salí con el corazón encogido por la suerte de la pobre mujer, quien estaba pagando por el robo que yo había cometido.

De nuevo mi antigua precaución me salvó del aprieto, pues a pesar de que con frecuencia robaba en compañía de otros, nunca les permitía saber quién era yo o dónde me alojaba, aunque a veces intentasen conocer algún detalle de mi vida. Todos me conocían por el nombre de Moll Flanders, pero no sabían nada más acerca de mí, y esta prudencia fue la razón de que pudiera escapar en numerosas ocasiones.

Con ocasión de la desgracia de mi cómplice, estuve encerrada durante mucho tiempo. Sabía que cualquier movimiento en falso provocaría mi ingreso en prisión, donde ella podría testificar contra mí en un intento de salvar su vida. Pensé que mi nombre empezaba a ser muy conocido en el Old Bailey, aunque no conocían mi cara, y si caía en sus manos me tratarían como a una ladrona reincidente; por esta razón decidí no salir hasta que supiera el destino de esta pobre criatura, aunque varias veces le envié dinero para aliviar en algo su angustia.

Finalmente, tuvo lugar el juicio. Ella alegaba que no había robado nada, sino que una tal señora Flanders, como había oído que la llamaban pues no la conocía mucho, le entregó el bulto a ella después de salir de la tienda pidiéndole que lo llevara a su casa. Le preguntaron dónde vivía la tal señora Flanders, pero no supo decirlo ni dar la menor información sobre mí. El mercero sólo pudo afirmar que cuando se produjo el robo ella estaba en la tienda y desapareció rápidamente, y que después de haberla perseguido y capturado, encontraron la mercancía en su poder..

Por tanto, el jurado la declaró culpable, pero el Tribunal, considerando que no era ella realmente la persona que robó los artículos, sino una cómplice, y como posiblemente no se pudiera localizar a la tal señora Flanders, la condenó a la pena de deportación. Aun así, se le informó de que si entre tanto podía proporcionar algún indicio que facilitase mi captura, su pena sería reducida. Yo hice todo lo que estuvo en mi mano para evitarlo, y poco tiempo después fue embarcada en cumplimiento de la sentencia.

He de repetir que el sufrimiento de esta pobre mujer me afectó mucho, pues realmente fui el instrumento de su desgracia, pero mi propio instinto de conservación eliminó cualquier buen sentimiento por mi parte, y sabiendo que no moriría en la horca, me alegró que fuese deportada, pues de esta forma no podría ocasionarme perjuicio alguno.

La detención de esta mujer se produjo algunos meses antes de la última historia que narré, y en parte fue la razón de que mi gobernanta me propusiera vestirme con ropa de hombre para que pudiera pasar inadvertida, pero ya sabemos cómo acabó aquello.

Ahora estaba completamente tranquila respecto a mi situación, porque todos aquellos que habían tenido algo que ver conmigo, o que me conocían por el nombre de Moll Flanders, habían sido ajusticiados o deportados, y si tenía la desgracia de ser apresada, podría utilizar cualquier otro nombre, evitando que pudieran acusarme de antiguos delitos. Por tanto, empecé a actuar con más libertad y realicé algunas incursiones con éxito, aunque no tanto como en ocasiones anteriores.

CAPÍTULO XXXVI

En esa época se produjo otro incendio no muy lejos del lugar donde vivía mi gobernanta. Intenté acercarme allí como la vez anterior, pero al llegar antes de que las calles estuviesen ocupadas por la multitud, no pude alcanzar la casa que constituía mi objetivo, y en vez de obtener un buen botín me ocurrió una desgracia que estuvo a punto de poner fin a mi carrera y a mi vida al mismo tiempo. Como el fuego era muy intenso, la gente, invadida por el pánico, se aprestaba a tirar sus enseres por la ventana, con tan mala fortuna que un muchacho arrojó un colchón de plumas justo encima de mí. Es cierto que al ser un objeto blando no me rompió ningún hueso, pero como el peso era grande y aumentó con la caída, me tiró al suelo y perdí el conocimiento durante un rato. La gente, preocupada por sí misma, no hizo nada por socorrerme; por tanto, estuve desatendida algún tiempo, hasta que alguien apartó el colchón y me ayudó a levantarme. Si hubiese sido un objeto más pesado, posiblemente no podría haber narrado esta historia, pero todavía me esperaban otras aflicciones.

Este accidente hizo fracasar mis planes, y regresé a casa de mi gobernanta herida y magullada, por lo que pasó bastante tiempo antes de que pudiera tenerme en pie de nuevo.

Aquella época era una de las más alegres del año, pues comenzaba la feria de St. Bartholomew. Nunca había intentado incursiones allí, y las que hice me proporcionaron escasos beneficios, hasta que entré en una tienda de rifas donde un caballero muy bien vestido entabló conversación conmigo, como es frecuente en estos sitios, y apostó por mí, obteniendo un premio que consistía en un manguito de piel. Después continuó hablándome de forma amable y cortés.

Paseamos por el recinto de la feria durante un buen rato, charlando de cosas intrascendentes, hasta que finalmente me dijo sin rodeos que estaba encantado con mi compañía, sugiriéndome que le acompañase a su coche, pues era un hombre de honor y no me propondría nada indecoroso. Fingí resistirme durante un rato, pero como vi que insistía, accedí.

Por el momento, yo desconocía las intenciones del caballero, pero luego descubrí que había bebido demasiado y que estaba dispuesto a tomar algo más. Me llevó en el coche a Spring Garden, en Knightsbridge, donde caminamos por los jardines, y me trató de una forma muy considerada, pero observé que bebía mucho e intentó que yo lo hiciera, pero me negué.

Hasta aquí mantuvo su palabra conmigo y no me ofreció nada deshonesto. Nos fuimos en el coche de nuevo, paseando por las calles hasta que dieron las diez de la noche, cuando se detuvo en una casa donde, al parecer, era conocido, conduciéndome escaleras arriba a una habitación en la que había una cama. Al principio, me mostré reacia, pero después de unas cuantas palabras cedí también a eso, pues en realidad estaba deseando ver en qué acababa aquello y si podía aportarme algún beneficio. Respecto a sus intenciones libidinosas, no estaba especialmente preocupada.

Entonces empezó a tomarse más libertades de las que había prometido, y poco a poco cedí en todo, por lo que finalmente hizo lo que quiso conmigo. No es necesario que explique los pormenores.

Durante todo este tiempo él seguía bebiendo, y alrededor de la una de la madrugada salimos de la casa. El aire y el movimiento del coche provocaron que la bebida se le subiera aún más a la cabeza, con lo cual no pasaron cinco minutos antes de que se quedara dormido, oportunidad que aproveché para quitarle el reloj de oro, una cartera de seda, su excelente peluca y guantes con flecos de plata, la espada y una bonita caja de rapé, disponiéndome a salir del coche en el momento oportuno, que se produjo al detenerse el coche en una calle estrecha más allá de Temple Bar. Me deslicé con sigilo del carruaje, cerrando la puerta suavemente, y abandoné a mi inconsciente caballero.

Ésta fue, realmente, una aventura casual, que no había planeado en absoluto; pero resultó beneficiosa, pues todavía no había olvidado cómo comportarme cuando un petimetre cegado por el deseo no distinguía una mujer madura de una joven. De hecho, yo aparentaba diez o doce años menos de los que realmente tenía; sin embargo, no era una joven muchacha de diecisiete, y era bastante fácil distinguirlo. No hay nada tan absurdo y ridículo como un hombre obnubilado por la bebida y el deseo, pues ello sólo le conduce a las situaciones más insospechadas. Está en posesión de dos demonios a la vez, y no puede controlar su razón más de lo que un molino puede moler sin agua. Su vicio se antepone a todo cuanto de bueno hay en él. Actúa de una forma absurda incluso aunque lo vea, como seguir bebiendo cuando ya no puede más o unirse a cualquier mujer sin preocuparle qué o quién es, si está sana o corrompida, si es limpia o sucia, si fea o hermosa, si vieja o joven, y está tan ciego que no las distingue realmente. Un hombre así es peor que un lunático, pues no se percata de nada, incluso cuando le roban el reloj y la cartera, como yo hice.

Estos son los hombres de los que dice Salomón: «Van como un buey al sacrificio, como si un dardo les hubiese atravesado el hígado.» Descripción admirable, por cierto, de la temible y mortal enfermedad que al contagio con la sangre, por la rápida circulación de toda la masa, atraviesa inmediatamente el hígado e infecta el espíritu, apuñalando los órganos vitales como si fuese un dardo.

Es cierto que este hombre descuidado no estaba en peligro conmigo, aunque al principio yo sí temía estarlo en sus manos, pero realmente era digno de lástima porque parecía un hombre juicioso, agradable, de aspecto sobrio y rostro encantador, que por desgracia había bebido con exceso la noche anterior y en lugar de irse a dormir a su casa se había ido conmigo. Su sangre ardía por el vino, y en esas condiciones su razón, como si estuviera dormida, le había abandonado.

Respecto a mí, lo único que me interesaba era su dinero y lo que pudiera conseguir con él. Después de eso, si hubiera podido haber entontrado el modo de hacerlo, le habría enviado seguro a casa con su familia, porque ciertamente tendría una esposa honrada y virtuosa y niños inocentes, que estaban preocupados por su seguridad, y se hubieran alegrado de recuperarle en buen estado. Y entonces, ¡con qué vergüenza y arrepentimiento miraría atrás reprochándose la relación que mantuvo con una ramera! ¡Cómo temblaría de miedo por si había contraído alguna enfermedad y con ello extender la plaga en sus descendientes...! No dejaría de odiarse a sí mismo cada vez que recordase su torpe comportamiento.

Si tales caballeros tuvieran en cuenta los pensamientos de las despreciables mujeres por las que a veces se interesan, se avergonzarían sin ninguna duda. Como dije antes, ellas no valoran el placer, ni se sienten inclinadas hacia el hombre; no piensan sino en el dinero, y cuando están rendidos por la bebida y el éxtasis, las manos de ellas registran sus bolsillos llevándose cuanto pueden con total impunidad.

Conocí a una mujer tan diestra en estos asuntos, que mientras un individuo estaba ocupado con ella en otro sentido, sacaba el monedero del bolsillo de su chaleco y en su lugar colocaba otro con fichas doradas. Cuando el caballero preguntaba si no le habría robado el monedero, ella bromeaba diciendo que lo comprobase; tras asegurarse de que seguía en su sitio, quedaba completamente convencido, y ella conseguía el dinero. Esta operación la realizaba con frecuencia, y para tales ocasiones llevaba siempre en su bolsillo un reloj de escaso valor y un monedero. Al parecer, repetía estas acciones con bastante fortuna.

Por tanto, regresé con mi botín a casa de mi gobernanta y le conté todo el episodio. Me sorprendió que le afectase tanto, pues apenas podía contener las lágrimas pensando en el peligro que corría aquel caballero cada vez que se excedía tomando unos vasos de vino.

Pero respecto a lo que conseguí, y como le había desvalijado por completo, se sintió muy complacida y me dijo:

—Estoy segura de que el escarmiento que le has dado hará más por él que todos los sermones que pueda oír en su vida.

Al día siguiente descubrí que sentía mucha curiosidad por el caballero, pues todos los detalles que le di sobre él confirmaron que le conocía, y también a su familia.

Reflexionó un poco, y cuando yo iba a continuar con los detalles, se levantó y dijo:

—Apuesto cien libras a que conozco a ese caballero.

—Siento que sea así, porque no le habría descubierto por nada en el mundo. Ya le he hecho bastante daño y no me gustaría contribuir a hacerle más.

—No, no le haré daño —aseguró—, pero permitirás que satisfaga mi curiosidad un poco, porque si es él, garantizo que le descubriré.

Esto me intranquilizó, pues por la misma razón él podría descubrirme y entonces estaría perdida. Pero ella me contestó con afecto:

—¿Crees que te traicionaría...? Por nada del mundo. No lo he hecho en ocasiones más comprometidas y no pienso hacerlo ahora. Así pues, confía en mí.

Estas palabras hicieron que recuperase la calma.

Luego me dijo que tenía un plan para localizar al caballero. Por tanto, fue a visitar a cierta amiga que conocía a la familia de aquél, refiriéndole que tenía un asunto extraordinario nada menos que con un barón de muy buena familia, pero no podía llegar a él sin que alguien se lo presentara. Su amiga prometió ir a casa del caballero para comprobar si estaba en la ciudad.

Al día siguiente le dijo a mi gobernanta que el señor estaba en casa, pero debido a que la noche anterior había sufrido una desgracia no se encontraba bien, por lo que no podía recibir visitas.

—¿Qué le ha ocurrido? —preguntó mi gobernanta, aparentando sorpresa.

—Pues ocurrió que, al regresar de una visita que hizo a un amigo en Hampstead, fue atacado y robado, y como estaba un poco bebido, no pudo defenderse.

—¡Robado...! ¿Y qué le quitaron?

—Al parecer, el reloj de oro, una valiosa caja de rapé, su peluca y todo el dinero, que seguro era mucho, porque el señor nunca sale sin un monedero lleno de guineas.

—¡Bah! —dijo mi anciana gobernanta, burlándose—. Te garantizo que estando bebido se fue con alguna pelandusca que le quitó todo lo que llevaba, y luego le contó a su mujer que le habían asaltado. Es una mentira muy común que las esposas tienen que escuchar a diario.

—¡Oh!, usted no conoce al señor. No hay persona más sobria y modesta en toda la ciudad. Él aborrece tales cosas, no hay nadie que conociéndole piense de él una cosa así.

—Bueno, no es asunto mío; pero si lo fuera, te aseguro que descubriría qué hay detrás de ello. Los hombres más serios, en muchas ocasiones, no son mejores que otras personas, sino más hipócritas.

—No, no. Puedo asegurarle que el señor no es un hipócrita. Realmente es un caballero honesto y sin duda fue asaltado.

—De acuerdo, puede que lo haya sido, mas repito que no es cosa mía. Sólo deseo hablar con él, pero mi asunto es de otra naturaleza.

—Pues —dijo su amiga—, sea de la naturaleza que fuere vuestro asunto, no puede verle todavía, porque está enfermo y magullado.

—¡Qué pena! —exclamó con sorna mi gobernanta—, entonces ha caído en malas manos, seguro. ¿Y puede saberse dónde le magullaron?

—En la cabeza, en una mano y en el rostro, porque le trataron de una forma salvaje.

—Pobre caballero —dijo mi gobernanta—, habré de esperar entonces hasta que se recupere —y añadió—: espero que no sea mucho tiempo, porque me urge hablar con él.

Tras esta conversación se marchó, y cuando regresó a casa me explicó lo siguiente:

—He descubierto a tu caballero, pero no se encuentra muy bien. Me pregunto qué demonios le hiciste, porque está malherido.

Yo la miré bastante confundida, y exclamé:

—¡Cómo puede decir eso! Tiene que haberse confundido de persona, pues estoy segura de que no le hice nada; estaba muy bien cuando le dejé, aunque borracho y completamente dormido.

—No sé nada de eso. Únicamente me han dicho que está muy malherido.

Y me contó todo lo que su amiga le había dicho.

—Entonces —dije— cayó en malas manos después de dejarle yo, porque estoy segura de que se encontraba perfectamente cuando me fui.

CAPÍTULO XXXVII

Unos días después, mi gobernanta visitó de nuevo a su amiga para que notificase al caballero su intención de hablarle, pues sabía por otras fuentes que ya se encontraba bien.

Pero ella era una mujer de temple admirable y se anticipó a que nadie la presentara; así pues, cuando estuvo en presencia del caballero le contó, con su acostumbrada labia, que venía, aunque era una extraña, con el sencillo propósito de prestarle un servicio, y le hizo prometer que si lo rechazaba, no se tomaría a mal que ella se hubiese mezclado en lo que no era asunto suyo. Le aseguró que como lo que tenía que decir era un secreto que le pertenecía a él solamente, tanto si aceptaba la oferta como si no, tendría plena libertad para actuar como creyera conveniente.

Pareció muy sorprendido por estos preliminares y dijo que desconocía si algún asunto suyo requería tanto secreto, pues nunca había hecho mal a nadie y no le preocupaba lo que pudieran decir de él, pero que de todas formas estaría dispuesto a escuchar lo que tenía que decirle. Parecía tan indiferente que mi gobernanta casi temía hablar del asunto, sin embargo, después de algún otro circunloquio, le dijo que por una extraña circunstancia llegó a enterarse de su última y desgraciada aventura, pero que no había nadie en el mundo, a excepción de ambos, que tuviese conocimiento de ello.

El caballero pareció enfadarse y preguntó con tono irritado:

—¿Qué aventura?

—La del ataque que sufrió usted cuando regresaba de Knightsbr..., quiero decir Hampstead, señor —contestó ella—. No le sorprenda que sea capaz de contarle cada paso que dio ese día desde el claustro de Smithfield al Spring Garden de Knightsbridge y desde allí al Strand, y cómo se quedó dormido en el coche después. Digo que no se sorprenda, señor, porque no vengo a coaccionarle de ningún modo ni le pido nada, y le aseguro que la mujer con la que estuvo desconoce quién es usted y nunca lo sabrá. Sin embargo, quizá pueda servirle más adelante, pues sólo vine para hacerle saber que estaba informada de todo, sin pretender ningún tipo de soborno —y añadió—: le aseguro, señor, que si considera oportuno decir o hacer algo, será un secreto que guardaré como si estuviese en mi propia tumba.

Se quedó atónito al escuchar el discurso, y dijo con gravedad:

—Señora, ignoro quién es usted, pero es una desgracia para mí que conozca el secreto de la peor acción que he cometido en mi vida, algo de lo que me avergüenzo tan profundamente, que mi único consuelo era pensar que sólo lo sabíamos Dios y mi propia conciencia.

—Por favor, señor, no tiene que reprocharse nada, y piense que contármelo a mí no agrava en nada su desgracia. Creo que usted no esperaba que sucediese así, pero quizá la mujer empleó algún arte para provocarle.

—Bien, pero permítame que le haga alguna justicia a esa mujer, quienquiera que sea, pues le aseguro que ella no me provocó en nada, más bien me rechazó. Fue mi propia locura la que me impulsó a cometer aquel acto empujándola también a ella. Respecto a lo que se llevó, no podía esperar menos dadas las condiciones en que me encontraba, e incluso ahora no sé si me robó ella o fue el cochero; si fue ella, la perdono, como creo que haría cualquier caballero en la misma situación, pero hay algo que me preocupa más que todo lo que me quitó.

Ella empezó a mostrarse interesada, y entonces él se abrió con más libertad. Pero antes le explicó, en contestación a lo que había dicho sobre mí:

—Me alegro, señor, de que sea tan justo con la mujer que le acompañó esa noche. Le aseguro que es una señora y no vive en la ciudad. Usted la convenció, aunque estoy segura de que ella no acepta proposiciones de esa clase con cualquiera. Corrió un gran riesgo, señor, al estar con una desconocida, pero si eso es parte de su preocupación, puede estar totalmente tranquilo, porque me atrevo a asegurarle que ningún hombre la ha tocado, antes que usted, desde que lo hacía su marido, y ahora hace casi ocho años que ha muerto.

Al parecer, éste era el motivo de su preocupación y lo que ocasionaba su temor. Sin embargo, cuando escuchó esto pareció alegrarse mucho y dijo:

—Bueno, señora, para ser claro con usted, si yo estuviese seguro de ello, no valoraría en mucho lo que perdí, porque la tentación era grande si ella era pobre y lo necesitaba.

—De no haber sido así, señor, le aseguro que nunca hubiera cedido, pero como su pobreza la impulsó a permitirle hacer a usted lo que hizo, así la misma pobreza la dominó para cobrarse al final, cuando le vio en aquel estado, pues si ella no le hubiera esquilmado quizá lo podría haber hecho el cochero después.

—Bien, señora, entonces mejor que fuese ella. Digo de nuevo que todos los caballeros que se comportan así deberían ser tratados de la misma manera, y luego serían más precavidos. No estoy ya preocupado por ello, a excepción de lo que insinuó usted antes.

Luego le explicó con detalle lo que había ocurrido entre nosotros, que no es decoroso narrar aquí, y el gran terror que sintió por la posibilidad de contagiar alguna enfermedad a su esposa; finalmente preguntó si tendría ocasión de hablar conmigo. Ella le aseguró que yo era una mujer de la que no se podía temer una cosa así y que en ese aspecto estaba tan a salvo como con su propia esposa; respecto a verme, dijo que podría ser peligroso, pero, no obstante, hablaría conmigo tratando de convencerme y le permitiría saber mi contestación, si bien le hizo saber que yo no tendría muchos deseos de hacerlo, pues era una forma de poner mi vida en sus manos.

Él contestó que tenía grandes deseos de verme y no tenía la menor intención de causarme ningún daño, pues pensaba eximirme de cualquier acusación, pero mi gobernanta le explicó que aquello podría perjudicarle, por lo que finalmente desistió.

Después hablaron sobre las cosas que había perdido, mostrando él mucho interés por su reloj de oro, y afirmó que pagaría el importe de su valor si lograba recuperarlo. Ella le dijo que intentaría conseguirlo y dejó que lo valorase él mismo.

Por tanto, al día siguiente regresó con el reloj y el caballero le entregó treinta guineas a cambio, lo cual era más de que yo habría podido conseguir por él, si bien su precio real era muy superior. Luego dijo algo respecto a su peluca, que al parecer le costó sesenta guineas, y la caja de rapé. Pasados unos días, mi gobernanta se los llevó, lo cual agradeció mucho dándole treinta más. Al día siguiente, por mediación de mi amiga, le envié la espada y el bastón, sin ningún dinero a cambio, con la condición de no volver a verle.

Entonces intentó averiguar cómo se había enterado ella de todo este asunto, a lo que mi amiga contestó con una larga historia en la que, para resumir, le dijo que era prestamista, y en cierta ocasión una mujer a la que no conocía, ansiosa por deshacerse de la mercancía pues necesitaba el dinero con urgencia, le llevó los objetos que ahora él había recuperado. Posteriormente, un confidente le dio algunas pistas sobre su posible propietario, y ella, mediante algunas averiguaciones, se encargó del resto. De nuevo le garantizó que podía sentirse tranquilo, porque de su boca no saldría jamás una palabra sobre el asunto.

Por mi parte, con frecuencia tenía cierto remordimiento al haberme negado a verle. Estaba convencida de que si nos hubiésemos encontrado de nuevo, habría obtenido algún beneficio, incluso podría haberme mantenido, evitando así que continuase con la vida azarosa y llena de peligros que a la sazón llevaba. Sin embargo, olvidé aquello y me negué a verle cuando lo propuso de nuevo, pero mi gobernanta le veía a menudo; era muy amable con ella y a menudo le hacía regalos.

En cierta ocasión le encontró muy alegre, y pensó que se le había subido el vino a la cabeza; él insistió para que le permitiera ver a esa mujer que le había cautivado tanto aquella noche. Mi gobernanta, que desde el principio quería nuestro reencuentro, le dijo que haría todo lo que estuviese en su mano para complacerle.

Cuando regresó, me contó toda la conversación y, finalmente, me convenció. Por tanto, me vestí de la manera más elegante que pude, y por primera vez me pinté ligeramente, cosa que hasta el momento no había hecho porque tuve siempre la vanidad de pensar que no lo necesitaba.

El caballero llegó a la hora señalada y en un estado que denotaba claramente que había bebido, aunque no podría decirse que estuviera ebrio. Se mostró muy complacido de verme y tuvimos una larga conversación sobre nuestro incidente. Le pedí perdón por lo ocurrido, afirmando que en un principio no tuve la intención de que las cosas se desarrollasen de la forma que, finalmente, sucedieron, pues si le acompañé fue porque pensé que era un caballero muy cortés y me aseguró en todo momento que se comportaría de forma correcta.

Él se disculpó alegando que había bebido en exceso, pues de lo contrario nunca hubiera osado propasarse conmigo como lo hizo. Luego declaró que nunca había tocado a otra mujer desde que estaba casado con su esposa e hizo una serie de halagos hacia mi persona, hasta que comprendí que estaba dispuesto a repetir la aventura, pero entonce le interrumpí afirmando que nunca había tolerado que me tocara ningún hombre desde que murió mi marido, hacía cerca de ocho años. Respondió que lo creía de verdad, y añadió que mi gobernanta se lo había dado a entender, motivo que le había hecho desear verme de nuevo, y como había faltado a su virtud conmigo una vez, sin consecuencias, podía arriesgarse de nuevo; en resumen, sucedió lo que yo esperaba y no tengo valor para contar.

Por tanto, pude comprobar que, tras haber cometido un delito una vez, es muy fácil caer en el mismo error de nuevo, mientras que el arrepentimiento y las reflexiones desaparecen cuando la tentación se renueva. De no haber cedido a esta segunda proposición, su deseo habría desaparecido, y es muy probable que no hubiera caído con otra mujer, como sospecho que le ocurrió después.

Cuando iba a despedirse le dije que esperaba se convenciese de que no le había robado otra vez. Me contestó que estaba seguro de que podía confiar en mí de nuevo, y metiendo la mano en el bolsillo, me dió cinco guineas, que era el primer dinero que yo había ganado de esa forma en muchos años.

Tuve varias visitas suyas de la misma clase, pero nunca llegó a mantenerme de forma estable, lo cual yo anhelaba. Una vez, de hecho, me preguntó cómo me ganaba la vida. Le contesté que era costurera y podía mantenerme, aunque con apuros, pero que nunca me había dedicado a aquello que hacía con él.

Pareció reflexionar sobre el hecho de que podía ser la primera persona que me había llevado a aquello, lo cual me aseguró que nunca tuvo intención de hacer, y le afectaba haber sido la causa de su propio pecado y del mío también.

Cuando tenía estos pensamientos se marchaba y no regresaba quizá hasta un mes más tarde, pero cuando olvidaba la cuestión moral, aparecía de nuevo la lascivia, y entonces volvía con un deseo más fuerte aún. Así vivimos durante algún tiempo, aunque no me mantenía; sin embargo, nunca dejó de entregarme dinero generosamente, lo cual me permitió vivir sin trabajar y, mejor aún, no tener que volver a mi antiguo oficio.

Pero, esta situación llegó también a su fin, porque después de un año más o menos, observé que ya no venía con tanta frecuencia como de costumbre, y finalmente nos separamos con gran pesar por parte de ambos. Así terminó esta corta etapa de mi vida, la cual no me aportó grandes beneficios.

CAPÍTULO XXXVIII

Durante este intervalo de tiempo me confiné en casa, porque tenía suficientes reservas para vivir con cierto desahogo, pero transcurridos tres meses desde nuestra separación, y viendo que mis fondos disminuían de forma ostensible, empecé a pensar en mi antiguo oficio, por lo que volví de nuevo a la calle, con un resultado bastante satisfactorio en mi primer intento.

Como disponía de varios disfraces para estas ocasiones, ulilicé una ropa humilde, compuesta por un tosco vestido, un mandil azul y un sombrero de paja, y me coloqué en la puerta de la posada «Las Tres Copas» en St. John's Street. Al lado paraban cocheros y las diligencias que hacían la ruta de Barnet, Totteridge y otras ciudades, de modo que era el lugar ideal para mis propósitos, pues había gran afluencia de público que se trasladaba al campo portando maletas y otros bultos, que algunas mujeres, generalmente esposas o hijas de los mozos de servicio, se encargaban de transportar a los carruajes.

Sucedió que, estando yo junto a la verja de la posada, la mujer del mozo de la diligencia de Barnet me preguntó si esperaba a alguno de los coches. Le contesté que esperaba a mi señora, que se dirigía a Barnet. Al preguntarme quién era mi señora, le di el primer nombre que me vino a la mente, que por casualidad coincidía con el de una familia que vivía en Hadly, justo algo más allá de Barnet.

No hablamos durante un rato, hasta que alguien la llamó desde una taberna cercana; entonces me dijo que si alguien buscaba coche para Barnet, fuese a buscarla. Contesté que sí, muy dispuesta, y ella se marchó.

Al pronto se acercó una criada con una niña toda sudorosa y jadeante preguntando por la diligencia para Barnet. Yo le contesté en seguida:

—Aquí mismo.

—¿Se encarga usted del coche de Barnet? —volvió a preguntar.

—Sí. ¿Qué deseas?

—Quería plaza para dos pasajeros.

—¿Dónde están?

—Aquí está la niña. Por favor, déjela subir al coche en tanto yo voy a recoger a mi señora.

—Date prisa, entonces, porque puede que luego no haya plazas.

La criada llevaba un gran bulto debajo del brazo, así que subió a la niña en el coche mientras yo le aconsejaba:

—Sería mejor que metieras también el bulto en el coche.

—No. Temo que alguien se lo quite a la niña.

—Dámelo entonces, yo lo cuidaré.

—De acuerdo, pero no lo pierda de vista —dijo temerosa.

—Lo vigilaré como si costase veinte libras.

—Muy bien. Vuelvo en seguida —y diciendo esto se marchó.

Tan pronto como cogí el bulto y la criada se perdió de vista, me dirigí hacia la taberna, donde estaba la esposa del mozo, pero después de andar un trecho giré rápidamente a Charterhouse Lane, atravesé Little Britain y entré en Newgate Street.

Para evitar que me reconocieran, me quité el mandil azul y envolví en él mi sombrero de paja y el bulto, que estaba cubierto con una tela de color llamativo, poniéndome el paquete encima de la cabeza. Esto resultó providencial, pues al cruzar Bluecoat Hospital, vi cómo la criada caminaba junto a una señora en dirección a la parada de la diligencia.

Observé que llevaban prisa, y como yo no tenía ninguna intención de que me viesen, continué con mi bulto hasta llegar a casa de mi gobernanta, donde lo abrí para ver su contenido. No vi dinero, plata ni joyas, pero había un magnífico traje de damasco, una bata, finas enaguas, una gran pieza de encaje de Flandes, alguna ropa blanca y otras cosas de bastante valor.

El sistema que utilicé en aquella ocasión no fue invento mío, pues me lo enseñó una mujer que lo había practicado con éxito, y como a mi gobernanta le pareció un método excelente, lo practiqué varias veces, aunque siempre en lugares diferentes, como Whitechapel, donde paran los coches que salen hacia Stratford y Bow, o Flying Horse, parada de la diligencia a Cheston, y tengo que confesar que obtuve buenos resultados.

En otra ocasión elegí un almacén en uno de los muelles del puerto donde arribaban los barcos procedentes del Norte. Al estar cerrado el almacén, se me aproximó un joven que venía a recoger una caja y una cesta embarcados en Newcastle-upon-Tyne. Le pregunté si tenía el comprobante, y me mostró una carta que le autorizaba a retirar las mercancías especificando el contenido de los bultos, por lo que pude enterarme de que la caja estaba llena de telas y en la cesta había cristalería. Leí la carta, procurando retener los nombres del remitente y el destinatario, y luego pedí al joven que regresara por la mañana, puesto que el guarda del almacén no estaría por la tarde.

Me marché, y en una taberna escribí una carta de Mr. John Richardson de Newcastle a su sobrino Jemmy Cole, en Londres, con la información de que le enviaba en el buque X (porque recordaba todos los detalles), las piezas de tela holandesa y similares en una caja y una canasta con cristalería de Henzill; añadía que la caja tenía la marca J. C. número 1 y la canasta llevaba una etiqueta en el cordón dirigida a su sobrino.

Una hora después regresé al almacén, y tras enseñar el comprobante al guarda me entregó los artículos sin ningún escrúpulo, ascendiendo el valor de las telas a unas veintidós libras.

Podría contar infinidad de aventuras del mismo tenor y siempre con éxito, pero tanto va el cántaro a la fuente, que acaba rompiéndose. Finalmente, me vi envuelta en varios embrollos que si bien no fueron fatales, me hicieron bastante conocida, que era lo peor que podía pasarme a excepción de ser encarcelada y condenada.

Me había disfrazado con ropas de viuda y no tenía ningún plan a la vista, mientras caminando por una calle en Coven Garden oí voces que gritaban:

—¡Al ladrón! ¡Detengan al ladrón!

Al parecer, algunos rateros habían robado a un comerciante, y al ser perseguidos huyeron en distintas direcciones. Uno de ellos, según dijeron, llevaba ropas de viuda, por lo cual la muchedumbre me rodeó, acusándome unos y diciendo otros que no era yo a quien buscaban. En seguida vino el empleado y juró en voz alta que yo era la persona que le robó, de forma que me condujeron a la tienda; sin embargo, nada más verme, el dueño del comercio dijo que yo no era la mujer que había robado allí y que me dejaran marchar inmediatamente, pero otro individuo dijo con gravedad:

—Reténganla hasta que regrese el señor L... —refiriéndose al empleado—, porque él afirma conocer a esta mujer.

Así pues, me retuvieron por la fuerza cerca de una hora. Durante este tiempo estuve custodiada por un guardia al que pregunté su nombre, dónde vivía y algunas otras cosas, a lo que respondió bromeando que si yo iba al Old Bailey, seguro que oiría hablar de él..

Algunos de los criados me trataban con agresividad, en tanto que el dueño de la tienda se comportaba de manera más cortés, aunque no accediese a dejarme marchar pese a no haberme visto allí con anterioridad.

Empecé a irritarme y le dije que sería responsable ante la ley por aquel atropello; luego, pedí que trajesen a algunos de mis amigos para que fuesen testigos del trato que me daban, a lo cual tenía derecho, pero respondió que no podía tomarse tal libertad. Entonces hablé con el agente para que llamara a un mozo, lo cual hizo, y pedí pluma, tinta y papel, pero me dijeron que no tenían, por lo que pedí al muchacho que observara y recordase cómo me trataban allí y que estaba retenida por la fuerza, pues necesitaría su testimonio en el tribunal. El mozo dijo que me serviría con todo su corazón, y añadió:

—Pero, señora, permítame que les oiga decir de viva voz que se niegan a que se vaya, entonces podré hablar con más veracidad.

Así pues, me dirigí al dueño de la tienda y le dije:

—Señor, usted sabe perfectamente que yo no soy la persona que busca y que no he estado en su tienda antes; por tanto, le exijo no me retenga más aquí o me diga la razón por la que estoy detenida.

Al oír esto, se mostró más hosco que antes y dijo que no lo haría hasta que lo considerase adecuado.

—Muy bien —me dirigí al guardia y al mozo—, ¿serán tan amables de recordar esto más adelante, caballeros?

El mozo afirmó que sí y el guardia empezó a mostrarse incómodo ante aquella situación, por lo que intentó convencer al comerciante para que me dejase marchar, pues, como él mismo había reconocido, yo no era la persona que buscaban.

—Dígame, señor —contestó irritado el mercero—, ¿es usted guardia o juez de paz? Sólo le han encargado su vigilancia; por tanto, limítese a cumplir con su deber.

El agente respondió, un poco inquieto aunque con mucha amabilidad:

—Conozco mi deber y lo que soy, señor, pero dudo que usted sepa lo que está haciendo.

Tuvieron alguna que otra palabra dura, y mientras tanto, los empleados me trataban de forma vejatoria, especialmente uno de ellos, el primero en apresarme, que empezó a ponerme las manos encima fingiendo que me registraba. Le escupí en la cara y llamé al guardia pidiéndole que tomara nota del trato que me daban, y añadí señalando al individuo:

—Le ruego, señor, que averigüe el nombre de este villano.

El guardia le reprochó su comportamiento y le dijo que no sabía lo que estaba haciendo, al igual que su patrono, y continuó:

—Me temo que todos vamos a tener problemas si esta señora llega a probar quién es y dónde estaba.

—¡Maldita sea! —exclamó el empleado—. Ella es la dama, puede estar seguro. Juraré que es la misma a quien di en mano las piezas de satén que han desaparecido. Se convencerá cuando William y Anthony regresen, pues ellos la vieron tan bien como yo.

Justo en ese momento, sus dos compañeros, seguidos de numerosas personas, entraron triunfantes en la tienda llevando sujeta a la falsa viuda que había perpetrado el robo, y dirigiéndose a su patrono dijeron:

—Aquí está la viuda, señor. Finalmente, la hemos atrapado.

—¿Qué significa eso? Ya la hemos apresado. Está allí sentada.

—De ninguna manera. Puede jurar que ésta es la mujer.

El otro hombre, al que llamaban Anthony, apostilló:

—El señor dirá y jurará lo que quiera, pero ésta es la mujer, y ahí está el retal de satén que robó. Se lo saqué de sus ropas con mi propia mano.

Yo empecé a sentirme mejor, pero sonreí y no dije nada. El patrón parecía pálido y el guardia me miró.

—Déjelos solos, señor —le dije—, que continúen discutiendo.

El caso estaba claro, por lo que el guardia se hizo cargo de la auténtica ladrona, mientras el mercero me pedía excusas humildemente asegurando que sentía el error y esperaba que no me sintiese ofendida, pues estos casos se repetían con tanta frecuencia que se veían obligados a tomar medidas un tanto bruscas.

—¡Que no me ofendiese...! —exclamé—. ¿Cómo puedo dejar de ofenderme? Le aseguro que exigiré una reparación por todo lo ocurrido aquí.

Entonces intentó arreglar la situación, afirmando que si yo le explicaba mis exigencias estaba dispuesto a proporcionarme una adecuada satisfacción; contesté que yo no sería mi propio juez, y cuando estuviésemos ante el tribunal sabría exactamente lo que tenía que decir. Repuso que ya no había razón para ir ante el juez, pues yo estaba en libertad para irme donde gustara, y así, llamando al guardia, le dijo que podía dejarme marchar, porque yo ya no estaba a su cargo. El guardia le respondió con calma:

—Señor, lamento decirle que desconoce usted cuáles son mis obligaciones, pues lo que me pide no está a mi alcance. He de custodiar a un prisionero cuando me lo encomiendan, pero sólo el juez puede firmar su libertad; así pues, tengo que llevar a esta mujer ante la justicia, le agrade a usted o no.

El mercero se mostró muy altivo con el guardia en un principio, pero al observar su firme actitud dijo:

—Bueno, puede llevarla donde guste, pues ya no tengo nada que decir al respecto.

—Pero usted tendrá que acompañarnos, porque fue el denunciante.

—No, no, le digo que no tengo nada más que añadir.

—Sin embargo, usted tiene que comparecer ante la justicia para aclarar la cuestión.

—Vuelvo a repetir que el asunto está zanjado por mi parte, y le pido que ponga en libertad a esta mujer en nombre del rey.

— Veo que no sabe lo que significa ser agente de la ley. Le ruego que no me obligue a ser descortés con usted.

—No lo creo necesario, pues ya lo ha sido bastante.

—No, señor, no soy descortés; es usted quien ha quebrado la paz al obligarme a retener a esta honrada mujer en su tienda mientras sus empleados la maltrataban. A pesar de ello, le estoy pidiendo con toda cortesía que me acompañe, cuando podía exigírselo por la fuerza en nombre del rey; por tanto, le ruego acceda de forma voluntaria a presentarse ante el juez.

El mercero hizo oídos sordos y le contestó con brusquedad, pero el guardia mantuvo la calma y no cayó en la provocación. Entonces intervine, diciendo al guardia:

—Déjelo, señor, encontraré la forma de llevar a este hombre ante el juez. A quien deseo denunciar es al empleado que me apresó sin motivo y ha estado tratándome desde que estoy aquí con la violencia de que usted ha sido testigo.

El guardia se volvió entonces hacia el individuo y le dijo:

—Vamos, joven, tiene que acompañarme, y espero que no se negará a obeceder, como ha hecho su patrono.

El empleado parecía un ladrón sorprendido in fraganti, y miró a su jefe como si él pudiera ayudarle; pero el mercero sólo le aconsejó que no hiciese caso al guardia, y cuando éste se aproximó para detenerle, le dio un violento empujón que le hizo caer al suelo, ante lo cual el guardia llamó pidiendo ayuda e inmediatamente la tienda se llenó de gente, siendo detenidos el mercero y su empleado.

Como consecuencia de la confusión que se produjo, la mujer detenida logró escapar entre la multitud, al igual que otros dos sospechosos que también habían sido apresados.

Entre tanto, varios vecinos que habían observado todo lo ocurrido intentaron calmar al exaltado mercero, hasta que finalmente consiguieron convencerle de que estaba equivocado y fuimos todos a comparecer ante el juez, seguidos por una muchedumbre de unas quinientas personas. Durante todo el camino podía escuchar a algunos preguntando qué había pasado, y a otros explicar que un mercero había acusado a una dama en vez de a una ladrona, y que después de haber sido apresada la culpable, era la señora la que ahora llevaba al mercero ante el juez. Esto parecía agradar a la gente y hacía que aumentara la multitud. A medida que se iban acercando preguntaban en voz alta, especialmente las mujeres: «¿Quién es el ladrón? ¿Quién es el mercero?» y cuando alguien indicó dónde estaba, comenzaron a golpearle y tirarle basura. Así marchamos durante un buen rato, hasta que el mercero pidió que llamásemos a un coche para protegerse de la multitud, de modo que el resto del camino lo hicimos en un carruaje el mercero, su empleado, el guardia y yo.

Cuando llegamos ante el juez, un anciano caballero de Bloomsbury, el guardia le hizo una breve relación de los hechos. Después el juez me permitió hablar, si bien antes tenía que revelarle mi nombre, algo que no me agradaba en absoluto, pero al no poder evitarlo le dije que me llamaba Mary Flanders y que era viuda de un capitán de barco fallecido en un viaje hacia Virginia. Añadí que estaba preparando mi viaje hacia América para tomar posesión de las plantaciones de mi marido y que ese día había ido a comprar algunas ropas para aliviar mi luto, pero todavía no había entrado en ninguna tienda, cuando un individuo (señalé al empleado del mercero), se lanzó precipitadamente sobre mí con tal furia que me dio un susto de muerte y me llevó a la tienda de su patrono; éste, aunque reconoció que yo no era la persona, se negó a dejarme en libertad e hizo que fuese custodiada por el guardia. A continuación referí la forma en que me trataron los empleados; cómo, posteriormente, apresaron a la auténtica ladrona encontrando entre sus ropas los artículos robados, y todos los demás detalles.

Después el guardia explicó de qué forma intentó dialogar con el mercero sobre mi puesta en libertad, la negativa de ambos a acompañarle al tribunal, el golpe que recibió y todos los hechos narrados anteriormente.

El juez oyó luego al mercero y a su empleado. El comerciante pronunció un amplio discurso sobre las grandes pérdidas que tenían a diario por culpa de los ladrones y descuideros, de forma que su exceso de celo podía llevarles en ocasiones a equivocarse. Respecto al empleado, tenía poco que decir, pero alegó que fueron sus compañeros quienes le indicaron que yo era la persona que buscaban.

Finalmente, el juez me dijo muy cortésmente que estaba en libertad y sentía mucho que se me hubiese tomado por una ladrona siendo inocente, añadiendo que no tenía atribuciones para condenar al mercero a reparar el daño causado, aunque reprobaba con firmeza su comportamiento; sin embargo, no tenía más opción que ponerle en libertad. A pesar de todo, me recomendó que iniciase contra él todas las acciones legales que estimase convenientes.

Respecto a su empleado, me dijo que podía obligarle a que me diera una satisfacción, pues tenía atribuciones para encerrarle en Newgate por atacar a un guardia y haberme maltratado a mí. Por consiguiente, envió al individuo a prisión y exigió al mercero que pagase una fianza.

Por mi parte, tuve la satisfacción de ver cómo la muchedumbre que les esperaba a los dos, según salían, gritaba y tiraba piedras y basura a su coche. Seguidamente regresé a casa de mi gobernanta.

Después de contarle la circunstancia por la que había atravesado, ella empezó a reírse, por lo cual le pregunté:

—¿Por qué se ríe? La historia no es nada alegre, sino todo lo contrario.

—Me hace gracia ver lo afortunada que eres —contestó—. Estoy segura de que si manejas bien la situación, podrás conseguir hasta quinientas libras del mercero por daños y perjuicios, sin contar con lo que puedas percibir del empleado.

Yo pensaba de forma muy diferente a la de ella sobre esta cuestión, principalmente porque había dado mi nombre al juez de paz y sabía que mi nombre era tan conocido en Hicks's Hall y en el Old Bailey, que si este caso llegaba a juicio abiertamente y se llegaba a investigar sobre mi persona, ningún tribunal fallaría a favor de alguien con mi reputación. Sin embargo, estaba obligada a empezar un proceso formal, y siguiendo el consejo de mi amiga solicité el asesoramiento de un abogado competente y de mucho prestigio.

Cuando nos entrevistamos, le di todos los detalles que acabo de referir; él me aseguró que el caso se defendía por sí solo, y no dudaba que el jurado me adjudicaría una suma considerable por daños y perjuicios. Por tanto, siguiendo sus instrucciones, inicé el litigio. El mercero fue detenido y de nuevo tuvo que pagar fianza, y unos días después vino con su abogado para entrevistarse con el mío pretendiendo llegar a un acuerdo.

Mi abogado actuó muy hábilmente, haciéndoles creer que era una viuda con una gran fortuna y que tenía amigos influyentes que podrían ayudarme, por lo cual el mercero tendría que pagar, cuando menos, mil libras como reparación por las graves afrentas que había recibido. Por tanto, me aconsejó que aceptase su proposición, puesto que ahora estaban atemorizados y accederían a mis pretensiones.

Algún tiempo después volvieron a entrevistarse con mi abogado para saber cuál había sido mi decisión, y él contestó que mis amistades me aconsejaban que siguiese adelante con el pleito; sin embargo, como yo me mostraba indecisa, ellos podrían entre tanto hacer la propuesta que considerasen adecuada.

Ellos fingieron que no podían hacer ninguna propuesta porque podría emplearse en su contra, y él contestó que por la misma razón no podía hacer ninguna oferta, porque existía la posibilidad de que se interpretase como que yo renunciaba a mis derechos. No obstante, después de algunas discusiones y promesas mutuas de que no se sacaría provecho por ninguna de las partes, llegaron a una especie de pacto, pero tan remoto y amplio que nada se podía esperar de él, porque mi abogado exigía quinientas libras más los cargos, y ellos ofrecían cincuenta sin cargos. Por tanto, no se llegó al acuerdo, y el mercero pidió una entrevista conmigo, a lo que mi abogado accedió inmediatamente.

Siguiendo su consejo, me vestí con mis mejores galas, para que el mercero pudiera ver que yo no era quien pensaba cuando me retuvo en su tienda. Mi gobernanta me prestó un collar de perlas que se cerraba por detrás con un broche de diamantes, joya que tenía en depósito, y también me puse un reloj de oro; en definitiva, tenía un aspecto excelente. Después que supe de su llegada me presenté en coche ante la casa de mi abogado, acompañada de una doncella.

Cuando entré en la habitación el mercero se sorprendió. Tras ponerse en pie me hizo una reverencia, lo que apenas advertí, y fui a sentarme donde mi abogado me había indicado. Pasados unos momentos, el mercero dijo que no me reconocía, y empezó a hacerme cumplidos. Le dije que de haberme conocido no me hubiera tratado como lo hizo. Él respondió que sentía mucho lo ocurrido y que el motivo de aquella reunión era manifestar la voluntad que tenía de reparar en lo posible su mal comportamiento; esperaba que no llevase las cosas al límite de su ruina, pues entonces, pese a su buena voluntad, yo no podría obtener la satisfacción que pretendía, y él sólo deseaba hacerme justicia, en la medida que pudiese, sin necesidad de recurrir a los tribunales.

Le dije que me alegraba mucho oírle hablar como un hombre de sentido común y no como lo había hecho en otras ocasiones, y si bien en la mayoría de los casos de afrentas el reconocimiento se consideraba indemnización suficiente, esto había ido demasiado lejos para quedar así; afirmé que no era vengativa, ni buscaba su ruina, pero todos mis amigos estaban de acuerdo en que no permitiese que se faltara a mi persona aceptando algo así sin mediar una reparación suficiente, pues ser tomada por ladrona era algo tan indigno que no se podía pasar por alto.

Asintió con humildad a todo lo que dije y me hizo la propuesta de entregarme cien libras y hacerse cargo de todos los gastos legales, agregando que me regalaría algunos vestidos y telas. Respondí que trescientas libras sería una cantidad razonable, pero se negó a mi proposición. Finalmente, gracias a los buenos oficios de mi letrado, aceptó pagar ciento cincuenta libras y un lote de sedas, aparte de abonar los honorarios de mi abogado. Esta oferta me pareció razonable y accedí a ello, con lo cual el asunto quedó zanjado, y para celebrar el acuerdo nos invitó a una deliciosa cena.

Cuando llegó el momento de recibir mi dinero, fui acompañada de mi gobernanta, vestida como una anciana duquesa, y de un caballero con excelente indumentaria, al que hicimos pasar por mi pretendiente.

El mercero nos trató de forma cordial y pagó el dinero con gusto, a pesar de que la suma total ascendía a casi doscientas libras.

Al quedar todo resuelto, salió a colación el caso del empleado. El mercero intercedió por él con gran vehemencia diciendo que tenía esposa y varios hijos, y era muy pobre; añadió que no tenía nada con lo que satisfacerme, pero vendría a pedirme perdón de rodillas, si lo deseaba. Le respondí que no deseaba la ruina de ningún hombre, y por tanto, a petición suya perdonaría al muchacho, puesto que no pretendía vengarme de nadie.

En el transcurso de la cena, el mercero hizo entrar al pobre empleado, que se mostró tan humilde y abatido como había estado grosero y altivo cuando estuve retenida en la tienda, demostrando con ello su vileza de espíritu: cruel con sus inferiores y sumiso con sus superiores. Sin embargo, le ofrecí mi perdón y le pedí que se retirase, como si me incomodara su presencia.

CAPÍTULO XXXIX

Ahora estaba en una buena situación económica, tanto que mi gobernanta me decía con frecuencia que era la ratera más rica de Inglaterra, y efectivamente creo que así era, porque disponía de setecientas libras en efectivo, además de ropas, anillos, algo de plata y dos relojes de oro, todo artículos robados, porque había realizado numerosos trabajos además de los que he mencionado. ¡Oh! si hubiera tenido ahora la voluntad suficiente para abandonar de una vez por todas mi oficio, hubiera evitado muchas complicaciones posteriores.

No mucho después de finalizado el asunto del mercero, salí disfrazada de forma diferente a las anteriores. Me vestí de mendiga, con los harapos más ordinarios y sucios que pude conseguir, dando la sensación de que siempre había sido así. Naturalmente odiaba la suciedad y los harapos, pues me había criado con escasez, pero limpia y presentable. Así pues, era el disfraz más difícil que llevé nunca. Observé que todo el mundo me miraba como si temieran que fuese a quitarles algo o a contagiarles alguna enfermedad. La primera noche que salí vestida de esta forma no conseguí nada, y llegué a casa mojada, manchada de barro y cansada. Sin embargo, a la noche siguiente me surgió un pequeño asunto, cuyas consecuencias no fueron muy agradables.

Estaba al lado de la puerta de una taberna, cuando se acercó cabalgando un caballero que llamó a uno de los mozos para que le sujetase el caballo mientras él entraba en el establecimiento. Estuvo mucho tiempo en la taberna, y como el mozo oyera que le llamaba el dueño, se dirigió hacia mí y dijo:

—Escucha, buena mujer, sujeta un rato este caballo mientras entro; si viene el caballero, te dará algo.

—De acuerdo —respondí.

Cuando comprobé que nadie me veía, tomé las riendas y llevé el caballo tranquilamente a casa de mi gobernanta.

Hubiera sido un buen botín para los que entienden de ello, pero nunca un pobre ladrón se vio más perdido por no saber qué hacer con algo que había robado, porque cuando llegué a casa, mi gobernanta se quedó bastante confundida, y ninguna de las dos sabíamos qué hacer con el jamelgo. Enviarlo a un establo no era conveniente, puesto que la noticia de su robo habría aparecido ya en La Gaceta, así como la descripción del caballo, y no veíamos ninguna otra salida. Finalmente, la única solución que se nos ocurrió fue dejar el caballo en una posada y enviar una nota a la taberna por medio de un mozo diciendo dónde podían recogerlo. Podríamos haber esperado hasta que el propietario hubiese ofrecido una recompensa, pero no queríamos correr riesgos.

Por tanto, aquello fue un robo y no lo fue, ya que si no perdí nada, tampoco obtuve el menor beneficio, y además me resultaba muy desagradable vestir de mendiga, pues pensaba que era de mal agüero.

Mientras iba disfrazada así, tomé contacto con un grupo de gente de la peor clase que nunca había conocido. Eran falsificadores de moneda y me hicieron algunas ofertas interesantes, pero me adjudicaban la parte más peligrosa del negocio, pues el hecho de ser apresada significaba ser quemada hasta la muerte en la hoguera; así pues, aunque me hubiesen prometido montañas de oro y plata para atraerme, no lo haría. Es cierto que si hubiera sido una mendiga realmente o estado tan desesperada como al principio, quizá podría haber accedido a ello, pues, ¿qué les importa morir a los que no tienen para vivir? Pero en la actualidad mi situación no demandaba correr riesgos tan terribles como aquéllos. Además, el mismo pensamiento de ser quemada en la hoguera me helaba la sangre y me producía tales sudores, que no podía pensar en ello sin temblar. Aquello me hizo incluso dejar los harapos, porque al no aceptar su proposición, estaba segura de que intentarían asesinarme para que no les delatase.

Este último encuentro y el robar caballos eran cosas que estaban completamente fuera de mi actividad habitual. Mi verdadera ocupación parecía encontrarse en otro camino, y aunque también entrañase riesgos, era más apropiada para mí, pues la conocía a fondo y tenía más oportunidades de escapar si se producía alguna situación imprevista.

Durante ese tiempo me propusieron también formar parte de una banda de ladrones de casas, pero no pensaba arriesgarme en esto, al igual que no lo hice en el negocio de las monedas.

En otra ocasión encontré a una mujer que me contó las provechosas operaciones que había realizado a orillas del río, por lo cual me uní a ella, llevando a cabo varios negocios de considerable beneficio. Mas pasado un tiempo decidí dejarlo, pues algunos sitios los visitábamos con alguna frecuencia y empezaban a sospechar, lo que entrañaba un gran riesgo.

Cierto día me vestí de forma elegante y di un paseo hacia el otro extremo de la ciudad. Pasé ante el edificio de la Bolsa, pero sin idea de encontrar algo que hacer allí, cuando al llegar a la plaza vi a una multitud de gente que parecía esperar un gran acontecimiento. Según decían algunos, una duquesa venía a visitar la Bolsa; otros incluso afirmaban que quien llegaba era la reina.

Entré en una tienda de telas y me coloqué de espaldas al mostrador, fingiendo mirar lo que pasaba, cuando me fijé en un paquete de encaje que el comerciante estaba enseñando a unas damas; el tendero y su asistenta estaban tan absortos tratando de ver quién venía y a qué tienda iría, que encontré el medio de deslizar parte del encaje en mi bolsillo y marcharme con él fácilmente, de forma que el comerciante pagó cara su curiosidad.

Al salir de la tienda me uní a la multitud y, para evitar que me siguieran, tomé un coche y cerré la puerta. Apenas hecho esto, vi a la muchacha de la tienda y a cinco o seis personas más salir a la calle dando grandes voces. No gritaban: «¡Detengan al ladrón!» porque nadie huía corriendo, pero pude oír las palabras «robado» y «encaje» dos o tres veces, y vi a la muchacha retorciéndose las manos y correr mirando aquí y allá, como asustada. El cochero estaba subiendo al pescante, y por tanto, los caballos no habían empezado a moverse, por lo cual yo estaba tan intranquila que cogí el paquete de encaje y estaba dispuesta a tirarlo por la portezuela contraria cuando, para gran satisfacción mía, el coche empezó a moverse alejándose del lugar, de forma que me llevó sin más interrupciones con mi mercancía, que valía cerca de veinte libras.

Al día siguiente me vestí de nuevo con buenas ropas, pero totalmente diferentes, y anduve por el mismo camino otra vez, pero no se me ofreció nada hasta que llegué a St. James Park, donde paseaban muchas damas elegantes, entre las que descubrí a una jovencita de unos doce o trece años con otra más pequeña, posiblemente su hermana, que tendría alrededor de nueve. Observé que la más mayor tenía un elegante reloj de oro y un collar de perlas de excelente calidad, e iban acompañadas por un lacayo de librea, al que en determinado momento se dirigió la mayor de ellas como pidiéndole que las esperase allí hasta que regresaran.

Cuando el criado se quedó solo, me acerqué a él y le hice algunas preguntas relativas a la joven; después, hablamos sobre lo gentil y bonita que era y el porte tan aristocrático que tenía, y el muy ingenuo me contó en seguida lo que me interesaba oír. Resultó ser la hija mayor de sir Thomas..., de Essex, caballero de gran fortuna; que su madre no iba a venir todavía a la ciudad, sino que estaba con la esposa de sir William..., de Suffolk, y muchas otras cosas; agregó que tenían dos criados, una doncella y el cochero, aparte de él mismo, y que la dama joven cuidaba de toda la familia, tanto aquí como en casa; en resumen, me contó todo lo que necesitaba para mis planes.

Me despedí del criado y fui al encuentro de las niñas. Al llegar a su altura, caminé junto a ellas y, de repente, saludé a la mayor por su nombre, con el título de lady Betty. Le pregunté si había tenido noticias de su padre y cuándo estaría en la ciudad su señora madre.

Hablé con tanta familiaridad de toda su familia que no pudo creer sino que teníamos una amistad íntima. Le pregunté por qué salían sin la señora Chime (su doncella) para que cuidara de miss Judith, que era su hermana. Entonces hablé sobre lo linda y fina que era su hermana, si había aprendido francés y mil cosas sin trascendencia para entretenerla, cuando de repente vimos llegar a los soldados y la multitud corrió a ver al rey que se dirigía hacia el Parlamento.

Todas las damas corrieron hacia el borde del parque, y yo ayudé a la jovencita a sostenerse encima del borde de las tablas de la orilla para que pudiera ver con la suficiente altura; mientras levantaba un poco a su hermana, le quité tan limpiamente el reloj a lady Betty que no lo echó en falta, supongo, hasta que se unió al resto de las damas en el parque. Después le aconsejé que cuidase de su hermana, y con el pretexto de que tenía algo urgente que hacer, me despedí de ella y desaparecí entre la multitud.

Al llegar a Haymarket, tomé un coche y confieso que nunca cumplí la promesa que hice a lady Betty de ir a visitarla. Luego pensé que podía haber continuado junto a la niña para intentar hacerme también con el collar de perlas, pero al considerar que si bien ella no sospechaba de mí, otras personas de su círculo podrían descubrirme, en vista de lo cual me di por satisfecha.

De forma casual supe después que, cuando la joven dama echó de menos su reloj, tuvo la certeza de que era yo quien se lo había robado, y dio una descripción tan detallada de mi persona a su lacayo, que éste no dudó ni por un momento que había sido engañado por la mujer a la que contó tantos detalles respecto a las niñas; pero cuando intentó localizarme era ya demasiado tarde.

CAPÍTULO XL

Posteriormente, tuve una aventura de una naturaleza diferente a todas las que había llevado a cabo antes, y transcurrió en una casa de juego cerca de Covent Garden.

Observé a varias personas entrar y salir, y permanecí en el pasillo un buen rato junto con otra mujer. Vi subir a un caballero que me pareció estaba acostumbrado a aquello y le pregunté:

—Por favor, caballero, ¿no permiten subir a las señoras?

—Sí, señora, y jugar también, si lo desean.

—A eso me refiero, señor.

Dicho esto, le seguí hacia la puerta y entramos en el salón.

—Allí están los jugadores, señora, si tiene pensado arriesgarse.

Miré por encima y dije a mi compañera en voz alta:

—Aquí sólo hay hombres, no me arriesgaré entre ellos.

Un caballero escuchó lo que dije y exclamó:

—No debe temer nada, señora, aquí no hay más que jugadores honestos; puede sentarse, y sea usted bienvenida.

Así que me acerqué un poco y observé; me trajeron una silla, tomé asiento y vi rodar los dados con ritmo acelerado. Entonces le dije a mi compañera:

—Los caballeros juegan a un nivel muy elevado para nosotras, vámonos.

Todos eran muy corteses, y uno de ellos en particular me animó diciendo:

—Vamos, señora, si desea jugar, haré lo posible por ayudarla honestamente.

—Desde luego, señor; estoy segura de que un caballero como usted no engañaría a una dama.

Todavía no estaba decidida, aunque saqué un monedero, para que pudiesen ver que no me faltaba el dinero.

Después de estar observando un rato, un caballero me dijo, burlándose:

—Vamos, señora, veo que tiene miedo de arriesgarse por sí misma. Siempre tuve buena suerte con las damas, de forma que le ofrezco apostar por usted.

—Sentiría mucho perder su dinero, aunque tengo bastante suerte también, pero ustedes juegan tan fuerte que no me atrevo a arriesgarme.

—De acuerdo, aquí tiene diez guineas, señora. Apuéstelas por mí.

Así pues, tomé su dinero y aposté, mientras él me miraba. Perdí nueve guineas de uno a dos a la vez, y cuando los dados llegaron al hombre que estaba a mi lado, mi caballero me dio diez guineas más y me hizo apostar cinco de ellas de una vez; tiraron los dados de nuevo y gané. Él se animó con esto, y me hizo tirar los dados, lo cual era muy audaz de su parte. Sin embargo, volví a ganar y así hasta que recuperé todo su dinero. Continué ganando y cuando tuve un buen puñado de guineas en mi regazo le ofrecí todo el dinero al caballero, porque era suyo. Él se rió y me dijo que no abandonara; luego, sacó las quince guineas que había puesto al principio y me pidió que jugara con el resto. Quise contar lo que había ganado, pero me dijo:

—No, no lo cuente, creo que es usted honrada, y es mala suerte contarlo.

Por tanto, continué jugando, ya que entendía el juego bastante bien, aunque fingía que no, y lo hacía con precaución. Había guardado una buena cantidad en mi regazo, y de cuando en cuando metía algo en mi bolsillo, pero de tal forma y en momentos tan apropiados, que estaba segura de que él no podía verlo.

Jugué durante mucho rato y gané bastante dinero para el caballero. Finalmente, hubo una jugada fuerte y tiré los dados con audacia, ganando cerca de ochenta guineas, pero perdí casi la mitad en la última tirada, así que me levanté, porque temía perderlo todo de nuevo, y le dije:

—Por favor, señor, juegue usted ahora. Creo que yo lo he hecho bastante bien por usted.

Él habría deseado que siguiera jugando, pero se hacía tarde y deseaba que me excusaran. Entonces le rogué me permitiese saber cuánto había ganado para él, y tras contarlo vimos que había sesenta y tres guineas.

—¡Ah! —exclamé—, si no hubiera sido por esa tirada desafortunada, hubiera conseguido cien.

Me ofreció cortésmente parte de lo que había ganado, pero yo rehusé diciendo que el dinero era sólo suyo.

Los demás caballeros, al vernos discutir, gritaron:

—¡Déselo todo!

Pero yo me negaba en redondo a ello. Entonces uno de ellos dijo:

—Repártalo con ella, Jack. ¿No sabe que con las damas hay que tener siempre buenas relaciones?

En resumen, lo repartió conmigo y obtuve treinta guineas, además de unas cuarenta y tres que había «despistado», lo cual sentí después porque fue muy generoso.

Por tanto, regresé a casa con setenta y tres guineas y le conté a mi gobernanta la buena suerte que me acompañó en el juego. Sin embargo, me aconsejó que no me arriesgase de nuevo, cosa que hice; no volví más por allí, porque sabía tan bien como ella que si picaba en el juego pronto podría perder esto y lo que había conseguido por otros medios.

La fortuna me había sonreído hasta aquel momento y había prosperado tanto, al igual que mi gobernanta, pues compartíamos las ganancias, que empezó a hablar en serio de abandonar mientras pudiésemos y conformarnos con lo que habíamos conseguido, mas no sé qué mano diabólica me guiaba, que en lugar de seguir su consejo volví a las andadas y me mostré más audaz que nunca, hasta el punto de que mi nombre se hizo más conocido que el de cualquier ladrón de mi clase que hubiera estado en Newgate y en el Old Bailey.

Algunas veces me había tomado la libertad de actuar con mi vestimenta habitual, lo cual no era acorde con el buen juicio, aunque hasta ahora había tenido mucha fortuna; sin embargo, generalmente solía adoptar diversas personalidades y utilizaba diferentes disfraces cada vez que actuaba.

A la sazón atravesábamos una época del año tranquila, por estar la mayoría de los caballeros fuera de la ciudad; por el contrario, Tunbridge, Epson y otros lugares parecidos estaban llenos de gente. Nuestro oficio decaía un poco, como otros, así que en la última parte del año me uní a una banda que normalmente iba cada año a Stourbridge Fair, y desde allí a Bury Fair, en Suffolk. Nos prometimos grandes cosas en estos lugares, pero cuando nos hallamos sobre el terreno empecé a pensar que no era como habíamos imaginado, porque a excepción de algunas carteras, había poco que mereciera la pena, y si se conseguía algún botín no era fácil sacarlo, ni había tantas oportunidades para nuestro oficio como en Londres. Todo lo que conseguí durante el viaje fue un reloj de oro en Bury Fair y un pequeño paquete de tela en Cambridge, lo cual me dio la oportunidad de abandonar el lugar.

En una tienda de telas de la ciudad de Cambridge compré tanta holandesa fina y otras prendas como pude obtener por siete libras, y ordené al pañero que lo enviara a la posada donde me había alojado a tal efecto y le pagaría su dinero. Situé a una compinche a la puerta de la habitación, y cuando la criada de la posada llegó con el mensajero mi cómplice le explicó que su señora estaba durmiendo, pero que dejase la mercancía y volviese en una hora, pues entonces yo estaría despierta y podría pagarle. El muchacho dejó el paquete sin sospechar nada y se marchó.

Pasada media hora, mi fingida doncella y yo salimos de la posada; esa misma tarde alquilamos un coche en el que partimos a Newmarket, y desde allí tomé billete para la diligencia hacia St. Edmund's Bury, donde, como dije, poco podía conseguir, a no ser un reloj de oro que robé en un pequeño teatro de la ciudad a una dama bastante bebida, lo cual hizo que mi trabajo fuese mucho más fácil.

Partí con este pequeño botín a Ipswich, y desde allí a Harwich, donde me alojé en una posada, en la que dije haber llegado de Holanda hacía poco tiempo, sin dudar de que allí conseguiría algo entre los extranjeros que llegaban a la costa, pero descubrí que no llevaban cosas de valor, a excepción de lo que había en sus baúles de viaje y cestas holandesas, los cuales guardaban generalmente los lacayos. Sin embargo, una tarde pude conseguir un pequeño baúl que custodiaba un lacayo tan extremadamente borracho que ni siquiera percibió el ruido que hacía al arrastrarlo por el pasillo.

Afortunadamente, pude introducirlo en mi habitación tras mucho esfuerzo, y después salí a la calle para ver si podía encontrar el medio de sacarlo. Caminé un buen rato, pero no pude ver el modo ni de sacar el objeto ni de transportar los artículos que contenía, al ser una ciudad pequeña y yo una perfecta extraña allí; así pues, regresaba decidida a dejarlo donde lo encontré, cuando en ese mismo momento oí a un hombre avisar a otras personas de que se dieran prisa, porque el bote estaba a punto de salir y había que aprovechar la marea. Era la ocasión que estaba esperando, así que pregunté al individuo:

—¿Cuál es ese bote, amigo?

—La barcaza de Ipswich, señora.

—¿Cuándo sale?

—En este momento. ¿Quiere subir?

—Sí, si puede esperar hasta que recoja mis cosas.

—¿Y dónde están, señora?

—En la posada de B...

—Bien, iré con usted y le traeré su equipaje.

—De acuerdo. Vamos allá.

Había un gran revuelo en la posada, pues el paquebote procedente de Holanda acababa de atracar y dos coches acababan de llegar también de Londres, porque iba a salir otro buque para Holanda; estos coches iban a regresar al día siguiente con los pasajeros que acababan de desembarcar. Con aquella actividad no extrañó a nadie que fuese al mostrador y pagara mi cuenta, diciéndole a la dueña que había conseguido pasaje por mar en un esquife.

Estos esquifes eran embarcaciones grandes, con muchas comodidades, para el transporte de pasajeros desde Harwich a Londres, y aunque los llamaban esquifes, palabra utilizada en el Támesis para definir una pequeña barca de remos con uno o dos hombres, estas naves podían llevar veinte pasajeros y diez o quince toneladas de mercancías, y eran muy adecuadas para el mar. (Esto lo descubrí la noche anterior preguntando por los distintos caminos hacia Londres.)

La dueña fue muy cortés, tomó el dinero de mi hospedaje y, como tuvo que alejarse tras recibir una llamada, aproveché para indicar al marinero que subiese a mi habitación a recoger el baúl. Cuando regresó con él, salimos de la posada sin que nadie nos hiciese la más mínima pregunta y nos dirigimos al muelle para embarcar hacia Londres.

En Ipswich me acosaron los agentes de aduana, quienes intervinieron mi baúl para abrirlo y registrar su contenido. Yo no me opuse, pero expliqué que mi marido tenía la llave y todavía no había llegado de Harwich. Dije esto para que no sospechasen si al registrar el baúl encontraban prendas masculinas. Sin embargo, como insistían en abrirlo, accedí a que rompiesen la cerradura, lo cual no era difícil.

No encontraron nada que les pareciese interesante, pero yo sí observé algo que me llenó de contento, especialmente una bolsa con doblones franceses y algunos ducados holandeses; el resto lo componían dos pelucas, ropa interior, navajas de afeitar, jabón perfumado y otros útiles necesarios para un caballero. Tras el registro, pude partir sin más complicaciones.

Era de madrugada, había poca luz y no sabía qué rumbo seguir, porque no dudaba de que pronto me perseguirían y temía que encontrasen en mi poder todo lo robado; así pues, decidí tomar nuevas medidas y me fui a una posada de la ciudad con mi baúl, encargando a la dueña de la casa que cuidara de mi equipaje hasta que regresara.

Estaba paseando por la ciudad, lejos ya de la posada, cuando me encontré con una anciana que acababa de abrir su puerta y me detuve a conversar con ella. Le pregunté algunas cosas al margen de mis actividades y así supe que la calle donde estábamos desembocaba en el río, por la siguiente se llegaba al centro de la ciudad y más allá otra seguía hacia Colchester, desde donde partía el camino de Londres.

Me despedí de la anciana en cuanto me informó de lo que me interesaba, porque mi intención era llegar a Londres; de forma que caminé aprisa en dirección a Colchester. No es que pretendiese hacer todo el camino a pie, lo que deseaba era alejarme lo más rápidamente posible de Ipswich.

Después de caminar unas dos o tres millas vi a un campesino al que pregunté algunas cosas. Finalmente, le expliqué que no había podido conseguir pasaje en la diligencia de Londres por ir completa y si sabía dónde podría alquilar un coche que me llevase a Colchester, pues allí me sería más fácil tomar billete en otra diligencia.

El honrado campesino me miró en silencio y luego, rascándose la cabeza, dijo:

—Un coche, dice usted, y hacia Colchester. Sí, señora, puede conseguirlo si tiene dinero.

—Ciertamente, no esperaba conseguirlo sin pagar por ello.

—Bien, señora, ¿cuánto está dispuesta a ofrecer?

—Bueno, yo no conozco las tarifas que tienen en este condado, porque soy de fuera, pero si puede conseguirme uno tan barato como sea posible, le daré algo por sus molestias.

—Eso es hablar con sensatez, señora. Yo mismo puedo llevarla, si lo desea.

—Estoy de acuerdo, pues creo que es usted un hombre honrado. ¿Cuál será el precio?

—Creo que cinco chelines es una cantidad razonable por llevarla a Colchester, pues no regresaré hasta la noche.

Me mostré de acuerdo y partimos en su carruaje, pero cuando llegamos a una ciudad del camino cuyo nombre no recuerdo, fingí encontrarme enferma y le dije que no podía continuar esa noche. Propuse al campesino que se quedara también a descansar allí, pagándole por prolongar el tiempo que había previsto para su regreso.

Actué de esta forma porque sabía que los caballeros holandeses y sus criados viajarían ese día en la diligencia y no quería ser reconocida por nadie que me hubiese visto en Harwich.

Nos quedamos allí toda la noche, y a la mañana siguiente partimos de nuevo hacia Colchester, adonde llegamos cerca de las diez. Me causó un gran placer ver la ciudad donde pasé tantos días agradables, e hice muchas preguntas sobre los buenos amigos que había tenido allí, pero casi todos estaba muertos o se habían trasladado. Las jóvenes damas estaban casadas o vivían en Londres, y el matrimonio tan amable que me hospedó había fallecido. De otra parte, lo que más me entristeció fue que el joven caballero, mi primer amante, y posteriormente mi cuñado, también murió, pero había dejado dos hijos, ya hombres, que se habían trasladado a Londres.

Me despedí del campesino y permanecí de incógnito durante tres o cuatro días en Colchester; luego tomé pasaje en un coche porque no quería ser vista en la diligencia de Harwich, aunque no era necesario que hubiera tomado tantas precauciones porque nadie allí, a excepción de la posadera, podría haberme reconocido, y no era lógico pensar que ella, teniendo en cuenta el revuelo del momento y que sólo me vio una vez, hubiese reparado en mí.

Desde allí me trasladé a Londres, y aunque había conseguido algunas ganancias en este último viaje, no quise correr de nuevo el riesgo de aventurarme por lugares que no conocía.

CAPÍTULO XLI

Cuando llegué a casa de mi gobernanta, le conté todo lo que me había acaecido. A ella le divirtieron mucho mis aventuras, y observó que al ser el ladrón alguien que vigila y se aprovecha de los errores de los demás, es imposible que no surgiesen oportunidades a quienes dominaban el oficio como yo dondequiera que fuese.

Por otro lado, cada circunstancia de mi historia, si se tiene en cuenta debidamente, puede ser de utilidad para las personas honradas, permitiendo que adopten las precauciones oportunas y observen con cuidado alrededor cuando tienen que tratar con extraños de cualquier clase, porque rara es la ocasión en la que no hay una trampa puesta en su camino. No obstante, la moraleja de mi narración la dejo al criterio del lector, pues no considero que tenga derecho a sermonear a nadie.

Sin embargo, más adelante, mi vida iba a transcurrir en nuevos escenarios. A mi regreso, todavía más endurecida en mi larga carrera de delitos, y habiendo conseguido éxitos no superados por ninguno de mis compinches, no tenía, como he dicho, la menor intención de abandonar una actividad, que conociendo el ejemplo de otros colegas, terminaba generalmente en penas y miserias.

La tarde del día de Navidad, para terminar una larga cadena de maldades, salí para ver lo que se me ofrecía. Al pasar por el taller de un platero en Foster Lane, observé un cebo tentador en verdad e irresistible para alguien como yo. No había nadie a la vista, de lo cual deduje que el platero estaría trabajando en la trastienda, y el escaparate estaba repleto de artículos de plata.

Sin pensarlo dos veces, entré en el comercio, y estaba a punto de apoderarme de uno de los objetos, cuando un curioso que estaba en una casa de enfrente, al verme entrar y observando que no había nadie en la tienda, cruzó corriendo la calle y entró en el establecimiento, y sin preguntarme nada me sujetó dando grandes gritos.

Como he dicho antes, no había llegado a tocar nada, y viendo de reojo que alguien venía corriendo hacia la tienda, tuve el suficiente aplomo para golpear el suelo con los pies llamando al dueño cuando el individuo me puso las manos encima.

Sin embargo, como yo me crecía con el peligro, me encaré con el individuo y le dije con mucho aplomo que había entrado a comprar media docena de cucharas de plata. Él se rió de lo que dije y aseguró que no había entrado a comprar, sino a robar, y al pronto acudió gran número de personas. Dije al dueño de la tienda, quien llegó en ese momento acompañado de su esposa, que no tenía sentido aquel escándalo, pues yo había entrado sólo a comprar. El individuo insistía en lo contrario, afirmando que podía demostrarlo; por mi parte, le dije que si no lo hacía, y ello era imposible, estaba dispuesta a presentarme ante un tribunal sin más palabras.

Los dueños de la tienda no eran tan violentos como el individuo que me había sujetado, y el platero me dijo:

—Señora, es posible que al entrar en la tienda lo hiciese con buenas intenciones, mas ciertamente parece sospechoso que fuese cuando no había nadie para atenderla. No puedo culpar a mi vecino, quien fue tan amable conmigo, de intentar defender mis intereses, pero también es cierto que usted no ha tenido tiempo de robar nada. En realidad, no sé qué hacer al respecto.

Insistí en presentarnos ante un magistrado, y si se podía demostrar que yo planeaba un robo, me sometería con gusto, pero si no era así, esperaba una satisfacción.

Estábamos enfrascados en esta discusión, y ya se había congregado una multitud delante de la puerta, cuando acertó a pasar frente a la tienda sir T. B., concejal de la ciudad y juez de paz. Al verle, el platero salió y rogó al magistrado que decidiese acerca del caso.

El juez dio la palabra al platero, que narró el caso con equidad y moderación, pero cuando habló el vecino, lo hizo de forma tan acalorada y convincente que me puso en una situación muy delicada. Cuando llegó mi turno, le expliqué al magistrado que me alojaba en una posada, pues había llegado recientemente a Londres procedente del Norte, y paseando de manera casual por aquella calle, entré en la tienda del platero para comprar media docena de cucharas; al no ver a nadie en la tienda, llamé en voz alta y golpeé el suelo con fuerza para hacerme oír, pero nadie había acudido, y si bien la tienda estaba repleta de objetos de plata, nadie podía decir que yo había tocado algo. Luego añadí que un individuo entró corriendo en el establecimiento sujetándome con violencia y acusándome de intento de robo, cuando lo que debió hacer, si de verdad quería ayudar a su vecino, era esperar el tiempo necesario para comprobar si realmente yo había entrado para robar o no.

—Eso es muy cierto —dijo el juez.

Y volviéndose al individuo que me detuvo, le preguntó si era cierto que yo golpeé el suelo con los pies.

El respondió que sí, pero que pudo ser porque entró él.

—¡Vaya! —exclamó el juez—. Ahora se contradice, porque acaba de decir que ella estaba en la tienda de espaldas a usted y no le vio hasta que la sujetó.

Era cierto que estaba de espaldas parcialmente a la calle, pero mi oficio requiere una vigilancia constante y, en realidad, percibí cómo cruzaba la calle corriendo, aunque para mi fortuna él no pudo observarlo.

Después de oír todo, el magistrado juzgó que el vecino estaba equivocado y que yo era inocente, y el platero y su esposa estuvieron de acuerdo, de forma que estaba a punto de marcharme cuando dijo el juez:

—Espere, señora, si tenía planeado comprar cucharas, no permitirá que mi amigo pierda a su cliente por el malentendido.

Yo contesté rápidamente:

—No, señor, naturalmente que compraré las cucharas.

Entonces el platero me enseñó algunas, hasta que decidí cuáles me llevaría, y después de pesarlas, me dijo que su precio eran treinta y cinco chelines. Saqué mi monedero, en el cual tenía unas veinte guineas, porque nunca salía sin una suma así por lo que pudiera suceder, y le entregué lo convenido.

Cuando el magistrado vio mi dinero, dijo:

—Bien, señora, ahora estoy convencido de la injusticia que se ha cometido con usted; por eso la incité a comprar las cucharas y quedarme hasta que las hubiera pagado, pues de haber carecido de dinero habría sospechado que no entró en la tienda con la intención de comprar, ya que la gente que viene con esa idea, rara vez tiene tanto oro en su bolsillo como veo que usted lleva.

Así pues, salí con éxito de aquel embrollo, aunque estuve muy cerca de pagarlo caro.

Tres días después, y a pesar del riesgo por el que atravesé en la platería, me arriesgué a entrar en una casa que tenía las puertas abiertas y me apropié de dos piezas de seda muy valiosas. Al no ser propiamente una tienda, creí que nadie me había visto.

Con objeto de abreviar este triste episodio, diré que cuando me dirigía a la puerta, dos criadas se interpusieron en mi camino, empujándome una hacia dentro mientras la otra cerraba la puerta. Hubiese querido calmarlas con buenas palabras, pero no pude hacerlo porque su furia era tan incontenible que me rasgaron la ropa gritando y golpeándome como si me fueran a matar; mas, afortunadamente, no tardaron en llegar los señores de la casa, produciéndose gran revuelo durante un rato.

Expliqué al dueño con muy buenas palabras que, al ver la puerta abierta, no pude resistir la tentación de entrar para ver si podía conseguir algo de valor, pues era muy pobre y estaba desesperada, rogándole con lágrimas en los ojos que tuviera piedad de mí.

La señora se sintió conmovida y dispuesta a dejarme marchar, pero las insolentes criadas se adelantaron, incluso antes de que las enviaran, y habían traído a un guardia. Después, el dueño de la casa dijo que no podía echarse atrás, por lo cual tendríamos que presentarnos ante el juez, pues podía meterse en problemas si permitía que me fuese.

Ver al agente me llenó de un terror tal que caí desvanecida, y de hecho ellos mismos pensaron que moriría, cuando la mujer habló de nuevo en mi favor y le suplicó a su marido, en vista de que no habían perdido nada, que me dejara ir.

Le dije que pagaría las dos piezas cualquiera que fuese su valor, y añadí que, al no haber perdido nada, sería cruel desear mi muerte por el mero intento de robar, y recordé también al guardia que no había forzado puertas ni ventanas.

Cuando nos presentamos en el tribunal y alegué los mismos argumentos, el juez pareció dispuesto a dejarme en libertad, pero unas de las criadas que me detuvo afirmó que cuando lo hizo yo estaba ya en el umbral de la puerta saliendo con los artículos y ella me obligó a entrar de nuevo.

Al escuchar esto, el magistrado me sentenció y fui conducida a Newgate.

CAPÍTULO XLII

¡Qué sitio tan infernal! La sangre se me helaba en las venas con sólo mencionar su nombre.

Era el lugar donde habían encerrado a tantos compañeros míos y desde el que algunos partieron hacia la soga mortal; donde mi madre padeció tantos sufrimientos; en el que vine al mundo y del que no esperaba redención salvo una muerte infame; en resumen, el lugar que durante mucho tiempo me había esperado y que yo había esquivado con tanto éxito y arte.

Finalmente lo había conseguido. Había caído en su poder.

Es imposible describir el terror que sentí cuando entré por primera vez y miré a mi alrededor observando todos los horrores de aquel sombrío lugar. Me vi completamente perdida y sin pensar en otra cosa salvo que moriría con la mayor infamia. El ruido espantoso, los gritos y juramentos, el hedor y la suciedad, todo hacía que el lugar pareciese una antesala del infierno.

Ahora me reprochaba a mí misma no haber seguido los consejos de mi propia razón, que me inducían a retirarme cuando disfrutaba de una posición desahogada, así como las innumerables ocasiones en que eludí el peligro y, sin embargo, volví a caer en él. Pensaba que un destino inexorable me había conducido a esta situación y que ahora iba a expiar todas mis ofensas dando satisfacción a la justicia con mi sangre. Estas reflexiones me inundaban de tristeza y desesperación.

Entonces creí arrepentirme sinceramente de mi vida pasada, pero aquel sentimiento no lograba satisfacerme del todo ni me proporcionaba la paz que anhelaba, puesto que, como me decía a mí misma, aparecía demasiado tarde. En el fondo, no lamentaba haber cometido todos esos delitos, sino el castigo que iba a recibir por ello.

Me arrepentía, como pensaba, no de lo que había pecado, sino de lo que iba a sufrir, y esto me quitaba todo consuelo e incluso la esperanza de un arrepentimiento verdadero.

No pude conciliar el sueño durante varias noches tras mi ingreso en este desgraciado lugar, y había momentos en que hubiese agradecido morir allí mismo. ¡Oh!, si me hubiesen enviado a cualquier otro lugar del mundo, y no a Newgate, qué feliz habría sido.

Por otra parte, ¡qué triunfantes se sentían los desventurados presos al saber que yo también estaba allí!: «¡Qué! ¿La señora Flanders llegó por fin a Newgate? ¡Ya está aquí! ¡Ya está con nosotros, Mary, Molly, Moll Flanders!», repetían con sorna.

Pensaban que era el diablo quien me ayudaba y por eso había reinado durante tanto tiempo. Ellos me esperaban allí desde hacía muchos años y, finalmente, acudí a la cita. Entonces se burlaron de mi abatimiento, dándome la bienvenida al lugar y deseándome una feliz estancia. Algunos pidieron aguardiente y bebieron a mi salud, pero todo lo pusieron a mi cuenta, porque decían que acababa de llegar a la universidad, como ellos llamaban a la prisión, y seguro que tenía dinero en mi bolsillo, mientras ellos no tenían nada.

Me acerqué a una de las presas y le pregunté:

—¿Cuánto tiempo llevas aquí?

—Cuatro meses.

Quise saber luego qué le pareció el lugar la primera vez que entró, y respondió:

—Exactamente lo mismo que a ti, horrible y espantoso; creía que estaba en el infierno, y todavía lo creo, pero ahora lo encuentro normal y no me preocupo por ello.

—Supongo que no temes lo que pueda ocurrirte.

—No, en eso te equivocas, te lo aseguro —dijo—, porque estoy condenada; sin embargo, pedí clemencia por hallarme embarazada, pero no lo estoy más que el juez que me juzgó, y espero que me convoquen en las próximas sesiones.

Este «convocar» significaba que la llamarían por su anterior juicio, cuando habían respetado su embarazo, y comprobar si era real o no.

—Pero, ¿cómo puedes estar tan tranquila?

—¡Ah! —exclamó—. ¿De qué me sirve estar triste? Si me cuelgan, habrá acabado todo.

Y diciendo esto, se alejó bailando mientras cantaba unos versos que se escuchaban con frecuencia en Newgate:

Si de la cuerda he de colgar
oiré la campana tocar
Y será el fin de la pobre Jenny.

Menciono esto porque me parece interesante observar que cualquier prisionero de Newgate, aunque al llegar allí sintiese un gran espanto, con el tiempo terminaba acostumbrándose a su situación. Ciertamente, resulta extraño que el infierno acabe siendo algo familiar para nadie, mas allí podía llegarse a esos extremos con mucha facilidad debido a las condiciones inhumanas en que se vivía.

La misma noche que me enviaron a Newgate, envié un mensaje con la noticia a mi vieja gobernanta, quien, como era de esperar, se sintió tan afectada que pasó la noche casi tan mal fuera de Newgate como yo lo hice dentro.

A la mañana siguiente fue a visitarme y trató de darme algún consuelo, pero vio que era inútil; por tanto, como siempre decía que hundirse por el peso es incrementarlo, aplicó inmediatamente todos los métodos que conocía con objeto de mitigar los efectos de mi condena. Primero localizó a las dos furias que me habían sorprendido e intentó persuadirlas, les ofreció dinero y, en una palabra, intentó de todas las formas imaginables evitar el proceso. Después ofreció a una de las muchachas cien libras para que dejara a su señora y no compareciese contra mí, pero estaba tan decidida que, incluso siendo tan sólo una criada con una paga de unas tres libras al año, lo rechazó, y lo hubiera hecho igualmente, según pensó mi gobernanta, aunque le hubiera ofrecido quinientas. Luego lo intentó con la segunda doncella, que no era tan dura de corazón como la otra, en apariencia, y algunas veces parecía estar predispuesta a ser misericordiosa, pero la primera muchacha le hizo cambiar de opinión y, finalmente, aseguró a mi gobernanta que no hablaría más con ella, amenazando con llevarla a los tribunales por intentar sobornarlas.

Después se dirigió al dueño de la casa, es decir, al hombre que pretendí robar, y especialmente a su esposa, quien, como dije, estaba predispuesta desde el principio a tener cierta compasión de mí. Encontró a la mujer con la misma disposición, pero el hombre alegó que ya estaba comprometido con sus primeras declaraciones.

Mi gobernanta intentó convercerle de diferentes formas, pero él sólo parecía basar su seguridad compareciendo contra mí. Así pues, iba a tener a tres testigos del acto en mi contra, el dueño y sus dos criadas, lo cual significaba que podía estar tan segura de perder mi vida como que ahora estaba viva. Por tanto, no hacía otra cosa sino pensar en la muerte y prepararme para ello.

Pasé muchos días en Newgate con el terror atenazándome el alma, y no veía más que cadalsos, sogas, demonios y otros espíritus malignos. No se puede expresar con palabras el pánico que sentía, entre el temor a la muerte y el sufrimiento de mi conciencia, que me reprochaba mi horrible vida pasada.

El clérigo de Newgate fue a verme, pero toda su charla se redujo a preguntarme algunas cosas sobre mi vida y darme algunos consejos para que confesara mi delito, sin lo cual, me decía, Dios no me perdonaría nunca, lo cual no me produjo ningún consuelo. Así que le rogué que no me molestase más.

No sé cómo lo haría, pero la infatigable dedicación de mi gobernanta consiguió que mi juicio ante el gran jurado de Guildhall se aplazase cuatro o cinco semanas, tiempo que sin duda tendría que haber aceptado como un periodo de reflexión sobre mi vida anterior y de preparación para lo que habría de llegar, pero tampoco pude lograrlo en aquella ocasión. Sentía estar en Newgate, pero no demostraba ningún signo de arrepentimiento.

Por el contrario, como las aguas en las cavidades y huecos de las montañas acaban petrificándose, así el trato continuo con aquella partida de bribones operaba en mí el mismo cambio que en el resto de la gente; degeneré en piedra, podría decirse. Primero me volví insensible y estúpida, luego brusca y desconsiderada, y finalmente desvariaba tanto como los que estaban allí; en resumen, llegué a estar tan contenta en aquel lugar como si hubiese vivido allí toda mi vida.

Es difícil imaginar que nuestras naturalezas sean capaces de tanta degeneración, consiguiendo que resulte agradable y bueno lo que en sí mismo es el sufrimiento más completo. Respecto a mí, todo el mundo sabía que era una ladrona habitual y tenía los días contados. Pero aun así, en cuanto transcurrieron los primeros tiempos de mi encarcelamiento, no sentía ya penas, aprensiones ni remordimientos; era como si mis sentidos y mi conciencia estuviesen aletargados. Tenía sobre mí un peso suficiente para hundir a cualquier criatura, pero eso no parecía afectarme.

Durante cuarenta años mi vida había sido una horrible sucesión de maldades: prostitución, adulterio, incesto, mentiras y robos; en una palabra, todo, a excepción del asesinato y la traición, lo había estado practicando desde los dieciocho hasta los sesenta años, y ahora que estaba pagando las consecuencias de mi azarosa vida y tenía una muerte infame justo delante de mí, no me daba cuenta de mi situación, ni pensaba en el cielo o en el infierno, pues nunca tuve corazón para solicitar el perdón de Dios.

Con esto, creo he descrito de forma clara la deplorable situación en que me hallaba en aquellos momentos.

Aquellos pensamientos aterradores se fueron atenuando y llegó un momento en que los horrores de aquel lugar acabaron resultándome familiares. En resumen, me convertí en otra persona, una más de las que poblaban aquel depravado mundo de Newgate.

En medio de esta dura parte de mi vida tuve otra sorpresa repentina, que me hizo retroceder un poco a eso que llamamos pena, y de hecho empecé a tener ese sentimiento de nuevo. Me dijeron una noche que habían traído a la prisión a tres salteadores de caminos que habían cometido un robo en algún lugar del camino hacia Windsor, siendo perseguidos hasta Uxbridge, donde fueron capturados tras una dura refriega, en la cual hubo varios muertos y heridos, todos gentes del campo.

No es de sorprender que los demás prisioneros esperásemos con impaciencia poder observar a aquellos valientes, especialmente porque se decía que habían pagado al director del centro para ser trasladados a una parte de la prisión que era más accesible, porque al parecer tenían la intención de fugarse. Así pues, las mujeres nos situamos en el camino que habían de seguir, y cuál no sería mi sorpresa cuando el primer hombre que salió descubrí que era mi marido de Lancashire, el mismo con el que viví tan bien en Dunstable y al que vi posteriormente en Brickhill con otros dos caballeros, cuando me casé con mi último marido.

Me quedé muda de asombro ante la visión, y no sabía qué decir o hacer. Él no me reconoció, lo cual fue un alivio para mí en ese momento. Dejé a mis compañeras y me retiré, tanto como aquel horrible lugar permitía hacerlo, llorando con vehemencia durante largo rato.

«Qué horrible criatura soy —dije para mí—. ¿A cuánta pobre gente he hecho desgraciada? ¿A cuántos desesperados he enviado al infierno?»

Pensaba que todas las desgracias del caballero se debían a mí, después que me dijo en Chester que se había arruinado con aquella boda, pues al creerme rica se había endeudado más de lo que podía permitirse y no sabía qué rumbo tomar, si enrolarse en el ejército comprar un caballo para emprender alguna aventura.

Aquel encuentro inesperado hizo que reflexionase profundamente, muy al contrario de lo que venía haciendo en los últimos tiempos. Sufría por él día y noche, tanto más cuando supe que era el capitán de la banda y había cometido tantos robos, que Hind o Whitney, o el Granjero de Oro eran simples aficionados comparados con él. Me dijeron que seguramente sería colgado aunque no quedasen más hombres sobre la tierra donde nació, y que había mucha gente dispuesta a declarar en su contra cuando se celebrase el juicio.

Sentí mucha pena por él, y olvidé mi propia situación ante lo terrible de la suya. Lamentaba profundamente su desgracia y experimenté tanto dolor y arrepentimiento que mis antiguas reflexiones se hicieron patentes de nuevo, así como mi aversión al lugar en que me hallaba y la forma depravada en que vivía; en una palabra, estaba totalmente cambiada y volví a ser la misma de antes.

Mientras atravesaba aquel momento de compasión por mi antiguo esposo, recibí la noticia de que próximamente sería citada ante el gran jurado en el tribunal del Old Bailey. Toda la audacia que había adquirido durante este tiempo se esfumó como por encanto, haciéndome caer en la dura realidad, y empecé a ser consciente otra vez de mi angustiosa situación, lo que representaba subir un peldaño del infierno al cielo.

Tan pronto como recuperé la razón, lo primero que se me ocurrió fue decirme a mí misma:

«Señor, ¿qué va a ser de mí? Sin duda voy a morir. ¡Ten piedad de mí!»

Era un triste pensamiento para ser el primero de esa clase que experimentaba después de tanto tiempo de insensibilidad, e incluso así, no significaba más que el pavor que sentía ante el destino que me aguardaba. No había una pizca de sincero arrepentimiento en todo ello; sin embargo, me sentía completamente abatida, y como no tenía ningún amigo a quien comunicar mis angustiosos pensamientos, no me quedaba otro consuelo que el del llanto.

Mandé llamar a mi anciana gobernanta, y gracias a ella pude recibir con cariño algunas palabras de aliento. No dejó una piedra sin remover para evitar que el gran jurado supiera del escrito de acusación. Buscó a uno o dos de los miembros que lo componíanse y habló con ellos intentando predisponerles de manera favorable hacia mí, pero no sirvió de nada, pues sus argumentos fueron rechazados por los demás miembros. Las dos muchachas se reafirmaron en su acusación contra mí, que se basaba en robo y allanamiento de morada, sin atenuantes, es decir, un delito grave.

Cuando recibí estas noticias me hundí en la desesperación. Mi gobernanta se comportó como una verdadera madre. Se compadecía de mí y lloraba conmigo, pero no podía hacer más de lo que ya había hecho.

Por si todo esto no era suficiente, se extendió en la prisión el rumor de que sería condenada a muerte y ejecutada. Podía oír con frecuencia cómo hablaban entre ellos y les veía mover la cabeza compasivamente diciendo que lo sentían y cosas parecidas, como era lo normal en aquel sitio, pero nadie venía nunca a decirme unas palabras de consuelo, hasta que un día uno de los guardianes se acercó a mí y me dijo suspirando:

—Bueno, señora Flanders, será usted juzgada el viernes y hoy es miércoles. ¿Qué piensa hacer?

Yo perdí el color y respondí:

—Sólo Dios sabe lo que ocurrirá. Yo lo ignoro por completo.

—En su caso, no me haría ilusiones —replicó—, porque dudo que se libre; los testigos están convencidos de su culpabilidad, y como es usted antigua delincuente, no tiene ninguna posibilidad de salvarse.

Estas palabras fueron una puñalada para alguien tan desesperado como yo, y durante un rato no pude articular palabra, hasta que por fin estallé en lágrimas y exclamé:

—¡Señor! ¿Qué puedo hacer?

—Lo único que se me ocurre es que llame al clérigo y hable con él, porque realmente, señora Flanders, a menos que tenga muy buenos amigos, no es mujer para este mundo.

Esto parecía el final y resultó muy duro para mí. Me dejó en el mayor desconcierto imaginable, y permanecí despierta toda la noche. Ahora empecé a rezar mis oraciones, lo cual apenas había hecho desde la muerte de mi último marido.

Y ciertamente tenía motivos para hacerlo porque estaba tan confundida y tenía tanto miedo, que aunque lloraba y repetía varias veces la expresión ordinaria de «¡Señor, ten piedad de mí!» nunca tenía la sensación de ser una desgraciada pecadora, como lo era en realidad, y confesar mis pecados a Dios pidiendo perdón en nombre de Jesucristo. Estaba abrumada por aquel juicio en el que estaba en juego mi vida, y tenía la sensación de que iba a ser condenada y luego ahorcada. Por ello estuve llorando amargamente, mientras exclamaba:

—¡Oh, Señor! ¿Qué va a ser de mí? ¡Me van a colgar! ¡Señor, ten piedad de mí!

Mi pobre y afligida gobernanta estaba ahora tan preocupada como yo, y parecía realmente arrepentida, aunque a ella no podrían llevarla a juicio y condenarla. De hecho, se lo merecía tanto como yo, y así me lo confesó; pero ella nunca había actuado directamente, se limitaba a recibir lo que otros y yo robábamos, y nos animaba a continuar.

Sin embargo, ahora lloraba y estaba como transtornada; se retorcía las manos y gritaba que estaba perdida; que era una maldición del cielo y sería condenada; que había sido la perdición de todos sus amigos y la responsable de que muchos de ellos hubiesen terminado en la horca prematuramente, y que finalmente ella era la causante de mi perdición, porque me había persuadido para que continuara cuando era mi intención abandonarlo.

Al decir esto, interrumpí sus lamentaciones diciendo:

—No, madre, no hable así, porque usted me aconsejó abandonar por lo menos en dos ocasiones, que yo recuerde: los asuntos del mercero y de Harwich, y yo no la escuché. Por tanto, no se culpe. Sólo yo he sido la responsable de mis actos.

Después pasamos juntas muchas horas.

No había remedio; el proceso seguía, y el jueves me llevaron a la audiencia, donde me hicieron comparecer, citándome a juicio al día siguiente.

En la comparecencia ante el juez me declaré «no culpable», y bien podía hacerlo, porque me acusaron de delito grave y robo con allanamiento de morada, es decir, tomar de forma criminal dos piezas de seda de brocado, valoradas en cuarenta y seis libras, propiedad de Anthony Johnson, y romper las puertas para entrar, mientras que yo sabía muy bien que no podían acusarme de eso, ni siquiera de correr un pestillo.

Finalmente, el viernes me llevaron a juicio. Estaba exhausta por las lágrimas que había derramado durante los dos o tres días anteriores, pero dormí mejor de lo que esperaba la noche del jueves y tenía más valor para el juicio de lo que en realidad pensaba que fuese posible.

Cuando se leyó la acusación no hablé, pues me dijeron que tenía que oírse primero a los testigos, y luego yo tendría ocasión de que me escucharan. Los testigos eran las dos criadas, un par de bribonas que me perjudicaron mucho, porque si bien lo que afirmaban era cierto en general, ellas lo agravaron al máximo y juraron que yo tenía los artículos en mi posesión, que los había escondido entre mi ropa y estaba saliendo con ellos, que tenía un pie en el umbral cuando ellas lo descubrieron, y entonces me agarraron y cogieron los artículos.

Yo dije que básicamente el hecho era verdad, mas insistía en que ellas me detuvieron antes de que yo pusiera el otro pie en el umbral de la casa. Pero eso no se tomó en cuenta, porque era cierto que yo había cogido los artículos y me los iba a llevar si no me hubiesen cogido. Alegué que no había robado nada y ellos no habían perdido nada, que la puerta estaba abierta y entré, viendo los artículos colocados allí, con idea de comprar. Si, viendo que no había nadie en casa, yo había cogido uno de ellos, no se podía llegar a la conclusión de que intentaba robarlos, porque no me los había llevado más allá de la puerta y sólo lo hice para verlos con mejor luz.

El Tribunal se negó a admitir aquello, e hizo una especie de broma sobre mi intención de comprar artículos, al no ser una tienda, y respecto a llevarlos a la puerta para mirarlos, las doncellas se burlaron de forma descarada y emplearon mucho ingenio diciendo al Tribunal que yo los había mirado lo suficiente y los había aprobado, porque me los había guardado entre la ropa y me iba con ellos.

En resumen, me declararon culpable de delito grave, pero me absolvieron de robo con allanamiento de morada, lo cual sólo era un pequeño consuelo para mí pues el primer delito estaba castigado con la pena de muerte. Al día siguiente me llevaron al tribunal para escuchar la sentencia, y cuando me pidieron que dijese algo a mi favor, me quedé muda, pero alguien que estaba detrás de mí me apuntó en alto que hablara a los jueces, porque ello podría favorecerme.

Esto me animó a hablar, y les dije que deseaba pedir clemencia al tribunal, pues no había violentado puertas ni me había llevado nada, y que la persona a la que pertenecían los bienes no se oponía a que se mostrase piedad. Para concluir, afirmé que aquel había sido mi primer delito y nunca hasta entonces me habían llevado ante un tribunal de justicia.

En resumen, les hablé con más valor del que pensaba que podía tener, y en un tono tan conmovedor, que pude ver cómo se conmovieron hasta llorar por lo que me oían decir. Los jueces me escucharon en silencio y permitieron que me explicase cuanto consideré necesario, pero sin dejar traslucir su decisión.

Finalmente, después de deliberar un tiempo, me condenaron a muerte.

Aquello fue para mí como morir en el acto. Quedé completamente conmocionada. Ya no me quedaba valor; no tenía lengua para hablar, ni ojos para mirar a Dios ni a los hombres.

Mi pobre gobernanta estaba totalmente abatida, y ella, que había sido mi consuelo antes, lo necesitaba ahora para sí. Unas veces lloraba y otras rugía, siendo su apariencia como la de las dementes recluidas en Bedlam. No era sólo mi destino lo que la asustaba, sino la certeza de su propia responsabilidad en él, y estaba verdaderamente arrepentida de su comportamiento conmigo.

Llamó a un clérigo, hombre bueno, piadoso y serio, para confesar, y lo hizo con tanta sinceridad y aflicción, que sin duda tuvo que absolverla, y no sólo se arrepintió en este momento de dolor, sino que continuó así, según me informaron, hasta el día de su muerte.

Es fácil imaginar cuál sería mi estado entonces. No veía nada delante de mí salvo la muerte, y como no tenía amigos que me ayudaran o intercediesen por mí, esperaba con angustia encontrar mi nombre en la lista de condenados a la horca.

Mientras tanto, mi angustiada gobernanta me envió un clérigo, quien me exhortó a que me arrepintiese sinceramente de todos mis pecados y a no abrigar la esperanza de seguir con vida, pues le habían informado de que no había lugar para ello, sino que mirase a Dios con toda mi alma y pidiera perdón en nombre de Jesucristo. Apoyaba su discurso con citas apropiadas de las Sagradas Escrituras, que animaban a la reflexión al pecador más grande, y después se arrodilló y rezó conmigo.

Fue ahora cuando, por primera vez, sentí signos reales de arrepentimiento. Empezaba a observar mi vida pasada con aversión, y veía las cosas de forma diferente a como lo había hecho hasta el momento, por lo cual experimenté un gran cambio interior. La felicidad, la alegría, las penas de la vida me parecían algo muy lejano. Comprendía ahora la palabra eternidad en su verdadero significado, aunque su amplia extensión se me escapaba, y me parecía estúpido poner demasiado empeño en cualquier cosa material, aunque fuese lo más valioso de este mundo.

No soy quién para dar sermones a nadie, pero relato esto de la misma manera que lo sentí, aunque el efecto real que me produjo no se puede explicar con palabras o yo no tengo la suficiente capacidad para hacerlo. Creo que es el propio lector quien tiene que reflexionar sobre estas cuestiones.

Pero regreso a mi propio caso. El clérigo me incitó a contarle, hasta donde creí conveniente, mi impresión sobre la vida en el más allá. Me dijo que no había ido como funcionario del lugar, cuya ocupación es arrancar confesiones de los prisioneros para fines privados o para detectar a otros delincuentes, que su labor en ese momento era moverme a hablar con libertad para tranquilizar mi espíritu y procurarme consuelo hasta donde estuviera en su poder, asegurándome que cualquier confesión que le hiciese sería tan secreta como si sólo la conociésemos Dios y yo misma, y que no deseaba saber nada de mí, salvo lo que me ayudase a obtener el mayor consuelo espiritual.

Esta forma honesta y amistosa de tratarme venció toda mi resistencia, y acabé confesándole lo depravado de mi vida, haciendo un resumen detallado de mis maldades durante cincuenta años.

No le oculté nada, y él, en respuesta, me exhortó a arrepentirme con sinceridad, explicándome lo que quería decir realmente la palabra arrepentimiento y el poder infinito que tenía Dios para perdonar nuestros pecados, y en este estado me dejó la primera noche.

Me visitó de nuevo a la mañana siguiente, y continuó refiriéndome los términos de la misericordia divina, la cual, según él, no consistía nada más que en desearla sinceramente y querer aceptarla, rechazando de corazón los pecados que daban como resultado la venganza divina.

No soy capaz de repetir los maravillosos discursos de este extraordinario hombre; tan sólo diré que él resucitó mi corazón y me condujo a un estado espiritual que no había conocido nunca en mi vida anterior. Estaba llena de vergüenza y lloraba por las cosas pasadas, y al mismo tiempo sentía una secreta alegría ante la perspectiva de ser perdonada en la otra vida, y eran tan elevadas mis impresiones que si me hubiesen llevado al patíbulo en ese momento, lo habría aceptado sin ningún reparo, poniendo mi alma por completo en manos de la misericordia infinita de Dios.

El buen clérigo se conmovió tanto al ver mis demostraciones de arrepentimiento, que bendecía a Dios por haberme iluminado, y decidió no dejar de visitarme hasta el último momento.

CAPÍTULO XLIII

No habían pasado más que doce días tras la sentencia cuando, un miércoles, llegó la lista de condenados, figurando mi nombre entre ellos. Fue un golpe terrible para mis resoluciones espirituales, y sufrí un golpe tan espantoso que me desvanecí sin poder pronunciar palabra. El buen clérigo estaba profundamente afligido por mí, y hacía lo que podía para consolarme con los mismos argumentos y la misma elocuencia conmovedora de antes; estuvo conmigo todo el tiempo que pudo, hasta que los guardianes le obligaron a marcharse.

Me sorprendió mucho no verle en todo el día siguiente, siendo como era el anterior a la fecha señalada para la ejecución, y me sentía muy desanimada por la necesidad del consuelo espiritual que me proporcionó en sus anteriores visitas. Esperé con gran impaciencia, hasta que alrededor de las cuatro llegó a la pequeña celda en que me hallaba, pues yo había conseguido, con ayuda de dinero, que me sacaran del «agujero de los condenados», como lo llamaban los demás condenados a muerte.

Mi corazón dio un salto de alegría cuando oí su voz al otro lado de la puerta, incluso antes de verle, pero puede comprenderse cuál no sería mi alegría cuando, después de excusarse por no haber llegado antes, me dijo que estuvo ocupado en mi causa obteniendo un informe favorable del magistrado principal para el secretario de Estado en mi caso particular, por lo cual se me había concedido un aplazamiento de la condena.

Empleó toda la cautela de que fue capaz para hacerme saber lo que habría sido una crueldad doble haber ocultado, y no obstante aquello fue demasiado para mí, porque si el dolor me había afectado antes, sentí ahora tal alegría, que caí en un desvanecimeinto más peligroso que el anterior, y no sin gran dificultad llegué a recuperarme del todo.

El buen hombre me exhortó cristianamente para no permitir que la alegría de mi indulto hiciese que olvidase el recuerdo de mi pena pasada, y diciéndome que había de dejarme para ir a registrar el indulto en los libros y mostrárselo a los representantes de la Corona, se quedó en pie antes de marcharse y rezó a Dios por mí, para que mi arrepentimiento fuese sincero y no volviese a la locura de vida que me había llevado a aquella situación.

Me uní de corazón a esta petición, y no es necesario decir que durante toda la noche estuve dando gracias a Dios por salvar mi vida con su infinita misericordia; por otra parte, experimenté una gran aversión hacia mis pecados anteriores, al comprobar la benevolencia con que había sido tratada en esta crítica circunstancia.

Puede pensarse que esto es contradictorio en sí y que se aleja del tema de este libro, pero no creo que quienes hayan disfrutado con la parte desenfrenada y malvada de mi historia no puedan hacerlo en esta segunda, que es realmente la mejor parte de mi vida, la más beneficiosa para mí y la más instructiva para otros. Sin embargo, espero que se me permitirá la libertad de completar mi historia, pues sería muy triste decir de ellos que no gozan igual del arrepentimiento como del delito, y que hubieran preferido que la historia terminase en tragedia, como estuvo a punto de suceder.

Pero continúo, pues, con mi historia. A la mañana siguiente hubo una triste escena en la prisión. Lo primero que escuché fue el tañido de la gran campana del Santo Sepulcro, que indica el día. Tan pronto como empezó a sonar, se oyeron quejidos y gritos deprimentes procedentes del «agujero de los condenados», donde había seis pobres almas que iban a ser ejecutadas aquel día, unos por diferentes delitos y dos de ellos por asesinato.

Esto fue seguido por un sordo rumor entre los prisioneros, que expresaban su pena con torpeza por las pobres criaturas que iban a morir, pero de una manera totalmente diferente. Algunos lloraban, otros les vitoreaban y les deseaban buen viaje, varios maldecían a los fiscales y testigos que les habían llevado allí, muchos se compadecían y muy pocos rezaban por ellos.

Me era muy difícil mantener la serenidad en aquellas circunstancias, y no pude hacer más que agradecer a Dios que me hubiese apartado de las manos del verdugo. Guardé un profundo silencio invadida por aquellas sensaciones y sin ser capaz de expresar lo que sentía en mi corazón.

Durante ese tiempo los pobres condenados estaban preparándose para morir asistidos por el clérigo, que les administraba los auxilios espirituales antes de cumplirse su sentencia. Yo temblaba con tal violencia que no podía hablar y miraba como transtornada pensando en lo muy cerca que había estado de pasar por el mismo trance que ellos. Tan pronto como los subieron a los carromatos que les conducirían al cadalso y se alejaron, lo que no tuve el suficiente valor para ver, me acometió un ataque de llanto incontenible que supuso un gran desahogo para todas las tensiones que había acumulado hasta el momento.

Estuve llorando cerca de dos horas, hasta el momento en que creo que los pobres condenados habían abandonado este mundo, y entonces sentí una especie de alegría seria, penitente y humilde. Fue un auténtico sentimiento de emoción que no podría expresar con palabras, y así continué la mayor parte del día.

Por la tarde, el buen clérigo me visitó de nuevo prodigándome con sus palabras el consuelo que necesitaba. Me felicitó por tener todavía oportunidad para arrepentirme, mientras las otras seis pobres criaturas no tendrían ya ocasión de hacerlo. Insistió en que mantuviera los mismos pensamientos sobre las cosas de la vida que cuando estuve a las puertas de la otra vida. Finalmente, me dijo que no creyese que aquello había terminado, pues el indulto no era algo definitivo. Sin embargo, yo había tenido la suerte de que me concediesen más tiempo y era necesario ampliar ese plazo.

Este discurso, aunque muy oportuno, dejó un poso de tristeza en mi corazón, como si todavía pudiera esperar que aquello acabase en tragedia. No quise preguntar nada sobre ello al haberme dicho él que haría todo lo posible por llevarlo a buen fin, aunque no me aseguraba nada. Lo que sucedió posteriormente demostró cuán cierto era lo que dijo.

Una semana después tuve sospechas de que podía estar incluida en la lista de ejecuciones, pero comprobé con alivio que no fue así. Había ocurrido que al considerar mi caso, me habían juzgado como reincidente, lo cual era incierto, pues era la primera vez que pisaba un tribunal, y tuvieron que reconocer su error, circunstancia que salvó mi vida.

De hecho me había salvado del patíbulo, pero fui condenada al destierro, lo que era una pena bastante dura, aunque considerando la que me habían impuesto anteriormente, podía sentirme muy satisfecha, pues cualquier cosa era preferible a morir ahorcada.

El buen clérigo, cuyo interés había logrado salvarme la vida, aunque fuera un extraño para mí, se lamentaba sinceramente por esta separación. Reafirmó su confianza en que no olvidase mis buenos propósitos al tomar contacto con las malas compañías que encontraría en el destierro y me rogó fervientemente que buscase con ahínco la ayuda de Dios.

No he citado en este lapso a mi gobernanta, pero he de decir que durante la mayor parte de este tiempo, si no todo, estuvo gravemente enferma y vio tan de cerca la muerte por su dolencia como yo por mi condena, no pudiendo visitarme entre tanto; pero en cuanto estuvo algo repuesta vino a verme.

Le hablé de mi situación y de los diferentes cambios de ánimo por los que había atravesado. También le referí cómo había escapado de la muerte gracias a los buenos oficios del clérigo, y se mostró de acuerdo con él cuando me expresó su temor de que olvidase mi arrepentimiento en el destierro.

De hecho, en ocasiones yo también reflexionaba sobre ello, porque sabía lo que me esperaba en el futuro, y le dije que los temores del buen pastor estaban bien fundados.

—Es cierto —afirmó—, mas espero que no te dejarás llevar por esos malos ejemplos.

A continuación, me dijo que quizá encontrase el medio de ayudarme y más adelante me hablaría de ello.

La miré fijamente y pensé que parecía más alegre que de costumbre, por lo que empecé a considerar la posibilidad de ser liberada, mas no podía imaginar por qué método y si ello era posible. Pero estaba demasiado emocionada como para dejar que se fuese sin explicarme algo al respecto; ella continuó mostrándose reservada, pero ante mi insistencia acabó accediendo y me dijo:

—Tienes dinero, ¿verdad? ¿No recuerdas el caso de alguien que fue deportado y llevaba cien libras en su bolsillo, logrando escapar en el viaje?

La entendí en seguida, pero le aseguré que le dejaría todo mi dinero, puesto que no veía otra alternativa que cumplir mi condena, y como el castigo podía considerarse casi una merced, lo cumpliría estrictamente, a lo que respondió con tono reservado:

—Veremos qué se puede hacer.

Y se fue caminando con paso lento.

CAPÍTULO XLIV

Permanecí en la prisión cerca de quince semanas después de firmarse la orden de deportación. Ignoro la razón de aquel retraso, pero pasado este tiempo fui conducida a un barco anclado en el Támesis, junto a un grupo de trece personas que me parecieron las más viles y depravadas que habían salido de Newgate.

Realmente, podría contar una historia más larga que la mía si describiera los grados de insolencia y villanía a que habían llegado aquellos individuos, así como su infame comportamiento durante la travesía.

Quizás pueda pensarse que no he referido con la suficiente extensión los incidentes ocurridos desde que se dio la orden de mi deportación hasta el momento en que subí al barco, y estoy demasiado cerca del fin de mi historia para dedicarle espacio, pero no puedo omitir algo relacionado conmigo y con mi marido de Lancashire.

Le habían trasladado, como dije, a otra zona de la prisión junto a tres compañeros, porque entre tanto se unió otro más a su grupo, y aunque no era habitual, los habían mantenido en custodia sin llevarlos a juicio durante casi tres meses. Al parecer, encontraron medios para sobornar a algunos testigos, y sin el testimonio de éstos no se podía demostrar su culpabilidad, salvo en el caso de dos de ellos, que fueron condenados; respecto a los otros dos, uno de ellos mi marido, fue interrumpida la causa.

Creo que había una prueba categórica contra cada uno de ellos, pero la ley obligaba estrictamente a tener dos testigos y no podían hacer nada al respecto. No obstante, decidieron mantenerlos prisioneros, pues no dudaban de que, finalmente, obtendrían alguna prueba, y con este fin promulgaron un edicto en el que se citaba a cualquiera de sus víctimas para que pudiesen identificarlos en la prisión.

Aproveché entonces para satisfacer mi curiosidad, y fingiendo que me habían robado en el coche de Dunstable, dije que deseaba ver a los salteadores, pero ocultando mi rostro de tal forma que mi marido no pudiese reconocerme. Cuando salí, dije públicamente que conocía a uno de los bandidos.

Inmediatamente corrió el rumor por toda la prisión de que Moll Flanders testificaría contra uno de los salteadores para librarse de la deportación.

Mi marido se enteró de esto y deseó ver a aquella señora Flanders que le conocía tan bien e iba a testificar en su contra. Por consiguiente, permitieron que fuese a verle. Me vestí tan bien como podía hacerlo en la prisión y entré en su celda, pero durante un rato mantuve una capucha sobre mi cara.

No me habló al principio, y como yo también guardaba silencio, me preguntó si le conocía. Yo respondí que sí, y muy bien, pero disimulé la voz para que no pudiera reconocerme. Entonces me preguntó dónde le había visto, y repuse que entre Dunstable y Brickhill. Luego, volviéndome al guardián que nos vigilaba, le pregunté si no me estaba permitido hablar con él a solas. Contestó que podía hacerlo cuanto deseara y se retiró muy cortésmente.

Tan pronto como se marchó y yo hube cerrado la puerta, me quité la capucha y estallando en lágrimas exclamé:

—¡Querido! ¿No me reconoces?

Empalideció y se quedó sin habla, atónito, e incapaz de dominar su sorpresa, dijo:

—Permite que me siente.

Lo hizo, y apoyando los codos en la mesa, fijó los ojos en el suelo como un estúpido. Yo lloraba con tanta vehemencia, que pasó un buen rato antes de que pudiera decir algo más, pero después de haberme tranquilizado, repetí:

—¿No me reconoces?

Respondió que sí y no dijo nada más durante un rato.

Después de un tiempo todavía continuaba sorprendido, y levantando los ojos hacia mí dijo:

—¿Cómo puedes ser tan cruel?

No comprendí en ese momento lo que quería decir, y contesté:

—¿Cómo puedes llamarme cruel? ¿En qué medida lo he sido contigo?

—Has venido a descubrirme en este lugar. ¿No es un insulto para mí? Yo no te he robado, al menos no en el camino.

Comprobé, por tanto, que no sabía nada de las desgraciadas circunstancias en las que me encontraba y pensó que, al tener noticias de que estaba allí, había ido a reprenderle por abandonarme. Pero tenía mucho que decirle para que fuera una afrenta, y le referí en pocas palabras que estaba muy lejos de venir a insultarle, sino que lo había hecho para expresar mi preocupación, y se convencería fácilmente de que no tenía tal idea cuando le dijera que mi situación era mucho peor que la suya.

Pareció algo inquieto al oír esto, pero con un amago de sonrisa, me miró un poco confuso y preguntó:

—¿Cómo puede ser eso cuando me ves encadenado en Newgate y ya han ejecutado a dos de mis compañeros? ¿Afirmas que tu situación es peor que la mía? No te comprendo.

—Vamos, querido —respondí—, requeriría mucho tiempo contarte mi historia, pero si estuvieses dispuesto a oírla, pronto comprobarías que es cierto lo que te he dicho.

—Pero, ¡cómo es posible! —exclamó—. ¿Es que no sabes que puedo ser ahorcado en cualquier momento?

—Sí —contesté—, he estado tres veces en la lista de ejecuciones y todavía estoy sentenciada a muerte. ¿No es mi caso peor que el tuyo?

Entonces enmudeció de nuevo y, después de un rato, dijo apenado:

—¡Desgraciada pareja! ¿Cómo pudimos llegar a esto?

Le tomé de la mano y respondí:

—Vamos, querido, comparemos nuestras penas. Yo soy prisionera de este mismo edificio, y en mucho peor situación que la tuya, y te convencerás de que no vine a insultarte cuando te cuente los detalles.

Me senté junto a él y le conté aquellos apartados de mi vida que consideré oportunos, y finalmente le referí cómo me había visto reducida a la pobreza y comencé a frecuentar ciertas compañías que me aconsejaron salir de la miseria con unos métodos desconocidos para mí, explicándole entonces mi peripecia en la casa donde fui retenida por las dos criadas, de la cual derivó mi sentencia a muerte sustituida después por la del destierro.

A continuación, le dije que al entrar en la prisión me habían confundido con una tal Moll Flanders, famosa ladrona de la que todos habían oído hablar, pero que ninguno de ellos había visto nunca, y nadie mejor que él sabía que aquel no era mi nombre.

Le describí con detalle los hechos que me sucedieron desde que nos separamos, y se llenó de asombro cuando supo que le había visto en Brickhill y fui yo quien despisté a sus perseguidores diciéndoles que conocía la honradez del caballero.

Escuchó con mucha atención todas mis palabras, sonriendo en la mayoría de los detalles, pues eran todos ellos asuntos insignificantes comparados con la envergadura de sus delitos al frente de su grupo, pero cuando llegué a la historia de Brickhill, como he dicho, se sorprendió y dijo:

—¿Así que fuiste tú, querida, la que frenó a la muchedumbre que nos perseguía?

—Sí, fui yo.

Y le conté todos los detalles que de él había observado desde mi cuarto.

—Entonces —dijo— fuiste tú la que me salvó la vida en aquella ocasión, y me alegro de ello, pues te prometo que pagaré la deuda y te liberaré de tu situación presente o moriré en el intento.

Le dije que era un riesgo demasiado grande que no merecía la pena correr, y menos por una vida que no merecía la salvación.

—Eso no importa —repuso—, pues tu vida es para mí lo más valioso del mundo, ya que una vez salvaste la mía. Nunca estuve tan cerca de ser apresado como en aquella ocasión, salvo la vez en que me atraparon.

Agregó que entonces corrió más peligro del previsto porque creían que no les perseguían en aquella dirección, pues llegaron desde Hockley a Brickhill atravesando el campo y no por el camino, lo que les hizo creer que no les había visto nadie.

Luego me hizo un extenso relato de sus andanzas, que resultaron ser muy originales y entretenidas.

Se había lanzado a los caminos unos doce años antes de casarse conmigo, y la mujer que le llamaba hermano no era siquiera pariente suyo, sino una integrante más de su banda que mantenía contacto con ellos, pues vivía en la ciudad y, al tener muchos conocidos, les proporcionaba información sobre las personas que salían de allí, consiguiendo de esta forma excelentes botines; pero ella cometió el error de pensar, al promover nuestro matrimonio, que yo tenía una gran fortuna y fue entonces cuando los dos sufrimos el desengaño que derivó en nuestra separación, de lo cual no podía culparme en absoluto. Afirmó que, de haber sido yo realmente rica, hubiera abandonado los caminos para vivir una vida retirada y tranquila, pero al desarrollarse las circunstancias de la forma que conocíamos, tuvo que olvidar sus buenos propósitos y continuar con su antiguo oficio.

Prosiguió contándome algunas de sus aventuras, especialmente una en que robaron la diligencia de West Chester, cerca de Lichfield, consiguiendo un gran botín; después de eso, atracaron a cinco ganaderos que iban a la feria de Burford, en Wiltshire a comprar ovejas. Dijo que consiguió tanto dinero en estos dos atracos, que si hubiera sabido dónde encontrarme, habría aceptado mi proposición de irse conmigo a Virginia o de habernos asentado en cualquier otra de las colonias inglesas de América.

Según me dijo, escribió dos o tres cartas a la dirección que yo le había indicado, pero no recibió ninguna respuesta. Yo sabía que esto era cierto, pero aquéllas llegaron a mis manos durante la época en que estuve casada con mi último marido, y no podía hacer nada al respecto, por lo cual decidí no contestar para hacerle creer que se habían extraviado.

Al sufrir aquella decepción, y como había conseguido tanto dinero, no corría riesgos tan desesperados como antes. Entonces me informó de varios encuentros que había tenido en el camino con algunos caballeros que se resistieron por todos los medios a entregar su dinero, como consecuencia de lo cual, recibió varias heridas graves, especialmente una de bala de pistola, que le rompió el brazo, y otra de espada, que casi le atravesó el cuerpo, pero al no dañar los órganos vitales, curó sin consecuencias. Uno de sus compañeros, fiel amigo, le ayudó a cabalgar cerca de ochenta millas antes de que le curasen el brazo, y luego consiguió un cirujano en una ciudad importante, lejos del lugar donde ocurrió todo, fingiendo que eran caballeros que viajaban hacia Carlisle y habían sido atacados en el camino por unos salteadores de caminos que le dispararon en el brazo rompiéndole el hueso. Su amigo había manejado tan bien el asunto, que no levantaron ninguna sospecha y pudieron quedarse en la ciudad hasta que estuvo curado por completo.

Después continuó refiriéndome otras aventuras que le acaecieron, pero con gran renuencia rehúso explicarlas, porque a fin de cuentas estoy contando mi propia historia, no la suya.

Entonces le pregunté por sus circunstancias en el momento actual, y lo que esperaba del juicio que tenía pendiente. Respondió que no tenían pruebas contra él, o muy pocas, pues de los tres robos por los que era acusado, sólo había participado en uno de ellos, y no había más que un testigo que pudiese acusarle, lo cual no era suficiente; por tanto, el juez esperaba que apareciese algún otro para hacer firme la acusación.

Cuando me vio por primera vez pensó que yo era el segundo testigo, pero si no aparecía nadie más, esperaba salvarse, pues le habían insinuado que si se sometía al destierro, el juicio sería suspendido, aunque al reflexionar sobre ello, no estaba seguro de que fuese peor la horca que la deportación.

Le culpé por hablar así, en primer lugar, porque si le deportaban tendría muchas formas de demostrar que era un caballero atrevido y emprendedor, y sin duda encontraría los medios para regresar una vez cumplida su condena, y en segundo término, porque tal vez tendría ocasión de escapar antes de que le enviasen a América.

Sonrió al oír esto, y dijo que prefería la segunda alternativa, porque siempre había sentido pavor ante la posibilidad de ser enviado a las plantaciones, igual que los romanos enviaban a los esclavos condenados a trabajar en las minas; añadió que era más tolerable la horca, y que así pensaban todos los caballeros que por exigencia de sus destinos eran obligados a tomar los caminos, pues en la ejecución había al menos un final para todas las miserias de su estado actual y las pudiesen venir en el futuro, y además un hombre, en su opinión, es más probable que se arrepienta en los últimos quince días de su vida bajo las presiones y agonías de una cárcel y del agujero de los condenados, de lo que nunca lo haría en los bosques y en los páramos de América; la servidumbre y los trabajos forzados eran cosas ante las que los caballeros nunca podrían doblegarse, pues eran el modo de forzarles a ser sus propios verdugos, lo cual era mucho peor. Por consiguiente, resistiría con todas sus fuerzas que le deportasen.

Puse todo mi empeño en persuadirle, y a ello uní esa conocida retórica de las mujeres que son las lágrimas. Le hablé de la infamia de una ejecución pública, que sin duda era una humillación mayor para el espíritu de un caballero que cualquiera de las mortificaciones con las que pudiera encontrarse en el destierro; que al menos en América tenía la oportunidad de rehacer su vida, mientras que aquí no tenía ninguna en absoluto; que sería muy fácil para él comprar su libertad cuando llegasen a Virginia, ya que contando con dinero los capitanes de barco siempre estaban dispuestos a dejarse convencer, pues eran hombres comprensivos, corteses y sin demasiados prejuicios.

Me miró pensativo y creí adivinar lo que significaba, es decir, que no tenía dinero; pero estaba equivocada, y lo comprobé cuando dijo:

—Me acabas de insinuar, querida, que podría haber un modo de regresar antes llegar a América. Preferiría pagar doscientas libras para evitar irme que cien para quedar en libertad cuando llegara allí.

—Eso es, querido, porque no conoces el lugar tan bien como yo.

—Puede ser —respondió—; sin embargo creo que tú harías lo mismo, al menos porque, como me dijiste, tienes a tu madre allí.

Le dije que mi madre era prácticamente imposible que continuase viviendo después de tantos años, y respecto a los amigos que pudiera tener allí, no tenía ninguna noticia, pues desde que la desgracia me había reducido a la situación en la que había estado durante este tiempo, no había mantenido correspondencia con ellos, y como él podría comprender, sólo encontraría un frío recibimiento por su parte si les hiciera mi primera visita en la condición de criminal deportado; por tanto, si me enviaban allí, tenía la firme convicción de no ver a ningún antiguo amigo, pero eso no me preocupaba en absoluto, pues conocía más de un medio para conseguir que mi situación fuese lo más cómoda posible, y si él se veía obligado a ir también, le daría instrucciones precisas sobre cómo manejarse, de manera que nunca tuviese que ejercer de criado, especialmente cuando advertí que no carecía de dinero, único y verdadero amigo en tales situaciones.

Dijo sonriendo de nuevo que no me había dicho que tuviese dinero. Yo me adelanté, y respondí que confiaba que no entendiese por mi forma de hablar que esperaba dinero de él, pues a mí no me faltaba, aunque no tuviese una gran cantidad, y prefería sumarlo al suyo que restárselo a él, pues yo sabía que en caso de que fuese deportado necesitaría una suma considerable.

Al oír aquello me dijo afectuosamente que, si bien no disponía de una gran cantidad de dinero, lo ponía a mi disposición igualmente si yo lo necesitaba, porque, al menos en Inglaterra podía desenvolverse; sin embargo, en América sería el hombre más perdido e ignorante del mundo.

Contesté que se lamentaba sin motivo, pues con su dinero, como estaba encantada de oír que tenía, no sólo podría evitar la servidumbre que suponía la deportación, sino que empezaría en un mundo nuevo en el que un hombre con su disposición de ánimo no podría fracasar, y que no habría olvidado todavía la conversación que mantuvimos años atrás sobre el particular en la que le propuse trasladarnos a Virginia con objeto de rehacer nuestras vidas. Añadí que estaba convencida de la verdad de mis palabras, pues conocía bien las costumbres de aquella zona, y si tenía la fortuna de acompañarle por voluntad propia, llevaría mi dinero con objeto de no ser una carga para nadie.

Por otra parte, ambos habíamos sufrido tantas desgracias en Inglaterra, que nuestra mejor alternativa era trasladarnos a unas tierras en las que fuésemos completamente desconocidos y donde nadie pudiese reprocharnos nuestro pasado, pudiendo vivir sin el temor a la prisión y olvidando la angustia del «agujero de los condenados»; en una palabra, un mundo nuevo donde olvidásemos las desgracias pasadas y nuestra existencia transcurriese en paz con nosotros mismos y con el resto de nuestros semejantes.

Insistí con estos argumentos y otros de la misma índole durante un buen rato, y rebatí todas sus objeciones con tanta persuasión, que finalmente se levantó y me abrazó con afecto diciendo que la sinceridad con que había hablado le hacía sentirse profundamente agradecido hacia mí. Añadió que seguiría mi consejo y lucharía por rendirse a su destino con la esperanza de tener el consuelo de mi ayuda, pues no podía imaginar una consejera tan fiel y una compañera más esforzada en unas circunstancias tan adversas.

Sin embargo, todavía tenía en mente lo que le había mencionado antes, es decir, que podría haber algún modo de evitar el destierro, lo cual, como es de imaginar, le parecía mucho mejor. Le dije que tendría oportunidad de comprobar cómo haría todo lo que estuviese en mi mano para solucionar las cosas.

Nos separamos después de esta larga conversación con tales testimonios de amabilidad y afecto que resultó una despedida más emotiva que la de Dunstable. Ahora descubrí la razón por la que se negó en aquel momento a proseguir por la carretera hacia Londres, y no pasar de Dunstable, y por qué, cuando nos separamos allí, me dijo que era conveniente para él seguir, aunque le hubiese gustado acompañarme.

Dije anteriormente que la historia de su vida hubiera sido más interesante que la mía, y, de hecho, resultaba sorprendente que no fuese atrapado tras veinticinco años de correrías y el éxito le acompañase hasta el punto que en ocasiones se había retirado a algún lugar tranquilo donde había vivido magníficamente e incluso se permitía acudir a tabernas y cafés donde se complacía escuchando narrar, a las mismas personas que había asaltado, los pormenores del robo, los lugares y circunstancias en que se habían producido, y los peligros que habían corrido.

Cuando me conoció y se efectuó nuestro lamentable matrimonio, en el que pretendía aprovecharse de mi fortuna, vivía de esta forma en un lugar cerca de Liverpool. Si yo hubiera tenido los bienes que él esperaba, creo sinceramente, como me dijo, que hubiese abandonado su oficio y vivido honradamente el resto de sus días.

A pesar de su desgracia, tuvo la buena suerte de no estar realmente en el lugar donde se había cometido el robo del que le acusaban y no existían pruebas para acusarle. Mas, al parecer, le atraparon con la banda y un campesino demasiado hablador declaró en su contra, por lo cual esperaban algún otro testimonio que le incriminase, y por esa razón le mantenían en Newgate, como ya expliqué anteriormente.

Recibió la oferta de acceder voluntariamente al destierro por la intercesión de un amigo influyente que le aconsejó lo aceptase en el juicio; por tanto, yo, que conocía la circunstancia de que en cualquier momento podía aparecer alguien que declarase contra él, me mostré de acuerdo con su amigo e insistí con vehemencia en que accediese mientras aún había tiempo.

Después de muchos ruegos, finalmente dio su consentimiento, pero había transcurrido demasiado tiempo desde que le hicieron la propuesta, por lo cual nos encontramos con otra dificultad con la que no habíamos contada. Su amigo y mentor prometió que volvería a mediar para intentar solucionar el asunto.

Este obstáculo dio al traste con todos mis planes, porque los pasos que había dado posteriomente para mi propia deportación no dieron el resultado esperado, ya que las fechas eran distintas y tendríamos que partir separados hacia América, ante lo cual él declaró que prefería correr el riesgo de quedarse, aunque le llevasen al patíbulo.

Pero he de retomar mi propio caso.

CAPÍTULO XLV

El momento de mi deportación estaba cerca. Mi gobernanta, que continuaba siendo mi amiga fiel, había intentado conseguir mi perdón, pero éste no podría conseguirse sin un fuerte desembolso económico que me dejaría de nuevo en la miseria, a menos que volviese a ejercer mi antiguo oficio, y esto hubiera sido peor que el destierro, porque en América tenía la posibilidad de vivir honradamente y aquí era imposible.

El buen clérigo, a su vez, hizo todo lo que pudo para evitar mi destierro, pues temía que mis nuevas compañías impidiesen mis intentos de regeneración, pero le contestaron que a requerimiento suyo me había sido perdonada la vida, por lo que no estaba en condiciones de solicitar nada más.

Por otro lado, yo no estaba tan dispuesta al destierro como antes, como consecuencia del reencuentro con mi marido, pero oculté este detalle al clérigo, que hasta el final pensó que partiría en el barco muy a mi pesar.

Era el mes de febrero cuando, junto con otros siete convictos, fuimos conducidos al barco de un comerciante que hacía la travesía hasta Virginia desde Deptford Reach. El oficial de la prisión nos subió a bordo del buque y el capitán se hizo cargo de nosotros.

Durante toda la noche permanecimos atados en la bodega, y nos mantuvieron tan juntos que creía que me iba a asfixiar por falta de aire; a la mañana siguiente cargaron el barco, que descendió río abajo hasta un lugar que llamaban Bugby's Hole, lo cual se hacía, según nos dijeron, porque el comerciante quería asegurarse de que no escaparíamos. Sin embargo, cuando anclamos, nos dejaron más libertad, permitiéndonos subir a cubierta, pero no al alcázar, que se reservaba especialmente para el capitán y los pasajeros.

Percibí que estábamos izando velas por el movimiento del barco y los gritos de la tripulación; al principio temí que nos fuésemos directamente sin poder despedirnos de nuestros amigos, pero me tranquilicé cuando descubrí que iban a anclar de nuevo y alguien nos dijo que a la mañana siguiente podríamos subir a cubierta y ver a nuestros familiares y amigos.

Pasé la noche tumbada sobre las duras tablas de la bodega, como los demás prisioneros, pero después nos proporcionaron unos pequeños camarotes en los que apenas había espacio para el camastro y el equipaje que no todos poseíamos, pues algunos no tenían más que los harapos que llevaban encima. Sin embargo, observé que el resto de los convictos se desenvolvían bastante bien en el barco, especialmente las mujeres, quienes lavando la ropa de los marineros conseguían el dinero suficiente para comprar lo más necesario.

Cuando a la mañana siguiente nos permitieron subir a cubierta, pregunté al contramaestre, hombre muy cortés y educado, si tenía permiso para enviar una carta a tierra, con objeto de hacer saber a mis amigos dónde se encontraba el barco y me enviasen algunas cosas que necesitaba. Me contestó que tenía plena libertad para hacerlo, así como cualquier otra cosa siempre que estuviese dentro de los límites permitidos, y ordenaría que llevasen mi carta cuando la chalupa del barco remontase el río en dirección a Londres con la próxima marea.

Por consiguiente, cuando el bote iba a partir, el contramaestre se acercó mí y me dijo que si mi carta estaba preparada, él se ocuparía de ella. Yo tenía preparada una misiva dirigida a mi gobernanta, en la que le decía dónde estaba el barco y encareciéndole que me enviase las cosas que me había preparado, y además le adjuntaba otra para mi marido prisionero, sin decirle quién era.

Le di la carta al contramaestre, acompañándola de un chelín para el mensajero, y le supliqué que la llevase tan pronto como llegara a la costa y que, a ser posible, recogiese la respuesta por el mismo medio, para asegurarme de que mis cosas llegaban al barco, tras lo cual añadí:

—Porque, señor, si el barco parte antes de tenerlas en mi poder, estoy perdida.

Me aseguré, cuando le di el chelín, de que viese mi monedero, que contenía una buena cantidad de dinero. Y observé que ante esta visión comenzó a tratarme de una forma más considerada, pues si bien anteriormente se mostró cortés y educado por la compasión que le inspiraba una mujer desgraciada, en adelante lo fue aún más, y procuró que se me diese un trato especial en el barco.

De acuerdo con lo que había prometido, el contramaestre le entregó mi carta en propia mano a mi gobernanta y me trajo su escrito de contestación, devolviéndome el chelín mientras decía:

—Aquí está su chelín, porque entregué la carta yo mismo.

La sorpresa me impidió responder nada, pero después de una pausa dije:

—Es usted muy amable, señor, y creo que por lo menos debió utilizar el chelín para pagar el alquiler del coche.

—De ninguna manera, señora; me considero bien pagado. Y dígame, ¿quién era esa dama? ¿Su hermana?

—No, señor, no es mi pariente, sino la única amiga que tengo en el mundo.

—Pues es usted afortunada, porque hay pocos amigos así; estuvo llorando sin consuelo durante todo el tiempo que estuve allí.

—¡Bien cierto es! —exclamé—. Ella daría cien libras por librarme de esta horrible situación en la que estoy.

—¿Seguro que lo haría? Por la mitad del dinero creo que podría ponerle en camino de su propia liberación —dijo el contramaestre en voz baja para no ser oído.

—¡Ah, señor! ¿Y de qué me serviría ser libre? Si fuese detenida de nuevo, con seguridad me costaría la vida.

—No lo creo —repuso—. Si sale del barco en seguida, podrá cuidar de sí misma con facilidad, y no puedo decir nada más.

Así finalizó la conversación, por el momento.

CAPÍTULO XLVI

Entre tanto, mi gobernanta, fiel hasta el final, llevó a Newgate la carta para mi marido y recogió la respuesta, que al día siguiente me entregó personalmente en el barco; además, me trajo un catre con su ropa correspondiente, pero sin hacer alarde de ello, para que no despertase envidias. Me llevó también un cofre de marinero con todos los objetos necesarios para un viaje por mar, y en uno de los rincones del baúl, donde había un pequeño cajón pegado al fondo, estaba el dinero que había decidido llevar conmigo, porque ordené que parte de mis reservas quedaran en Inglaterra para que me fuesen enviadas posteriormente cuando me instalase en América, donde la moneda de cambio es el tabaco, por lo cual el dinero allí no tenía mucha utilidad y, sin embargo, corría el riesgo de perderlo en el viaje.

Al ser mi caso un tanto especial, no era apropiado que fuese allí sin dinero o bienes, y para una pobre convicta que iba a ser vendida tan pronto como llegara a la costa, llevar un cargamento de bienes conmigo sería llamar la atención, con el peligro que ello entrañaba; por tanto, sólo me llevé una parte de mis reservas y dejé la otra al cuidado de mi gobernanta.

Llevó, además, muchas otras cosas, pero no era conveniente para mí parecer tan bien provista en el barco, al menos hasta saber qué clase de capitán nos tocaría en suerte.

Cuando mi amiga subió al barco, pensé que se moría en verdad, pues al verme su ánimo se hundió pensando que tendríamos que despedirnos en aquellas condiciones, y lloraba de una forma tan desconsolada, que durante los primeros instantes no tenía fuerzas para hablar.

Me tomé ese tiempo para leer la carta de mi marido, la cual me dejó algo confusa, pues decía que estaba decidido a ir, pero sería imposible que le liberasen con el margen suficiente para ir en el mismo barco que yo, y lo que era más importante, temía que le retuviesen bastante tiempo antes de permitirle partir. Se mostraba muy apenado porque empezaba a perder la esperanza de verme hasta que llegara a Virginia, y se lamentaba porque yo podía morir por cualquier accidente o enfermedad quedando él completamente perdido en las colonias.

Esto era muy desconcertante y no sabía qué rumbo seguir. Le conté a mi gobernanta el diálogo que mantuve con el contramaestre, y preguntó ansiosa cuándo podría hablar con él, pero no tenía pensado hacerlo hasta que supiese si mi amigo me acompañaría. Finalmente, me vi obligada a confesarle todo el asunto, a excepción de que él era mi marido, y le dije que había hecho una especie de pacto para ir con él, siempre que pudiésemos viajar en el mismo barco.

Entonces le hablé de lo que nos proponíamos hacer cuando llegásemos allí; la forma en que podíamos asentarnos en una plantación y ganar dinero honradamente, y como si fuese un gran secreto, le dije que nos íbamos a casar tan pronto llegara él a bordo.

Aceptó con alegría que me fuera cuando oyó esto, e hizo asunto suyo desde ese momento conseguir que él saliera de la prisión a tiempo para que pudiésemos ir en el mismo barco, lo cual pudo conseguirse finalmente, aunque no sin grandes dificultades, al ser un prisionero convicto que no había sido juzgado.

Nuestro destino estaba ahora decidido, y ambos íbamos a Virginia en calidad de convictos destinados a ser vendidos como esclavos, yo por cinco años, y él con la orden expresa de no volver jamás a Inglaterra mientras viviera, por lo cual estaba muy abatido y desanimado.

La mortificación de ser llevado a bordo como prisionero le había herido profundamente, ya que al ser voluntaria su deportación, le dijeron que podría viajar como un hombre libre, si bien es cierto que no había orden de que fuese vendido cuando llegara allí, como ocurría con nosotros, y por esa razón le obligaron a pagar el pasaje, lo que nosotros no hicimos. De otra parte, estaba tan perdido como un niño por no saber qué hacer consigo mismo, si no era siguiendo mis instrucciones.

Lo primero que hicimos fue comparar nuestros fondos. Fue muy honrado y me dijo que disponía de bastante dinero cuando entró en la prisión, pero vivir allí como un auténtico caballero, y lo que resultaba diez veces más caro, hacerse con amigos que intercediesen por su caso, había disminuido considerablemente su capital, y, en una palabra, todo lo que le había quedado eran ciento ocho libras en oro.

Le di cuenta fielmente de mis fondos, es decir, de lo que había cogido para llevarme en el viaje, ya que estaba decidida, por lo que pudiera suceder, a mantener a toda costa la parte que había dejado a mi gobernanta, pues me dije que en caso de que yo muriese sería la beneficiaria de esa reserva, a la que tenía perfecto derecho, y de otra parte mi marido recibiría todo lo que llevé conmigo.

Mi reserva ascendía a doscientas cuarenta y seis libras y algunos chelines; por tanto, reuníamos entre los dos un total de trescientas cincuenta y cuatro libras. Con esta suma, que llevábamos en efectivo a pesar de que esto no era muy recomendable en las colonias, íbamos a emprender una nueva vida al lugar donde nos situaba el destino.

Él llevaba todo lo que le había quedado en el mundo, pero yo tenía entre setecientas y ochocientas libras en el banco cuando me sucedió este desastre, más las trescientas que le había dejado a mi gobernanta, que estaba segura velaría con esmero por mis intereses aunque no fuese una mujer intachable. También llevaba en mi cofre algunas cosas muy valiosas, especialmente dos relojes de oro, algunas piezas de plata pequeñas y varios anillos.

Así pues, con esta fortuna y sesenta y un años de edad, me vi desterrada a un nuevo mundo con la apariencia de una pobre presidiaria. Mis ropas eran humildes y ajadas, mas tenía un aspecto limpio, y nadie en todo el barco sabía que llevaba algo de tanto valor.

Sin embargo, tenía gran cantidad de buenos vestidos y telas en abundancia, las cuales había hecho que se empaquetaran en dos grandes cajas, que había cargado a bordo no como mercancía, sino consignadas a mi nombre verdadero en Virginia, y tenía en el bolsillo la factura de la carga firmada por el capitán.

En esta situación permanecí en el barco durante tres semanas, sin saber si mi marido vendría conmigo o no, y por tanto, sin decidirme por la honrada proposición del contramaestre, que tan sorprendente me resultó en un principio.

Pasado este tiempo, mi marido subió por fin a bordo. Parecía abatido y tenía un aspecto huraño, pues se había sentido muy humillado ante el trato que había recibido por parte de los guardianes de Newgate, que le llevaron a bordo como a un convicto cuando ni siquiera había sido llevado a juicio.

Entonces comprobó lo conveniente del aviso que le dieron para aceptar la oferta de una deportación voluntaria. Tras el desconcierto de los primeros momentos, se calmó un poco, parecía un poco más sereno, empezó a alegrarse y como le estuve repitiendo lo contenta que estaba por tenerle una vez más conmigo, me cogió entre sus brazos y reconoció con gran amabilidad que yo le había dado el mejor consejo posible.

—Querida mía —agregó—, has salvado dos veces mi vida; a partir de ahora, sólo miraré por ti y siempre seguiré tu opinión.

El barco empezó ahora a llenarse de pasajeros, a los cuales acomodaron en el camarote principal y otras partes del barco, mientras que a nosotros, los convictos, nos confinaron en la bodega.

Anteriormente, cuando mi marido subió a bordo, hablé con el contramaestre, que había sido tan amable al llevar mi carta. Le dije que se había mostrado muy atento conmigo en varias ocasiones, no habiéndole yo correspondido de forma adecuada, y entonces puse una guinea en su mano. A continuación, le dije que mi marido estaba ahora a bordo, y aunque actualmente estábamos en desgracia, habíamos sido personas de una condición diferente a la de los pobres reos con los cuales vinimos; deseaba saber si el capitán no podría darnos un mejor alojamiento en el barco, por lo cual pagaríamos lo que se estimase conveniente, mientras que le gratificaríamos a él por las molestias que se tomase. El contramaestre cogió la guinea, como pude ver, con gran satisfacción y me aseguró su ayuda. Luego nos dijo que él no dudaba de que el capitán, quien era el caballero de mejor carácter del mundo, nos podría acomodar fácilmente tan bien como nosotros pudiéramos desear, y, para tranquilizarme, me dijo que subiría con la siguiente marea con propósito de hablar al capitán sobre ello.

CAPÍTULO XLVII

Esa noche dormimos un poco más que de costumbre, y a la mañana siguiente, cuando me levanté y empecé a mirar al exterior, vi al contramaestre entre los hombres en su ocupación ordinaria. Me sentí un poco decepcionada al verle allí, por lo cual me dirigí hacia él; al verme, se acercó hacia mí, y sin darle tiempo a hablar primero, le dije sonriendo:

—Me temo, señor, que nos ha olvidado, porque veo que está muy ocupado.

Él contestó en seguida:

—Venga conmigo y verá.

Entonces me llevó a un gran camarote, en el que se encontraba un distinguido caballero sentado ante una mesa con numerosos papeles.

El contramaestre se dirigió hacia él mientras decía:

—Esta es la señora de la que le habló el capitán, señor —y volviéndose hacia mí añadió—: lejos de olvidarme de su asunto, fui a ver al capitán y le expliqué sus deseos de disponer de un mejor alojamiento para usted y su marido, y el capitán ha enviado a este caballero, oficial de cubierta del barco, con el propósito de mostrarle todo y acomodarles a su gusto; por otra parte, aseguró que ustedes no serán tratados como lo que al principio pudieran esperar, sino con el mismo respeto que se dispensa al resto de los pasajeros.

Entonces el oficial de cubierta se dirigió a mí y, sin darme tiempo a agradecer al contramaestre su amabilidad, confirmó lo que había dicho éste y añadió que era deseo del capitán mostrarse a sí mismo amable y caritativo, especialmente con aquellos que estaban en desgracia. A continuación, me mostró varios camarotes de la cabina grande destinados al alojamiento de pasajeros y me permitió escoger el que más me agradase. Elegí un camarote que daba al pasillo central, con el suficiente espacio para colocar todo nuestro equipaje y en el que disponíamos incluso de una mesa para comer.

Después, el oficial de cubierta me dijo que el contramaestre le había hablado tan bien de la excelente conducta que habíamos mostrado mi marido y yo, que le complacía invitarnos, si lo considerábamos oportuno, a comer en su compañía el resto del viaje en las mismas condiciones que el resto de los pasajeros, y que podríamos abastecernos de provisiones a nuestro gusto o compartir las suyas, a nuestra elección.

Estas palabras fueron muy reconfortantes para mí, después de las privaciones y aflicciones por las que había pasado; así pues, se lo agradecí cumplidamente y le pedí que me permitiese ir a contárselo a mi marido, quien no se encontraba muy bien y todavía no había salido de su camarote.

Regresé, pues, junto a mi esposo, que continuaba muy abatido por la humillación sufrida; pero se reanimó tanto cuando le informé de las condiciones en que haríamos el viaje, que se convirtió en un hombre distinto, y en su rostro aparecieron de nuevo el vigor y la alegría que siempre le habían acompañado.

Después de una pequeña pausa para recuperarse, mi marido subió conmigo a cubierta para agradecer al oficial la amabilidad que nos había expresado, y al mismo tiempo le encargó que transmitiese su reconocimiento al capitán, ofreciéndose a pagar por adelantado cualquier cantidad que demandase por nuestro pasaje y las comodidades que nos había facilitado. El oficial le dijo que no regresaría hasta la tarde, y entonces podría decírselo personalmente.

Así pues, cuando llegó el capitán, descubrimos al mismo hombre cortés y atento que nos había descrito el contramaestre, y quedó tan encantado con la conversación de mi marido, que, en resumen, no permitió que nos quedáramos con el camarote que habíamos elegido, sino que nos facilitó otro mejor que tenía acceso por la cabina del puente, y pudimos comprobar que no tenía intención de aprovecharse de nuestra situación, pues por quince guineas nos proporcionó pasaje, provisiones y camarote, aparte de que al acompañarle a la mesa, disfrutamos de todos los privilegios que podían obtenerse en el barco.

El capitán se encontraba al otro lado de la cabina grande, pues el «camarote circular», como llamaban a su alojamiento habitual, lo había alquilado a un plantador rico que viajaba con su esposa y tres hijos, quienes disponían de sus propias provisiones.

No pude evitar contarle a mi gobernanta lo que había sucedido, ya que realmente estaba muy preocupada por mí, y yo tenía muchos deseos compartir con ella mi buena fortuna. De otra parte, necesitaba su ayuda para que me suministrase varias cosas que antes no me atreví a llevar en el viaje por miedo a las consecuencias, pero ahora tenía un camarote espacioso, por lo cual le encargué me llevase todo lo que podía hacernos el viaje más agradable, como aguardiente, azúcar, limones y otros ingredientes para hacer ponche e invitar a nuestro benefactor, el capitán. Además, le encargué gran cantidad de alimentos para consumir fuera de las comidas, una cama más grande y ropa adecuada para vestirla; en resumen, había decidido que mi marido y yo haríamos una travesía con las mayores comodidades que podíamos permitirnos.

CAPÍTULO XLVIII

Durante este tiempo, no hablamos del material que necesitaríamos al llegar a nuestro punto de destino para empezar nuestra actividad como colonos. Yo conocía todo lo necesario en lo referente a materiales para labores agrícolas y de construcción, así como los muebles que utilizaríamos en nuestra vivienda, que adquiridos en América estaba segura de que doblarían el valor que tenían en Inglaterra.

Así pues, hablé de este asunto con mi gobernanta; ella se dirigió inmediatamente al capitán, explicándole que esperaba encontrar los medios para que sus desafortunados primos, como nos llamaba, obtuviesen la libertad al llegar a las colonias. Tras esto, comenzaron a discutir sobre los medios que podrían emplearse para conseguirlo.

Después de tantear al capitán, le dijo que a pesar de que en ese momento atravesábamos por una desgraciada circunstancia que motivó nuestra salida del país, no carecíamos de medios para establecernos en el Nuevo Mundo y habíamos decidido asentarnos allí en una plantación, si no encontrábamos obstáculos.

El capitán ofreció su ayuda muy dispuesto, explicándole las muchas posibilidades del plan y lo fácil que era para las personas diligentes recuperar sus fortunas de esa manera, y añadió:

—Señora, no se puede reprochar a ningún hombre en el país al que nos dirigimos que haya sido enviado allí en peores circunstancias de las que percibo están sus primos, siempre y cuando se apliquen con diligencia y tesón al negocio que pretenden establecer allí.

Mi gobernanta le preguntó cuáles serían los primeros pasos a seguir cuando llegásemos, y él, como hombre honrado y conocedor de los pormenores del asunto, respondió:

—En primer lugar, señora, sus primos tienen que procurar que alguien los compre como criados, en conformidad con las condiciones de su deportación, y luego, con la autorización de esa persona, podrían adquirir alguna plantación ya establecida o bien comprar tierra virgen al Gobierno del país y empezar a cultivarla ellos; en ambos casos, el precio sería razonable.

Ella le dio las gracias efusivamente por su información, tras lo cual preguntó si no sería necesario adquirir las herramientas y útiles necesarios para el trabajo agrícola, y el capitán respondió:

—Sí, por supuesto.

Entonces le pidió información sobre los materiales apropiados, al precio que fuese. Por consiguiente, el capitán le facilitó una lista detallada de todos los artículos que se requerían en una plantación, cuyo precio, según sus cálculos, estaría entre las ochenta y cien libras.

Mi amiga se encargó de la compra de forma tan diestra como lo hubiera hecho un campesino de Virginia, con el añadido de que adquirió, por instrucciones mías, dos veces más de todo lo que figuraba en la lista que le había proporcionado el capitán, y después embarcó todas las mercancías a nombre de mi marido, con el correspondiente seguro, por lo cual estábamos a salvo de cualquier contingencia.

Mi marido le entregó las ciento ocho libras que constituían su único capital y yo le di, además, una buena suma de dinero para que efectuase las compras, de modo que no tuve que hacer uso de la reserva que había dejado en sus manos. Después de haber organizado toda nuestra carga, teníamos todavía cerca de doscientas libras en efectivo, lo cual era más que suficiente para llevar a cabo todo lo que habíamos planeado cuando llegásemos a Virginia.

En esta situación, muy contentos por haber solucionado todo tan felizmente, zarpamos de Bugby's Hole hacia Gravesend, donde el barco permaneció diez días más, y en cierta ocasión, el capitán tuvo la deferencia, ante nuestra sorpresa, de permitirnos bajar a tierra para que diésemos un paseo, aunque con la promesa por nuestra parte de que no intentaríamos huir y regresaríamos voluntariamente a bordo de nuevo. Ésta fue una demostración tal de su confianza en nosotros que emocionó a mi marido, quien, expresándole su agradecimiento, le dijo que no podía pensar en aceptarlo, pues su responsabilidad sería muy grande al asumir aquel riesgo. Después de algunas cortesías mutuas, le di a mi marido un monedero, en el cual había ochenta guineas, y lo puso en manos del capitán diciendo:

—Aquí tiene, capitán, una prenda por nuestra fidelidad; si nos comportamos de forma deshonesta con usted por algún motivo, este dinero será suyo.

El capitán, de hecho, estaba bastante seguro de nuestro regreso, porque al haber hecho tal provisión de material para instalarnos en las colonias, no parecía lógico que eligiésemos quedarnos en tierra expuestos a perder la vida, porque así hubiera ocurrido si nos hubiesen apresado de nuevo.

Por tanto, bajamos a tierra con el capitán y cenamos juntos en una posada de Gravesend, donde tuvimos una velada muy agradable. Pasamos la noche allí, y por la mañana regresamos formalmente a bordo con el capitán. Antes compramos diez docenas de botellas de buena cerveza, algo de vino, algunas aves y otras cosas que pensamos podrían ser útiles a bordo.

Durante el tiempo que permanecimos anclados, mi gobernanta estuvo casi siempre con nosotros, y nos acompañó cuando el barco zarpó hacia Downs, donde nos despedimos por última vez, pues nunca más volvimos a vernos, y con tanta pena por mi parte como si hubiese sido mi propia madre.

CAPÍTULO XLIX

Al tercer día de nuestra llegada a Downs se levantó un favorable viento del Este, que se aprovechó para levar anclas, finalmente, el 10 de abril.

No volvimos a tocar tierra, hasta que al ser conducidos por un temporal muy fuerte a la costa de Irlanda, el barco ancló en una pequeña rada, cerca de la desembocadura de un río cuyo nombre no recuerdo, aunque dijeron que era el más largo de Irlanda y bajaba desde Limerick.

Estuvimos detenidos por el mal tiempo durante unos días, y el capitán, que seguía siendo el mismo hombre amable y de buen carácter de antes, nos llevó a los dos a la costa otra vez. Ahora lo hizo, en realidad, por deferencia hacia mi marido, quien soportaba muy mal el mar y se mareaba con frecuencia, sobre todo cuando el viento soplaba fuerte y el barco se balanceaba demasiado. Compramos de nuevo provisiones frescas, especialmente carne de vaca, cerdo, cordero y aves, y el capitán encargó salar cinco o seis barriles de carne de vaca para aumentar la provisión del barco. No llevábamos aquí más de cinco días cuando el temporal amainó; por consiguiente, con el viento favorable zarpamos de nuevo, y en cuarenta y dos días llegamos seguros a la costa de Virginia.

Cuando nos aproximábamos a tierra, el capitán me dijo que, según pudo entender por las conversaciones que habíamos mantenido, yo tenía algún conocido en el lugar y había estado allí antes; por tanto, suponía que entendía la forma en que se disponía de los convictos a su llegada a la colonia. Le dije que no, y respecto a los amigos, podía estar seguro de que no me daría a conocer a ninguno de ellos mientras estuviese en situación de prisionera; por lo demás, nos poníamos en sus manos para que nos brindase la ayuda que había tenido la amabilidad de prometernos. Repuso que sería necesario conseguir que alguien del lugar pagase el importe de nuestra venta, al mismo tiempo que debería responder por nosotros al gobernador del territorio, si este requisito era necesario.

No podía sino mostrarme de acuerdo con su razonable proposición, por lo cual mandó llamar a un plantador para tratar sobre nuestra venta, que fue realizada formalmente sin ninguna complicación.

Poco después nos dirigimos a tierra, acompañados de nuestro comprador y del capitán, que nos llevó a una casa con aspecto de posada, donde nos sirvieron un ponche de ron en un ambiente muy amistoso; después, el plantador nos entregó un certificado en el que constaba que le habíamos servido fielmente, lo cual significaba que a la mañana siguiente seríamos libres de nuevo.

Por este servicio el capitán nos pidió sólo cierta cantidad de bolsas de tabaco, que inmediatemente compramos y mandamos transportar a su barco, y además le hicimos entrega de veinte guineas, con lo cual quedó muy satisfecho de nosotros.

No es necesario entrar en detalles sobre la zona de la colonia de Virginia en que nos establecimos, por diversas razones. Baste mencionar que entramos en el gran río Potomac, donde quedó amarrado el barco, y fue allí donde en un principio tuvimos la intención de asentarnos, aunque después cambiamos de opinión.

Así pues, bajamos todos nuestros bienes a tierra y los trasladamos a un almacén con vivienda que alquilamos en un poblado cercano al punto donde habíamos desembarcado. Lo primero que hice una vez instalados fue recabar información sobre mi madre y mi hermanastro, es decir, el hombre con quien mi triste destino quiso que me casase. Después de algunas indagaciones supe que mi madre había fallecido y, algo que confieso no me alegró demasiado, mi hermanastro (o marido) estaba vivo, y lo que era aún peor, descubrí que se había trasladado con uno de sus hijos desde la plantación donde vivía anteriormente, y que yo tan bien conocía, a otra cercana al lugar en que habíamos alquilado nuestra vivienda.

Al principio dudé sobre lo que habría de hacer, pero luego me tranquilicé al pensar que no podría reconocerme después de tanto tiempo e incluso deseé verle de nuevo, si era posible hacerlo sin que él me viese. Con este fin, me informé del lugar en que se encontraba la plantación donde vivía, y acompañada de una mujer que había tomado a mi servicio, paseé por la zona como si sólo pretendiese admirar las bellezas del campo, hasta que finalmente me acerqué tanto que pude ver la casa con claridad.

Pregunté a la mujer quién era el propietario de aquella plantación y ella respondió que a cierto caballero. Después, mirando a su derecha, dijo:

—Allí está el dueño, y el hombre que le acompaña es su padre.

—¿Sabe sus nombres? —pregunté.

—No conozco el del caballero anciano —dijo ella—, pero el de su hijo es Humphry, y creo que su padre también se llama así.

Puede comprenderse la mezcla de alegría y temor que pasó por mi mente en ese momento, porque inmediatamente supe que aquél no era sino mi propio hijo, fruto de la relación que mantuve con el anciano caballero, mi hermanastro y esposo.

Me coloqué la capucha sobre la cara, confiando en que después de más de veinte años de ausencia e ignorando mi presencia en esa parte del mundo, no sería capaz de reconocerme. Pero tal precaución resultó innecesaria, pues según la señora Owen, que así se llamaba mi acompañante, el anciano tenía la vista debilitada por alguna enfermedad y apenas podía caminar sin ayuda.

Fue un comentario casual, pues ignoraba la importancia que tenía para mí, y cuando observé que se acercaban hacia nosotras le pregunté:

—¿La conoce a usted?

—Si me oye hablar, sí —respondió—, pero no puede ver lo suficiente para reconocerme a mí o a cualquiera.

Esto sirvió para que me tranquilizase, por lo cual me retiré la capucha y observé cómo pasaban a mi lado.

Me resultó muy cruel como madre tener frente a mí a mi propio hijo, un caballero joven, bien parecido y en buena posición, y no tener el valor suficiente para darme a conocer y poder explicarle las circunstancias que rodeaban su existencia. Dejo que cualquier madre piense con qué angustia contuve mis deseos de abrazarle y llorar sobre sobre su hombro. Me faltaba el aire y no sabía qué hacer, de la misma forma que ahora no sé cómo expresar el sufrimiento que me invadió en aquellos momentos.

Cuando se alejaron, me acometió un fuerte temblor y estuve mirándole hasta que se perdió de vista. Entonces, sentándome en la hierba y dando la espalda a mi acompañante, fingí descansar mientras lloraba desconsoladamente y besaba el suelo que él había pisado.

No pude ocultar mi confusión ante la mujer, pero me excusé diciendo que no me encontraba muy bien, lo cual era cierto; por esta razón, me aconsejó levantarme para evitar la humedad del suelo, que podría resultar peligrosa. Hice lo que me decía, y poco después abandonamos aquel lugar.

Caminando de regreso hacia el poblado, continuamos hablando de los dos caballeros y entonces volvió a inundarme la tristeza. Mi acompañante, con el evidente objeto de sustraerme a la melancolía, me dijo:

—Se cuenta una historia muy extraña entre los vecinos del territorio en que vivía antes este caballero.

—¿Sí? ¿Cuál es? —pregunté.

Ella comenzó a narrarme lo siguiente:

—Ese anciano caballero, al parecer, partió a Inglaterra cuando era joven y se enamoró allí de una joven dama, una de las mujeres más elegantes que nunca se han visto, casándose con ella y regresando ambos a casa de su madre, quien entonces vivía. Aquí tuvieron varios hijos, de los cuales uno de ellos era el joven que estaba con él ahora, pero algún tiempo después, la anciana señora mantuvo una conversación con su nuera sobre algo relacionado con ella misma cuando estuvo en Inglaterra; entonces, la esposa de su hijo comenzó a mostrar sorpresa e intranquilidad y, en resumidas cuentas, parece ser que llegaron a la conclusión de que la anciana señora era su propia madre y, por consiguiente, su hijo era el propio hermano de su esposa, lo cual horrorizó a toda la familia. La joven no quiso seguir viviendo con su hermanastro y a la par esposo, por lo que finalmente decidió regresar a Inglaterra, y desde entonces nunca más se supo de ella.

Es fácil suponer de qué forma me afectó este relato, pero me es imposible describir la naturaleza de mi alteración. La sorpresa me conmocionó, y le hice mil preguntas sobre los detalles, de los cuales comprendí que estaba totalmente informada. Finalmente, me interesé por el fallecimiento de mi madre y la forma en que se había resuelto su herencia, porque en cierta ocasión me prometió, muy solemnemente, que cuando muriese me dejaría algún dinero, sin que su hijo, mi hermanastro y marido, pudiese evitarlo.

Ella contestó que no sabía exactamente cómo se habían distribuido sus bienes, pero tenía entendido que mi madre había dejado una cantidad de dinero, con la garantía de su plantación como pago por si alguna vez se conocía el paradero de su hija, y que el fideicomiso se encomendó al joven que habíamos visto con el anciano caballero, o sea, mi hijo.

Aquellas noticias aumentaron mi confusión, pues dudaba entre darme a conocer, en cuyo caso debería elegir el momento adecuado, o, por el contrario, evitar inmiscuirme en sus vidas.

Pensaba constantemente sobre ello sin saber qué solución adoptar. No podía dormir y me costaba trabajo mantener una conversación, por lo cual mi marido no tardó en descubrir que algo extraño me ocurría, y se esforzó en extremo por distraerme, pero sin resultado. Insistía en que le contase lo que me preocupaba, pero yo le disuadía, hasta que finalmente me vi forzada a inventar una historia que, no obstante, tenía algo de verdadera.

Le dije que estaba preocupada porque temía ser reconocida si continuábamos en aquel lugar, pues varios parientes míos habían cambiado su residencia a parajes cercanos al sitio en que vivíamos, y en nuestras circunstancias no era conveniente ser descubiertos; por otra parte, sentiría tener que trasladarnos, y esto era lo que motivaba mi estado triste y melancólico.

Se mostró de acuerdo conmigo en que no era apropiado que me diese a conocer a alguna amistad en nuestra situación; por tanto, me dijo que no opondría ningún obstáculo a nuestro traslado a cualquier parte del territorio, o incluso a algún otro país si yo lo consideraba adecuado; sin embargo, esto último no me convenció, pues impediría que siguiese los trámites para tomar posesión del dinero que mi madre me había legado.

Las dudas volvieron a invadirme de nuevo con dos pensamientos contradictorios: por un lado, no podía contar a mi marido el secreto de mi anterior matrimonio, pues no estaba segura de las consecuencias que de ello pudiesen derivar; de otra parte, no podría tomar las medidas oportunas para gestionar la herencia de mi madre sin que la historia se hiciese pública en toda la región.

En esta confusión continué durante un tiempo, y esto inquietó mucho a mi esposo, porque me encontraba perpleja y, sin embargo, no dejaba que supiera el motivo de mi preocupación. Me preguntaba con frecuencia qué había hecho él para que yo no le confiase lo que me angustiaba, especialmente si era tan doloroso y me afligía de aquella forma.

La verdad es que debí contárselo todo, pues no había en el mundo persona más digna de confianza que mi marido, pero esto era algo que no podía revelarle abiertamente, y sin embargo, al no tener a nadie a quien participar mis inquietudes, el peso era demasiado grande para mí.

Permítaseme decir que una de las características de nuestro sexo es que no somos capaces de guardar un secreto, aunque mi vida demuestra todo lo contrario; pero siempre que alguien se reserva algo de trascendencia, sea hombre o mujer, necesitará un confidente o un amigo de corazón a quien poder comunicar la alegría o la pena que le produce; de lo contrario, el peso que aplasta nuestro ánimo será doble, y quizá llegue a ser incluso insoportable. Serían muchos los testimonios que podrían atestiguar esta verdad.

Ésta es la causa por la que muchas veces los hombres, al igual que las mujeres, incapaces de soportar el peso de una alegría o pena secretas, se encuentran sin embargo abrumados e impelidos a revelarlo, incluso por el mero hecho de desahogarse ellos mismos y liberar su mente oprimida de la carga que soportaban.

Pero esto no supone signo alguno de locura o desconsideración, sino una consecuencia natural del espíritu humano, y tales personas, al haber luchado durante más tiempo con la opresión, podrían haber revelado el secreto incluso en sueños, teniendo esto siempre funestas consecuencias, pues existía la posibilidad de que la persona que lo escuchase no fuese la adecuada.

Esta necesidad de la naturaleza es algo que obra en ocasiones con tal vehemencia en las mentes de aquellos que son culpables de algún delito atroz, como puede ser el asesinato, que se ven obligados a descubrirlo, aunque la consecuencia inmediata sea su propia destrucción.

No obstante, aunque puede ser verdad que la justicia divina debería tener la gloria de todos estos descubrimientos y confesiones, es cierto que la Providencia, que ordinariamente trabaja por medio de la naturaleza, hace uso aquí de las mismas causas naturales para producir estos efectos extraordinarios.

Podía dar varios ejemplos destacados de esto en mi larga relación con el crimen y los criminales. Cuando estuve en Newgate, conocí a uno de los prisioneros que llamaban entonces «fugitivos de la noche», denominados así porque les permitían salir de la prisión todas las noches en connivencia con sus guardianes. Su misión consistía en facilitar informes a esa gente honrada que ellos llaman cazadores de ladrones en la tarea de descubrirlos al día siguiente y recuperar por una recompensa lo que ellos habían robado la noche anterior.

Este individuo estaba tan seguro de decir en sus sueños todo lo que había hecho y dónde, que se vio obligado a pedir a sus carceleros que le encerrasen solo en una celda con el fin de que nadie pudiese oírle; por el contrario, si era él quien contaba los detalles a algún compañero de prisión u otra persona, entonces todo iba bien y dormía con tanta tranquilidad como los demás.

Expongo este episodio de mi vida para que sirva de ejemplo y como instrucción, precaución y aviso a cualquier lector que pueda aprovecharlo, por lo cual, espero que no pase por una digresión innecesaria relacionada con algunas personas obligadas a revelar secretos, tanto propios como de otras personas.

Bajo la opresión de este peso en mi mente, mis fuerzas se debilitaban, y el único alivio que encontré para ello fue permitir que mi marido supiera del asunto lo imprescindible para que considerase la necesidad de trasladarnos a alguna otra parte del país. Una vez acordado esto, estudiamos las diferentes colonias inglesas en las que podríamos asentarnos.

Mi marido era un perfecto extraño en el país, y tampoco tenía muchos conocimientos geográficos de la situación de los distintos lugares, y yo, que, hasta que escribí esto, no sabía lo que significaba la palabra geográfico, tenía sólo un conocimiento muy general por conversaciones mantenidas con gente que iba o venía de los distintos lugares; por eso sabía que Maryland, Pennsylvania, Jersey oriental y occidental, Nueva York y Nueva Inglaterra estaban situados todos al norte de Virginia, y por consiguiente tenían un clima más frío, por el cual sentía aversión. Yo amaba el clima cálido de forma natural, y ahora, con mis años, me inclinaba con más fuerza a rechazar el frío. Por tanto, decidí marchar a Carolina, que es la única colonia sureña de los ingleses en el continente de América, y además porque sería más fácil desplazarme hasta aquí cuando tuviese que realizar los trámites para tomar posesión de los bienes de mi madre.

Una vez adoptada esta resolución, propuse a mi marido trasladarnos con todos nuestros efectos a Carolina, donde decidimos asentarnos definitivamente, porque he de recordar que él estuvo totalmente de acuerdo en marcharnos de Virginia para que no hubiese ocasión de ser reconocida, aunque no le expliqué la verdadera razón.

Había, sin embargo, algo que me quedaba por resolver. Por un lado, tenía que averiguar la cantidad que me había legado mi madre, pues desconocía aún las condiciones de la herencia. De otra parte, no quería partir sin haberme presentado antes a mi antiguo marido o a su hijo, que también lo era mío, pero sólo lo haría de buen grado si mi marido no se enteraba de ello y seguía ignorando la existencia de mi hermanastro-esposo y de mi hijo.

Pensaba constantemente en la forma de realizarlo. De buena gana hubiese enviado a mi marido a Carolina con todos nuestros bienes, para haber gozado de libertad de movimientos, y regresar yo después a reunirme con él, pero esto era imposible llevarlo a cabo, pues nunca se iría sin mí, al desconocer por completo el país y los métodos para establecerse allí. Después, pensé en irnos los dos primero con parte de nuestros bienes, y cuando estuviésemos asentados regresar yo sola a Virginia a recoger el resto, pero incluso entonces sabía que nunca aceptaría quedarse solo, pues se había criado como un caballero, y por consiguiente, no sólo era indolente, sino que desconocía por completo las labores del campo, y cuando nos asentásemos, preferiría salir a los bosques a cazar con su escopeta, que es el trabajo normal de los indios y que ellos hacen como criados; por tanto, preferiría hacer eso a atender el negocio de su plantación.

Por tanto, las dificultades eran tan insuperables, que no encontraba el camino a seguir. Creía necesario presentarme a mi hermanastro, es decir, mi antiguo marido, mientras estuviese vivo, pues de lo contrario me resultaría imposible convencer a mi hijo de que realmente yo era su madre, por lo cual perdería tanto el consuelo de la relación como su ayuda para tomar posesión de la herencia de mi madre. De otra parte, me asustaba la idea de que descubriesen las circunstancias en que me hallaba, es decir, deportada a las colonias como criminal y casada con un hombre que sufría la misma condena.

Por estas razones, era absolutamente necesario para mí trasladarme del lugar en que vivía y regresar, una vez asentada en Carolina, para presentarme a mi hermanastro-esposo fingiendo otra personalidad.

Tras reflexionar detenidamente sobre estos aspectos, le dije a mi marido que no podíamos establecernos a orillas del río Potomac, pues corríamos el riesgo de ser descubiertos, mientras que si nos trasladábamos a cualquier otro lugar, podríamos hacerlo como cualquier honrada familia que llegaba con la intención de adquirir tierras para dedicarse a la agricultura, cosa siempre grata a los demás colonos de la zona, y sin que nadie tuviese conocimiento de nuestra vida anterior. Añadí que tenía razones para creer que mi madre, al morir, me había legado cierta cantidad de dinero, pero si quería recibirla tendría que hacer algunas averiguaciones, que no pasarían inadvertidas en el poblado, a menos que nos fuésemos de allí; posteriormente, cuando estuviésemos establecidos, podría regresar para presentarme a mi hermano y mis sobrinos, y reclamar lo que me pertenecía por derecho. De esta forma, esperaba ser recibida con respeto y al mismo tiempo que se me hiciera justicia.

Por el contrario, si lo hacía ahora, no podía esperar más que complicaciones. Si lo exigía por la fuerza, estaba segura de recibir insultos y afrentas que para él no sería agradable escuchar, aparte de que, en el caso de verme obligada a presentar pruebas legales para demostrar que era su verdadera hija, tendría que recurrir a Inglaterra, por lo cual mi condición de deportada quedaría al descubierto y perdería definitivamente la herencia.

Después de utilizar estos argumentos e informado a mi marido de todo el secreto hasta donde consideré necesario, decidimos que era el momento de trasladarnos a Carolina.

Con este fin empezamos a preguntar por embarcaciones que se dirigieran hacia allí, y pronto supimos que al otro lado de la bahía, es decir, en Maryland, estaban descargando mercancías de un barco que llevaba rumbo a Jamaica y antes anclaría en Carolina para cargar provisiones. Tras asegurarnos de ello, alquilamos una chalupa para transportar nuestros bienes y, diciendo adiós definitivamente al río Potomac, partimos con toda nuestra carga hacia Maryland.

CAPÍTULO L

Fue un viaje largo y desagradable, en el que mi esposo sufrió más que en toda la travesía desde Inglaterra, porque el agua estaba encrespada y la embarcación era pequeña e incómoda. Al llegar a una región que llamaban Westmoreland County, nos encontramos con un río que es, con mucho, el más grande de Virginia, y he oído decir que es el más grande del mundo que desemboca en otro río y no directamente en el mar; las aguas frecuentemente eran bajas, lo que suponía el gran peligro de embarrancar, porque el río es tan ancho en algunos tramos, que cuando nos hallábamos en el centro, no podíamos ver tierra por ningún lado en muchas leguas.

Más tarde, tuvimos que cruzar la bahía de Chesapeake, con cerca de treinta millas de anchura y aguas profundas, que es donde desemboca el río Potomac.

Así pues, navegamos doscientas millas en una pequeña embarcación que transportaba todas nuestras pertenencias. De haber surgido algún accidente, incluso salvando la vida, hubiésemos quedado en la ruina más absoluta, perdidos en un lugar extraño y salvaje, y sin amigos a quien recurrir. Sólo con pensarlo me llenaba de horror, incluso después de pasado el peligro.

Finalmente, tras cinco días de navegación, llegamos a Philip's Point, lugar en el que teníamos que embarcar hacia Carolina, pero sufrimos una gran decepción cuando nos informaron de que el buque había partido tres días antes.

Aunque nuestra situación era bastante complicada, yo no estaba dispuesta a desanimarme por nada; así pues, le dije a mi marido que si no podíamos conseguir pasaje para Carolina y, puesto que la zona en que nos hallábamos era rica y fértil, si él estaba de acuerdo podríamos cambiar algo nuestros planes y asentarnos aquí.

Por consiguiente, intentamos localizar un sitio donde depositar nuestros enseres y un alojamiento para nosotros, pero no pudimos conseguirlo. Afortunadamente, nos encontramos con un honrado cuáquero que nos informó de que a unas sesenta millas al Este, donde él vivía, podríamos establecernos en alguna parcela ya cultivada o buscar un terreno virgen en el que empezar a sembrar lo que nos pareciese más adecuado.

Nos aconsejó con tanta amabilidad que estuvimos de acuerdo en ir allí, y como iba en aquella dirección, nos acompañó.

Cuando llegamos al lugar que nos propuso, encontramos un buen almacén para nuestros bienes y alojamiento para nosotros y nuestros sirvientes, pues lo primero que hicimos fue comprar a una criada inglesa que acababa de llegar a la costa en un barco de Liverpool y a un sirviente negro, algo absolutamente necesario para quienes pretendían instalarse en aquel país. Dos meses después, por indicación de nuestro buen cuáquero, obtuvimos un gran trozo de tierra del gobernador de aquella zona, con el fin de crear nuestra propia plantación, y de esta forma abandonamos definitivamente la idea de ir a Carolina, pues aquí fuimos muy bien recibidos.

Mientras conseguíamos la madera y los materiales necesarios para construir nuestra casa y edificarla, el amable cuáquero nos proporcionó alojamiento. Entre tanto, despejamos de maleza el terreno y lo preparamos para el cultivo, de forma que en un año teníamos cerca de cincuenta acres de tierra desbrozada, parte de ella cercada y la mayoría sembrada con tabaco. Además, disponíamos de un huerto para proporcionar a nuestros criados maíz, verduras y patatas.

Más adelante compramos por treinta y cinco libras terreno suficiente para emplear en un futuro hasta cincuenta o sesenta braceros, y que bien administrado nos proporcionaría ingresos suficientes para vivir holgadamente el resto de nuestros días. Respecto a los hijos, ya no estaba en edad de pensar en ello.

En esta época solíamos mirarnos en silencio, pletóricos de gozo, mientras pensábamos cuán diferente era nuestra feliz existencia aquí comparada no sólo con nuestra estancia en Newgate, sino incluso con los momentos más prósperos que pasamos en Inglaterra dedicados a nuestro abyecto oficio.

Fue entonces cuando convencí a mi marido para que me permitiese regresar a la bahía con objeto de solucionar mis asuntos familiares. Ahora estaba más dispuesto a consentirlo porque tenía ocupaciones suficientes en las que emplearse, además de su escopeta para entretenerse, pues era muy aficionado a la caza.

Por tanto, me dirigí a la bahía, al lugar donde mi hermanastro, una vez mi marido, vivía. Pero no fui al mismo poblado donde estuve antes, sino que subí por otro gran río llamado Rappahannock, en la orilla oriental del río Potomac; de esta forma llegué a la parte de atrás de su plantación, que era muy extensa, y siguiendo el curso de un pequeño río me acerqué todo lo posible a la vivienda.

Estaba totalmente decidida a presentarme ante mi hermanastro y decirle quién era, pero ignorando cómo sería recibida, decidí escribirle antes una carta dándome a conocer y explicando que no había venido a causarle ningún problema por nuestra antigua relación, que esperaba habría olvidado por completo, sino que me dirigía a él como una hermana a un hermano, deseando que me ayudara en el caso de la provisión que nuestra madre, a su muerte, me había legado para mi mantenimiento, y no tenía duda de que él me haría justicia en ello, considerando especialmente que había venido desde tan lejos en busca de lo que me pertenecía por derecho.

Continuaba con algunas frases tiernas y amables sobre su hijo, añadiendo que también era el mío, de lo cual ninguno de los dos éramos culpables, pues cuando nos casamos desconocíamos el parentesco que nos unía; así pues, esperaba que consintiera en que viese a mi hijo para demostrar el gran cariño hacia él que su madre había sabido conservar a pesar del tiempo transcurrido.

Pensé que al recibir esta carta se la entregaría inmediatamente a su hijo para que la leyese, pero sucedió algo mejor, porque como su vista estaba muy debilitada, había encargado al joven que abriese toda la correspondencia, por lo cual mi carta llegó directamente a manos de mi hijo, que preguntó al mensajero dónde estaba la persona que se la había entregado; éste le indicó un lugar a unas siete millas de distancia. Entonces pidió que preparasen un caballo, y acompañado de dos criados y del mensajero partieron hacia el sitio donde me hallaba.

Es fácil imaginar la sorpresa que me produjo ver de regreso al mensajero diciéndome que el anciano caballero no estaba en casa, pero su hijo había venido con él y esperaba que le recibiese.

Me quedé completamente confundida, porque no sabía si venía en son de paz o de guerra, e ignoraba qué conducta debía seguir. Tuve muy poco tiempo para pensar, porque mi hijo subía las escaleras tras el mensajero y oí que hablaba con el criado que estaba en la puerta. No pude entenderlo con claridad, pero supuse que le preguntó por su señora, a lo cual respondió indicándole que me encontraba en la habitación.

Al oír esto, entró impetuosamente, y nada más verme me abrazó con fuerza besándome con tal cariño que la emoción no me permitió hablar, pero pude sentir cómo su pecho temblaba con fuerza por los sollozos que, al igual que ocurre con los niños, impedían que arrancase a llorar.

No puedo expresar la alegría que sentí al descubrir, porque era evidente que no vino como un extraño, sino realmente como un hijo que sin conocer a su madre la vez por primera vez.

Para resumir la escena, diré que lloramos uno en brazos del otro hasta que, finalmente, en un momento de calma me dijo:

—Querida madre, no sabes lo feliz que me siento sabiendo que aún vives. Nunca pensé que pudiera llegar a contemplar tu rostro.

Yo no estaba todavía repuesta de la emoción y no pude decir nada durante un buen rato.

Por fin, cuando nos recuperamos un poco y fuimos capaces de hablar, me explicó cómo estaban las cosas. La herencia que su abuela me dejó estaba en sus manos, y él haría justicia para plena satisfacción mía; respecto a su padre, era un anciano enfermo, tanto de cuerpo como de mente, casi ciego, e incapaz de actuar en un asunto de esta naturaleza, por lo cual había venido él mismo, para darse la satisfacción de verme personalmente. De otra parte, quería que yo conociese todos los detalles de la situación y pudiese decidir si darme a conocer o no ante su padre.

Se expresó de una forma tan sensata, que pude comprobar sin ninguna duda que mi hijo era lo suficientemente responsable como para no necesitar mi consejo, por lo cual respondí que no me sorprendía que su padre estuviese como él lo describía, pues ya en el momento de mi marcha se mostró alterado, al no poder convencerme para ocultar nuestra relación y seguir viviendo juntos como esposos después de saber que era mi hermanastro; puesto que él conocía mucho mejor las circunstancias por las que atravesaba su padre, y yo no consideraba indispensable verle, me uniría a él en las medidas que tomase.

Después me interesé por el fallecimiento de mi madre, dándole tantos detalles sobre la familia, que pude estar segura de que no dudó en ningún momento que yo era realmente su auténtica madre.

Entonces mi hijo me preguntó dónde me había asentado. Le dije que en Maryland, en la plantación de un amigo que vino desde Inglaterra en el mismo barco que yo, y aparte de eso, no tenía otro sitio donde alojarme. Inmediatamente me ofreció su casa para que viviese allí hasta el fin de mis días, si así lo deseaba, porque respecto a su padre, nunca adivinaría quién era.

Pensé un rato sobre ello, y finalmente le dije que nada me gustaría más que estar cerca de él, pero lo que no podría soportar era la pena de ver constantemente a su padre en el estado en que se hallaba y tener siempre presente el desgraciado asunto que me había atormentado en el pasado. Por otro lado, viviría con el temor constante a traicionarme con alguna expresión que pudiera resultar familiar a su padre, poniendo todo al descubierto.

Él reconoció lo razonable de mis argumentos, y dijo:

—Entonces, querida madre, estarás tan cerca de mí como sea posible.

Así pues, decidió que nos fuésemos, y subiéndome a la grupa de su caballo partimos hacia una plantación cercana a la suya, donde fui recibida como en mi propia casa.

Tras comprobar que estaba bien acomodada, se marchó, diciéndome que hablaríamos al día siguiente del asunto que me concernía. Mientras estuvo allí, me dio el tratamiento de tía y encargó a los habitantes de la casa, arrendatarios suyos, que me tratasen con el máximo respeto, y no habían transcurrido dos horas cuando envió a una doncella y a un muchacho negro para mi servicio, quienes traían abundantes provisiones para mi cena.

Me sentía como en un mundo nuevo, y hubo un momento en que incluso pensé si no habría sido preferible que mi marido actual no me hubiese acompañado desde Inglaterra. Sin embargo, no fue más que un fugaz pensamiento, porque realmente continuaba amándole como al principio, y él se merecía mi cariño como ningún otro hombre en el mundo.

CAPÍTULO LI

A la mañana siguiente, casi tan pronto como me levanté, vino a visitarme mi hijo. Después de unas palabras, me entregó una pequeña bolsa de piel que contenía cincuenta y cinco monedas de oro, mientras decía que servirían para sufragar mis gastos desde Inglaterra, porque suponía que no habría llevado conmigo mucho dinero a la colonia.

Luego sacó el testamento de su abuela y comenzó a leer su contenido. Fue entonces cuando supe que mi madre me había legado una pequeña hacienda en York River, lugar donde ella vivió, incluyendo criados y ganado, quedando su custodia a cargo de mi hijo hasta que yo hiciese acto de presencia o, en caso contrario, cederlo a mis herederos o personas que yo indicase al producirse mi muerte. Si ninguno de estos casos llegaba a producirse, mi hijo y sus descendientes serían los únicos herederos.

Esta plantación, me dijo, aunque muy alejada de la suya, no la había arrendado, sino que había encargado de su cuidado a un mayoral, como hizo con otra cercana a ésta que pertenecía a su padre, pero aun así, tres o cuatro veces al año se acercaba allí para comprobar cómo iba todo.

Le pregunté qué pensaba él que podría valer la plantación, y me respondió que, si la arrendaba, unas sesenta libras anuales, pero llevándola yo obtendría unas ciento cincuenta libras; sin embargo, viendo que mi intención era asentarme en el otro lado de la bahía, o quizá regresar a Inglaterra, él podría encargarse de la hacienda por mí, como había hecho hasta ahora, y de esta forma conseguiría una cosecha de tabaco por valor de unas cien libras al año e incluso más.

Todo esto resultaba muy confuso para mí, pues no estaba acostumbrada a tan buena fortuna, y entonces empecé a dar gracias a la Providencia, que tanto había hecho por mí a pesar de haber sido yo la pecadora más vil sobre este mundo.

He de confesar que en esta ocasión, como en otras similares, cuando Dios me otorgaba las bondades de su gracia, mi vida pasada se me presentaba de nuevo como algo abominable y me reprochaba con dolor todos los actos infames que había cometido.

Pero dejo que el lector juzque estas reflexiones como considere oportuno, en tanto yo continúo con mi relato.

La bondadosa actitud de mi hijo y su desinteresada oferta llenaron mis ojos de lágrimas durante todo este tiempo; de hecho, apenas pude pronunciar palabra salvo en los intervalos que me permitía la emoción. Sin embargo, pude recobrar la calma y le dije lo satisfecha que estaba sabiendo que mi hacienda estaba a su cuidado, y puesto que él era mi único hijo y por mi edad no podría tener más, deseaba redactar un documento en el que haría constar que a mi muerte él o sus descendientes serían los únicos herederos de la hacienda.

Más tarde, hablando de otras cosas, le pregunté sonriendo cómo todavía no había contraído matrimonio, a lo que respondió con sagacidad que, al no haber en Virginia muchas jóvenes en edad de casarse, no tuvo ocasión, pero como le hablé de mi posible regreso a Inglaterra, esperaba que yo le enviase una esposa desde Londres.

Ésta fue, en esencia, nuestra conversación del primer día, que resultó el más agradable de mi vida y el que me produjo la satisfacción más sincera.

Mi hijo venía todos los días a verme, pasando gran parte de su tiempo conmigo, y me llevaba a casa de sus amigos, donde siempre era recibida con gran respeto. También cené varias veces en su propia casa, cuando él estaba seguro de la ausencia de su padre, por lo cual nunca llegamos a encontrarnos.

En su tercera visita le hice un regalo, que era todo lo que en aquel momento tenía de valor; se trataba de uno de los relojes de oro que traje conmigo desde Inglaterra, como anteriormente mencioné, y le rogué que lo besara siempre que me recordase. Su valor en Londres sería similar al de la bolsa con las monedas que él me había entregado, pero aquí posiblemente fuese el doble. Por supuesto, no le expliqué que era fruto del robo a una dama en Londres, dicho sea de paso.

Titubeó durante un rato, como si dudase entre cogerlo o no, pero insistí en ello y, finalmente, lo aceptó. Mientra besaba el reloj, me dijo que sería una prueba más de su agradecimiento hacia mí.

Pasados unos días vino con el escribano, que traía los documentos de la donación; después de firmarlos, le besé con tal cariño y nos profesamos tantas muestras de afecto como era normal entre una madre y un hijo que habían estado tanto tiempo separados.

Al día siguiente me trajo otro documento, firmado y sellado, en el cual se comprometía a administrar la plantación en mi lugar y a remitirme el producto dondequiera que yo estuviese, y se obligaba también a completar la producción hasta las cien libras al año. A continuación, me dijo que como yo había llegado antes de comenzar la cosecha, tenía derecho a la renta del año en curso; por tanto, me entregó cien libras en piezas de a ocho españolas, pidiendo le firmase un recibo por ese año, que vencía en las Navidades siguientes, siendo ahora finales de agosto.

Permanecí al lado de mi hijo durante cinco semanas, y debo confesar que me costó mucho despedirme de él. Insistió mucho en acompañarme a la bahía, pero de ningún modo se lo hubiera permitido; sin embargo, puso a mi disposición un balandro de su propiedad, que tenía todas las comodidades de un yate, y acepté su ofrecimiento, embarcando para mi plantación tres caballos con arneses y sillas, algunos cerdos y dos vacas, aparte de muchas otras cosas, regalo del hijo más amable y cariñoso que nunca haya tenido una mujer.

Tras innumerables muestras de afecto, nos despedimos, y dos días después llegué a la casa de mi amigo el cuáquero, donde nos alojábamos mi marido y yo.

CAPÍTULO LII

Le conté a mi esposo todos los detalles del viaje, pero ocultando a mi hijo con el tratamiento de «primo». Primero le dije que había perdido mi reloj, lo cual le pareció una desgracia, pero luego le conté lo amable que había sido mi primo y que mi madre me había dejado una hacienda que él había conservado para mí, con la esperanza de que tarde o temprano supieran algo de mí. Luego le expliqué que la había dejado bajo su control y me rendiría cuentas fielmente de su producción, y entonces le entregué las cien libras por la renta del primer año; a continuación, mostrándole el monedero de piel con los doblones, dije:

—Y aquí, querido, hay algo que vale tanto o más que el reloj de oro.

Al verlo, levantó las manos en un arrebato de alegría y exclamó:

—¡Qué magnánimo es Dios con un villano tan desagradecido como yo!

Entonces le hablé de los demás regalos, y cuando supo que había traído caballos, cerdos, vacas y otras provisiones para nuestra plantación, se mostró muy sorprendido y su corazón se llenó de gratitud. Desde entonces, creo que se arrepintió tan sinceramente de sus delitos anteriores como nunca la bondad de Dios consiguió de un ladrón y salteador de caminos.

Podría referir muchos otros detalles referentes a la conducta que él mostraba en estos momentos de reflexión, pero dudo que eso tuviese el mismo interés para los lectores que la historia de mi vida depravada, aunque alguna vez he pensado escribir un libro dedicado en exclusiva al original personaje que era mi marido.

Pero como ésta es mi propia historia, y no la suya, vuelvo a tomar el hilo de la narración donde lo había dejado.

Pasado un tiempo, nos trasladamos a nuestra propia hacienda, que hicimos prosperar con la ayuda de algunos amigos de la zona, y especialmente del honrado cuáquero, quien demostró ser un amigo fiel y generoso con nosotros.

Nuestra plantación comenzó a crecer, pues si ya disponíanos de abundantes fondos con los que empezar, como he dicho, al incrementarse ahora con las ciento cincuenta libras en efectivo, nos permitió aumentar el número de braceros, construir una buena casa y adquirir cada año un nuevo terreno.

Durante el segundo año de nuestro asentamiento, escribí a mi anciana gobernanta para que compartiese con nosotros la alegría de nuestro éxito, indicándole que nos enviase en mercancías, que le detallaba, el total de las doscientas cincuenta libras que había dejado bajo su custodia, lo cual realizó con su fidelidad habitual, recibiendo poco tiempo después lo que le había pedido.

El cargamento consistía en diversos objetos y varias clases de ropa, tanto para mi marido como para mí misma. Intenté que tuviese todas las cosas que sabía podían ser de su interés, como dos buenas pelucas, dos espadas con empuñadura de plata, tres o cuatro escopetas de caza, una excelente silla de montar con cartucheras y sus correspondientes pistolas, una capa escarlata y toda una serie de objetos que le harían aparecer como lo que realmente era, un auténtico caballero.

Respecto a mí, sólo encargué algunos vestidos, pues estaba bien provista de ropa con anterioridad. Por otro lado, también recibí una buena cantidad de artículos para el hogar, de los que todavía carecíamos. El resto del cargamento estaba compuesto por herrajes y arneses para caballos, herramientas de todo tipo para la hacienda, así como tejidos de lana, paños, sargas, calcetines, zapatos, sombreros y demás ropas para los criados, cuyo número había crecido en los últimos tiempos, y afortunadamente todo llegó en buenas condiciones.

Además, mi gobernanta se encargó de enviarme tres criadas jóvenes y fuertes, muy apropiadas para el país y el trabajo que tendrían que desarrollar allí, una de las cuales nos dio la gran sorpresa de que en la travesía había quedado embarazada de uno de los marineros del barco, según nos confesó posteriormente, como consecuencia de lo cual a los siete meses de su llegada trajo al mundo a un hermoso niño.

Mi marido, como es de suponer, estaba bastante sorprendido con la llegada de todo este cargamento de Inglaterra y, hablando conmigo después de ver todo, me dijo:

—Querida, ¿qué significa todo esto? Me temo que nos endeudaremos demasiado. ¿Cuándo crees que podremos pagarlo?

Yo le respondí sonriendo que todo estaba pagado, pues eran bienes de mi pertenencia que había dejado en manos de mi gobernanta en Londres. Añadí que no me había atrevido a llevarlos con nosotros en el viaje desde Inglaterra por miedo a cualquier eventualidad que hubiese podido sucedernos durante el viaje, por lo cual esperé a que estuviésemos cómodamente establecidos para pedir a mi amiga que me los enviase.

Él no salía de su asombro, y estuvo reflexionando un rato hasta que, finalmente, se puso a contar con los dedos, comenzando por el pulgar, y dijo:

—Veamos; en un principio teníamos doscientas cuarenta y seis libras en efectivo, dos relojes de oro, anillos de diamantes y objetos de plata —hizo una pausa y continuó con el siguiente dedo—. Después, una plantación en York River que produce cien libras al año, además de otras ciento cincuenta en efectivo, caballos, vacas, cerdos y provisiones —llegó hasta el pulgar de nuevo—. Y ahora, un cargamento que cuesta doscientas cincuenta libras en Inglaterra, y vale aquí dos veces ese dinero.

—De acuerdo —le dije—. ¿Y qué te sugiere todo esto?

—¿Qué me sugiere? —replicó—. Pues que no fui engañado cuando nos casamos en Lancashire; por el contrario, creo que me casé con una mujer de fortuna, y mucha, por cierto.

En resumen, ahora disfrutábamos de una excelente situación que aumentaba cada año, porque la plantación creció con nuestros cuidados sin darnos cuenta, y en ocho años la renta que producía era de al menos trescientas libras anuales, al precio de Inglaterra.

Pasado un año volví a cruzar la bahía para ver a mi hijo y recibir la renta de mi hacienda, y nada más desembarcar me sorprendió oír que mi antiguo esposo había muerto unos quince días antes.

Confieso que la noticia no me desagradó, pues ahora podría aparecer en mi condición de casada; así pues, le dije a mi hijo antes de regresar que proyectaba contraer matrimonio con un caballero que tenía una plantación cerca de la mía, y aunque legalmente podría haberlo hecho antes, no quise que ello pudiese agravar la situación de su padre.

Mi hijo, siempre atento y afectuoso, se mostró de acuerdo con mi resolución y me alojó en su casa. Pasados unos días, me entregó las cien libras de la renta y regresé a mi plantación cargada con los regalos que me hizo.

Algún tiempo después, comuniqué a mi hijo que había vuelto a casarme y le invité a visitarnos, al igual que hizo mi marido, enviándole una carta muy atenta. Como consecuencia, pasados unos meses se presentó en nuestra casa, lo cual nos llenó de contento.

He de hacer constar que, al conocer la muerte de mi anciano hermanastro, informé cumplidamente a mi marido del secreto que durante tanto tiempo le había ocultado; igualmente, le expliqué cómo la persona que había hecho pasar por mi primo era en realidad mi propio hijo, fruto de aquel desgraciado matrimonio.

Él me escuchó completamente tranquilo, y a continuación me dijo con afecto que lo habría comprendido de igual forma si se lo hubiese revelado cuando mi antiguo marido aún vivía.

—Porque —añadió— ninguno de los dos fuisteis culpables de un error que era imposible prever.

Solamente me reprochó que le ocultase el hecho durante tanto tiempo y, por otra parte, que continuase viviendo con él como esposa, después de conocer el parentesco que nos unía, lo que consideraba un comportamiento indigno; sin embargo, con el transcurso de los días se fueron apagando estos resquemores y continuamos viviendo juntos en la mayor armonía imaginable.

En la actualidad, somos ancianos. Mi edad ronda los setenta años, y la de mi marido, sesenta y ocho. Regresé a Inglaterra, pues ya había cumplido con creces el plazo de mi destierro, y mi esposo lo hizo más tarde, ya que tuvo que permanecer en la colonia durante una temporada para dejar solucionados nuestros asuntos.

Ahora, y a pesar de todas las fatigas por las que hemos pasado, los dos gozamos de buena salud, y hemos decidido pasar aquí el resto de nuestras vidas en sincero arrepentimiento por la miserable y depravada existencia que durante tanto tiempo habíamos vivido.

Escrito en el año 1683.

El último mohicano

J. Fenimore Cooper

PRIMERA PARTE

CAPÍTULO PRIMERO

Tengo abiertos los oídos y preparado el corazón; sólo la pérdida de bie-
nes mundanos puedes anunciarme. Habla, pues, ¿he perdido mi reino?
SHAKESPEARE

La imprescindible necesidad que había de sufrir las fatigas y peligros de atravesar los desiertos, antes de estar en condiciones de presentar la batalla, era lo más penoso de las guerras que ensangrentaron los territorios de la América septentrional.

Las posesiones pertenecientes a las provincias hostiles de Francia e Inglaterra estaban separadas por bosques extensos, aparentemente impenetrables, por cuya razón, tanto el europeo habituado a la disciplina militar, como el colono encallecido en las rudas faenas agrícolas, que defendían la misma causa, veíanse en ocasiones obligados a luchar durante meses enteros contra los torrentes y a abrirse paso por entre las gargantas de las montañas, para encontrar ocasión de demostrar más directamente su intrepidez y valor. Sin embargo, émulos de los guerreros naturales del país, de quienes aprendían a someterse a las privaciones, lograban vencer todas las dificultades, lo que permitía abrigar la convicción de que, con el tiempo, no quedaría en los bosques una guarida bastante oscura, ni lugar alguno bastante apartado que pudiera servir de abrigo contra las incursiones de los que derramaban su sangre para satisfacer su venganza o para defender las ambiciones de los reyes de Europa.

El terreno situado entre el nacimiento del Hudson y los lagos adyacentes era el en que con más encarnizamiento se combatía, y en toda la extensión de las fronteras de aquel territorio no existía otro distrito más empeñado en aquellas luchas salvajes y que de más enormes crueldades fuese testigo que el mencionado.

Hasta la misma Naturaleza parecía facilitar la marcha de los combatientes: el lago Champellain extendíase desde las fronteras del Canadá hasta los confines de la provincia de Nueva York, formando un paso a la mitad de la distancia, cuya posesión necesitaban los franceses para poder combatir a sus enemigos. Eran tan puras y cristalinas las aguas que por el sur recibía el Champellain, que los misioneros jesuitas las habían escogido para administrar con ellas a los indígenas el bautismo, y por esta razón se lo denominó lago del Santo Sacramento.

Los ingleses, menos devotos, creyeron que era honor suficiente el darles el nombre del rey de su país, que era, a la sazón, el segundo de los príncipes de la casa de Hannover, pues Francia e Inglaterra habíanse puesto de acuerdo para arrojar de aquellos bosques a sus salvajes poseedores privándoles del derecho de perpetuar su nombre primitivo de lago Horicán.

El mencionado lago, que bañaba islotes innumerables y estaba rodeado de montañas, se extendía a doce leguas hacia el sur. Sobre la alta llanura opuesta al curso de sus aguas, principiaba una calzada de doce millas, que conducía por las playas del Hudson a cierto sitio en que, salvando los obstáculos ordinarios de las cataratas, el río llegaba a ser navegable.

Los franceses, que, prosiguiendo con incansable actividad sus audaces planes, procuraban abrirse paso por las gargantas lejanas y casi impracticables del Alleghany, aprovecharon las ventajas que ofrecía el país que acabamos de describir, convertido más tarde en sangriento campo de batalla, donde se combatió más encarnizadamente para decidir la soberanía de las colonias: construyéronse fuertes en los diversos puntos que dominaban los sitios de más fácil acceso, y éstos fueron tomados, recobrados, arrasados y vueltos a construir a medida que la victoria se declaraba a favor de unos u otros combatientes.

El cultivador, para evitar los riesgos que lleva consigo una vecindad tan belicosa, se retiraba hasta los más antiguos establecimientos, mientras que ejércitos numerosos, superiores a los que en otras ocasiones habían organizado los gobiernos para idénticos fines, sepultábanse en los desiertos, de donde no regresaban sino extenuados de fatiga y desanimados por sus derrotas, semejantes a los espectros salidos de las tumbas.

Aquellos bosques estaban habitados, pero todavía no eran conocidas en aquella región, poblada de bosques, las artes, hijas de la paz; en los valles y las colinas resonaban los sonidos de música marcial, cuyos ecos repetían los montes, mezclándose con los alegres cantos de la juventud valiente que escalaba las alturas para desaparecer completamente en las sombras del misterio y del olvido.

En esta serie de escenas sangrientas se desarrollaron los sucesos que vamos a referir, durante el tercer año de la última guerra entre Francia y la Gran Bretaña, que lucharon por la posesión de un país que, por fortuna, no debía pertenecer a ninguna de ambas naciones.

La ineptitud de los jefes militares y la falta de energía de los gobiernos de las metrópolis, habían hecho descender de la elevación a que habían conducido a Inglaterra el espíritu emprendedor y los talentos de sus antiguos guerreros y estadistas; ya no era temida de sus enemigos, sus servidores perdieron aquella saludable confianza de que emana el respeto propio; los colonos eran despreciados y sufrían las naturales consecuencias de tan sensible abatimiento. Habían visto poco tiempo antes llegar un brillante ejército que respetaban, considerándolo invencible, y, no obstante, este mismo ejército, mandado por un jefe que por sus raros talentos militares fue elegido entre otros guerreros experimentados, sucumbió al valor y disciplina de un puñado de franceses y de indios, y sólo pudo evitar su total aniquilamiento la presencia de ánimo de un valeroso joven, natural de Virginia, cuya fama, creciendo con los años, llegó a la cúspide de la gloria. Y, para decirlo de una vez, este joven virginiano, que a la sazón tenía veintitrés años de edad, era Washington.

Este horrible desastre había dejado descubierta una extensión enorme de las fronteras, y a las calamidades ciertas iba unido el temor de mil peligros imaginarios; alarmados los colonos, creían oír ya los aullidos de los salvajes mezclados con los silbidos del viento que partían de los bosques inmensos del oeste. La ferocidad de estos implacables enemigos aumentaba extraordinariamente los males comunes de la guerra; el recuerdo de las horrorosas carnicerías estaba grabado en su memoria, y en todas las provincias no había una sola persona que no hubiese escuchado alguna vez la relación espantosa de algún asesinato cometido en la oscuridad, cuyos principales y bárbaros autores eran siempre los habitantes de las selvas; y, mientras que el viajero crédulo y exaltado refería las aventuras de su paso por los desiertos, los hombres tímidos temblaban, y las madres contemplaban con inquietud a sus hijos en las grandes ciudades. En suma, el temor que aumenta todos los objetos, empezó a invadir todos los ánimos; los más valientes creyeron que la lucha era incierta y aumentábase de día en día el número de los que consideraron perdidas, anticipadamente, todas las posesiones de la Corona de Inglaterra en América, de suerte que, al saberse en el fuerte que cubría el fin de la calzada situada entre el Hudson y los lagos, que se había visto al general francés Montclam sobre el Champellain, con un ejército tan numeroso como las hojas del bosque, nadie puso en duda la veracidad del hecho y la noticia fue oída con la cobarde consternación propia de los hombres pacíficos, más que con la tranquila satisfacción que experimenta el soldado cuando sabe que el enemigo está dispuesto para la lucha.

La llegada de un correo indio al anochecer de un día de verano, llevando un mensaje de Munro, comandante del fuerte situado a las orillas del lago santo, en demanda de un refuerzo considerable sin pérdida de momento, divulgó la noticia. Estos dos puntos no distaban entre sí, según creemos haber dicho, más de cinco leguas. El camino, o mejor dicho, el sendero que conducía del uno al otro, había sido ensanchado para facilitar el paso de los carruajes, de modo que la distancia que el habitante del bosque acababa de recorrer en dos horas, podía fácilmente ser salvada, en el verano, por un destacamento de tropas con municiones y bagajes desde la aurora a la puesta de sol.

Los leales servidores de la Corona de Inglaterra habían dado a estas ciudades del bosque los nombres de «Guillermo-Enrique» y «Eduardo», dos príncipes de la familia reinante. El escocés Munro, ya citado, estaba encargado de la defensa de la primera con un regimiento de línea y un destacamento de tropas provinciales, fuerzas realmente exiguas para hacer frente al ejército formidable que Montcalm conducía a las fortificaciones de tierra; pero el segundo fuerte lo mandaba el general Webb, bajo cuyas órdenes estaban los ejércitos del rey en las provincias del norte, con la guarnición de cinco mil hombres, y sumados los varios destacamentos que estaban a su disposición, podía presentar en batalla una fuerza casi doble de este número contra el francés atrevido que tan imprudentemente se había aventurado fuera de su campo.

Esto no obstante, los oficiales y soldados, obsesionados por el temor de ser degradados, encontrábanse más dispuestos a esperar dentro de las murallas la llegada del enemigo que a oponerse a su avance, siguiendo el ejemplo que los franceses les habían dado en el fuerte Duquefne, cuando atacaron la vanguardia inglesa, atrevimiento que fue coronado de éxito.

Calmada algún tanto la inquietud que produjo esta noticia, se esparció por todo el campo fortificado, que se extendía sobre las orillas del Hudson formando una línea de defensa exterior del fuerte, la nueva de que un destacamento de mil quinientos hombres escogidos debía salir al amanecer para «Guillermo-Enrique», situado al extremo septentrional de la calzada, rumor que no tardó en confirmarse cuando llegaron del cuartel general las órdenes del comandante en jefe, ordenando que se apercibiesen para partir los cuerpos elegidos para desempeñar este servicio.

La duda respecto a las intenciones de Webb fue ya imposible, y, durante dos horas, no se vieron sino fisonomías inquietas y soldados corriendo precipitadamente de una parte a otra. Los bisoños en el arte militar iban y venían dificultando los preparativos de marcha con un apresuramiento que tanto tenía de entusiasmo como de desagrado. El veterano, más experimentado, disponíase a la partida con sangre fría y sin precipitación, reposadamente; pero, aunque sus facciones reflejaban aparentemente la calma, se traslucía en sus ojos el disgusto por la temible guerra de los bosques, con la cual no estaba familiarizado aún.

Concluyó el día entre torrentes de luz, ocultándose el sol tras las montañas lejanas situadas al occidente, y cuando la noche tendió su velo sobre la ribera, empezó poco a poco a disminuir el ruido de los preparativos de marcha en aquel apartado lugar; apagose la última luz en la tienda de algún oficial; los árboles proyectaron sombra más densa sobre el río y las fortificaciones, estableciéndose en todo el campamento un silencio tan profundo como el que reinaba en el bosque.

El redoble del tambor, que repitieron los ecos y se hizo oír en todas partes hasta en el bosque, interrumpió de pronto el sueño del ejército entregado al reposo, en el momento mismo en que el primer rayo del día empezaba a iluminar el verdor oscuro y las formas irregulares de algunos grandes picos vecinos sobre el puro azul del horizonte oriental; acto seguido púsose todo el campo en movimiento y hasta el último soldado anhelaba presenciar la marcha de sus camaradas y ser testigo de los incidentes que podían ocurrir, con el alma rebosante de entusiasmo.

Colocose en orden de marcha el destacamento nombrado, tomando, orgullosas, la derecha de la línea las tropas regulares pagadas por la Corona, en tanto que los colonos, más humildes, alineábanse a la izquierda con la docilidad que el hábito les había hecho adquirir. Partieron las avanzadas; una fuerte guardia precedía y seguía a los pesados carruajes que conducían los bagajes; al amanecer, después de haberse formado en columna el cuerpo principal de los combatientes, salió del campo con un manifiesto entusiasmo militar que sirvió para disipar los temores de algunos bisoños que iban a hacer su primer ensayo en la carrera de las armas, y mientras permanecieron a la vista de sus camaradas conservaron el mismo orden y la misma firmeza, hasta que el sonido de los pitos fuese perdiendo en la lejanía y el bosque parecía haber tragado la masa animada que en él se había aventurado.

El ruido de la marcha de la columna que se apartaba habíase extinguido ya completamente, y desaparecido de la vista de los que quedaban en el campo el último de los rezagados; pero todavía continuaban haciéndose preparativos para otra partida delante de una cabaña de madera de mayores dimensiones que la ordinaria, en cuya puerta estaban colocados dos centinelas para guardar la persona del general inglés; cerca de ella veíanse seis caballos ensillados, dos de los cuales, a juzgar por sus arreos, estaban destinados a servir a señoras de una clase no habituada a internarse en los sitios desiertos de aquel país. El tercero estaba atalajado como para servir de cabalgadura a un oficial de Estado Mayor.

La sencillez de los otros, y las maletas de que estaban cargados, revelaban claramente que estaban destinados a la servidumbre que esperaba las órdenes de sus amos. A alguna distancia de este espectáculo poco frecuente en aquel país, habíase formado un grupo de desocupados y curiosos, los unos admirando la belleza y bríos de los caballos, y los otros contemplando estos preparativos con aire casi de estupidez. Entre aquella turba de ignorantes y bobalicones sólo había una persona cuyo aspecto y actitudes merecían llamar la atención.

La apariencia de este personaje era, sin embargo, poco atrayente, sin que ofreciese ninguna deformidad particular. Puesto en pie, su estatura aventajaba a la de sus compañeros, y sentado era de una talla inferior a la ordinaria del hombre; todos sus miembros eran igualmente desproporcionados. Su cabeza era grande, los hombros estrechos, los brazos largos, pequeñas y delicadas las manos, los muslos y las piernas delgados, pero extremadamente largos, y sus rodillas, aunque monstruosas, no lo eran tanto como los pies que sostenían aquella extraña figura.

Su indumentaria hacía resaltar el defecto de sus proporciones, porque se componía de casaca azul celeste con faldones cortos y anchos y cuello muy pequeño, calzones estrechos de ante amarillo sujetos a la liga por un lazo de cinta blanca muy ajada y medias de algodón rayadas, completando su traje exterior la espuela que llevaba en uno de sus zapatos; nada se ocultaba a la vista, al contrario, parecía que se complacía en hacer ostentación de todas sus imperfecciones, no podríamos decir si por modestia o por vanidad.

De la enorme faltriquera de su chupa de seda, ya bastante usada, guarnecida de un gran galón de plata ennegrecido, salía cierto instrumento que en una compañía tan marcial hubiera podido tomarse por una máquina de guerra peligrosa y desconocida.

El extraño personaje, no obstante su insignificancia, había llamado la atención de casi todos los europeos que se encontraban en el campo, aunque la mayor parte de los colonos lo trataban confiada y familiarmente; un enorme sombrero de ancha teja, semejante a los que usaban los eclesiásticos hace unos treinta años, daba cierta dignidad a su fisonomía, que revelaba más bondad que inteligencia, y que realmente necesitaba de este auxilio artificial para sostener la gravedad de alguna solemne función.

Mientras los varios grupos de soldados manteníanse algo distanciados del sitio donde se hacían estos nuevos preparativos de viaje, por respeto al recinto sagrado del cuartel general de Webb, el personaje que hemos descrito se adelantó hacia los criados que esperaban con los caballos, elogiándolos o censurándolos libremente según el juicio que cada uno de ellos le merecía.

—Mi opinión es, amigo —dijo a uno de ellos con una voz tan notable por su suavidad, como su persona lo era por falta de proporción—, que este animal no ha nacido en este país y que procede de alguna tierra extranjera, acaso de la islilla del otro lado del mar. A mí me es lícito hablar de estas cosas sin alabarme, porque he visto dos puestos: el uno situado en la embocadura del Támesis, que lleva el nombre de la capital de la antigua Inglaterra, y el otro llamado New-Haven; he visto los capitanes de los paquebotes y bergantines embarcar muchos animales cuadrúpedos, como en el arca de Noé, para conducirlos a Jamaica y venderlos allí; pero jamás he contemplado un animal como éste tan parecido al caballo de guerra que se describe en la Escritura: golpea la tierra con su casco; se envanece de su fuerza y sale al encuentro de los hombres armados; relincha al sonido de la trompeta; olfatea de lejos la batalla y entiende la voz de los capitanes y los gritos de la victoria. La raza de los caballos de Israel parece haberse perpetuado hasta nuestros días. ¿No es usted de mi opinión, amigo?

Como no obtuviese respuesta a este discurso extraordinario, que, pronunciado con una voz sonora y dulce, era realmente digno de alguna atención por la cita de los libros sagrados, levantó los ojos al personaje silencioso a quien lo había dirigido, y encontró en él nuevo motivo de admiración, pues no era otro que el correo indio que tan malas noticias había traído del campamento la tarde anterior; su estatura y su fisonomía reflejaban una apatía estoica en medio de la escena animada que acababa de presenciar; pero, aun en su aparente impasibilidad, advertíase cierta soberbia montaraz, propia para atraer la atención de otros ojos más penetrantes que los del personaje que lo contemplaba a la sazón con una sorpresa que no procuraba disimular. El habitante del bosque ostentaba su hacha de piedra, a la que daban el nombre de tomahawk, y el cuchillo de su tribu, aunque lo demás de su aspecto no revelaba su condición de guerrero; por el contrario, cierta negligencia que se advertía en su persona era indicio de que no se había repuesto aún de la gran fatiga que había experimentado. Los colores con que se pintan el cuerpo los salvajes antes de lanzarse al combate se habían mezclado y confundido en sus facciones, lo cual le daba un aspecto ferocísimo. Sólo sus ojos penetrantes parecían conservar todo el fuego natural; pero, al encontrarse con los del europeo, mudaron de dirección instantáneamente.

Difícilmente se pueden imaginar las reflexiones que esta escena silenciosa entre dos seres, tan singulares a los ojos de un europeo, podría ocasionar, si otro objeto no hubiese despertado su curiosidad. La inquietud de los criados y algunas voces agradables que se percibieron, anunciaron la llegada de las damas a quienes se aguardaba para emprender el camino. El admirador del hermoso caballo acercose a una yegua que pacía en el campo inmediato, y apoyando los brazos sobre la manta que servía de silla, esperaba tranquilamente que emprendiesen la marcha, en tanto que concluía de comer su pienso a su lado un pequeño potro.

Un joven, que vestía el uniforme de las tropas reales, condujo al sitio en que estaban los caballos a dos damas, que por sus trajes revelaban estaban dispuestas a arrostrar los peligros de viajar por los bosques. La que parecía más joven, aunque las dos lo eran, tenía hermosa tez, cabello rubio, ojos azules oscuros, que dejaba al descubierto el velo que cubría su sombrero de castor, agitado por el céfiro matutino; el color de sus mejillas podía compararse con el del horizonte a la salida del sol, y la luz bella que comenzaba a brillar no era más encantadora que la sonrisa que dirigió al oficial mientras la ayudaba a subir a caballo. La otra dama, a quien el militar hacía también objeto de sus atenciones, ocultaba su rostro a la vista de los soldados por tener cuatro o cinco años más de experiencia; pero su cuerpo, adornado con el vestido de camino, era bastante más robusto que el de su compañera. Tan pronto como las dos estuvieron a caballo, subió el oficial sobre el suyo y saludaron a Webb, que permaneció a la puerta de la cabaña hasta que marcharon, seguidos de sus criados, con dirección septentrional.

Mientras tanto, ambas jóvenes permanecieron silenciosas, y excepto una ligera exclamación que lanzó la de menos edad cuando pasó junto a ella el correo indio para ponerse a la cabeza de la comitiva, ninguna pronunció una palabra. Este movimiento no produjo el mismo efecto en la otra dama; aunque sorprendida, dejó levantar un poco el velo, descubriendo su fisonomía que revelaba admiración, compasión y horror a un tiempo mismo, siguiendo con la vista todas las acciones de aquel salvaje. Sus cabellos eran negros cual la pluma del cuervo, y su tez ligeramente morena; y, al paso que sus facciones presentaban una regular proporción, se veían llenas de dignidad. Cuando la sorpresa le hizo reír involuntariamente, mostró su dentadura blanca como el marfil; pero apresurose a ocultar bajo el velo la cabeza y continuó su camino silenciosa, como si su imaginación estuviese alejada en absoluto de cuanto había en su derredor.

CAPÍTULO II

¿Por qué sola?

SHAKESPEARE

En tanto que la imaginación de una de las damas la abstraía de los objetos que la rodeaban, repúsose la otra al instante del pequeño susto que su exclamación había ocasionado y, sonriendo de su propia flaqueza, dijo en tono festivo al oficial que caminaba a su lado:

—Dígame, Heyward, ¿se ven en el bosque estos espectros con frecuencia, o es una diversión particular con que han querido obsequiarnos? En este caso, la gratitud debe imponernos silencio; pero, de otro modo, Cora y yo nos veremos obligadas a hacer uso del valor hereditario de que tanto nos jactamos, aun antes de que encontremos al temible Montcalm.

—Este indio es un correo de nuestro ejército —repuso el joven oficial—, y es considerado como héroe en su país: se ha ofrecido a guiarnos hasta el lago por un sendero poco frecuentado, pero más corto que el camino que sigue la columna militar y, por lo tanto, menos desagradable.

—¡Me es antipático ese hombre! —intervino la otra dama estremecida, con cierto aire que ocultaba un temor verdadero—. Supongo que usted lo conocerá bien, pues en otro caso no se hubiera fiado de él.

—Diga mejor, Alicia —replicó Heyward con vehemencia—, que no la hubiese confiado a él: lo conozco, y estoy seguro de su lealtad. Aseguran que ha nacido en el Canadá; pero, esto no obstante, ha servido con lo mohawks, nuestros amigos, que, como usted sabe, forman una de las seis naciones aliadas; se ha venido a vivir entre nosotros, según me han informado, por un incidente particular que le ocurrió, en el que el padre de usted tuvo intervención tratándolo con severidad, pero lo ha olvidado y actualmente es nuestro amigo.

—Si ha sido enemigo de mi padre, me agrada menos todavía —exclamó Alicia sobresaltada—. Hágame el favor de hablarle, con objeto de que oiga yo su voz: será probablemente una tontería, pero ya me ha oído decir más de una vez que hago caso del presagio que puede formarse del sonido de la voz humana.

—Sería perder el tiempo —contestó—; seguramente no respondería sino con alguna exclamación; y, aunque abrigo la convicción de que entiende el inglés, afecta ignorarlo como la mayor parte de los salvajes, y, de todos modos, rehusaría hablarlo ahora que la guerra exige que mantenga su dignidad. Parece que se ha detenido: no debe estar lejos el sendero que debemos seguir.

Efectivamente, no se equivocaba el mayor Heyward, porque, al llegar al sitio en que el indio los esperaba, les señaló con la mano una senda tan estrecha que apenas podían pasar dos personas de frente. Dicha senda cruzaba el bosque que circundaba el camino militar.

—Éste es nuestro camino —dijo el mayor en voz baja—; no muestre usted desconfianza si no quiere atraerse el peligro que teme.

—¿Qué te parece esto, Cora? —preguntó Alicia agitada—: ¿no estaríamos más seguras si siguiéramos la marcha del destacamento, aunque sufriésemos alguna molestia?

—Como desconoce usted las costumbres de los salvajes —replicó Heyward—, no me sorprende que se equivoque, Alicia, acerca del sitio en que puede existir algún peligro. Si los enemigos han llegado ya a la calzada, cosa que considero imposible porque tenemos avanzadas, ocuparán los salvajes los flancos del destacamento para atacar a los rezagados: la marcha del ejército será probablemente conocida; pero no la nuestra, porque no hace una hora todavía que la hemos resuelto.

—¿Será preciso desconfiar de este hombre por la sola razón de que sus maneras no son como las nuestras y su tez no es blanca? —preguntó Cora fríamente.

Alicia no vaciló más, y dando un latigazo a su caballo siguió la primera al correo, entrando en el camino estrecho y sombrío cuyo paso interrumpía frecuentemente la maleza. El indio contempló a Cora con extraordinaria admiración, y dejando pasar a Alicia, más joven, pero no más hermosa, ocupose él mismo en desembarazar el sendero con mayor facilidad. Los criados siguieron el camino que llevaba el destacamento, en lugar de entrar en el bosque, conforme a las instrucciones que seguramente habían recibido antes de ponerse en marcha. Esta precaución, según dijo el mayor, fue inspirada por la sagacidad de su guía, con objeto de dejar menos rastro si por casualidad algunos salvajes canadienses penetraban hasta allí.

El camino era al principio sumamente escabroso para que los viajeros pudiesen entrar en conversación; pero, internándose en el bosque, lo encontraron más desembarazado, viéndose bajo una bóveda de grandes árboles que impedía penetrar los rayos del sol. Cuando el guía reconoció que los caballos podían andar sin dificultades, aceleró el paso para que pudiesen marchar libremente.

El oficial volvió de pronto la cabeza para dirigir la palabra a Cora, y percibió a alguna distancia ruido de caballos: detuvo el suyo, y todos se detuvieron para averiguar la causa. Transcurridos algunos minutos, vieron correr un potro por entre los pinos, y poco después descubrieron al singular personaje que hemos descrito en el capítulo anterior; el cual se adelantaba con toda la celeridad de que era susceptible su cabalgadura y a quien no había vuelto a ver desde su salida del cuartel general. Si estando en pie llamaba extraordinariamente la atención por su estatura colosal, su figura y su garbo colocado sobre el caballo no eran menos extraños ni sorprendentes.

A pesar de sus repetidos espolazos le era imposible conseguir que la yegua emprendiese un galope seguido, pues en seguida volvía al paso violento de la andadura; y el cambio rápido de un paso al otro formaba un contraste tan particular, que el mayor, que entendía de equitación, no podía acertar cuál era el del caballo que espoloneaba tanto su jinete para darles alcance. Los movimientos del jinete no eran menos singulares que los del animal, porque a cada cambio de éste, levantábase aquél sobre los estribos o se afirmaba en ellos, encogiéndose, y aparentando, al estirar y encoger las piernas alternativamente, un gigante o un enano.

Heyward, que había experimentado alguna turbación, tranquilizose algún tanto al conocerlo, y aun se sonrió después que el extraño personaje se les hubo acercado. No se esforzó mucho Alicia para contener la risa, y hasta los ojos negros de Cora brillaron con cierto aire risueño, que el hábito más que el deseo se esforzaba en reprimir.

—¿Busca usted a alguno aquí? —preguntó Heyward al desconocido cuando éste se aproximó—. ¿Será portador de malas nuevas?

—Así es, en efecto —respondió descubriéndose y dejando a todos en la duda de a cuál de las dos preguntas debía aplicarse la contestación—. Así es, en efecto —repitió después de haberse hecho aire con el sombrero y haber tomado aliento—. Vengo en busca de alguno: he sabido que se dirigían ustedes a Guillermo-Enrique y, como voy también al mismo sitio, me ha parecido que un compañero de viaje no sería desagradable para ustedes ni para mí.

—La complacencia no puede ser igual, porque nosotros somos tres y usted no es más que uno solo.

—Tampoco sería justo —replicó el extranjero con un tono entre sencillo y mal intencionado— permitir que un solo hombre se encargase de escoltar a estas dos damas; pero, si es un verdadero hombre, y ellas piensan como es lógico esperar de su sexo, no se ocuparán sino en contradecirse, y adoptarán por espíritu de oposición la opinión de su compañero, en cuyo caso se encontrarán en la misma situación que yo.

La graciosa Alicia inclinó disimuladamente la cabeza hasta tocar con ella la brida de su caballo para desahogar su risa, y se sonrojó, mientras las mejillas de su bella compañera, de ordinario más encendidas, palidecieron y echó a andar como si esta escena la fastidiase.

—Si tiene usted el propósito de ir al lago —dijo Heyward con altivez—, ha equivocado el camino; la calzada se encuentra por lo menos media milla más atrás.

—Lo sé perfectamente —replicó el desconocido sin turbarse por un recibimiento tan poco agradable—; he pasado una semana en el fuerte Eduardo, y para no haber preguntado mi camino era menester que hubiera sido mudo, en cuyo caso no podría ejercer mi profesión.

Después de cierto gesto con el que pareció querer explicar modestamente su satisfacción por este rasgo de ingenio que era incomprensible para sus oyentes, añadió con gravedad:

—Es inconveniente para un hombre de mi profesión el familiarizarse con las personas a quienes debe instruir, y ésta es la razón por que he tomado otro camino diferente del que sigue el destacamento; además, pienso que un hombre de su esfera debe saber perfectamente cuál es el mejor camino. Todas estas consideraciones me han decidido a buscar su compañía para hacerle el viaje más agradable con una conversación amistosa.

—Su determinación es realmente arbitraria e impremeditada —repuso el mayor, no sabiendo si debería enojarse o tomarlo a risa—; pero usted habla de instrucción y de profesión: ¿estará quizá agregado al cuerpo provincial en concepto de maestro de ofensa y de defensa? ¡O es, por ventura, de aquellos hombres que describen ángulos para explicar los misterios de las matemáticas?

El extranjero miró entonces, profundamente asombrado, al que acababa de dirigirle semejante pregunta y, mudando el tono de suficiencia por otro que revelaba una excesiva humildad, le respondió:

—No me remuerde la conciencia de haber cometido ofensa contra nadie y no tengo defensa ninguna que hacer, pues no he incurrido en pecado mortal desde la última vez que he rogado a Dios que me perdonase mis culpas pasadas. No entiendo bien qué quiere decir con eso de describir ángulos, y en cuanto a la explicación de los misterios, me refiero a los santos varones que han recibido esta misión. En cuanto a mí se refiere, no reclamo más mérito que el de poseer algunos conocimientos en el divino arte de la música.

—Este hombre es seguramente un discípulo de Apolo —exclamó Alicia, que, completamente ya restablecida de su perturbación, divertíase con este diálogo—; yo le tomo bajo mi especial protección: no arrugue el entrecejo, Heyward, y, por complacer a tus curiosos oídos, permita usted a ese... señor que viaje en nuestra compañía; además —añadió bajando la voz y dirigiendo una mirada a Cora, que marchaba con lentitud tras el lúgubre y silencioso guía—, siempre será un amigo más que podrá auxiliarnos en el caso desgraciado de un accidente.

—¿Puede usted creer, Alicia, que conduciría lo que más amo por un camino que ofreciese el menor peligro?

—No es eso efectivamente lo que estoy pensado ahora, Ducan Heyward, pero ese extranjero me divierte, y ya que es tan buen artista, según dice él mismo, no seamos tan descorteses que le rehusemos nuestra compañía.

Y, dicho esto, miró amorosamente a su interlocutor y los ojos de uno y otra se encontraron: el oficial se detuvo un poco para prolongar aquel dulce instante, y cediendo a la influencia de la encantadora Alicia, adelantó su caballo y colocose al lado de Cora.

—Celebro mucho haberlo encontrado, amigo —dijo Alicia al extranjero haciéndole seña para que se aproximase y detuviese su caballo—. Mis

EL ÚLTIMO MOHICANO

padres, quizá demasiado indulgentes, me han hecho creer que puedo desempeñar perfectamente mi parte en un dúo, y recorreríamos más distraídos el camino entregándonos a nuestra pasión favorita. A mí, que soy una ignorante, me convendrá muchísimo oír los consejos de un maestro experimentado como usted.

—Sin duda alguna, es una gran satisfacción para el espíritu entregarse a la música en determinadas ocasiones —respondió siguiéndola sin hacerse de rogar—: nada es tan agradable y distraído como ser testigo de tal comunión. Pero cuatro partes son necesarias para que la melodía sea perfecta.

Hizo una corta pausa y añadió:

—Su voz parece de tiple y la mía es de tenor, pudiendo subir hasta la nota más alta, pero nos faltan contralto y bajo. Este oficial del rey que rehusaba admitirme en su compañía, quizá tenga esta última, si hemos de juzgar por las entonaciones que produce al hablar.

—Guárdese de formar juicios temerarios —dijo Alicia sonriéndose—. Las apariencias son engañosas muchas veces: aunque la voz del mayor emite tonos graves, es naturalmente de tenor.

—¿Sabe cantar? —preguntó el extraño personaje con el mayor interés.

—Sí; pero temo que le agraden las canciones demasiado profanas, porque la vida militar, los peligros a que frecuentemente se expone y los trabajos continuos en que se ocupa, no son muy a propósito para que su carácter prefiera el género serio.

—La voz, de igual suerte que las demás perfecciones y talentos —replicó el maestro con gravedad—, fueron concedidas al hombre para ejercitarlas, no para abusar de ellas. No podrá acusárseme de haber hecho mal uso de los dones que he recibido del Cielo: he consagrado mi juventud a la música; pero mis labios no han pronunciado nunca una frase inmoral.

Mientras daba tales explicaciones sacó un libro; lo abrió, púsose los anteojos y dijo a Alicia:

—Dígame usted.

Y, aplicando a sus labios el instrumento de que ya hemos hablado, lanzó un sonido muy agudo, que repitió su voz en octava baja, y comenzó a cantar con sonoridad y dulzura extraordinarias. Su gesto y ademanes acompañaban los efectos de la música y de la letra que cantaba, accionando con la mano derecha, que alzaba o bajaba, según eran graves o agudos los tonos, hasta tocar con ella en el libro, que mantenía abierto, cargando sobre las dos últimas sílabas de cada verso.

El mayor Heyward y los demás viajeros, que caminaban a cierta distancia, oyeron el canto del maestro, que interrumpió el continuo silencio de aquellos bosques: el correo indio murmuró algunas palabras al mayor, y éste retrocedió diciendo:

—Aunque no corremos ningún riesgo, la prudencia más elemental aconseja que caminemos lo más silenciosamente posible. Perdone, Alicia, si me opongo a su diversión suplicando a su compañero que reserve el canto para ocasión más propicia.

—No le quepa a usted duda de que me molesta —repuso Alicia con ironía—; pues jamás he oído menos acordes los sonidos y las palabras, y cuando su voz de bajo ha interrumpido el curso de mis reflexiones, distraíame en investigar la causa de haberse hermanado una perfecta ejecución con una poesía pésima.

—Ignoro —contestó Heyward un si es no es enojado— a qué llama usted voz de bajo; pero sé que su seguridad y la de Cora me preocupan en este momento más que toda la música de Haendel.

Enmudeció el mayor, y volviendo la cabeza a un gran zarzal que guarnecía el camino, vio al indio que no había detenido la marcha, a pesar de que le pareció haber descubierto un salvaje entre aquel arbusto; pero, temeroso de haber sufrido una equivocación, continuó la conversación que este accidente había interrumpido.

Sin embargo, Heyward estaba en lo cierto, pues apenas habían pasado los viajeros, asomó por entre las ramas del zarzal un hombre, cuya fisonomía era tan asquerosa y horrible como las pasiones que la animaban.

Aquel ser repugnante los siguió con la vista, poseído de una feroz complacencia, para observar la dirección que tomaban los que consideraba ya víctimas de su barbarie. De pronto, desapareció el correo indio que servía de guía a los viajeros; perdió de vista el mayor a las damas, y el maestro de canto, que iba detrás de todos, dejó de ver también a sus compañeros.

CAPÍTULO III

Antes que el hombre desmontase y cultivase estos campos, nuestros ríos llenaban sus cauces hasta el borde, las florestas estaban animadas por el murmullo de las corrientes, los torrentes se precipitaban, murmuraban los arroyos, y no cesaban de fluir las fuentes bajo la apacible sombra.

BRYANT

Dejemos que el mayor Heyward y las dos jóvenes a quienes acompañaba se internen en el bosque poblado por seres tan dañinos, y trasladémonos con el lector a algunas millas al oeste del lugar en que nos separamos de los viajeros.

A las orillas de un río no muy ancho, aunque de rápida corriente, y a distancia como de una hora del campamento de Webb, habíanse detenido aquel mismo día dos hombres que parecían esperar a algún otro o la noticia de un acontecimiento extraordinario. El bosque extendíase hasta la misma orilla del río, a cuyas aguas prestaban sombra los árboles dando a la superficie un tinte melancólico. Los rayos del sol comenzaban a amortiguarse, y se templaba el calor excesivo del día a proporción que se elevaban en la atmósfera, como una nube, los vapores que exhalaban las fuentes, los lagos y los ríos. Un profundo silencio, el silencio que se advierte en los bosques solitarios de América en la estación calurosa del mes de julio, reinaba en aquel apartado lugar; pero, de vez en cuando, era interrumpido por el cuchicheo de las dos personas que acabamos de indicar, por el canto del ave llamada pico-verde, que hería las ramas con su pico, por el graznido del grajo y por el remoto ruido de una cascada.

Estos sonidos eran en extremo familiares al oído de los dos interlocutores y no les distraía la atención ni interrumpía el diálogo, que les interesaba demasiado. Uno de ellos tenía la tez colorada y los atavíos extravagantes que distinguen a los salvajes, y el otro, aunque vestido groseramente y casi salvaje, parecía tener derecho a reclamar un origen europeo, a pesar de su tez quemada por el sol.

Encontrábase sentado el primero sobre un viejo tronco cubierto de moho, en actitud que no le impedía acompañar sus palabras con gestos y ademanes elocuentes, lenguaje en extremo expresivo de que usan los indios en sus discusiones. Su cuerpo casi desnudo hubiera podido tomarse por el espectro espantoso de la muerte, a causa de sus matices blanco y negro. En su cabeza pelada sólo conservaba un mechón de pelo que el espíritu caballeresco de los indios se dejan en la parte superior como para mofarse del enemigo que quisiera apoderarse de su cabellera, sin otro adorno que una larga pluma de águila que caía sobre el hombro izquierdo, un hacha de piedra, un cuchillo de escalpelar de fábrica inglesa, pendientes de la cintura, y un fusil de munición, colocado de través sobre sus rodillas de la misma clase de los que la política de los blancos provee a los salvajes, sus aliados. Su pecho, sus bien formados miembros y su grave aspecto revelaban un guerrero en la edad madura; pero no se advertía en él ningún síntoma de vejez que hubiese aminorado su vigor. El cuerpo del otro, si hemos de juzgar por la parte que sus vestidos dejaban al descubierto, manifestaba ser de un hombre que desde su más tierna juventud hubiese soportado las fatigas de una vida sumamente penosa. Era más bien flaco que grueso; pero sus músculos parecían endurecidos por el trabajo y los rigores de la intemperie. Llevaba casacón de paño verde con guarniciones amarillas, gorro de piel muy usado y cuchillo pendiente de un cinturón semejante al que ceñía los vestidos más raros del indio, pero sin hacha. Los mocasines estaban adornados, al uso de los naturales del país, y las piernas cubiertas con botines de piel atados por los lados y sujetos sobre las rodillas con un nervio de gamo. Completaban su extraña indumentaria y atavío un zurrón y un frasco de pólvora, y apoyado contra un árbol inmediato tenía el fusil, arma que los industriosos europeos habían enseñado a considerar a los salvajes como la más temible. Los ojos de aquel cazador, espía o lo que fuese, eran pequeños, vivos y movíanse constantemente en todas las direcciones mientras hablaba, como si ojease la caza y temiese que se acercara algún enemigo. A pesar de estas manifestaciones de desconfianza, no era su fisonomía la de un hombre familiarizado con el crimen, sino más bien, en el momento de que hablamos, la expresión de una molesta honradez.

—Sus mismas tradiciones deciden en mi favor, Chingachgook —dijo hablando la lengua que era común a todas las tribus que en aquella época habitaban la región situada entre el Hudson y el Potomac, y que traduciremos libremente para ponerla al alcance de la inteligencia del lector, aunque procuraremos conservar cuanto sea útil para caracterizar al individuo y su lenguaje.

—Sus padres vinieron de la parte en que el sol se oculta, cruzaron el río grande, vencieron a los habitantes del país y se apoderaron de sus tierras; y los míos de aquella otra en que, cuando amanece, se ve el firmamento adornado de brillantes colores, y después de haber atravesado el gran lago de agua salada se limitaron a seguir casi exactamente el ejemplo que les habían dado. Que Dios nos juzgue y los amigos no encuentren en nuestra conducta un motivo para querellarse.

—Mis padres combatieron con el hombre rojo con armas iguales —respondió el indio altivamente—. ¿No existe diferencia, Ojo-de-halcón, entre la flecha armada de piedra de nuestros guerreros y la bala de plomo con que matáis vosotros?

—Aunque la Naturaleza haya dado al indio una piel roja, no le ha privado de razón —repuso el blanco moviendo la cabeza como hombre que conocía la rectitud de esta observación. Por un momento pareció estar convencido de que su causa no era la mejor; pero, reuniendo todas sus fuerzas intelectuales, respondió a la objeción de su antagonista según sus escasos conocimientos le permitieron.

—No soy sabio —añadió—, y me ruboriza el confesarlo; pero, a juzgar por lo que he visto hacer a sus compatriotas cuando cazan el gamo y la ardilla, casi me atrevería a asegurar que un fusil hubiera sido menos peligroso en manos de sus abuelos, que el arco y la flecha armada con punta de piedra bien afilada en las de un indio.

—Cuente la historia —replicó Chingachgook haciendo un gesto desdeñoso— según se la han enseñado sus padres. Pero, ¿qué es lo que refieren los ancianos? ¿Dicen a los jóvenes guerreros que cuando los rostros pálidos pelearon con los hombres rojos, tenían el cuerpo pintado para la guerra e iban armados con hachas de piedra y fusiles de madera?

—No tengo preocupaciones, ni jamás me he vanagloriado de mi superioridad, a pesar de que mi mayor enemigo, que es el iroqués, no se atrevería a negar que soy un verdadero blanco —respondió el cazador mirándose las manos tostadas por el sol, con íntima satisfacción—. Reconozco que los hombres de mi color tienen algunas costumbres que repugnan a mi conciencia honrada. Por ejemplo, escriben en los libros lo que han hecho o visto, en vez de referirlo en sus pueblos en donde alguien podría desmentir al cobarde fanfarrón, y tomar el valiente a sus camaradas por testigos de la verdad de sus asertos. A causa de esta mala costumbre, el que tiene demasiada conciencia para perder el tiempo entre las mujeres, aprendiendo a descifrar las rayitas y puntos negros colocados sobre el papel blanco, puede no oír jamás referir las proezas de sus padres que le estimularían a imitarlas o sobrepujarlas. En cuanto a mí, abrigo la convicción de que todos los Bumpos eran buenos tiradores, porque no me falta destreza natural para manejar el fusil, habilidad que me ha sido transmitida de generación en generación, como nos enseñan los santos mandamientos que nos han sido transmitidas todas las cualidades buenas o malas. Sin embargo, respecto a este punto no me atrevo a responder de nadie; me basta con responder de mí mismo. Además, toda historia tiene dos aspectos: refiérame, Chingachgook, lo que sucedió entre nuestros padres la primera vez que se vieron.

A esta pregunta siguió un momento de silencio, que interrumpió el indio para hacer una breve relación en un tono a propósito para darle visos de realidad.

—Présteme entonces atención, Ojo-de-halcón —dijo—: y sus oídos no escucharán la mentira: yo le diré lo que mis padres me han referido y lo que han hecho los mohicanos.

Enmudeció un instante, y mirando a su compañero con serenidad, prosiguió luego su relato con un tono que participaba de interrogación y de noticia:

—¿En ciertas épocas no se vuelven saladas las aguas dulces del río que corre a nuestros pies, y la corriente no retrocede entonces hacia el lugar de su origen?

—Es innegable que sus tradiciones aseguran la verdad, porque yo mismo he visto, aunque la causa no se explique fácilmente, que el agua, que antes era dulce, adquiere después un sabor muy amargo.

—¿Y la corriente? —preguntó el indio, que aguardaba la contestación con el interés propio del que desea oír la confirmación de una maravilla que se ve precisado a creer sin comprenderla—. Los padres de Chingachgook no mintieron jamás.

—La santa Biblia no dice más —respondió el cazador—, ni existe nada más cierto en toda la Naturaleza: esto es lo que los blancos llaman la marca o la contracorriente, cosa bien clara y fácil de explicar. El agua del mar entra en el río durante seis horas y sale durante otras tantas: éste es el motivo del cambio de sabor. Cuando el agua del mar sube más que la del río, entra en él hasta que la de éste se eleva a su vez y aquélla vuelve a salir.

—Los ríos que tienen su origen en nuestros bosques y desaguan en el gran lago, corren siempre hacia abajo hasta que quedan como mi mano —replicó el indio poniendo su brazo en posición horizontal—, en cuyo punto cesan de correr.

—Ningún hombre de bien puede negar eso —dijo el blanco algo molesto por el poco éxito que parecía dar el indio a la explicación que del misterio del flujo y reflujo acababa él de hacer—. Convengo en que es cierto lo que dice en un corto trayecto y cuando no está desnivelado el terreno; pero todo depende de la escala en que se miden las cosas: la tierra, en una pequeña extensión, es plana, pero en su totalidad, es redonda. Por esta razón puede estar estancada en los grandes lagos de agua dulce, como nosotros sabemos, porque lo hemos visto; pero, cuando el agua se extiende en un gran espacio, como el mar, donde la tierra es redonda, es imposible creer que permanezca tranquila. Esto equivaldría a imaginar que está quieta detrás de esas rocas que se encuentran a una milla de nosotros, a pesar de que nuestros oídos nos están diciendo que se precipita por encima de ellas.

Aunque el indio no estaba muy convencido del razonamiento filosófico del blanco, resistíasele hacer alarde de su incredulidad, y fingiendo escucharle con satisfacción, siguió su relato con el mismo tono de seriedad.

—Llegamos al sitio en que el sol se esconde durante la noche, atravesando las espaciosas llanuras que están pobladas de bucéfalos en las márgenes del río grande: combatimos con los alligewis, que enrojecieron la tierra con su sangre. Desde sus orillas hasta las del gran lago de agua salada a nadie encontramos, aunque éramos seguidos por los maguas a alguna distancia. Dijimos que desde el punto en que el agua de este río no se eleva hasta otro situado a veinte jornadas hacia la parte del estío, el país era nuestro, y el terreno que habíamos conquistado como guerreros, lo conservamos como hombres, rechazando a los maguas a la espesura de los bosques del mismo modo que a los osos, quienes no volvieron a gustar la sal ni pescaron en el gran lago, arrojándoles nosotros los despojos de los pescados.

—No dudo nada de eso, porque antes de ahora lo he oído referir —dijo el cazador, al advertir que el indio se detenía—; pero, cuando tal cosa ocurrió, los ingleses no habían llegado a este país.

—En aquel tiempo crecía un pino en el lugar en que ahora se encuentra ese castaño: los primeros rostros pálidos que vinieron no hablaban el inglés: arribaron en una gran canoa cuando mis padres acababan de hacer la paz con los hombres rojos; entonces, Ojo-de-halcón... —y, al decir esto, la voz del indio no reveló la alteración que experimentaba, sino descendiendo al tono bajo y gutural que hacía casi armoniosa la lengua de este pueblo. Luego prosiguió—: Entonces, Ojo-de-halcón, no formábamos sino un solo pueblo y nos considerábamos los seres más felices; teníamos mujeres que nos hacían padres de muchos hijos; el lago salado nos proveía de pescado; los bosques, de gamos; el aire, de aves; adorábamos al Grande Espíritu, y los maguas se encontraban a tanta distancia de nosotros, que nuestros cánticos de triunfo no llegaban a sus oídos.

—¿Y sabe qué era entonces su familia? Mas, para ser indio, es hombre muy justo, y como supongo que ha heredado las cualidades de sus padres, éstos debieron ser valientes guerreros y sabios, por haberse colocado en torno de la hoguera del gran consejo.

—Mi tribu es la generadora de las naciones; pero mi sangre corre por mis venas pura y sin mezcla. Los holandeses desembarcaron y ofrecieron a mis padres ese brebaje infernal que se llama aguardiente, lo bebieron hasta que les pareció que veían confundirse el cielo con la tierra, creyendo estúpidamente que habían encontrado al Grande Espíritu. Entonces fueron desposeídos de todo cuanto les pertenecía, y rechazados palmo a palmo lejos de la costa, y yo, que soy un jefe y un sagamore, no he visto jamás brillar el sol más que al través de las ramas de los árboles, ni he podido visitar el lugar en que se encuentran las cenizas de mis padres.

—Los sepulcros siempre inspiran pensamientos sublimes y melancólicos —dijo el blanco advirtiendo la calma y resignación de su compañero—: su contemplación sirve con frecuencia para hacer que el hombre forme buenos propósitos o persevere en sus honradas intenciones. Por mi parte, espero que se pudrirán mis miembros al aire libre en los bosques, a no ser que sirvan de pasto a los lobos, pero, ¿dónde está actualmente su tribu, que hace tantos años fue a reunirse con sus deudos en el Delaware? ¿Qué ha sido de las flores de todos los veranos que se han sucedido desde entonces?

—¡Ay! Todas se marchitaron, se deshojaron unas tras otras: esto mismo ha sucedido a mi familia, a mi tribu: todos; uno tras otro, han ido desapareciendo para ir a habitar la morada de los espíritus. Me encuentro en la cima de la montaña, y es necesario que me precipite en el valle; y, cuando Uncas haya ido a reunírseme, ya no existirá una gota de sangre de los sagamores, porque mi hijo es el último de los mohicanos.

—Aquí está Uncas —dijo otra voz no muy lejana en el mismo tono agradable y natural—. ¿Qué quieren de Uncas?

El cazador desenvainó su cuchillo e hizo un movimiento involuntario para apoderarse del fusil; pero esta interrupción inesperada no conmovió al indio, que ni aun volvió la cabeza para ver quién había pronunciado aquellas palabra. Casi al mismo instante pasó un joven guerrero por entre los dos, silenciosamente, pero con paso acelerado, y tomó asiento a la orilla del río. No sorprendió esto poco ni mucho al indio, y, durante algunos minutos, ninguno de los dos habló, esperando al parecer cada uno que el otro se explicase para no manifestar la curiosidad de una mujer o la impaciencia de un niño. El blanco parecía acomodarse a sus usos, pues, envainando el cuchillo, guardó la misma reserva. Por último, alzando Chingachgook la vista hacia su hijo, interrogole:

—Y bien, ¿se atreven los maguas a dejar impresas en nuestros bosques las huellas de sus mocasines?

—He seguido sus pasos —respondió el joven indio—, y he podido ver que su número iguala al de los dedos de mis manos; pero se ocultan porque son cobardes.

—Los malvados acaso intenten escalpelar o robar —agregó el blanco, a quien, como sus compañeros, seguiremos llamando Ojo-de-halcón, puesto que no lo conocemos por otro nombre—. El activo francés Montcalm enviará sus espías hasta nuestro campo, pues no ignora el camino que hemos querido seguir.

—Basta —dijo el padre alzando la mirada al sol que descendía hacia el horizonte—: serán arrojados de sus guaridas como los gamos: Ojo-de-halcón, comamos esta noche, y demostremos mañana a los maguas que somos hombres.

—Tan dispuesto estoy para lo uno como para lo otro —respondió el cazador—; mas para combatir a esos cobardes iroqueses es preciso encontrarlos, y para comer se necesita caza. ¡Ah! Basta de hablar del gamo para verle los cuernos. Allá entre la maleza, al pie de la montaña, asoman las mejores astas que he podido contemplar en toda esta estación. Ahora, Uncas —añadió bajando la voz por considerarse obligado a adoptar precauciones—, apuesto tres cargas de pólvora contra un pie de wampum, que le coloco el tiro entre los ojos, y más cerca del derecho que del izquierdo.

—No puede ser —replicó el joven indio levantándose con ligereza propia de su edad—: si apenas enseña la punta de los cuernos...

—Es un niño —dijo el blanco moviendo la cabeza y dirigiéndose al padre—: ¿cree acaso que cuando un cazador descubre alguna parte del cuerpo del gamo desconoce la posición del resto de él?

Empuñó el fusil, lo apoyó sobre el hombro y ya se disponía a dar prueba de la habilidad de que se vanagloriaba, cuando el guerrero, bajándole el arma con la mano, le preguntó:

—Ojo-de-halcón, ¿tiene deseos de pelear con los maguas?

—Estos hombres conocen la naturaleza del bosque casi instintivamente —repuso el cazador apoyando en tierra el extremo del fusil, y, como convencido de su error, agregó dirigiéndose al joven—: Uncas, abandono el gamo a su flecha; porque, de otro modo, probablemente le daríamos muerte en beneficio de esos pícaros iroqueses.

Hizo el padre un gesto de aprobación, y, contando Uncas con la autorización de éste, se tendió y acercó arrastrando hacia el gamo con precaución. Cuando creyó estar a distancia conveniente de los arbustos, preparó el arco cuidadosamente, mientras que el gamo levantaba las astas como si hubiese advertido la aproximación de su enemigo: un instante después se oyó vibrar la cuerda del arco y la flecha voló hasta la maleza, de donde salió el gamo dando, brincos.

Evitó Uncas hábilmente el ataque de su enemigo enfurecido con la herida; le clavó el cuchillo en el cuello al pasar junto a él, y el animal dio un gran salto, yendo a caer al río, cuyas aguas quedaron teñidas con su sangre.

—He ahí una cosa realizada con la habilidad propia de un indio —dijo el cazador con cierto aire de satisfacción—; esto ha sido realmente digno de verse. Sin embargo, parece que la flecha necesita el auxilio del cuchillo para completar la obra.

—Cállese —ordenó Chingachgook volviéndose con la agilidad de un perro perdiguero que rastrea una pieza de caza.

—¡Qué! ¿hay alguna manada? —preguntó el cazador cuyos ojos empezaban a brillar con todo el ardor propio de su profesión—: si se aproximan hasta ponerse al alcance de mi fusil, mataré uno disparándole un balazo, aun cuando supiese que las seis naciones habían de oír el estruendo... ¿Oye algo, Chingachgook? Yo nada percibo.

—Sólo había un gamo, que es el muerto —respondió el indio inclinándose de manera que su oreja casi tocaba la tierra—; pero oigo pasos.

—Quizá los lobos hayan puesto en fuga a los gamos y los perseguirán entre la maleza.

—No, no —rectificó el indio levantándose tranquilamente y sentándose de nuevo sobre el tronco con su calma habitual—. Lo que oigo son caballos de hombres blancos: Ojo-de-halcón, son sus hermanos: es necesario que les hable.

—Seguramente les hablaré y en un inglés que el mismo rey no se desdeñaría de contestar; pero no veo que nadie se acerque ni oigo ruido de hombres ni de caballos. Es muy extraño que el indio, conozca la aproximación de un blanco más fácilmente que yo, sin tener ninguna mezcla de su sangre, como mis propios enemigos no tienen más remedio que confesar, aunque he vivido entre los de tez roja tiempo suficiente para ser sospechoso. ¡Ah! He oído crujir una rama seca y siento el ruido de la maleza. Sí, ya se aproximan, la duda es imposible. ¡Que Dios los guarde y los libre de ser víctimas de los iroqueses!

CAPÍTULO IV

No te detengas, prosigue tu camino. Este ultraje quedará vengado antes que salgas del bosque.

(Sueño de una noche de verano)

No había concluido aún el cazador de pronunciar las palabras con que termina el capítulo precedente, cuando presentose el jefe del grupo cuya aproximación había anunciado el indio. Su oído finísimo había percibido el ruido de los pasos desde una respetable distancia.

Uno de los senderos que los gamos recorrían al atravesar los bosques cruzaba el pequeño valle, no muy lejano, y llegaba a la orilla del río, hasta el mismo sitio en que el blanco y sus dos compañeros se encontraban. Los viajeros, que tan rara sorpresa habían ocasionado en la profundidad de aquellos bosques, avanzaban lentamente hacia el cazador que a alguna distancia de los indios estaba dispuesto para recibirlos.

—¿Quién va? —preguntó empuñando el fusil que tenía descuidadamente sobre el hombro izquierdo y colocando el índice sobre el gatillo, más con apariencia de pura precaución que de amenaza—. ¿Quiénes son los que se atreven a llegar hasta aquí arrostrando los peligros del desierto y de las fieras?

—Cristianos: amigos de las leyes y del rey —respondió el que marchaba a la cabeza del convoy—: gentes que se internaron en este bosque esta mañana, cuando la aurora abrió al sol las puertas del oriente, y no han tomado ningún alimento, por lo que se encuentran sumamente fatigados.

—¿Según eso, se han extraviado y conocen en qué apuro se encuentra uno cuando ignora si se ha de dirigir a la derecha o a la izquierda?

—Es cierto: el niño de pecho no está más sujeto que nosotros a merced del que le guía: nuestros conocimientos son los mismos que los que tendría aquél. ¿Sabrán decirme a qué distancia nos encontramos del fuerte de la Corona, llamado «Guillermo-Enrique»?

—¡Cómo! —exclamó el cazador prorrumpiendo en una carcajada que se apresuró a reprimir, temeroso de ser oído por algún enemigo que se encontrase al acecho—. Han perdido el rastro, como un perro que tuviese el lago Horican entre él y la pieza de caza. ¡«Guillermo-Enrique»! Si son ustedes amigos del rey y tienen que desempeñar alguna misión en el ejército, harán bien en seguir el curso de este río hasta el fuerte Eduardo: allí encontrarán al general Webb, que pierde el tiempo en lugar de avanzar hacia los desfiladeros para rechazar más allá del lago Champellain a ese francés osado. Antes que el cazador hubiese podido recibir respuesta a lo que acababa de decir, salió del bosque otro hombre a caballo y aproximose a él, preguntando:

—¿Y a qué distancia nos encontramos del fuerte Eduardo? Hemos salido esta mañana del sitio adonde nos aconsejan que nos dirijamos y deseamos ir al otro extremo del lago.

—Antes de equivocar el camino se han quedado sin duda ciegos, porque el que atraviesa la calzada tiene una anchura tal, que dudo que exista en Londres una calle semejante, ni aun en las proximidades al palacio del rey.

—No disputemos sobre la existencia del camino ni de su anchura —replicó el primer interlocutor, en quien seguramente habrá reconocido el lector al mayor Heyward—. Baste decir que nos hemos confiado a un indio, que hizo promesa de guiarnos por un atajo más corto, aunque más estrecho, y que no hemos juzgado demasiado bien de su conocimiento del terreno. En suma, que ignoramos completamente dónde nos encontramos en este momento.

—¡Un indio perderse en los bosques —exclamó el cazador moviendo repetidamente la cabeza como para manifestar su incredulidad—, mientras dora el sol las copas de los árboles! ¡Cuando los ríos llenan las cascadas! ¡Cuando cada ramita de musgo que ve le revela de qué lado ha de brillar la estrella del norte durante la noche! Los gamos han trazado en los bosques numerosas sendas para ir a las orillas de los ríos, y ni una sola bandada de gansos salvajes ha emprendido todavía el vuelo hacia el Canadá. ¡Es cosa muy sorprendente que un indio se pierda entre el Horican y el recodo del río! ¿Es quizá mohawk?

—No lo es de nacimiento, pero aquella tribu lo adoptó; creo que ha nacido más en el interior por el lado del norte, y que es uno de los que llaman hurones.

—¡Oh! ¡Oh! —exclamaron los indios que durante esta conversación habían permanecido sentados, inmóviles y aparentemente indiferentes a lo que se decía, pero que en aquel momento se levantaron con una viveza y un interés que revelaba que la sorpresa les había hecho olvidar su habitual reserva.

—¡Un hurón! —replicó el cazador moviendo la cabeza con desconfianza manifiesta—. Ésta es una raza de bandidos, sea quienquiera el que los adopte, y lo que me sorprende es que habiéndose confiado a un hombre de esta nación, no hayan encontrado a otros de ella.

—¿Olvidan seguramente que, según les he manifestado, nuestro guía se ha vuelto mohawk, uno de nuestros amigos, y que pertenece a nuestro ejército?

—Y yo le digo que el que nació mingo, mingo morirá. ¡Un mohawk! Háblenme ustedes de un delaware o de un mohicano; ésta sí que es gente honrada, y cuando se baten, lo que no ocurre con mucha frecuencia, porque han sufrido que sus enemigos, los traidores maguas, les llamen mujeres; cuando se baten, repito, no hay uno que deje de portarse como verdadero guerrero.

—Basta, basta —dijo Heyward no poco impaciente—: yo no le pido un certificado de buena conducta para un hombre que conozco mejor que usted; no ha respondido a mi pregunta: ¿a qué distancia nos encontramos del cuerpo principal del ejército y del fuerte Eduardo?

—La distancia, en mi opinión, depende de la persona que les sirva de guía. Puede su caballo recorrer mucho camino de sol a sol.

—Amigo, no me agrada ese juego de palabras inútiles —objetó Heyward procurando disimular su enojo y hablándole con más dulzura—. Si quiere decirnos a qué distancia nos encontramos del fuerte Eduardo y conducirnos, no tendrá motivo para quejarse de haber sido mal recompensado su trabajo.

—Y si lo hago, ¿quién me garantiza que no sirvo de guía a un enemigo conduciendo un espía de Montcalm junto al campamento del ejército? No todos los que hablan inglés son vasallos fieles.

—Si usted pertenece al ejército, como presumo, y es batidor, debe conocer el regimiento del rey número sesenta.

—¡El sesenta! Habrá pocos oficiales al servicio del rey en América cuyos nombres me sean desconocidos, aunque lleve este casacón en lugar de uniforme colorado.

—En ese caso no desconocerá el nombre del mayor de este regimiento.

—¡Del mayor! —exclamó el cazador altivamente—. Si hay algún hombre en el país que conozca al mayor Effigham, es el que tiene usted delante.

—Hay varios mayores en el cuerpo; el que usted me ha citado es el más antiguo, y yo me refiero al último que ha obtenido este grado y que manda las compañías de la guarnición del fuerte «Guillermo-Enrique».

—Sí, sí; he oído asegurar que es un joven muy rico, que ha venido de una de las provincias remotas, situadas a la parte del sur. Muy joven es para desempeñar ese empleo y anteponerse a otros oficiales que comienzan a encanecer en el servicio; esto no obstante, todos reconocen que posee los conocimientos de un buen soldado, y que es un hombre de honor.

—Sea quien fuere, y cualesquiera que sean los derechos que tenga a su actual graduación, está usted hablando con él en este momento, y no puede considerarlo como enemigo.

Contempló el cazador a Heyward con no poca sorpresa; descubriose respetuosamente y continuó hablándole con menos libertad, aunque no muy convencido aún.

—Según mis informes, que tengo por ciertos, debía salir esta mañana un destacamento para las orillas del lago.

—No le habían informado mal; pero he preferido el camino más corto, fiándome de los conocimientos del indio de que le he hablado.

—Que le ha engañado perdiéndose y extraviando a usted.

—Nada de eso ha ocurrido, porque no me ha abandonado; viene detrás.

—Tendría mucho gusto en verlo; si es un verdadero iroqués, su facha de corsario y el modo de pintarse me lo darán a conocer.

El cazador pasó por detrás de la yegua del maestro de canto, cuyo potrillo se aprovechaba de la ocasión para mamar, llegó hasta el sendero y encontró a las dos damas que esperaban inquietas y llenas de temor el resultado de esta conferencia. A alguna distancia estaba el correo indio apoyado de espaldas contra un árbol, y soportó las miradas penetrantes del cazador con la mayor tranquilidad, pero con un aspecto tan sombrío y montaraz, que era suficiente para inspirar terror. Cuando el cazador lo hubo examinado a su placer, se retiró, y pasando cerca de las damas como para admirar su belleza, respondió satisfecho al cortés ademán de Alicia, acompañado de una sonrisa agradable, y se detuvo detrás de la yegua del maestro de canto con el manifiesto deseo de averiguar quién era éste. Por último, acercándose de nuevo adonde estaba Heyward, dijo moviendo la cabeza y bajando la voz:

—Es un mingo; y habiéndole hecho Dios así, ni los mohawks, ni ninguna otra tribu podrá mudarle. Si nos encontráramos solos y quisiera usted dejar a merced de los lobos ese hermoso caballo, yo mismo podría conducirle a «Eduardo» en una hora, pues no sería necesario más tiempo para llegar; pero, llevando en su compañía las damas que acabo de ver, es absolutamente imposible.

—Y ¿por qué razón? Sin duda se encuentran cansadas; pero todavía les quedan fuerzas para andar algunas millas.

—Es absolutamente imposible —repitió el cazador con tono más firme—; yo no quisiera andar una milla en los bosques de noche, en compañía de ese correo, aunque me entregaran el mejor fusil que hay en las colonias: en estas selvas hay seguramente iroqueses ocultos, y su mohawk bastardo sabe demasiado bien dónde se encuentran para que yo quiera ir en su compañía.

—¿Es ésa su opinión? —preguntó Heyward, inclinándose sobre la silla y hablando en voz muy baja—. Confieso que yo mismo no he dejado de tener sospechas, aunque haya procurado disimularlas y fingir confianza para no asustar a mis compañeras, y éste ha sido el motivo por el cual me he negado a continuar siguiéndole y he resuelto marchar adelante.

—No he hecho más que dirigirle una mirada, y me he convencido de que es uno de esos bandidos —repuso el cazador poniendo el dedo en la boca en señal de circunspección—. El bribón está apoyado contra ese árbol, cuyas ramas se elevan sobre los zarzales, su pierna derecha se adelanta sobre la misma línea que el tronco, y, desde el lugar en que me encuentro, puedo —añadió dando un golpecito sobre su fusil— alojarle entre el tobillo y la rodilla una bala, que le curará de la manía de andar por los bosques más de un mes. Si me acercase de nuevo a él, sospecharía alguna cosa el astuto bribón, y se internaría corriendo en la selva como un gamo espantado.

—No haga usted nada, no puedo consentirlo; quizá sea inocente: si estuviese convencido de su traición...

—No se equivoca uno jamás juzgando a un iroqués como traidor —replicó el cazador levantando el fusil maquinalmente.

—Estese quieto —exclamó Heyward—. No apruebo ese procedimiento; es preciso emplear otro medio, a pesar de que todo me convence de que el bribón me ha engañado.

El cazador, que, por obedecer a Heyward, había ya renunciado a su proyecto de imposibilitar al correo para correr más, reflexionó un instante e hizo una seña que entendieron sus dos compañeros. Les habló en su idioma, y, aunque en voz baja, sus gestos revelaban que les señalaba las copas de los árboles, y que les indicaba la situación de su enemigo. No tardaron en comprender las instrucciones que les daba, y abandonando las armas de fuego se separaron, dieron un largo rodeo e internándose en la espesura del bosque, cada cual por su lado, tan silenciosamente, que era imposible distinguir el ruido de sus pasos.

—Ahora —dijo el cazador a Heyward—, acérquese a él y distráigalo hablándole; esos dos mohicanos se apoderarán de él sin tocar ni aun la pintura de su cuerpo.

—Yo mismo lo haré —repuso Heyward altivamente.

—¿Usted? ¿Y qué puede usted hacer a caballo contra un indio metido entre la maleza?

—Me apearé.

—¿Y cree usted que cuando le vea sacar un pie del estribo le dará tiempo para que saque el otro? El que tiene que tratar con los indios en los bosques, debe seguir sus mismos procedimientos si desea conseguir su objeto. Vaya, pues; hable a ese bribón en tono de confianza, como si usted lo considerase su mejor amigo.

Heyward dispúsose a seguir este consejo, a pesar de la gran repugnancia que inspiraba a su carácter franco el desempeño de tal comisión. Esto no obstante, cada instante se persuadía más de que su intrépida y ciega confianza había puesto en grave peligro las damas que acompañaba. El sol acababa de ocultarse, y privados los bosques de su luz, cubríanse de una pavorosa oscuridad que anunciaba que la hora en que los salvajes suelen ejecutar proyectos atroces de su venganza, estaba próxima. Excitado por tan vivos temores, el mayor separose del cazador, y éste se puso a conversar con el extranjero que tan familiarmente se había incorporado aquella mañana al grupo de los viajeros. Al pasar Heyward junto a sus compañeros, dirigioles algunas palabras de aliento, y advirtió con satisfacción que estaban persuadidos de que la situación en que se encontraban era debida únicamente a la casualidad. Sin desvanecer esta idea, y manifestando que iba a consultar con el correo indio el camino que debían seguir, adelantose hacia él y se detuvo junto al árbol en que el guía traidor continuaba apoyado todavía.

—Ya ve, magua —le dijo afectando la mayor confianza—, que la noche está encima, y esto no obstante nos encontramos tan lejos de «Guillermo-Enrique» como cuando partimos del campamento de Webb a la salida del sol: ha errado el camino, y yo también; pero, por fortuna, hemos encontrado un cazador (que es aquel que está hablando con nuestro cantor) que conoce todas las sendas y todas las guaridas de estos bosques, y me ha prometido conducirme a un sitio donde podremos entregarnos tranquilamente y sin peligro alguno al descanso hasta que el sol de un nuevo día vuelva a alumbrarnos.

—¿Está solo ese cazador? —preguntó el indio en mal inglés, fijando en el mayor sus ojos centelleantes.

—¡Solo! —repitió Heyward titubeando, porque desconocía el arte del fingimiento y le era muy penoso el desempeño del papel que estaba representando—. No, magua, no está solo, pues que está con nosotros.

—Entonces, el Zorro Sutil se irá —repuso el indio fríamente tomando una maletilla que había puesto a sus pies—, y las caras pálidas no verán ya sino gentes de su mismo color.

—Se irá, ¿quién? ¿A quién llama el Zorro Sutil?

—Es el nombre que han puesto al magua sus padres del Canadá —respondió el correo con un tono que revelaba su vanidad por haber alcanzado el honor de que le hubiesen apodado de tal manera, aunque ignoraba probablemente que el sobrenombre que llevaba no era propio para asegurarle la reputación de honrado—. La noche es lo mismo que el día para el Zorro Sutil, cuando Munro lo aguarda.

—Y ¿qué cuenta va a dar el Zorro Sutil de las dos hijas del comandante de «Guillermo-Enrique»? ¿Se atreverá a declarar al fogoso escocés que las ha dejado sin guía después de haberle prometido solemnemente acompañarlas hasta el término del viaje?

—La cabeza gris tiene la voz fuerte y el brazo largo, y el Zorro Sutil oirá aquélla y percibirá éste cuando se encuentre en los bosques.

—Pero, ¿qué van a decir los mohawks? Le darán vestidos de mujer y le obligarán a permanecer en la tienda con las mujeres porque ya no lo conceptuarán digno de alternar con los hombres y entre los guerreros.

—El Zorro conoce los caminos de los grandes lagos, y se halla en situación de encontrar los huesos de sus padres.

—Vamos, magua, vamos; ¿acaso no somos amigos? ¿Por qué ha de haber disensiones entre nosotros? Munro le ha ofrecido recompensar sus servicios y yo le prometo otra recompensa cuando los haya concluido. Descanse un rato, pues debe experimentar fatiga; abra su maleta y coma un bocado. Nosotros tenemos que aprovechar algunos momentos; pero después que estas damas hayan descansado, reanudaremos la marcha.

—Las caras pálidas se convierten en perros de sus mujeres —murmuró el indio en su lengua nativa—; cuando quieren comer necesitan que los guerreros dejen el hacha para alimentar su pereza.

—¿Qué dice el Zorro?

—El Zorro dice que está bien.

Levantó el indio los ojos hacia Heyward mirándole muy atentamente; pero, advirtiendo que éste lo miraba a su vez, volvió la cabeza, arrellanose en el suelo, abrió la maleta y se puso a comer algunas provisiones que sacó de ella, después de haber examinado el terreno con mucha cautela.

—Perfectamente —dijo el mayor—; el Zorro tendrá fuerzas y buenos ojos para encontrar mañana el camino. —Enmudeció un momento por haber percibido a lo lejos el ligero ruido de las hojas movidas; pero, conociendo la necesidad de distraer la atención del salvaje, agregó—: Necesitaremos ponernos en marcha antes de la salida del sol; si no, podría ocupar Montcalm el paso, interceptándonos el camino del fuerte.

Mientras hablaba así, dejó el magua caer la mano sobre el muslo, y aunque sus ojos estaban fijos en el suelo y tenía vuelta la cabeza, permanecía inmóvil, y su aspecto era, en suma, el de una estatua que representase la atención.

Heyward, que no dejaba de observarlo, sacó disimuladamente el pie derecho del estribo, y adelantó la mano hacia la piel de oso que cubría sus pistolas de arzón con el propósito de apoderarse de una; pero este proyecto quedó frustrado por la atención del correo, cuyos ojos, sin fijarse en ningún objeto y sin movimiento aparente, no perdían un solo detalle de cuanto pasaba en su derredor.

Mientras el mayor vacilaba respecto a la actitud que debía adoptar, púsose de pie el indio tan lenta y cuidadosamente, que no produjo el más leve ruido. Conoció Heyward que era urgente tomar un partido, y apeose del caballo decidido a apoderarse de aquel pérfido, contando con su fuerza para lograrlo. Esto no obstante, por no alarmarlo, continuó mostrándose aparentemente tranquilo y confiado.

—¿No come el Zorro Sutil? —preguntó, llamándole del modo que al parecer lisonjeaba más la vanidad del indio—. ¿No está bien preparado su grano? ¿Parece seco? ¿Me permitirá que lo examine?

El magua permitiole que pusiera la mano en su zurrón, y aun sufrió que tocase la suya sin alterarse ni cambiar su actitud; pero, cuando sintió que los dedos del mayor subían lentamente por su brazo desnudo, diole un fuerte golpe en el vientre arrojándole al suelo. Saltó por encima de él, y en tres brincos internose en la espesura del bosque por el lado opuesto, lanzando un grito penetrante.

Un segundo después llegó Chingachgook silencioso como un espectro y lanzose en persecución del fugitivo. El gesto de Uncas reveló que le había visto, y el fulgor rápido que iluminó la selva y la detonación que siguió, testimoniaron que el cazador había disparado su fusil contra el fugitivo.

CAPÍTULO V

El temeroso Tisbe holló el rocío de los campos y vio la sombra del león rugiente en una noche como ésta.

(El Mercader de Venecia)

El mayor quedó estupefacto.

La huida rápida del salvaje, los gritos de los que perseguían al correo, el disparo del fusil del cazador, y el golpe que acababa de recibir lo dejaron, por el momento, inmóvil, pero, comprendiendo en seguida cuánto le importaba apoderarse del fugitivo, lanzose precipitadamente a la maleza para correr tras él. Apenas habría dado trescientos pasos, cuando encontró a sus tres compañeros que ya habían renunciado a una persecución que consideraban inútil.

—¿Por qué se desaniman tan pronto? —preguntoles—. Ese miserable debe estar oculto detrás de algún árbol, y todavía podremos atraparlo; no estamos seguros mientras no nos apoderemos de él.

—¿Pretende usted que una nube dé caza al viento? —preguntó el cazador disgustado—. El bandido se ha deslizado entre las hojas como una serpiente, y habiéndole divisado cerca de ese grueso pino le he disparado a la ventura, pero inútilmente. Esto no obstante, apostaría que no he apuntado mal: nadie negará que yo tengo experiencia en esto y que debo entenderlo. Fíjese en ese zumaque, un arbolillo que tiene algunas hojas coloradas, a pesar de que no estamos todavía en la estación en que adquieren este color.

—Es sangre y con seguridad es del magua: sin duda está herido y quizá haya caído a algunos pasos de aquí.

—No, no lo crea, sólo le he raspado la piel y el salvaje ha corrido más aprisa: cuando una bala no hace más que un arañazo produce el mismo efecto que la espuela en el caballo: le impulsa a acelerar el paso; pero, cuando penetra en las carnes, cae la caza generalmente a los dos brincos, sea gamo, sea indio.

—De todos modos, creo que no debemos renunciar a la persecución. ¿No somos cuatro contra un herido?

—¿Se encuentra usted cansado de vivir? Ese diablo rojo le atraería hasta debajo de las hachas de sus compañeros si se obstinase en perseguirlo. Para un hombre que se ha dormido muchas veces oyendo lanzar el grito de guerra, no he procedido bien disparando un tiro, cuyo estruendo habrá podido oírse en alguna emboscada; pero ¡ésta una tentación tan natural! Vamos, amigos míos, necesitamos abandonar este sitio de manera que engañemos al enemigo más solapado, al mingo más maligno, si no queremos que nuestras cabelleras se sequen mañana al aire, delante del campo de Montcalm.

Este consejo terrible que daba el cazador con la convicción de un hombre que conoce toda la extensión del peligro, pero a quien no falta el valor necesario para arrostrarlo, hizo recordar a Heyward las dos bellas damas cuya guarda le estaba encargada, y que sólo en él confiaban. Mirando en torno suyo, y esforzándose en vano para penetrar en las tinieblas que se aumentaban bajo la bóveda que formaba la selva, desesperábase al considerar que, lejos de todo socorro humano, acaso no tardarían en verse las dos jóvenes a merced de los bárbaros, que cual bestias feroces aguardaban la noche para herir a sus víctimas con golpes más certeros y peligrosos.

Su imaginación sobreexcitada hacíale ver fantasmas horribles en cada arbusto agitado por el viento, presentándole a los salvajes escondidos entre las ramas atisbando sus movimientos. Alzó la vista al cielo y advirtió que algunas nubecillas teñidas por el sol de color de la rosa, empezaban a oscurecerse, y que el río que pasaba al pie de la colina sólo se distinguía por el contraste que formaba su cauce con los espesos bosques que poblaban sus riberas.

—¿Qué resolución hemos de adoptar? —preguntó el mayor cediendo a la inquietud que lo atormentaba en tan inminente peligro—. Por el Cielo, no me abandone, defienda a las infelices jóvenes que vienen en mi compañía, y señale la recompensa de este servicio.

El cazador y los indios, que hablaban en el idioma de su país, no prestaron atención a este ruego, tan fervoroso como repentino, y aunque conversaban en voz baja y con precaución, percibió Heyward la voz del joven que respondía con calor y vehemencia a algunas palabras que su padre acababa de dirigirle. Indudablemente, discutían algún proyecto que interesaba a la seguridad de los viajeros, y siéndole intolerable la tardanza que le presentaba su inquieta imaginación, como origen de nuevos peligros, adelantose hacia ellos con el propósito de ofrecerles una recompensa todavía más espléndida. Pero, entonces, haciendo el cazador un gesto que revelaba compartir la opinión de sus interlocutores, dijo en inglés en forma de monólogo:

—Uncas tiene razón; no procederíamos honradamente si abandonáramos a su destino a estas dos mujeres sin defensa; aun cuando perdiéramos para siempre nuestro ordinario refugio. Señor —continuó dirigiéndose al mayor que se aproximaba—, si desea proteger esos tiernos retoños contra el furor del más terrible de los huracanes, no se puede perder un momento, y es preciso que se arme de todo su valor.

—No dude de mis sentimientos, y ya he ofrecido...

—Haga sus ofrecimientos a Dios, que es quien puede concedernos bastante prudencia para burlar a los diablos que oculta este bosque; pero no nos haga a nosotros ofertas de dinero. Acaso no vivamos bastante, usted para cumplir sus promesas, y nosotros para aprovecharnos de ellas. Estos dos mohicanos y yo haremos cuanto humanamente pueda hacerse para salvar a esas dos tiernas flores, que por muy dulces que sean, jamás fueron criadas para el desierto. Sí, nosotros las defenderemos, y sin esperanza de otra recompensa que la que Dios concede siempre a los que obran bien. Pero necesitamos que usted nos prometa dos cosas, tanto por usted, como por sus amigos, sin lo cual, en lugar de servirle, le perjudicaríamos como igualmente a nosotros, mismos.

—¿Cuáles son?

—La primera es guardar absolutamente silencio dentro de estos bosques, en cualquier accidente que pueda ocurrir; y la segunda la de no revelar jamás a nadie el sitio donde vamos a conducirlos.

—Acepto las dos condiciones, y en cuanto de mí dependa haré que mis compañeros las cumplan.

—En este caso sígame, porque estamos perdiendo un tiempo tan precioso como la sangre que pierde el gamo herido.

A pesar de la oscuridad de la noche, más tenebrosa a cada instante, percibió Heyward el gesto de impaciencia que hizo el cazador cuando, emprendiendo su paso acelerado, se dispuso a seguirlo. Luego que llegaron al sitio donde se encontraban las jóvenes, que le esperaban impacientes e inquietas, las enteró rápidamente de las condiciones impuestas por el nuevo guía, haciéndoles comprender la necesidad de guardar silencio, y de dominarse bastante para reprimir cualquiera exclamación que pudiera arrancarles el temor.

Este aviso era suficiente para sobresaltarlas, y lo oyeron aterrorizadas, pero la seguridad de Heyward, auxiliada tal vez por la naturaleza del riesgo, infundioles valor, poniéndolas en estado a lo menos de creer que podrían soportar los peligros inesperados a que probablemente se iban a ver expuestas. Sin responder una palabra ni detenerse un instante, permitieron que el mayor las ayudase a apearse de los caballos, y tomándolos Heyward por la brida, emprendieron la marcha delante de ellas. Las jóvenes lo siguieron hasta llegar a la orilla del río, en donde estaban esperándolos el cazador, los dos mohicanos y el maestro de canto.

—¿Y qué haremos de las caballerías? —preguntó el cazador que parecía el único encargado de dirigir los movimientos de aquella pequeña tropa—. Cortarles el pescuezo y arrojarlas al río sería perder demasiado tiempo; dejarlas aquí equivaldría a advertir a los mingos que no estamos muy lejos.

—Póngales la brida al cuello y échelas al bosque —dijo el mayor.

—No, señor; es preferible engañar a esos bribones y hacerles creer que necesitan correr tanto como los caballos, si quieren apoderarse de su presa. ¡Hola! Chingachgook, ¿qué pasa entre los matorrales?

—Es ese diablo de potro.

—Es preciso matarlo —dijo el cazador asiéndolo por la crin; y, como el animal se le escapase, agregó—: Uncas, pronto, una flecha.

—¡Deténgase! —gritó su dueño en alta voz, sin parar mientes en que los demás hablaban bajo—. No mate al hijo de Miriam: es el hermoso vástago de su leal madre, incapaz de perjudicar a nadie voluntariamente.

—Cuando los hombres luchan para conservar la vida que Dios les ha dado, los días de sus prójimos no les parecen más preciosos que los de los animales de los bosques. Si pronuncia una palabra más, los abandono a merced de los maguas. Una flecha, Uncas: dispare pronto; no tenemos tiempo para hacerlo dos veces.

Todavía no había concluido de hablar, y ya el potro herido, levantándose sobre las piernas cayó en seguida sobre las manos; un esfuerzo para volver a levantarse, y Chingachgook le introdujo el cuchillo en la garganta tan rápido como el pensamiento y lo precipitó en el río.

Este acto de aparente crueldad, pero de necesidad absoluta, persuadió más que nada a los viajeros del peligro en que se encontraban, y el tono de tranquila resolución de los que habían sido actores en esta escena, produjo en su alma una nueva impresión de terror. Las dos jóvenes se abrazaron temblando, y Heyward, empuñando instintivamente una de sus dos pistolas, que se había puesto en la cintura al tiempo de apearse, colocose entre ellas y la sombra impenetrable que formaba como un velo espeso en el interior del bosque.

Mientras tanto los dos indios, sin perder tiempo, tomaron los caballos por la brida y los obligaron a entrar en el río.

A alguna distancia de la orilla hicieron un rodeo, y no tardaron en desaparecer en la profundidad de ella, que siguieron, aunque en dirección contraria a la corriente del río, mientras el cazador descubría una canoa de corteza de árbol, oculta bajo una zarza, cuyas largas ramas formaban una especie de bóveda en la superficie del agua, e hizo señal a las dos hermanas para que entrasen en ella. Las jóvenes obedecieron en silencio; pero no sin mirar espantadas hacia el bosque, que se prolongaba a lo largo del río semejante a una negra barrera.

Tan pronto como Cora y Alicia estuvieron dentro de la canoa, hizo el cazador una seña al mayor para que entrase con él en el río, y empujando cada uno por un lado la frágil embarcación, la hicieron subir contra la corriente, seguidos por el desconsolado dueño del potro muerto, avanzando así algún tiempo con un silencio que sólo era interrumpido por el murmullo del agua y el ligero ruido que hacía la canoa al romperla. El mayor obedecía cuidadosamente las indicaciones del cazador, que tan pronto se aproximaba como se apartaba de la orilla para evitar los bajíos donde la barca no podía pasar, o los parajes muy profundos en donde el agua no les permitía andar sin riesgo de sumergirse. De vez en cuando se detenía, y en medio del profundo silencio, que hacía más imponente el ruido de la cascada, poníase a escuchar atentamente para convencerse de que no se percibía ningún rumor por el lado del bosque, y asegurado de que nada había de temer porque ningún indicio le revelaba la proximidad de sus enemigos, reanudaba la marcha con lentitud y precaución.

Llegaron al fin a un lugar en que los ojos del mayor, siempre en acecho, descubrieron un grupo de bultos negros sobre la altura que el cauce dejaba al río en profunda oscuridad. Ignorando si debía o no proseguir caminando, señaló con el dedo a su compañero el sitio que le inquietaba.

—Sí, sí —dijo el cazador tranquilamente—; los indios han ocultado allí los caballos con su natural penetración; el agua borra toda señal de los pasos, y la oscuridad de semejante agujero es impenetrable.

Pronto llegaron a dicho sitio y, cuando estuvo reunida toda la comitiva, celebrose un nuevo consejo entre el cazador y los mohicanos, durante el cual pudieron los demás examinar su situación y comunicarse sus impresiones.

El río se estrechaba en aquel punto entre unas rocas escarpadas, y la cima de una de ellas avanzaba sobre el lugar en que se encontraba detenida la canoa: todas aquellas rocas aparecían cubiertas de grandes árboles, pudiendo decirse que corría el agua bajo una bóveda o por un barranco estrecho y profundo. Todo el espacio que había entre las rocas cubiertas de árboles, cuya cima dibujábase apenas sobre el azul del firmamento, aparecía envuelto en sombras muy densas; a su espalda limitaba la vista un recodo que formaba el río, y no se veía sino la línea oscura que trazaban las aguas. Pero al frente, y, en apariencia, muy cerca, caían como del cielo, precipitándose en unas profundas cavernas con un ruido que era perceptible desde una gran distancia. Era un sitio consagrado al retiro y a la soledad, cuya contemplación sedujo a las dos jóvenes hermanas que respiraron con más libertad considerándose ya seguras.

Los caballos habían sido atados a los troncos de árboles que crecían en los huecos de las rocas, donde debían permanecer toda la noche con las piernas en el agua.

Los conductores previnieron a Cora y a Alicia que entrasen en la canoa, poniendo así término a la contemplación de las maravillas de la Naturaleza que las tenía absortas.

Colocáronse los cuatro a un extremo de la frágil embarcación, ocupó el otro el cazador, y los dos indios regresaron al sitio en que habían quedado los caballos. Apoyó el cazador una pértiga contra las rocas, y la canoa fue a parar en medio del río. La corriente oponíase fuertemente a la barquichuela, cuya subida fue penosa y difícil, y el cazador previno que no hiciesen el menor movimiento para evitar una zambullida que en las circunstancias por que atravesaban hubiera sido en extremo peligrosa. Muchas veces se creyeron sumergidos, pero la destreza del piloto pudo dominar el peligro, que terminó por un esfuerzo vigoroso y desesperado que obligó a Alicia a cerrar los ojos aterrorizada, pues estaba convencida de que serían arrastrados por el torrente de la catarata; pero la canoa se detuvo al lado de una pequeña llanura que formaba la punta de una roca que sobresalía de las aguas como dos pulgadas.

—¿Dónde estamos? ¿Qué más tenemos que hacer? —preguntó Heyward al advertir que el cazador no manejaba el timón ni los remos de la canoa.

—Nos encontramos al pie de Glenn —respondió en voz alta el cazador que no temía ya ser oído de nadie por estar cerca de la catarata—; y sólo necesitamos desembarcar con precaución para que no zozobre la canoa, porque entonces recorreríamos de nuevo, aunque en dirección contraria, el trayecto que hemos seguido de un modo menos agradable, pero más rápido. El río es difícil de subir cuando hay mucha agua, y cinco personas son efectivamente demasiada carga para una pobre barquichuela de corteza de árboles y de resina. Vamos, suban ustedes sobre la roca mientras voy a buscar a los dos mohicanos, y el gamo que no han olvidado, cargándolo sobre los caballos, pues tanto importaría abandonar la cabellera al cuchillo de los mingos, como ayunar en medio de la abundancia.

Los pasajeros no se hicieron repetir la orden, y apenas habían puesto el último pie sobre la roca, cuando alejose el barco con la rapidez de una flecha; percibiose durante un momento la figura del cazador, que parecía escurrirse sobre las ondas, y desapareció a la vista de los viajeros.

Privados de su guía, éstos no sabían qué hacer, ni se atrevían a moverse sobre la roca, temerosos de caer en una de las profundas cavernas, donde se precipitaba el agua a derecha e izquierda con estrépito infernal; pero no tuvieron necesidad de aguardar mucho tiempo. Ayudado el cazador por los dos mohicanos, apareció de regreso con la canoa mucho antes de lo que el mayor había calculado que podía bastar para conducirlos.

—Ya nos encontramos en un fuerte, con buena guarnición y provisiones —exclamó Heyward con mayor animación—, y podemos desafiar a Montcalm y a los suyos. Dígame, valiente centinela, ¿puede ver u oír desde aquí a alguno de esos que llama iroqueses?

—Les doy ese nombre porque los considero enemigos como a cualquier natural del país que habla una lengua extranjera, aunque finja servir al rey. Si Webb desea encontrar honor y buena fe entre los indios, que llame a las tribus de los delawares y aleje a los ambiciosos mohawks, a los infames opeidas y sus seis naciones de villanos al interior del Canadá, donde deberían ser conducidos todos los malhechores.

—Eso equivaldría a cambiar los amigos belicosos por aliados inútiles; he oído asegurar que los delawares han abandonado el hacha de piedra y permitido que les den el nombre de mujeres.

—Sí, para vergüenza eterna de los holandeses e iroqueses que han utilizado seguramente el auxilio del demonio para hacer un trato semejante; pero yo los conozco bastante y desmentiré al que diga que la sangre que corre por las venas de un delaware es cobarde. Ustedes han arrojado sus tribus de las orillas del mar y dan crédito a las patrañas de sus enemigos para acallar su conciencia y dormir tranquilos. Sí, sí; todo indio que no habla lengua delaware es para mí un iroqués, cualquiera que sea el lugar de la tierra en que se habite.

Como comprendiese el mayor que la adhesión inalterable del cazador a la causa de sus amigos los delawares y mohicanos, que eran dos ramas de la misma nación, haría interminable aquella discusión inútil, varió hábilmente la conversación.

—Que exista o no algún tratado respecto al asunto, sé perfectamente —repuso Heyward— que sus dos compañeros son guerreros tan valerosos como dotados de prudencia. ¿Han visto u oído a alguno de nuestros enemigos?

—Los indios se sienten antes de que se los vea —contestó el cazador echando al suelo el gamo que traía a cuestas—, y yo tengo otros indicios, no tan manifiestos, para conocer la aproximación de los mingos.

—¿Sus oídos le han indicado si han descubierto nuestro refugio?

—Lo sentiría mucho, aunque nos encontramos en un lugar perfectamente defendible; no negaré, sin embargo, que los caballos han temblado cuando me he acercado a ellos como si hubieran sentido al lobo, y este animal sigue con mucha frecuencia a las tropas de los indios con la esperanza de aprovechar los restos de algún gamo al que hayan dado caza los salvajes.

—¿Olvida el que tiene a los pies y cuyo olor ha podido atraer los lobos? ¿No se acuerda tampoco del potro muerto?

—¡Pobre Miriam! —exclamó afligido el maestro de canto—. Tu hijo estaba destinado a ser comido por las bestias feroces.

—La muerte de su potro le tiene consternado —dijo el cazador—. Eso revela que tiene buenos sentimientos; pero lo que ha sucedido era inevitable, pues no puede negar que era justo privar de la vida a un ser irracional para conservar la de las personas. Además, lo que dice de los lobos puede ser cierto, y es una razón más para que nos apresuremos a destrozar este gamo y arrojar sus despojos al río, sin lo cual pronto habría una manada de lobos aullando junto a las rocas, como echándonos en cara cada bocado que tragásemos y, aunque la lengua de los delawares es como un libro cerrado para los iroqueses, no les falta instinto a esos bribones para conocer a qué obedecen los aullidos del lobo.

El cazador, al mismo tiempo que hacía estas observaciones, disponía rápidamente todo lo necesario para la preparación del gamo, cuando hubo concluido de hablar; dejó a los viajeros y se apartó acompañado de los dos mohicanos, que, sin que se los explicara, habían comprendido sus propósitos. Alejáronse los tres, y desaparecieron como si la roca, que se elevaba a algunas toesas de la orilla del agua, se los hubiese tragado.

CAPÍTULO VI

Valiéndose de uno de los cantos, en otra época tan gratos a Sión, dijo:
— ¡Adoremos al Señor!

BURNS

Aunque la conducta del cazador y la de los mohicanos que lo acompañaban no autorizaba a Heyward para desconfiar de sus rectas intenciones, éste y los demás viajeros se inquietaron al verlos desaparecer sin que les diesen explicación de aquella repentina ausencia.

Realmente, el aspecto innoble de los mohicanos, su tosco traje, su tono insolente y agresivo, su invencible repugnancia a los objetos que les eran odiosos, y su carácter desconocido eran motivos suficientes para inspirar desconfianza en los corazones a quienes la traición del guía indio acababa de inquietar.

Sólo el maestro de canto parecía mostrarse indiferente a todo. Estaba sentado sobre un peñasco, absorto al parecer en reflexiones que no debían ser muy agradables, a juzgar por los suspiros que exhalaba de vez en cuando. Los viajeros no tardaron en percibir un ruido sordo que parecía producirse en las entrañas de la tierra, y de repente hirió sus ojos una luz que les reveló el misterio.

En el extremo de una profunda caverna, abierta en la roca, y cuya longitud a primera vista parecía mayor de lo que realmente era, estaba sentado el cazador con una rama de pino encendida en la mano, y cuya llama, reflejando sobre su fisonomía atezada y sobre sus vestidos, le daba un aspecto fantástico: su extraño traje, el vigor de sus miembros que parecían de hierro, y la combinación singular de sagacidad, simpleza y vigilancia que se advertía en sus facciones, semejaban al cazador con un ser mitológico, evocación caprichosa de una imaginación meridional.

Cerca de él encontrábase Uncas que se distinguía perfectamente por su posición y proximidad. Los viajeros contemplaron con delectación al joven mohicano, cuyos movimientos y actitudes tenían una gracia natural. Su cuerpo estaba más cubierto que de ordinario por un vestido de caza; pero veíanse brillar sus ojos altivos, negros e intrépidos aunque dulces y tranquilos: sus facciones, bien pronunciadas, permitían apreciar la tez roja de su nación en toda su pureza. Su frente erguida y llena de dignidad, y su cabeza noble, no ofrecían a la vista sino un pequeño mechón de cabellos que

—477—

los salvajes conservan por arrogancia y a modo de reto a sus enemigos, a quienes parece que desafían a que se lo arranquen.

Ésta era la primera vez que Heyward y sus compañeros habían podido examinar atentamente las facciones expresivas de uno de los dos indios, a quienes su buena estrella les había hecho encontrar, y la expresión fuerte y resuelta, pero franca, de la fisonomía del joven mohicano mitigó su inquietud. Se persuadieron de que éste podría ser un hombre sumido en la oscuridad de la ignorancia, pero no un pérfido ni un traidor. Contemplábalo la sencilla Alicia con la misma admiración que a una estatua griega o romana, inopinada y milagrosamente animada; y el mayor, aunque acostumbrado a ver la perfección que frecuentemente se encuentra entre los salvajes, a quienes la corrupción no ha alcanzado todavía, expresó con franqueza su satisfacción.

—Creo —le respondió Alicia— que puedo dormir tranquila bajo la custodia de un centinela tan generoso y tan intrépido como este joven revela ser. Con seguridad, no ocurren jamás en presencia de seres como éste esas muertes bárbaras, esas escenas espantosas de tormento, cuyas horribles descripciones he leído y me han contado.

—Sin duda alguna es un ejemplo raro de las cualidades que posee este pueblo —respondió el mayor—, y opino, como usted, que esa frente, esos ojos, son más a propósito para intimidar a los enemigos que para engañar a las víctimas. Pero no nos hagamos ilusiones ni esperemos que esta gente tenga otras virtudes que las que están al alcance de los salvajes. Los casos de grandes perfecciones son bien raros entre los cristianos; ¿por qué han de ser más frecuentes entre los indios? De todos modos, confío en que este joven mohicano no burle nuestros presentimientos y sea para nosotros lo que su aspecto promete: un amigo leal y valiente.

—Eso es hablar como corresponde al mayor Heyward —repuso Cora—: al contemplar a este hijo de la Naturaleza, ¿quién pensará en el color de su piel?

—El fuego despide demasiada llama —dijo el cazador que había llamado a los viajeros a la caverna—, y podría despertar la atención de los mingos que se apresurarían a venir a buscarnos. Uncas, cierre la entrada, y que esos bribones no vean sino oscuridad. No tendremos una cena digna de un mayor de los americanos realistas, pero los destacamentos de su regimiento se han dado muchas veces por satisfechos comiendo caza cruda y sin sazonar; aquí a lo menos tenemos sal en abundancia, y este fuego que va a prestarnos excelente servicio asando la carne de gamo. Ahí hay ramas de sasafrás, que pueden servir de asiento a esas damas; no son seguramente tan cómodas como los sillones de caoba, ni tienen crin; pero exhalan un gratísimo perfume. Vamos, amigo, no piense usted más en el potrillo: era un animal inocente que no había sufrido mucho; su muerte le evitará el trabajo de la silla y la fatiga de las piernas.

Uncas hizo lo que se le había ordenado, y, cuando Ojo-de-halcón dejó de hablar, sólo se oyó el ruido de la catarata, semejante al de un trueno lejano.

—¿Estamos seguros en esta caverna? —preguntó Heyward—. ¿No hay ningún peligro de que nos sorprendan? Un solo hombre armado, colocado a la entrada, sería dueño de nosotros.

Del sombrío fondo de la caverna surgió entonces una figura que parecía un espectro, se adelantó por detrás del cazador, y tomando de la hoguera un tizón encendido, lo levantó para alumbrar el fondo de la cueva. Esta repentina aparición arrancó a Alicia un grito y Cora púsose en pie precipitadamente; pero una palabra de Heyward las tranquilizó. El mayor les dijo que era su amigo Chingachgook.

El indio levantó una cubierta para mostrarles que la caverna tenía otra salida, y, saliendo con su antorcha, atravesó una especie de abertura, formada en las rocas en ángulo recto con la gruta en que se encontraban. Aquella abertura conducía a otra caverna muy parecida a la primera.

—Los zorros viejos como Chingachgook y yo no se dejan cazar en una madriguera y no nos hubiésemos refugiado aquí si ésta sólo tuviese una entrada —dijo el cazador riendo—. Ahora pueden ustedes apreciar si el sitio es bueno. La roca es de piedra calcárea, que todo el mundo sabe que es suave y blanda, de modo que no es mala almohada cuando faltan los arbustos y el pino. La catarata caía en otro tiempo a distancia de algunos pies del sitio donde estamos, y formaba un estanque hermoso y regular. Pero el tiempo es un gran demoledor de las bellezas, como estas damas conocerán en su día, y el sitio es bien desconocido. Las rocas tienen grietas, y la piedra es más blanda en unas partes que en otras, de suerte que el agua ha penetrado formando cavidades, ha retrocedido, se ha abierto camino y formado dos cascadas que carecen de forma y de regularidad.

—¿Y en qué parte de estas rocas nos encontramos? —preguntó el mayor.

—Junto al sitio en que la Providencia había colocado las aguas; pero donde se han negado a permanecer. Como la roca es menos fuerte por los lados, la han perforado para abrirse paso, después de formar estas dos cavidades que nos ocultan, dejando en seco el centro del río.

—¿Nos encontramos, entonces, en una isla?

—En efecto, y con una cascada a cada lado, y el río por delante y por detrás. Si ahora fuese de día, les propondría subir a la roca para que apreciasen los estragos del agua: cae tumultuosamente y sin método; tan pronto salta como se precipita; aquí resbala, allí se arroja; en unos sitios parece blanca como la nieve, en otros verde como la hierba; a un lado forma torrentes que amenazan abrir la tierra; al otro, murmura como arroyuelo, y, a veces, forma torbellinos para consumir la piedra como si fuese arcilla, de manera que todo el orden del río ha sufrido alteraciones. Subiendo a doscientas toesas corre con mansedumbre como si quisiera permanecer fiel a su antiguo curso; pero, entonces, las aguas se separan, van a dar contra las orillas a derecha e izquierda, y hasta parece que miran hacia atrás como si les disgustara abandonar el desierto para ir a confundirse con la masa salada del mar. Sí, señora, ese tejido tan fino como una tela de araña que rodea su cuello, no es más que una red de pescar, si lo comparamos con los dibujos caprichosos que el río traza sobre la arena en varias partes, como si, después de sacudir su yugo, pretendiera demostrar que sabe desempeñar a la perfección toda clase de oficios. ¿Y qué le ocurre, sin embargo? Después de hacer su capricho durante algunos instantes, como un niño testarudo, le obliga a soltar la misma mano que lo conservó tranquilo, sus aguas reunidas entran en el mar, porque los designios providenciales han ordenado que así suceda eternamente.

Aunque los viajeros escuchaban complacidos una descripción hecha con tanta sencillez y que les confirmaba que se encontraban en lugar seguro, no estaban dispuestos a apreciar las bellezas de la caverna como Ojo-de-halcón, además de que su situación no les permitía apreciar todas las ventajas naturales del sitio; y, como el cazador al hablar no había interrumpido sus operaciones culinarias sino para indicar con un tenedor roto de que se servía la dirección de algunas partes del río, vieron con satisfacción que el discurso había llegado a su término porque éste era el anuncio de que la cena estaba dispuesta.

No habían tomado alimento en todo el día, y sentían verdadero apetito, siendo únicamente de lamentar la escasez y poca variedad de los manjares. Uncas encargose de hacer los honores de la comida a las damas, y les sirvió en cuanto le fue posible con una gracia y cortesía que encantó a Heyward, porque no ignoraba que aquello era una innovación en las costumbres indias que no permiten a sus guerreros descender a ningún trabajo doméstico, y mucho menos en favor de las mujeres. Sin embargo, como los derechos de la hospitalidad eran sagrados entre ellos, ni esta violación de las costumbres nacionales, ni el olvido de la dignidad varonil dieron lugar al comentario más insignificante.

Si se hubiera encontrado allí alguno tan celoso de las tradiciones de su pueblo, que se hubiera dedicado a observar, habría advertido que Uncas no distribuía por igual los servicios que prestaba a las dos hermanas: es verdad que presentaba a Alicia con toda la cortesía la calabaza de agua clara y el plato de madera bien pulido después de haber puesto en él una hermosa tajada de gamo; pero, cuando prodigaba las mismas atenciones a su hermana, sus ojos negros fijábanse en el rostro expresivo de Cora con una dulzura que alejaba la altivez que de ordinario brillaba en ellos: una o dos veces que se vio obligado a dirigirle la palabra para llamarle la atención, lo hizo en mal inglés, pero perfectamente inteligible, y con aquel acento indígena que su voz gutural hacía tan suave que las dos jóvenes, sorprendidas y admiradas, se quedaron contemplándolo. Algunas palabras que se cruzaron durante estos pequeños servicios, dados y recibidos, estableció entre ellos la apariencia de una sincera amistad. La gravedad de Chingachgook era, en cambio, imperturbable: permanecía sentado en el sitio más cercano a la luz, y sus huéspedes, que lo miraban frecuentemente con inquietud, podían distinguir mejor la expresión de su rostro, extravagantemente pintarrajeado, encontrando una gran semejanza entre padre e hijo, en los cuales no se advertía más diferencia que la que naturalmente establecían la edad y las fatigas y trabajos que cada uno había sufrido. La altivez de su fisonomía se templaba con la calma indolente a que se entrega el guerrero indio cuando no hay motivo que excite su energía. Sin embargo, se conocía fácilmente en la expresión rápida que adquirían sus facciones de vez en cuando, que le era suficiente excitarlas un solo momento para que produjesen su verdadero efecto las rayas artificiales con que había embadurnado su cara para intimidar a sus enemigos.

Además, la vista perspicaz y vigilante del cazador no descansaba un momento. Comía y bebía éste con buen apetito sin que revelase experimentar temor alguno; pero sin desmentir jamás su prudencia; más de veinte veces se vieron inmóviles, delante de sus labios la calabaza y el bocado de carne, mientras acechaba si se percibía algún ruido extraño, además del de la catarata, cuyo movimiento recordaba dolorosamente a los viajeros la difícil situación en que se encontraban, haciéndoles olvidar la singularidad del sitio donde se habían visto obligados a refugiarse. Sin embargo, como estas frecuentes interrupciones no daban motivo a ningún recelo, la inquietud que producían se disipaba prontamente.

—Vamos, amigo —dijo Ojo-de-halcón, cuando concluyeron de cenar y mientras sacaba de entre las hojas un barril pequeño, dirigiéndose al cantor que sentado a su lado hacía honor a su habilidad de cocinero—; pruebe usted mi cerveza de abeto que le hará olvidar al desgraciado potro y le reanimará. Brindo a nuestra mejor amistad, y espero que un engendro caballar no será motivo para que me guarde rencor. ¿Cómo se llama usted?

—David Lagamme —respondió el maestro de canto después de limpiarse maquinalmente la boca con la mano disponiéndose así a ahogar su pesadumbre con el brebaje que se le ofrecía.

—¡Bello nombre! —exclamó el cazador después de haber apurado una calabaza llena del licor que él mismo fabricaba; y saboreándolo con la satisfacción propia del autor a quien encantan sus obras—. ¡Muy bello nombre por cierto! Y tengo la seguridad de que se lo habrán transmitido ascendientes respetables. Soy admirador de los nombres, aunque las costumbres de los blancos, respecto a este particular, difieren mucho de las de los salvajes. El hombre más cobarde que yo he conocido se llama León, y su mujer, que tenía el nombre de Paciencia, era tan quisquillosa e impaciente que ahuyentaba a cualquiera más aprisa que un gamo perseguido por una cuadrilla de perros. Entre los indios, por lo contrario, el nombre es asunto de conciencia, que revela en general las cualidades del que lo lleva. Por ejemplo, Chingachgook significa gran serpiente, no porque sea realmente una serpiente grande ni pequeña, sino porque conoce la doblez del corazón humano, sabe conducirse sigilosamente y hiere a sus enemigos cuando menos lo esperan. ¿Y qué oficio tiene?

—Maestro de canto, aunque indigno.

—¿Qué quiere decir con eso?

—Que enseño a cantar a los jóvenes reclutas de Connecticut.

—¡Podría usted emplearse más útilmente! Los jóvenes cantan y ríen demasiado en los bosques, donde deberían respirar con más cuidado que la zorra en su madriguera. ¿Sabe usted manejar el fusil?

—A Dios gracias, jamás he manejado esos instrumentos de muerte.

—¿Sabe trazar sobre el papel el curso de los ríos y las situaciones de las montañas del desierto, a fin de que puedan reconocer el campo de sus operaciones los que siguen el ejército?

—No me ocupo en esas cosas.

—Con unas piernas como las suyas, por largo que sea un camino debe parecerle corto. Supongo que alguna vez será el portador de las órdenes del general.

—No; no hago otra cosa que dar lecciones de música, pues ésa es mi vocación.

—¡Singular vocación! ¡Pasar su vida como el sinsonte, ese pájaro que imita los tonos altos y bajos que puede emitir la voz humana! Y bien, amigo: supongo que ésa es su única habilidad, y lamento que no posea otra más útil, por ejemplo, la de ser un buen tirador. Sin embargo, muéstrenos su talento artístico, y éste será un modo amistoso de darnos las buenas noches, porque ya es tiempo de que esas damas descansen para disponerse a viajar mañana, pues será preciso ponernos en camino muy temprano, antes que los maguas empiecen a bullir.

—Lo haré con mucho gusto —respondió David poniéndose los anteojos, y sacando del bolsillo su inseparable librito; y, luego, dirigiéndose a Alicia, agregó—: ¿Hay nada más agradable ni que preste mayor consuelo que cantar acciones de gracia en la noche del día en que hemos corrido tantos peligros? ¿Se dignará usted acompañarme?

Sonriose Alicia; pero miró a Heyward como consultándole con la vista.

—¿Y por qué no? —dijo el mayor en voz baja—. Lo que acaba de decirle Lagamme merece consideración en este momento.

Decidiose al fin Alicia a hacer lo que David deseaba y lo que le sugería al mismo tiempo su piedad, si no su afición a la música y su propia inclinación. Abriose el libro y buscose un himno aplicable a la situación en que se encontraban; expresó Cora su deseo de cantar juntamente con su hermana, y después de haber dado David el tono con su instrumento, empezó el canto.

Éste era pausado y grave, subiendo unas veces hasta donde podían elevarse las armoniosas voces de las dos hermanas, y bajando en algunos momentos hasta semejar el ruido de las aguas. El gusto y buen oído de David dirigía los sonidos, modificándolos para adaptarlos a la escena; jamás habían resonado tan puros acentos en las cavidades de aquellas rocas. Los indios, inmóviles y con la vista fija, escuchaban muy atentamente como si se hubiesen convertido en estatuas y hasta el cazador, que al principio había apoyado la barba sobre su mano con fría indiferencia, salió pronto de su estado de apatía. A medida que se sucedían las estrofas, se debilitaba la aspereza de su rostro, recordando la infancia, en la cual había oído sonidos semejantes aunque emitidos por voces menos armoniosas, en los templos de las colonias. Empezaron a humedecerse sus parpados, derramó lágrimas a la mitad del cántico, y así prosiguió, semejando sus ojos un manantial, y corriendo por sus mejillas, que durante muchos años sólo habían sido bañadas por el agua de las tempestades.

Apoyaban los cantores la voz en una de aquellas notas lánguidas y graves, cuyos sonidos deleitan extraordinariamente al oído, cuando resonó en la profundidad de la caverna un grito espantoso que llenó de pavor a los que en ella se encontraban, haciéndoles enmudecer repentinamente. Se hubiera podido creer que aquel grito horrible y sobrenatural había detenido el curso de las aguas.

—¡Dios mío! —exclamó temblando Alicia después de algunos instantes de terrible inquietud.

—¿Qué significa ese grito? —preguntó Heyward en voz alta.

Ni el cazador ni los indios respondieron; habíanse quedado escuchando como si aguardasen la repetición del mismo grito, mientras su rostro reflejaba el asombro de que estaban poseídos; al fin comunicáronse sus impresiones en lengua delaware, y Uncas salió de la caverna por la abertura opuesta a la que les había servido de entrada. Cuando éste se hubo alejado, el cazador contestó a Heyward diciéndole:

—Ignoramos en absoluto qué puede ser, a pesar de que Chingachgook y yo hemos corrido los bosques hace más de treinta años. Creía firmemente que ni los indios ni las bestias feroces podían lanzar un grito que yo desconociese, pero ahora me he convencido de que estaba muy equivocado.

—¿No es el grito que lanzan los guerreros salvajes cuando desean amedrentar a sus enemigos? —preguntó Cora componiéndose el velo con una tranquilidad que su hermana estaba muy lejos de compartir.

—No, no —respondió el cazador—; este grito ha sido terrible, espantoso, y tenía algo sobrenatural; si llegan ustedes a oír el grito de guerra, no se equivocarán jamás. Y bien —agregó dirigiéndose al joven Uncas que estaba de regreso, y hablándole en su lengua—: ¿qué ha visto? ¿Se divisa esta luz entre las cubiertas?

Uncas contestó breve y categóricamente.

—No se ve nada en la parte de afuera —dijo Ojo-de-halcón moviendo la cabeza manifiestamente contrariado—, y la claridad que reina aquí no puede descubrirnos. Pasen a la otra caverna los que necesiten descanso, y procuren dormir, porque es preciso levantarnos antes del día y procurar llegar al fuerte «Eduardo» antes que los mingos se vean libres del sueño de esta noche.

Dio Cora el ejemplo a su hermana poniéndose en pie presurosa, y Alicia se dispuso a acompañarla; pero, antes de salir, suplicó al mayor que las siguiese. Uncas levantó la cubierta para que pudieran pasar, y cuando las dos hermanas se volvieron para darle gracias por esta atención vieron al cazador sentado junto a la hoguera con la cabeza apoyada en las manos, como si se encontrara absorto en reflexiones profundas que seguramente le habrían sido sugeridas por el inexplicable ruido que interrumpiera tan inopinadamente el canto.

Tomó Heyward una rama de pinabete encendida, entró en la caverna, y la colocó de modo que pudiera continuar ardiendo. Entonces se encontró, por primera vez, solo con sus dos compañeras desde que que habían salido de las murallas del fuerte «Eduardo».

—No nos deje usted —suplicó Alicia al mayor—; es imposible que pensemos en dormir en un sitio como éste, cuando ese espantoso grito está resonando todavía en nuestros oídos.

—Veamos primero —respondió Heyward— si están ustedes bien seguras en esta fortaleza, y luego hablaremos de lo demás.

Entonces se adelantó hasta el fondo de la caverna, y encontró una salida parecida a la primera, cubierta también con una manta que levantó, y respiró el aire puro y fresco que llegaba del río; una parte de éste corría rápidamente por un cauce estrecho y profundo, socavado por el agua en la roca, precisamente a sus pies, y refluyendo se agitaba con violencia y bullía precipitándose después en forma de catarata. Esta defensa natural pareciole un baluarte que los ponía al amparo de toda sorpresa.

—La Naturaleza ha labrado aquí una barrera impenetrable —dijo haciéndole contemplar aquel espectáculo imponente antes de dejar caer la manta—; y como saben que por el otro lado las guardan valientes y leales centinelas, deben seguir el consejo del cazador: estoy seguro de que Cora reconocerá que el sueño es necesario a las dos.

—Cora puede conocer la prudencia de este consejo, sin que se encuentre, sin embargo, en situación de ponerlo en práctica —respondió ésta colocándose junto a Alicia sobre un haz de ramas—; y, aunque no hubiéramos oído ese grito espantoso, tenemos ya motivos suficientes para estar sobresaltadas y para que el sueño huya de nuestros ojos. Pregúntese usted mismo, Heyward, si podemos olvidar las inquietudes que debe experimentar nuestro padre, ignorando dónde pernoctan sus hijas, en medio de un bosque desierto y rodeadas de toda clase de peligros.

—Su padre es militar, Cora, y sabe perfectamente que puede cualquiera perderse en los bosques y...

—Pero es padre, y su cariño a nosotras le hará temblar ante el más ligero peligro...

—¡Cuán indulgente ha sido conmigo siempre! —exclamó Alicia, limpiándose las lágrimas que empañaban sus ojos—; hemos hecho mal, hermana mía, en querer reunirnos con él en esta ocasión.

—Quizá no he procedido cuerdamente al insistir con tanto empeño para obtener su consentimiento; pero he querido demostrarle que si hay quien le abandona, sus hijas le son siempre fieles.

—Cuando supo su llegada a «Eduardo» —agregó el mayor—, sostuvo en su corazón una lucha violenta entre el temor y el cariño paternal; pero venció éste, sobreexcitado por tan larga separación. El valor de mi noble Cora las conduce —me dijo—, y no quiero frustrar sus esperanzas. ¡Ojalá que la mitad de su firmeza animase al encargado de defender el honor de nuestro soberano!

—¿Y no habló de mí, Heyward? —preguntó Alicia con cierta cariñosa envidia—; es imposible que pueda haberse olvidado de su pequeña, como él me llama.

—Efectivamente, es imposible a todos los que tienen la dicha de conocer a usted, el olvidarla —respondió el mayor—; habló de usted en los términos más tiernos, y dijo un sinnúmero de cosas que no me expondré a repetir, pero que revelan claramente el inmenso amor que le profesa. Una vez me decía...

Enmudeció Heyward, porque mientras contemplaba a Alicia, que le escuchaba muy atentamente para no perder ninguna de sus palabras, volvió a resonar en la caverna el siniestro grito que tanto terror había puesto en sus atribulados espíritus. Consternados al oírlo, guardaron durante algunos minutos el silencio que produce la sorpresa. Luego vieron una mano que alzaba lentamente la cubierta de la caverna y apareció el cazador, cuyo rostro revelaba el temor; su sagacidad, su experiencia y su valor resultaron inútiles ante el peligro desconocido que los amenazaba.

CAPÍTULO VII

Sobrecogidos de espanto, están sentados sobre aquella roca; yo los veo, los veo y no duermen.

GRAY

—Es una temeridad permanecer aquí ocultos más tiempo, después de haberse oído esos gritos espantosos lanzados en el bosque —dijo el cazador al presentarse ante los atemorizados viajeros—. Se nos avisa para que estemos prevenidos y debemos adoptar precauciones. Las jóvenes pueden continuar donde se encuentran; pero los mohicanos y yo vamos a ocupar la roca, y no puedo creer que un mayor del regimiento número sesenta se niegue a venir en nuestra compañía.

—¿Pero es tan inminente el peligro? —preguntó Cora.

—El que grita de tan extraño modo para prevenir al hombre conoce la gravedad de la situación; a mí me es imposible apreciarla todavía con exactitud, pero creería contrariar la voluntad del Cielo si permaneciese en esta caverna después de haber oído semejantes avisos. El espantoso grito ha conmovido hasta a ese pobre diablo, que pasa su vida cantando, quien manifiesta que está dispuesto a ir al combate. Si sólo se tratase de una batalla, no nos asustaría, porque no es cosa nueva para nosotros y bien pronto estaríamos despachados; pero he oído asegurar que los gritos que se oyen entre la tierra y el cielo anuncian guerras de otra índole.

—Si no tuviésemos que temer otros peligros que los que proceden de otras causas sobrenaturales —dijo Cora con firmeza—, no nos alarmaríamos mucho; pero, ¿tiene usted seguridad de que nuestros enemigos no han inventado algún nuevo medio de asustarnos con el objeto de que la victoria les sea más fácil?

—Señora —repitió el cazador—, he oído durante treinta años todos los gritos que pueden proferirse en las selvas y los he escuchado con la atención que presta un hombre cuya vida depende de la delicadeza de su oído. No hay aullido de pantera, silbido de sinsonte o invención diabólica de los mingos, que me sea desconocido: sé cómo gimen los bosques, como hombres afligidos, cómo cruje la centella en el aire, cual la leña verde al despedir su llama tortuosa, y jamás he creído oír otra cosa que la voluntad del que tiene en su mano el destino de todo lo existente. Pero ni los mohicanos ni yo, que soy un hombre blanco sin mezcla de otra sangre, conocemos ese grito horrible, proferido dos veces en poco tiempo, y no dudamos que sea señal que se nos hace para prevenirnos contra algún mal que nos amenaza.

—¡Esto es extraordinario! —exclamó Heyward tomando sus pistolas que había dejado, al entrar, en un rincón de la caverna—. Pero, sea la señal de paz o de guerra, debe ser tenida en consideración. Muéstreme el camino, amigo, que yo le seguiré.

Al salir de la caverna para entrar en la grieta que la separaba de otra, una atmósfera más fresca y purificada por la humedad del río los reanimó. El céfiro de la mañana rizaba levemente sus aguas, ayudándolas a caer en los precipicios con un estrépito semejante al del trueno; excepto este ruido, nada alteraba la calma apacible de la noche. Los rayos de la luna reverberaban en el bosque y el río, y esto parecía aumentar la oscuridad del sitio en que se encontraban, al pie de la roca que se elevaba a sus espaldas. Esta escasa claridad no les bastaba, a pesar de sus esfuerzos, para observar si en alguna de las dos orillas descubrían señales que les explicasen la naturaleza de los espantosos gritos que los habían atemorizado; sólo percibían árboles y peñascos.

—Aquí no se advierte sino la calma y tranquilidad de una hermosa noche —dijo el mayor en voz baja—: ¡cuán hermoso me parecería todo esto, si nos encontrásemos en otras circunstancias! Cora, imagínese que no las amenaza ningún peligro, y lo que ahora es causa de su terror será tal vez motivo de gozo.

—¡Escuchen! —exclamó vivamente Alicia.

Este aviso era inútil: acababa de oírse por tercera vez el mismo grito; parecía salir del seno de las aguas y esparcirse en los bosques inmediatos, repetido una y otra vez por los ecos de las rocas.

—¿Hay aquí alguno que pueda dar nombre a estos sonidos? —preguntó el cazador—. En este caso que lo diga, porque a mí me parecen cosa de otro mundo.

—Sí —respondió Heyward—; aquí hay quien puede desengañarle. Ahora sé de qué se trata; he escuchado esos sonidos en el campo de batalla: es el horrible grito del caballo en la agonía, arrancado por el dolor, y, en ocasiones, también por un miedo excesivo. O mi caballo es presa de alguna fiera, o se encuentra en peligro inevitable. No lo he conocido cuando estábamos en la caverna; pero en este momento tengo la seguridad absoluta de no equivocarme.

El cazador y los indios escucharon esta explicación tranquilizadora. Manifestaron su sorpresa los dos salvajes, y Ojo-de-halcón, después de reflexionar brevemente, respondió al mayor:

—No niego que así sea, porque no entiendo de caballos, aunque no faltan en el país donde he nacido. Posiblemente había una manada de lobos en el peñasco que está sobre sus cabezas, y los nobles brutos piden socorro al hombre del modo que pueden. Uncas, baje al río en la canoa y arroje un tizón encendido en medio de esa banda furiosa, pues, si no, lo que los lobos no podrían hacer lo hará el indio, y nos encontraremos mañana sin caballerías, de las que no podemos prescindir para caminar aprisa.

Uncas había ya bajado a la orilla del río, y disponíase a subir a la canoa para ejecutar la orden que se le habla dado, cuando los aullidos que se oyeron en la otra orilla del río, prolongándose durante algunos minutos hasta perderse en lo interior de los bosques, dieron a conocer que los lobos habían abandonado una presa que no podían alcanzar, o que los había ahuyentado un espanto repentino. Uncas regresó en seguida, y él, su padre y el cazador celebraron una conferencia en voz baja.

—Esta noche nos ha ocurrido —dijo éste— lo mismo que a los cazadores que se extravían por haber permanecido oculto el sol todo el día; pero ya empezamos a distinguir las señales que deben guiarnos y la senda se encuentra desembarazada de espinas. Siéntense a la sombra de la roca, que es más densa que la que dan los pinos, y esperemos la suerte que el Señor nos depare. Hablen en voz baja, y aun sería preferible que ninguno pronunciase una palabra.

Dijo esto con tal gravedad que, a pesar de que no manifestó recelo alguno, todos quedaron profundamente impresionados. La debilidad que había manifestado no existía después de la explicación del misterio que no pudo descubrir su experiencia, y, aunque no desconocía lo incierto de su situación, estaba dispuesto a luchar contra cualquier contratiempo que pudiera surgir. Lo mismo les ocurría a los dos mohicanos: colocados a cierta distancia uno de otro observaban las riberas cuidando de permanecer ocultos en la sombra.

En tal situación era natural que los viajeros se mostrasen tan prudentes como sus protectores. Trajo Heyward de la caverna algunos brazados de ramas y alfombró con ellas el paso estrecho que separaba las dos grutas, haciendo sentar a las dos hermanas al abrigo de las balas y flechas que les pudieran disparar desde cualquiera de las orillas del río. Después de haberlas tranquilizado asegurándoles que no tenían que temer ningún peligro imprevisto, se colocó junto a ellas para poder hablarles sin alzar mucho la voz. Imitando David a los indios, extendió sus largos miembros en una grieta de la roca de modo que no pudiera ser visto.

Transcurrieron algunas horas sin que la situación se modificase. La luna había llegado a su cenit; descendiendo casi perpendicularmente, sus rayas iluminaban el rostro de las dos hermanas, que dormían la una en los brazos de la otra. Cubriolas Heyward con el chal de Cora, privándose así de la contemplación de un cuadro que recreaba sus sentidos; adoptó la postura menos incómoda para descansar, mientras David roncaba, y poco después los cuatro viajeros rendían tributo al sueño.

En cambio, sus infatigables protectores permanecían vigilantes. Inmóviles como la roca, de que parecían formar parte, miraban incesantemente a uno y otro lado por la oscura línea trazada por los árboles, que formaba los confines de la selva y guarnecía las dos riberas, sin pronunciar una palabra, de tal suerte, que el examen más minucioso no hubiera podido descubrir que respiraban. Indudablemente, esta circunspección, al parecer excesiva, se la inspiraba su experiencia, contra la que era impotente toda la sagacidad de sus enemigos. Sin embargo, su vigilancia no les reveló ningún peligro. Por último, descendió la luna sobre el horizonte, y apareciendo una tenue claridad sobre el recodo que formaba el río, empezó a desperezarse la aurora.

Entonces, una de aquellas estatuas pareció animarse. El cazador se puso en pie, se deslizó por la roca, y despertó al mayor.

—Ya es tiempo de emprender la marcha —dijo—; despierte a las señoritas y prepárense a entrar en la canoa cuando les avise.

—¿Ha pasado la noche tranquilo? —le preguntó Heyward—. En cuanto a mí, creo que el sueño ha triunfado de mis temores.

—Todo está tranquilo como a la medianoche —respondió Ojo-de-halcón—: silencio, pero actividad.

Se levantó el mayor en seguida, quitó el chal que cubría a las dos hermanas, y este movimiento despertó a Cora, que extendió la mano como para rechazar al que turbaba su reposo, mientras Alicia murmuraba dulcemente:

—No, padre mío, no nos encontrábamos abandonadas. Heyward estaba en nuestra compañía.

—Sí, encantadora inocencia —dijo en voz baja el joven, transportado de gozo—: Heyward está contigo, y mientras conserve la vida y te amenace algún peligro, no ha de abandonarte. Cora, Alicia, despierten: ya es hora de ponernos en camino.

Un grito de espanto proferido por Alicia, y la presencia de Cora en pie, cual imagen del terror, fue la única respuesta que obtuvo. Acababa de hablar, cuando resonaron en los bosques gritos, aullidos espantosos que paralizaron la sangre de sus venas. Parecía que todos los demonios del infierno se habían apoderado del aire que les rodeaba para desahogar su bárbaro furor con aquellos sonidos salvajes. No podía distinguirse de dónde partían, aunque resonaban en la selva y hasta en lo interior de las grutas.

Aquel estrépito tumultuoso despertó a David, quien, poniéndose en pie precipitadamente, exclamó, tapándose los oídos:

—¡Qué algazara! ¿Se ha abierto el infierno para promoverla?

En aquel momento, brillaron doce fogonazos en la orilla opuesta, seguidos de otras tantas explosiones, y el infeliz Lagamme cayó sin sentido en el mismo sitio donde acababa de dormir profundamente. Los dos mohicanos, sin acobardarse, respondieron atrevidamente a aquel ataque con gritos semejantes a los que lanzaron sus enemigos cuando vieron caer a David. Cruzáronse muchos tiros, pero eran demasiado diestros los combatientes para ofrecer blanco a su enemigo, y no hubo ninguna baja.

Creyendo el mayor que no les quedaba otro recurso que la fuga, esperaba impaciente que el ruido de los remos le anunciase la llegada de la canoa; el río se deslizaba con su ordinaria rapidez, pero no veía la canoa. Comenzaba ya a temer que el cazador les hubiese abandonado cruelmente, cuando distinguió una ráfaga de luz que salía de la roca, situada a su espalda, y un grito de dolor le dio a conocer que el fusil de Ojo-de-halcón había lanzado el mortífero plomo para sacrificar una víctima. Retiráronse los agresores inmediatamente después de este golpe, y todo recobró su aspecto de tranquilidad como antes de este inopinado suceso.

Heyward aprovechó este momento de calma para conducir al desgraciado David a la grieta en que estaban refugiadas las dos jóvenes, quedando todos reunidos un instante después.

—El pobre diablo ha salvado su cabellera —dijo el cazador fríamente pasando la mano sobre la cabeza de David—; ésta es una prueba de que puede nacer el hombre con la lengua muy larga y el corazón muy pequeño; ¿no ha sido una locura mostrar sus pies de carne y hueso sobre la roca descubierta a los salvajes furiosos? ¡Es sorprendente que haya salvado la vida!

—¿No está muerto? —preguntó Cora con una voz que desmentía la tranquilidad que afectaba—: ¿podemos hacer algo en obsequio de este infeliz?

—Nada tema: vive aún. Pronto recobrará el conocimiento y será más prudente hasta que llegue su hora. —Contempló a David, y mientras cargaba el fusil con serenidad, agregó—: Llévelo a la caverna, Uncas, y colóquelo sobre las ramas; cuanto más tiempo permanezca en este estado, mejor, porque dudo que encuentre sitio entre las rocas para ocultar su corpachón, y los iroqueses no se pagarán de su canto.

—¿Cree que volverán a atacarnos? —preguntó el mayor.

—¿Puede creer que un lobo hambriento se contente con un bocado? Han perdido un hombre, y su costumbre es retirarse cuando les es imposible sorprender al enemigo y sufren alguna pérdida; pero no tardaremos en verlos con nuevas trazas pretendiendo apoderarse de nosotros y convertir en trofeo nuestras cabelleras: lo único que podemos hacer es sostenernos sobre esta roca hasta que Munro nos envíe un jefe del destacamento que conozca bien las costumbres de los indios.

Y al hablar así arrugó el entrecejo, revelando una inquietud que se fue disipando como se disipa la nube cuando el sol extiende en el espacio la espléndida cabellera de dorados rayos.

—Ya había oído lo que debemos temer, Cora —dijo Heyward—; pero también sabe lo que podemos prometernos de la experiencia de su padre y de la inquietud que le producirá su ausencia. Venga, pues con Alicia a esta caverna, donde a lo menos estará resguardada de las balas de nuestros feroces enemigos si vuelven a presentarse y podrá prestar a nuestro desgraciado compañero los socorros que le inspire su compasión.

Las dos jóvenes siguieron al mayor a la segunda caverna, en la que entraron cuando David comenzaba a dar señales de vida, y, dejándolo a su cuidado, iba a salir de nuevo, cuando le llamó Cora con una voz trémula, que bastó para detenerlo; volvió la cabeza y viola descolorida, con los labios temblorosos y contemplándolo con tal interés, que corrió a ella precipitadamente.

—Acuérdese, Heyward —dijo—, de que su seguridad es necesaria a la nuestra: no olvide el sagrado depósito que le ha confiado un padre; piense usted que todo depende de su prudencia y discreción, y jamás pierda de vista cuán caro es usted a todo lo que lleva el nombre de Munro.

Dichas estas últimas palabras, recobró Cora su color sonrosado que cubrió hasta su frente.

—Si algo puede agregarse al deseo de vivir es esa dulce seguridad —respondió Heyward—. Dice el cazador que, como mayor del regimiento número sesenta, debo contribuir a defender la plaza; pero nuestra empresa no ofrece dificultades. Sólo se trata de mantener a distancia, durante algunas horas, a una gavilla de salvajes.

Sin esperar constestación, venció la fuerza del encanto que le detenía junto a las dos hermanas, y fue a reunirse con el cazador y los dos indios, a quienes encontró en el paso angosto de una a otra caverna.

—Repito, Uncas —decía el cazador cuando Heyward se les aproximaba—, que no sabe aprovechar la pólvora; pone una carga demasiado grande, y el rechazo del fusil impide que la bala siga la dirección que quiere darle: pólvora, poca; lo que hace falta es mucho plomo y el brazo bien extendido: así rara vez dejará de arrancar a un mingo el gemido de la muerte. La experiencia me lo ha demostrado. Vamos, Uncas, cada uno a su puesto, porque nadie puede saber cuándo ni por dónde atacará un magua a su enemigo.

Los dos indios, sin pronunciar una palabra, volvieron a ocupar los sitios en que habían pernoctado algo separados en las grietas de los peñascos que dominaban las avenidas de la catarata. En medio del islote había un matorral formado por algunos pinos poco crecidos, entre los cuales se colocaron Heyward y el cazador, detrás de un parapeto que construyeron con gruesas piedras. A su espalda alzábase una roca de forma redonda que batían inútilmente las aguas, pues las obligaba a precipitarse a los abismos de que hemos hecho mención. Como empezaba el día a clarear, no oponían ya las dos riberas una barrera impenetrable a la vista, y la selva podía ser escudriñada, desde el lugar en que aquéllos se encontraban, hasta cierta distancia.

Permanecieron bastante tiempo en sus puestos sin observar nada que les permitiese creer que los salvajes tuvieran intención de repetir sus ataques; y el mayor confiaba en que, desalentados por el mal éxito de su primera agresión, abandonarían su empresa. Manifestó al cazador esta consoladora esperanza; pero éste hizo un gesto de incredulidad y repuso:

—No conoce a los maguas, si espera que han de retirarse tan fácilmente sin apoderarse de nuestras cabelleras. Esta mañana serían cuarenta los que chillaban, y saben perfectamente cuántos somos nosotros para que renuncien tan pronto a la presa... ¡Chito! Mire usted allá abajo en el río junto a la primera cascada. Apuesto la vida a que estos bribones se han atrevido a pasar a nado, y por nuestra desgracia han podido mantenerse en medio del río evitando las dos corrientes: vea cómo se aproximan a la punta de la isla: silencio, ocúltese o le escalpelarán la cabeza sin más dilación que la precisa para pasar un cuchillo alrededor de ella.

Levantó la cabeza el mayor con todo género de precauciones, y vio efectivamente lo que con razón podía llamarse un prodigio de astucia y temeridad. El tiempo había disminuido, por la constante acción de las aguas, el rápido descenso de éstas, de modo que era menos violenta la caída de la primera cascada, que lo que suele serlo en otras. Algunos salvajes se habían abandonado a la corriente con la esperanza de ganar la punta más avanzada de la isla, que cortaba las dos formidables cascadas, arrostrando tan enorme peligro sólo por el deseo de saciar su venganza y sacrificar aquellas víctimas.

No había concluido de hablar el cazador, cuando se vieron las cabezas de cuatro maguas por encima de algunos troncos que arrastrara el río, y que acaso incitarían a los salvajes a su peligrosa empresa por haberlos dejado el agua en aquel sitio. Otro salvaje se encontraba más distante; pero no había podido resistir la corriente, y hacía inútiles esfuerzos para ganar la isla. De vez en cuando levantaba un brazo como pidiendo socorro a sus compañeros, hasta que al fin le arrastró el agua, precipitándolo entre la espuma de la catarata, de donde salió un grito horrible de desesperación.

Impulsado Heyward por su generosidad, hizo un movimiento que revelaba su deseo de salvar a aquel infeliz; pero lo detuvo el cazador diciéndole en voz baja:

—¿Qué va usted a hacer? ¿Quiere atraernos una muerte inevitable, dando a conocer a los mingos el lugar en que nos encontramos? Esto equivale al ahorro de una carga de pólvora, cosa muy importante puesto que las municiones son de tanto precio para nosotros como el aliento para el gamo perseguido. Renueve el cebo de sus pistolas, porque la humedad del sitio puede haberse comunicado a la pólvora, y cuando yo haya disparado mi fusil prepárese a pelear cuerpo a cuerpo.

Calló poniéndose un dedo en la boca, y luego lanzó un silbido prolongado, que fue contestado desde la otra parte de la roca en donde se encontraban los dos mohicanos. Estos silbidos dieron lugar a que apareciesen de nuevo las cabezas de los nadadores, procurando descubrir el sitio de donde salían; pero se ocultaron inmediatamente. Un ligero ruido, que percibió cerca, hizo volver la cabeza al mayor, y vio a Uncas que se acercaba arrastrando. Le dijo el cazador algunas palabras en delaware, y con asombrosa tranquilidad colocose en el sitio que le fue señalado. Heyward estaba impaciente; mas en aquel momento crítico, creyó que podía hacerle algunas prevenciones respecto al uso de las armas de fuego.

—De todas ellas —le dijo—, ninguna es más dañosa que el fusil largo y bien templado, a pesar de que exige brazo fuerte, puntería segura y carga proporcionada para servirse de él. Los armeros no tienen en cuenta, al fabricar las escopetas y esos juguetes que llaman pistolas de ar...

—¡Hugh!, ¡hugh! —exclamó a media voz Uncas interrumpiendo.

—Ya los veo, los veo bien —replicó Ojo-de-halcón—; ya se preparan a subir a la isla, sin lo cual no dejarían ver sus pechos rojos fuera del agua. Y bien, que vengan —agregó volviendo a examinar el cebo y la piedra del fusil—: el primero que se acerque recibirá un balazo aunque sea el mismo Montcalm.

En aquel momento los salvajes pusieron el pie en la isla, lanzando gritos espantosos que se oían en los bosques inmediatos. Heyward deseaba salirles al encuentro; pero la calma imperturbable de sus compañeros sofocó su natural fogosidad. Cuando los salvajes empezaron a subir por las rocas que habían logrado ganar, y avanzar hacia el interior de la isla gritando ferozmente, alzó el cazador su fusil con lentitud, apuntó, salió el tiro y el indio que iba delante cayó precipitado desde lo alto de la roca.

—Ahora, Uncas —dijo el cazador con los ojos centelleantes de ardor y sacando su gran cuchillo—, ataque al bribón que se encuentra más lejos, y nosotros nos encargaremos de los otros dos.

Adelantose Uncas para obedecer, y de este modo tuvo cada uno un enemigo a quien combatir. Había entregado Heyward al cazador una de sus pistolas; los dos hicieron fuego, pero ninguno hizo blanco.

—Me lo figuraba; lo había previsto —exclamó el cazador arrojando por encima de las rocas aquel arma que consideraba inútil—. Acérquense, perros del infierno; aquí encontrarán un hombre cuya sangre no tiene mezcla.

No bien hubo concluido de decir esto, cuando ya tenía delante de él un salvaje de estatura gigantesca, cuyas facciones revelaban ferocidad, y Heyward viose atacado por otro al mismo tiempo. Acometiéronse el cazador y su enemigo agarrándose mutuamente los brazos con que empuñaban los cuchillos, y durante algunos segundos hicieron esfuerzos inauditos para desasirse sin dejar libre el arma del contrario, hasta que por último vencieron los robustos y endurecidos músculos del blanco. Cediendo el salvaje a los vigorosos esfuerzos de Ojo-de-halcón, y recobrando éste el uso de su brazo, clavó su acerado puñal en el corazón del primero, quien cayó muerto a sus pies.

Mientras tanto, Heyward sostenía una lucha mucho más peligrosa aún. Su espada se había roto al parar con ella el primer golpe del cuchillo de su enemigo, y careciendo de otra arma sólo podía oponer al contrario el vigor y ánimo que da la desesperación. Su antagonista no carecía de fuerza ni de valor; pero, por fortuna, consiguió el mayor desarmarlo arrebatándole el cuchillo de la mano, y desde entonces sólo se trataba de precipitarse uno a otro en el abismo de la catarata. Cada esfuerzo que hacían los aproximaba al borde del precipicio, por lo que comprendió Heyward que era necesario hacer el último para salir vencedor. El salvaje era igualmente temible, y los dos se encontraban a menos de un paso del declive de la catarata, en cuyo fondo precipitábanse las aguas. Estrechaba el salvaje fuertemente la garganta de Heyward, y advertíase en su semblante la resolución de perecer lanzándose al abismo con su enemigo: por momentos sucumbía a la fuerza superior de éste, y experimentaba la terrible agonía propia del caso.

En aquella situación angustiosa, apareció un fornido brazo y brilló la hoja de un cuchillo; Heyward sintiose libre, empezó a correr la sangre de la muñeca del indio, cuya mano quedó separada del brazo, y mientras su libertador, que era Uncas, apartaba al mayor del borde del abismo en que se encontraba, precipitó en él con su pie al salvaje, que descendió lanzando amenazas y dolorosos quejidos.

—¡Retírese! ¡retírese! —gritó el cazador que acababa de vencer a su enemigo—; retírese usted —repitió—, si no desea sucumbir. La lucha no ha terminado aún.

Lanzó el joven Uncas el grito de triunfo, según la costumbre de su nación, y los tres vencedores ocuparon de nuevo los puestos en que se encontraban antes de haber empezado la lucha.

CAPÍTULO VIII

Ellos esperan todavía ser los vengadores de su patria.

GRAY

No era infundado el presagio del cazador. Durante el combate que acababan de sostener no se había percibido otro ruido que el de la catarata; los hombres habían permanecido mudos como si el interés que la lucha les inspiraba impusiera silencio a los salvajes reunidos en la ribera opuesta y los hubiese tenido suspensos; las rápidas alternativas del combate les habían impedido disparar por temor a herir al amigo. Pero, cuando la victoria púsose, al fin, de parte del mayor Heyward, los feroces alaridos de rabia y venganza resonaron en todo el bosque, y los tiros de fusil se sucedieron rápidamente, como si aquellos bárbaros hubieran querido vengar la muerte de sus compañeros en las rocas y en los árboles.

Chingachgook había permanecido en su sitio tranquilamente mientras se verificó la refriega, y defendido por la roca, ni recibía daño de los salvajes ni podía ocasionarlo a éstos: al oír el grito de triunfo de Uncas, lo repitió en señal de gozo; pero después de esta sólo se conocía el lugar que ocupaba por los disparos de su fusil. Transcurrieron algunos minutos durante los cuales no cesaron los salvajes de disparar sobre los sitiados sin recibir éstos gran daño, pero quedando sellados con las balas las rocas, los árboles y los arbustos.

—Que gasten pólvora —dijo el cazador con extraordinaria sangre fría mientras silbaban las balas sobre su cabeza y la de sus compañeros—; cuando terminen, tendremos plomo que recoger, y ellos se cansarán antes que estas rocas pidan cuartel. Repito, Uncas, que carga con exceso de pólvora: el fusil que se siente al dispararlo, no despide bien la bala: le dije que apuntase a ese infiel por debajo de la raya blanca de su frente, y ha pasado la bala dos dedos más arriba. Los mingos son muy duros, y la caridad nos aconseja que destruyamos la serpiente sin ocasionarle grandes sufrimientos.

Había hablado en inglés, y la sonrisa del joven mohicano reveló que entendía este idioma y había comprendido bien lo que Ojo-de-halcón acababa de decirle, aunque se abstuvo de justificarse.

—No puedo permitir que usted tache a Uncas de falta de discernimiento ni de agilidad —dijo el mayor—; acaba de salvarme la vida con tanta serenidad como valor, y ha conquistado en mí un amigo que nunca tendrá necesidad de que le recuerden este servicio.

Levantose Uncas para estrechar la mano de Heyward, brillando en las miradas del joven indio una inteligencia tal, que Heyward olvidose por completo del color de su tez y de su origen salvaje.

Ojo-de-halcón observaba con indiferencia, que no era consecuencia de insensibilidad, estas demostraciones amistosas de ambos jóvenes.

—La vida —dijo— es una obligación que los amigos se deben frecuentemente unos a otros en el desierto: me atrevo a decir que he prestado a Uncas algunos servicios de esta índole, y recuerdo muy bien que se ha interpuesto cinco veces entre mi vida y el golpe mortal que amenazaba herirme: tres peleando con los mingos; otra atravesando el Horican, y la última cuando...

—He aquí un disparo mejor hecho que los otros —interrumpió el mayor girando involuntariamente al rebotar sobre la roca una bala que cayó a su lado.

La recogió el cazador, y después de examinarla con atención, dijo meneando la cabeza:

—Esto es muy extraño, una bala no se aplasta al caer. ¡Nos disparan quizá de las nubes!

Uncas apresurose a apuntar con su fusil hacia el cielo; pero, siguiendo Ojo-de-halcón la dirección que debió traer la baja, encontró en seguida la explicación del enigma.

En la orilla derecha del río elevábase una encina corpulenta frente al sitio en que se encontraban. Sobre ella habíase encaramado un salvaje y dominaba el lugar que habían juzgado inaccesible a las balas, y este enemigo, cubierto por el tronco de la encina, descubría parte de su cuerpo, como tratando de conocer el efecto de su primer disparo.

—Estos diablos serán capaces de escalar el cielo para caer sobre nosotros —dijo el cazador—: no dispare todavía, Uncas; aguarde que me prepare y haremos fuego al mismo tiempo por los dos lados.

Obedeció Uncas, y cuando Ojo-de-halcón hubo dado la señal, salieron los dos tiros a un mismo tiempo haciendo saltar las hojas y la corteza de la encina en que el indio se encontraba; pero, protegido éste por el tronco, resultó ileso y se mostró con una sonrisa feroz: disparó otro tiro, y la bala atravesó la gorra del cazador y oyéronse nuevamente los alaridos de los salvajes que se guarecían en el bosque, de donde salió una lluvia de balas, como si sus enemigos trataran de impedirles que abandonasen un sitio en que se prometían que al fin sucumbiesen a las balas del atrevido guerrero que estaba sobre la encina.

—Necesitamos poner remedio a esto —dijo el cazador mirando con inquietud en todas direcciones—. Uncas, llame a su padre; es preciso usar todas nuestras armas para echar de aquel árbol esa oruga.

Obedeció Uncas, y antes que Ojo-de-halcón hubiese cargada su fusil, ya se encontraba Chingachgook a su lado. Cuando le enteraron de la posición de su peligroso enemigo, se escapó de sus labios una exclamación, después de lo cual su rostro reflejó gran impasibilidad. El cazador y los dos mohicanos conversaron brevemente, y se separaron para poner en práctica el plan que habían convenido, colocándose éstos a la izquierda y aquél a la derecha.

Desde que descubrieron al salvaje apostado sobre la encina, éste no había cesado de disparar sino el tiempo necesario para cargar el arma; pero la vigilancia de sus enemigos le impedía fijar bien la puntería, porque en el instante que descubría una parte de su cuerpo, era ésta el blanco de los tiros de los mohicanos y del cazador; esto no obstante, sus balas llegaban muy cerca y Heyward, a quien hacía más visible el uniforme, fue herido levemente en un brazo.

Animado el salvaje por este resultado, hizo un movimiento para apuntar mejor a Heyward, y descubrió una pierna y el muslo derecho. Apresuráronse a hacer fuego los dos mohicanos, cuyos dos disparos produjeron una sola explosión, y uno de ellos, o acaso ambos, hirieron al enemigo. Retiró éste el muslo herido, y, al hacerlo, descubrió el otro lado del cuerpo.

Con la velocidad del rayo volvió a disparar el cazador, y casi seguidamente cayó el fusil del salvaje y después él mismo con ambos muslos heridos; pero, al caer, apoyose con las manos en una rama, que no tardó en ceder al peso de su cuerpo sin romperse quedando el infeliz colgado entre el cielo y el precipicio, en cuyo borde se elevaba la encina.

—Por piedad, dispárenle otro tiro, por piedad —dijo Heyward cerrando los ojos para no ver aquel espectáculo horrible.

—Ni una piedra —respondió Ojo-de-halcón—: su muerte es segura, y no podemos gastar inútilmente la pólvora, porque los combates de los indios duran con frecuencia días enteros: se trata de sus cabelleras o de las nuestras, y Dios que nos ha criado, ha inculcado en nuestro corazón el deseo de vivir.

Este argumento era incontestable y Heyward no replicó. Cesaron los alaridos de los salvajes, interrumpieron su fuego, y todos contemplaban al infeliz que en tan desesperada situación se encontraba. Cedía su cuerpo al impulso del viento, y aunque no se oía ningún gemido ni exclamación alguna de dolor se advertían en su semblante, a pesar de la distancia, las angustias de la desesperación, que al parecer le inducían a insultar y amenazar a sus enemigos.

Tres veces levantó el fusil Ojo-de-halcón, compadecido para abreviar sus tormentos, y otras tantas le obligó la prudencia a desistir de su proyecto. Al fin, cayó sin movimiento una de las manos del indio; y los varios esfuerzos que hizo para levantar y agarrar de nuevo la rama, que aún tenía asida con la otra, aumentaron el horror de aquel espectáculo. Al cazador fuele imposible resistirse por más tiempo y disparó el fusil. Cayó sobre el pecho la cabeza del salvaje, y se estremecieron sus miembros; soltó la rama de la encina que lo sostenía, y precipitose en el abismo abierto debajo de sus pies, desapareciendo para siempre.

Esta vez no lanzaron los mohicanos el grito de triunfo: contempláronse mutuamente como sobrecogidos de horror, y un solo alarido resonó en el bosque seguido de un profundo silencio. Ojo-de-halcón parecía preocuparse por lo que acababa de hacer, mostrándose pesaroso de haber cedido a un momento de debilidad.

—He procedido muy ligeramente —dijo—; era la última bala y la última pólvora que tenía: ¿qué importaba que cayese en el abismo muerto o vivo? Necesariamente debía precipitarse en él. Uncas, corra a la canoa y traiga el frasco grande; es toda la pólvora que nos queda, y necesitaremos utilizar hasta el último grano; conozco bien a los mingos.

Partió al punto el joven mohicano, mientras el cazador registraba todos sus bolsillos y sacudía el frasco vacío con disgusto. No dedicó mucho tiempo en este examen poco satisfactorio, porque llamó su atención un grito penetrante de Uncas, que fue para Heyward la revelación de alguna desgracia inesperada. Sumamente inquieto por el depósito precioso que había dejado en la caverna, levantose prestamente sin pensar en el peligro a que se exponía mostrándose al descubierto. Igual sorpresa y temor indujo a sus dos compañeros a imitarle, y los tres se precipitaron hacia el paso angosto que separaba las dos cavernas, mientras que sus enemigos les hacían algunos disparos de fusil que no los alcanzaron. El grito de Uncas sacó fuera de la caverna a las dos hermanas, y aun a David, cuya herida no ofrecía gravedad alguna, reuniéndose todos, y les bastó dirigir la vista al río para comprender la causa del grito del joven mohicano.

Muy cerca de la roca veíase bogar la canoa, conociéndose que era impulsada por algún agente oculto. Tan pronto como lo advirtió el cazador, echose a la cara el fusil como por instinto y tiró del gatillo; pero sólo produjo la piedra una chispa inútil.

—Ya es tarde —gritó desesperado—, ya es tarde: el bandido ha ganado la corriente, y aunque tuviésemos pólvora no lo alcanzarían las balas, según la velocidad con que boga.

Apenas había concluido de decir estas palabras, cuando se dejó ver el salvaje que hasta entonces había permanecido oculto en la canoa, pues, considerándose fuera del alcance de las balas de sus enemigos, levantó los brazos para que pudieran verle sus compañeros, lanzó el grito de triunfo, a que contestaron éstos con un grito tan ensordecedor que no parecía sino que una tropa de demonios mostraba su regocijo por la caída en el pecado de una alma cristiana.

—Tienen motivo para alegrarse esos hijos del infierno —dijo Ojo-de-halcón tomando asiento sobre una peña y empujando el fusil con el pie—. He aquí completamente inútiles los tres mejores fusiles que se encuentran en estos bosques; ahora no tienen más valor que un pedazo de madera apolillado, o los cuernos que ha echado un gamo este año.

—¿Y qué resolución vamos, a adoptar? —preguntó Heyward no queriendo sucumbir al desaliento y deseoso de conocer los recursos de que podían disponer—: ¿qué va a ser de nosotros?

El cazador no respondió; pero pasose la mano derecha sobre su cabellera, acción que resultó en extremo elocuente, y que Heyward comprendió sin necesidad de palabras.

—No puedo creer que nos veamos reducidos a tal situación —replicó el mayor—: podemos defendernos en las cavernas e impedir su desembarco. —¿De qué modo? —preguntó Ojo-de-halcón con serenidad—. ¿Con las flechas de Uncas? ¿Con el llanto de las mujeres? No, no; pasó el tiempo de la resistencia: usted es joven, rico, tiene amigos; todo ello me revela que ha de serle muy sensible la muerte; pero acordémonos de que nuestra sangre es pura, y demostremos a esos habitantes de las selvas que el blanco puede padecer y morir tan valerosamente como el hombre de color cuando llega su hora —agregó dirigiéndose a los mohicanos.

Volvió entonces Heyward la vista en la misma dirección que lo hacía el cazador, y la actitud de los indios confirmole sus temores. Sentado Chingachgook sobre una peña, había ya desceñido el cuchillo y el hacha; despojó su cabeza de la pluma de águila, y pasó la mano sobre el mechón de los cabellos, como disponiéndose para la cruenta operación que esperaba sufrir en breve; pero su fisonomía no revelaba la menor inquietud. Aunque pensativo, perdían sus ojos negros y brillantes el ardor que los animaba durante el combate, y adquirían una expresión más acomodada a la situación en que se encontraba.

—Nuestra suerte no es desesperada aún —dijo el mayor—; a cada momento puede llegarnos socorro: los enemigos están lejos, se han retirado, renunciando quizá a un combate en que reconocen que arriesgan mucho más de lo que pueden ganar.

—No transcurrirá mucho tiempo —replicó Ojo-de-balcón—, antes que lleguen esas malditas serpientes, que probablemente se encontrarán bastante cerca para oírnos; pero llegarán, y de tal modo que nos hagan perder toda esperanza. Chingachgook, hermano mío —añadió en lengua delaware—, acabamos de combatir juntos por la última vez, y los maguas lanzarán el grito de triunfo, cuando maten al prudente mohicano y al rostro pálido, cuya vista les tenía atemorizados.

—Lloren su muerte las mujeres de los mingos —repuso Chingachgook con su acostumbrada e imperturbable firmeza—: la gran serpiente de los mohicanos se ha introducido en sus tiendas y amargado su triunfo con los lamentos de los hijos, cuyos padres han dejado de existir. Once guerreros han perecido lejos de los sepulcros de sus padres desde las últimas nieves, y nadie podrá decir cuál sea su paradero, mientras la lengua de Chingachgook no lo revele. Desnuden el más afilado cuchillo; alcen el hacha más pesada, porque tienen que combatir con el enemigo mayor y más peligroso. Uncas, hijo mío, última rama de tan noble tronco, llama a los cobardes y diles que se den prisa para que sus corazones no se ablanden.

—Están pescando sus muertos —respondió la voz dulce y armoniosa del joven mohicano—: los hurones flotan en el río como las anguilas y caen de las encinas como el fruto maduro, lo que no puede menos de excitar la risa de los delawares.

—Sí, sí —agregó el cazador, que había oído los discursos característicos de los indios—. Inflamarán su sangre y excitarán a los maguas a la venganza. Pero en cuanto a mí, que tengo sangre pura y sin mezcla, moriré como debe hacerlo un blanco, sin palabras ofensivas en la boca ni duelo en el corazón.

—¿Y por qué ha de morir? —preguntó adelantándose hacia él Cora, que, aterrorizada, había permanecido hasta entonces apoyada sobre la roca—. Libre tiene el camino; seguramente se encuentra en estado de atravesar a nado el río: huya a los bosques que nuestros enemigos acaban de abandonar; pida protección al Cielo. Váyanse, valientes; demasiados peligros han arriesgado por nosotros: no permanezcan por más tiempo bajo el siniestro influjo de nuestra suerte infortunada.

—No conoce usted bien a los iroqueses, si supone que no vigilan todos los senderos que conducen a los bosques —respondió Ojo-de-halcón, agregando luego—: Es cierto que, si nos dejáramos llevar por la corriente, no tardaríamos en estar fuera del alcance de sus balas y del eco de sus voces.

—¿Por qué no se apresuran, entonces, a ejecutarlo? —exclamó Cora—: arrójense al río y no aumenten el número de las víctimas de un enemigo implacable.

—No —dijo el cazador mirando alternativamente en torno suyo—; vale más morir en paz consigo mismo, que vivir con remordimientos de conciencia. ¿Qué podríamos responder a Munro cuando nos preguntase dónde habíamos dejado sus hijas y por qué las habíamos abandonado?

—Vayan a exigirle que nos envíe pronto socorros —exclamó Cora con generoso entusiasmo—. Díganle que los hurones nos arrastran por los desiertos de la parte del norte pero que puede salvarnos todavía si acude con presteza. Y si el socorro llegase tarde —añadió con voz alterada, que no tardó en recobrar su entereza—, llévenle el postrer adiós, la seguridad de su cariño y las súplicas y bendiciones de sus dos hijas; díganle que no llore su prematuro fin, y aguarde con humilde confianza el momento en que el Cielo le permita reunirse a ellas.

El rostro curtido del cazador reflejó entonces una agitación extraordinaria. Escuchó atentamente y, cuando Cora hubo concluido de hablar, apoyó la barba sobre la mano y guardó silencio, como si reflexionara acerca de la proposición que acababa de oír.

—Dice usted bien e indudablemente ése es el espíritu del cristianismo. Lo que conviene a un blanco que no tiene una gota de sangre que no sea pura para disculparse. Chingachgook, ¿han oído lo que ha propuesto la joven blanca de los ojos negros?

Habloles entonces durante un breve rato en lengua delaware, y su discurso, aunque pronunciado tranquilamente, revelaba firmeza y decisión. Chingachgook escuchole con su gravedad característica, convencido al parecer de la importancia de lo que decía y reflexionando sobre ello profundamente. Después de unos momentos de vacilación, manifestó su conformidad, pronunciando en inglés la palabra bien, con el énfasis ordinario de su nación, y colocando de nuevo en el cinto el cuchillo y el hacha, se adelantó hasta el extremo de la roca del lago opuesto a la orilla que los enemigos ocupaban: parose un momento, y, señalando los bosques que estaban en dirección contraria, dijo algunas palabras en su lengua como indicando el camino que debía seguir, arrojose en el río, venció la rápida corriente de sus aguas, y no tardó en desaparecer.

El cazador detúvose un instante antes de partir para dirigir algunas palabras a la generosa Cora, que pareció respirar más fácilmente al ver el resultado de sus observaciones.

—La prudencia es en ocasiones cualidad de la juventud como lo es siempre de la ancianidad: lo que usted ha dicho —prosiguió— es atinado y no admite réplica: si llegan ustedes a los bosques, rompan cuantas ramas puedan en su tránsito, y afirmen bien el pie al andar para que queden impresas sus huellas. Si la vista del hombre puede conocerlas, cuenten con un amigo que los seguirá hasta el fin del mundo y no los abandonará.

Tomó la mano de Cora, la apretó muy cariñosamente, levantó el fusil, que contempló con dolor, y después de ocultarlo entre la maleza, adelantose hasta la orilla del agua en el mismo sitio en que Chingachgook acababa de hacerlo. Todavía permaneció un instante indeciso respecto a la conducta que debería seguir, y, mirando en torno suyo, exclamó: «Si tuviese el frasco de pólvora, jamás sufriría este oprobio»; y, dichas estas palabras, se precipitó en el río y desapareció como había desaparecido el mohicano.

Volviéronse los viajeros hacia Uncas, que permanecía inmóvil apoyado contra la roca con imperturbable tranquilidad, y, después de una breve pausa, le dijo Cora señalándole el río:

—Ya ha visto que sus amigos no han sido descubiertos, y probablemente se encontrarán ya en seguridad. ¿Por qué no se apresura a seguirlos?

—Uncas desea permanecer aquí —respondió el joven indio en mal inglés y con la mayor tranquilidad.

—¿Para hacer nuestro cautiverio más horroroso, y disminuir los medios de libertarnos de él? —preguntó Cora bajando los ojos para evitar las miradas ardientes del indio—. Márchese, generoso joven —continuó convencida quizá del ascendiente que ejercía sobre él—; parta, y sea el más fiel de mis mensajeros. Busque a mi padre, y dígale que le rogamos le proporcione los medios de ponernos en libertad. Parta en seguida, se lo ruego.

La tranquilidad de Uncas convirtiose en agitada y viva expresión de una tétrica melancolía; pero ya no vaciló: lanzose precipitadamente hasta el pie de la roca, y se arrojó a las aguas; apareció su cabeza entre las ondas por un instante y desapareció inmediatamente.

El éxito de estas tres pruebas sólo distrajo a los viajeros un breve espacio de tiempo y, cuando hubieron perdido de vista a Uncas, dijo Cora al mayor con voz trémula:

—He oído celebrar su destreza en nadar. No pierda, por lo tanto, el tiempo: siga el buen ejemplo que acaban de darle esos seres leales y generosos.

—¿Y eso es lo que Cora Munro se promete del que se ha encargado de protegerla? —replicó el mayor.

—No es ésta la ocasión más oportuna para distraerse en sutilezas y divagaciones —replicó Cora—: ya no debemos atender sino a nuestra obligación. Por desgracia, en el extremo a que han llegado las cosas no puede usted prestarnos ningún servicio, y debe procurar la conservación de una vida tan preciosa para otros amigos.

Heyward no contestó; pero dirigió una mirada dolorosa a Alicia que, casi imposibilitada de sostenerse, se apoyaba en un brazo.

Después de un corto intervalo, que empleó Cora en dominar las fuertes impresiones que experimentaba, continuó:

—No olvide que, si bien es la muerte el peor accidente que puede sobrevenirnos, es tributo que todas las criaturas debemos satisfacer cuando al Criador le place.

—¡Cora! —exclamó Heyward profundamente afligido, y disgustado de su importunidad—: existen males mayores que la muerte y que la presencia de un hombre dispuesto a defender a usted puede evitar.

Esta vez no tuvo Cora nada que objetar; cubriose el rostro con el chal, asiose del brazo a Alicia, y ambas pasaron a la segunda caverna.

CAPÍTULO IX

Entrégate resueltamente al placer: disperse, amada mía, tu dulce sonri-
sa las sombrías imágenes que gravitan sobre tu frente radiante y pura.
(La muerte de Agripina)

Al estruendo ensordecedor del combate sucedió repentinamente el silencio, solamente turbado por el descenso de la catarata, y tal efecto produjo esta rápida transición en el ánimo de Heyward, que éste creía salir
de un sueño. A pesar de que cuanto había visto y ejecutado estaba profundamente impreso en su memoria, le era difícil convencerse de su certeza. Desconociendo todavía la suerte de los que habían confiado su salvación a la rapidez de la corriente, escuchaba atentamente el más
insignificante rumor por si percibía alguna señal o grito de gozo o de infortunio que le revelase el éxito feliz o desgraciado de su arriesgada empresa. Pero todo fue inútil: sus huellas habían desaparecido con Uncas, y
forzosamente debía permanecer en la incertidumbre respecto a la suerte
de los mohicanos.

La duda lo angustiaba y no vaciló: acercose resueltamente hasta el pie
de la roca sin cuidarse de adoptar ninguna de las precauciones que le habían recomendado durante el combate; pero no descubrió ningún indicio de
que se hubiesen salvado sus amigos, ni de que sus enemigos se aproximasen a la caverna o de que estuviesen escondidos en sus inmediaciones.

La selva que cubría la orilla del río parecía completamente abandonada. Los aullidos que en ella habían resonado eran reemplazados por el ruido de la catarata. Un ave de rapiña colocada sobre las ramas de un pino seco
situado a alguna distancia, impasible testigo del combate, alzó el vuelo, y
describiendo grandes círculos fue a buscar una presa, mientras un cuervo,
cuyo desagradable graznido fue sofocado por los alaridos de los salvajes,
lanzó su desentonado canto, aparentemente satisfecho de que le hubiesen
dejado en posesión de sus desiertos dominios. Estos rasgos característicos
de la soledad infundieron esperanza en el corazón de Heyward: cobró ánimos y sintiose capaz de realizar nuevos esfuerzos.

—Los hurones se han eclipsado —dijo acercándose a David que permanecía sentado sobre una piedra con la espalda apoyada en la roca, y cuyo
espíritu estaba aún bajo la impresión del golpe recibido en la cabeza al caer,
el cual contribuyó a que perdiese el sentido más que el de la bala que le hi-

rió—. Retirémonos a la caverna y confiemos a la Providencia el cuidado de velar por nosotros.

—Me acuerdo —dijo el maestro de canto— de haber unido mi voz a la de esas dos amables señoritas para dar gracias al Cielo y desde entonces no han cesado de caer sobre mí toda clase de calamidades. Me he visto sumergido en un letargo que no era sueño, y han atronado mi oído unos sonidos confusos; como si hubiese llegado el fin del mundo y olvidado su armonía la Naturaleza.

—¡Pobre diablo! —exclamó Heyward—: en bien poco ha estado que no haya llegado para ti el fin del mundo, efectivamente; pero vamos, sígame y lo conduciré a un sitio donde no oirá otros sonidos que los de su canto.

—También tiene melodías el ruido de una catarata —repuso David apretándose la frente con la mano—, y los sonidos de una cascada no son desagradables; pero, ¿han cesado ya esos horribles y confusos gritos, que parecen proferir todos los condenados juntos?

—No, no —dijo Heyward interrumpiéndole—; los enemigos han cesado ya de gritar, y creo que se han retirado. Todo está tranquilo y silencioso, excepto las aguas del río; entre en la caverna y en ella podrá cantar a su satisfacción.

A pesar de la tristeza que embargaba a David, prodújole cierta complacencia el oír esta alusión a su profesión favorita. No vaciló, pues, en dejarse conducir a un sitio donde esperaba poder entregarse a ella, y apoyado en el brazo del mayor pasó a la caverna.

El primer cuidado de Heyward fue obstruir la entrada con un haz de ramas de sasafrás, extendiendo detrás de este débil parapeto las mantas de los mohicanos para hacerla todavía más oscura; pero una escasa luz alumbraba débilmente la gruta por la segunda salida, que era muy estrecha, y estaba abierta sobre un brazo de río que iba a reunirse al otro un poco más abajo.

—No estoy conforme —dijo después que concluyó de fortificarse— con el principio que enseña a los indios a ceder sin resistencia en los casos que consideran desesperados. Nuestra máxima «la esperanza dura tanto como la vida», es más consoladora y se acomoda mejor al carácter militar. A usted, Cora, no necesito infundirle ánimo. Su firmeza y su razón le dicen todo lo que puede convenir a su sexo; pero ¿no encontraremos ningún medio de enjugar las lágrimas de su trémula hermana?

—Ya me he tranquilizado —repuso Alicia separándose de los brazos de Cora y procurando mostrar algún sosiego en medio de sus lágrimas—. Estoy efectivamente bastante más sosegada: nos consideramos seguras en este lugar solitario; aquí no tenemos nada que temer: ¿quién podría descubrirnos? Confiemos en esos hombres generosos que han arrostrado ya tantos peligros en defensa nuestra.

—Nuestra querida Alicia habla en este momento como digna hija de Munro —dijo Heyward aproximándose a ella para estrechar su mano—.

Con dos ejemplos de valor como éstos, ¿qué hombre dejaría de portarse como un héroe?

Tomó asiento en medio de la caverna con la única pistola que le quedaba en la mano, reflejando su rostro su desesperada resolución.

—Si los hurones vienen, no entrarán aquí fácilmente como suponen —agregó en voz baja; y apoyando la cabeza contra la roca dispúsose a esperar los acontecimientos con paciencia y resignación y los ojos fijos en la única entrada de la gruta que quedaba libre y estaba defendida por el río.

Un largo y profundo silencio siguió a estas palabras de Heyward. El aire fresco de la mañana había penetrado en la caverna y su bienhechora influencia producía grata impresión en los viajeros. Cada minuto que transcurría sin nuevos peligros, reanimaba en su corazón el rayo de esperanza que empezaba a renacer, aunque ninguna se atrevía a comunicar a los compañeros una confianza que podía resultar fallida un momento después.

Sólo el maestro de canto se mostraba, al menos en apariencia, indiferente a estas emociones. Un rayo de luz que entraba por la estrecha abertura de la caverna, iluminaba su rostro, mientras él se entretenía hojeando su librito, como si buscase un cántico conveniente a la situación por que atravesaban. Con seguridad, procedía así conservando una idea confusa de lo que el mayor le había dicho al conducirlo a la caverna. Al fin, pareció encontrar lo que deseaba, pues, sin que mediase explicación alguna, como solía hacer siempre que se dedicaba al canto, sacó su instrumento favorito para tomar la entonación, y dijo el preludio.

—¿No hay peligro en esto? —preguntó Cora contemplando con fijeza a Heyward.

—¡Pobre diablo! —repuso el mayor—. Su voz es demasiado débil en este momento para que se oiga en medio del ruido de la catarata. Dejémosle que se consuele a su manera puesto que puede hacerlo sin ningún riesgo.

El maestro de canto echó una ojeada en su derredor con cierto aire de gravedad, capaz de imponer silencio a una turba de discípulos charlatanes, y dijo:

—Éste es un hermoso tono, y la letra es solemne: cantémosle, pues, con toda la expresión adecuada.

Hizo una pequeña pausa con objeto de atraer la atención de sus oyentes, y empezó a cantar por un tono bajo que, elevado gradualmente, concluyó por llenar la caverna de armoniosos ecos. La melodía, que era más patética por la debilidad de su voz, influyó por grados en todos los oyentes, y triunfaba hasta de la miserable poesía del cántico, tan cuidadosamente escogida, haciendo olvidar con la dulzura inexplicable de su voz la falta absoluta de inspiración del poeta. Sintió Alicia inundarse de lágrimas sus ojos y contempló al cantor con enternecimiento, y gozo que no intentaba ocultar. Cora premió con una sonrisa de aprobación los esfuerzos de David, y la frente de Heyward se serenaba cuando perdía un momento de vista la estrecha abertura por donde entraba luz en la caverna, admirando alternativamente el entusiasmo que brillaba en las miradas del cantor y la dulzura que aparecía en los ojos todavía humedecidos de la joven Alicia. Conoció el músico el interés que despertaba y, halagado su amor propio, le inspiró nuevos esfuerzos; su voz adquirió mayor intensidad sin perder nada de su dulzura; y cuando en las toscas bóvedas de la caverna resonaban sus melodiosos acentos, un grito horrible, proferido a lo lejos, cortó su voz, como si repentinamente se hubiera quedado mudo.

—¡Estamos perdidos! —exclamó Alicia, arrojándose en los brazos de Cora, que se apresuró a recibirla en ellos.

—Todavía no —rectificó Heyward—: este grito de los salvajes sale del centro de la isla, y lo ha motivado el hallazgo de sus muertos. No hemos sido descubiertos todavía y podemos confiar.

Por débil que fuese esta esperanza, no careció de valor porque, por lo menos, sirvió para que conociesen las dos hermanas la necesidad de aguardar los acontecimientos en el silencio más absoluto. Repitiéronse los gritos, y en breve oyéronse las voces de los salvajes que, acudiendo de la extremidad del islote, llegaron al fin sobre la roca que cubría las dos cavernas. Resonaban estruendosamente sus feroces alaridos, tales que sólo el hombre que se encuentra en el estado más completo de barbarie puede producir.

Estos espantosos alaridos eran lanzados por los salvajes en todo el contorno de la gruta llamando unos a sus compañeros desde la orilla, y respondiendo éstos desde la cima de las rocas; pero no tardaron en oírse otros gritos mucho más peligrosos en las proximidades de la abertura que separaba las dos cavernas, confundiéndose con los que salían de la rambla, a la cual habían bajado algunos; en una palabra, estos gritos horrorosos se multiplicaban de tal manera y se oían tan cerca que revelaron más que nunca a los cuatro infortunados viajeros la necesidad en que se encontraban de permanecer silenciosos.

En medio de este tumulto percibiose un grito de triunfo a poca distancia de la entrada de la gruta oculta con las ramas de sasafrás hacinadas. Heyward, convencido de que había sido descubierta aquella salida, perdió entonces toda esperanza; pero, esto no obstante, se tranquilizó un tanto al oír correr a los salvajes hacia el sitio donde el cazador había ocultado su fusil, que la casualidad les hizo encontrar. En aquel momento no le fue difícil entender lo que decían los hurones, porque mezclaban a su lengua nativa muchas palabras francesas, pues francés es el idioma que se habla en el Canadá. Los salvajes repetían insistentemente: «¡La-larga-carabina!» y los ecos repitieron este nombre dado a un célebre cazador que con frecuencia prestaba servicios de soldado de descubierta en el campo inglés. Así fue como Heyward supo el nombre del que había sido su compañero.

Las palabras «¡La-larga-carabina! ¡La-larga-carabina!» eran repetidas una y otra vez por los indios, que debían haberse reunido alrededor de un trofeo que para ellos era indicio de la muerte de su dueño. Después de una ruidosa consulta, interrumpida muchas veces por los gritos de alegría feroz, se separaron los hurones y corrieron por todos lados lanzando a todos los vientos el nombre de un enemigo cuyo cuerpo esperaban encontrar en alguna de las grietas de la roca, según creyó deducir Heyward de varias expresiones que les oyó.

—Ha llegado el momento crítico —dijo Heyward en voz baja a las dos hermanas que estaban temblando—: si esta gruta escapa a sus investigaciones nada tendremos que temer, pero, con todo, es indudable, juzgando por lo que ellos mismos acaban de decir, que nuestros amigos no han caído en sus manos, y dentro de dos horas podemos esperar que Webb acuda en nuestro socorro.

Transcurrieron algunos minutos en el silencio de la inquietud, y todo revelaba que los salvajes continuaban haciendo pesquisas con el mayor cuidado y atención: más de una vez les oyeron pasar por el estrecho desfiladero que separaba las dos cavernas, lo que se conocía por el ruido que hacían las hojas de sasafrás que rozaban y las ramas secas que pisaban. Por último, las ramas amontonadas por Heyward cedieron un tanto y una débil claridad penetró por este lado de la gruta. Cora estrechó a Alicia contra su corazón aterrorizada, y el mayor púsose en pie con la velocidad del relámpago. Los grandes gritos que se oyeron entonces y que indudablemente salían de la caverna inmediata, indicaron que los hurones, habiéndola al fin descubierto, acababan de entrar en ella. A juzgar por el número de voces parecía que toda la tropa se había reunido allí o estaban a la entrada.

Había tan poca distancia de una caverna a otra, que el mayor creyó ya imposible que su guarida no fuese descubierta. Desesperado con esta idea cruel, se arrojó hacia la frágil barrera que le separaba muy pocos pasos de sus encarnizados enemigos, y hasta aproximose a la pequeña abertura que la casualidad había practicado, aplicando a ella la vista para observar los movimientos de los salvajes.

Encontrábase al alcance de su brazo un indio de una estatura colosal, cuya voz potente parecía dictar órdenes que los demás se apresuraban a ejecutar: algo más lejos vio la primera caverna llena de salvajes, que examinaban escrupulosamente todos los rincones. La sangre de la herida de David había teñido de rojo las hojas de sasafrás, sobre un haz de las cuales se había acostado. Visto esto, los hurones lanzaron gritos de alegría semejantes a los ladridos de los los perros de caza que encuentran el rastro que consideraban perdido. Enseguida empezaron a esparcir todas las ramas para ver si entre ellas estaba oculto el enemigo que hacía tanto tiempo odiaban y temían, y para desembarazarse de ellas las arrojaban en el espacio que separaba las dos cavernas. Un guerrero de fisonomía feroz acercose al jefe con un puñado de estas ramas en la mano, y mostrole las manchas de sangre que las enrojecían, pronunciando vivamente algunas frases, cuyo sentido entendió Heyward, oyéndole repetir varias veces la palabra «Larga-carabina». Arrojó entonces el indio la rama que traía sobre el montón de las que el mayor había acumulado delante de la entrada de la segunda caverna y la luz dejó de penetrar en la gruta en que estaban los viajeros.

Sus compañeros imitaron este ejemplo amontonando en aquel lugar las ramas que traían de la primera, aumentando así, aunque, naturalmente, sin pretenderlo, la seguridad de los que estaban refugiados en la segunda. La insignificante solidez de esta muralla era precisamente lo que la hacía más fuerte, porque a ninguno se le ocurría deshacer la masa de maleza que todos creían que era obra de sus compañeros en aquel momento de confusión.

Las mantas colocadas en el interior, empujadas por las ramas que iban amontonando por la parte de afuera, empezaban a formar una pared más sólida, y Heyward respiraba más libremente: siéndole ya imposible ver nada abandonó su observatorio y volvió al centro de la gruta, de donde podía vigilar la salida que daba sobre el río. Mientras tanto, parecía que los indios habían renunciado a hacer más pesquisas: se les oyó salir de la caverna, dirigiéndose hacia el lugar en que se habían detenido a su llegada, y sus alaridos de desesperación anunciaban que estaban reunidos alrededor de los cuerpos de los compañeros muertos en el ataque de la isla. El mayor atreviose entonces a levantar los ojos hacia Cora y Alicia, porque durante este corto intervalo de riesgo inminente había temido que la inquietud reflejada en su rostro aumentase el gran terror de las dos jóvenes.

—Ya se han marchado, Alicia —dijo Cora en voz baja—; se fueron por donde habían venido; demos gracias a Dios, que es quien ha podido guardarnos de estos implacables enemigos.

—Que el Cielo acepte mis fervorosas acciones de gracias —exclamó Alicia separándose de los brazos de su hermana, y arrodillándose sobre la peña—; este Dios que ha escuchado las súplicas de un buen padre, y que ha salvado la vida de quienes tanto ama.

El mayor y Cora, más dueña de sí misma que su hermana, contemplaban enternecidos este movimiento de agitación; jamás la devoción habíase manifestado con un aspecto más encantador que en la joven Alicia.

Sus ojos despedían el fulgor radiante de la gratitud; sus mejillas habían recobrado toda su frescura, y sus facciones animadas revelaban que sus labios se disponían a expresar los sentimientos que rebosaban en su corazón. Pero, cuando su boca se abrió, cuajósele la voz en la garganta; la palidez de la muerte volvió a cubrir su rostro; sus ojos quedaron fijos en un punto; sus manos, levantadas al cielo, se dirigieron en línea horizontal hacia la salida de la caverna que daba al río, y todo su cuerpo agitose con violentas convulsiones. Los ojos de Heyward siguieron en seguida la dirección de los brazos de Alicia, y sobre la orilla izquierda del río vio a un hombre, cuya salvaje y feroz fisonomía reconoció al punto. Aquel hombre no era otro que el Zorro Sutil, el pérfido guía que los había traicionado.

En aquel momento de horror y sorpresa, Heyward revistiose de toda su prudencia. Comprendió, por las acciones del indio, que sus ojos, acostumbrados a la luz, no distinguían los objetos en medio de las tinieblas que reinaban en la gruta, y aun se lisonjeó de que retirándose con sus dos compañeras a un recodo todavía más sombrío donde se encontraba ya el maestro de canto, podrían burlar sus miradas; pero una expresión de feroz satisfacción, que repentinamente se dibujó en la cara del salvaje, le reveló que era ya tarde y que habían sido descubiertos.

El gesto de triunfo brutal con que el Zorro Sutil anunciaba esta terrible verdad fue insoportable para el mayor, y atendiendo únicamente a su resentimiento, y no pensando sino en inmolar a su pérfido enemigo, le disparó un pistoletazo. La explosión produjo en la caverna el mismo efecto ruidoso que la erupción de un volcán, y cuando el humo se disipó ya no vio Heyward a nadie en el lugar en que el indio se encontraba. Corrió a la abertura y pudo distinguir aún al traidor escondiéndose detrás de una roca que le ocultó a sus ojos.

Los salvajes, al oír el disparo que les parecía haber salido de las entrañas de la tierra, enmudecieron repentinamente sin duda a causa de la sorpresa; pero, cuando el Zorro Sutil lanzó un grito prolongado de alegría, respondiéronle con un alarido general.

Los indios volvieron entonces a reunirse, entraron en la especie de desfiladero que separaba las cavernas, y antes que el mayor pudiera reponerse de su dolorosa sorpresa, la débil barrera de ramas de sasafrás quedó destruida; los salvajes se precipitaron en la gruta, y, apoderándose de los cuatro individuos que en ella se encontraban, los sacaron de su refugio.

CAPÍTULO X

Tengo miedo de que nuestro sueño se prolongue mañana tanto como en
la noche última se prolongó nuestra vigilia.
(Sueño de una noche de verano)

El inesperado infortunio produjo en el ánimo de Heyward tan violento choque, que en los primeros momentos apenas pudo comprender toda la extensión de su desgracia.

Cuando, merced a un poderoso esfuerzo de voluntad, logró reponerse un tanto, empezó a observar detenidamente el aspecto y modales de los salvajes vencedores. Contra la costumbre de los indios de abusar siempre de sus ventajas, habían no solamente respetado a Cora y a Alicia, sino también a David, y aun al mismo Heyward, a pesar de que su uniforme militar, y especialmente las charreteras, atrajeron tanto la atención de algunos de ellos, que llevaron varias veces la mano a ellas con el deseo evidente de arrebatárselas; pero la orden del jefe, dictada con imperativo tono, fue bastante para contenerlos, lo que indujo a creer al mayor que tenían algún motivo especial para no ofenderlos, a lo menos en el momento.

Mientras los indios de menor edad admiraban la riqueza de un traje con el cual habrían tenido la vanidad de adornarse, continuaban los más viejos y experimentados registrando las dos cavernas sin dejar de examinar una sola de las aberturas de las rocas. No se mostraban satisfechos de su victoria, por habérseles escapado las víctimas que deseaban ante todo sacrificar a su venganza.

Los salvajes guerreros aproximáronse a los prisioneros y les preguntaron enfurecidos y en francés mal pronunciado, dónde estaba «La-larga-carabina». Heyward fingió no entender lo que se le decía. En cuanto al maestro de canto, como desconocía el francés, no tuvo necesidad de fingir. Por último, cansado de sus importunidades, y temiendo irritarlos con un silencio extremadamente obstinado, buscó con la vista al magua para indicar que necesitaba de él como intérprete, a fin de contestar un interrogatorio que se hacía más ejecutivo e imperioso a cada instante.

La actitud de Zorro Sutil era bien distinta de la de sus compañeros, pues no había tomado parte en las nuevas investigaciones hechas después de la captura de los cuatro prisioneros: había permitido que dos de sus camaradas, impulsados por el ansia del pillaje, abriesen la maleta del maestro de

—513—

música y se repartieran lo que contenía; y, colocado a alguna distancia, detrás de los hurones, parecía encontrarse tranquilo y satisfecho, como si hubiera logrado cuanto deseaba que le proporcionase su traición.

Al encontrarse los ojos de Heyward con las miradas siniestras, aunque serenas, del Zorro Sutil, los apartó horrorizado; pero, conociendo la necesidad de fingir en aquel momento, hizo un esfuerzo para dirigirle la palabra.

—El Zorro Sutil —le dijo— es muy valiente guerrero y no rehusará a un enemigo desarmado la explicación de lo que desean saber los que lo tienen cautivo.

—Preguntan dónde se oculta el cazador que conoce todas las sendas del bosque —respondió el magua en mal inglés, poniendo al mismo tiempo la mano con una sonrisa feroz sobre las hojas de sasafrás con que se había vendado la herida recibida en el hombro—: «¡La-larga-carabina!» —añadió—: su fusil es bueno; su ojo jamás se cierra; pero lo mismo que el pequeño fusil del jefe blanco, es impotente contra la vida del Zorro Sutil.

—El Zorro Sutil es muy valiente para preocuparse por una herida que ha recibido en la guerra, y para tratar de vengarse de la mano que se la ha inferido —replicó el mayor.

—¿Estábamos en guerra? —replicó el magua—. No es cierto. Zorro Sutil, fatigado, estaba reposando al pie de una encina comiendo su grano. ¿Quién había llenado la selva de enemigos emboscados? ¿Quién ha intentado apoderarse de su brazo? ¿Quién tenía la paz en los labios y la hiel en el corazón? ¿Por ventura había dicho el magua que su hacha de guerra había sido desenterrada por su mano?

No atreviéndose Heyward a negar las afirmaciones de su acusador, echándole en cara la traición que él mismo había meditado y considerando indigno al mismo tiempo tratar de acallar su resentimiento con ninguna disculpa, adoptó el partido de callarse. El magua, por su parte, no queriendo tampoco continuar la discusión, volvió a apoyarse sobre la roca de que se había separado por un momento, y adoptó nuevamente una actitud de indiferencia; pero el grito de «¡La-larga-carabina!» volvió a oírse tan pronto como los salvajes impacientes conocieron que esta corta conferencia había terminado.

—¿Oye? —preguntó el magua con indiferencia—: los hurones piden la sangre de «La-larga-carabina», y si no lo entregan, darán muerte a los que le oculten.

—Se escapó, huyó bien lejos de ellos —replicó el mayor.

Sonriose el magua desdeñosamente diciendo:

—El hombre blanco cree encontrar la paz en la muerte; pero el hombre rojo sabe cómo atormentar el espíritu de su enemigo. ¿Dónde está su cuerpo? Muestren la cabeza a los hurones.

—No ha muerto, ha huido.

—¿Es pájaro que haya podido alzar el vuelo —preguntó el indio moviendo la cabeza para manifestar su incredulidad—, o pez que pueda nadar sin mirar al sol? El jefe blanco lee en sus libros, y cree que los hurones son ignorantes.

—Aun no siendo pez puede nadar «La-larga-carabina». Después de haber agotado su pólvora, se ha arrojado a la corriente que le ha llevado bien lejos, mientras que los hurones estaban envueltos en una nube.

—¿Y por qué no le ha seguido el jefe blanco? ¿Por qué se ha quedado aquí? ¿Es quizá una piedra que va al fondo del agua, o le estorba en la cabeza su cabellera?

—Si su camarada que ha perecido en ese abismo pudiese responderle, le diría que no soy piedra a la que puede precipitar un pequeño esfuerzo —respondió Heyward, que consideraba necesario usar de este lenguaje ampuloso que excita siempre la admiración de los salvajes—. Los hombres blancos creen —continuó— que son unos cobardes los que, por temor a la muerte, dejan a sus mujeres abandonadas.

Murmuró el magua algunas palabras entre dientes, y luego prosiguió:

—¿Y los delawares nadan tan bien como se escabullen entre la maleza? ¿Dónde se encuentra la Gran Serpiente?

Esta pregunta convenció al mayor de que los hurones conocían mejor que él a los dos mohicanos que con él habían compartido los peligros.

—Se ha escapado también ayudado por la corriente.

—¿Y el Ciervo ágil? No lo veo aquí.

—Ignoro a quién se refiere —respondió Heyward tratando de ganar algún tiempo.

—Uncas —dijo el magua con gran dificultad en la pronunciación—. Bounding-elk es el nombre que el blanco da al joven mohicano.

—No nos entenderemos —repuso el mayor deseando prolongar la discusión...: la palabra *elk* significa una danta [1], y la deer, gamo, y stag, el ciervo.

—Sí, sí —dijo el indio hablando solo en su lengua nativa—: los rostros pálidos son tan charlatanes como las mujeres que tienen varias palabras para una misma cosa; pero el piel-roja todo lo explica con el sonido de su voz —y dirigiéndose luego a Heyward le dijo en inglés, sin querer dar al joven mohicano otro nombre que el que le habían aplicado los hurones—: El gamo es ágil, pero débil; la danta y el ciervo ágiles, pero fuertes; y el hijo de la Gran Serpiente es el Ciervo ágil. ¿Ha saltado por encima del río para ocultarse en el bosque?

—Si se refiere al hijo del mohicano —le respondió Heyward—, le diré que huyó como su padre y «La-larga-carabina» arrojándose a la corriente.

Como el caso no era inverosímil para un indio, convenciose el magua de la verdad de lo que acababa de oír con tal prontitud, que demostró la poca importancia que daba a la captura de estos tres individuos; pero a los demás hurones no les ocurría lo mismo y no tardaron en manifestarlo.

---

[1] Animal muy parecido a la ternera, pero sin cuernos.

Habían esperado éstos conocer el resultado de esta breve conversación con la paciencia que caracteriza a los salvajes y en el mayor silencio. Terminada la conferencia, volviéronse todos al magua preguntándole qué era lo que habían hablado. Extendió el indio los brazos hacia el río, pronunció algunas palabras y esto fue suficiente para hacerles entender qué había sido de aquellos a quienes querían sacrificar a su venganza.

Los salvajes lanzaron gritos espantosos, reveladores del furor de que estaban poseídos, al saber que se habían escapado sus víctimas. Corrían unos desenfrenadamente agitando los brazos, y escupían otros en el río como para castigarlo por haber contribuido a la evasión de los fugitivos privando a los vencedores de sus legítimos derechos. Algunos, y no eran los menos temibles, miraban lúgubremente a los cautivos que estaban en su poder, y sólo podían abstenerse de ejecutar actos de violencia contra ellos, gracias a su costumbre de dominar sus pasiones: no faltaban tampoco quienes acompañaban este mudo lenguaje con gestos amenazadores. Uno de los salvajes llegó a asir los hermosos cabellos que flotaban sobre la espalda de Alicia, mientras que con la otra mano blandía un cuchillo sobre su cabeza, advirtiéndola así cómo sería despojada de aquel precioso adorno.

Fuele a Heyward imposible soportar ese horroroso espectáculo, e hizo un esfuerzo tan desesperado como inútil para acudir al socorro de Alicia; pero tenía las manos atadas, y al primer movimiento que hizo sintió la del jefe de los indios que la descargó sobre su hombro. Convencido de que su resistencia sólo serviría para irritar más a aquellos bárbaros, sometiose a su destino y procuró reanimar un poco a sus compañeras de infortunio, diciéndoles que era propio del carácter de los salvajes aterrorizar a sus víctimas con amenazas que en la mayoría de los casos no tenían el propósito de ejecutar.

Pero al pronunciar estas palabras de consuelo, con las cuales únicamente se proponía tranquilizar a las dos hermanas, Heyward no se engañaba a sí mismo. No ignoraba que la autoridad de un jefe indio carecía a veces de fundamentos sólidos, y que frecuentemente no tenía otra base que la superioridad de sus fuerzas físicas, por lo que con facilidad dejaba de ser respetada. El peligro era, pues, tanto más inminente cuanto mayor era el número de salvajes que los rodeaban. La orden más firme del que parecía ser jefe, podía ser violada a cada momento por el primero que quisiera sacrificar a una víctima a los manes de un deudo o de un amigo. A pesar de su valor y fingida tranquilidad, el mayor se desesperaba cada vez que veía a uno de aquellos hombres feroces acercarse a las dos desgraciadas hermanas, que fijaba sus sombrías miradas en aquellas criaturas tan débiles y tan poco dispuestas a resistir al menor acto de violencia.

Esto no obstante, sus temores aminoráronse algún tanto al observar que el jefe llamaba a los guerreros como para celebrar consejo de guerra. La deliberación fue breve; pocos oradores tomaron la palabra, y la resolución, cualquiera que ella fuera, pareció haber sido adoptada por unanimidad. Las indicaciones que todos los que hablaban hacían del campo de

Webb revelaban el temor de un ataque por aquella parte, y esta consideración fue quizá la que aceleró su resolución e imprimió gran actividad a sus movimientos.

En el breve espacio de tiempo que los hurones emplearon en conferenciar, pudo Heyward admirar la prudencia con que habían efectuado su desembarco, después que hubieron cesado las hostilidades.

La mitad del islote era, según hemos ya dicho, una roca, al pie de la cual se habían detenido algunos troncos de árboles arrastrados por el agua, y éste fue el lugar elegido para desembarcar, probablemente porque no creían posible vencer la rápida corriente que formaban un poco más abajo las dos cascadas reunidas. Para efectuarlo habían llevado la canoa por el bosque hasta más allá de la catarata, y colocado en ella sus armas y municiones; y mientras dos salvajes de los experimentados conducían en ella al jefe, los demás les seguían a nado. De este modo consiguieron llegar al sitio que tan funesto había sido a los primeros, pero con la ventaja de ser en número superior y de ir armados de fusiles. No pudo efectuarse en otra forma la ocupación de la isla, pues así lo ejecutaron al regresar de ella. Transportaron la canoa de un extremo a otro, y la lanzaron al agua cerca de la plataforma donde el mismo cazador había conducido a los viajeros.

Como no podía resistirse y eran inútiles las amonestaciones, Heyward sometiose a la necesidad entrando en la canoa tan pronto como se lo mandaron, seguido de David. El piloto encargado de conducirla colocose después en ella, y los otros salvajes siguieron nadando. Los hurones desconocían los bajíos y escollos del río; pero eran sumamente expertos en este género de navegación para cometer ningún error, ni dejar de advertir las señales que los indicaban. Seguía el débil esquife la rápida corriente sin ningún contratiempo, y algunos instantes más tarde desembarcaron los cautivos en la orilla opuesta del río, casi enfrente del sitio en donde habíanse embarcado la noche anterior.

Los individuos volvieron a conferenciar, y entretanto fueron algunos salvajes a buscar los caballos, cuyos relinchos habían contribuido probablemente al descubrimiento de la guarida de sus dueños. Dividiose entonces la tropa: el jefe de ellos montó el caballo de Heyward, atravesó el río seguido del mayor número de los hurones e internose en los bosques, dejando los prisioneros bajo la guardia de seis salvajes, mandados por el Zorro Sutil, circunstancia que no pudo menos de reavivar las inquietudes de Heyward.

La moderación poco habitual en los indios llevó al ánimo del mayor el convencimiento de que lo guardaban como prisionero para entregarlo a Montcalm. Como la imaginación de los desgraciados está siempre despierta y nunca tiene mayor actividad que cuando está sobreexcitada por alguna esperanza por débil y remota que sea, llegó a pensar que el general francés se lisonjearía de que el amor paternal había de prevalecer quizás en Munro sobre la voz de sus deberes para con su rey, pues, aunque a Montcalm se le atribuía un espíritu emprendedor, y era reputado como un hombre extre madamente valeroso, se lo consideraba también como muy perito en los ardides de la política, que no siempre respetan las reglas de la moral, y que en aquel tiempo deshonraban con frecuencia a la diplomacia europea.

Pero en aquel momento todos sus cálculos ingeniosos resultaban fallidos a juzgar por la conducta de los hurones, cuyo jefe, con los que le habían seguido, encaminábase directamente al extremo del Horican, mientras ellos quedaban en poder de los que sin duda habían recibido el encargo de conducirlos cautivos al fondo de los desiertos. Deseando salir a cualquier precio de tan cruel incertidumbre, y queriendo en una circunstancia tan apremiante apreciar hasta dónde llegaba el poder del oro, venció la repugnancia que sentía de hablar a Zorro Sutil, y volviéndose hacia él, le dijo con acento amistoso y que inspiraba tanta confianza como le fue posible fingir.

—Quisiera dirigir al magua algunas palabras que no debe oír más que un jefe como él.

El indio, que en efecto había adoptado la actitud de un jefe, lo miró con desprecio, y le respondió:

—Puede hablar; los árboles no tienen oídos.

—Pero los hurones no son sordos, y las palabras que pueden ser escuchadas por los oídos de los grandes hombres de una nación llenarían de fatuidad a los jóvenes guerreros. Si el magua se niega a escuchar, el oficial del rey sabrá guardar silencio.

El salvaje habló entonces indolentemente con sus compañeros, que se ocupaban en preparar con habilidad escasa los caballos para las dos hermanas, y separándose de ellos, hizo seña al mayor para que lo siguiese.

—Hable ahora, si sus palabras no son tales que el Zorro Sutil deba oírlas.

—El Zorro Sutil ha demostrado que merece llevar el honroso nombre que le han puesto sus padres del Canadá, y reconozco la prudencia de su conducta; reconozco cuanto ha hecho en mi servicio y no lo olvidaré cuando llegue la hora de la recompensa. Sí; el Zorro ha demostrado que no solamente es un gran guerrero, un gran jefe en el consejo, sino que conoce perfectamente el modo de engañar a sus enemigos.

—¿Qué ha hecho, pues, el Zorro Sutil? —preguntó fríamente el indio.

—Ha hecho bastante —respondió Heyward—; ha visto que los bosques estaban llenos de tropas enemigas, entre las cuales le era imposible atravesar sin caer en alguna emboscada, y ha fingido equivocar el camino con objeto de evitarlo; luego ha hecho como si volviese a su tribu, a aquella tribu que lo había expulsado de su seno... ¿Por ventura el Zorro Sutil ha dejado de ser ya nuestro amigo?

El magua, después de mirar fijamente a su interlocutor, como pretendiendo adivinar el propósito que le inducía a dirigirle aquella pregunta, puso la mano sobre las hojas que servían de vendaje a su herida, y repuso con energía:

—¿Los amigos hacen señales como ésta? Una herida ocasionada a un enemigo por «La-larga-carabina» ¿habría sido tan ligera? ¿Los delawares se arrastran como las serpientes entre la maleza para envenenar a los que aman?

—¿La Gran Serpiente se habría hecho oír por los oídos de quienes hubiera deseado que fuesen sordos?

—¿El jefe blanco quema su pólvora contra aquellos a quienes llama sus hermanos?

—¿Yerra jamás la puntería cuando se propone matar?

Estas preguntas y respuestas sucediéronse rápidamente, después de las cuales hubo un pequeño intervalo de silencio. Heyward creyó que el indio vacilaba, y para asegurar la victoria empezó a enumerar las recompensas que le serían concedidas, si les prestaba ayuda; pero el magua lo interrumpió con un gesto expresivo:

—Basta —dijo—; el Zorro Sutil es un jefe prudente, y va a ver lo que hará. Entretanto, cállese. Cuando el magua hable, le podrá responder.

Heyward, observando que los ojos del magua miraban con fijeza y cierta inquietud a sus compañeros, se retiró en seguida para evitar que sospechasen que tenía inteligencias con su jefe. Éste se acercó a los caballos y manifestó quedar satisfecho del esmero con que sus camaradas los habían ensillado, e hizo seña entonces al mayor para que ayudase a las dos hermanas a montar, porque únicamente hablaba el inglés en las ocasiones solemnes e indispensables.

No había ya ningún pretexto racional para dilatar la partida, y el mayor, aunque contra su voluntad, al ayudar a montar a sus dos compañeras desoladas, como se le había ordenado, procuró calmar sus temores, contándoles en voz baja y brevemente las nuevas esperanzas que había concebido. Las dos hermanas, trémulas, estaban realmente necesitadas de consuelo, pues apenas osaban levantar los ojos por temor a encontrar las miradas feroces de los que habían llegado a ser árbitros de su destino. La yegua del maestro de canto había sido robada por la primera tropa, de modo que el infeliz viose obligado a marchar a pie como Heyward. Esta circunstancia no desagradó sin embargo a éste, quien pensó que podría aprovecharla para retardar la marcha de los salvajes, y volvía frecuentemente la vista hacia el fuerte «Eduardo», con la vana esperanza de oír en el bosque algún rumor que le revelase la llegada del socorro de que tanta necesidad tenían.

Cuando todo estuvo dispuesto, dio Zorro Sutil la señal de la partida, y volviendo a ejercer sus funciones de guía púsose a la cabeza de la pequeña tropa para conducirla. David caminaba en pos de él: repuesto ya del aturdimiento que le ocasionó la caída, y disminuido el dolor de su herida, estaba al parecer penetrado de su desgraciada posición. Las dos hermanas lo seguían y al lado de éstas caminaba Heyward; los indios cerraban la marcha, pero sin olvidar un momento sus precauciones y vigilancias.

En esta guisa caminaron durante algún tiempo, en un silencio que no se interrumpía sino por algunas palabras de consuelo que el mayor dirigía a sus compañeras de vez en cuando, y algunas exclamaciones piadosas con que David expresaba la amargura de sus pensamientos manifestando una humilde resignación. Iban hacia el norte en dirección contraria al camino que conducía a «Guillermo-Enrique», y esta circunstancia podía hacer creer que Zorro Sutil no había modificado sus primeros designios; pero Heyward resistíase a creer que rechazara las seductoras ofertas que le había hecho, no ignorando que el camino más extraviado conduce siempre a su objeto al indio que tiene que recurrir a la astucia.

Muchas millas recorrieron así a través de los bosques, cuyo término no se veía, y nada les anunciaba que estuviese próximo el fin de su viaje. El mayor no cesaba de examinar la situación del sol, cuyos rayos doraban las ramas de los pinos bajo los cuales caminaban; ansiaba que llegase el instante en que la política del magua le permitiese tomar un camino más en armonía con sus esperanzas, y por último imaginó que el astuto salvaje, considerando imposible el poder evitar el ejército de Montcalm, que avanzaba por la parte del norte, se dirigía a un establecimiento bien conocido, situado en la frontera, cuyo propietario era un oficial distinguido que residía allí habitualmente, merced a una especial benevolencia de las seis naciones. Ser entregado a Guillermo Johnson le parecía preferible a internarse en los desiertos del Canadá para evitar el ejército de Montcalm; pero aún tenían que recorrer muchas leguas por el bosque, y cada paso que avanzaban los separaba del teatro de la guerra y del puesto a que su honor y su deber le reclamaban.

Ninguno de los cautivos, excepto Cora, se acordó de las instrucciones que el cazador les había dado al despedirse, y siempre que se presentaba ocasión la mimosa joven extendía la mano para apoderarse de alguna rama con intención de quebrarla; pero la vigilancia infatigable de los indios frustraba este propósito, por lo que le fue preciso renunciar al advertir las feroces miradas de sus conductores que velaban sobre ella, apresurándose a hacer un ademán que revelaba un temor que no experimentaba para eludir sus sospechas.

Sin embargo, en una ocasión llegó a romper una rama de zumaque, y por una inspiración repentina dejó caer un guante para que quedase una señal más cierta de su paso. Esta astucia no pasó inadvertida a la penetración del hurón que iba a su lado: recogió el guante, se lo devolvió, quebró y rozó algunas ramas de zumaque para hacer creer que algún animal silvestre había atravesado aquel zarzal, y llevó la mano al hacha con gesto expresivo y amenazador, lo cual quitó por completo a Cora el deseo de dejar el menor rastro tras de sí.

Los caballos podían dejar impresas sobre la tierra las huellas de sus pies; pero cada grupo de hurones lo había llevado, y esta circunstancia podía engañar a los que acudiesen en socorro de los cautivos.

Heyward hubiera llamado veinte veces a su conductor y atrevídose a hacerle algunas reconvenciones, si el aspecto sombrío y reservado del salvaje no lo hubiese desanimado. Durante toda la marcha, Zorro Sutil sólo se volvió dos o tres veces para mirar a la pequeña tropa, pero sin pronunciar una palabra. Sin más guía que el sol, o consultando acaso aquellas señales que únicamente la sagacidad de los indios puede descubrir, marchaba con paso firme, sin vacilar nunca y casi en línea recta por aquella numerosa floresta cortada por pequeños valles, montañas de escasa elevación, arroyos y ríos. Estuviese trillada la senda, indicada tan sólo o por completo borrada, su paso era siempre firme y seguro. Parecía insensible a la fatiga. Cuando los cautivos alzaban la vista, lo veían a través de los troncos de los pinos caminando con resolución y la frente erguida. La pluma que adornaba la cabeza del magua era agitada constantemente por el aire, impelido al marchar con rapidez.

Esta celeridad debía obedecer a algún propósito. Después de haber atravesado un valle, en cuyo fondo serpenteaba la plateada cinta de un delicioso arroyo, comenzó a subir una pequeña cumbre tan escarpada, que Alicia y Cora viéronse obligadas a apearse para poder seguirlo. Sobre la cumbre había una llanura poco dilatada, poblada de algunos árboles; Zorro Sutil tendiose al pie de uno de ellos para descansar.

La marcha había sido tan rápida, que todos tenían necesidad de recobrar aliento.

CAPÍTULO XI

—Maldita sea mi tribu, si te otorgo mi perdón.

(El Mercader de Venecia)

El lugar elegido por Zorro Sutil para descansar él y dar descanso a los hurones que lo acompañaban, era una prominencia de forma piramidal, semejante a las colinas artificiales, y que tanto abundan en los valles de los Estados Unidos. La cima del montecillo en que se había detenido el magua era llana; pero la subida era rápida y muy áspera por uno de sus lados. La ventaja que esta altura ofrecía era su escarpe y forma que la hacían casi inaccesible y facilitaban mucho la defensa.

Pero, como el mayor, con el tiempo que había transcurrido y el terreno que habían andado, había perdido ya la esperanza de recibir socorros, observó estas circunstancias con la mayor indiferencia, y sólo se ocupó en consolar y animar a sus infortunadas compañeras. Los salvajes, cuando hubieron quitado los frenos a los caballos para que pudiesen pacer la poca hierba que crecía en aquel sitio, ofrecieron las escasas provisiones, encontradas en la caverna, a los cuatro prisioneros, que habían tomado asiento bajo la sombra de un álamo blanco, cuyas ramas se elevaban a guisa de dosel sobre sus cabezas.

No obstante la rapidez con que habían caminado, uno de los indios había podido atravesar con una flecha un cervatillo, y echándoselo a la espalda lo llevó hasta allí, y sus compañeros, después de elegir los pedazos que les parecieron más delicados, se pusieron a comer la carne cruda sin ninguna especie de condimento. El magua negose a comer tan poco sabroso manjar, y permaneció a alguna distancia sumergido en profundas reflexiones.

Esta abstinencia, muy extraña tratándose de un indio, llamó al fin la atención de Heyward, quien pensó que el hurón recapacitaba sobre los medios de que podría valerse para burlar la vigilancia de los demás hurones, y obtener las recompensas que se le habían prometido. Deseando contribuir con sus consejos al éxito de los planes que formase el Zorro Sutil, y acrecentar la fuerza de la tentación, púsose en pie, adelantose afectando indiferencia al magua, y le dijo con la mayor naturalidad que le fue posible:

—¿El Zorro Sutil no ha caminado bastante frente al sol para no temer nada de los habitantes del Canadá? ¿No sería conveniente que el jefe de «Guillermo-Enrique» viera a sus dos hijas, antes que las sombras de otra noche endurezcan su corazón al sentimiento de su pérdida y le hagan quizás menos espléndido en sus dones?

—¿Por ventura los hombres blancos aman menos a sus hijos por la mañana que por la noche? —preguntó el indio fríamente.

—No, por cierto —apresurose a responder Heyward para corregir el error que creía haber cometido—, el hombre blanco puede olvidar y olvida con frecuencia el lugar de la sepultura de sus padres: deja algunas veces de acordarse de los seres a quienes ha prometido amar siempre; pero la ternura de un padre para con su hijo no muere mientras su cuerpo presta sombra a la tierra.

—¿Puede haber tanta ternura en el corazón del viejo blanco? —volvió a preguntar el magua—. ¿Pensará mucho tiempo en los hijos que le han dado sus esposas? Es duro con sus guerreros y sus ojos son de piedra.

—El deber le exige a veces que sea severo para aquellos que lo merecen; pero es justo y humano con los que se portan bien: he conocido muchos padres buenos, pero jamás he visto un hombre que ame tanto a sus hijos como el viejo jefe blanco. Zorro Sutil ha visto la cabeza gris en la primera fila de sus soldados, pero yo he visto sus ojos llenos de lágrimas cuando me hablaba de sus dos hijas, las jóvenes que son ahora prisioneras del magua.

Heyward enmudeció de pronto porque no sabía cómo interpretar la expresión que adquirían las facciones del indio, que le escuchaba con particular atención. Primero creyó que la alegría que revelaba el hurón al oír encomiar el cariño que Munro profesaba a sus dos hijas, dimanaba de la esperanza de que la recompensa fuese mayor y más segura; pero, a medida que avanzaba él en su discurso, reflejaba el rostro de Zorro Sutil una expresión tan extraña de ferocidad, que ya no pudo menos de temer que la causa de su emoción era otra más fuerte y siniestra que la del interés.

—Retírese —dijo el indio suprimiendo toda señal exterior de enternecimiento, y sustituyéndola por una tranquilidad aparente muy parecida a la del sepulcro—; retírese, y diga a la joven de los ojos negros que el magua desea hablarle; el padre no olvidará lo que la hija haya prometido.

Heyward creyó que este discurso estaba inspirado en el deseo de obtener una recompensa mayor, o a lo menos en la seguridad de que las promesas que se le hicieran serían fielmente cumplidas. Volviose, pues, al álamo, a cuya sombra descansaban de sus fatigas Alicia y Cora, a quienes enteró de las pretensiones que había manifestado el magua de hablar con la mayor.

—Ya conoce usted a los indios —le dijo al conducirla hacia el lugar donde le esperaba el salvaje—: hágale espléndidos ofrecimientos de pólvora, mantas, y sobre todo de aguardiente, que es el artículo más precioso para todas estas gentes, y no haría mal si prometiese también algunos presentes de su propia mano con la gracia que le es característica. Considere bien, Cora, que de su astucia y habilidad depende quizás su vida y la de Alicia.

—¿Y la de usted, Heyward?

—La mía no vale nada; la he consagrado ya a mi rey, y pertenece al primer enemigo que pueda sacrificarla; yo no dejo un padre que me llore, y tengo pocos amigos que derramen lágrimas por mí, pues saben que con frecuencia he buscado la muerte en el camino de la gloria. Pero silencio, que estamos ya cerca del indio. Magua, aquí está la joven a quien desea hablar. Zorro Sutil púsose en pie lentamente y permaneció más de un minuto silencioso e inmóvil. Luego hizo a Heyward una seña para que se retirase, diciendo:

—Cuando el hurón habla con sus mujeres, todos los oídos de sus inferiores deben estar cerrados.

—Retírese, Heyward —dijo Cora sonriéndose tranquilamente al advertir que el mayor dudaba en dejarla—: la delicadeza lo exige; vaya a hablar a Alicia, e inspírele esperanzas halagüeñas.

Esperó la joven que el mayor se separase, y volviéndose luego hacia el magua, le dijo con la dignidad propia de su sexo:

—¿Qué tiene que comunicar el Zorro Sutil a la hija de Munro?

—Escuche —repuso el hurón tratando de ponerle la mano sobre el brazo como para llamar más su atención, pero siendo enérgicamente rechazado por Cora, que se apresuró a retirar el hombro para evitar aquel contacto—. El magua era jefe y guerrero entre los hurones de los lagos. Antes de ver un hombre blanco había visto cómo el sol de veinte estíos deshelaba la nieve de veinte inviernos, y era feliz. Entonces sus padres vinieron del Canadá a los bosques, le dieron a beber aguardiente, y se volvió furioso. Los hurones lo arrojaron lejos de las tumbas de sus padres, como pudieran haberlo hecho con un búfalo salvaje. Siguió las orillas de los lagos, y detúvose en la ciudad del Cañón; allí vivía de la caza y de la pesca; pero también fue rechazado y lanzado a los bosques de sus enemigos, hasta que, al fin, el jefe que nació hurón convirtiose en guerrero entre los mohawks.

—Algo conocía yo de esa historia —dijo Cora al observar que de vez en cuando interrumpía el magua su relato, como para calmar las pasiones que inflamaba en su corazón la memoria de las injusticias de que suponía haber sido víctima.

—¿Es, por ventura, responsable el magua de no tener la cabeza de piedra? ¿Quién le dio a beber el aguardiente? ¿Quién de manso que era le hizo furioso? Los rostros pálidos, los hombres de su color.

—Y porque haya habido hombres inconsiderados cuya tez se parezca a la mía, ¿debo yo responder de sus acciones?

—No: el magua no es un loco y razona; sabe perfectamente que las mujeres como usted no abren jamás la boca para beber aguardiente. El Gran Espíritu les ha concedido el don de la prudencia.

—Pues, ¿qué puedo yo hacer o decir respecto a sus infortunios o errores?

—Escúcheme: cuando sus padres ingleses y franceses desenterraron el hacha de guerra, levantó el Zorro la suya con los mohawks y combatió contra su pueblo; los rostros pálidos rechazaron a los pieles rojas al interior de los bosques, y ahora es un blanco quien nos manda en la guerra. El viejo jefe del Horican, su padre, era el jefe de nuestra nación. Decía a los mohawks: hagan esto, hagan aquello, y era obedecido. Hizo una ley para castigar al indio que, después de beber aguardiente, entrase en las tiendas de campaña de sus guerreros. El magua abrió locamente su boca, y el aguardiente lo llevó hasta la tienda de Munro. ¿Qué hizo entonces la cabeza gris? Que lo diga su misma hija.

—Cumplió la ley que había dictado, e hizo justicia castigando al delincuente.

—¡Justicia! —repitió el indio lanzando al rostro tranquilo y sosegado de Cora una mirada de ferocidad—. ¿Es justicia el hacer uno mismo el mal y castigar a los otros? El magua era inocente puesto que el aguardiente hablaba y obraba por él; pero Munro no lo juzgó así, el jefe hurón fue preso, atado a un poste, y azotado delante de todos los guerreros blancos.

No se atrevió Cora a replicar, porque no sabía cómo disculpar este acto de severidad, quizá imprudente, de su padre.

—Vea —prosiguió el Zorro Sutil abriendo un poco la ligera tela de indiana que cubría en parte su pecho—: estas cicatrices son obra de las balas y los cuchillos, y un guerrero puede mostrarlas a todo su pueblo, porque le honran. Pero la cabeza gris ha grabado en las espaldas del jefe hurón otras señales, que es preciso ocultar como una mujer, bajo esta tela que han pintado los hombres blancos.

—Siempre había creído que un guerrero indio sabía arrostrar toda clase de sufrimientos, que su espíritu no sentía ni conocía los dolores que mortificaban a su cuerpo.

—Cuando el magua fue atado por los cipayos al poste y le hicieron esta herida —respondió orgulloso el hurón señalando con el dedo una ancha cicatriz que le atravesaba todo el pecho—, el Zorro se les reía en su cara, diciéndoles que sólo las mujeres daban golpes tan poco dolorosos. Su espíritu estaba entonces en un mundo superior; pero, al sentir las humillaciones de Munro, su espíritu estaba entre los hombres. El espíritu de un hurón no se embriaga jamás, ni pierde nunca la memoria.

—Pero no debe ser vengativo. Si mi padre le ha hecho víctima de una injusticia, demuéstrele, devolviéndole sus dos hijas, que un hurón sabe perdonar una injuria. Heyward le ha prometido, y yo misma...

Movió el magua la cabeza y le prohibió enérgicamente repetir ofertas que despreciaba.

—¿Qué desea, entonces? —preguntó Cora tristemente convencida de que Heyward, extremadamente generoso, se había dejado engañar por la maligna doblez de un salvaje.

—El deseo de todos los hurones es devolver bien por bien y mal por mal.

—¿Quiere vengarse del ultraje que le ha inferido Munro, maltratando a sus dos hijas indefensas? Pensaba que un jefe consideraría más digno de un hombre buscar a su ofensor y tomar la satisfacción propia de un guerrero.

—Los hombres blancos tienen los brazos largos y los cuchillos muy afilados —respondió el indio sonriéndose con feroz alegría—. ¿Qué necesidad hay de que el Zorro Sutil arrostre los mosquetes de los rostros pálidos, cuando tiene entre sus manos el alma de su enemigo?

—Dígame, por lo menos, cuáles son sus propósitos —repuso Cora, haciendo un esfuerzo casi sobrenatural para afectar tranquilidad—. ¿Se propone llevarnos prisioneras a los bosques, o quiere darnos la muerte? ¿No hay ninguna recompensa ni medios capaces de borrar la injuria y suavizar su rencor? Ponga siquiera en libertad a mi hermana y descargue sobre mí toda su cólera. Compre la fortuna entregando una hija a mi padre, y que su venganza se satisfaga con una sola víctima; la pérdida de las dos conduciría a un anciano al sepulcro; ¿y qué provecho, que satisfacción obtendrá de ello el Zorro Sutil?

—Sigue escuchándome: la joven de los ojos azules podrá volver al Horican y referir al viejo jefe lo que ha ocurrido, si la de los ojos negros me jura por el Gran Espíritu no engañarme.

—¿Qué promesa desea que le haga? —preguntó Cora, que ejercía un secreto ascendiente sobre las pasiones implacables del salvaje.

—Cuando el magua salió de su pueblo, su mujer fue cedida a otro jefe; ahora está en paz con los hurones, y volverá a la sepultura de sus padres a las orillas del gran lago; que la hija del jefe inglés lo siga y habite para siempre en su tienda.

Por atrevida que fuese para Cora semejante proposición, supo dominarse de tal modo que no manifestó la menor debilidad.

—¿Y qué placer podría encontrar el Zorro Sutil en habitar su tienda con una mujer a quien no ama, de color y de pueblos distintos de los suyos? Preferible es que acepte el oro de Munro y que compre con él la mano y el corazón de alguna joven de su misma raza.

Más de un minuto permaneció el indio silencioso, pero sus miradas feroces se fijaron en ella de tal modo, que Cora viose obligada a cerrar los ojos, temerosa de que la hiciese otra nueva proposición más horrible. Al fin volvió el magua a tomar la palabra, y díjole con el tono de la más insultante ironía:

—Cuando los azotes destrozaban las espaldas del jefe hurón, ya sabía éste dónde había de encontrar la mujer que le resarciera de aquella humillación. ¿Qué placer puede compararse al que experimentará el Zorro Sutil al ver que la hija de Munro le lleva el agua, siembra y recoge sus granos, y le sirve de cocinera? El cuerpo de la cabeza gris podrá dormir en medio de sus cañones; pero su espíritu lo tendrá el magua bajo su cuchillo.

—¡Monstruo! —exclamó Cora con un movimiento de indignación que su amor filial le impidió reprimir—. Bien mereces el nombre que te han dado; sólo el genio del mal puede imaginar tan atroz venganza. Confías demasiado en tu poder; pero sabré demostrarte que es efectivamente el espíritu de Munro el que tienes entre las manos y que desafía tu iniquidad.

Contestó el Zorro Sutil a este arrebato de sensibilidad con una sonrisa desdeñosa, que probaba que su resolución era inalterable, y luego, para advertir a su interlocutora que se había concluido ya la conferencia, ordenole, por señas, que se retirase.

Cora, casi arrepentida de su arrebato, se vio obligada a obedecer porque el magua había ya ido a reunirse con sus compañeros, que concluían su repugnante comida. Entonces corrió Heyward al encuentro de aquélla, y preguntole el resultado de la conferencia, durante la cual había tenido constantemente los ojos fijos en los dos interlocutores; pero Cora encontrábase ya muy cerca de Alicia, y no queriendo aumentar sus temores, evitó el responder directamente a esta pregunta. Sin embargo, sus facciones pálidas y desfiguradas y las inquietas miradas que arrojaba a sus guardias, revelaron al mayor el poco éxito obtenido.

Preguntole su hermana si había logrado conocer qué suerte les estaba reservada, y Cora limitose a extender un brazo hacia el grupo de los salvajes, exclamando con una agitación que no pudo dominar, mientras estrechaba a Alicia contra su pecho:

—¡Allí! ¡Allí! Lean el destino en sus rostros. ¿No lo ven allí?

Este gesto y su voz entrecortada, produjeron todavía más impresión que sus palabras y las miradas de sus oyentes se dirigieron en seguida al punto en que las suyas estaban fijas con la atención propia de momento tan angustioso.

Cuando el magua llegó junto a los salvajes que estaban tendidos indolentemente en el suelo, empezó a arengarlos con la gravedad peculiar de un jefe indio, y desde las primeras palabras que pronunció pusiéronse en pie sus oyentes, adoptando una actitud de respetuosa atención. Como hablaba en su lengua natural y la vigilancia de los indios no había permitido que los prisioneros se aproximasen, sólo podían éstos conjeturar lo que decía por las inflexiones de la voz, y los expresivos gestos que acompañan siempre a la elocuencia de los salvajes.

Al principio el magua expresábase tranquilamente; pero, cuando hubo llamado bastante la atención de sus compañeros, reveló mayor vehemencia, dirigiendo varias veces la mano hacia los grandes lagos. Heyward supuso que les hablaba del país de sus padres y del lugar de su residencia; los salvajes prorrumpían de vez en cuando en una exclamación de aplauso, contemplándose unos a otros como para alabar al orador.

El Zorro, que era demasiado hábil para no sacar el mayor partido posible de esta ventaja, habloles del largo y penoso camino que habían hecho al dejar sus bosques y sus tiendas para venir a combatir a los enemigos de sus padres del Canadá. Recordó las heroicidades de los guerreros de su nación; elogió sus triunfos, sus heridas, y el número de cabelleras que habían arrancado, sin olvidarse de tributar elogios a los que escuchaban. Cada vez que designaba a uno, en particular, brillaban los ojos de éste y no titubeaba en confirmar, con sus gestos y sus aplausos, la justicia del panegírico que de él estaba haciendo.

Abandonando después el tono animado y casi triunfante que había adoptado para hablar de los antiguos combates y victorias de sus compañeros, bajó la voz para describir más sencillamente la catarata del Glenn; la posición inaccesible del islote, sus rocas, sus cavernas y la doble cascada. Pronunció el nombre de «¡La-larga-carabina!» y se detuvo hasta que el eco más lejano repitió los prolongados alaridos que siguieron a esta evocación. Señaló con el dedo a Heyward y describió la muerte del valiente hurón que había sido precipitado en el abismo luchando con él; describió después el fin trágico del otro indio que, suspendido entre el cielo y la tierra, había dado un espectáculo horrible durante algunos instantes, deteniéndose particularmente al hacer la apología de su valor y lamentar la pérdida que había sufrido la nación con la muerte de un guerrero tan intrépido; tributó alabanzas semejantes a los que habían sucumbido en el ataque de la isla y llevó la mano al hombro para mostrar la herida que él mismo había recibido.

Terminada la descripción de los acontecimientos recientemente ocurridos, adquirió su voz un acento gutural, dulce y lastimero; habló de las mujeres e hijos de los que allí habían encontrado la muerte; del abandono en que iban a quedar; de la miseria a que se verían reducidos; de la aflicción a que estaban condenados; y, por último, de la necesidad de vengar en los prisioneros tan grandes ultrajes.

Y adquiriendo de repente su voz una extraordinaria energía, prosiguió:

—¿Acaso son perros los hurones para sufrir tamañas afrentas? ¿Quién osará decir a la mujer de Menowga que el cuerpo de su marido es pasto de los peces y que su pueblo no lo ha vengado? ¿Quién se atreverá a presentarse ante la madre de Wapa-wattimié, esa mujer tan orgullosa, sin mostrarle las manos teñidas con sangre de los asesinos de su hijo? ¿Qué responderemos a los ancianos que nos pregunten cuántas cabelleras cortamos, si no llevamos siquiera una? Todas las mujeres nos señalarán con el dedo; sobre los hurones ha caído una negra y afrentosa mancha que necesitamos lavar con sangre.

Al llegar a este punto, confundiose su voz con los gritos de rabia que exhalaron los demás salvajes, como si en lugar de algunos indios, estuviera reunido en la cima de aquella montaña todo un pueblo.

Mientras el Zorro Sutil pronunciaba su discurso, los desgraciados cautivos veían reflejarse claramente en los rostros de los que lo escuchaban el éxito que obtenía; habían respondido a su patética narración con un alarido de dolor y tristeza, a la pintura de sus triunfos con gritos de alegría y a sus elogios con gestos que los confirmaban. Al hablarles de su valor, se animaron sus miradas con nuevo brillo; al aludir al desprecio con que serían humillados por sus mujeres, inclinaron la cabeza sobre el pecho; pero desde que pronunció la palabra venganza y les persuadió de que ésta estaba en sus manos, como tocaba una cuerda sumamente sensible para un salvaje, prorrumpieron en gritos de rabia, y, furiosos, corrieron hacia sus prisioneros con el cuchillo en una mano y el hacha en la otra.

Heyward, al ver que se les aproximaban, interpúsose entre las dos jóvenes y sus rabiosos enemigos; y, aunque se encontraba desarmado, atacó al indio que iba delante, con toda la energía que da la desesperación, siéndole más fácil el contenerlo por un momento porque el enemigo estaba muy lejos de esperar semejante resistencia. Esta circunstancia dio tiempo a que el magua interviniese, y con sus gritos, y especialmente con sus gestos, consiguió atraerse nuevamente la atención de sus compañeros, a quienes volvió a arengar. Esta nueva arenga tenía el objeto de incitarles a no dar una muerte tan rápida a sus víctimas, y a prolongar su agonía; proposición que fue acogida con aclamaciones de feroz alegría, y que se dispusieron a llevar en seguida a la práctica.

Dos guerreros robustos arrojáronse al mismo tiempo sobre Heyward, mientras que otro se adelantaba hacia el maestro de canto, que parecía un enemigo menos terrible. No obstante, antes de ceder, resistiéronse ambos vigorosa aunque inútilmente. David derribó en el suelo al salvaje que lo atacaba; y sólo después de haberlo sujetado, pudieron aquellos bárbaros, reuniendo todos sus esfuerzos, dominar a Heyward. Las mismas ramitas flexibles que sirvieron al Zorro Sutil para describir pantomímicamente la catástrofe del hurón, fueron utilizadas para atar al mayor al tronco de un abeto.

Cuando Heyward pudo alzar la vista para mirar a sus compañeros, adquirió la triste seguridad de que la misma suerte les esperaba a todos: a su derecha estaba Cora, sujeta como él a un árbol, pálida y agitada, pero dotada de una firmeza que no se desmentía, observando, a pesar de su angustiosa situación, todos los movimientos de sus enemigos. Las ligaduras con que había sido atada Alicia a otro abeto, servíanle a la infeliz de sostén, pues ella no hubiera podido sostenerse por sí misma; más que persona viviente parecía un cadáver. Tenía la cabeza inclinada, y un temblor convulsivo agitaba todo su cuerpo; sus manos estaban juntas en actitud de orar, pero en vez de levantar los ojos al cielo para encomendarse al único Ser de quien podía esperar socorro, fijábalos en Heyward con una especie de delirio infantil. David había luchado, y esta circunstancia tan nueva para él, le sorprendía a sí mismo, quien permanecía profundamente silencioso como reflexionando si había hecho mal en resistirse.

El deseo de venganza de los hurones no disminuía, y preparábanse a satisfacerla con todos los refinamientos de crueldad que la práctica de muchos siglos había hecho familiares a todos los individuos de su raza. Unos cortaban ramas para formar hogueras alrededor de las víctimas, otros aguzaban las puntas de los palos para clavarlas en las carnes de los prisioneros cuando estuvieran éstos quemándose lentamente.

Dos salvajes se afanaban en doblar hacia el suelo dos abetos jóvenes, que estaban poco distanciados uno de otro, para atar a ellos a Heyward por dos brazos, y soltarlos luego para que volviesen violentamente a recobrar su posición vertical; pero estos diferentes tormentos no lograban satisfacer por completo la venganza del magua.

Mientras que los monstruos menos hábiles que componían aquella horda feroz preparaban a la vista de sus desgraciados prisioneros los medios ordinarios y conocidos de los tormentos a que los destinaban, aproximose el Zorro Sutil a Cora sonriéndose de un modo infernal para hacerle observar todos aquellos preparativos.

—¿Qué le parece esto a la hija de Munro? —le preguntó—. Su cabeza demasiado orgullosa para reposar sobre la almohada de la tienda de un indio, ¿estará acaso mejor cuando ruede como una piedra redonda desde la cima de la montaña para servir de juguete a los lobos? ¿Se niega a amamantar a los hijos de un hurón? Pues verá a los hurones ensuciarle el pecho con su saliva.

—¿Qué quiere decir este monstruo? —exclamó Heyward que, desconociendo las proposiciones que el magua había hecho a la joven, no le comprendía.

—Nada —respondió Cora con tanta dulzura como resolución—. Es un salvaje ignorante y bárbaro, y no sabe lo que dice ni lo que hace. Empleemos los instantes que nos quedan de vida en pedir al Cielo que le otorgue el perdón.

—¡Perdón! —exclamó el indio que, ciego de furor, no comprendió lo que Cora decía, y creyó que le rogaba que la perdonase—. La memoria de un hurón es más larga que la mano de los rostros pálidos, y su misericordia más pequeña que su justicia. Hable: ¿devolveré a su padre la joven de los cabellos rubios y los otros dos prisioneros? ¿Consiente en seguir al magua a las orillas del gran lago para dormir con él, llevarle el agua y prepararle la comida?

—Cállese —ordenole imperativamente Cora, que no pudo disimular su indignación, con tono tan sublime que impuso por un instante al bárbaro—. No amargue mis últimas oraciones, no se interponga entre Dios y yo.

La ligera impresión que produjeron en el magua estas palabras fue de poca duración.

—Mire —le dijo enseñándole a Alicia y riéndose ferozmente—; mire cómo llora. Es todavía demasiado joven para morir. Envíela a Munro para que consuele y cuide a su anciano padre.

Cora no pudo resistir el deseo de contemplar a su hermana, y vio en sus ojos el terror, la desesperación y el amor a la vida, tan natural en todos los seres de la creación, especialmente cuando son jóvenes.

—¿Qué dice, querida Cora? —preguntó temblando Alicia—. ¿No habla de enviarnos a nuestro padre?

Cora permaneció algunos instantes con los ojos fijos en su hermana, reflejando en su rostro las más vivas sensaciones que se disputaban el imperio en su corazón; al fin, pudo hablar; pero su voz, perdiendo su habitual firmeza, había adquirido la expresión de una ternura casi maternal.

—Alicia —dijo—; el Zorro Sutil nos ofrece la vida a las dos: hace más, promete devolverte a ti y a nuestro querido Heyward, a nuestros amigos, a nuestro infortunado padre. Sí... sí... domaré este corazón rebelde, este orgullo y altivez hasta el extremo de consentir...

Cuajósele la voz en la garganta, y juntando las manos levantó los ojos al cielo como para impetrar de Dios que le inspirase lo que debía decir y hacer.

—¡Consentir! ¿En qué? Prosigue, amada Cora; ¿qué te exige ese monstruo? ¡Ah! ¿Por qué no se ha dirigido a mí? ¡Con qué placer moriría yo por salvarte, por salvarnos a todos, por salvar a Heyward y llevar un consuelo a nuestro triste padre!

—¡Morir...! —repitió Cora tranquilamente y con resolución—; ¡ah!, la muerte no sería nada; pero la alternativa es horrible. Quiere —continuó bajando los ojos ruborizada—, quiere que le siga a los desiertos; que vaya a habitar con él la población de los hurones; que pase toda mi vida a su lado; en resumen, que sea su mujer. Habla ahora, Alicia, hermana querida; y usted también, amigo Heyward, ayude a mi débil razón con sus consejos. ¿Compraré la vida a costa de tamaño sacrificio? Alicia, Heyward, ¿consienten en recibirla de mi mano a semejante precio? Hablen, aconséjenme lo que debo hacer; dispongan de mí.

—¿La vida a ese precio? —exclamó indignado Heyward—. Cora, no se burle así de nuestra apurada situación; no hable ya más de esa alternativa infame; el pensarlo sólo es mil veces más horrible que la muerte.

—Ya sabía yo que había de contestarme de ese modo —repuso Cora cuyo color se animó con estas palabras, y cuyas miradas brillaron un instante como un relámpago—. Pero, ¿qué opina mi querida Alicia? No hay sacrificio que no esté dispuesta yo a realizar por ella, sin que mis labios se desplieguen para proferir una queja.

Heyward y Cora dispusiéronse a escuchar en silencio y con la más profunda atención, pero Alicia permaneció muda. Parecía que las pocas palabras que acababan de pronunciarse habían destruido, o suspendido al menos, todas sus facultades. Tenía los brazos caídos, y una ligera convulsión recorría todo su cuerpo; su cabeza estaba inclinada sobre el pecho, y, privadas de fuerza las débiles piernas, sosteníalas únicamente la ligadura con que estaba atada al árbol. Sin embargo, a los pocos momentos pareció reanimarse, reapareció el color en sus mejillas, recobró la cabeza el movimiento necesario para expresar con un gesto expresivo que estaba muy lejos de permitir que hiciese su hermana este sacrificio horrible por salvarlos, y con admirable energía y decisión repuso:

—¡No, no, no...! ¡Muramos antes! Muramos juntas del mismo modo que hemos vivido.

—Pues bien, ¡moriréis! —exclamó el magua rechinando los dientes de rabia al ver a una joven, que creía débil y sin energía, dar repentinamente muestras de tanta firmeza; y, dicho esto, arrojole con toda su fuerza un hacha que tenía en la mano: el arma matadora pasó hendiendo el aire y brilló ante los ojos de Heyward, cortó una trenza de los cabellos de Alicia, y quedó profundamente clavada en el árbol, sobre su cabeza.

Esta salvajada puso a Heyward fuera de sí; prestole nuevas fuerzas la desesperación, y haciendo un vigoroso esfuerzo consiguió romper las ligaduras que lo sujetaban, se precipitó sobre otro salvaje que, lanzando un horrible alarido, levantaba su hacha para descargar un golpe más seguro a su víctima. Los dos combatientes lucharon un momento, cayendo los dos al suelo sin soltarse; pero el cuerpo casi desnudo del hurón hacía el combate más difícil para Heyward, por lo que su adversario pudo soltarse, y poniendo una rodilla sobre el pecho levantó el cuchillo para hundírselo en el corazón.

Ya veía Heyward el arma fatal próxima a darle muerte, cuando en aquel momento sintió pasar silbando una bala, oyó el estampido de un disparo de fuego, respiró su pecho aligerado del peso que lo oprimía, y el salvaje, después de un instante de vacilación, cayó sin vida a sus pies.

CAPÍTULO XII

Parto, señor; pero pronto estaré de regreso.

(La velada de los reyes)

La repentina muerte del salvaje que luchaba con Heyward produjo gran confusión en el ánimo de los hurones, pero su vacilación no duró mucho, pues casi instantáneamente se rehicieron, y mientras procuraban averiguar quién había sido el osado que estaba tan seguro de su puntería que no había vacilado en disparar sobre su enemigo sin temor de herir al que deseaba salvar, pronunciaron casi al mismo tiempo todos los labios el nombre de «¡La-larga-carabina!». Heyward enterose así, por boca de sus enemigos, de quién era su libertador.

A aquella voz respondieron grandes gritos que partieron del zarzal, donde los hurones habían ocultado sus armas de fuego. Nuevos rugidos de rabia arrancó a los hurones el hecho de ver a sus enemigos los mohicanos colocados entre ellos y sus fusiles.

Ojo-de-halcón, demasiado impaciente para cargar otra vez su larga carabina, que había encontrado entre las zarzas, abalanzose a ellos con un hacha en la mano; pero, a pesar de la rapidez de su carrera, adelantósele un joven salvaje, que, armado de un cuchillo, púsose delante de Cora. Un tercer enemigo, en cuyo cuerpo medio desnudo tenía pintarrajeados los espantosos emblemas de la muerte, siguió a los dos primeros en una actitud no menos fiera. A los gritos de rabia de los hurones siguieron las exclamaciones de sorpresa al reconocer a los enemigos que venían a combatirlos, y los nombres de Ciervo ágil y de la Gran Serpiente fueron repetidos varias veces en un momento.

El Zorro Sutil fue el primero en reponerse del estupor que este acontecimiento imprevisto les había causado, y al ver que sólo tenían tres adversarios a quienes combatir, alentó a sus compañeros con la voz y el ejemplo, y exhalando un alarido terrible corrió con el cuchillo en la mano hacia Chingachgook, que se detuvo a esperarlo. Ésta fue la señal de un combate general, en el que ninguna de ambas partes disponía de armas de fuego, porque a los hurones les era imposible recobrar sus fusiles, y la precipitación del cazador no había dado tiempo a los mohicanos para tomarlos; por lo tanto, únicamente la astucia y las fuerzas físicas debían decidir la victoria.

Como Uncas se encontraba más adelante que sus compañeros, fue el primero que se vio atacado por un hurón, a quien abrió el cráneo de un golpe de hacha y, nivelado con este primer triunfo el número de los combatientes, ya no tuvieron cada uno sino un enemigo con quien pelear. Heyward arrancó el hacha del magua que había quedado clavada en el árbol a que se encontraba ligada Alicia y defendiose con ella del salvaje que lo atacaba.

Los golpes se sucedían como los granos del granizo y se paraban casi con idéntica habilidad; sin embargo, la fuerza superior de Ojo-de-halcón triunfó de su antagonista, a quien un golpe de hacha dejó tendido en el suelo.

Mientras tanto, llevado Heyward de un ardor extremado, había arrojado el hacha contra el hurón que lo amenazaba, en vez de esperar que se pusiera al alcance de su brazo. Herido el salvaje en la frente, casi vaciló y detuvo su carrera un momento. El impetuoso Heyward, enardecido con esta ventaja aparente, precipitose sobre él sin armas; pero no tardó en comprender que había cometido una imprudencia, pues necesitó todo su valor y serenidad para evitar los desesperados golpes que su enemigo le asestaba con el cuchillo. Viéndose él imposibilitado para atacarlo, decidió emplear toda su astucia para inmovilizar al enemigo y logró abarcarlo con los brazos apretando los del salvaje contra sus costados; pero este esfuerzo violento había agotado sus fuerzas y le era ya imposible resistir durante mucho tiempo, de modo que preveía que pronto se vería a merced de su adversario, cuando oyó junto a él una voz que gritaba: ¡Muerte y exterminio! ¡No se dé cuartel a los malditos mingos! Y al mismo tiempo, descargando fuertemente sobre la cabeza rasa del hurón la culata del fusil del cazador, enviole a reunirse con sus compañeros que se encontraban ya sin vida.

Tan pronto como el joven mohicano hubo vencido a su primer antagonista, miró en torno suyo como un león enfurecido para buscar otro: al principio el quinto hurón había intentado ayudar al magua a desembarazarse de Chingachgook; pero un espíritu infernal de venganza le hizo variar repentinamente de opinión y, exhalando un alarido de rabia, corrió hacia Cora y arrojole el hacha desde lejos para advertirla de la suerte que le tenía reservada; pero la afilada arma sólo consiguió rozar el árbol y cortar las ligaduras que sujetaban a Cora, la cual, aunque quedó en libertad, no aprovechó la ocasión para huir, sino para correr al lado de Alicia, a quien, después de abrazarla, procuró con mano trémula desatarle las ramas que la retenían sujeta. Este rasgo de generoso cariño hubiera conmovido a cualquiera que no fuese un monstruo; pero el sanguinario hurón permaneció insensible; y siguiendo a Cora agarrola por sus hermosos cabellos, que le caían en desorden sobre el cuello y hombros, y obligándola a mirarlo, hizo brillar ante sus ojos el cuchillo, dándole vuelta alrededor de la cabeza como para hacerle comprender el modo cruel con que iba a despojarla de aquel adorno. Aquel momento de feroz complacencia le costó bien caro: había observado Uncas esta escena cruel, y más veloz que el rayo arrojose en dos saltos sobre su nuevo enemigo; el choque fue tan violento que ambos cayeron rodando; levantáronse al mismo tiempo y luchando con igual coraje, corrió la sangre por el suelo; pero el combate no tuvo mucha duración, porque mientras el cuchillo de Uncas atravesaba el corazón del hurón, el hacha de Heyward y la culata del fusil del cazador le destrozaban el cráneo.

La lucha de la Gran Serpiente con el Zorro Sutil no estaba decidida aún, y estos guerreros bárbaros justificaban el acierto con que se les daban los sobrenombres con que se los conocía; después de estar un rato dando y parando golpes dirigidos por el odio mortal que se profesaban mutuamente, se aferraron uno a otro; cayeron juntos, y siguieron luchando en el suelo, entrelazados como las culebras.

Concluidos ya los otros combates, el lugar en que la pelea continuaba no podía distinguirse sino por la nube de polvo y hojarasca que levantaban ambos adversarios, haciendo el efecto de un remolino. Impulsados por distintos sentimientos de amor filial, de amistad y gratitud, Uncas, el cazador y Heyward, corrieron desolados a socorrer a su compañero; pero el cuchillo de Uncas buscaba inútilmente un paso para atravesar el corazón del enemigo de su padre; en vano Ojo-de-halcón levantaba la culata de su fusil para descargarla sobre su cabeza, y Heyward espiaba sin resultado el momento de poder agarrar un brazo o una pierna del hurón, porque los movimientos convulsivos de ambos luchadores, cubiertos de sangre y polvo, sucedíanse con tal rapidez, que sus dos cuerpos formaban una sola masa, por cuya razón ninguno se atrevía a herir, temiendo equivocar la víctima y ocasionar la muerte a quien deseaba favorecer.

Los feroces ojos del hurón despedían un fulgor siniestro semejante al brillo con que deben irradiar los del fabuloso basilisco y por entre la nube de polvo en que estaba envuelto podía aquel bárbaro leer en las miradas de los que lo rodeaban que no debía esperar misericordia ni piedad alguna; pero antes que hubiese tiempo de descargar sobre él el golpe que le destinaban, ya se encontraba ocupado su lugar por el inflamado rostro del mohicano. Con tan rápidos movimientos los combatientes habían ido avanzando poco a poco y ya casi se encontraban al extremo de la plataforma que coronaba el montecillo. Al fin, Chingachgook pudo herir con el cuchillo a su enemigo, y en el mismo instante el magua soltó su presa y exhalando un profundo suspiro, cayó sin movimiento y sin dar señales de vida. El mohicano se apresuró a levantarse y atronó los bosques, con sus gritos de triunfo.

—¡Victoria a los delawares! ¡Victoria a los mohicanos! —exclamó Ojo-de-halcón; pero, acto seguido, agregó—: Un buen culatazo para rematarlo, dado por un hombre de sangre pura, no privará a nuestro amigo del honor de la victoria, ni del derecho que tiene a apoderarse de la cabellera del vencido.

Dicho esto, levantó el fusil en el aire para descargar el golpe sobre la cabeza del hurón; pero en aquel momento hizo el Zorro Sutil un movimiento rápido que lo llevó al borde de la montaña, y dejándose deslizar por la pendiente, desapareció en menos de un minuto confundido entre los zarzales. Los dos mohicanos, que habían creído muerto a su enemigo, quedaron profundamente sorprendidos; pero, en seguida, lanzaron un grito terrible y salieron en su persecución con el ardor de dos galgos que siguen el rastro de una pieza. El cazador, cuyas preocupaciones sobrepujaban siempre a su sentimiento natural de justicia en todo lo referente a los mingos, les hizo desistir de su propósito llamándolos de nuevo a la montaña.

—Déjenle ir —les dijo—: ¿dónde quieren encontrarlo? Ya debe haberse ocultado en alguna huronera; acaba de probarnos que con razón lo llaman el Zorro, ¡infame cobarde! Un honrado delaware, al ser vencido en un combate leal se hubiera dejado machetear sin resistirse; pero estos bandidos de maguas tienen apego a la vida como los gatos montaraces. Es preciso matarlos dos veces para tener seguridad de que están muertos. Déjenle huir, va solo; no tiene fusil, ni hacha; está herido y se encuentra a mucha distancia de sus compañeros y de los franceses; es como una serpiente a la que se le arrancan los venenosos dientes; ya no puede mordernos, a lo menos por ahora; y tenemos tiempo de ponernos en seguridad. Pero repare, Uncas —prosiguió diciendo—, mire a su padre que ya empieza a hacer su cosecha de cabelleras; creo que sería conveniente cerciorarnos de que todos estos vagabundos están bien muertos, porque, si se les ocurriera levantarse como el otro e ir en su busca, nos veríamos obligados a empezar de nuevo su persecución.

Dichas estas palabras, el honrado e implacable cazador fue a examinar cada uno de los cinco cadáveres tendidos a poca distancia los unos de los otros, removiéndolos con el pie y haciendo uso de la punta del cuchillo para asegurarse de que el espíritu los había abandonado por completo, pero con tan fría indiferencia como un carnicero que arregla sobre su tabla las reses que acaba de degollar. Sin embargo, habíasele anticipado Chingachgook, el cual poseía los trofeos de la victoria, esto es, las cabelleras de los vencidos.

Uncas, por el contrario, renunciando a sus hábitos y aun quizás a su misma inclinación, por una delicadeza de instinto corrió con Heyward hacia donde Cora y Alicia se encontraban, y cuando hubieron desatado las ligaduras que sujetaban todavía a ésta y que Cora no había podido romper, las dos cariñosas hermanas abrieron a un mismo tiempo los brazos y se estrecharon mutuamente con la mayor efusión.

No intentaremos describir la gratitud que sentían sus almas a Dios, al verse devueltas a la vida y a su padre de un modo tan inesperado; sus acciones de gracias fueron solemnes y silenciosas. Alicia, tan pronto como se vio libre y hubo abrazado y besado a su hermana, se puso de rodillas, y no se levantó sino para arrojarse nuevamente en los brazos de Cora, prodigándole las más tiernas caricias, que ésta le restituía con usura. Sollozaba al pronunciar el nombre de su padre, y en medio de sus lágrimas, sus ojos, apacibles como los de la paloma, brillaban con el fuego de la esperanza, que la reanimaba reflejándose en su rostro una expresión casi celestial.

—¡Ya estamos libres! —exclamó—: ya estamos libres; podrá abrazarnos nuestro tierno padre, y su corazón no será despedazado con el cruel sentimiento de nuestra pérdida. ¡Y tú también, Cora, querida hermana mía, que eres para mí más que una hermana, estás libre conmigo; y usted también,

Heyward —añadió mirándolo con una sonrisa angélica—, nuestro querido y valeroso Heyward, ya está libre de tan horroroso peligro!

Cora no dio a estas palabras, pronunciadas con el mayor entusiasmo, otra respuesta que volver a abrazarla; Heyward no se avergonzó de derramar lágrimas; y hasta Uncas, ensangrentado, y aparentemente espectador impasible de una escena tan tierna, revelaba en la expresión de sus miradas que estaba mucho más civilizado que los demás salvajes, sus compatriotas.

Mientras se desarrollaban estas tiernísimas escenas, Ojo-de-halcón había concluido de convencerse de que ninguno de los enemigos tendidos en tierra podía causarles ya el menor daño, y acercándose a David lo libertó de los lazos que había soportado hasta entonces con admirable paciencia.

—Ya está usted —dijo el cazador echando a sus espaldas la última rama que acababa de cortar—, ya está, repito, completamente libre, aunque no se sirva de los miembros con más discreción de la que la Naturaleza ha revelado al formarlos. Si no le enojan los consejos de un hombre, que aunque no es todavía muy viejo, ha pasado la mayor parte de su vida en los desiertos y ha adquirido más experiencia que la que suele tenerse a sus años, le diré lo que pienso, y es que haría perfectamente bien vendiendo al primer loco que encuentre ese instrumento que le sale del bolsillo, y con el dinero que le den compre un arma que le sea útil y le sirva de medio de defensa. De este modo, con cuidado y habilidad podría llegar a ser algo, porque imagino que ahora se habrá convencido de que hasta el mismo cuervo vale más que el sinsonte; pues el primero contribuye a hacer desaparecer de la superficie de la tierra los cadáveres putrefactos, y el otro sólo sirve para engañar con su canto a los que le oyen.

—Las armas y los clarines son para la guerra —respondió David ya libre—, y los cánticos de acción de gracia para la victoria. Amigo —dijo tendiendo al cazador su pequeña mano mientras asomaban a sus ojos lágrimas de gratitud—, te doy gracias porque mis cabellos crezcan todavía sobre mi cabeza; los habrá más hermosos y mejor rizados, pero estoy contento con los míos, y los he considerado muy adecuados a mi condición; si no he tomado parte en la batalla, no ha sido por falta de buena voluntad, sino por habérmelo impedido las ligaduras con que me habían amarrado esos paganos; tú te has mostrado valiente y hábil durante la pelea, y si me he apresurado a darte las gracias antes de cumplir con otros deberes más solemnes e importantes, es porque eres merecedor de los elogios de un hombre cristiano.

—Lo que yo he hecho no tiene importancia alguna —respondió Ojo-de-halcón mirando a David más afectuosamente que hasta entonces— y podrá ver otro tanto, más de una vez, si permanece mucho tiempo entre nosotros; pero he encontrado a mi antiguo compañero el Matagamos, y esto equivale a una victoria. Los iroqueses son perversos; pero en esta ocasión han olvidado toda su estrategia colocando sus armas de fuego fuera del alcance de su mano. Si a Uncas y su padre se les hubiera ocurrido tomar un fusil como a mí, habríamos llegado contra estos bandidos con tres balas en lugar de una y todos hubieran caído, hasta el pícaro que se ha escapado;

pero, cuando el Cielo lo ha dispuesto de este modo, seguramente será porque así nos conviene...

—Es cierto —respondió David—, ése es el verdadero espíritu del cristianismo, conforme a lo que explican en sus páginas los libros sagrados.

El cazador, que había tomado asiento y examinaba todas las piezas de su fusil tan cuidadosamente como un padre examina los miembros del hijo que acaba de sufrir una caída peligrosa, levantó hacia David los ojos con viveza, e, interrumpiéndolo, le dijo:

—¡Me habla de libros! ¿Me considera acaso un niño que no ha salido todavía del cascarón? ¿Cree que la carabina que estoy examinando es alguna pluma de ganso, mi frasco un tintero y mi morral algún pañuelo para llevar la comida a la escuela? ¡Libros! Un hombre de mi temple, que soy un guerrero del desierto, aunque mi sangre es pura, ¿para qué necesita los libros? Yo no he leído jamás sino uno solo, y las palabras que están escritas en él son tan claras y sencillas que no han menester comentarios; aunque puedo alabarme de haber leído constantemente en él durante cuarenta años.

—¿Y qué libro es ése? —preguntó el maestro de canto que no comprendía lo que acababa de decirle su interlocutor.

—Es un libro prodigioso que permanece siempre abierto ante los ojos: su dueño no es nada avaro y permite que todos lo lean. He oído asegurar que existen personas que necesitan los libros para convencerse de que existe Dios. ¿Es posible que los hombres en las poblaciones desfiguren sus obras hasta el extremo de hacer dudoso para los sabios lo que es claro y evidente en el desierto? Si hay alguno que dude, que me siga de un sol a otro por lo más intrincado de los bosques, y yo le mostraré suficientes pruebas para persuadirle de que es un loco y que su mayor locura consiste en pretender elevarse al nivel de un Ser, cuya bondad y poder no podrán ser igualados jamás.

Después de decir esto, se levantó Ojo-de-halcón moviendo la cabeza, y, murmurando algunas palabras entre dientes, fuese a reconocer el arsenal de los hurones. Chingachgook, que había ido tras él, encontró su fusil y el de su hijo. Heyward y David encontraron de este modo el medio de armarse, pues no faltaban tampoco municiones para que las armas les fueran útiles.

Cuando los dos amigos eligieron y distribuyeron las demás armas, anunció el cazador que ya era tiempo de partir. Las dos hermanas, que se habían tranquilizado, sostenidas por Heyward y el joven mohicano, bajaron de la montaña adonde habían sido conducidas por guías tan diferentes, y cuya cima estaba destinada a ser el teatro de una escena horrible; y montando nuevamente en sus caballos, que habían tenido tiempo de descansar y de pacer, siguieron al conductor, que en momentos tan terribles habíales dado pruebas de adhesión y afecto.

No tardaron en hacer el primer descanso, pues Ojo-de-halcón, abandonando la senda que los hurones habían seguido a la venida, torció a la derecha, atravesó un riachuelo poco profundo, y detúvose en un vallecito sombreado por algunos álamos negros, a un cuarto de milla de distancia. Las dos hermanas sólo habían tenido necesidad de los caballos para pasar el arroyuelo.

Aquel sitio no era desconocido para los indios ni para el cazador, y desde el momento que llegaron a él, arrimaron sus fusiles a un árbol, empezaron a barrer las hojas casi secas amontonadas al pie de tres sauces que allí había, y cavaron un poco la tierra con los cuchillos, brotando en seguida una fuente de agua limpia y cristalina. Ojo-de-halcón miró en torno suyo en busca de algo que deseaba encontrar y no distinguía.

—Estos infames mohawks, o sus hermanos los tuscaroras, o los oneidas, han estado aquí, y se han llevado mi calabaza. No se puede hacer favores a estos perros. En obsequio suyo ha prodigado Dios sus bienes por el desierto, haciendo brotar de las entrañas de la tierra un manantial de agua viva que puede competir con todas las tiendas de los boticarios de las colonias; pero los canallas lo han obstruido, pisando la tierra con que lo han cubierto. ¡Parecen brutos y no criaturas humanas!

En tanto que el cazador desahogaba en esta forma su mal humor, Uncas presentole sin hablar la calabaza que había encontrado entre las ramas de un sauce, y que las miradas impacientes de sus compañeros no habían encontrado; la llenó de agua Ojo-de-halcón y fuese a tomar asiento a algunos pasos de allí; la vació, al parecer con fruición, y púsose a hacer un detenido examen de los restos de víveres abandonados por los hurones, que había adoptado la precaución de guardar en su morral.

—Muchas gracias —le dijo a Uncas devolviéndole la calabaza vacía—; ahora vamos a saber cómo se alimentan estos malditos hurones en sus expediciones. ¡Vean ustedes qué bien conocen los pícaros los bocados más delicados del cervatillo! Cualquiera creería que saben condimentar y trinchar una tajada de venado lo mismo que el mejor cocinero del país; pero, sin embargo, todo está crudo, porque estos iroqueses son unos verdaderos salvajes. Uncas, tome mi eslabón y encienda usted fuego, pues un pedazo de asado nos repondrá algo de las fatigas que hemos sufrido.

Al observar Heyward que sus guías tenían verdadero apetito, ayudó a apearse a las dos hermanas: hízoles tomar asiento sobre el césped para que descansaran un poco, y, mientras se hacían los preparativos de cocina, llevole la curiosidad a informarse del cúmulo de circunstancias que había conducido a los tres amigos al lugar en que ellos se encontraban a tiempo de poder salvarlos.

—¿A qué debemos el placer de haberles visto tan pronto, mi generoso amigo? —preguntó al cazador—. ¿Cómo es que no han traído ningún socorro de la guarnición de «Eduardo»?

—Si hubiéramos pasado más allá del recodo del río, no nos habría sido posible prestarles otro auxilio que el de cubrir de hojas sus cuerpos; pero demasiado tarde para salvar sus cabelleras: no, no; en vez de fatigarnos y perder tiempo corriendo al fuerte, hemos preferido quedarnos emboscados junto a las orillas del río para espiar los movimientos de los hurones.

—¿Luego han visto todo lo que ha pasado?

—Los ojos de los indios son extremadamente perspicaces para que se les escape nada, y por esta razón hemos permanecido ocultos con el mayor cuidado; pero ha costado gran trabajo contener a este joven para que permaneciese tranquilo con nosotros. ¡Ah! Uncas se ha conducido como mujer curiosa más bien que como guerrero de su nación.

La mirada penetrante de Uncas posose un momento sobre el cazador; pero no respondió ni dio señal alguna que revelase que estaba arrepentido de su conducta, sino todo lo contrario. Heyward creyó advertir que la expresión de la fisonomía del joven mohicano era altiva y desdeñosa, y que, si permanecía callado, era tanto por respeto a los que le escuchaban como por su habitual deferencia a la opinión de su compañero blanco.

—Pero, ¿vieron ustedes que habíamos sido descubiertos?

—Lo oímos —repuso Ojo-de-halcón dando particular expresión a estas palabras—: los gritos de los indios son un lenguaje sumamente expresivo para el que ha pasado su vida en los bosques. Pero en el instante en que desembarcaron, nos vimos obligados a deslizarnos como las serpientes por entre la maleza para no ser descubiertos, y desde entonces ya no volvimos a verlos hasta que ustedes estuvieron atados a aquellos árboles, en los que, sin nuestro auxilio, hubieran muerto a la usanza del país.

—Nuestra libertad es providencial, pues casi es un milagro el que ustedes tomaran el buen camino, porque los hurones se habían dividido en dos grupos y cada uno de ellos llevaba dos caballos.

—¡Ah! —respondió el cazador como quien recuerda un grande apuro en que se ha visto—. Esta circunstancia pudo habernos hecho perder el rastro; pero decidimos emprender esta ruta, porque juzgamos, y con fundamento, que esos bandidos no se llevarían sus prisioneros por la del norte; pero, después de haber andado algunas millas sin encontrar una sola rama tronchada, como yo lo había encargado, perdí la esperanza de encontrarlos, especialmente cuando observé que todas las huellas que había marcadas en el suelo eran de mocasines.

—Los hurones adoptaron la precaución de calzarnos como ellos —replicó Heyward levantando su pie, para mostrar el calzado indio que le habían obligado a ponerse.

—Es un recurso digno de ellos; pero tenemos nosotros sobrada experiencia para que esta treta nos engañase.

—¿Y a qué circunstancia se debe el hecho de que siguieran por el mismo camino?

—A una circunstancia cuya confesión debía ser una vergüenza para un hombre blanco que no tiene la menor mezcla de sangre india en sus venas; a la opinión del joven mohicano respecto a una cosa que yo debía conocer mejor que él, y que aun me resisto a creer ahora que he reconocido el error.

—¡Es muy extraordinario! Pero, ¿no me dirá cuál es esta circunstancia?

—Uncas —respondió el cazador mirando con interés y curiosidad los caballos de las dos hermanas— se atrevió a asegurarnos que las cabalgaduras de estas señoras pisaban al mismo tiempo con los dos pies del mismo lado, cosa contraria al modo de andar de todos los animales cuadrúpedos que he conocido, exceptuando el oso; y, sin embargo, esos dos caballos andan de este modo, como mis propios ojos lo han visto y como lo prueban las huellas que hemos seguido durante más de veinte millas.

—Ésa es una cualidad distintiva de estos animales nacidos a las orillas de la bahía de Narraganse, en la pequeña provincia de las plantaciones de la Providencia. Son incansables y muy apreciados por la suavidad de su paso, aunque también se puede adiestrar a otros caballos a andar lo mismo.

—Es posible —dijo Ojo-de-halcón, que había escuchado atentamente esta explicación—; sí, es muy posible, porque aunque soy un hombre que no tiene una gota de sangre que no sea de blanco, soy más competente en gamos y castores que en caballerías. El mayor Effingham posee caballos magníficos; pero jamás he visto ninguno que anduviese de un modo tan particular.

—Seguramente —replicó Heyward—, porque él esas circunstancias no las aprecia mucho. Pero no por eso dejan de ser muy estimados y con frecuencia tiene el honor de conducir jinetes semejantes a los que conducen éstos.

Los mohicanos habían interrumpido sus ocupaciones culinarias para oír esta conversación, y cuando Heyward hubo concluido de hablar miráronse el uno al otro sorprendidos: el padre dejó escapar su exclamación ordinaria, y el cazador púsose a reflexionar como quien pretende ordenar en su cerebro los nuevos conocimientos adquiridos hasta que, al fin, mirando nuevamente con curiosidad los dos caballos, agregó:

—Me atrevo a decir que se ven cosas más extrañas en los establecimientos de los europeos, porque el hombre abusa terriblemente de la Naturaleza cuando la ha dominado una vez; pero, de todos modos, sea cual fuere el modo de andar de estos caballos, natural o adquirido, derecho u oblicuo, lo cierto es que Uncas lo había observado, y sus huellas nos condujeron a un matorral, cerca del cual había señales de la pata de un caballo, y la rama más elevada de un zumaque había sido tronchada a una altura a que no era posible llegar sino puesto a caballo; en tanto que las más bajas estaban rotas y rozadas intencionadamente por un hombre a pie, de lo cual deduje que alguno de estos pícaros había visto romper a una de estas señoritas la rama más alta, e hizo aquel estrago con la pretensión de que se creyera que algún animal silvestre se había revolcado en aquel matorral.

—Su sagacidad no le ha engañado, porque así es precisamente como ha sucedido.

—No era difícil conocerlo sin que hiciera falta más sagacidad que para notar el paso de un caballo. Entonces supuse que los mingos vendrían a esta fuente, porque la virtud de su agua les es conocida.

—¿Según eso, es muy famosa? —preguntó Heyward examinando más atentamente aquel retirado vallecito, y el manantial que estaba cubierto por una tierra negruzca.

—De los pieles rojas que viajan al sur o al este de los grandes lagos son muy pocos los que no han oído alabar sus propiedades. ¿Quiere usted probarla?

Heyward tomó la calabaza, y después de beber algunas gotas de agua que contenía, la devolvió haciendo un gesto de asco y disgusto que hizo sonreír al cazador, el cual movía la cabeza con aire de complacencia.

—Ya veo que le desagrada, y es porque no está acostumbrado; en otra época tampoco a mí me gustaba, pero ahora la encuentro tan deliciosa que estoy sediento de ella como el gamo de la del río: los mejores vinos no son tan gratos a su paladar como lo es esta agua a los de los pieles rojas, especialmente cuando se sienten desfallecer, porque posee una virtud fortificante. ¡Ah! Uncas ha preparado ya nuestro asado, y es ya tiempo de tomar alimento, pues todavía necesitamos andar mucho.

E interrumpida de este modo la conversación, púsose el cazador a comer los restos del venado que escaparon a la voracidad de los hurones; la vianda fue servida sin más ceremonia que la que se había usado en prepararla: los dos mohicanos y él satisficieron su apetito callada y prontamente, según es costumbre entre aquellos hombres que no piensan más que en ponerse en situación de entregarse a nuevos trabajos y soportar nuevas fatigas.

Concluida esta grata obligación, vaciaron los tres las calabazas llenas de agua de aquella fuente medicinal, en cuyas proximidades, de cincuenta años a esta parte, se reúnen para buscar el placer y la salud la Hermosura, la Riqueza y el Talento de todo el Norte de América.

Ojo-de-halcón dio la señal de ponerse en marcha, y las dos hermanas montaron a caballo mientras Heyward y David empuñaban sus armas y se colocaban al lado o detrás de ellas, según el terreno lo permitía; el cazador iba delante, y los dos mohicanos cerraban la marcha.

Adelantose hacia el norte la pequeña comitiva, mientras las aguas de la fuente se deslizaban hacia el arroyo inmediato, y los cadáveres de los hurones se pudrían insepultos en la cima de la montaña; suerte extremadamente ordinaria de los guerreros de aquellos bosques que no excita la conmiseración ni merece comentario.

CAPÍTULO XIII

Voy buscando un camino más fácil.

Parnell

Ojo-de-halcón siguió el mismo camino que los viajeros prisioneros del magua habían recorrido aquella mañana, cortando diagonalmente las arenosas llanuras cubiertas de bosques e interrumpidas a trechos por pequeños valles y montecillos. El sol empezaba a ocultar lentamente su disco de oro tras el lejano horizonte, el calor habíase amortiguado y respirábase con más libertad bajo la fresca bóveda que formaban los grandes árboles del bosque: los viajeros marchaban apresuradamente, y, antes que el crepúsculo llegase, habían caminado ya mucho.

El cazador, imitando al salvaje, a quien había reemplazado en el oficio de guía, dirigíase también por los indicios secretos que conocía, marchando siempre al mismo paso, y sin pararse jamás a resolver. Una mirada al musgo de los árboles, o hacia el sol que declinaba, la vista del curso de los arroyos era suficiente para asegurarle que no había equivocado el camino, y no le dejaban ninguna duda sobre ello. Mientras tanto, la selva empezaba a perder sus ricos matices, y aquel hermoso verde, que había brillado todo el día sobre la hojarasca de sus bóvedas naturales, iba convirtiéndose insensiblemente en un negro sombrío, bajo la dudosa claridad que anunciaba la llegada de la noche.

Esforzábanse las dos hermanas por divisar entre los árboles algunos de los últimos rayos del sol que desaparecía majestuosamente tras el horizonte, guarneciendo con una franja de oro y púrpura una masa de nubes acumuladas encima de las montañas occidentales muy cerca del sitio en que los viajeros se encontraban, cuando se detuvo el cazador de pronto, y volviéndose a los que lo seguían extendió el brazo hacia el sol, diciendo:

—Vean ustedes la señal que la Naturaleza ha dado al hombre para que busque el descanso y el alimento necesarios. Muy prudente sería obedecer aprendiendo de los pájaros del aire y de los animales del campo; sin embargo, nuestra noche será corta porque necesitamos reanudar la marcha antes que salga la luna. Yo me acuerdo de haber peleado con los maguas en estos lugares, durante la primera guerra en que derramé sangre humana. Aquí levantamos una especie de fuertecillo de troncos para defender nuestras cabelleras, y, si no me es infiel la memoria, debemos encontrarnos muy cerca de él hacia la izquierda.

Sin aguardar contestación, torció de repente su marcha en aquella dirección, y entró en un bosquecillo de castaños jóvenes, apartando las ramas bajas como esperando descubrir a cada instante el objeto que buscaba: en efecto, no le había engañado su memoria, porque, después de haber andado doscientos o trescientos pasos por entre la maleza y las espinas que le obstruían el paso, entró en un llano del bosque, en el centro del cual había un cerro cubierto de hierbas y coronado por el fuertecillo en cuestión, descuidado y abandonado desde hacía ya mucho tiempo.

Era éste un edificio rústico, honrado con el nombre de fuerte; uno de aquellos edificios que se construían repentina y rápidamente cuando las circunstancias lo exigían, y que, olvidados cuando desaparecía la necesidad del momento, se arruinaban por completo en la soledad del bosque. En la extensa barrera de desiertos que en otra época había separado las provincias unidas, se encuentran con frecuencia semejantes monumentos del tránsito sangriento de los hombres, cuyas ruinas, formando en la actualidad parte de las tradiciones de la historia de las colonias, parece que se acomodan al carácter sombrío de cuanto las rodea. La techumbre de corteza que coronaba esta construcción, habíase destruido hacía muchos años, y los escombros encontrábanse confundidos con la tierra; pero los troncos de pino que se habían reunido apresuradamente para formar las paredes, se mantenían todavía en el lugar en que habían sido colocados, aunque un ángulo del rústico edificio se inclinaba ya considerablemente y amenazaba derrumbarse.

Heyward y sus compañeros temían aproximarse a un edificio que presentaba tal estado de decadencia; pero Ojo-de-halcón y los indios, sin el menor recelo, se apresuraron a entrar, y, mientras el primero lo contemplaba interior y exteriormente con la curiosidad de un hombre cuyos recuerdos se avivaban por momentos, Chingachgook refería brevemente a su hijo en su lengua nativa la historia del combate que se había librado, siendo él joven, en aquel retirado sitio, uniéndose al acento de su triunfo cierta expresión de melancolía.

Mientras tanto, Cora y Alicia se apearon con gusto para disfrutar de algunas horas de descanso en la frescura de la noche, persuadidas de que sólo los animales de los bosques podían turbar su reposo.

—Valiente amigo —preguntó Heyward al cazador que había concluido ya de reconocer aquel sitio—, ¿no hubiera sido preferible elegir para descansar un lugar más retirado y tal vez menos desconocido y frecuentado?

—Difícilmente se encontrará actualmente —respondió Ojo-de-halcón con tono pausado y melancólico— quien tenga noticia de la existencia de este antiguo fuerte. No todos los días se hacen libros y se escriben relaciones de escaramuzas semejantes a la que hubo aquí en otro tiempo entre los mohicanos y los mohawks en una guerra que sólo interesaba a ellos. Yo tenía entonces pocos años y tomé partido por los mohicanos, porque sabía que era una raza a la que se calumniaba injustamente. Durante cuarenta días con sus noches estuvieron los bribones rondando, sedientos de nuestra sangre, en torno de este edificio, cuyo plan concebí yo trabajando también después en la construcción, pues ya sabe usted que soy un hombre de sangre pura y no un indio. Los mohicanos me ayudaron a construirlo, y en él nos defendimos diez contra veinte hasta que el número de ambas partes combatientes se igualó; entonces hicimos una salida contra estos perros, y no quedó uno solo que pudiese dar noticia a su pueblo de la pérdida de sus compañeros. Sí, sí, entonces era yo joven: la vista de la sangre era una cosa nueva para mí, y me torturaba la idea de que otras criaturas, animadas como yo por el principio de la vida, iban a quedar tendidas por el suelo para ser pasto de las fieras. Este pensamiento me indujo a dar sepultura a los cadáveres con mis propias manos, precisamente bajo la eminencia en que se han sentado esas señoritas, y que no es tan mala silla aunque tenga por cimientos los huesos de los mohawks.

Estas palabras hicieron poner en pie precipitadamente a las dos hermanas, quienes, a pesar de las escenas terribles que habían presenciado y en las cuales habían estado expuestas a ser víctimas, no pudieron evitar un movimiento instintivo de terror al saber que se encontraban sobre la sepultura de una horda de salvajes. Es preciso confesar, sin embargo, que la opaca claridad del crepúsculo que se oscurecía insensiblemente, el silencio de un extenso bosque, el reducido círculo en que se hallaban y a cuyo rededor formaban una especie de muralla los espesos y elevados pinos, daban más fuerza a esta agitación.

—Ya se fueron: ya no pueden hacer daño a nadie —continuó el cazador sonriendo melancólicamente al ver la alteración de las jóvenes—; ya no se encuentran en estado de lanzar el grito de guerra ni de levantar su hacha, y de todos los que contribuyeron a colocarles ahí ya no existen sino Chingachgook y yo; los demás eran sus hermanos y sus familias, y los que ustedes tienen delante son cuanto queda de su raza.

Los ojos de las dos hermanas volviéronse involuntariamente a los dos indios, a quienes las pocas palabras que acababan de pronunciar les acrecentaban las simpatías. Uncas permanecía en la oscuridad a alguna distancia escuchando la relación que le hacía su padre, con aquella viva atención que excitaban en él los hechos de los guerreros de su raza, de quienes había aprendido a respetar el valor y las virtudes de los salvajes.

—Creía que los delawares era una nación pacífica —dijo Heyward—, que jamás hacía la guerra por sí misma, y que confiaba la defensa de su territorio a esos mismos mohawks contra quienes usted ha combatido con ellos.

—En parte tiene usted razón —repuso Ojo-de-halcón—; pero en el fondo es una mentira infernal: ése fue un tratado hecho mucho tiempo ha por las intrigas de los holandeses, que aspiraban a desarmar a los naturales del país que tenían el derecho incontestable sobre el territorio donde se habían establecido. Los mohicanos, aunque pertenecían a la misma nación, tenían que tratar con los ingleses, y no entraron en este tratado fiando su protección a su propio valor, que es lo mismo que hicieron los delawares cuando abrieron los ojos. Ese que está en su presencia es un jefe de los grandes sagamores mohicanos, y su familia podía cazar los gamos en una extensión de terreno más considerable que la que pertenece actualmente al patrón de Albany sin atravesar un arroyo, sin trepar una montaña que no fuesen suyos; pero, ahora, ¿qué le queda al último ascendiente de esta raza? Podrá quizás encontrar seis pies de tierra, cuando Dios quiera, para dormir su último sueño, si tiene un amigo que se tome la molestia de colocarlo en un hoyo bastante profundo para que la reja del arado no lo alcance.

—Aunque es muy interesante esta conversación, me parece que debe interrumpirla —dijo Heyward temeroso de que el asunto de que el cazador empezaba a hablar originase una discusión capaz de alterar la buena armonía que era tan importante mantener—: hemos andado mucho, y pocas personas de nuestro color poseen ese vigor que les hace desafiar igualmente las fatigas que los peligros.

—Pues lo que me saca con bien de todos estos apuros no son sino los músculos y los huesos de un hombre cuya sangre no está cruzada —respondió el cazador mirando sus miembros con cierto aire de satisfacción, que revelaba que no era insensible al cumplimiento que se le hacía—. Puede haber en los establecimientos hombres más altos y más robustos; pero podría usted pasearse más de un día por una ciudad antes de encontrar uno que pueda andar cincuenta millas sin detenerse para tomar aliento, o de seguir a los perros durante una caza de muchas horas. Sin embargo, como todas las naturalezas no son iguales, es muy lógico suponer que estas señoras desearán descansar después de todo lo que les ha sucedido hoy. Uncas, descubra la fuente que debe haber debajo de esas hojas, mientras su padre y yo haremos un techo de ramas de castaños que cubra sus cabezas, y les disponemos una cama de hojas secas.

Estas palabras pusieron término a la conversación, y los tres amigos empezaron a disponer todo lo que podía contribuir al descanso de sus compañeras con la comodidad compatible con el sitio y las circunstancias. El manantial, que muchos años antes había sido causa de que aquel sitio fuese elegido por los mohicanos para fortificarse momentáneamente, fue desembarazado de las hojas que lo cubrían, y su agua cristalina corrió por el pie del cerro: un rincón del edificio fue cubierto con ramas frondosas para impedir que el rocío, siempre abundante en aquel clima, penetrase; se preparó debajo una cama hecha de hojas secas, y lo que quedaba del venado asado por el joven mohicano, proporcionó todavía un bocado a Alicia y Cora, que lo comieron más por necesidad que por placer.

Las dos hermanas entraron entonces en el ruinoso edificio, y después de dar gracias a Dios por la protección señalada que les había dispensado, y de suplicarle que continuase protegiéndolas, se acostaron sobre la cama que se les había dispuesto, y a pesar de los desagradables recuerdos que las agitaban, y de algunos temores de que no podían prescindir, no tardaron en conciliar el sueño.

Heyward había decidido pasar la noche en vela a la puerta del viejo edificio, mal llamado fuerte; pero el cazador, adivinando su intención, le dijo sonriéndose al echarse tranquilamente sobre la hierba y mostrándole a Chingachgook:

—Los ojos de un hombre blanco son poco activos y perspicaces y no sirven para desempeñar el papel de escucha en una circunstancia como ésta: el mohicano vigila por nosotros.

—Yo dormí en mi puesto la noche pasada —dijo Heyward—, y estoy menos cansado que ustedes, cuya vigilancia ha hecho más honor a la profesión militar. Duerman ustedes tres, que yo me encargo de quedar de centinela.

—No tendría yo mejor centinela si estuviéramos delante de las tiendas blancas del regimiento número sesenta, y enfrente de enemigos como los franceses; pero, a oscuras y en medio del desierto, su juicio no valdría más que el de un niño, y toda su vigilancia sería inútil; haga, pues, como Uncas y como yo; duerma sin recelo alguno.

Heyward vio que el joven indio habíase ya tumbado efectivamente al pie del cerro, como si deseara aprovechar los pocos instantes que le quedaban para descansar. David había también seguido su ejemplo, y pudiendo más las fatigas de una larga marcha forzada que el dolor que la herida le hacía sufrir, otros acentos menos armoniosos que su voz ordinaria revelaban que ya estaba entregado al sueño. No queriendo, pues, prolongar más tiempo una discusión inútil, Heyward fingió ceder, y se recostó contra los troncos que formaban las murallas del antiguo fuerte, aunque completamente decidido a no cerrar los ojos sino después de haber entregado a Munro el precioso depósito de que se había encargado. El cazador, creyendo que lo había convencido, no tardó en echarse en brazos de Morfeo, y un silencio tan profundo como la soledad en que se encontraban reinó muy pronto en torno de ellos.

Heyward permaneció un largo rato con los ojos abiertos, siguiendo atento al menor ruido que pudiera oírse; pero su vista turbose, al fin, a medida que las sombras de la noche se aumentaban.

Cuando las estrellas brillaban ya sobre su cabeza, distinguía aún a sus dos compañeros tumbados sobre el césped, y Chingachgook en pie y tan inmóvil como el tronco de un árbol que le servía de apoyo; por último, sus párpados formaron una cortina, por entre la cual creía todavía divisar los astros, y en este estado seguía oyendo la suave respiración de Alicia y Cora, que dormían a algunos pasos detrás de él, y el ruido de las hojas y el lúgubre grito del búho. En ocasiones, haciendo un esfuerzo para entreabrir los ojos, los fijaba un momento sobre un matorral, y los volvía a cerrar involuntariamente creyendo haber visto a su compañero de vela: no tardó en inclinar la cabeza sobre el hombro, que también experimentó la necesidad de sostenerse en el suelo.

Invadiole un profundo sueño, durante el cual creyó ser un antiguo caballero que velaba delante de la tienda de una princesa, a quien había libertado, y cuyo amor esperaba conseguir con tal prueba de fidelidad y vigilancia.

Él mismo no supo luego cuánto tiempo había permanecido en aquel estado de insensibilidad; pero gozaba de un dulce reposo, cuando un golpecito que le dieron en el hombro sacole de aquel estado. Despertose despavorido y levantose precipitadamente, con una idea confusa de la obligación que se había impuesto al principio de la noche.

—¿Quién vive? —preguntó buscando su espada en el sitio donde la llevaba de ordinario—: ¿amigo o enemigo?

—Amigo —respondió Chingachgook en voz baja mostrándole con el dedo la luna que por entre la espesura de los árboles arrojaba un rayo oblicuo sobre el edificio, y agregó en inglés chapurrado—: ya tenemos alumbrado el camino y, como el fuerte del hombre blanco está todavía lejos, muy lejos, debemos ponernos en marcha mientras el sueño cierra los ojos del francés.

—Tiene razón —replicó Heyward—; despierte a sus amigos y prepare los caballos, mientras voy a visitar a las señoritas para que se dispongan a partir.

—Ya hemos despertado, Heyward —dijo la dulce voz de Alicia en el interior del edificio—, y el sueño nos ha restituido las fuerzas necesarias para proseguir el viaje; pero tengo seguridad de que usted ha pasado toda la noche en vela... después de una jornada tan larga y fatigosa.

—Diga mejor que hubiera querido velar; pero mis pérfidos ojos me han traicionado y ésta es ya la segunda vez que me reconozco indigno del depósito que se me ha confiado.

—No lo niegue, Heyward —dijo sonriendo la joven Alicia que salía entonces del fuerte mostrando a la luz de la luna las gracias que algunas horas de sueño tranquilo le habían hecho recobrar—: sé perfectamente que usted es tan descuidado cuando se trata de sí mismo, como cuidadoso cuando está en juego la seguridad de los demás; ¿no podemos permanecer aquí un rato mientras usted y esa honrada gente descansan un poco? Cora y yo nos encargaremos de vigilar, y lo haremos con gusto.

—Si la vergüenza desvelase, no cerraría yo los ojos en toda mi vida —respondió el joven oficial, que empezaba ya a encontrarse turbado mirando las ingenuas facciones de Alicia en las que se afanaba por descubrir los síntomas de un secreto propósito de divertirse a su costa; pero no distinguió nada que confirmase esta sospecha—. Por desgracia es indudable que después de haber ocasionado todos los contratiempos que han sufrido ustedes por mi exceso de confianza imprudente, no he tenido ni aun el mérito de haberlas guardado durante el sueño, como corresponde a un buen soldado.

—Sólo usted puede reconvenirse a sí mismo de ese modo —repuso Alicia, cuya generosa confianza se obstinaba en conservar la ilusión que le hacía ver a su joven amante como un modelo de perfección—. Créame pues, descanse un momento y no dude que Cora y yo desempeñaremos perfectamente el oficio de excelentes centinelas.

Presa de gran turbación, disponíase Heyward a disculparse de nuevo por su falta de vigilancia, cuando lo sorprendió una exclamación que lanzó de repente Chingachgook, aunque con voz contenida por la prudencia, y la actitud adoptada por Uncas para escuchar.

—Los mohicanos oyen un enemigo —dijo el cazador, que hacía ya tiempo estaba preparado para reanudar la marcha—; el viento les trae el rumor de un peligro.

—Dios quiera que se equivoquen —replicó Heyward—, demasiada sangre se ha derramado ya.

Esto no obstante, el militar tomó su fusil y adelantose hacia el claro del bosque, dispuesto a expiar su leve falta sacrificando, si era preciso, la vida en defensa de sus compañeros.

—Quizá se trate de algún animal del bosque que busca presa —dijo en voz baja cuando percibió el rumor lejano que había puesto sobre aviso a los mohicanos.

—¡Cállese! —respondió el cazador—. Son pasos de hombre; yo lo conozco, a pesar de la torpeza de mis sentidos comparados con los de un indio. El maldito hurón que se nos ha escapado habrá encontrado alguna avanzada del ejército de Montcalm, y si han dado con el rastro, nos habrán seguido. Me desagradaría verme obligado a derramar sangre humana en este sitio —añadió mirando con inquietud los objetos que lo rodeaban—; pero acaso tengamos necesidad de ello. Uncas, meta los caballos dentro del fuerte, y ustedes, amigos míos, entren también, que, a pesar de estar ruinoso, podrá protegerlos, y ya está acostumbrado a los tiros.

Todos se apresuraron a obedecer. Los dos mohicanos introdujeron los caballos en el fuerte, adonde les siguió la pequeña comitiva, quedando todo en el más profundo silencio.

Claramente percibíanse ya los pasos de los que se aproximaban, no quedando la menor duda de que eran personas: pronto se oyeron las voces de gentes que hablaban en dialecto indio, y el cazador, pegando su boca al oído de Heyward, le dijo que reconocía el de los hurones. Al llegar al sitio donde los caballos habían penetrado en la maleza, encontráronse desorientados por haber perdido las señales que los habían conducido hasta allí.

A juzgar por el número de las voces parecía que se habían reunido en aquel sitio veinte hombres por lo menos, y que todos emitían al mismo tiempo su opinión respecto a la marcha que convenía seguir.

—Los bribones conocen nuestra debilidad —dijo Ojo-de-halcón, que se encontraba junto a Heyward, y que miraba como él por una abertura entre los troncos de los árboles—; porque, en otro caso, ¿cómo iban a perder el tiempo inútilmente hablando como squaws. Escuche: parece que cada uno de ellos tiene dos lenguas y sólo una pierna.

Heyward, valiente en todas las ocasiones, y casi temerario cuando se trataba de pelear, no pudo en este momento de penosa inquietud responder nada a su compañero. Solamente apretó su fusil más fuertemente y aplicó el ojo a la abertura, redoblando su atención como si su vista hubiese podido atravesar la espesura del bosque, y ver, a pesar de la oscuridad, a los salvajes a quienes estaba oyendo.

Restablecióse entre éstos el silencio, y la gravedad del tono del que entonces tomó la palabra indicaba que era jefe de aquella tropa. Todos los demás escuchaban respetuosamente las órdenes que daba. Pocos minutos después, el ruido de las hojas y de las ramas reveló que los hurones se habían separado y marchaban por el bosque en varias direcciones, en busca del rastro que habían perdido. Por suerte, la luna, que iluminaba en parte el claro del bosque, era extremadamente débil para dar luz al interior de la selva, y la distancia que los viajeros habían corrido para entrar en el fuerte era tan corta, que los salvajes no pudieron distinguir ninguna señal de su paso, aunque si hubiera sido de día habrían encontrado alguna. Lo cierto es que todas sus pesquisas resultaron inútiles.

Sin embargo, no tardó en percibirse la aproximación de algunos salvajes, que se encontraban ya muy cerca de la barrera de castaños que circundaban el claro del bosque.

—Ya llegan —dijo Heyward retrocediendo un poco para pasar la punta del cañón de su fusil entre dos troncos—: disparemos sobre el primero que se presente.

—Guárdese bien de ello —objetó Ojo-de-halcón—; un solo disparo nos atraería toda la banda que se arrojaría sobre nosotros como una cuadrilla de lobos hambrientos. Si Dios quiere que combatamos para salvar nuestras cabelleras, lo haremos, pues nosotros no volvemos la espalda cuando lanzamos el grito de guerra.

Heyward volvió los ojos hacia atrás y vio a las dos hermanas trémulas y abrazadas en el lugar más apartado del edificio, mientras que los dos mohicanos, derechos y firmes como postes, permanecían en la oscuridad a los dos lados de la puerta con el fusil en la mano, dispuestos a servirse de él cuando las circunstancias lo exigiesen. Tratando de reprimirse y decidido a esperar la seña de gentes más experimentadas en aquella especie de guerra, acercose a la abertura para ver lo que ocurría fuera. Un hurón muy alto, armado de un fusil y un hacha, entró entonces en el claro del bosque; adelantose algunos pasos, y mientras contemplaba el antiguo edificio, la luna iluminaba de lleno su rostro: en éste reflejaba la sorpresa y curiosidad de que estaba poseído; lanzó una exclamación y, acto seguido, acudió a su lado uno de sus compañeros.

Los hijos del bosque quedaron inmóviles contemplando el antiguo fuerte, y haciendo muchos gestos al hablar en su lengua nativa, aproximáronse lentamente como gamos asombrados, cuya curiosidad lucha con el espanto. El pie de uno de ellos tropezó con el promontorio al que antes hemos hecho referencia, inclinose para examinarlo y sus gestos expresivos revelaron haber reconocido que cubría una sepultura. En aquel momento advirtió Heyward que el cazador hacía un movimiento para convencerse de que el cuchillo podía salir con facilidad de la vaina, y haciendo lo mismo se preparó a un combate que juzgaba inevitable.

Encontrábanse tan cerca los dos salvajes, que al menor movimiento que hubiesen hecho los caballos no habrían podido escapar a su vigilancia; pero, al descubrir la naturaleza de la elevación de tierra que había atraído sus miradas, no pararon atención en otra cosa y continuaron hablando entre sí. El tono de su voz era grave y solemne como si estuvieran sobrecogidos de un respeto religioso, no exento de terror; retiráronse silenciosos lanzando todavía algunas miradas al edificio arruinado, como si esperasen ver salir los espíritus de los muertos allí sepultados, y, por último, entraron en el bosque de donde habían salido, y desaparecieron.

Ojo-de-halcón apoyó en el suelo la culata de su fusil, y respiró como quien ha retenido el aliento por prudencia y que tiene necesidad de renovar el aire en sus pulmones.

—Sí —dijo—; ellos respetan los muertos, y este respeto les ha salvado la vida por esta vez, y acaso también la nuestra.

Heyward oyó esta observación, pero nada dijo, y toda su atención estaba reconcentrada en los hurones, que ya no se veían, aunque se los oía a poca distancia. Pronto se advirtió que toda la tropa había vuelto a reunirse alrededor de los dos, y escuchaban con gravedad indiana la relación que les hacían sus compañeros de lo que habían visto. Algunos minutos de conversación, que no fue tumultuosa, como la que había seguido a su llegada, bastó sin duda para que se pusieran de acuerdo y volvieran a reanudar la marcha; el ruido de sus pasos se fue alejando y desvaneciendo poco a poco, hasta que al fin se extinguió en las profundidades del bosque.

El cazador esperó, sin embargo, a que una seña de Chingachgook les asegurase de que había desaparecido el peligro, y entonces dijo a Uncas que llevase los caballos al claro del bosque, y a Heyward que ayudase a Alicia y Cora a montar, en todo lo cual fue inmediatamente obedecido, y reanudose la marcha. Las dos hermanas dirigieron la última mirada a las ruinas del fuerte y la sepultura de los mohawks, y la pequeña comitiva internose en el bosque por el lado opuesto al que habían entrado.

CAPÍTULO XIV

—¿Quién va allá? —Campesinos, una pobre gente de Francia.

(El rey Enrique VI)

Salieron los viajeros del claro del bosque y volvieron a internarse en la espesura guardando profundo silencio, precaución necesaria que les dictaba la prudencia. El cazador colocose nuevamente a la vanguardia, y aunque ya se encontraban a una distancia que los ponía a cubierto de todo temor, marchaba más lentamente y con mayor circunspección que la precedente noche, porque no conocía la parte del bosque por donde creyó deber hacer un rodeo para evitar un nuevo encuentro con los hurones. Más de una vez se detuvo para consultar con sus compañeros, los dos mohicanos, haciéndoles observar la posición de la luna, la de algunas estrellas, y examinando cuidadosamente las cortezas de los árboles y el musgo que los cubría.

Heyward y las dos hermanas escuchaban, durante estas breves paradas, con una atención que el temor acrecentaba, si se oía algún sonido que les denunciase la proximidad de los salvajes; pero un silencio eterno parecía envolver la vasta extensión de los bosques: los pájaros, los animales y los hombres, si los había en el desierto, debían estar entregados al más profundo sueño.

De repente se oyó un ruido lejano de agua corriente, el cual, aunque no era sino un ligero murmullo, puso término a la vacilación de los guías, que en seguida dirigieron su marcha hacia aquel lado.

Volvieron a detenerse a las orillas del riachuelo, y Ojo-de-halcón celebró una breve consulta con sus dos compañeros, después de la cual quitáronse los mocasines e invitaron a Heyward y a David para que los imitasen, y, haciendo bajar los caballos al cauce del río, cuya profundidad era muy escasa, entraron también ellos, marchando por el agua cerca de una hora con objeto de que no encontrasen su rastro los que siguiesen sus huellas. Cuando atravesaron el río para entrar en el bosque por la orilla, la luna habíase ya ocultado bajo las negras nubes agrupadas hacia occidente; pero allí pareció que el cazador se encontraba ya en país conocido, y sin la menor incertidumbre ni turbación marchaba rápidamente con paso seguro. El camino empezó a hacerse más quebrado; estrechábanse los montes por ambos lados, y los viajeros conocieron que estaban próximos a un desfiladero.

Ojo-de-halcón volvió a detenerse, esperó que se les reuniesen los demás viajeros y les habló con tono circunspecto que el silencio y la oscuridad hacían más sublime.

—Fácilmente se conocen las sendas y los arroyos del desierto; pero, ¿quién podrá asegurar que a la otra parte de las montañas no haya acampado un grande ejército?

—En ese caso, debemos estar ya cerca del fuerte «Guillermo-Enrique» —dijo Heyward acercándose al cazador con interés.

—Todavía necesitamos andar un buen trozo de camino, que por cierto no es muy llano; pero la mayor dificultad consiste en averiguar por qué parte podremos acercarnos al fuerte. Mire —añadió el cazador señalándole por entre los árboles un estanque cuya linfa reflejaba la brillantez de las estrellas—; aquél es «el estanque de sangre»; estamos en un terreno que he pisado muchas veces y en el que me he batido desde la salida hasta la puesta del sol.

—¿Según eso la balsa que tenemos delante es el sepulcro de los valientes que perecieron en esa acción? Me era conocido su nombre, pero jamás la había visto.

—Ahí peleamos tres veces en un día con los holandeses y franceses —continuó el cazador, más atento a sus propias reflexiones que a lo que le decía Heyward—. El enemigo nos encontró cuando nos disponíamos a preparar una emboscada a su vanguardia, y nos rechazó por el desfiladero, como gamos asustados, hasta las riberas del Horican. Allí nos reunimos detrás de una empalizada de árboles cortados, y atacamos al enemigo bajo las órdenes de sir Guillermo, quien reveló tener un valor y conocimientos extraordinarios, que le valieron el título de barón; pero nos vengamos bárbaramente de la derrota de la mañana: centenares de franceses y holandeses vieron el sol por última vez aquel día, y hasta su comandante Dieskau fue hecho nuestro prisionero, tan lleno de heridas, que se vio obligado a volverse a su país, inútil para el servicio militar.

—Muy gloriosa fue esa jornada —dijo Heyward entusiasmado—, y la fama trajo su noticia hasta nuestro ejército del Mediodía.

—Sí; pero no se ha terminado todavía la historia. El mayor Effingham, con orden expresa del mismo sir Guillermo, encargose de pasar por el flanco de los franceses, atravesar la calzada y referir la derrota en el fuerte colocado sobre el Hudson. En ese mismo sitio donde está esa altura cubierta de árboles, encontré un destacamento que venía a nuestro socorro, y lo conduje a un sitio donde estaba comiendo el enemigo, sin presumir seguramente que no había concluido el trabajo de esta sangrienta jornada.

—¿Y usted le sorprendió?

—Sí; la muerte es una sorpresa para quienes están ocupados en llenar el estómago. Lo cierto es que no les dimos tiempo para respirar; porque no nos habían dado cuartel por la mañana, y todos teníamos que llorar la pérdida de algún pariente o amigo. Concluida la acción arrojaron los muertos a este estanque, y aun hay quien dice que también los moribundos. Yo vi las aguas completamente enrojecidas.

—Fue una sepultura muy tranquila para los guerreros. Según eso, ¿ha servido mucho en esta frontera?

—¿Yo? —dijo el cazador irguiéndose con cierto orgullo militar—. No hay ningún eco en todas estas montañas que no haya hecho repetir el estampido de los disparos de mi fusil, y no existe una milla cuadrada entre el Horican y el Hudson donde el matagamos que tiene usted en su presencia no haya derribado a un hombre o una bestia; pero, en cuanto a la tranquilidad de esta sepultura, ésa es otra cuestión. No falta en el campamento quien dice y piensa que para que un hombre duerma tranquilo su sueño eterno, no debe ser colocado en el sepulcro hasta que ya el alma esté separada del cuerpo, y en la confusión del momento no había tiempo de examinar quién estaba muerto o vivo... pero silencio, ¿no ve un bulto que se pasea a las orillas del estanque?

—No es probable que nadie se divierta paseándose por esta soledad, que sólo una necesidad extrema nos obliga a atravesar a nosotros.

—A los seres de esta especie no los espanta la soledad; y a un cuerpo que pasa el día en el agua, le tiene sin cuidado el rocío que cae por la noche —dijo Ojo-de-halcón apretando el brazo de Heyward con una fuerza que reveló al joven militar que un temor supersticioso dominaba en este momento el espíritu de un hombre ordinariamente tan intrépido.

—¡Por vida mía! —exclamó Heyward un instante después—. ¡Es un hombre que nos ha visto y se adelanta hacia nosotros! Preparen las armas, amigos; no sabemos con quién nos las tenemos que ver.

—¿Quién vive? —preguntó entonces en francés una voz fuerte, que en medio del silencio y la oscuridad no parecía propia de un ser humano.

—¿Qué dice? —preguntó el cazador—. No habla inglés, ni indio.

—¿Quién vive? —repitió la misma voz, acompañando esta vez sus palabras con el ruido que hizo un fusil al colocarlo en situación de disparar.

—¡Francia! —respondió Heyward en el mismo idioma que le era tan familiar como el suyo propio, y saliendo de detrás de los árboles que lo cubrían adelantose hacia el centinela, quien le dijo:

—¿De dónde viene y adónde va tan temprano?

—Vengo de hacer un reconocimiento, y voy a acostarme.

—¿En ese caso, es un oficial del rey?

—Seguramente, camarada: ¿me tenía por oficial de las colonias? Soy capitán de cazadores.

Heyward hablaba en esta forma porque el uniforme del centinela le dio a conocer que servía en los granaderos.

—Vienen conmigo las hijas del comandante del fuerte «Guillermo-Enrique», a quienes he hecho prisioneras, y las conduzco al general.

—¡Por vida mía, señoritas, lo siento mucho! —respondió el joven granadero al mismo tiempo que se llevaba la mano a la gorra saludándolas graciosa y cortésmente—. Ésta es la suerte de la guerra; mas no se aflijan, que nuestro general, como verán, es tan cumplido caballero como valiente.

—Ése es, en efecto, el carácter de los militares franceses —dijo Cora con admirable serenidad—. Adiós, amigo, le deseo otra obligación más grata que cumplir que la que está desempeñando.

El soldado volvió a saludarla y le dio las gracias por su atención. Heyward le dijo:

—Buenas noches, camarada.

La pequeña comitiva prosiguió su interrumpida marcha dejando al centinela continuar su facción a la orilla del estanque, tarareando: «¡Viva el vino, viva el amor!», canción de su país, que la vista de dos señoritas le había hecho recordar.

—Ha sido una fortuna que conociese usted la lengua francesa —dijo Ojo-de-halcón cuando estuvieron a cierta distancia, poniendo su fusil en el seguro y colocándoselo sobre el brazo—. He conocido en seguida que era uno de esos franceses, y ha hecho bien en hablarnos con dulzura y cortesía, pues sin eso hubiera ido a hacer compañía a sus paisanos en el fondo del estanque. Seguramente era un hombre, porque un espíritu no habría podido manejar el fusil con tanta soltura y firmeza...

En aquel momento interrumpió al cazador un largo gemido que parecía salir de las inmediaciones del lago que habían dejado atrás; gemido tan lúgubre, que una imaginación supersticiosa lo hubiera atribuido a un espectro que acabase de salir del sepulcro.

—Indudablemente, era un hombre; pero dudo que esté vivo a estas horas —respondió Heyward al advertir que Chingachgook no estaba con ellos.

Seguidamente, oyose un ruido semejante al que produce un cuerpo grave al caer en el agua, al que sucedió un silencio profundo; y cuando dudaban todavía, llenos de gran incertidumbre, apareció el indio, el cual venía colgándose de la cintura la sexta cabellera, que era la del desgraciado centinela francés, y, habiendo envainado su cuchillo y su hacha, tintos todavía en sangre, tomó su puesto acostumbrado al lado de su hijo, prosiguió la marcha tan satisfecho como quien tiene seguridad de haber realizado una acción digna de elogio.

El cazador apoyó en tierra la culata del fusil, cruzó sus dos manos sobre la boca del cañón, y dedicose algunos momentos a reflexionar.

—Sería éste un acto cruel y bárbaro en un blanco —dijo al cabo moviendo la cabeza con expresión melancólica—; pero está en la naturaleza del indio, y supongo que debía ser así. De todos modos, hubiera preferido que la víctima fuese un maldito mingo, mejor que el alegre joven que ha venido de tan lejos a morir.

—No hable más —dijo Heyward temeroso de que sus compañeras se enterasen de este cruel incidente; y, dominando su indignación con reflexiones semejantes a las del cazador, prosiguió—: Es un asunto terminado y que nos es imposible remediar. Ven claramente que estamos en línea enemiga: ¿qué camino debemos seguir?

—Cierto —respondió Ojo-de-halcón poniéndose el fusil al hombro—; es asunto terminado, y es inútil pensar más en ello; pero parece que los franceses están formalmente acampados alrededor del fuerte, y el atravesar su campamento es empresa muy peligrosa.

—Y, además, disponemos de poco tiempo para hacerlo —agregó Heyward levantando los ojos hacia una densa nube de vapores que iba esparciéndose por la atmósfera.

—De muy poco, sin duda; y, sin embargo, si la Providencia nos ayuda, tendremos dos medios para vencer esta dificultad, pero dos únicamente, porque yo no conozco otro.

—¿Cuáles son? Explíquelos pronto, porque el tiempo apremia.

—Uno es hacer que se apeen estas señoritas y abandonar los caballos a la guarda de Dios, y, como a estas horas todo el ejército está entregado al sueño, pondríamos a la vanguardia a los dos mohicanos, los cuales, sin más que algunos golpes de cuchillo y hacha harían que volviesen a dormirse los pocos que tuviesen la mala ocurrencia de despertar, y entraríamos en el fuerte caminando sobre sus cadáveres.

—¡De ningún modo! ¡Jamás! —exclamó el generoso Heyward—. Sólo un soldado podría quizás abrirse paso en esa forma; pero nunca en las circunstancias en que nos encontramos.

—No hay duda de que los pies delicados de dos señoritas no podrían sostenerlas en un camino que la sangre haría resbaladizo; pero he creído que debía proponer este partido a un mayor del número sesenta, aunque a mí también me desagrada. En este caso no nos queda otro recurso que salir de la línea de los centinelas, y, torciendo hacia el oeste, entraremos después en las montañas, donde los tendré tan ocultos que todos los sabuesos del ejército de Montcalm perderían meses enteros buscando el rastro.

—Adoptemos, entonces, este partido —dijo Heyward con impaciencia—; pero en seguida.

Esto bastó, porque, en el mismo momento, Ojo-de-halcón, pronunciando sólo esta palabra: «Síganme», dio media vuelta y volvió a tomar el camino que los había conducido a aquella peligrosa situación. Marcharon silenciosa y cautelosamente porque temían a cada paso encontrarse con una patrulla, un piquete o un centinela avanzado. Al pasar por el estanque, Heyward y el cazador examinaron con la mirada sus orillas, donde buscaron inútilmente al joven granadero que habían visto de facción; sin embargo una balsa de sangre, cerca del sitio donde estaba, les confirmó la catástrofe deplorable que ya no les ofrecía duda alguna.

El cazador, variando entonces de dirección, encaminose hacia las montañas que cierran aquella pequeña llanura por el lado de occidente, y fue guiando a sus compañeros a paso rápido hasta que la espesa sombra que esparcían sus elevadas y escarpadas cimas los envolvió por completo.

El camino que seguían era muy penoso, porque enormes pedruscos inundaban el valle, que estaba, además, cortado por barrancos muy profundos; y, como estos obstáculos eran muy frecuentes, dificultaban necesariamente la marcha, aunque, por otra parte, las altas montañas que los circuían los consolaban de la fatiga inspirándoles mayor seguridad.

Al cabo, empezaron a trepar por una senda estrecha y pintoresca que serpenteaba entre los árboles y las puntas de las rocas, conocida solamente por gentes acostumbradas a frecuentar aquel lugar agreste. A medida que se elevaban sobre el nivel del valle, disminuía la oscuridad que reinaba a su alrededor, y los objetos empezaban a mostrar sus colores naturales. Cuando salieron del bosque, formado de árboles raquíticos que apenas chupaban algunas gotas de savia en las áridas laderas de la montaña, encontrárronse sobre una plataforma cubierta de musgo, que formaba la cumbre, desde donde vieron brillar los luminosos reflejos de la aurora por entre los pinos que crecían sobre otra montaña situada al lado opuesto del valle del Horican.

El cazador rogó entonces a Cora y Alicia que se apeasen, y desembarazando a los caballos de sus sillas y frenos, dejoles pacer libremente la poca hierba y ramas de arbustos que se veían en aquel sitio, diciéndoles:

—Id y buscad el pienso que os es necesario, pero guardaos de ser pasto de los lobos hambrientos que infestan estos montes.

—¿No los necesitaremos, si nos persiguen? —preguntó Heyward.

—Mire y juzgue por sus mismos ojos —respondió Ojo-de-halcón adelantándose hacia el extremo oriental de la plataforma y diciendo por señas a sus compañeros que los siguiesen—. Si fuese tan fácil ver en el corazón del hombre como descubrir todo cuanto ocurre en el campo de Montcalm, los hipócritas serían raros, y la astucia de un mingo podría reconocerse tan fácilmente como la honradez de un delaware.

Cuando los viajeros estuvieron próximos al borde de la plataforma, se convencieron de que el cazador les había dicho la verdad al prometerles conducirlos a una guarida inaccesible a los sabuesos más finos, y admiraron la sagacidad con que había elegido el lugar.

La montaña sobre que se encontraban elevábase, próximamente, mil pies sobre el nivel del valle. Era un cono inmenso que se adelantaba un poco de la cordillera que se extendía muchas millas a lo largo de las riberas occidentales del lago, y que parecía huir en seguida hacia el Canadá, formando masas confusas de rocas escarpadas, cubiertas de algunos árboles frondosos. Las orillas meridionales del Horican describían a sus pies un gran semicírculo de una montaña a otra, en torno de una llanura desigual y un poco elevada: hacia el norte se descubría el lago Santo, cuyo límpido tablazo, visto desde aquella altura, semejaba una cinta estrecha, festoneada por innumerables bahías, embellecidas con promontorios de formas caprichosas, y llena de una infinidad de islotes; a algunas millas más lejos ocultábase el lago detrás de las montañas, o cubierto de una masa de vapores que emergían de su superficie siguiendo todos los impulsos que les comunicaba el aire de la mañana; volvía a descubrírselo por entre las cimas de estos dos montes, adelantándose hacia el norte, y mostrando en lontananza sus límpidas aguas antes de pagar su tributo al Champellain. Hacia el sur veíanse las llanuras, o, mejor dicho, los bosques, donde se habían desarrollado las aventuras que acabamos de relatar.

Los montes dominaban todo el país inmediato en el espacio de muchas millas en la misma dirección; pero poco a poco iba disminuyendo su elevación hasta que acababan la calzada. A lo largo de las dos cordilleras que circundaban el valle y las orillas del lago se levantaban nubes de vapores, que, saliendo de las soledades del bosque, ascendían formando pequeños remolinos que semejaban otras tantas columnas de humo, producidas por las chimeneas de algunos lugarejos ocultos en el bosque, mientras que en otros parajes se formaban nieblas más densas que cubrían los sitios más bajos y pantanosos. Una sola nube, de inmaculada blancura, flotaba en la atmósfera, y encontrábase justamente encima del estanque de sangre.

A la orilla meridional del lago, y más hacia el oeste que al oriente, veíanse las fortificaciones de tierra y los edificios, de poca elevación, de «Guillermo-Enrique». Los dos principales baluartes, semejando salir de las aguas del lago que bañaban sus cimientos, estaban defendidos por un foso de gran anchura y profundidad, precedido de un terreno pantanoso. A cierta distancia de las líneas de defensa aparecían cortados por el pie todos los árboles; pero por todo lo demás se extendía una alfombra de verde hierba, exceptuados los sitios cubiertos por la cristalina agua del lago o donde las escarpadas rocas alzaban sus denegridas cumbres mucho más altas que las cimas de los árboles más grandes de los bosques próximos.

Había delante del fuerte algunos centinelas que vigilaban los movimientos del enemigo, y hasta dentro de las murallas veíanse a las puertas de los cuerpos de guardia algunos soldados, que después de muchas noches sin dormir, manifestaban estar embotados por el sueño. Hacia el sudeste, y tocando al fuerte, había un atrincherado formado sobre una eminencia, donde hubiera sido más prudente la construcción de aquél. Ojo-de-halcón hizo observar a Heyward que las tropas que lo ocupaban eran las compañías auxiliares que habían salido del fuerte «Eduardo» poco antes que él: de la espesura mayor de los bosques hacia la parte del sur, elevábase de diferentes puntos lejanos una humareda espesa, fácil de distinguir de los vapores más diáfanos de que comenzaba a cargarse la atmósfera, lo cual fue para el cazador un seguro indicio de que algunas tropas salvajes estaban allí estacionadas.

Pero lo que despertó mayor interés en Heyward fue el espectáculo que presenció a las orillas occidentales del lago, muy cerca de su ribera meridional. Sobre una lengua de tierra, que desde la elevación en que se encontraba parecía ser demasiado angosta para contener un ejército tan numeroso pero que realmente se extendía a muchas millas de terreno desde las orillas del Horican hasta la base de las montañas, habíanse colocado gran número de tiendas de campaña, en las que podría albergarse un ejército de diez mil hombres. Las baterías habían sido colocadas delante del campo, y, cuando contemplaban nuestros viajeros, cada uno con diferentes sensaciones, una escena que semejaba un mapa desplegado a sus pies, retumbó en el valle el estruendo de una descarga de artillería, repetido de eco en eco hasta los montes situados al oriente.

—Ya amanece allá abajo —dijo el cazador con la mayor tranquilidad—, y los que velan desean despertar a los que duermen con el ruido del cañón. Hemos llegado algo retrasados. Montcalm ha inundado ya los bosques con esos malditos iroqueses.

—La plaza está efectivamente bloqueada —respondió Heyward—; pero ¿no nos será posible entrar en ella de ningún modo? ¿no podríamos siquiera intentarlo? De todos modos, sería preferible ser hechos prisioneros por los franceses antes que caer en manos de los indios.

—¡Mire esa bala de cañón cómo ha hecho salir las piedras del ángulo del pabellón del comandante! —exclamó Ojo-de-halcón sin acordarse de que hablaba delante de las dos hijas de Munro—. ¡Ah!, estos franceses saben apuntar bien un cañón, y no tardarán en destruir el edificio por muy sólido que sea.

—Heyward —dijo Cora—, la vista de un peligro del que yo me encuentro libre, me es insoportable. Vamos a buscar a Montcalm y a rogarle que nos permita entrar en el fuerte: ¿se atreverá a negar este favor a una hija que quiere reunirse con su padre?

—Sería muy difícil que llegara usted con la cabellera sobre la cabeza —respondió tranquilamente el cazador—; si yo dispusiera de uno de aquellos quinientos barcos que hay amarrados a la orilla, intentaríamos entrar en el fuerte; pero... ¡ah!, el fuego no puede durar ya mucho tiempo, porque la niebla que empieza a formarse no tardará en convertir el día en noche, lo cual hará la flecha de un indio más peligrosa que el cañón de un cristiano. Esto quizá nos favorezca y, si usted se atreve, intentaremos entrar en el fuerte, porque deseo acercarme al campo, aunque sólo sea para decir una palabra a alguno de esos perros de mingos que discurren cerca de ese bosquecillo.

—Valor no nos falta —repuso Cora resueltamente—. Lo seguiremos sin temer ningún peligro, puesto que se trata de reunirnos con nuestro padre.

Volviose hacia ella el cazador, y contemplola con una sonrisa de aprobación cordial.

—Si yo dispusiera de un millar de hombres con buenos ojos, miembros robustos, y tanto valor como el que manifiesta usted tener, antes de una semana enviaría a esos franceses al centro de su Canadá aullando como perros encadenados o como lobos hambrientos; pero pongámonos en marcha —prosiguió, dirigiéndose a sus demás compañeros—; partamos antes de que la niebla nos envuelva. Ya empieza a condensarse y servirá para ocultarnos. Si me ocurre algún percance, no se olviden de conservar siempre el viento sobre la mejilla izquierda, aunque es preferible que sigan a los mohicanos, pues éstos tienen un instinto que les hará conocer el camino lo mismo de noche que de día.

Después de hacerles con la mano seña de que lo siguiesen, empezó a bajar la montaña ágilmente, pero con recato. Heyward ayudó a marchar a las dos hermanas, que descendieron con menos fatiga y en mucho menos tiempo del que les había costado subir.

El camino por el que el cazador había guiado a los viajeros condújolos casi enfrente de una poterna colocada al poste oeste del fuerte, a media milla del sitio en donde se había parado para que Alicia y Cora tuviesen tiempo de reunirse a Heyward. Favorecidos por la naturaleza del terreno, y excitados por sus deseos, habían caminado más ligero que la niebla que cubría entonces todo el Horican, y que un ligero viento iba empujando hacia aquel lado, lo que hizo preciso aguardar a que los vapores tendiesen su manto sombrío sobre el campo de los enemigos. Los dos mohicanos aprovecharon este momento para adelantarse hacia la barrera del bosque y observar lo que pasaba fuera.

Algunos instantes después fue tras ellos el cazador para saber más pronto lo que habían visto y observar por sí mismo; pero su ausencia no fue muy larga, regresando con el rostro encendido y desahogando su mal humor con estas palabras:

—Los pícaros franceses han situado precisamente en nuestro camino un piquete de pieles rojas y hombres blancos. ¿Cómo vamos a saber durante la niebla si pasamos por su flanco o por el centro?

—¿No podemos dar un rodeo para evitar el sitio peligroso —preguntó Heyward— sin perjuicio de volver nuevamente al buen camino?

—Cuando uno se separa durante la niebla del camino que debe seguir —respondió el cazador—, no se puede tener seguridad de volver a encontrarlo. Es necesario conocer que las nieblas del Horican son bien distintas del humo que sale de una pipa o de un tiro de fusil.

No había concluido aún de pronunciar estas palabras cuando pasó por los bosques, a dos pasos de él, una bala de cañón, que, después de dar en el suelo, saltó contra un abeto y volvió a caer de nuevo sin fuerza. Los dos indios llegaron casi al mismo tiempo que este terrible mensajero de la muerte, y Uncas habló al cazador en lengua delaware y haciendo muchos gestos.

—Posiblemente —respondió Ojo-de-halcón—, y es preciso probar, porque no debe curarse una fiebre lo mismo que un dolor de muelas. Vaya, pongámonos en marcha, que ya se acerca la niebla.

—Espere un instante todavía —replicó Heyward—, y explíqueme primero qué nuevas esperanzas tienen.

—No tardarán en saberlo —repuso el cazador—: la esperanza no es muy grande; pero más vale poco que nada. Uncas dice que la bala que ha visto ha señalado en muchas partes el suelo, viniendo de la batería del fuerte hasta aquí, y que, a falta de otro indicio para nuestra marcha, podríamos seguir su rastro. Por lo tanto, pongámonos en marcha cuanto antes, porque, por muy aprisa que vayamos, nos exponemos a que se disipe la niebla dejándonos en medio del camino expuestos a la artillería de los dos ejércitos.

Comprendiendo Heyward que en tan críticas circunstancias era más conveniente obrar que discutir, colocose entre las dos hermanas a fin de ayudarlas a andar, y teniendo sumo cuidado en no perder de vista al guía. Pronto se convenció de que no le había exagerado la densidad de las nieblas del Horican; porque, apenas había andado cincuenta pasos, cuando viéronse envueltos en una oscuridad tan grande que les era difícil distinguirse unos a otros, por cerca que estuviesen.

Habían dado un pequeño rodeo sobre la izquierda, y empezaban a torcer a la derecha; calculaba Heyward que se encontraban a mitad del camino de la deseada poterna cuando hirió sus oídos un grito terrible que parecía lanzado a veinte pasos de distancia.

—¿Quién vive? [2]

—¡Aprisa! ¡Aprisa! —ordenó el cazador en voz baja.

—Adelante —insistió Heyward en el mismo tono.

—¿Quién vive? —repitieron al mismo tiempo una docena de voces con tono amenazador.

—Soy yo —respondió Heyward, que deseaba ganar tiempo avivando el paso y arrastrando tras sí a sus asustadas compañeras.

—¡Bruto! ¿Quién es yo?

—Un amigo de Francia —replicó Heyward siguiendo su marcha.

—Más pareces enemigo. ¡Detente, o vive Dios que haré que entables amistad con el diablo! ¿No? Pues fuego, camaradas, fuego.

Inmediatamente fue ejecutada la orden y oyéronse al mismo tiempo veinte disparos; pero, por fortuna, habían sido hechos en dirección contraria a la que seguían los fugitivos. Sin embargo, les pasaron muy cerca las balas, y los oídos de David, poco familiarizados con esta clase de música, creyeron oírlas silbar a dos pulgadas de él. Los franceses gritaron fuertemente, y Heyward oyó dar la orden de hacer nuevamente fuego y perseguir a los que parecía no querían descubrirse. El mayor explicó brevemente al cazador lo que acababan de decir en francés, y éste, deteniéndose de pronto, adoptó su partido tan pronta como resueltamente.

—Disparemos nosotros también; creerán que es una salida de la guarnición del fuerte; irán a buscar socorro, y antes que éste tenga tiempo de llegar, ya estaremos lejos.

El proyecto había sido bien concebido; pero no pudo ser ejecutado: la primera descarga había llamado la atención general del campamento; la segunda lo alarmó todo desde las orillas del lago hasta el pie de las montañas, y el tambor redoblaba por todas partes con un movimiento universal.

—Todo el ejército va a salir en nuestra persecución —dijo Heyward—. Adelante, valiente amigo, que le va en ello la vida lo mismo que a nosotros.

El cazador parecía estar dispuesto a seguir este consejo; pero en aquel momento de confusión había variado de posición e ignoraba por qué lado tomar. Inútilmente expuso sus dos mejillas a la acción del aire, porque no soplaba el menor viento, hasta que, en este cruel conflicto, distinguió Uncas uno de los surcos trazados por la bala que había llegado hasta el bosque, y se había llevado en aquel sitio la cima de tres pequeños hormigueros.

---

[2] Este diálogo está en francés en el texto.

—Déjenme ver la dirección —dijo Ojo-de-halcón inclinándose para examinarla, y levantándose de nuevo en seguida se volvió a poner en marcha con rapidez.

Por todas partes, y aun a corta distancia, se oían gritos, voces, juramentos y disparos de armas de fuego. Viose de repente una luz muy viva que iluminó durante un momento la niebla: siguiose una fuerte explosión, cuyo estampido repitieron todos los ecos de las montañas, y varias balas de cañón atravesaron la llanura.

—Esto es del fuerte —dijo el cazador parándose de pronto—; nosotros corremos como locos hacia los bosques para colocarnos bajo las cuchillas de los maguas.

Advertido el error, se apresuraron a repararlo, y para andar más de prisa confió Heyward al joven mohicano el cuidado de sostener a Cora, que no opuso el menor reparo a este cambio. Sin embargo, era indudable que, sin saber dónde encontrarlos, los perseguían con ardimiento, y cada instante parecía que iba a ser el último de su vida o el de su libertad.

—¡No den cuartel a esos pícaros! —gritó una voz que debía ser la del oficial que mandaba la tropa que los perseguía y que se encontraba ya muy cerca de ellos.

Pero, al mismo instante, una voz fuerte, que hablaba autoritariamente, exclamó enfrente de ellos desde lo alto del fuerte:

—¡A sus puestos, camaradas! Esperen que se vean los enemigos, y entonces tiren bajo y barran la explanada.

—¡Padre mío! ¡Padre mío! —suplicó entonces una voz de mujer que salía del medio de la niebla—. Soy yo, es Alicia, su Elsia, es Cora: salve a sus dos hijas.

—¡Quietos! —gritó la primera voz con angustia y ternura paterna!—: ¡Ellas son! ¡El Cielo me devuelve a mis hijas! Abrid la poterna, valientes del sesenta; pero no hagáis un disparo; una carga a la bayoneta.

Nuestros viajeros encontrábanse entonces junto a la poterna, de modo que se oyeron rechinar sus mohosos goznes, y Heyward vio una larga fila de soldados con uniforme colorado que salía, y apenas hubo reconocido que era el batallón que él mandaba, dio a David el brazo de Alicia y se puso al frente no tardando en obligar a retirarse a los que le habían perseguido.

Cora y Alicia sorprendiéronse un momento al verse tan repentinamente abandonadas por Heyward; pero antes de que tuvieran tiempo de comunicarse sus impresiones, un oficial de estatura casi agigantada, prematuramente encanecido, y a quien los años habían suavizado el tono de orgullo militar sin disminuir su carácter imponente, salió de la poterna, y abalanzándose a ellas, las estrechó tiernamente contra su corazón, mientras que las lágrimas corrían por sus mejillas y bañaban las de las jóvenes.

—Ahora te doy gracias, ¡oh Dios mío! —exclamó con marcado acento escocés—, cualquiera que sea el peligro que me amenace, ya está preparado para todo tu servidor.

CAPÍTULO XV

Antes que lo diga el francés, pienso adivinar cuál es su embajada.

(El rey Enrique V)

Heyward y sus jóvenes compañeras de viaje viéronse obligados a sufrir, durante los días que siguieron a su llegada al fuerte de «Guillermo-Enrique», todas las molestias consiguientes a un asedio que proseguía tenazmente un enemigo contra cuyas fuerzas superiores no tenía Munro medios suficientes de resistencia. Parecía que Webb se hubiese dormido con su ejército a las orillas del Hudson, sin acordarse de la situación a que sus compatriotas se veían reducidos. Montcalm había ocupado con sus salvajes toda la calzada y los bosques que la circuían, y sus gritos y alaridos, cuyos ecos llegaban al campo inglés, contribuían eficazmente a aterrorizar a los soldados, desanimados ya porque conocían sus pocas fuerzas, y estaban, por lo tanto, dispuestos a exagerar los peligros.

No ocurría lo mismo a los que se encontraban sitiados en el fuerte, porque, alentados por las palabras de sus jefes y excitados por su ejemplo, permanecían armados de todo su valor, y sostenían celosamente su antigua reputación, cosa que apreciaba su severo comandante.

En cuanto al general francés, cuya experiencia y talentos eran conocidos, parecía haberse dado por satisfecho con atravesar los desiertos para venir a atacar a su enemigo, sin tener la previsión de posesionarse de las alturas inmediatas, desde donde hubiera podido destruir impunemente el fuerte, ventaja que en la táctica moderna no hubiera olvidado ningún estratega.

Esta especie de desprecio que aquellas posesiones le merecieron, o, mejor dicho, el temor de la fatiga que costaría ocuparlas, puede considerarse como el defecto constante en las guerras de aquellos tiempos, y quizás había tomado su origen en la naturaleza de los combates que habían sostenido contra los indios, a quienes se precisaba perseguir en los bosques, donde no había fortalezas que atacar, y donde, por lo tanto, resultaba inútil la artillería. Este descuido influyó hasta en la guerra de la revolución y fue causa de que los americanos perdiesen la importante fortaleza de Ticonderoga, pérdida que abrió al ejército de Burgogne el camino de lo que entonces era el interior del país. Actualmente sorprende esta negligencia, sea cualquiera el nombre que se le quiera dar, y no se ignora que el olvido de las ventajas que puede proporcionar una altura, por difícil que sea el llegar a ella, desconceptuaría al ingeniero encargado de dirigir los trabajos.

El turista, el valetudinario, el aficionado a las bellas artes atraviesan hoy en un buen carruaje el país para instruirse, para buscar la salud o a diversión, o bien navegan sobre las aguas que, ayudado del arte, ha hecho brotar de la tierra un hombre de Estado [3] que ha expuesto su reputación política en una empresa arriesgada; pero nadie debe suponer que nuestros antepasados atravesaban estos bosques, subían a estas montañas y navegaban sobre estos lagos tan fácilmente. El transporte de una sola pieza de grueso calibre constituía entonces una victoria, si las dificultades del tránsito no eran felizmente tales que impidiesen el transporte simultáneo de las municiones sin lo cual resultaba completamente inservible.

El escocés que entonces estaba encargado de la defensa de «Guillermo-Enrique», conocía bien los inconvenientes de semejante estado de cosas, pues, aunque Montcalm había descuidado el aprovecharse de las alturas, había establecido acertadamente sus baterías en la llanura, y eran servidas tan valerosa como inteligentemente. Los sitiados no disponían de otros medios de defensa que los pocos que pudieron preparar apresuradamente en un fuerte aislado, situado en medio de un desierto, pues los hermosos lagos que se extendían hasta el Canadá no les procuraban ningún socorro, y, en cambio, proporcionaban un camino fácil a sus enemigos.

En la tarde del quinto día de sitio, que era el cuarto de su llegada al fuerte, el mayor Heyward aprovechó la ocasión que le proporcionó la venida de un parlamentario para salir a los parapetos de uno de los baluartes situados a la orilla del lago a respirar el aire fresco, y a ver lo que habían progresado los sitiadores en sus trabajos durante el día. Se encontraba solo con el centinela, que se paseaba sobre las murallas, porque hasta los artilleros se habían retirado a descansar durante la suspensión momentánea de su servicio.

La tarde estaba muy tranquila, y el viento que venía del lago era suave y fresco, lo que hacía más agradable aquel delicioso paisaje, en el que poco antes habían atronado los oídos el estruendo de la artillería y el ruido que hacían las balas de cañón al caer al lago.

El sol iluminaba esta escena con sus últimos rayos; las montañas, cubiertas de verdura, adquirían nueva belleza al recibir la tenue claridad del ocaso, y a lo lejos se distinguían algunas nubecillas que impulsaba la brisa. Islas numerosas adornaban el Horican, de igual modo que las margaritas adornan una pradera de césped: las más bajas estaban casi a flor de agua; otras formaban pequeñas prominencias de verduras; numerosos oficiales y soldados del ejército sitiador, entregados tranquilamente a la pesca y a la caza surcaban en bote las aguas.

Ondeaban al viento dos pequeñas banderas blancas: una en el ángulo del fuerte más próximo al lago, y otra sobre una batería avanzada del cam-

---

[3] Mister Clinton.

pamento de Montcalm, emblemas de la momentánea suspensión de hostilidades, y la animosidad de los combatientes, y algo más atrás se desplegaban majestuosamente los largos pliegues de seda de los estandartes reales franceses e ingleses.

Un grupo de jóvenes franceses, tan alegres como atolondrados, sacaban una red a la arenosa orilla del lago a tiro de cañón del fuerte, que a la sazón permanecía silencioso.

Otros soldados jugaban al pie de las montañas, cuyos ecos repetían sus gritos; los unos acudían a las orillas del agua para ver pescar a sus compañeros, y no pocos trepaban hasta las alturas para disfrutar de una hermosa perspectiva. Hasta los soldados que estaban de servicio tomaban parte en la diversión general, aunque sin descuidar por ello el cumplimiento de su deber. Varios grupos de militares bailaban y cantaban al sonido del tambor y del pífano en medio de un círculo de indios, que, atraídos por este ruido desde el interior del bosque, los contemplaban admirados y en silencio. Todo, en suma, había tomado el aspecto de un día de júbilo, más bien que de una hora robada a las fatigas y peligros de la guerra.

Algunos minutos llevaba ya Heyward contemplando este espectáculo, entregado a las reflexiones que aquel animado cuadro le sugería, cuando oyó hablar en la explanada, enfrente de la poterna. Avanzó hacia el ángulo del baluarte para averiguar quiénes eran los que se acercaban, cuando vio llegar a Ojo-de-halcón con un oficial francés. El cazador estaba abatido y preocupado, como el que se considera humillado y casi deshonrado por el hecho de haber caído en poder de sus enemigos. No llevaba su arma favorita, que él llamaba el matagamos, y sus manos se encontraban sujetas a la espalda por una correa. Las banderas blancas habían sido empleadas tantas veces con varios mensajes, que Heyward, al adelantarse hacia el borde del baluarte, no creía ver sino algún oficial francés encargado de una nueva comisión; pero, al reconocer por su elevada estatura y facciones a su antiguo compañero, sorprendiose extraordinariamente, y diose prisa a bajar del baluarte para internarse en el fuerte.

Otras voces atrajeron, sin embargo, su atención, haciéndole olvidar un momento su propósito. Al otro extremo del baluarte encontró a Alicia y Cora que estaban paseándose por el parapeto, adonde habían salido como él a respirar el aire fresco de la tarde. Desde el momento en que las había dejado, con el solo fin de asegurar su entrada sin peligro en el fuerte, deteniendo a los que las perseguían, no había vuelto a verlas, porque las obligaciones de su cargo no se lo habían permitido.

Cuando se separó de ellas estaban pálidas, rendidas de cansancio, y abatidas por los peligros que habían corrido; pero ahora habían vuelto a aparecer las rosas en sus mejillas, y la alegría brillaba en su frente, aunque no sin una mezcla de inquietud. No era, pues, extraño, que aquel encuentro hiciese olvidar un instante cualquier otro objeto al joven militar, sintiendo vivos deseos de hablarles, aunque la ligereza de Alicia no le permitió ser el primero en dirigirles la palabra.

—Por fin volvemos a verlo, caballero desleal y descortés que abandona a sus damas en medio de la lid para lanzarse a los peligros del combate —le dijo afectando un tono de reconvención que sus ojos y su sonrisa desmentían—. Ya hace muchos días, muchos siglos, que esperábamos que viniera a postrarse a nuestras plantas para implorar misericordia y pedirnos humildemente perdón de su huida vergonzosa, pues jamás ningún gamo espantado, como decía nuestro digno amigo Ojo-de-halcón, corrió más aprisa que usted lo hizo en aquella ocasión.

—Ya comprenderá lo que Alicia quiere decir; que deseábamos vivamente manifestarle la gratitud que le debemos —dijo Cora más grave y seria—; pero, a la verdad, estábamos sorprendidas de no haberlo visto antes, teniendo la seguridad de que el reconocimiento de las dos hijas es igual al de su padre.

—Su mismo padre puede decirles que, aunque separado de ustedes, no por eso me he ocupado menos en su seguridad: la posición que ocupa ese pueblecillo de tiendas —añadió señalando el atrincheramiento de las tropas llevadas del «Eduardo»—, ha sido muy disputada, porque de ella depende la posesión del fuerte y cuanto contiene. Desde nuestra llegada no me he movido de allí un momento de día ni de noche. Pero —continuó bajando la cabeza con tristeza y turbación—, aunque no hubiera tenido una razón tan poderosa para ausentarme, la vergüenza quizás habría sido suficiente para impedirme el presentarme a sus ojos.

—¡Heyward, Heyward! —exclamó Alicia mirándolo atentamente para leer en su fisonomía si había interpretado torcidamente estas palabras—. Si creyese que esta lengua imprudente le había proporcionado el menor disgusto, la condenaría a un eterno silencio. Cora puede testificar lo mucho que hemos apreciado el celo de usted y hasta dónde llega la sinceridad, iba casi a decir el entusiasmo, de nuestro agradecimiento.

—¿Y Cora confirmará la certeza de estas palabras? —preguntó alegre Heyward, a quien las tiernas expresiones de Alicia habían tranquilizado—; ¿qué dice su grave hermana? ¿El soldado vigilante, «firme en su puesto», puede disculpar al caballero negligente que se duerme en el suyo?

Cora permaneció algunos instantes en silencio, con la cara vuelta hacia el Horican como si estuviera distraída con lo que pasaba en el lago; pero, después, fijó sus negros ojos en los de Heyward con una expresión de ansiedad, y el joven militar no pudo, al verla, reprimir un movimiento de inquietud y sobresalto.

—¿Se encuentra usted indispuesta, señorita Munro? Siento que nos hayamos entretenido con estas bromas, mientras usted quizá ha estado sufriendo.

—No es nada —respondió Cora rechazando el brazo que se le ofrecía—. Sí, yo no puedo ver la brillantez de la vida bajo los mismos colores que esta joven e inocente entusiasta —añadió apoyando su mano cariñosamente en el brazo de su hermana—; es un tributo que pago a la experiencia y tal vez a la desgracia de mi carácter. Pero mire, mayor Heyward —dijo esforzándose para ahuyentar toda idea de debilidad, conforme creía que era su deber—: mire en torno suyo y dígame qué espectáculo nos rodea; especialmente para la hija de un guerrero que no puede ser feliz sin el honor y la gloria militar.

—Ni una ni otra cosa puede perder por circunstancias que no le ha sido posible evitar —respondió Heyward con calor—; pero sus palabras me recuerdan mi obligación. Voy a ver a su padre para enterarme de la determinación que ha tomado respecto a algunos extremos importantes relativos a nuestra defensa. Que el Cielo la proteja, noble Cora, porque así debo llamarla —y, dicho esto, le ofreció ella la mano; pero sus trémulos labios y su rostro cubriéronse de mortal palidez—: en la desgracia como en la felicidad sé que siempre ha de ser usted el orgullo de su sexo. Adiós, Alicia —añadió con un acento de ternura que reemplazó al de admiración—: confío en volver a vernos pronto, vencedores y en medio de los regocijos.

Sin aguardar que le contestasen, descendió rápidamente del baluarte, atravesó una pequeña explanada, y algunos instantes después estaba delante del comandante Munro, a quien encontró paseándose tristemente.

—Se ha anticipado usted a mis deseos, Heyward. Iba a suplicarle que tuviese la bondad de venir aquí.

—He visto con sentimiento que el mensajero que le había recomendado tan eficazmente, ha sido hecho prisionero por los franceses y espero que no tendrá usted ningún motivo para dudar de su fidelidad.

—Conozco desde hace mucho tiempo la fidelidad de «Larga-carabina», y es superior a toda sospecha; pero en esta ocasión su fortuna acostumbrada parece haberse desmentido; Montcalm lo ha hecho prisionero, y con la funesta política de su país, me lo ha enviado diciéndome que, enterado de lo mucho que yo aprecio a ese hombre, no quiere privarme de sus servicios; y esto, mayor Heyward, no tiene otro objeto que el de poner de manifiesto mis infortunios.

—Pero el general Webb, ese refuerzo suyo que estamos esperando...

—¿Ha dirigido usted la vista al sur? ¿No ha podido divisar nada? —preguntó el comandante sonriendo amargamente—. Vaya, vaya, usted es joven, Heyward, y no tiene paciencia para dejar a esos señores el tiempo de recorrer el camino.

—¿Pero es que están ya en marcha? ¿Le ha dicho algo su mensajero?

—Cuándo, ni por qué camino llegarán, son cosas de que el mensajero no ha podido informarme. Éste, según parece, traía una carta, y es la única parte agradable del negocio, porque a pesar de las ordinarias atenciones del marqués de Montcalm, tengo la seguridad de que si esta misiva contuviese malas noticias, la política del francés no le habría permitido ocultármelas.

—Entonces, ¿le envía el mensajero y guarda el mensaje?

—Esto es lo que ha hecho precisamente. Creo, sin embargo, que, si su ascendencia fuese conocida, veríamos que el abuelo del noble marqués no era otra cosa que un maestro de baile.

—Pero ¿qué dice el cazador? Él ha podido ver y oír. ¿Qué razón verbal le ha dado?

—¡Oh! Seguramente tiene ojos y oídos, y no le falta lengua para hablar... El resultado de su relación es que existe a las orillas del Hudson cierto fuerte perteneciente a su majestad, llamado «Eduardo», en honor de su alteza el duque de York, y defendido actualmente por una numerosa guarnición.

—Pero, ¿no ha observado ningún movimiento, ninguna señal que revele el propósito de venir en nuestro socorro?

—Ha presenciado una formación por la mañana y otra por la tarde, y cuando un honrado joven de las tropas provinciales... pero usted es medio escocés, Heyward, y reconoce el refrán que dice: la pólvora se inflama cuando se deja caer sobre una brasa: así... —el anciano militar enmudeció de pronto y, dejando el tono de amarga ironía, adoptó otro más serio y prosiguió—: Sin embargo, podía y debía haber en esta carta alguna cosa que nos convenía saber.

—Pues debemos decir en seguida lo que sea más conveniente —apresurose a decir Heyward aprovechándose de la variación de tono empleada por su comandante, para hablarle de asuntos de mayor importancia—. No debo ocultarle que nuestro atrincheramiento es ya insostenible, y siento tener que añadir que no creo que nuestra situación sea mejor en el fuerte: la mitad de los cañones no sirven para nada.

—Naturalmente: los unos han sido sacados del lago, los otros se han enmohecido en los bosques desde que este país fue descubierto, y los mejores son únicamente juguetes de corsarios. Esto no son cañones; ¿cree usted que es posible montar una buena artillería en medio del desierto y a tres mil millas de Gran Bretaña?

—Nuestras murallas están medio derruidas —continuó Heyward sin turbarse por esta nueva observación del veterano—; las provisiones escasean ya y los soldados, no ocultan su descontento y temor.

—Mayor Heyward —respondió Munro, volviéndose hacia él con el tono de dignidad que su edad y su graduación le permitían—, ¿qué hubiera yo aprendido después de servir a su majestad durante medio siglo y haber visto cubrirse de canas mi cabeza, si ignorase lo que acaba de decirme y algunas otras circunstancias penosas y urgentes?; pero todo se debe al honor de las armas del rey, y también a nosotros mismos. Mientras conserve la más pequeña esperanza de ser socorrido, defenderé este fuerte, aunque no sea sino con piedras recogidas a la orilla del lago; pero nos interesa mucho ver ese malhadado pliego para conocer los propósitos del hombre que ha reemplazado al conde de Londres.

—¿Puedo serle yo de alguna utilidad en este asunto?

—Sí, señor; puede serme útil. El marqués de Montcalm ha tenido además la atención de invitarme a una conferencia personal con él en el espacio que separa nuestras fortificaciones de las líneas de su campo, y, como creo no deber mostrar el menor interés en verle, he pensado que vaya en lugar mío, pues estando usted en posesión de un grado distinguido puede presentarse como mi sustituto, porque fuera faltar al honor de Escocia permitir que se dijera que uno de sus naturales ha sido vencido en política por un hombre de cualquier otro país.

Sin discutir el mérito comparativo de la política de los diferentes países, Heyward limitose a manifestar al veterano que estaba dispuesto a cumplir las órdenes que se le dieran, a lo que siguió una larga conversación confidencial, en la que Munro dio a aquél numerosas instrucciones y consejos dictados por su experiencia. Momentos después despidiose Heyward de su comandante.

Como no podía presentarse más que en calidad de enviado del comandante del fuerte, no se usó del ceremonial que hubiera acompañado a una entrevista de los dos jefes. Todavía estaban en suspenso las hostilidades y, después de un redoble de tambores, salió Heyward de la poterna, precedido de una bandera blanca, diez minutos después de haber recibido las instrucciones. El oficial que mandaba las avanzadas lo recibió con las formalidades de ordenanza, siendo conducido en seguida a la tienda del general del ejército francés.

Encontrábase Montcalm rodeado de sus principales oficiales y de los jefes de las diferentes tribus de indios que lo habían acompañado en esta guerra, cuando recibió a Heyward, que se detuvo involuntariamente al ver a los salvajes, entre los cuales distinguió la fisonomía feroz del magua, que estaba contemplándolo atentamente.

Estaba Heyward a punto de soltar una exclamación de sorpresa cuando, acordándose en seguida de la misión de que estaba encargado y en presencia de quién se encontraba, hizo un esfuerzo para reprimirse y se volvió hacia el general enemigo, que había avanzado hacia él.

Estaba el marqués de Montcalm en aquella época en la flor de su edad, y se puede añadir que había llegado a la cúspide de su fortuna; pero, aun en esta situación, digna de envidia, era atento y afable, y se distinguía tanto por su escrupulosa cortesía como por el valor caballeresco de que dio tantas pruebas, y que fue causa de su muerte dos años después en las llanuras de Abraham. Heyward separó la vista del rostro innoble y feroz del magua y advirtió con placer la notable diferencia que había entre el aspecto repugnante de éste y las risueñas facciones y graciosa sonrisa del general francés.

—Señor —dijo Montcalm—, tengo mucho gusto en... pero, ¿dónde está mi intérprete?

—Creo, señor, que no será necesario —dijo Heyward con modestia—, porque hablo un poco el francés.

—¡Ah! Lo celebro mucho —replicó el marqués, y, tomando a Heyward familiarmente por el brazo, lo condujo a un extremo de la tienda, donde podían hablar sin que los oyesen—. Me repugnan estos bribones —añadió—, porque jamás se sabe qué debe esperarse de ellos. Yo me hubiera creído muy honrado conferenciando personalmente con su valiente comandante; pero me felicito de que se haya hecho reemplazar por un oficial tan distinguido y tan amable como usted parece.

Agradeciole Heyward este cumplimiento, que no podía menos de halagarlo, a pesar de la resolución que había formado de no permitir que las atenciones ni las astucias del general enemigo le hicieran olvidar un momento el cumplimiento exacto de su deber.

—Su comandante es hombre valeroso —dijo Montcalm después de un momento de reflexión— y se encuentra más dispuesto que otro alguno a resistir un ataque; pero ¿no sería más conveniente que escuchase los consejos de la humanidad antes que los del valor? Porque aquélla lo mismo que éste caracterizan al héroe.

—Nosotros juzgamos inseparables estas dos cualidades —respondió Heyward sonriéndose—; pero, mientras nos sobran motivos para estimular el uno, no tenemos hasta ahora ninguna razón particular para poner la otra en acción.

Saludole Montcalm a su vez, pero con el tono de un hombre sumamente hábil para dar oídos a la adulación, agregando:

—Posiblemente mis telescopios me habrán engañado, y sus fortificaciones han resistido a mi artillería mejor de lo que yo suponía: ¿sabe usted con seguridad cuáles son nuestras fuerzas?

—Nuestra opinión varía respecto a este particular —respondió Heyward con indiferencia—; pero no creemos que pasen de veinte mil hombres.

Mordiose los labios el francés, fijando sus ojos en Heyward como si pretendiera adivinar sus pensamientos, y añadió afectando cierta frialdad y dando a entender que reconocía la exactitud del cálculo, al que estaba seguro de que el mismo Heyward no daba crédito:

—Es una confesión vergonzosa para un soldado, pero debemos reconocer que, a pesar de nuestros esfuerzos, nos ha sido imposible ocultar nuestras fuerzas, aunque parece que en estos bosques, mejor que en ninguna otra parte, podría conseguirse. Pero, si puede usted pensar que todavía no sea tiempo de oír la voz de la humanidad —continuó sonriéndose—, me parece increíble que un joven desconozca la de la galantería. Las hijas del comandante del fuerte, según me han informado, han entrado en él después del sitio.

—Así es, en efecto —respondió Heyward—; pero esta circunstancia, lejos de debilitar nuestro propósito, nos impulsa a realizar mayores esfuerzos por el ejemplo de valor que su presencia nos inspira, y si no fuese necesaria más que la firmeza para rechazar un enemigo, aunque tan temible como el señor de Montcalm, yo confiaría gustoso la defensa de «Guillermo-Enrique» a la mayor de estas señoritas.

—Nosotros tenemos en nuestra ley sálica una disposición muy prudente que prohíbe que la corona de Francia recaiga jamás en una rueca —respondió Montcalm áspera y altivamente; pero, volviendo al tono afable, que le era habitual, agregó—: Además, como todas las grandes cualidades son hereditarias, es un motivo más para creerle; pero no es una razón para que se olvide, como le he dicho ya, que hasta el valor debe tener sus límites, y que es ya hora de oír los derechos de la humanidad. Presumo que tendrá autorización para tratar de las condiciones de la rendición del fuerte.

—¿Tan mal cree V. E. que nos defendemos, que juzga que la necesidad nos impone la rendición?

—Sentiría mucho ver que la prolongación de la defensa llegase a exasperar a mis amigos rojos —dijo Montcalm eludiendo la respuesta, y echando una mirada al grupo de los indios atentos a una conferencia cuyas palabras no entendían—, pues aun ahora encuentro bastante difícil conseguir que respeten las leyes de guerra de las naciones civilizadas.

Heyward no respondió. Recordaba los peligros que había corrido con sus débiles compañeras entre aquellos salvajes.

—Estos señores —prosiguió Montcalm tratando de aprovecharse de la ventaja que creía tener en aquel momento— son temibles cuando se enfurecen, y usted no ignora lo difícil que es el refrenar su cólera. ¿Vamos, pues, a tratar de las condiciones de la rendición?

—Me parece que V. E. no conoce bien la fuerza de «Guillermo-Enrique» y los recursos de su guarnición.

—No es Quebec lo que estoy sitiando, sino una plaza cuyas fortificaciones son de tierra y están defendidas por una guarnición compuesta de dos mil trescientos hombres. Sin embargo, como enemigo, hago justicia a su valor.

—Cierto que nuestras fortificaciones son de tierra y no están fundadas sobre la roca del Diamante; pero se encuentran en esta orilla que fue tan fatal a Dieskau y a su valiente ejército, y V. E. olvida que una fuerza considerable, que sólo se encuentra ya a algunas horas de distancia, viene en nuestra ayuda, considerándola ya nosotros como parte de nuestros medios de defensa.

—Sí —respondió Montcalm con perfecta indiferencia—: seis a ocho mil hombres, cuyo circunspecto jefe cree más prudente guardarlos en sus atrincheramientos que traerlos a campaña.

Fue Heyward quien entonces se mordió los labios de despecho, al advertir que el marqués no daba importancia alguna a un cuerpo de ejército, cuya fuerza efectiva sabía que había sido muy exagerada. Ambos interlocutores guardaron silencio durante algunos instantes, silencio que Montcalm interrumpió manifestando que estaba persuadido de que la venida del oficial inglés no tenía otro objeto que proponerse las condiciones de la capitulación.

Heyward, por su parte, procuró dar a la conversación un giro que obligase al general francés a hacer mención de la carta que había interceptado; pero ni uno ni otro consiguieron su objeto, y, después de una inútil y larga conferencia, retirose Heyward con un buen concepto de los talentos y educación del general enemigo; pero sin haber conseguido averiguar nada de lo que pretendía.

Montcalm acompañó hasta la puerta de su tienda al oficial inglés, a quien encargó que renovase al comandante del fuerte la invitación que le había hecho de concederle cuanto antes le fuera posible una entrevista en el espacio situado entre ambos ejércitos.

Heyward retirose acompañado por el mismo oficial de las avanzadas que lo había conducido a la tienda del general francés, y, llegado al fuerte, apresurose a presentarse a Munro.

CAPÍTULO XVI

Pero antes de la batalla, abrid la carta.

Rey Lear

Cuando Heyward entró en la habitación de Munro encontrábase éste solo con sus dos hijas, una de las cuales, Alicia, habíase sentado sobre una de sus rodillas, y sus delicados dedos se entretenían en separar los blancos cabellos que caían sobre la frente del veterano. Esta especie de niñería hizo arrugar las cejas de Munro; pero la joven no tardó en devolver la serenidad a la frente de su progenitor sellándola con sus labios de rosa.

Cora, siempre tranquila y sosegada, estaba al lado de aquéllos, contemplando los jugueteos de su tierna hermana con el aire de ternura maternal que la singularizaba.

Heyward, a quien los deseos de comunicar al comandante el resultado de su comisión le habían hecho entrar sin avisarle, se quedó inmóvil durante uno o dos minutos contemplando una escena que le interesaba vivamente, y que le repugnaba interrumpir; pero, al fin, los ojos activos de Alicia vieron su figura reflejada en un espejo colocado frente a ella, y levantose gritando:

—¡El mayor Heyward!

Y bien: ¿qué tienes que decir de él? —le preguntó su padre sin moverse—; ha ido por encargo mío a hablar con el marqués en su campo.

En aquel momento avanzó Heyward hacia el comandante.

—¿Ya está usted de vuelta, mayor? Usted es joven, y, por consiguiente, activo. Vamos, niñas, retiraos. ¿Qué hacéis aquí? ¿Creéis que un militar no tiene que hacer más que entretenerse con habladurías de mujeres?

Levantose Cora en seguida, comprendiendo que su presencia era inoportuna, y Alicia la siguió con la sonrisa en los labios.

Munro, lejos de interrogar al mayor, respecto al resultado de su misión, empezó a pasearse con las manos cruzadas a la espalda y la cabeza inclinada sobre el pecho, entregado a profundas reflexiones. Al fin, deteniéndose frente a Heyward, contemplolo durante algunos momentos con ternura paternal y exclamó:

—Son dos niñas preciosas, Heyward. ¿Quién no se sentiría orgulloso de ser su padre?

—Yo creo, coronel Munro, que ya conoce mi opinión, respecto a estas dos amables hermanas.

—Sin duda, sin duda; y aún me acuerdo de que el día de su llegada al fuerte empezó usted a abrirme su corazón con este motivo, de un modo que, a la verdad, no me desagradaba; pero yo le interrumpí, porque consideré inoportuno para un viejo militar hablar de preparativos de boda, y entregarse a la alegría que traen consigo, en un momento en que posiblemente los enemigos de su rey podían tomar parte en la fiesta nupcial sin ser convidados. Esto no obstante, creo que hice mal; sí, hice mal y estoy dispuesto a oír lo que tenga que decirme.

—A pesar del placer que sus palabras me proporcionan, es preciso que antes le dé cuenta de un mensaje que el marqués de...

—¡Llévese el diablo al francés y a todo su ejército! —exclamó el veterano arrugando el entrecejo—. Montcalm no se ha apoderado todavía de «Guillermo-Enrique» y no entrará en el fuerte jamás si Webb se conduce como debe. No, señor, no; gracias al Cielo no estamos todavía reducidos a una situación tan crítica que impida a Munro dedicar un instante a sus asuntos particulares y al cuidado de su familia. La madre de usted era hija única de mi mejor amigo, Heyward; yo le escucharé en este momento, aun cuando todos los caballeros de San Luis, con su jefe al frente, se encontraran en la poterna suplicándome que les concediese un momento de audiencia. ¡Gentil orden de caballería por cierto, que puede adquirirse a cambio de algunas barricas de azúcar! ¿Y sus marquesados de guardarropía? Iguales los haríamos por docenas en el Lothiau. Háblame del Cardo, cuando haya de citarme una orden de caballería antigua y venerable, como lo es esta de Escocia, el verdadero nemo me impune accesis de la caballería. Algunos de los antepasados de usted la obtuvieron, Heyward, y eran el ornato de la nobleza de su país.

El mayor vio que su comandante se complacía en manifestar el desprecio que le inspiraban los franceses y el mensaje de su general. Sabiendo que el mal humor de Munro no solía durar mucho, y que él mismo volvería a hablar de este asunto, no quiso insistir en comunicarle el resultado de su comisión, y habló de lo que le interesaba mucho más.

—Me parece haberle ya comunicado que aspiraba a honrarme con el nombre de hijo suyo.

—Sí, no he dejado de comprenderlo; pero ¿ha hablado de ello a mi hija?

—Bajo mi palabra de honor le puedo asegurar que no. Hubiera creído abusar de la confianza que usted me ha otorgado, si me hubiese aprovechado de ella para revelarle mis deseos.

—Ha procedido usted como hombre de honor, y no puedo menos de aprobar tales sentimientos; pero Cora es una joven prudente, discreta y de alma demasiado elevada y no necesita que yo influya en su elección de esposo.

—¡Cora!

—Sí, señor, Cora. Pues ¿de qué hablamos? ¿No ha expresado usted su deseo de contraer matrimonio con la señorita Munro?

—Yo... yo... yo no creo haber pronunciado su nombre —balbució Heyward.

—¿Pues con quién desea casarse entonces? —preguntó el veterano levantándose contrariado y como ofendido.

—Usted tiene otra hija, señor, otra hija no menos amable e interesante.

—¡Alicia! —exclamó Munro con una sorpresa que sólo podía compararse con la que Heyward había revelado al oír el nombre de Cora.

—A ella es a quien me he referido, señor.

El mayor esperó silencioso el resultado de aquella declaración que el anciano guerrero no esperaba. Durante algunos minutos Munro se paseó por la estancia agitado y como convulsivo, entregado a profundas reflexiones. Al fin se detuvo frente a Heyward, fijó los ojos en los suyos, y dijo con una alteración que hacía temblar sus labios:

—Heyward, he amado a usted por el amor de aquel cuya sangre corre por sus venas; le he amado por usted mismo, a causa de las buenas cualidades que le adornan; le he amado porque he creído que podría hacer feliz a mi hija; pero todo este cariño se convertiría en odio si lo que temo es cierto.

—No permita Dios que yo sea causa de semejante cambio de opinión —exclamó Heyward que sostuvo tranquilamente las miradas fijas y penetrantes de su comandante.

Munro, sin comprender la imposibilidad en que se encontraba el joven mayor de adivinar los sentimientos que tenía ocultos en el fondo de su corazón, dejose, sin embargo, seducir por el aire de candor y sinceridad que advirtió en él y volvió a dirigirle la palabra con tono más suave:

—Usted pretende ser mi hijo, Heyward; pero ignora la historia del hombre a quien quiere llamar su padre. Siéntese y con pocas palabras le mostraré un corazón cuyas heridas no están todavía cicatrizadas.

No necesitamos decir que el mensaje de Montcalm quedó completamente olvidado por entonces, pues el encargado de comunicarlo no pensaba más en él que el que debía recibirlo. Ambos interlocutores tomaron asiento, y, mientras el anciano guardaba silencio para ordenar sus ideas entregándose a recuerdos que parecían melancólicos, contuvo el joven su impaciencia en actitud atenta y respetuosa.

—Ya sabe usted, amigo Heyward —empezó diciendo Munro—, que mi familia es antigua y respetada, aunque la fortuna no la haya favorecido en proporción a su nobleza. La edad que tiene usted ahora, poco más o menos, tendría yo cuando di palabra de casamiento a Alicia Graham, hija de un noble vecino mío, propietario de bienes bastante considerables; pero diversos motivos y acaso mi pobreza, fueron causa de que su padre se opusiera a nuestra unión; en consecuencia hice lo que todo hombre honrado debe hacer: devolví a Alicia su palabra, y, entrando en el servicio del rey, abandoné Escocia. Había visto ya muchos países y derramado mi sangre en varias batallas, cuando fui enviado a las Indias occidentales, donde la casualidad me hizo conocer a la que luego fue mi esposa y me hizo padre de Cora; era hija de un hombre bien nacido, cuya mujer tenía la desgracia, si tal debe llamarse, de descender, aunque en grado muy lejano, de una familia de esclavos, pero no permitiré que nadie desprecie a mi hija por ese solo motivo... Usted mismo, Heyward, ha nacido en las colonias del sur, cuyos habitantes sin excepción son considerados como una raza inferior a la nuestra.

—Demasiado verdad es eso desgraciadamente —dijo Heyward con cierta turbación que le obligó a bajar los ojos.

—¿Y puede usted atreverse a despreciar a mi hija? —exclamó el padre con un tono que revelaba al mismo tiempo cólera, amargura e ironía—. ¿No es cierto que, por muy amable y virtuosa que sea, se niega a mezclar la sangre de los Heywards con la humilde y degradada de mi hija?

—No permita Dios que yo sea víctima de semejantes preocupaciones —respondió Heyward, aunque no dejaba de reconocer que este error, fruto de la educación, estaba arraigado en su alma profundamente—. La dulzura, la ingenuidad, el atractivo y la viveza de la más joven de sus hijas, explican sobradamente mis motivos para que no se me acuse de injusticia.

—Tiene usted razón —dijo el anciano con menos aspereza—; es el vivo retrato de lo que era su madre a su edad, antes de que hubiera conocido las desgracias. Cuando la muerte me privó de mi esposa, regresé a Escocia, enriquecido con este casamiento; y, ¿puede usted creerlo, Heyward?, encontré al ángel que había sido mi primer amor, consumiéndose hacía veinte años en espantosa soledad, únicamente por ser fiel al ingrato que la había olvidado. Hizo más, perdonó mi ingratitud; y, como entonces era dueña de sí misma, nos casamos...

—¿Y fue madre de Alicia? —preguntó Heyward con una prontitud que habría sido peligrosa en otras circunstancias en que el anciano militar no hubiera estado entregado a tan profundas y amargas reflexiones.

—Sí —respondió Munro—, y el nacimiento de su hija le dio la muerte. Fue un ángel que subió al Cielo, y no está bien en un hombre que tiene un pie en el sepulcro lamentarse de una suerte tan apetecible. Sólo vivió conmigo un año, término de felicidad bien corto para una mujer que había pasado sufriendo toda su juventud.

Calló Munro; su mudo dolor era tan digno de interés y respeto, que Heyward no se atrevió a pronunciar una palabra para interrumpirlo. El anciano parecía haber olvidado que no se encontraba solo, y sus agitadas facciones reflejaban una viva conmoción, mientras por sus mejillas deslizábanse silenciosas algunas lágrimas.

Al fin volvió en sí, púsose en pie repentinamente, dio algunos pasos por la estancia como para tranquilizarse, y acercose de nuevo a Heyward diciéndole:

—Mayor, ¿no tenía usted que comunicarme un mensaje de parte del marqués de Montcalm?

Heyward, que había ya olvidado el mensaje, sintiose conmovido; pero, aunque no sin algún embarazo, empezó a dar cuenta de su embajada. Es inútil hacer ninguna reflexión respecto a la sagacidad y diplomacia con que el general francés había eludido todas las tentativas que fueron hechas por Heyward para penetrar el motivo de la entrevista solicitada del comandante de «Guillermo-Enrique», quedando reducida únicamente su comisión a que en términos políticos, aunque decisivos, el general francés había manifestado la necesidad de que fuese el coronel inglés a recibir personalmente esta explicación, o que se conformase con ignorarla.

Mientras escuchaba Munro la relación detallada de su conferencia con el jefe enemigo, iban debilitándose gradualmente las sensaciones que el amor paternal le habían producido, para dar lugar a otras ideas que le sugería el sentimiento de sus deberes militares. Cuando Heyward hubo concluido de comunicarle el resultado de su misión, había ya desaparecido el padre, y no quedaba sino el comandante de «Guillermo-Enrique, contrariado y colérico.

—Ya me ha dicho usted bastante, mayor Heyward —repuso el anciano con un tono que revelaba claramente lo mucho que le había ofendido la conducta del marqués—. Sí, bastante para hacer un libro de comentarios a la cortesía francesa. Vea aquí un señor que me invita a una conferencia, y cuando le envío un sustituto, tan digno e inteligente como es usted, rehúsa explicarse y quiere que adivine yo sus intenciones.

—Quizá —replicó Heyward sonriendo— no tenga él tan ventajosa idea como usted del sustituto. Y es también de observar que la invitación que le ha hecho, y que me ha encargado que le reitere, se dirigía al comandante en jefe del fuerte y no al oficial que hace las veces de segundo.

—¿Pero un sustituto —replicó Munro— no tiene acaso todo el poder y facultades de aquel a quien representa? ¡Desea conferenciar con el comandante en persona! Casi estoy tentado de acceder a su deseo, aunque no sea sino para mostrarle un continente firme, a despecho de su numeroso ejército y de sus intimaciones. Este golpe de política podría ser provechoso, ¿verdad?

Heyward, que juzgaba asunto de la mayor importancia conocer cuanto antes el contenido de la carta que había llevado el cazador, apresurose a dar su aprobación a esta idea.

—Sin duda alguna —le dijo—: nuestra indiferente tranquilidad no es ciertamente lo más propio para inspirarle confianza.

—Nunca ha dicho usted una verdad más grande. Yo quisiera que viniese a inspeccionar nuestras fortificaciones al mediodía, y a modo de asalto: éste es el mejor medio de conocer la resistencia que opone el enemigo, y sería muy preferible al sistema de cañones que ha adoptado. El arte de la guerra ha perdido su belleza, Heyward, a causa de las tácticas modernas del señor de Vauban; nuestros antepasados eran muy superiores a esa cobardía científica.

—Es cierto; pero tenemos necesidad de defendernos con las mismas armas que emplean contra nosotros. ¿Qué decide respecto a la entrevista?

—Que veré al francés; que lo veré pronto y sin temor alguno como corresponde a un fiel servidor del rey mi amo. Vaya usted, mayor, hágale una señal y envíe un trompeta que le dé aviso de que voy a verlo al sitio indicado. Yo le seguiré en seguida con una escolta, porque es justo honrar al que está encargado de guardar el honor de su rey. Pero óigame, Heyward

—añadió en voz baja aunque estaban solos—; bueno sería tener un refuerzo cerca para el caso en que se tratase de una traición.

Heyward apresurose a aprovechar esta circunstancia para salir, y como era cerca del anochecer no perdió un momento en disponer todo lo necesario. Despachó al campo francés un trompeta con bandera blanca, a fin de anunciar la inmediata llegada del comandante del fuerte; ordenó que tomasen las armas algunos soldados, y luego que estuvieron dispuestos se fue con ellos a la poterna, donde ya lo esperaba el jefe. Con el ceremonial ordinario de una marcha militar salieron del fuerte el veterano y su joven compañero acompañados de la escolta.

A ciento cincuenta pasos de los baluartes estarían, cuando vieron salir de un camino hondo, o mejor dicho, de un barranco que atravesaba la llanura situada entre las baterías de los sitiadores y el fuerte, un grupo de soldados que acompañaban a su general. Al dejar sus fortificaciones para ir a conferenciar con el enemigo, Munro había erguido su elevada estatura, y tomado un continente marcial; pero tan pronto como distinguió el plumero blanco que ondeaba sobre el sombrero de Montcalm, se inflamaron sus ojos y recobró súbitamente todo el vigor de la juventud.

—Ordene a esos valientes que estén alerta —dijo a Heyward en voz baja— y dispuestos a hacer uso de las armas a la menor señal; porque no creo que debamos fiarnos mucho de la buena fe de estos franceses. Entretanto, nos presentaremos a ellos como hombres que no abrigan el menor temor. ¿Me ha entendido usted?

Oyose entonces el redoble de un tambor francés, a cuya señal respondió el inglés, y habiendo enviado cada partida un oficial de ordenanza con una bandera blanca, detúvose el prudente escocés y Montcalm avanzó hacia las tropas enemigas, marchando con un movimiento lleno de gracia, y saludó al veterano descubriéndose de tal modo, que el plumero casi llegó a tocar en el suelo. El aspecto de Munro era más varonil e imponente; pero faltábanle la finura y cortesía del oficial francés. Durante un momento ambos quedaron silenciosos, contemplándose mutuamente con interés y curiosidad. Al fin, Montcalm hizo uso de la palabra el primero como parecía exigirlo su rango, superior a la naturaleza de la conferencia.

Después de hacer un cumplimiento a Munro, y dirigir a Heyward una sonrisa como para manifestarle que lo había reconocido, dijo a este último en francés:

—Celebro verlo aquí con, doble motivo, porque su presencia nos dispensará de servirnos de intérprete ordinario, y si nos dispensa el favor de desempeñar sus veces tendré la seguridad de ser fielmente interpretado.

Heyward hizo una inclinación de cabeza, y Montcalm se volvió hacia su escolta, que, imitando a la de Munro, se había formado tras de él, ordenándole por señas que se retirase.

—Atrás, hijos míos; hace mucho calor, retiraos un poco.

Antes de imitar esta prueba de confianza, miró el mayor Heyward hacia la llanura, y distinguió, algo inquieto, numerosos grupos de salvajes en todas las barreras del bosque de donde habían salido por curiosidad para presenciar desde lejos la conferencia.

—El señor Montcalm reconocerá fácilmente la diferencia de nuestras respectivas situaciones —dijo con cierto embarazo mientras le mostraba aquellas tropas de bárbaros auxiliares—. Si despedimos nuestra escolta quedamos a merced de nuestros más peligrosos enemigos.

Montcalm respondió firmemente llevándose la mano al corazón:

—Tienen ustedes por garantía la palabra de un caballero francés, y esto debe bastarles.

—Y bastará —respondió Heyward; y dirigiéndose al oficial que mandaba la escolta, ordenó—: Atrás; retírense fuera del alcance de la voz, y esperen nuevas órdenes.

Como este diálogo se había mantenido en francés, Munro no comprendió una palabra; pero, al ver, disgustado, que se retiraba su escolta, apresurose a pedir explicaciones al mayor.

—¿No nos interesa —dijo Heyward— manifestar la mayor confianza? El señor de Montcalm nos garantiza nuestra seguridad bajo su honor, y he mandado retirar el destacamento a alguna distancia para probarle que nos fiamos de su palabra.

—Tendrá usted razón, pero yo no confío mucho en la palabra de todos estos marqueses, como ellos se titulan. Los papeles de nobleza abundan demasiado en su país para que pueda atribuírseles un verdadero honor.

—Se olvida usted de que estamos conferenciando con un militar que se ha distinguido por sus hazañas en Europa y en América y hasta ahora no tenemos motivo para abrigar sospechas respecto a un hombre que goza de tan bien merecida reputación.

El viejo comandante mostró con un gesto su conformidad; pero su severa fisonomía revelaba que persistía aquella desconfianza, fundada más en cierto odio hereditario contra los franceses, que en ningún síntoma exterior que justificase sentimiento tan poco caritativo.

Montcalm aguardó pacientemente que terminase esta pequeña discusión, sostenida en inglés y en voz baja, y acercándose luego a los dos oficiales ingleses empezó su conferencia, dirigiendo la palabra a Heyward en estos términos:

—Mi deseo de celebrar una entrevista con su jefe obedece a la esperanza, que abrigo, de que, convenciéndose de que ha hecho todo lo que puede exigirse de él para defender el honor de su soberano, se prestará a dar oídos a los consejos de la humanidad; yo mismo atestiguaré eternamente que se ha defendido heroicamente y que ha continuado la defensa mientras ha tenido la más pequeña probabilidad de vencer.

Traducidas estas palabras a Munro, contestó éste con dignidad y con no poca cortesía:

—Por mucho que yo aprecie ahora este testimonio, señor de Montcalm, lo consideraré todavía mucho más honroso cuando lo haya realmente merecido.

El general francés escuchó sonriéndose la traducción de estas palabras, y añadió al instante:

—Lo que se concede con facilidad a un valor que se aprecie, puede rehusarse a una tenacidad inútil. Si el coronel Munro desea ver mi campo y contar por sí mismo mis soldados, adquirirá el convencimiento de lo imposible que le es resistir por más tiempo.

—Reconozco que el rey de Francia está bien servido —respondió el imperturbable escocés cuando concluyó Heyward la traducción—; pero el rey mi amo dispone de tropas tan valientes, tan leales y tan numerosas como las suyas.

—Pero no están aquí, por desgracia —repuso Montcalm llevado de su ardor y sin esperar al intérprete—. Hay en la guerra cierto destino, al cual debe someterse el hombre prudente con el mismo valor que combate al enemigo.

—Si yo hubiera sabido que el señor de Montcalm posee tan bien el inglés, me hubiera evitado la molestia de hacerle una mala traducción de lo que ha dicho mi comandante —dijo Heyward algo enojado y acordándose del diálogo que poco antes había sostenido con Munro.

—Perdone —contestó el general francés—. Existe gran diferencia entre entender algunas palabras de una lengua extranjera y encontrarse en estado de hablarla; por esta razón le ruego que prosiga sirviéndome de intérprete. Estas montañas —prosiguió después de una pequeña pausa— nos proporcionan el medio de reconocer fácilmente el estado de sus fortificaciones, y no dudo que conozco sus recursos tan bien como usted.

—Pregunte al general —dijo Munro con orgullo— si sus telescopios permiten ver el Hudson y si ha presenciado los preparativos de marcha de Webb.

—El mismo general Webb puede responder a esta pregunta —repuso el político marqués entregando a Munro una carta abierta—. Este papel le revelará que no es probable que el movimiento de sus tropas sea peligroso para mi ejército.

Tomó tan vivamente el veterano la carta que se le presentaba, que no esperó a que Heyward le tradujera las palabras de Montcalm, lo cual demostraba la importancia que daba a su contenido; pero tan pronto como la hubo leído, mudó de color, se pusieron trémulos sus labios, el papel se le escapó de las manos, e inclinó la cabeza sobre el pecho.

Heyward recogió la carta, sin excusarse de la libertad que se permitía, y no necesitó más que echarle una ojeada para enterarse de la cruel noticia que contenía. Su jefe común, el general Webb, lejos de exhortarlos a continuar defendiéndose, les aconsejaba con toda claridad y precisión que se rindieran en seguida, aduciendo la razón de que le era imposible enviar en su socorro ni un solo hombre.

—Aquí no hay error ni engaño —dijo Heyward volviendo a examinar la carta atentamente—; éstos son el sello y la firma de Webb, y seguramente es la propia carta interceptada.

—¡Estoy, pues, abandonado, vendido! —exclamó Munro con amargura—: Webb pretende deshonrar mis canas...

No diga eso —interrumpió Heyward con energía—; todavía somos dueños del fuerte y de nuestro honor; defendámonos hasta morir, vendiendo nuestra vida tan cara, que el enemigo tenga la necesidad de confesar que le ha costado demasiado el sacrificio.

—Gracias, joven valiente —dijo el anciano reanimándose—. Tú eres ahora el que vuelve a Munro al sentimiento de nuestros deberes; regresemos al fuerte y labremos nuestra sepultura detrás de sus murallas.

—Señores —intervino Montcalm dirigiéndose hacia ellos con verdadero interés y generosidad—, conocen muy poco a Luis de Saint-Véran si lo consideran capaz de intentar aprovecharse de esta carta para humillar a unos soldados tan valerosos y deshonrarse él mismo. Antes de que se retiren, escuchen siquiera las condiciones de la capitulación que les ofrezco.

—¿Qué dice el francés? —preguntó el veterano con orgulloso desdén—. ¿Se vanagloria acaso de haber hecho prisionero a un soldado de cubierta y haber interceptado un pliego del cuartel general? Mayor, dígale que si pretende intimidarnos con esas bravatas, es preferible que levante el sitio de «Guillermo-Enrique» para ir a atacar el fuerte «Eduardo».

Pero, como le explicase Heyward lo que acababa de decir el marqués, contestó Munro con más tranquilidad:

—Señor de Montcalm, estamos dispuestos a escucharle.

—Ustedes no pueden conservar por más tiempo el fuerte, y el interés del rey mi amo exige su demolición; pero por lo que respecta a vuecencia y a sus valientes camaradas, todo lo que más ama el soldado les será concedido.

—¿Nuestras banderas? —preguntó Heyward.

—Las llevarán a Inglaterra como una prueba de que las han defendido heroicamente.

—¿Nuestras armas?

—Las conservarán, pues nadie podría usarlas mejor.

—¿La rendición de la plaza? ¿Nuestra salida?

—Todo se hará tan honrosamente como lo deseen.

Heyward dio cuenta de todas estas proposiciones a su comandante, que las oyó extraordinariamente sorprendido, y cuya sensibilidad se conmovió por un rasgo de generosidad tan poco común como inesperado.

—Vaya, Heyward —le dijo—, vaya con este marqués: él es verdaderamente digno de serlo; acompáñelo a su tienda y convenga con él todas las condiciones. He vivido bastante para ver en mi vejez dos cosas que jamás hubiera creído posibles: un inglés que se niega a socorrer a su compañero de armas, y un francés pundonoroso que rehúsa aprovecharse de las ventajas que ha conseguido.

—Dichas estas palabras, inclinó el veterano la cabeza sobre el pecho, y después de saludar al marqués, volviose hacia el fuerte seguido de su escolta. Su aire de abatimiento revelaba ya a la guarnición que no estaba satisfecho del resultado de la conferencia que acababa de celebrar.

Quedose, pues, Heyward para arreglar las condiciones de la rendición de la plaza. Al regresar al fuerte había ya entrado la noche, y, después de hablar brevemente con el comandante, volvió a salir con dirección al campo francés; entonces hízose pública la suspensión de hostilidades, a causa de haber firmado Munro una capitulación, en virtud de la cual el fuerte debía ser entregado al enemigo la mañana siguiente, en la que la guarnición saldría de «Guillermo-Enrique» con sus banderas, armas y bagajes, y por tanto, con todos los honores militares.

CAPÍTULO XVII

*La lanza preparemos; el hilo ha sido hilado, tejida está la trama y fini-
do el trabajo.*

GRAY

La noche del 9 de agosto de 1757 transcurrió para los ejércitos enemigos acampados en los desiertos del Horican como habría podido transcurrir si se hubieran encontrado en el más hermoso campo de batalla de Europa. Los vencidos dominados por el desaliento de la tristeza, y los
vencedores alborozados por la alegría del triunfo. Pero la tristeza como la
alegría tienen sus límites, y la necesidad del reposo o el cansancio pusieron
término a las naturales expansiones de los combatientes de uno y otro ban-
do, hasta que reinó, al fin, el silencio en aquellos inmensos bosques que sólo
era interrumpido de vez en cuando por el «¿quién vive?» de los centinelas.

Llegado el momento sublime que precede al nacimiento del día, hubié-
rase buscado inútilmente alguna señal que revelara la presencia de tan gran
número de hombres armados en las riberas del «lago santo».

Durante el intervalo de completo silencio, había sido levantada con todo
género de precauciones la cortina que cubría la entrada de la tienda mayor
del campo francés. Este movimiento prodújolo una persona que salía cautelosamente envuelta en una capa, que lo mismo le podía servir para pre-
servarlo de la humedad de los bosques que para evitar el ser conocida.

El granadero que hacía centinela a la entrada de la tienda del general de-
jole libre el paso, le presentó las armas con el respeto militar acostumbrado, y le vio avanzar rápidamente por entre las tiendas con dirección a «Guillermo-Enrique». Cuando el embozado encontraba a su paso alguno de los
numerosos soldados que velaban por la seguridad del campo, respondía
brevemente a la pregunta que le dirigían, y al parecer de un modo satisfactorio, porque su marcha no sufría la menor detención.

Exceptuados estos encuentros, que no fueron pocos, ningún incidente
turbó su silencioso paseo, llegando así desde el centro del campamento hasta la última avanzada del lado del fuerte. Al pasar por delante del soldado
que estaba de centinela en el primer puesto del enemigo, éste gritó:

—¿Quién vive?

—Francia.

—¿La contraseña?

—Victoria —respondió el personaje misterioso aproximándose al centinela para pronunciar esta palabra en voz baja.

—Está bien —replicó el soldado volviendo a colocarse su fusil al hombro—. Muy temprano se pasea, señor.

—No se puede abandonar la vigilancia, hijo mío.

Al pronunciar estas palabras, y encontrándose enfrente del centinela, desembozolo el aire, pero él volvió a cubrirse el rostro con la punta de la capa y siguió avanzando hacia el fuerte inglés, al mismo tiempo que el soldado, extraordinariamente sorprendido, le tributaba respetuosamente los honores militares.

—¡Por vida mía! —exclamó el soldado cuando el misterioso personaje se alejó—. No se puede dejar de vigilar un momento, porque creo que tenemos ahí un cabo de escuadra que no duerme jamás.

El oficial no oyó o fingió no oír las palabras del centinela, y, continuando su marcha, no se detuvo hasta encontrarse en la arenosa orilla del lago, demasiado cerca del baluarte occidental del fuerte para que su proximidad pudiera serle peligrosa.

La luna ocultábase a la sazón tras una de las nubes que cruzaban el espacio, despidiendo, por esta causa; una luz tan débil, que apenas permitía distinguir confusamente los objetos. El embozado adoptó la precaución de ocultarse tras el tronco de un corpulento árbol, donde permaneció apoyado algún tiempo, contemplando atenta y silenciosamente las fortificaciones de «Guillermo-Enrique». Las miradas que dirigía hacia sus murallas no eran las de un espectador indiferente; sus ojos distinguían las partes fuertes de las débiles, y en sus observaciones se advertía cierta especie de desconfianza.

El examen pareció complacerlo, y, habiendo echado una ojeada de impaciencia a las cimas de los montes del lado de levante, como si le importara la aparición de la aurora, iba ya a retroceder cuando un pequeño ruido que oyó sobre el baluarte le decidió a quedarse.

Vio entonces un hombre que, puesto detrás de un merlón, parecía absorto contemplando las tiendas del campamento francés que se divisaban a alguna distancia, y mirando hacia el oriente como si temiera o deseara ver el anuncio del día, volvió en seguida los ojos a la extensa superficie del lago, que parecía otro firmamento líquido, sembrado de mil estrellas. El aspecto melancólico de este personaje, apoyado sobre el parapeto y entregado a sombrías reflexiones, su grande estatura, la hora en que se encontraba en aquel sitio, todo confirmaba al observador oculto que espiaba sus movimientos en la creencia de que era el comandante del fuerte.

La delicadeza y la prudencia le imponían el deber de retirarse, y rodeaba ya el árbol para hacerlo sin ser visto, cuando llamó su atención otro ruido, y volvió a detenerse. Este ruido era, al parecer, causado por el movimiento de las aguas del lago; pero no se asemejaba al que producen cuando son agitadas por el viento. Un momento después distinguió el cuerpo de un indio que se incorporaba pausadamente a la orilla del lago, subía en silencio a la ribera, marchaba hacia él y se detenía al otro lado del árbol, tras del cual estaba él oculto, apuntando hacia el baluarte el cañón de un fusil; pero antes de que el salvaje tuviera tiempo de disparar, estaba ya la mano del oficial sobre el gatillo del arma homicida.

El indio, al ver frustrado tan inesperadamente su pérfido proyecto, lanzó una exclamación de sorpresa, y el oficial francés, sin pronunciar una sola palabra, púsole la mano sobre el hombro y llevóselo en silencio a alguna distancia de aquel sitio.

Montcalm, pues no era otro el personaje misterioso, desembozose entonces dejando ver su uniforme y la cruz de San Luis pendiente de su pecho, y con tono severo interrogó al salvaje:

—¿Qué significa esto? ¿Un hijo ignora que sus padres del Canadá y los ingleses han enterrado el hacha de guerra?

—¿Qué van a hacer entonces los hurones? —respondió el indio en francés chapurrado—. ¡Ninguno de sus guerreros tiene ni una cabellera que mostrar como trofeo y ya los rostros pálidos se han hecho amigos!

—¡Ah! ¡Es el Zorro Sutil! Me parece ése demasiado celo para un amigo que hace poco tiempo era enemigo nuestro. ¿Cuántos soles han mostrado su luz desde que el Zorro ha tocado el poste de guerra de los ingleses?

—¿Dónde está el Sol? Detrás de las montañas, y es negro y frío; pero, cuando vuelva a aparecer, será brillante y ardiente. El Zorro Sutil es el sol de su pueblo; ha habido muchas nubes y montañas entre él y su nación; pero ahora brilla, y el firmamento está limpio de nubes.

—Conozco bien el poder que el Zorro ejerce sobre sus conciudadanos, pues ayer procuraba hacer un trofeo de sus cabelleras y hoy le escuchan delante del fuego de su consejo.

—El magua es un gran jefe.

—Es preciso que lo demuestre enseñando a su nación a respetar a nuestros nuevos amigos.

—¿Con qué objeto ha traído el jefe de nuestros padres del Canadá sus jóvenes guerreros a estos bosques? ¿Qué se propuso al hacer disparar sus cañones contra esa casa de tierra?

—Apoderarse de ella. Este país es de mi amo, y ha mandado al padre del Canadá arrojar a los ingleses que se habían apoderado de él; pero los ingleses se retiran y dejan, por lo tanto, de ser enemigos.

—Perfectamente. Pero el magua ha desenterrado su hacha para teñirla de sangre; ahora brilla mucho; cuando esté roja, no tendrá inconveniente en volver a enterrarla.

—El magua no debe manchar con sangre las blancas lises de Francia, y los enemigos del poderoso rey que reina más allá del gran lago de agua salada deben ser los enemigos de los hurones, como sus amigos deben ser igualmente los suyos.

—¿Sus amigos? —repitió el indio sonriéndose amargamente—. Que al padre del magua le permita tomarle la mano.

Montcalm, que no ignoraba que la influencia de que gozaba entre las hordas salvajes sólo podía sostenerse con concesiones y no con violencia, alargole la mano aunque con repugnancia. Tomola el magua, y, poniendo un dedo del general francés en una profunda cicatriz que tenía en medio del pecho, preguntole triunfalmente:

—¿Mi padre sabe lo que es esto?

—¿Qué guerrero puede ignorarlo? Es la cicatriz de una herida hecha por una bala de plomo.

—¿Y ésta? —continuó el indio mostrándole sus espaldas desnudas, pues no llevaba sobre su cuerpo otras prendas que el cinturón y los mocasines.

—¿Ésta? Mi hijo ha sido cruelmente injuriado. ¿Quién ha hecho ésta?

—El magua fue arrojado a viva fuerza sobre una cama muy dura en las tiendas de los ingleses, y estas señales son las consecuencias.

El salvaje, al decir esto, riose también con amargura, que no ocultaba su bárbara ferocidad; pero, dominando su furor, y tomando el aire de dignidad sombría de un jefe indio, añadió:

—Vaya y diga a sus jóvenes guerreros que están en paz. El Zorro Sutil dirá a los guerreros hurones lo que debe decirles.

Sin dignarse pronunciar una palabra más, y sin aguardar contestación, púsose el magua el fusil al brazo, y emprendió en silencio el camino que conducía a la parte del bosque donde estaban sus compatriotas. Mientras el Zorro Sutil anduvo por la línea, le dieron varios centinelas el ¿quién vive?; pero él negose a contestar, negativa que le hubiera quizá acarreado la muerte, si los soldados no le hubiesen reconocido.

Montcalm no se movió durante un rato del sitio en que su interlocutor lo había dejado, embebido en una melancólica meditación, y pensando en el carácter indomable que uno de sus aliados salvajes acababa de desplegar.

Ya en otra ocasión había visto su autoridad comprometida por una escena horrible, en circunstancias semejantes a la que a la sazón se encontraba, y sentía muy vivamente la responsabilidad que pesa sobre los que se equivocan al elegir los medios para llegar al fin que se proponen, comprendiendo, además, lo peligroso que es el poner en acción un instrumento cuyos efectos no pueden reprimirse.

Luego, juzgando que tales ideas eran una debilidad en semejante momento de triunfo, procuró desecharlas y se dirigió hacia su tienda, entrando en ella cuando empezaba a despuntar la aurora, pero no sin mandar antes al tambor que tocase la diana.

Tan pronto como fue oído el primer redoble en el campo francés respondieron las cajas del fuerte, y casi a un mismo tiempo resonó en todo el valle el eco ruidoso de una música guerrera. Las cornetas y los clarines de los vencedores no cesaron de tocar sonatas alegres hasta que estuvo el último soldado sobre las armas; pero tan pronto como los pífanos dieron la señal de la rendición del fuerte, quedó silencioso todo el campo.

Había amanecido, y cuando el ejército francés quedó formado en línea esperando a su general, todas las armas centelleaban, heridas por los rayos del sol. Anunciose entonces oficialmente la capitulación, que ya era conocida por casi todos los soldados, y la compañía destinada a guardar el fuerte conquistado desfiló por delante de su jefe. Diose la orden de marcha, y al mismo tiempo se hicieron todos los preparativos necesarios para que aquella fortaleza pasara a poder de otro dueño.

Todas las líneas del ejército angloamericano ofrecieron el aspecto de una marcha precipitada y forzada. Los soldados echábanse al hombro sus fusiles descargados, y no ocultaban su mal humor por la inútil resistencia que habían opuesto al enemigo. Parecía que no deseaban otra cosa sino tener la ocasión de vengarse de una afrenta que hería su orgullo, aunque la facultad que les había sido concedida de salir con todos los honores de la guerra, templaba algo su humillación. Las mujeres y los niños corrían de un lado para otro, llevando unos los restos miserables de su bagaje, y otros buscando entre las filas quien les prestara protección.

Munro no mostró la menor debilidad en medio de sus silenciosas tropas; pero comprendíase claramente que la rendición inesperada del fuerte era un golpe que le había herido el corazón, a pesar de los esfuerzos que hacía por disimularlo.

Heyward estaba muy conmovido, y como ya no le quedaba ningún deber que cumplir, acercose al anciano para preguntarle en qué podía entonces serle útil.

Munro sólo le contestó dos palabras: «¡Mis hijas!», pero pronunciadas con un tono que inspiraba compasión.

—¡Justo Cielo! —exclamó Heyward—. ¿Todavía no se han adoptado las medidas necesarias para su salida?

—Yo no soy más que un soldado, mayor Heyward —respondió el veterano—; todos los que me rodean ¿no son también mis hijos?

El mayor tuvo suficiente con estas palabras para, sin perder aquellos momentos preciosos, correr al pabellón que había ocupado el comandante en busca de Alicia y Cora, a quienes encontró a la puerta, preparadas para salir y rodeadas de mujeres que lloraban y se lamentaban. El instinto, sin duda, las había guiado a aquel sitio creyendo encontrar allí protección. Aunque Cora estaba pálida e inquieta, no había perdido nada de su firmeza; pero los ojos inflamados de Alicia revelaban que había vertido muchas lágrimas. Las dos experimentaron gran consuelo al ver al joven militar, y Cora, contra su costumbre, apresurose a dirigirle la palabra.

—El fuerte se ha perdido —le dijo sonriendo melancólicamente—; pero, a lo menos, creo que nos queda el honor.

—Y más brillante que nunca. Pero, mi querida señorita Munro —exclamó Heyward—, debemos pensar algo menos en los otros y algo más en usted misma. Las leyes militares, el honor, este honor que tanto aprecia usted, exige que su padre y yo nos marchemos a la cabeza de las tropas, a lo menos hasta cierta distancia... ¿y dónde vamos a encontrar ahora una persona que cuide de ustedes y las proteja en medio de la confusión y desorden de semejante marcha?

—No nos hace falta nadie —respondió Cora—. ¿Quién había de atreverse a injuriar a las hijas de tal padre en circunstancias tan críticas?

—De todos modos, no quisiera dejarlas solas ni aun a cambio del mando del mejor regimiento de su majestad —replicó el mayor mirando en torno suyo, donde no vio sino mujeres y niños—. Considere que Alicia no está dotada de la misma fortaleza de alma que usted, y Dios sabe con qué peligros puede tropezar.

—Es cierto —repuso Cora con una sonrisa más triste todavía que la primera—; pero oiga: la casualidad nos ha enviado al amigo que necesitamos.

Heyward comprendió en seguida lo que le quería decir. El sonido lento y patético de una música, bien conocida en las colonias situadas al este, despertó su atención haciéndole correr hacia un edificio inmediato, que había ya sido abandonado por los que lo ocupaban, donde encontró a David Lagamme.

Heyward permaneció en la puerta sin presentarse hasta que terminó el movimiento de la mano con que David acompañaba siempre su canto. Creyó entonces que ya había concluido, y tocándolo en la espalda para llamar su atención, le explicó brevemente el favor que esperaba obtener de él.

—Con sumo gusto —respondió el honrado discípulo de Osian—. Hemos corrido juntos numerosos peligros y es muy justo que viajemos también juntos en paz.

—Procurará usted —le dijo el mayor— que nadie falte el respeto debido a estas señoritas, ni pronuncie en su presencia ninguna palabra grosera ni que se mofe de sus infortunios. Los criados de su casa le ayudarán a desempeñar este encargo.

—Con sumo gusto —repitió David.

—Posiblemente —replicó Heyward— encontrará en el camino algunas partidas sueltas de indios o franceses; en este caso les recordará las condiciones de la capitulación, y los amenazará, si fuese necesario, con denunciar su conducta a Montcalm; una sola palabra suya será suficiente para contenerlos.

David manifestó por señas haber quedado enterado, y ambos interlocutores fueron en seguida a reunirse con las dos hermanas.

Cora recibió cortésmente a su nuevo y singular protector; pero las pálidas mejillas de Alicia se reanimaron por un momento con una sonrisa maligna, al dar gracias a Heyward por la buena elección que había hecho.

El mayor comprendió la ironía y trató de disculparse diciendo que las circunstancias no permitían otra cosa y que, como realmente no había el menor peligro, la presencia de David debía bastar para darles toda seguridad.

Por último, después de prometerles que vendría a reunirse con ellas, a algunas millas del Hudson, separose para ponerse nuevamente a la cabeza de las tropas.

Diose la orden de partir y, cuando la columna inglesa púsose en movimiento, al sonido del tambor que se oyó a corta distancia, estremeciéron-

se las dos hermanas, que contemplaban los uniformes blancos de los granaderos franceses que habían ya tomado posesión de las puertas del fuerte. Al llegar las tropas de Montcalm cerca de las murallas pareció a las jóvenes que una nube pasaba sobre sus cabezas, y levantando los ojos, vieron
ondear por encima de ellas los largos pliegues blancos del estandarte de
Francia.

—Démonos prisa —dijo Cora—: este sitio no conviene ya a las hijas de
un oficial inglés.

Asió por el brazo a Alicia y avanzaron ambas hacia la puerta, acompañadas siempre por el tropel de mujeres y niños que las rodeaban. Cuando
pasaron a su lado los oficiales franceses que se encontraban allí, y sabían
que eran hijas del comandante, las saludaron respetuosamente, pero se abs-
tuvieron de otras atenciones, porque su delicadeza les hizo suponer que no
les agradarían en semejante situación.

Como el número de carruajes de que se disponía era apenas suficiente
para conducir los heridos y enfermos, Cora y su hermana resolvieron recorrer el camino a pie, por no privar a algunos de aquellos desgraciados del
socorro que les era tan necesario. Pero, esto no obstante, muchos soldados,
recién convalecientes, veíanse obligados a arrastrar sus desfallecidos miembros a la retaguardia de la columna, que les era imposible seguir a causa de
su debilidad, porque en aquel desierto no habían podido encontrarse medios de transporte. Sin embargo, todo estaba entonces en marcha: los soldados, tristes y silenciosos; los heridos y enfermos, gimiendo, y las mujeres y niños, llenos de terror, pero sin que ellos pudieran explicarse a sí
mismos.

Al abandonar las fortificaciones, encontrábase el ejército francés sobre
las armas a alguna distancia a la derecha, porque Montcalm los había reunido cuando sus granaderos tomaron posesión de las puertas del fuerte. Sus
soldados contemplaban atentos y silenciosos el desfile de los vencidos, tri-
butándoles los honores militares, según se había convenido, sin permitirse
en medio de su triunfo mofarse dirigiéndoles sarcasmos que pudieran hu-
millarlos. El ejército inglés, compuesto de tres mil hombres, formaba dos
divisiones, marchando en dos líneas que se iban aproximando hasta desembocar en el camino trazado en los bosques que conducía al Hudson. A
la entrada de aquéllos y a cierta distancia una nube de indios complacían-
se, viendo desfilar a sus enemigos a semejanza de buitres a los que sólo la
presencia y el temor de un ejército superior podía impedirles el arrojarse
sobre su presa. Algunos, sin embargo, se habían mezclado con los diferentes grupos que seguían con paso desigual el cuerpo del ejército, y entre los
que figuraban algunos soldados dispersos, a pesar de haberse prohibido
bajo penas muy severas que nadie se separase de la tropa, pero en apariencia no desempeñaban allí otro papel que el de espectadores sombríos y silenciosos.

La vanguardia, a cuyo frente iba Heyward, había llegado ya al desfiladero, e iba desapareciendo poco a poco entre los árboles, cuando llamó la

atención de Cora un rumor de discordia, que partía del grupo más próximo al de las mujeres donde ella se encontraba. Un soldado rezagado de las tropas provinciales sufría el castigo de desobediencia, viéndose despojado del bagaje, cuyo peso excesivo había sido la causa de que se retrasara en la marcha. A un indio antojósele robárselo; pero el americano era fuerte y sumamente avaro para ceder sin resistencia lo que le pertenecía. Entablose entre ambos un combate que no tardó en hacerse general: un centenar de salvajes aparecieron repentinamente, como por un milagro, en un sitio donde apenas había un docena algunos minutos antes, y mientras que éstos pretendían ayudar al pillaje y los americanos se oponían, Cora reconoció al magua en medio de sus compatriotas a quienes dirigía la palabra con su habitual elocuencia insidiosa. Las mujeres y los niños se detuvieron estrechándose unos contra otros a semejanza de un rebaño de asombradas ovejas; pero el indio saliose al fin con la suya llevándose el botín; los salvajes retrocedieron un poco como para dejar pasar a los americanos sin más oposición, y éstos volvieron a ponerse en marcha.

Al pasar las mujeres, el color brillante de un chal que llevaba una de ellas despertó la codicia de un hurón que se adelantó decidido a apoderarse de él. Esta mujer llevaba en brazos a un niño pequeño que cubría con una punta de su chal, y más por temor que por deseos de conservar aquella prenda, apretó fuertemente uno y otra contra su pecho.

Cora iba a aconsejarle que abandonara al indio lo que deseaba, cuando el salvaje, abandonando el chal de que ya se había apoderado arrancó el niño de los brazos de su madre. Viéndose la mujer perdida y con la desesperación en el rostro, arrojose sobre él para reclamar a su hijo, y el indio le tendió la mano sonriendo ferozmente como para decirle que accedía a hacer un cambio, mientras que con la otra daba vueltas al niño, que tenía asido por los pies, alrededor de su cabeza, como si quisiera hacerle comprender el valor del precio que pedía.

—Véalo: tome, tómelo todo, todo —exclamó la infortunada madre, que apenas podía respirar, despojándose ella misma, con manos trémulas, de sus vestidos—: tome todo lo que poseo, pero devuélvame a mi hijo.

El salvaje, al advertir que uno de sus compañeros se había ya apoderado del chal que codiciaba, pisoteó los demás objetos que le presentaba la mujer, y trocándose su ferocidad en rabia estrelló la cabeza del niño contra una peña, y arrojó sus miembros, palpitantes todavía, a los pies de su madre.

La desgraciada quedó inmóvil como una estatua; sus pasmados ojos contemplaban con trágica fijeza los miembros destrozados de su hijo, que un momento antes estrechaba contra su corazón.

Levantó luego la cabeza hacia el cielo como para atraer la maldición sobre el asesino de su hijo; pero el bárbaro, que, enardecido por el olor y la contemplación de la sangre derramada, enfureciose más, le abrió la cabeza con un golpe del hacha, y la infeliz mujer cayó muerta sobre el cuerpo del niño.

En tal fatal momento de crisis, púsose el magua ambas manos en la boca y lanzó el terrible grito de guerra, que fue repetido furiosamente por todos los indios que lo rodeaban atronando el bosque y la llanura.

Al mismo tiempo y con igual rapidez que la de los caballos cuando se los pone en libertad, salieron del bosque más de dos mil salvajes, y se arrojaron furiosos sobre la retaguardia del ejército inglés que todavía se encontraba en la llanura, y sobre los diversos grupos que la seguían de trecho en trecho.

La escena que entonces se desarrolló fue horrible. Los indios iban completamente armados; los ingleses, que estaban muy lejos de esperar aquel ataque, llevaban sus armas descargadas, y la mayor parte de los que formaban la retaguardia carecían de medios de defensa. La muerte corría por doquier segando vidas; la resistencia era completamente inútil y sólo servía para irritar el furor de los asesinos, que seguían hiriendo aun cuando sus víctimas no podían ya sentir los golpes. La sangre corría a torrentes, enardeciendo de tal modo a aquellos bárbaros, que algunos de ellos se arrodillaban para beberla con una sonrisa infernal.

La tropas disciplinadas apresuráronse a formar el cuadro para intimidar a los salvajes, que no lograron romperlo, aunque muchos soldados se dejaron arrancar de las manos los fusiles descargados, con la vana esperanza de apaciguar a sus crueles enemigos; pero entre los grupos continuó la carnicería.

Esta escena duró diez minutos que parecieron otros tantos siglos a las hijas de Munro, quienes permanecieron inmóviles y aterradas. Cuando se descargó el primer golpe todas sus compañeras se agruparon en torno suyo, gritando, impidiéndoles pensar en la fuga; pero, al intentar inútilmente evitar la suerte que los esperaba, a Cora y su hermana érales ya imposible escapar por ningún lado sin caer bajo los golpes de hacha de los salvajes que las rodeaban, confundiéndose los horrorosos rugidos de éstos con los gritos, gemidos, llantos y maldiciones de sus víctimas.

Entonces descubrió Alicia a un militar inglés, de alta estatura, que atravesaba con rapidez el llano en dirección al campo de Montcalm y creyó reconocer a su padre, en lo que no se equivocó. Arriesgándose a todos los peligros que corría hacia el general francés para preguntarle si aquélla era la seguridad que le había prometido, y pedirle que socorriera a las víctimas.

Cincuenta hachas y otros tantos cuchillos se levantaron al instante contra él amenazándolo al mismo tiempo. El brazo todavía nervioso del veterano rechazaba firme y sosegadamente la mano que parecía querer inmolarlo, sin defenderse de otro modo y sin detener el paso. ¡Podría creerse, al verlo, que los salvajes respetaban su graduación, su edad y su intrepidez, porque ninguno de ellos se atrevía a descargarle el golpe con que todos lo amenazaban! Por fortuna el vengativo magua buscaba en aquel momento a su víctima en medio de la retaguardia de que Munro no había hecho más que separarse.

—¡Padre mío! ¡Padre mío! Estamos aquí —gritó Alicia tan pronto como creyó haberlo reconocido—. ¡Socorro, socorro, padre mío, o estamos perdidas!

Alicia repitió varias veces sus gritos, con un tono que hubiera conmovido a las mismas piedras; pero fueron inútiles. La última vez el coronel pareció, no obstante, haberlos oído; pero Alicia acababa de caer sin sentido, y Cora habíase precipitado sobre su hermana, cuyo rostro bañaba con sus lágrimas. El anciano no la vio; el grito que había creído oír no fue repetido y él siguió su marcha, no pensando más que en su deber.

—Señoritas —dijo David, que, aunque también indefenso, se había mantenido firme en su puesto—, ésta es la fiesta de los diablos, y no conviene a los cristianos permanecer más tiempo aquí. Levantémonos y huyamos.

—Huya usted —respondió Cora, estrechando siempre a su hermana entre sus brazos—, y sálvese, si puede, puesto que le es imposible socorrernos.

El gesto expresivo con que acompañó estas palabras llamó la atención de Legamme, haciéndole comprender que, encontrándose Alicia privada de conocimiento, Cora no había de abandonarla. Dirigió entonces una mirada a las fieras que proseguían a poca distancia la matanza de ingleses y levantose su pecho, se irguió con arrogancia y sus facciones revelaron que acababa de cobrar energías.

—Si el joven Orfeo —dijo él— pudo dominar la ferocidad de las bestias con el sonido de su lira y las expresiones de sus cantares, ¿por qué no he de probar yo el poder de la música?

Y acto seguido entonó un cántico en voz tan alta, que se oía entre los gritos y lamentos de los moribundos y los alaridos de los salvajes.

Algunos de ellos avanzaron entonces hacia el grupo con el propósito de despojar a las jóvenes de sus adornos y sus cabelleras; pero, al ver aquel espectro en pie a su lado, inmóvil y como embebido en el canto, se detuvieron a escucharle. La sorpresa de los indios convirtiose en admiración, al advertir la firmeza con que David entonaba su canto de muerte, y se fueron en busca de otras víctimas y otro botín.

Animado y engañado por este primer éxito, redobló el músico sus esfuerzos para acrecentar el poder de su canto, hasta que fue oído por un salvaje, que corría de grupo en grupo como si desdeñara inmolar una víctima vulgar y buscase otra más digna de él. Este indio no era otro que el magua, quien lanzó un alarido de triunfo al ver a sus antiguas prisioneras.

—Ven acá —dijo asiendo con una mano teñida de sangre los vestidos de Cora—; la tienda del hurón te espera; allí estarás mejor que aquí.

—Retírate —le gritó Cora volviendo la cabeza.

El indio alargó la mano ensangrentada, y le dijo sonriendo ferozmente:

—Está colorada; pero este color sale de las venas de los blancos.

—¡Monstruo! —exclamó ella—, tú eres el autor de esta tragedia horrible.

—El magua es un gran jefe —respondió con un aire de triunfo—. ¿La joven de los ojos negros accede a venir en mi compañía?

—No, jamás —contestó Cora con firmeza—; hiere, si te place, y sacia tu infernal venganza.

El magua llevó la mano a su hacha, vaciló un momento y, al fin, tomando repentinamente entre sus brazos el cuerpo inanimado de Alicia, echó a correr hacia el lado del bosque.

—¡Detente —exclamó Cora siguiéndolo con los ojos despavoridos—, detente, miserable! ¡Deja a esa niña! ¿Qué pretendes hacer de ella?

Pero el magua, sordo a su voz, al advertir la influencia que ejercía sobre ella el peso con que se había cargado, deseaba sacar el mayor partido posible de esta ventaja.

—Espere, señorita, espere —gritó David—, el mágico influjo de la música empieza a hacer efecto, y pronto verá cómo termina este horrible tumulto.

El fiel David, al observar que no le hacían caso, siguió a la desesperada a Cora y entonó un nuevo canto acompañándose, según costumbre, con el movimiento de su largo brazo, que levantaba y bajaba alternativamente.

En esta forma atravesaron el resto de la llanura en medio de los cadáveres, de los moribundos, de los verdugos y de las víctimas. Alicia, conducida en brazos por el magua, no corría entonces ningún riesgo; pero Cora hubiera más de una vez caído bajo los golpes de los salvajes, si el ente singular que la seguía y a quien los indios creían dotado de un espíritu de locura que le servía de salvaguardia.

El magua, perfecto conocedor de los medios de evitar los peligros más inmediatos y de eludir toda persecución, internose en los bosques por un pequeño barranco, donde estaban los dos caballos que los viajeros habían abandonado algunos días antes, y que él había tenido buen cuidado de recoger. Guardábalos otro salvaje, cuya fisonomía no era menos feroz que la del Zorro Sutil, quien colocó a Alicia, privada todavía de conocimiento, sobre uno de los animales e hizo señas a Cora para que montase en el otro.

A pesar del horror que le inspiraba este hombre bárbaro, experimentó la joven cierto alivio al verse libre del espectáculo horroroso que se desarrollaba en la llanura; montó a caballo y tendió los brazos hacia su hermana con una expresión de tal ternura, que el hurón no pudo permanecer insensible, y colocando a Alicia sobre la misma cabalgadura que su hermana, tomó la brida y se internó en la profundidad del bosque.

David, considerado probablemente como indigno del golpe de hacha que hubiera sido necesario para privarlo de la vida, al darse cuenta de que lo dejaban solo sin que nadie le hiciera caso, levantó una de sus largas piernas, se puso encima del otro caballo, y fiel siempre a lo que consideraba su obligación, se fue tras de las dos hermanas tan rápido como se lo permitía lo quebrado del camino.

Empezaron a subir una cuesta pero, como el movimiento del caballo empezaba a reanimar a Alicia, la atención de Cora, repartida entre su hermana y los gritos que oía en la llanura, no le permitió observar por qué lado las llevaban. Al llegar a la plataforma de la montaña que acababan de subir, reconoció el sitio adonde Ojo-de-Halcón la había conducido algunos días antes como refugio seguro. Allí les permitió el magua apearse, y, a pesar del triste cautiverio a que se veían reducidas, la curiosidad, que parece inseparable del horror, las impulsó a contemplar la escena que se desarrollaba casi a sus pies.

La matanza proseguía aún; los hurones continuaban persiguiendo por todas partes a las víctimas que habían hasta entonces escapado a su furor, y las columnas del ejército francés, aunque estaban sobre las armas, permanecían en una apatía inexplicable. Cuando el afán del lucro fue en los salvajes más vehemente que su sed de sangre, abandonaron su obra de destrucción para dedicarse al pillaje, y poco a poco los ayes de los moribundos y los gritos de los asesinos fueron sofocados por el alarido de triunfo que lanzaron los indios.

SEGUNDA PARTE

CAPÍTULO PRIMERO

No le hace; seré, si os place, un homicida, pero honrado, porque el honor y no el odio ha sido siempre el que me ha determinado a obrar.

Otelo

Con el nombre de Carnicería de Guillermo-Enrique es conocida en los anales de las colonias la sangrienta jornada descrita al final de la primera parte, y como poco antes había ocurrido un suceso análogo poniendo en entredicho el honor del general francés, su temprana y gloriosa muerte no pudo borrar esta mancha que el tiempo ha ido aminorando.

Montcalm murió heroicamente en la llanura de Abraham; pero no se ha olvidado que carecía del valor moral, sin el cual no existe verdadera grandeza. Podría escribirse mucho para probar con este ilustre ejemplo la imperfección de las virtudes humanas, y demostrar la facilidad con que los más generosos sentimientos, la cortesía y el valor caballeresco sucumben bajo la influencia de las falsas conveniencias personales; podría citarse a ese militar, que fue verdaderamente grande y heroico, pero inferior a sí mismo cuando se vio en el caso de demostrar la superioridad de la buena educación sobre la política. Sin embargo, la posteridad acaso no vea en Luis de Saint-Véran sino al valiente defensor de su país, olvidando su cruel apatía en las riberas del Oswego y del Horican.

Tocaba ya a su ocaso el tercer día después de la rendición del fuerte... pero es necesario que el lector acompañe aún al novelista a las inmediaciones del lago Santo. Cuando las abandonamos, desarrollábase en sus inmediaciones una escena de tumulto y horror, y el profundo silencio que entonces reinaba podía llamarse justamente el silencio de la muerte. Los vencedores habían ya partido, después de destruir la circunvalación de su campo, de cuya existencia sólo daban indicio algunas chozas construidas por los soldados. Incendiose el interior del fuerte, voláronse las murallas, y las piezas de artillería que no habían podido ser transportadas, encontrábanse desmontadas y clavadas. En fin, el desorden y la confusión reinaban por doquier en aquel recinto, y no se veía ya sino un montón de escombros humeante, y a poca distancia varios centenares de cadáveres insepultos, en algunos de los cuales habíanse ya cebado las fieras y las aves de rapiña.

Hasta la estación había experimentado una completa mudanza, porque una masa impenetrable de vapores flotaba en el espacio impidiendo el paso a los rayos solares. Estos vapores, que al principio se habían visto sobre las montañas con dirección al norte, habían retrocedido entonces hacia el mediodía, formando una línea negra, impelidos por un furioso huracán que parecía estar cargado con los hielos de noviembre. Ya no bogaba como antes un tropel de barcos sobre el Horican, que batía violentamente sus aguas contra la orilla meridional, como si quisiera arrojar sobre la arena la espuma de sus olas. Admirábase todavía la limpidez de sus aguas; pero no reflejaban sino la sombría nube que cubría la superficie del firmamento: la atmósfera blanca y húmeda, que pocos días antes constituía una de las bellezas de aquella escena y dulcificaba su aspecto inculto y agreste, había desaparecido por completo y el viento del norte soplaba sobre esta larga masa de aguas con toda su violencia, de tal suerte, que no permitía ver ni imaginar ningún objeto digno de fijarlas en un instante.

Las hierbas que cubrían la llanura se habían secado como si un fuego devorador hubiera pasado sobre ellas, y sólo se percibía alguna que otra brizna verde, indicio de la futura fertilidad de aquel suelo regado con sangre humana. Todos aquellos alrededores, poco tiempo antes tan llenos de atractivo bajo un cielo espléndido y una temperatura tan agradable, ofrecían a la sazón una especie de cuadro alegórico de la vida, donde ninguna sombra templaba la viveza de los colores.

Pero si el fiero aquilón casi no permitía distinguir algunas matas verdes que habían escapado a su voracidad, dejaba ver con bastante claridad las masas de áridos peñascos que se elevaban sobre la llanura, y la vista hubiera buscado inútilmente un aspecto más agradable en el firmamento, cuyo color azul ocultaban los vapores espesos que flotaban en el espacio.

El viento era desigual; ora se arrastraba perezosamente sobre la superficie de la tierra con cierto gemido sordo que parecía dirigirse al frío oído de la muerte, ora silbaba con fuerza en las alturas, penetraba en los bosques, desgajaba los árboles y cubría de hojas el suelo. Los cuervos, que luchaban contra el furor del viento, eran los únicos moradores de este desierto, adonde habían acudido atraídos por el olor de la sangre para buscar su horrible pasto.

Todas las inmediaciones ofrecían, en suma, un aspecto de desolación, semejando aquél un recinto cuya entrada estuviera prohibida a los profanos, y donde la muerte hubiese herido a todos los que habían osado violarla; pero la prohibición existía ya, y, por primera vez, después de la partida de los salvajes autores de aquella obra sanguinaria, algunos seres humanos se atrevían a entrar en aquellos campos de desolación.

En la tarde del día a que venimos refiriéndonos, una hora antes de ponerse el sol, salieron cinco hombres del desfiladero que conducía por en medio de los bosques a las orillas del Hudson, dirigiéndose al fuerte arruinado. Su paso era lento y circunspecto, como si sintieran repugnancia en acercarse a aquella escena de horror, o temiesen verla renovada. Un joven ágil y bien dispuesto marchaba a la vanguardia de los otros, con la precaución y ligereza propias de un natural del país. Subía a todas las alturas que hallaba a su paso para reconocer las inmediaciones, indicando el camino a sus compañeros, a quienes tampoco faltaban prudencia ni precaución.

Uno de ellos, indio también, marchaba por el flanco a alguna distancia, mirando incesantemente hacia la entrada del bosque la menor señal que revelase la proximidad del peligro. Los tres que lo acompañaban eran blancos, pero se habían provisto de vestidos cuyo color convenía a su peligrosa empresa de seguir la marcha de un ejército numeroso que iba de retirada.

El efecto que a cada uno de ellos producía el horrible espectáculo que se ofrecía a su vista, variaba según el carácter de los individuos que formaban el pequeño grupo.

El joven indio, que caminaba delante, miraba furtivamente las víctimas mutiladas que encontraba al atravesar con rapidez la llanura, como si temiera manifestar las impresiones que experimentaba; pero era demasiado joven todavía para saber disimular bien.

El otro indio mostrábase superior a semejante debilidad, y caminaba entre los montones de cadáveres con firmeza, seguridad y aspecto tan sosegado, que revelaban que hacía mucho tiempo que estaba familiarizado con tales escenas de horror.

Las sensaciones que este espectáculo hacía experimentar a los tres blancos tenían también un carácter distinto, aunque eran igualmente dolorosas. El uno, cuyo porte marcial, cabellos blancos y arrugas en el rostro revelaban, a pesar del disfraz que vestía, que era un hombre muy acostumbrado a presenciar las horrorosas consecuencias de la guerra, no se avergonzaba, sin embargo, de exhalar un gemido cuando presenciaba los vestigios de alguna crueldad extraordinaria. El joven que iba a su lado se estremecía de horror; pero parecía reprimirse por deferencia a su compañero. Y, por fin, el que marchaba detrás de todos, formando la retaguardia, era el único que no se preocupaba de ocultar sus impresiones. El más horrible espectáculo no bastaba para contraer uno solo de sus músculos; lo contemplaba al parecer con indiferencia, pero indicaba con sus votos y maldiciones el horror y la indignación que sentía.

El lector habrá ya seguramente reconocido en estos cinco individuos a los dos mohicanos, su amigo blanco Ojo-de-halcón, el coronel Munro y el mayor Heyward. Era, en efecto, el padre que iba en busca de sus hijas, con el joven que tanto se interesaba por toda la familia, y aquellos tres hombres que habían dado numerosas pruebas de valor y de fidelidad en las críticas circunstancias que hemos referido.

Cuando Uncas, que marchaba siempre el primero, estuvo a mitad del camino entre el bosque y las ruinas de «Guillermo-Enrique», lanzó un grito que llevó en seguida a su lado a sus compañeros. Había llegado al sitio en que las indefensas mujeres fueron asesinadas por los salvajes, y donde sus cuerpos estaban corrompiéndose.

Aunque les fue muy penosa esta fúnebre tarea, Munro y Heyward tuvieron el valor de examinar atentamente todos los cadáveres más o menos mutilados, buscando a Alicia y Cora, reconocimiento que produjo algún alivio al padre y al amante, que no sólo no encontraron a las que buscaban y tanto temían hallar, sino que tampoco reconocieron entre los pocos vestidos que los asesinos habían dejado a sus víctimas, ninguna prenda que hubiera pertenecido a las dos hermanas. Sin embargo, el tormento de su incertidumbre era casi tan cruel como la misma terrible verdad. Contemplaban en melancólico silencio aquel horroroso montón de cadáveres, cuando el cazador, por primera vez después de haber emprendido aquella triste peregrinación, dirigió la palabra a sus compañeros.

—He visto más de un campo de batalla —dijo con el rostro inflamado por la cólera—; he seguido con frecuencia los regueros de sangre durante muchas millas; pero en ninguna parte he presenciado tales estragos. El espíritu de venganza es una pasión particular de los indios, y todos los que me conocen saben que no llevo una gota de su sangre en mis venas; pero juro que, con el favor del Señor, que reina hasta en estos desiertos, si alguno de los pícaros franceses que han permitido tal carnicería se pone en alguna ocasión a tiro de fusil, hay aquí uno que desempeñará su papel mientras su piedra pueda arrojar una chispa que inflame la pólvora. Quédense el hacha y el cuchillo para los que saben manejarlos.

—¿Qué le parece esto, Chingachgook? —añadió en lengua delaware—. Estos rojos hurones, ¿podrán vanagloriarse de sus proezas cuando llegue el tiempo de las nieves?

Estas palabras tuvieron la virtud de inflamar de cólera el rostro del mohicano. Sacó el cuchillo hasta la mitad de la vaina; pero, desviando luego la vista, volvió su rostro a mostrarse tranquilo como si no experimentara ninguna impresión de enojo.

—¡Montcalm! ¡Montcalm! —continuó el vengativo cazador enérgicamente—. ¡Ya llegará un día en que todo lo que se ha hecho durante la vida se abarque de una sola mirada, y con ojos que no participarán de la humana flaqueza! ¡Ay del responsable de lo ocurrido en esta llanura! ¡Ah! Tan cierto como mi sangre es pura y sin mezcla, hay aquí entre los muertos un piel roja a quien han quitado la cabellera. Examínelo, Chingachgook; acaso sea alguno de los que faltan, y en este caso sería preciso sepultarlo como lo merece un guerrero valiente. Leo en sus ojos, y veo que un hurón pagará el precio de esta vida antes que el viento haya disipado el olor de la sangre.

Aproximose el mohicano al mutilado cadáver, lo volvió y reconoció en él las señales características de una de las que llamaban seis naciones aliadas, y que, aunque combatían en las filas de los ingleses, eran enemigos mortales de los delawares.

Seguidamente, diole con el pie en señal de desprecio, y se apartó con la misma indiferencia que si se tratara del cadáver de un perro.

El cazador comprendió perfectamente lo que significaba aquello, y entregándose a sus propias reflexiones prosiguió expresando su enojo contra el general francés.

—Sólo a una sabiduría infinita y a un poder ilimitado es permitido barrer de este modo de la superficie de la tierra tal multitud de seres humanos, porque sólo Dios sabe cuándo debe herir o detener su brazo; y ¿quién podrá reemplazar una sola de las criaturas a quienes ha dado muerte? En cuanto a mí, llego a tener escrúpulo de privar de la vida a un segundo gamo, antes de haberme comido el primero, a menos que tenga necesidad de hacer una larga marcha o de ponerme en emboscada. Cosa muy distinta es encontrarme en el campo de batalla, enfrente del enemigo, porque entonces es necesario estar dispuesto a morir con el fusil o con el hacha en la mano, según se tenga la piel blanca o roja.

—Uncas, venga acá y deje que ese cuervo se arroje sobre el mingo. Yo sé por experiencia que estos pájaros tienen naturalmente una afición particular a la carne de un oneida, y no debemos impedirle que se satisfaga.

—¡Hugh! —exclamó el joven mohicano irguiéndose sobre las puntas de los pies y fijando los ojos en la barrera del bosque que tenía delante, siendo causa esta exclamación de que el cuervo fuera a buscar su alimento algo más lejos.

—¿Qué es eso? —preguntó el cazador en voz baja y agachándose como una pantera que va a lanzarse sobre su presa—. Dios quiera que sea algún francés rezagado que recorra el campo para despojar los cadáveres, aunque no les han dejado gran cosa. Creo que mi matagamos pondrá ahora una bala en medio del blanco.

Uncas no respondió; pero, saltando como un venado, colocose en los lindes del bosque, rompió una rama y desprendió de ella un pedazo de velo verde de Cora, agitándolo sobre su cabeza en señal de triunfo. El segundo grito que lanzó el joven mohicano y aquel pedazo de tela atrajeron en seguida a su lado a los demás compañeros.

—¡Mi hija! —exclamó el coronel con extraordinaria agitación—. ¿Quién me la devolverá?

—Uncas lo intentará —respondió el joven indio con energía.

Esta promesa y la seguridad con que fue hecha, no produjeron ningún efecto en el desgraciado padre, que casi no había oído las palabras de Uncas. Apoderose del pedazo de velo de Cora y lo estrechó con su trémula mano, mientras que sus ojos despavoridos interrogaban a la maleza inmediata como si esperase obtener la revelación del lugar en que se encontraban sus hijas, o temiera encontrar únicamente sus ensangrentados restos.

—No hay cadáveres por aquí —dijo Heyward con voz hueca y casi apagada por el temor—; parece que la tempestad no ha descargado por este sitio.

—Eso es indudable —agregó Ojo-de-halcón con su imperturbable sangre fría—; pero la señorita o los que se la han llevado han tenido que pasar por aquí, pues me acuerdo perfectamente de que el velo con que ocultaba su rostro, aunque todo el mundo lo contemplaba con gusto, era semejante a esa gasa. Sí, Uncas —añadió respondiendo a algunas palabras que éste le había dirigido en lengua delaware—. Es cierto, creo que ella misma ha pasado por aquí. Habrá huido por el bosque como un gamo asombrado; y, en efecto, ¿quién teniendo piernas va a permanecer quieto para dejarse matar? Busquemos, por tanto, las huellas que ha debido dejar, y las encontraremos, porque creo que los ojos de un indio pueden descubrir en el aire las señales del tránsito de un pájaro mosca.

—¡El Cielo le bendiga, hombre incomparable! —exclamó el padre con extraordinaria agitación—. Dios le premie; pero ¿adónde pueden haber huido? ¿Dónde encontraremos a mis dos hijas?

Y al mismo tiempo que sostenía esta conversación, el joven mohicano se ocupaba activamente en la pesquisa que Ojo-de-halcón había indicado, y apenas Munro hizo aquella pregunta, a la que no se podía contestar satisfactoriamente, lanzó Uncas una nueva exclamación de alegría a poca distancia de los límites del bosque. Acercáronse a él corriendo sus compañeros, y les entregó otro pedazo de velo que había encontrado pendiente de una rama alta de un álamo blanco.

—Vayamos despacio —aconsejó Ojo-de-halcón atravesando su larga carabina para impedir a Heyward que corriese hacia adelante—. El demasiado ardor puede hacernos perder el rastro que hemos encontrado. Un paso dado sin precaución puede darnos trabajo para muchas horas, a pesar de que no hay duda de que estamos en el buen camino.

—Pero ¿por dónde hemos de ir para seguirlos? —preguntó Heyward con impaciencia.

—El camino que pueden haber tomado depende de muchas circunstancias —respondió el cazador—. Si iban solas, habrán caminado haciendo zigzags en lugar de seguir una línea recta, y en éste caso es posible que no se encuentren más que a unas doce millas de nosotros; si, al contrario, los huroneses o algunos otros indios aliados de los franceses se las han llevado, puede asegurarse que a estas horas están ya en las fronteras del Canadá. Pero ¿qué importa? —agregó al ver la inquietud y el desaliento reflejados en los rostros del coronel y el mayor—. Véannos aquí a los dos mohicanos y a mí que tenemos un cabo de la madeja y llegaremos al otro, aunque estuviera a cien leguas. No tan aprisa, más despacio, Uncas; tiene tanta impaciencia como si hubiera nacido en las colonias. ¿Olvidan ustedes que los pies ligeros no dejan huellas muy profundas?

—¡Hugh! —exclamó Chingachgook, que se ocupaba en examinar la maleza que estaba rozada como si hubiera querido abrirse paso por allí en el bosque, y levantándose dirigió una mano hacia el suelo con ademán de quien ha descubierto un reptil asqueroso.

—Es indudablemente la impresión del pie de un hombre —dijo Heyward inclinándose para examinar el sitio señalado—, que con seguridad ha venido a la orilla de esta agua estancada. Es imposible equivocarse; no hay duda, están prisioneras.

—Eso es preferible a morir de hambre errando por los bosques —dijo tranquilamente Ojo-de-halcón—; y con ello tenemos seguridad de no perder la pista. Ahora apostaría yo cincuenta pieles de castor contra otras tantas piedras de fusil, a que los mohicanos y yo encontramos las tiendas de estos bribones antes de un mes. Bájese, Uncas, y vea si puede sacar alguna consecuencia de la huella de este mocasín, porque bien claro se advierte que no se trata de otra clase de calzado.

El joven mohicano arrodillose con suma precaución, apartó algunas hojas secas que dificultaban su examen, y púsose a reconocer la pisada tan cuidadosamente como un avaro examina una moneda de oro de cuya legitimidad duda. Luego se levantó, revelando en su semblante la satisfacción que le causaba el resultado de sus investigaciones.

—Y bien —preguntó el cazador—. ¿Qué le dice el mocasín? ¿Puede deducir de él algo?

—Que es del Zorro-Sutil.

—¿Todavía ese maldito vagabundo? Ya comprendo que no nos veremos libres de él hasta que mi matagamos tenga ocasión de decirle dos palabras al oído.

Este descubrimiento considerolo Heyward como un agüero de nuevas desgracias, y, aunque inclinado a creerlo, manifestó dudarlo, solamente porque así encontraba algún consuelo.

—Puede haber —dijo— alguna equivocación; ¡se parecen tanto, unos a otros, los mocasines!

—¿Los mocasines se parecen? —preguntó Ojo-de-halcón—. Es lo mismo que si dijese que todos los pies son semejantes y, sin embargo, nadie ignora que los hay cortos, largos, anchos y estrechos.

Entonces inclinose él también, examinó la huella atentamente, y volvió a levantarse diciendo:

—Es cierto, Uncas. Ésta es la huella que encontrábamos tan frecuentemente el otro día cuando le íbamos al alcance, y el bribón no dejará de beber siempre que se le proporcione la ocasión. Los indios bebedores caminan siempre extendiendo y apoyando el pie más que el salvaje natural, porque un hombre bebido, sea roja o blanca su piel, necesita una base más sólida. Precisamente, el mismo largo y ancho. Examínelo ahora usted, sagamore, que con frecuencia midió las huellas de este canalla, cuando lo perseguimos desde la roca del Glenn hasta la fuente de la Salud.

Chingachgook no tardó en arrodillarse también y, después de un rápido examen, se levantó y pronunció con voz grave, aunque con acento extranjero, la palabra magua.

—Sí —dijo Ojo-de-halcón—; es una cosa indudable. La joven de los ojos negros y el magua han pasado por este sitio.

—¿Y Alicia? —preguntó temblando Heyward.

—Todavía no hemos encontrado ninguna señal de ella —respondió el cazador sin cesar de examinar con atención los árboles, la maleza y el suelo—. Pero, ¿qué es lo que se distingue allá abajo? Uncas, vaya y traiga aquello que está en tierra, junto a las zarzas.

Apresurose a obedecer el joven indio, y así que hubo entregado al cazador el objeto que había recogido, éste lo mostró a sus compañeros, riendo ruidosa, pero despreciativamente.

—Es el juguete, el silbato del cantor; y esto demuestra que también ha pasado por aquí; ahora ya podría un niño seguir su rastro. Uncas, búsquele las huellas de un zapato tan largo y ancho que pueda contener un pie capaz de sostener una masa de carne de seis pies y dos pulgadas de altura. Quizá podamos esperar algo de este badulaque, pues habrá abandonado este chisme para dedicarse a un oficio útil.

—Por lo menos ha sido fiel a su consigna —dijo Heyward—. Cora y Alicia tienen aún a su lado a un amigo.

—Sí —repuso Ojo-de-halcón apoyando en tierra la culata del fusil y bajando la cabeza sobre el cañón despreciativamente—; un amigo que silbará siempre que se ofrezca; pero ¿será capaz de matar un gamo para comer? ¿Reconocerá su camino por el musgo de los árboles? ¿Cortará el pescuezo a un hurón para defenderlas? Si no sabe hacer nada de esto, cualquier sisonte será tan útil como él. Y bien, Uncas, ¿ha encontrado algo que se parezca a la huella de semejante pie?

—Aquí hay una señal que parece haber sido hecha por algún pie humano —dijo Heyward que se aprovechó gustoso de esta ocasión para dar otro giro a aquella conversación que le disgustaba por lo mucho que agradecía a David el no haber abandonado a las dos hermanas—. ¿Creen que éste pueda ser el pie de nuestro amigo?

—Toque las hojas con más precaución —aconsejó el cazador—, si no quiere borrar la señal. Ésta es la huella de un pie; pero es de la señorita del cabello negro, y es bastante pequeño para un cuerpo tan hermoso. El talón sólo del cantor lo cubriría completamente.

—¿Dónde? Déjeme ver la señal de los pies de mi hija —exclamó Munro avanzando entre la maleza y arrodillándose para aproximar sus ojos.

Aunque el paso que había dejado esta huella había sido ligero y rápido, era sin embargo suficientemente visible, y el rostro del veterano se inundó de lágrimas al contemplarla. Cuando se levantó, observó Heyward que había bañado con su llanto la huella del pie de su hija, y pretendiendo distraerlo de la angustia que amenazaba estallar a cada momento, y le hubiera inutilizado para realizar los esfuerzos que tenía aún que hacer, dijo al cazador:

—Ahora que hemos encontrado estas señales infalibles, pongámonos en seguida en marcha, porque en tales circunstancias cada momento debe parecer un siglo a las desgraciadas prisioneras.

—El perro más corredor no es siempre el más cazador —respondió Ojo-de-halcón sin quitar los ojos de las huellas que acababan de descubrir—; sabemos ya que el hurón vagabundo ha pasado por aquí con la señorita del cabello negro y el cantor; pero ¿y la joven rubia y de los ojos azules? ¿Qué ha sido de ella? Aunque más pequeña y mucho menos valiente que su hermana, merece ser vista, y agrada mucho oírla. ¿En qué consiste que nadie habla de ella? ¿No hay aquí nadie que sea amigo suyo?

—No permita Dios que le falten jamás —dijo Heyward con calor—; pero ¿a qué viene esa pregunta? ¿No la estamos buscando? Por mi parte, no descansaré hasta encontrarla.

—Entonces, convendría separarnos —dijo el cazador—, pues no hay indicios de que haya pasado por aquí; por muy ligero que sea su paso, habría dejado alguna huella.

Al oír esto, saltó Heyward hacia atrás, y pareció que, amortiguado todo su ardor, cedía al desaliento. El cazador, después de reflexionar, prosiguió sin hacer caso de la mudanza que se notaba en el rostro del mayor.

—No existe en los bosques una mujer cuyo pie deje una huella semejante a ésta; por lo tanto, debe haberla hecho la del cabello negro o su hermana. Los dos pedazos de gasa que hemos encontrado demuestran el paso de la una por aquí; pero ¿qué indicios hay del paso de la otra? A pesar de eso, sigamos las señales que se presentan, y si no encontramos otras volveremos a la llanura a buscar nueva pista. Avance, Uncas, examine las hojas secas, que yo me encargo de la maleza. Vamos, amigos, adelante; miren el sol que empieza a ocultarse ya detrás de los montes.

—¿Y yo —preguntó Heyward— no sirvo para nada?

—Usted —dijo Ojo-de-halcón que estaba ya en marcha con sus dos amigos indios—, ande delante de nosotros, y si distingue alguna señal cuide de no borrarla.

No hacía más que algunos minutos que se habían puesto en marcha, cuando los dos indios se detuvieron para examinar nuevamente algunas señales que se veían en el suelo. Ambos hablaban en voz alta y vivamente, tan pronto fijando los ojos en el objeto que había provocado su discusión, como contemplándose el uno al otro visiblemente satisfechos.

—Con seguridad han encontrado la huella del pie chico —dijo Ojo-de-halcón corriendo hacia ellos sin acordarse de la parte que se había reservado en la pesquisa general—. ¿Qué tenemos aquí? ¿Cómo? ¿Hay una emboscada en este sitio? ¡Ah! No, ¡por vida del mejor fusil que hay en todas las fronteras! Miren todavía los caballos, que andan de un modo singular. Ahora ya no hay duda, la cosa es tan clara como la estrella del norte a medianoche: van a caballo. Miren, a ese abeto estuvieron atados los caballos, puesto que a su alrededor se conocen sus pisadas; y vean ahí el gran sendero que conduce hacia el norte en el Canadá.

—Pero no tenemos ninguna prueba de que Alicia esté con su hermana —dijo Heyward.

—No, a no ser que eso que el joven mohicano acaba de encontrar pruebe algo. Trae acá eso, Uncas, a fin de que lo podamos examinar.

Heyward reconoció al punto una alhaja que Alicia se complacía en llevar, y fiel a su memoria, propia de un enamorado, le recordó habérsela visto al cuello en la fatal mañana del día de la matanza. Apresurose a manifestarlo así a sus compañeros, colocándola sobre su corazón tan vivamente, que el cazador creyó que se le había caído en el suelo y se inclinó para buscarla.

—¡Ah! —dijo éste después de separar inútilmente las hojas con la culata del fusil—; cuando empieza a debilitarse la vista, la vejez no está lejana. ¡Una joya tan brillante y no distinguirla! No importa, todavía veo lo suficiente para dirigir la bala que sale del cañón de mi fusil, y esto basta para poner término a todas las disputas entre los amigos y yo. Sin embargo, me hubiera alegrado encontrar esa baratija aun cuando sólo fuese para devolverla a su dueño. Esto sería lo que yo llamo reunir los dos cabos de una gran pista, porque ahora el río de San Lorenzo, y quizá también los grandes lagos, se encuentran ya entre ellos y nosotros.

—Un motivo más para que no nos descuidemos —dijo Heyward—. Pongámonos de nuevo en marcha sin detención.

—Sangre joven y sangre ardiente dicen que son casi la misma cosa —replicó Ojo-de-halcón—. No vamos a cazar ardillas ni rechazar un gamo hacia el Horican; empezamos una correría que durará mucho tiempo, y necesitamos atravesar desiertos donde el pie del hombre se posa rara vez, y por donde no podrían guiarnos los conocimientos de todos los libros. Jamás un indio emprende una expedición semejante, sin haber fumado delante del fuego del consejo, y aunque yo sea un hombre blanco, cuya sangre no tiene mezcla, me acomodo a su costumbre, porque permite reflexionar. Además, si camináramos de noche, podríamos perder la pista y, por lo tanto, es preferible que volvamos atrás, encenderemos fuego en las ruinas del fuerte, y mañana al despuntar el día estaremos descansados y en disposición de poner en práctica nuestra empresa, como hombres y no como mujeres charlatanas o muchachos impacientes.

Juzgando por el tono y firmeza con que hablaba el cazador, conoció Heyward que sería inútil cualquier observación que se le hiciese, y como Munro había vuelto a la apatía, habitual en él después de sus últimas desgracias, y de la que sólo alguna fuerte impresión lo sacaba de vez en cuando, el joven mayor, haciendo de la necesidad virtud, dio el brazo al veterano y siguieron al cazador y a los indios que habían empezado a caminar en dirección a la llanura.

CAPÍTULO II

SALAR.—*Aunque no te reembolse, no creo que pretendas tomar su carne, porque, ¿para qué te servirá?*
SHY.—*Para cebo de los peces y, en todo caso, apagaría mi sed de venganza.*

SHAKESPEARE

La noche envolvía ya en sus sombras el derruido fuerte, cuando llegaron los viajeros a «Guillermo-Enrique».

El cazador y los mohicanos apresuráronse a hacer los preparativos necesarios para pernoctar, pero, tristes y cariacontecidos, revelaban que el horrible espectáculo por ellos visto había hecho en su ánimo más impresión de lo que aparentaban. Arrimaron a la muralla algunas vigas medio quemadas para formar una techumbre y, cubriéndolas Uncas de ramas, quedó construida la habitación provisional.

Mientras Ojo-de-halcón y sus dos compañeros encendían el fuego y disponían la cena, tan frugal que se reducía a un poco de cecina de oso, el mayor encaramose sobre las ruinas de uno de los baluartes que miraban hacia el Horican. El viento había amainado un poco y las olas no se estrellaban tan violentamente contra la arenosa orilla. Las nubes, como fatigadas de su curso impetuoso, iban disgregándose, y las más densas se reunían en grandes masas negras en el horizonte, mientras las más ligeras se sostenían aún sobre las aguas del lago y la cumbre de las montañas, semejantes a una bandada de aves asustadas que no se atreven a abandonar el sitio donde han dejados sus nidos.

Durante un largo rato, contempló Heyward aquella escena, dirigiendo sus miradas ora hacia las ruinas, entre las cuales el cazador y sus dos amigos habían tomado asiento junto a la lumbre, ora hacia la débil claridad que se distinguía aún en la parte de poniente por el rojo y pálido color con que se teñían las nubes. Los ojos del joven oficial iban a posarse luego sobre aquel fondo oscuro con que terminaba el recinto donde tantos infelices habían encontrado la muerte.

De pronto, pareciole oír hacia aquella parte algún sonido tan bajo y tan confuso, que le era imposible distinguir su procedencia ni adquirir el convencimiento de que no era una ilusión. Avergonzado de la inquietud que experimentaba, procuró distraerse dirigiendo la vista hacia el lago en cuya agitada superficie se reflejaban las estrellas, y entonces su oído atento se aseguró de la repetición de los mismos sonidos, como si le avisaran de algún peligro. Prestó toda su atención al ruido que percibió más distintamente en lo profundo de la oscuridad, y pareciole que era producido por una persona que marchaba con rapidez.

Siéndole ya imposible dominar su inquietud, llamó invitándole al cazador en voz baja a ponerse a su lado. El cazador tomó el fusil y se acercó al mayor tan lentamente y con tanta indiferencia y tranquilidad, que claramente revelaba que no abrigaba ningún temor.

—Escuche —le dijo Heyward cuando el cazador estuvo junto a él—: oigo en la llanura algunos sonidos que prueban que Montcalm no ha abandonado por completo su conquista.

—En este caso, valen más los oídos que los ojos —respondió el cazador tranquilamente ocupándose al mismo tiempo en concluir de mascar un pedazo de carne de oso de que tenía la boca llena—. Yo lo vi, sí, yo mismo lo vi entrar en Ty con todo su ejército; porque a esos franceses, cuando obtienen alguna victoria, les agrada regresar a su país para celebrarla con bailes y banquetes.

—Así será; pero los indios duermen muy poco en tiempo de guerra, y el deseo del pillaje puede conducir aquí a algún hurón, aun después de haberse alejado de sus compañeros, y me parece que sería prudente apagar el fuego y ponerse en escucha. Preste atención. ¿No oye el ruido de que le hablo?

—Es muy raro que un indio vague entre los muertos. Cuando se enardece y está enfurecido se halla dispuesto a matar a quienquiera que le salga al paso sin reparar en los medios; pero, cuando ha arrebatado la cabellera a su enemigo y le ha dado muerte, olvida su enemistad y deja en reposo al cadáver.

—¡Ah! Creo haber vuelto a oír los mismos sonidos; pero quizás sea el ruido de las hojas de este álamo blanco; ¿lo oye ahora?

—Sí, sí; cuando abunda el pasto, lo mismo que cuando escasea, los lobos se ponen en campaña. Si se viera y dispusiéramos de tiempo, no tendríamos más trabajo que el de escoger las pieles más hermosas; pero no, ¿qué es lo que oigo?

—¿No dice que son los lobos buscando su presa? —preguntó Heyward.

Ojo-de-halcón movió la cabeza, hizo seña al mayor para que lo siguiese a donde el resplandor del fuego no llegaba, y, tomada esta precaución, púsose en actitud expectante, escuchando con cuidado y esperando que se repitiera el ruido; pero su vigilancia fue inútil y, después de algunos minutos de completo silencio, dijo a Heyward en voz baja:

—Es preciso llamar a Uncas; sus oídos de indio percibirán lo que para nosotros pasa inadvertido.

Dicho esto, lanzó un grito imitando el del búho, haciendo estremecer al joven mohicano que estaba sentado junto al fuego. Uncas se levantó en seguida, miró por todas partes como para asegurarse de dónde partía aquel grito, que fue repetido por el cazador, y el indio apresurose a reunirse con Heyward y su acompañante.

Ojo-de-halcón le dio rápidamente algunas instrucciones en lengua delaware y, enterado el joven indio de qué se trataba, se separó algunos pasos y se tendió con la cara contra el suelo, quedando, al parecer de Heyward, en una inmovilidad completa. Transcurridos algunos minutos y sorprendido el mayor de que permaneciera tanto tiempo en aquella posición, experimentó éste deseos de averiguar de qué modo se procuraba los indicios que se deseaban y se adelantó hacia el sitio en que lo había visto agacharse, pero con gran asombro vio que Uncas había desaparecido y que lo que había tomado por su cuerpo tendido en el suelo no era otra cosa que la sombra de un montón de ruinas.

—¿Dónde ha ido el joven mohicano? —preguntó entonces al cazador a quien se acercó—. Lo he visto agacharse en este sitio y podría jurar que no se ha levantado.

—¡Silencio! Baje usted la voz; no sabemos quién nos escucha y los mingos tienen los oídos muy finos. Uncas se ha alejado arrastrando, y el magua que se le acerque saldrá bien despachado.

—¿Cree usted, entonces, que Montcalm no se ha llevado todos sus indios? Comuniquemos este descubrimiento a nuestros compañeros y prepararemos las armas; somos cinco y jamás nos ha intimidado el enemigo.

—No les diga una palabra si estima en algo su vida. Vea el sagamore sentado delante del fuego; ¿no parece un gran jefe indio? si hay algunos vagabundos en las cercanías, no podrán creer al verlo que estamos persuadidos de que nos amenaza un gran peligro.

—Pero pueden dispararle una flecha o una bala a quema ropa. el resplandor de la lumbre del fuego lo hace muy visible y él será seguramente la primera víctima.

—No le falta a usted razón —respondió Ojo-de-halcón con alguna inquietud—; pero ¿qué podemos hacer? El menor movimiento sospechoso puede ser causa de que nos ataquen antes de que nos hayamos preparado para la resistencia. Ya sabe por la seña que he hecho a Uncas que ocurren cosas inesperadas, y voy a advertirle que nos encontramos a poca distancia de algunos mingos. Su naturaleza indiana le inspirará la resolución más conveniente.

El cazador se puso los dedos en la boca y lanzó un silbido que estremeció a Heyward, que creyó haber oído una serpiente.

Chingachgook estaba con la cabeza apoyada sobre una mano, entregado a sus reflexiones, cuando oyó la señal que parecía haber dado el reptil cuyo nombre llevaba. Irguiose y sus negros ojos se volvieron inmediatamente a mirar a su alrededor. Este movimiento rápido y quizás involuntario no tuvo la duración de un segundo y fue la única manifestación de sorpresa o de alarma que se pudo observar en él. No llevó la mano al fusil que tenía al lado; su hacha, que había quitado de la cintura por estar más cómodo, permaneció en el suelo junto a él y volvió a adoptar su anterior postura; pero, apoyando la cabeza sobre la otra mano como si quisiera dar a entender que no había tenido otro fin que procurar el descanso al otro brazo, dispúsose a esperar los acontecimientos con una calma de que nadie sino un indio sería capaz.

Heyward comprendió, sin embargo, que, aunque a otros ojos menos perspicaces podría parecer que el jefe mohicano estaba entregado al sueño, sus narices olfateaban más que de ordinario. Su cabeza permanecía algo vuelta de lado, como para oír con mayor facilidad el menor ruido, y sus ojos dirigían rápidas y vivas miradas a todos los objetos.

—Contemple a ese noble guerrero —dijo Ojo-de-halcón en voz baja, apretándole el brazo, a Heyward—. Sabe que el menor gesto daría al traste con toda nuestra prudencia y nos pondría a merced de esos pícaros...

La llamarada y la explosión de un disparo de mosquete lo interrumpieron. El aire se llenó de chispas alrededor del sitio hacia donde estaban los admirados ojos de Heyward; una segunda mirada en torno suyo diole a conocer que Chingachgook había desaparecido en aquel momento de confusión.

Entretanto el cazador había preparado el fusil y estaba dispuesto a servirse de él, tan pronto como distinguiese a algún enemigo; pero el ataque pareció concluir justamente con esta inútil tentativa contra la vida de Chingachgook. En dos diferentes ocasiones creyeron ambos compañeros percibir un ruido lejano en los zarzales; pero los ojos prácticos del cazador no tardaron en reconocer una manada de lobos que huían, espantados, sin duda, por el disparo que acababa de oírse. Siguió a este incidente un silencio profundo que tuvo algunos momentos de duración, transcurridos en la incertidumbre y la impaciencia, y luego percibiose un gran ruido en el agua al que siguió otro disparo.

—Éste es el fusil de Uncas —dijo el cazador—. Lo conozco tan bien como un padre conoce el lenguaje de su hijo.

—¿Qué significa todo esto? —pregunto Heyward—. Parece que los enemigos nos espían y se han propuesto terminar con nosotros.

—El primer disparo que se ha oído prueba que no nos tienen mucho cariño, y mire a ese indio cuya presencia es un testimonio de que no nos han hecho daño —respondió Ojo-de-halcón al ver aparecer a Chingachgook a poca distancia del fuego. Adelantose luego hacia él y le dijo—: ¿Nos atacan de veras los mingos o se trata de algunos de esos reptiles que siguen al ejército para robar la cabellera de un muerto y vanagloriarse de sus hazañas contra los rostros pálidos?

Chingachgook volvió a su sitio con la mayor tranquilidad; pero no respondió hasta después de haber examinado un tizón sobre el cual había dado la bala que le estaba destinada. Luego levantó un dedo limitándose a pronunciar el ambiguo monosílabo: «¡Hugh!»

—Me lo había figurado —repuso el cazador tomando asiento junto a él—; y, como se ha guarecido en el lago antes que Uncas disparase, escapará probablemente e irá a contar mentiras, diciendo que ha preparado una emboscada a dos mohicanos y a un cazador blanco, porque los dos oficiales no deben tener gran importancia en este género de escaramuzas. Pues bien, que vaya; en todas partes hay personas honradas, aunque no se encuentre muchas entre los maguas, como es sabido; pero, aun entre ellos mismos puede haber algún hombre de bien que se burle de un fanfarrón. La bala de ese bribón le ha silbado en los oídos.

Chingachgook miró con tranquilidad e indiferencia el tizón que la bala había tocado, y permaneció con su habitual sangre fría que semejante incidente no podía alterar. En este momento presentose Uncas y tomó asiento frente a la lumbre, tan indiferente y tranquilo como su padre.

Heyward seguía con la vista todos los movimientos de los indios, con un vivo interés lleno de admiración y curiosidad llegando a creer que el cazador y los dos mohicanos se entendían por medio de señas secretas que su penetración no alcanzaba. En vez de referir detalladamente, como lo hubiera hecho un europeo, cuanto acababa de suceder en medio de la oscuridad que cubría el llano, el joven guerrero limitose a dejar que sus acciones hablaran por él. En efecto, no era éste el lugar ni el momento que un indio hubiera elegido para alardear de valiente, y es probable que si Heyward no lo hubiese interrogado, ni una palabra se habría entonces dicho sobre el particular.

—¿Qué ha sido de nuestro enemigo, Uncas? —le preguntó—. Hemos oído el disparo hecho por usted y suponemos que no se habrá perdido.

El joven mohicano levantó una punta de su vestido y mostró el sangriento trofeo de su víctima, esto es, una cabellera que se había colgado de la cintura.

Tomola Chingachgook en la mano y, después de contemplarla un momento con atención, volvió a dejarla, diciendo:

—¡Hugh! ¡Oneida!

—¡Un oneida! —repitió el cazador, que ya empezaba a animarse un tanto, adelantándose con curiosidad para examinar aquel trágico trofeo de la victoria—. ¡Por el Cielo —dijo—, que si los oneidas nos siguen mientras nosotros perseguimos a los hurones, nos encontraremos entre dos bandas de diablos! Para un blanco no existe diferencia entre esta cabellera y la de cualquiera otro indio, y, sin embargo, el sagamore asegura que ha crecido sobre la cabeza de un mingo y hasta designa la tribu de que éste procede.

—Y usted, Uncas, ¿qué dice? ¿De qué nación era el bribón que ha despachado?

Uncas miró al cazador, y respondiole con su voz dulce y musical:

—Oneida.

—¡También Oneida! —exclamó Ojo-de-halcón—. Lo que dice un indio suele ser cierto; pero, si lo confirma otro, es el evangelio.

—El pobre diablo se ha equivocado: nos ha creído franceses, pues de otro modo, no hubiera atentado contra la vida de un amigo —replicó Heyward.

—¡Confundir a un mohicano, pintado con los colores de su nación, con un hurón! Esto sería lo mismo que equivocar las casacas blancas de los granaderos franceses con los uniformes encarnados de los soldados de Inglaterra. No, señor, no; el reptil sabía perfectamente lo que hacía, y no ha habido en esto confusión alguna, porque no existe mucha amistad entre un mingo y un delaware, sea cualquiera el partido de los blancos con que su horda esté aliada. De todos modos, aunque los oneidas sirvan a su majestad el rey de Inglaterra, que es mi soberano y señor, mi matagamos no hubiera dudado mucho en enviar una peladilla a ese canalla, si hubiera tenido la suerte de encontrármelo.

—Con lo cual habría violado los tratados, y se hubiera portado indignamente.

—Cuando un hombre convive mucho tiempo con otros, si no es bribón y los otros son hombres honrados, llegan a hacerse amigos. Es verdad que la astucia de los blancos ha logrado introducir la confusión en las poblaciones respecto a amigos y enemigos, porque los hurones y los oneidas, a pesar de que hablan la misma lengua y que casi son una misma nación, procuran quitarse las cabelleras los unos a los otros; hasta los mismos delawares están divididos entre sí, pues algunos de ellos permanecen alrededor del fuego de su Gran Consejo a las orillas de su río, combatiendo por la misma causa que los mingos, mientras que los demás se han marchado al Canadá a causa del odio que profesan a los mismos mingos. Sin embargo, los pieles rojas rara vez suelen variar de sentimientos, y por esto la amistad de un hombre blanco con un mingo es tan falaz y funesta como la que se pudiera contraer con una serpiente.

—Lamento mucho oírle decir tales cosas, porque yo pensaba que los naturales que habitan las proximidades de nuestros establecimientos, nos habían creído bastante justos para identificarse con nuestras disensiones.

—Pues a mí no me sorprende que den a sus propias querellas la preferencia sobre las de los extranjeros. Yo, por mi parte, amo la justicia, y por eso... no, no diré que aborrezco al mingo, porque esto no es propio de mi religión, ni de mi color, pero sí repetiré que si mi matagamos no ha matado a ese bribón vagabundo no ha sido por falta de voluntad.

Y, convencido de la fuerza de sus argumentos y sin tener en cuenta el efecto que pudieran producir en Heyward, el honrado pero implacable cazador volvió la cabeza hacia otro lado, para poner fin a la discusión.

El mayor subió nuevamente al baluarte, porque, inquieto y poco acostumbrado a las escaramuzas de los bosques, temía ser nuevamente atacado por los indios. No sucedía así a sus compañeros, pues sus sentidos más ejercitados y, por consiguiente, más activos y seguros a causa de la costumbre y la necesidad, los habían puesto en estado no sólo de descubrir el peligro, sino de convencerse de que no había riesgo alguno que temer. Ninguno de los tres abrigaba la menor duda de su perfecta seguridad, como lo demostraron ocupándose en los preparativos para deliberar respecto a la conducta que debían seguir.

La confusión de las naciones y aun de las tribus, a que Ojo-de-halcón se había referido, existía en esta época en todo su apogeo. Habíase disuelto el gran vínculo del idioma y procedencia que las unía, y a causa de esta desunión los delawares y los mingos, nombre genérico que se daba a las seis naciones aliadas, combatían en las mismas filas, aunque eran enemigos naturales entre sí.

El amor al suelo que perteneció a sus antepasados, había detenido al sagamore y a su hijo bajo las banderas de los ingleses con un pequeño grupo de delawares que servían en el fuerte «Eduardo»; pero no se ignoraba que la mayor parte de su nación estaba con Montcalm, habiéndose afiliado al partido de los franceses por el odio que profesaban a los mingos.

Los delawares o lenapes pretendían ser el tronco principal de este pueblo numeroso que en otro tiempo era dueño de todos los bosques y llanuras del norte y del este, que en la actualidad forman los Estados Unidos de América, y de los cuales eran los mohicanos una de las ramas más antiguas y distinguidas.

El cazador y sus dos compañeros, perfectos conocedores de los intereses encontrados que habían armado a los amigos de los unos contra los otros, y que habían decidido a los enemigos naturales entre sí a defender la misma causa, se dispusieron a deliberar respecto a la manera de concertar sus movimientos entre tantas razas de salvajes. Heyward, que conocía perfectamente las costumbres de los indios y el motivo por que habían alimentado nuevamente el fuego, en derredor del cual habían tomado asiento bajo un dosel de humo los dos mohicanos y el cazador, colocándose en un paraje desde donde pudiera presenciar la escena sin dejar de prestar atención al menor ruido que se promoviese en la llanura, esperó el resultado de la discusión con la mayor paciencia que le fue posible.

Después de una breve pausa durante la cual reinó el más profundo silencio, Chingachgook, como el más viejo y de rango más elevado, tomó la palabra, expuso el objeto de la deliberación, y dio su parecer en pocas palabras, con calma y dignidad. El cazador le respondió, el mohicano le replicó, su compañero hizo nuevas observaciones, pero el joven Uncas permaneció callado respetuosamente hasta que Ojo-de-halcón le preguntó qué opinaba.

Juzgando por el tono y los gestos de los oradores, Heyward conoció que el padre y el hijo defendían una misma opinión, y que el blanco sostenía otra diferente. La discusión se animó por grados, defendiendo cada cual su propio parecer.

Sin embargo, en el calor de esta amistosa disputa, una asamblea compuesta de hombres respetables y sabios habría podido recibir una saludable lección de moderación, de paciencia y de cortesía. Los discursos de Uncas fueron escuchados con la misma atención que los que la experiencia y la prudencia le sugerían a su padre, y, lejos de manifestar ningún deseo de hablar, ninguno de los oradores reclamaba la palabra para responder a lo que acababa de decirse sino después de haber reflexionado en silencio respecto a lo por él oído y lo que iba a replicar.

Los mohicanos, al hablar, gesticulaban tan expresiva y naturalmente, que no fue difícil a Heyward seguir la marcha de sus discursos. La frecuente repetición de signos con que los dos indios explicaban las diferentes huellas que es posible hallar en el bosque, probaba que insistían en que la persecución se hiciera por tierra, al paso que el brazo de Ojo-de-halcón, dirigido con frecuencia hacia el Horican, revelaba que su opinión era la de que se viajase por agua.

Parecía, no obstante, que el cazador estaba dispuesto a ceder, y la cuestión iba ya a decidirse contra él, cuando se levantó de pronto y, deponiendo la apatía, gesticuló mucho y puso en movimiento todos los recursos de la elocuencia indiana. Describió un semicírculo en el aire de oriente a occidente indicando el curso del sol, y repitió esta señal tantas veces como días creyó que eran necesarios para hacer el viaje por los bosques. Trazó luego en tierra una larga y tortuosa línea, indicando al mismo tiempo con sus ademanes los obstáculos que les presentarían las montañas y los ríos, pintó, simulando gran fatiga, la edad y debilidad de Munro, que a la sazón estaba entregado al sueño, y aun dio a entender que no tenía una idea muy elevada de la resistencia física de Heyward para vencer tantas dificultades, pues éste conoció que hablaban de él cuando vio que el cazador extendía su mano y pronunció la palabra Mano Abierta, sobrenombre que por su generosidad habían puesto al mayor todas las poblaciones de indios amigos. Imitó seguidamente los movimientos ligeros de una canoa, surcando las aguas de un lago; estableció el contraste imitando la marcha lenta de un hombre cansado; y, en fin, concluyó tendiendo el brazo hacia la cabellera del oneida, probablemente para convencer a sus oyentes de la necesidad de ponerse en marcha sin dejar detrás ningún rastro.

Escucháronle con gran atención los mohicanos, cuyo semblante indicaba la impresión que les había hecho este discurso. El convencimiento se fue apoderando de ellos, hasta concluir aprobando y aplaudiendo las razones aducidas por el orador.

Cuando hubo quedado resuelto el partido que debía tomarse, se ocuparon en su resultado, y Ojo-de-halcón, sin echar siquiera una mirada en torno suyo para leer su triunfo en los ojos de sus compañeros, tendiose con tranquilidad delante del fuego, que todavía ardía, y no tardó en dormirse.

Entonces, restituidos en cierto modo a sí mismos, los mohicanos que se habían dedicado a estudiar y defender los intereses y negocios ajenos, resolvieron ocuparse en los propios. Chingachgook, abandonando la reserva grave y austera de un jefe indio, empezó a hablar a su hijo con dulzura y amabilidad verdaderamente paternales. Uncas respondió a su padre con respetuoso cariño, y el cazador, antes de entregarse al sueño, pudo observar la mudanza completa que acababa de operarse en las acciones de sus dos compañeros.

Es indescriptible la armonía de su lenguaje cuando se abandonaban a la alegría y a las efusiones de su ternura mutua.

Los ojos del padre seguían los movimientos graciosos e ingenuos del hijo con delectación amorosa, sonriendo siempre de las respuestas agudas que éste le daba.

Una hora duró este tierno coloquio de los mohicanos, después del cual el padre anunció de repente a su hijo que deseaba dormir y, cubriéndose la cabeza con la manta que llevaba al hombro, se tendió en el suelo. Uncas no volvió a pronunciar una palabra más; reunió las ascuas de manera que se conservase un suave calor a los pies de su padre, y buscó para sí un cabezal entre las ruinas.

La tranquilidad que mostraban aquellos hombres, familiarizados con la vida salvaje, devolvió la confianza a Heyward, que decidió imitarlos y mucho tiempo antes de que estuviese mediada la noche, las cinco personas que habían buscado un abrigo en las ruinas de «Guillermo-Enrique» dormían profundamente.

CAPÍTULO III

¡Albania, severa nodriza de salvajes, permite que mis ojos te contemplen!
CHILDE HAROLD

Todavía brillaban las estrellas en el espacio, cuando Ojo-de-halcón se dispuso a despertar a sus compañeros, que continuaban dormidos. Munro y Heyward oyeron ruido y, sacudiendo sus ropas, levantáronse al mismo tiempo que el cazador les llamaba en voz baja a la entrada del rústico albergue en que habían pernoctado. Al salir de él, encontraron a su vigilante guía que los aguardaba y que sólo les saludó con un gesto expresivo recomendándoles el silencio.

—Dirijan sus plegarias a Dios solamente con el pensamiento —les dijo al oído acercándose a ellos—, pues Él conoce todas las lenguas, la del corazón, que es la misma en todas partes, y las de la boca, que varían según la nacionalidad de cada uno; pero no pronunciéis una sola sílaba, pues los blancos no saben, por lo general, adoptar el tono que conviene en los bosques —añadió conduciéndolos hacia un baluarte destruido—, bajemos por aquí al foso y cuiden de no tropezar con las piedras.

Munro y Heyward obedecieron, aunque la causa de todas estas precauciones extraordinarias era todavía un misterio para uno de ellos. Cuando hubieron andado algunos minutos por el foso que circunvalaba el fuerte por tres partes, encontráronlo cegado casi completamente por las ruinas de los edificios y fortificaciones destruidos; pero, esto no obstante, pudieron con paciencia y cuidado seguir por él a sus conductores, hasta que se encontraron al fin en las arenosas riberas del Horican.

—Aquí hay una pista que sólo el olfato podrá seguir —dijo el cazador mirando al intrincado camino que acababan de recorrer—. La hierba es una alfombra peligrosa para el hombre que huye; pero el mocasín no deja huella alguna en la madera ni en la piedra. Si llevaran ustedes botas se podría temer algo todavía; pero cuando se va calzado con una piel de gamo bien preparada, en general puede uno fiarse y caminar sobre las rocas con toda seguridad. Haga el favor de remontar la canoa un poco más arriba, Uncas; en este sitio la arena conservaría la señal de los pies con tanta facilidad como la manteca de los holandeses en su establecimiento sobre el Mohawk. Muy despacio, para que la canoa no toque la tierra; porque entonces los bribones descubrirían dónde nos hemos embarcado.

El joven indio siguió con toda exactitud este consejo, y el cazador, tomando de las ruinas una tabla y apoyando uno de sus extremos sobre la canoa en la que ya se encontraban Chingachgook y su hijo, hizo seña a los dos oficiales para que se embarcasen. Siguiolos él luego, y después de haberse convencido de que no dejaban atrás ninguna señal de las que él tanto temía, arrojó la tabla con fuerza en medio de las ruinas esparcidas por la orilla.

Heyward permaneció silencioso hasta que los dos indios, que se habían encargado de remar, hubieron remontado la canoa a alguna distancia del fuerte, y encontrose envuelta en las sombras espesas que proyectaban las montañas situadas al oriente sobre la superficie del lago.

—¿Qué necesidad teníamos de partir tan precipitadamente y con tales precauciones? —preguntó entonces el mayor a Ojo-de-halcón.

—Si la sangre de un oneida pudiera enrojecer un caudal de agua como este que atravesamos no me preguntaría usted tal cosa, porque sus mismos ojos se lo dirían. ¿No se acuerda del reptil que Uncas mató ayer noche?

—No lo he olvidado, pero me ha dicho usted que estaba solo, y hombre muerto es poco temible.

—Seguramente estaba solo para asegurar el golpe; porque un indio rara vez teme que su sangre se derrame sin atraer el grito de muerte sobre alguno de sus enemigos.

—En todo caso la presencia de usted y la autoridad del coronel Munro nos protegerían contra el resentimiento de nuestros aliados; sobre todo, tratándose de un miserable que ha merecido tan justamente su suerte. Creo que no es ésa la causa de que nos hayamos separado de la línea directa que debíamos haber seguido.

—¿Cree que la bala de este bribón se hubiera desviado si su majestad el rey de Inglaterra se hubiese encontrado en la misma dirección? Ese francés, que es capitán general del Canadá, no ha enterrado el hacha de guerra de sus hurones. ¿Cree que un blanco puede fácilmente hacer entrar en razón a los pieles rojas?

La respuesta que Heyward se disponía a darle la interrumpió un profundo gemido de Munro que sintió su corazón sangrar al acordarse de la horrible carnicería de que los indios habían hecho víctimas a la retaguardia de sus tropas.

Siguiose un momento de silencio, y, luego, repuso Heyward con tono grave y solemne:

—Sólo con Dios puede arreglar este asunto el marqués de Montcalm.

—Sí, seguramente; es muy razonable lo que dice usted, y está fundado en los preceptos de la religión y del honor. Sin embargo, existe una gran diferencia entre poner un regimiento de casacas blancas en medio de los salvajes y los prisioneros que éstos asesinan, y calmar con buenas palabras a un indio colérico que va armado con su fusil, su hacha y su cuchillo. A Dios gracias —continuó el cazador mirando con satisfacción el fuerte de «Guillermo-Enrique» que empezaba a desaparecer en la oscuridad, y sonriéndose—, ahora es preciso que busquen nuestro rastro en la superficie del agua y a menos que se hagan amigos de los peces y digan éstos qué manos tienen los remos, pondremos entre ellos y nosotros toda la longitud del Horican antes de que hayan descubierto nuestro rastro.

—Con los enemigos a vanguardia y retaguardia nuestro viaje ofrecerá muchos peligros.

—¡Peligros! No, de ningún modo —repuso Ojo-de-halcón con tono muy tranquilo—, pues con buenos ojos y buenos oídos podremos siempre llevar algunas horas de ventaja sobre esos bribones, y en todo caso, si tuviéramos necesidad de hacer fuego, estamos aquí tres que sabemos manejar el fusil como el mejor tirador de todo su ejército.

Ya la aurora había abierto al sol las puertas del oriente cuando llegaron a parte del Horican poblada de isletas, casi todas cubiertas de bosques, y como era éste el camino por donde Montcalm se había retirado con su ejército, y podía presumirse que hubiese dejado algún destacamento de indios, ya para proteger su retaguardia, ya para reunir a los rezagados, acercáronse con el mayor silencio y con la mayor suma de precauciones.

Abandonó Chingachgook el remo, y, apoderándose de éste el cazador, se encargó con Uncas de dirigir la canoa por los muchos canales que separaban las isletas, en las cuales era posible que se ocultasen algunos enemigos que se dejarían ver cuando los oficiales y los que los acompañaban fuesen avanzando.

Ya Heyward, espectador doblemente interesado en esta escena, tanto por las bellezas naturales del sitio como por los recelos que abrigaba, empezaba a creer que sus temores eran infundados, cuando de repente Chingachgook hizo una señal y quedaron inmóviles los remos.

—¡Hugh! —exclamó Uncas casi al mismo tiempo que su padre golpeaba ligeramente sobre el borde de la canoa para avisar que había algún peligro.

—¿Qué ocurre? —preguntó el cazador.

El indio levantó un remo y señaló el punto donde tenía fijos los ojos, que era una de aquellas islas cubiertas de bosques, que había a poca distancia, y parecía tan tranquila como si el pie humano no hubiese penetrado nunca en ella.

Heyward, que había seguido con los ojos el movimiento de Chingachgook, agregó:

—Yo no veo sino tierra y agua, y un hermoso paisaje.

—¡Silencio! —ordenó el cazador—. Sagamore no hace jamás nada sin motivo; sólo se trata de una sombra, pero esta sombra no es natural. ¿Ve, mayor, esa pequeña niebla que flota sobre esta isla?

—Eso son vapores de agua.

—Eso mismo diría un niño; pero ¿no advierte que esos supuestos vapores son más negros hacia su base? Se ve claramente que salen del bosque que está a la otra parte de la isla, y yo le digo que eso es humo, y que procede de un fuego que se apaga.

—Pues abordemos en la isla, y salgamos de dudas y temores. Esta isla es demasiado pequeña para que pueda refugiarse en ella una tropa muy numerosa, y nosotros somos cinco.

—Si juzga la astucia de un indio por lo que haya leído en los libros, o solamente con la sagacidad de un blanco, seguramente se equivoca, y su cabellera correrá gran riesgo.

Ojo-de-halcón reflexionó un momento mientras examinaba con más atención las señales que le parecían indicar la presencia de algunos enemigos, y prosiguió después:

—Si me permite emitir mi opinión en este asunto, diré que sólo nos quedan dos partidos para adoptar: el primero es volver atrás y renunciar a la persecución de los hurones; el...

—¡Nunca! —exclamó Heyward en voz más alta de lo que las circunstancias permitían.

—Bien, bien —dijo el cazador indicándole por señas que se tranquilizara—; ésa es también mi opinión; pero he creído que mi experiencia me imponía el deber de exponerles las dos alternativas. Sigamos, por consiguiente, adelante, y si hay indios o franceses en ésta o cualquiera otra de las islas, veremos quién rema mejor. ¿Estoy en lo cierto, sagamore?

El mohicano dejó caer el remo por toda contestación; y fue tan bien ayudado por los otros, que pronto llegaron a un sitio desde donde podían ver la orilla septentrional de la isla.

—Véalos ahora —dijo el cazador—; mire ahora el humo, y, lo que es más, dos canoas. Los bribones no han mirado aún hacia este lado, pues de otro modo ya hubiéramos oído su grito de guerra. Vamos, amigos, remen con fuerza; ya estamos lejos de ellos y casi fuera del alcance de sus armas...

Un disparo de fusil, cuya bala cayó en el agua a distancia de algunos pies de la canoa, interrumpió en este punto al cazador. Los horribles alaridos que salieron entonces de la isla les anunciaron que habían sido descubiertos, y casi al mismo tiempo un grupo de salvajes se precipitaron a las canoas, y embarcándose en ellas empezaron a perseguirlos. La inminencia de un próximo ataque no inmutó siquiera al cazador y los dos mohicanos, que se pusieron a remar con más fuerza, de modo que el barquichuelo parecía que volaba sobre el agua como un pájaro.

—Manténgalos a esta distancia, sagamore —dijo Ojo-de-halcón—. Los hurones no han tenido jamás un fusil de tanto alcance como el mío.

Adquirida la convicción de que sin que él remase podía sostenerse la canoa a distancia regular, abandonó el remo, y tomando la carabina apoyó tres veces la culata sobre el hombro, y otras tantas volvió a bajarla para decir a sus compañeros que permitieran a los enemigos aproximarse un poco más. Al fin, habiendo medido bien con la vista el espacio que los separaba, diose por satisfecho y, colocando la mano izquierda sobre el cañón del fusil, estaba ya dispuesto a soltar el gatillo, cuando una exclamación de Uncas lo detuvo, haciéndole volver la cabeza a aquel lado.

—¿Qué es esto? —preguntó—. Ese ¡hug! ha salvado la vida a un hurón que tenía muy bien apuntado. ¿Por qué causa ha lanzado ese grito?

Uncas sólo le respondió extendiendo la mano hacia la orilla oriental del lago, de donde acababa de partir otra canoa de guerra, que se dirigía hacia ellos en derechura. El peligro en que se encontraban entonces era demasiado evidente para necesitar explicación. Ojo-de-halcón dejó rápidamente el fusil para tomar el remo, y Chingachgook dirigió la canoa más cerca de la ribera occidental, a fin de aumentar la distancia que los separaba de sus nuevos enemigos. Éstos no cesaban de gritar enfurecidos, de modo tal, que hasta el mismo Munro salió del estado de apatía en que lo habían sumido sus infortunios.

—Ganemos la orilla —dijo con el tono de intrépido soldado—. Subamos sobre uno de esos peñascos y aguardemos allí a los salvajes. No permita Dios que yo ni ninguno de los míos vuelva a fiarse jamás de la buena fe de los franceses ni de sus aliados.

—El que no quiera ser engañado al tratar con los indios —replicó el cazador—, debe olvidarse de su orgullo y confiar en la experiencia de los naturales del país. Remen más hacia el lado de tierra, que, aunque ganemos terreno sobre esos bribones, podrían maniobrar de modo que consiguieran darnos que hacer.

Efectivamente, el cazador no se equivocaba, porque tan pronto como los hurones vieron que la línea que seguían los conduciría muy a la espalda de la canoa en cuya persecución iban, describieron otra más oblicua, y no tardaron en navegar paralelamente a unas cien toesas de distancias una de otra. Entonces entablose un pugilato de ligereza entre las dos para ganarse la delantera, la una para atacar y la otra para huir, y seguramente la necesidad en que estaban de no abandonar el remo fue la causa de que no hicieron en seguida fuego los hurones pero tenían la ventaja numérica, y la resistencia de los perseguidos no podía ser ya de mucha duración. Heyward vio entonces con inquietud que el cazador observaba alrededor de sí cuidadosamente, como si buscara algún nuevo medio de acelerar o asegurar su fuga.

—Apártese algo más del sol, sagamore. Veo a uno de esos bribones que deja el remo, y con seguridad es para empuñar el fusil; uno solo de nuestros miembros herido podría ponerles en posesión de nuestras cabelleras. Todavía más a la izquierda, sagamore: pongamos esta isla entre su canoa y la nuestra.

Esta disposición fue acertada, porque pasaban por la izquierda de una larga isla cubierta de bosques, y los hurones, deseando sostenerse en la misma línea, se vieron obligados a ir hacia la derecha. El cazador y sus compañeros aprovecharon esta ventaja, y así que estuvieron fuera de la vista de sus enemigos redoblaron sus esfuerzos, que eran ya prodigiosos.

Las dos canoas llegaron a la punta septentrional de la isla como dos caballos que ponen término a su carrera; pero los fugitivos estaban más adelantados, y los hurones, en lugar de describir una línea paralela, los seguían por la espalda, aunque a menor distancia.

—Han probado ustedes entender mucho de embarcaciones escogiendo ésta entre las que los hurones habían dejado cerca de «Guillermo-Enrique» —dijo a los mohicanos el cazador sonriéndose y más satisfecho de la superioridad de su esquife que de la esperanza que empezaba a concebir de burlas a los salvajes—. Los bribones tienen toda su atención fija en el remo, por lo que, en vez de pólvora y balas, hemos de utilizar estos palos para salvar nuestras cabelleras.

—Ya se disponen a disparar —exclamó Heyward un instante después—; y, como están en línea recta, no errarán la puntería.

—Ocúltese en el fondo de la canoa con el coronel —replicó el cazador.

—Sería dar muy mal ejemplo —respondió Heyward sonriéndose— rehuir el peligro.

—¡Dios mío! —exclamó el cazador—. Ése es el valor de un blanco, que como muchas de sus acciones, carece de fundamento. ¿Cree que el sagamore, que Uncas, que yo mismo, que soy un hombre de sangre pura, dudaríamos en ocultarnos en circunstancias en que no nos reportara ninguna utilidad el dejarnos ver? ¿Y por qué los franceses han rodeado a Quebec de fortificaciones, si es necesario guerrear siempre en campo raso?

—Amigo apreciable —replicó Heyward—, todo lo que me dice será cierto; pero nuestros usos no nos permiten seguir su consejo.

Una descarga de los hurones puso término a esta conversación, y mientras silbaban las balas en sus oídos, vio Heyward a Uncas que volvía la cabeza para enterarse de lo que hacían él y Munro, advirtiendo con sorpresa que, a pesar de la proximidad de los enemigos y el peligro a que él mismo estaba expuesto, el rostro del joven guerrero no había sufrido la menor alteración.

Chingachgook, que probablemente leía con más claridad en la mente de los blancos, no hizo ni un solo movimiento y continuó ocupándose exclusivamente en la dirección de la canoa. Una bala dio contra el remo que manejaba en el momento mismo en que lo levantaba, haciéndoselo caer de las manos y llevándolo a algunos pies de distancia en el lago. Un grito de júbilo partió entonces de entre los hurones que cargaban nuevamente sus fusiles; pero Uncas describió un arco en el agua con su remo y, nuevamente haciendo pasar la canoa cerca del que su padre había perdido y que flotaba, lanzó, en señal de triunfo, el grito de guerra de los mohicanos sin preocuparse entonces de otra cosa que de acelerar la marcha del débil barquichuelo.

Los perseguidores prorrumpieron en gritos. «¡La gran serpiente! ¡La larga carabina! ¡El ciervo ágil!» eran las voces que a un mismo tiempo partieron de las canoas de los salvajes, quienes parecía que cobraban, al proferirlas, mayores bríos y nuevo ardor. El cazador, sin dejar de remar vigorosamente con la mano derecha, tomó su matagamos con la izquierda y levantándolo sobre su cabeza, lo blandió también a guisa de amenaza a sus enemigos. Los hurones respondieron a este insulto con alaridos de furor e hicieron una segunda descarga.

Ojo-de-halcón volvió la cabeza hacia Heyward para decirle sonriendo:
—Estos bribones se divierten oyendo el ruido de sus fusiles; pero entre
los mingos no hay ninguno que sepa apuntar bien a una canoa que baile sobre el agua.

Los salvajes dispararon por tercera vez, dando una bala en el remo del
cazador a veinte líneas de su mano.

—¡Bravo! —exclamó él después de haber examinado atentamente la señal que había dejado—. No hubiera rozado la piel de un niño y mucho menos la de gentes endurecidas como nosotros. Ahora, mayor, si quiere usted
remar, mi matagamos tomará gustoso parte en la conversación.

Tomó Heyward el remo supliendo con su ardor la parte que le faltaba
de experiencia, mientras el cazador empuñó su fusil y, después de haber renovado el cebo, apuntó a un hurón que se disponía también a hacer fuego.
Salió la bala y cayó el salvaje, dejando escapar su fusil dentro del agua; pero
volvió a levantarse en seguida aunque sus movimientos revelaban que había sido gravemente herido. Sus camaradas abandonaron los remos y agru-
páronse en torno de él, quedando paradas las tres canoas.

Chingachgook y Uncas aprovecharon este momento de interrupción
para cobrar aliento; pero Heyward continuó remando con el celo más constante. El padre y el hijo miráronse mutuamente con inquietud para ver si
alguno de ambos había sido herido por los hurones, porque estaban convencidos de que en todo caso ni uno ni otro hubiera proferido ninguna queja o exclamación de dolor. Del hombro del sagamore brotaban algunas gotas de sangre; pero éste, viendo que Uncas lo estaba observando, tomó un
poco de agua con el hueco de la mano para lavar la herida, con objeto de
probar de este modo que la bala no había hecho más que levantar la piel.

—Despacio, mayor; más despacio —aconsejó el cazador después de haber cargado otra vez la carabina—; estamos ya demasiado lejos para que mi
fusil pueda cumplir bien su deber. ¿Ve cómo estos bribones se ocupan ahora en celebrar consejo? Déjelos que se pongan a tiro, y en semejante caso
puede usted confiar por completo en mi buena puntería. Quiero hacerles
pasar hasta el cabo del Horican, manteniéndolos a una distancia desde la
cual le aseguro que ninguna de sus balas causará más daño que algún rasguño mientras que mi matagamos tumbará a dos por cada tres tiros.

—Eso no es lo que más nos interesa —respondió Heyward remando
con nuevo esfuerzo—. Aprovechémonos de nuestra ventaja y alejémonos
más de nuestras enemigas.

—¡Acuérdese de mis hijas! —exclamó Munro con una voz ahogada y
con toda la desesperación de un padre—. ¡Devuélvame mis hijas!

La prolongada costumbre de respetar las órdenes de sus superiores había
enseñado al cazador a ser obediente, y, echando una mirada de sentimiento
a las canoas enemigas, depositó su fusil en el fondo del barco y ocupó el lugar de Heyward, cuyas fuerzas empezaban a decaer. Poco después la distancia que los separaba de los hurones era tan considerable, que Heyward respiró con más libertad, y se lisonjeó de poder llegar al término de sus deseos.

Los remos movíanse incesantemente y a compás, y los remeros revelaban la misma sangre fría que si se tratara de disputar el premio de unas regatas.

Lejos de costear la ribera occidental, en la cual debían desembarcar, dirigiéronse, por consejo del prudente mohicano, hacia las montañas, por cuyas espaldas se sabía que Montcalm había conducido su ejército a la terrible fortaleza de Ticonderoga. Como los hurones habían cesado, al menos en apariencia, de perseguirlos, no había ningún motivo aparente para este exceso de precaución; pero, sin embargo, prosiguieron durante algunas horas la misma dirección hasta llegar a una pequeña bahía en la orilla septentrional del lago. Los cinco navegantes saltaron en tierra y sacaron la canoa, dejándola sobre la arena. Ojo-de-halcón y Heyward subieron a una altura próxima, y el primero, después de contemplar atentamente durante algunos minutos las aguas claras del lago hasta donde la vista podía extenderse, señaló a Heyward un punto negro en la cima de un gran cabo a algunas millas de distancia.

—¿Lo ve? —preguntó—. Y, si lo ve, ¿su experiencia de hombre blanco y sus conocimientos le enseñan lo útil que aquello puede ser, si estuviera solo, para encontrar su camino en el desierto?

—Desde aquí parece un ave acuática, suponiendo que sea un ser animado.

—Pues es una canoa de buena corteza de álamo, dentro de la cual hay algunos de esos astutos mingos sedientos de nuestra sangre. Los bribones simulan no ocuparse más que en preparar su cena; pero, tan pronto como el sol se ponga, seguirán nuestra pista como los más finos sabuesos. Es preciso engañarlos, pues de otro modo no conseguiremos dar cima a nuestra empresa y el Zorro Sutil se nos escapará. Estos lagos son útiles en ocasiones, particularmente cuando la caza se arroja al agua; pero —añadió el cazador algo inquieto— no ocultan sino a los peces, y Dios sabe lo que vendrá a ser este país si los establecimientos de los blancos llegan en algún tiempo a extenderse más allá de los ríos. La caza y la pesca perderían entonces todo su encanto.

—Entonces no desperdiciemos un momento sin una absoluta necesidad.

—No es buen agüero esa humareda que se levanta lentamente sobre esa roca detrás de la canoa, y tengo la seguridad de que hay, además de los nuestros, otros ojos que la ven y que saben lo que significa... Pero las palabras no pueden remediar nada y ya es tiempo de hacer algo.

Ojo-de-halcón descendió de la altura en que se encontraba con el mayor, mientras reflexionaba profundamente. Cuando se hubo reunido con sus compañeros, que habían permanecido a la orilla del lago, les comunicó en lengua delaware el resultado de sus observaciones, a lo cual se siguió una seria y breve consulta, terminada la cual, pusieron inmediatamente en ejecución lo que habían resuelto.

Cargáronse a hombros la canoa que habían abandonado sobre la arena, y se internaron en los bosques, dejando de propósito huellas muy marcadas de su paso. De allí a poco encontraron un riachuelo, que atravesaron, y vieron a poca distancia una peña desnuda y estéril, sobre la cual los que hubiesen querido seguirlos no habrían podido distinguir el menor rastro. Paráronse en ella y retrocedieron luego, andando de espaldas, hasta el río. Como éste era bastante caudaloso para navegar en la canoa, subieron en ella y lo siguieron hasta desembocar nuevamente en el lago. Un peñasco que sobresalía mucho en aquel sitio impedía felizmente ver nada desde el promontorio en cuya inmediación estaba una de las canoas de los hurones, y como el bosque se extendía hasta la orilla, parecía imposible que fuesen descubiertos.

Aprovecharon, pues, estas ventajas para costear en silencio la ribera, y cuando los grupos de árboles empezaron a aclararse, manifestó Ojo-de-halcón que era conveniente volver a embarcar.

El sol se había ya ocultado cuando se embarcaron de nuevo. La vista perspicaz de Chingachgook divisó una pequeña ensenada, a la cual condujo la canoa tan diestramente como pudiera haberlo hecho un piloto experimentado.

Otra vez fue la canoa sacada a la orilla, y transportada hasta cierta distancia a lo interior del bosque, donde la ocultaron cuidadosamente debajo de la maleza. Tomaron todos sus armas y municiones, y el cazador manifestó a Munro y a Heyward que él y sus dos compañeros estaban ya dispuestos a proseguir sus pesquisas.

CAPÍTULO IV

Si hay allí un hombre, morirá lo mismo que una pulga.

SHAKESPEARE

Los actuales habitantes de los Estados Unidos no conocen el lugar a que habían llegado los cinco viajeros mejor que los desiertos de la Arabia o las montañas de la Tartaria, pues se encontraban en el distrito estéril y montuoso que separa las aguas tributarias del Champellain de las que van a engrosar el Hudson, el Mohawk y el San Lorenzo. Desde la época en que ocurrieron los acontecimientos que describimos, la laboriosidad del país lo ha circundado de una línea de establecimientos útiles y florecientes; pero nadie todavía más que el indio y el cazador penetran en el interior inculto y salvaje.

Ojo-de-halcón y los mohicanos, que habían atravesado más de una vez las montañas y los valles de este vasto desierto, no vacilaron en internarse en lo más espeso de los bosques, con la seguridad propia de gentes familiarizadas con las privaciones. Caminaron durante algunas horas, ya guiados por una estrella, o ya siguiendo el curso de algún río, hasta que el cazador indicó la conveniencia de entregarse al descanso. De conformidad con el parecer de los indios, encendiose fuego y se dispuso lo necesario para pernoctar allí.

Munro y Heyward, siguiendo el ejemplo de sus compañeros, más experimentados en aquellos asuntos, y entregándose a la misma confianza de ellos, se durmieron sin temor, aunque no sin inquietud. El sol había ya asomado por oriente esparciendo su brillante claridad por el bosque, cuando los viajeros volvieron a emprender la marcha al siguiente día.

Recorrieron algunas millas sin que ocurriese el menor incidente; pero, de pronto, el cazador, que marchaba siempre a la cabeza de todos, empezó a caminar más lenta y cautelosamente, deteniéndose a menudo para reconocer los árboles y la maleza. No cruzaba un arroyuelo sin examinar la rapidez de su curso y la profundidad y color de sus aguas, y desconfiando de su propia opinión, consultaba frecuentemente a Chingachgook.

Advirtió Heyward, durante la última de estas consultas, que el joven Uncas escuchaba en silencio sin atreverse a hacerles ninguna objeción, pero dando muestras de tomar gran interés en ella. El mayor experimentaba vivos deseos de dirigirse al joven indio para preguntarle si creía que se encontraban muy cerca del término de su viaje; pero no lo hizo, porque se persuadió de que Uncas, lo mismo que él, confiaba por completo en la inteligencia y sagacidad de su padre y del cazador. Por último, éste dirigió la palabra a Heyward para explicarle la duda en que se encontraba, diciendo:

—Al advertir que las huellas del magua se dirigían al norte, deduje fácilmente que seguiría los valles y que se mantendría entre las aguas del Hudson y las del Horican, hasta que llegase al nacimiento de los ríos del Canadá, que habían de conducirlo al interior del país ocupado por los franceses. Sin embargo, estamos ya muy cerca del lago Scaroon y todavía no hemos visto una sola señal de su paso. La naturaleza humana está sujeta a errores y es posible que nos hayamos equivocado.

—¡Líbreme el Cielo de semejante error! —exclamó Heyward—. Retrocedamos para examinar el terreno más detenidamente... ¿Uncas no tiene nada que aconsejarnos para salir del apuro?

El joven mohicano dirigió una rápida mirada a su padre; pero, adoptando de nuevo su habitual actitud de reserva, continuó guardando silencio. Chingachgook, que había advertido su mirada, hízole una señal con la mano para indicarle que le permitía hablar.

Alcanzado el permiso, sus facciones, tan tranquilas poco antes, experimentaron una repentina mudanza, y brillaron de alegría y de satisfacción. Saltando con la ligereza del gamo, encaminose a la carrera hacia una pequeña altura que distaba de allí unos cien pasos y se detuvo con aspecto de triunfo sobre un sitio donde la tierra parecía removida por el paso de un animal. Todas las miradas seguían atentamente sus movimientos, y al ver el júbilo y viveza que brillaban en su rostro, no dudaron del buen éxito de sus observaciones.

—¡Éstas son sus huellas! —exclamó el cazador al aproximarse a Uncas—. El joven tiene una inteligencia precoz, y una vista excelente para su edad.

—Me sorprende —agregó Heyward— que no nos haya informado antes de su descubrimiento.

—Todavía hubiera sorprendido más el que hubiese hablado sin nuestro permiso —respondió Ojo-de-halcón—. No, no, los jóvenes blancos, que aprenden en los libros todo lo que saben, pueden creer que sus conocimientos, lo mismo que sus piernas, son mejores que los de sus padres, pero el indio, que no recibe otras lecciones que las de la Naturaleza y la experiencia, conoce el precio de los años y respeta la vejez.

—Vea —dijo Uncas mostrando las huellas de varios pies, todas en dirección al norte—: la del cabello negro avanza hacia este punto.

—Ningún sabueso ha seguido jamás un rastro tan hábilmente —repuso el cazador poniéndose en marcha sobre el camino trazado por las señales que descubrían—. La Providencia nos favorece sin duda, y podemos seguirlos con facilidad. Éstas son las pisadas de los dos animales que tienen un trote tan singular. El hurón viaja como un general blanco; está loco y ciego —y, retrocediendo, agregó después—: Sagamore, busque a ver si encuentra señal de ruedas, porque seguramente no tardaremos en ver a este insensato viajando en coche, a pesar de ir en su persecución los mejores ojos del país.

La satisfacción que reflejaba el rostro del cazador, el alegre ardimiento de Uncas, la expresión tranquila y reposada de su padre y el éxito inesperado que acababan de alcanzar en esta persecución, que los había ya obligado a recorrer más de cuarenta millas, todo contribuyó a reanimar la esperanza de Munro y del mayor, quienes marchaban rápidamente y con la misma confianza que los viajeros que siguen un camino real.

Sin embargo, el Zorro Sutil no había descuidado en absoluto poner en juego las tretas que los indios no olvidan jamás cuando hacen su retirada delante del enemigo, de suerte que con frecuencia encontraban huellas falsas hechas intencionadamente, siempre que un riachuelo o la naturaleza del terreno lo permitían, pero los perseguidores se dejaban engañar pocas veces, y, cuando esto les ocurría, no tardaban en reconocerlo, antes de perder mucho camino.

Mediada la tarde habían atravesado ya el Scaroon y se dirigían hacia el sol que empezaba a bajar al horizonte, cuando al cruzar un estrecho valle regado por un arroyuelo, encontráronse en un sitio en que era evidente que el Zorro Sutil había hecho alto con sus prisioneras. Algunos tizones medio quemados demostraban que se había encendido fuego; veíanse los restos de un gamo a corta distancia, y hasta la hierba cortada alrededor de dos árboles indicaba que los caballos habían estado atados a ellos. No muy lejos descubrió Heyward un zarzal, delante del cual estaba la hierba pisada, y contempló estremeciéndose el sitio en que suponía que Alicia y Cora habrían reposado, pues aunque el paraje ofrecía por doquier las huellas de los hombres y de los animales, las de los primeros cesaban repentinamente y no iban más lejos.

Las huellas de los dos caballos podían seguirse fácilmente; pero, al parecer, habían andado errantes, guiados sólo por su instinto para buscar el pasto. Al fin, Uncas encontró otras señales recientes, y antes de seguirlas notificó su descubrimiento a sus compañeros; pero todavía estaban consultándose respecto a esta singular circunstancia, cuando el joven indio apareció con los dos caballos, cuyas sillas, arneses y todos sus arreos estaban rotos y sucios, como si durante algunos días hubiesen estado abandonados a sí mismos.

—¿Qué significa esto? —preguntó Heyward pálido y mirando sobresaltado en torno suyo, temiendo que las zarzas y la maleza le revelasen algún horrible secreto.

—Esto no significa otra cosa sino que estamos ya cerca del fin de nuestro viaje y que nos encontramos en país enemigo —respondió el cazador—. Si el Zorro Sutil hubiera sido perseguido de cerca y las señoritas no hubiesen tenido caballos para seguirlo con bastante ligereza, quizá se hubiesen llevado sus cabelleras; pero, no creyendo tener los enemigos tras de sus talones y con tan buenas cabalgaduras como éstas, puede asegurarse que las jóvenes no han sufrido el menor daño. Leo en su pensamiento, mayor, y es una vergüenza para nuestro color que opine de ese modo; pero el que crea que ni aun un mingo puede maltratar a una mujer que haya hecho prisionera, a menos que no fuese para dar un golpe de hacha, conoce poco la naturaleza de los indios y la vida que hacen en los bosques. He oído decir que los salvajes amigos de los franceses han bajado a estos bosques a la caza del alce, y en este caso debemos estar cerca de su campo. ¿Y por qué no han de venir? ¿A qué se exponen? No pasa día en que no se pueda oír, por la mañana y por la tarde, en esta montaña, el ruido de los cañones de Ty, porque los franceses construyen una nueva línea de fortificaciones entre las provincias del Rey y el Canadá. Sin embargo, no hay duda de que éstos son los caballos; pero, ¿dónde están sus conductores? Es indispensable encontrar su rastro.

Ojo-de-halcón y los mohicanos dedicáronse seriamente a buscarlo, y al efecto, trazaron un círculo imaginario de algunos centenares de pies alrededor del sitio en que el Zorro Sutil había hecho alto. Cada uno de ellos encargose en examinar una parte; pero, por desgracia, resultó infructuosa esta inspección. Vieron muchas huellas de pies; pero parecían de personas que iban y venían sin intención de apartarse de aquel lugar.

Al fin, los mohicanos y el cazador reuniéronse nuevamente con sus compañeros sin haber encontrado un solo indicio que revelase la partida de los que se habían detenido allí.

—Solamente el diablo puede inspirarles tanta malicia —dijo el cazador algo confuso—. Sagamore, necesitamos hacer nuevas pesquisas, empezando por ese pequeño manantial, y examinando el terreno palmo a palmo; no permitiré que ese perro de hurón se vanaglorie ante sus camaradas de tener un pie que no deja vestigio alguno.

Y acto seguido, ayudado por sus dos compañeros y animados todos de nuevo ardor, no dejó rama seca, piedra ni hoja sin levantar y examinar el sitio que cubrían. Sin embargo, este minucioso reconocimiento nada les descubrió.

Uncas, que con su peculiar actividad había sido el primero que concluyó de escudriñar la parte que le había sido encomendada, imaginó formar un pequeño dique o parapeto con piedras y tierra a través del arroyo que salía del manantial de que hemos hablado, variando así el curso del agua que empezó a deslizarse en otra dirección. Cuando el cauce quedó seco, se inclinó para examinarlo atentamente y el grito de júbilo que se le escapó, anunció el resultado que acababa de obtener. Todos se le aproximaron al instante, y Uncas les hizo observar sobre la arena fina y húmeda que formaba el fondo, varias huellas de mocasines perfectamente señaladas, pero todas iguales.

—¡Este joven honrará su pueblo! —exclamó Ojo-de-halcón, contemplando aquellas señales con la misma admiración con que un naturalista contemplaría los huesos de un mamouth, o los restos de un kracken—. Sí, y será una buena espina para las costillas de los hurones. Sin embargo, éstas no son huellas del pie de un indio, porque indican haber apoyado mucho el talón y, además, un pie tan largo y ancho y cuadrado hacia la punta... ¡Ah! Uncas, búsqueme la medida del pie del cantor; junto a esa roca que está enfrente encontrará una huella bien marcada.

Mientras el joven indio desempeñaba el encargo que se le había confiado, su padre y el cazador se quedaron examinando detenidamente aquellas huellas y, cuando Uncas volvió, confrontáronse las medidas, que resultaron ser perfectamente iguales.

Ya no les quedó duda de que David había pasado por aquel sitio.

—Ya lo sé todo —exclamó Ojo-de-halcón—, y lo sé con tanta certeza como si hubiese consultado con el mismo magua. Como el cantor es un hombre que no tiene talento sino en la garganta y en los pies, le han obligado a calzar nuevamente mocasines, y a marchar delante, y los que lo seguían han puesto el pie en sus huellas, lo cual no era difícil siendo el agua tan clara y teniendo el arroyo tan poca profundidad.

—Pero yo —exclamó Heyward— no veo ninguna señal que revele el paso de...

—¿De las señoritas? —interrumpió el cazador—. El magua encontraría algún medio para conducirlas hasta que haya creído que no tenía ya que temer. Apostaría mi vida a que no tardaremos en encontrar las huellas de sus lindos piececitos.

Reanudose la marcha de los cinco hombres.

Después de andar así más de media milla, llegaron a un lugar donde el arroyo hacía un recodo junto a un gran peñasco muy árido, en cuya superficie no había tierra ni vegetación alguna. Los viajeros se detuvieron para deliberar, porque era difícil saber si el hurón y los que lo seguían habían atravesado esta montaña, en la que no se veía ninguna huella, o si habían seguido marchando por el arroyo.

Estuvieron acertados al adoptar este partido, y mientras Chingachgook y Ojo-de-halcón discurrían sin más fundamento que las probabilidades, Uncas examinaba los alrededores del peñasco, no tardando en encontrar sobre un montoncito de musgo la señal del paso de un indio, que con seguridad había pisado allí inadvertidamente. Al advertir que la punta del pie estaba dirigida hacia un bosque inmediato; dirigiose a él corriendo, y encontró todas las huellas tan bien marcadas y distintas como las que los habían conducido hasta la fuentecilla que acababan de dejar. Un segundo grito anunció este descubrimiento a sus compañeros poniendo fin a su conferencia.

—Sí, sí —dijo el cazador—. La astucia de un indio es la que ha dirigido esto, y con seguridad había datos suficientes para cegar a un blanco.

—¿Reanudamos la marcha? —preguntó Heyward.

—Vayamos despacio —respondió Ojo-de-halcón—; ya conocemos la ruta; pero es bueno examinar las cosas detenidamente. Todo menos una cosa aparece ya claro a mis ojos; ¿cómo ha podido el Zorro Sutil hacer pasar a las señoritas por medio del arroyo desde la fuente hasta la peña? Porque debo confesar que hasta los hurones son lo suficientemente corteses para no obligarlas a meter los pies en el agua.

—¿Le parece que servirá esto para explicar esa dificultad? —le preguntó Heyward mostrándole algunas ramas recién cortadas, junto a las cuales había otras más pequeñas y flexibles que parecía que habían servido de ligaduras y arrojadas luego a la entrada del bosque.

—Eso es, indudablemente —repuso el cazador satisfecho—. Ahora, ya está todo aclarado. Han hecho una especie de litera o hamaca con las ramas y las han dejado cuando las consideraron inútiles; pero apostaría a que han perdido mucho tiempo pensando en los medios de borrar las huellas de su paso. Aquí tenemos tres pares de mocasines y dos pares de pies pequeños. ¿No es sorprendente que estas débiles criaturas puedan sostenerse sobre unos miembros tan diminutos? Uncas, deme su compás para medir el más pequeño, el de la del cabello rubio. ¡Por mi vida que no es mayor que el pie de un niño de ocho años, y eso que las dos señoritas son altas y bien formadas! Vamos, es necesario convencerse de ello, y el más contento y favorecido de su suerte debe reconocerlo así. La Providencia no distribuye siempre equitativamente sus dones; pero tiene sin duda razones fundadas para proceder de ese modo.

—¡Mis pobres hijas no pueden soportar una fatiga semejante! —exclamó Munro contemplando enternecido las huellas que sus pies habían dejado impresas—. Habrán sucumbido de cansancio en algún rincón de este desierto.

—No, no —dijo el cazador moviendo lentamente la cabeza—. En cuanto a eso, no hay que temer. Es fácil conocer que, aunque los pasos son cortos, la marcha es segura y el pie ligero. Vea esta huella; apenas el talón ha apoyado para formarla, y aquí la de cabellos negros ha dado un salto para evitar la raíz de ese árbol. No, según mi opinión, ninguna de las dos están expuestas a quedarse en el camino por falta de fuerzas. En cuanto al cantor es cosa distinta; ya empezaban a dolerle los pies y a sentirse cansado. Vea cómo resbalaba con frecuencia, y cómo su paso era pesado y vacilante; parece que andaba con patines. Sí, no hay duda; un hombre que no piensa más que en dar voces, no cuida mucho de sus piernas.

Discurriendo de esta forma, el experimentado cazador adivinaba la verdad con una certeza y exactitud maravillosas. Su seguridad inspiró cierta confianza a Munro y a Heyward, quienes, tranquilizados con estas deducciones tan sencillas como naturales, detuviéronse para descansar un poco y reparar las fuerzas.

Los cinco viajeros comieron frugalmente, y, después, el cazador dirigió una mirada hacia el sol que empezaba a ocultarse, y púsose en marcha, pero con tanta rapidez, que apenas podían seguirlo el coronel y el mayor.

Costeaban a la sazón el arroyo de que ya hemos hablado, y como los hurones habían juzgado innecesario seguir adoptando precauciones para hacer perder su pista, sus perseguidores no sufrían ya ningún retardo con dilaciones causadas por la incertidumbre. Sin embargo, no había transcurrido aún una hora, cuando empezó Ojo-de-halcón a andar más despacio, y en vez de caminar con decisión y sin detenerse, se lo veía volver de cuando en cuando la cabeza a derecha e izquierda como si temiese la proximidad de algún peligro, hasta que se detuvo para esperar que sus compañeros se le reuniesen.

—Me parece que están cerca los hurones —dijo hablando con los mohicanos—. Veo el cielo que se cubre allá bajo por entre las cimas de esos árboles. Con seguridad hay allí un gran claro en medio del bosque, donde esos canallas habrán puesto sus tiendas. Sagamore, vaya por las montañas de la derecha; Uncas subirá sobre las que rodean el arroyo, y yo continuaré siguiendo el rastro. El que descubra alguna cosa avisará a los demás con tres graznidos de cuervo; he visto algunos pájaros de éstos volando sobre esa encina, lo que es también indicio de que hay cerca algún campo indio.

Fuéronse los mohicanos cada cual por su lado sin replicar una sola palabra, y el cazador prosiguió la marcha en compañía de los dos oficiales. Heyward aceleró el paso para colocarse al lado de su guía, ansioso de ver cuanto antes a los enemigos que había perseguido con tanta inquietud y fatiga; pero al poco tiempo su compañero le aconsejo que se retirara hacia las barreras del bosque, que estaba rodeado de una línea de espesos zarzales, y que lo aguardase allí. Obedeciole Heyward, y, transcurridos algunos minutos, llegó a una pequeña altura, desde donde dominaba una escena que lo sorprendió por lo nueva y extraordinaria.

Los árboles de una vasta extensión de terreno habían sido derribados, y la claridad de una hermosa noche de verano iluminaba esta especie de plazuela, contrastando notablemente con la lobreguez que suele reinar en un bosque. A corta distancia del sitio en que a la sazón estaba Heyward, formaba el arroyo un pequeño lago en un valle cerrado entre dos montes; el agua salía del estanque deslizándose por una cascada suave y uniforme, que más bien parecía artificial que obra de la Naturaleza. Centenares de pequeñas viviendas de tierra levantábanse a las orillas del lago y hasta dentro del agua, que parecía haberlas inundado.

Hacía ya algunos minutos que presenciaba absorto aquel espectáculo, cuando pareciole ver muchos hombres que se le aproximaban andando a cuatro pies y arrastrando consigo alguna cosa pesada, que bien podía ser un instrumento de guerra para él desconocido. Al mismo tiempo aparecieron a las puertas de algunas viviendas varias cabezas negras, no tardando en verse todo el lago cubierto de una multitud de individuos, que iban y venían en todas direcciones, siempre arrastrando, pero con gran ligereza y ocultándose a su vista tan pronto entre los árboles como entre las viviendas, por lo que le fue imposible reconocer su ocupación y sus propósitos.

Alarmado por estos movimientos incomprensibles para él, estaba ya a punto de hacer lo posible por imitar el graznido del cuervo, cuando un repentino ruido que oyó en la maleza hízole volver la cabeza a otro lado.

Estremeciose, retrocediendo involuntariamente; pero, ante la aparición de un indio, en lugar de dar una señal de alarma que quizá le habría sido funesta, permaneció inmóvil detrás de un zarzal, y se puso a observar atentamente los movimientos del recién llegado.

Poco tiempo necesitó para convencerse de que no había sido visto. El indio parecía estar tan ocupado como él en contemplar las pequeñas viviendas de techo redondo del pueblo, y los movimientos incesantes y rápidos de sus moradores. Era imposible descubrir sus facciones bajo la grotesca máscara de colores con que su rostro estaba pintarrajeado; pero, a pesar de eso, advertíase en su fisonomía cierto aire de melancolía más que de ferocidad. Tenía los cabellos raídos según su costumbre, excepto en la coronilla, donde ostentaba tres o cuatro plumas de halcón atadas a la corta porción de pelo que conservaba en aquella parte. Un pedazo de percal muy usado le cubría bastante mal la mitad del cuerpo, en cuya parte inferior no llevaba otro vestido que una camisa ordinaria, por cuyas mangas habían pasado sus muslos y piernas; los espinos le habían desgarrado las pantorrillas desnudas, pero sus pies calzaban un buen par de mocasines de piel de oso. El aspecto de este individuo era extremadamente miserable.

Todavía estaba contemplándolo Heyward, cuando el cazador se puso a su lado en silencio y con precaución.

—Ya ve usted —dijo el mayor en voz muy baja— que hemos llegado a su establecimiento o campo. Mire ese salvaje cuya posición nos dificultaría la marcha.

Ojo-de-halcón se estremeció y levantó su carabina sin producir el menor ruido, mientras sus ojos siguieron la dirección del dedo con que señalaba Heyward; alargó entonces el pescuezo para reconocer mejor al individuo sospechoso, y después de contemplarlo durante un momento, volvió a bajar el arma homicida.

—No es hurón, ni pertenece a ninguno de los pueblos del Canadá; pero, sin embargo, ya ve usted que ha robado a un blanco. Sí, Montcalm ha reclutado gente en todos los bosques para su expedición, y ha recogido todas las razas de pillos que ha encontrado; pero éste no tiene ni cuchillo ni hacha. ¿Ha observado usted dónde ha dejado su arco o fusil?

—Yo no le he visto ningún arma —respondió el mayor—, pero su rostro no tiene nada de sanguinario. El solo peligro que hemos de temer es que alarme a sus compañeros, que, como puede usted observar, se arrastran por la orilla del lago.

El cazador volviose entonces para imitar a Heyward, permaneciendo un momento con los ojos fijos en él y la boca abierta con un aire de sorpresa indescriptible. Al fin, soltó la risa, pero en silencio, expresión que le era peculiar, y que la costumbre del peligro le había enseñado.

—¡Esos compañeros que se arrastran a la orilla del lago! —repitió—. Ésa es la ciencia que se aprende en la escuela y en los libros, y cuando no se ha salido nunca de los establecimientos de los blancos... El bribón tiene las piernas largas y no debemos fiarnos de él. No deje de observarlo, con el fusil preparado, mientras doy un rodeo para agarrarlo por detrás sin tocarle el pellejo; pero no dispare usted de ningún modo.

—Si lo viese a usted en peligro —dijo Heyward—, no podré contenerme. Ojo-de-halcón le interrumpió sonriéndose silenciosamente de nuevo, mientras le miraba como si no supiese qué responder, y al fin dijo:

—Si llega ese caso, fuego de fila.

Un instante después, ya se había ocultado entre la maleza. Heyward esperaba impaciente verlo aparecer, hasta que al fin lo divisó detrás del indio a quien deseaba hacer prisionero, arrastrándose como una serpiente. Cuando Ojo-de-halcón estuvo cerca de aquel extraño sujeto, se levantó muy despacio, y sin hacer el menor ruido, al mismo tiempo que de las aguas del lago salió un rumor repentino. Era que los individuos, cuyos movimientos habían inquietado a Heyward, se precipitaban dentro de él.

Alzó el mayor su fusil y volvió los ojos hacia el indio en cuya observación estaba, y el cual, en vez de asustarse, alargaba el pescuezo hacia el lago, mirando con curiosidad estúpida, mientras la amenazadora mano del cazador se levantaba sobre él. Ojo-de-halcón se contuvo, sin embargo, abandonándose a uno de sus accesos de risa silenciosa. Luego, en vez de apoderarse de su víctima, le dio un ligero golpe sobre la espalda, diciéndole:

—¡Cómo! Amigo, ¿quiere usted enseñar a cantar a los castores?

—¿Y por qué no? —respondió David—. Dios, que los ha dotado de inteligencia y de facultades tan prodigiosas, acaso se dignaría concederles también voz para entonar sus alabanzas.

CAPÍTULO V

BOT.—¿Estamos reunidos?
QUI.—Seguramente, y aquí hay un sitio a propósito para ensayar.

SHAKESPEARE

La sorpresa de Heyward fue indescriptible al ver transformado su campo en una manada de castores; el lago que él había divisado de lejos no era otra cosa que la balsa formada por el constante acarreo de agua de aquellos ingeniosos cuadrúpedos; la cascada, una esclusa construida por el maravilloso instinto de los mismos animales, y el salvaje cuya aproximación le había llenado de zozobra, su antiguo compañero David Legamme.

La imprevista aparición del maestro de canto hizo concebir al mayor tan grandes esperanzas de ver pronto a las dos hermanas, que acto seguido abandonó su emboscada para correr a reunirse con los dos principales actores de esta escena. Todavía no había cesado de reírse Ojo-de-halcón cuando llegó Heyward, quien hizo dar media vuelta a David sin cumplimiento ni ceremonia para contemplarlo a su sabor, y juró que la indumentaria que le habían puesto hacía honor al buen gusto de los hurones. Por último, el cazador le asió la mano y se la apretó de tal modo, que hizo saltar las lágrimas al honrado David, a quien felicitó por su metamorfosis.

—Por lo visto —agregó luego—, se disponía usted a enseñar alguna canción a los castores, ¿no es verdad? Los astutos animales saben algo de ese oficio, porque llevan el compás con la cola como acaba de ver. Por cierto que era tiempo de que se metiesen en el agua, porque ya tenía yo tentaciones de darle el tono con mi mata-gamos. He conocido muchas gentes, que sabían leer y escribir, que carecían de la inteligencia del castor; pero, en cuanto al canto, el pobre animal es mudo. ¿Qué le parece ahora este tono?

Entonces imitó tres veces el graznido del cuervo tan perfectamente, que David cubriose con ambas manos los delicados oídos, y hasta el mismo Heyward, aunque estaba advertido de que era ésta la señal convenida, miró en torno suyo, esperando descubrir algunos de estos pájaros.

—Miren —prosiguió el cazador señalando a los dos mohicanos que, habiendo oído la señal, llegaban ya de diferentes puntos—, ésta es una música que tiene la virtud especial de traer a mi lado dos buenos fusiles, sin contar los cuchillos y las hachas. Vamos a otra cosa: ya vemos que no le ha sucedido ninguna desgracia; pero dígame, ¿dónde están las señoritas?

—Las tienen cautivas los paganos —respondió David—; pero, aunque su espíritu está agitado, sus personas gozan de toda salud.

—¿Las dos? —preguntó Heyward anhelante.

—Las dos —repitió David—. Nuestro viaje ha sido muy penoso y el alimento bastante escaso; pero no han violentado más que nuestra voluntad, llevándonos cautivos a un país lejano.

—Que el Cielo le premie el consuelo que sus palabras me proporcionan —exclamó Munro muy agitado—. ¿Mis queridas hijas me serán devueltas tan puras, tan inocentes como me fueron arrebatadas?

—Dudo que haya llegado el momento de ser puestas en libertad —replicó David gravemente—. El jefe de estos salvajes está poseído de un espíritu maligno, que sólo la omnipotencia del Cielo puede refrenar. Todo lo he probado con él; pero ni la armonía de la música ni la fuerza de las palabras le impresionan lo más mínimo.

—¿Y dónde está ese pillo?—preguntó precipitadamente el cazador.

—Ha ido a cazar el alce con sus guerreros, y mañana, según he averiguado, nos internaremos más en los bosques para acercarnos a las fronteras del Canadá. La mayor de las señoritas está en una horda vecina, cuyas viviendas se encuentran al otro lado de esa gran montaña negra que allá abajo se ve. La otra está con las mujeres de los hurones, cuyo campo dista dos millas de aquí, sobre ese terreno donde el fuego desempeña las funciones del hacha para hacer desaparecer los árboles.

—¡Alicia! ¡Mi pobre Alicia! —exclamó Heyward—. No le queda ni el consuelo de estar al lado de su hermana.

—Es verdad; pero ha gozado de todos los que puede proporcionar al espíritu afligido la melodía del canto.

—¡Cómo! —exclamó Ojo-de-halcón—. ¿Le proporciona placer la música?

—Sí, una música de un carácter grave y solemne; pero debo confesar que, a pesar de todos mis esfuerzos para distraerla, llora con más frecuencia que sonríe. Cuando la veo derramar lágrimas, suspendo la melodía de los cantos; pero hay otras ocasiones en que tengo más fortuna y experimento gran consuelo viendo a los salvajes que se agrupan en derredor mío para oírme entonar mis tristes cantares.

—¿Y cómo es que le permiten andar solo y no lo vigilan? —preguntó Heyward.

—No debe ser esa circunstancia motivo de engreimiento para un gusanillo como yo —respondió Lagamme con afectada modestia—; pero, aunque el poder de la música no hizo efecto alguno durante la trágica escena que atravesamos, parece que ha recobrado su influencia en las almas de los paganos, y se me permite ir y venir a mi antojo.

Ojo-de-halcón soltó la risa y tocose la frente con el dedo con un gesto expresivo; y, mirando al mayor, para hacer más inteligible su pensamiento, agregó:

—Los indios no han maltratado nunca a quien le falta esto; pero dígame, amigo, ¿por qué, teniendo el camino libre, no lo ha aprovechado para volver? ¿Por qué no se ha apresurado a llevar noticias al fuerte Eduardo? Las mismas huellas de su pie podían haberle guiado.

El cazador, sin tener en cuenta la diferencia de su vigor y la costumbre que tenía él de reconocer el rastro comparativamente con David, le proponía una empresa que éste no hubiera podido realizar; pero el cantor, con su habitual candidez, le contestó:

—Aunque experimentara una gran satisfacción volviendo a verme entre los cristianos, mis pies hubieran seguido a las pobres señoritas confiadas a mi cuidado hasta el otro extremo del polo antes que retroceder un paso.

Aunque el lenguaje de David no estaba al alcance de la inteligencia de todos sus oyentes, su tono firme, la expresión de sus ojos, y su aire de franqueza y sinceridad, eran suficientemente expresivos para que nadie pudiera equivocarse. Uncas se adelantó y dirigiole en silencio una mirada de aprobación, al mismo tiempo que Chingachgook revelaba su satisfacción con exclamaciones indias.

—El Señor no ha querido jamás —dijo el cazador moviendo la cabeza— que el hombre cuide más de su voz que de cultivar las nobles facultades de que le ha dotado; pero este infeliz ha debido sufrir en su infancia la desgracia de estar en poder de alguna mujer tonta. ¡Cuánto habría ganado educándose al aire libre y en medio de las bellezas del bosque! De todos modos, tiene buenos sentimientos. Tome, amigo, este juguete que he encontrado y que le pertenece; había pensado servirme de él para encender el fuego, pero, como lo aprecia usted tanto, se lo devuelvo y buen provecho le haga.

Lagamme recibió su instrumento con tales manifestaciones de júbilo como le permitía su grave profesión. En seguida ejecutó un preludio, acompañándose con su propia voz, para convencerse de que no había perdido nada de sus facultades, y tan pronto como se convenció de ello, tomó gravemente su librito y se puso a hojearlo para buscar algún canto.

Pero Heyward le impidió llevar a cabo su propósito, no cesando de dirigirle preguntas acerca de las cautivas. El respetable padre lo interrogaba también por su parte con un interés extremadamente justificado para que David pudiera excusarse de responderle, aunque de vez en cuando contemplaba su instrumento de un modo tal que revelaba el deseo que tenía de servirse de él. Hasta el cazador hacía también algunas preguntas cuando la ocasión parecía demandarlo.

En esta forma, y con algunos intervalos que David aprovechaba para ejecutar un preludio amenazador de su largo canto, consiguieron averiguar los detalles que les interesaban y cuyo conocimiento podía serles útil para el feliz éxito de la gran empresa de libertar a Cora y Alicia.

El magua había permanecido en la montaña adonde había llevado a sus dos prisioneras, hasta que el tumulto y la carnicería de la llanura se calmaron, emprendiendo después el camino del Canadá, al oeste del Horican. Como era perfecto conocedor del terreno, y no tenía que temer ninguna persecución inmediata, marchaba relativamente despacio, sin dejar por ello de tomar las precauciones necesarias para ocultar su rastro a los que fueran tras él.

Según las explicaciones de David, parecía que su presencia le había sido permitida, pero no deseada; porque el mismo magua no estaba en absoluto libre de la superstición con que miran los indios a los seres privados de razón. Durante la noche se adoptaban las mayores precauciones, tanto para poner a las dos prisioneras al abrigo de la temperatura, como para impedir su fuga.

Al llegar al campo de los hurones, conforme acostumbraban hacer siempre los salvajes, el magua había separado a sus prisioneras, enviando a Cora a una población errante que ocupaba un valle próximo; pero David, poco conocedor de la historia y de las costumbres de los indios, ignoraba el nombre de esa tribu y el carácter de sus habitantes. Lo único que sabía era que no habían tomado parte en la expedición de «Guillermo-Enrique»; que eran aliados de Montcalm lo mismo que los hurones, y que tenían amistad con esta nación belicosa y salvaje, en cuyo desagradable vecindario los había instalado la suerte.

Los mohicanos y el cazador escucharon este relato imperfecto e interrumpido con un interés que era mayor a cada instante, y cuando David trataba de describir las costumbres de la horda de indios a que había sido Cora conducida, Ojo-de-halcón le preguntó de pronto:

—¿Ha visto usted bien sus cuchillos? ¿Son de fábrica inglesa o francesa?

—No he reparado en semejantes menudencias —respondió David—. Yo sufría mucho viendo sufrir a las señoritas, y no pensaba sino en consolarlas.

—Tiempo llegará quizás en que no considere el cuchillo salvaje como una menudencia tan despreciable —repuso el cazador adoptando una actitud despreciativa que no trataba de ocultar—. ¿Han celebrado la fiesta de los granos? ¿Puede decirnos algo de su divisa?

—El grano no nos ha faltado nunca, y disponemos de él en abundancia, a Dios gracias, porque el grano cocido con la leche es dulce a la boca y de fácil digestión. En cuanto a su divisa, ignoro lo que es; pero si tiene relación con la música indiana, no debe buscarse entre ellos. Nunca unen sus voces para alabar a Dios, y parecen los más profanos de todos los idólatras.

—Eso es calumniar a los indios, porque los mingos adoran a Dios. Lo digo en descrédito de mi color; pero es un error de los blancos el suponerlos idólatras, y no es menos cierto que no piden favor y asistencia sino al bueno y grande Espíritu.

—Así será; pero he visto figuras muy extrañas entre las que llevan pintadas de varios colores en su cuerpo. Entre esas figuras he visto una que representaba un animal asqueroso e impuro.

—¿Era una serpiente? —preguntó vivamente el cazador.

—Era un animal que se arrastra como ella, una vil tortuga de tierra.

—¡Hug! —exclamaron a un mismo tiempo los dos mohicanos, en tanto que el cazador movía la cabeza como quien acaba de hacer un descubrimiento importante, aunque nada halagüeño.

Chingachgook empezó entonces a hablar en delaware con una calma y dignidad que excitaron la atención hasta de los que no le entendían. Sus gestos eran expresivos y, en ocasiones, enérgicos. En una ocasión levantó el brazo derecho, y dejándolo caer con lentitud, apoyó un dedo sobre su pecho como para dar nueva fuerza a lo que decía. Este movimiento separó un poco la tela de algodón que lo cubría, y Heyward, que no cesaba de mirarlo, vio en su pecho, perfectamente señalado con un hermoso color azul, un diseño del animal que acababa de ser mencionado. Recordó cuanto había oído referir de la violenta separación de las numerosas tribus de los delawares, y esperó la ocasión de poder hacer algunas preguntas con una impaciencia que hacía casi insoportable el vivo interés que tomaba en el discurso del jefe mohicano, desgraciadamente ininteligible para él.

El cazador no le dejó tiempo de preguntar, porque tan pronto como Chingachgook hubo concluido de hablar, tomó la palabra a su vez, y se dirigió en inglés al mayor:

—Hemos descubierto algo que lo mismo puede favorecernos que perjudicarnos, según disponga el Cielo. El sagamore procede de la raza más antigua de los delawares y es el gran jefe de sus tortugas. No podemos dudar de que en el poblado a que se refiere el cantor, hay algunos individuos de esta raza, a juzgar por lo que ha dicho, y si hubiese economizado para hacer algunas preguntas prudentes la mitad del talento que ha empleado tan mal para convertir su garganta en una trompeta, hubiéramos podido saber el número de guerreros de esta casta que se encuentran allí. De todos modos, estamos en un camino sumamente peligroso, porque un amigo que nos abandona suele ser peor intencionado que el enemigo que no oculta su deseo de apoderarse de nuestra cabellera.

—Explíquese —dijo Heyward.

—Se trata de una historia tan triste como larga, y de la que no quiero acordarme, porque es indudable que el mal ha sido cometido principalmente por los blancos, y el resultado es que hermanos han luchado unos contra otros, y que los mingos y los delawares se han encontrado juntos en la misma senda.

—Pero ¿cree que pertenecen a esta última nación los indios entre quienes está Cora en este momento? —preguntó Heyward.

Ojo-de-halcón hizo una señal afirmativa, y manifestó que deseaba poner término a una conversación que le era tan desagradable. El impaciente Heyward propuso entonces vivamente para libertar a las dos hermanas medios impracticables, y que únicamente podían ser sugeridos y adoptados por la desesperación. Hasta Munro sacudió su habitual abatimiento para escuchar los proyectos extravagantes del joven mayor, y parecía aprobar lo que en cualquier otro caso hubieran rehusado su juicio y sus canas. Pero el cazador, después de esperar pacientemente que el joven enamorado se desahogase un poco, lo pudo convencer de la locura que cometerían tomando aquellas medidas precipitadas, en un caso que reclamaba tanta prudencia y sangre fría como valor y resolución.

—Es preferible —agregó— que David vuelva a cantar con los indios; que informe a las señoritas de que estamos cerca, y que venga a buscarnos y ponerse de acuerdo con nosotros para cuando le demos la señal. Usted que es músico distinguirá bien el graznido del cuervo del whip-poor-will [4].

—Sin duda alguna, pues éste es un pájaro de voz dulce y melancólica aunque no abraza más que dos notas sin armonía; pero no tiene nada de desagradable.

—Se refiere al wish-ton-wish de los indios —dijo Heyward.

—Perfectamente, ya que su voz le agrada, ella le servirá de señal. Cuando oiga el canto del whip-poor-will tres veces seguidas, venga al bosque en el sitio que crea haberlo oído.

—Espere —dijo Heyward—; yo lo acompañaré.

—¿Usted? —preguntó Ojo-de-halcón mirándolo sorprendido—. ¿Está ya cansado de ver salir y ponerse el sol?

—David es un testimonio elocuente de que los mismos hurones no son siempre unos desalmados.

—Pero David tiene la garantía en su garganta.

—Yo también puedo fingirme loco, necio, héroe, todo lo que ustedes quieran, con tal que liberte a mi amada de su cautiverio. No me hagan más objeciones, estoy resuelto.

El cazador volvió a contemplarlo con una admiración que le hizo enmudecer; pero Heyward, que, por respeto a la experiencia de su compañero y por consideración a los servicios que le había prestado, había seguido hasta entonces casi ciegamente todos sus consejos, adoptó el tono de superioridad propio de quien está acostumbrado a mandar, hizo una señal con la mano para indicar que no permitía que se le hiciese ninguna observación, y dijo seguidamente con mayor tranquilidad:

—Usted conoce los medios de disfrazarme; póngalos en práctica en seguida, y cambie todo mi exterior. Pínteme si lo cree a propósito, y haga de mí cuanto quiera: un loco fingido si lo considera oportuno, pues, de lo contrario, lo seré verdadero.

El cazador meneó la cabeza, visiblemente disgustado, y repuso:

—A mí no me corresponde decir que el que ha sido formado tan sabiamente por la Providencia, necesita desfigurarse de ningún modo. Además, ustedes, cuando envían los destacamentos a campaña, les dan contraseñas, designándoles los puntos de reunión, a fin de que los que defienden una misma causa puedan reconocerse y sepan dónde reunirse con sus amigos; así...

—Escuche —le dijo Heyward interrumpiéndolo—. Acaba de saber por ese hombre honrado, que tan fielmente ha seguido a las dos prisioneras, que los indios, en cuyo poder se encuentran, pertenecen a dos tribus diferentes, o quizá a diversas naciones. La joven a quien usted llama la de los cabellos negros está en la población que cree pertenecer a una rama de los delaware; la otra, que es la más joven, está sin duda alguna entre nuestros enemigos declarados, los hurones. Libertarla es lo más peligroso y difícil

---

[4] Whip-poor-will: ave americana, especie de esmerejón.

de nuestra empresa, y yo deseo intentar esa aventura como mi juventud y mi clase lo exigen. Por lo tanto, mientras usted y sus amigos negocian la libertad de la una, yo libertaré a la otra o dejaré de existir.

El ardor bélico del joven mayor brillaba en sus ojos imprimiendo a toda su persona un aspecto de superioridad irresistible. Ojo-de-halcón, aunque conocía perfectamente la perspicacia y astucia de los indios para no prever todo el peligro de semejante tentativa, no puso objeciones al proyecto del mayor, y prestose francamente a facilitarle los medios de ponerlo en ejecución.

—Vamos —dijo sonriéndose—, cuando un gamo quiere arrojarse al agua, es necesario ponérsele delante para impedirlo, y no perseguirlo por detrás. Chingachgook lleva en su morral tantos colores como la mujer de un oficial de artillería a quien he conocido, la cual coloca la naturaleza sobre pedazos de papel, hace montañas semejantes a pilas de heno, y coloca el azul del firmamento en las proximidades de una casa. El sagamore sabe también utilizarlos. Siéntese usted en ese tronco, y le respondo con mi vida que no tardará en hacer de usted un loco tan natural como lo pretenda su deseo.

Heyward tomó asiento, y Chingachgook, que había escuchado atentamente toda la conversación, dio principio a su tarea. Como estaba ejercitado desde mucho tiempo en todos los misterios de un arte que conocen más o menos todos los salvajes, puso gran cuidado en dar al mayor el aspecto que deseaba.

Esta clase de gentes no eran un fenómeno entre los indios, y como Heyward se había ya disfrazado con el mismo traje que se puso al salir del fuerte Eduardo, podía lisonjearse de que con el conocimiento perfecto que poseía del idioma francés, podría pasar por un juglar de Ticonderoga que paseaba por las poblaciones aliadas.

Terminado su trabajo, el cazador dio a Heyward muchos consejos e instrucciones sobre el modo de conducirse entre los hurones.

La separación de Munro y el mayor fue muy triste, aunque el coronel sometiose al parecer con cierta indiferencia, que no hubiera revelado jamás en otras circunstancias en que su abatimiento no hubiera sobrepujado a su carácter cordial y cariñoso.

El cazador, llamando entonces aparte al mayor, informole de su propósito de dejar al veterano en algún lugar seguro bajo la custodia de Chingachgook, mientras Uncas y él se procuraban algunas noticias respecto a la tribu de indios que con sobrado fundamento sospechaban fuesen delawares. Aconsejole nuevamente que tuviera mucha prudencia y terminó diciéndole con un tono solemne mezclado de sensibilidad, de que Heyward se penetró profundamente:

—Y ahora, mayor, Dios lo inspire y lo proteja. Ha manifestado usted un ardor que me agrada y es propio de la juventud, especialmente cuando le hierve la sangre y tiene el corazón valiente; pero no olvide los consejos de un hombre experimentado que le dice la pura verdad. Necesitará usted toda su presencia de ánimo y un ingenio más sutil que el que pueden sugerir los libros, para desbaratar las astucias de un mingo y dominar su resolución. Que Dios vele sobre usted; pero, si, al fin, hacen un trofeo de su cabellera, cuente con la promesa de un hombre, a quien ayudan dos guerreros valientes. Los hurones pagarán su triunfo con un número de muertos igual al de los cabellos que tenga usted en ella.

Heyward estrechó afectuosamente la mano de su digno compañero, que vacilaba en aceptar este honor; le recomendó nuevamente que cuidase a su anciano amigo; le manifestó por su parte los mismos deseos de éxito que él le había expresado, y, haciendo seña a David para que se le reuniese, púsose en marcha sin más demora.

El camino que David hizo tomar a Heyward pasaba cerca del estanque de los castores. Cuando el mayor se encontró solo con una persona tan poco útil, comprendió todas las dificultades de su empresa; pero no desesperó por ello del éxito.

Estaba oscureciendo y la escasa luz del crepúsculo daba todavía un carácter más sombrío al desierto, que se extendía a lo lejos por todas partes, acrecentando el terror, el silencio y la tranquilidad que reinaban en aquellas casitas de techos redondos, a pesar de estar habitadas. Al contemplar estos admirables edificios, y la sagacidad con que se habían construido, impresionose profundamente el mayor al ver que hasta los animales de aquellas vastas soledades poseían un instinto extraordinario, y no pudo pensar sin inquietud en la lucha desigual que iba a sostenerse y en la que se había empeñado tan temerariamente. Pero la imagen de Alicia, su abandono, su aislamiento, el peligro a que se veía expuesta, todo se presentó a su espíritu, de modo que sus peligros personales los consideró insignificantes, comparados con los de su amada; y animando a David con sus palabras y con su ejemplo, se sintió inflamado con nuevo ardor y marchó adelante con el paso rápido y seguro de la juventud y del valor.

Después de describir casi un semicírculo en torno del estanque de los castores, se apartaron de él subiendo a una pequeña altura, sobre la cual caminaron un rato. Al cabo de media hora llegaron a un sitio despejado de árboles, por el que serpenteaba un arroyo, sitio que parecía haber sido habitado por castores; pero estos animales inteligentes lo habían abandonado, sin duda, para establecerse en la situación preferible que ocupaban a poca distancia. Una sensación muy natural hizo detenerse a Heyward un momento, antes de dejar la espesura del bosque, como quien hace acopio de todas sus fuerzas para dar principio a una empresa tan azarosa. Aprovechó además este corto descanso para adquirir los informes que podía proporcionarle una rápida mirada a la escena.

Al otro extremo del claro del bosque, cerca de un sitio en donde era más impetuosa la corriente del riachuelo que poco más allá formaba una cascada sobre un terreno menos elevado, veíanse como unas sesenta chozas, toscamente construidas con troncos de árboles, maleza y tierra, colocadas sin orden, y cuya vista revelaba que no se había cuidado de hermosearlas, ni se había pensado siquiera en su aseo exterior. Eran tan inferiores, en todos los aspectos, las habitaciones de los castores que Heyward acababa de ver, que este espectáculo lo sorprendió de una manera extraordinaria.

Pero su admiración subió de punto al ver, a la luz del crepúsculo, de veinte a treinta figuras que se elevaban alternativamente, del medio de las altas hierbas que crecían delante de las chozas de los salvajes, y volvían a desaparecer a su vista como si se ocultasen en las entrañas de la tierra.

David, al ver que su compañero se había detenido, siguió la dirección de sus miradas, y díjole para sacarle de su éxtasis:

—Hay aquí mucho terreno fértil que se pierde sin cultivo, y puedo asegurar sin el menor asomo de amor propio que desde mi corta permanencia entre estos paganos, he derramado bastante buen grano, aunque no he tenido el consuelo de verlo fructificar.

—Estos pueblos salvajes se ocupan más en la caza que en las faenas agrícolas —respondió Heyward con los ojos siempre fijos en los extraños seres que le tenían sorprendido.

—Se dedican más al placer que al trabajo —respondió David—, y esos niños abusan cruelmente de sus dones. Jamás he visto otros de su edad a quien la Naturaleza haya concedido más espléndidamente todos los elementos necesarios para la buena armonía; pero, entre ellos, no hay ninguno que aproveche este talento. Tres tardes consecutivas he venido a este sitio, los he reunido en torno mío y les he invitado a ensayar algún cántico que les recitaba; pero sólo me han respondido con gritos agudos e inarmónicos, con los que me traspasaban el alma y me destrozaban los oídos.

—¿De quién me habla? —preguntó Heyward.

—De estos hijos del enemigo, que están perdiendo en juegos pueriles un tiempo que podrían emplear mucho más útilmente si me hicieran caso. Pero la disciplina es cosa desconocida en este pueblo abandonado a sí mismo. En un país en que tanto abundan los álamos, no se conoce el uso de las férulas o palmetas, y no me sorprende que abusen de los dones de la Providencia para producir sonidos discordes como éstos.

Dichas estas palabras, púsose David las manos en los oídos para no oír los gritos de los niños que resonaban a la sazón en todo el bosque, y Heyward, riéndose de las extravagancias que se le habían ocurrido, le dijo con firmeza:

—Sigamos.

El maestro de canto obedeció sin quitarse las manos de los oídos, y encamináronse directamente hacia el campo que David denominaba las tiendas de los filisteos.

CAPÍTULO VI

Pero, aunque los animales monteses obtengan un privilegio de caza, aunque concedamos al ciervo un espacio que las leyes determinan antes de armar el arco o lanzar en su persecución las cuadrillas de perros, ¿quién osará censurar el modo con que matamos o dirigimos a la trampa a la pérfida zorra?

(La dama del lago)

Los indios no acostumbran poner centinelas para vigilar sus campos y poblados, y realmente no los necesitan, pues sus sentidos les advierten la aproximación del peligro, cuando éste todavía está distante, valiéndose del perfecto conocimiento que tienen de los indicios que observan en el bosque. El enemigo que por un cúmulo de circunstancias ha podido burlar la vigilancia de los ojeadores, que se colocan a cierta distancia, no encuentra casi nunca, cerca de sus viviendas, ninguna otra avanzada que pueda dar la alarma al campo. Además de este uso generalmente adoptado, los salvajes aliados de los franceses conocían muy bien la importancia del golpe que acababan de dar, y no temían ningún peligro inmediato de las naciones enemigas que se habían declarado partidarias de los ingleses.

Por esta causa Heyward y David encontráronse de pronto en medio de los niños, entretenidos en sus juegos como acabamos de decir, sin que nadie hubiera dado el menor aviso de su llegada; pero, tan pronto como los descubrieron, toda la banda de muchachos empezó a gritar desaforadamente, y desapareció de su vista como por encanto, confundiéndose el color de sus cuerpos desnudos, en aquella hora avanzada del día, con el de las altas hierbas secas que los ocultaban. Sin embargo, cuando la sorpresa permitió a Heyward contemplarlos, divisó entre la maleza sus ojos negros y brillantes fijos en los suyos.

La curiosidad de los niños fue para el mayor un síntoma poco tranquilizador, y durante un momento sintió impulsos de retirarse, pero ya era tarde para titubear. Los clamores ruidosos de los niños habían atraído una docena de guerreros a la puerta de la choza más próxima, donde estaban reunidos en un grupo, esperando con gravedad que los que tan de improviso se les acercaban, llegasen hasta ellos.

David, que estaba algo familiarizado con semejantes escenas, marchaba delante en línea recta con tal seguridad, que hubiera necesitado un obstáculo poco ordinario para detenerse, y entró tranquilamente en la choza sin vacilación alguna. Aquel edificio era el principal y más espacioso del poblado, aunque no por ello estaba mejor construido ni con otros materiales que los demás; allí se celebraban los consejos y las asambleas públicas de la horda durante su residencia en las fronteras de la provincia inglesa.

A Heyward fuele difícil afectar la indiferencia que le era necesaria al pasar entre los robustos y agigantados salvajes reunidos delante de la puerta; pero, pensando que su salvación dependía de su presencia de ánimo, imitó a su compañero, a quien seguía de cerca, y se esforzó en coordinar sus ideas, al mismo tiempo que se iba aproximando. Cuando se vio en contacto tan inmediato con sus feroces e implacables enemigos, se conmovió profundamente; pero logró dominarse, y sin revelar la menor debilidad, marchó hasta el interior de la cabaña, donde, a ejemplo de David, tomó asiento sobre uno de los haces de plantas odoríficas que había en un rincón, y permaneció silencioso.

Tan pronto como Heyward estuvo dentro, los salvajes, que habían salido, volvieron a entrar en seguida y formaron corro en torno de él, esperando con paciencia que la bondad del extranjero les permitiese hablar; otros estaban apoyados indolentemente sobre los troncos de los árboles que servían de pilares para sostener el casi vacilante edificio. Tres o cuatro de los más ancianos y famosos de sus guerreros se habían sentado, según su costumbre, un poco más adelante que los otros.

Una tea que ardía en la habitación reflejaba sucesivamente su rojiza luz sobre todos los rostros de los indios, según las corrientes del aire dirigían la llama a un lado u otro, de lo cual se aprovechó Heyward para examinarlos y deducir qué clase de acogida debía esperar; pero no estaba en situación de luchar contra la fría astucia de los salvajes entre quienes se encontraba.

Colocados los jefes enfrente de él, apenas dirigían una mirada hacia aquella parte, permaneciendo con la vista baja, en una posición que podía parecer respetuosa, pero que era fácil atribuirla a la desconfianza. Los indios que se mantenían en la oscuridad eran menos reservados; Heyward los sorprendió en más de una ocasión dirigiéndole furtivamente una mirada curiosa y penetrante. El mayor no tenía un solo rasgo, no hacía ningún gesto, ni movía un solo músculo que no fuera observado por sus enemigos, que sacaban de todo alguna consecuencia.

Al fin, un indio, cuyos cabellos empezaban a encanecer, aunque sus miembros nervudos, cuerpo derecho y paso firme revelaban que conservaba todavía todo el vigor de la edad viril, adelantose desde uno de los rincones de la choza, donde con seguridad había permanecido para hacer mejor sus observaciones sin ser visto, y dirigiéndose a Heyward le habló en la lengua de los wyandots o hurones. Su discurso era ininteligible para el mayor, aunque por los gestos con que lo acompañó creyó reconocer un tono más cortés que colérico, y haciendo algunas señas para darle a entender que no conocía su lengua, le interrogó en francés, mirando a todos los que lo rodeaban y esperando que alguno de ellos le respondiese.

—¿Ninguno de mis hermanos habla francés o inglés?

Casi todos los salvajes se volvieron hacia él como para escucharle más atentamente; pero ninguno contestó.

—Sentiría —dijo Heyward también en francés y hablando con lentitud esperando que le entenderían— que en esta valiente y prudente nación no hubiese nadie que entienda la lengua de que el gran monarca se sirve cuando se dirige a sus hijos. Él tendría un gran sentimiento si pensara que sus guerreros rojos lo miraban con tanta indiferencia.

Siguió una larga pausa. Todos los rostros reflejaban una gravedad imperturbable, y ni un gesto ni una mirada denunciaban la impresión que esta observación podía haber causado; pero Heyward, que sabía que el don de callar era una virtud entre los salvajes, resolvió imitarlos aprovechando este intervalo para poner orden en sus ideas.

Al fin el mismo guerrero que le había dirigido antes la palabra, interrogole secamente, en el francés corrompido que se habla en el Canadá:

—Cuando nuestro padre el gran monarca se dirige a su pueblo, ¿lo hace en la lengua del hurón?

—Él se dirige a todos en el mismo lenguaje —respondió Heyward—; no hace ninguna distinción entre sus hijos, sea cualquiera el color de su piel, rojo, blanco o negro; pero ama en particular a sus valientes hurones.

—¿Y de qué modo hablará —prosiguió el jefe— cuando le presenten las cabelleras que hace cinco noches crecían aún sobre las cabezas de los ingleses?

—Los ingleses eran sus enemigos —repuso Heyward estremecido—. Bueno, dirá: mis hurones han sido valientes como lo fueron siempre.

—Nuestro padre del Canadá no opina de ese modo. Lejos de mirar adelante para recompensar a sus indios, vuelve los ojos hacia atrás. Ve a los ingleses muertos, y no ve a los hurones; ¿qué significa esto?

—Un gran jefe, como él, piensa más que habla. Mira hacia atrás para ver si sigue sus huellas algún enemigo.

—La canoa de un enemigo muerto no puede flotar sobre el Horican —respondió el hurón sombríamente—. Sus oídos están abiertos para los delawares, que no son nuestros amigos, y que pocas veces dicen la verdad.

—Eso es imposible. Él me ha ordenado a mí, que poseo el arte de curar, que venga a ver a sus hijos los hurones rojos de los grandes lagos, y les pregunte si hay entre ellos algún enfermo.

Una nueva pausa, tan prolongada y profunda como la primera, siguió a la declaración que Heyward acababa de hacer del concepto en que se presentaba, o, mejor dicho, del papel que se proponía desempeñar, pero, al mismo tiempo, y como para juzgar de la certeza o falsedad de esta manifestación, todos los ojos se fijaron en él atentamente, de tal modo, que le produjo gran inquietud sobre el resultado de este examen hasta que el mismo hurón tomó la palabra de nuevo:

—Los hombres sabios del Canadá ¿se disfrazan pintándose la piel? —le preguntó con frialdad—. Les hemos oído jactarse de tener los rostros pálidos.

—Cuando un jefe indio va a visitar a sus padres los blancos, abandona su piel de búfalo y se pone la camisa que se le ofrece. Mis hermanos indios me han dado esta pintura, y yo la he usado para probarles la amistad que les profeso.

Un murmullo de aprobación reveló que este cumplimiento había sido acogido favorablemente por los oyentes. El jefe hizo una señal de satisfacción extendiendo la mano, imitáronle la mayor parte de sus compañeros, y una exclamación general sirvió de aplauso al orador. Heyward respiró entonces más libremente, considerándose ya libre del peso de este enojoso examen, y como llevaba preparada una historia sencilla y plausible en apoyo de su impostura, se entregó a la esperanza de dar feliz cima a su empresa.

Púsose en pie otro guerrero y después de una pequeña pausa, como si hubiese reflexionado para responder dignamente a lo que el extranjero acababa de manifestar, anunció con una seña que iba a hacer uso de la palabra; pero, apenas había abierto los labios, cuando salió del bosque un ruido sordo y horroroso, que casi al mismo tiempo fue correspondido por un grito agudo y penetrante semejante al aullido de un lobo.

A esta inopinada interrupción, que despertó visiblemente la atención de los indios, púsose en pie, aterrado; pero, al mismo tiempo, todos los guerreros se precipitaron fuera de la cabaña, atronando el espacio con gritos que sofocaban los que el mayor oía todavía resonar de vez en cuando en los bosques.

Deseando averiguar la causa de aquel alboroto, salió también de la choza, y encontrose de repente en medio de una confusa baraúnda, compuesta al parecer de todos los habitantes del poblado. Hombres, mujeres, viejos y niños, toda la población se había reunido; unos lanzaban exclamaciones con aire de triunfo, otros palmoteaban con una alegría feroz, y todos expresaban su alegría por algún acontecimiento imprevisto. Aunque aturdido al pronto por aquel tumulto, no tardó Heyward en descubrir la causa de aquel enigma en la escena que se siguió.

Había aún suficiente claridad en el horizonte para distinguir entre los árboles un sendero que conducía por la extremidad del claro al bosque, de donde fue saliendo una larga fila de guerreros. El que iba delante de todos llevaba un palo, del que pendían, como se vio después, varias cabelleras.

Los espantosos gritos que se habían oído era lo que los blancos llaman con bastante razón el grito de muerto, y la repetición de este grito revelaba a la población el número de enemigos a quienes habían muerto. No era desconocida para Heyward esta costumbre de los indios, lo cual contribuyó a facilitarle la explicación, y sabiendo entonces que la causa de la interrupción era el regreso inesperado de un grupo de guerreros que habían ido a una expedición, tranquilizose y se felicitó de una circunstancia a la que probablemente debería el que no se fijaran tanto en él.

Los guerreros que llegaban, paráronse a unas cien toesas de las viviendas, y sus gritos, tan pronto plañideros como triunfantes, con que querían expresar los gemidos de los moribundos y la alegría de los vencedores, habían ya cesado por completo. Uno de ellos se adelantó a los demás y llamó a los muertos en voz alta, aunque sus palabras ni los aullidos espantosos que las habían precedido no pudieran ser oídos. Así que anunció la victoria que acababan de obtener, sería difícil dar una idea del entusiasmo salvaje y extremos de regocijo con que la noticia fue recibida.

Todo el campo convirtiose en un momento en teatro del más espantoso tumulto y confusión. Los guerreros sacaron los cuchillos blandiéndolos en el aire; colocados en dos filas, una enfrente de otra, formaban una calle que se extendía desde el sitio en que los vencedores habían hecho alto, hasta la puerta de la tienda de donde Heyward acababa de salir.

Las mujeres apoderáronse de hachas, palos, o la primera arma que pudieron encontrar, y se colocaron igualmente en fila para tomar parte en la cruel diversión que se preparaba. Ni los niños querían privarse de ella, y arrancando de las cinturas de sus padres las hachas, que apenas podían levantar, se mezclaban entre los guerreros tratando de imitarlos.

Hacináronse grandes puñados de maleza, y las viejas se ocuparon en encenderlos para alumbrar los nuevos actos que iban a ejecutarse. La llama eclipsó la poca claridad que quedaba del día e hizo los objetos más visibles y horrorosos. La escena ofrecía entonces a la vista un aspecto muy animado, cuyo primer término era una masa sombría de elevados pinos, entre los que se encontraban los guerreros recién llegados.

Delante de todos, y a pocos pasos de distancia, había dos hombres, destinados a representar el principal papel en la escena cruel que se preparaba. La luz era escasa y Heyward no podía distinguir sus rostros desde el paraje en que se encontraba; pero su continente anunciaba que estaban animados por sentimientos muy diferentes. Uno de ellos tenía el aspecto firme, el cuerpo derecho, y parecía dispuesto a sufrir su suerte como un héroe; pero el otro tenía la cabeza inclinada sobre el pecho, como si lo abatiese la vergüenza o lo inmovilizase el terror.

Heyward tenía demasiada grandeza de alma para no admirar y compadecer al primero; pero, como no hubiera sido prudente manifestarlo, limitábase a observar sus menores movimientos, y, al advertir que sus miembros parecían tan ágiles como robustos y bien proporcionados, procuraba persuadirse de que, si era posible que un hombre firmemente resuelto se sustrajese a un peligro tan grande, el joven prisionero que tenía a la vista podía esperar sobrevivir a la carrera que iban a obligarle a dar entre dos filas de hombres furiosos y armados contra su vida. Poco a poco fue el mayor aproximándose a los hurones, y apenas podía respirar; tal era el interés que le inspiraba el desgraciado prisionero.

Resonó un grito que era la señal para principiar la fatal carrera, grito que fue precedido por un profundo silencio de algunos instantes, y seguido por alaridos infernales como jamás los había oído. Una de las dos víctimas quedó inmóvil, y la otra partió en seguida con la ligereza del gamo. Entró en la calle formada por sus enemigos, pero no siguió caminando por este peligroso desfiladero como ellos esperaban, pues, apenas había entrado, y antes que hubiesen tenido tiempo de descargarle un solo golpe, saltó por encima de la cabeza de dos chiquillos, y se alejó rápidamente de los hurones por un camino no menos peligroso. Las imprecaciones de los burlados atronaron los oídos; las filas se rompieron, y todos empezaron a correr de una parte a otra.

Las teas encendidas despedían entonces una claridad rojiza y siniestra. Los salvajes que se divisaban en la oscuridad semejaban espectros, agitando el aire con rapidez y gesticulando con una especie de frenesí, mientras que la ferocidad de los que pasaban junto a las llamas reflejábase vivamente en sus rostros a la luz de aquéllas.

Fácilmente puede suponerse que, siendo perseguido por tantos enemigos encarnizados, el fugitivo no tenía tiempo de respirar ni un solo momento. Estuvo a punto de internarse en el bosque, pero lo encontró guardado por los que le habían hecho prisionero, y viose precisado a retroceder como un gamo que ve al cazador delante. Saltó una hoguera, y pasando con la celeridad de la flecha por entre un grupo de mujeres y niños, no tardó en llegar al otro lado del bosque, donde había otros hurones que lo guardaban. Entonces se encaminó al lugar más oscuro, y Heyward, no habiéndolo visto durante algunos momentos, creyó que el ágil y valiente joven había sucumbido al fin a los golpes de sus bárbaros enemigos.

Sólo podía distinguir entonces una confusa masa de figuras humanas, corriendo desordenadamente de un lado a otro. Los cuchillos, los palos y las hachas estaban levantados en el aire, y esto revelaba que todavía no había recibido el golpe decisivo. Los gritos penetrantes de las mujeres y los alaridos espantosos de los guerreros aumentaban el efecto de este espectáculo. De vez en cuando distinguía Heyward en la oscuridad unas formas ligeras, saltando ágilmente para vencer algún obstáculo que encontraban a su paso, y veía con satisfacción que el joven cautivo conservaba aún su admirable actividad y sus energías, en apariencia inagotables.

La multitud retrocedió de pronto, dirigiéndose hacia el sitio en que permanecía el mayor. Algunos salvajes pasaron por en medio de un grupo numeroso de mujeres y niños, haciéndolos caer, y entre esta confusión vio aparecer nuevamente al fugitivo. Las fuerzas humanas no podían ya resistir una prueba tan terrible, y el desgraciado parecía darse cuenta de ello. Impulsado por la desesperación, atravesó un grupo de guerreros admirados de su audacia, y brincando como un venado, realizó lo que consideró Heyward un esfuerzo extraordinario para ganar el bosque, y como si hubiera sabido que nada tenía que temer del joven oficial inglés, pasó corriendo tan cerca de él que le tocó los vestidos.

Un salvaje gigantesco lo perseguía blandiendo el hacha, y amenazaba darle el golpe de muerte, cuando Heyward, al ver el peligro inminente del prisionero, extendió el pie como por casualidad, poniéndolo entre las piernas del hurón, que cayó casi sobre los talones del fugitivo. Éste se aprovechó de la ventaja, y después de dirigir una mirada al mayor, redobló su ligereza desapareciendo como un relámpago. Heyward lo buscó con la vista por todas partes y no descubriéndolo se lisonjeó de que hubiera logrado internarse en el bosque, cuando de pronto lo vio apoyado contra un poste pintado de varios colores, colocado junto a la puerta de la cabaña principal.

Temeroso de que descubrieran que había prestado socorro al fugitivo, y de que esta circunstancia le fuese fatal a él mismo, habíase Heyward apresurado a variar de sitio tan pronto como vio caer al salvaje que amenazaba al prisionero, por quien se interesaba sin conocerlo, mezclándose entre el tropel de gentes que se reunían alrededor de las viviendas, con aspecto de disgusto, semejante al que revela el populacho congregado para presenciar la ejecución de un reo cuando sabe que ha obtenido el perdón.

Un sentimiento inexplicable, más imperioso que la curiosidad, lo incitaba a aproximarse al prisionero; pero hubiera necesitado abrirse paso casi a la fuerza entre la multitud, y lo consideró una imprudencia. Vio, sin embargo, desde alguna distancia, que el cautivo había pasado un brazo alrededor del poste que lo protegía, sumamente fatigado y casi sin poder respirar, pero reprimiendo con orgullo todo gesto que revelase su cansancio. Una costumbre inmemorial y sagrada protegía entonces su persona, hasta que el consejo de la población deliberase sobre su suerte; pero no era difícil prever cuál sería el resultado de esta deliberación, juzgando por los sentimientos que animaban a los salvajes que estaban en torno suyo.

La lengua de los hurones carecía de palabras que significasen todo el desprecio con que aquellas gentes mortificaban al desgraciado, y no había ningún epíteto humillante, ninguna invectiva que las mujeres no le dirigiesen por haberse sustraído a su rabia; y hasta le reconvenían por los esfuerzos realizados para escapar, diciéndole sarcásticamente que sus pies valían más que sus manos, y que debían habérsele dado alas ya que desconocía el uso de la flecha y del cuchillo. El cautivo estaba silencioso, sin manifestar temor ni cólera, sino solamente un desdén lleno de dignidad, que encolerizaba más aún a las mujeres.

Una de las viejas que habían encendido las hogueras abriose paso por entre la multitud, y se situó enfrente del prisionero. Su rostro arrugado, sus facciones ajadas y su asquerosa suciedad, hubieran podido hacerla pasar por una bruja; echose hacia atrás el vestido ligero que la cubría, extendió su descarnado brazo al prisionero, y le dirigió la palabra en delaware para tener seguridad de ser entendida.

—Escúchame, delaware —le dijo riéndose sarcásticamente—: tu nación es una raza de mujeres, y la azada conviene mejor a sus manos que el fusil. Vuestras esposas no paren sino gamos; y si un oso, una serpiente o un gato salvaje naciera entre vosotros, no tendríais espacio suficiente para correr. Las hijas de los hurones os buscaremos marido.

Esta última frase fue acogida por una carcajada general, distinguiéndose la de las jóvenes en medio de las voces roncas o chillonas de las viejas, cuya malignidad parecía haber crecido con los años. Pero el extranjero, que era superior a los sarcasmos, así como a las injurias, conservaba la cabeza erguida, mirando de vez en cuando con desprecio y altivez a los guerreros que permanecían silenciosos detrás de las mujeres.

La vieja, autora de la chanzoneta, enfurecida por la tranquilidad del prisionero, púsose en jarras y, tomando una actitud que revelaba el furor de que estaba poseída, escupió un nuevo torrente de injurias. Pero, a pesar de su larga experiencia en el arte de insultar a los desgraciados cautivos, y de haber adquirido por ello reputación entre su horda, no consiguió mover un solo músculo del rostro del que pretendía atormentar.

El despecho que esta aparente indiferencia le produjo, empezó a comunicarse a los demás espectadores, y un joven, que desde hacía muy poco pertenecía al grupo de los guerreros de su nación, vino a ayudar a la vieja, y trató de intimidar a su víctima con vanas bravatas, blandiendo el hacha sobre su cabeza. El prisionero volvió hacia él el rostro, lo miró despreciativamente, y volvió a la tranquila actitud en que se había mantenido hasta entonces; pero este movimiento le permitió dirigir una rápida mirada a Heyward, el cual reconoció en él al joven mohicano Uncas. Extraordinariamente sorprendido, y temblando ante la situación crítica en que su amigo se encontraba, bajó Heyward los ojos, temiendo que su expresión precipitase la suerte del prisionero, que, sin embargo, permanecía tan tranquilo como si nada tuviese que temer.

Casi al mismo tiempo, un guerrero, dando fuertes empujones a las mujeres y a los niños, se abrió paso entre la muchedumbre, tomó a Uncas por el brazo, y lo hizo entrar en la gran choza, adonde le siguieron los jefes guerreros más distinguidos, y hasta Heyward, lleno de inquietud, encontró medio de mezclarse entre ellos sin atraerse la atención de los circunstantes, que hubiera podido serle peligrosa.

Los hurones emplearon algunos minutos en ocupar el puesto que les correspondía, conforme a su rango y la influencia de que gozaban. El orden que se guardó en esta ocasión era casi el mismo que el observado cuando Heyward se presentó ante ellos. Los viejos y los jefes principales estaban sentados en el centro de la estancia, más iluminada que el resto por la llama de un gran pedazo de tea; los jóvenes y los guerreros de inferior categoría se colocaron detrás formando círculo; y, en el centro, y debajo de una abertura practicada en el techo para dar salida al humo y sobre la cual brillaban dos o tres estrellas, estaba Uncas derecho haciendo alarde de tranquilidad y de altivez. Este aspecto de orgullo y dignidad no se escapó a las miradas penetrantes de los árbitros de su suerte, que lo contemplaban con ferocidad, pero sin tratar de ocultar la admiración que les producía su valor.

No ocurría lo mismo con el otro individuo condenado, como el joven mohicano, a pasar entre las dos filas de salvajes armados y que no se había aprovechado de la escena tumultuosa y la confusión descritas para escaparse. Aunque nadie había pensado vigilarlo, permanecía inmóvil, semejante a la estatua de la vergüenza; ni una sola mano se había posado sobre él para conducirlo a la cabaña del consejo, sino que él mismo había entrado en ella como impulsado por una fuerza irresistible.

Heyward aprovechose de la primera ocasión que se le presentó para mirarlo frente a frente, temeroso de reconocer en él a algún otro amigo; pero la primera ojeada que le dirigió, convenciole de que era un hombre desconocido. Sin embargo, a juzgar por la forma en que tenía pintado el cuerpo, creyó reconocer un guerrero hurón; pero, en vez de ocupar un sitio entre sus compañeros, se sentó solo en un rincón con la cabeza inclinada sobre el pecho y encogido como si pretendiera ocupar el menor lugar posible.

Cuando hubo ocupado cada cual el sitio que le correspondía, se restableció el silencio en la asamblea, y el jefe del cabello cano dirigió la palabra a Uncas, en lengua delaware, diciéndole:

—Delaware, aunque perteneces a un pueblo de mujeres, has probado que eres hombre y con gusto te ofrecería algo que comieses; pero el que come con un hurón hace amistad con él. Descansa hasta el sol de mañana, y entonces oirás las palabras del consejo.

—He ayunado siete noches y otros tantos días largos de verano siguiendo las huellas de los hurones —repuso Uncas—. Los hijos de los lenapes saben seguir el camino de la justicia sin detenerse para comer.

—Dos de mis guerreros persiguen a tu compañero —replicó el anciano jefe sin parar mientes en la bravata de Uncas—; cuando regresen, el voto de los sabios del consejo te dirá: vive o muere.

—Los hurones deben ser sordos —dijo el joven mohicano—. Desde que soy prisionero vuestro, he oído dos veces la explosión de un fusil bien conocido. Vuestros dos guerreros no volverán nunca.

Un silencio bastante prolongado siguió a esta atrevida declaración que aludía al fusil del cazador. Heyward, intrigado por esta inopinada taciturnidad, alargó el cuello procurando descubrir en el rostro de los salvajes la impresión que las palabras de su joven amigo les había producido; pero el jefe tomó de nuevo la palabra para decir:

—Si los lenapes tienen tanta habilidad, ¿cómo se encuentra aquí uno de sus guerreros más valientes?

—Porque ha seguido los pasos de un cobarde que huía —respondió Uncas—, y ha caído en un lazo. El castor es hábil, y puede ser cazado.

Y, al decir esto, señaló con el dedo al hurón solitario guarecido en un rincón; pero sin dirigirle más que una mirada de desprecio.

Sus palabras, su gesto, sus miradas, impresionaron profundamente a sus oyentes; y todos los ojos se volvieron a la vez hacia el individuo que había designado, después de lo cual prodújose un gran murmullo cuyo rumor llegó hasta el tropel de mujeres y niños reunidos en la puerta, que estaban tan estrechamente agrupados, que no había entre ellos el más pequeño espacio libre.

Mientras tanto los jefes más ancianos se comunicaban constantemente sus impresiones por medio de algunas frases breves, pronunciadas con voz sorda, y acompañadas de gestos enérgicos. Hubo otra larga pausa que, como sabían todos los presentes, fue el grave precursor de la sentencia solemne e importante que iba a dictarse. Los hurones que estaban detrás se sostenían de puntillas para satisfacer su curiosidad, y hasta el mismo reo, olvidando un momento su vergüenza, levantó la cabeza para leer en la mirada de los jefes la suerte que le estaba reservada, hasta que al fin el anciano jefe, levantándose y pasando junto a Uncas, se adelantó hacia el hurón solitario, y quedose en pie delante de él en una actitud de dignidad.

La vieja que había injuriado a Uncas precipitose en aquel momento en la choza, tomó en la mano la única tea que estaba ardiendo, y empezó a ejecutar una especie de danza, murmurando algunas palabras que pudieran tomarse por un conjuro, y aunque nadie le había ordenado entrar en la cabaña, nadie pareció tampoco dispuesto a hacerla salir.

Aproximose luego a Uncas, y colocó la tea de que se había apoderado de modo que pudiera ver la menor alteración de su rostro; pero el mohicano soportó dignamente esta nueva prueba, y conservó su actitud altiva y reposada. Sus ojos no variaron de dirección, sin dignarse fijarlos un instante en las facciones asquerosas de aquella furia infernal. Satisfecha de su examen, apartose del joven con cierta expresión de placer, y fue a representar la misma mojiganga delante de su compatriota que no revelaba la menor firmeza.

Éste se encontraba todavía en la flor de su edad, y las pocas prendas que vestía no ocultaban la belleza de sus formas, que se dibujaban perfectamente a la claridad de la tea. Heyward posó su vista sobre él; pero apartó los ojos con horror al ver que todo su cuerpo estaba agitado por las convulsiones del miedo. Este espectáculo hizo prorrumpir a la vieja en una especie de cántico en voz baja y lamentable; pero el jefe extendió el brazo y la separó con suavidad.

—Caña Flexible —dijo dirigiéndose al joven hurón, que así se llamaba—, aunque el Gran Espíritu te ha dado una figura agradable a la vista, más te hubiese valido no haber venido al mundo. Tu lengua habla mucho en el pueblo, pero enmudece en el combate; ninguno de mis guerreros clava con más profundidad su hacha en el poste de la guerra, pero nadie la descarga con menos fuerza sobre los ingleses; nuestros enemigos conocen tus espaldas, pero jamás vieron el color de tus ojos; tres veces te han llamado al combate, y otras tantas has rehusado acudir. Ya no eres digno de nuestro pueblo; tu nombre no será pronunciado jamás, y ya está olvidado.

En tanto que el jefe pronunciaba este discurso, haciendo una pausa en cada frase, el hurón levantó la cabeza por deferencia a la edad y a la categoría del que hablaba. La vergüenza, el temor, el horror y el orgullo se reflejaban al mismo tiempo en su rostro, disputándose cada uno de estos sentimientos la preeminencia. Al fin el orgullo triunfó, sus ojos se reanimaron de repente, y se clavaron con firmeza en los guerreros cuyos elogios pretendía alcanzar a lo menos en sus últimos momentos. Púsose de pie y, descubriéndose el pecho, miró sin temblar el fatal cuchillo que ya brillaba en la mano de su inexorable juez, y hasta viósele sonreír mientras aquel instrumento de muerte se clavaba con lentitud en su corazón, como si encontrara placer convenciéndose de que la muerte no era tan terrible como su timidez natural se la había pintado, hasta que cayó exánime casi a los pies de Uncas, que no se inmutó un momento.

La vieja lanzó un grito lastimero, apagó la tea arrojándose al suelo, y la cabaña quedó sumida en la más profunda oscuridad. Los guerreros, como espíritus espantados, precipitáronse fuera inmediatamente, por lo que creyó Heyward que le habían dejado a solas con la víctima, palpitante aún.

CAPÍTULO VII

El sabio habló así: Los reyes terminaron el consejo sin más demora, y
obedecieron a su jefe.

(La Ilíada)

No necesitó Heyward más que un momento para convencerse de su
error al creerse solo en la cabaña, pues pronto sintió que una mano se apoyaba en su brazo, apretándolo fuertemente, y reconoció la voz de Uncas
que le decía al oído en voz baja:

—Los hurones son unos miserables: la sangre de un cobarde no debe
hacer temblar nunca a un guerrero. La cabeza gris y el sagamore están en
salvo. El fusil de Ojo-de-halcón no duerme; váyase de aquí. Uncas y Mano
Abierta deben fingir que no se conocen; silencio.

Heyward hubiera deseado adquirir más noticias; pero su amigo, empu-
jándolo hacia la puerta vigorosamente pero sin violencia, le advirtió los nuevos peligros que corrían los dos si se descubriera su intimidad.

Cediendo, pues, a la necesidad, aunque con repugnancia, abandonó la
estancia y mezclose con la gente que se encontraba junto a las cabañas. Las
hogueras, que estaban apagándose, no iluminaban ya sino muy pálidamente
a los individuos que iban y venían o se reunían en grupos; pero de vez en
cuando la llama se reanimaba un instante, y esparcía una claridad pasajera
que penetraba hasta el interior de la cabaña grande, donde permanecía Uncas solo, en la misma actitud, teniendo a sus pies el cuerpo del hurón que
acababa de expirar. Algunos guerreros entraron entonces y se llevaron el
cadáver al bosque, no sabemos si para darle sepultura o para entregarlo a la
voracidad de las fieras.

Terminada esta solemne escena, Heyward entró en varias chozas sin que
nadie le preguntase nada, ni aun fijasen la atención en él, con la esperanza
de encontrar algunos indicios de Alicia, por quien se había expuesto a tantos peligros. En la situación en que a la sazón se encontraba, le hubiera sido
muy fácil huir y reunirse a sus compañeros si lo hubiera deseado; pero pres-
cindiendo de la continua inquietud que atormentaba su espíritu con respecto a su amada, un nuevo interés, aunque menos poderoso, lo retenía entonces entre los hurones.

Prosiguió así durante un rato pasando de choza en choza, muy disgustado por no encontrar nada de lo que buscaba, hasta que renunciando a una

pesquisa inútil, volvió a la cabaña del consejo, confiando ver en ella a David, con el propósito de informarse de él para poner fin a sus dudas, que le eran ya demasiado enojosas.

Cuando llegó a la puerta de la estancia que había sido sala de justicia y lugar de la ejecución, vio que todos los rostros habían recobrado la tranquilidad. Los guerreros habían vuelto a reunirse nuevamente fumando y conversando acerca de los principales incidentes de su expedición a «Guillermo-Enrique», y aunque la vuelta de Heyward debía recordarles las circunstancias algo sospechosas de su llegada, no produjo su presencia ninguna alteración.

Creyendo el joven oficial que la horrible escena que acababa de desarrollarse favorecía sus planes, se propuso no omitir ningún medio para sacar partido de esta inesperada ventaja.

Entró, pues, en la cabaña resueltamente, tomó asiento, y bastole una sola mirada para asegurarse de que Uncas permanecía aún en el mismo sitio, pero que David no se encontraba en aquella reunión. Al joven mohicano le habían quitado las ligaduras. Un hurón, sentado a alguna distancia, fijaba sobre él sus miradas vigilantes, y un guerrero armado estaba apoyado contra la pared, próximo a la puerta. Fuera de esto, el prisionero parecía encontrarse en libertad; pero le estaba prohibido tomar parte en la conversación, y su inmovilidad le daba apariencia de una hermosa estatua, más bien que de un ser animado.

Heyward, que acababa de presenciar uno de los terribles castigos impuestos por la tribu en cuyas manos se había puesto voluntariamente, guardose muy bien de llamar la atención mostrándose extremadamente tranquilo, y antes hubiera preferido el silencio y la meditación a las palabras, en aquel momento en que el descubrimiento de su verdadera posición no podía menos de serle funesto. Por desgracia, esta prudente resolución no fue adoptada por todos los circunstantes, pues a poco de haber tomado asiento en el sitio, algo apartado, que había elegido juiciosamente, un jefe anciano que estaba junto a él le dirigió la palabra en francés, diciéndole:

—Mi padre del Canadá no olvida a sus hijos, y yo se lo agradezco mucho. Un espíritu malo ha penetrado en el cuerpo de la mujer de uno de mis jóvenes guerreros: ¿podría el sabio extranjero libertarla de él?

Heyward, para quien no eran un secreto las truhanerías que practican los charlatanes indios cuando suponen que el espíritu maligno se ha apoderado de alguno de la nación, comprendió en seguida que esta circunstancia podía favorecer sus planes, y hubiera sido difícil hacerle en aquel momento una proposición más satisfactoria; pero, conociendo, no obstante, la necesidad de conservar la dignidad del papel que había adoptado, ocultó su alteración y repuso con el acento misterioso, propio del personaje que representaba:

—Hay espíritus de varias condiciones; unos ceden al poder de la sabiduría, y otros la resisten.

—Mi hermano es un gran médico —respondió el indio—, y podrá intentar...

Heyward hizo gravemente un gesto de asentimiento sin pronunciar palabra alguna, con lo que se dio por satisfecho el hurón.

El anciano jefe tomó de nuevo la pipa y aguardó el momento oportuno para salir. El impaciente Heyward maldecía interiormente las graves costumbres de los salvajes; pero se vio obligado a afectar una indiferencia semejante a la del viejo, que era el padre de la supuesta poseída por el espíritu malo.

Transcurrieron otros diez minutos, que parecieron un siglo al mayor, que deseaba empezar su aprendizaje de charlatán; al fin, el hurón dejó la pipa y se cruzó al pecho su pedazo de percal para disponerse a salir; pero entonces entró en la cabaña un guerrero de grande estatura, y adelantándose en silencio se sentó sobre el mismo asiento de Heyward; éste dirigió una mirada a su vecino, y un temblor involuntario se apoderó de todo su cuerpo al reconocer al magua.

El regreso repentino de este jefe temible y astuto retardó la salida del anciano jefe, que volvió a encender la pipa; lo mismo hicieron otros varios, y hasta el magua tomó la suya, la llenó de tabaco y se puso a fumar tan tranquilamente como si no hubiera estado dos días ausente y ocupado en una caza fatigosa. Un cuarto de hora, que fue para Heyward una eternidad, transcurrió de este modo, y todos los guerreros estaban envueltos en una nube de humo, cuando uno de ellos, dirigiéndose al recién llegado, le preguntó:

—¿Ha visto el magua muchos alces?

—Mis jóvenes guerreros vienen agobiados con su peso —respondió el interpelado—. Que la Caña Flexible salga a su encuentro y les ayudará.

Este nombre, que no debía jamás ser pronunciado entre los hurones, hizo caer las pipas de todas las bocas como si el cañuto no exhalase más que emanaciones impuras. Un sombrío y profundo silencio se esparció en la asamblea, mientras el humo, ascendiendo en espirales, llegaba hasta el techo para salir por la abertura practicada en él, despojando de sus torbellinos a la parte baja del cuarto, y permitiendo a la tea iluminar los atezados rostros de los jefes.

Los ojos de la mayor parte de ellos estaban fijos en tierra; pero algunos jóvenes atreviéronse a mirar a un viejo cano, que estaba sentado entre dos de los más venerables jefes de la población. Sin embargo, no se advertía en él nada que llamase particularmente la atención; su aspecto era melancólico y abatido, su vestido era el de los indios de la clase ordinaria, y lo mismo que la mayor parte de los que lo rodeaban, tenía la vista baja, pero, habiéndonos levantado un instante, vio que era el objeto de la curiosidad general, y poniéndose en seguida en pie, rompió el silencio en estos términos:

—Es falso: yo no tenía hijo; el que llevaba este nombre ha sido ya olvidado; su sangre era pálida, y no salía de las venas de un hurón. El Grande Espíritu ha querido que la raza de Wissentush se extinguiese, y yo me alegro de ser el último de ella. He dicho.

El desgraciado padre volvió a mirar en torno suyo como para leer la aprobación en los ojos de los que lo escuchaban; pero los usos severos de su pueblo habían exigido un tributo demasiado duro a un débil anciano. La expresión de sus ojos desmentía el lenguaje altivo y figurado en que acababa de expresarse, la naturaleza triunfaba interiormente del estoicismo, y todos los músculos de su arrugado rostro estaban agitados por la angustia interior que experimentaba. Permaneció en pie un minuto para gozar de un triunfo adquirido a tanto precio, y entonces, como si la vista de los hombres le fuera enojosa, se envolvió la cabeza con su manto y salió con el paso mesurado, propio de un indio, para irse a su choza y llorar su desgracia en compañía de su mujer, que también era muy anciana.

Los indios, que creen que las virtudes y los vicios se transmiten de padres a hijos, lo dejaron partir silenciosos, y después que hubo salido, con una delicadeza que podía servir de ejemplo a una sociedad civilizada, apartó el anciano jefe la atención de los jóvenes del espectáculo de debilidad que acababan de presenciar, y dijo dirigiendo la palabra al magua jovialmente:

—Los delawares han rodado en estas inmediaciones lo mismo que los osos que buscan las colmenas llenas de miel; pero, ¿quién ha sorprendido jamás a un hurón dormido?

Una sombría y siniestra nube empañó la frente del magua, que repuso:

—¿Los delawares de los lagos?

—No; los que visten sayas de squaws en las orillas del río del mismo nombre. Uno de ellos ha venido aquí —respondió el anciano.

—¿Le han despojado nuestros guerreros de la cabellera?

—No —respondió el jefe mostrándole a Uncas que permanecía tranquilo e inmóvil—; tiene buenas piernas, aunque su brazo sea más propio para manejar el azadón que para blandir el hacha.

Lejos de mostrar una vana curiosidad por ver al cautivo de una nación odiosa, el magua siguió fumando con su habitual actitud reflexiva, puesto que no necesitaba acudir a la astucia o emplear su elocuencia salvaje. Aunque interiormente admirado de lo que acababa de saber, no creyó prudente hacer ninguna pregunta, reservándose para aclarar sus dudas en otra ocasión más favorable; y sólo al cabo de algunos momentos, sacudiendo las cenizas de la pipa y levantándose para apretarse el cinturón que sostenía el hacha, volvió la cabeza hacia el prisionero que permanecía a algunos pasos detrás de él.

Uncas parecía estar entregado a profundas meditaciones, pero veía todo lo que pasaba, y descubriendo el movimiento del magua, hizo él uno por su parte para que no creyese que le inspiraba temor alguno, y se encontraron sus miradas. Durante dos minutos, estos dos hombres altivos e indómitos quedaron con los ojos fijos el uno en el otro, sin que ninguno de ellos pudiera hacer bajar los del enemigo. El joven mohicano parecía ser presa de un fuego interior, con las narices abiertas como un tigre acosado por los cazadores, y su actitud era tan altiva e imponente, que la imaginación no hubiera necesitado realizar gran esfuerzo para representárselo como una copia del dios de la guerra y de su pueblo. No estaban menos inflamadas las facciones del magua; al pronto parecía que sólo respiraba rabia y venganza; pero su rostro reflejaba una alegría feroz, cuando exclamó en voz alta:

—¡El Ciervo ágil!

Este nombre formidable y bien conocido hizo poner en pie a todos los guerreros, cuya sorpresa fue más fuerte que la calma estoica de los indios. Todas las bocas repitieron al unísono este nombre aborrecido y temido; las mujeres y los niños que estaban junto a la puerta lo repitieron también como un eco, y los gritos llegaron hasta las más apartadas viviendas. Todos los que estaban en ellas salieron, y sus continuados alaridos pusieron término a esta escena.

Mientras tanto los jefes habían vuelto a sentarse, como avergonzados del movimiento de que se habían dejado llevar; todos permanecían silenciosos, pero con los ojos fijos en el prisionero lo contemplaban curiosamente acordándose de que su valor había sido fatal a muchos guerreros de su nación.

Esto era un triunfo para Uncas, que no daba otra señal de vida que aquel movimiento sosegado de los labios que en todos los países y en todos los tiempos ha sido siempre la expresión del desprecio. Conociole el magua, y cerrando el puño y extendiendo el brazo, sacudiolo en el aire como amenazando al prisionero, y exclamó en inglés:

—Mohicano, es necesario que mueras.

—Las aguas de la fuente de la Salud —respondió Uncas en delaware— no resucitarán a los hurones muertos en el monte, donde blanquearán sus huesos. Los hurones son squaws, y sus mujeres búhos. Vaya, reúna a todos los perros hurones para que puedan contemplar a un guerrero. Mis narices se ofenden oliendo la sangre de un cobarde.

Esta última alusión excitó un profundo enojo, porque muchos hurones entendían, lo mismo que el magua, la lengua de que Uncas se acababa de servir. El astuto salvaje comprendió en seguida que podía sacar algún provecho de la disposición general de los circunstantes, y resolvió aprovecharla.

Dejando caer la piel que le cubría un hombro, extendió su brazo para anunciar que iba a hacer uso de la palabra, pues, aunque había perdido por su deserción una parte de su influencia entre los suyos, todos le reconocían el valor, y lo consideraban como el primer orador del pueblo.

Empezó relatando cuanto había ocurrido en el ataque de Glenn, la muerte de varios de sus compañeros y la forma en que se le habían escapado los más temibles enemigos. Describió luego la situación de la colina donde se había retirado con los prisioneros que cayeron en su poder, sin hacer mención del bárbaro suplicio que había intentado hacerles sufrir, y pasó rápidamente al imprevisto ataque de «La-Larga-carabina, la Gran Serpiente y el Ciervo ágil», quienes habían asesinado a sus compañeros por sorpresa dejándolo a él mismo por muerto.

Al llegar a este punto hizo una pausa como para rendir un tributo de dolor a las víctimas, pero más bien con el fin de apreciar el efecto que producía en los oyentes el principio de su discurso. Los ojos de todos los indios estaban fijos en él, escuchándole con tal atención y con una inmovilidad tan completa, que hubiera podido creerse que estaba rodeado de estatuas. Luego, bajando la voz, que hasta entonces había sido clara, sonora y elevada, prosiguió su discurso enalteciendo las cualidades admirables de los difuntos, sin olvidar ninguna de las que podían producir una impresión favorable. El uno no había ido a cazar nunca sin volver cargado de aves, el otro sabía descubrir las huellas de los enemigos más astutos, aquél era valiente a toda prueba, éste generoso sin ejemplo; en suma, trazó sus retratos de manera que en un poblado que sólo se componía de reducido número de familias, cada cuerda que tocaba vibraba en el corazón de alguno de sus oyentes.

—¿Los huesos de estos guerreros —prosiguió— reposan en el sepulcro de sus antepasados? Vosotros sabéis que no; sus espíritus se fueron por el lado de poniente; ya atraviesan las grandes aguas, pero partieron sin víveres, sin fusiles, sin cuchillos, sin mocasines, desnudos y pobres como en el momento de venir al mundo, ¿y será esto justo? ¿Entrarán en el país de los buenos como iroqueses hambrientos o miserables delawares? ¿Encontrarán a sus hermanos sin llevar armas en las manos ni vestidos en sus cuerpos? ¿Qué pensarán nuestros padres al verlos llegar de este modo? Creerán que los wyandotes han degenerado; los mirarán con enojo, y dirán: «Un chypais ha entrado aquí bajo el nombre de hurón.» Hermanos míos, no debemos olvidar a los muertos; un piel roja no olvida jamás. Cargaremos las espaldas del mohicano hasta que el peso le sea insoportable, o lo despacharemos detrás de nuestros compañeros, quienes, aunque nuestros oídos no estén abiertos para entenderlos, nos gritan: ¡No nos olvidéis! Cuando vean el espíritu de este mohicano correr detrás de ellos con su enorme peso comprenderán que no los hemos dado al olvido, y proseguirán su viaje más tranquilos, y nuestros hijos dirán: «Esto es lo que nuestros padres han hecho por sus amigos y nosotros debemos hacer otro tanto por ellos.» ¿Qué significa un inglés? Hemos dado muerte a muchos, pero la tierra está todavía blanca; sólo la sangre de un indio puede lavar una mancha hecha al nombre hurón. ¡Muera, por lo tanto, este delaware!

Fácilmente, se imaginará el lector el efecto que produjo semejante arenga pronunciada enérgicamente ante tal auditorio.

Un guerrero, cuyo rostro reflejaba una ferocidad más que salvaje, se había distinguido por la viva atención que había prestado al orador; su fisonomía había expresado alternativamente todas las sensaciones que experimentaba, hasta que no quedaron ya en ella sino las del odio y la rabia. Cuando el magua hubo concluido de hablar, se levantó dando un horrible alarido, y se lo vio blandir sobre la cabeza su hacha brillante y bien afilada. Este grito y movimiento fueron demasiado rápidos para que nadie pudiera oponerse a su proyecto sanguinario, aun cuando alguno hubiera tenido este propósito. A la luz de la antorcha se vio una línea brillante atravesar la estancia, y otra línea negra cruzarla al momento; la primera era el hacha que volaba hacia su objeto, y la segunda el brazo del magua que desviaba su dirección. Este movimiento tuvo eficacia, porque el arma homicida no hizo sino derribar la larga pluma que adornaba la mecha de pelo de Uncas, y atravesó el débil muro de tierra de la choza como si hubiera sido lanzada por una ballesta o catapulta.

Heyward oyó el horrible grito del bárbaro guerrero y vio su acción, pero apenas se había levantado maquinalmente como si pudiera prestar algún socorro a Uncas, cuando advirtió que ya había pasado el peligro, y el terror convirtiose en admiración. El joven mohicano estaba en pie, contemplando a su enemigo sin revelar la menor alteración; se sonrió despreciativamente, y pronunció en su lengua algunas palabras en el mismo sentido.

—No —dijo el magua después de haberse cerciorado de que el prisionero no había sido herido—. El sol debe iluminar su vergüenza; es preciso que nuestras mujeres vean temblar sus carnes y tomen parte en su suplicio, si no nuestra venganza no sería más que un juego. Que lo conduzcan a la mansión de las tinieblas y del silencio. Veamos si un delaware que ha de morir mañana, puede dormir hoy.

Algunos de los jóvenes guerreros apoderáronse entonces del prisionero, lo ataron con cordeles hechos de cortezas de árbol y lo sacaron de la cabaña. Uncas caminaba con paso firme; sin embargo, al llegar a la puerta pareció que su valor flaqueaba, porque se detuvo un instante, pero no fue sino para volverse y dirigir a sus enemigos una mirada de desdeñosa altivez. Sus ojos se encontraron con los de Heyward, y éste creyó entender que todavía quedaba alguna esperanza.

Satisfecho el magua del éxito alcanzado, o, tal vez, distraído con proyectos ulteriores, no pensó en hacer nuevas preguntas, y cruzando sobre su pecho la piel que lo cubría, salió de la choza sin hablar más de un asunto que hubiera podido ser fatal al que estaba a su lado.

A pesar de su resentimiento, que le infundía más valor a cada instante, y del cuidado que le inspiraba la suerte de Uncas, Heyward se sintió aliviado al ver que se alejaba un enemigo tan peligroso y tan sutil; la agitación que había producido el discurso del magua empezaba también a calmarse; los guerreros habían vuelto a tomar asiento, y nuevas nubes de humo llenaban la estancia; durante cerca de media hora no se pronunció ni una sola sílaba, y apenas movieron los ojos. Un silencio grave y reflexivo sucedía ordinariamente a todas las escenas de tumulto y violencia en aquellos pueblos tan impetuosos como impasibles.

Cuando el jefe que había solicitado los socorros del supuesto arte de Heyward hubo terminado de fumar su pipa, se levantó y se dispuso al fin a partir. Un movimiento que hizo con el dedo fue la única invitación que dirigió al supuesto médico para que lo siguiera, y atravesando una atmósfera enrarecida por el humo, salió de la cabaña el mayor respirando con fruición el aire puro y fresco de una hermosa noche de verano.

En vez de dirigirse a las tiendas en que Heyward había hecho ya pesquisas inútiles, su compañero encaminose rectamente hacia la base de una montaña vecina cubierta de bosque, que dominaba el campo de los hurones, cuya inmediación estaba obstruida con una espesa maleza, por la que tuvieron necesidad de seguir una senda estrecha y tortuosa. Los niños habían vuelto a reanudar sus juegos en el campo y armados de ramas de árboles se habían formado en dos filas, entre las cuales todos corrían, por turno, para ganar el poste protector.

Para mejor imitar a sus padres, los pequeñuelos habían encendido varias hogueras, cuya llama alumbraba el camino de Heyward y daba un carácter todavía más salvaje a aquella escena. Llegados el mayor y su acompañante frente a una gran roca, entraron en una especie de calle, formada en el bosque por el tránsito de los gamos en sus emigraciones periódicas; precisamente en aquel momento los niños arrojaron nuevos combustibles sobre la pira más próxima, y salió una llama viva, cuyo brillo, reflejándose en la superficie blanca de la peña, iluminó la calle en que acababan de entrar, y les hizo descubrir una especie de bola negra que se encontraba a algunos pasos, en el mismo camino.

Detúvose el indio como dudando si debería seguir adelante, y su compañero se aproximó a él; la bola negra, que hasta entonces parecía inmóvil, empezó a agitarse de un modo inexplicable, y el fuego, despidiendo entonces una luz viva, mostró aquel objeto con más claridad. Era un oso monstruoso; pero, aunque gruñía terriblemente, no daba ninguna otra señal de hostilidad, y en lugar de continuar avanzando apartose a un lado del camino y se sentó sobre los pies traseros. El hurón lo contempló atentamente y, habiéndose sin duda asegurado de que este intruso no tenía malas intenciones, prosiguió caminando con tranquilidad.

Heyward, que no ignoraba que los indios domesticaban alguno de estos animales, siguió el ejemplo de su compañero, creyendo que la fiera sería algún oso favorito de la población que habría entrado en el bosque a buscar colmenas, cuya miel les agrada en extremo.

Pasaron junto al oso, que no hizo oposición ninguna a su marcha, y el hurón, que, al verlo, había dudado avanzar, tranquilizose por completo y no volvió a mirarlo. No obstante, Heyward no pudo menos de volver de vez en cuando la cabeza para observar los movimientos del monstruo por si tenía necesidad de defenderse de un ataque repentino; y así es que experimentó cierto terror cuando advirtió que los seguía. Iba ya a avisar al indio, cuando éste, abriendo una puerta de corteza que cerraba la entrada de una caverna labrada por la Naturaleza en la montaña, le indicó que lo siguiese.

Regocijose Heyward de encontrar una guarida tan oportuna; pero al cerrar la puerta, sintió una resistencia que se oponía a sus esfuerzos. Se volvió y vio la pata del animal que detenía la puerta, y el oso siguió sus pasos. Estaban a la sazón en un paraje oscuro y estrecho, donde era imposible retroceder sin tropezar con el temible habitante de los bosques, y, por lo mismo, haciendo de la necesidad virtud, continuó avanzando, pero tan cerca de su conductor como le fue posible. Seguíale el oso pegado a sus talones; gruñía de rato en rato, y en dos o tres ocasiones llegó a apoyar sus enormes patas sobre los hombros del mayor, como si hubiera querido impedir que se internase más en la caverna.

Sería difícil averiguar si Heyward hubiera podido sostener mucho tiempo una situación tan crítica; pero no tardó en experimentar algún alivio, porque, habiendo marchado en línea recta hacia una luz débil, llegó dos o tres minutos después al sitio de donde salía.

Una amplia cavidad de la roca había sido dispuesta con tal arte, que formaba varios departamentos, cuyos tabiques estaban construidos de corteza, ramas y tierra. Las rendijas de la bóveda dejaban penetrar la luz durante el día, y por la noche se alumbraba con el fuego y las teas; aquél era el almacén de armas, de provisiones y de los efectos pertenecientes a toda la población en general, y especialmente de los objetos más preciosos de los hurones, que, siendo de todos, no eran propiedad particular de ninguno. La mujer enferma, que creían víctima de un poder sobrenatural, había sido trasportada allí porque suponían que al espíritu maligno que la atormentaba, le sería más difícil penetrar por entre las piedras de una roca que por las hojas que cubrían el techo de las cabañas. El departamento en que Heyward y su guía acababan de entrar había sido destinado a aquella infeliz que, tendida sobre una cama de hojas secas, estaba rodeada de un grupo de mujeres, en medio de las cuales Heyward reconoció sorprendido a su amigo David Lagamme.

Una sola mirada fue suficiente para convencer al supuesto médico de que la enferma se encontraba en un estado que no le permitía abrigar ninguna esperanza de hacer brillar los talentos que no poseía, porque sufría una parálisis general. Había perdido el uso de la palabra y el movimiento, y en apariencia no experimentaba ya dolor alguno. Alegrose Heyward de que las jerigonzas que iba a verse obligado a hacer para desempeñar bien su cometido, se las inspirase una mujer demasiado enferma ya para interesarse mucho por ella y concebir vanas esperanzas, pues esta idea contribuyó a calmar algunos escrúpulos de su conciencia. Iba a dar principio a sus operaciones médicas y mágicas, cuando se le anticipó un doctor tan hábil como él en la ciencia de curar, y que quería ensayar el poder de la música.

David, que se disponía a entonar un cántico cuando entraron Heyward y el hurón, esperó algunos momentos, y, tomando seguidamente el tono con su instrumento, empezó a cantar con un entusiasmo capaz de obrar un milagro si sólo hubiera sido necesaria la fe para la eficacia del remedio. Nadie lo interrumpió; los indios, porque creían que su flaqueza de espíritu lo ponía bajo la inmediata protección del Cielo, y Heyward porque le complacía en sumo grado esta dilación para pretender abreviarla. Mientras el cantor hacía una pausa en la cadencia de la primera estrofa, el mayor se estremeció al oír los mismos sonidos repetidos por una voz sepulcral que parecía sobrehumana. Miró entonces en torno suyo, y vio en el rincón más oscuro del cuarto al oso sentado sobre las patas traseras, balanceando su cuerpo como acostumbran hacer estos animales, e imitando con gruñidos sordos los ecos de la melodía del cantor.

Es imposible dar idea del efecto que produjo en David aquel eco tan extraño e inesperado: abrió los ojos desmesuradamente, y quedó mudo de sorpresa.

El terror, el asombro y la admiración, hiciéronle olvidar algunas frases que tenía preparadas para comunicar al mayor las noticias importantes que había adquirido, y salió huyendo de la caverna, sin poder decir al mayor, apresuradamente y en inglés, más que estas palabras: ¡Ella está aquí y lo espera!

CAPÍTULO VIII

SNUG.—Entregadme el papel del león, si lo habéis copiado, porque tengo mala memoria.
QUINCE.—Lo podéis repentizar, porque os bastará rugir.

(Sueño de una noche de verano)

El lecho de un moribundo es siempre un espectáculo sublime; pero en este caso era más bien ridículo. El oso se balanceaba a derecha e izquierda, aunque sus tentativas para imitar el canto de David habían cesado desde el momento en que éste echó a correr. Las pocas palabras que Lagamme había dirigido a Heyward, sólo habían sido entendidas por él. «¡Ella está aquí y lo espera!» era una frase que al mayor se le antojaba que debía tener un sentido oculto, pues aunque dirigía sus miradas hacia todos los rincones del departamento no veía nada que aclarase sus dudas.

No pudo dedicar mucho tiempo a sus conjeturas, porque el jefe hurón aproximose al lecho de la enferma e hizo señal al grupo de mujeres para que se retirasen. La curiosidad las había traído para presenciar los exorcismos del médico extranjero; pero se apresuraron a obedecer, aunque con sentimiento, y tan pronto como el indio oyó el ruido sordo de la puerta que cerraban al marcharse, volviose él hacia Heyward diciéndole:

—Ahora puede revelar mi hermano su poder.

Invitado tan formalmente, temió Heyward que la más pequeña dilación le fuera peligrosa, y recogiendo de pronto todas sus ideas, dispúsose a imitar aquella especie de sortilegios y ritos infernales de que usan los charlatanes indios para encubrir su ignorancia; pero, al querer dar principio, interrumpiole el oso gruñendo de un modo horroroso; hizo la misma tentativa dos veces más, y renovose la misma interrupción más fuerte y amenazadora.

—Los sabios tienen celos —dijo el hurón—, y desean estar solos, yo me voy. Hermano mío, esta mujer es la esposa de uno de nuestros valientes guerreros, arroje en seguida de su cuerpo el espíritu que la atormenta. ¡Silencio! —añadió dirigiéndose al oso que no cesaba de gruñir—. ¡Silencio! Ya me voy.

Así lo hizo en efecto, y Heyward encontrose solo en el hueco de una roca con una mujer agonizando y un animal terrible que parecía escuchar con la sagacidad propia de los animales de su especie los pasos del indio que se alejaba. Al fin el ruido que produjo la puerta reveló que el hurón había salido ya de la caverna, y entonces el oso se adelantó con lentitud hacia el mayor. Cuando estuvo a dos pasos de él se levantó sobre las patas traseras, y quedose derecho en la misma postura que podría estar un hombre. Heyward dirigió una mirada en torno suyo tratando de encontrar una arma para defenderse contra el ataque que esperaba a cada momento; pero no vio ni siquiera un palo.

Pero el humor del animal cambió de pronto. Ya no gruñía, ni daba ninguna señal de cólera, y lejos de seguir moviéndose regularmente de derecha a izquierda, todo su cuerpo peludo estaba agitado por una extraña convulsión interior; llevó las manos a la cabeza, y agitándola con fuerza, mientras Heyward miraba este espectáculo extraordinariamente sorprendido, cayó la cabeza a sus pies, y vio aparecer la del honrado y valiente cazador, que reía con todas las veras de su alma, aunque en silencio.

—¡Chito! —dijo en voz muy baja Ojo-de-halcón reprimiendo la exclamación de sorpresa que iba a proferir Heyward—. Los hurones no están lejos, y si oyeran algún ruido que no pareciese de brujería, lo pasaríamos mal.

—Pero, dígame, ¿qué significa ese disfraz? ¿Por qué se ha expuesto a un peligro tan grave?

—¡Ah! La casualidad favorece en ocasiones más que el cálculo y la reflexión; pero, como una historia debe siempre empezar por el principio, se la contaré ordenadamente. Después de haberse usted separado de nosotros, llevé al comandante y al sagamore a una antigua habitación de castores, donde están más seguros de los hurones que en medio de la guarnición del fuerte «Eduardo», porque nuestros indios del nordeste, como no tienen todavía muchas relaciones con los hombres civilizados, respetan a los castores. Luego salimos Uncas y yo conforme estaba convenido para ir a reconocer el otro campo. Y a propósito: ¿lo ha visto?

—¡Con gran sentimiento mío! —respondió Heyward con acento de profunda tristeza—. Está prisionero y ha sido condenado a morir mañana al amanecer.

—Yo tenía el presentimiento de que esto había de concluir mal —repuso el cazador—; y ésta es la verdadera razón por que me encuentra aquí. ¿Cómo podría yo resolverme a abandonar a los hurones un joven tan valiente? ¡Qué contentos se pondrían si pudieran atar espalda con espalda y al mismo poste al Ciervo ágil y a La-larga-carabina, como me llaman ellos!... Sin embargo, no puedo comprender por qué me han puesto este apodo, porque se diferencia tanto mi mata gamos de una verdadera carabina del Canadá, como la piedra de chispa de la tierra de pipa.

—Prosiga su relación y no haga digresiones, porque no sabemos si volverán pronto los hurones.

—No hay peligro; ellos saben que necesitan dejar tiempo a los hechiceros para hacer sus conjuros, y tenemos seguridad de no ser interrumpidos. Volvamos, pues, a nuestra historia: marchando hacia el campo encontramos una banda de estos malvados que volvían al suyo. Uncas es demasiado vehemente para hacer un reconocimiento; pero no lo censuro, es el calor de la sangre; púsose a perseguir a un hurón que huía como un cobarde, y que lo hizo caer en una emboscada.

—Y ha pagado bien cara su cobardía.

—Sí, ya entiendo, y eso no me sorprende, porque acostumbran hacerlo así; pero, volviendo a mí, no necesito decirle que, cuando vi a mi joven compañero prisionero, me puse en seguimiento de los hurones, siempre con la debida precaución, y aun llegué a tener dos escaramuzas con dos de ellos. Esto lo contaré en otra ocasión. Después de haberles disparado, me adelanté sin ruido hacia las viviendas. La casualidad... pero ¿por qué llamar casualidad a un favor especial de la Providencia? Una inspiración del Cielo me condujo precisamente al sitio donde uno de los magos se ocupaba en vestirse para dar, como ellos dicen, alguna gran batalla a Satanás; un culatazo bien aplicado a la cabeza lo durmió por algún tiempo, y a fin de que no se le ocurriera gritar cuando despertase, le puse entre los dientes, para que le sirviera de cena, una buena rama de pino que le até detrás del pescuezo; lo sujeté luego a un árbol, me apoderé de su disfraz, y resolví representar el papel de oso para ver lo que resultaría.

—Y lo ha representado perfectamente. Su imitación hubiera engañado al mismo animal.

—Un hombre que ha vivido tanto tiempo en el desierto, sería muy torpe si no supiera imitar el rugido y los movimientos de un oso. Pero hablemos de nuestros asuntos. ¿En dónde está esa joven?

—Dios lo sabe: ya he visitado todas las tiendas de los hurones, y no he descubierto ningún indicio que indique que se encuentra en su campo.

—¿No ha oído lo que el cantor ha dicho al marcharse? ¡Ella está aquí y lo espera!

—He creído que se refería a esa pobre mujer que espera aquí de mí una curación que no puedo procurarle.

—El estúpido ha tenido miedo y no ha hablado con claridad, pero seguramente se refería a la hija del comandante. Veamos, aquí hay tabique: un oso debe saber encaramarse, y así, voy a echar una ojeada por ahí encima. Quizá haya alguna colmena, y ya sabe usted que soy un animal a quien gusta la miel.

Dicho esto, adelantose el cazador hacia la pared, e imitando los movimientos pesados y torpes del animal que representaba, se encaramó con facilidad y, al llegar a lo alto, hizo seña al mayor para que se callara, y se bajó en seguida.

—Ahí está —le dijo en voz baja—; puede entrar por esa puerta. Yo hubiera querido dirigirle algunas palabras de consuelo, pero la vista de semejante monstruo le hubiera hecho perder el juicio, aunque, en este concepto, usted no tiene mejor figura que yo, gracias a la pintura.

Heyward, que se había adelantado hacia la puerta, parose de pronto al oír estas palabras, propias para desanimarlo, y le dijo con sentimiento:

—¿Tan horroroso estoy?

—No tanto que pueda asustar a un lobo o detener un regimiento en medio de un ataque, pero lo he visto en otro tiempo en que, sin adularlo, estaba mucho mejor. Las indias no encontrarán nada de particular en su cara pintarrajeada; pero las jóvenes blancas prefieren su propio color. Mire —le dijo indicándole un sitio donde el agua que salía por una rendija de la peña formaba una pequeña fuente de cristal y salía por otra abertura—; puede usted quitarse fácilmente la pintura con que le adornó el sagamore, y cuando vuelva yo volveré a pintarlo; eso no le dé cuidado, pues los juglares cambian frecuentemente la pintura de su rostro en el curso de sus conjuraciones.

No necesitó el cazador de muchos argumentos para convencerlo, pues todavía seguía hablando, cuando Heyward ya se ocupaba en hacer desaparecer hasta los menores vestigios de su máscara, conseguido lo cual, se despidió de su compañero, y desapareció por la puerta que él le había indicado.

Ojo-de-halcón lo vio partir con regocijo, le encargó que no perdiera mucho tiempo en palabras inútiles, y se aprovechó de su ausencia para examinar el estado de la despensa de los hurones, porque, como ya hemos dicho, esta caverna era el almacén de provisiones del poblado.

Heyward se encontró en un segundo pasadizo estrecho y oscuro; pero una luz que brillaba sobre la derecha le sirvió de guía. Aquélla era otra división de la caverna, que habían destinado a servir de prisión a una cautiva de tanta importancia como era la hija del comandante del «Guillermo-Enrique». Había allí una multitud de objetos procedentes del saqueo de aquella fortaleza, y el piso estaba cubierto de armas, vestidos, telas, cofres y paquetes de todas clases. En medio de esta confusión vio a Alicia pálida, temblando y agitada, pero siempre preciosa, la cual había sido informada ya por David de la llegada del mayor al campo de los hurones.

—¡Heyward! —exclamó ella como asustada del sonido de su propia voz.

—¡Alicia! —respondió el mayor saltando por encima de los obstáculos que se oponían a su paso para precipitarse al otro lado.

—Estaba segura de que no me abandonaría usted jamás, Heyward; pero no veo a nadie con usted, y por muy grata que me sea su presencia, me alegraría verlo acompañado.

El mayor, al observar que temblaba de tal modo, temeroso de que la abandonasen las fuerzas, le suplicó que se sentara, y le refirió muy brevemente los sucesos que nuestros lectores conocen ya. Alicia le escuchaba con gran interés y casi sin respirar, y aunque Heyward dijo muy poco de la desesperación de Munro, las lágrimas corrieron con abundancia por las mejillas de Alicia; su alteración se calmó, sin embargo, poco a poco, y escuchó el fin de la narración del mayor, si no con tranquilidad, muy atentamente.

—Ahora, Alicia —añadió—, su libertad depende en gran parte de usted misma; con la ayuda de nuestro amigo el cazador, tan apreciable y experimentado, podremos escapar de esta bárbara población; pero es necesario armarse de todo su valor. Acuérdese de que va a arrojarse en los brazos de su venerable padre, y que su felicidad y la de usted dependen de los esfuerzos que haga.

—¡Qué no haría yo por mi padre a quien tanto debo!

—¿Y no haría usted nada por mí, Alicia?

La mirada inocente y de asombro que dirigió a Heyward le instruyó de que debía explicarse más claramente.

—No es éste el sitio ni la ocasión oportuna para comunicarle mis ambiciosos deseos, pero, ¿qué corazón oprimido como el mío no buscaría algún consuelo? Dicen que la desgracia es el más fuerte de todos los lazos y lo que hemos sufrido los dos desde su cautiverio ha facilitado las explicaciones entre su padre y yo.

—¿Y mi querida Cora, Heyward? Seguramente no la habrá olvidado.

—¡Olvidado! ¡Oh, no! Ha sido sentida, llorada como lo merecía. Su respetable padre no establece ninguna diferencia entre sus hijas; pero yo... no se ofenda, Alicia, de que le demuestre una preferencia...

—¿Por qué no le hace usted justicia? —preguntó Alicia retirando la mano de que se había apoderado el mayor—. Nunca habla de usted sino como del amigo más querido.

—Yo soy, en efecto, su amigo y aspiro a ser algo más, pues su padre, Alicia, me ha permitido abrigar la esperanza de unirme a usted por un lazo más apreciable todavía y más sagrado.

Cediendo a las impresiones propias de su edad y su sexo, Alicia empezó a temblar y apartó un momento la cabeza; pero, dominándose en seguida, dirigió a su amado una mirada interesante y candorosa, diciéndole:

—Heyward, devuélvame a mi padre y déjeme obtener su aprobación antes de añadir nada más.

—¿Y cómo podría haberle dicho menos? —iba a responder el joven mayor, cuando sintió que le tocaban suavemente el hombro por detrás, y, volviéndose estremecido para ver quién se atrevía a interrumpirle, encontró los ojos del feroz magua brillando con una alegría siniestra. Si hubiera seguido su primer impulso, se habría arrojado sobre el salvaje, arriesgando todas las esperanzas al éxito de una lucha a muerte; pero estaba sin armas, y el hurón tenía su cuchillo y su hacha, y quién sabía si algunos compañeros cerca; no debía dejar indefensa a la que en aquel momento le era más cara que nunca, y estas reflexiones le hicieron rechazar un proyecto que sólo la desesperación pudo sugerirle.

—¿Qué quiere de mí todavía? —preguntó Alicia cruzando los brazos sobre el pecho y procurando ocultar la angustia que le hacía temblar por Heyward, pero afectando una tranquilidad que estaba muy lejos de sentir.

El indio contempló a Alicia y a Heyward con gesto amenazador sin interrumpir el trabajo en que se ocupaba, que consistía en colocar delante de la puerta por donde había entrado, distinta de la otra por donde había pasado Heyward, varias cajas pesadas, y enormes troncos, que a pesar de su fuerza prodigiosa le costaba gran trabajo mover.

Heyward comprendió entonces el modo como había sido sorprendido, y considerándose irremisiblemente perdido, estrechó a Alicia contra su corazón, sintiendo apenas la pérdida de la vida, si podía dirigirle sus últimas miradas. Pero el magua no pensaba poner tan pronto término a los tormentos de su nuevo prisionero: quería sólo levantar una barrera suficiente delante de la puerta, para hacer inútiles los esfuerzos que realizaran los dos cautivos, y prosiguió su trabajo sin mirarlos hasta que estuvo concluido por completo.

El mayor, sosteniendo entre sus brazos a Alicia, que sin esto se hubiera desplomado, seguía con la vista todos los movimientos del hurón; pero era extremadamente orgulloso, y estaba muy colérico para pedir merced a un enemigo, de cuya rabia había podido librarse ya dos veces, y a quien sabía que nada había de aplacarlo.

Cuando el salvaje se convenció de que había quitado a sus prisioneros todo medio de evadirse, volviose a ellos y les dijo en inglés:

—Los rostros pálidos saben cómo hacer caer al castor en sus lazos; pero los pieles rojas saben cómo guardar los rostros pálidos.

—Haz todo lo que quieras, miserable —le dijo el mayor olvidando en aquel momento que tenía un doble motivo para defender su propia vida—; te desafío y te desprecio y me burlo de tu venganza.

—¿Hablará lo mismo el oficial inglés cuando esté sujeto al palo? —preguntó el magua irónicamente dando a entender que dudaba de la firmeza de un blanco en medio de los tormentos.

—Aquí, en tu cara, y delante de todo tu pueblo —respondió Heyward.

—El Zorro Sutil es un gran jefe —dijo el hurón—, e irá a buscar sus jóvenes guerreros para que admiren el valor con que un rostro pálido soporta los tormentos.

Y, dicho esto, se adelantó hacia la puerta por donde Heyward había entrado; pero se detuvo un momento al verla ocupada por un oso sentado sobre las patas traseras, gruñendo de un modo horroroso, y agitando su cuerpo de derecha a izquierda, según acostumbraban hacer estos animales. De igual suerte que el viejo indio que había conducido a Heyward a este sitio, examinó el magua el animal atentamente y reconoció el disfraz del juglar.

El frecuente trato que había mantenido con los ingleses le había hecho perder en parte las supersticiones vulgares de su nación, y no respetaba gran cosa a estos supuestos hechiceros, por lo cual se disponía a pasar a su lado despreciativamente; pero al primer movimiento que hizo, el oso gruñó aún más fuerte, y adoptó una actitud amenazadora.

El magua volvió a detenerse; pero al fin, se decidió a no permitir que se frustraran sus proyectos por los gestos de un charlatán, y se acercó a la puerta. Entonces el oso, levantándose sobre los pies, púsose a mover los de delante en el aire, como hacen estos animales.

—¡Loco! —exclamó el hurón—. Ve a intimidar a las mujeres y a los niños, y no impidas a los hombres realizar sus negocios.

Y, mientras hablaba así, avanzó un paso, no creyendo necesario recurrir al cuchillo o al hacha para intimidar al supuesto juglar; pero en el instante que estuvo cerca del oso, Ojo-de-halcón extendió los brazos, le rodeó con ellos el cuerpo, y le apretó con tanta fuerza como la que hubiera podido desarrollar el animal que representaba.

Heyward, que no había cesado de observar los movimientos del oso supuesto, hizo tomar asiento a Alicia sobre una caja, y tan pronto como vio a su enemigo estrechamente oprimido entre los brazos del cazador, e imposibilitado de hacer uso de los suyos ni de las manos, tomó una correa que había servido para atar algún paquete, y arrojándose sobre el magua le dio con ella más de veinte vueltas a los brazos, los muslos y las piernas. Cuando el formidable hurón quedó completamente agarrotado, Ojo-de-halcón lo dejó caer en tierra, donde quedó tendido de espaldas.

Al ser atacado tan repentina como inopinadamente, el magua resistió con todas sus fuerzas, pero no tardó en convencerse de que su enemigo era más fuerte que él. No había lanzado una sola exclamación, y sólo cuando el cazador, para facilitarse la explicación de esta conducta, presentó a su vista su propia cabeza en lugar de la del oso, fue cuando al hurón le fue imposible reprimir un grito de sorpresa.

—¡Hola! Parece que ha recobrado la lengua —dijo el cazador tranquilamente—. Bueno es saberlo para tomar una pequeña precaución a fin de que no la emplee contra nosotros.

Como el tiempo era precioso, el cazador amordazó a su enemigo, y el terrible indio dejó de ser temible.

—Pero ¿cómo ha entrado ese canalla aquí? —preguntó el cazador en seguida a Heyward—. Nadie ha pasado por el otro departamento desde que usted se separó de mí.

Heyward mostrole entonces la puerta por donde el salvaje había entrado, y los obstáculos que los exponían a perder mucho tiempo si intentaban salir por ella.

—Puesto que no podemos escoger —dijo el cazador—, saldremos por la otra y ganaremos el bosque. Vamos, dé el brazo a esa señorita.

—¡Imposible! Mírela, nos ve, nos oye; pero el terror la tiene paralizada y no puede sostenerse. Váyase usted y déjeme abandonado a mi suerte.

—No hay angustia que no tenga término, y cada desgracia es una lección que se recibe. Arrebújela en esa pieza de tela fabricada por las mujeres de los hurones. Pero no de ese modo: cubra bien todo su cuerpo que no se vea nada. Oculte bien esos piececillos, que nos denunciarían, porque inútilmente se buscarían otros semejantes en todos los bosques de América. Bueno: ahora tómela en brazos, déjeme poner mi cabeza de oso, y sígame.

Heyward, como lo indican las palabras de su compañero, se apresuró a ejecutar sus órdenes, y llevando a Alicia en sus brazos, carga que no era por cierto muy pesada, y que a él le parecía mucho más ligera aún, entró con el cazador en el departamento de la enferma, a la que encontraron como la habían dejado, sola, y, en apariencia, moribunda. No se detuvieron mucho en aquella estancia; pero, al entrar en el pasadizo de que hemos hablado, oyeron un gran griterío detrás de la puerta, lo cual les hizo suponer que los parientes y amigos de la enferma se habían congregado en aquel sitio para conocer cuanto antes el éxito que habían obtenido los conjuros del médico extranjero.

—Si pronuncio una palabra —dijo Ojo-de-halcón a media voz— mi inglés, que es la lengua natural de los blancos, informará a estos bribones de que tienen un enemigo entre ellos; es necesario, por consiguiente, que use usted del lenguaje de hechicero, mayor. Dígales que ha encerrado al espíritu en la caverna, y que se lleva la mujer a los bosques para completar la curación: procure engañarlos bien; la mentira es permitida en este caso.

Abriose en aquel momento la puerta como si alguno hubiera querido escuchar lo que pasaba dentro; pero el oso gruñó de tal manera, que la volvieron a cerrar precipitadamente. Entonces se adelantaron hacia ella; el oso salió el primero desempeñando perfectamente el papel de este animal, y Heyward, que lo seguía, viose en seguida rodeado por más de veinte personas, que lo esperaban impacientes.

Apartose el grupo para dejar acercar al viejo que lo había conducido allí y a un joven guerrero, de quien el mayor supuso que sería el marido de la enferma; el primero le preguntó:

—¿Mi hermano ha vencido al espíritu del mal? ¿Qué es lo que conduce entre sus brazos?

—Me llevo a la enferma —respondió Heyward gravemente—; he hecho ya salir la enfermedad de su cuerpo, y la he encerrado en esa caverna. Ahora traslado a su hija al bosque para exprimir en su boca el jugo de una raíz que conozco, y que sólo produce efecto al aire libre y en completa soledad; es el único medio de librarla en lo sucesivo de los nuevos ataques del espíritu maligno, y antes que amanezca será conducida a la tienda de su esposo.

El jefe tradujo a los salvajes lo que Heyward le había dicho en francés, y un murmullo general reveló la satisfacción que les habían producido estas falsas noticias. Tendió luego el jefe un brazo haciendo seña al mayor para que continuara su camino, y añadió con firmeza.

—Vaya, yo soy hombre, y entraré en la caverna a combatir al espíritu maligno.

Heyward, que ya se había puesto en marcha, detúvose al oír estas terribles palabras, y repuso:

—¿Qué dice mi hermano? ¿Quiere ser cruel contra sí mismo, o se ha vuelto loco? ¿Quiere ir a buscar la enfermedad para que se apodere de él? ¿No teme que se escape y que siga a la víctima hasta los bosques? Yo soy quien debe salirle al paso, cuando la curación de esta mujer sea completa. Que mis hermanos guarden bien esta puerta, y si el espíritu intentara salir, en cualquier forma que sea, caigan todos sobre él para impedírselo; pero es maligno, y permanecerá encerrado en la montaña cuando vea tantos guerreros dispuestos a combatirle.

Este singular discurso produjo el efecto apetecido. Los hombres apoyaron sus hachas sobre el hombro para herir al espíritu si se presentaba, las mujeres y los niños se armaron con piedras y palos para agredir también al ser imaginario que suponían autor de los tormentos de la enferma, y los dos falsos hechiceros aprovecharon este momento para alejarse.

Ojo-de-halcón, aunque confiaba en la superstición de los indios, sabía también que más bien eran toleradas que creídas por la mayor parte de los jefes, y conocía la necesidad de aprovechar el tiempo en aquella ocasión, pues, aunque los enemigos hubieran favorecido sus proyectos por su credulidad, no ignoraba que la más ligera sospecha que concibiera un solo indio podía serles funesta, y por esta razón, siguió una senda algo separada de las viviendas. Los niños habían ya terminado sus juegos y las fogatas que habían encendido estaban apagándose, pero despedían aún bastante claridad para dejar ver desde alguna distancia algunos grupos de guerreros. Sin embargo, el silencio y la tranquilidad de la noche contrastaban con el tumulto y desorden que había reinado en el campo.

La influencia del aire libre no tardó en devolver todas sus fuerzas a Alicia, la cual, esforzándose por separarse de los brazos de Heyward, que procuraba retenerla, le dijo al entrar en el bosque:

—Ya puedo andar, pues me encuentro ahora perfectamente buena.

—No, Alicia —replicó Heyward—; está muy débil.

Pero Alicia insistió, y el mayor viose obligado contra su voluntad a abandonar su preciosa carga.

Ojo-de-halcón no había experimentado la sensación deliciosa que goza un joven amante que aprisiona entre sus brazos a la que ama, y acaso también era incomprensible para él el sentimiento del pudor que agitaba el pecho de Alicia, mientras se alejaban precipitadamente de sus enemigos; pero, cuando estuvo a la distancia que juzgó conveniente del campo de los hurones, parose para hablarles.

—Este sendero —les dijo— los conducirá a un riachuelo: sigan su curso hasta que lleguen a una catarata; allí en la cima de una montaña que hay a la derecha encontrarán otro poblado; es preciso ir a él y pedir su protección. Si son verdaderos delawares, les ayudarán. Huir lejos de aquí con esa joven es imposible; los hurones seguirían nuestras huellas y se apoderarían de nuestras cabelleras antes que hubiésemos andado doce millas. Váyanse y que la Providencia los ampare.

—¿Y usted? —preguntó Heyward sorprendido—. Seguramente no nos separaremos aquí.

—Los hurones tienen prisionero al que es la gloria de los delawares —respondió el cazador—; pueden derramar la última gota de sangre de los mohicanos; y yo deseo realizar el último esfuerzo para salvar a mi joven amigo. Si le hubiesen quitado a usted la cabellera, mayor, les hubiera costado la vida a tantos de esos bribones como cabellos tiene usted, conforme se lo había prometido; pero, si el joven sagamore está atado al palo, los hurones verán también cómo sabe arrostrar la muerte un hombre que no tiene mezcla en su sangre.

Sin ofenderse de la preferencia evidente que el franco cazador daba a un joven que podía ser considerado como su hijo adoptivo, Heyward intentó hacerle desistir de una resolución tan desesperada; Alicia unió sus súplicas a las de Heyward, y le rogó que renunciase a un proyecto tan peligroso y que ofrecía tan pocas probabilidades de buen éxito; pero argumentos y súplicas fueron inútiles. El cazador los escuchó atentamente, pero con impaciencia, y al fin les respondió con firmeza tal que redujo a Alicia al silencio, e hizo convencer al mayor de que cualquiera otra objeción sería infructuosa.

—He oído asegurar que existe un sentimiento que en la juventud une el hombre a la mujer más estrechamente que un padre a su hijo, lo cual puede ser cierto. Yo he visto muy pocas mujeres de mi color, y no dudo que el sentimiento a que me he referido sea natural en los establecimientos de los blancos. Usted ha expuesto su vida y todo lo que más debe amar, por salvar a esta joven; supongo que usted está enamorado. Pero yo he enseñado a Uncas a manejar el fusil y me ha pagado bien; he combatido a su lado en muchas escaramuzas, y mientras he podido oír el ruido de su fusil con un oído y el del sagamore con otro, sabía que no tenía enemigo que temer detrás de mí. Hemos pasado juntos los inviernos y los veranos, compartiendo el alimento, durmiendo uno mientras velaba el otro, y antes que pueda decirse que Uncas ha sido sometido a la tortura, y que... Sí, no existe más que un Dios que nos gobierna a todos, sea el que quiera el color de nuestra piel, y lo tomo por testigo de que antes de que el joven mohicano perezca por faltarle un amigo, faltará buena fe en la tierra, y mi matagamos será tan inofensivo como el instrumento del cantor.

Heyward desprendiose del brazo del cazador que tenía asido, y éste, volviendo atrás, tomó el camino que conducía al poblado de los hurones. El mayor y Alicia lo siguieron con los ojos un momento, hasta que lo perdieron de vista en la oscuridad, y después se encaminaron al campo de los delawares, conforme les había aconsejado su generoso amigo.

CAPÍTULO IX

BOT.—Dejadme que yo represente también el papel de león.
(Sueño de una noche de verano)

No se le ocultaban al cazador los peligros y dificultades que entrañaba su empresa y, mientras se dirigía al campo de los hurones, iba estudiando los medios que pondría en práctica para evitar las sospechas y la vigilancia de unos enemigos que lo igualaban en sagacidad. La circunstancia de ser blanco Ojo-de-halcón es la que había salvado la vida al magua y al charlatán, pues, aunque el asesinato de un enemigo indefenso fuera cosa corriente entre los salvajes, el cazador lo hubiera juzgado una acción indigna de un hombre que tenía la sangre pura, de lo que tanto se vanagloriaba. Creyéndose por entonces seguro merced a las ligaduras con que había sujetado a sus prisioneros, prosiguió su marcha al poblado.

Al llegar al claro del bosque, acortó el paso y redobló las precauciones, imitando al animal cuya piel le cubría, mientras que sus ojos vigilantes no cesaban de espiar tratando de descubrir algún indicio favorable o adverso. A alguna distancia de las otras tiendas distinguió una, cuyo exterior indicaba estar abandonada, y sin concluir, porque el que la empezó debió advertir que se encontraba demasiado lejos de las dos cosas más necesarias, el agua y la leña. Una luz vacilante brillaba, sin embargo, por las rendijas de las paredes, que no habían sido todavía cubiertas de tierra, y al verla el cazador encaminose a ella por un lado como general prudente que quiere reconocer las avanzadas enemigas antes de presentar el ataque.

Ojo-de-halcón acercose a una abertura, de donde podía ser examinado el interior, y enterose de que allí era donde el maestro de música había fijado su residencia.

El fiel David Lagamme no había hecho a la sazón más que entrar en ella, acompañado de todos sus pesares y temores, y de su devota confianza en la protección del Cielo; y en aquel momento reflexionaba acerca del prodigio que sus oídos y sus ojos acababan de presenciar en la caverna.

Todas sus acciones y su aspecto reflejaban el asombro de que estaba poseído. Había tomado asiento sobre un haz de leña menuda, del cual sacaba de vez en cuando alguna rama para alimentar el fuego. Su extraña indumentaria no había sufrido ninguna alteración, lo mismo que su cabeza, que llevaba cubierta con el viejo sombrero triangular, que no era mueble para excitar los deseos de ningún hurón.

Acordándose el cazador de la manera que David se había escapado de la caverna precipitadamente, sospechó cuál sería el objeto de sus meditaciones, y habiendo dado la vuelta a la choza para convencerse de que estaba aislada por completo, y suponiendo que el cantor no recibiría ninguna visita a aquella hora, se decidió a entrar en silencio y sentose en tierra frente a David al otro lado de la hoguera. Durante un minuto contempláronse uno al otro con extremada fijeza; pero, al fin, la presencia del monstruo que ocupaba todos sus pensamientos, triunfó, no diremos de la filosofía de David, sino de su buena fe y resolución, y púsose en pie tomando su instrumento maquinalmente como si se propusiera ensayar la influencia mágica del canto.

—Monstruo negro y misterioso —exclamó afirmando con mano trémula los anteojos sobre las narices y hojeando seguidamente su libro de música para buscar una aria acomodada a las circunstancias—, ignoro cuáles sean tus intenciones; pero, si meditas algo contra mí, escucha y arrepiéntete.

El oso apretose los lados reventando de risa, y le respondió:

—Guárdese ese juguete en el bolsillo y no se fatigue la garganta. Cinco palabras en buen inglés valdrán más en este momento.

—¿Quién eres tú entonces? —preguntó David temblando.

—Un hombre como usted —replicó el cazador—; un hombre en cuyas venas no hay más mezcla de sangre de oso que en las suyas. ¿Tan pronto ha olvidado al que le ha devuelto el miserable juguete que tiene en la mano?

—¿Es posible? —exclamó David respirando con más libertad, aunque sin comprender todavía bien esta metamorfosis—. He visto muchas maravillas desde que vivo entre los paganos; pero hasta ahora no había presenciado un prodigio semejante a éste.

—Espere —le dijo Ojo-de-halcón despojándose de su cabeza para acabar de tranquilizar a su compañero—. Va a ver un pellejo que, si no es tan blanco como el de aquellas dos señoritas, no ha adquirido el color tostado que tiene sino por el aire y el sol. Y ahora que ya sabe quién soy; hablemos de lo que importa.

—Hábleme primero de la prisionera y del valiente joven que ha venido a libertarla.

—Por fortuna, ambos se encuentran ya al abrigo de las hachas de los hurones; pero, ¿puede usted darme alguna noticia de Uncas?

—Uncas está prisionero, y temo que esté ya decretada su muerte. Es una verdadera lástima que un joven tan valeroso muera tan infelizmente.

—¿Puede conducirme a donde él está?

—No me parece muy difícil; pero temo que la presencia de usted, en lugar de aliviar su infortunio, lo aumente.

—Menos palabras; enséñeme el camino.

Y, dicho esto, volvió Ojo-de-halcón a colocarse la cabeza de oso sobre los hombros, y salió resueltamente de la cabaña.

Por el camino, David informó al cazador de que había hecho una visita a Uncas sin que nadie se opusiera, lo cual se había debido tanto a la falta de juicio que le suponían, y era el motivo por el cual lo respetaban, como a la circunstancia de que gozaba de la amistad de uno de los guardas del mohicano, que conocía algunas palabras del inglés, y a quien el celoso cantor había escogido como un sujeto propio para revelar su talento en la educación de un salvaje. Es muy dudoso que el hurón comprendiera bien las instrucciones de su nuevo amigo; pero, como las atenciones exclusivas son siempre lisonjeras, las de David habían producido el efecto que acabamos de relatar.

La cabaña donde estaba recluido Uncas se encontraba precisamente en el centro de las demás, y en una situación que hacía muy difícil aproximarse o alejarse de ella sin ser visto; pero el cazador no tenía el propósito de introducirse furtivamente. Contando con su disfraz, y creyéndose capaz de desempeñar el papel de que se había encargado, encaminose directamente hacia la choza.

La hora ya avanzada de la noche le favorecía mucho más que todas las demás precauciones que hubiese podido adoptar. Los niños estaban entregados a su primer sueño; los hurones y sus mujeres ya se habían retirado a sus cabañas, y no se veían en las inmediaciones de ellas sino cuatro o cinco guerreros que vigilaban al prisionero, y que de vez en cuando observaban por la puerta de su prisión si su firmeza decaía.

Cuando vieron a Lagamme acercarse con el oso, supusieron que éste sería alguno de sus juglares o magos más distinguidos, y los dejaron pasar sin dificultad alguna, pero con el propósito de no separarse de la puerta; al contrario, acuciados por la curiosidad de ver las ceremonias ridículas y misteriosas que suponían que habían de ser el resultado de semejante visita, se aproximaron más.

Ojo-de-halcón tenía dos excelentes razones para permanecer callado: primero, porque no estaba en estado de hablar la lengua de los hurones, y además, porque temía que lo reconociesen en la voz, que no era la del juglar cuyos vestidos llevaba. Por lo mismo, había prevenido a David que debía hacer todo el gasto de la conversación, dándole instrucciones muy detalladas, y que el cantor, a pesar de su simplicidad, supo aprovechar mejor de lo que se podía esperar de él.

—Los delawares son mujeres —dijo al que entendía algo el inglés—; los ingleses mis compatriotas han olvidado su sexo, y han cometido la locura de ponerles el hacha en la mano, a fin de herir con ella a su padre del Canadá. ¿No le agradará a mi hermano oír al Ciervo ágil pedir sayas y derramar lágrimas cuando esté atado al poste?

Una exclamación de aprobación reveló el placer con que el salvaje vería esta debilidad degradante en un enemigo a quien su nación aborrecía tanto como temía.

—Pues bien —repuso David—; retírese un poco, y el hombre sabio soplará sobre el perro. Dígalo a mis hermanos.

El hurón explicó a sus compañeros lo que David le había manifestado, y éstos expresaron todo el júbilo que podía causar a sus espíritus feroces tal extremo de crueldad, retirándose algunos pasos de la puerta, y haciendo señal al pretendido juglar para que entrase en la cabaña.

Pero el oso no obedeció; se sentó sobre las patas traseras y empezó a gruñir.

—El hombre sabio teme que su soplo llegue a sus hermanos y les quite el valor —dijo David—. Es necesario que se retiren algo más.

Los hurones, que hubieran juzgado semejante accidente como la más cruel de las calamidades, se separaron entonces bastante; pero cuidando de no perder de vista la puerta de la cabaña. El oso, después de dirigirles una mirada para convencerse de que no tendría nada que temer a aquella distancia, entró con lentitud en la choza.

En ésta no había más luz que la que despedían algunos tizones, restos de un fuego que estaba extinguiéndose, y que había servido para preparar la cena de los guardas. Uncas se encontraba solo, sentado en un rincón, con las espaldas apoyadas en la pared, y las manos y pies muy sujetos con ligaduras de corteza.

El cazador, que había dejado a David a la puerta para asegurarse de que no pensaban en espiarlo, creyó prudente conservar su disfraz hasta que estuviera cierto de que ningún hurón observaba, y mientras tanto se sentó en tierra. Al principio el joven mohicano había creído que era un verdadero oso que sus enemigos mandaban contra él para probar su valor, y apenas se había dignado dirigirle una mirada; pero, cuando vio que el animal no revelaba el propósito de atacarlo, puso en él más atención y descubrió algunos defectos que le hicieron conocer el disfraz.

Si el cazador hubiera advertido el poco caso que su joven amigo hacía de su manera de desempeñar el papel de oso, el despecho quizá le habría hecho prolongar sus esfuerzos para probarle que lo había juzgado muy precipitadamente. Pero la expresión de desprecio de los ojos de Uncas se prestaba a tantas interpretaciones, que ni siquiera se le ocurrió esta idea, que le hubiera mortificado mucho. Tan pronto como David le hizo seña de que nadie pensaba en observar lo que ocurría en la choza, dejó de gruñir como un oso y se puso a silbar como una serpiente.

Uncas, que había cerrado los ojos para mostrar su indiferencia respecto a cuanto la malicia de sus enemigos podía inventar para atormentarlo, al oír el silbido de la serpiente, adelantó la cabeza para ver mejor, no tardando en encontrar los ojos del monstruo fijos en los suyos como por una atracción irresistible. El mismo silbido se repitió, y pareciole a Uncas que salía de la garganta del animal; contempló nuevamente al oso, y, con una voz que la prudencia reprimía, exclamó regocijado:

—¡Hugh!

—Corte esas ligaduras —dijo el cazador a David que acababa de aproximarse a ellos.

El cantor se apresuró a obedecer, y los miembros de Uncas recobraron su libertad. Ojo-de-halcón quitose en seguida la cabeza de oso, desató las correas con que sujetaba la piel de su cuerpo, y mostrose a su amigo con su propio traje. El joven mohicano comprendió al momento, como por instinto, la estratagema de que se había valido; pero ni sus ojos ni su lengua lanzaron otra exclamación de sorpresa que la acostumbrada de «¡Hugh!». Entonces el cazador sacó un cuchillo de larga y brillante hoja, y poniéndolo en las manos de Uncas, le dijo:

—Los hurones rojos se encuentran muy cerca de aquí; estemos, pues, precavidos.

—¡Partamos! —exclamó el mohicano.

—¿Adónde?

—Al campo de las tortugas; ellos son los hijos de mis padres.

—Seguramente —repuso el cazador en inglés, pues hasta entonces había hablada en delaware—. No dudo que la misma sangre corre por vuestras venas; pero el tiempo y la distancia pueden haber cambiado algo su color. ¿Y qué haremos de los mingos que están a la puerta? Son seis, y el cantor no sirve para nada.

—Los hurones no son más que unos fanfarrones —dijo Uncas despreciativamente—; su emblema es el alce, y andan al paso del caracol. El de los delawares es una tortuga, pero corren más que el gamo.

—Sí —replicó Ojo-de-halcón—, es cierto lo que dice, y tengo la seguridad de que en la carrera vencería a toda su nación; que llegaría al campo de la otra, y tendría tiempo de descansar antes de que se oyera allí la voz de ninguno de estos pícaros; pero los hombres blancos son más fuertes de brazos que de piernas. En cuanto a mí, no hay ningún hurón a quien tema en una lucha cuerpo a cuerpo; pero creo que en una carrera serían más hábiles que yo.

Uncas, que se disponía ya a partir, para lo cual se había acercado a la puerta, retrocedió volviendo a situarse en el fondo de la cabaña. El cazador estaba demasiado ocupado en sus propios pensamientos para advertir este movimiento, y prosiguió hablando distraído consigo mismo, más bien que dirigiendo la palabra a su compañero.

—Bien pensado, no es tampoco razonable sujetar los pies de uno a los otros. No; y por consiguiente, Uncas, hará muy bien tratando de vencerlos en la carrera; yo me cubriré de nuevo con esta piel de oso, y procuraré salir del paso valiéndome de alguna treta.

El joven mohicano no respondió una palabra, y cruzando con tranquilidad sus brazos sobre el pecho, apoyó su espalda contra uno de los troncos que servían de sostén a la choza.

—Y bien —le dijo Ojo-de-halcón mirándolo con sorpresa—; ¿a qué aguarda? En cuanto a mí, es preferible que no salga hasta que los hurones se ocupen en perseguirlo.

—Uncas se quedará aquí.

—¿Y por qué?

—Para combatir con el hermano de su padre, y morir con el amigo de los delawares.

—Sí, sí —dijo el cazador apretando la mano del joven indio entre sus robustos dedos—; hubiera sido proceder como un mingo, más que como mohicano, el dejarme aquí abandonado. Pero he creído deber hacerle esta proposición, porque es natural que la juventud tenga apego a la vida. Pues bien: en la guerra, lo que no se puede obtener a la fuerza, se consigue con la astucia. Póngase esta piel de oso, y estoy seguro de que representará el papel tan bien como yo.

Cualquiera que fuera la opinión de Uncas respecto a sus talentos respectivos acerca de este particular, su continente grave no reveló en él ninguna idea de superioridad y, cubriéndose aprisa con la piel del habitante del bosque, esperó que su compañero le diera nuevas instrucciones.

—Ahora, amigo —dijo Ojo-de-halcón a David—, le será muy conveniente cambiar sus vestidos con los míos, porque usted no tiene costumbre de llevar el traje ligero del desierto. Tome mi gorra peluda, mi chupa y mi pantalón, deme su manta, su sombrero y hasta el libro, los anteojos y el instrumento que necesito; todo se lo devolveré, cuando nos volvamos a ver, y le daré además muchas gracias.

David entregó la poca ropa que llevaba con una prontitud que hubiese hecho honor a su liberalidad, si el cambio no hubiera sido ventajoso para él en todos aspectos. Sólo el libro de música, su instrumento y los anteojos es lo que le costó algún sentimiento entregar.

Hízose en seguida el cambio, y cuando los ojos vivos y siempre en movimiento del cazador se ocultaron bajo los vidrios de los anteojos, y su cabeza se cubrió con el sombrero triangular, podría fácilmente confundírsele en la oscuridad con el mismo David.

—¿Usted es naturalmente muy cobarde? —le preguntó con ruda franqueza Ojo-de-halcón como un médico que quiere conocer bien la enfermedad antes de recetar.

—Toda mi vida ha transcurrido en medio de la paz y tranquilidad, a Dios gracias —respondió David algo enojado por este ataque brusco a su valor—; pero nadie puede decir que he olvidado mi confianza en el Señor, aun en medio de los mayores peligros.

—Su momento de mayor peligro será —dijo el cazador—cuando los salvajes adviertan que han sido engañados, y que su prisionero se ha escapado. Si entonces no recibe un buen golpe de hacha, y es posible que el respeto que tienen a su locura le preserve de él, es muy probable que muera de enfermedad. Si se queda aquí, debe permanecer en la oscuridad en el fondo de la cabaña y desempeñar el papel de Uncas hasta que los hurones hayan reconocido el engaño, y entonces, como le he dicho, será el momento de la crisis. Si lo prefiere, puede hacer uso de sus piernas en el curso de la noche. Así pues, elija entre quedarse aquí o marchar.

—Me quedaré —respondió David firmemente.

—Eso se llama hablar como hombre, y hombre que hubiera realizado grandes cosas si hubiera recibido una mejor educación. Siéntese allá, baje la cabeza y recoja las piernas, porque su tamaño podría descubrirle antes.

No hable mientras le sea posible callar, y cuando llegue a hacerlo, obrará con prudencia, entonando uno de sus cánticos, a fin de recordar a estos canallas que no es tan responsable de sus acciones como lo sería uno de nosotros, por ejemplo. Además, si le arrancan la cabellera, tenga la seguridad de que Uncas y yo no le olvidaremos, y le vengaremos como amigos y como guerreros.

—Aguarden un momento —dijo David viendo que iban a partir después de darle este consuelo—. Yo soy un hombre humilde y pacífico que no profesa el diabólico principio de la venganza. Si perezco, no inmolen más víctimas, perdonen a mis asesinos; y si piensan en ellos, que sea sólo para rogar al Señor que ilumine sus espíritus y les inspire el arrepentimiento.

El cazador dudó, y después de reflexionar algunos momentos, le dijo al fin:

—Lo que usted nos aconseja dista mucho de la ley que se sigue en los bosques; pero es noble y merece reflexionarse —y, exhalando un suspiro, quizá el último que le arrancó el recuerdo de la sociedad civilizada a que había renunciado hacía tanto tiempo, agregó—: Es un principio que quisiera poder seguir, como hombre que no tiene en su cuerpo una gota de sangre que no sea pura; pero no es siempre fácil portarse con un indio del mismo modo que con un cristiano. Adiós, amigo; que Dios le guarde.

Y, dichas estas palabras, le tomó la mano, se la apretó cordialmente, y, después de esta demostración de amistad, salió de la tienda seguido por el nuevo representante del oso.

Cuando Ojo-de-halcón estuvo bastante cerca de los hurones para poder ser observado, se irguió a fin de imitar la postura de David, extendió como él un brazo para llevar el compás, y empezó, según a él le parecía, una feliz imitación de la música del cantor. Por suerte, los oídos de los hurones no eran finos ni prácticos, pues, en otro caso, sus esfuerzos no hubieran servido sino para descubrirlo más pronto.

Tenían necesidad de pasar muy cerca de los centinelas, y cuanto más se aproximaban a ellos, el cazador subía más la voz. Al fin, cuando estuvieron a algunos pasos, el hurónl, que conocía algo el inglés, adelantose hacia ellos, y detuvo al supuesto maestro de canto.

—Y bien —le dijo alargando la cabeza hacia la choza y como pretendiendo penetrar en su oscuridad para ver el efecto que habían producido en el prisionero los conjuros del juglar—; ¡ese perro delaware tiembla ya!, ¿podrán oírle gemir los hurones?

El oso gruñó entonces de un modo tan terrible y tan natural, que el indio retrocedió algunos pasos como si hubiera creído que era un oso verdadero el que estaba a su lado.

Al cazador, que temió que, si pronunciaba una sola palabra, conociesen que no era aquélla la voz de David, no se le ocurrió otro recurso que el de cantar más fuerte que nunca, lo que en cualquier parte se hubiese llamado berrear, pero que no produjo otro efecto entre los oyentes que el de darle nuevos derechos al respeto que no rehúsan jamás a los locos. El pequeño grupo de hurones se retiró, y los que ellos tomaban por el juglar y el maestro de canto siguieron su marcha.

Uncas y su compañero necesitaron de todo su valor y prudencia para caminar siempre con la misma lentitud y gravedad con que habían salido, tanto más cuanto que advirtieron que la curiosidad de los seis vigilantes, que era más poderosa que el temor, los había ya congregado frente a la puerta de la choza para ver si su prisionero permanecía tranquilo, o si el soplo del juglar lo había despojado de su valor. Un movimiento de impaciencia, un gesto imprudente de David podía perderlos, y necesitaban todavía mucho tiempo para ponerse en salvo. A fin de no inspirar sospecha alguna, el cazador prefirió seguir cantando, con lo que atrajo varios curiosos a la puerta de algunas cabañas, y en una ocasión aproximose a ellos un guerrero para reconocerlos; pero tan pronto como los hubo visto, se retiró y los dejó pasar sin interrupción. La osadía de su empresa y la oscuridad eran su mejor salvaguardia.

Encontrábanse ya a alguna distancia de las viviendas, y tocaban en los límites del bosque, cuando oyeron un grito hacia el lugar en que habían dejado a David. El joven mohicano, abandonando su papel de cuadrúpedo, levantose sobre sus pies e hizo un movimiento para desembarazarse de la piel de oso.

—Espere un momento —le dijo su amigo asiéndole por el brazo—; no es más que un grito de sorpresa; esperemos el segundo.

Sin embargo, apresuraron la marcha internándose en el bosque; pero no habían transcurrido aún dos minutos cuando resonaron horribles alaridos en todo el campo de los hurones.

—Ahora, fuera la piel de oso —dijo Ojo-de-halcón imperativamente; y, mientras Uncas se despojaba de su disfraz, recogió dos fusiles, dos frascos de pólvora, y un pequeño saco de balas que había ocultado entre la maleza, después de su encuentro con el juglar, y tocando suavemente en la espalda al joven mohicano, le dijo poniéndole uno en la mano—: Ahora, si pueden y saben, que los diablos rabiosos sigan nuestro rastro en la oscuridad. Aquí está la muerte de los dos primeros que se nos acerquen.

Y, dicho esto, ambos fugitivos pusieron sus armas en disposición de servirse de ellas tan pronto como lo necesitasen, y, con paso rápido, se internaron en la espesura del bosque.

CAPÍTULO X

Ant.—Siempre recordaré esto: Cuando César manda hacer una cosa, ya ha sido hecha.

JULIO CÉSAR

La impaciencia que los salvajes encargados de la custodia del prisionero experimentaban por conocer el efecto producido por el soplo del juglar fue más poderosa que el temor que éste les inspiraba; y, aunque no se atrevieron a entrar desde luego en la choza, temiendo experimentar todavía su perniciosa influencia, se acercaron a una rendija, por la cual, al fulgor del escaso fuego que quedaba, podía distinguirse lo que pasaba en el interior.

En los primeros momentos creyeron que David era Uncas; pero el incidente que Ojo-de-halcón había previsto, no tardó en ocurrir, y fue que, fatigado de tener sus largas piernas encogidas, las extendió poco a poco y su enorme pie llegó hasta las cenizas del fuego.

La superstición hizo suponer a los hurones, al principio, que el delaware había quedado disforme a causa del sortilegio; pero, cuando David levantó casualmente la cabeza, y vieron su rostro simple e ingenuo, que tan conocido tenían, en lugar de las facciones altivas y osadas del prisionero, reconocieron su error, y, en seguida, precipitándose en la cabaña, agarraron al cantor, lo sacudieron con fuerza, y se desvanecieron todas sus dudas respecto a la identidad de su persona.

Entonces fue cuando exhalaron el primer grito, que los fugitivos oyeron, seguido de mil imprecaciones y amenazas de venganza. David, interrogado por el hurón que chapurreaba el inglés, y aporreado por los demás, resolvió guardar un profundo silencio a todas las preguntas que se le hicieran, con objeto de favorecer la fuga de sus amigos; pero, creyendo llegada su última hora, acordose de su remedio universal. Privado de su libro y de su instrumento, tuvo necesidad de su memoria, y trató de hacer menos doloroso su tránsito al otro mundo cantando una lamentable despedida de éste. Su canto recordó a los indios que estaba loco, y salieron precipitadamente de la tienda para llevar la alarma a todo el campo.

Un guerrero indio pronto se viste, y, tanto de día como de noche, tiene las armas a su lado; así es que, tan pronto como resonó el grito de alarma, doscientos hurones estaban ya en pie, completamente armados y dispuestos para el combate. La fuga del prisionero fue pronto conocida, y toda la población se agolpó frente a la choza del consejo, esperando con impaciencia las órdenes de los jefes, que discurrían respecto a la causa de un acontecimiento tan extraordinario, y deliberaban acerca de las medidas que convenía tomar. Advertida la ausencia del magua, los guerreros manifestaron su extrañeza por no verlo allí en una circunstancia semejante, porque conocían que su genio astuto y perspicaz les era muy útil, y enviaron a su choza un mensajero para buscarlo.

Mientras tanto, los más ágiles y valientes jóvenes recibieron orden de recorrer el bosque por la parte confinante con los vecinos sospechosos, los delawares, para averiguar si éstos habían favorecido la evasión del prisionero, y si se disponían a atacarlos de improviso. Mientras los jefes deliberaban prudente y gravemente en la cabaña del consejo, todo el campo ofrecía un aspecto de completa confusión, y retumbaba con los gritos de las mujeres y los niños, que corrían desordenadamente de una parte a otra.

Los clamores que salían de la barrera del bosque no tardaron en anunciar algún nuevo acontecimiento, y esto les dio esperanza de que explicaría el misterio que era incomprensible para todos. Resonaron los pasos de algunos guerreros que se acercaban; el tropel les abrió paso, y entraron en la cabaña del consejo conduciendo al desgraciado juglar, que habían encontrado cerca de la entrada del bosque en la posición penosa en que el cazador lo había dejado.

Aunque la opinión de los hurones respecto a este individuo no era unánime, porque los unos lo tenían por un impostor y los otros creían firmemente en su poder sobrenatural, en aquel momento todos le escucharon con profunda atención, y cuando hubo concluido de hacer su breve relato, el padre de la mujer enferma adelantose y refirió a su vez lo que había hecho y visto durante aquella noche. Estas dos narraciones dieron a sus ideas una dirección más completa y exacta. Comprendiendo que el individuo que se había apoderado de la piel de oso del juglar había desempeñado el principal papel en los sucesos ocurridos, resolvieron visitar la caverna para enterarse de lo que allí había sucedido, y si la prisionera se había fugado.

Al efecto, dieron el encargo de hacer esta visita a diez jefes de los más graves y prudentes, y, una vez elegidos, estos diez comisarios se levantaron en silencio y partieron al punto para ir a la caverna, guiados por los dos más ancianos. Entraron todos en el pasadizo oscuro que conducía desde la puerta a la gran gruta, con la firmeza propia de guerreros dispuestos a sacrificarse por el bien general, y a combatir al terrible enemigo que suponían todavía encerrado allí, aunque algunos de ellos dudaban de su poder y aun de su existencia.

En el primer departamento en que entraron reinaba un profundo silencio. El fuego estaba apagado; pero ellos habían tenido la precaución de llevar teas encendidas. La enferma permanecía aún tendida en su lecho de hojas, a pesar de que el padre había declarado que la había visto llevar al bosque por el médico de los hombres blancos. Enojado por el silencio de sus compañeros, y no sabiendo él mismo qué explicación dar a estos hechos, se adelantó a la cama con incredulidad, llevando una tea en la mano para reconocer el rostro de su hija y vio que había ya expirado.

El sentimiento natural por esta desgracia superó a la fuerza de espíritu del salvaje, y el viejo guerrero se cubrió los ojos con las manos, con un gesto que revelaba la violencia de su dolor; pero, dominándose en seguida, volvióse hacia sus compañeros y les dijo con afectada tranquilidad:

—La esposa de nuestro hermano joven nos ha abandonado. El Gran Espíritu está colérico contra sus hijos.

Esta triste noticia fue escuchada con el más profundo silencio; pero, en aquel momento, oyóse en la habitación inmediata una especie de ruido sordo, cuya naturaleza no comprendieron. Los indios más supersticiosos contemplábanse unos a otros, y no se atrevían a avanzar hacia un lugar del que acaso se habría apoderado el espíritu maligno que, según ellos, había dado muerte a la mujer. Sin embargo, como algunos más osados habían entrado en el pasadizo que conducía a él, nadie se atrevía a quedarse atrás. Al llegar al segundo departamento encontraron al magua arrastrándose por tierra furiosamente, desesperado por no poder desembarazarse de sus ligaduras, y una exclamación de sorpresa salió de todos los labios.

Tan pronto como los guerreros se dieron cuenta de la situación en que se encontraba, se apresuraron a quitarle la mordaza y cortarle las ligaduras que lo sujetaban. El magua se levantó sacudiendo sus miembros como un león que sale de su antro, y sin pronunciar una sola palabra, apoyando la mano sobre el mango de su cuchillo, dirigió una rápida mirada a los que lo rodeaban como si buscara a alguien a quien inmolar a su venganza; pero, como no vio sino caras amigas, rechinó los dientes con un ruido que los hacía parecer de hierro, y devoró su rabia a falta de víctima sobre quien descargarla.

Todos los testigos de esta escena temían exasperar más su iracundo carácter, y permanecieron silenciosos algunos minutos, hasta que el más antiguo de los jefes hizo uso de la palabra.

—Veo que mi hermano ha encontrado un enemigo. ¿Está cerca de aquí, a fin de que los hurones pueden vengarlo?

—¡Muera el delaware! —exclamó el magua con voz atronadora.

Siguiose a esta exclamación un nuevo intervalo de silencio, hasta que el mismo jefe dijo después de un rato:

—El mohicano tiene buenas piernas y sabe servirse de ellas; pero nuestros jóvenes guerreros han salido en su persecución.

—¡Se ha escapado! —exclamó el magua con una voz tan hueca y oscura que parecía salirle del fondo del pecho.

—¡Un espíritu malo! —repitió el magua sarcásticamente—. Sí, el espíritu malo que ha hecho perecer a tantos hurones, el espíritu malo que dio muerte a nuestros compañeros sobre la peña de Glenn, el que arrancó las cabelleras a cinco de nuestros guerreros junto a la fuente de la Salud, el que ha ligado los brazos al Zorro Sutil.

—¿A quién se refiere nuestro hermano? —preguntó el mismo jefe.

—Al perro que lleva bajo una piel blanca la fuerza y la astucia del hurón —exclamó el magua—, a «La-larga-carabina».

Este nombre temible produjo gran efecto en los que le escuchaban, y el silencio y la consternación reinaron un instante entre los guerreros; pero, después de reflexionar que su más mortal enemigo, un enemigo tan formidable como osado, había penetrado en su campo para desafiarlos e insultarlos arrebatándoles su prisionero, la misma rabia que había enajenado al magua, se apoderó también de ellos, revelándose por medio de crujidos de dientes, alaridos horrorosos y amenazas terribles.

Poco a poco, fueron recobrando la calma y la gravedad que constituían el fondo de su carácter.

El magua, que durante este tiempo había reflexionado también, varió igualmente de tono, y dijo con la dignidad y sangre fría que requería el caso:

—Vamos a buscar a nuestros jefes, que nos están esperando.

Sus compañeros asintieron silenciosos, y salieron de la caverna para volver al consejo.

Llegados allí, y tomando asiento, todos los ojos se volvieron hacia el magua, quien conoció que esperaban el relato de lo ocurrido, que él se apresuró a hacerles sin disimular ni exagerar nada; y, cuando hubo concluido, los detalles que acababa de dar, unidos a los que con anterioridad conocían, demostraron tan palmariamente que los hurones habían sido engañados con los ardides de Heyward y «La-larga-carabina», que no quedó pretexto ninguno a la superstición para suponer que algún poder sobrenatural había intervenido en los sucesos de aquella noche, pues, en efecto, habían sido burlados del modo más vergonzoso.

Al terminar el Zorro Sutil su relato, todos los guerreros que habían podido encontrar sitio en la tienda del consejo, y habían entrado para escucharle, se miraron unos a otros, no menos asombrados de la osadía inconcebible de sus enemigos que del éxito alcanzado; pero lo que les preocupaba especialmente era el modo de vengarse de ellos.

Partieron varios guerreros con el objeto de descubrir el rastro de los fugitivos, mientras los jefes permanecieron deliberando aún. Muchos viejos hicieron proposiciones que el magua escuchó silencioso. El astuto salvaje había recobrado su dominio sobre sí mismo con su acostumbrado disimulo, e iba derecho hacia su objeto con la sagacidad y prudencia que nunca lo abandonaban; y sólo cuando todos hubieron expuesto su opinión, se levantó él para manifestar la suya, que fue de tanto más peso cuanto algunos guerreros de los enviados a la descubierta regresaron diciendo que habían reconocido el rastro de los fugitivos en dirección al campo de los delawares.

Conocida esta importante noticia, el magua expuso su plan a sus compañeros, y lo hizo con tanto acierto y elocuencia, que fue adoptado por unanimidad. Veamos ahora en qué consistía este plan, y qué motivos se lo habían sugerido.

Por una política, de la que se apartaba en muy limitadas ocasiones, había separado a las dos hermanas desde que llegaron al campo de los hurones; el magua tenía la convicción de que conservando a Alicia en su poder, aseguraba un dominio sobre Cora mucho mayor que si las guardase juntas, y por esta causa había conservado consigo a la más joven, confiando la mayor a la custodia de los delawares, aliados de los hurones, que, sin embargo, no creían en su buena fe, tanto más cuanto que estaba estipulado entre ambas partes que este convenio sólo era temporal y duraría el tiempo que los dos pueblos fuesen vecinos. Habían adoptado este partido tanto para lisonjear el amor propio de los delawares inspirándoles confianza, cuanto para informarse bien de sus usos y costumbres.

Aunque atormentado por la ardiente sed de venganza, que no suele extinguirse entre los salvajes hasta que es satisfecha, no perdía el magua de vista sus intereses personales. Los defectos y locuras de su juventud debían ser expiados con largos y penosos servicios, antes de que pudiera lisonjearse de haber recobrado toda la confianza de su antiguo pueblo, y sin confianza no hay autoridad entre los indios.

En esta difícil situación, el astuto magua no había omitido medio alguno de acrecentar su influencia, y uno de sus más felices recursos para conseguirlo era la habilidad con que había ganado la amistad de sus fuertes y peligrosos vecinos. El resultado de estos esfuerzos había correspondido a las esperanzas de su política, porque los hurones no carecen de aquel principio predominante de nuestra naturaleza, que hace que el hombre estime sus aptitudes en proporción del aprecio que merecen de los demás.

Pero, al hacer estos sacrificios, no olvidaba el magua sus propios intereses. Como aquellos imprevistos sucesos habían echado por tierra todos sus proyectos arrebatándole repentinamente los prisioneros, veíase entonces reducido a la necesidad de solicitar una gracia de aquellos a quienes en su sistema político había tenido necesidad de servir hasta entonces.

Varios jefes habían propuesto diversos proyectos para dar una sorpresa a los delawares, apoderarse de su campo y recobrar los prisioneros, porque todos convenían en que el honor de la nación dependía de que fuesen sacrificados a su venganza; pero el Zorro Sutil le fue costoso hacer desechar estos planes, cuya ejecución era peligrosa y el éxito dudoso. Expuso todas las dificultades con su habilidad acostumbrada, sin hablar de su plan hasta que hubo demostrado que ninguno de los propuestos era aceptable.

Empezó lisonjeando el amor propio de sus oyentes, y después de hacer una larga enumeración de todas las ocasiones en que los hurones habían probado su valor y su perseverancia, vengando un insulto, elogió mucho la prudencia; pintó esta virtud como el gran punto diferencial entre el castor y los demás animales y los hombres, y en fin entre los hurones y todo el género humano.

Pasó luego a demostrar de qué modo convenía hacer uso de esta virtud en la situación en que se encontraba entonces el pueblo. Por una parte, les dijo, debían pensar en su padre el gran rostro pálido, el gobernador del Canadá, que había mirado con malos ojos a sus hijos los hurones, al ver que sus hachas estaban tan enrojecidas; por otra parte, no debían olvidar que se trataba de un pueblo tan numeroso como el suyo, que hablaba diferente idioma, que no amaba a los hurones, y que aprovecharía gustoso cualquier pretexto para atraer sobre ellos el enojo del gran jefe blanco.

Habló después de sus necesidades, de la recompensa que debían esperar por sus servicios, de la distancia en que se encontraban de los bosques donde cazaban ellos de ordinario, y los convenció de la necesidad que tenían en aquellas críticas circunstancias de recurrir a la astucia antes que a la fuerza.

Como observase que, mientras los ancianos acogían bien estos sentimientos tan moderados, los jóvenes guerreros más distinguidos por su valor arrugaban el entrecejo, los condujo hábilmente al objeto que preferían, diciéndoles que el fruto de la prudencia que recomendaba sería un triunfo completo, y hasta dio a entender que, adoptando las precauciones debidas, su buen éxito podría ocasionar la destrucción de todos sus enemigos y de todos aquellos a quienes aborrecían. En suma, mezcló las imágenes de la guerra con las ideas de destreza y artificio para lisonjear la afición de los que no tenían más pasión que la de las armas, y la prudencia de aquellos cuya experiencia rehusaba recurrir a ellas hasta el último momento, dando así esperanzas a los dos partidos, aunque ninguno de ambos comprendía todavía bien cuál era su propósito.

Todos conocieron que el magua no había expuesto todo su pensamiento, y cada uno en particular se lisonjeaba de que lo omitido se acomodaba a su propio deseo.

En este feliz estado de cosas, la sagacidad del magua consiguió lo que se propuso, de lo que no puede sorprenderse el lector, teniendo en cuenta la facilidad con que los ánimos se dejan arrastrar por un orador en una asamblea deliberante. Toda la población consintió en ser guiada por él, confiando por unanimidad el cuidado de dirigir este asunto al jefe que acababa de hablar tan elocuentemente, para proponer medios sobre los cuales no se habían explicado con tanta claridad.

El magua había conseguido el fin que se proponía, recobrando completamente el terreno que había perdido en el favor de sus conciudadanos. Veíase honrado con el encargo de dirigir los negocios de su horda, y, de hecho, investido con el gobierno, y mientras pudiera sostener su popularidad, ningún monarca ejercería una autoridad más despótica, a lo menos mientras el pueblo estuviese en país enemigo.

Acto seguido, envió, como jefe supremo, espías a todas partes para reconocer más detalladamente las huellas de los fugitivos; mandó a otros más astutos que fueran a informarse de lo que pasaba en el campo de los delawares, despidió a los guerreros a sus tiendas, lisonjeándolos con la esperanza de que pronto podrían enorgullecerse con nuevas proezas, y dijo a las mujeres que se retiraran con sus hijos, agregando que su deber era callarse y no intervenir en los negocios de los hombres.

Después de dar estas diferentes órdenes, recorrió el campo, entrando en algunas tiendas, donde creía que su presencia podía ser agradable o lisonjera para el individuo que la habitaba; confirmó a sus amigos en la confianza que en él habían depositado, decidió a los que vacilaban todavía, y satisfizo a todo el mundo.

Luego, entró en su morada. Como la mujer que había abandonado al verse precisado a huir de su pueblo había muerto y no tenía hijos, ocupaba una choza solitaria, que era la cabaña a medio construir en la que Ojo-de-halcón había encontrado a David, a quien el hurón había permitido habitarla. El infeliz cantor sufría, cuando se encontraban juntos, con la indiferencia despreciativa de la altiva superioridad del Zorro Sutil.

Allí fue, pues, donde el magua se retiró después que hubo terminado sus trabajos políticos; pero, mientras los demás dormían, él seguía velando.

Si algún hurón se hubiera atrevido a espiar las acciones del nuevo jefe, lo habrían visto sentado en un rincón madurando sus proyecto desde el momento en que entró en la cabaña hasta la hora en que había ordenado a cierto número de guerreros escogidos que fueran a reunirse con él a la mañana siguiente. De vez en cuando el fuego atizado por él hacía resaltar su piel roja y la ferocidad de su rostro y no hubiera sido un gran error compararlo con el príncipe de las tinieblas, ocupado en tramar negras maquinaciones.

Mucho tiempo antes de que amaneciese empezaron los guerreros a llegar poco a poco a la solitaria cabaña del magua, hasta que se reunieron todos en número de veinte, armados con fusil y sus demás armas; pero su fisonomía era pacífica, y no reflejaba sentimientos bélicos. Su llegada fue silenciosa; unos se sentaron en un rincón, los demás permanecieron en pie como estatuas, y todos guardaron una respetuosa actitud.

Entonces se levantó el magua y, poniéndose a la cabeza, hizo la señal de partir, y siguiéronle todos formados en fila india.

Lejos de encaminarse directamente hacia el campo de los delawares, el magua siguió la orilla del arroyo hasta el pequeño lago. artificial de los castores. El día empezaba a clarear cuando entraron en la plaza formada por estos animales industriosos. El magua, que había vuelto a ponerse el traje de hurón, llevaba sobre la piel que le servía de vestido la figura de una zorra; pero habiendo entre los suyos un jefe que había tomado por emblema el castor, hubiera sido, a su juicio, una gran desatención pasar tan cerca de una comunidad tan numerosa de amigos sin manifestarles su respeto.

En consecuencia, detúvose para pronunciarles un discurso, como si se dirigiera a seres racionales y capaces de comprenderle. Les llamó sus primos; les recordó que debían a su influencia y protección la tranquilidad de que disfrutaban, a despecho de tantos mercaderes codiciosos que excitaban a los indios a quitarles la vida; les prometió continuar protegiéndolos y les exhortó a ser agradecidos; les habló luego de la expedición a que se encaminaban, y les insinuó, aunque con delicados circunloquios, que sería muy cuerdo que inspirasen a su pariente una parte de la prudencia que ellos tenían.

Mientras pronunciaba este extravagante discurso, sus compañeros permanecían graves y atentos, como si todos estuvieran profundamente convencidos de que no decía sino lo que debía. Aparecieron algunas cabezas de castor en la superficie del agua, y el hurón manifestó su satisfacción persuadido de que su arenga no había sido inútil. Cuando terminó su perorata, creyó ver la cabeza de un castor muy grande salir de una guarida separada de las demás y que, no encontrándose en muy buen estado, le había parecido abandonada, circunstancia que el Zorro Sutil hizo observar a los guerreros como presagio muy favorable; y, aunque el animal se retiró precipitadamente, no dejó por ello de prodigarle elogios y palabras de gratitud.

Luego que el magua hubo concedido algún tiempo al cariño de familia del guerrero, reanudose la marcha, y, mientras los indios avanzaban en cuerpo, con un paso que los oídos de un europeo no hubieran podido percibir, se asomó a la puerta el mismo castor venerable. Si algún hurón hubiera vuelto entonces el rostro para mirarlo, hubiera visto que el animal vigilaba los movimientos de la tropa con interés y sagacidad propios de un ser dotado de razón. Realmente, todas las maniobras del cuadrúpedo parecían tan bien encaminadas a este fin, que el observador más atento e instruido no hubiera podido explicar el motivo, a no haber observado que, cuando los hurones entraron en el bosque, se mostró el animal por completo, y el grave y silencioso Chingachgook desembarazó su cabeza de la peluda máscara que la cubría.

CAPÍTULO XI

Abreviad, os lo ruego; pues, como podéis ver, necesito atender a más de un asunto.

(Mucho ruido para nada)

Estaba establecida la tribu, o, mejor dicho, la semitribu de los delawares, en un campo que distaba poco del de los hurones, y el número de sus guerreros era casi igual al de la horda vecina. A semejanza de otras muchas tribus de aquellos cantones, los delawares habían seguido a Montcalm sobre el territorio de la corona de Inglaterra, haciendo frecuentes y serias excursiones por los bosques, en los cuales creían tener derecho exclusivo de caza los mohawks; pero aquéllos, con la reserva peculiar de los indios, habían juzgado conveniente dejar de auxiliar al general francés en el momento en que su socorro podía serle más útil, es decir, cuando se dirigía al fuerte de «Guillermo-Enrique».

Los franceses interpretaron de varios modos esta deserción inesperada de sus aliados; pero la opinión más general era que los delawares no habían querido faltar al antiguo tratado que obligaba a los iroqueses a protegerlos y defenderlos, ni exponerse a verse obligados a combatir contra los que hasta entonces habían considerado como sus amos. Los delawares por su parte se habían limitado a decir a Montcalm con el laconismo indio, que sus hachas estaban gastadas y necesitaban afilarlas. La política del comandante general del Canadá había juzgado más prudente conservar un amigo pasivo, que convertido en enemigo declarado con un acto de severidad inoportuna.

En la mañana que el magua condujo su tropa silenciosa al bosque, y se detuvo junto al estanque de los castores, encontró, al salir el sol en los campos de los delawares, un pueblo ocupado tan activamente como si estuviera en el medio del día. Las mujeres estaban todas en movimiento; unas preparaban el almuerzo, otras llevaban el agua y la leña que era necesaria; pero la mayor parte interrumpían su trabajo para detenerse de tienda en tienda a hablar un poco, muy de prisa y en voz baja con sus vecinas y amigas. Los guerreros, reunidos en diferentes grupos, ocupábanse, al parecer, más bien en hacer reflexiones que en conversar y, cuando pronunciaban algunas palabras, hacíanlo con el tono de quien ha meditado mucho lo que dice. Los instrumentos necesarios para la caza estaban preparados en las cabañas; pero nadie parecía dispuesto a tomarlos. Acá y allá se veían algunos examinando las armas con una atención muy diferente de la que se pone cuando no se trata de vencer a otros enemigos que a los animales de los bosques; y, de vez en cuando, las miradas de todo un grupo se dirigían a una gran choza colocada en medio del campo, como si allí se encontrara el objeto de todos los pensamientos y palabras.

De pronto, apareció un hombre al otro extremo de la plataforma de la montaña, sobre la cual estaba el poblado. No llevaba armas, y la pintura de su rostro parecía que no tenía otro objeto que el suavizar la ferocidad natural de sus facciones. Al divisar a los delawares, se detuvo e hizo una señal de paz y amistad levantando un brazo hacia el cielo, y apoyando seguidamente una mano sobre el pecho. Los delawares respondieron en la misma forma y lo invitaron a acercarse repitiendo estas demostraciones amistosas.

Convencido de sus disposiciones favorables, dejó aquel individuo la cima de la montaña en que se había detenido un momento, dibujándose su cuerpo sobre el horizonte iluminado entonces con los hermosos colores de la mañana, y se adelantó despacio y con dignidad hacia las viviendas. Mientras se aproximaba, sólo se percibió el ruido de los ligeros adornos de plata suspendidos de su cuello y sus brazos, y las campanillas que adornaban sus mocasines de piel de gamo. Testimoniaba su amistad a todos los hombres que encontraba; pero no ponía atención en las mujeres, como si juzgara innecesario atraerse su benevolencia para lograr el objeto que allí lo había conducido. Al llegar junto a un grupo compuesto por los jefes principales, según revelaban su altivez y dignidad, se detuvo, y los delawares reconocieron en el recién llegado a un jefe hurón bien conocido por el nombre de Zorro Sutil.

Dispensósele un recibimiento grave, silencioso y circunspecto, y los guerreros que estaban en primera línea se separaron para dejar paso al que entre ellos consideraban como el mejor orador, y que hablaba en todas las lenguas usadas entre los salvajes del norte de América.

—Bien venido sea el prudente hurón —dijo el delaware en lengua magua—. ¿Viene a comer el suc-ca-tush [5] con sus hermanos de los lagos?

—A eso viene —respondió el magua con toda la dignidad de un príncipe oriental.

El jefe delaware tendió el brazo, apretó la muñeca del hurón en señal de amistad, y Zorro Sutil hizo lo mismo. Entonces el primero convidó al magua a entrar en su tienda y a compartir con él su almuerzo. Aceptada la invitación, los dos guerreros, seguidos de tres o cuatro ancianos, se retiraron dejando a los demás delawares entregados al deseo de conocer el motivo de esta extraordinaria visita; pero sin exteriorizar su curiosidad por la palabra más insignificante ni el menor gesto.

---

[5] Suc-ca-tush: manjar compuesto de maíz y habas.

Mientras almorzaron el jefe delaware y el Zorro Sutil, la conversación se redujo a hablar de la gran cacería en que sabían que el magua se había ocupado algunos días antes. Satisfecho el apetito, las mujeres retiraron las calabazas y los restos del almuerzo, y los dos oradores se dispusieron a dar testimonio de su talento y destreza.

—¿El rostro de nuestro padre del Canadá se ha vuelto hacia sus hijos los hurones? —preguntó el delaware.

—¿Les ha vuelto la espalda alguna vez? —repuso el magua—. Él llama siempre a los hurones sus hijos muy estimados.

El delaware hizo un gesto de aprobación, aunque estaba convencido de lo contrario, y añadió:

—¿Las hachas de los guerreros hurones se han enrojecido mucho?

—Sí —dijo el magua—; pero ahora están embotadas, aunque brillantes, porque no hay ingleses a quienes combatir, y tenemos a los delawares por vecinos.

El delaware respondió a este cumplido con un gesto de satisfacción; y, aprovechándose el magua de la alusión que su huésped acababa de hacer a la matanza de «Guillermo-Enrique», le preguntó:

—¿Mi prisionera molesta mucho a mis hermanos?

—Al contrario, su compañía nos complace a todos mucho.

—El camino que separa el campo de los delawares del de los hurones es corto y cómodo; si ocasiona alguna molestia a mis hermanos pueden enviarla a mi poblado.

—Su compañía es muy grata a todos nosotros —repitió el delaware con más energías que la primera vez.

Turbado el magua, no supo qué contestar durante algunos momentos; pero, luego, afectando indiferencia respecto a la respuesta evasiva que acababa de recibir su primer intento para arrebatar a sus vecinos la prisionera que les había sido confiada, dijo:

—Me parece que mis jóvenes guerreros dejan a mis amigos los delawares bastante terreno para cazar en las montañas.

—Los lenapes no necesitan autorización alguna para cazar en sus montañas —respondió el delaware altivamente.

—Sin duda: la paz debe reinar entre los pieles rojas. ¿Por qué habían de pelear unos contra otros? ¿Los rostros pálidos no son sus comunes enemigos?

—¡Bravo! —exclamaron al mismo tiempo algunos oyentes.

El magua hizo una pausa para dar tiempo a que las palabras que acababa de pronunciar produjeran su efecto en los delawares.

—¿No han venido mocasines extranjeros a este bosque? ¿No han visto mis hermanos huellas de hombres blancos?

—Que venga mi padre del Canadá; sus hijos están dispuestos a recibirlo.

—Si el gran jefe viene, será para fumar con los indios en sus tiendas, y los hurones dirán también: «Sea bien venido.» Pero los ingleses tienen los brazos largos, y sus piernas no se cansan jamás. Mis jóvenes guerreros han soñado que habían visto las huellas de los ingleses junto al campo delaware.

—¡Que vengan! No encontrarán a los lenapes durmiendo.

—Perfectamente; el guerrero que tiene los ojos abiertos puede ver a su enemigo —dijo el magua; y viendo que sus esfuerzos para alterar la calma de su interlocutor eran infructuosos, varió de táctica nuevamente—. He traído algunos presentes a mi hermano. Su pueblo ha tenido sus razones para no acudir al campo de la guerra; pero sus amigos no han olvidado dónde habita.

Después de haber anunciado de este modo su liberalidad, el astuto jefe se levantó y puso gravemente ante la deslumbrada vista de sus huéspedes los regalos que traía, consistentes en alhajas de poco valor, robadas a las desgraciadas mujeres asesinadas y saqueadas cerca de «Guillermo-Enrique». Estos obsequios fueron distribuidos con gran habilidad. Regaló las alhajas más brillantes a los dos guerreros más distinguidos, entre los cuales estaba Corazón Duro, su huésped, y ofreció las demás a los jefes subalternos, teniendo cuidado de darles mayor precio con cumplimientos que no les dejaban motivo para quejarse de la parte que les había correspondido. En una palabra, supo aunar tan bien la lisonja y la liberalidad, que no le fue difícil leer en los ojos de los que recibían estos regalos, el efecto que les produjo su generosidad y sus elogios.

El golpe político que acababa de dar produjo el efecto que el Zorro Sutil se esperaba obtener. La gravedad de los delawares se disminuyó, sus facciones adquirieron una expresión más amistosa, y Corazón Duro, que debía quizás este sobrenombre a alguna horrorosa proeza cuyos pormenores nos son desconocidos, dijo al magua después de haber contemplado su parte del botín con manifiesta satisfacción:

—Mi hermano es un gran jefe; sea bien venido.

—Los hurones son amigos de los delawares, y no hay razón para que dejen de serlo. ¿No es el mismo sol el que da color a su piel? ¿No cazarán en los mismos bosques después que mueran? Los pieles rojas deben ser amigos y vigilar mucho a los blancos. ¿Mi hermano no ha visto huellas de espías en los bosques?

El delaware, olvidando que había ya contestado evasivamente a la misma pregunta, y ablandada sin duda con los regalos la dureza de su corazón, dignose entonces contestar más directamente.

—Se han visto mocasines extranjeros en nuestro campo, y han penetrado en nuestras moradas.

—¿Y mi hermano no ha arrojado a esos perros? —preguntó el magua afectando no advertir que esta respuesta desmentía la que antes había recibido.

—No; el extranjero es siempre bien llegado a la vivienda de los hijos de los lenapes.

—El extranjero, bien; ¡pero el espía...!

—¿Los ingleses emplean sus mujeres como espías? ¿El jefe hurón no ha declarado que había mujeres que fueron hechas prisioneras en la batalla?

—Y ha dicho la verdad. Los ingleses han enviado espías, han venido a nuestras tiendas; pero no han encontrado a nadie que les diga: «Sean bien venidos.» Entonces han huido hacia el campo de los delawares, porque ellos aseguran que los delawares son sus amigos, y que han vuelto el rostro a su padre del Canadá.

Esta insinuación directa en una sociedad más civilizada, hubiera valido al magua la reputación de diplomático hábil. Sus huéspedes sabían perfectamente que la inacción de su horda, durante la expedición de «Guillermo-Enrique», había sido motivo de muchas reconvenciones dirigidas por los franceses a los delawares, y conocían que esta conducta debía inspirar a aquéllos desconfianza. No se necesitaba profundizar mucho en las causas y los efectos para juzgar que semejante estado de cosas podía perjudicarlos en su porvenir, encontrándose sus viviendas ordinarias y los bosques de donde sacaban su subsistencia en los límites del territorio de los franceses. Por esta causa las últimas palabras pronunciadas por el jefe hurón fueron escuchadas con desaprobación y desconfianza.

—Que nuestro padre del Canadá nos mire cara a cara —dijo Corazón Duro—, y se convencerá de que sus hijos no han cambiado. Es verdad que nuestros jóvenes guerreros no se presentaron en el campo de batalla, pero ello fue debido a que habían tenido ciertos sueños que se lo impidieron. Sin embargo, no aman ni respetan menos al jefe blanco.

—¿Podrá creerlo cuando sepa que su mayor enemigo ha encontrado refugio y alimento en el campo de sus hijos? ¿Cuando se le diga que un inglés enrojecido por la sangre fuma delante del hogar de Corazón Duro, creerá en la fidelidad de éste? ¿Qué dirá cuando sepa que el rostro pálido, que ha hecho perecer a tantos amigos suyos, está en libertad en medio de los delawares? Vaya, vaya; nuestro padre del Canadá no ha perdido el juicio.

—¿Quién es ese inglés a quien los delawares debían temer, que ha muerto a sus guerreros y es el enemigo mortal del gran jefe blanco?

—La-larga-carabina.

Este nombre bien conocido estremeció a los guerreros delawares, quienes revelaron con su sorpresa que entonces recibían la primera noticia de que en su poder estaba un hombre que se había hecho tan temible a las poblaciones indias, aliadas de la Francia.

—¿Qué quiere decir mi hermano? —preguntó Corazón Duro con asombro y en tono tal que desmentía la apatía peculiar de su raza.

—Un hurón dice siempre verdad —respondió el magua cruzando los brazos en actitud de indiferencia—. Examinen los delawares a sus prisioneros, y encontrarán uno cuya piel no es blanca ni roja.

Después de una larga pausa, Corazón Duro llamó a sus compañeros aparte para deliberar juntos, decidiendo llamar para consultarles a los jefes más distinguidos.

Éstos no tardaron en presentarse unos en pos de otros, y a medida que iban entrando se les enteraba de la importante noticia que el magua acababa de dar, y todos, al oírla, prorrumpían en exclamaciones que revelaban su sorpresa. Esta noticia se esparció rápidamente recorriendo todo el campo: las mujeres suspendían sus trabajos para escuchar las pocas palabras que dejaban escapar sus guerreros; los niños olvidaban los juegos para seguir a sus padres, y parecían casi tan asombrados como éstos de la temeridad de su terrible enemigo; en una palabra, toda ocupación fue momentáneamente abandonada, y todo el poblado no pensó en otra cosa más que en expresar cada cual a su modo el sentimiento general que experimentaba.

Tranquilizados un poco los ánimos, los ancianos se pusieron a meditar detenidamente acerca de las medidas que el honor y la seguridad de su pueblo les aconsejaban tomar en una circunstancia tan difícil y delicada. Durante todos estos movimientos, el magua permaneció en pie apoyado contra la pared de la tienda, y tan impasible aparentemente como si no le interesara el resultado de aquella deliberación. Sin embargo, ningún indicio de las futuras intenciones de sus huéspedes escapaba a su mirada perspicaz, y conociendo bien el carácter de los indios con quienes trataba, preveía casi siempre su resolución antes que fuese adoptada, pudiendo asegurarse que conocía sus propósitos antes que ellos mismos.

El consejo de los delawares no tuvo mucha duración y, al terminar, un movimiento general anunció que iba a ser inmediatamente seguido de una asamblea general. Estas reuniones solemnes eran raras, y como no podían verificarse sino en las ocasiones de la mayor importancia, el astuto hurón que se había quedado solo en un rincón, silencioso pero perspicaz observador de cuanto ocurría, vio llegado el instante en que sus planes debían triunfar o ser frustrados. Salió, pues, de la tienda y situose frente al lugar en que los guerreros empezaban ya a reunirse.

Todavía transcurrió más de media hora antes de que toda la horda se congregase en el mismo sitio, sin exceptuar las mujeres y niños. Todo este tiempo se invirtió en hacer los graves preparativos que se habían juzgado necesarios para una asamblea extraordinaria; pero, cuando asomó el sol por la cima de la alta montaña, en donde los delawares tenían establecido su campo, los rayos, que se reflejaban en las ramas frondosas de los árboles que allí crecían, envolvían en sus haces de luz a una multitud tan curiosa como si todos tuvieran un interés personal en la discusión que iba a entablarse. El número de los congregados llegaba a mil doscientos.

En las asambleas de salvajes no hay nadie que aspire con impaciencia a una distinción señalada, ni que aconseje a los demás una decisión precipitada; la edad y la experiencia son los únicos títulos que autorizan a exponer al pueblo el objeto de la reunión y a emitir su voto. Hasta entonces ni la fuerza corporal, ni el valor acreditado, ni la elocuencia, disculparían al que quisiera alterar esta antigua costumbre.

En esta ocasión había muchos jefes que al parecer estaban autorizados para usar de los derechos de este doble privilegio; pero todos guardaban silencio como si la importancia del asunto los intimidase. Pero el silencio se prolongaba más de lo acostumbrado sin que nadie hiciese el menor gesto de impaciencia o asombro; la tierra parecía ser el objeto de sus miradas; y solamente las dirigían de vez en cuando a una cabaña, a pesar de no tener nada de particular que la diferenciara de las otras, a no ser que estaba cubierta con más cuidado para resguardarla de la intemperie.

Al fin, uno de aquellos murmullos sordos en que con frecuencia prorrumpía la multitud se dejó oír, y todos los que habían tomado asiento se levantaron de repente como por un movimiento espontáneo. Abriose la puerta de aquella cabaña, y, saliendo de ella tres hombres, se dirigieron lentamente hacia el lugar de la asamblea. Los tres eran ancianos y de una edad más avanzada que cuantos formaban la reunión. Uno de ellos, colocado entre los otros dos que lo sostenían, contaban un número de años que pocas veces viven los individuos de la especie humana. Su cuerpo estaba encorvado con el peso de más de un siglo; ya no tenía el paso firme y ligero de los indios, y veíase obligado a medir el terreno por pulgadas. Su piel roja y arrugada contrastaba de un modo singular con los cabellos blancos que le caían sobre los hombros y cuya longitud era sumamente extraordinaria.

La indumentaria de este anciano, cuya edad, el número de sus descendientes y el prestigio de que gozaba en su pueblo le atraían la veneración de sus súbditos, era rica y espléndida. Su manto estaba confeccionado con las más hermosas pieles; pero en algunas partes le faltaba el pelo y, en su lugar, veíanse notables jeroglíficos que representaban las hazañas de guerra con que se había ilustrado medio siglo antes. Su pecho estaba cargado de medallas de plata, y algunas de oro, con que lo habían condecorado varios soberanos europeos durante el curso de su larga vida; brazaletes del mismo metal ceñían sus piernas y brazos, y su cabeza, sobre la cual había dejado crecer toda su cabellera desde que la edad le había impedido manejar las armas, llevaba una especie de diadema de plata, con tres grandes plumas de avestruz, que caían ondeando sobre sus cabellos, cuya blancura hacían resaltar. El puño de su hacha estaba guarnecido de varios anillos de plata, y el mango de su cuchillo brillaba como un ascua de oro.

Calmado un tanto el primer movimiento de agitación y complacencia que produjo la aparición repentina de este hombre venerable, el nombre Tamenund fue repetido por todas las bocas. El magua había oído con frecuencia hablar de la sabiduría y equidad de este anciano guerrero delaware; su fama llegaba hasta atribuirle el don de recibir directamente las inspiraciones del Gran Espíritu, por lo que ha sido transmitido su nombre a los usurpadores blancos de su territorio, que lo veneran como el santo tutelar e imaginario de un vasto imperio. El jefe hurón se separó del grupo y situose en un sitio desde donde podía contemplar de más cerca las facciones de un hombre cuya voz debía ejercer poderosa influencia en el éxito de sus proyectos.

Los ojos del anciano permanecían cerrados, como si les hubiera ocasionado gran fatiga el tenerlos tanto tiempo abiertos observando las pasiones humanas; el color de su piel difería de la de todos los demás indios y parecía más oscura, lo cual era debido, indudablemente, a la multitud innumerable de pequeñas rayas complicadas pero regulares, y de figuras diferentes que habían sido trazadas en ella.

Tamenund pasó por delante del hurón sin prestarle la menor atención; sostenido por sus dos venerables compañeros, adelantose en medio de sus conciudadanos, que se apresuraron a abrirle paso, y se sentó en el centro con la actitud severa de un monarca y con el gesto plácido y bondadoso de un padre.

Es imposible dar idea del respeto y cariño que manifestaron los delawares al ver llegar inopinadamente a un hombre que parecía pertenecer ya a otro mundo. Después de algunos momentos de silencio acostumbrado, se levantaron los principales jefes, y acercándose a él por turno, le tomaron una mano y la pusieron sobre su cabeza como para pedirle su bendición. Los guerreros más distinguidos se limitaron a tocar la orilla de su vestido; los demás parecían considerarse bastante felices pudiendo respirar el mismo aire que un jefe que había sido tan valiente, y que era todavía tan justo y tan sabio. Después que hubieron tributado a aquel patriarca este homenaje de veneración afectuosa, los guerreros y los jefes volvieron a ocupar sus asientos, y un silencio absoluto reinó de nuevo en la asamblea.

Algunos jóvenes guerreros, a quienes uno de los ancianos compañeros de Tamenund había dado instrucciones en voz baja, se pusieron entonces en pie, entraron en la cabaña situada en el centro del campo, y algunos instantes después volvieron escoltando a los individuos que eran la causa de estos solemnes preparativos y que fueron conducidos a la asamblea. Las filas se abrieron para abrirles paso y volvieron a cerrarse tras ellos, de modo que los prisioneros se encontraron en medio de un gran círculo formado por toda la población.

CAPÍTULO XII

Todos los individuos de la asamblea tomaron asiento, y Aquiles, cuya estatura superaba a la de los demás jefes, habló así al rey de los hombres.
(*El Homero*, de Pope)

Llegaron los prisioneros, siendo la primera en presentarse Cora, enlazada al brazo de su hermana Alicia, por quien manifestaba la más cariñosa ternura.

Aquélla, a pesar del aspecto terrible y amenazador de los salvajes que la rodeaban, no abrigaba por sí misma ningún temor, y sus miradas estaban fijas en el rostro pálido y descompuesto de la trémula Alicia.

Heyward, inmóvil a su lado, se interesaba vivamente por las dos hermanas, pues en aquel momento de angustia su corazón apenas establecía alguna diferencia en favor de la que más amaba. Ojo-de-halcón habíase colocado más atrás por respeto a la condición más elevada de sus compañeros, pues, aunque la fortuna, agobiándolos con los mismos golpes que a él, parecía autorizarle para considerarse igual a ellos, no los respetaba menos el honrado cazador. Uncas era el único de los prisioneros que no estaba presente.

Cuando se hubo restablecido el silencio, después de la larga y solemne pausa acostumbrada, uno de los jefes más ancianos, que habían tomado asiento junto al patriarca, se levantó y preguntó en inglés en voz alta:

—¿Cuál de mis prisioneros es La-larga-carabina?

Ni Heyward ni el cazador respondieron. El primero dirigió sus miradas a la grave y silenciosa asamblea, y retrocedió un paso descubriendo entonces al magua en cuyo rostro se reflejaban la malicia y la perfidia. Pronto comprendió que las instigaciones secretas de este astuto salvaje eran la causa de haber sido conducidos ante la asamblea, y resolvió poner en práctica cuanto estuviera de su parte para oponerse a la ejecución de sus siniestras intenciones. Había presenciado ya cómo los indios hacen sus justicias, y temía que su compañero estuviera destinado a sufrir la misma suerte. En tan crítica circunstancia, sin detenerse en tímidas reflexiones, decidiose instantáneamente a proteger a su amigo, no reparando en su propio peligro; y, mientras tanto, antes de que pudiera responder, fue repetida la misma pregunta con más energía y vehemencia:

—Entréguenos armas —exclamó entonces altivamente—, llévenos a esos bosques, y nuestras acciones hablarán por nosotros.

—Éste es el guerrero cuyo nombre ha resonado tanto en nuestros oídos —replicó el jefe mirando a Heyward con aquel interés y viva curiosidad que se experimenta al ver por primera vez a un hombre que por su gloria, sus desgracias, virtudes o crímenes es famoso—. ¿Por qué el hombre blanco ha venido al campo de los delawares? ¿Qué motivo le ha conducido aquí?

—La necesidad. Vine a buscar alimento, abrigo y amigos.

—Eso es imposible. Los bosques están llenos de caza, la cabeza de un guerrero no necesita otro abrigo que el de un cielo sin nubes, y los delawares no son amigos sino enemigos de los ingleses. Su boca habló; pero su corazón ha guardado silencio.

Heyward, no sabiendo qué responder, permaneció callado; pero el cazador, que había escuchado con atención, se puso en pie de pronto y tomó la palabra para decir:

—Si no he respondido al nombre de La-larga-carabina, no ha sido por vergüenza ni por temor; el hombre de honor está libre de estos dos sentimientos; pero niego a los mingos el derecho de dar un nombre a aquel cuyos servicios han merecido de sus amigos un calificativo más honroso, especialmente cuando el que le han dado es un insulto y una mentira, porque el matagamos es un buen fusil y no una buena carabina. De todos modos yo soy el hombre a quien los míos pusieron el nombre de Nathanías; a quien los delawares que habitan las orillas del río dieron el título lisonjero de Ojo-de-halcón, y a quien los iroqueses se han empeñado en llamar La-larga-carabina, sin que exista ningún motivo que los autorice para ello.

Todas las miradas que hasta entonces habían permanecido fijas en Heyward, volviéronse en seguida para contemplar las facciones fuertes y nerviosas de este nuevo pretendiente a un título tan glorioso. No era un espectáculo muy nuevo el ver a dos personas que se disputaban un honor tan grande, porque los impostores, aunque no muy frecuentes, no eran desconocidos en absoluto entre los salvajes; pero importaba mucho a los delawares, que querían ser severos sin dejar de ser justos, el averiguar la verdad. Algunos de los ancianos conferenciaron entre sí, y el resultado de la conferencia fue preguntar a su huésped sobre el particular.

—Mi hermano nos ha informado de que una serpiente se había introducido en nuestro campo —dijo el jefe al magua—. ¿Quién de los dos es?

El hurón, sin pronunciar una palabra, señaló con el dedo al cazador.

—¿Un delaware prudente puede prestar atención a los aullidos de un lobo? —exclamó Heyward confirmándose más en su opinión de que su antiguo enemigo no tenía sino muy malas intenciones—. Un perro no miente jamás; pero, ¿cuándo ha dicho verdad un lobo?

Lanzaban chispas de furor los ojos del magua; pero, acordándose de repente de la necesidad que tenía de mantenerse sereno, volvió la cara despreciativamente, bien convencido de que la sagacidad de los indios no se dejaría deslumbrar por palabras, en lo cual estaba acertado, porque después de una nueva conferencia muy corta, el mismo jefe que había antes hablado, volviose hacia él para comunicarle la determinación de los ancianos.

—Mi hermano ha sido tratado de impostor, cosa que sus amigos sienten mucho, y demostrarán que ha dicho verdad. Entréguense fusiles a los prisioneros, y que demuestren con los hechos cuál de los dos es el guerrero a quien deseamos conocer.

El magua se convenció bien de que esta prueba se había propuesto porque no confiaban mucho en su palabra; pero fingió considerarla como un obsequio que se le hacía, por lo cual manifestó con un ademán que accedía a ello, bien seguro de que La-larga-carabina era demasiado buen tirador para que el resultado de la prueba no confirmara su aserto. Acto seguido, fueron puestas las armas en manos de los dos amigos rivales, y recibieron la orden de disparar por encima de la multitud que estaba sentada, contra un vaso de tierra que había casualmente sobre el tronco de un árbol, a la distancia de unos cincuenta pies del lugar en que se encontraban colocados.

—Heyward no pudo menos de sonreírse al verse puesto en el trance de disputar la supremacía en el manejo de las armas de fuego al cazador; pero no por ello desistió de su generoso engaño, hasta que conociera los proyectos del magua: tomó el fusil, apuntó tres veces diferentes con gran cuidado, y disparó: la bala atravesó el árbol a algunas pulgadas del vaso; y un grito general de satisfacción acogió esta prueba que fue para los indios un gran testimonio de su habilidad. Hasta el mismo Ojo-de-halcón bajó la cabeza dando a entender que lo había hecho mejor de lo que él se esperaba, y lejos de revelar su propósito de tomar parte en la lid, y disputar a lo menos la preferencia a su rival, permaneció más de un minuto apoyado sobre su fusil, en la actitud propia de un hombre que reflexiona profundamente; pero fue uno de los jóvenes indios que habían traído las armas, y sacole de ella dándole un golpe en el hombro y diciéndole en muy mal inglés:

—¿El otro blanco es capaz de hacer eso mismo?

—Sí, hurón —repuso el cazador dirigiéndose al magua, y tomando con la mano derecha el fusil, que blandió tan fácilmente como si fuera una caña—. Sí, hurón: podría dejarte muerto a mis pies, sin que ningún poder humano fuese capaz de impedírmelo. El halcón que se precipita sobre la paloma no tiene más seguridad en su vuelo que la tengo yo en mi disparo si quisiera atravesarte el corazón. ¿Y por qué no lo hago...? Porque las leyes que rigen a los de mi color me lo prohíben, y porque con ello acarrearía nuevos males a otras personas inocentes. Si sabes que existe un Dios, harás bien dándole las gracias cordialmente.

El tono del cazador, sus ojos centelleantes y sus mejillas enardecidas, infundieron una especie de respetuoso terror en el alma de todos sus oyentes.

Los delawares retuvieron el aliento para concentrar mejor su atención, y el magua, aunque sin prestar absoluto crédito a las palabras de su enemigo, propias para tranquilizarlo, permaneció aparentemente impasible en medio del grupo que lo rodeaba, como si estuviera clavado en el sitio.

—Haga otro tanto —repitió el joven delaware que estaba al lado del cazador.

—¡Que haga otro tanto, estúpido! ¡Que haga otro tanto! —gritó Ojo-de-halcón blandiendo nuevamente su arma con tono amenazador, aunque sin buscar ya con los ojos la persona del magua.

—Si el hombre blanco es el guerrero que se asegura ser —dijo el jefe—, que haga mejor puntería.

El cazador riose ruidosa y estrepitosamente, de tal modo que hizo estremecer a Heyward como si hubiera oído algunos sonidos sobrenaturales. Entonces dejó aquél caer pesadamente el fusil sobre la mano izquierda que tenía extendida, y acto seguido salió la bala como si sólo aquel sacudimiento hubiera ocasionado la explosión. El vaso de tierra voló roto en mil pedazos, y los restos cayeron sobre el tronco, casi al mismo tiempo que se oyó el ruido del fusil que el cazador dejó caer desdeñosamente al suelo.

Aquella escena dejó asombrados a todos los circunstantes; pero pronto circuló entre las filas de los indios un murmullo confuso, que insensiblemente se hizo más inteligible, y que reveló que la opinión de los espectadores estaba dividida. Mientras que algunos manifestaban la admiración que les inspiraba una habilidad tan extraordinaria, los otros, que eran el mayor número, se inclinaban a creer que aquel resultado se debía exclusivamente a la casualidad, y Heyward apresurose a confirmar esta idea que favorecía sus intenciones.

—¡Es una casualidad! —dijo él—. Nadie puede disparar bien sin haber apuntado.

—¡Es una casualidad! —repitió el cazador acalorándose y queriendo entonces probar a toda costa su identidad a pesar de las señas que le hacía Heyward para que se callara—. ¿Ese hurón cree también que es una casualidad? Si tal es su opinión, tome otro fusil; pongámonos uno enfrente de otro, y entonces se verá quien apunta mejor. No le hago a usted la misma proposición, mayor, porque nuestra sangre es del mismo color y servimos al mismo amo.

—Indudablemente el hurón es un impostor —dijo fríamente el mayor—. Usted mismo le ha oído asegurar que es usted La-larga-carabina.

No puede calcularse los extremos tan violentos a que se hubiera atrevido Ojo-de-halcón, empeñado en identificar su persona, si el viejo delaware no se hubiera interpuesto nuevamente diciendo:

—El halcón que desciende de las nubes sabe subir a ellas cuando quiere; entréguenles fusiles.

Esta vez el cazador apoderose del arma con ardor, y aunque el magua espiaba cuidadosamente sus menores movimientos, no creyó que debía temerle.

—Pues bien; que se pruebe ante este pueblo de delawares quién es el mejor tirador —exclamó Ojo-de-halcón tocando el gatillo de su fusil con el dedo que había disparado tantas balas de muerte—. ¿Ve, mayor, la calabaza que cuelga allá abajo de aquel árbol? Pues ya que es tan buen tirador, veamos si acierta a darle.

Heyward miró el blanco que se le proponía y púsose a repetir la prueba. La calabaza era una de aquellas pequeñas vasijas de que usan comúnmente los indios, que estaba sujeta con correa de piel de gamo a la rama seca de un pino bajo, a más de trescientos pies de distancia.

Tal es la influencia del amor propio, que el joven oficial, a pesar de la escasa importancia que daba a la opinión de los salvajes constituidos en sus jueces, olvidó el principal motivo de la apuesta para entregarse por completo al deseo de ganarla. Ya había demostrado que su habilidad no era despreciable, y así es que resolvió aprovecharse de todos los medios. Si hubiera dependido su vida del disparo que iba a hacer, no habría apuntado más cuidadosamente. Tiró, al fin, y tres o cuatro jóvenes indios que se habían precipitado a examinar el blanco, anunciaron con grandes gritos que la bala estaba en el árbol muy cerca de la calabaza; los guerreros prorrumpieron en aclamaciones unánimes, y contemplaron a Ojo-de-halcón esperando con ansia que éste disparase.

—No lo ha hecho mal para ser un individuo de las tropas reales de América —dijo el cazador riéndose a su modo—; pero si mis balas se hubieran separado muchas veces otro tanto del blanco a que yo apuntaba, ¡cuántos animales, cuya piel está ahora en las mangas de algunas damas, seguirían corriendo por el bosque! Supongo que el dueño de la calabaza tendrá otras en su morada, porque ésta ya no contendrá nunca más agua.

Y, mientras se expresaba de este modo, cargaba su fusil y, cuando lo tuvo dispuesto, echó un pie atrás y levantó el arma, la puso horizontal y la dejó un instante en una inmovilidad absoluta, de manera que el hombre y el fusil parecían de piedra. Disparó y salió la bala arrojando una llama clara y brillante; los indios volvieron a correr junto al árbol y por más que buscaron por todas partes, no encontraron señal ninguna de la bala.

—Tú eres el lobo con piel de perro —dijo el anciano jefe al cazador—. Voy a hablar a La-larga-carabina de los ingleses.

—¡Ah! Si tuviera yo el arma de donde procede el nombre que me da, me comprometería a cortar la correa y hacer caer la calabaza en vez de agujerearla —dijo Ojo-de-halcón sin intimidarse por la severidad del viejo—. ¡Insensatos! Si quieren encontrar la bala disparada por un buen tirador de estos bosques, búsquenla en el blanco mismo.

Los indios comprendieron pronto lo que quería decir, porque esta vez había hablado en la lengua de los delawares, y corrieron a descolgar la calabaza, la cual levantaron en el aire lanzando gritos de alegría y mostrando que la bala la había atravesado por medio agujereando el fondo.

Visto esto, un nuevo grito de admiración salió de la boca de todos los guerreros presentes. La cuestión quedó resuelta y Ojo-de-halcón vio al fin reconocido su derecho a su honorífico aunque peligroso renombre. Las miradas de curiosidad y admiración que habían vuelto a reconcentrarse en Heyward, se dirigieron entonces al objeto de la atención general entre los seres sencillos y naturales que lo rodeaban; y, cuando renació la tranquilidad, el anciano jefe prosiguió su interrogatorio preguntando al mayor:

—¿Por qué ha intentado cerrar mis oídos? ¿Cree que los delawares son tan necios que no saben distinguir la joven pantera del gato montés?

—No tardarán en conocer que el hurón no es un pájaro que gorjea —dijo Heyward procurando imitar el lenguaje figurado de los indios.

—Está bien; pronto sabremos quién pretende cerrar nuestros oídos. Hermano —añadió el jefe mirando al magua—, los delawares escuchan.

Al ser interpelado directamente, el hurón se puso en pie y, adelantándose grave y resueltamente al centro del círculo enfrente de los prisioneros, dirigió su vista a todas las figuras que lo rodeaban como para medir sus expresiones por la capacidad de sus oyentes. Sus miradas, al posarse en Ojo-de-halcón, reflejaron una enemistad respetuosa, al fijarse en Heyward un odio implacable y casi no se detuvieron en la trémula Alicia; pero, cuando llegaron a Cora, a quien su aspecto altivo y valeroso no hacía perder nada de sus gracias, contempláronla con expresión inexplicable. Entonces, siguiendo el plan que se había propuesto, habló en la lengua de los habitantes del Canadá con objeto de ser comprendido por la mayor parte de los oyentes.

—El espíritu que formó a los hombres —dijo el Zorro Sutil—, les dio colores diferentes. Hizo a los unos más negros que el oso de los bosques, y los destinó a ser esclavos; les mandó trabajar para siempre como el castor, y pueden oír sus gemidos cuando el viento del mediodía se distingue entre los berridos de los búfalos por las orillas del gran lago de agua salada por donde discurren cargadas de ellos las grandes canoas. A otros, les dio una piel más blanca que el armiño y les mandó ser mercaderes, perros para con sus mujeres y lobos con sus esclavos. Quiso que como las palomas tuvieran alas, que no se cansasen jamás; hijos más numerosos que las hojas de los árboles y un vehemente deseo de dominar toda la tierra. Les dio la lengua pérfida del gato montés, el corazón del conejo, la malicia del jabalí, pero no la de la zorra, y los brazos más largos que las patas de los ratones. Con su lengua hacen enmudecer los oídos de los indios; su corazón les enseña a pagar soldados para batirse. Su malicia les enseña el modo de apoderarse de todos los bienes del mundo, y sus brazos abarcan la tierra desde las orillas del agua salada hasta las orillas del gran lago; su glotonería les hace insaciables. Dios les ha dado lo suficiente, pero ellos lo desean todo; tales son los blancos. Otros, en fin, han recibido del Gran Espíritu una piel más brillante y más roja que el sol que nos alumbra —añadió el magua señalando con un gesto expresivo el astro resplandeciente que no podía atravesar la húmeda niebla que cubría el horizonte—, y éstos fueron sus hijos predilectos. Les dio esta isla como la había creado, cubierta de árboles y llena de caza. El viento desgajó algunos árboles abriendo los claros del bosque, y el sol y las aguas maduraron sus frutos; no necesitaron, por consiguiente, caminos para viajar. Sembraban entre las peñas; cuando los castores trabajaban se tendían a la sombra y los contemplaban. Los vientos les refrescaban en el verano y las pieles prestaban su calor en invierno. Si peleaban entre sí, era con el solo objeto de demostrar que eran hombres y, como eran valientes y justos, siempre tenían felicidad.

El orador hizo una pausa, echó una mirada en torno suyo para observar si la tradición había despertado en el ánimo de sus oyentes el interés que esperaba, y vio todos los ojos fijos en él con la mayor atención, las caras derechas y las narices abiertas, como si cada uno de los presentes experimentara deseos de recobrar todos los derechos de su raza.

—Si el Gran Espíritu dotó de diferentes lenguas a sus hijos rojos —añadió el magua en voz baja, lenta y entristecida—, fue para que todos los animales pudieran comprenderlos. Colocó a unos en medio de las nieves con los osos, a otros junto al sol en su ocaso y en el camino que conduce a los felices bosques donde hemos de cazar después de nuestra muerte, a otros en la tierra que circunda las grandes aguas dulces; pero a sus hijos predilectos les dio las arenas del lago salado. ¿Saben mis hermanos cómo se llama este pueblo favorecido?

—Esos eran los lenapes —respondieron a una voz apresuradamente más de veinte oyentes.

—Eran los leni-lenapes —corrigió el magua inclinando afectadamente la cabeza como por respeto a su antiguo esplendor, y agregó después—: El sol se levantaba del fondo del agua salada, y desaparecía tras el agua dulce; nunca se ocultaba a sus ojos. Pero ¿he de ser yo, hurón de los bosques, el encargado de referir a un pueblo sabio sus propias tradiciones, sus infortunios, su gloria, su prosperidad, sus contrariedades, sus derrotas y su decadencia? ¿No hay entre ellos alguno que haya visto todo esto, y que atestigüe la verdad? He dicho. Mi lengua ha enmudecido, pero mis oídos están abiertos para oír.

Dijo, y todos los ojos volviéronse al mismo tiempo hacia el venerable Tamenund, que desde que había tomado asiento hasta entonces no había proferido una palabra, y apenas daba la menor señal de vida. Estaba inclinado hacia el suelo sin tomar aparentemente ningún interés en lo que pasaba en torno suyo, mientras el cazador había probado su identidad de un modo tan palpable. Sin embargo, cuando el magua empezó a hablar graduando con arte las inflexiones de su voz, parecía que volvía en sí y aun llegó a levantar la cabeza una o dos veces como para prestar más atención; pero al mencionar el Zorro Sutil el nombre de su nación, los párpados del anciano se entreabrieron y contempló a la multitud con aquella expresión lánguida que parece debe ser la de los espectros en el sepulcro. Hizo entonces un esfuerzo para levantarse, y sostenido por los dos jefes que estaban a su lado, se mantuvo en pie en una posición propia para imponer respeto, a pesar de que los años hacían temblar sus rodillas.

—¿Quién habla de los hijos de Lenape? —preguntó en voz sorda y gutural, pero perfectamente inteligible a causa del profundo silencio que reinaba en la asamblea—. ¿Quién habla de cosas que ya dejaron de existir? ¿El huevo no se convierte en gusano, el gusano en mosca, y la mosca no perece? ¿Por qué ha de hablarse a los delawares de los bienes que han perdido? Agradezcamos al Manitú lo que nos ha permitido conservar.

—Es un wyan-doto —repuso el magua aproximándose más a la grosera plataforma sobre la cual estaba colocado el anciano—; es un amigo de Tamenund.

—¡Un amigo! —repitió el sabio y su rostro se contrajo con el rictus de severidad que había hecho tan terribles sus miradas cuando se encontraba aún en la mitad de su vida—. ¿Los mingos son los amos de la tierra? ¡Un hurón aquí!, ¿qué es lo que desea?

—¡Justicia! Sus prisioneros están en poder de sus hermanos y viene por ellos.

Tamenund miró a uno de los dos jefes que lo sostenían y escuchó las breves explicaciones que éste le dio; luego, dirigiéndose al magua lo contempló un momento con profunda atención, y dijo en voz baja y con manifiesta repugnancia:

—La justicia es la ley del Gran Manitú. Hijos míos, dad de comer al extranjero. Hurón, toma tus bienes y márchate.

Pronunciada esta solemne sentencia, el patriarca volvió a tomar asiento y cerrar los ojos como si prefiriese las imágenes que la madurez de su experiencia le ofrecía en su corazón a los objetos visibles del mundo. Promulgado este decreto, no había un solo delaware bastante audaz que se permitiera quejarse y mucho menos oponerse; de manera que, apenas había concluido de pronunciar su sentencia, cuando cuatro o cinco jóvenes guerreros colocáronse detrás de Heyward y del cazador y les ataron por los brazos tan rápida y ágilmente, que los dos prisioneros se encontraron en la imposibilidad de moverse. El primero estaba demasiado ocupado en sostener a la desgraciada Alicia, que casi insensible apoyábase en su brazo, para sospechar sus intenciones antes que fuesen ejecutadas, y el segundo, que consideraba hasta a los pueblos enemigos de los delawares como una raza de seres superiores, sometiose sin resistencia; pero acaso no hubiera sido tan sufrida si hubiera oído el diálogo que se sostenía a su lado en una lengua que no comprendió bien.

El magua dirigió una mirada de triunfo a toda la asamblea antes de proceder a la ejecución de sus designios. Al ver que los hombres se encontraban en disposición de no poder resistir, volvió los ojos a la que consideraba como el más precioso de sus bienes. Cora lo miró a su vez con tal firmeza y tranquilidad, que la resolución del Zorro Sutil estuvo a punto de abandonarlo, y recordando entonces el artificioso medio que había ya empleado otras veces, se acerco a Alicia, la tomó en sus brazos, y ordenó a Heyward que lo siguiese; hizo después seña a la multitud para que se apartara y le dejase pasar. Pero Cora, en vez de ceder al impulso con el cual había contado el magua, arrojose a los pies del patriarca, y alzando la voz exclamó:

—Justo y venerable delaware, nos acogemos a tu sabiduría y tu poder, y te suplicamos que nos protejas. No prestes oídos a los pérfidos artificios de ese monstruo inaccesible a los remordimientos, que ofende tus oídos con infames embustes para saciar la sed de sangre que lo devora. Tú, que has vivido mucho tiempo y que conoces las desgracias de esta vida, habrás aprendido a compadecer la suerte de los desgraciados.

Los ojos del anciano habíanse abierto con pena y contemplaban nuevamente el pueblo. A medida que la voz conmovedora de la suplicante hería su oído, se fijaron en Cora sin que nada los pudiese apartar de ella. Ésta habíase arrodillado, con las manos juntas y apoyadas sobre el pecho, y su frente contraída por el dolor, pero majestuosa, era todavía en medio de su desesperación la imagen más perfecta de su belleza. El rostro de Tamenund animose insensiblemente; sus facciones perdieron lo que tenían de vago y esquivo para expresar la admiración; brillaron sus ojos con una chispa de aquel fuego eléctrico que un siglo antes se comunicaba con tanta fuerza a las numerosas bandas de los delawares y, poniéndose en pie sin ayuda ajena y, aparentemente al menos, sin esfuerzo ninguno, le preguntó con una voz cuya firmeza hizo temblar a la multitud:

—¿Quién eres tú?

—Una mujer, y de una raza que vosotros detestáis; una inglesa. Pero que no te ha hecho nunca mal; que no puede hacerlo a tu pueblo, y que implora tu protección.

—Decidme, hijos míos —preguntó el patriarca con una voz interrumpida y dirigiéndose a los que lo rodeaban, aunque sus ojos estaban fijos en Cora, arrodillada—, ¿en dónde han acampado los delawares?

—En las montañas de los iroqueses, más allá del nacimiento del Horican.

—¡Cuán áridos veranos —añadió el sabio— han pasado sobre mi cabeza desde que bebí el agua de mi río! Los hijos de Mignon son los hombres blancos más justos; pero tenían sed y se apoderaron de aquellas aguas. ¿Nos siguen hasta aquí?

—Nosotros no seguimos a nadie ni deseamos nada —respondió con viveza Cara—. Detenidos contra nuestra voluntad nos han conducido aquí, y no pedimos sino que se nos permita retirarnos tranquilamente a nuestro país. ¿No eres tú Tamenund, el padre, el juez, casi diría, el profeta de este pueblo?

—Yo soy Tamenund que ha vivido muchos días.

—Hace siete años próximamente que uno de los tuyos se encontraba a merced de un jefe blanco en las fronteras de esta provincia: y declaró que era de la sangre del bueno y justo Tamenund. «Márchate, le dijo el jefe de los blancos; por consideración a tu pariente, quedas libre.» ¿Te acuerdas del nombre de este guerrero inglés?

—Recuerdo que siendo yo muy joven —replicó el patriarca para quien el recuerdo de sus primeros años era más vivo que el de los restantes—, jugaba sobre la arena de la orilla del mar, y vi una gran canoa con alas más blancas que las del cisne, mayores que las de muchas águilas juntas, que venía del oriente.

—No; yo no hablo de una época tan remota, sino de una gracia concedida a tu sangre por uno de los míos, y bastante reciente para que el más joven de tus guerreros pueda recordarla.

—¿Era cuando los iroqueses y los holandeses peleaban en los bosques de caza de los delawares? Entonces Tamenund era un poderoso jefe, y por la primera vez abandonó su arco para armarse con el rayo de los blancos.

—No —exclamó Cora interrumpiéndolo—; eso es aún demasiado remoto. Me refiero a un suceso muy reciente y que es imposible que hayas olvidado, pues ocurrió casi ayer.

—¡Ayer! —respondió el anciano ahuecando la voz, pero con expresión de ternura—. ¡Ayer los hijos de los lenapes se enseñoreaban del mundo! Los peces del lago salado, los pájaros, las bestias y los mingos de los bosques los reconocían por sagamores.

Cora inclinó la cabeza profundamente descorazonada. Luego, recobrando su valor, y haciendo un último esfuerzo, prosiguió con una voz tan lastimera como la del mismo patriarca:

—¿Tamenund es padre?

El anciano paseó lentamente sus ojos por toda la asamblea; una sonrisa de benevolencia se reflejó en su rostro, y bajando sus miradas hacia Cora, le dijo:

—Padre de todo un pueblo.

—Yo no pido nada para mí. Lo mismo que sobre ti y los tuyos, jefe venerable —añadió apretando las manos sobre su corazón con un movimiento convulsivo, e inclinando la cabeza de modo que sus mejillas inflamadas estaban cubiertas, casi por completo, por los cabellos negros y rizados que caían desordenadamente sobre sus hombros—, la maldición transmitida por mis antepasados ha caído sobre su hija de un modo abrumador. Pero contemple a una desgraciada que hasta ahora jamás ha probado la cólera del Cielo; tiene padres, amigos que la adoran, de quienes es la delicia, y es demasiado buena, demasiado linda para ser la víctima de ese malvado.

—Sé que los blancos son una raza de hombres orgullosos y famélicos. Sé que no sólo pretenden ser dueños de toda la tierra, sino que el más mísero de los de su color, se estima en más que los sachems del hombre rojo. Los perros de sus tribus —añadió el anciano sin comprender que cada palabra suya era una flecha acerada para el alma de Cora— ladrarían furiosamente antes que llevar a su tienda mujer cuya sangre no fuera del color de la nieve; pero que no se alaben tanto en presencia del Manitú. Han entrado en el país al salir el sol, y pueden partir cuando el astro se ponga; pero también he visto con frecuencia a las langostas despojar los árboles de sus hojas, y siempre la primavera ha vuelto y las hojas han nacido otra vez.

—Es verdad —repuso Cora suspirando profundamente, y, echándose los cabellos atrás, dejó ver una mirada abrasadora, que contrastaba con la palidez de su rostro—; pero, ¿cuál es la razón? Eso es lo que no sabemos. Hay todavía un prisionero que no ha sido puesto en tu presencia; óyele antes que parta el hurón triunfante.

Viendo que Tamenund miraba en torno suyo con aire de duda, uno de sus compañeros le dijo:

—Es una serpiente, una piel roja pagada por los ingleses; lo guardamos para la tortura.

—Que venga —ordenó el sabio dejándose caer sobre su asiento.

Después la asamblea quedó tan profundamente silenciosa, que, mientras los jóvenes indios se disponían a ejecutar las órdenes del patriarca, podía oírse claramente el susurro de las hojas de los árboles que, en el bosque inmediato, agitaba con suavidad el viento fresco de la mañana.

CAPÍTULO XIII

Si lo negáis, apelo a vuestras leyes; ¿acaso han dejado de tener validez en Venecia? Quiero que se me juzgue; contestadme, ¿lo permitiréis?

SHAKESPEARE

El silencio se prolongó algunos minutos sin que nadie osara interrumpirle, hasta que apareció Uncas.

Entonces empezó a moverse la multitud para abrir paso al joven mohicano, y cuando éste estuvo al lado de los demás prisioneros, colocáronse los delawares detrás.

Todos los ojos, que hasta aquel momento habían estado fijos en las facciones expresivas del sabio, volviéronse inmediatamente para contemplar el cuerpo ágil y gracioso del prisionero.

Pero ni la muchedumbre que lo rodeaba, ni la atención exclusiva de que era objeto, intimidaron a Uncas, quien echando en derredor una mirada investigadora, vio con la misma tranquilidad la expresión hostil en la fisonomía de los jefes que la curiosidad en la de los jóvenes. Pero, cuando sus ojos escudriñadores descubrieron a Tamenund, su alma entera se reflejó en ellos, olvidando en esta contemplación la memoria de lo que lo rodeaba. Al fin, adelantándose lenta y silenciosamente, colocose delante del sitio algo elevado en que se encontraba el patriarca, que continuó mirando sin verlo, hasta que uno de los jefes le notificó la llegada del prisionero.

—¿Qué lengua hablará el prisionero en presencia del gran Manitú? —preguntó el anciano sin abrir los ojos.

—La de sus padres —respondió Uncas—; la de un delaware.

Esta repentina e inesperada declaración levantó entre la multitud un aullido sordo muy amenazador, comparable no muy inadecuadamente con el primer gruñido del león cuando se despierta de su ira; un presagio temible del peso de su futura cólera. La impresión que experimentó el sabio fue también violenta, aunque la expresó de modo distinto. Se echó las manos a los ojos, como para no ver un espectáculo tan vergonzoso para su raza, mientras repetía, con su voz gutural y profunda, las palabras que acababa de oír.

—¡Un delaware! ¡Y yo he vivido para ver a las tribus de los lenapes abandonar sus poblados y esparcirse, como una manada de gamos asustados, por entre las montañas de los iroqueses! ¡He visto las hachas de un pueblo extranjero abatir los bosques, orgullo de los valles, que los vientos del cielo habían respetado! Los osos que corren por las montañas y los pájaros que vuelan sobre los árboles, los he visto cautivos en las tiendas de los hombres; pero jamás me había encontrado con un delaware tan miserable que llegara arrastrándose como una serpiente venenosa al campamento de su nación.

—Los pájaros canoros han abierto sus picos —respondió Uncas, con los tonos más dulces de su propia voz musical—, y Tamenund ha oído su cántico.

El sabio se estremeció, y ladeó la cabeza como para percibir los sonidos de alguna melodía lejana.

—¡Sueña Tamenund! —exclamó— ¿Qué voz ha resonado en tus oídos? ¿Los inviernos han retrocedido? ¿Vendrá de nuevo el verano para los hijos de los lenapes?

Un silencio solemne y respetuoso siguió a estos incoherentes estallidos que salían de los labios del profeta delaware. Su pueblo en seguida tomó su ininteligible lenguaje por una de esas misteriosas conferencias que se creía mantenía tan frecuentemente con una inteligencia superior, esperando aterrorizado el resultado de la revelación. Sin embargo, después de una paciente pausa, uno de los jefes ancianos, al darse cuenta de que el sabio había perdido la noción del asunto que tenían ante ellos, se aventuró a recordarle la presencia del prisionero.

—El falso delaware temblará cuando oiga las palabras de Tamenund —dijo el jefe—. Es un perro que ladra cuando los ingleses le han indicado el rastro.

—Y vosotros —replicó Uncas, mirando en torno suyo con severidad— ¡sois perros que ladráis, cuando los franceses os arrojan los restos de sus gamos!

Veinte cuchillos brillaron en el aire y otros tantos guerreros se pusieron en pie, al oír esta mordaz, y acaso merecida, réplica; pero fue suficiente un gesto de uno de los jefes para que se dominase aquel estallido de sus pasiones y se restableciese aparentemente la calma. Pero esta tarea hubiese resultado más difícil si Tamenund no hubiese hecho un gesto para indicar que iba a hablar de nuevo.

—¡Delaware —continuó el sabio—, bien poco digno eres de este nombre! Mi pueblo no ha visto un sol brillante en muchos inviernos, y el guerrero que deserta de su tribu cuando yace envuelta en las tinieblas de la adversidad, es dos veces traidor. La ley de Manitu es justa, y lo será mientras los ríos corran y las montañas permanezcan en pie; mientras los árboles florezcan y se sequen, así ha de ser. Os lo entrego a vosotros, hijos míos, para que hagáis justicia con él.

Nadie se movió ni se oyó más ruido que el de la respiración contenida, hasta que la última sílaba de esta sentencia terrible expiró en los labios de Tamenund. Luego un grito de venganza estalló al unísono, en la medida de lo posible, de los sellados labios de la tribu, temible augurio de sus intenciones inhumanas. En medio de estos aullidos salvajes y prolongados, un jefe anunció en voz alta que el prisionero había sido condenado a sufrir la horrorosa prueba del suplicio del fuego. El círculo rompió su orden, y los chillidos de placer se mezclaban con el bullicio y el tumulto de los preparativos. Heyward luchaba locamente contra los que lo tenían atado; las inquietas miradas de Ojo-de-Halcón empezaban a moverse a su alrededor, con su peculiar expresión de severidad, y Cora volvió a arrojarse a los pies del patriarca, implorando una vez más su compasión.

En estos momentos de prueba, Uncas había sido el único que conservó la serenidad. Contempló fijamente estos preparativos y, cuando los verdugos se aproximaron para apoderarse de él, los recibió con una actitud firme y altiva. Uno de ellos, más feroz y más salvaje que sus compañeros, si es que esto era posible, agarró al joven guerrero por su casaca de cazador y de un solo tirón se la arrancó del cuerpo. Luego, lanzando un aullido de frenético placer, saltó sobre la víctima indefensa y se dispuso a conducirla al poste.

Pero cuando parecía más ajeno a todo sentimiento de piedad, suspendió el indio sus bárbaros proyectos tan repentinamente como si un ser sobrenatural se hubiera interpuesto entre él y Uncas. Las niñas de los ojos de este delaware parecían querer salírsele de las órbitas, abrió la boca sin poder articular un sonido, y quedó como petrificado, presa de extraordinario asombro. Al fin, levantando con lentitud y esfuerzo la mano derecha, señaló con el dedo el pecho del joven prisionero y la multitud se apresuró a rodearlo, reflejándose en todos los rostros la misma sorpresa, al descubrir en el seno del cautivo, artísticamente pintada con tinta azul, una pequeña tortuga.

Uncas sonriose de su victoria y miró en torno suyo con gesto majestuoso. Separando en seguida la gente con una seña altiva e imperiosa, se adelantó con el aire de un rey que toma posesión de sus Estados, y empezó a hablar con voz sonora y vibrante que se dejó oír en medio del murmullo de admiración que surgió de todas partes.

—¡Hombres de leni-lenape, mi raza sostiene la tierra, nuestra débil tribu reposa sobre mi caparazón! ¿Qué fuego sería capaz de encender un delaware que me quemara a mí? —dijo designando con orgullo las armas que llevaba impresas en su pecho—; la sangre que brotara de mis venas apagaría vuestras llamas; mi raza es la madre de las naciones.

—¿Quién eres tú? —preguntó Tamenund poniéndose en pie, con las facciones alteradas más por el eco de la voz que había herido su oído que por las palabras del joven.

—Uncas, el hijo de Chingachgook —respondió el interpelado modestamente e inclinándose ante el anciano por respeto a su carácter y a su edad—. El hijo de la gran Unamis.

—La hora de Tamenund está próxima —repuso el sabio—; el día de su existencia declina ya. Doy gracias al gran Manitú que envía al que debe reemplazarme en el fuego del consejo. Uncas, el hijo de Uncas ha aparecido al fin; que los ojos del águila próxima a morir se posen una vez más en el sol que amanece.

El joven levantose entonces y con paso ligero pero orgulloso se dirigió hacia el extremo de la plataforma, desde donde podía contemplarlo la multitud agitada y curiosa que lo rodeaba ansiosamente. Tamenund posó su vista durante mucho tiempo en el cuerpo majestuoso y animado rostro de Uncas, y en los ojos amortiguados del anciano se leía que este examen le recordaba su juventud y otros días más venturosos.

—¡Tamenund es todavía niño! —exclamó el anciano con exaltación—. ¿Acaso no he hecho más que soñar que habían caído sobre mi cabeza tantas nieves; que mi pueblo estaba disperso como las arenas del desierto; que los ingleses, más numerosos que las hojas de los bosques, discurrían por este país desolado? La flecha de Tamenund no asustaría ni al más pequeño cervatillo. Su brazo ha perdido su fuerza como la rama de la encina moribunda; el caracol le aventajaría en la carrera y, sin embargo, Uncas está delante de él, lo mismo que estaba cuando salieron juntos a batir a los blancos. ¡Uncas!, ¡la pantera de su tribu, el primogénito de los lenapes!, ¡el más prudente sagamore de los mohicanos! Delawares que estáis en mi derredor, decidme: ¿Tamenund ha dormido durante cien inviernos?

El profundo silencio con que fueron acogidas estas palabras probaba claramente el respeto no exento de terror con que era escuchado el patriarca. Nadie osaba responder, pero Uncas, contemplándolo con el respeto y la ternura de un hijo amado tomó la palabra.

—Cuatro guerreros de su raza han vivido y han dejado de existir desde el tiempo en que el amigo de Tamenund guiaba sus pueblos al combate; la sangre de la tortuga ha corrido por las venas de varios jefes, pero todos han regresado al seno de la tierra donde salieron, excepto Chingachgook y su hijo.

—Es verdad, indudablemente es verdad —respondió el sabio abrumado por el peso de los tristes recuerdos que venían a destruir ilusiones seductoras recordándole la dolorosa historia de su pueblo—. Nuestros sabios nos han repetido con frecuencia que dos guerreros de la raza pura estaban en las montañas de los ingleses. ¿Por qué ha permanecido desocupado tanto tiempo el sitio que les corresponde en el fuego del consejo de los delawares?

Al oír esto, levantó Uncas la cabeza y dijo en alta voz:

—Hubo un tiempo en que dormíamos en un lugar en donde se oía el furioso mugido de las aguas del lago salado. Entonces los sagamores éramos los dueños del país; pero, al aparecer los blancos en la orilla de todos los arroyos, seguimos al gamo que huía con velocidad hacia el río de nuestra nación. ¡Los delawares habían partido y casi no quedaban guerreros que bebiesen en la fuente querida! Entonces mis padres se dijeron entre sí: «Aquí es donde cazaremos; las aguas del río van a perderse en el lago salado; si nos dirigiéramos hacia el poniente encontraríamos los manantiales que desembocan en los grandes lagos de agua dulce. Allí tardaría poco en morir un mohicano, como los peces del mar si de repente se encontraran en el agua cristalina. Cuando el Manitú esté pronto, y diga: venid, bajaremos por el río hasta el mar y recuperaremos lo que nos pertenece.» Ésta es, delawares, la creencia de los hijos de la tortuga. Nuestros ojos no dejan de mirar el sol que amanece pero no se levantan para ver el sol que se pone. Sabemos de dónde viene, pero ignoramos adónde va. He dicho.

Los hijos de los lenapes escuchaban respetuosamente, encontrando un secreto encanto en el lenguaje enigmático y figurado del joven sagamore, mientras éste observaba con ojos perspicaces el efecto que había producido su breve explicación; y, a medida que notaba en su auditorio signos de satisfacción, suavizaba el tono de su voz autoritaria con que había empezado.

Pasó luego la mirada por la multitud que rodeaba silenciosa el asiento de Tamenund, y descubrió a Ojo-de-halcón que continuaba agarrotado, y descendiendo rápidamente del sitio en que se había colocado, corrió hacia su amigo, y tomando un cuchillo cortó sus ligaduras. Hizo seña entonces al pueblo para que se apartase, y los indios, graves y silenciosos, volvieron a formarse en círculo en el mismo orden en que estaban antes de su llegada. Uncas tomó al cazador por la mano, y lo condujo a los pies del patriarca, a quien dijo:

—Padre mío, mire este blanco; es un hombre justo y el amigo de los delawares.

—¿Es algún hijo de Mignon? [6]

—No: es un guerrero a quien conocen los ingleses y temen los maguas.

—¿A qué nombre le han hecho acreedor sus acciones?

—Nosotros lo llamamos Ojo-de-halcón —respondió Unca sirviéndose de la frase delaware—, porque su puntería es infalible. Los mingos lo conocen mejor por la muerte que ha dado a sus guerreros y le dan el nombre de La-larga-carabina.

—¡La-larga-carabina! —exclamó Tamenund abriendo los ojos y mirando con fijeza al cazador—. Mi hijo ha hecho mal llamándole así.

—Doy este nombre al que se ha revelado como tal —replicó el joven jefe con calma, pero con semblante firme—. Si Uncas es bien recibido de los delawares, Ojo-de-halcón debe serlo igualmente por mis amigos.

—Ha inmolado a mis jóvenes guerreros; su nombre es tristemente famoso por el estrago causado a los lenapes.

—Si un mingo lo ha calumniado tan infamemente ante los delawares, ha demostrado ser un impostor —exclamó el cazador, que creyó llegado el momento de rechazar una inculpación tan injuriosa—. Ha inmolado a los maguas, es verdad, y hasta junto al fuego de sus consejos; pero que deliberadamente haya ocasionado el daño más insignificante a un delaware, es una infame calumnia que está en oposición con mis sentimientos, que me impulsan a amarlos como todo lo que pertenece a este pueblo.

---

[6] Guillermo Peen.

Los guerreros prorrumpieron en grandes aclamaciones, contemplándose unos a otros como si empezaran a reconocer su error.

—¿Dónde está el hurón? —preguntó Tamenund—. ¿Ha cerrado mis oídos?

El magua, cuyas impresiones durante esta escena en que Uncas había triunfado pueden imaginarse mejor que describirse, así que oyó pronunciar su nombre adelantose resueltamente hacia el patriarca diciéndole:

—El justo Tamenund no retendrá lo que un hurón ha prestado.

—Dime, hijo de mi hermano —respondió el sabio evitando la siniestra mirada del Zorro Sutil y contemplando con júbilo el rostro noble y franco de Uncas, a quien se dirigía—, ¿el extranjero tiene sobre ti el derecho de vencedor?

—No le asiste ninguno. La pantera puede ser apresada en las trampas que se le ponen; pero su fuerza sabe evitarlas.

—¿Y sobre La-larga-carabina?

—Mi amigo se ríe de los mingos. Que vaya el hurón a preguntar a los suyos de qué color es el oso.

—¿Y sobre el extranjero y la joven blanca que llegaron juntos a mi campo?

—Deben viajar libremente.

—¿Sobre la mujer que el hurón ha confiado a mis guerreros?

Uncas, esta vez, no contestó.

—¿Sobre la mujer que el mingo ha traído a nuestro campo? —volvió a preguntar Tamenund gravemente.

—Es mía —exclamó el magua haciendo un gesto de triunfo y mirando a Uncas—; tú sabes que es mía, mohicano.

—¡Mi hijo calla! —dijo Tamenund procurando adivinar sus pensamientos.

—Es cierto —respondió Uncas en voz baja.

A esta última respuesta sucedió una pausa, en la que se traslucía que el pueblo no admitía, sino con una extrema repugnancia, la justicia de las pretensiones del mingo. Al fin, el sabio de quien dependía la decisión, dijo con firmeza:

—Hurón, márchate.

—¿Cómo he venido, justo Tamenund —preguntó el astuto magua—, sino confiando en la buena fe de los delawares? La tienda del Zorro Sutil está desierta, devuélvele su propiedad.

El anciano, después de reflexionar un momento, inclinó la cabeza hacia uno de sus venerables compañeros y le preguntó:

—¿Permanecen abiertos mis oídos?

—Ha dicho la verdad.

—¿Este mingo es el jefe?

—El primero de su nación.

—Mujer, resígnate. Un joven guerrero te toma por esposa; anda, tu raza no se extinguirá jamás.

—Que se extinga mil veces —exclamó Cora horrorizada—, antes que se vea reducida a este exceso de degradación.

—Hurón, su espíritu ha quedado en las tiendas de sus padres; una mujer que entra en una morada a viva fuerza, es causa de su desgracia.

—Ella habla con la lengua de su pueblo —replicó el magua mirando a su víctima irónicamente—; pertenece a una raza de mercaderes, y quiere vender sus favores. Que el gran Tamenund resuelva.

—¿Qué quieres?

—El magua reclama lo que él mismo ha traído aquí.

—Pues bien, márchate con lo que te pertenece; el gran Manitú no quiere que un delaware dicte una sentencia injusta.

El magua adelantose entonces y asió a su cautiva por el brazo; los delawares retrocedieron en silencio, y Cora, conociendo que sus nuevas súplicas serían completamente inútiles, pareció resignada a su suerte.

—Deteneos, deteneos —exclamó Heyward precipitándose hacia ella—. ¡Hurón, abre los oídos a la piedad! Su rescate te hará tan rico como ninguno de tu pueblo lo fue jamás.

—El magua es piel roja y no ha menester las baratijas de los blancos.

—El oro, la plata, la pólvora, el plomo, cuanto necesita un guerrero tendrás en tu tienda, cuanto conviene a un gran jefe.

—El Zorro Sutil es muy fuerte —repuso el magua agitando violentamente la mano con que había asido el brazo de Cora—, y ha tomado su desquite.

—Poderoso dueño del mundo —dijo Heyward retorciéndose las manos en la agonía de la desesperación—, ¡semejantes atentados no pueden ser permitidos! Recurro al justo Tamenund; ¿se dejará vencer?

—El delaware ha hablado ya —respondió el sabio cerrando los ojos e inclinando la cabeza como si las pocas fuerzas que le quedaban hubieran sido absorbidas por tantas impresiones diversas—. Los hombres no hablan dos veces.

—Un jefe —intervino Ojo-de-halcón haciendo seña a Heyward para que no lo interrumpiese— no puede variar de opinión a cada momento, y lo que ha decidido, decidido está; pero la prudencia también exige que un guerrero reflexione seriamente antes de descargar su hacha sobre la cabeza de un prisionero. Hurón, yo no te quiero, y no te diré que a ningún mingo haya dado nunca motivo de alabanza, de lo cual se puede deducir con facilidad que si esta guerra no concluye pronto, un gran número de tus guerreros conocerán lo peligroso que es encontrarme en los bosques. Reflexiona, por lo tanto, si te conviene más el llevarte una mujer cautiva a tu campo, o a un hombre como yo, a quien tu pueblo se alegrará ver desarmado.

—¿La-larga-carabina ofrece su vida en rescate de mi prisionera? —preguntó el magua retrocediendo con indecisión, porque ya se alejaba con su víctima.

—No, no, no he dicho tanto —dijo Ojo-de-halcón mostrándose más reservado a medida que el magua parecía demostrar más prisa en escuchar su «oferta»—; el cambio no sería igual. La mejor mujer de las fronteras, ¿vale tanto como un guerrero en toda la plenitud de la edad, cuando puede ser útil a su pueblo? Yo me retiraré a los cuarteles de invierno, a lo menos por algún tiempo, si dejas libre a esa joven.

El magua movió la cabeza despreciativamente, y, lleno de impaciencia, hizo señal a la multitud para que le abriera paso.

—Pues entonces —añadió el cazador con el tono indeciso, propio de un hombre que no ha adoptado una resolución firme—, daría además el matagamos; y puedes creer que no hay otro semejante en todas las provincias.

El magua no se dignó siquiera responder a esta proposición, y continuó haciendo esfuerzos para pasar entre la multitud.

—¿Quizás —añadió el cazador animándose a medida que el magua se enfriaba— si me obligase a enseñar a los jóvenes guerreros de tu nación el manejo de esta arma, aceptarías?

El Zorro Sutil ordenó entonces altivamente a los delawares, que continuaban formando una barrera impenetrable en torno suyo con la esperanza de que escucharía estas proposiciones, que le permitieran pasar, amenazando con un gesto imperativo que volvería a apelar a la infalible justicia de su jefe.

—Lo que está predestinado debe suceder un día u otro —respondió Ojo-de-halcón mirando a Uncas con tristeza y abatimiento—. Este malvado conoce sus ventajas y no quiere perderlas. ¡Dios te proteja, hijo mío! —siguió diciendo—. Estás entre tus amigos naturales y espero que te comportarás tan bien como alguno que has encontrado fuera de aquí y cuya sangre no tiene mezcla. En cuanto a mí, más pronto o más tarde, es necesario que muera; tengo pocos amigos que den el grito de muerte cuando haya dejado de existir; además, es probable que esos furiosos no se tranquilicen hasta hacerme saltar los sesos: de modo que dos o tres días no significarán nada en la gran cuenta de la eternidad. Dios te bendiga —añadió volviendo a su joven amigo—; yo te he querido siempre, Uncas, a ti y tu padre, aunque nuestras pieles no son del mismo color exactamente y a pesar de los dones que hemos recibido del Cielo difieren algo entre sí. Di al sagamore que no lo he olvidado nunca aun en medio de mis mayores apuros, y piensa alguna vez en mí cuando estés sobre un buen rastro. Encontrarás mi fusil en el sitio donde lo hemos escondido, tómalo y guárdalo; buen joven, ya que tus dones naturales no te prohíben vengarte, aprovéchalos, amigo mío, contra los mingos. Esto aliviará el dolor que podrá causarte mi muerte, y te consolará. Hurón, acepto su proposición, deja en libertad a esa joven y tómame prisionero.

Al oír esta oferta generosa la multitud prorrumpió en un murmullo de aprobación, y no hubo un delaware cuyo corazón no se enterneciera ante tal sacrificio. El magua se detuvo y parecía indeciso; pero, al fin, dirigiendo a Cora una mirada en que se reflejaba al mismo tiempo la ferocidad y la admiración, su rostro varió de repente y su resolución se hizo invariable.

Con un movimiento expresivo de cabeza manifestó que rehusaba esta oferta, y dijo con voz firme y muy acentuada:

—El Zorro Sutil es un gran jefe y no tiene más que una voluntad. Vamos —añadió poniendo groseramente la mano sobre el hombro de su prisionera para obligarla a ponerse en marcha—, un guerrero hurón no pierde el tiempo en palabras ociosas; marchemos.

Cora retrocedió rápidamente con dignidad y reserva; sus ojos lanzaban chispas, y su frente se cubrió de rubor al sentir la odiosa mano del hurón.

—Soy su cautiva —dijo—, y cuando llegue el momento, estaré dispuesta a seguirle, aunque fuese a la muerte; pero no hay necesidad de violencia —añadió con frialdad; y, volviéndose luego a Ojo-de-halcón, le dijo—: Hombre generoso, le agradezco en lo íntimo de mi corazón su oferta; pero es ociosa y no podía ser aceptada. De todos modos, puede prestarme un servicio más importante que si se le hubiera permitido llevar a efecto sus nobles resoluciones. Contemple a esa infeliz a quien el dolor anonada; no la abandone hasta que la haya conducido a un país de hombres civilizados. No le diré —añadió, apretando entre las suyas delicadas la áspera mano del cazador—, no le diré que su padre lo recompensará, porque los hombres como usted son superiores a toda clase de recompensas; pero se lo agradecerá y lo bendecirá. ¡Ah! Créame, la bendición de un anciano es muy poderosa para el Cielo, y ojalá que yo misma pudiera recibirla de su boca en este momento terrible.

Al llegar a este punto, nublose su voz y viose obligada a guardar silencio; luego, acercándose a Heyward, que sostenía a su desmayada hermana, hizo un esfuerzo sobre sí misma y agrego con voz tierna, a la que los sentimientos que la agitaban daban la expresión más interesante:

—No necesito encargarle que cuide del tesoro que posee. Usted la ama, Heyward, y su amor le ocultaría todos sus defectos si los tuviera. Es tan buena, tan amable, tan sensible como cualquiera mortal pueda serlo. Su frente resplandeciente de blancura no es sino un débil destello de la pureza de su alma —prosiguió separando con su mano los rubios cabellos que cubrían la frente de Alicia—; ¡qué podría yo añadir en elogio suyo! Pero esta despedida es terrible y es necesario que me compadezca de vosotros y de mí misma.

Cora inclinose hacia su desgraciada hermana, la tuvo abrazada un rato, la besó con apasionamiento y levantose con la palidez de la muerte pintada en su rostro; pero, sin que sus ojos vertieran una sola lágrima, se volvió hacia el salvaje y le dijo:

—Ahora, ya estoy dispuesta a seguirlo.

—Sí, parta —exclamó Heyward dejando a Alicia en las manos de una joven india—; márchate, magua, márchate. Los delawares tienen sus leyes que les impiden detenerte; pero yo no tengo el mismo motivo. Márchate, márchate, monstruo, márchate, ¿qué te detiene?

Sería imposible pintar la expresión que adquirieron las facciones del magua al oír esta amenaza; al pronto fue un movimiento de alegría extraordinaria, que se apresuró a reprimir para tomar un aire de frialdad que resultaba más mortificante, y respondió tranquilamente:

—Los bosques están libres, la Mano Abierta puede venir en mi persecución.

—Deténgase —exclamó Ojo-de-halcón asiendo a Heyward por el brazo y reteniéndolo a la fuerza—. Usted no conoce a ese monstruo; lo conduciría a una emboscada y su muerte...

—Hurón —dijo Uncas que, sometido a las rígidas costumbres de su pueblo había escuchado con atención cuanto se había hablado—; hurón, la justicia de los delawares procede del Manitú. Mira al sol; ahora está en las ramas de esos árboles; cuando salgas de ellas, muchos guerreros seguirán tus huellas.

—¡Ya oigo una corneja! —exclamó el magua riéndose sarcásticamente—. ábranme paso —añadió mirando al pueblo que se separaba lentamente para que pasara—. ¿Dónde están las mujeres de los delawares? Que vengan a probar sus flechas y sus fusiles contra los wyan-dotos. ¡Perros, conejos, ladrones, os escupo al rostro!

—Este insulto fue escuchado con el más profundo silencio, y el magua, con aspecto triunfal, encaminose hacia el bosque seguido de su afligida prisionera, y protegido por las leyes inviolables de la hospitalidad americana.

CAPÍTULO XIV

FLAE.—Dar muerte a los rezagados y a los bagajeros es infringir abiertamente las leyes de la guerra; es una infamia, una verdadera infamia que no tiene rival en el mundo.

(El rey Enrique V)

El pueblo delaware, como si algún genio del mal, protector del magua, lo hubiera clavado en el sitio, permaneció inmóvil mientras el Zorro Sutil y su víctima estuvieron a su vista; pero, tan pronto como éstos hubieron desaparecido, empezó la multitud a correr de una parte a otra, presa de una extraña agitación.

Uncas permaneció sobre la eminencia en que estaba colocado con la vista en Cora, hasta que el color de sus vestidos se confundió con la hojarasca del bosque; entonces descendió de allí, atravesó en silencio por medio del pueblo que lo rodeaba, y entrose en la cabaña de donde había salido.

Algunos jefes de los más graves y prudentes que advirtieron la profunda indignación que reflejaban los ojos del joven, fueron tras él hasta el sitio que había escogido para reflexionar. Al cabo de un rato partieron Tamenund y Alicia, y ordenose a las mujeres y a los niños que se dispersaran; de modo que en poco tiempo el campo pareció una gran colmena cuyas abejas hubiesen esperado la llegada y el ejemplo de su reina para emprender una expedición importante y lejana.

Un joven guerrero salió al fin de la tienda donde había entrado Uncas, y con paso grave, aunque decidido, acercose a un árbol enano que había crecido en las grietas de la tierra cascajosa, le arrancó casi toda la corteza, y volviose a la cabaña de donde había salido sin decir una palabra. Otro guerrero salió después de ella, y despojando aquel pino de todas sus ramas, no dejó sino el tronco desnudo. Por fin, un tercero pintó el árbol a fajas anchas de un encarnado oscuro.

Todos estos emblemas, que anunciaban los designios hostiles de los jefes de la nación, fueron recibidos por los hombres que permanecían fuera con un sombrío y triste silencio. Al fin presentose el mohicano desnudo, sin llevar sobre su cuerpo más prenda que el cinturón.

Uncas aproximose con lentitud al árbol y empezó a bailar alrededor de él acompasadamente, y levantando de vez en cuando la voz para hacer oír mejor los sonidos salvajes e irregulares de su canto de guerra. Los acentos que salían de su garganta eran tan pronto tiernos y lastimeros y de una melodía tan interesante que semejaba el canto de un pájaro, como por una transición repentina se convertían en gritos tan enérgicos y terribles que hacían estremecer a cuantos le oían. El canto de guerra componíanlo pocas palabras repetidas muchas veces: empezaba por una especie de himno o invocación a la divinidad; luego anunciaba los proyectos del guerrero, y así el principio como el fin era un homenaje rendido al Gran Espíritu. Siendo imposible traducir el idioma armonioso y elocuente en que se expresaba Uncas, daremos siquiera una idea de sus palabras.

«¡Manitú, Manitú, Manitú! ¡Tú eres bueno! ¡Tú eres grande! ¡Tú eres sabio! ¡Manitú, Manitú! ¡Tú eres justo!

»En los cielos, en las nubes, ¡oh!, cuántas manchas hay, unas negras y otras rojas. ¡Oh!, ¡cuántas manchas hay en el cielo!

»Resuena en los bosques y en el aire el grito, el prolongado grito de guerra: ¡oh!, el grito, el prolongado grito ha resonado.

»¡Manitú, Manitú, Manitú! Yo soy débil, tú eres fuerte: ¡Manitú, Manitú! ¡Socórreme!»

Al terminar cada estrofa, Uncas prolongaba el último sonido, dando a su voz la expresión que convenía al pensamiento que acababa de expresar. Después de la primera, su voz adquirió un tono solemne de veneración; la segunda era algo más enérgica; la tercera terminó por el terrible grito de guerra, que al salir de los labios del joven guerrero parecía imitar todos los ruidos horrorosos de los combates. En la última sus acentos fueron dulces, humildes y tiernos como al empezar la invocación. Tres veces repitió este canto, y otras tantas dio vuelta al árbol sin cesar de bailar.

Terminada la primera vuelta, un jefe de los lenapes, grave y venerable, siguió su ejemplo y púsose a bailar lo mismo que Uncas cantando en un tono muy semejante. Otros guerreros fueron reuniéndose sucesivamente al baile, y poco después cuantos tenían alguna fama o autoridad estaban en movimiento. El espectáculo que ofrecían estos guerreros revistió entonces un carácter más salvaje y terrible; las miradas amenazadoras de los jefes aumentaban en ferocidad a medida que se exaltaban, cantando su furor con voz ronca y gutural. En dicho momento, Uncas clavó su hacha en el pino despojado, lanzando una vehemente exclamación que podía llamarse su grito de guerra, lo cual anunciaba que se revestía de su autoridad para la expedición proyectada.

Ésta fue una señal que despertó todas las pasiones dormidas del pueblo. Más de cien jóvenes, que hasta entonces habían estado cohibidos por la timidez de su edad, lanzáronse furiosos sobre el tronco que representaba su enemigo, y lo destrozaron hasta dejarlo convertido en astillas. Este entusiasmo fue contagioso; todos los guerreros se precipitaron hacia los fragmentos del árbol, esparcidos por tierra, y los rompieron con el mismo furor que si hubieran dispersado los miembros palpitantes de su víctima. Todos los cuchillos y hachas brillaban; y, en fin, al ver la exaltación y la feroz alegría que animaba el rostro salvaje de los guerreros, era indudable que la expedición que empezaba bajo tales auspicios debía convertirse en una guerra nacional.

Dada la primera señal, Uncas había salido del círculo, y dirigiendo la vista al sol vio que estaba a punto de expirar la tregua convenida con el magua. Un gran grito, seguido de un gesto enérgico, previno a los demás guerreros, y todo el pueblo, entusiasmado, se apresuró a abandonar aquel simulacro de guerra para disponerse a emprender una expedición real y efectiva.

En un momento adquirió el campo un aspecto completamente nuevo. Los guerreros, que ya se habían pintado y armado, regresaron con tanta tranquilidad como si jamás se hubieran conmovido. Las mujeres salieron de sus chozas lanzando gritos de alegría y de dolor, tan extrañamente confundidos que era imposible decir cuál de las dos pasiones las dominaba. Sin embargo, ninguna de ellas estaba ociosa; algunas se llevaban lo más precioso que tenían; otras se apresuraban a poner al abrigo de todo peligro a sus hijos o sus padres enfermos, y todas se dirigían hacia el bosque, que, como un rico tapiz de verdura, extendíase por el lado de la montaña.

Tamenund se retiró también hacia aquella parte después de una corta y cariñosa conferencia con Uncas, de quien el sabio no podía separarse sino con la violencia de un padre que acaba de recobrar su hijo perdido durante mucho tiempo. Heyward, después de haber colocado a Alicia en sitio seguro, reuniose con el cazador, cuyos ojos centelleantes demostraban todo el interés que tomaba en los sucesos que se estaban preparando.

Pero Ojo-de-halcón había oído muchas veces los cantos de guerra y presenciado la excitación que producían para manifestar con ningún movimiento el efecto que le causaban. Limitose, pues, a observar el número y la clase de los guerreros que deseaban acompañar a Uncas al combate, quedando satisfecho al ver que el entusiasmo del joven jefe había electrizado a todos los hombres que estaban en estado de batirse. Entonces decidió mandar a un joven en busca de su matagamos y del fusil de Uncas a la barrera del bosque donde habían depositado las armas al aproximarse al campo de los delawares por razones de prudencia; en primer lugar, para no perderlos si eran detenidos como prisioneros, y además, para poder mezclarse entre los extranjeros sin inspirar desconfianza, presentándose como pobres viajeros antes que como hombres provistos de medios de defensa. Al enviar a otra persona en busca de su arma preciosa, el cazador había usado también de su prudencia y previsión ordinarias, porque presumía que el magua habría venido al campo acompañado de una gran escolta, y no dudaba que el hurón espiaba los movimientos de sus nuevos enemigos por toda la línea del bosque. Por esta causa le hubiera sido imposible introducirse en él sin que su temeridad le fuese fatal; a cualquier otro guerrero le hubiera probablemente costado la vida; pero un muchacho podía hacerlo sin inspirar sospechas, y acaso no comprendieran su propósito hasta que fuese demasiado tarde para impedirlo. Cuando Heyward llegó, Ojo-de-halcón estaba esperando tranquilamente el regreso de su mensajero.

Éste, que era perspicaz y había sido convenientemente instruido al efecto, partió palpitando de esperanza y alegría, considerándose muy satisfecho por haber inspirado tal confianza, y resuelto a que quedaran complacidos de su actividad e inteligencia. Siguiendo con aire indiferente la línea del bosque, no entró en él hasta haber llegado al sitio en que estaban ocultos los fusiles, y en seguida desapareció detrás de la hojarasca de la maleza avanzando como un astuto reptil hacia el tesoro deseado, que no tardó en encontrar, porque volvió a aparecer un momento más tarde corriendo con la rapidez de una flecha por el estrecho paso que separaba el bosque de la elevada colina, en cuya cumbre estaba situado el pueblo, llevando un fusil en cada mano. No había hecho más que llegar al pie de la montaña, que trepaba con una agilidad increíble, cuando un disparo hecho en el bosque probó la exactitud de los cálculos del cazador. El muchacho respondió con un grito de desprecio; pero una segunda bala que venía del otro punto del bosque silbó en el aire junto al rapazuelo que en aquel momento llegó a la plataforma, y, levantando los fusiles en señal de triunfo, dirigiose con todo el orgullo de un conquistador hacia el cazador que le había honrado con una comisión tan gloriosa.

A pesar del vivo interés que a Ojo-de-halcón inspiraba la suerte del joven mensajero, el placer que recibió al estrechar su mata-gamos resumió en aquel momento todas sus ideas. Después de examinar con una mirada viva e inteligente si su arma querida había sufrido alguna avería, hizo jugar los muelles diez o doce veces, y convencido de que estaban útiles, se volvió al muchacho y le preguntó con la más compasiva bondad si se encontraba herido. Éste lo miró con orgullo, pero guardó silencio.

—¡Pobre muchacho! Los bribones te han atravesado el brazo —exclamó el cazador descubriendo una ancha herida que le había ocasionado una de las balas—. Algunas hojas de aliso te curarán rápidamente; has empezado pronto el aprendizaje de guerrero, y pareces destinado a ser enterrado con honrosas cicatrices. Marcha —añadió después de curar al joven herido—; algún día serás un gran jefe.

El muchacho, a quien la sangre que manaba de su herida le ponía más orgulloso que al más vano cortesano una brillante condecoración, fue a reunirse con sus jóvenes compañeros, para quienes era ya un objeto de envidia y admiración.

Este rasgo de valor pasó casi inadvertido en aquel momento en que tantos deberes serios e importantes absorbían la atención de los guerreros, cosa que seguramente no hubiese ocurrido en otra circunstancia en que el pueblo hubiera disfrutado de mayor tranquilidad. Sin embargo, había servido para instruir a los delawares de la proposición y los proyectos de sus enemigos, y, en vista de ello, un destacamento de jóvenes guerreros partió en seguida para desalojar a los hurones del lugar en que permanecían ocultos en el bosque; pero éstos, al ser descubiertos, se apresuraron a abandonar sus posiciones. Los delawares los persiguieron hasta cierta distancia de su campo, y entonces detuviéronse a esperar nuevas órdenes, temerosos de ser víctimas de alguna emboscada.

Mientas tanto Uncas, ocultando bajo un aspecto de tranquilidad la impaciencia que lo devoraba, convocó a los jefes para hacerles partícipes de su autoridad, y les presentó a Ojo-de-halcón como un guerrero experimentado que le había inspirado siempre gran confianza, y, al ver que todos se apresuraban a dispensar a su amigo la más favorable acogida, le confió el mando de veinte hombres, valientes, activos y decididos como él. Explicó a los delawares la posición que Heyward ocupaba en las tropas inglesas, y le dispensó el mismo honor entre los hurones; pero Heyward solicitó batirse como voluntario al lado del cazador. Después de estas primeras disposiciones, el joven mohicano designó diferentes jefes para que ocupasen los puestos más importantes, y como el tiempo apremiaba, dio la orden de partir, y acto seguido, más de doscientos guerreros pusiéronse en marcha, alegres, aunque silenciosos.

Internáronse en el bosque fácilmente, y marcharon algún tiempo sin encontrar a nadie que les resistiera o que pudiera darles los informes que necesitaban. Entonces se mandó hacer alto; los jefes se reunieron para celebrar consejo en voz baja, y fueron propuestos varios planes de operaciones; pero ninguno correspondía a la impaciencia de su jefe.

Después de conferenciar durante algunos minutos sin resultado alguno provechoso, descubrieron a lo lejos un hombre que venía solo del sitio en donde debía estar el enemigo; marchaba tan rápidamente que podía creerse que era un mensajero encargado de hacer algunas proposiciones de paz. Al llegar a unos trescientos pasos detrás del soto donde estaba celebrándose el consejo de los delawares, dudó y pareció indeciso respecto al camino que debía tomar, después de lo cual se detuvo; todas las miradas se dirigieron entonces hacia Uncas como para preguntarle qué debía hacerse.

—Ojo-de-halcón —dijo el joven jefe en voz baja—, es preciso que ése no vuelva a ver a los hurones.

—Su hora ha llegado —repuso el lacónico cazador bajando la punta de su fusil por entre las hojas, y ya parecía haber hecho la puntería cuando en vez de soltar el gatillo dejó tranquilamente su arma en tierra y empezó a reírse a carcajadas, mientras decía—: A fe de miserable pecador, que había tomado a este pobre diablo por un mingo; pero cuando mis ojos han recorrido su cuerpo para elegir el sitio donde herirlo, ¿lo creerías, Uncas?, he reconocido a nuestro cantor. No es, pues, otro que el estúpido a quien llaman Lagamme, cuya muerte no beneficiaría a nadie, y su vida quizás nos sea útil si nos es posible sacar de él otra cosa que canciones. Si mi voz no ha perdido su poder, voy a hacerle oír sonidos que le serán más gratos que los de mi matagamos.

Y, diciendo esto, Ojo-de-halcón internose entre la maleza hasta que llegó a distancia conveniente para ser oído de David, y procuró repetir el concierto armonioso al que había debido el poder atravesar con tanta felicidad el campo de los hurones. Lagamme tenía el oído extremadamente fino y delicado para no distinguir los ecos que había oído con anterioridad y conocer de dónde salían, y además hubiera sido difícil a otro que no fuese Ojo-de-halcón el producir un ruido semejante. El pobre diablo creyó en seguida verse libre de un gran peso; pues, corriendo en la dirección de la voz, lo que era para él tan difícil como a un guerrero el encaminarse al sitio donde suena el estampido del cañón, descubrió al cazador oculto que lanzaba aquellos sonidos tan armoniosos.

—Desearía saber lo que los hurones pensarán de esto —dijo el cazador riendo mientras agarraba a su compañero por el brazo para conducirlo junto a los delawares—. Si los bribones pueden oírnos dirán que son dos los que hemos perdido el juicio y no uno; pero aquí ya estamos seguros —y enseñándole a Uncas y su gente—. Ahora —añadió— refiéranos todas las tramas de los mingos, buen inglés, y sin hacer tantos gorjeos.

David miró en torno suyo y al ver el aire sombrío y salvaje de los jefes que lo rodeaban, su primera impresión fue de temor; pero, reconociéndolos pronto, logró responder:

—Los paganos han salido a campaña en buen número, y me parece que abrigan malas intenciones. Han dado muchos gritos, han hecho mucho ruido, y, en fin, reina gran desorden en su poblado desde hace una hora, de tal modo que he podido escaparme para venir a buscar la paz entre los delawares.

—Sus oídos no hubieran ganado nada en el cambio si hubiese llegado un poco antes —respondió el cazador—. Pero dejemos esto; ¿dónde se encuentran los hurones?

—Escondidos en el bosque entre este lugar y su poblado, y son tantos que la prudencia debe inclinarle en seguida a retroceder.

Uncas, mirando altiva y noblemente a sus compañeros, preguntó:

—¿Y el magua?

—Está con ellos; ha llevado a la joven que estaba con los delawares y, después de encerrarla en la caverna, ha salido como un lobo furioso a la cabeza de sus salvajes. Ignoro qué es lo que le ha puesto tan furioso.

—¿Dice que la ha encerrado en la caverna? —exclamó Heyward—. Felizmente sabemos dónde está situada. ¿No podríamos encontrar algún medio de ponerla en libertad en seguida?

Uncas miró tranquilamente al cazador antes de decir:

—¿Qué le parece a Ojo-de-halcón?

—Deme mis veinte hombres; me dirigiré por la derecha a la orilla del agua, y pasando junto a las cuevas de los castores, me reuniré con el sagamore y el coronel. Pronto oirán el grito de guerra por ese lado, el viento lo traerá hasta aquí y, cuando eso ocurra, Uncas, ustedes los atacan, que yo les prometo, a fe de buen cazador, que si se ponen a tiro de nuestros fusiles, los haré doblarse como un arco de fresno. Después de esto entraremos en el poblado y marcharemos directamente a la caverna a libertar a la joven. No es un plan que exija gran sabiduría; pero con valor y paciencia quizá podremos vencer con él al enemigo.

—Es un plan excelente —repuso Heyward, que vio que la libertad de Cora dependía de su resultado—; es necesario ponerlo en práctica en seguida.

Conferenciaron los jefes y acordose aprobar el proyecto, yendo cada cual a ocupar el puesto que le correspondía acto seguido.

CAPÍTULO XV

Pero las desgracias se esparcirán a lo lejos y se multiplicarán los fuegos sombríos de las exequias, hasta que el gran rey, sin rescate alguno, devuelva a Chrysa la joven de los ojos negros.

POPE

Uncas apresurose a distribuir sus fuerzas señalando a cada jefe el lugar que debía ocupar y la parte que le correspondía tomar en el combate.

En el bosque, exceptuando el sitio en que habían celebrado consejo los delawares, no se percibía rumor alguno, y los ojos podían escudriñarlo en todas las direcciones por los claros que dejaban entre sí los copudos árboles; pero en ninguna parte se descubría nada sospechoso. Todo en el bosque estaba en armonía con la tranquilidad que reinaba en él.

Si un pájaro agitaba casualmente las hojas, si una ardilla, haciendo caer alguna nuez, atraía un momento la atención de los delawares hacia el punto donde se producía el ruido, esta interrupción momentánea no causaba otro efecto que el de hacer después más profundo y notable el silencio, no volviendo a oírse después sino el murmullo del aire que resonaba sobre sus cabezas, agitando la verde cima del bosque que se dilataba en una vasta extensión de terreno. La soledad profunda que reinaba en la parte del bosque que separaba a los delawares de los hurones hacía suponer que el pie humano no se había posado jamás en aquel sitio; todo estaba en reposo. Pero Ojo-de-halcón, encargado de dirigir la principal expedición, conocía demasiado a sus enemigos para dar crédito a estas engañosas apariencias.

Cuando su pequeña división volvió a reunirse, el cazador tomó su fusil, hizo una seña a sus compañeros para que lo siguieran, y retrocedió hasta llegar a las orillas de un riachuelo, que habían atravesado ya anteriormente; y allí se detuvo, esperó a sus guerreros, y cuando éstos se le aproximaron, les preguntó en delaware:

—¿Hay entre vosotros quien sepa adónde conduce la corriente de estas aguas?

Un guerrero extendió una mano, abrió los dedos, y mostrando el modo con que se reunían, respondió:

—Antes que el sol vuelva a aparecer en el oriente, el río pequeño se habrá unido al grande —y luego añadió haciendo nuevo gesto expresivo—: Los dos juntos forman uno solo para los castores.

—Eso es lo que a mí me parecía, según el curso que siguen y la posición de las montañas —replicó el cazador mirando con ojos perspicaces por entre las aberturas que separaban las cimas de los árboles—. Guerreros, aquí permaneceremos al abrigo de sus orillas hasta que sintamos llegar a los hurones.

Sus compañeros, según acostumbraban, lanzaron una exclamación aprobando lo propuesto; pero, al ver que su jefe se disponía a mostrarles el camino, algunos de ellos le dieron a entender por señas que faltaba algo que prever. Ojo-de-halcón los entendió, y volviéndose seguidamente vio al maestro de canto que iba en seguimiento suyo.

—¿Sabe, amigo —le preguntó el cazador con gravedad y quizá algo orgulloso del honroso mando que se le había confiado—, sabe que esta tropa está compuesta de guerreros intrépidos, escogidos para la más arriesgada empresa, y mandados por quien no les dará ocasión de permanecer ociosos? No habrán transcurrido quizás diez minutos antes que pasemos sobre el cuerpo de un hurón vivo o muerto.

—Aunque no haya sido instruido verbalmente de sus proyectos —respondió David, cuyo rostro se había animado y sus miradas, ordinariamente tranquilas y sin expresión, brillaban con un fuego extraordinario—, como he viajado mucho tiempo con la joven que usted busca y he permanecido a su lado en circunstancias diversas, aunque no soy hombre de guerra, ni llevo espada ni cinturón, quisiera hacer algo en obsequio suyo.

El cazador dudaba calculando las consecuencias que podía ocasionar el admitir un recluta tan singular.

—Usted no sabe manejar ningún arma —le dijo después de un momento de reflexión—, ni tiene fusil, y en este caso es preferible que nos deje este cuidado; los mingos no tardarán en devolver lo que se han llevado.

—Si no soy tan orgulloso y feroz como un mingo —respondió David sacando una honda de debajo de sus vestidos—, en mi infancia me he ejercitado con frecuencia en el manejo de esta arma, y quizás no he perdido la costumbre.

—¡Ah! —exclamó Ojo-de-halcón mirando la honda y el mandil de piel de gamo, fría y despreciativamente—. Eso sería muy bueno si no tuviéramos que defendernos más que de flechas o cuchillos; pero los mingos están provistos por los franceses de un buen fusil cada uno. De todos modos, como usted tiene la habilidad, según parece, de pasar por el medio del fuego sin quemarse, y ya que hasta ahora ha tenido la fortuna... Mayor, ¿por qué tiene su fusil preparado? Disparar un solo tiro antes del momento oportuno sería romper veinte cráneos sin necesidad. Cantor, puede venir con nosotros si gusta, y puede sernos útil cuando lancemos el grito de guerra.

—Amigo, se lo agradezco —añadió David, que llenaba su mandil de las piedras que encontraba a orillas del río—; aunque no tengo gran propensión a matar a nadie, hubiera sufrido una gran contrariedad si me hubiese despedido.

—No olvide —añadió el cazador mirándolo de un modo expresivo— que hemos venido aquí para batirnos y no para cantar, y que, a excepción del grito de guerra, cuando llegue el caso, aquí no debe oírse más ruido que el del fusil.

David manifestó con un gesto significativo que aceptaba las condiciones que se le imponían, y Ojo-de-halcón, mirando nuevamente a sus compañeros como para pasarles revista, dio la orden de ponerse en marcha.

El grupo siguió por espacio de una milla el curso del río, cuyas márgenes eran bastante altas para ocultarlos a la vista de los que los espiasen. La espesura de la maleza que crecía a las orillas ofrecíales además nuevos motivos de seguridad. Esto no obstante, durante todo el camino no descuidaron ninguna de las precauciones usadas entre los indios cuando se disponen a un ataque. Por cada orilla del río iba un delaware a la descubierta, arrastrándose más bien que andando, siempre con los ojos fijos en el bosque, y escudriñando con la vista por en medio de los árboles siempre que se presentaba algún claro. Además, cada cinco minutos se detenía el grupo tratando de percibir algún ruido, con una delicadeza de sentidos apenas concebible aun entre hombres civilizados. Su marcha no fue interrumpida y llegaron al sitio en donde el pequeño río desaguaba en el grande sin que ningún indicio revelara que habían sido descubiertos. El cazador dispuso entonces hacer otro alto, y empezó a observar el cielo.

—Probablemente tendremos un día hermoso para batirnos —le dijo en inglés a Heyward con los ojos fijos en las nubes que iban agrupándose en el espacio—. Sol ardiente y fusil brillante impiden hacer buena puntería, y, por lo tanto, todo nos favorece: los hurones tienen el viento contrario, de modo que el humo irá sobre ellos, lo que no es pequeña ventaja, mientras que nosotros tiraremos libremente y sin que nada nos impida fijar nuestra puntería; pero ya se aclara la espesa sombra que nos protegía. El castor es dueño de las orillas de este río desde hace algunos centenares de años; así, vea qué de troncos consumidos; bien pocos árboles conservan apariencias de vida.

Ojo-de-halcón había pintado de este modo con toda exactitud la perspectiva que se ofrecía entonces a sus ojos. El río seguía un curso irregular; tan pronto se deslizaba por las angostas aberturas que había labrado en las rocas, como formaba vastos estanques, dilatándose en profundos valles. Todas sus orillas estaban sembradas de restos secos de árboles muertos en los varios períodos de su destrucción, desde aquellos de los cuales no quedaba más que un tronco informe hasta los que habían sido despojados de su corteza preservadora que contiene el principio misterioso de su vida. Un pequeño número de ruinas cubiertas de musgo parecía que sólo se habían salvado de los estragos del tiempo para probar que en otra época había poblado aquella soledad una generación, de la que no quedaban ya otros vestigios.

Jamás el cazador había observado más detenida y cuidadosamente el sitio en que se encontraba, porque sabía que las moradas de los hurones distaban a lo sumo media milla, y temiendo alguna emboscada le inspiraba inquietud el no descubrir ningún rastro de los enemigos.

Una o dos veces tuvo intenciones de dar la señal del ataque y procurar sorprender al poblado; pero su experiencia le revelaba en seguida el peligro de una tentativa de tan dudoso éxito. Entonces escuchaba muy atentamente tratando de percibir los silbidos del viento, que empezaba a barrer cuanto encontraba en las cavidades del bosque, anunciando una tempestad. Al fin, cansado de seguir los consejos de la prudencia, y dejándose llevar por una impaciencia que no le era natural, resolvió obrar sin tardanza.

El cazador habíase detenido detrás de un zarzal para observar, mientras sus guerreros permanecían ocultos en el cauce del río. Éstos, al oír la señal que su jefe dio en voz baja, subieron las orillas, y pasando con cautela como lúgubres espectros, se agruparon silenciosamente en torno suyo. Ojo-dehalcón les indicó con el dedo la dirección que debían seguir, y púsose a la cabeza de ellos; toda la tropa se formó en fila india y marchó tan exactamente sobre sus pasos, que a excepción de la de Heyward y David sólo se distinguía la huella de un solo hombre.

No habían hecho más que mostrarse al descubierto, cuando oyose a sus espaldas una descarga como de hasta doce fusiles, y un guerrero saltando en el aire como un gamo herido por la bala de un cazador, cayó de bruces en tierra quedando inmóvil como la muerte.

—¡Ah! ¡Ya me estaba yo temiendo alguna diablura por este estilo! —dijo el cazador en inglés, y después, con la rapidez del pensamiento, ordenó en la lengua de los delawares—: Pronto a cubierto, y carguen.

Estas palabras pusieron en dispersión a la tropa, y antes que Heyward hubiese vuelto de su sorpresa, encontrose solo con David. Por fortuna los hurones se habían replegado ya y por el momento no había que temer. Pero esta tregua no debía tener muy larga duración; el cazador, que volvió en seguida, dio ejemplo persiguiéndolos mientras descargaba su fusil, y corrió de árbol en árbol cargando y descargando en tanto que el enemigo retrocedía con lentitud.

Al parecer, aquel ataque repentino había sido dado por un pequeño destacamento de hurones; pero, a medida que se retiraban, aumentaba notablemente su número, no tardando en encontrarse en situación de sostener el fuego de los delawares, y aun de rechazarlos sin grandes pérdidas. Heyward precipitose en medio de los combatientes, e imitando la prudencia de sus compañeros, hizo disparo tras disparo ocultándose y mostrándose en seguida. Entonces fue cuando el combate llegó a su apogeo; los hurones no retrocedían, y ambas tropas conservaban sus posiciones; pocos guerreros estaban heridos, porque procuraban resguardarse todo lo posible detrás de un árbol, sin descubrir jamás una parte de su cuerpo más que en el momento de apuntar.

Sin embargo, la suerte del combate era cada vez más deplorable para Ojo-de-halcón y sus guerreros. El cazador era extremadamente perspicaz y no desconocía lo peligroso de su posición; pero no se le ocurría el modo de remediarlo. Comprendía que era más expuesto retirarse que mantenerse en su posición; además el enemigo, que recibía constantemente nuevos refuerzos, empezaba a extenderse sobre los flancos de su grupo de guerreros, de modo que a los delawares les era ya casi imposible ponerse a cubierto y disminuían el fuego. En tan crítica coyuntura, cuando empezaban a creer que no tardarían en ser arrollados por los hurones, oyeron repentinamente gritos de guerra y un ruido de armas de fuego que resonaba bajo la espesa bóveda del bosque, hacia el sitio en que Uncas había quedado apostado en un profundo valle, mucho más abajo del terreno en que Ojo-de-halcón se batía denodadamente.

El resultado de este ataque inesperado fue instantáneo, ocasionando entre los hurones una división muy oportuna y provechosa para el cazador y sus amigos. Parecía que el enemigo, previendo aquella sorpresa, la había hecho fracasar; pero, habiéndose equivocado en el número, había dejado un destacamento muy pequeño para resistir el impetuoso ataque del joven mohicano. Lo que daba más carácter de verosimilitud a estas conjeturas era que el ruido del combate empezado en el bosque iba aproximándose cada momento más, así como la repentina disminución del número de sus enemigos, que corriendo al auxilio de sus compañeros rechazados se lanzaron hacia el principal punto de defensa.

Animando a sus guerreros con la voz y con el ejemplo, Ojo-de-halcón ordenó que cayeran en seguida sobre el enemigo. En su modo de batirse la carga sólo consistía en avanzar de árbol en árbol poniéndose a cubierto, pero aproximándose cada vez más. Esta maniobra fue ejecutada con gran rapidez, y, de repente, produjo el efecto deseado: los hurones viéronse obligados a retirarse, y no se detuvieron sino al encontrar para atrincherarse una parte del bosque más espesa. Entonces se volvieron, y el combate varió de aspecto; el fuego se sostenía con igual tenacidad y valor por ambas partes, el vigor de la resistencia correspondía al ardor del ataque y era imposible prever la suerte de las armas. Los delawares no habían perdido aun ningún guerrero; pero los heridos eran muchos a causa de la posición desventajosa que ocupaban.

En esta nueva crisis Ojo-de-halcón encontró medio de guarecerse detrás del mismo árbol que protegía a Heyward; la mayor parte de sus guerreros estaban al alcance de su voz algo a su derecha, y seguían disparando rápida pero inútilmente sobre sus enemigos refugiados en la espesura del bosque.

—Usted es joven, mayor —dijo el cazador, apoyando en tierra su matagamos y descansando sobre su arma favorita, algo fatigado a causa de la actividad desplegada—. Usted es joven y quizá tenga algún día ocasión de mandar tropas en un combate contra esos diablos de mingos. Aquí tiene usted toda la táctica de un combate indio, que consiste casi exclusivamente en tener la mano ágil, la puntería rápida y un lugar donde resguardarse pronto. Suponiendo que ahora tuviese usted aquí una compañía de tropas reales de América, ¿qué haría en este caso?

—Les daría a esos miserables un ataque a la bayoneta.

—Sí, ésa es la opinión de los blancos; pero en estos desiertos un jefe debe calcular cuántas vidas puede economizar. ¡Ah! —exclamó moviendo la cabeza como quien hace tristes reflexiones—, me avergüenzo de decirlo; pero llegará un tiempo en que el caballo ponga término a estas escaramuzas; las

bestias valen más que el hombre, y al final será forzoso recurrir a los caballos. Ponga uno de esos animales en persecución de un piel roja y que su
fusil no esté cargado; no se detendrá para volver a cargarlo.

Sería preferible discutir esto en otra ocasión —respondió Heyward—.
¿Iremos a la carga?

—No creo llegado el momento. Teniendo necesidad de respirar un instante, ¿por qué no hemos de aprovechar el tiempo en hacer reflexiones útiles? —repuso el cazador con dulzura—. El probar la carga es una medida
que no me satisface mucho, porque siempre es preciso sacrificar algunas vidas en esta clase de ataques; y, sin, embargo —añadió inclinando la cabeza
a un lado para oír el ruido del combate que se libraba no lejos de allí—, si
Uncas necesita nuestro auxilio, es menester acabar con estos bribones que
nos cierran el paso.

Luego, volviéndose pronta y resueltamente, llamó a gritos a sus indios,
que le respondieron con aclamaciones prolongadas; y, a una señal, cada guerrero hizo un movimiento rápido alrededor de su árbol. Al ver tantos cuerpos mostrándose al mismo tiempo ante sus ojos, los hurones se apresuraron a hacer una descarga tan precipitada como inútil, pues no causó ninguna
baja. Entonces los delawares, sin tomarse tiempo para respirar, dirigiéronse saltando impetuosamente hacia la espesura, donde se ocultaban sus enemigos, como otras tantas panteras que se lanzan sobre su presa.

Algunos viejos hurones, más sagaces y experimentados que los demás,
y que no habían caído en el lazo tendido para obligarlos a descargar sus fusiles, aguardaron a tenerlos cerca e hicieron entonces una terrible descarga. Los temores del cazador se confirmaron por desgracia, pues tres de sus
compañeros rodaron por tierra; pero esta resistencia no era suficiente para
detener a los demás; los delawares penetraron en el tallar, y furiosamente
enardecidos, con la ferocidad propia de su carácter, arrollaron cuanto encontraron al paso.

La lucha cuerpo a cuerpo sólo duró un instante, y los hurones se fueron retirando hasta llegar al otro extremo del bosquecillo donde se habían
hecho fuertes. Entonces se volvieron y mostráronse nuevamente decididos
a defenderse con aquella especie de encarnizamiento que revelan las fieras
cuando se encuentran en su guarida.

En aquel momento crítico, y cuando la victoria estaba indecisa, oyose
un disparo a la retaguardia de los hurones; una bala salió silbando de las
cuevas de los castores situadas en el claro, y acto seguido resonó el grito de
guerra.

—¡El sagamore! —exclamó el cazador repitiendo el grito con su voz es-
tentórea—. Ya los tenemos entre dos fuegos y no se escaparán.

El efecto que este inopinado ataque produjo en los hurones es indescriptible; no pudiendo ponerse al abrigo, todos a un tiempo lanzaron un
grito de desesperación, y sin tratar de hacer la menor resistencia, se pusieron en fuga, y muchos, queriendo huir, fueron víctimas de los balazos de
los delawares.

No nos detendremos refiriendo el encuentro de Chingachgook y el cazador ni el que fue más interesante entre Heyward y el padre de Alicia. Algunas palabras rápidamente pronunciadas les bastaron para explicarse mutuamente el estado de cosas, y acto seguido Ojo-de-halcón presentó el sagamore a sus guerreros y entregó el mando en manos del jefe mohicano. Chingachgook revistiose de la autoridad a que su nacimiento y su experiencia le daban derechos incontestables, con aquella gravedad que tanta fuerza da a las órdenes de un jefe americano. Después, siguiendo los pasos del cazador, atravesó el tallar que había sido teatro de un combate tan encarnizado.

Cuando los delawares encontraban el cadáver de uno de sus compañeros lo enterraban cuidadosamente; pero, si era de algún enemigo, despojábanle de la cabellera. Al llegar a una eminencia, mandó el sagamore hacer alto.

Después de haberse batido tan bravamente y con tal actividad, necesitan los vencedores tomar aliento; la colina, en donde se habían detenido, encontrábase circundada de espesos árboles que los ocultaban por completo, y, al frente, se extendía por espacio de muchas millas un valle sombrío, estrecho y lleno de arboleda, en medio de cuyo desfiladero continuaba batiéndose Uncas contra el principal cuerpo de los hurones.

El mohicano y sus amigos se adelantaron hacia el descenso de la colina y prestaron atención. El ruido del combate parecía menos lejano, algunos pájaros revoloteaban sobre el valle como si el miedo los hubiera obligado a abandonar sus nidos, y un humo sumamente denso, que parecía confundirse con la atmósfera, se elevaba por encima de los árboles, señalando el sitio donde el choque debía haber sido más vivo y animado.

—Vienen por aquí —dijo Heyward en el momento en que acababa de oírse una nueva explosión de armas de fuego—. Estamos en el centro de su línea y nos es imposible batirlos con eficacia.

—Van a dirigirse hacia esa hondonada en que los árboles están más espesos —dijo el cazador—, y entonces los atacaremos por el flanco. Vamos, sagamore, pronto llegará el momento de lanzar el grito de guerra y perseguirlos; ahora me batiré con guerreros de mi color. Usted me conoce, mohicano; ni un solo hurón cruzará el río que está detrás de nosotros sin que una bala de mi matagamos resuene en sus oídos.

El jefe indio detúvose todavía un momento contemplando el sitio del combate, que cada vez parecía más próximo, prueba evidente de que los delawares vencían, y no abandonó aquel lugar hasta que las balas que cayeron a algunos pasos de ellos, como granizo mensajero de la tempestad, le hicieron conocer que sus amigos, así como sus enemigos, se encontraban aún más cerca de lo que habían supuesto. Ojo-de-halcón y sus compañeros guareciéronse detrás de un zarzal bastante espeso, y esperaron el desarrollo de los acontecimientos, con aquella calma perfecta que sólo el hábito puede dar en circunstancias semejantes.

Pronto cesó de repetir el ruido de las armas el eco del bosque, que resonó como si los disparos se hicieran al aire libre; entonces vieron aparecer algunos hurones unos tras otros, que, arrojados del bosque hasta la llanura, iban congregándose detrás de los últimos árboles, lugar elegido para realizar el último esfuerzo. Un gran número de sus compañeros fueron acudiendo allí sucesivamente, y parapetados tras los árboles se mostraron decididos a luchar desesperadamente. Heyward manifestó alguna impaciencia, variando de sitio a cada momento, mientras buscaba con la vista la mirada de Chingachgook como para preguntarle si era llegada la ocasión de hacer fuego. El jefe permanecía sentado sobre una roca con gran calma y dignidad, mirando el combate tan tranquilamente como si no tuviera en él otro interés que el de mero espectador.

—Ya ha llegado para el delaware el momento de atacar —exclamó Heyward.

—No, no, todavía no —contestó el cazador—; cuando sus amigos estén cerca les hará conocer que está aquí. Mire a esos pícaros cómo se agrupan detrás del bosquecillo de pinos como las abejas en torno de su reina. ¡Por vida mía, que un niño sería capaz de poner una bala en medio de esos cuerpos!

En aquel momento hizo Chingachgook la señal; disparó su gente, y una docena de hurones cayeron muertos. Al grito de guerra que él lanzó, respondieron numerosas aclamaciones proferidas en el bosque, y resonó en los aires un vocerío tan agudo que parecía que mil bocas gritaban a la vez. Los hurones, consternados, abandonaron el centro de su línea, y Uncas, a la cabeza de más de cien guerreros, salió del bosque por el pasaje que aquéllos acababan de abandonar.

Agitando sus manos a derecha e izquierda, el joven jefe mostró los enemigos a sus compañeros, que acto seguido se lanzaron en su persecución. El combate se dividió entonces; rotas las dos alas de los hurones, internáronse éstos en los bosques en busca de un refugio, siendo perseguidos muy cerca por los hijos victoriosos de los lenapes. No había transcurrido un minuto todavía, cuando ya el ruido se alejaba en diferentes direcciones, haciéndose cada vez más confuso. Sin embargo, un pequeño grupo que se había formado, desdeñándose de huir abiertamente, se retiraban con lentitud como leones acorralados, y subían la colina que Chingachgook y su tropa acababan de abandonar para tomar parte más activa en el combate. Distinguíase el magua entre ellos por su continente altivo y salvaje, y por el aspecto imperioso que todavía conservaba.

Como Uncas había hecho marchar a todos sus compañeros precipitadamente en persecución de los que huían, él se había quedado casi solo; pero sus ojos descubrieron al Zorro Sutil y, olvidando toda otra consideración, lanzó el grito de guerra, con el que reunió en torno suyo a cinco o seis de sus guerreros. Sin reparar en la desigualdad del número lanzose sobre su enemigo el magua, que espiaba todos sus movimientos, y se detuvo para esperarlo, y ya su alma feroz se estremecía de júbilo al ver al joven héroe temerariamente expuesto a sus golpes, cuando resonaron nuevos gritos, y La-larga-carabina apareció de pronto a la cabeza de su tropa de blancos. El hurón volvió rápidamente la espalda y encaminose, huyendo, hacia la colina.

Tan ciego estaba Uncas persiguiendo a los hurones, que apenas advirtió la presencia de sus amigos, y continuó hostigándolos sin descanso. Fue inútil que Ojo-de-halcón le gritase que no se expusiera temerariamente; el joven mohicano nada oía; desafiaba el fuego de sus enemigos, y obligoles muy pronto a huir tan rápidamente como los perseguían. Por fortuna, esta carrera forzada no tuvo mucha duración, y los blancos que el cazador mandaba encontráronse por su posición con menos espacio que correr, sin lo cual el delaware no habría tardado en adelantarse a todos sus compañeros y ser víctima de su arrojo; pero, antes que semejante desgracia pudiera ocurrirle, los fugitivos y los vencedores llegaron casi al mismo tiempo al poblado de los wyan-dotos.

Excitados por la vista de sus viviendas, detuviéronse los hurones para batirse desesperadamente alrededor del fuego del consejo. El principio y el fin del combate se sucedieron con tanta rapidez, que el tránsito de un torbellino es menos veloz y sus estragos menos terribles. El hacha de Uncas, el fusil de Ojo-de-halcón, y hasta el brazo todavía nervioso de Munro, realizaron tales proezas que la tierra quedó en un momento cubierta de cadáveres. No obstante, el magua, a pesar de su audacia, y aunque se expuso constantemente, pudo escapar de todos los peligros que lo amenazaban. Parecía uno de aquellos héroes favorecidos por la suerte, de quienes las antiguas leyendas nos refieren que poseían un talismán prodigioso que protegía su vida. Profiriendo un grito, en el que se reflejaban el exceso de su furor y su desesperación, el Zorro Sutil, después de haber visto caer a su lado a sus compañeros, echose fuera del campo de batalla seguido de los dos únicos amigos que le habían quedado, mientras los delawares se ocupaban en recoger los trofeos sangrientos de su victoria.

Pero Uncas, que lo había buscado inútilmente en la refriega, lanzose en su persecución. Ojo-de-halcón, Heyward y David se apresuraron a correr detrás de él; pero todo lo que el cazador podía hacer con los mayores esfuerzos era seguirlo de modo que estuviera siempre a distancia conveniente para poder defenderlo. En una ocasión, el magua trató de volverse para probar si podría al fin satisfacer su venganza; pero este proyecto fue abandonado casi al mismo tiempo que fue concebido, e internándose en una espesa maleza, adonde fue seguido por sus enemigos, entró repentinamente en la caverna donde había estado Alicia recluida. Ojo-de-halcón lanzó un grito de júbilo creyendo que su presa no podía escapar, y precipitose con sus compañeros en la cueva, cuya entrada era larga y estrecha, pudiendo ver a los hurones que se retiraban. Al penetrar en las galerías naturales y en los pasajes subterráneos, vieron salir centenares de mujeres y niños gritando horriblemente y que, a la claridad indecisa que reinaba en dicho sitio, semejaban sombras y fantasmas que huían de la presencia de los mortales.

Uncas sólo veía al magua; sus ojos no miraban ni se detenían más que en él; sus pasos seguían los de aquél. Heyward y el cazador continuaban siguiéndolo, animados por los mismos sentimientos, aunque menos exaltados; pero cuanto más avanzaba, más la claridad disminuía, y más difícil les era distinguir a sus enemigos, que, conociendo los caminos, escapaban cuando se creían más inmediatos a alcanzarlos. Hubo un momento en que creyeron haber perdido el rastro de sus pasos; pero, entonces, distinguieron un traje blanco en la extremidad de un pasaje que parecía conducir a la montaña.

—¡Es Cora! —exclamó Heyward con voz trémula y conmovida.

—¡Cora! ¡Cora! —repitió Uncas avanzando como el gamo en los bosques.

—¡Ella misma! —repitió el cazador—. ¡Valor, hija mía! ¡Aquí estamos! ¡Aquí estamos!

Esta visión infundioles nuevo ardor y pareció prestarles alas; pero el camino era demasiado desigual, lleno de asperezas, y en algunos parajes casi impracticable. Uncas arrojó el fusil, que le embarazaba en su carrera, y siguió con vehemente impetuosidad. Heyward hizo lo mismo; pero un instante después viéronse obligados a reconocer su imprudencia, al oír que los hurones encontraron medio de hacer disparos sin dejar de trepar el pasaje practicado en la roca; la bala hirió levemente al joven mohicano.

—¡Necesitamos alcanzarlos! —exclamó el cazador adelantándose a sus amigos desesperadamente—. Los bribones nos acertarían estando tan cerca, y miren... tienen a la joven Cora colocada de modo que les sirva de parapeto.

Sin prestar atención a estas palabras, o más bien sin oírlas, sus compañeros imitaron su ejemplo, y con esfuerzos increíbles se acercaron a los fugitivos lo suficiente para ver que Cora iba arrastrada por los dos hurones, mientras que el magua les indicaba el camino que debían seguir. En aquel momento una claridad repentina penetró en la caverna, las formas de la joven y de sus perseguidores se dibujaron instantáneamente en la pared, y desaparecieron los cuatro.

Frenéticos y desesperados, Uncas y Heyward redoblaron sus esfuerzos, ya más que humanos, y encontrando una abertura se precipitaron fuera de la caverna, a tiempo de poder distinguir el camino que seguían los fugitivos.

Era necesario trepar por una senda áspera y pedregosa, y el cazador, entorpecido por su fusil, y acaso por no interesarse tan vivamente por la cautiva como sus compañeros, empezó a perder terreno. Heyward también se quedó más atrás que Uncas: de este modo pasaron en un momento por rocas y precipicios que en otras circunstancias les hubieran parecido inaccesibles; pero, al fin, encontraron la recompensa de sus fatigas, al advertir que ganaban rápidamente camino a los hurones, cuya marcha retardaba Cora cuanto podía.

—¡Detente, perro wyan-doto! —gritó Uncas desde lo alto de una roca agitando en el aire su hacha—. ¡Detente! ¡Un joven delaware te grita que te detengas!

—¡No te seguiré! —exclamó deteniéndose de pronto Cora al borde de un precipicio, profundo a poca distancia de la cima del monte—. Tú puedes asesinarme, miserable hurón, pero yo no iré más lejos.

Al oír esto, los dos hurones que la rodeaban blandieron a un tiempo mismo las hachas sobre su cabeza con aquella alegría con que se supone que debe regocijarse el demonio cuando produce el mal, pero el magua les detuvo el brazo, les arrancó las armas y las arrojó lejos de sí. Sacando luego el cuchillo volviose hacia su víctima, y con las pasiones más encontradas y violentas reflejadas en su rostro, le dijo:

—Mujer, elige: la tienda o el cuchillo del Zorro Sutil.

Cora cayó de rodillas a sus plantas. Todas sus facciones estaban animadas con una expresión extraordinaria; levantó los ojos, y alzando los brazos al cielo murmuró dulcemente:

—¡Dios mío, soy tuya, cúmplase tu santa voluntad!

—¡Mujer —repitió el magua con voz enronquecida—, elige!

Pero Cora, cuyo rostro conservaba la serenidad de un ángel, no oyó su pregunta y no respondió. El hurón, temblando de pies a cabeza, alzó el brazo repentinamente dejándolo caer luego como si no supiera qué resolución tomar. Parecía que libraba un combate violento consigo mismo, y volvió a levantar el arma mortífera; pero en aquel momento sonó sobre su cabeza un agudo grito, proferido por Uncas, quien, no pudiendo ya contenerse, lanzose de una prodigiosa altura sobre el borde peligroso en que se encontraba su enemigo, y mientras el magua levantaba los ojos al oír este terrible grito, uno de sus compañeros, aprovechándose de este movimiento clavó el cuchillo en el pecho de la joven.

El hurón precipitose como un tigre sobre el amigo que le ofendía y que ya se había retirado; pero Uncas, cayendo entre ambos, los separó y rodó a los pies del magua. Este monstruo, olvidando entonces sus primeros propósitos de venganza, y acrecentada su ferocidad por el asesinato de que acababa de ser testigo, clavó su arma entre los dos hombros de Uncas que estaba tendido, lanzando un grito infernal al cometer este bajo crimen. Uncas tuvo, sin embargo, fuerza suficiente para levantarse, y como la pantera herida que se arroja sobre su presa haciendo un último esfuerzo en el cual agota toda la vida que le resta, tendió a sus pies al asesino de Cora, y cayó, agotadas sus fuerzas, en el suelo. En esta posición se volvió hacia el Zorro Sutil dirigiéndole una altiva y despreciativa mirada, con la que parecía decirle lo que haría si no se encontrara él en estado tan lamentable. El feroz magua asió entonces por el brazo al joven mohicano, incapaz de oponer ninguna resistencia, y clavole el cuchillo en el pecho tres veces consecutivas, antes que su víctima, con los ojos siempre fijos en su enemigo y con la expresión del más profundo desprecio, cayera muerto a sus pies.

—¡Perdón! ¡Perdón, Hurón! —exclamó Heyward desde lo alto de la roca con una expresión que partía el alma—. Compadécete de los demás, si quieres que te compadezcan.

El magua vencedor miró al joven guerrero mostrándole el arma fatal enrojecida con la sangre de sus víctimas, dio un grito tan feroz, tan salvaje, y que expresaba tan bien su bárbaro triunfo, que fue oído por los que se batían en el valle, a más de mil pies debajo de ellos sin que pudieran descubrir la causa. A este grito siguió una exclamación terrible que se escapó de los labios del cazador, quien atravesando las rocas avanzó hasta él tan rápida y decididamente como si algún poder invisible lo sostuviera en el aire; pero, al llegar al lugar de aquella carnicería, sólo encontró los cadáveres de las víctimas.

Ojo-de-halcón dirigioles una mirada, y sus ojos perspicaces volviéronse seguidamente hacia la montaña que se elevaba casi perpendicularmente delante de él. Un hombre estaba en la cima con los brazos levantados en ademán amenazador. Sin detenerse a contemplarlo, Ojo-de-halcón levantó su fusil; pero una piedra que rodó sobre la cabeza de uno de los fugitivos a quien no había visto aún, le dejó a descubierto la persona del honrado Lagamme, cuyas facciones reflejaban una gran indignación.

El magua salió entonces de una cavidad en que se había resguardado y encaminándose fríamente hacia el cadáver del último de sus compañeros, pasó de un salto una ancha abertura y subió a la roca hasta un sitio al que el brazo de David no podía alcanzar. Sólo necesitaba dar un brinco para encontrarse al otro lado del precipicio al abrigo de todo peligro; pero, antes de saltar, se detuvo un momento y, mirando irónicamente al cazador, le dijo:

—¡Los blancos son perros! ¡Los delawares son mujeres! El magua los ha tendido sobre las rocas para que sirvan de pasto a los cuervos.

—Y, pronunciadas estas palabras, lanzó una carcajada horrorosa y dio un salto terrible; pero no llegó al sitio que se proponía y, al caer, sus manos se agarraron a la maleza en la pendiente del monte.

Ojo-de-halcón lo observaba con atención, temblando de tal modo, que la punta de su fusil medio levantada flotaba en el aire como el viento. No queriendo realizar esfuerzos inútiles, el Zorro Sutil se dejó caer, encontró una punta de la roca donde se sostuvo un momento y, entonces, reuniendo todas sus fuerzas, renovó su tentativa y logró poner sus rodillas sobre el borde de la montaña. El cazador le apuntó, y soltó el gatillo; el arma estaba tan inmóvil como las rocas que la rodeaban, el hurón soltó los brazos, y su cuerpo cayó un poco hacia atrás, mientras las rodillas conservaban la misma posición.

Aun en tan crítica situación, el Zorro Sutil lanzó un reto de desafío a sus enemigos; pero su trágico gesto de amenaza fue muy breve, porque sus rodillas perdieron el punto de apoyo, y el monstruo, rodando de roca en roca, cayó precipitado en el abismo, que le sirvió de sepultura.

CAPÍTULO XVI

Lucharon mucho tiempo como valientes, sembraron de cadáveres musulmanes la ribera, y consiguieron triunfar; pero Botzaris cayó bañado en su propia sangre. Los pocos compañeros que le sobrevivieron le vieron sonreír cuando lanzaron el grito de victoria por haber quedado dueños del campo de batalla. Cerró sus párpados la muerte, y durmió en paz el último sueño, lo mismo que la tierna flor cuyo tallo se inclina al caer la tarde.

HALLECK

Cuando el sol volvió a brillar en el horizonte, el campo de los lenapes ofrecía un aspecto desolado y triste. El ruido del combate había cesado; su antigua enemistad y su nueva querella con los mingos había quedado suficientemente vengada con la destrucción de todo su pueblo. El silencio y la oscuridad que reinaban en el sitio en donde los hurones habían tenido sus tiendas revelaban claramente la suerte de esta tribu errante, mientras que las bandadas de cuervos, disputándose su presa en la cima de las montañas, o precipitándose en ruidosos remolinos en las anchas sendas del bosque, eran otros tantos indicios que señalaban el lugar en que la muerte se enseñoreaba. En fin, la vista menos acostumbrada a contemplar el triste espectáculo que ofrecen demasiado frecuentemente las fronteras de dos poblaciones enemigas, hubiera podido apreciar bien los terribles resultados de una venganza indiana.

El sol naciente sorprendió también a los lenapes sumidos en el dolor y la desesperación. Ningún grito de victoria, ningún canto de triunfo elevose en el entristecido poblado. El último guerrero había abandonado el campo de batalla después de apoderarse de todas las cabelleras de sus enemigos y, apenas hubo hecho desaparecer las señales de su sangriento encargo, se reunió a sus conciudadanos para lamentarse como ellos. El júbilo y el entusiasmo habían sido reemplazados por la humildad; y a los gritos de venganza habían sucedido las más vivas manifestaciones de dolor.

Las tiendas estaban desiertas; pero todos aquellos a quienes la muerte había perdonado, habíanse congregado en un campo próximo, donde formaban un inmenso círculo, guardando un silencio melancólico y sublime. Aunque de edad, de condición y de sexo diferentes, todos estaban igualmente alterados; todos los ojos permanecían fijos en el centro del círculo donde estaban los fúnebres despojos, causa de un dolor tan vivo y general.

Seis tiernas doncellas delawares, cuyas largas trenzas negras flotaban sobre sus hombros, esparcían de vez en cuando hierbas olorosas o flores del
bosque sobre una litera de plantas aromáticas sobre la que reposaban encima de un paño mortuorio, improvisado con vestidos indianos, los restos
de la noble, de la dulce y generosa Cora; su cuerpo elegante estaba amor-
tajado con muchos velos de igual sencillez, y sus facciones, antes tan gra-
ciosas, semejaban las de un ángel dormido. A sus pies encontrábase sentado el afligido Munro, cuya cabeza venerable se inclinaba hacia el suelo en
testimonio de sumisión a los designios de la Providencia; pero su frente
abatida reflejaba el más profundo dolor. Lagamme estaba a su lado con la
cabeza expuesta a los rayos del sol, mientras que los expresivos ojos vaga-
ban incesantemente del amigo a quien le era tan difícil consolar, al cuerpo
frío de su hermosa hija. Heyward, apoyado contra un árbol a algunos pasos de distancia, hacía grandes esfuerzos por reprimir la vehemencia de un
dolor contra el cual se estrellaba toda su fuerza de voluntad.

Pero, por entristecido y melancólico que estuviera el grupo que acabamos de describir, lo estaba más todavía el que ocupaba el lado opuesto del
círculo. Uncas, sentado como si se encontrase vivo aún, estaba adornado
con las vestiduras más magníficas que la riqueza de su tribu había encontrado; sobre su cabeza ondeaban soberbias plumas, y su fría mano sostenía
aún las armas mortíferas; sus brazos y cuello habían sido adornados con
una multitud de brazaletes y medallas de diferentes formas y metales, contrastando sus apagados ojos y facciones inmóviles con la pompa y el faus-
to que lo rodeaban.

Chingachgook había tomado asiento frente a su desgraciado hijo, sin
armas ni adornos ningunos, y hasta la pintura había sido borrada de su cuerpo, excepción hecha de la brillante tortuga de su raza que con caracteres in-
delebles estaba grabada en su pecho. Desde que la tribu había vuelto a con-
gregarse, el guerrero mohicano no había apartado un momento sus ojos de
las frías e insensibles facciones de su hijo. Su mirada estaba tan fija y su actitud era tan inmóvil, que no hubiera podido conocerse cuál de los dos había dejado de existir, a no ser por los movimientos convulsivos que el dolor causaba al padre, y la impasibilidad de la muerte que aparecía impresa
en el rostro del hijo.

El cazador, inclinado junto a él en actitud pensativa, apoyábase sobre
el arma que había sido impotente para defender a su amigo, mientras que
Tamenund, sostenido por los ancianos, ocupaba una pequeña eminencia
desde donde contemplaba tristemente el sombrío cuadro que ofrecía su
pueblo.

En el mismo círculo, aunque muy cerca de la línea exterior, se distinguía un militar vestido con uniforme extranjero, y fuera ya del recinto estaba su caballo de batalla que rodeaban algunos jinetes en actitud de emprender un largo viaje. El uniforme de aquel militar revelaba que había sido
destinado al servicio del comandante del Canadá, y había llegado como
mensajero de paz. La feroz impetuosidad de sus aliados había hecho su mi-

sión inútil, viéndose, por lo tanto, reducido a ser espectador silencioso de los tristes resultados de una contienda, que le había sido imposible impedir por llegar demasiado tarde.

El sol había recorrido ya la cuarta parte de su carrera, y desde el alba permanecía la tribu, desconsolada, en la misma calma silenciosa, emblema de la muerte que les hacía derramar abundantes lágrimas. Todo estaba en silencio, que era, de vez en cuando, interrumpido por los sollozos ahogados de los circunstantes. Ningún movimiento agitaba a la multitud, y sólo las tiernas ofrendas hechas a Cora por sus jóvenes compañeras revelaban que los delawares eran seres animados, pareciendo que cada actor de esta escena extraordinaria había sido transformado en una estatua de piedra.

Al fin el sabio, extendiendo los brazos y apoyándose sobre los hombros de los que lo sostenían, levantose con un aspecto tan débil y lánguido como si un siglo entero se hubiera desplomado sobre el mismo que el día anterior tenía energías y entereza suficientes para presidir el consejo de la nación.

—Hombres lenapes —dijo con voz lúgubre y profética—, la faz del Manitú se oculta detrás de una nube; sus ojos han dejado de mirarnos; sus orejas están cerradas; sus labios no pronuncian una sola palabra. Abrid los corazones, y que no os seduzca la mentira. Hombres lenapes, la faz del Manitú se oculta detrás de una nube.

Estas palabras sencillas y terribles fueron acogidas con un silencio profundo y sublime, como si el espíritu venerado que adoraba la tribu hubiera hablado. Sólo Uncas parecía estar dotado de vida, en medio de aquella multitud posternada e inmóvil.

Transcurridos algunos minutos, la multitud entonó una especie de canto en honor de las víctimas de la guerra; pero con voz tan dulce y suave, que semejaba un murmullo. El sonido penetrante y lastimero de estas voces penetraba hasta el alma.

La letra de este triste canto era una improvisación; pues en el momento que una voz cesaba, la seguía otra, murmurando cuanto la ternura y los sentimientos les inspiraban.

A intervalos interrumpían aquellos cantos explosiones de sollozos y gemidos, durante los cuales las jóvenes que rodeaban el féretro de Cora apoderábanse de las flores que la cubrían, con manifestaciones de vivo dolor; pero, cuando este exceso de sentimiento disminuía algún tanto su amargura, se apresuraban a esparcir nuevamente sobre el cadáver aquellos emblemas de la pureza y dulzura de la que lloraban. Aunque interrumpidos frecuentemente estos cánticos, no por ello tenían menos relación entre sí las ideas, todas las cuales no eran otra cosa que un elogio de las virtudes y méritos de Uncas y de Cora.

Una joven, distinguida entre sus compañeras por su nacimiento y sus cualidades, fue la encargada de pronunciar la oración fúnebre y ensalzar al guerrero muerto. Empezó aludiendo a sus virtudes, hermoseando sus párrafos con aquellas imágenes orientales que los indios han aprendido probablemente en las extremidades del otro continente, y que forman en cierto modo la cadena que une la historia de los dos mundos.

Aplicole el calificativo de pantera de su tribu; lo pintó recorriendo las montañas con paso tan rápido, que su pie no dejaba ninguna huella sobre la arena, saltando de roca en roca con la gracia y la habilidad de un gamo joven; comparó su ojo a una estrella brillante en medio de la noche oscura, y su voz, en el calor de la batalla, al rayo de Manitú. Recordole la madre que lo había llevado en su seno, y describió la dicha que debía experimentar por haber dado a luz tal hijo, encargándole que le dijese, cuando la encontrara en el mundo de los espíritus, que las jóvenes delawares habían llorado sobre el sepulcro de su hijo, y la habían llamado bienaventurada.

Otras jóvenes siguieron a la primera, imprimiendo a su voz mayor dulzura y, con la delicadeza propia de su sexo, hicieron alusión a la joven extranjera, arrebatada del mundo de los vivos juntamente con el joven héroe, en lo cual manifestaba el Gran Espíritu que su voluntad era que estuviesen reunidos eternamente. Le rogaron fuese dulce y benévolo con ella, y la perdonase si ignoraba las nociones esenciales que nadie le había enseñado, y los servicios que un guerrero tenía derecho a esperar de ella. Hablaron luego extensamente de su belleza incomparable y de su noble valor, sin que se advirtiera en sus cantos el menor asomo de envidia, y añadieron que sus altas cualidades compensaban suficientemente lo que hubiera podido faltarle en su educación.

A éstas sucedieron otras por su turno, quienes se dirigieron a la joven extranjera con el acento de la ternura y el amor. La exhortaron a consolarse, y a no temer nada respecto a su futura felicidad. Un cazador sería su compañero, que sabría proveerla de todo, y atender a sus más pequeñas necesidades; un guerrero, en estado de libertarla de todos los peligros, la guardaba. Le prometieron que su viaje sería tranquilo y su carga ligera; le advirtieron que no se abandonara a sentimientos inútiles por los amigos de su niñez, ni por los lugares donde sus padres habían vivido, asegurándole que en los bosques bienaventurados donde los lenapes cazaban después de su muerte, había valles tan deliciosos y flores tan hermosas como el cielo de los blancos. Luego le recomendaron que atendiera a las necesidades de su compañero, y no olvidara jamás la distinción que el Manitú les había otorgado.

Luego, animándose de pronto, se reunieron para ensalzar, cantando las virtudes del mohicano. Era noble, valiente y generoso, y poseía cuanto debe poseer un delaware para ser buen guerrero. Dieron a entender que en los cortos momentos que había permanecido entre ellas, habían descubierto instintivamente la inclinación natural de sus afectos. Las jóvenes delawares no tenían para él ningún atractivo; era de una raza que en otra época había sido sagamore a las orillas del lago salado, y tenía predilección por un pueblo que habitaba en medio de los sepulcros de sus antepasados. ¿Esta predilección no estaba además suficientemente explicada? Todos los ojos podían ver que ella era de una sangre más pura que el resto de su pueblo; su conducta siempre heroica había probado que era capaz de arrostrar todos los grandes peligros de una vida pasada en medio de los bosques; y ahora, agregaron, el Gran Espíritu la ha conducido a un lugar donde será feliz eternamente.

Variando después de voz y de tema, aludieron a su compañera, que lloraba en la habitación inmediata; compararon su carácter dulce y sensible a los copos de nieve puros e inmaculados que con tanta facilidad se derriten al ser heridos por los rayos del sol como se hielan durante el frío invierno; no dudaban que Alicia era dueña del cariño del joven jefe blanco, cuyo dolor era casi semejante al suyo; pero, aunque ellas se guardaban bien de manifestarlo, conocíase que no la creían dotada de las grandes cualidades que distinguían a Cora. Comparaban los rizos de los cabellos de Alicia con los tiernos vástagos de la vid, sus ojos con la bóveda celeste, y su cutis a una nube de resplandeciente blancura, hermoseada con los rayos del sol naciente.

Mientras las jóvenes delawares cantaban estas alabanzas, el resto de la asamblea guardaba el silencio más profundo, interrumpido sólo de vez en cuando por los sollozos que la violencia del dolor les arrancaba. Los guerreros escuchaban con la misma atención que si hubiesen estado bajo la influencia de algún encanto, reflejándose en sus rostros expresivos las emociones vivas y simpáticas que experimentaban. Hasta el mismo David encontraba cierta especie de alivio oyendo aquellas voces tan dulces, y mucho tiempo después de haber cesado los cantos, sus miradas vivas y brillantes atestiguaban la impresión que habían producido en su alma.

El cazador, que era el único de todos los blancos que comprendía la lengua delaware, escuchó atentamente los cantos de las jóvenes; pero, al aludirse en ellos a la vida que Uncas y Cora harían en los bosques bienaventurados, movió la cabeza para significar el poco crédito que le merecían aquellas creencias. Afortunadamente Heyward y Munro no entendían el significado de las palabras salvajes que llegaban a sus oídos y que hubieran renovado su dolor.

Sólo Chingachgook parecía no prestar atención a los cantos. Su mirada había permanecido fija, y aun en los momentos más patéticos de aquellas lamentaciones ningún músculo de su rostro sufrió la más mínima alteración. Los restos fríos e insensibles de su hijo tenían reconcentrada toda su atención, y, excepto la vista, todos sus sentidos parecían dormidos. Aparentemente sólo vivía para contemplar aquellas facciones amadas que no tardarían en desfigurarse.

De pronto, un guerrero célebre, de continente grave y severo, muy estimado por sus hazañas y especialmente por lo mucho que se había distinguido en el último combate, avanzó con lentitud por entre el concurso yendo a colocarse junto a los restos de Uncas.

—¿Por qué nos has abandonado, orgullo de Wapanachki? —dijo dirigiéndose al joven guerrero, como si sus restos inanimados pudieran impresionarse aún—. Tu vida ha tenido la duración de un instante, pero tu gloria ha brillado más que los resplandores del sol. Tú has partido, joven vencedor, pero cien wyan-dotos te han precedido en el camino que conduce al mundo de los espíritus, para facilitarte el tránsito por entre las espinas. ¿Quién, al verte en medio de una batalla, hubiera creído que eras mortal? ¿Quién, antes que tú, había mostrado jamás a Utsawa el camino del combate? Tus pies se parecían a las alas del águila; tu brazo era más pesado que las altas ramas que caen de la copa del pino, y tu voz era como la del Manitú cuando habla a sus hijos desde las nubes. Las palabras de Utsawa son bien débiles —añadió con tristeza— y su corazón está traspasado de dolor. Orgullo del Wapanachki, ¿por qué nos has abandonado?

Tras Utsawa hablaron otros varios guerreros, hasta que todos los primeros jefes pagaron el tributo de alabanza a la memoria de su compañero de armas, después de lo cual restablecióse nuevamente el más profundo silencio.

Luego, oyose un murmullo sordo como de una música lejana; los sonidos eran tan confusos que casi no eran perceptibles, siendo muy difícil conocer con exactitud de dónde salían; pero poco a poco fueron adquiriendo mayor sonoridad y pronto pudieron distinguirse quejas, exclamaciones de dolor y algunas frases interrumpidas. Era Chingachgook quien cantaba para unir los acentos de su voz a los de los que tan altos honores tributaban a su hijo. Las miradas de los circundantes estaban fijas en el suelo, por respeto al dolor paternal, que procuraba en vano desahogarse. Ninguna señal exterior denunciaba la emoción de que estaban poseídos los delawares; pero leíase en todos los rostros, y hasta en su actitud, que escuchaban ansiosamente y con tan reverente atención como la que se prestaba a Tamenund cuando hablaba.

Pronto empezaron aquellos sonidos a debilitarse, haciéndose más trémulos e ininteligibles, hasta que se extinguieron en absoluto como los acentos de una música que se aleja y cuyas últimas notas se lleva el viento. Los labios del sagamore se cerraron, y sus ojos volvieron a contemplar a Uncas. Sus encogidos músculos estaban inmóviles como los de una criatura salida de las manos del Todopoderoso antes de haber recibido el alma. Los delawares, comprendiendo que su amigo no estaba todavía suficientemente preparado para sostener un esfuerzo tan penoso, resolvieron conceder algunos momentos más a este desgraciado padre, y con un instinto de delicadeza que les era peculiar, simularon prestar toda su atención a los funerales de la joven extranjera.

Uno de los jefes más antiguos de la tribu hizo una seña a las mujeres que se encontraban más cerca del lugar en que reposaba el cuerpo de Cora; y, en seguida, las jóvenes levantaron la litera y marcharon lentamente y a compás, cantando en tono suave y bajo elogios de su compañera. Lagamme, que no había perdido un solo detalle de aquellas ceremonias que le parecían tan paganas, inclinose entonces sobre el hombro de su amigo y le dijo en voz baja:

—Se llevan los restos de su hija. ¿No vamos nosotros a acompañarlos? ¿No pronunciaremos a lo menos sobre su tumba algunas palabras cristianas?

Munro conmoviose profundamente como si el sonido de la trompeta apocalíptica hubiera resonado en su oído y, mirando en torno suyo con inquietud, púsose en pie y siguió tras el cadáver de su hija con el semblante de un soldado, pero con el corazón agobiado por el peso de la desgracia. Rodeáronlo sus amigos, penetrados también de dolor, colocándose a su lado el joven francés que parecía profundamente enternecido por la muerte violenta y prematura de una joven tan amable; pero, cuando las últimas mujeres de la tribu se hubieron colocado en los sitios que les estaban asignados en el funeral, los lenapes estrecharon el círculo y volvieron a agruparse alrededor de Uncas, tan inmóviles y silenciosos como antes.

El lugar en que debían ser enterrados los restos de Cora era una pequeña colina en donde crecía un bosquecillo de pinos jóvenes y fuertes, que proyectaban sombra adecuada al sepulcro. Al llegar allí, las jóvenes dejaron su carga, y con la paciencia característica de las indias y la timidez propia de su edad, esperaron a que uno de los amigos de Cora las animase con algunas palabras de aprobación. El cazador, que era el único de los presentes que conocía aquellas ceremonias, les dijo en delaware:

—Lo que mis hijas han hecho está muy bien hecho, y los hombres blancos les deben por ello gratitud.

Satisfechas con este testimonio de aprobación, las jóvenes depositaron el cuerpo de Cora en una especie de ataúd, primorosamente labrado en la corteza de un álamo blanco, y lo colocaron seguidamente en su oscura y última morada. La ceremonia acostumbrada de cubrir con hojas y ramaje la tierra recientemente removida efectuose con las mismas fórmulas sencillas y silenciosas; pero, cumplido este último y penoso deber, las jóvenes quedaron inmóviles ignorando si debían continuar practicando los ritos de su tribu. El cazador volvió entonces a hacer uso de la palabra diciendo:

—Amables jóvenes, ya han hecho bastante. El espíritu de un blanco no necesita vestidos ni alimento —y, luego, dirigiendo los ojos a David que se disponía a entonar un cántico sagrado, agregó—: Voy a dejar hablar a quien conoce mejor los usos de los cristianos.

Las delawares se retiraron prudentemente a un lado, y después de haber representado el primer papel en esta triste escena, constituyéronse en sencillas y atentas espectadoras. Durante todo el tiempo que David empleó en rezar sus piadosas oraciones, no se les escapó ni una ojeada de sorpresa, ni una señal de impaciencia; escuchaban como si comprendieran las palabras que pronunciaba, y parecían tan conmovidas como si sintiesen el dolor, la esperanza y la resignación que el cántico sugería.

Excitado por el espectáculo que acababa de presenciar, y acaso también por la alteración secreta que experimentaba, David desempeñó admirablemente su cometido. Su voz llena y sonora, resonando después de los acentos plañideros de las jóvenes, no perdía nada en la comparación, y sus cantos más armoniosos reunían además el mérito de ser inteligibles para las personas a quienes él los dirigía especialmente. El cántico terminó como lo había empezado, esto es, en medio del más profundo silencio.

Concluida la última estrofa, las miradas inquietas de los circunstantes y la violencia que todos se hacían para no producir el menor ruido, anunciaron que esperaban que el padre de la joven víctima hiciese uso de la palabra; y, en efecto, Munro, comprendiendo que había llegado el momento de hacer él lo que puede considerarse como el mayor esfuerzo de que es susceptible la naturaleza humana, descubrió su venerable cabeza, dirigió una mirada al concurso que lo rodeaba, hizo seña a Ojo-de-halcón para que escuchase, y se explicó así con voz trémula:

—Diga a esas jóvenes tan amables como bondadosas que un anciano desfallecido, cuyo corazón está despedazado, les agradece sus sentimientos desde el fondo de su alma. Dígales que ruego a Dios que les recompense su caridad.

El cazador escuchó con suma atención al anciano y, cuando éste hubo concluido, volviéndose hacia las mujeres, les tradujo el breve discurso de Munro en los términos que creyó más acomodados a la inteligencia de su auditorio.

La cabeza del anciano había vuelto a inclinarse sobre el pecho, y se entregaba de nuevo a su tétrico dolor, cuando el joven francés, a quien hemos hecha referencia anteriormente, se decidió a tocarle suavemente en el hombro, para advertirle que se fijara en un grupo de jóvenes indios que se aproximaban conduciendo una litera herméticamente cerrada, y luego, con un gesto expresivo, le mostró el curso del sol.

—Ya le entiendo —respondió Munro haciendo un esfuerzo sobre sí mismo para dar firmeza a su voz—, ya le entiendo. Ésa es la voluntad del Cielo y me someto a ella. ¡Cora, hija mía, si la bendición de un padre inconsolable puede alcanzarte todavía, recíbela con mis fervorosas oraciones! Vamos, señores —añadió mirando en torno suyo con afectada tranquilidad; aunque el dolor que lo abrumaba era demasiado violento para poder ocultarlo por completo—. No tenemos ya nada que hacer aquí. Partamos.

Heyward obedeció gustoso una orden que le hacía abandonar un lugar donde ya le faltaba el valor para permanecer y, mientras sus compañeros montaban a caballo, encontró ocasión de apretar la mano del cazador y recordarle la promesa que le había hecho de ir a reunirse con él en las filas del ejército inglés. Montó luego a caballo y fue a colocarse junto a la litera dentro de la cual iba Alicia sollozando. Todos los blancos, con Munro a la cabeza, seguidos de Heyward y de David, sumergidos en un triste abatimiento, se alejaron de aquel sitio de dolor y no tardaron en desaparecer en la espesura del bosque.

Transcurrido algún tiempo, supieron los delawares, por conducto del cazador, que sirvió en cierto modo de medio de comunicación entre los hombres civilizados y los salvajes, que el anciano de los cabellos blancos no había tardado en descender al sepulcro, según la opinión general, por las fatigas prolongadas del estado militar, pero, según otros, y esto era lo más probable, por el exceso del dolor. Súpose también igualmente que Mano Abierta había conducido a la segunda hija del buen anciano muy lejos, a las viviendas de los blancos, donde sus lágrimas, después de haber corrido mucho tiempo, habían cesado de humedecer sus ojos, merced a la felicidad que llegó a sonreírle.

Pero estos sucesos son posteriores a la época a que se contrae esta historia.

Después de haber visto marchar a todos los de su color, Ojo-de-halcón regresó al sitio destinado a ser sepultura de los dos jóvenes tan tiernamente llorados, a tiempo que los delawares empezaban a cubrir a Uncas con sus últimos vestidos de pieles; pero, al ver al cazador, se detuvieron un momento para permitirle contemplar por última vez a su joven amigo, y darle su último adiós. En seguida fue envuelto el cadáver para no ser descubierto jamás, y empezó una manifestación solemne de duelo, semejante a la de Cora, reuniéndose toda la nación en torno del sepulcro del joven jefe, merecedor de que sus huesos reposaran en medio de los de su raza.

El movimiento de la multitud había sido espontáneo y general, manifestando junto a la tumba el mismo dolor, la misma gravedad y silencio que los manifestados hasta entonces. El cuerpo fue depositado con el rostro vuelo a la salida del sol; sus instrumentos de guerra y sus armas de caza fueron colocados a su lado; todo estaba preparado para el gran viaje, y hasta en la especie de ataúd que encerraba el cadáver, habían practicado una abertura para que el espíritu pudiera comunicarse con sus despojos terrestres cuando fuese tiempo. Los delawares, con aquella industria que les es peculiar, tomaron las precauciones necesarias para evitar que aquellos fúnebres despojos fueran pasto de la voracidad de las aves de rapiña.

Concluidas todas las ceremonias, Chingachgook volvió a ser objeto de la atención general. No había hablado todavía, y esperaban oírle algunas palabras de consuelo, o algunos consejos, que seguramente serían sensatos saliendo de la boca de un jefe tan estimado y en circunstancia tan solemne. El desgraciado padre levantó la cabeza, que tenía inclinada sobre el pecho; y, después de recorrer con una mirada grave y tranquila toda la asamblea, se abrieron sus labios, y, por la primera vez, desde el principio de esta larga ceremonia, pronunció claramente estas palabras:

—¿Por qué están mis hermanos tristes? —dijo observando el abatimiento de los guerreros que lo rodeaban—. ¿Por qué lloran mis hijos? ¡Porque un joven guerrero ha ido a cazar a los bosques bienaventurados! ¡Porque un jefe ha terminado su carrera honrosamente! Era bueno, sumiso, valiente; el Manitú necesitaba un guerrero de sus condiciones y le ha llamado junto a sí. En cuanto a mí, ya no soy más que un tronco seco que los blancos han despojado de sus ramas. Mi raza ha desaparecido de las riberas del lago salado y del hueco de las peñas de los delawares; pero ¿habrá quien pueda decir qué serpiente de su tribu ha dejado de ser prudente? He quedado solo...

—No, no —exclamó Ojo-de-halcón, que hasta entonces no había hecho más que contemplar en silencio las severas facciones de su amigo, pero que le fue imposible continuar callando—; no, sagamore, no está solo. Nuestro color puede ser distinto, pero Dios nos ha colocado en el mismo camino para que hiciéramos juntos el viaje. Yo no tengo parientes, y puedo también decir que no tengo pueblo. Uncas era su hijo, era un piel roja; la misma sangre circulaba por sus venas; pero si olvido jamás al joven que ha peleado con tanta frecuencia a mi lado en tiempo de guerra, y reposado junto a mí en tiempo de paz, que Dios me abandone. El hijo nos dejado por algún tiempo; pero, sagamore, ¡no está solo!

Chingachgook estrechó profundamente conmovido la mano que le había alargado Ojo-de-halcón por encima de la tierra removida, y los dos altivos e intrépidos cazadores inclinaron al mismo tiempo la cabeza sobre la tumba. Las lágrimas que brotaban a raudales de sus ojos regaban la tierra donde reposaban los restos de Uncas. A esta patética y conmovedora escena, sucedió un silencio sepulcral que interrumpió el anciano Tamenund diciendo a su pueblo:

—Basta, hijos de los lenapes; la cólera del Manitú no se ha calmado aún. ¿Por qué Tamenund abriga todavía esperanzas de prosperidad para sus hijos? Los blancos se han posesionado de toda la tierra y los pieles rojas viven... Mis días se han prolongado demasiado. Por la mañana he visto a los hijos de Unamis fuertes felices, y antes de que el sol desaparezca por occidente ha rendido tributo a la muerte un intrépido guerrero, que ha sido el último mohicano.

ÍNDICE